俳句季語よみかた辞典

日外アソシエーツ

Guide to Reading
of
KIGO
(words that indicate the season in haiku)

Compiled by

Nichigai Associates, Inc.

©2015 by Nichigai Associates, Inc.

Printed in Japan

本書はディジタルデータでご利用いただくことが
できます。詳細はお問い合わせください。

●編集担当● 山本 幸子
装 丁：赤田 麻衣子

刊行にあたって

　春夏秋冬、四季それぞれの日本の風景、気象、行事、祭り、伝承、しきたり、草木花、動物や折々の人の心持ちまでをも美しく端的に表す言葉「季語」。古来から日本の文化と季節は分かち難く、万葉集にも季節を折り込んだ歌は多い。やがて、連歌・俳諧が成立し、季節を表す言葉がまとめられ、「歳時記」が編まれた。

　明治以後には、太陽暦の採用や新しい文化の流入によって新たな季語が生まれ、現在に引き継がれている。季語は俳句のみならず、文化や生活の場面で広く使われる言葉である。

　しかし、日本人の感性によって生まれ育まれた季語には、「七五三縄」「山桜桃」「絃召」「送南風」「鷁子」など読み方の難しいものや当て字のものも多く、読み方にとまどうこともある。

　本書は、季語 20,700 語について、先頭の漢字一文字を手がかりにその読み方を簡単に調べられるようにした「読み方の辞典」である。弊社より 1994 年に刊行した『季語季題よみかた辞典』の語義・語釈をより適切なものに見直して、新たに刊行するものである。

　なお、収録の範囲を難読と思われる季語だけに限定せず、できるだけ網羅的に収録した。各季語には語義・語釈のほか、季節の区別等を併記して、季語に関する簡便なツールとしても利用できるように編集した。

　本書が、俳句をはじめとする文学作品の創作や鑑賞、朗読の場で大いに活用され、季語を理解する一助となることを願っている。

　2015 年 6 月

　　　　　　　　　　　　　　　　　　日外アソシエーツ

目　次

凡　例 ……………………………………………………… (6)

親字音訓ガイド ………………………………………… (9)

親字一覧 ………………………………………………… (35)

俳句季語よみかた辞典 ……………………………………… 1

凡　例

1．本書の内容

本書は、季語（自然、動・植物、味覚、生活・行事など）20,700 語について、よみ仮名と簡略な説明を付した「読み方辞典」である。

2．記載事項と排列

親字見出し

季語の２文字目の画数／季語／季語の読み／分類／語義・語釈／季節

〈例〉

【午】

0**午の神事**　**うまのしんじ**　［宗］　四月十三日から十五日、大津市・日吉神社で行われる山王祭での神事　[季]春

10**午時花**　**こじか**　［植］　インド原産のアオギリ科一年草。正午に花を開き、翌朝までにしぼむことからの名。晩夏から初秋にかけ赤い花をつける　[季]夏

11**午祭**　**うままつり**　［人］　初午の別称　[季]春

1）親字見出し

季語の１文字目を親字とし、【　】の中に示して先頭に立てた。総画数順・部首順に排列した。

2）季　語

⑴ 季語の表記形を示した。

⑵ 同じ親字の下、２文字目の総画数順・部首順に排列し、２文字目が同一の場合は、３文字目について同様の方法で排列した。２文字目が漢字以外の場合は、記号、ひらがな、カタカナの順で先頭に集めた。また、ひらがな・カタカナで始まる季語は、最初に出現する漢字を親字とみなした。

⑶ 季語の前に、２文字目の総画数を小字で示し、検索の目安とした。漢字以外の場合は「０」とし、繰り返し記号「々」は０画として扱った。

3) 季語の読み
 (1) 季語の読みをひらがなで示した。
 (2) 相異なる2つ以上の読みがある場合、「,」でつないだ。
 (3) 表記の方法は、原則として現代仮名遣いの方式に従った。
4) 分　類
 季語を時候、天文、地理、人事、宗教、動物、植物に7分類し、それ
ぞれ［時］、［天］、［地］、［人］、［宗］、［動］、［植］とした。
5) 語義・語釈
 季語の意味について、簡略な説明を加えた。
6) 季　節
 (1) 季語を春、夏、秋、冬、新年に分け、㉝に続けて示した。
 (2) 2つ以上の季節がある場合、「,」でつないだ。

3. 親字音訓ガイド

　親字の音（カタカナで表記）または訓（ひらがなで表記）を五十音
順に並べ、本文の掲載ページを示した。

4. 親字一覧

　親字を総画数順に並べ、本文の掲載ページを示した。同画数の親字
については、部首順に排列した。

5. 主要参考資料

　本書の編集に際し、主に以下の資料を参考にした。

　図説俳句大歳時記（全5巻）　角川書店　1974
　カラー図説日本大歳時記（全5巻）　講談社　1981
　ポケット俳句歳時記　平凡社　1981
　現代俳句用語表現辞典　富士見書房　1986
　四季のことば辞典　大和出版　1987
　花の大歳時記　角川書店　1990
　合本俳句歳時記　新版　角川書店　1991
　逆引き季語辞典　日外アソシエーツ　1997

親字音訓ガイド

親字音訓ガイド

【あ】

ア	亜	151
	阿	235
	唖	355
	蛙	436
	鴉	513
アイ	哀	242
	愛	448
あい	相	274
	藍	531
あいだ	間	441
あう	会	121
	合	124
あえぐ	喘	402
あお	青	236
	蒼	465
あおい	葵	431
あおぎり	梧	361
あか	朱	135
	赤	188
	緋	487
あかいろ	猩	426
あかがい	蚶	382
あかぎれ	胼	342
	皹	482
あかざ	莱	381
	藜	541
あがた	県	274
あかつき	暁	416
あかなう	贖	566
あかね	茜	292
あがる	上	19
あかるい	明	209
あき	秋	278
あきぞら	旻	210
あきなう	商	354
あきらか	杲	215
	昭	257
	晶	416
あきる	飽	476
アク	握	415
	齷	571
あく	開	441
あくた	芥	184
あけぼの	曙	528
あげる	揚	415
あさ	麻	397
	朝	418
	棗	436
あざ	字	127
あさい	浅	268
あさぎ	莟	381

あざみ	薊	520
あさり	蜊	469
あし	足	190
	脚	373
	葦	431
	葭	435
	蘆	550
あじ	味	197
	鯵	567
あした	晨	360
あずさ	梓	361
あずま	東	213
あせ	汗	136
あぜ	畔	336
あせる	焦	425
あそぶ	遊	440
あだ	仇	50
あたえる	与	21
あたたかい	温	422
	暖	452
あたためる	煖	457
あたま	頭	523
あたらしい	新	449
あたる	当	133
アツ	圧	90
あつい	厚	242
	敦	415
	暑	416
	熱	504
あつめる	集	442
あつもの	羹	549
あと	後	246
	跡	471
あな	孔	60
	穴	118
あに	兄	83
あね	姉	202
あばく	暴	501
あばれる	暴	501
あびる	鴈	513
	浴	333
あぶ	虻	298
あぶら	油	218
	脂	342
	膏	490
あぶらむし	蚜	345
	蚉	493
あぶる	炮	271
	焙	426
あふれる	溢	455
あま	天	58
あまい	甘	106

あまざけ	醴	559
あまる	余	153
あみ	網	488
	羅	548
あむ	編	506
あめ	天	58
	雨	235
	飴	475
あや	綾	487
あやぎぬ	綵	489
あやしい	怪	208
あやまる	謝	533
あゆ	鮎	524
あゆむ	歩	215
あらい	荒	292
	粗	370
あらう	洗	269
	灌	529
あらし	嵐	409
あらためる	改	169
あられ	霰	560
あらわす	著	379
あらわれる	現	367
	露	560
あり	蟻	551
ある	在	126
	有	135
あるく	歩	215
あわ	泡	218
	沫	218
	粟	428
あわい	淡	364
あわせ	袷	382
あわび	鮑	525
	鰒	561
あわれ	哀	242
アン	安	128
	案	322
	庵	357
	暗	452
	鞍	512
	闇	535
	餡	537
	鮟	538
あん	餡	537
あんこ	餡	537
あんず	杏	170

【い】

イ	伊	120
	夷	127
	衣	148
	医	164
	囲	165
	威	243
	洟	269
	尉	356
	帷	357
	萎	373
	葦	431
	貽	438
	意	448
	維	487
	蔚	490
	慰	504
	遺	511
	蝟	533
	鮪	538
	鰯	538
	籠	563
い	井	48
	亥	119
	藺	550
いいしめす	呢	198
いう	言	187
いえ	家	315
いおり	庵	357
	毬	362
いかだ	筏	428
いかり	碇	459
	錨	523
いかるが	鵤	547
いき	息	319
いきおい	勢	445
いきる	生	107
	活	267
イク	郁	300
いく	行	148
いけ	池	137
いざなう	誘	493
いさましい	勇	241
いし	石	116
いすか	鶍	557
いずみ	泉	267
いそ	磯	529
いそぐ	急	241
いた	板	214
いだく	抱	209
いたす	致	342
いたずらに	徒	319
いただく	頂	394
いたち	貂	437
	鼬	547

親字音訓ガイド

読み	漢字	頁
いためる	炒	219
	傷	444
いたる	至	144
イチ	一	3
いち	市	97
いちご	苺	229
いちじるしい	著	379
イツ	逸	383
	溢	455
	鷁	569
いつくしむ	慈	448
いつつ	五	48
いと	糸	141
	絃	370
	綏	461
	縷	530
いな	鰰	564
いなご	蝗	509
	蚕	533
いなずま	電	473
いぬ	犬	81
	狗	220
いぬきび	穄	517
いね	稲	482
いのこ	豨	493
いのしし	猪	365
いのる	祈	221
いばら	茨	292
	棘	421
いばり	溲	456
いぼ	疣	273
いま	今	50
いまだ	未	100
いまわしい	忌	167
いも	芋	145
	薯	518
	藷	540
いもうと	妹	202
いもむし	蜀	468
いやし	賤	511
いる	居	204
	炒	219
	要	299
	射	316
	煎	457
	鋳	512
いれる	入	11
	容	316
いろ	色	144
いろきじ	鶸	566
いろどる	彩	358
いろり	炉	219
いわ	岩	205
いわう	祝	276
いわし	鰯	563
	鰮	564
イン	引	61
	印	122
	院	348
	寅	355
	陰	387
	隠	496
いん	院	348

【う】

読み	漢字	頁
ウ	右	87
	宇	128
	有	135
	羽	142
	芋	145
	盂	221
	雨	235
	烏	335
う	卯	86
	鵜	546
ウイ	茴	298
うえ	上	19
	筌	428
うえる	秧	339
	植	419
	餓	512
うお	魚	394
うきくさ	萍	380
うく	浮	333
うぐいす	鶯	565
うけたまわる	承	208
うける	受	197
うさぎ	兎	196
	菟	431
うし	丑	46
	牛	80
うじ	蛆	382
うしお	潮	503
うしろ	後	246
うす	臼	144
うず	渦	422
うすい	菲	380
	薄	519
うすぎぬ	紗	340
うずら	鶉	556
うそ	鷽	571
うた	歌	479
うたい	謡	521
うち	内	54
ウツ	蔚	490
	熨	504
	鬱	572
うつ	打	98
	擣	528
うつくしい	美	290
うつぼ	鞴	554
うで	腕	360
うてな	台	88
うとい	疎	426
うどん	饂	554
うなぎ	鰻	567
うね	畦	367
うば	奶	96
	姥	244
うま	午	56
	馬	349
うまい	甜	367
うまや	厩	402
うまれる	生	107
うみ	海	264
うむ	産	367
うめ	梅	327
うめる	埋	308
うもれる	埋	308
うやまう	敬	415
うら	浦	331
	裏	469
うらなう	卜	15
	占	86
うり	瓜	138
うる	売	166
	得	358
うるおう	濡	529
うるおす	潤	503
うるし	漆	480
うるち	粳	461
うるわしい	麗	557
うれえる	憂	501
うれる	熟	503
うろこ	鱗	569
うわばみ	蟒	509
ウン	運	439
	雲	442
	橒	478
	褞	510
	饂	554

【え】

読み	漢字	頁
エ	衣	148
	恵	319
	蕙	508
	懐	568
え	江	136
	柄	262
	柯	263
	絵	429
エイ	永	101
	曳	134
	泳	215
	英	222
	栄	258
	洩	264
	影	501
	叡	514
	衛	521
	霙	523
	罌	559
	蝶	559
	瓔	562
	襃	563
	鱝	568
えがく	画	221
エキ	役	167
	疫	272
	益	337
	液	362
えぐ	薮	563
えだ	枝	210
えだみち	岐	167
エツ	悦	319
	越	438
	喝	452
	籃	563
えのき	榎	478
えび	蝦	508
えびす	夷	127
	戎	133
	胡	290
	蛮	436
えびら	籭	486
えり	魪	476
	襟	542
える	得	358
エン	円	54
	延	207
	沿	215
	炎	219
	垣	243
	涎	334
	淵	364
	堰	402

親字音訓ガイド

読み	親字	頁
	園	445
	塩	445
	煙	456
	猿	457
	筵	461
	遠	471
	鳶	498
	緑	505
	豌	511
	燕	516
	闍	523
	鴛	526
	篤	530
えんじゅ	槐	478

【お】

読み	親字	頁
おお	尾	166
おおい	老	143
おいる	老	143
オウ	王	81
	応	167
	押	208
	皇	273
	桜	325
	秧	339
	翁	341
	黄	398
	横	502
	鴨	526
	襖	533
	罌	559
	甕	563
	鴬	565
	鶲	565
	鷗	568
	鷹	570
	鸚	571
おう	負	241
	追	300
おうぎ	扇	319
おうち	棟	454
おおい	多	127
	秦	467
おおう	芘	229
	覆	542
おおかみ	狼	336
おおきい	大	27
おおざら	盤	504
おおとり	鳳	499
	鴻	538
おおにら	荔	298
おおはまぐり	蜃	469
おおみず	洪	267
おおやけ	公	52
おか	丘	82
	岡	205
おがむ	拝	208
おき	沖	171
おぎ	荻	342
おきな	翁	341
おきる	起	346
オク	屋	244
おく	置	461
おくる	送	299
	貽	438
おこす	起	346
おごそか	厳	527
おこなう	行	148
おこり	瘧	504
おこる	興	518
おさ	筬	461
おさえる	押	208
おさない	稚	460
おさめる	収	87
	治	216
	修	304
	納	340
おし	啞	355
おしい	惜	358
おしきうお	魴	513
おす	牡	172
	押	208
	雄	442
おそい	遅	439
おそれ	虞	468
おそれる	怕	208
	恐	319
おたまじゃくし	蛞	437
オチ	榲	478
おちる	落	434
	墜	500
オツ	乙	4
	榲	478
おっと	夫	60
おと	音	301
おとうと	弟	167
おとこ	男	174
おどす	威	243
おとり	囮	165
おどる	踊	493
おどろく	驚	567
おに	鬼	352
おの	斧	209
おび	帯	317
おびる	帯	317
おぼえる	覚	437
おぼろ	朧	559
おも	主	82
おもい	重	300
おもう	思	247
おもて	面	301
おもねる	佞	153
おや	親	521
およぐ	泳	215
およぶ	及	23
	泊	269
	趙	493
おりる	下	15
	降	348
おる	折	169
	織	539
おろか	駘	513
おろち	蟒	509
おわす	坐	165
おわる	了	8
	卒	196
	終	372
オン	音	301
	温	422
	隠	496
	褞	510
	鰮	564
おん	御	409
おんな	女	32

【か】

読み	親字	頁
カ	下	15
	化	50
	火	78
	加	84
	禾	118
	瓜	138
	何	151
	伽	151
	囮	165
	花	175
	佳	195
	果	210
	河	215
	茄	223
	架	258
	柯	263
	夏	308
	家	315
か	荷	342
	華	343
	蚊	343
	蚜	345
	掛	358
	渦	422
	葭	435
	嫁	446
	嘉	476
	歌	479
	樺	502
	稼	504
	蝦	508
	蝸	509
	蝌	509
	鍋	534
	霞	535
ガ	蚊	343
	蚋	345
	牙	104
	瓦	106
	我	168
	画	221
	臥	222
	芽	223
	賀	437
	峨	468
	餓	512
	駕	512
	鵞	546
	鵝	546
が	蛾	468
カイ	介	50
	会	121
	回	125
	灰	137
	快	167
	改	169
	芥	184
	怪	208
	廻	245
	海	264
	界	272
	苗	298
	晦	321
	傀	401
	堺	403
	楷	421
	絵	429
	開	441
	解	469
	槐	478

(13)

親字音訓ガイド

	懐	514
	薤	520
	檜	529
	膾	531
	蟹	551
	懷	568
かい	貝	188
ガイ	外	96
	艾	119
	亥	119
	咳	242
	崖	356
	街	437
	骸	538
	鎧	542
かいこ	蚕	344
かう	買	438
	飼	475
かえす	返	192
かえで	楓	453
	槭	503
かえる	帰	317
	復	414
	蛙	436
	還	522
かお	顔	545
かおり	香	304
かおりぐさ	蕙	508
かおる	薫	518
ががいも	芄	186
かかえる	抱	209
かがみ	鏡	553
	鑑	568
かがみだい	鮊	513
かがむ	屈	205
かがり	篝	517
かかる	掛	358
かかわる	関	496
かき	垣	243
	柿	258
	籬	571
かぎ	鉤	472
	鍵	534
カク	角	186
	画	221
	革	301
	格	322
	槨	361
	殻	365
	涸	365
	郭	383
	覚	437
	貉	471
	霍	523
	螯	533
	鶴	564
	鷽	571
かく	爬	219
	書	322
	搔	449
かぐ	嗅	445
ガク	学	202
	岳	205
	楽	452
	額	545
	鶚	562
	鷽	571
かくれる	隠	496
	蟄	533
かげ	陰	387
	影	501
がけ	崖	356
かけい	筧	461
かける	欠	72
	架	258
	掛	358
	鉤	472
	駆	498
	賭	511
	駈	513
	懸	558
かげろう	蜻	469
かご	籠	566
かこむ	囲	165
かさ	笠	369
	傘	401
かささぎ	鵲	556
かさなる	重	300
かざる	飾	475
かし	樫	502
	橿	528
かじ	梶	361
かじか	鰍	561
かしぐ	炊	219
かしこい	賢	522
かしら	頭	523
かしわ	柏	261
かす	粕	370
	貸	438
	糟	530
かず	数	449
かすか	幽	245
	微	448
かすむ	霞	535
かぜ	風	301
かせぐ	稼	504
かぞえる	数	449
	算	486
かた	方	63
	片	80
	肩	208
かたい	堅	402
かたき	仇	50
かたち	形	167
かたつむり	蝸	509
かたどる	象	437
	貌	493
かたな	刀	13
かたる	語	493
かたわ	畸	458
かち	徒	319
カツ	活	267
	渇	362
	葛	373
	割	401
	聒	430
	蛞	437
	喝	452
	滑	455
	蝎	509
	獦	517
	蠍	552
かつ	勝	417
ガツ	月	66
かつお	鰹	567
かつぐ	担	208
かつて	曾	417
かつら	桂	324
	鬘	563
かど	角	186
	門	234
かなう	適	494
かなしい	悲	414
かなでる	奏	243
かなめ	要	299
かに	蟹	551
かね	金	230
	鉦	471
	鐘	560
かねる	兼	305
かのえ	庚	206
かば	樺	502
かび	黴	567
かびる	黴	569
かぶ	株	323
	菁	380
かぶと	冑	240
	兜	354
かぶら	蕪	507
かぶらな	菁	380
かべ	壁	514
かま	釜	347
	窯	505
	鎌	542
がま	蒲	464
	蟆	521
かます	叺	89
かまど	竈	562
かまびすしい	喧	402
	聒	430
かみ	上	19
	神	276
	紙	340
	髪	498
かみなり	雷	474
かむろ	禿	175
かめ	亀	354
かも	鳧	476
	鴨	526
かもじ	鬘	476
かもしか	羚	372
かもめ	鷗	568
かや	茅	224
	萱	229
	栢	323
	萱	431
	椚	479
かゆ	粥	429
かよう	通	347
から	唐	307
	殻	362
がら	柄	262
からい	辛	191
	辣	494
からし	芥	184
からす	烏	335
	鴉	513
からすみ	鱲	571
からだ	体	152
からたち	枳	263
からむし	苧	227
	栄	264
	菜	436
かり	狩	271
	雁	441
	鴈	513
	蓋	532
かりやす	借	304
かりる		

親字音訓ガイド

読み	親字	頁		読み	親字	頁		読み	親字	頁		読み	親字	頁
かる	刈	54			還	522			枳	263		きず	傷	444
	猟	366			襴	529			泊	269		きそう	競	558
かるい	軽	439			韓	537			紀	288		きた	北	85
かれ	彼	207			餡	537			姫	314		きたえる	鍛	534
かれる	枯	259			簡	539			帰	317		きたる	来	171
	涸	365			観	542			既	321		キチ	吉	122
かわ	川	43			鰥	546			起	346		キツ	吉	122
	皮	115			羹	549			鬼	352			桔	323
	河	215			灌	558			亀	354			橘	514
	革	301			鹹	562			寄	355		きつね	狐	220
かわうそ	獺	548			鑑	568			規	383		きぬ	衣	148
かわかす	乾	353			蠕	569			喜	402			絹	461
かわく	渇	362			雛	571			葵	431			縑	518
かわごろも	裘	469		かん	疳	337			貴	438		きぬた	砧	338
かわせみ	翠	489			燗	516			畸	458		きのえ	甲	108
	翡	490			襴	529			旗	477		きのこ	茸	296
かわら	瓦	106		ガン	丸	21			箕	486			菌	376
かわらげ	駱	524			元	52			稀	493		きば	牙	104
かわる	代	83			含	164			槻	502		きび	黍	444
	変	243			芫	186			機	514		きびしい	辣	494
	替	417			岸	205			磯	529			厳	527
	渝	423			岩	205			櫃	539		きみ	君	164
カン	干	45			眼	368			騎	545		キャク	客	244
	甘	106			雁	441			驥	553			脚	373
	甲	108			鴈	513			麒	557		ギャク	逆	299
	汗	136			顔	545			鰭	564			瘧	504
	缶	142			願	554		き	木	68		キュウ	九	7
	串	150			巌	557			黄	398			久	21
	旱	169		かんがみる	鑑	568			樹	515			及	23
	函	196		がんぎ	鮑	525		ギ	伎	121			弓	46
	官	203		かんじき	橇	503			妓	166			仇	50
	邯	230		かんじる	感	448			其	196			丘	82
	冠	240		かんな	鉋	473			祇	221			旧	99
	巻	245		かんなぎ	巫	167			義	461			休	121
	柑	259		かんばしい	皀	174			儀	500			吸	123
	竿	287			芳	186			戯	501			朽	135
	疳	337		かんむり	冠	240			擬	528			汲	136
	莞	343							蟻	551			臼	144
	萱	343		**【き】**					麒	557			芎	146
	乾	353						きえる	消	331			求	172
	歁	362		キ	几	13		キク	菊	374			灸	172
	菅	379			乞	21			鞠	537			皀	174
	蚶	382			机	135			麹	557			糺	175
	寒	403			気	136		きく	利	163			泣	216
	間	441			肌	144			聞	490			急	241
	閑	441			岐	167			聴	531			柩	262
	勧	444			希	167		きくいむし	蠹	566			宮	315
	寛	447			忌	167		きこり	樵	515			毬	362
	感	448			杞	171		きざす	萌	380			球	367
	管	485			其	196		きし	岸	205			蚯	382
	関	496			季	202		きじ	雉	473			厩	402
	歓	503			祈	221		きす	鱚	568			給	430

(15)

読み	親字	頁
	嗅	445
	裘	469
	鳩	476
ギュウ	牛	80
キョ	去	87
	居	204
	莒	229
	炬	271
	据	359
	虚	381
	許	383
	筥	461
	鋸	522
	欅	562
ギョ	魚	394
	御	409
	漁	480
きよい	浄	267
	清	363
キョウ	凶	54
	兄	83
	叫	124
	夾	166
	杏	170
	狂	173
	享	195
	京	195
	供	195
	挟	247
	狭	271
	香	304
	恐	319
	胸	341
	莢	343
	強	357
	梟	361
	経	370
	痙	409
	蛬	437
	韮	443
	蛺	469
	嬌	500
	蕎	506
	橋	515
	僑	515
	興	518
	薑	520
	頬	524
	橿	528
	矯	547
	饗	553
	鏡	553

読み	親字	頁
	競	558
	響	561
	驚	567
ギョウ	行	148
	形	167
	暁	416
	業	452
	凝	514
キョク	曲	134
	棘	421
	極	452
ギョク	玉	104
きり	桐	323
	錐	523
	霧	553
きりぎりす	螽	437
きる	切	55
	剪	354
	着	427
	釿	441
きわめる	極	452
キン	巾	45
	芹	185
	近	191
	金	230
	釜	346
	菌	376
	菫	380
	勤	401
	琴	426
	筋	428
	釿	441
	禁	459
	禽	482
	錦	522
	謹	533
	襟	542
ギン	吟	164
	釿	441
	銀	495

【く】

読み	親字	頁
ク	九	7
	工	45
	句	88
	供	195
	狗	220
	苦	224
	枸	263
	紅	288
	蚯	382
	釦	387
	蒟	467
	鉤	472
	駆	498
	駈	513
	駒	513
	鴝	526
グ	具	196
	虞	468
	颶	537
くい	杙	171
クウ	空	222
くう	喰	402
グウ	宮	315
くき	茎	224
くぎ	釘	348
くさ	艸	146
	草	292
	芥	298
くさい	臭	291
くさむら	薮	467
	叢	467
くさる	腐	490
くし	串	150
	櫛	528
くしけずる	梳	330
くしゃみ	嚔	528
くじら	鯨	554
くす	樟	502
くず	屑	317
	葛	373
くすのき	楠	453
くすべる	燻	539
くすり	薬	520
くずれる	崩	356
くそ	糞	530
くだ	管	485
くだく	砕	276
くだる	下	15
くち	口	23
くちなし	梔	362
くちる	朽	135
クツ	屈	205
	堀	355
	掘	358
くつ	沓	216
くつがえす	覆	542
くつろぐ	寛	447
くつわ	轡	567
くに	国	198
くぬぎ	椢	421
	椚	421
	櫟	547
	櫪	558
くばる	配	347
くび	首	304
	頭	524
くま	熊	481
くみ	組	372
ぐみ	茱	298
くみする	与	21
くむ	汲	136
	組	372
くも	雲	442
	蜘	492
くもる	曇	514
くら	倉	304
	蔵	507
	鞍	512
くらい	暗	452
	蒙	466
くらべる	比	72
くり	栗	323
くりや	廚	501
くる	来	171
くるう	狂	173
くるしい	苦	224
くるま	車	191
くるわ	郭	383
くれ	呉	164
くれない	紅	288
くれる	暮	477
くろ	玄	104
	黒	400
くろがね	鉄	472
くわ	桑	324
	鍬	534
くわえる	加	84
クン	君	164
	訓	346
	葷	462
	勲	482
	薫	518
	燻	539
グン	軍	299
	群	462
	羣	462

【け】

読み	親字	頁
ケ	化	50
	芥	184
	家	315

【け】（承前）

読み	親字	ページ
	蚈	345
	梱	421
	懸	558
け／ゲ	毛	72
	下	15
	牙	104
ケイ	兄	83
	形	167
	茎	224
	契	243
	計	299
	恵	319
	桂	324
	笄	339
	啓	355
	渓	362
	畦	367
	経	370
	蛍	381
	痾	409
	敬	415
	軽	439
	継	461
	禊	482
	稽	504
	蕙	508
	薤	520
	薊	520
	蜷	521
	頸	524
	谿	533
	鮭	537
	鮨	538
	雞	545
	瓊	548
	鼜	553
	鶏	555
	競	558
ゲイ	艾	119
	芸	185
	迎	192
	睨	459
	鯨	554
けおり	絨	430
ケキ	鵙	547
ゲキ	隙	473
	激	516
	鵙	547
けす	鎗	512
けずる	削	240
けた	桁	325
ケチ	纈	563
ケツ	子	34
	欠	72
	穴	118
	血	148
	袂	299
	結	430
	蕨	508
	蠍	552
	纈	563
ゲツ	子	34
	月	66
	蘖	559
けむり	煙	456
けもの	獣	516
けやき	欅	562
けら	螻	533
けり	鳧	476
ける	蹴	553
けわしい	嵯	447
	巌	557
ケン	犬	81
	犮	186
	見	186
	肩	208
	建	246
	県	274
	兼	305
	剣	306
	拳	320
	軒	346
	牽	365
	喧	402
	堅	402
	検	419
	硯	427
	萱	431
	間	441
	煖	457
	献	458
	筧	461
	絹	461
	蜆	468
	遣	471
	蜷	492
	権	502
	憲	514
	縑	518
	賢	522
	鍵	534
	繭	539
	験	545
	懸	558
	鰹	567
	蠜	569
ゲン	元	52
	幻	61
	玄	104
	言	187
	弦	207
	彦	246
	原	307
	拳	320
	現	367
	絃	370
	源	455
	蜆	468
	厳	527
	験	545
	蜑	569

【こ】

読み	親字	ページ
コ	戸	61
	古	88
	杞	171
	呼	197
	姑	202
	狐	220
	股	222
	虎	230
	枯	259
	炬	271
	胡	290
	涸	365
	菰	376
	袴	383
	壺	403
	雇	415
	湖	422
	葫	435
	鼓	476
	糊	505
	縞	505
こ	子	33
	木	68
	児	153
	粉	339
ゴ	五	48
	午	56
	冱	122
	冴	153
	呉	164
	吾	164
	莒	229
	後	246
	莫	343
	梧	361
	御	409
	猴	426
	蜈	468
	語	493
	艑	505
	護	559
	鼯	562
こい	濃	516
	鯉	546
こいしい	恋	319
コウ	口	23
	工	45
	公	52
	孔	60
	叩	88
	尻	96
	巧	96
	広	98
	弘	98
	甲	108
	交	120
	光	121
	向	124
	好	127
	江	136
	芒	146
	行	148
	更	150
	夾	166
	孝	166
	杠	171
	岡	205
	幸	206
	庚	206
	昊	210
	呆	215
	厚	242
	姮	244
	後	246
	恒	247
	栩	263
	洪	267
	皇	273
	紅	288
	荒	292
	虹	298
	香	304
	候	304
	桁	325

読み	字	頁	読み	字	頁	読み	字	頁	読み	字	頁
	耕	341	こおり	氷	101	ごり	鰰	538		採	358
	豇	346		冰	122	こる	凝	514		斎	360
	降	348	こおる	冱	122	これ	之	48		祭	368
	高	351		凍	305		此	100		細	370
	康	357		凘	469	ころがす	転	383		菜	376
	梗	361	こがらし	凩	122	ころぶ	転	383		最	417
	皐	367	コク	石	116	ころも	衣	148		犀	426
	莟	381		告	165	コン	今	50		裁	437
	釦	387		谷	187		近	191		催	444
	黄	398		国	198		昆	209		塞	446
	猴	426		黒	400		建	246		歳	454
	蛤	436		熇	481		根	325		蓑	466
	溝	455		穀	484		混	362		綵	489
	粳	461		酷	494		紺	370		臍	540
	蒿	467		鵠	546		崑	380		霽	567
	鉤	472	こぐ	漕	480		渾	423		鰶	568
	嫦	477	こけ	苔	227		献	458	さい	犀	426
	敲	477	こげる	焦	425		蒟	467	ザイ	在	126
	榗	479	こごえる	凍	305		魂	498		薺	532
	熇	481	ここのつ	九	7	こん	紺	370	さいわい	幸	206
	綱	487	こころ	心	61	ゴン	言	187	さえずる	囀	562
	膏	490	こころざす	志	168		権	502	さえる	冴	153
	篊	505	こころみる	試	470		厳	527	さお	竿	287
	蝗	509	こころよい	快	167					棹	421
	簥	517	こし	腰	464	【さ】			さか	坂	165
	縞	517	こす	越	438				さかい	封	244
	興	518	こずえ	杪	215	サ	左	96		界	272
	薑	520		梢	361		佐	151		堺	403
	糠	530	こたえる	応	167		沙	172	さかえる	栄	258
	藁	531	こち	鮭	546		砂	275	さかき	榊	452
	講	533	コツ	乞	21		茶	297	さがす	探	359
	鮫	537		忽	208		差	317	さかずき	卮	167
	鴻	538		骨	351		紗	340		盃	273
	鴴	538		榾	479		莎	343		榼	479
	羮	549		鶻	565		嵯	447	さかだる		
	鰉	561	こと	事	195		蓑	466	さかな	魚	394
こう	乞	21		琴	426		槎	503	さからう	逆	299
	講	533	ごとく	如	127		鈔	513	さがる	下	15
ゴウ	合	124	ことぶき	寿	166		鮓	525	さかん	壮	127
	剛	306	ことわり	理	367		鯊	546		盛	367
	業	452	こな	粉	339		坐	165	さき	先	122
	嫦	477	こながき	糝	530	ザ	座	318	さぎ	鷺	570
こうがい	竿	339	このしろ	鰶	568	サイ	才	46	サク	作	151
こうじ	酘	495	このむ	好	127		切	55		削	240
	麹	557	こぶ	瘤	504		西	149		柞	264
こうぞ	楮	454	こぶし	拳	320		妻	202		胙	291
こうむる	被	346	こぼれる	零	474		采	230		朔	322
	蒙	466	こま	駒			柴	260		索	339
こえ	声	166	こまかい	細	370		砕	276		酢	440
こえる	肥	222	こめ	米	141		晒	321		槭	503
	越	438	こよみ	暦	478		豺	346		醋	512
	趙	493	こらす	凝	514		彩	358		簀	530
									さく	咲	243

親字音訓ガイド

よみ	漢字	ページ
さくら	桜	325
さぐる	探	359
ざくろ	榴	421
さけ	酒	331
	鮭	525
	鮭	537
さけのもと	酳	495
さけぶ	叫	124
さける	裂	437
	避	522
さげる	提	415
ささ	笹	369
ささえる	支	63
さじ	匙	355
さしはさむ	挿	320
さす	刺	196
	差	317
	挿	320
	螫	533
さそう	誘	493
さそり	蝎	509
	蠍	552
さだめる	定	204
サツ	札	99
	刷	196
	薩	531
ザツ	雑	497
さつき	皐	367
さと	里	192
さば	鯖	554
さばく	捌	320
	裁	437
さび	錆	523
さびしい	寂	355
さま	様	478
さまよう	逍	383
さむい	寒	403
さむらい	士	25
さめ	鮫	513
	鮫	537
	鱶	546
さめる	冷	153
	覚	437
さや	莢	343
さより	鱵	571
さら	更	150
さらう	浚	334
さらす	晒	321
	曝	547
さる	去	87
	申	108
	猴	426
	猿	457
さわ	沢	172
さわら	鰆	561
さわる	障	496
サン	三	16
	山	38
	杉	170
	参	197
	珊	272
	蚕	344
	産	367
	傘	401
	散	415
	蒜	465
	算	486
	酸	494
	撒	501
	糝	517
	糝	530
	霰	560
	讃	566
ザン	残	330

【し】

よみ	漢字	ページ
シ	士	25
	子	33
	巳	45
	之	48
	支	63
	止	72
	仕	82
	仔	82
	司	88
	四	89
	市	97
	此	100
	矢	116
	死	135
	糸	141
	至	144
	卮	167
	志	168
	私	174
	芝	185
	刺	196
	始	202
	姉	202
	枝	210
	祇	221
	姿	244
	思	247
	恃	247
	施	247
	柿	258
	柴	260
	枳	263
	梟	264
	茨	292
	師	317
	晒	321
	砥	338
	紙	340
	翅	341
	脂	342
	匙	355
	梓	361
	梔	362
	紫	371
	視	383
	歯	421
	葈	436
	覗	437
	貲	438
	塒	446
	榹	454
	獅	458
	試	470
	雌	473
	飼	475
	漬	480
	幟	500
	賜	511
	髭	513
	縒	518
	錫	523
	鮨	538
	鴟	538
	贄	542
	鰤	564
	鱕	564
ジ	地	126
	字	127
	寺	128
	次	135
	耳	143
	自	144
	似	151
	児	153
	事	195
	呪	198
	治	216
	恃	247
	持	247
	時	321
	楠	330
	匙	355
	滋	422
	墀	446
	慈	448
	蒔	465
	雉	473
	磁	482
	鰤	538
	鱏	564
じ	路	471
しあわせ	幸	206
しい	椎	420
しいら	鱰	569
しお	汐	137
	塩	445
	潮	503
しおからい	鹹	562
しおけ	鹹	562
しか	鹿	396
	色	144
シキ	織	539
しぎ	鴫	526
	鷸	569
ジキ	直	221
	食	303
しきみ	樒	503
しきりに	頻	537
しく	敷	501
ジク	柚	263
	鰤	538
しげみ	蓁	467
しげる	茂	229
	滋	422
	繁	517
	鬱	572
しし	獅	458
しじみ	蜆	468
しずか	閑	441
	静	497
しずく	滴	480
しずむ	沈	172
しずめる	鎮	543
した	下	15
	舌	144
したがう	服	210
	従	319
	随	441
したしい	親	521
したたる	滴	480
シチ	七	5

シツ	虱	230		鯊	513		宗	204		祝	276
	室	244		謝	533		帚	206		宿	355
	疾	337		鱶	546		拾	247		淑	363
	湿	422		麝	566		柊	261		橚	503
	蛭	436		鷓	568		洲	267		縮	530
	漆	480	ジャ	蛇	381		秋	278	ジュク	熟	503
	膝	506		麝	566		臭	291	シュツ	出	84
	蝨	509	シャク	尺	60		修	304	シュン	俊	240
	櫛	528		勺	146		袖	345		春	248
	蟋	532		杓	170		終	372		浚	334
ジツ	日	63		灼	172		菘	380		筍	339
	実	203		赤	188		阪	388		隼	349
しとね	茵	186		昔	209		就	409		筍	428
	蓐	467		借	304		萩	432		蕣	491
しどみ	櫨	503		釈	384		葺	433		鰆	561
しな	品	243		槭	503		集	442	ジュン	笋	339
しなやか	靱	443		燋	516		栖	453		隼	349
しぬ	死	135		錫	523		楸	453		筍	428
しの	篠	530		鵲	556		湊	456		順	443
しのぐ	凌	306	ジャク	若	224		蟋	469		蕣	491
	駕	512		弱	318		漱	481		潤	503
しのぶ	忍	168		寂	355		箒	486		鶉	556
しば	芝	185		雀	388		痩	504	ショ	処	83
	柴	260		嚼	421		皺	504		初	154
しぶい	渋	362		鵲	556		蝤	509		俎	240
しぼり	纐	563		鷯	565		戢	532		書	322
しま	洲	267	シュ	手	62		螽	533		蛆	382
	島	317		主	82		鍬	534		暑	416
	縞	517		守	128		蟰	542		黍	444
しみ	蠹	566		朱	135		鞦	545		諸	510
しみる	染	261		取	197		繡	548		薯	518
しめ	鵼	538		狩	271		蹴	553		曙	528
しめる	占	86		茱	298		鰍	561		藷	540
	閇	387		首	304		鰌	561	ジョ	女	32
	湿	422		酒	331		鷲	568		如	127
しも	下	15		珠	336		驟	569		助	164
	霜	535		硃	368	ジュウ	十	13		叙	242
シャ	沙	172		棕	421		廿	61		茹	298
	社	174		椶	453		汁	101		除	348
	車	191		種	484		戎	133		滁	456
	舎	222		撞	501		住	151		鋤	512
	柘	261		諏	510		拾	247		薯	518
	砂	275		蟅	542		重	300		諸	540
	射	316	ジュ	寿	166		従	319	ショウ	小	34
	紗	340		受	197		紐	341		井	48
	莎	343		綬	487		渋	362		升	56
	捨	359		樹	515		揉	415		少	60
	赦	383		濡	529		絨	430		正	100
	煮	424		糯	553		銃	495		生	107
	賈	438	シュウ	収	87		獣	516		床	167
	蛼	469		舟	144	しゅうとめ	姑	202		肖	175
	鉈	473		秀	174	シュク	夙	127		尚	204

親字音訓ガイド

承 208　招 208　昇 209　松 211　杪 215　沼 216　炒 219　青 236　咲 243　昭 257　相 274　荘 296　宵 316　消 331　笑 339　商 354　唱 355　梢 361　章 369　菖 377　菁 380　逍 383　晶 416　勝 417　椒 421　焼 424　焦 425　猩 426　硝 427　粧 429　装 437　象 437　傷 444　樵 454　照 456　聖 462　蛸 468　鉦 471　漳 481　獐 481　精 486　障 496　樟 502　樅 502　箱 505　衝 510　銷 512　鈔 513　麨 513　樵 515　橡 515　燋 516

蕎 520　錆 523　鮭 525　篠 530　錘 534　蕉 542　醤 542　鮹 546　鯖 554　鯧 555　鐘 560　鼈 568　鷦 569　鱶 571

ジョウ　上 19　丈 20　成 133　杖 170　定 204　乗 239　城 243　浄 267　茸 296　常 357　盛 367　場 403　畳 426　筬 461　蒸 465　靖 474　静 497　縄 506　繞 540　譲 559

しょうぶ　菖 377

ショク　色 144　拭 247　食 303　植 419　蜀 468　飾 475　嗇 520　燭 529　織 539　贖 566

ジョク　溽 456　蓐 467

しらせる　報 403

しらべる　検 419

しらみ　虱 230　蝨 509

しり　尻 96

しりがい　鞦 545

しりぞく　退 300

しる　汁 101　知 221

しるし　印 122　徴 477　験 545

しるす　歆 362

しろ　白 111　城 243

しろあり　螱 533

しろうお　鮊 525

しろがね　銀 495

しろよもぎ　蘩 559

しわ　皺 504

シン　心 61　申 108　身 191　辛 191　辰 191　信 240　津 269　神 276　振 320　晋 322　真 337　秦 339　針 348　晨 360　深 363　進 383　森 419　寝 447　新 449　縉 461　蓁 467　蜃 469　榛 478　槙 479　賑 493　震 512　縉 517　薪 518　親 521　盡 532　鱒 568　鱵 571

ジン　人 10　刃 22　仁 51　壬 57　尽 129

迅 150　甚 272　神 276　秦 339　靱 443　煁 457　蜃 469　盡 532

じんこう　榾 503

【す】

ス　素 340　砥 368　須 443　諏 510　藪 541

す　巣 356　酢 440　醋 512　簀 530

ズ　杜 170　豆 187　厨 501　頭 523

スイ　水 73　吹 165　垂 199　炊 219　悴 358　酔 384　椎 420　睡 458　翠 489　穂 504　誰 510　錐 523　酸 494

すい／ズイ　随 441　瑞 458　蕤 521

ずいむし　螟 521

スウ　菘 380　陬 388　数 449　籔 504　雛 543

すう　吸 123

すえ　末 99　季 202　陶 387

すえる　据 359

親字音訓ガイド

	籔	563
すがた	姿	244
すき	隙	473
	鋤	512
すぎ	杉	170
	楢	478
すく	梳	330
	漉	480
すくない	少	60
すくもむし	蝎	509
すぐれる	俊	240
	優	527
すけ	介	50
	佐	151
すげ	菅	379
すけとうだら	鱈	555
すける	透	347
すごい	凄	305
すこし	少	60
すさまじい	凄	305
すし	鮓	525
	鮨	538
すじ	筋	428
すす	煤	457
すず	鈴	472
	錫	523
すすき	芒	146
	薄	519
すずき	鱸	571
すすぐ	雪	388
	漱	481
すずしい	涼	364
すすむ	晋	322
	進	383
すずめ	雀	388
	鵤	538
すすめる	勧	444
	闍	523
すずり	硯	427
すだれ	簾	548
すっぽん	鼈	571
すでに	既	321
すてる	捨	359
すな	砂	275
すなふき	鯊	513
すなわち	乃	7
すのこ	簀	454
すばしこい	趙	493
すばる	昴	258
すべて	渾	423
	総	487
すべる	滑	455

すみ	角	186
	炭	269
	陬	388
	墨	500
すみれ	菫	380
すむ	住	151
	澄	503
すめらぎ	皇	273
すもも	李	171
する	刷	196
	摩	501
	搨	514
すわる	坐	165
	座	318
スン	寸	34

【せ】

セ	世	82
	施	247
	勢	445
せ	背	291
	瀬	547
セイ	井	48
	世	82
	正	100
	生	107
	成	133
	西	149
	声	166
	征	207
	青	236
	政	247
	星	257
	凄	305
	清	363
	盛	367
	菁	380
	晴	416
	犀	426
	猩	426
	貰	438
	勢	445
	歳	454
	簎	461
	聖	462
	鉦	471
	靖	474
	精	486
	蜻	492
	製	493
	誓	493

	静	497
	橇	515
	錆	523
	鮏	525
	菁	532
	臍	540
	鯖	554
	蠐	559
	霽	567
	鯠	568
せい	背	291
ゼイ	脆	342
	蚋	345
	橇	515
せがれ	倅	358
セキ	夕	25
	尺	60
	石	116
	汐	137
	赤	188
	昔	209
	寂	355
	惜	358
	蓆	467
	跡	471
	蜥	492
	積	517
	螫	533
	鶺	566
	麝	566
せき	咳	242
	堰	402
	関	496
セツ	切	55
	折	169
	窃	287
	屑	317
	接	359
	雪	388
	摂	448
	節	460
	鱈	567
ゼツ	舌	144
ぜに	銭	496
せまい	狭	271
せまる	迫	230
せみ	蜩	493
	蟬	541
せり	芹	185
せる	競	558
セン	千	22
	川	43

	仙	82
	占	86
	先	122
	串	150
	宣	244
	染	261
	泉	267
	浅	268
	洗	269
	扇	319
	栴	327
	涎	334
	剪	354
	旋	360
	船	373
	喘	402
	筌	428
	煎	457
	跣	471
	銭	496
	潜	503
	線	506
	賤	511
	闡	523
	氈	529
	繊	530
	餞	537
	蟬	541
	顫	545
	蟾	552
ゼン	前	240
	善	402
	喘	402
	禅	459
	嫩	477
	漸	480
	賤	511
	膳	518
	蟬	541
ぜん	膳	518
ぜんまい	薇	521

【そ】

ソ	岨	206
	徂	208
	狙	220
	俎	240
	胙	291
	梳	330
	素	340
	粗	370

(22)

ソ／ソウ

読み	親字	頁
	組	372
	蛆	382
	曾	417
	疎	426
	鼠	476
	蘇	549
ソウ	双	56
	爪	79
	壮	127
	早	133
	艸	146
	走	190
	宗	204
	帚	206
	炒	219
	奏	243
	相	274
	草	292
	荘	296
	送	299
	倉	304
	挿	320
	桑	324
	蚤	345
	巣	356
	掃	359
	曹	360
	爽	365
	窓	369
	阪	388
	惣	414
	曾	417
	椶	421
	棗	421
	葱	431
	装	437
	僧	444
	掻	449
	櫻	453
	楤	454
	溲	456
	蒼	465
	槍	478
	漕	480
	漱	481
	等	486
	糉	487
	総	487
	瘦	504
	箱	520
	蔷	520
	糟	530

読み	親字	頁
	蠧	533
	霜	535
	叢	539
	藪	541
	藻	549
	孀	557
	囃	562
	竈	562
	鯵	567
そう	沿	215
ゾウ	造	347
	象	437
	増	477
	雑	497
	蔵	507
	橡	515
	臓	549
そうじて	惣	414
そうろう	候	304
そえる	添	364
ソク	足	190
	息	319
	塞	446
	燭	529
ゾク	粟	428
	続	461
	蜀	468
そこ	底	206
	梱	421
そそぐ	注	217
	灌	558
ソツ	卒	196
	率	367
そで	袖	345
そと	外	96
そなえる	供	195
	具	196
	備	401
その	其	196
	園	445
そば	俎	206
そむく	背	291
そめる	染	261
	涅	334
そら	昊	210
	空	222
そらんじる	諷	521
そり	橲	515
そる	反	57
	剃	241
それ	其	196
ソン	村	170

【た】

読み	親字	頁
タ	太	57
	多	127
	侘	196
	茶	343
	鉈	473
タ	田	108
ダ	打	98
	梛	362
	蛇	381
	糯	559
	儺	562
	攤	566
タイ	大	27
	太	57
	代	83
	台	88
	体	152
	苔	227
	待	246
	玳	272
	退	300
	帯	317
	泰	332
	袋	383
	替	417
	貸	438
	帯	491
	駘	513
	鵜	562
	鯛	555
たい／ダイ	乃	7
	大	27
	内	54
	代	83
	台	88
	奶	96
	弟	167
	醍	522
	題	545
	鵜	562
だいだい	橙	516
たいまい	玳	272
たいまつ	炬	271
たいら	平	97
たえ	妙	166
たか	鷹	570

読み	親字	頁
たかい	高	351
たかむしろ	簟	539
たがやす	耕	341
たから	宝	204
	賞	438
たき	滝	456
	瀧	539
たきぎ	薪	518
タク	沢	172
	度	245
	啄	307
	棹	421
	橐	479
	濯	529
	籭	566
たく	炊	219
ダク	濁	516
だく	抱	209
たくみ	工	45
	巧	96
たけ	丈	20
	竹	140
	岳	205
たけし	武	215
たけのこ	笋	339
	筍	428
たこ	凧	83
	肨	342
	蛸	468
	鮹	546
たす	足	190
たすける	介	50
	佐	151
	助	164
	扶	169
	祐	278
	翅	341
ただ	闘	545
たたかう		
たたく	叩	88
	敲	477
ただしい	正	100
ただす	糺	175
ただちに	直	221
たたみ	畳	426
ただよう	漂	480
ダチ	達	439
たちばな	橘	514
たちまち	忽	208
タツ	達	439
	癩	548
たつ	立	118
	辰	191

親字音訓ガイド

裁 437
釿 441
龍 527
ダツ　脱 373
　　　獺 548
たで　蓼 491
たていと　経 370
たてまつる　奉 201
　　　　　献 458
たてる　建 246
たとえる　例 196
たな　店 206
　　　棚 419
たに　谷 187
　　　渓 362
だに　蜱 493
たにがわ　谿 533
たぬき　狸 336
たね　種 484
たのしい　楽 452
たのむ　恃 247
　　　　憑 514
　　　　頼 524
たのもしい　頼 524
たび　度 245
　　　旅 321
たべる　食 303
たま　玉 104
　　　珠 336
　　　球 367
　　　弾 409
　　　霊 512
　　　瓊 548
たまう　給 430
たまご　卵 164
たましい　魂 498
たまわる　賜 511
ためす　試 470
たもつ　保 240
たもと　袂 299
たより　便 240
　　　　頼 524
たら　鱈 567
たる　樽 515
たるき　桷 361
だれ　誰 510
たれる　垂 199
たわむれる　拵 321
　　　　　戯 501
たわら　俵 304
タン　丹 47
　　　反 57

担 208
単 241
炭 269
探 359
淡 364
短 427
端 485
緞 506
誕 511
貒 522
檀 528
鍛 534
攤 566
ダン　団 125
　　　男 174
　　　弾 409
　　　暖 452
　　　煖 457
　　　緞 506
　　　檀 528
　　　攤 566

【ち】

チ　地 126
　　池 137
　　治 216
　　知 221
　　致 342
　　答 370
　　智 416
　　遅 439
　　稚 460
　　置 461
　　雉 473
　　蜘 492
　　薙 518
　　縭 569
ち　千 22
　　血 148
ちいさい　小 34
ちかい　近 191
ちかう　誓 493
ちから　力 13
ちぎる　契 243
チク　竹 140
　　　筑 428
　　　鰲 568
　　　縮 530
ちぢむ　苣 229
ちしゃ　父 80
ちち　乳 195

ちちぶ　鯎 513
チツ　秩 339
　　　蟄 533
ちどり　鵆 538
　　　　鴴 538
ちまき　粽 487
ちまた　閭 523
チャ　茶 297
ちゃ　茶 297
　　　茗 298
　　　著 379
チャク　着 427
　　　　箸 486
チュウ　丑 46
　　　　中 47
　　　　仲 121
　　　　虫 146
　　　　沖 171
　　　　注 217
　　　　冑 240
　　　　昼 244
　　　　柱 261
　　　　紐 341
　　　　偸 354
　　　　幬 501
　　　　厨 501
　　　　鋳 512
　　　　擣 528
　　　　蟄 533
チョ　苧 227
　　　猪 365
　　　著 379
　　　楮 454
　　　箸 486
　　　樗 502
チョウ　丁 7
　　　　吊 124
　　　　町 174
　　　　長 233
　　　　迢 300
　　　　重 300
　　　　帳 357
　　　　彫 358
　　　　蛸 382
　　　　釣 387
　　　　頂 394
　　　　鳥 394
　　　　朝 418
　　　　畳 426
　　　　貂 437
　　　　貼 438
　　　　楪 454

腸 464
跳 471
徴 477
肇 490
蔦 490
蜩 493
趙 493
澄 503
潮 503
蝶 509
聴 531
鯛 555
ちょう　蝶 509
チョク　直 221
　　　　勅 241
　　　　散 415
ちる　散 415
チン　沈 172
　　　枕 214
　　　珍 272
　　　砧 338
　　　陳 387
　　　椿 452
　　　賃 471
　　　鎮 543

【つ】

ツ　都 384
　　鵜 557
つ　津 269
ツイ　追 300
　　　椎 420
　　　墜 500
　　　鎚 534
ついたち　朔 322
ついばむ　啄 307
ついやす　費 438
ツウ　通 347
つえ　杖 170
つか　柄 262
つが　栂 261
つがい　番 426
つかえる　仕 82
つかさどる　司 88
つかまえる　捕 320
つかわす　遣 471
つき　月 66
　　　槻 502
つぎ　次 135
つく　突 222
　　　附 235
　　　就 409

読み	親字	頁
	着	427
	搗	449
	撞	501
	衝	510
	憑	514
	擣	528
つぐ	接	359
	継	461
つくえ	几	13
	机	135
つくす	尽	129
つくだ	佃	152
つぐみ	鶫	557
つくる	作	151
	造	347
	製	493
つげ	柘	261
つける	付	83
	漬	480
つげる	告	165
つじ	辻	119
つづく	続	461
つづみ	鼓	476
つづる	綴	487
つた	蔦	490
	蘿	566
つたわる	伝	121
つち	土	23
	鎚	534
つちふる	霾	567
つつ	筒	428
	銃	495
つつが	恙	319
つつしむ	謹	533
つつみ	堤	403
つつむ	包	85
つと	苞	229
つどう	集	442
つとめる	勤	401
つな	綱	487
つなぐ	維	487
つね	恒	247
	常	357
つの	角	186
つばき	沫	218
	椿	452
つばさ	翅	341
つばめ	燕	516
	邑	174
つぶ	粒	370
つぼ	坪	199
	壺	403
つま	妻	202
つむ	摘	477
	積	517
つむぐ	紡	341
つむじかぜ	飆	537
つめ	爪	79
つめたい	冷	153
つゆ	露	560
つよい	剛	306
	強	357
つら	面	301
つらい	辛	191
つらなる	連	347
つらねる	列	122
つる	弦	207
	釣	387
	蔓	490
	鶴	564
つるぎ	剣	306
つるす	吊	124
つんぼ	聾	566

【て】

読み	親字	頁
て	手	62
テイ	丁	7
	体	152
	低	152
	弟	167
	定	204
	底	206
	帝	239
	剃	241
	涕	269
	貞	299
	庭	318
	砥	338
	釘	348
	梯	361
	啼	402
	堤	403
	奠	403
	提	415
	碇	459
	鬄	476
	蔕	491
	薙	518
	頽	524
	嚔	528
	鯳	538
	鯷	561
	鶗	562
デイ	俤	153
	泥	217
テキ	的	221
	荻	342
	笛	370
	摘	477
	滴	480
	適	494
	蠹	541
	躑	566
テツ	鉄	472
	綴	487
デツ	涅	334
てっぽうむし	蠐	533
てら	寺	128
てらす	照	456
でる	出	84
テン	天	58
	店	206
	点	270
	展	317
	添	364
	淀	364
	甜	367
	転	383
	奠	403
	貼	438
	殿	455
	簟	539
	鎮	543
	囀	562
	纏	563
	鱒	568
てん	貂	437
デン	田	108
	伝	121
	佃	152
	淀	364
	奠	403
	殿	455
	電	473

【と】

読み	親字	頁
ト	杜	170
	兎	196
	徒	319
	荼	343
	屠	356
	都	384
	渡	422
	登	427
	菟	431
	塗	446
	酴	495
	賭	495
	蠹	566
と	戸	61
ド	土	23
	奴	96
	度	245
	茶	343
	鍍	495
といし	砥	338
トウ	刀	13
	冬	90
	当	133
	灯	137
	投	169
	豆	187
	東	213
	杳	216
	逃	300
	凍	305
	唐	307
	島	317
	桐	323
	桃	327
	納	340
	荳	343
	透	347
	偸	354
	兜	354
	陶	387
	塔	403
	棹	421
	棠	421
	湯	423
	登	427
	筒	428
	塘	446
	搗	449
	稲	482
	絢	489
	踏	511
	橙	516
	頭	523
	擣	528
	踵	533
	藤	540
	闘	545
	蟷	553
	鶫	557
	籐	563

親字音訓ガイド

読み	字	番号
とう	籐	563
ドウ	胴	342
	棠	421
	童	427
	道	439
	働	444
	撞	501
	蹈	533
	櫝	539
どう	胴	342
とうとい	貴	438
とうな	菘	380
とおい	十	13
とおい	遠	471
とおす	通	347
とき	時	321
	晨	360
	鴇	513
トク	禿	175
	得	358
	徳	477
とく	解	469
ドク	毒	215
	独	271
	読	493
どくだみ	蕺	532
とげ	棘	421
とける	解	469
	銷	512
	融	521
とこ	床	167
ところ	処	83
とざす	閉	387
とし	年	129
	歳	454
どじょう	鰌	561
とじる	封	244
	閉	387
	綴	487
とち	栃	261
トツ	凸	84
	突	222
とつぐ	嫁	446
とどまる	留	336
となえる	唱	355
との	殿	455
どの	殿	455
とばり	帳	357
	帷	357
とび	鳶	498
とぶ	飛	303
	跳	471

読み	字	番号
	蜚	493
とぼしい	乏	82
とまる	泊	217
とむ	富	408
とめる	止	72
	留	336
とも	友	57
	鞆	497
ともえ	巴	61
ともしび	灯	137
	炬	271
	燭	529
ともなう	伴	152
とら	虎	230
	寅	355
とらえる	捕	320
とり	西	192
	鳥	394
	難	545
とる	取	197
	採	358
どろ	泥	217
トン	豚	383
	敦	415
ドン	呑	165
	嫩	477
	緞	506
	曇	514
どんす	緞	506
とんび	鳶	498
とんぼ	蜻	492

【な】

読み	字	番号
ナ	那	192
	奈	201
	梛	362
	糯	559
	儺	562
な	名	124
	菜	376
ナイ	乃	7
	内	54
ない	亡	22
	無	425
なう	絢	489
なえ	苗	228
	秧	339
なえる	萎	373
なおす	直	221
なか	中	47
	仲	121

読み	字	番号
ながあめ	霖	523
ながい	永	101
	長	233
なかば	半	86
なかれ	勿	56
	莫	343
ながれる	流	333
なぎ	梛	362
なく	泣	216
	啼	402
	鳴	499
なぐ	薙	518
なげる	投	169
なこうど	媒	403
なごむ	和	198
なし	梨	361
なずな	薺	532
なぞらえる	擬	528
なた	鉈	473
なだ	洋	269
なつ	夏	308
なつかしい	懐	514
なつめ	棗	421
なでる	撫	501
ななつ	七	5
なに	何	151
なべ	鍋	534
なまぐさい	鮏	525
なます	膾	531
なまず	鯰	555
なまめかしい	嬌	500
なみ	波	217
	浪	334
なみだ	泪	219
	涙	334
なめらか	滑	455
なら	楢	453
なる	成	133
なれしか	麋	538
なわ	縄	506
ナン	南	241
	軟	383
	楠	453
	難	544

【に】

読み	字	番号
ニ	二	8
	仁	51
	児	153
	呢	198
に	丹	47

読み	字	番号
	荷	342
にえ	贄	542
にお	鳰	476
におう	匂	55
におな	荼	343
にぎる	握	415
にぎわう	賑	493
ニク	肉	144
	藤	467
にげる	逃	300
にごりざけ	醪	542
にごる	渾	423
	濁	516
にし	西	149
にじ	虹	298
にしき	錦	522
にじゅう	廿	61
にしん	鯡	555
	鰊	561
ニチ	日	63
にな	蜷	492
	螺	532
になう	担	208
	荷	342
	駘	513
ニャク	椛	421
ニュウ	入	11
	廿	61
	乳	195
ニョ	如	127
	茹	298
ニョウ	繞	540
にら	韮	443
にらむ	睨	459
にる	似	151
	肖	175
	煮	424
にれ	楡	454
にわ	庭	318
にわか	霍	523
	驟	569
にわとり	雞	545
	鶏	555
ニン	人	10
	仁	51
	壬	57
	忍	168
にんにく	葫	435

【ぬ】

読み	字	番号
ヌ	奴	96

親字音訓ガイド

読み	親字	頁
ぬいとり	繍	548
ぬう	縫	518
ぬえ	鵺	557
ぬか	粳	461
	糠	530
ぬかが	蟆	559
ぬく	抜	169
ぬぐ	脱	373
ぬぐう	拭	247
ぬさ	幣	500
ぬし	主	82
ぬすむ	窃	287
	偸	354
ぬなわ	蓴	491
ぬの	布	97
ぬのこ	褞	510
ぬま	沼	216
ぬる	塗	446
ぬれる	濡	529

【ね】

読み	親字	頁
ネ	奶	96
ね	根	325
ネイ	佞	153
	檸	539
ねがう	願	554
ねぎ	葱	431
ねぎらう	労	164
ねぐら	塒	446
ねこ	猫	366
ねじる	捩	321
ねずみ	鼠	476
ネツ	涅	334
	熱	504
ねむる	眠	338
	睡	458
ねらう	狙	220
ねりいと	絇	430
ねる	煉	426
	寝	447
	練	489
ネン	年	129
	念	208
	燃	516
	鯰	555

【の】

読み	親字	頁
の	乃	7
	之	48
	野	384
ノウ	納	340
	能	342
	農	471
	濃	516
のき	軒	346
のぎ	禾	118
	芒	146
のこぎり	鋸	522
のこす	遺	511
のこる	残	330
のす	熨	504
のぞく	除	348
	視	437
のぞむ	望	360
	臨	540
のたまう	宣	244
のち	後	246
のばす	延	207
のびる	延	207
のべる	叙	242
	展	317
	陳	387
のぼり	幟	500
のぼる	上	19
	昇	209
	登	427
のみ	蚤	345
のむ	呑	165
のり	紀	288
	規	383
	糊	505
	褊	505
	憲	514
のる	乗	239
	駕	512
	騎	545
のろ	獐	481
	鱸	568
ノン	嫩	477

【は】

読み	親字	頁
ハ	巴	61
	芭	186
	怕	208
	波	217
	爬	219
	玻	272
	破	338
	菠	380
	葩	436
	鲃	525
	覇	553
は	刃	22
	歯	421
	葉	433
バ	芭	186
	馬	349
	婆	355
	墓	521
	蟆	521
ば	場	403
ハイ	拝	208
	盃	273
	背	291
	祓	339
	配	347
	排	359
	敗	360
	焙	426
	稗	485
	醅	512
はい	灰	137
バイ	売	166
	貝	188
	玫	221
	苺	229
	梅	327
	媒	403
	買	438
	煤	457
	酶	512
	霾	567
	黴	569
はいる	入	11
はえ	蠅	552
はえる	栄	258
はか	墓	446
はかま	袴	383
はかる	計	299
はぎ	萩	432
ハク	白	111
	伯	152
	怕	208
	泊	217
	迫	230
	柏	261
	剥	307
	栢	323
	粕	370
	博	402
	雹	474
	薄	519
	鲃	525
はく	掃	359
	履	500
はぐ	剥	307
バク	麦	193
	莫	343
	博	402
	獏	458
	暴	501
	蟆	521
	貘	533
	瀑	539
	曝	547
	爆	548
ばく	獏	458
	貘	533
はぐくむ	奶	96
はげしい	激	516
はげる	禿	175
ばける	化	50
はこ	函	196
	梱	421
	筥	461
	箱	505
はこぶ	運	439
はさむ	夾	166
	挟	247
	端	485
はし	箸	486
	橋	515
はじかみ	椒	421
	薑	520
はしご	梯	361
はした	崎	458
はしたか	鶻	566
はしばみ	榛	478
はじまる	始	202
はじめ	甫	174
	肇	490
はじめて	初	154
はしら	柱	261
はしる	走	190
はす	蓮	466
	鱒	564
はずむ	弾	409
はぜ	鱀	546
	櫨	558
はせる	驟	569
はた	畑	272
	旗	477
	機	514
はだ	肌	144
はだか	裸	469
はだぎ	襦	553

(27)

親字音訓ガイド

読み	親字	頁
はたけ	畑	272
はだし	跣	471
はたす	果	210
はたはた	鱩	564
	鰰	569
はたらく	働	444
ハチ	八	11
	鉢	472
はち	盂	221
	蜂	468
	鉢	472
ハツ	発	273
	捌	320
	髪	498
はつ	初	154
バツ	抜	169
	茉	229
	筏	428
はと	鳩	476
はな	花	175
	華	343
	葩	436
	鼻	500
はなし	話	470
はなじる	洟	269
はなつ	放	209
はなはだしい	甚	272
はなぶさ	英	222
はなむけ	餞	537
はなやか	華	343
はなれる	離	553
はね	羽	142
はねつるべ	桔	323
はねる	跳	471
はは	奶	96
	母	101
	媽	447
はば	巾	45
ばば	婆	355
ははそ	柞	264
はま	浜	332
はまぐり	蛤	436
はますげ	莎	343
はも	鱧	569
はや	鮠	538
はやい	夙	127
	早	133
	迅	150
	疾	337
はやし	林	214
はやす	囃	562
はやて	颶	537
はやぶさ	隼	349
	鶻	565
はら	原	307
	腹	464
はらい	祓	339
はらむ	孕	96
はらわた	腸	464
	臓	549
はり	針	348
はる	春	248
	貼	438
はるか	迢	300
はれる	晴	416
	霽	567
ハン	反	57
	半	86
	帆	129
	伴	152
	坂	165
	板	214
	扁	247
	畔	336
	般	342
	斑	415
	飯	444
	樊	503
	繁	517
	繋	559
	鷭	569
バン	万	20
	伴	152
	板	214
	挽	360
	曼	360
	晩	417
	番	426
	蛮	436
	蔓	490
	盤	504
	蕃	507
	鷭	569

【ひ】

読み	親字	頁
ヒ	比	72
	皮	115
	屁	167
	彼	207
	枇	214
	肥	222
	芘	229
	毘	264
	飛	303
	被	346
	菲	380
	悲	414
	琵	426
	費	438
	榧	479
	緋	487
	翡	490
	蜚	493
	蜱	493
	糒	517
	避	522
	羆	549
	轡	554
	緋	555
	鴓	557
	欂	567
ひ	日	63
	火	78
	灯	137
	陽	441
ビ	尾	166
	弥	207
	枇	214
	毘	264
	眉	275
	美	290
	梶	361
	備	401
	琵	426
	微	448
	鼻	500
	糒	517
	薇	521
	麋	538
	轡	554
	徽	569
ひいでる	秀	174
	英	222
ひいらぎ	柊	261
ひえ	稗	485
ひえる	冷	153
ひがい	鰉	561
ひがし	東	213
ひかる	光	121
ヒキ	匹	56
ひき	匹	56
	蟇	521
ひきいる	率	367
ひきがえる	蟾	552
ひきつけ	癇	529
ひく	引	61
	曳	134
	挽	360
	牽	365
	弾	409
ひくい	低	152
ひぐま	羆	549
ひぐらし	蜩	493
ひげ	須	443
	髭	513
ひこ	彦	246
ひこばえ	蘖	559
ひざ	膝	506
ひさぎ	楸	453
ひさご	瓢	517
ひさしい	久	21
ひし	菱	379
ひしお	醤	542
ひしこ	鰶	561
ひしゃく	杓	170
ひじり	聖	462
ひずちばえ	穭	558
ひそかに	窃	287
	密	355
ひそむ	潜	503
ひたい	額	545
ひたき	鶲	565
ひたす	漫	456
ひだり	左	96
ヒツ	匹	56
	筆	428
ひつ	櫃	539
ひつじ	未	100
	羊	142
ひでり	旱	169
ひと	人	10
	仁	51
	単	241
ひとえ	一	3
ひとつ	一	3
ひとり	孑	34
	独	271
ひな	雛	543
ひのき	檜	529
ひのし	熨	504
ひび	皸	482
	籔	505
ひびく	響	561
ひめ	姫	314
ひも	紐	341
ひもの	鱶	571
ひもろぎ	胙	291
ヒャク	百	138

親字音訓ガイド

読み	親字	頁
ビャク	栢	323
	鉑	525
ひゆ	莧	343
ヒュウ	皀	174
ひょ	鵯	557
ヒョウ	氷	101
	冰	122
	坪	199
	苞	229
	俵	304
	豹	346
	剽	409
	漂	480
	憑	514
	瓢	517
	鮃	525
ひょう	豹	346
	雹	474
ビョウ	杪	215
	苗	228
	病	337
	屛	356
	猫	366
	錨	523
ヒョク	皀	174
ひら	平	97
ひらく	啓	355
	開	441
	闢	523
	攤	566
ひらたい	扁	247
ひらめ	鮃	525
ひる	昼	244
	蛭	436
	蒜	465
ひれ	鰭	564
ひろい	広	98
	弘	98
	博	402
ひろう	拾	247
ひわ	鶸	565
ヒン	牝	138
	品	243
	浜	332
	貧	383
	賓	500
	頻	537
ビン	旻	210
	便	240
	貧	383

【ふ】

読み	親字	頁
フ	不	46
	夫	60
	父	80
	付	83
	布	97
	巫	167
	扶	169
	甫	174
	芙	186
	府	206
	斧	209
	歩	215
	附	235
	負	241
	浮	333
	釜	347
	符	370
	富	408
	普	417
	蜉	469
	鳧	476
	腐	490
	敷	501
	賻	512
	鮒	525
ブ	不	46
	分	55
	巫	167
	奉	201
	武	215
	歩	215
	負	241
	部	384
	無	425
	葡	433
	撫	501
	舞	506
	蕪	507
	鳬	547
	韈	554
ふいご	鞴	
フウ	風	301
	梵	362
	楓	453
	諷	521
ふえ	笛	370
	籟	566
ふえる	増	477
ふか	鱶	571
ふかい	深	363
ふき	蕗	507
フク	伏	121
	服	210
	茯	298
	復	414
	福	459
	腹	464
	簏	486
	蝮	509
	覆	542
	輹	554
	鰒	561
ふく	吹	165
	拭	247
	葺	433
	噴	500
ふぐ	鰒	561
ブク	茯	298
ふくべ	葫	435
	瓢	517
ふくむ	含	164
ふくろ	袋	383
	槖	479
ふくろう	梟	361
ふける	老	143
	更	150
ふご	畚	337
ふさ	房	208
	総	487
ふさぐ	塞	446
ふし	節	460
ふじ	藤	540
ふす	臥	222
ふすべる	燻	539
ふすま	衾	346
	襖	533
ふせぐ	防	192
ふせご	簀	517
ふせる	伏	121
ふた	双	56
ふだ	札	99
	楪	454
ぶた	豚	383
ふたつ	二	8
	両	119
ふち	淵	364
	縁	505
フツ	沸	217
	祓	339
ブツ	仏	51
	勿	56
	物	220
ふで	筆	428
ぶと	簍	521
	蟆	521
ふとい	太	57
ふところ	懐	514
ふな	鮒	525
ふなしうづら	鴇	547
ふね	舟	144
	船	373
ふみ	文	63
ふむ	踏	511
	蹈	533
ふゆ	冬	90
ぶよ	蚋	345
ぶり	鰤	564
ふる	振	320
	降	348
ふるい	古	88
	旧	99
ふるえる	震	512
ふれる	擶	528
フン	分	55
	粉	339
	焚	425
	噴	500
	糞	530
	鱝	569
ブン	分	55
	文	63
	聞	490

【へ】

読み	親字	頁
ヘ	屁	167
ヘイ	平	97
	坪	199
	柄	262
	屛	356
	萍	380
	閉	387
	塀	409
	篦	486
	餅	497
	幣	500
	鮃	525
ベイ	米	141
	茗	298
	袂	299
	槇	479
	螟	521
ヘキ	碧	482
	壁	514
へそ	臍	540
へた	蔕	491

読み	親字	ページ
ヘツ	鼈	571
ベツ	別	163
	捌	320
	蠮	559
	鼈	571
べに	紅	288
へび	蛇	381
へら	箆	486
へり	縁	505
へる	経	370
ヘン	片	80
	返	192
	変	243
	扁	247
	胼	342
	遍	440
	編	506
	蝙	509
ベン	弁	98
	便	240
	胼	342

【ほ】

読み	親字	ページ
ホ	甫	174
	歩	215
	保	240
	捕	320
	浦	331
	葡	433
	蒲	464
ほ	帆	129
	穂	504
ボ	母	101
	莫	343
	菩	380
	墓	446
	媽	447
	暮	477
	模	478
ホイ	焙	426
ホウ	方	63
	包	85
	芳	186
	奉	201
	宝	204
	庖	206
	抱	209
	放	209
	法	217
	泡	218
	苞	229
	炮	271
	峯	317
	崩	356
	萌	380
	報	403
	棚	419
	焙	426
	蓬	466
	蜂	468
	豊	470
	跰	471
	鉋	473
	鮑	476
	鳳	499
	魴	513
	鴇	513
	縫	518
	鮑	525
	瀑	539
ボウ	亡	22
	乏	82
	卯	86
	芒	146
	忘	168
	防	192
	房	208
	茅	224
	茆	229
	昴	258
	茻	298
	虻	298
	紡	341
	望	360
	輈	365
	萌	380
	帽	409
	棒	420
	蒙	466
	貌	493
	鉾	496
	暴	501
	蟒	509
ほうき	帚	206
	箒	486
ほお	朴	135
	頬	524
ほがらか	朗	322
ホク	北	85
	電	474
ボク	卜	15
	木	68
	朴	135
	牧	220
	苜	229
	睦	459
	墨	500
	瀑	539
ほこ	鉈	473
	鉾	496
ほし	星	257
ほしい	欲	362
ほしいい	糒	517
ほす	干	45
ほぞ	臍	540
ほそい	細	370
ほた	楅	479
ほたる	蛍	381
ぼたん	釦	387
ボツ	勿	56
ほっする	欲	362
ほとけ	仏	51
ほどこす	施	247
ほね	骨	351
ほのお	炎	219
ほふる	屠	356
ほまれ	誉	470
ほめる	讃	566
ほり	堀	355
ほる	彫	358
	掘	358
ほろびる	亡	22
ホン	本	99
	奔	337
ボン	盆	273
	梵	362
ぽんど	封	244

【ま】

読み	親字	ページ
マ	麻	397
	摩	501
	磨	517
	蟆	521
	魔	563
ま	間	441
マイ	米	141
	妹	202
	枚	214
	苺	229
	埋	308
まいる	参	197
まう	舞	506
まえ	前	240
まがき	樊	503
	籬	571
まき	牧	220
	槙	479
まく	巻	245
	蒔	465
	撒	501
まくら	枕	214
まぐろ	鮪	538
まける	負	241
まげる	曲	134
まご	孫	315
まこと	真	337
	欸	362
まこも	菰	376
まさ	柾	262
まさかり	鉞	441
まさる	勝	417
まじわる	交	120
ます	升	56
	益	337
	増	477
	鱒	568
まず	先	122
ますがた	枡	330
まずしい	貧	383
まぜる	混	362
また	股	222
	復	414
まだら	毳	365
	斑	415
まだらうし	犛	365
まち	町	174
	街	437
マツ	末	99
	抹	209
	沫	218
	茉	229
	松	211
まつ	待	246
まつり	祭	368
まつりごと	政	247
まと	的	221
まど	窓	369
	牖	454
まとう	纏	540
	纏	563
まないた	俎	240
まながつお	鯧	555
まなこ	眼	368
まなぶ	学	202
まねく	招	208
まぼろし	幻	61

親字音訓ガイド

【第1列】

まみ 鼯 522
　　 鼬 571
まむし 蝮 509
まめ 豆 187
まもる 守 128
　　 衛 521
　　 護 559
まゆ 眉 275
　　 繭 539
まゆみ 檀 528
まよう 迷 300
まり 毬 362
　　 鞠 537
まる 丸 21
まるい 丸 21
　　 円 54
まれ 希 167
まわる 回 125
　　 廻 245
マン 万 20
　　 曼 360
　　 満 423
　　 蔓 490
　　 慢 561
　　 鬘 563
　　 鰻 567

【み】

ミ 未 100
　 味 197
　 弥 207
　 眉 275
み 巳 45
　 身 191
　 実 203
　 箕 486
みがく 磨 517
みかど 帝 239
みぎ 右 87
みこ 巫 167
みごい 鮖 525
みさご 鶚 562
みじかい 短 427
みず 水 73
　　 瑞 458
みずうみ 湖 422
みずから 自 144
みずたで 蓼 520
みずのえ 壬 57
みせ 店 206
みぞ 溝 455

【第2列】

みそか 晦 321
みそぎ 禊 482
みそさざい 鷦 569
みぞれ 霙 523
みだれる 乱 151
みち 道 439
　　 路 471
みちる 満 423
ミツ 密 355
　　 蜜 492
　　 橘 503
みつ 蜜 492
みっつ 三 16
みどり 碧 482
　　 緑 489
　　 翠 489
みなみ 南 241
みなもと 源 455
みね 峯 317
　　 嶺 528
みの 蓑 466
みのる 実 203
みみ 耳 143
みや 宮 315
ミャク 貘 458
　　 獏 533
みやこ 京 195
　　 都 384
　　 名 124
ミョウ 妙 166
　　 明 209
　　 苗 228
　　 茗 298
　　 猫 366
　　 槙 479
　　 螟 521
みる 見 186
　　 視 383
　　 観 542
　　 旻 210
ミン 眠 338

【む】

ム 武 215
　 無 425
　 夢 446
　 鉾 496
　 撫 507
　 鵡 547
　 霧 553
むかう 向 124

【第3列】

むかえる 迎 192
むかし 昔 209
むぎ 麦 193
むぎこがし 麨 513
むく 剥 307
　　 椋 420
むくいる 報 403
むぐら 葎 435
むし 虫 146
むしあつい 溽 456
むじな 貉 471
むしろ 筵 461
　　 蓆 467
むす 蒸 465
むずかしい 難 544
むすぶ 結 430
　　 簏 563
むせぶ 咽 370
むち 鯥 555
むつ 六 53
むっつ 六 53
むつまじい 睦 459
むなしい 虚 381
むね 宗 204
　　 胸 341
むら 村 170
むらがる 羣 462
むらさき 紫 371
むれ 群 462
むろ 室 244

【め】

メ 米 141
め 目 115
　 芽 223
メイ 名 124
　　 明 209
　　 茗 298
　　 迷 300
　　 冥 305
　　 鳴 499
　　 螟 521
めぐむ 恵 319
めくら 盲 221
めぐる 旋 360
　　 繞 540
めし 飯 444
めす 牝 138
　　 雌 473
めずらしい 珍 272
　　 畸 458
めなわ 茄 229

【第4列】

めばる 鮴 538
メン 面 301
　　 棉 420
　　 綿 488

【も】

モ 茂 229
　 媽 447
　 模 478
　 藻 549
も 亡 22
モウ 毛 72
　　 芒 146
　　 孟 202
　　 盲 221
　　 莽 298
　　 望 360
　　 牦 365
　　 茜 381
　　 蒙 466
　　 網 488
　　 蟒 509
　　 蟊 559
もうす 申 108
もうせん 氈 529
もえる 萌 380
　　 燃 516
モク 木 68
　　 目 115
　　 首 229
もぐさ 艾 119
もぐる 潜 503
もじ 緡 461
もじる 捩 321
もず 鵙 547
もたい 罌 559
モチ 勿 56
もち 餅 497
　　 糯 569
もちいる 用 108
もちごめ 糯 559
モツ 物 220
　　 持 247
もっとも 最 417
もてあそぶ 弄 321
もと 元 52
　　 本 99
　　 素 340
もとめる 求 172
もどる 戻 168
もの 物 220

親字音訓ガイド

ものいみ	斎	360
ものうい	懶	547
ものさし	尺	60
もみ	翔	287
	樅	502
もむ	揉	415
もも	百	138
	桃	327
もよおす	催	444
もらう	貰	438
もり	杜	170
	森	419
もる	盛	367
もれる	洩	264
	漏	480
もろい	脆	342
もろみざけ	醪	495
もろもろ	諸	510
モン	文	63
	門	234
	紋	341
	聞	490

【や】

ヤ	夜	199
	野	384
	鵺	557
や	矢	116
	弥	207
	屋	244
	家	315
やいと	灸	172
やいば	刃	22
ヤク	厄	56
	役	167
	疫	272
	益	337
	薬	520
やく	灼	172
	炬	271
	焼	424
	焚	425
やぐら	櫓	547
やさしい	優	527
やしなう	養	512
やしろ	社	174
やすい	安	128
	康	357
やすむ	休	121
やすんじる	靖	474
やせる	痩	504

やつ	奴	96
やっこ	奴	96
やっつ	八	11
やつれる	悴	358
やど	宿	355
やとう	雇	415
やどる	舎	222
やな	簗	530
やなぎ	柳	262
	楊	453
やに	脂	342
やぶ	藪	541
やぶれる	破	338
	敗	360
やま	山	38
やまい	病	337
やまいぬ	豺	346
やまなし	棠	421
やまにれ	梗	361
やみ	闇	535
やもめ	孀	557
やり	槍	478
やわらか	軟	383
やわらぐ	和	198

【ゆ】

ユ	油	218
	渝	423
	楡	454
	鮪	547
ゆ	湯	423
ユイ	維	487
	遺	511
ユウ	友	57
	右	87
	由	111
	有	135
	囿	165
	酉	192
	勇	241
	幽	245
	柚	263
	疣	273
	祐	278
	悠	358
	蚰	382
	郵	384
	湧	423
	遊	440
	雄	442
	楢	453

	熊	481
	誘	493
	憂	501
	蝣	509
	融	521
	優	527
	鮋	547
ゆう	夕	25
ゆか	床	167
ゆき	雪	388
ゆく	之	48
	行	148
	征	207
	徂	208
ゆず	柚	263
ゆする	揺	415
ゆずる	禅	459
	譲	559
ゆたか	豊	470
ゆでる	茹	298
ゆみ	弓	46
ゆめ	夢	446
ゆるす	容	316
	許	383
	赦	383
ゆれる	揺	415

【よ】

ヨ	与	21
	余	153
	誉	470
よ	世	82
	代	83
	夜	199
よい	吉	122
	好	127
	良	175
	佳	195
	宵	316
	善	402
	義	461
	嘉	476
ヨウ	孕	96
	用	108
	羊	142
	洋	269
	要	299
	容	316
	恙	319
	揚	415
	揺	415

	湧	423
	葉	433
	陽	441
	楊	453
	楪	454
	腰	464
	様	478
	踊	493
	窯	505
	養	512
	謡	521
	罨	523
	蠅	552
	瓔	562
	鷂	566
	鷹	570
	鸎	571
よう	酔	384
ようやく	漸	480
ヨク	代	171
	浴	362
	欲	362
	翌	373
	能	342
よくする	能	342
よこ	横	502
よこしま	佞	153
よし	由	111
よそおう	粧	429
	装	437
	鴛	547
よたか	鵺	557
よだれ	涎	334
よっつ	四	89
よどむ	淀	364
よね	米	141
よぶ	呼	197
よみがえる	蘇	549
よむ	読	493
よめ	嫁	446
よもぎ	艾	119
	萍	380
	蓬	466
	蒿	467
よる	夜	199
	寄	355
	絢	489
	憑	514
	縒	518
よろい	甲	108
	冑	240
	鎧	542
よろこぶ	悦	319
	喜	402

親字音訓ガイド

	歓	503
よろず	万	20
よわい	弱	318
	齢	538

【ら】

ラ	喇	402
	裸	469
	蝸	509
	螺	532
	羅	548
	蘿	566
ライ	礼	118
	来	171
	萊	381
	雷	474
	播	514
	頼	524
	藜	541
	瀬	547
	醴	559
	籟	566
ラク	落	434
	楽	452
	駱	524
ラツ	喇	402
	辣	494
らっきょう	薤	520
ラン	乱	151
	卵	164
	嵐	409
	爛	516
	藍	531
	嬾	547
	蘭	550

【り】

リ	利	163
	李	171
	里	192
	荔	298
	狸	336
	梨	361
	理	367
	蜊	469
	裏	469
	履	500
	鯉	546
	離	553
	黐	569
	籬	571

リキ	力	13
リク	六	53
	陸	387
	蓼	491
	鯥	555
リツ	立	118
	律	247
	栗	323
	率	367
	葎	435
リュウ	立	118
	茆	229
	柳	262
	流	333
	琉	336
	留	336
	笠	369
	粒	370
	隆	388
	硫	427
	瑠	481
	龍	527
	鰡	564
	旅	321
	綹	461
	櫓	558
リョ	了	8
リョウ	令	83
	両	119
	良	175
	亮	239
	凌	306
	料	321
	涼	364
	猟	366
	羚	372
	菱	379
	椋	420
	漁	480
	綾	487
	蓼	491
	霊	512
	嶺	528
	鱲	571
リョク	力	13
	緑	489
リン	林	214
	鈴	472
	凜	500
	輪	511
	霖	523

	臨	540
	繭	550
	鱗	569

【る】

ル	流	333
	留	336
	瑠	481
	縷	530
ルイ	泪	219
	涙	334
	樏	503

【れ】

レイ	令	83
	礼	118
	冷	153
	戻	168
	例	196
	泪	219
	枠	264
	茘	298
	捩	321
	涙	334
	羚	372
	綟	461
	鈴	472
	零	474
	霊	512
	嶺	528
	齢	538
	藜	541
	麗	557
	醴	559
	鱧	569
レキ	暦	478
	櫟	547
	櫪	558
レツ	列	122
	捩	321
	裂	437
	茘	298
レン	恋	319
	連	347
	煉	426
	棟	454
	蓮	466
	練	489
	鎌	542
	簾	548

	錬	561
	薇	563

【ろ】

ロ	炉	219
	絽	461
	路	471
	蕗	507
	櫓	547
	蘆	550
	櫨	558
	穭	558
	露	560
	鷺	570
	鱸	571
ろ	絽	461
ロウ	老	143
	労	164
	拵	321
	朗	322
	浪	334
	狼	336
	楼	453
	滝	456
	漏	480
	縷	530
	螻	533
	醪	542
	櫟	547
	臘	549
	朧	559
	蠟	563
	籠	566
	聾	566
ロク	六	53
	鹿	396
	漉	480
	緑	489
	鮭	555

【わ】

ワ	和	198
	萵	436
	話	470
わ	輪	511
わかい	若	224
	嫩	477
わかさぎ	鮎	562
わかす	沸	217
わかれる	別	163
わきまえる	弁	98

親字音訓ガイド

わく	湧	423
わける	分	55
わざ	業	452
わざわい	厄	56
わし	鷲	568
わすれる	忘	168
わた	棉	420
	綿	488
わたくし	私	174
わたる	渡	422
わびしい	侘	196
わら	藁	531
わらう	笑	339
わらび	蕨	508
わらべ	童	427
わりふ	符	370
わる	割	401
わるい	凶	54
われ	吾	164
	我	168
ワン	掔	360
	椀	420
	豌	511

(34)

親 字 一 覧

親字一覧

【1画】		弓	46	方	63	外	96	交	120	死	135
一	3	才	46	日	63	奴	96	伊	120	気	136
乙	4			月	66	奶	96	会	121	汗	136
		【4画】		木	68	孕	96	伎	121	汲	136
【2画】		丑	46	欠	72	尻	96	休	121	江	136
七	5	不	46	止	72	巧	96	仲	121	汐	137
丁	7	中	47	比	72	左	96	伝	121	池	137
乃	7	丹	47	毛	72	市	97	伏	121	灰	137
九	7	之	48	水	73	布	97	光	122	灯	137
了	8	井	48	火	78	平	97	先	122	牝	138
二	8	五	48	爪	79	広	98	迄	122	瓜	138
人	10	化	50	父	80	弁	98	冰	122	百	140
入	11	介	50	片	80	弘	98	冴	122	竹	141
八	11	仇	50	牛	80	打	98	列	122	米	141
几	13	今	50	犬	81	旧	99	印	122	糸	142
刀	13	仁	51	王	81	札	99	吉	123	缶	142
力	13	仏	51			本	99	吸	124	羊	142
十	13	元	52	**【5画】**		末	99	向	124	羽	142
卜	15	公	52	丘	82	未	100	合	124	老	143
		六	53	世	82	此	100	吊	124	耳	143
【3画】		内	54	主	82	正	100	名	124	肉	144
下	15	凶	54	乏	82	母	101	回	125	肌	144
三	16	刈	54	仕	82	永	101	団	125	自	144
上	19	切	54	仔	82	汁	101	在	126	至	144
丈	20	分	55	仙	82	氷	101	地	126	臼	144
万	20	勾	55	代	83	牙	104	壮	127	舌	144
与	21	勿	56	付	83	玄	104	夙	127	舟	144
丸	21	匹	56	令	83	玉	104	多	127	色	144
久	21	午	56	兄	83	瓦	106	夷	127	芋	145
乞	21	升	56	処	83	甘	106	好	127	艸	146
亡	22	厄	56	凧	83	生	107	如	127	芍	146
刃	22	双	57	出	84	用	108	字	127	芒	146
千	22	反	57	凸	84	甲	108	安	128	苜	146
及	23	友	57	加	84	申	108	宇	128	虫	146
口	23	壬	57	包	85	田	108	守	128	血	148
土	23	太	58	北	85	由	111	寺	128	行	148
士	25	天	60	半	86	白	111	尽	129	衣	148
夕	25	夫	60	占	86	皮	115	帆	129	西	149
大	27	孔	60	卯	86	目	115	年	129	迅	150
女	32	少	60	去	87	矢	116	当	133		
子	33	尺	61	収	87	石	116	戎	133	**【7画】**	
孑	34	巴	61	右	87	礼	118	成	133	更	150
寸	34	幻	61	句	88	禾	118	早	133	串	150
小	34	廿	61	古	88	穴	118	曳	133	乱	151
山	38	引	61	司	88	立	118	曲	134	亜	151
川	43	心	61	台	88	艾	119	有	134	何	151
工	45	戸	62	叩	88	辻	119	机	135	伽	151
已	45	手	63	叫	89			朽	135	佐	151
巾	45	支	63	四	89	**【6画】**		朱	135	作	151
干	45	文	63	圧	90	両	119	次	135	似	151
				冬	90	亥	119			住	151

(37)

親字一覧

【7画】（続き）

漢字	頁	漢字	頁
体	152	我	168
佃	152	戻	168
低	152	折	169
伯	152	投	169
伴	152	抜	169
余	153	扶	169
佞	153	改	169
児	153	旱	169
冴	153	杏	170
冷	153	杓	170
初	154	杖	170
別	163	杉	170
利	163	村	170
助	164	杜	170
労	164	来	171
医	164	李	171
卵	164	杞	171
含	164	杠	171
吟	164	杙	171
君	164	沖	171
呉	164	求	172
吾	164	沙	172
告	165	沢	172
吹	165	沈	172
呑	165	灸	172
囲	165	灼	172
囮	165	牡	172
坐	165	狂	173
坂	165	甫	174
声	166	男	174
売	166	町	174
夾	166	皀	174
妓	166	社	174
妙	166	私	174
孝	166	秀	175
寿	166	禿	175
尾	166	糺	175
屁	167	肖	175
岐	167	良	175
巫	167	花	184
后	167	芥	185
希	167	芹	185
床	167	芸	185
弟	167	芝	186
形	167	芭	186
役	167	芙	186
応	167	芫	186
快	167	芡	186
忌	168	見	186
志	168	角	187
忍	168	言	187
忘	168		

漢字	頁
谷	187
豆	187
貝	188
赤	188
走	190
足	190
身	191
車	191
辛	191
辰	191
近	191
迎	192
返	192
那	192
西	192
里	192
防	192
麦	193

【8画】

漢字	頁	漢字	頁
乳	195	姉	202
事	195	妹	202
享	195	学	202
京	195	季	202
佳	195	孟	202
供	195	官	203
例	196	実	203
佗	196	宗	204
兎	196	定	204
具	196	宝	204
其	196	尚	204
函	196	居	204
刷	196	屈	205
刺	196	岡	205
卒	197	岳	205
参	197	岸	205
取	197	岩	205
受	197	岨	206
呼	197	帯	206
味	198	幸	206
和	198	庚	206
呢	198	底	206
国	199	店	206
垂	199	府	207
坪	199	庖	207
奈	201	延	207
奉	201	弦	207
姑	202	弥	207
妻	202	征	207
始	202	彼	208
		徂	208
		怪	208
		忽	208
		念	208
		怕	208
		肩	208
		房	208
		押	208
		承	208
		招	208
		担	208
		拝	208
		抱	209
		抹	209
		放	209
		斧	209
		昆	209
		昇	209
		昔	209
		明	209
		昊	210
		旻	210

漢字	頁	漢字	頁
服	210	突	222
果	210	股	222
枝	210	肥	222
松	211	臥	222
東	213	舍	222
板	214	英	222
枇	214	茄	223
枚	214	芽	223
枕	214	茅	224
林	214	苦	224
杲	215	茎	224
抄	215	若	224
武	215	苔	227
歩	215	苧	227
毒	215	苗	228
泳	215	茂	229
沿	215	茴	229
河	216	苺	229
泣	216	苞	229
沓	216	茄	229
治	216	苜	229
沼	217	茉	229
注	217	芷	229
泥	217	虎	230
波	217	虱	230
泊	217	迫	230
沸	217	邯	230
法	218	采	230
泡	218	金	233
沫	218	長	234
油	219	門	235
泪	219	阿	235
炎	219	附	235
炊	219	雨	235
炉	219	青	236
炒	219		
爬	220		
物	220		

【9画】

漢字	頁
牧	220
狗	220
狐	220
狙	221
玫	221
画	221
的	221
盂	221
直	221
盲	221
知	221
祈	221
祇	222
空	222
乗	239
帝	239
亮	239
俊	240
信	240
便	240
保	240
俎	240
胄	240
冠	240
削	240
前	241
剃	241
勅	241

烏 335　**狸** 336　**狼** 336　**珠** 336　**琉** 336　**畔** 336　**畚** 337　**疾** 337　**病** 337　**疳** 337　**益** 337　**真** 337　**眠** 338　**砒** 338　**砥** 338　**破** 338　**祓** 339　**秦** 339　**秩** 339　**秧** 339　**笑** 339　**笄** 339　**笋** 339　**粉** 339　**索** 339　**紙** 340　**紗** 340　**素** 340　**納** 340　**紐** 341　**紡** 341　**紋** 341　**翁** 341　**翅** 341　**耕** 341　**胸** 341　**脂** 342　**脆** 342　**胴** 342　**能** 342　**胼** 342　**致** 342　**般** 342　**荻** 342　**荷** 343　**華** 343　**莞** 343　**莫** 343　**莢** 343　**莪** 343　**莎** 343

息 319　**恋** 319　**羞** 319　**扇** 319　**拳** 320　**捌** 320　**振** 320　**挿** 320　**捕** 320　**捩** 321　**挤** 321　**料** 321　**旅** 321　**既** 321　**晦** 321　**晒** 321　**時** 321　**晋** 322　**書** 322　**朔** 322　**朗** 322　**案** 322　**格** 322　**株** 323　**栢** 323　**桔** 323　**桐** 323　**栗** 323　**桑** 324　**桂** 324　**桁** 325　**根** 325　**桜** 325　**栂** 327　**桃** 327　**梅** 327　**梳** 330　**栖** 330　**残** 330　**浦** 331　**酒** 331　**消** 331　**泰** 332　**浜** 332　**浮** 333　**浴** 333　**流** 333　**涙** 334　**浪** 334　**浚** 334　**涎** 334　**涅** 334

面 301　**革** 301　**音** 301　**風** 301　**飛** 303　**食** 303　**首** 304　**香** 304

【10画】

候 304　**借** 304　**修** 304　**倉** 304　**俵** 304　**兼** 305　**冥** 305　**凄** 305　**凍** 305　**凌** 306　**剣** 306　**剛** 306　**剥** 307　**原** 307　**啄** 307　**唐** 308　**埋** 308　**夏** 314　**姫** 315　**孫** 315　**家** 315　**宮** 316　**容** 316　**射** 316　**屑** 317　**展** 317　**島** 317　**峯** 317　**差** 317　**帰** 317　**師** 317　**座** 318　**庭** 318　**弱** 318　**従** 319　**徒** 319　**悦** 319　**恐** 319　**恵** 319

皇 273　**盃** 273　**盆** 273　**県** 274　**相** 274　**眉** 275　**砂** 275　**砕** 276　**祝** 276　**神** 276　**祐** 278　**秋** 278　**窈** 287　**竿** 287　**籾** 287　**紀** 288　**紅** 288　**美** 290　**胡** 290　**胙** 291　**臭** 291　**茜** 291　**茨** 292　**荒** 292　**草** 292　**荘** 296　**茸** 296　**茶** 297　**茴** 298　**茉** 298　**茄** 298　**茯** 298　**茗** 298　**荔** 298　**荞** 298　**虻** 298　**虹** 298　**袂** 299　**要** 299　**計** 299　**貞** 299　**軍** 299　**逆** 299　**送** 300　**退** 300　**追** 300　**逃** 300　**迷** 300　**迢** 300　**郁** 300　**重** 300

柿 258　**柑** 259　**枯** 259　**柴** 260　**染** 261　**柱** 261　**栂** 261　**柘** 261　**栃** 261　**柏** 261　**柊** 261　**柄** 262　**柾** 262　**柳** 262　**柚** 263　**柯** 263　**枳** 263　**柞** 264　**枲** 264　**柃** 264　**毘** 264　**洩** 264　**海** 264　**活** 267　**洲** 267　**洪** 267　**浄** 267　**泉** 267　**浅** 268　**洗** 269　**津** 269　**洋** 269　**洟** 269　**泊** 269　**炭** 269　**点** 270　**炬** 271　**炮** 271　**狭** 271　**狩** 271　**独** 271　**珊** 272　**珍** 272　**玳** 272　**玻** 272　**甚** 272　**界** 272　**畑** 272　**疫** 273　**疣** 273　**発** 273

勇 241　**急** 241　**負** 241　**単** 241　**南** 241　**厚** 242　**叙** 242　**哀** 242　**咳** 242　**咲** 243　**品** 243　**垣** 243　**城** 243　**変** 243　**契** 243　**奏** 243　**威** 243　**姥** 244　**姿** 244　**姪** 244　**客** 244　**室** 244　**宣** 244　**封** 244　**屋** 244　**昼** 244　**巻** 245　**帛** 245　**幽** 245　**度** 245　**廻** 245　**建** 246　**彦** 246　**後** 246　**待** 246　**律** 247　**恒** 247　**思** 247　**恃** 247　**扁** 247　**挟** 247　**持** 247　**拾** 247　**拭** 247　**政** 247　**施** 247　**春** 248　**昭** 257　**星** 257　**昂** 258　**栄** 258　**架** 258

親字一覧

【右段から左へ】

嵐	409
帽	409
弾	409
御	409
復	414
惣	414
悲	414
雇	415
握	415
提	415
揚	415
揺	415
揉	415
敬	415
散	415
敦	415
斑	415
暁	416
暑	416
晶	416
晴	416
智	416
晩	417
普	417
最	417
曾	417
替	417
朝	418
検	419
植	419
森	419
棚	419
椎	420
棒	420
椋	420
棉	420
椀	420
棘	421
椢	421
棕	421
椒	421
棗	421
棹	421
棠	421
椪	421
椡	421
椙	421
渦	422
温	422
湖	422

酔	384
釈	384
野	384
釣	387
釦	387
閉	387
陰	387
陳	387
陶	387
陸	387
隆	388
陬	388
雀	388
雪	388
頂	394
魚	394
鳥	394
鹿	396
麻	397
黄	398
黒	400

【12画】

傘	401
備	401
傀	401
割	401
勤	401
博	402
厨	402
喜	402
喰	402
喧	402
啼	402
喇	402
堰	402
堅	402
堺	403
場	403
堤	403
塔	403
報	403
壺	403
奠	403
媒	403
寒	408
富	409
窩	409
就	409

翌	373
脚	373
脱	373
船	373
萎	373
葛	373
菊	374
菌	376
菰	376
菜	376
菖	377
菅	379
著	379
菱	379
菩	380
萌	380
董	380
菫	380
菘	380
菁	380
菠	380
菲	380
茵	381
菩	381
萊	381
虚	381
蛍	381
蛇	381
蚶	382
蚯	382
蛆	382
蛸	382
袷	382
袴	383
袋	383
規	383
視	383
許	383
豚	383
貧	383
赦	383
転	383
軟	383
逸	383
進	383
逍	383
郭	383
都	384
部	384
郵	384

毬	362
液	362
渇	362
渓	362
混	362
渋	362
淑	363
深	363
清	363
淡	364
添	364
淵	364
淀	364
涼	365
涸	365
爽	365
牽	365
轄	365
猪	366
猫	366
猟	367
率	367
球	367
現	367
理	367
甜	367
産	367
畦	367
皐	367
盛	367
眼	368
硃	368
祭	368
窓	369
章	369
笠	369
笛	370
符	370
答	370
粗	370
粕	370
粒	370
粋	370
経	370
紘	370
紺	370
細	371
紫	372
終	372
組	372
羚	372

密	355
尉	356
屠	356
屏	356
崖	356
崩	356
巣	356
常	357
帷	357
庵	357
康	357
強	357
彩	358
彫	358
得	358
惜	358
悠	358
悴	358
掛	358
掘	358
採	358
捨	359
据	359
接	359
掃	359
探	359
排	359
挽	360
掩	360
敗	360
斎	360
旋	360
晨	360
曹	360
曼	360
望	360
梓	361
梶	361
梧	361
梗	361
梢	361
梯	361
梨	361
梛	361
梟	362
梔	362
椰	362
梵	362
欲	362
欷	362
殻	362

茶	343
蒿	343
莧	343
蚊	343
蚕	344
蚤	345
蚋	345
蚜	345
袖	345
被	346
衾	346
訓	346
豇	346
豹	346
豺	346
起	346
軒	346
造	347
通	347
透	347
連	347
配	347
釜	347
針	348
釘	348
院	348
降	348
除	348
隼	349
馬	349
骨	351
高	351
鬼	352

【11画】

乾	353
亀	354
商	354
偸	354
兜	354
剪	354
匙	355
啓	355
唱	355
啞	355
堀	355
婆	355
寄	355
寂	355
宿	355
寅	355

(40)

親字一覧

右列（最右）

親字	頁
鉦	471
鉄	472
鉢	472
鈴	472
鉤	472
鉈	473
鉋	473
隙	473
雌	473
雉	473
電	473
雷	474
零	474
雹	474
靖	474
飴	475
飼	475
飾	475
飽	476
髭	476
魧	476
鳩	476
鼎	476
鴉	476
鼓	476
鼠	476

【14画】

親字	頁
嘉	476
増	477
嫦	477
嫩	477
徴	477
徳	477
摘	477
敲	477
旗	477
暮	477
暦	478
榎	478
榛	478
槍	478
模	478
様	478
榲	478
槐	478
榾	479
榱	479
槙	479
槝	479

第5列

親字	頁
群	462
羣	462
聖	462
腰	464
腸	464
腹	464
蒲	464
蒔	465
蒸	465
蒼	465
蒜	465
蓬	466
蓑	466
蒙	466
蓮	466
蒿	467
蒟	467
蓐	467
蓁	467
蓆	467
蔵	468
虞	468
蛾	468
蛸	468
蜂	468
蜆	468
蜈	468
蜀	468
蜑	469
蛞	469
蜊	469
蛺	469
蜌	469
蟋	469
裸	469
裹	469
袰	470
解	470
試	470
誉	470
話	470
豊	470
貉	471
賃	471
跡	471
跳	471
路	471
跌	471
跰	471
農	471
遠	471
遣	471

第4列

親字	頁
櫻	453
楸	453
楮	454
楡	454
楝	454
楪	454
椶	454
椣	454
歳	454
殿	455
溢	455
滑	455
源	455
溝	455
滝	456
溥	456
滲	456
煙	456
照	456
煎	457
煤	457
煖	457
燥	457
猿	457
献	458
獅	458
獏	458
畸	458
睡	458
睦	459
睨	459
碇	459
禁	459
禅	459
福	460
稚	460
節	461
筵	461
筥	461
筬	461
粳	461
継	461
絹	461
続	461
綏	461
綏	461
置	461
義	461

第3列

親字	頁
靱	443
韮	443
順	443
須	443
飯	444
黍	444

【13画】

親字	頁
催	444
傷	444
僧	444
働	444
勧	444
勢	445
嗅	445
園	445
塩	445
塞	446
塗	446
塘	446
墓	446
塒	446
夢	446
嫁	446
媽	447
寝	447
嵯	447
微	448
愛	448
意	448
感	448
慈	448
摂	448
搗	449
数	449
新	449
暗	452
暖	452
暍	452
楽	452
業	452
極	452
榊	452
椿	452
楷	453
楠	453
楓	453
楊	453
楼	453

第2列

親字	頁
葺	433
葉	433
落	434
葎	435
葭	435
葫	435
萢	436
蒿	436
芭	436
橐	436
蛙	436
蛤	436
蛮	436
蛭	436
蛞	437
蚕	437
街	437
裁	437
装	437
裂	437
覚	437
視	437
象	437
紹	437
賀	437
貴	438
貸	438
貼	438
買	438
費	438
貫	438
貽	438
貲	438
越	438
軽	439
運	439
達	439
遅	439
道	439
遍	439
遊	440
酢	440
釿	440
開	441
間	441
閑	441
随	441
陽	441
雁	441
集	442
雄	442
雲	442

第1列（最左）

親字	頁
滋	422
湿	422
渡	422
湯	423
満	423
湧	423
渾	423
渝	423
煮	424
焼	424
焦	425
焚	425
無	425
煉	426
焙	426
犀	426
猴	426
猩	426
琴	426
琵	426
畳	426
番	426
疎	426
登	427
着	427
短	427
硯	427
硝	427
硫	427
童	427
筋	428
筑	428
筒	428
筏	428
筆	428
筍	428
筌	428
粟	428
粥	429
粧	429
絵	429
給	430
結	430
絨	430
聒	430
葵	431
葦	431
萱	431
莵	431
葱	431
萩	432
葡	433

親字一覧

字	頁	字	頁	字	頁	字	頁	字	頁	字	頁
橐	479	膏	490	**【15画】**		筬	505	駕	512	膳	518
歌	479	腐	490	儀	500	糊	505	駏	513	興	518
漁	480	蔚	490	凜	500	糒	505	駒	513	薯	518
澁	480	蔦	490	噴	500	緣	505	駘	513	薪	518
漆	480	蔓	490	墜	500	線	506	髭	513	薙	518
漸	480	蕁	491	嬌	500	縄	506	魴	513	薄	519
漕	480	蔕	491	賓	500	編	506	鮖	513	薬	520
潰	480	蓼	491	履	500	緞	506	魦	513	薑	520
滴	480	蜘	492	幣	500	膝	506	鎢	513	薊	520
漂	480	蜜	492	幟	500	舞	506	鴉	513	薔	520
漏	480	蜷	492	幢	501	蕎	506	鴈	513	薇	521
漱	481	蜻	492	廚	501	蔵	507	麩	513	蕤	521
漳	481	蜥	492	影	501	蕃	507			融	521
熊	481	蜩	493	憂	501	蕉	507	**【16画】**		螟	521
熔	481	蜚	493	戯	501	蕗	507	凝	514	螯	521
獠	481	蜱	493	撒	501	蕨	508	叡	514	蟆	521
瑠	481	製	493	撞	501	蓤	508	壁	514	蟒	521
皸	482	語	493	撫	501	蕙	508	懐	514	衛	521
磁	482	誓	493	摩	501	蝦	508	憲	514	親	521
碧	482	読	493	敷	501	蝶	509	憑	514	謡	521
禊	482	誘	493	暴	501	蝸	509	擂	514	諷	521
稲	482	豨	493	横	502	蝌	509	曇	514	貓	522
穀	484	貌	493	樫	502	蝎	509	機	514	賢	522
種	484	賑	493	権	502	蝗	509	橘	514	還	522
稗	485	趙	493	樟	502	蝨	509	橋	515	避	522
端	485	踊	493	樗	502	蝮	509	樹	515	醒	522
管	485	辣	494	槻	502	蝙	509	樵	515	鋸	522
算	486	適	494	樅	502	蟒	509	樽	515	錦	522
箸	486	酷	494	槭	502	蝓	510	橡	515	錆	523
箆	486	酸	494	樊	503	衝	510	橇	515	錫	523
箕	486	酴	495	樝	503	褞	510	橙	516	錐	523
箒	486	銀	495	樛	503	諸	510	激	516	錨	523
箙	486	銃	495	歓	503	諫	510	濁	516	閹	523
精	486	銭	496	潤	503	誰	510	濃	516	霍	523
粽	487	鉾	496	澄	503	誕	511	燕	516	霖	523
綾	487	関	496	潜	503	婉	511	燃	516	霙	523
維	487	隠	496	潮	503	賜	511	燗	516	頭	523
網	487	障	496	熟	503	賤	511	燎	516	頰	524
綬	487	雑	497	熱	504	踏	511	獣	516	頸	524
総	487	静	497	熨	504	輪	511	獦	517	頬	524
綴	487	鞆	497	瘢	504	遺	511	瓢	517	頽	524
緋	487	餅	497	痩	504	醋	512	磨	517	駱	524
綿	488	駆	498	皺	504	醅	512	積	517	鮎	524
網	488	髪	498	盤	504	鋤	512	穆	517	鮒	525
緑	489	魂	498	稼	504	鋳	512	篝	517	鮓	525
練	489	鳶	498	稽	504	銷	512	縕	517	鮃	525
緤	489	鳳	499	穂	505	霆	512	縞	517	鮑	525
絢	489	鳴	499	窯	505	霊	512	繁	517	鮖	525
翠	489	墨	500	箱	505	鞍	512	縫	518	鴛	526
翡	490	鼻	500			餓	512	縒	518		
聞	490					養	512	縉	518		
肇	490										

親字一覧

鴨 526	蝨 533	臍 540	瀨 548	**【20画】**	襄 563
鴫 526	襃 533	臨 540	瓊 548	嬬 557	蠟 563
鴒 526	謹 533	藷 540	簾 548	巌 557	饐 563
龍 527	講 533	藤 540	繡 548	懸 558	蠱 563
	謝 533	藪 541	羅 548	櫨 558	魔 563
【17画】	谿 533	藜 541	羆 549	櫪 558	鰯 563
優 527	獏 533	蕾 541	羹 549	灌 558	鰭 564
嚴 527	蹈 533	蟬 541	臓 549	稽 558	鰤 564
噬 528	鍬 534	蟪 542	臘 549	競 559	鰡 564
嶺 528	鍵 534	襟 542	蘇 549	糯 559	鰰 564
擬 528	鍾 534	覆 542	藻 549	罌 559	鰰 564
擣 528	鍛 534	観 542	蘭 550	朧 559	鶴 564
曙 528	鎚 534	贅 542	萳 550	蘗 559	鶯 565
檻 528	鍋 534	醪 542	蘆 550	蘩 559	鷁 565
櫛 528	闇 535	醬 542	蟹 551	蘂 559	鷂 565
檀 528	霞 535	鎧 542	蟻 551	蠑 559	鷄 565
檜 529	霜 535	鎌 542	蠅 552	蠕 559	鷏 566
氈 529	鞠 537	鎮 543	蠍 552	蠐 559	鷓 566
濯 529	韓 537	雛 543	蟾 552	蟺 559	麝 566
濡 529	頻 537	難 544	蟷 553	蠖 559	
燭 529	颶 537	雞 545	轂 553	護 559	**【22画】**
痾 529	餡 537	鞦 545	饗 553	讓 559	攤 566
磯 529	餞 537	額 545	襦 553	醴 560	籠 566
篠 530	鮭 537	顔 545	覇 553	鐘 560	籟 566
簀 530	鮫 537	題 545	蹴 553	露 560	攣 566
簗 530	鮪 537	顋 545	鏡 553	霰 560	蘿 566
篤 530	鮟 538	騎 545	離 553	響 561	蘯 566
糠 530	鮑 538	験 545	霧 553	饅 561	讚 566
糟 530	鮨 538	闘 545	騙 554	鰍 561	贖 566
糞 530	鮴 538	鯉 546	願 554	鰉 561	躑 566
糜 530	鯇 538	鯊 546	饂 554	鰌 561	轡 567
縮 530	鰤 538	鯖 546	鯨 554	鰆 561	霽 567
織 530	鮾 538	鯀 546	鯖 554	鰒 561	霾 567
縷 530	鴻 538	鵜 546	鯛 555	鰊 561	驚 567
聰 531	衡 538	鵠 546	鯡 555	鰓 561	鰻 567
膾 531	鵁 538	鵝 546	鯰 555	鰥 562	鰹 567
薩 531	鴿 538	鵤 547	翻 555	鶺 562	鱈 567
藍 531	齢 538	鵑 547	鯥 555	鶻 562	鰺 567
藁 531		鵙 547	鯣 555	鶸 562	鰷 568
薺 532	**【18画】**	鵯 547	鯪 555	鶲 562	鱂 568
蓬 532	叢 539	鼬 547	鶏 555	鶹 562	鷗 568
薔 532	櫃 539		鵲 556	鶴 562	鷽 568
戴 532	檸 539	**【19画】**	鶍 556		鼉 568
盡 532	瀑 539	嬾 547	鶫 557	**【21画】**	
螺 532	燻 539	曝 547	鶬 557	儺 562	**【23画】**
蟋 532	簡 539	櫓 547	鶉 557	囃 562	懷 568
螽 533	簞 539	櫟 547	鶚 557	囀 562	鑑 568
螯 533	織 539	瀬 547	麗 557	欅 562	鱒 568
蟄 533	繭 539	爆 548	麒 557	瓔 562	
螻 533	繞 540		麹 557	竈 562	
蟑 533				籔 563	
				纏 563	
				纈 563	
				薇 563	

(43)

親字一覧

鱆 568					
鱓 568					
鷲 568					
鶲 569					
鷉 569					
鷁 569					
纇 569					
黴 569					
【24画】					
蠶 569					
驟 569					
鱗 569					
鱧 569					
鱥 569					
鱺 569					
鱝 569					
鷺 570					
鷹 570					
鸒 571					
【25画】					
籬 571					
玃 571					
鼉 571					
【26画】					
鱶 571					
鱲 571					
鹹 571					
【27画】					
鱸 571					
【28画】					
鸚 571					
【29画】					
鬱 572					

俳句季語よみかた辞典

1 画

【一】

0一つ栗　ひとつぐり　［植］　毬のうちに栗が一個のもの　[季]秋

一つ葉　ひとつば　［植］　ウラボシ科の多年生常緑のシダ類で、葉が一枚きりであることからの名。夏の新葉の涼感から夏の季語とされる　[季]夏

一つ葉かえで　ひとつばかえで　［植］　楓の一種　[季]秋

一と霞　いちとがすみ　［天］　霞のたなびいた風情をいう　[季]春

一の午　いちのうま　［人］　初午の別称　[季]春

一の酉　いちのとり　［宗］　十一月の第一の酉の日にひらかれる酉の市　[季]冬

一の宮祭　いちのみやまつり　［宗］　昔、行なわれた祭り　[季]秋

一の寅　いちのとら　［宗］　正月はじめの寅の日　[季]新年

一の富　いちのとみ　［宗］　箕面市・滝安寺での富籤で、第一櫃から最初に引いた富札　[季]新年

一の銛　いちのもり　［人］　捕鯨の際、一番初めに打ち込んだモリ。沿岸捕鯨は冬が漁期だった　[季]冬

一むら薄　ひとむらすすき　［植］　ひとかたまりになって生えているススキ　[季]秋

2一丁潜り　いっちょうむぐり　［動］　カイツブリの別称　[季]冬

一人静　ひとりしずか　［植］　センリョウ科の多年草で、山間の日陰に自生する。四月頃、白い小花が咲く　[季]春

一八　いちはつ　［植］　中国原産のアヤメ科の多年草。五、六月頃に薄紫色の花が咲く　[季]夏

4一切経会　いっさいきょうえ　［宗］　新しく書写した経典（多くは一切経）を仏前に供えて供養する法会　[季]春

一文凧　いちもんだこ　［人］　凧の一種　[季]新年

一文字　ひともじ　［植］　葱の古称　[季]冬

一文字蝶　いちもんじちょう　［動］　蝶の一種　[季]春

一日正月　ひとひしょうがつ　［人］　陰暦二月一日のこと　[季]春

一月　いちがつ　［時］　陽暦一月、ほぼ晩冬にあたる。小寒、大寒の月のこと　[季]冬

一月場所　いちがつばしょ　［人］　大相撲初場所のこと　[季]新年

5一本芒　ひともとすすき　［植］　一本だけ生えている芒　[季]秋

一本薄　ひともとすすき　［植］　一本だけ生えているススキ　[季]秋

6一休納豆　いっきゅうなっとう　［人］　夏に作る納豆の一種　[季]夏

一年生　いちねんせい　［人］　春の新入生のこと　[季]春

7一位の花　いちいのはな　［植］　イチイ科の常緑高木で、三、四月頃、花をつける　[季]春

一位の実　いちいのみ　［植］　高冷地に自生する常緑樹の実で、晩秋になると赤く透きとおるように熟し、甘くなる。なかに緑色をした種がはまりこんでいる　[季]秋

一花草　いちげそう　［植］　一輪草の別称　[季]春

一花桜　いちげざくら　［植］　桜草の品種の一つ　[季]春

8一国巡　いっこくめぐり　［宗］　四国すべてではなく、一つの国を巡礼すること　[季]春

一夜官女　いちやかんじょ　［宗］　二月二十日、大阪市・住吉神社で行なわれる祭礼　[季]春

一夜草　ひとよぐさ　［植］　菫の別称　[季]春

一夜酒　ひとよざけ　［人］　甘酒の別称　[季]夏

一夜飾り　いちやかざり　［人］　大晦日に飾る注連縄で、縁起が悪いとして忌まれた　[季]冬

一夜鮓　いちやずし　［人］　鮓の一種　[季]夏

9一乗寺祭　いちじょうじまつり　［宗］　昔、行なわれた京都・一乗寺の祭り　[季]春

一茶忌　いっさき　［宗］　陰暦十一月十九日、江戸時代後期の俳人小林一茶の忌日　[季]冬

一重草　ひとえぐさ　［植］　桔梗の別称。初秋、青紫色の花が咲く　[季]秋

一重帯　ひとえおび　［人］　夏帯の一種

[季]夏

一重桜　ひとえざくら　［植］　桜の一種　[季]春

一重菊　ひとえぎく　［植］　菊の一種　[季]秋

一重椿　ひとえつばき　［植］　椿の一種　[季]春

10一夏　いちげ　［宗］　夏安居の期間をいう　[季]夏

一夏九旬　いちげくじゅん　［宗］　安居のこと　[季]夏

一時上臈　いっときじょうろう, いちじじょうろう　［宗］　一夜官女の別称。二月二十日、大阪市・住吉神社で行なわれる祭礼　[季]春

12一番水　いちばんみず　［宗］　元日の若水のこと　[季]新年

一番草　いちばんぐさ　［人］　田植の一週間後に行う田草取　[季]夏

一番茶　いちばんちゃ　［人］　八十八夜から最初の十五日間につまれた茶　[季]春

一番渋　いちばんしぶ　［人］　秋になって初めにとった渋。渋取は秋の農作業の一つ　[季]秋

一番銛　いちばんもり　［人］　捕鯨の際、一番初めに打ち込んだ銛。沿岸捕鯨は冬が漁期だった　[季]冬

一番藍　いちばんあい　［人］　六月頃、開花に先だって刈る藍　[季]夏

一葉　いちよう, ひとは　［植］「一葉落ちて天下の秋を知る」という淮南子の語によるもので、桐一葉を意味することが多い　[季]秋

一葉の秋　ひとはのあき　［植］　桐一葉に同じ。「一葉落ちて天下の秋を知る」という淮南子の語に寄せて、桐の葉の落ちる音で秋を実感すること　[季]秋

一葉衣　ひとはごろも　［人］　秋の衣類の一つ　[季]秋

一葉忌　いちようき　［宗］　十一月二十三日、明治期の小説家樋口一葉の忌日　[季]冬

一葉草　ひとはぐさ　［植］　菫の別称　[季]春

一葉散る　ひとはちる　［植］　桐一葉に同じ。「一葉落ちて天下の秋を知る」という淮南子の語に寄せて、桐の葉の落ちる音で秋を実感すること　[季]秋

一葉落つ　ひとはおつ　［植］　桐一葉に同じ。「一葉落ちて天下の秋を知る」という淮南子の語に寄せて、桐の葉の落ちる音で秋を実感すること　[季]秋

一遍忌　いっぺんき　［宗］　陰暦八月二十三日、鎌倉時代の時宗の開祖一遍上人の忌日　[季]秋

一陽　いちよう　［時］　冬至の別称。この日以後また日が長くなってくることによる　[季]冬

一陽の嘉節　いちようのかせつ　［時］　冬至の別称。この日以後また日が長くなってくることによる　[季]冬

一陽来復　いちようらいふく　［時］　冬至の別称。この日以後また日が長くなってくることによる　[季]冬

14一碧楼忌　いっぺきろうき　［宗］　十二月三十一日、大正・昭和期の俳人中塚一碧楼の忌日　[季]冬

15一蝶忌　いっちょうき　［宗］　陰暦一月十三日、江戸時代前期・中期の画家英一蝶の忌日　[季]新年

一輪草　いちりんそう　［植］　キンポウゲ科の多年草で、四月頃白い花を一輪だけ咲かせる　[季]春

16一薬草　いちやくそう　［植］　イチヤクソウ科の多年草で薬用植物。六、七月頃、白梅に似た白い花をつける　[季]夏

17一鍬　ひとくわ　［人］　鍬始の別称。内容はその地方によって異なる　[季]新年

18一叢芒　ひとむらすすき　［植］　ひとかたまりになって生えている芒　[季]秋

【乙】

3乙女桜　おとめざくら　［植］　桜草の品種の一つ　[季]春

乙女椿　おとめつばき　［植］　椿の一種　[季]春

乙女鷹　おとめだか　［動］　狩りにつかう雌の鷹　[季]春

乙子の朔日　おとごのついたち　［人］　陰暦十二月一日。一年の最後の朔日を末子に例え、餅をついて祝った風習　[季]冬

乙子の節句　おとごのせっく　［宗］　陰暦十二月一日。一年の最後の朔日を末子に例え、餅をついて祝った風習　[季]冬

乙子の餅　おとごのもち　［人］　陰暦十二月一日の乙子の朔日を祝ってついた餅　[季]冬

乙子月　おとごづき　［時］　陰暦十二月の別

2画（七）

称　㊈冬

[6]乙字忌　おつじき　［宗］　一月二十日、明
治・大正期の俳人大須賀乙字の忌日　㊈冬

[11]乙鳥　おつどり, つばめ　［動］　燕の別称
㊈春

2 画

【七】

[0]七ケ日　なのかのひ　［人］　ねぶたの最後の
日　㊈秋

[3]七夕　たなばた　［人］　陰暦七月七日のこ
と。あるいはその日のさまざまな行事もさ
す。地方によっては陽暦七月七日や八月七
日に行事をするところがある。織り姫と彦
星の伝説は有名　㊈秋

七夕の舟　たなばたのふね　［人］　七夕の
夜、牽牛と織女の逢瀬に使われる渡し舟
㊈秋

七夕の御遊　たなばたのおんあそび　［人］
七月七日にちなみ、詩、歌、管絃、連歌、
連句、鞠、御酒などを行なったこと　㊈秋

七夕の鞠　しっせきのまり, たなばたのまり
［人］　梶鞠の別称　㊈秋

七夕の蹴鞠　たなばたのけまり　［宗］　梶鞠
の別称　㊈秋

七夕七姫　たなばたななひめ　［人］　棚機姫
の異名七種のこと　㊈秋

七夕月　たなばたづき　［時］　陰暦七月の別
称　㊈秋

七夕竹　たなばただけ　［人］　七夕に使う竹
㊈秋

七夕竹売　たなばたたけうり　［人］　七夕の
竹を売るもの　㊈秋

七夕色紙　たなばたしきし　［宗］　七夕竹に
つるす色紙で、歌や願いごとを書く　㊈秋

七夕雨　たなばたあめ　［宗］　地方では七夕
の日に雨が三粒でも降ることになってい
て、ことに短冊が流れるほど降る方がよい
とされる　㊈秋

七夕送り　たなばたおくり　［人］　七夕の行
事　㊈秋

七夕流し　たなばたながし　［宗］　七夕竹を
立てて、川や海に流す風習　㊈秋

七夕紙　たなばたがみ　［宗］　七夕竹につる
す色紙で、歌や願いごとを書く　㊈秋

七夕馬　たなばたうま　［宗］　七夕に真菰や
麦稈などで作った馬を飾る風習　㊈秋

七夕祭　たなばたまつり　［人］　陰暦七月七
日のこと。あるいはその日のさまざまな行
事もさす。地方によっては陽暦七月七日や
八月七日に行事をするところがある。織り
姫と彦星の伝説は有名　㊈秋

七夕笹　たなばたざさ　［人］　七夕に使う笹
㊈秋

七夕踊　たなばたおどり　［人］　近世初期、
京で七夕の日に少女たちが踊った盆踊の一
種　㊈秋

[4]七五三　しちごさん　［宗］　十一月十五日、
数え年で三歳と五歳の男の子、三歳と七歳
の女の子を祝う行事　㊈冬

七五三の祝　しちごさんのいわい　［人］　十
一月十五日、数え年で三歳と五歳の男の子、
三歳と七歳の女の子を祝う行事　㊈冬

七五三祝　しめいわい　［宗］　十一月十五
日、数え年で三歳と五歳の男の子、三歳と
七歳の女の子を祝う行事　㊈冬

七五三縄　しめなわ　［人］　注連飾りの縄
㊈新年

七孔の針　しちこうのはり　［人］　乞巧針の
こと　㊈秋

七日　なぬか, なのか　［時］　正月七日のこ
と。七種行事が行なわれ、また学校の正月
休みの最後の日　㊈新年

七日の山　なぬかのやま　［宗］　祇園祭りで
六月七日の神輿迎えに作られた山車の一種
㊈夏

七日の花揃　なのかのはなそろえ　［人］　東
西両本願寺で七夕に、末寺から草花で作っ
た人形などを献上してくるのを、一般の
人々に縦覧したこと　㊈秋

七日の御節供　なぬかのおんせちく　［人］
陰暦七月七日の節日に供える供御。本来は
天皇の食事のことだった　㊈秋

七日の節句　なのかのせっく　［時］　正月七
日のこと。朔旦正月の終わりの日で、正月
行事が終わる　㊈新年

七日の鉾　なぬかのほこ　［宗］　祇園祭りで
六月七日の神輿迎えに作られた山車の一種
㊈夏

七日爪　なぬかづめ　［宗］　七種爪の別称

俳句季語よみかた辞典　5

[季]新年

七日正月　なぬかしょうがつ　［時］　正月七日のこと。朔旦正月の終わりの日で、正月行事が終わる　[季]新年

七日盆　なぬかぼん　［人］　近畿地方などで、七月七日を盆の入りとしたこと　[季]秋

七日粥　なぬかがゆ　［人］　七草粥の別称　[季]新年

七日粥　なのかがゆ　［宗］　七草粥の別称　[季]新年

七月　しちがつ　［時］　陽暦七月、ほぼ晩夏にあたる。小暑・大暑の月　[季]夏

七月尽　しちがつじん　［時］　夏の終わり。陰暦六月（陽暦ではほぼ七月）の晦日　[季]夏

七月場所　しちがつばしょ　［宗］　大相撲名古屋場所のこと　[季]夏

6**七旬節**　しちじゅんせつ　［宗］　復活祭前の七十日目に行なう聖霊降誕祭　[季]春

8**七夜月**　ななよづき　［時］　陰暦七月の別称　[季]秋

七宝枕　しちほうまくら　［人］　晋の郭翰の故事で、郭翰が月夜に庭中でふしていると、織女が天下って契りを結び、七宝枕を贈って去ったというもの　[季]秋

9**七変化**　なへんげ　［植］　紫陽花の別称　[季]夏

七変化　しちへんげ　［植］　箱根空木の別称　[季]夏

七草　ななくさ　［人］　正月七日、万病を除くため七種類の若菜を入れた粥を食べる習慣。あるいはその若菜をさす　[季]新年

七草たたく　ななくさたたく　［人］　正月六日の夜、七種の菜をまな板の上に置き、庖丁の背・擂粉木などで叩きながら囃す風習　[季]新年

七草はやす　ななくさはやす　［人］　正月六日の夜、七種の菜をまな板の上に置き、庖丁の背・擂粉木などで叩きながら囃す風習　[季]新年

七草打　ななくさうち　［人］　正月六日の夜、七種の菜をまな板の上に置き、庖丁の背・擂粉木などで叩きながら囃す風習　[季]新年

七草祭　ななくさまつり　［宗］　若菜祭の別称　[季]新年

七草菜　ななくさな　［植］　七草粥に入れる春の七草の総称　[季]新年

10**七姫**　ななひめ　［人］　棚機姫の異名七種のこと　[季]秋

七高山詣　しちこうざんまいり　［宗］　一月二日から十五日頃までの間に、長崎の七高山（七つの山）を巡拝する正月行事　[季]新年

12**七遊**　しちゆう　［人］　七月七日にちなみ、詩、歌、管絃、連歌、連句、鞠、御酒などを行なったこと　[季]秋

七遊　ななあそび　［宗］　七月七日にちなみ、詩、歌、管絃、連歌、連句、鞠、御酒などを行なったこと　[季]秋

13**七墓めぐり**　ななはかめぐり　［宗］　七墓をめぐって、亡魂のために念仏すること　[季]冬

七墓巡　ななはかめぐり　［宗］　七という数字に関連した習俗の一つで、大阪地方では陰暦七月十六日の夕方から七か所の墓を巡りもうでること　[季]秋

七墓参　ななはかまいり　［宗］　七という数字に関連した習俗の一つで、大阪地方では陰暦七月十六日の夕方から七か所の墓を巡りもうでること　[季]秋

七福神詣　しちふくじんまいり　［宗］　元日から七日までの間に、七福神を巡拝して開運を祈る参拝行事　[季]新年

七福詣　しちふくまいり　［宗］　七福神詣のこと　[季]新年

14**七種**　ななくさ　［人］　正月七日、万病を除くため七種類の若菜を入れた粥を食べる習慣。あるいはその若菜をさす　[季]新年

七種の舟　しちしゅのふね, ななくさのふね　［人］　七夕の祭りに、七の数にちなんでたむける、七種の宝を積んだ舟　[季]秋

七種の御手向　しちしゅのおんたむけ　［人］　七月七日にちなみ、詩、歌、管絃、連歌、連句、鞠、御酒などを行なったこと　[季]秋

七種の御遊　しちしゅのぎょゆう　［人］　七月七日にちなみ、詩、歌、管絃、連歌、連句、鞠、御酒などを行なったこと　[季]秋

七種爪　ななくさづめ　［宗］　正月七日、七種粥に使う薺を少し取り置いて、それを浸した水で爪を湿らせること。邪気払いの俗信　[季]新年

七種売　ななくさうり　［宗］　七種を売る人　[季]新年

七種祭　ななくさまつり　［宗］　若菜祭の別称　[季]新年

七種粥　ななくさがゆ　［人］　正月七日に七種の菜を入れて炊いた粥　[季]新年

七種貰　ななくさもらい　［人］　七歳の子供が七日に近隣七軒を盆を持って回り、家々の雑炊をもらって食べること　[季]新年

七種貰い　ななくさもらい　［宗］　七歳の子供が七日に近隣七軒を盆を持って回り、家々の雑炊をもらって食べること　[季]新年

七箇の池　ななつのいけ, ななこのいけ　［人］　七夕の夜、七つの盥に水と鏡を入れ、星を映すこと　[季]秋

七雑炊　ななぞうすい　［宗］　七歳の子供が七日に近隣七軒を盆を持って回り、家々の雑炊をもらって食べること　[季]新年

18 **七曜御暦奏**　しちようごりゃくのそう, しちようのごりゃくのそう　［宗］　元日節会において、七曜暦を中務省が進奏する儀式　[季]新年

19 **七瀬の祓**　ななせのはらえ　［宗］　健康保持のため天皇などが七ケ所の河海で祓を行なったこと　[季]夏

七瀬川の裸踊　ななせがわのはだかおどり　［宗］　京都市で行なわれる正月の裸踊り　[季]新年

21 **七竈**　ななかまど　［植］　山地に自選しているバラ科の落葉高木。紅葉の美しさと真っ赤な実の鮮やかさから秋の季語とされる　[季]秋

【丁】

6 **丁字**　ちょうじ　［植］　沈丁花の別称　[季]春

丁字草　ちょうじそう　［植］　キク科の多年草。初夏に紫色の小花をつける　[季]夏

丁字桜　ちょうじざくら　［植］　桜の一種　[季]春

7 **丁呂喜**　ちょろぎ　［人］　シソ科の多年草で、地下茎を正月料理の黒豆の中に混ぜる　[季]新年

10 **丁翁の花**　あけびのはな　［植］　アケビ科のつる性落葉低木。四月頃、雌花と雄花が総のように固まって咲く　[季]春

【乃】

4 **乃木まつり**　のぎまつり　［宗］　九月十三日、明治期の軍人乃木希典の忌日　[季]秋

乃木忌　のぎき　［宗］　九月十三日、明治期の軍人乃木希典の忌日　[季]秋

乃木祭　のぎさい, のぎまつり　［宗］　九月十三日、明治期の軍人乃木希典の忌日　[季]秋

【九】

3 **九万疋**　くまびき　［動］　シイラの別称　[季]夏

4 **九孔の針**　きゅうこうのはり　［人］　乞巧針のこと　[季]秋

九日小袖　くにちこそで　［人］　重陽の節に、地下のものたちが着た小袖。表が白、裏は紫　[季]秋

九日平座　ここのかひらざ　［人］　菊花宴のこと　[季]秋

九日節供　ここのかせっく　［人］　陰暦九月九日、重陽の節句のこと　[季]秋

九月　くがつ　［時］　陽暦九月、ほぼ仲秋にあたる。秋分の月で、めっきり秋を感じる　[季]秋

九月尽　くがつじん　［時］　正しくは陰暦九月晦日（陽暦では十一月初め頃）をさし、行く秋を惜しむ気持ちが滲む。ただ現在では陽暦の九月晦日をさすことも多い　[季]秋

九月尽く　くがつつく　［時］　正しくは陰暦九月晦日（陽暦では十一月初め頃）をさし、行く秋を惜しむ気持ちが滲む。ただ現在では陽暦の九月晦日をさすことも多い　[季]秋

九月狂言　くがつきょうげん　［人］　九月に行う秋狂言の別称　[季]秋

九月芝居　くがつしばい　［人］　九月に行う歌舞伎興行。歌舞伎では新年顔見世前のいわば年度末公演にあたる　[季]秋

九月蚊帳　くがつがや　［人］　秋になってもまだ吊っている蚊帳　[季]秋

九月場所　くがつばしょ　［宗］　大相撲秋場所のこと　[季]秋

5 **九冬**　きゅうとう　［時］　冬九旬（九十日間）のこと　[季]冬

6 **九州場所**　きゅうしゅうばしょ　［宗］　十一月に福岡で行なわれる大相撲興行　[季]冬

九年母　くねんぼ　［植］　ミカン科の常緑低木の、温州蜜柑に似た果実。蜜柑に先駆けて実が熟する　[季]秋

九年母の花　くねんぼのはな　［植］　ミカン科の常緑低木。初夏に白いの五弁花をつける　[季]夏

7 **九条葱**　くじょうねぎ　［植］　葉葱の一種

で、京都付近のもの　[季]冬

8 **九枝灯　きゅうしとう**　［人］　陰暦七月七日七夕の行事の際にまつられたもの　[季]秋

9 **九度詣　くどもうで**　［宗］　六月九日に京都・北野天満宮の本社へ九度参れば、他の日の百度に相当するといわれること　[季]夏

九春　きゅうしゅん　［時］　春九旬（九十日間）のこと　[季]春

九秋　きゅうしゅう　［時］　秋九旬（九十日間）のこと　[季]秋

九重桜　ここのえざくら　［植］　桜の一種　[季]春

10 **九夏　きゅうか**　［時］　夏九旬（九十日間）のこと　[季]夏

15 **九輪草　くりんそう**　［植］　サクラソウ科の多年草。初夏、花茎に紅紫色の花をつける　[季]春, 夏

【了】

5 **了以忌　りょういき**　［宗］　陰暦七月十二日、江戸時代前期の商人角倉了以の忌日　[季]秋

【二】

0 **二つ星　ふたつぼし**　［天］　七夕伝説の織姫と彦星　[季]秋

二の午　にのうま　［人］　二月第二の午の日で、初午に準ずる稲荷の縁日　[季]春

二の卯　にのう　［宗］　正月二番目の卯の日の祭　[季]新年

二の酉　にのとり　［宗］　十一月の第二の酉の日にひらかれる酉の市　[季]冬

二の富　にのとみ　［宗］　箕面市・滝安寺での富籤で、第二櫃から最初に引いた富札　[季]新年

二の替　にのかわり　［人］　上方歌舞伎で、顔見世興行の次の興行のこと　[季]新年

2 **二丁砧　にちょうぎぬた**　［人］　砧の一種　[季]秋

二人静　ふたりしずか　［植］　センリョウ科の多年草。晩春から初夏にかけ、葉の間から二、三本ずつ白い小花の穂を出す　[季]春, 夏

二八夜　にはちや　［天］　十六夜の別称　[季]秋

二十三夜　にじゅうさんや　［天］　真夜中の月の別称　[季]秋

二十三夜月　にじゅうさんやづき　［天］　真夜中の月の別称　[季]秋

二十六夜待　にじゅうろくやまち　［宗］　陰暦二十六夜の月の出を拝むこと。特に陰暦正月と陰暦七月のを二十六夜といったが、俳句では陰暦七月のものをさして秋の季語としている　[季]秋

二十六夜祭　にじゅうろくやさい　［宗］　陰暦二十六夜の月の出を拝むこと。特に陰暦正月と陰暦七月のを二十六夜といったが、俳句では陰暦七月のものをさして秋の季語としている　[季]秋

二十六聖人祭　にじゅうろくせいじんさい　［宗］　二月五日（陰暦では十二月十九日）、日本最初のキリスト教殉教者二十六名が長崎で処刑された日　[季]春

二十日の月　はつかのつき　［天］　更待月の別称　[季]秋

二十日月　はつかづき　［天］　臥待月をさらに一夜経た夜半の月である。一眠りしてから見かける月　[季]秋

二十日正月　はつかしょうがつ　［時］　正月二十日のこと。地方によってさまざまな行事がある　[季]新年

二十日亥中　はつかいなか　［天］　臥待月をさらに一夜経た夜半の月である。一眠りしてから見かける月　[季]秋

二十日会祭　はつかえさい　［宗］　四月一日からの浅間祭の別称　[季]春

二十日団子　はつかだんご　［時］　二十日正月に食べる小豆の団子　[季]新年

二十日戎　はつかえびす　［宗］　正月二十日、江戸など東国を中心に行なわれた恵比須講　[季]新年

二十日戎祭　はつかえびすまつり　［宗］　正月二十日、江戸など東国を中心に行なわれた恵比須講　[季]新年

二十日忌　はつかき　［宗］　一月二十日、明治・大正期の俳人大須賀乙字の忌日　[季]冬

二十日夜祭　はつかよまつり　［宗］　一月二十日、岩手県平泉町、毛越寺常行堂に伝わる修正会の古式の修法と、それに続いて演じられる歌舞の総称　[季]新年

二十日盆　はつかぼん　［宗］　盆祭の終わりを二十日に定め、灯籠送りをすること　[季]秋

二十日祝　はつかいわい　［人］　二十日正月の祝い。赤飯をたいたり、二十日団子を食べる風習がある　[季]新年

二十月　はつかづき　［天］　臥待月をさらに一夜経た夜半の月である。一眠りしてから見かける月　[季]秋

二十世紀　にじっせいき　［植］　青梨の代表。梨は秋の季語　[季]秋

二又搗布　ふたまたかじめ　［植］　荒布の別称　[季]春

4**二日　ふつか**　［時］　正月二日のこと。穏やかで荘重な元日に比べ、様々な行事が始まり活気が戻る日　[季]新年

二日の月　ふつかのつき　［天］　陰暦八月二日の月　[季]秋

二日の町　ふつかのまち　［時］　正月二日の町　[季]新年

二日の海　ふつかのうみ　［時］　正月二日の海　[季]新年

二日の海鼠の膾　ふつかのなまこのなます　［人］　米俵にちなむ縁起のよい正月の祝い食物として二日のお節料理のうちに膾としてつけ加えられたもの　[季]新年

二日の酒　ふつかのさけ　［時］　正月二日に飲む酒　[季]新年

二日の富士　ふつかのふじ　［時］　正月二日の富士　[季]新年

二日やいと　ふつかやいと　［宗］　陰暦二月二日と八月二日に灸を据えるもので、俗に普段に比べ効能が倍加するといわれる。ただし俳句では二月の方を指すことが多く、春の季語となっている　[季]春

二日山　ふつかやま　［人］　初山の別称、正月二日に行なう初山　[季]新年

二日月　ふつかづき　［天］　陰暦八月二日の月　[季]秋

二日灸　ふつかきゅう, ふつかやいと　［人］　陰暦二月二日と八月二日に灸を据えるもので、俗に普段に比べ効能が倍加するといわれる。ただし俳句では二月の方を指すことが多く、春の季語となっている　[季]春

二日着　ふつかぎ　［人］　江戸吉原の年礼に着る着物　[季]新年

二月　にがつ　［時］　陽暦二月、ほぼ初春にあたる。立春の月のこと　[季]春

二月の別れ　にがつのわかれ　［宗］　陰暦二月十五日の釈迦入滅のこと　[季]春

二月正月　にがつしょうがつ　［人］　陰暦二月一日のこと　[季]春

二月礼者　にがつれいしゃ, にがつれいじゃ　［宗］　様々な事情で正月に年始廻りができなかった人が二月一日に回礼をすること　[季]春

二月尽　にがつじん　［時］　二月が終わること　[季]春

二月尽く　にがつつく　［時］　二月が終わること　[季]春

二月早や　にがつはや　［時］　春とはいえ、実際には一段と寒気の厳しい頃　[季]春

二月果つ　にがつはつ　［時］　二月が終わること　[季]春

二月逝く　にがつゆく　［時］　二月が終わること　[季]春

二月堂の行　にがつどうのおこない　［宗］　三月一日から十四日、奈良・東大寺で行われる国家鎮護の祈願行事　[季]春

二月終る　にがつおわる　［時］　二月が終わること　[季]春

二月菜　きさらぎな　［植］　アブラナ科の越年草で、二月頃収穫したことからの名　[季]春

6**二年子大根　にねんこだいこん**　［植］　春大根の別称　[季]春

二百二十日　にひゃくはつか　［時］　立春から数えて二百二十日めにあたる日。季節の変わり目で、天候が崩れることが多い　[季]秋

二百十日　にひゃくとおか　［時］　九月一、二日。立春から数えて二百十日めにあたる日。季節の変わり目で、天候が崩れることが多い　[季]秋

8**二夜の月　ふたよのつき**　［天］　陰暦九月十三日の月　[季]秋

二学期　にがっき　［人］　夏休みが終わり、九月から始まる秋の新学期のこと　[季]秋

二季鳥　ふたきどり, にきどり　［動］　雁の別称　[季]秋

二股大根　ふたまただいこん　［宗］　陰暦十一月の子祭に供える大根　[季]冬

9**二度咲　にどざき**　［植］　帰花の別称　[季]冬

二星　にせい, じせい　［人］　七夕伝説の牽牛星と織女星のこと　[季]秋

二星の屋形　にせいのやかた, じせいのやかた　［人］　唐に行なわれた風俗で、錦の美

2画（人）

しい色糸で巨大な楼殿をこしらえ、供え物
をつらねて、牽牛・織女の二星をまつった
㋑秋

二科展　にかてん　［人］　美術展覧会の一つ
㋑秋

二重回し　にじゅうまわし　［人］　和服の上
に着る防寒用の外套。袖無しの上にケープ
がつく　㋑冬

二重廻し　にじゅうまわし　［人］　和服の上
に着る防寒用の外套。袖無しの上にケープ
がつく　㋑冬

二重虹　ふたえにじ　［天］　二重になった
虹。虹は夏の季語　㋑夏

二重雷盆　にじゅうすりばち　［人］　暑さに
よる魚のいたみを防ぐためすりばちを二重
にして外側の盆に水をいれてすること
㋑夏

10二宮大饗　にぐうのだいきょう　［人］　正月
二日に、群官が中宮と東宮とに朝拝・拝賀
し、饗宴を賜わって禄物をいただいた行事
㋑新年

12二番正月　にばんしょうがつ　［時］　小正月
の別称　㋑新年

二番草　にばんぐさ　［人］　田植の十日後に
行う田草取　㋑夏

二番茶　にばんちゃ　［人］　一番茶のあとに
摘まれた茶　㋑春

二番蚕　にばんご　［動］　夏蚕の別称　㋑夏

二番渋　にばんしぶ　［人］　一番渋をとった
しぼりかすをさらに醸酵させてしぼったも
の。渋取は秋の農作業の一つ　㋑秋

二番銛　にばんもり　［人］　捕鯨のとき二番
目に突かれる銛。沿岸捕鯨は冬が漁期だっ
た　㋑冬

二番藍　にばんあい　［人］　一番藍の株から
発芽した藍　㋑夏

二葉　ふたば　［植］　春、双子葉植物類に発
芽する二枚の子葉のこと　㋑春

二葉菜　ふたばな　［植］　秋、大根や蕪や小
松菜などが萌えでて子葉の開いた頃のもの
㋑秋

二葉葵　ふたばあおい　［植］　ウマノスズク
サ科の多年草。初夏五月頃、淡い赤紫の小
花をつける　㋑夏

二間の供　ふたまのく　［宗］　正月十八日、
東寺の長者が仁寿殿観音像を供養した行事
㋑新年

二階囃　にかいばやし　［宗］　六月三日から
鉾町の会所で行われる祇園囃子のけいこ
㋑夏

15二輪草　にりんそう　［植］　キンポウゲ科の
多年草で、四月頃、多くは二輪の白い花が
咲く　㋑春

17二薺　ふたなずな　［人］　薺と他に一種だけ
入れた七日粥　㋑新年

【人】

あやめ人形　あやめにんぎょう　［宗］　五月
五日の端午の節句のとき飾る人形の一つ
㋑夏

かぶと人形　かぶとにんぎょう　［人］　武者
人形の別称　㋑夏

0人の日　ひとのひ　［時］　人日（正月七日）
の別称　㋑新年

人を帳に貼す　ひとをとばりにちょうす
［人］　中国で正月の七日に人を画いた絵を
門に貼ったとされること　㋑新年

3人丸忌　ひとまるき　［宗］　陰暦三月十八
日、万葉の歌人柿本人麿の忌日　㋑春

人丸祭　ひとまるまつり　［宗］　陰暦三月十
八日、万葉の歌人柿本人麿の忌日　㋑春

4人日　じんじつ　［時］　正月七日の別称。七
日にその年の人間界を占う故事から由来す
ると伝えられる　㋑新年

5人正　じんせい　［時］　正月の別称　㋑新年

人正月　じんしょうがつ　［時］　正月の別称
㋑新年

7人形　ひとかた　［宗］　夏越の祓に使った、
白紙を人の形に切ったもの　㋑夏

人形だこ　にんぎょうだこ　［人］　凧の一種
㋑春

人形まはし　にんぎょうまわし　［人］　傀儡
師の別称　㋑新年

人形凧　にんぎょうだこ　［人］　凧の一種
㋑新年

人形廻し　にんぎょうまわし　［人］　傀儡師
の別称　㋑新年

人来鳥　ひとくどり　［動］　鴬の別称　㋑春

8人参　にんじん　［植］　食卓に馴染み深い野
菜。四季を問わず収穫できるが、晩秋から
十二月頃収穫したものが旨い　㋑冬

人参の花　にんじんのはな　［植］　夏に咲く
食用人参の白色五弁の小花のこと　㋑夏

人参引　にんじんひき　［人］　人参を収穫すること。本来は冬に収穫したもの　[季]冬

人参引く　にんじんひく　［人］　人参を収穫すること。本来は冬に収穫したもの　[季]冬

人参採る　にんじんとる　［人］　人参を収穫すること。本来は冬に収穫したもの　[季]冬

人長　にんじょう　［宗］　神楽人の長　[季]冬

12 **人勝節**　じんしょうせつ　［時］　人日（正月七日）の別称　[季]新年

13 **人飾**　ひとかざり　［人］　佐竹の人飾のこと　[季]新年

18 **人麿忌**　ひとまろき　［宗］　陰暦三月十八日、万葉の歌人柿本人麿の忌日　[季]春

【入】

0 **入り彼岸**　いりひがん　［時］　彼岸の初日　[季]春

入るさの月　いるさのつき　［天］　没しようとしている月　[季]秋

4 **入内雀**　にゅうないすずめ　［動］　燕雀目キンバラ科の鳥。稲雀の一種で、秋に大群をなして南下し主に東北地方の稲を食い荒らす　[季]秋

7 **入社式**　にゅうしゃしき　［人］　四月の入社のための式　[季]春

入社試験　にゅうしゃしけん　［人］　入社するための試験　[季]春

入谷朝顔市　いりやあさがおいち　［宗］　朝顔市に同じ　[季]夏

8 **入学**　にゅうがく　［人］　四月上旬、初めて学校生活を始めること　[季]春

入学式　にゅうがくしき　［人］　四月の入学のための式典　[季]春

入学児　にゅうがくじ　［人］　小学校に入学する児童　[季]春

入学試験　にゅうがくしけん　［人］　通常二月下旬から三月上旬に行われる学校への入学者の選抜試験　[季]春

9 **入紅葉**　いりもみじ　［植］　色がことさら濃い紅葉　[季]秋

10 **入峯**　にゅうぶ　［宗］　修験者が奈良・大峯山に登り修行すること。昔は春と秋に順逆の山行が行われたが、現在では夏の行事となった　[季]春

入梅　にゅうばい　［時］　梅雨に入ること。立春から百三十五日め、六月十一、二日頃　[季]夏

11 **入液**　にゅうえき　［天］　時雨の季節になること　[季]冬

12 **入営**　にゅうえい　［人］　太平洋戦争前、徴兵検査に合格した兵役義務者および志願により兵籍に編入される者が、初めて兵営にはいったこと　[季]冬

入道　にゅうどう　［動］　鰤の別称　[季]冬

入道雲　にゅうどうぐも　［天］　積乱雲の別称　[季]夏

13 **入園**　にゅうえん　［人］　四月、幼稚園に入ること　[季]春

【八】

むさし八道　むさしさすかり　［人］　正月の室内盤遊戯の一つ。現在ではほとんど行われない　[季]新年

1 **八一忌**　やいちき　［宗］　十一月二十一日、大正・昭和期の歌人会津八一の忌日　[季]冬

八乙女の田舞　やおとめのたまい　［宗］　六月十四日、住吉の御田植の際の神事芸能　[季]夏

2 **八丁蜻蛉**　はっちょうとんぼ　［動］　蜻蛉の一種で、最も小さいもの　[季]秋

八丁潜り　はっちょうむぐり　［動］　カイツブリの別称　[季]冬

八十八夜　はちじゅうはちや　［時］　立春から数えて八十八日めにあたる日。陽暦五月二日か三日頃　[季]春

3 **八丈刈安**　はちじょうかりやす　［植］　小鮒草の別称で、刈安とは別種　[季]秋

八丈宝貝　はちじょうたからがい　［動］　子安貝の別称　[季]春

八丈鶫　はちじょうつぐみ　［動］　鶫の一種　[季]秋

八千代　やちよ　［植］　巌千鳥の美称　[季]夏

八千草　やちぐさ　［植］　特定の名のある草ではなく、秋に生えている雑多なもろもろの名もない草を指す　[季]秋

4 **八升芋**　はっしょういも　［植］　ジャガイモの別称　[季]秋

八升豆　はっしょうまめ　［植］　籬豆の別称。一粒の種から沢山の豆が穫れるという意味　[季]秋

八手の花　やつでのはな　［植］　ウコギ科の常緑植物ヤツデの、枝分かれした小さな白

い花。初冬に花をつける 〒冬

八日月　ようかづき　［天］　月齢の一つ
〒秋

八日吹　ようかぶき　［天］　陰暦十二月八日
に吹く、雪を伴った強風 〒冬

八日吹き　ようかぶき　［天］　陰暦十二月八
日に吹く、雪を伴った強風 〒冬

八日堂達磨市　ようかどうだるまいち　［人］
正月八日薬師の縁日に、上田市・信濃国分
寺で開かれる初市　〒新年

八月　はちがつ　［時］　陽暦八月、ほぼ初秋
にあたる。立秋の月で夏から秋に移り変わ
る　〒秋

八月大名　はちがつだいみょう　［人］　初秋
八月の農閑期の農家のこと。ただ休むだけ
でなく法事や婚姻での馳走が多かった
〒秋

八月尽　はちがつじん　［時］　陽暦八月の終
ること　〒秋

八月蚊　はちがつか　［動］　溢蚊のこと
〒秋

[5]八仙花　はっせんか　［植］　紫陽花の別称
〒夏

八代草　やつしろそう　［植］　九州の山の草
原に自生しているキキョウ科の多年草で、
初秋のころ、茎頭に十個内外の濃い紫色の
花が押し合ったように集まって開く　〒秋

八目　やつめ　［動］　八目鰻の別称　〒冬

八目鰻　やつめうなぎ　［動］　円口類ヤツメ
ウナギ目の水中生物。鰻に似ているが別種
〒冬

八目鰻取る　やつめうなぎとる　［人］　冬、
凍結した川の底にいる八目鰻を取ること。
寒中に多くとれる　〒冬

[6]百善蓼　やおぜんたで　［植］　蓼の一種。
蓼は夏の季語　〒夏

八百穂祭　いやほのまつり　［宗］　諸手船神
事の古称　〒冬

[7]八坂女紅場始業式　やさかにょこうばしぎょ
うしき　［人］　正月十六日に、京都八坂女
紅場の生徒の芸妓・舞妓が技芸の授業をう
ける始業式　〒新年

八尾の廻り盆　やつおのまわりぼん　［宗］
九月一〜三日、富山県八尾町の風の盆の別
称　〒秋

八束の穂　やつかのほ　［植］　よく実った長
い稲穂　〒秋

八束穂　やつかほ　［植］　よく実った長い
稲。稲は秋に収穫する　〒秋

八角鷹　はちくま　［動］　本州に住み、冬は
南へ渡る鷹の一種　〒冬

[9]八柑　はっさく　［植］　冬に収穫し、三、四
月頃に出回る柑橘類。果肉は甘、酸味がほ
どよく美味。陰暦八月朔日頃から熟し始め
ることからの名　〒春

八重うつぎ　やえうつぎ　［植］　卯の花の一
種　〒夏

八重山吹　やえやまぶき　［植］　山吹の一種
〒春

八重若葉　やえわかば　［植］　若葉の色彩の
濃淡を示すことば　〒夏

八重桜　やえざくら　［植］　山桜の変種で、
花は遅く、八重咲きのもの　〒春

八重菊　やえぎく　［植］　菊の一種　〒秋

八重葎　やえむぐら　［植］　葎のこと。重な
り合って茂るさまからの言い回し　〒夏

八重椿　やえつばき　［植］　椿の一種　〒春

八重霞　やえがすみ　［天］　霞の深いさま
〒春

八重藤　やえふじ　［植］　藤の一種　〒春

[10]八朔　はっさく　［時］　陰暦八月一日の略
称。各地の農村・町家などで贈答行事が行
われてきた　〒秋

八朔　はっさく　［植］　冬に収穫し、三、四
月頃に出回る柑橘類。果肉は甘、酸味がほ
どよく美味。陰暦八月朔日頃から熟し始め
ることからの名　〒春

八朔の白小袖　はっさくのしろこそで　［人］
八朔（陰暦八月朔日）に白い帷子や小袖をき
た風習　〒秋

八朔の白帷子　はっさくのしろかたびら
［人］　八朔（陰暦八月朔日）に白い帷子や
小袖をきた風習　〒秋

八朔の祝　はっさくのいわい　［人］　陰暦八
月朔日のこと。江戸時代には公式の祝日と
された　〒秋

八朔柑　はっさくかん　［植］　冬に収穫し、
三、四月頃に出回る柑橘類。果肉は甘、酸
味がほどよく美味。陰暦八月朔日頃から熟
し始めることからの名　〒春

八朔梅　はっさくばい　［植］　八朔（八月一
日）前後に咲きはじめる八重咲きの紅梅の
こと　〒秋

八朔祭　はっさくまつり　［宗］　堺市の開口

2画（几, 刀, 力, 十）

明神の祭り　㊙秋

13八塩躑躅　やしおつつじ　［植］　躑躅の一種
㊙春

15八幡土産　やわたみやげ　［宗］　石清水八幡
宮厄神詣の土産物　㊙新年

八幡厄神詣　やはたえきじんもうで　［宗］
正月十八日、八幡市の石清水八幡宮厄神除
けの祭事に参ること　㊙新年

八幡安居の頭　やわたあんごのとう　［宗］
八幡御他界の作法のこと　㊙秋

八幡初卯の神楽　やわたはつうのかぐら
［宗］　京都・石清水八幡宮で卯の日の祭り
の際に行なわれる神楽　㊙春

八幡花の頭　やわたはなのとう　［宗］　神仏
混淆時代、石清水八幡宮で社僧と頭人が行
なった行事　㊙秋

八幡参　やわたまいり　［宗］　石清水八幡宮
厄神詣の別称　㊙新年

八幡放生会　やわたほうじょうえ　［宗］　九
月半ば（もとは陰暦八月十五日）、各地の八
幡宮で行われる放生の行事。生き物を境内
の池川山林に放って殺生を戒めるもの
㊙秋

八幡疫神詣　やわたえきじんもうで　［宗］
石清水八幡宮厄神詣の別称　㊙新年

八幡起業祭　やわたききぎょうさい　［人］　十
一月八日前後、明治三十四年創業の北九州
市八幡製鉄所の記念日　㊙冬

八幡祭　やわたまつり, はちまんまつり
［宗］　放生会を中心とした八幡宮で行われ
る祭礼　㊙秋

八幡製鉄所起業祭　やわたせいてつじょき
ぎょうさい　［人］　十一月八日前後、明治
三十四年創業の北九州市八幡製鉄所の記念
日　㊙冬

八幡鯉　やわたごい　［宗］　石清水八幡宮厄
神詣の土産物の一つ　㊙新年

16八頭　やつがしら　［植］　里芋の一種　㊙秋

17八講の荒れ　はっこうのあれ　［天］　陰暦二
月二十四日頃の比良八荒の別称　㊙春

19八瀬祭　やせまつり　［宗］　五月九日、京都
市・日吉八王子天満宮で行なわれる祭礼
㊙夏

【几】

6几圭忌　きけいき　［宗］　陰暦十二月二十三
日、江戸時代中期の俳人高井几圭の忌日

㊙冬

12几董忌　きとうき　［宗］　陰暦十月二十三
日、江戸時代中期の俳人高井几董の忌日
㊙冬

【刀】

7刀豆　なたまめ　［植］　豆類のうちで莢が最
も大型で、形が鉈または刀の刃に似る。初
秋の若い豆を食用にする　㊙秋

刀豆の花　なたまめのはな　［植］　夏に咲く
薄赤い大きな蝶形の花　㊙夏

【力】

3力士　りきし　［人］　相撲を取る人。あるい
は相撲を生業とする人。相撲は秋の季語
㊙秋

9力草　ちからぐさ　［植］　相撲草の別称。秋
に花穂をつける　㊙秋

【十】

お十夜　おじゅうや　［宗］　浄土宗の法要。
十夜に同じ　㊙冬

1十一　じゅういち　［動］　慈悲心鳥の正式名
㊙夏

十一月　じゅういちがつ　［時］　陽暦十一
月、ほぼ初冬にあたる。立冬の月のこと
㊙冬

2十七夜　じゅうしちや　［天］　立待月の別称
㊙秋

十七夜講　じゅうしちやこう　［宗］　管絃講
のこと、正月十七日の恒例行事であったた
めこの称がある　㊙新年

十二月　じゅうにがつ　［時］　陽暦十二月、
ほぼ仲冬にあたる。冬至の月で、一年の最
後の月　㊙冬

十二単　じゅうにひとえ　［植］　シソ科の多
年草。晩春、淡紫色の小さい唇形の花が咲
く　㊙春

十二書き　じゅうにかき　［人］　鬼を追い払
うため、鬼打木に十二の線をかくこと　㊙
新年

十二祭　じゅうにまつり　［宗］　山の神祭の
別称　㊙冬

十二節　じゅうにせつ　［人］　幸木に十二節
の縄（閏年は十三節）を結ぶ西日本にみられ
る新年の風習　㊙新年

十八夜の月　じゅうはちやのつき　［天］　居

俳句季語よみかた辞典　13

待月の別称　[季]秋
十八夜月　じゅうはちやづき　［天］　居待月の別称　[季]秋
十八豇豆　じゅうはちささげ　［植］　莢のもっとも長い品種のササゲ　[季]秋, 夏
十八粥　じゅうはちがゆ　［人］　正月十八日に粥を食べ、虫の害を除く俗信　[季]新年
3十三夜　じゅうさんや　［天］　陰暦九月十三日の夜。十五夜とともに月見をする夜　[季]秋
十三詣　じゅうさんまいり　［人］　四月十三日（もとは陰暦三月十三日）に京都市・法輪寺の本尊虚空蔵菩薩に参詣する行事。十三歳になった子供が智恵を授かろうと参詣する　[季]春
十千万堂忌　とちまんどうき　［宗］　十月三十日、明治期の小説家尾崎紅葉の忌日　[季]秋
4十五日正月　じゅうごにちしょうがつ　［時］　小正月の別称　[季]新年
十五日粥　じゅうごにちがゆ　［人］　正月十五日の小豆粥の別称　[季]新年
十五夜　じゅうごや　［天］　陰暦八月十五日、中秋の満月　[季]秋
十五夜祭　じゅうごやまつり　［宗］　鹿児島・鹿児島神宮で、もと陰暦八月十五日に行なわれた祭　[季]秋
十六さすかり　じゅうろくさすかり　［人］　正月の室内盤遊戯の一つ。現在ではほとんど行われない　[季]新年
十六むさし　じゅうろくむさし　［人］　正月の室内盤遊戯の一つ。現在ではほとんど行われない　[季]新年
十六日祭　じゅうろくにちさい　［宗］　陰暦正月十六日、沖縄で前年中に弔いのあった家では新十六日と称して初めて墓参りをした　[季]新年
十六日遊び　じゅうろくにちあそび　［宗］　一月十六日の藪入の別称　[季]新年
十六目石　じゅうろくむさし　［人］　正月の室内盤遊戯の一つ。現在ではほとんど行われない　[季]新年
十六夜　いざよい, じゅうろくや　［天］　陰暦八月十六日の夜。またはその夜の月　[季]秋
十六夜の月　いざよいのつき　［天］　陰暦八月十六日の月　[季]秋
十六度市　じゅうろくどいち　［宗］　七月十六日、香川・志度寺祭で立つ市　[季]夏
十六度会　じゅうろくどえ　［宗］　七月十六日、香川・志度寺で行われる法会。もとは陰暦六月に行われた　[季]夏
十六島海苔　うっぷるいのり　［植］　海苔の一種　[季]春
十六豇豆　じゅうろくささげ　［植］　莢のもっとも長い品種のササゲ　[季]秋, 夏
十日の菊　とおかのきく　［人］　陰暦九月十日（重陽の翌日）の菊。重陽に遅れたということから、間に合わない例えとして使われた言葉　[季]秋
十日月　とおかづき　［天］　月齢の一つ　[季]秋
十日汁　とおかじる　［人］　町汁の別称。昔、京の町々にあった町屋または町会所と呼ぶ会所で、町人の常会が毎月一回開かれたこと。俳諧では正月の初寄合をさし、新年の季語とすることがある　[季]新年
十日戎　とおかえびす　［宗］　正月十日の戎祭り　[季]新年
十日夜　とおかんや　［人］　陰暦十月十日、田の神が山へ帰るのを祭る行事。東日本で多く行われる　[季]冬
十日菊　とおかぎく　［人］　十日の菊のこと　[季]秋
十日酔羹　とおかじる　［人］　町汁の別称　[季]新年
十日詣　とおかまいり　［宗］　七月九日と十日、観世音菩薩の結縁日で、この日に参詣すると四万六千日分の功徳があるという。東京浅草観音が有名で、境内には鬼灯市が立つ。地方によっては八月に行う　[季]夏
十月　じゅうがつ　［時］　陽暦十月、ほぼ晩秋にあたる。秋の終わりを感じる　[季]秋
十王詣　じゅうおうもうで　［宗］　七月十六日、七月の閻魔王の縁日に参詣すること　[季]夏, 秋
十王詣　じゅうおうまいり　［宗］　正月十六日、閻魔の初縁日に参詣すること　[季]新年
5十四日山　じゅうよっかやま　［宗］　祇園祭りで六月十四日の神送りに作られた山車の一種　[季]夏
十四日団子　じゅうよっかだんご　［宗］　小正月の前夜に年越の祝いをすること　[季]新年

十四日年越　じゅうよっかとしこし　［人］
小正月の前夜に年越の祝いをすること　㊎
新年

十四夜月　じゅうしやづき　［天］　陰暦八月
十四日、十五夜の名月を心待ちにする前夜
の月　㊎秋

6十字狐　じゅうじぎつね　［動］　狐の一種
㊎冬

十字架の称讃の祝日　じゅうじかのしょうさ
んのしゅくじつ　［宗］　九月十四日、十字
架を礼賛するカトリックの祝日　㊎秋

十字架祭　じゅうじかさい　［宗］　九月十四
日、十字架を礼賛するカトリックの祝日
㊎秋

7十返りの花　とかえりのはな　［植］　松の花
の別称　㊎春

8十夜　じゅうや　［宗］　陰暦十月五日夜から
十四日夜まで、浄土宗の各寺院で行なわれ
た十日十夜の念仏法要。現在は寺によって
日はさまざま　㊎冬

十夜寺　じゅうやでら　［宗］　十夜の法要の
行なわれている寺　㊎冬

十夜法要　じゅうやほうよう　［宗］　陰暦十
月五日夜から十四日夜まで、浄土宗の各寺
院で行なわれた十日十夜の念仏法要。現在
は寺によって日はさまざま　㊎冬

十夜柿　じゅうやがき　［植］　十夜の法要の
際に道筋の露店で売られる柿　㊎冬

十夜柿　じゅうやがき　［植］　渋柿の一品種
㊎秋

十夜婆　じゅうやばば　［宗］　十夜の法要を
行なっている婆　㊎冬

十夜婆々　じゅうやばば　［宗］　十夜法要で
お籠りをする、地方の農村のことば　㊎冬

十夜粥　じゅうやがゆ　［宗］　十夜の法要の
際に参詣者にふるまう、仏前に供えられた
新穀で作った粥　㊎冬

十夜僧　じゅうやそう　［宗］　十夜の法要を
行なっている僧　㊎冬

十夜鉦　じゅうやがね　［宗］　十夜の法要で
鳴らす鉦　㊎冬

十姉妹　うつぎ　［植］　箱根空木の別称
㊎夏

10十能　じゅうのう　［人］　炭火を載せて運ぶ
のに使う器具　㊎冬

16十薬　じゅうやく　［植］　ドクダミの別称。
薬草として重宝され、梅雨時に白い十字形

の花をつける　㊎夏

【卜】

5卜田祭　うらたまつり　［宗］　粥占の別称
㊎新年

3 画

【下】

オランダ下り　おらんだくだり　［人］　江戸
時代、長崎出島のオランダ商館長が書記一
名、医師・通詞を伴って江戸に参府し、将
軍に謁した恒例行事　㊎春

0下の弓張　しものゆみはり　［天］　弓の形を
した月　㊎秋

下の祭　しものまつり　［宗］　祇園会の祭り
の一つ　㊎夏

下り月　くだりづき　［天］　満月の後で下半
月が夜毎に欠けていくもの　㊎秋

下り苺　さがりいちご　［植］　木苺の別称
㊎春

下り鮎　くだりあゆ　［動］　落鮎の別称
㊎秋

下り簗　くだりやな　［人］　秋、産卵後に河
口に下る魚を獲るための簗　㊎秋

下り鰻　くだりうなぎ　［動］　落鰻の別称
㊎秋

4下仁田葱　しもにたねぎ　［植］　深葱の一種
で、群馬県下仁田町付近のもの　㊎冬

下元　かげん　［人］　陰暦十月十五日のこと
㊎冬

下元の節　かげんのせつ　［人］　陰暦十月十
五日の下元に行う収穫祭　㊎冬

下刈　したかり　［人］　草刈の一種　㊎夏

5下冬　かとう　［時］　晩冬の別称　㊎冬

下田黒船祭　しもだくろふねまつり　［人］
下田市で行なわれる黒船祭のこと　㊎夏

7下冷　したびえ　［時］　秋になって感じる冷
やかさ　㊎秋

8下弦　かげん　［天］　月の形の一つ。満月の
後　㊎秋

下弦の月　かげんのつき　［天］　満月の後で
下半月が夜毎に欠けていくもの　㊎秋

9下紅葉　したもみじ　［植］　下葉が紅葉する

俳句季語よみかた辞典　15

こと [季]秋

10**下帯　さげおび**　［人］　夏に宮仕え・御殿勤めの際しめた帯　[季]夏

11**下萌　したもえ**　［植］　早春、草の芽が土から萌え出ること　[季]春

下野草　しもつけそう　［植］　バラ科の多年草。花がシモツケに似ることからの名。六、七月頃に薄紅色の花が集まり咲く　[季]夏

下鳥羽祭　しもとばまつり　［宗］　京都・下鳥羽神社で陰暦九月十日に行なわれる祭礼　[季]秋

12**下賀茂の御祓　しもがものみそぎ**　［宗］　立秋の前日、京都・賀茂御祖神社で行われる神事　[季]夏

16**下鴨の御祓　しもがものみそぎ**　［宗］　立秋の前日、京都・賀茂御祖神社で行われる神事　[季]夏

17**下闇　したやみ**　［植］　夏木立が茂って、昼なお暗いさま　[季]夏

20**下露　したつゆ**　［天］　下にできる露　[季]秋

【三】

オランダ三葉　おらんだみつば　［植］　セロリの別称　[季]冬

0**三つ手かえで　みつでかえで**　［植］　楓の一種　[季]秋

三つ星　みつぼし　［天］　オリオン座の中央部に並んでいる三個の星。オリオン座は二月上旬に夕方頃に南中することから冬の季語とされる　[季]冬

三つ柏　みつがしわ　［植］　沼や沢などの湿地に生える多年草。六月頃に白い花をつける　[季]夏

三の午　さんのうま　［人］　二月第三の午の日で、稲荷の縁日　[季]春

三の卯　さんのう　［宗］　正月三番目の卯の日の祭　[季]新年

三の花　みつのはな　［天］　霜の別称　[季]冬

三の酉　さんのとり　［宗］　十一月の第三の酉の日にひらかれる酉の市　[季]冬

三の始　みつのはじめ　［時］　正月一日。元日のこと。元日は年の始め・月の始め・日の始めなのでこういう　[季]新年

三の晨　みつのあした　［時］　正月一日、元日の朝のこと。元日は年の始め・月の始め・日の始めなのでこういう　[季]新年

三の富　さんのとみ　［宗］　箕面市・滝安寺での富籤で、第三櫃から最初に引いた富札　[季]新年

三の替　さんのかわり　［人］　弥生狂言の別称　[季]春

三の替り　さんのかわり　［宗］　弥生狂言の別称　[季]春

三ガ日　さんがにち　［時］　正月一日・二日・三日の総称　[季]新年

三ケ日　さんがにち　［時］　正月一日・二日・三日の総称　[季]新年

三ツ栗　みつぐり　［植］　毬の中に栗が三つ入ったもの　[季]秋

2**三七の花　さんしちのはな**　［植］　キク科の多年草。秋、茎の上部に濃黄色の頭上花をつける　[季]秋

三七草　さんしちそう　［植］　キク科の多年草。秋、茎の上部に濃黄色の頭上花をつける　[季]秋

三九日　さんくにち　［宗］　九月の三度の九日の東北地方での呼称　[季]秋

三九日　みくにち　［宗］　九月の三度の九日の中部地方での呼称　[季]秋

三人使丁　さんにんしちょう　［宗］　雛人形の中の一つ　[季]春

三十三才　みそさざい　［動］　冬から早春に鳴き始めるミソサザイ科の鳥　[季]冬

三十三間堂の楊枝浄水加持　さんじゅうさんげんどうのようじじょうすいかじ　［宗］　京都の三十三間堂（蓮華王院）では、正月九日から七日間、楊枝加持といって閼伽水のなかに柳の枝を挿し毎日一座ずつ法会を修し、浄めた水を結願の十五日に参詣者に施す　[季]新年

3**三千代草　みちよぐさ**　［植］　桃の別称　[季]春

三千歳草　みちとせぐさ　［植］　桃の別称　[季]春

4**三不掉　さんふちょう**　［植］　烏柄杓（からすびしゃく）の別称。六月頃に花穂をつける　[季]夏

三井寺ごみむし　みいでらごみむし　［動］　体長二センチ足らずの秋の甲虫で、外敵に遭遇すると悪臭を放つ。別称放屁虫　[季]秋

三井寺の札焼　みいでらのふだやき　［宗］　七月十七日に行われる大津市・園城寺（通称三井寺）の札焼　[季]夏

三井寺女詣 **みいでらおんなもうで** ［宗］ 女性が寺内にはいるのを禁じていた大津市・園城寺(通称三井寺)で陰暦七月十五日のみ参詣を許したこと [季]秋

三井寺斑猫 **みいでらはんみょう** ［動］ 三井寺ごみ虫の別称 [季]秋

三五の月 **さんごのつき** ［天］ 陰暦八月十五日、中秋の満月 [季]秋

三五夜 **さんごや** ［天］ 陰暦八月十五日、中秋の満月 [季]秋

三元 **さんげん** ［時］ 正月一日。元日のこと。元日は年の始め・月の始め・日の始めなのでこういう [季]新年

三尺寝 **さんじゃくね** ［人］ 暑い季節に、寝不足の体の消耗を押さえ、体力を回復させるために昼間眠ること [季]夏

三日 **みっか** ［時］ 正月三日のこと。三が日の最後で、これを振り返る気持ちがこもる [季]新年

三日の月 **みかのつき, みっかのつき** ［天］ 三日月のこと [季]秋

三日月 **みかづき** ［天］ 月齢三日の月の総称でもあるが、秋の季語としては陰暦八月三日の月のこと [季]秋

三日月眉 **みかづきまゆ** ［天］ 三日月のこと [季]秋

三日着 **みっかぎ** ［人］ 一月二日の吉原遊女年礼の次の日に着た好みの衣裳のこと [季]新年

三月 **さんがつ** ［時］ 陽暦三月、ほぼ仲春にあたる。春分の月のこと [季]春

三月大根 **さんがつだいこん** ［植］ 春大根の別称 [季]春

三月尽 **さんがつじん** ［時］ 現在では陽暦三月の終わることをさす [季]春

三月尽く **さんがつつく** ［時］ 現在では陽暦三月の終わることをさす [季]春

三月狂言 **さんがつきょうげん** ［人］ 弥生狂言の別称 [季]春

三月掘入 **さんがつほりいれ** ［植］ 春福大根に近い大根の一種で、根が地上に出ず土の中に隠れているもの。二、三月ごろ収穫する [季]春

三月終る **さんがつおわる** ［時］ 現在では陽暦三月の終わることをさす [季]春

三月菜 **さんがつな** ［植］ 陰暦三月頃に食用にする菜の総称 [季]春

三月場所 **さんがつばしょ** ［人］ 大相撲春場所のこと [季]春

三月遊 **さんがつあそび** ［人］ 陰暦三月三日、沖縄で古くから行われる女子の節句 [季]春

三月節句 **さんがつせっく** ［人］ 三月三日の桃の節句の別称 [季]春

三木張 **さぎちょう** ［人］ 小正月に行なわれる火祭行事 [季]新年

5**三冬** **さんとう** ［時］ 初冬、仲冬、晩冬の総称 [季]冬

三冬月 **みふゆづき** ［時］ 陰暦十二月の別称 [季]冬

三冬尽く **みふゆつく** ［時］ 三か月にわたる長く辛い冬がやっと終わること [季]冬

三平汁 **さんぺいじる** ［人］ 北海道の冬の郷土料理。塩鮭を頭やあらごとぶつ切りにし、大根のぶつ切りなどと煮込むもの [季]冬

三平皿 **さんぺいざら** ［人］ 三平汁をたっぷりに盛る特別大きい皿 [季]冬

三弘法詣 **さんこうぼうまいり** ［宗］ 御影供の日に、京都・東寺、仁和寺、西賀茂神光院に参詣すること [季]春

三旦 **さんたん** ［時］ 元旦の別称 [季]新年

三汀忌 **さんていき** ［宗］ 閏二月二十九日、大正・昭和期の作家・俳人久米三汀の忌日 [季]春

三白草 **さんぱくそう, みつしろそう** ［植］ 半夏生草の別称。六、七月頃、先端の葉が白く変色し、白い小花が咲く [季]夏

三石昆布 **さんごくこんぶ** ［植］ 昆布の一種で北海道三石部付近から産する昆布。晩夏の頃に採取する [季]新年

6**三伏** **さんぷく** ［時］ 夏の土用を三分した総称。夏の暑い盛り [季]夏

三光鳥 **さんこうちょう** ［動］ ヒタキ科の夏鳥で、雄は尾羽が体長の三倍もある。五月頃飛来して営巣・繁殖し、冬には南方へ帰っていく [季]夏

三好忌 **みよしき** ［宗］ 四月五日、昭和期の詩人三好達治の忌日 [季]春

三至 **さんし** ［時］ 冬至の別称 [季]冬

三色菫 **さんしきすみれ** ［植］ 早春から初夏まで花が続くパンジーのこと。花弁が紫・黄・白の三色で彩られる [季]春

三色鶏頭 **さんしょくけいとう** ［植］ 鶏頭

3画（三）

の一種　㋖秋

[7]三位祭　さんみさい　［宗］　聖霊降臨祭の次の日曜日。父と子と聖霊の三位一体を礼拝し、賛美する祝日　㋖夏

三村祭　みむらまつり　［宗］　堺市の開口明神の祭り　㋖秋

三社祭　さんじゃまつり, さんじゃさい　［宗］　五月中旬、東京・浅草神社で行われる祭礼　㋖夏

三角草　みすみそう　［植］　洲浜草の別種　㋖春

三角菜　さんかくな　［植］　萍（うきくさ）の一種品字藻の別称。夏に繁茂・開花する　㋖夏

三角蟋蟀　みつかどこおろぎ　［動］　蟋蟀の一種で、リリーリリーと鳴く雄の頭が三角形のもの　㋖秋

[8]三味線草　しゃみせんぐさ　［植］　薺の別称　㋖春

三始　さんし　［時］　正月一日。元日のこと。元日は年の始め・月の始め・日の始めなのでこういう　㋖新年

三宝柑　さんぼうかん　［植］　三、四月頃に収穫する柑橘類。果実は達磨形で、果肉は酸味が少なく美味　㋖春

三宝鳥　さんぼうちょう　［動］　仏法僧の別称　㋖夏

三枝祭　さいくささい, みくささい, さいくさまつり　［宗］　六月十七日、奈良市・率川神社で行われる祭礼。三枝の百合の花（一本の茎に三つの百合の花のついたもの）三万本を献じる祭　㋖夏

三河万歳　みかわまんざい　［人］　三河地方からでた万歳　㋖新年

三河花祭　みかわはなまつり　［宗］　湯立神楽の一種で、花祭の別称　㋖冬

三河島菜　みかわじまな　［植］　漬菜の一種　㋖冬

三物　みつもの　［人］　連歌・俳諧において、発句・脇・第三の三句。ここでは歳旦三物のこと　㋖新年

三物売　みつものうり　［人］　歳旦三物を綴った刷り物を売ったこと　㋖新年

三物俳諧　みつものはいかい　［人］　発句、脇、第三の三句をそろえた歳旦の俳諧　㋖新年

三物連歌　みつものれんが　［人］　発句、

脇、第三の三句をそろえた歳旦の連歌　㋖新年

[9]三保参　みほまいり　［宗］　三保祭に参詣すること　㋖新年

三保祭　みほまつり　［宗］　正月十五日、清水市・三保神社で昔行なわれた筒粥の神事　㋖新年

三度栗　みたびぐり　［植］　栗の一種　㋖秋

三春　さんしゅん　［時］　初春、仲春、晩春の総称　㋖春

三昧花　さんまいばな　［植］　曼珠沙華（彼岸花）の別称。花がきまって秋の彼岸ごろに咲く有毒植物の一つ　㋖秋

三秋　さんしゅう　［時］　初秋、仲秋、晩秋の総称　㋖秋

[10]三夏　さんか　［時］　初夏、仲夏、晩夏の総称　㋖夏

三島忌　みしまき　［宗］　十一月二十五日、昭和期の小説家三島由紀夫の忌日　㋖冬

三島西の市　みしまとりのいち　［宗］　三島市でひらかれる酉の市　㋖冬

三島祭　みしままつり　［宗］　八月十五日から十七日まで、三島市・三島神社で行われる祭礼　㋖秋

三島御田打祭　みしまおたうちまつり　［宗］　正月七日、三島市・三島神社で行なわれる豊年予祝の田遊びの神事　㋖新年

三浦大根　みうらだいこん　［植］　大根の一種で、神奈川県三浦半島付近のもの　㋖冬

三鬼の忌　さんきのき　［宗］　四月一日、昭和期の俳人西東三鬼の忌日　㋖春

三鬼忌　さんきき　［宗］　四月一日、昭和期の俳人西東三鬼の忌日　㋖春

[11]三毬杖　さんぎちょう, さぎちょう　［人］　左義長の原意と言われ、三本の毬杖（年木の一部）の意　㋖新年

三毬杖　さぎちょう　［宗］　小正月に行なわれる火祭行事　㋖新年

三笠の山焼　みかさのやまやき　［人］　奈良三笠山の山焼　㋖春

三船祭　みふねまつり　［宗］　五月第三日曜日、京都・大堰川で行われる車折神社の祭礼　㋖夏

[12]三寒　さんかん　［時］　冬の周期的な寒暖の変化のうち、三日ほど寒い日が続くこと　㋖冬

三寒四温　さんかんしおん　［時］　冬に寒暖の変化が周期的におこること。厳密には満州など大陸での事だが、現在では一般に春の兆しの意味で使われることもある　[季]冬

三朝　さんちょう　［時］　正月一日、元日の朝のこと。元日は年の始め・月の始め・日の始めなのでこういう　[季]新年

三朝大綱引　みささおおつなひき　［宗］　五月七日と八日の三朝綱引のこと　[季]夏

三朝綱引　みささつなひき　［宗］　五月七日と八日、鳥取県三朝町で行われる綱引　[季]夏

三椏の皮剝ぐ　みつまたのかわはぐ　［人］　和紙作りの過程で、三椏の皮を剝くこと。紙漉きが冬の季語なので、関連してこれも季節は冬　[季]冬

三椏の花　みつまたのはな　［植］　ジンチョウゲ科の落葉性低木で、和紙の原料。枝は常に三つに分かれ、早春、黄色の花をつける　[季]春

三椏刈る　みつまたかる　［人］　三椏を刈ること、和紙づくりの一過程。紙漉きが冬の季語なので、関連してこれも季節は冬　[季]冬

三椏蒸す　みつまたむす　［人］　三椏を蒸すこと。和紙づくりの一過程。紙漉は冬の季語　[季]冬

三番草　さんばんぐさ　［人］　田植の二十日後に行う田草取　[季]夏

三番茶　さんばんちゃ　［人］　二番茶のあとに摘まれた茶　[季]春

三葉芹　みつばぜり　［植］　セリ科の多年草で、特有の香気を持つ。吸い物の実、お浸しなどにする　[季]春

三葉苺　みつばいちご　［植］　苗代苺の別称。初夏の田植え時に赤い実が熟する　[季]夏

三葉通草　みつばあけび　［植］　通草の一種　[季]春

三葉躑躅　みつばつつじ　［植］　躑躅の一種　[季]春

三階葱　さんがいねぎ　［植］　刈葱の別称　[季]夏

三隅蚊帳　みすみがや　［人］　葬式などのとき、一隅をはずして蚊帳を吊ること　[季]夏

三陽月　さんようげつ　［時］　正月の別称　[季]新年

13 三微月　さんびげつ　［時］　正月の別称　[季]新年

三稜草　みくりそう　［植］　池や沼に生える多年草。晩夏に白い花が毬状につく　[季]夏

17 三鞠打　さぎちょう　［人］　小正月に行なわれる火祭行事　[季]新年

【上】

0 上の弓張　かみのゆみはり　［天］　弓の形をした月　[季]秋

上の祭　かみのまつり　［宗］　祇園会の祭りの一つ　[季]夏

上り月　のぼりづき　［天］　満月になるまで上半月が夜毎に丸く満ちていくもの　[季]秋

上り鮎　のぼりあゆ　［動］　若鮎のこと　[季]春

上り簗　のぼりやな　［人］　春、産卵のために川をのぼる習性をもつ魚を捕らえるための簗　[季]春

上り鱒　のぼります　［動］　海から川にのぼってきた鱒のこと　[季]春

3 上巳　じょうし, じょうみ　［人］　陰暦三月の最初の巳の日（後には陰暦三月三日になった）、禊ぎを行った古代の風俗。のちに雛流しに発展した　[季]春

4 上元　じょうげん　［宗］　陰暦正月十五日の名称。七月十五日の中元、十月十五日の下元に対しての言葉　[季]新年

上元の日　じょうげんのひ　［人］　陰暦正月十五日の名称。七月十五日の中元、十月十五日の下元に対しての言葉　[季]新年

上元会　じょうげんえ　［宗］　陰暦正月十五日の上元に行われる節会　[季]新年

上元祭　じょうげんまつり　［宗］　陰暦正月十五日の上元に行われる節会　[季]新年

上天　じょうてん　［時］　冬の空　[季]冬

上方相撲　かみがたすもう　［人］　上方で行なわれた相撲　[季]秋

上月　じょうげつ　［時］　正月の別称　[季]新年

5 上冬　じょうとう　［時］　初冬のこと　[季]冬

上布　じょうふ　［人］　麻の織物の一種。夏の暑さを凌ぐための着物に多く用いられる　[季]夏

6 上灯　じょうとう　［人］　正月十三日。上元の花灯を灯し始める日　[季]新年

3画（丈, 万）

⁷上辰日　じょうしんにち　［宗］　正月最初の辰の日　㊞新年

⁸上弦　じょうげん　［天］　月の形の一つ。満月の前　㊞秋

上弦の月　じょうげんのつき　［天］　満月になるまで上半月が夜毎に丸く満ちていくもの　㊞秋

⁹上春　じょうしゅん　［時］　初春（しょしゅん）のこと。または陰暦一月のこと　㊞春, 新年

上秋　じょうしゅう　［時］　初秋の別称　㊞秋

¹¹上寅日　かみのとらのひ　［宗］　正月はじめの寅の日　㊞新年

¹²上賀茂の元日神事　かみがものがんじつしんじ　［宗］　正月元日、京都の上賀茂社で行なわれた旧儀　㊞新年

上賀茂御棚飾　かみがもおたなかざり　［宗］　正月十四日に京都市・上賀茂神社で行なわれた神事で、諸役から献ずる神供や魚鳥米穀の類を数え記す行事　㊞新年

上賀茂燃灯祭　かみがもねんとうさい　［宗］　正月六日から十日の間の吉日に、京都・上賀茂神社で行なわれている正月仏教行事。子の日遊びを神事にしたもの　㊞新年

上陽　じょうよう　［時］　一年の最初の月。陰暦では陽春の始めもさす　㊞新年

¹³上溝桜　うわみぞざくら　［植］　桜の一種　㊞春

¹⁴上蔟団子　あがりだんご　［人］　上蔟（五月の末、蚕が繭を作るようになること）を祝って団子などを作ること　㊞夏

上蔟祝　あがりいわい　［人］　上蔟（五月の末、蚕が繭を作るようになること）を農家が祝うこと　㊞夏

¹⁷上蔟　じょうぞく　［人］　五月末頃、蚕を蚕簿に移して繭を作らせること　㊞夏

上蔟団子　あがりだんご　［人］　上蔟（五月の末、蚕が繭を作るようになること）を祝って団子などを作ること　㊞夏

¹⁸上難波の御祓　かみなんばのおはらえ　［宗］　昔、陰暦六月に難波で行われていたとされる祓　㊞夏

上難波祭　かみなんばまつり　［宗］　昔、行なわれた祭り　㊞秋

²⁰上露　うわつゆ　［天］　上にできる露　㊞秋

【丈】

³丈山忌　じょうざんき　［宗］　陰暦五月二十三日、江戸時代前期の漢詩人石川丈山の忌日　㊞夏

⁹丈草忌　じょうそうき　［宗］　陰暦二月二十四日、蕉門の俳人内藤丈草の忌日　㊞春

【万】

⁴万太郎忌　まんたろうき　［宗］　五月六日、大正・昭和期の小説家・劇作家久保田万太郎の忌日　㊞夏

万木の実　よろずのこのみ　［植］　果樹以外の木になる実の総称。多くは秋に熟する　㊞秋

万木蕪　ゆるぎかぶ　［植］　赤蕪の一種で、滋賀県産のもの　㊞冬

⁵万代精進　もずしょうじん　［宗］　堺市・八幡宮の氏子が十二月二十八日から正月三日に至る間厳重な物忌みを行なうこと　㊞新年

⁶万両　まんりょう　［植］　観賞用の常緑小低木で、冬に赤い実をつける。仙蓼（千両）よりも優っているという意味の名　㊞冬

万年杉　まんねんすぎ　［植］　ヒカゲノカズラ科の常緑多年草　㊞夏

万年貝　まんねんがい　［動］　常節の別称　㊞春

万年松　まんねんまつ　［植］　巌檜葉の別称　㊞夏

万年青の実　おもとのみ　［植］　万年青の花の後に結ぶ実のこと。球形で秋になると真赤に熟する　㊞秋

万年青の前おき　おもとのまえおき　［人］　秋、立花に用いるもの　㊞秋

万年草　まんねんぐさ　［植］　ベンケイソウ科の多年草　㊞夏

万年草　まんねんぐさ　［植］　万年杉の別称　㊞夏

万年飽　まんねんあわび　［動］　常節（とこぶし）の別称　㊞春

万年願　まんねんがん　［宗］　四月十四日の万願祭の別称　㊞春

万灯　まんどう　［宗］　十月十三日、日蓮上人の忌日の法会で用いる仏具　㊞秋

万灯日　まんどうび　［時］　彼岸に北秋田地方で子供が村中から藁を集め焚く行事

20　俳句季語よみかた辞典

[季]春

万灯会　まんとうえ［宗］京都・大覚寺の奉灯会の別称　[季]秋

7万寿果　まんじゅか［植］パパイヤの別称　[季]夏

万寿菊　まんじゅぎく［植］メキシコ原産の孔雀草の一種で紅黄草の別称。晩夏から秋にかけ黄色っぽい花をつける　[季]夏

9万春楽　ばんすらく［人］正月の踏歌節会で歌われた漢詩の唱歌　[季]新年

万秋楽　まんずらく［人］正月七日の白馬節会で奏された雅楽　[季]新年

10万座忌　まんざき［宗］七月二十五日、昭和期の俳人秋元不死男の忌日　[季]夏

万桃花　まんとうか［植］朝鮮朝顔の別称　[季]夏

13万愚節　ばんぐせつ［人］四月馬鹿のこと　[季]春

万歳　まんざい［人］正月に、芸人が各家を訪問して祝言を述べた門付け芸能の一つ　[季]新年

万歳大夫　まんざいだゆう［人］正月の万歳を行なう大夫　[季]新年

万歳扇　まんざいおうぎ［人］鶴亀・松竹梅などめでたい図柄を版にした万歳で使う扇　[季]新年

万歳楽　まんざいらく［人］正月に、芸人が各家を訪問して祝言を述べた門付け芸能の一つ　[季]新年

万聖節　ばんせいせつ［宗］十一月一日、諸聖人をまとめて祝うカトリックの祝日　[季]秋

14万緑　ばんりょく［植］夏の見渡す限りの草木の緑　[季]夏

19万願祭　まんがんさい［宗］四月十四日、山口県豊田町・亀ノ尾山八幡宮で行われる祭礼。江戸時代に流行した疫病退散のための鶏頭踊が始まり　[季]春

20万懸け　よろずかけ［人］幸木に魚や海藻・野菜などを掛け、正月の間それを少しずつ食べた風習　[季]新年

【与】

7与那国蚕蛾　よなくにさんが［動］蛾の一種　[季]夏

【丸】

3丸子　まるこ［動］金魚の一種　[季]夏

4丸太出　まるただし［人］冬に伐採した丸太を橇にひかせて運搬すること　[季]冬

丸太曳　まるたひき［人］冬に伐採した丸太を橇にひかせて運搬すること　[季]冬

5丸田螺　まるたにし［動］田螺の一種　[季]春

8丸宗太　まるそうだ［動］体が丸っこい宗太鰹　[季]秋

丸岡火祭　まるおかひまつり［宗］福井・福聚寺の祭り。正月六日から、丸岡町の各区ごとに行なわれ、寺から火防の護符が出る　[季]新年

丸茄子　まるなす［植］茄子の一種。茄子は夏の季語　[季]夏

11丸菅　まるすげ［植］太藺の別称　[季]夏

12丸葉うつぎ　まるはうつぎ［植］卯の花の一種　[季]夏

13丸蒲　まるがま［植］太藺の別称　[季]夏

丸裸　まるはだか［人］裸のこと　[季]夏

16丸頭巾　まるずきん［人］平型でだぶだぶした頭巾　[季]冬

17丸鍋　まるなべ［人］鼈鍋の別称。鼈の肉を白菜や菊菜や豆腐といっしょに煮る冬の鍋料理　[季]冬

【久】

3久女忌　ひさじょき［宗］一月二十一日、大正・昭和期の俳人杉田久女の忌日　[季]冬

5久世祭　くぜまつり［宗］昔、季題として使われたがそれに相当するものはなく、久我祭の誤りではないかとされる　[季]夏

7久里浜黒船祭　くりはまくろふねまつり［人］七月十四日、神奈川県久里浜で行われる黒船祭　[季]夏

【乞】

5乞巧瓜　きっこううり［人］乞巧針のこと　[季]秋

乞巧針　きっこうはり［人］七夕の乞巧奠に基づく民間習俗。裁縫の上達を祈るもの　[季]秋

乞巧奠　きこうでん, きっこうてん［人］陰暦七月七日七夕の行事。女の願いである裁縫が上達するよう祈った祭り　[季]秋

乞巧棚　きっこうだな　［人］　乞巧奠の際に組む棚　[季]秋

9**乞食正月**　こじきしょうがつ　［時］　二十日正月の別称　[季]新年

【亡】

8**亡者送り**　もうじゃおくり　［宗］　浅草寺亡者送りの別称　[季]新年

【刃】

9**刃柄祝**　はつかいわい　［人］　二十日正月の祝い。赤飯をたいたり、二十日団子を食べる風習がある　[季]新年

【千】

4**千六本**　せんろっぽん　［植］　大根を細長く刻んだもの　[季]冬

千日紅　せんにちこう　［植］　千日草の別称。開花が初夏から晩秋まで続く　[季]夏

千日草　せんにちそう　［植］　中南米原産のヒユ科一年草。開花が初夏から晩秋まで続く　[季]夏

千日詣　せんにちもうで　［宗］　愛宕の千日詣のこと　[季]夏

千木箱売る　ちぎばこうる　［宗］　小判型の曲げ物で、赤や青の色で藤の花を描いて、そのなかに煎り豆か飴を入れる箱で芝明神祭に売られる　[季]秋

5**千代の春**　ちよのはる　［時］　初春を祝う言い回し　[季]新年

千代尼忌　ちよにき　［宗］　陰暦九月八日、江戸時代中期の俳人加賀千代尼の忌日　[季]秋

千代名草　ちよなぐさ　［植］　七草粥に入れる春の七草の総称　[季]新年

千代見草　ちよみぐさ　［植］　菊の別称。菊は秋の季語　[季]秋

千代萩　せんだいはぎ　［植］　マメ科の多年草。四月ごろ蝶形の黄色い花が咲く　[季]春

千代椿　ちよつばき　［植］　椿の一種　[季]春

千本大念仏　せんぼんだいねんぶつ　［宗］　五月に京都市・引接寺（閻魔堂）で行われる狂言　[季]夏

千本分葱　せんぼんわけぎ　［植］　胡葱の別称　[季]春

千本念仏　せんぼんねんぶつ　［宗］　京都・引接寺で、春、境内の名木普賢象の桜の一枝を所司代に献じて、同時に、大念仏を修めた行事　[季]春

千本念仏　せんぼんねんぶつ　［宗］　陰暦二月十五日、京都市・大報恩寺での涅槃会の別称　[季]春

千本桜　せんぼんざくら　［植］　無数に集まって咲く桜　[季]春

千本搗　せんぼんづき　［人］　正月三日、貝塚市・水間寺で行われた曲搗　[季]新年

千生り　せんなり　［植］　瓠の別称。初秋、瓢箪形の青い実がたくさん生る　[季]秋

千生茄子　せんなりなす　［植］　茄子の一種。茄子は夏の季語　[季]夏

千石豆　せんごくまめ　［植］　隠元豆の一種で、藤豆の別称。初秋、まだ若いうちに取って煮て食べる　[季]秋

6**千両**　せんりょう　［植］　観賞用の常緑小低木で、冬に赤い実をつける　[季]冬

千団子　せんだんご　［宗］　五月十六日、大津市・三井寺の鬼子母神の縁日の祭　[季]夏

千団子祭　せんだんごまつり　［宗］　五月十六日、大津市・三井寺の鬼子母神の縁日の祭　[季]夏

千団子詣　せんだんごもうで　［宗］　五月十六日、大津市・三井寺の鬼子母神の縁日の祭　[季]夏

千団講　せんだんこう　［宗］　五月十六日、大津市・三井寺の鬼子母神の縁日の祭　[季]夏

千年貝　せんねんがい　［動］　常節の別称　[季]春

7**千住葱**　せんじゅねぎ　［植］　深葱の一種で、東京千住付近のもの　[季]冬

千寿万歳　せんずまんざい　［人］　室町時代、毎年正月に宮中や幕府に参内して祝言の万歳を行なった芸人　[季]新年

8**千屈菜**　みそはぎ　［植］　山野の湿地に自生するミソハギ科の多年草。初秋、薄紫色の小花が集まり咲き、盆の供花によく使われる　[季]秋

千枚漬　せんまいづけ　［人］　冬の京都の代表的漬物で、蕪の薄切りを塩と味醂・砂糖で漬けたもの　[季]冬

9**千秋万歳**　せんずまんざい　［人］　室町時代、毎年正月に宮中や幕府に参内して祝言の万歳を行なった芸人　[季]新年

3画（及、口、土）

千秋楽　せんしゅうらく　［時］　雅楽曲の一つ　㉟秋

千草　ちぐさ　［植］　特定の名のある草ではなく、秋に生えている雑多なもろもろの名もない草を指す　㉟秋

千草の花　ちぐさのはな　［植］　名のあるものも、名のないものも、すべてを引っくるめて秋の草花をさす　㉟秋

10 千島狐　ちしまぎつね　［動］　千島列島に住む狐　㉟冬

千島桔梗　ちしまききょう　［植］　千島で発見されたもの。七、八月頃に外側が紫、内側が淡紫色の花をつける　㉟夏

千振　せんぶり　［植］　リンドウ科の二年草で、秋、白地に紫の線が入っている花が集まり咲く　㉟秋

千振の花　せんぶりのはな　［植］　リンドウ科の二年草で、秋、白地に紫の線が入っている花が集まり咲く　㉟秋

千振干す　せんぶりほす　［人］　晩秋に採った千振を、薬用にするため干すこと　㉟秋

千振引く　せんぶりひく　［人］　晩秋、山野で薬用植物である千振を採ること　㉟秋

千振採る　せんぶりとる　［人］　晩秋、山野で薬用植物である千振を採ること　㉟秋

11 千鳥　ちどり　［動］　チドリ科の冬の水鳥の総称　㉟冬

千鳥の巣　ちどりのす　［動］　川原や砂浜に、皿形に凹地をつくって、そこに小石や木くずなどを敷いてつくる巣　㉟春

千鳥打　ちどりうち　［人］　千鳥を網などで捕らえること　㉟冬

千鳥足　ちどりあし　［動］　千鳥の両足を交叉しながらの歩き方　㉟冬

千鳥草　ちどりそう　［植］　キンポウゲ科の観賞植物　㉟夏

千鳥草　ちどりそう　［植］　草地の自生するラン科の多年草。晩夏、千鳥に似た形をした赤紫色の花が集まり咲く　㉟夏

千鳥掛　ちどりがけ　［動］　千鳥の列なって飛ぶさま　㉟冬

12 千葉笑　ちばわらい　［人］　大晦日の夜、千葉市・千葉寺（せんようじ）で行なわれた行事　㉟冬

13 千歳　せんざい　［宗］　神楽歌の一つ　㉟冬

千歳飴　ちとせあめ　［人］　十一月十五日の七五三の際に売られている、棒状にした紅白のさらし飴を細長い袋につめたもの　㉟冬

【及】

3 及己　きゅうき　［植］　二人静の別称　㉟夏

11 及第　きゅうだい　［人］　試験に合格すること　㉟春

【口】

3 口女　くちめ　［動］　鰡の別称　㉟秋

4 口切　くちきり　［人］　茶道で、晩春のころ採取した新茶を陶器の壺のなかに詰めて口を封じておいたのを、初冬の頃、茶会の席上で封切すること　㉟冬

口切茶会　くちきりちゃかい　［人］　初冬、口切の葉茶を挽き抹茶にして客に饗する茶会　㉟冬

口切茶事　くちきりちゃじ　［人］　初冬、口切の葉茶を挽き抹茶にして客に饗すること　㉟冬

8 口明祭　くちあけまつり　［人］　磯開の際の祭　㉟春

9 口紅うつぎ　くちべにうつぎ　［植］　卯の花の一種　㉟夏

口紅水仙　くちべにすいせん　［植］　水仙の一種で、花弁が口紅をつけたように見える。四、五月頃、香りの強い花が咲く　㉟春

【土】

0 土かぶり　つちかぶり　［人］　麻地酒の別称　㉟夏

土の春　つちのはる　［地］　春の暖かい日差しをうけて、ほのかに暖かい土　㉟春

3 土大根　つちだいこ　［植］　泥つきの大根　㉟冬

土山葵　つちわさび　［植］　山葵の一種　㉟春

4 土匂う　つちにおう　［地］　春になって土の匂いのすること　㉟春

土匂ふ　つちにおう　［地］　春になって土の匂いのすること　㉟春

土手涼み　どてすずみ　［人］　土手で涼むこと　㉟夏

土牛童子像を立つ　どぎゅうどうじぞうをたつ　［人］　大寒の日の前夜半、陰陽師が土偶と、土牛を立て流行病を払うまじないを

俳句季語よみかた辞典　23

行なったこと 〔季〕冬

5**土用** どよう ［時］ 各季の終わりの一八日間ずつ土が支配する日のこと。本来四季にそれぞれあるが、現在は夏の土用が専ら通用している 〔季〕夏

土用あい どようあい ［天］「あいの風」のうち、土用中に吹く涼しい北風のことを特にこういう 〔季〕夏

土用の波 どようのなみ ［地］ 土用波に同じ 〔季〕夏

土用の芽 どようのめ ［植］ 土用芽に同じ 〔季〕夏

土用入 どよういり ［時］ 土用に入ること 〔季〕夏

土用三郎 どようさぶろう ［時］ 土用の三日目 〔季〕夏

土用干 どようぼし ［人］ 土用の頃、衣類や本を虫害や黴から防ぐために風を入れたり陰干しにすること 〔季〕夏

土用丑の日の鰻 どよううしのひのうなぎ ［人］ 土用の丑の日、夏バテ防止のために鰻のかば焼きを食べる習慣 〔季〕夏

土用中 どようなか ［時］ 土用の間のこと 〔季〕夏

土用太郎 どようたろう ［時］ 土用の一日目 〔季〕夏

土用四郎 どようしろう ［時］ 土用の四日目 〔季〕夏

土用艾 どようもぐさ ［人］ 夏の土用に灸治をすること。特に効きめがあるとされる 〔季〕夏

土用凪 どようなぎ ［天］ 夏の土用中のまったく風のない日 〔季〕夏

土用次郎 どようじろう ［時］ 土用の二日目 〔季〕夏

土用灸 どようきゅう ［人］ 夏の土用に灸治をすること。特に効きめがあるとされる 〔季〕夏

土用芝居 どようしばい ［人］ 夏芝居のこと 〔季〕夏

土用見舞 どようみまい ［人］ 土曜の頃に知人などの安否を伺うこと。葉書での挨拶も盛ん 〔季〕夏

土用明 どようあけ ［時］ 土用があけること。夏の土用に限定して使う 〔季〕夏

土用東風 どようごち ［天］ 夏の土用に吹く東風 〔季〕夏

土用波 どようなみ ［地］ 夏の土用のころ、太平洋沿岸に寄せてくるうねりの高い大波 〔季〕夏

土用芽 どようめ ［植］ 夏の土用の頃に出る新芽の総称 〔季〕夏

土用前 どようまえ ［時］ 土用の前をいう 〔季〕夏

土用時化 どようじけ ［天］ 高西風（秋の北西の強風）の別称 〔季〕秋

土用浪 どようなみ ［地］ 夏の土用のころ、太平洋沿岸に寄せてくるうねりの高い大波 〔季〕夏

土用蜆 どようしじみ ［人］ 夏負けしないように、土用に蜆を食べること 〔季〕夏

土用餅 どようもち ［人］ 夏の土用についた餅。夏負けしないように食べる 〔季〕夏

土用藤 どようふじ ［植］ 夏藤の別称 〔季〕夏

土用鰻 どよううなぎ ［人］ 土用の丑の日、夏バテ防止のために鰻のかば焼きを食べる習慣 〔季〕夏

6**土当帰** うど ［植］ ウコギ科の多年草で、日本独特の野菜。三月頃の若芽の伸びたものを食用とする 〔季〕春

土曳 つちひき ［人］ 冬に田畑を耕すこと 〔季〕冬

土曳き つちひき ［人］ 冬に田畑を耕すこと 〔季〕冬

7**土佐の海に硯石取る** とさのうみにすずりいしとる ［人］ 硯石取るに同じ 〔季〕春

土佐水木 とさみずき ［植］ 高知県の山地に自生する落葉低木。三、四月頃、葉に先立ち淡黄色の花を穂状につける 〔季〕春

土佐志奈弥祭 とさしなねまつり ［宗］ 八月二十五日、高知市・土佐神社の祭り 〔季〕秋

土佐祭 とさまつり ［宗］ 八月二十五日、高知市・土佐神社の祭り 〔季〕秋

土芳忌 とほうき ［宗］ 陰暦一月十八日、蕉門の俳人服部土芳の忌日 〔季〕新年

8**土垂** どたれ ［植］ 里芋の一種 〔季〕秋

9**土洗ひ** つちあらい ［人］ 秋、一年の農作業を無事全て終えた祝い 〔季〕秋

10**土俵** どひょう ［人］ 相撲を取るために土を包み入れた俵でつくった場。相撲は秋の季語 〔季〕秋

土俵入り　どひょういり　［人］　力士が土俵場に入り、輪になって行なう儀式　[季]秋

土恋し　つちこいし　［地］　雪国の人が春になって土の現れることを、ひたすらに待つ心持ち　[季]春

土針　つちばり　［植］　ツクバネソウの別称　[季]夏

11土乾く　つちかわく　［地］　春の雪解けの後、暖かい日光にあたり土が乾くこと　[季]春

土現る　つちあらわる　［地］　春になり雪国で雪がとけて土がみえること　[季]春

土菌　つちたけ　［植］　茸の一種　[季]秋

12土塔会　どとうえ　［宗］　昔、陰暦四月に行なわれた四天王寺の祭礼　[季]夏

土塔祭　どとうさい　［宗］　昔、陰暦四月に行なわれた四天王寺の祭礼　[季]夏

土筆　つくし　［植］　早春、スギナの地下径から出る、筆のような形をした茎のこと。食用にする　[季]春

土筆汁　つくしじる　［植］　土筆を具にした汁　[季]春

土筆和　つくしあえ　［植］　土筆を茹で和え物にした料理　[季]春

土筆野　つくしの　［植］　土筆が生えた野原のこと　[季]春

土筆飯　つくしめし　［植］　土筆を炊き込んだ御飯　[季]春

土筆摘　つくしつみ　［植］　土筆を摘むこと　[季]春

土筆摘む　つくしつむ　［植］　生え出た土筆を摘みとること。春の行楽の一つ　[季]春

土蛙　つちがえる　［動］　蛙の一種　[季]春

土雲雀　つちひばり　［動］　田雲雀の別称　[季]秋

13土蜂　つちばち　［動］　蜂の一種　[季]春

土蛹　どよう　［動］　甲虫の幼虫。地虫のことをいうらしい　[季]夏

15土器拾い　かわらけひろい　［宗］　正月五日、京都伏見稲荷大社で行われる行事。群衆が耳土器を奪い合う勇壮なものだったが、現在それは行われない　[季]新年

土器拾ひ　かわらけひろい　［宗］　正月五日、京都伏見稲荷大社で行われる行事。群衆が耳土器を奪い合う勇壮なものだったが、現在それは行われない　[季]新年

16土龍打　もぐらうち　［人］　小正月の農村行事。田の土龍を追い豊作を祈願する行事　[季]新年

土龍送り　もぐらおくり　［宗］　小正月の農村行事。田の土龍を追い豊作を祈願する行事　[季]新年

土龍追　もぐらおい　［宗］　小正月の農村行事。田の土龍を追い豊作を祈願する行事　[季]新年

18土雛　つちびな　［人］　雛人形の一種で、粘土製のもの　[季]春

19土壜割　どびんわり　［動］　尺取虫の別称　[季]夏

21土竈炭　どがまずみ　［人］　土窯のふたを閉じ消火させた木炭。色が黒くもろく火がつきやすい　[季]冬

【士】

10士朗忌　しろうき　［宗］　陰暦五月十六日、江戸時代後期の俳人井上士朗の忌日　[季]夏

【夕】

3夕千鳥　ゆうちどり　［動］　夕方の千鳥　[季]冬

4夕化粧　ゆうげしょう　［植］　白粉花の別称　[季]秋

夕月　ゆうづき　［天］　陰暦八月二日から、七、八日ごろの上弦の夜　[季]秋

夕月日　ゆうつきひ　［天］　秋の夕方の月　[季]秋

夕月夜　ゆうづきよ, ゆうづくよ　［天］　陰暦八月二日から、七、八日ごろの上弦の夜　[季]秋

5夕立　ゆうだち　［天］　夏、大気が不安定になり突然激しい大粒の雨が降ること　[季]夏

夕立つ　ゆうだつ　［天］　夕立の降ること　[季]夏

夕立後　ゆうだちご　［天］　夕立の降ったあと　[季]夏

夕立風　ゆうだちかぜ　［天］　夕立のときの風　[季]夏

夕立晴　ゆうだちばれ　［天］　夕立のあとすっきりと晴れわたること　[季]夏

夕立雲　ゆうだちぐも　［天］　積乱雲の別称。夕立をふらせる雲　[季]夏

6夕凪　ゆうなぎ　［天］　夏の夕方、一時的に

3画（夕）

無風状態になること 〇夏

夕凪ぐ　ゆうなぐ　［天］　夏の夕方、一時的に無風状態になること 〇夏

8夕東風　ゆうごち　［天］　夕方に吹く東風 〇春

夕河岸　ゆうがし　［人］　夏の日中は魚が腐りやすいため、夕方に改めてひらいた市 〇夏

夕河鹿　ゆうかじか　［動］　夏の夕方にみる河鹿 〇夏

夕波千鳥　ゆうなみちどり　［動］　夕方の波際にいる千鳥 〇冬

夕長し　ゆうながし　［時］　春の日暮れが遅いこと。日永と同じことを視点を裏返していう 〇春

9夕紅葉　ゆうもみじ　［植］　晩秋の夕方の紅葉 〇秋

夕虹　ゆうにじ　［天］　夕方の虹 〇夏

10夕時雨　ゆうしぐれ　［天］　夕方に降る時雨 〇冬

夕桜　ゆうざくら　［植］　夕方にみる桜 〇春

夕砧　ゆうぎぬた　［人］　秋の夕方に砧を打つこと 〇秋

夕祓　ゆうばらえ　［宗］　夕方に祓をすること 〇夏

11夕清水　ゆうしみず　［地］　夕方の清水 〇夏

夕涼　ゆうすず　［時］　夏の夕方、屋外などで涼むこと。夕方の涼しさ 〇夏

夕涼み　ゆうすずみ　［人］　夕方に行う納涼 〇夏

夕菅　ゆうすげ　［植］　ユリ科の多年草。晩夏の暮れ方に黄色い花が咲き、翌朝にはしぼむ 〇夏

夕蛍　ゆうぼたる　［動］　夕暮れ時に飛び交う蛍 〇夏

夕野分　ゆうのわき　［天］　夕方におこる野分 〇秋

12夕焼　ゆうやけ　［天］　日没の際に西空が赤く染まること。四季を通じて起こるが、季語としては夏 〇夏

夕焼雲　ゆうやけぐも　［天］　夕焼にある雲 〇夏

夕焚火　ゆうたきび　［人］　冬の夕方の焚火 〇冬

夕蛙　ゆうかわず　［動］　夕方にみる蛙 〇春

夕雲雀　ゆうひばり　［動］　春の夕ぐれに飛び回る雲雀 〇春

13夕節　ゆうせち　［人］　夕方の節振舞 〇新年

14夕爾忌　ゆうじき　［宗］　八月四日、昭和期の詩人・俳人木下夕爾の忌日 〇夏

夕端居　ゆうはしい　［人］　夕方の縁先に出て涼むこと 〇夏

夕蜻蛉　ゆうとんぼ　［動］　夕方に見られる蜻蛉 〇秋

15夕澄人　ゆうすみひと　［宗］　神楽を謳う人 〇冬

16夕燕　ゆうつばめ　［動］　夕ぐれに飛び回る燕 〇春

夕錦　ゆうにしき　［植］　白粉花の別称 〇秋

17夕闇　ゆうやみ　［天］　仲秋の名月を過ぎてからの宵の暗さ 〇秋

夕霞　ゆうがすみ　［天］　夕方にでる霞 〇春

18夕蟬　ゆうぜみ　［動］　夕方に鳴く蟬 〇夏

夕顔　ゆうがお　［植］　ウリ類の一種で、白い花をつける。晩夏の夕方開き、朝にしぼむ 〇夏

夕顔の花　ゆうがおのはな　［植］　ウリ類の一種で、白い花をつける。晩夏の夕方開き、朝にしぼむ 〇夏

夕顔の実　ゆうがおのみ　［植］　晩夏から初秋に果実が実る。煮物や漬物にも用いるが、普通は干瓢用に栽培される 〇秋

夕顔別当　ゆうがおべっとう　［動］　背条天蛾の一種 〇夏

夕顔棚　ゆうがおだな　［植］　晩夏、観賞用につくる夕顔の棚のこと 〇夏

夕顔蒔く　ゆうがおまく　［人］　春、夕顔の種を蒔くこと 〇春

19夕霧　ゆうぎり　［天］　夕方発生する霧 〇秋

夕霧忌　ゆうぎりき　［宗］　陰暦一月六日（七日とも）、江戸時代前期の大坂新町扇屋の遊妓、夕霧太夫の忌日 〇新年, 春

20夕露　ゆうづゆ　［天］　夕方にできる露 〇秋

夕霰　ゆうあられ　［天］　夕方に降る霰

[季]冬

22夕鯵　ゆうあじ　[人]　鯵が夕河岸にかかる主な魚であったこと　[季]夏

【大】

うぐろ大根　うぐろだいこん　[植]　大根の一種で、広島県産のもの　[季]冬

クリスマス大売出　くりすますおおうりだし　[宗]　一般の店がクリスマスに行う大売出　[季]冬

0大とさか　おおとさか　[植]　トサカノリの一種　[季]春

3大三十日　おおみそか　[時]　十二月の末日。陰暦では三十日、陽暦では三十一日　[季]冬

大山木　たいざんぼく　[植]　泰山木の別称　[季]夏

大山木の花　たいざんぼくのはな　[植]　北米原産のモクレン科の常緑高木。初夏、白色で芳香のある大輪の花を開く　[季]夏

大山臼　おおやまうす　[宗]　神奈川県の大山神社境内で売ったみやげものの臼　[季]夏

大山桜　おおやまざくら　[植]　桜の一種　[季]春

大山能　おおやまのう　[人]　春は三月一日に行われる神奈川・大山阿夫利神社に伝わる能。秋にも行われた　[季]春

大山祭　おおやままつり　[宗]　七月二十七日、神奈川県大山・阿夫利神社で行われる祭礼　[季]夏

大山蓮花　おおやまれんげ　[植]　モクレン科の落葉低木。初夏、枝先に芳香のある白い花をつける　[季]夏

大山詣　おおやまもうで　[宗]　大山に登り阿夫利神社に詣でること　[季]夏

大干潟　おおひがた　[地]　大きな干潟のこと　[季]春

4大元帥明王初祈禱　だいげんみょうおうはつきとう　[宗]　正月八日、京都・理性院で行なわれる大元帥明王の初祈禱　[季]新年

大元帥法　だいげんのほう　[宗]　正月の八日より十四日まで、大内裏の治部省庁で大元帥明王を本尊として鎮護国家を祈願した密教の修法　[季]新年

大反嘴鴫　おおそりはししぎ　[動]　鴫の一種だが、田鴫とは異なる　[季]秋

大尺鴫　だいしゃくしぎ　[動]　鴫の一種　[季]秋

大文字　だいもんじ　[宗]　八月十六日、京都の盂蘭盆会での霊を送る行事。大文字焼きとして有名　[季]秋

大文字の火　だいもんじのひ　[宗]　八月十六日、京都の盂蘭盆会での霊を送る行事。大文字焼きとして有名　[季]秋

大文字草　だいもんじそう　[植]　高山で見かけるユキノシタ科の多年草。初秋に咲く花の五枚の花弁のうち、上の三枚が小さく下の二枚が長く垂れているので、全体が大の字に見える　[季]秋

大日堂祭堂　だいにちどうさいどう　[宗]　大日詣の別称　[季]新年

大日詣　だいにちまいり　[宗]　元日、秋田県八幡平村・大日堂で行なわれる祭り　[季]新年

大木葉木菟　おおこのはずく　[動]　枯葉色の中型の木菟　[季]冬

大毛蓼　おおけたで　[植]　高さ二メートルにも達するアジア原産のタデ科大型一年草。初秋太い花穂を出し、薄紅色の小花を集める。観賞用として栽培されている　[季]秋

大水薙鳥　おおみずなぎどり　[動]　水薙鳥の一種で、日本近海にだけいる　[季]夏

大火　たいか　[天]　さそり座のアンタレスのこと。古来仲夏をつかさどる星といわれた　[季]夏

大火　たいか　[人]　大火事。火事は冬の季語　[季]冬

5大北風　おおぎた　[天]　冬の強い北風　[季]冬

大旦　だいたん, おおあした　[時]　元旦の別称　[季]新年

大正天皇祭　たいしょうてんのうさい　[宗]　十二月二十五日、大正天皇崩御の日に行なわれる祭事　[季]冬

大田植　おおたうえ　[宗]　花田植の別称　[季]夏

大田螺　おおたにし　[動]　田螺の一種　[季]春

大白鳥　おおはくちょう　[動]　白鳥の一種　[季]冬

大矢数　おおやかず　[人]　陰暦四、五月の頃の晴天の日に京都・三十三間堂で行われた弓矢の行事。通し矢の数を競った　[季]夏

大石忌　おおいしき　[宗]　三月二十日、赤

3画（大）

穂浪士の指導者大石良雄を追善する法要が京都祇園の万亭で行われる。大石は陰暦元禄十六年二月四日に切腹している　㋿春

[6]**大吉　だいきち**　［時］　立春大吉と書いた符札。立春の日に寺院の入口の左右に貼った　㋿春

大地凍つ　だいちいつ　［地］　北国で土地が地中深くまで凍ること　㋿冬

大地鳴　おおじしぎ　［動］　雷鳴の別称　㋿夏

大寺祭　おおてらまつり　［宗］　堺市の開口明神の祭り　㋿秋

大年　おおとし,おおどし　［時］　十二月の末日。陰暦では三十日、陽暦では三十一日　㋿冬

大年越　おおとしこし　［時］　旧年から新年に移ること　㋿冬

大灯忌　だいとうき　［宗］　陰暦十二月二十二日、鎌倉時代の僧で大徳寺開山の大灯国師妙超の忌日　㋿冬

大灯国師忌　だいとうこくしき　［宗］　陰暦十二月二十二日、鎌倉時代の僧で大徳寺開山の大灯国師妙超の忌日　㋿冬

大羽鰯　おおばいわし　［動］　北陸での春鰯の呼称　㋿春

大西日　おおにしび　［天］　真夏の暑さが衰えない頃の夕日　㋿夏

大西風　おおにし　［天］　晩秋に吹く強い西風の瀬戸内海や八丈島などでの呼称　㋿秋

[7]**大呉風草　だいごふうそう**　［植］　樊噲草の漢名　㋿夏

大呂　たいろ　［時］　一年を音楽の十二律になぞらえた場合の陰暦十二月の別称　㋿冬

大坂相撲　おおさかすもう　［人］　大坂で行なわれた相撲　㋿秋

大忌の御湯　おおいみのおゆ　［宗］　神今食の際に天皇が潔斎を行なった湯のこと　㋿夏

大旱　たいかん　［天］　夏の日照りが続き、長い期間雨が降らないこと　㋿夏

大社神事　おおやしろしんじ　［宗］　陰暦十月中旬から下旬、島根県大社町・出雲大社と島根県鹿島町・佐太神社で行われた諸国の神々を迎える神事。現在は十一月に行う　㋿冬

大臣家大饗　だいじんけのだいきょう　［人］　平安時代、正月に大臣が自邸寝殿の母屋で催した盛大な饗宴　㋿新年

大花火　だいはなび　［人］　隅田川の川開きで行われた花火大会。現在は八月一日に行われる　㋿夏

大花君子蘭　おおばなくんしらん　［植］　君子蘭の一種　㋿春

大芹　おおぜり　［植］　大形の芹　㋿春

大芹うたふ　おおぜりうたう　［人］　正月七日の白馬節会で、催馬楽の一つである大芹を歌うこと　㋿新年

大豆　だいず　［植］　マメ科の一年草　㋿秋

大豆の花　だいずのはな　［植］　夏に咲く白または紫紅色の花　㋿夏

大豆干す　だいずほす　［人］　秋に収穫した大豆を乾燥させること　㋿秋

大豆引く　だいずひく　［人］　秋、熟した大豆を収穫すること　㋿秋

大豆打つ　だいずうつ　［人］　秋に収穫した大豆を打って莢から実を出すこと　㋿秋

大豆殻　だいずから　［人］　秋に収穫した大豆の殻　㋿秋

大豆蒔く　だいずまく　［人］　田植えの後、大豆の種を蒔くこと　㋿夏

大赤げら　おおあかげら　［動］　本州の中北部の山林にすむ留鳥　㋿秋

大足　おおあし　［人］　田下駄の別称　㋿夏

大車前　おおばこ　［植］　路傍でよく見かけるオオバコ科の多年草。夏に花が開いた後、秋に赤黒い小さな種ができる。種も葉も薬用になる　㋿夏

大阪場所　おおさかばしょ　［人］　大相撲春場所のこと　㋿春

大阪鮓　おおさかずし　［人］　鮓の一種　㋿夏

大麦　おおむぎ　［植］　麦の一種。最も普通の麦で、麦飯になる　㋿夏

[8]**大和万歳　やまとまんざい**　［人］　大和地方からでた万歳　㋿新年

大和神幸祭　おおやまとしんこうさい　［宗］　四月一日、天理市・大和神社で行われる祭礼　㋿春

大和蜆　やまとしじみ　［動］　蜆の一種　㋿春

大和鈴虫　やまとすず　［動］　鈴虫の一種で、チリーと鳴く小型のもの　㋿秋

大和撫子　やまとなでしこ　［植］　撫子の別

称。晩夏から薄紅色の花が咲き続ける [季]秋, 夏

大和蟋蟀　**やまとこおろぎ**　［動］　つづれさせ蟋蟀の別称　[季]秋

大学芋　**だいがくいも**　［人］　油で揚げて胡麻をまぶし蜜をつけた薩摩芋。冬の味覚で、菓子代わりにもなっている　[季]冬

大岩桐草　**おおいわぎりそう**　［植］　グロキシニアの別称　[季]夏

大服　**おおぶく, おおふく**　［人］　大福茶のこと　[季]新年

大松雪草　**おおまつゆきそう**　［植］　スノーフレークの別称　[季]春

大苗打ち　**おおなえうち**　［植］　田植のときの苗運び・苗配りの役。男の力仕事　[季]夏

9**大前張**　**おおさいばり**　［宗］　神楽歌の一つ。民謡的なものが多い　[季]冬

大南風　**おおみなみ**　［天］　夏の南よりの季節風　[季]夏

大待宵草　**おおまつよいぐさ**　［植］　待宵草の一種。一般には月見草と呼ばれる　[季]夏

大津の藁打　**おおつのわらうち**　［人］　昔、正月十四日に行なわれた行事　[季]新年

大津祭　**おおつまつり**　［宗］　十月十日、大津市・天孫神社で行われる祭礼　[季]秋

大発会　**だいはっかい**　［人］　証券取引所での新年の初取引　[季]新年

大相撲　**おおずもう**　［人］　盛大な相撲の興行のこと　[季]秋

大神神社祭　**おおみわじんしゃまつり**　［宗］　十月二十四日、奈良・大神神社の祭礼　[季]秋

大神宮札配　**だいじんぐうふだくばり**　［宗］　年末に伊勢神宮からお札が配布されること　[季]冬

大神祭　**おおがのまつり**　［宗］　昔、陰暦四月上卯に行われた奈良県三輪山大神神社の祭礼　[季]夏

大神祭　**おおがのまつり**　［宗］　昔、行なわれた祭り　[季]冬

大神楽　**だいかぐら**　［人］　獅子舞の起源で、伊勢の皇大神宮に参詣できない人のために演じた祈禱の舞　[季]新年

大茶盛　**おおちゃもり**　［宗］　四月の西大寺大茶盛のこと　[季]春

10**大原の春志**　**おおはらのはるざし**　［宗］　陰暦五月二十八日、京都・大原神社の祭礼に参詣すること。陽暦では四月二十三日　[季]夏

大原志　**おばらざし**　［宗］　陰暦五月二十八日、京都・大原神社の祭礼に参詣すること。陽暦では四月二十三日　[季]夏

大原祭　**おおはらまつり**　［宗］　四月八日、京都・大原野神社の祭り　[季]春

大原野祭　**おおはらのまつり**　［宗］　昔、行なわれた祭り　[季]冬

大原野祭　**おおはらのまつり**　［宗］　四月八日、京都・大原野神社で行われる祭礼。古くは二月と十一月だった　[季]春

大原野御弓祭　**おおはらのおゆみまつり**　［宗］　正月二十二日、京都・大原野神社の行事　[季]新年

大原雑魚寝　**おおはらざこね**　［人］　昔、節分の夜に京都市・江文神社で行なわれた参籠に乗じた乱婚の習俗　[季]冬

大島桜　**おおしまざくら**　［植］　桜の一種　[季]春

大師粥　**だいしがゆ**　［宗］　大師講に供えられる小豆粥　[季]冬

大師粥　**たいしがゆ**　［人］　十八粥を元三大師に供えること　[季]新年

大師講　**だいしこう**　［宗］　十一月二十四日、天台大師の忌日に天台宗の各寺院で行われる法要　[季]冬

大庭　**おおにわ**　［人］　籾摺をする大きな土間。籾摺は秋の農作業の一つ　[季]秋

大晦日　**おおみそか, おおつごもり**　［時］　十二月の末日。陰暦では三十日、陽暦では三十一日　[季]冬

大栗　**おおぐり**　［植］　大粒の実の栗　[季]秋

大根　**だいこん, おおね**　［植］　白く肥大した根の部分や葉を食用にする野菜で、冬の初めに収穫する　[季]冬

大根おろし　**だいこおろし**　［植］　大根をおろし金ですりおろしたもの　[季]冬

大根なます　**だいこんなます**　［人］　秋大根のなます　[季]秋

大根の花　**だいこんのはな**　［植］　晩春、白っぽい四弁の花を開く　[季]春

大根干す　**だいこんほす**　［人］　初冬、何段にも作りつけられた丸太や竹竿などに、収穫した大根を葉の部分をわらで括って振り分けにして干すこと　[季]冬

大根引　だいこんひき　[人]　初冬、大根を畑から引き抜いて収穫すること　[季]冬

大根引く　だいこんひく　[人]　初冬、大根を畑から引き抜いて収穫すること　[季]冬

大根市　だいこいち　[植]　大根を売る市　[季]冬

大根汁　だいこじる　[人]　冬野菜の大根を実にした味噌汁　[季]冬

大根舟　だいこんぶね　[人]　初冬に収穫した大根を運ぶ舟　[季]冬

大根売　だいこうり　[植]　大根を売る人　[季]冬

大根車　だいこんぐるま　[人]　初冬に収穫した大根を運ぶ車　[季]冬

大根注連　だいこんじめ　[人]　注連縄の一種で、縄を太く短くして、藁をたれないもの　[季]新年

大根洗　だいこんあらい　[人]　初冬、採り入れた大根を漬物にするため、一本一本をきれいに洗うこと　[季]冬

大根洗う　だいこんあらう　[人]　初冬、採り入れた大根を漬物にするため、一本一本をきれいに洗うこと　[季]冬

大根洗ふ　だいこんあらう　[人]　初冬、採り入れた大根を漬物にするため、一本一本をきれいに洗うこと　[季]冬

大根畑　だいこんばたけ　[植]　大根を作っている畑　[季]冬

大根祝う　だいこんいわう　[人]　正月に大根を飾ること　[季]新年

大根祝ふ　だいこんいわう　[人]　正月に大根を飾ること　[季]新年

大根時　だいこんどき　[植]　大根の収穫時　[季]冬

大根配　だいこんくばり　[人]　下肥をくみ取らせてもらう礼として、農家が師走に出入り先へ農作物（おもに大根）を持参したこと　[季]冬

大根馬　だいこんうま　[人]　初冬に収穫した大根を運ぶ馬　[季]冬

大根焚　だいこたき　[宗]　鳴滝の大根焚のこと　[季]冬

大根蒔く　だいこんまく　[人]　八月下旬から九月上旬頃、秋蒔き大根の種を蒔くこと　[季]秋

大根飾る　だいこんかざる　[人]　正月に大根を飾ること　[季]新年

大根漬　だいこんづけ　[人]　大根の漬け物。一般的に冬に漬けることが多い　[季]冬

大根漬ける　だいこんつける　[人]　冬、大根で沢庵漬を作ること　[季]冬

大祓　おおはらい, おおはらえ　[宗]　万民の罪や穢れを祓う宮中の神事。陰暦六月晦日（夏越の祓）と陰暦十二月晦日（年越の祓）に行なわれた　[季]夏, 冬

大般若　だいはんにゃ　[植]　菊の別称。菊は秋の季語　[季]秋

大蚊　おおか　[動]　ガガンボの別称。ハエ目ガガンボ科の夏の昆虫で、蚊を大きくしたような長く細い脚をもつ虫　[季]夏

11**大掃除**　おおそうじ　[人]　春季にする大掃除　[季]春

大斎日　だいさいにち　[宗]　正月と七月の十六日の閻魔王の縁日で、特に七月十六日をいう　[季]夏

大斎始日　だいさいしび　[宗]　灰の水曜日の別称　[季]春

大斎節　たいさいせつ　[宗]　四旬節の別称　[季]春

大眼　だいまなこ　[人]　関東・中部地方で事の日をこう呼び、大目玉の怪物がこの夜家をうかがうと信じられた　[季]春

大紫　おおむらさき　[動]　蝶の一種　[季]春

大紫　おおむらさき　[植]　躑躅の一種　[季]春

大菊　おおぎく　[植]　菊の一種　[季]秋

大蛍　おおぼたる　[動]　蛍の一種　[季]夏

大蛇綯い　だいじゃない　[宗]　二月十日、加賀市・菅生石部神社で行われる例祭　[季]春

大蚰蜒　おおげじ　[動]　蚰蜒（げじげじ）の別称　[季]夏

大週間　だいしゅうかん　[宗]　受難の主日より始まる一週間。聖週間の別称　[季]春

大野赤蕪　おおのあかかぶ　[植]　赤蕪の一種で、北海道函館近郊のもの　[季]冬

大雪　たいせつ　[時]　二十四節気の一つ。陽暦十二月七日、八日頃　[季]冬

大雪　おおゆき　[天]　たくさん降る雪　[季]冬

大魚　おおいお　[動]　鰤の別称　[季]冬

大鳥明神祭　おおとりみょうじんさい　[宗]　八月十三日の堺市・大鳥神社の祭り　[季]秋

大鳥祭　おおとりまつり　[宗]　八月十三日の堺市・大鳥神社の祭り　[季]秋

大麻　おおあさ　[植]　麻のこと　[季]夏

大黒廻し　だいこくまわし　[人]　中世から近世にかけ、正月に各戸をめぐって大黒天を模した舞を舞った門付け芸の一種　[季]新年

大黒祭　だいこくまつり　[宗]　正月初甲子の日、大黒天の縁日。二股大根・小豆飯などを供える　[季]新年

大黒祭　だいこくまつり　[宗]　陰暦十一月の子祭の別称　[季]冬

大黒舞　だいこくまい　[人]　中世から近世にかけ、正月に各戸をめぐって大黒天を模した舞を舞った門付け芸の一種　[季]新年

大黒頭巾　だいこくずきん　[人]　丸頭巾の別称　[季]冬

大黒蟻　だいこくあり　[動]　蟻の一種　[季]夏

12**大寒**　だいかん　[時]　二十四節気の一つ。陽暦一月二十日、二十一日頃　[季]冬

大暑　たいしょ　[時]　二十四節気の一つ。陽暦七月二十三日頃　[季]夏

大暑の日　たいしょのひ　[時]　二十四節気の一つ。陽暦七月二十三日頃　[季]夏

大暑来る　たいしょくる　[時]　大暑に入ること　[季]夏

大焚火　おおたきび　[人]　大きな焚火　[季]冬

大粟　おおあわ　[植]　粟の一種　[季]秋

大葉子　おおばこ　[植]　路傍でよく見かけるオオバコ科の多年草。夏に花が開いた後、秋に赤黒い小さな種ができる。種も葉も薬用になる　[季]夏

大葉酸の木　おおばすのき　[植]　ツツジ科の植物で、高さ一メートル前後の小低木。亜高山帯にはえる　[季]秋

大葭五位　おおよしごい　[動]　葭五位の一種　[季]夏

大葭切　おおよしきり　[動]　葭切の一種　[季]夏

大蛤　おおはまぐり　[天]　蜃気楼の別称　[季]春

大覚寺大日会　だいかくじだいにちえ　[宗]　八月二十八日、京都・大覚寺の八角堂の大日堂の祭り　[季]秋

大賀玉の木　おおがたまのき, おがたまのき　[人]　鬼打木の別称　[季]新年

大韮　おおにら　[植]　辣韮の別称　[季]夏

13**大歳**　おおどし　[時]　十二月の末日　[季]冬

大猿子　おおましこ　[動]　猿子鳥の一種。雀より大きく、尾まで赤い鳥　[季]秋

大蓋木の花　たいさんぼくのはな　[植]　北米原産のモクレン科の常緑高木。初夏、白色で芳香のある大輪の花を開く　[季]夏

大福　おおふく　[人]　大福茶のこと　[季]新年

大福茶　おおふくちゃ　[人]　元日の早朝、雑煮の前に梅干・昆布・粒山椒など入れた煎じ茶を飲む習俗　[季]新年

大節季　おおせっき　[時]　盆節季に対して、年末の節季を特にさした言い回し　[季]冬

大蒜　おおびる, おおにんにく　[植]　ニンニクのこと　[季]春

大蜆　おおしじみ　[動]　蜆の一種　[季]春

大試験　だいしけん　[人]　進級や卒業のための試験のこと　[季]春

大飾　おおかざり　[人]　正月に門につける飾り　[季]新年

大鼓虫　おおみずすまし　[動]　水澄しの別称　[季]夏

14**大嘗祭**　おおにえまつり, だいじょうさい　[人]　十一月二十三日、天皇がその年の初穂を神に供えて自らも食べる新嘗祭を、即位後初めて行うこと　[季]冬

大徳寺納豆　だいとくじなっとう　[人]　夏に作る納豆の一種　[季]夏

大徳寺開山忌　だいとくじかいさんき　[宗]　陰暦十二月二十二日、鎌倉時代の僧で大徳寺開山の大灯国師妙超の忌日　[季]冬

大瑠璃　おおるり　[動]　ヒタキ科の夏鳥で、背面が瑠璃色。四、五月頃飛来して営巣し、夏を過ごして秋には南方へ帰っていく　[季]夏

大綿　おおわた　[動]　綿虫の一種　[季]冬

大綿虫　おおわたむし　[動]　綿虫の一種　[季]冬

大蜡　たいさ　[人]　臘日の古称　[季]冬

15**大幣神事**　たいへいしんじ　[宗]　宇治祭で行われる神事　[季]夏

大蕪　おおかぶ　[植]　蕪の一種で、北日本

3画（女）

で栽培するスウェーデン蕪の別称　㋒冬

大蝙蝠　おおこうもり　［動］　蝙蝠の一種
㋒夏

[16]大膳　だいぜん　［動］　千鳥の一種　㋒冬

大薊　おおあざみ　［植］　秋薊の一種　㋒秋

大融寺の富　だいゆうじのとみ　［宗］　大阪
市・大融寺境内の弁天社で、正月七日に行
なわれた富籤興行　㋒新年

[17]大簇　たいそう　［時］　一年を音楽の十二律
になぞらえた場合の陰暦正月の別称　㋒
新年

大鍬初　おおくわぞめ　［人］　鍬始の別称。
内容はその地方によって異なる　㋒新年

大霜　おおしも　［天］　多くおりた霜　㋒冬

[18]大鵙　おおもず　［動］　鵙の一種　㋒秋

[19]大蘭　おおい　［植］　太蘭の別称　㋒夏

大蟻　おおあり　［動］　蟻の一種　㋒夏

大顚忌　たいれいき　［宗］　陰暦一月三日、
江戸時代前期の僧幻吁の忌日　㋒新年

[20]大巌蘭　おおいわらん　［植］　胡蝶蘭の別
称。岩場に自生することからの名　㋒夏

[21]大鰤　おおぶり　［動］　鰤の別称　㋒冬

[22]大鰻　おおうなぎ　［動］　鰻の一種　㋒夏

[23]大鷲　おおわし　［動］　鷲の一種　㋒冬

大鷭　おおばん　［動］　大型の鷭　㋒夏

[24]大鷹　おおたか　［動］　やや大型の鷹の一種
㋒冬

【女】

[0]女の家　おんなのいえ　［宗］　五月五日のこ
と。五月忌に由来する言葉　㋒夏

[2]女七夕　おんなたなばた, めたなばた　［人］
七夕伝説の織女。琴座の首星であるヴェガ
のこと　㋒秋

[4]女天下の日　おんなてんかのひ　［宗］　五月
五日のこと。五月忌に由来する言葉　㋒夏

女夫星　めおとぼし　［人］　七夕伝説の牽牛
星と織女星のこと　㋒秋

女夫雛　めおとびな　［人］　雛人形の中の一
つ　㋒春

女王花　じょおうか　［植］　南米原産のサボ
テン科の多年草。夏の真夜中に咲き、数時
間でしぼむ多肉植物　㋒夏

女王禄　おうろく　［人］　平安時代、白馬節
会の翌日の正月八日、女王たちが紫宸殿に
召されて禄を賜わった行事　㋒新年

女王禄を賜う　おうろくをたまう　［宗］　平
安時代、白馬節会の翌日の正月八日、女王
たちが紫宸殿に召されて禄を賜わった行事
㋒新年

女王禄を賜ふ　おうろくをたまう　［人］　平
安時代、白馬節会の翌日の正月八日、女王
たちが紫宸殿に召されて禄を賜わった行事
㋒新年

女王蜂　じょおうばち　［動］　ミツバチの群
れの中で一匹のみいる雌のハチ。子どもを
産む　㋒春

女王蟻　じょおうあり　［動］　蟻社会を構成
する蟻の種類の一つ　㋒夏

[5]女正月　おんなしょうがつ, めしょうがつ
［時］　正月十五日のこと。小正月の別称
で、忙しかった女性がこの頃一休みできる
ような意味が込められるようになった　㋒
新年

女礼　おんなれい　［人］　女が年賀の挨拶に
ゆくこと　㋒新年

女礼者　おんなれいじゃ　［人］　年賀にまわ
る女性。古くは、女性の回礼は正月四日以
降に行われた　㋒新年

[7]女花　おんなばな　［植］　菊の別称。菊は秋
の季語　㋒秋

[9]女叙位　にょじょい, おんなじょい　［人］
平安時代、白馬節会の翌日の正月八日、内
親王は品を、女王や後宮の宮人は五位以上
の位階を賜った行事　㋒新年

女星　めぼし　［人］　七夕伝説の織女。琴座
の首星であるヴェガのこと　㋒秋

女貞の花　ねずみもちのはな　［植］　モクセ
イ科の常緑小高木。六月頃、枝先に白い小
花をつける　㋒夏

女貞花　ねずみもち　［植］　モクセイ科の常
緑小高木。六月頃、枝先に白い小花をつけ
る　㋒夏

女郎花　おみなえし, じょろうか　［植］　オ
ミナエシ科の多年草で、秋の七草の一つ。
初秋、黄色い小花が集まり咲く。盆の供花
に用いられる　㋒秋

女郎花の衣　おみなえしのころも　［人］　秋
の衣類の一つ　㋒秋

女郎花月　おみなえしづき　［時］　陰暦七月
の別称　㋒秋

女郎蜘蛛　じょろうぐも　［動］　蜘蛛の一種
類　㋒夏

3画（子）

¹¹女笠　おんながさ　［人］　道を行く婦人がか
　ぶった円形の日除け用の笠　㉚夏

　女萋　えぐ　［植］　エグが何であるかについ
　て古来議論があり、セリ説とクロクワイ説
　が行なわれているが、今日はクロクワイ説
　が有力　㉚春

　女鹿　めじか　［動］　雌の鹿　㉚秋

¹²女賀客　おんながきゃく　［人］　年賀にまわ
　る女性。古くは、女性の回礼は正月四日以
　降に行われた　㉚新年

¹³女滝　めだき　［地］　一対の滝で小さな方
　㉚夏

　女節分　おんなせつぶん　［宗］　節分には参
　詣できなかった女子が、正月十九日の清祓
　のときに京都・吉田神社に参詣したこと
　㉚新年

¹⁵女踏歌　おんなとうか　［宗］　正月十六日に
　宮中で行われた、少女が舞う踏歌節会のこ
　と　㉚新年

¹⁷女蹈歌　おんなとうか　［人］　正月十六日に
　宮中で行われた、少女が舞う踏歌節会のこ
　と　㉚新年

【子】

かの子忌　かのこき　［宗］　二月十八日、昭
　和初期の小説家岡本かの子の忌日　㉚春

みなし子　みなしご　［動］　蓑虫の別称
　㉚秋

⁰子うるか　こうるか　［人］　卵だけのうるか
　㉚秋

子の日　ねのひ　［人］　正月に入って初めて
　の子の日のこと。小松引きが行われる　㉚
　新年

子の日の松　ねのひのまつ　［人］　正月子の
　日の遊びに引く小松のこと　㉚新年

子の日の宴　ねのひのえん　［人］　正月の子
　の日に、小松引の後で公卿、近侍などに賜
　わった宴　㉚新年

子の日の遊　ねのひのあそび　［人］　平安時
　代、正月の初子の日に、朝廷貴族が郊野に
　出て小松を引き抜き延命を祝った行事　㉚
　新年

子の日衣　ねのひごろも　［人］　平安貴族が
　子の日の遊びのとき着用した狩衣　㉚新年

子の日草　ねのひぐさ　［宗］　正月子の日の
　遊びに引く小松のこと　㉚新年

子の月　ねのつき　［時］　陰暦十一月の別称
　㉚冬

⁴子午花　しごか　［植］　午時花の別称。晩夏
　から初秋にかけ赤い花をつける　㉚夏

子日山　ねのひやま　［人］　子の日の遊びが
　行なわれる山　㉚新年

子日月　ねのひづき　［時］　陰暦一月の別
　称。新年の季語とすることもある　㉚新年,
　春

子日草　ねのひぐさ　［植］　正月子の日の遊
　びに引く小松のこと　㉚新年

⁶子安貝　こやすがい　［動］　タカラガイ科の
　巻貝で、貝殻が美しい　㉚春

子守半纏　こもりばんてん　［人］　ねんねこ
　のこと。幼児を背負うときに、子供ごと
　すっぽりくるむ防寒用の子守半纏　㉚冬

子守膾　こもりなます　［人］　子持膾の別称
　㉚春

子灯心　ねとうしん　［宗］　陰暦十一月の子
　祭の日に灯心を買うと家が栄えるといわれ
　た俗信　㉚冬

子芋　こいも　［植］　里芋の一種　㉚秋

⁸子供の日　こどものひ　［人］　五月五日、国
　民の祝日の一つ　㉚夏

⁹子負虫　こおいむし　［動］　タガメ科の水生
　昆虫　㉚夏

子持甘藍　こもちかんらん　［植］　芽キャベ
　ツの別称　㉚冬

子持花椰菜　こもちはなやさい　［植］　ブ
　ロッコリの別称　㉚冬

子持猫　こもちねこ　［動］　春に産んだ子を
　つれた親猫　㉚春

子持雀　こもちすずめ　［動］　ヒナを育てて
　いる雀　㉚春

子持鳥　こもちどり　［動］　ヒナを育ててい
　る鳥　㉚春

子持鮒　こもちぶな　［動］　三、四月ごろの
　お腹に卵をもった鮒　㉚春

子持膾　こもちなます　［人］　春の産卵期の
　鮒の刺し身と、ばらばらにした卵を混ぜ合
　わせ、それに白味噌と薬味で作った酢味噌
　を和えるもの　㉚春

子持鯊　こもちはぜ　［動］　二、三月頃に産
　卵のため川に上ってきた、卵が十分に熟し
　て腹部が張り、黄金色に見える鯊　㉚春

¹⁰子烏　こがらす　［動］　夏の鴉の雛のこと
　㉚夏

俳句季語よみかた辞典　33

子馬　こうま　［動］　三、四月頃生まれた馬　[季]春

[11]子猫　こねこ　［動］　春先などに生まれた子猫のこと　[季]春

子祭　ねまつり　［宗］　陰暦十一月（子の月）の子の日、大黒天を祭ったこと　[季]冬

子規　ほととぎす　［動］　夏を代表するホトトギス科の鳥。初夏に飛来し、夏を過ごして晩秋にはまた南へ帰っていく夏鳥　[季]夏

子規忌　しきき　［宗］　九月十九日、明治期の俳人・歌人正岡子規の忌日　[季]秋

子雀　こすずめ　［動］　春に生まれて間もない雀の子どものこと　[季]春

子鳥　ことり　［動］　子供の鳥　[季]夏

子鳥　こどり　［動］　春に巣立をする子鳥　[季]春

子鹿　こじか　［動］　鹿の子（かのこ）に同じ　[季]夏

[12]子葱　こなぎ　［植］　ミズナギの別称　[季]秋

[15]子鴉　こがらす　［動］　夏の鴉の雛のこと　[季]夏

[16]子燕　こつばめ　［動］　春に飛来した燕が営巣して産んだ雛鳥。五月、七月に孵る　[季]夏

[19]子蟷螂　こかまきり　［動］　五、六月頃、孵化したばかりのカマキリの子ども　[季]夏

【孑】

[3]孑孑　ぼうふら　［動］　蚊の幼虫　[季]夏

【寸】

[8]寸取虫　すんとりむし　［動］　尺取虫の別称　[季]夏

【小】

さいと小屋　さいとごや　［宗］　寒灯焼をするための小屋　[季]新年

どんどん小屋　どんどんごや　［宗］　左義長をするための小屋　[季]新年

キャンプ小屋　きゃんぷごや　［人］　夏のキャンプに適する海浜や高原に設けられた簡易な造りの宿泊所　[季]夏

[0]小かまきり　こかまきり　［動］　カマキリの種類の一つ　[季]秋

小げら　こげら　［動］　最小型のキツツキ。全土の山林に繁殖する留鳥　[季]秋

小すみれ　こすみれ　［植］　菫の一種　[季]春

小めじ　こめじ　［動］　めじの別称　[季]春

[3]小千鳥　こちどり　［動］　千鳥の一種　[季]冬

小弓引　こゆみひき　［人］　昔行われた公家風の遊戯の一つで、小弓をひいて勝負を争った春の競技　[季]春

小弓遊　こゆみあそび　［人］　昔行われた公家風の遊戯の一つで、小弓をひいて勝負を争った春の競技　[季]春

[4]小五月祭　こさつきまつり　［宗］　以前、陰暦五月九日に行なわれた大津市・日吉神社の祭礼の通称　[季]夏

小六月　ころくがつ　［時］　陰暦十月の別称で、暖かい日和が続くこと　[季]冬

小木港祭　おぎこうさい　［宗］　四月十七日と十八日、石川県内浦町・御船神社で行われる祭礼　[季]春

小木菟　こみみずく　［動］　木菟の一種　[季]冬

小水葱　こなぎ　［植］　一年生の水草で、昔は若葉を食用に使った。夏から秋に紫色の花を開く　[季]春

小水葱の花　こなぎの花　［植］　ミズアオイ科の一年草。初秋、水葵に似た碧紫色の花をひらく　[季]秋

小水葱摘む　こなぎつむ　［人］　小水葱の若葉を摘むこと　[季]春

小火　ぼや　［人］　大火に達らなかった出火。火事は冬の季語　[季]冬

[5]小正月　こしょうがつ　［時］　正月十五日のこと。元旦の大正月に対して、望粥の日の行事をこういった　[季]新年

小田かえす　おだかえす　［人］　春、田植えに備えて、冬の間に荒れ放題だった田を鋤で掘り返しておくこと　[季]春

小田の刈集　おだのかりずめ　［人］　鷹狩りの一種　[季]秋

小田の雁　おだのかり　［動］　小田にいる雁　[季]秋

小田刈　おだかり　［人］　秋の田に稔った稲を刈ること　[季]秋

小田刈る　おだかる　［人］　秋の田に稔った稲を刈ること　[季]秋

小田刈月　おだかりづき　［時］　陰暦九月の別称　[季]秋

小田守　おだもり　［人］　稲が実ってきた

3画（小）

頃、鳥獣に田を荒らされぬように番をする
こと、またその人　㋁秋

小田守る　おだもる　［人］　稲が実ってきた
頃、鳥獣に田を荒らされぬように番をする
こと　㋁秋

6**小年　こどし**　［時］　正月十四日。小正月の
前日のことを大年に対して言った言葉　㋁
新年

小年夜　こどしよ　［時］　正月十四日の夜を
越すこと。小正月の前夜のことを大年に対
して言った言葉　㋁新年

小年越　こどしこし　［時］　正月十四日の夜
を越すこと。小正月の前夜のことを大年に
対して言った言葉　㋁新年

小式部　こしきぶ　［植］　紫式部のことで、
晩秋になって小さな丸い実が群がり、紫色
に熟するのが美しい　㋁秋

小灰蝶　しじみちょう　［動］　蝶の一種
㋁春

小米花　こごめばな　［植］　雪柳の別称
㋁春

小米桜　こごめざくら　［植］　雪柳の別称
㋁春

小米雪　こごめゆき　［天］　小さく粉けた米
のように細かい雪　㋁冬

7**小作納　こさくのう**　［人］　小作人が地主に
納める収穫物の分け前　㋁冬

小児教草　こおしえぐさ　［植］　八重葎の別
称　㋁夏

小判売　こばんうり　［宗］　戎祭の縁起物の
一つである小判を売る者　㋁新年

小判草　こばんそう　［植］　ヨーロッパ原産
のイネ科の一年草。夏に小判型の穂を垂ら
す　㋁夏

小忌の袖　おみのそで　［人］　大嘗祭、新嘗
祭、豊明節会に奉仕する人が身につけた特
殊な祭事服　㋁冬

小忌衣　おみごろも　［人］　大嘗祭、新嘗
祭、豊明節会に奉仕する人が身につけた特
殊な祭事服　㋁冬

小忌御灯を供ず　こいみのみあかしをくうず
　［宗］　神今食の際、小忌衣をつけた所役が
御灯をつけたこと　㋁夏

小牡鹿　さおしか　［動］　雄の鹿　㋁秋

小男鹿　さおしか　［動］　雄の鹿　㋁秋

小町忌　こまちき　［宗］　陰暦三月十八日、
平安時代の六歌仙の一人小野小町の忌日

小町草　こまちそう　［植］　虫取撫子の別
称。夏に薄紅色の花が集まり咲く　㋁夏

小町踊　こまちおどり　［人］　盆踊の一つ
㋁秋

小花粥　おばながゆ　［宗］　八朔の尾花の粥
の別称　㋁秋

小花蜂　こばなばち　［動］　蜂の一種　㋁春

小角忌　おづぬき　［宗］　陰暦一月一日、飛
鳥時代の修験道の開祖役小角の忌日　㋁
新年

小豆　あずき　［植］　マメ科の一年草　㋁秋

小豆の花　あずきのはな　［植］　黄色い蝶形
花で、夏、葉の根元から出た花梗に多数の
花をつける　㋁夏

小豆アイス　あずきあいす　［人］　氷菓の一
種。アイスクリームに小豆餡を混ぜたもの
㋁夏

小豆干す　あずきほす　［人］　秋に収穫した
小豆を乾燥させること　㋁秋

小豆引く　あずきひく　［人］　秋、熟した小
豆を収穫すること　㋁秋

小豆打つ　あずきうつ　［人］　秋に収穫した
小豆を打って莢から実を出すこと　㋁秋

小豆洗い　あずきあらい　［動］　茶立虫の別
称　㋁秋

小豆殻　あずきがら　［人］　秋に収穫した小
豆の殻　㋁秋

小豆粥　あずきがゆ　［宗］　正月の十五日
（望の日）の行事として、邪気を払うため食
べる餅を入れた粥　㋁新年

小豆蒔く　あずきまく　［人］　夏、小豆の種
を蒔くこと　㋁夏

小赤げら　こあかげら　［動］　コゲラの頭を
赤くしたような小型のキツツキ　㋁秋

小車　おぐるま　［植］　キク科の多年草。晩
夏から秋まで黄色い花をつける。花の形が
小さな車に似る　㋁秋

小麦　こむぎ　［植］　麦の一種。最も普通の
麦で、小麦粉の原料になる　㋁夏

小麦冬　しょうばくとう　［植］　蛇の髭の別
称。初夏の頃、花茎に薄紫色の小花をつけ
る　㋁夏

8**小夜千鳥　さよちどり**　［動］　小夜の千鳥
㋁冬

小夜時雨　さよしぐれ　［天］　夜に降る時雨

俳句季語よみかた辞典　　35

[季]冬

小夜砧　さよぎぬた ［人］ 秋の小夜に砧を打つこと [季]秋

小夜着　こよぎ ［人］ 掻巻の別称。夜着のうち、綿のうすく入ったもの [季]冬

小夜橋　さよはし ［人］ 牽牛と織女が相会するとき、カササギが天の川をうずめて橋を成し、織女を渡すという中国の古伝説 [季]秋

小定考　しょうこうじょう ［人］ 身分が六位以下で番上以上の太政官の官人に行なわれた定考のこと [季]秋

小松引　こまつひき ［宗］ 平安時代、正月の初子の日に、朝廷貴族が郊野に出て小松を引き抜き延命を祝った行事 [季]新年

小松売　こまつうり ［人］ 年の市で正月に使う小松を売るもの [季]冬

小松菜　こまつな ［植］ 冬菜の一つで油菜の変種 [季]冬

小河原鶸　こかわらひわ ［動］ アトリ科の小鳥。春に良くのびる声で鳴く [季]春

小苗打ち　こなえうち ［植］ 子供の行う苗打ち [季]夏

小苗配り　こなえくばり ［植］ 子供の行う苗打ち [季]夏

小金鳳華　こきんぽうげ ［植］ キンポウゲ科の多年草で、四、五月頃に黄色い花をつける [季]春

9小前張　こさいばり ［宗］ 神楽歌の一つ。民謡的なものが多い [季]冬

小春　こはる ［時］ 陰暦十月の別称で、暖かい日和が続くこと [季]冬

小春日　こはるび ［時］ まるで春のように暖かい日和 [季]冬

小春日和　こはるびより ［時］ まるで春のように暖かい日和 [季]冬

小春凪　こはるなぎ ［時］ 小春のころの海のなぎ [季]冬

小春空　こはるぞら ［時］ 小春のころの空 [季]冬

小春風　こはるかぜ ［時］ 小春のころの風 [季]冬

小柿　こがき ［植］ 信濃柿の別称 [季]秋

小津祭　おづまつり ［宗］ 菅宮祭の別称 [季]夏

小相撲　しょうすもう ［人］ 大相撲をまねて相撲をすること。また相撲取の弟子・地位の低い力士の称 [季]秋

小紅鶸　こべにひわ ［動］ シベリアの北極圏内で繁殖して、秋、北海道と本州へ渡来する鶸 [季]秋

小草生月　おぐさおいづき ［時］ 陰暦二月の別称 [季]春

小重陽　こちょうよう ［人］ 昔中国で、陰暦九月十日（重陽の翌日）を祝ったこと [季]秋

10小倉アイス　おぐらあいす ［人］ 氷菓の一種。アイスクリームに小豆餡を混ぜたもの [季]夏

小倉祭　こくらまつり ［宗］ 昔、行なわれた祭り [季]秋

小庭　こにわ ［人］ 籾摺をする小さな土間。籾摺は秋の農作業の一つ [季]秋

小扇　こおうぎ ［人］ 小型の扇 [季]夏

小晦日　こつごもり ［時］ 大晦日の前日、陰暦十二月二十九日。現在では陽暦の十二月三十日にも転用される [季]冬

小梅　こうめ ［植］ 梅の一種。梅雨の頃に実ってくる、梅のまだ未熟な青い実のこと。葉も花も小さい [季]夏, 春

小梅蕙　こばいけい ［植］ 高山の湿地に群生するユリ科の多年草。七、八月頃、白い小花が集まり咲く [季]夏

小梅蕙草　こばいけいそう ［植］ 高山の湿地に群生するユリ科の多年草。七、八月頃、白い小花が集まり咲く [季]夏

小浜菊　こはまぎく ［植］ キク科の多年草。名まえは似ているが、浜菊とはまったく関係のない種類 [季]秋

小紋宝　こもんだから ［動］ 子安貝の別称 [季]春

小紋河豚　こもんふぐ ［動］ 河豚の一種 [季]冬

小袖　こそで ［人］ 表と裏地に絹を用いた綿入 [季]冬

小袖凧　こそでだこ ［人］ 凧の一種。小袖の形に作った紙凧 [季]新年

小袖納　こそでおさめ ［人］ 桜の花見に着た小袖を、小袖箪笥に納めてしまうこと [季]春

小隼　こはやぶさ ［動］ 小鳥をとるため、遊び半分の鷹狩り用として用いた小型の鷹類の総称 [季]秋

3画（小）

小鬼百合　こおにゆり　［植］　百合の一種。花は小さく、百合根を採る　㋖夏

[11]小望月　こもちづき　［天］　陰暦八月十四日、十五夜の名月を心待ちにする前夜の月　㋖秋

小梨　こなし　［植］　山梨の別称。秋に直径二、三センチの小さな梨に似た果実が熟する　㋖秋

小梨の花　こなしのはな　［植］　バラ科の落葉低木。初夏、白色の小花が枝先に集まり咲く　㋖夏

小紫　こむらさき　［動］　蝶の一種　㋖春

小菊　こぎく　［植］　菊の一種　㋖秋

小菜　おな　［植］　秋の間引菜の別称　㋖秋

小野小町忌　おののこまちき　［宗］　陰暦三月十八日、平安時代の六歌仙の一人小野小町の忌日　㋖春

小野炭　おのずみ　［人］　炭の種類の一つ。炭は冬の季語　㋖冬

小雀　こがら　［動］　シジュウカラ科の小鳥で、日雀よりは大きい。高山で生息し、夏の繁殖期には囀る　㋖秋, 夏

小雪　しょうせつ　［時］　二十四節気の一つ。陽暦十一月二十二日、二十三日頃　㋖冬

小雪　こゆき　［天］　少し降る雪　㋖冬

小雪の節　しょうせつのせつ　［時］　二十四節気の一つ。陽暦十一月二十二日、二十三日頃　㋖冬

小鳥　ことり　［動］　俳句では、秋に日本に渡ってくる小鳥の総称　㋖秋

小鳥の卵　ことりのたまご　［動］　春、小鳥の産んだ卵　㋖春

小鳥の巣　ことりのす　［動］　小鳥のつくった巣　㋖春

小鳥引く　ことりひく　［動］　春先、鶸や� などの小鳥も北方へと帰ること　㋖春

小鳥来る　ことりくる　［動］　秋にいろいろの小鳥が日本に渡ってくること　㋖秋

小鳥狩　ことりがり　［人］　秋に渡ってくるさまざまな小鳥の群を待ち受け、霞網を用いて捕獲する猟法　㋖秋

小鳥帰る　ことりかえる　［動］　春先、鶸や鶸などの小鳥も北方へと帰ること　㋖春

小鳥渡る　ことりわたる　［動］　秋にいろいろの小鳥が日本に渡ってくること　㋖秋

小鳥網　ことりあみ　［人］　霞網の別称　㋖秋

小鹿　おじか　［動］　雄の鹿　㋖秋

[12]小寒　しょうかん　［時］　二十四節気の一つ。陽暦一月五日、六日頃　㋖冬

小寒の入　しょうかんのいり　［時］　寒（小寒と大寒）に入る日のこと。陽暦一月五日、六日頃　㋖冬

小暑　しょうしょ　［時］　二十四節気の一つ。陽暦七月七日、八日頃　㋖夏

小朝拝　こちょうばい　［人］　公式の朝拝の後、天皇の御座所で行なう私的な歳首の拝賀　㋖新年

小椋鳥　こむくどり　［動］　椋鳥の別種で、もっと小さく、かつ色彩の美しい鳥　㋖秋

小満　しょうまん　［時］　二十四節気の一つ。陽暦五月二十一日頃　㋖夏

小無花果　こいちじく　［植］　犬枇杷の別称。晩夏に実が濃紫色に熟するが、味はまずい　㋖夏

小粟　こあわ　［植］　小さな粟　㋖秋

小萩　こはぎ　［植］　小さな萩のこと　㋖秋

小葭切　こよしきり　［動］　葭切の一種　㋖夏

小雁　こかりがね　［動］　雁の一種。灰褐色の雁　㋖秋

[13]小塩竈　こしおがま　［植］　塩竈菊の一種　㋖夏

小楢　こなら　［植］　晩秋の紅葉が美しいため、単に小楢というと紅葉との連想で秋の季語とされる　㋖秋

小楠公忌　しょうなんこうき　［宗］　陰暦一月五日、南北朝時代の武将楠木正行の忌日　㋖新年

小殿原　ことのばら　［人］　田作の武家での古称　㋖新年

小蒜　こびる　［植］　野蒜の別称　㋖春

小蓮翹　しょうれんぎょう　［植］　弟切草の別称。初秋に黄色い小花を集め咲かせる　㋖秋

小飽　とこぶし　［動］　アワビに似た小型の貝。春が美味　㋖春

[14]小瑠璃　こるり　［動］　ヒタキ科ツグミ亜科の夏鳥で、大瑠璃より細い。五月頃飛来して営巣し、夏を過ごして秋には南方へ帰っていく　㋖夏

俳句季語よみかた辞典　37

小綬鶏　こじゅけい　［動］　中国原産のキジ科の鳥。春、かん高い声で鳴く　[季]春

小鳴　ささなき, こなき　［動］　冬鶯の地鳴きのこと。笹鳴に同じ　[季]冬

15**小蕪**　こかぶ　［植］　蕪の一種で、東京都金町付近のもの　[季]冬

小髭　こひげ　［植］　藺の品種の一つ　[季]夏

小髭藺　こひげい　［植］　藺の品種の一つ　[季]夏

16**小鮎**　こあゆ　［動］　若鮎のこと　[季]春

小鮎汲　こあゆくみ　［人］　春先、稚鮎が堰堤を遡ることができずにいるところをすくいとること　[季]春

小鮒草　こぶなぐさ　［植］　秋の山野に普通に自生しているイネ科の一年草で、刈安とは別種　[季]秋

小鮑　とこぶし　［動］　アワビに似た小型の貝。春が美味　[季]春

小鴨　こがも　［動］　鴨の一種　[季]冬

小鴫　こしぎ　［動］　田鴫の一種　[季]秋

小鵤　こやまがえり　［動］　二、三月に巣から出た鷹を指す　[季]春

17**小鮫鶲**　こさめびたき　［動］　鮫鶲の一種　[季]夏

18**小鰶**　こざらし　［動］　鰡の別称　[季]秋

小鰶江鮒　こざらしえぶな　［動］　鰡の別称　[季]秋

19**小蘭**　しょうらん　［植］　秋蘭の一種　[季]秋

小蟹　こがに　［動］　蟹の一種　[季]夏

小蟻　こあり　［動］　蟻の一種　[季]夏

小蠅なす神　さばえなすかみ　［宗］　夏の疫神を蠅に例えた言い回し　[季]夏

小鯨　こくじら　［動］　鯨の一種　[季]冬

小鯔網　こぼらあみ　［人］　鰡をとるための網　[季]夏

21**小鰯**　こいわし　［人］　片口鰯の俗称　[季]秋

小鰯引く　こいわしひく　［人］　晩秋の漁期に、主に地引網で鰯を獲ること　[季]秋

小鰭　こはだ　［動］　コノシロの別称　[季]秋

小鰭の粟漬　こはだのあわづけ　［人］　正月料理の一つ。コノシロを粟漬にしたもので、正月用の保存食　[季]新年

小鰭鮨　こはだずし　［動］　小鰭の鮨　[季]秋

22**小鰺**　こあじ　［動］　鰺の一種　[季]夏

23**小鷭**　こばん　［動］　小型の鷭　[季]夏

24**小鱧**　こはも　［動］　小型の鱧　[季]夏

小鷹　こたか　［動］　小鳥をとるため、遊び半分の鷹狩り用として用いた小型の鷹類の総称　[季]秋

小鷹狩　こたかがり　［人］　秋、小鴨や鶉などが渡る際に、小鷹を使って行う鷹狩　[季]秋

小鷹野　こたかの　［人］　秋の小鷹狩が行われる野　[季]秋

【山】

お山参り　おやままいり　［人］　初午もうでの参拝者が奥の社まで多数の摂社末社を順拝すること　[季]春

お山焼　おやまやき　［宗］　奈良・嫩草山の山焼のこと　[季]新年

ふだん山椒　ふだんさんしょう　［植］　冬山椒の別称　[季]冬

アイヌ山葵　あいぬわさび　［植］　山葵大根の別称　[季]冬

0**山いさみ**　やまいさみ　［人］　春の山に出かけ、遊ぶこと　[季]春

山うつぎ　やまうつぎ　［植］　卯の花の一種　[季]夏

山うばら　やまうばら　［植］　化偸草の別称　[季]春

山ぐさ　やまぐさ　［人］　裏白の別称　[季]冬

山げら　やまげら　［動］　キツツキの一種　[季]秋

山すみれ　やますみれ　［植］　菫の別称　[季]春

山のいも　やまのいも　［植］　長芋の野生種で、各地の山野に自生する。秋にさまざまな形状の芋を掘る。とろろとして食べても旨い　[季]秋

山の色　やまのいろ　［地］　秋の季節に草木が紅葉してはなやかに彩られた野山　[季]秋

山の芋　やまのいも　［植］　長芋の野生種で、各地の山野に自生する。秋にさまざまな形状の芋を掘る。とろろとして食べても旨い　[季]秋

山の神祭　やまのかみまつり　［宗］　各地で山の神を祭ったこと。地方によって日はさまざま　[季]冬

山の神講　やまのかみこう　［宗］　山の講の別称　[季]冬

山の秋　やまのあき［地］ 秋の訪れとともに、紅葉に彩られてはなやぐ山々 [季]秋

山の家　やまのいえ［人］ サマーハウスの一種 [季]夏

山の錦　やまのにしき［地］ 秋の野山が紅葉で彩られた美しさを比喩的に言ったもの [季]秋

山の講　やまのこう［宗］ 各地で山の神を祭ったこと。地方によって日はさまざま。山の神祭の別称 [季]冬

山の講祭　やまのこうまつり［宗］ 山の神祭の別称 [季]冬

山ほめ　やまほめ［人］ 初山の別称 [季]新年

山むぐら　やまむぐら［植］ 葎の一種 [季]夏

山めぐり　やまめぐり［天］ 時雨が夕立のように山から山へ移っていくさま [季]冬

[2]**山七面鳥　やましちめんちょう**［動］ 鴇（のがん）の別称 [季]秋

山人忌　さんじんき［宗］ 九月十八日、明治・大正期の俳人石井露月の忌日 [季]秋

山人参　やまにんじん［植］ 蝮蛇草の別称 [季]春

山入　やまいり［人］ 初山の別称 [季]新年

[3]**山上　さんじょう**［宗］ 富士山に登頂すること [季]夏

山上詣　さんじょうもうで［宗］ 富士山に登頂すること [季]夏

山上臈　やまじょろう［動］ 蝶の一種 [季]春

山口祭　やまぐちまつり［宗］ 昔、行なわれた祭り [季]秋

山口閉の祭　やまぐちとじのまつり［宗］ 厳島鎮座祭の別称 [季]冬

山女　やまめ［動］ 桜鱒の若年魚のことで、冷たい清冽な渓流に棲息する川魚の女王。夏が漁期 [季]夏

山女　やまひめ［植］ 通草の別称。春、新芽とともに開花し、秋に漿果が実る [季]秋

山女の花　あけびのはな, やまひめのはな［植］ アケビ科のつる性落葉低木。四月頃、雌花と雄花が総のように固まって咲く [季]春

山女釣　やまめつり［動］ 山女を釣ること。漁期は三月から九月中頃まで [季]夏

山女釣り　やまめつり［動］ 山女を釣ること。漁期は三月から九月中頃まで [季]夏

山女魚　やまめ［動］ 桜鱒の若年魚のことで、冷たい清冽な渓流に棲息する川魚の女王。夏が漁期 [季]夏

山小屋　やまごや［人］ 登山者の宿泊・避難のための小屋。主に夏山登山をさす [季]夏

山小菜　ほたるぶくろ［植］ 蛍袋の別称。キキョウ科の多年草。六、七月頃につく花は、子供が蛍を入れる袋代わりにして遊んだ [季]夏

[4]**山木蓮　やまもくれん**［植］ コブシの別称 [季]春

山木蘭　やまもくれん［植］ コブシの別称 [季]春

山毛欅の花　ぶなのはな［植］ 山地に多い高木で、初夏五月頃に花を開く。雄花は黄色の小花が密生している [季]夏

山毛欅の芽　ぶなのめ［植］ 春の木の芽の一種 [季]春

山火　さんか［地］ 山火事のこと。火事は冬の季語 [季]冬

山火　やまび［人］ 早春の山焼の火のこと [季]春

山火事　やまかじ［地］ 山林の火災。火事は冬の季語 [季]冬

山牛蒡　やまごぼう［植］ 薊牛蒡のこと [季]冬

山牛蒡の花　やまごぼうのはな［植］ ヤマゴボウ科の多年草で、根は有毒。初夏、花茎に白い小花が集まり咲く [季]夏

山犬　やまいぬ［動］ 狼の別称 [季]冬

山王礼拝講　さんのうらいはいこう［宗］ 五月二十六日に行われる大津市・日吉神社の法華八講 [季]夏

山王神事能　さんのうしんじのう［宗］ 正月六日、滋賀・日吉神社二の宮の神前で行なわれた能の催し [季]新年

山王祭　さんのうまつり［宗］ 四月十三日から十五日、大津市・日吉神社で行われる例祭 [季]春

[5]**山叺　やまがます**［動］ ウスタビガの幼虫が作る繭。あざやかな緑色が特徴 [季]夏

山市　さんし［天］ 蜃気楼の別称 [季]春

山田　やまだ［地］ 秋の山地の田 [季]秋

山田のつと入　やまだのつといり　［人］　衝突入のこと。昔、陰暦七月十六日、他人の家の什器・妻・妾・嫁・娘などを勝手に見ても許されるとした伊勢地方の習俗　[季]秋

山田の春祭　やまだのはるまつり　［宗］　三月十五日の恒持祭の別称　[季]春

山田の御田植　やまだのおたうえ　［宗］　伊勢の御田植の別称　[季]夏

山田の僧都　やまだのそうず　［人］　稲が実ってきた田を荒らしにくる鳥・獣をおどかして追うために、谷水や田水を使って音を立てる仕掛け　[季]秋

山田守る　やまだもる　［人］　稲が実ってきた頃、鳥獣に田を荒らされぬように番をすること　[季]秋

山田御田扇　やまだおたおうぎ　［宗］　伊勢の御田植の神事の一つ　[季]夏

山田螺　やまたにし　［動］　田螺の一種　[季]春

[6]**山伏山**　やまぶしやま　［宗］　祇園会の鉾山の一つ　[季]夏

山伏神楽　やまぶしかぐら　［宗］　東北地方で山伏修験者の布教のため行なわれた神楽　[季]冬

山百合　やまゆり　［植］　百合の一種。山地に自生する　[季]夏

山羊の毛刈る　やぎのけかる　［人］　山羊の毛を剪毛すること　[季]春

山芋　やまいも　［植］　長芋の野生種で、各地の山野に自生する。秋にさまざまな形状の芋を掘る。とろろとして食べても旨い　[季]秋

[7]**山初**　やまぞめ　［人］　東京都奥多摩での初山の別称　[季]新年

山別　やまわかれ　［動］　鷹の山別の別称　[季]秋

山吹　やまぶき　［植］　バラ科の落葉低木。晩春、黄金色の花をつける　[季]春

山吹衣　やまぶきごろも　［人］　春衣のかさね色目の一つ。表が薄朽葉、裏は黄　[季]春

山吹草　やまぶきそう　［植］　ケシ科の多年草。晩春に鮮黄色の山吹に似た花が咲く　[季]春

山吹膾　やまぶきなます　［人］　子持膾の別称　[季]春

山車　だし　［宗］　祭に使われる種々の飾り物をつけて引いて歩く車。祭は夏祭のこと　[季]夏

[8]**山始**　やまはじめ　［人］　初山の別称　[季]新年

山枇杷　やまびわ　［植］　犬枇杷の別称。晩夏に実が濃紫色に熟するが、味はまずい　[季]夏

山法師の花　やまぼうしのはな　［植］　ミズキ科の落葉高木。五、六月頃、白い四片の総苞を広げ、その中に細かい黄緑色の頭上花をつける　[季]夏

山茄子　やまなす　［植］　茄子の一種。茄子は夏の季語　[季]夏

山若葉　やまわかば　［植］　山にある初夏の木々のみずみずしい新葉のこと　[季]夏

山茂　やましげり　［植］　山が樹木の枝葉でおい茂ること　[季]夏

山苣の花　やまぢさのはな　［植］　エゴノキ科の落葉木。六月頃、枝先の花穂に乳白色の五弁花を集めつける　[季]夏

山門開き　さんもんびらき　［宗］　江戸時代、正月十六日に上野の東叡山文殊楼や芝増上寺など諸大寺の山門を開放して、参詣人を楼上へ登らせたこと　[季]新年

[9]**山柿**　やまがき　［植］　山に自生する柿　[季]秋

山枯るる　やまかるる　［地］　冬の枯れた山　[季]冬

山独活　やまうど　［植］　独活の一種　[季]春

山神主　やまかんぬし　［動］　山翡翠の別称　[季]夏

山科祭　やましなまつり　［宗］　昔、陰暦四月の上巳に行なわれた山城・山科神社の祭礼　[季]夏

山科祭　やましなまつり　［宗］　昔、行なわれた祭り　[季]冬

山紅葉　やまもみじ　［植］　楓の一種　[季]秋

山胡桃　やまくるみ　［植］　胡桃の一種　[季]秋

山背風　やませかぜ　［天］　元来初夏に山を越えて吹き下ろす風を指したが、現在では北日本に夏吹く冷たい北東風のことをいう　[季]夏

山草　やまぐさ　［植］　裏白の別称　[季]新年

山荘　さんそう　［人］　山中にある別荘　[季]夏

山茶　つばき　［植］　ツバキ科の常緑高木。

3画（山）

早春に大輪の花を咲かせる。伊豆大島の椿が有名　㊡春

山茶花　さざんか　［植］　園芸品種で、晩秋から初冬にかけて白や淡い紅色の花をつける　㊡冬

山茱萸の花　さんしゅゆのはな　［植］　ミズキ科の落葉小高木で、早春、小さい黄色の花が集まって咲く。実は秋の季語　㊡春

山茱萸の実　さんしゅゆのみ　［植］　花が終わると楕円形の実がなり、初秋に赤く熟する。強壮剤などに用いられた　㊡秋

¹⁰山家会　さんげえ　［宗］　伝教会の別称　㊡夏

山帰り　やまがえり　［動］　鷹の山別の別称　㊡秋

山帰来の花　さんきらいのはな　［植］　ユリ科の落葉低木、サルトリイバラのこと。晩春に黄白色の花をつける　㊡春

山時鳥　やまほととぎす　［動］　時鳥の別称　㊡夏

山桐　やまぎり　［植］　油桐の別称　㊡夏

山栗　やまぐり　［植］　野生の小さな栗　㊡秋

山桑　やまぐわ　［植］　ミズキ科の落葉高木。五、六月頃、白い四片の総苞を広げ、その中に細かい黄緑色の頭上花をつける　㊡夏

山根草　やまねぐさ　［植］　蕨の別称　㊡春

山桜　やまざくら　［植］　桜の一種で、山に咲き、赤みがかった花をつける　㊡春

山桜桃　ゆすら　［植］　バラ科の落葉低木の実。春、白色または淡紅色の五弁花が咲き、六月ごろ球形の実をつける。花は春の季語　㊡夏

山桜桃の花　ゆすらのはな　［植］　バラ科の落葉低木。春、白色または淡紅色の花が咲く。実は夏の季語　㊡春

山桜桃の実　ゆすらのみ　［植］　バラ科の落葉低木の実。春、白色または淡紅色の五弁花が咲き、六月ごろ球形の実をつける。花は春の季語　㊡夏

山桃　やまもも　［植］　ヤマモモ科の常緑樹で、梅雨の頃に小さな丸い果実が実る。色は暗紅紫色、甘酸っぱい味がする　㊡夏

山疲る　やまつかる　［地］　秋の山を形容した語　㊡秋

山眠る　やまねむる　［地］　冬の山の静かに

眠るような姿。冬山の形容語　㊡冬

山笑う　やまわらう　［地］　陽光に照らされた春の山の形容語　㊡春

山笑ふ　やまわらう　［地］　陽光に照らされた春の山の形容語　㊡春

山蚕　やままゆ　［動］　天蚕（やままゆ）の別称　㊡夏

山蚕　やまがいこ　［動］　天蚕（やままゆ）の別称　㊡夏, 春

山蚕蛾　やままゆが　［動］　天蚕（やままゆ）の別称　㊡夏

¹¹山崎天神社開帳　やまざきてんじんしゃかいちょう　［宗］　京都・山崎神社で行なわれた元日の行事　㊡新年

山崎日の使　やまざきひのつかい　［宗］　昔、陰暦四月頃行われた春日神社、男山八幡宮の神事　㊡夏

山崎祭　やまざきまつり　［宗］　五月四日と五日、京都府天王山・酒解神社で行われる祭礼　㊡夏

山崎離宮祭　やまざきりくうまつり　［宗］　昔、行なわれた祭り　㊡秋

山彩る　やまいろどる　［地］　秋の山を形容した語　㊡秋

山梨　やまなし　［植］　関東以西の山地に自生するバラ科の落葉高木で、梨の原種とみられる。秋に直径二、三センチの小さな梨に似た果実が熟する　㊡秋

山梨の花　やまなしのはな　［植］　バラ科の低木。晩春五月ごろ、内側が白、外側が薄桃色の梨の花に似た花をつける　㊡春

山梔子　さんしし　［植］　漢方で梔子の実を乾燥させ煎じたもの。解熱薬に用いる　㊡夏

山梔子の実　くちなしのみ　［植］　花が一重のものにのみ実がつき、晩秋に橙色に熟する。実は古来、黄橙色を出す染料に用いられてきた　㊡秋

山清水　やましみず　［地］　野山に湧き出ている清水　㊡夏

山猫廻し　やまねこまわし　［人］　傀儡師の別称　㊡新年

山猫眼草　やまねこめそう, やまねこのめそう　［植］　猫の眼草の一種　㊡春

山笠　やまがさ　［宗］　博多の祇園祭で使われる山車　㊡夏

山菜採り　さんさいとり　［人］　春の行楽の

俳句季語よみかた辞典　*41*

3画（山）

一つ ㋑春

山菫　やますみれ　[植]　菫の別称　㋑春

山雀　やまがら　[動]　シジュウカラ科で、雀より小さな鳥。夏の繁殖期には平地に降りて囀る　㋑夏, 秋

山雪解　やまゆきげ　[地]　春、山を覆う雪が融け出すこと　㋑春

山鳥　やまどり　[動]　雉の一種　㋑春, 冬

山黄枝　さんおうし　[植]　梔子の別称　㋑夏

¹²山帽子　やまぼうし　[植]　ミズキ科の落葉高木。五、六月頃、白い四片の総苞を広げ、その中に細かい黄緑色の頭上花をつける　㋑夏

山椒の皮　さんしょうのかわ　[人]　春、佃煮にする山椒の木の皮　㋑春

山椒の皮剝ぐ　さんしょうのかわはぐ　[人]　早春に佃煮を作るため、山椒の木の皮を剝ぐこと　㋑春

山椒の花　さんしょうのはな　[植]　ミカン科の落葉低木。初夏に黄緑色の小花が集まり咲く　㋑春

山椒の実　さんしょうのみ　[植]　花の後、小さい丸い実が二つずつ並んでできる。初め夏のうちは青く、秋になって熟すると赤くなる。皮が裂けて、なかから黒く光った種が出てくる　㋑秋

山椒の芽　さんしょうのめ　[植]　ミカン科の落葉小高木。香気が強く、若芽や実は香辛料に使われる　㋑春

山椒味噌　さんしょうみそ　[人]　木の芽味噌の別称　㋑春

山椒和　さんしょうあえ　[人]　木の芽和の別称　㋑春

山椒魚　さんしょううお　[動]　体臭が山椒に似ている淡水産の両生類。渓流や暗湿地を好む　㋑夏

山椒喰　さんしょうくい　[動]　サンショウクイ科の鳥の総称。春、「ヒリヒリ」というように鳴きながら飛ぶ　㋑春

山椒餅　さんしょうもち　[人]　米の粉に山椒の粉と砂糖を搗きまぜ、のばして十センチぐらいに細長く切ったもの　㋑春

山焼　やまやき　[人]　早春に村里近い野山を焼き払い、害虫駆除や肥料生成を行うこと　㋑春

山焼く　やまやく　[人]　早春に村里近い野山を焼き払い、害虫駆除や肥料生成を行うこと　㋑春

山焚火　やまたきび　[人]　山での焚火　㋑冬

山登り　やまのぼり　[人]　スポーツとして山に登ること。主に夏山登山をさす　㋑夏

山粧う　やまよそう, やまよそおう　[地]　秋の山を形容した語　㋑秋

山粧ふ　やまよそおう　[地]　秋の山を形容した語　㋑秋

山葵　わさび　[植]　アブラナ科の多年草で、清冽な渓流に栽培する。地下茎は辛く、薬味などに使う　㋑春

山葵の花　わさびのはな　[植]　アブラナ科の多年草。初夏に白い十字花をつける　㋑夏

山葵の芽　わさびのめ　[植]　草の芽の一つ　㋑春

山葵大根　わさびだいこん　[植]　初冬に収穫するフィンランド原産のアブラナ科の植物。辛みと香りがよく、すり下ろす　㋑冬

山葵田　わさびだ　[植]　山葵を栽培する田　㋑春

山葵沢　わさびざわ　[植]　山葵のとれる沢　㋑春

山葵掘　わさびほり　[植]　山葵を収穫すること　㋑春

山葵漬　わさびづけ　[人]　冷たい清冽な水で栽培した山葵の根、葉、茎を刻んだ酒粕漬け　㋑春

山萩　やまはぎ　[植]　萩の別称。萩は秋の代表的な植物　㋑秋

山葡萄　やまぶどう　[植]　山地に自生するブドウ科の落葉性つる植物。内陸部や北国の比較的寒い地方に多い。普通の葡萄と同じように房状に果実をつけ、初秋に熟して食べられるようになる　㋑秋

山蛙　やまかわず　[動]　山にいる蛙　㋑春

山蛭　やまびる　[動]　蛭の一種　㋑夏

山遊　やまあそび　[人]　春の山に出かけ、遊ぶこと　㋑春

山開　やまびらき　[人]　それぞれの山で、その年に初めて登山を許す夏の行事。山岳信仰に由来する　㋑夏

山開き　やまびらき　[宗]　それぞれの山で、その年に初めて登山を許す夏の行事。山岳信仰に由来する　㋑夏

13 **山慈姑の花　やまくわいのはな**［植］甘菜の別称　[季]春

山椿　やまつばき［植］椿の一種　[季]春

山樝子の花　さんざしのはな［植］バラ科の落葉低木。四、五月頃、梅に似た白い花が咲く　[季]春

山蒜　やまびる［植］野蒜の別称　[季]春

山蒟蒻　やまごんにゃく［植］蝮蛇草の別称　[季]春

山蜂　やまばち［動］蜂の一種　[季]春

山誉め　やまほめ［人］初山の別称　[季]新年

山路草　やまじぐさ［植］菊の別称。菊は秋の季語　[季]秋

14 **山漆　やまうるし**［植］漆の一種　[季]夏

山滴り　やましたたり［地］山の岩壁などから滴り落ちる水滴　[季]夏

山瑠璃草　やまるりそう［植］山地の日陰に生える多年草。晩春から初夏にかけ鮮やかな緑色の花をつける　[季]春

山箒　やまぼうき［植］田村草の別称。初秋、枝先に薊に似た赤紫色の花をつける　[季]秋

山翡翠　やませみ［動］山間の渓流にすむ、カワセミ科の留鳥　[季]夏

山蜻蛉　やまとんぼ［動］高原などによく見られる蜻蛉のこと　[季]秋

山酸漿　やまほおずき［植］イヌホオズキの別称　[季]夏

山酸漿　やまほおずき［植］イヌホオズキの別称　[季]秋

山鉾　やまぼこ［宗］祇園会の山車の一種　[季]夏

山鳳仙花　やまほうせんか［植］釣船草の別称。初秋の頃、淡紅紫色の花を釣り下げる　[季]秋

15 **山澄む　やますむ**［地］秋の訪れとともに、紅葉に彩られてはなやぐ山々　[季]秋

山蝶　やまちょう［動］山でみる蝶　[季]春

山蝙蝠　やまこうもり［動］蝙蝠の一種　[季]夏

16 **山橘　やまたちばな**［植］藪柑子の古称　[季]冬

山薊　やまあざみ［植］秋薊の一種　[季]秋

山錦木　やまにしきぎ［植］檀の別称。紅葉が美しいことによる名　[季]秋

山鴫　やましぎ［動］田鴫の一種　[季]秋

17 **山藍　やまあい**［人］藍の一種　[季]夏

18 **山繭　やままゆ**［動］成虫は大型の夏の蛾。幼虫は櫟などの葉を食べ、光沢のある良質の蚕糸がとれる　[季]春, 夏

山藤　やまふじ［植］山に自生する藤　[季]春

山蟬　やませみ［動］蟬の一種　[季]夏

19 **山廬忌　さんろき**［宗］十月三日、明治・大正・昭和期の俳人飯田蛇笏の忌日　[季]秋

山瀬風　やませかぜ［天］元来初夏に山を越えて吹き下ろす風を指したが、現在では北日本に夏吹く冷たい北東風のことをいう　[季]夏

山蘭　さんらん［植］鵯花の別称。初秋に花が咲き、藤袴に似る　[季]秋

山蟹　やまがに［動］蟹の一種　[季]夏

山蟻　やまあり［動］蟻の一種　[季]夏

山霧　やまぎり［天］山で発生する霧　[季]秋

山鯨　やまくじら［人］猪の肉のこと　[季]冬

山鯨　やまくじら［動］猪の肉のこと　[季]秋

山鶏　やまどり［動］雉の一種　[季]冬

20 **山櫨　やまはぜ**［植］漆の一種。初夏、葉の根元に円錐状の黄緑色の小花が集まり咲く　[季]夏

22 **山蘿蔔　まつむしそう**［植］高原に生える多年草で、初秋、紫紺の大きな花が開く　[季]秋

山躑躅　やまつつじ［植］躑躅のうち山地に自生するもの　[季]夏, 春

24 **山鷹　やまだか**［動］春の雉狩りに使う鷹　[季]春

【川】

0 **川づかえ　かわづかえ**［宗］出水のため旅人の渡河を禁止したこと。梅雨時に多いため、夏の季語とされる　[季]夏

川づかへ　かわづかえ［人］出水のため旅人の渡河を禁止したこと。梅雨時に多いため、夏の季語とされる　[季]夏

川ともし　かわともし［人］夜振の別称　[季]夏

川どまり　かわどまり［宗］出水のため旅

人の渡河を禁止したこと。梅雨時に多いため、夏の季語とされる [季]夏

川をこぜ　かわおこぜ［動］鰍の別称 [季]秋

2**川八目　かわやつめ**［動］八目鰻の一種で、海で生活し、産卵期に川を遡上する [季]冬

3**川千鳥　かわちどり**［動］川にいる千鳥 [季]冬

川干し　かわぼし［人］川狩の一種。川をせきとめ水を干して、魚を獲るもの [季]夏

4**川止　かわどめ**［人］出水のため旅人の渡河を禁止したこと。梅雨時に多いため、夏の季語とされる [季]夏

川止め　かわどめ［宗］出水のため旅人の渡河を禁止したこと。梅雨時に多いため、夏の季語とされる [季]夏

5**川旦　せんたん**［植］踊子草の別称。春から初夏にかけ、淡紅または白色の花を輪状につける [季]夏

6**川芎の花　せんきゅうのはな**［植］中国原産のセリ科の多年草で、薬用植物。秋、茎上に白い五弁の小花をつける [季]秋

7**川床　かわゆか**［人］夏日納涼のために川の流れに張り出して設けた桟敷または床几 [季]夏

川社　かわやしろ［宗］夏越の祓の一つ。川のほとりに社をたてて、神楽を奉納すること [季]夏

8**川明き　かわあき**［人］鮎漁の解禁日 [季]夏

川泳　かわおよぎ［人］夏、川で泳ぐこと [季]夏

川苔　かわのり［植］渓流に生じる緑藻で、岩や石に付着する。秋に採取して食用とする [季]秋

川茂　かわしげり［植］川が樹木の枝葉でおい茂ること [季]夏

川苣　かわぢさ［植］ゴマノハグサ科の二年草。若葉は食用となる [季]春

9**川施餓鬼　かわせがき**［宗］水死人を弔うために川岸や船中で行なう施餓鬼 [季]秋

川柳　かわやなぎ［植］川辺に添って生える柳 [季]春

川海苔　かわのり［植］渓流に生じる緑藻で、岩や石に付着する。秋に採取して食用とする [季]秋

川狩　かわがり［人］夏、河川・沼・池などの魚を一気に大量に獲ること [季]夏

川音の時雨　かわねのしぐれ, かわとのしぐれ［天］川音を時雨の音と聞きなしたことば [季]冬

10**川凍る　かわこおる**［地］川が結氷し、人馬が通行できるようになること [季]冬

川原撫子　かわらなでしこ［植］撫子の別称。晩夏から薄紅色の花が咲き続ける [季]秋

川浸りの朔日　かわびたりのついたち［宗］陰暦十二月一日、乙子の朔日に餅を搗いて祝い、これを食べると水難に遭わないといわれていること [季]冬

川浸餅　かわびたりもち［人］陰暦十二月一日、乙子の朔日に餅を搗いて祝い、これを食べると水難に遭わないといわれていること [季]冬

川浴　かわあび［人］夏、川で泳ぐこと [季]夏

川烏　かわがらす［動］鶲の別称 [季]夏

川祓　かわばらえ, かわはらえ［宗］夏越の祓の一つ [季]夏

川高菜　かわたかな［植］和蘭芥子の別称 [季]春

11**川添柳　かわぞえやなぎ, かわぞいやなぎ**［植］川辺に添って生える柳 [季]春

川涼み　かわすずみ［人］川で行なう納涼 [季]夏

川涸る　かわかる［地］冬、水源地の積雪のために川も涸れたようになること [季]冬

川涸るる　かわかるる［地］冬、水源地の積雪のために川も涸れたようになること [季]冬

川船祭　かわふねまつり［宗］津島祭の別称 [季]夏

川菜　かわな［植］和蘭芥子の別称 [季]春

12**川普請　かわぶしん**［人］一年の間に川底にたまった不要な雑物を浚う冬の作業 [季]冬

川渡しの朔日　かわわたしのついたち［宗］陰暦十二月一日、乙子の朔日に餅を搗いて祝い、これを食べると水難に遭わないといわれていること [季]冬

川渡祭　かわたりまつり［宗］六月一日に行われる久留米市・高良神社の祭礼 [季]夏

川渡御　かわとぎょ［宗］天満祭に、川を

下る神事　[季]夏

川開き　かわびらき　［人］　納涼の季節の開始を祝い、川で花火大会などを行うこと　[季]夏

川雲雀　かわひばり　［動］　田雲雀の別称　[季]秋

14川穀　はとむぎ　［植］　イネ科の一年草で、秋の楕円形の果実を食用または薬用にする　[季]秋

川端柳　かわばたやなぎ　［植］　川辺に添って生える柳　[季]春

川蓼　かわたで　［植］　蓼の一種。蓼は夏の季語　[季]夏

川蜘蛛　かわぐも　［動］　水馬の別称　[季]夏

川蜷　かわにな　［動］　川にいる蜷　[季]春

川蜻蛉　かわとんぼ　［動］　カワトンボ科の蜻蛉で、糸蜻蛉よりは大型のもの　[季]夏

15川蝦　かわえび　［動］　手長蝦の別称　[季]夏

16川燕　かわつばめ　［動］　川にいる燕　[季]春

18川禰宜　かわねぎ　［動］　山翡翠の別称　[季]夏

川蟬　かわせみ　［動］　カワセミ科の留鳥。水辺にいる姿が夏に相応しいとして夏の季語とされる　[季]夏

川鵜　かわう　［人］　鵜の一種で、海鵜よりやや小型。内陸の水辺で繁殖する　[季]夏

19川蟹　かわがに　［動］　蟹の一種　[季]夏

20川鰍　かわかじか　［動］　鰍の別称　[季]夏, 秋

23川鱒　かわます　［動］　鱒の一種で、夏の渓流で釣る　[季]夏, 春

川鱚　かわぎす　［動］　鱚の一種　[季]夏

27川鱸　かわすずき　［動］　川で生活する鱸　[季]秋

【工】

6工匠舞　くしょうまい　［宗］　秋田・八幡平の大日詣で、付近の住民が演じる舞　[季]新年

【巳】

0巳の日の祓　みのひのはらい　［宗］　昔、陰暦三月上巳の日の禊祓行事で中国から伝来したもの。雛流しの原形ともいわれる　[季]春

4巳月　しげつ　［時］　陰暦四月の別称　[季]夏

【巾】

12巾着茄子　きんちゃくなす　［植］　茄子の一種。茄子は夏の季語　[季]夏

【干】

かぶら干す　かぶらほす　［植］　初冬、何段にも作りつけられた丸太や竹竿などに、収穫した蕪を干すこと　[季]冬

さくら干　さくらぼし　［人］　干河豚の一種で、味醂につけてから干したもの　[季]夏

ひじき干す　ひじきほす　［植］　取った鹿尾菜を干すこと　[季]春

3干大根　ほしだいこん, ほしだいこ　［人］　初冬、何段にも作りつけられた丸太や竹竿などに、葉の部分をわらで括って振り分けにして干された大根　[季]冬

6干瓜　ほしうり　［人］　越瓜などを塩漬けにして干したもの。夏の食欲増進に向く　[季]夏

7干見世　ほしみせ　［人］　夜店のこと　[季]夏

8干河豚　ほしふぐ　［人］　河豚の皮と骨をとって夏の日差しに干したもの　[季]夏

9干柿　ほしがき　［植］　秋、渋柿の皮をむいて干し、渋味を除いたもの　[季]秋

干草　ほしくさ　［人］　肥料、飼料用として夏の間に草を刈り乾燥したもの　[季]夏

干茸　ほしたけ　［植］　干した椎茸　[季]秋

10干梅　ほしうめ　［人］　梅干の別称　[季]夏

11干菜　ほしな　［人］　初冬、大根や蕪の葉を採って縄で編み、軒下・壁ぎわ・落葉した枝などにかけて干すもの　[季]冬

干菜汁　ほしなじる　［人］　冬野菜の大根や蕪の干し菜を実にした味噌汁　[季]冬

干菜吊る　ほしなつる　［人］　初冬、大根や蕪の葉を採って縄で編み、軒下・壁ぎわ・落葉した枝などにかけて干すもの　[季]冬

干菜風呂　ほしなぶろ　［人］　干し菜を投じて沸かした風呂。冬に体がよく暖まるという　[季]冬

干菜湯　ほしなゆ　［人］　干し菜を投じて沸かした風呂。冬に体がよく暖まるという　[季]冬

12干葉　ひば　［人］　初冬、大根や蕪の葉を採って縄で編み、軒下・壁ぎわ・落葉した枝などにかけて干すもの　[季]冬

干葉汁　ひばじる　［人］　干菜汁の別称。冬

野菜の大根や蕪の干し菜を実にした味噌汁　[季]冬

干葉湯　ひばゆ　［人］　干し菜を投じて沸かした風呂。冬に体がよく暖まるという　[季]冬

干飯　ほしいい　［人］　天日で乾燥させた携帯用の飯のこと　[季]夏

13干蒲団　ほしぶとん　［人］　日光にあて干した蒲団　[季]冬

14干稲　ほしいね　［人］　秋、稲扱きができるように干してある刈り取った稲　[季]秋

15干潟　ひがた　［地］　潮が引いて干潟となった所　[季]春

干潟人　ひがたびと　［地］　潮干狩をする人　[季]春

干潟波　ひがたなみ　［地］　干潟にうちよせる波　[季]春

干潟暮る　ひがたくる　［地］　干潟に暮れていく夕日　[季]春

干蕪　ほしかぶら, ほしかぶ　［人］　初冬、何段にも作りつけられた丸太や竹竿などに干してある蕪　[季]冬

干蕨　ほしわらび　［植］　蕨を干して乾燥させたもの　[季]春

16干瓢はぐ　かんぴょうはぐ　［人］　夏の晴れて乾燥した日に、夕顔の実を紐状にむいて乾かし、干瓢を作ること　[季]夏

干瓢干す　かんぴょうほす　［人］　夏の晴れて乾燥した日に、夕顔の実を紐状にむいて乾かし、干瓢を作ること　[季]夏

干瓢剝く　かんぴょうむく　［人］　夏の晴れて乾燥した日に、夕顔の実を紐状にむいて乾かし、干瓢を作ること　[季]夏

干瓢剝ぐ　かんぴょうはぐ　［人］　夏の晴れて乾燥した日に、夕顔の実を紐状にむいて乾かし、干瓢を作ること　[季]夏

干薇　ほしぜんまい　［植］　干した薇　[季]春

17干鮭　ほしざけ　［人］　乾鮭の別称。北海道などで鮭を素乾にして保存したもの。冬の保存食　[季]冬

18干藷　ほしいも　［植］　薩摩薯を干して乾燥させた菓子。甘藷は秋の季語　[季]秋

20干鰈　ほしがれい　［人］　腸を抜いて天日に干した春の鰈　[季]春

22干鱈　ひだら　［人］　助宗鱈に塩をふりつけて干したもの　[季]春

24干鱧　ひはも, ひはむ　［人］　小鱧を日干しにしたもの　[季]夏

【弓】

0弓の天下　ゆみのてんが　［人］　大矢数の時、先人を越える記録がでると堂内に額を掲げたこと　[季]夏

5弓矢始　ゆみやはじめ　［人］　弓始の別称　[季]新年

8弓始　ゆみはじめ　［人］　新年になって初めて弓を射る年中行事。現在でも神社や弓道場などで行事として行われる　[季]新年

弓弦葉　ゆづるは　［植］　楪（ゆずりは）の別称　[季]新年

11弓張月　ゆみはりづき　［天］　弓の形をした月　[季]秋

12弓場始　ゆばはじめ　［人］　陰暦十月五日の射場始の別称　[季]冬

【才】

15才蔵　さいぞう　［人］　正月、各戸をめぐって祝言を述べる万歳の脇役のこと　[季]新年

才蔵市　さいぞういち　［人］　年の暮、江戸日本橋で三河万歳の太夫が相方の才蔵を雇った労働契約のための市　[季]冬

18才麿忌　さいまろき　［宗］　陰暦一月二日、江戸時代中期の俳人椎本才麿の忌日　[季]新年

4画

【丑】

9丑紅　うしべに　［人］　寒中の丑の日に売り出される寒紅　[季]冬

12丑湯　うしゆ　［人］　土用の丑の日に温泉に入ること　[季]夏

【不】

6不如帰　ほととぎす　［動］　夏を代表するホトトギス科の鳥。初夏に飛来し、夏を過ごして晩秋にはまた南へ帰っていく夏鳥　[季]夏

不死男忌　ふじおき　［宗］　七月二十五日、昭和期の俳人秋元不死男の忌日　[季]夏

7不作　ふさく［人］気候の不順や病虫害により、秋の農作物、特に稲の収穫状況が悪いこと　[季]秋

8不夜庵忌　ふやあんき［宗］陰暦八月九日、江戸時代中期の俳人炭太祇の忌日　[季]秋

不知火　しらぬい［地］陰暦八月朔日頃の深夜、有明海と八代海の沖合いに無数の光が現われる蜃気楼現象　[季]秋

9不香花　ふかか［天］雪の別称　[季]冬

11不断草　ふだんそう［植］アカザ科の越年草で、夏菜の一つ　[季]夏

不断桜　ふだんざくら［植］桜の一種　[季]春

12不堪田の奏　ふかんでんのそう［人］律令時代、陰暦九月七日に、租税の減免のために耕作不能の田地を天皇に奏上したこと　[季]秋

不堪佃田の奏　ふかんでんでんのそう［人］不堪田の奏に同じ　[季]秋

15不器男忌　ふきおき［宗］二月二十四日、大正・昭和初期の俳人芝不器男の忌日　[季]春

【中】

お中元　おちゅうげん［人］陰暦七月十五日の中元を丁寧にいったもの。あるいはその頃の贈答のこと　[季]秋

お中日　おちゅうにち［宗］春の彼岸の中日。春分にあたる　[季]春

3中山祭　なかやままつり［宗］昔、陰暦四月に行なわれた中山神社の祭礼　[季]夏

中山祭　なかやままつり［宗］昔、行なわれた祭り　[季]冬

4中元　ちゅうげん［人］陰暦七月十五日のこと。贈答の風習がある　[季]秋

中元売出　ちゅうげんうりだし［人］中元の贈答品を売り出すこと　[季]秋

中元贈答　ちゅうげんぞうとう［人］中元に贈る品物　[季]秋

中尺鴫　ちゅうしゃくしぎ［動］鴫の一種　[季]秋

中日　ちゅうにち［時］春分に昼と夜との時間が等しくなること　[季]春

6中伏　ちゅうふく［時］夏至の後の第四の庚の日。三伏の第二　[季]夏

中安居　ちゅうあんご［宗］一夏を三区分した第二　[季]夏

中汲　なかくみ［人］糟を漉さずに作った白濁している酒。秋に新米で作ったものをさす　[季]秋

7中抜き菜　なかぬきな［植］秋の間引菜の別称　[季]秋

中抜大根　なかぬきだいこん［植］晩秋、ある程度まで生長した段階で間引いた細い大根のこと　[季]秋

中抜菜　なかぬきな［植］秋の間引菜の別称　[季]秋

8中和の節　ちゅうわのせつ［時］陰暦二月朔日のこと　[季]春

中国盆　ちゅうごくぼん［宗］長崎・崇福寺の蘭盆の別称　[季]秋

中宗会　ちゅうそえ［宗］陰暦三月二十五日、室町時代の浄土真宗の僧蓮如上人の忌日　[季]春

9中律　ちゅうりつ［時］陰暦八月の別称　[季]秋

中秋節　ちゅうしゅうせつ［天］陰暦八月十五日、中秋の満月　[季]秋

11中商　ちゅうしょう［時］陰暦八月の別称　[季]秋

中菊　ちゅうぎく［植］菊の一種　[季]秋

12中暑　ちゅうしょ［人］夏の暑さに負けて体調を崩すこと　[季]夏

14中稲　なかて［植］早稲と晩稲の中間にみのる普通の稲。九月下旬から十月上旬頃に収穫する　[季]秋

中稲刈　なかてがり［人］中稲を刈ること。九月下旬から十月上旬頃に収穫する　[季]秋

16中膨鯵　なかぶくらあじ［動］鯵の一種　[季]夏

20中鰊　ちゅうにしん［動］中間期にとれる鰊　[季]春

【丹】

5丹生川上祭　にぶかわかみまつり［宗］六月一日に行われる丹生川上神社の祭礼　[季]夏

丹生川上祭　にうかわかみまつり［宗］奈良・丹生川上神社で行われる例祭。十月十六日のだんじりが有名　[季]秋

8**丹波太郎**　たんばたろう ［天］ 積乱雲の大阪地方での呼び名 [季]夏

丹波出雲社祭　たんばいずもしゃまつり ［宗］ 亀岡市・出雲大神宮の祭り [季]冬

丹波栗　たんばぐり ［植］ 丹波地方でとれる大型の栗 [季]秋

9**丹前**　たんぜん ［人］ 褞袍（どてら）の関西地方での呼称 [季]冬

11**丹頂**　たんちょう ［動］ 鶴の一種。頭頂が赤いのが特徴 [季]秋, 新年, 冬

【之】

5**之布木**　しぶのき ［植］ ドクダミの別称。薬草として重宝され、梅雨時に白い十字形の花をつける [季]夏

【井】

4**井戸浚**　いどさらえ, いどさらい ［人］ 梅雨の前、井戸の底にたまった土や砂、ちりなどをさらうこと [季]夏

井戸替　いどがえ ［人］ 梅雨の前、井戸の底にたまった土や砂、ちりなどをさらうこと [季]夏

井手の蛙　いでのかわず ［動］ 田の用水をせきとめたところにいる蛙 [季]春

井水増す　いみずます ［地］ 長梅雨のために井戸水が増し、濁りを帯びて見えること [季]夏

5**井立て**　いだて ［人］ 八十八夜の頃、田植え前に用水の溝・堰を掃除・修繕すること [季]夏

6**井守**　いもり ［動］ 守宮（やもり）に似た、池や沼にすむ夏によく見る両生類 [季]夏

井守の印　いもりのしるし ［人］「守宮を搗く」の守宮（やもり）が日本で誤って井守（いもり）に転化したもの [季]夏

井守を搗く　いもりをつく ［人］「守宮を搗く」の守宮（やもり）が日本で誤って井守（いもり）に転化したもの [季]夏

10**井浚**　いざらえ, いざらい ［人］ 梅雨の前、井戸の底にたまった土や砂、ちりなどをさらうこと [季]夏

井浚え　いざらえ ［人］ 梅雨の前に、蚊の発生や悪臭を防止するため、家の周囲の溝を掃除すること [季]夏

井華水　せいかすい ［人］ 元日の若水のこと [季]新年

12**井開**　いびらき ［人］ 前年から封じておいた井戸を開いて、元日に若水をくむこと [季]新年

【五】

2**五人囃**　ごにんばやし ［宗］ 雛人形の中の一つ [季]春

五人囃し　ごにんばやし ［人］ 雛人形の中の一つ [季]春

五十串　いぐし ［宗］ 下賀茂の御祓の神事に使う串 [季]夏

五十雀　ごじゅうから ［動］ ゴジュウカラ科の小鳥。四十雀ほど数は多くない。夏の繁殖期にはよく囀る [季]秋, 夏

3**五万米**　ごまめ ［人］ 田作の俗称 [季]新年

五大尊舞　ごだいそんまい ［宗］ 秋田・八幡平の大日詣で、付近の住民が演じる舞 [季]新年

五寸切　ごんぎり ［動］ 小鱧を日干しにしたもの [季]夏

4**五日**　いつか ［時］ 正月五日のこと [季]新年

五日の節会　いつかのせちえ ［人］ 陰暦五月五日、宮中の端午の節会のこと [季]夏

五日月　いつかづき ［天］ 月齢の一つ [季]秋

五日戎　いつかえびす ［宗］ 正月五日に奈良の市場、南市に立つ市。中心に夷神を祭り市場の神とする [季]新年

五月　ごがつ, さつき ［時］ 陽暦五月、ほぼ初夏にあたる。立夏の月のこと [季]夏

五月の節句　ごがつのせっく ［人］ 端午の別称 [季]夏

五月の鏡　さつきのかがみ ［人］ 雨乞いに祭った鏡のこと [季]夏

五月乙女　さつきおとめ ［人］ 早乙女の別称 [季]夏

五月人形　ごがつにんぎょう ［人］ 武者人形の別称 [季]夏

五月女　さつきめ ［人］ 早乙女の別称 [季]夏

五月女葛　さおとめばな ［植］ 灸花の別称。晩夏から初秋の頃、小花が集まり咲く [季]夏

五月山　さつきやま ［地］ 陰暦五月ごろの緑の多い山 [季]夏

五月山女　さつきやまめ ［動］ 山女の一種 [季]夏
五月川　さつきがわ ［地］ 梅雨のために水かさの増した川 [季]夏
五月玉　さつきだま ［人］ 薬玉の別称 [季]夏
五月田　さつきだ ［地］ 田植が終ったばかりの田 [季]夏
五月尽　ごがつじん ［時］ 陽暦の五月が終ること [季]夏
五月忌　さつきいみ ［人］ 陰暦五月を婚姻をさけるべき月としたこと [季]夏
五月来る　ごがつくる ［時］ 陽暦の五月になること [季]夏
五月狂言　さつききょうげん ［人］ 江戸時代、陰暦五月五日に歌舞伎が新しい出し物を披露したこと [季]夏
五月近し　さつきちかし ［時］ 春の終わり。春を惜しむより、夏の到来に気持ちがある [季]春
五月空　さつきぞら ［天］ 陰暦五月の梅雨雲におおわれている空模様のこと [季]夏
五月苺　さつきいちご ［植］ 苗代苺の別称。初夏の田植え時に赤い実が熟する [季]夏
五月雨　さみだれ, さつきあめ ［天］ じめじめと降り続く雨。梅雨のこと [季]夏
五月雨月　さみだれづき ［時］ 陰暦五月の別称 [季]夏
五月雨傘　さみだれがさ ［天］ 五月雨の時にさす傘のこと [季]夏
五月雨雲　さみだれぐも ［天］ 五月雨の頃の雲のこと [季]夏
五月雨蝶　さみだれちょう ［動］ エダシャクガ科の一種 [季]夏
五月浪　さつきなみ ［地］ 陰暦五月、梅雨のころの海上の波浪 [季]夏
五月祭　ごがつさい ［人］ 五月一日、メーデーのこと [季]夏
五月野　ごがつの ［地］ 緑深い夏草の繁茂した原野 [季]夏
五月野　さつきの ［地］ 梅雨のころの野 [季]夏
五月場所　ごがつばしょ ［人］ 大相撲夏場所のこと [季]夏
五月富士　さつきふじ ［地］ 陰暦五月ごろの富士山 [季]夏
五月晴　さつきばれ ［天］ 本来梅雨のあいまの晴天。ただ現在一般には陽暦の五月のよく晴れた日を指すことが多い [季]夏
五月雲　さつきぐも ［天］ 陰暦五月の五月雨の降るころの雲 [季]夏
五月幟　さつきのぼり ［人］ 端午の節句に男子の出生、健康を祝って立てるもの [季]夏
五月曇　さつきぐもり ［天］ 梅雨のこと [季]夏
五月闇　さつきやみ ［天］ 厚い雲におおわれた梅雨のころの天候 [季]夏
五月鯉　さつきごい ［宗］ 鯉の形に作った幟で、五月五日の端午の節句に男の子の健康と出世を願って立てるもの [季]夏
五月蠅　さばえ ［動］ 蠅の一種 [季]夏
五月蠅なす神　さばえなすかみ ［宗］ 夏の疫神を蠅に例えた言い回し [季]夏
五月躑躅　さつきつつじ ［植］ ツツジ科の常緑低木。古来、庭木として親しまれ、六月頃に紅紫色の漏斗状の花をつける [季]夏
5**五加**　うこぎ ［植］ ウコギ科の落葉低木。枝にとげ針があるので生け垣などに用いる。若芽は食用になる [季]春
五加木　うこぎ ［植］ ウコギ科の落葉低木。枝にとげ針があるので生け垣などに用いる。若芽は食用になる [季]春
五加垣　うこぎがき ［植］ 五加木で作った生け垣 [季]春
五加茶　うこぎちゃ ［人］ 五加の若葉の入った茶 [季]春
五加飯　うこぎめし ［人］ 五加の新芽を入れた御飯 [季]春
五加摘む　うこぎつむ ［植］ 五加木の若葉を摘むこと [季]春
五平太　ごへいた ［人］ 石炭の別称。五平太という者が初めて掘り出したということから [季]冬
五平汁　ごへいじる ［人］ 簡単なきりたんぽ [季]冬
五目鮓　ごもくずし ［人］ 鮓の一種 [季]夏
6**五旬節**　ごじゅんせつ ［宗］ 復活祭から五十日めで、昇天祭からは十日目。キリストの弟子に聖霊が降臨したことを祝う日 [季]春

五老井忌　ごろうせいき　［宗］　陰暦八月二十六日、蕉門の俳人森川許六の忌日　[季]秋

五色ざくら　ごしきざくら　［動］　桜貝の別称　[季]春

五色の水　ごしきのみず　［宗］　四月八日、花祭の時、花御堂のなかにまつられた釈迦誕生像に注ぎかける　[季]春

五色の糸　ごしきのいと　［人］　七夕祭のとき、自分の願いを星に祈るために竹竿にかける糸のこと　[季]秋

五色水　ごしきすい　［宗］　四月八日、花祭の時、花御堂のなかにまつられた釈迦誕生像に注ぎかける　[季]春

五行草　ごぎょうそう　［植］　スベリヒユの別称　[季]夏

7五形　ごぎょう　［植］　春の七草のひとつで母子草のこと　[季]新年

五形花　げげばな　［植］　紫雲英の別称　[季]春

五条天神参　ごじょうてんじんまいり　［宗］　節分に、京都市・五条天神社に参詣すること　[季]冬

五角凧　ごかくだこ　［人］　凧の一種　[季]新年

五辛盤　ごしんばん　［人］　春盤の別称　[季]新年

8五味粥　ごみがゆ　［宗］　臘八粥の別称　[季]冬

五枚篠　ごまいすず　［植］　イネ科の竹　[季]夏

9五郎助　ごろすけ　［動］　木菟の別称　[季]冬

五香水　ごこうすい　［宗］　四月八日、花祭の時、花御堂のなかにまつられた釈迦誕生像に注ぎかける　[季]春

10五倍子　ふし, ごばいし　［植］　白膠木の葉に五倍子虫が卵を産みつけ、晩秋、その刺激によって葉にできた瘤のようなもの　[季]秋

11五菜葉　ごさいば　［人］　イチビの別称　[季]夏

12五葉躑躅　ごようつつじ　［植］　躑躅の一種　[季]春

13五節　ごせち　［人］　五節の舞の別称　[季]冬

五節の舞　ごせちのまい　［人］　豊明節会に演じられた乙女の舞曲。後には大嘗祭の場合にだけ行われるようになった　[季]冬

五節帳台試　ごせちのちょうだいのこころみ　［人］　豊明節会の前の丑の日に五節の舞の試演を行ったこと　[季]冬

五節御前試　ごせちのごぜんのこころみ　［人］　豊明節会の前の寅の日に五節の舞の試演を行ったこと　[季]冬

【化】

5化生　かせい　［人］　中国、西域の古俗。七夕に婦女子が水に浮かべて遊び、子を得るまじないとした赤子の形をした蠟人形のこと　[季]秋

化生を弄す　かせいをろうす　［人］　中国、西域の古俗。七夕に婦女子が水に浮かべて遊び、子を得るまじないとした赤子の形をした蠟人形のこと　[季]秋

8化物祭　ばけものまつり　［宗］　五月二十五日、鶴岡市・太宰府天満宮で行われる祭礼　[季]夏

11化偸草　えびね　［植］　ラン科の多年草。地下茎が太く、節が多いので、海老の背に似ていることからの名　[季]春

12化粧文　けそうぶみ　［人］　男女の良縁を得る正月の縁起物。艶書の体裁をしていた　[季]新年

化粧桜　けしょうざくら　［植］　桜草の品種の一つ　[季]春

17化繊綿　かせんわた　［人］　化繊の綿　[季]冬

【介】

10介党鱈　すけとうだら　［動］　助宗鱈の別称　[季]冬

【仇】

6仇名草　あだなぐさ　［植］　桜の別称　[季]春

【今】

3今川焼　いまがわやき　［人］　神田今川橋の小店で売り出し始めた菓子。焼きたての温かさが心地よいのは、冬ならではのもの　[季]冬

今川焼屋　いまがわやきや　［人］　今川焼を売る屋台　[季]冬

4今日の月　きょうのつき　［天］　陰暦八月十五日、中秋の満月　[季]秋

今日の春　きょうのはる　［時］　初春のこと　[季]新年

4画（仁, 仏）

今日の秋　きょうのあき　［時］　立秋の日の朝　㋑秋

今日の菊　きょうのきく　［人］　陰暦九月九日、重陽の節句の菊のこと　㋑秋

⁶今年　ことし, こんねん　［時］　平常語だが、新年の季題とされる　㋑新年

今年竹　ことしだけ　［植］　若竹の別称。筍が生長し、晩夏の頃に竹らしくなってきたもの　㋑夏

今年米　ことしごめ, ことしまい　［人］　その秋に収穫した新しい米　㋑秋

今年麦　ことしむぎ　［人］　初夏に獲れたばかりの麦のこと　㋑夏

今年酒　ことしざけ　［人］　冬になる前に、その年の新米ですぐに醸造した酒　㋑秋

今年渋　ことししぶ　［人］　新渋のこと　㋑秋

今年煙草　ことしたばこ　［人］　若煙草のこと　㋑秋

今年絹　ことしぎぬ　［人］　秋に新しくとれたばかりの綿で織った絹　㋑秋

今年綿　ことしわた　［人］　秋に新しくとれたばかりの綿　㋑秋

今年藁　ことしわら　［人］　新藁の別称　㋑秋

¹⁰今宮祭　いまみやまつり　［宗］　五月五日から十五日まで、京都市・今宮神社で行われる祭礼　㋑夏

今宮祭御出　いまみやまつりおいで　［宗］　今宮祭の神輿がお旅所に出御すること　㋑夏

今宵の月　こよいのつき　［天］　陰暦八月十五日、中秋の満月　㋑秋

¹²今朝の冬　けさのふゆ　［時］　立冬当日の朝　㋑冬

今朝の春　けさのはる　［時］　初春を祝う言い回し　㋑新年

今朝の秋　けさのあき　［時］　立秋の日の朝　㋑秋

今朝の夏　けさのなつ　［時］　立夏の日の朝　㋑夏

今朝の雪　けさのゆき　［天］　雪の降った朝方　㋑冬

【仁】

⁴仁王会　にんのうえ　［宗］　二月二十三日頃、京都市・醍醐寺で行われた春の法会　㋑春

仁王供　にんのうぐ　［宗］　二月二十三日頃、京都市・醍醐寺で行われた春の法会　㋑春

仁王講　にんのうこう　［宗］　二月二十三日頃、京都市・醍醐寺で行われた春の法会　㋑春

⁷仁寿殿観音供　じじゅでんのかんのんく　［宗］　正月十八日、東寺の長者が仁寿殿観音像を供養した行事　㋑新年

⁹仁保海苔　にほのり　［植］　海苔の一種　㋑春

【仏】

⁰仏の口明　ほとけのくちあけ　［時］　新年初めて仏事を行い、墓参りをすること。多くは正月十六日　㋑新年

仏の日　ほとけのひ　［時］　新年初めて仏事を行い、墓参りをすること。多くは正月十六日　㋑新年

仏の正月　ほとけのしょうがつ　［時］　新年初めて仏事を行い、墓参りをすること。多くは正月十六日　㋑新年

仏の年越　ほとけのとしこし　［時］　新年初めて仏事を行い、墓参りをすること。多くは正月十六日　㋑新年

仏の別れ　ほとけのわかれ　［宗］　陰暦二月十五日の釈迦入滅のこと　㋑春

仏の座　ほとけのざ　［植］　キク科の植物。春の七草の一つで、正月の七草粥に入れる　㋑新年, 春

仏の産湯　ほとけのうぶゆ　［宗］　四月八日、花祭の時、花御堂のなかにまつられた釈迦誕生像に注ぎかける　㋑春

⁴仏手柑　ぶっしゅかん, ぶしゅかん　［植］　主として観賞用に栽培される表面が淡黄色の柑橘類　㋑秋, 冬

仏手柑の花　ぶしゅかんのはな　［植］　ミカン科の常緑低木。初夏、白色五弁の小花をつける。名は花の形状に由来する　㋑夏

⁵仏正月　ほとけしょうがつ　［時］　新年初めて仏事を行い、墓参りをすること。多くは正月十六日　㋑新年

仏生会　ぶっしょうえ　［宗］　四月八日、釈迦の誕生日を祝う法会　㋑春

仏甲草　ぶっこうそう　［植］　イワレンゲの

俳句季語よみかた辞典　51

4画（元, 公）

別称　㊡秋

6仏名会　ぶつみょうえ　［宗］　陰暦十二月十九日から二十一日まで、宮中と各寺院で歳末の行事として行なわれた法会　㊡冬

7仏忌　ぶっき　［宗］　陰暦二月十五日、釈迦の入滅の忌日　㊡春

8仏法双六　ぶっぽうすごろく　［人］　絵双六の一種。絵の内容が仏法を模した双六　㊡新年

仏法僧　ぶっぽうそう　［動］　ブッポウソウ科の夏鳥で、四月下旬より南方より飛来する渡り鳥。これとは別に古来仏法僧の鳴き声と信じられたのは木の葉木菟の声である　㊡夏

9仏指草　ぶっしそう　［植］　イワレンゲの別称　㊡秋

10仏桑花　ぶっそうげ　［植］　ハイビスカスの別称。夏、鮮やかな紅白や白色の木槿に似た花をつける　㊡夏

12仏掌薯　つくねいも　［植］　ヤマノイモの栽培種、秋、地下に生ずる扁平多肉の根を収穫する　㊡秋

14仏蜻蛉　ほとけとんぼ　［動］　胡黎（きやんま）の別称。盆の頃に飛ぶため　㊡秋

15仏歓喜日　ぶつかんぎび　［宗］　陰暦七月十五日に、四月から始まった九十日間の夏安居が満了すること　㊡秋

仏誕会　ぶつたんえ　［宗］　四月八日の仏生会の別称　㊡春

【元】

お元日　おがんじつ　［時］　正月一日。元日の別称　㊡新年

2元七　がんしち　［時］　人日（正月七日）の別称　㊡新年

3元三　がんさん　［時］　正月一日。元日のこと。元日は年の始め・月の始め・日の始めなのでこういう　㊡新年

元三大師の像を門戸に貼る　がんさんだいしのぞうをもんこにはる　［人］　正月、元三大師像を刷ったお札を厄除けとして門口に貼ること　㊡新年

元三大師会　がんざんだいしえ　［宗］　陰暦一月三日、平安時代中期の天台僧慈恵大師良源の忌日　㊡新年

元三大師忌　がんざんだいしき　［宗］　陰暦一月三日、平安時代中期の天台僧慈恵大師

良源の忌日　㊡新年

元三会　がんざんえ　［宗］　陰暦一月三日、平安時代中期の天台僧慈恵大師良源の忌日　㊡新年

元三忌　がんざんき　［宗］　陰暦一月三日、平安時代中期の天台僧慈恵大師良源の忌日　㊡新年

元夕　げんせき　［人］　陰暦正月十五日の上元の別称　㊡新年

元巳　げんし　［宗］　上巳の別称　㊡春

4元日　がんじつ　［時］　正月一日。一年の最初の第一日　㊡新年

元日戸を開かず　がんじつとをひらかず　［人］　昔、正月三が日に京の町家で大戸を開けずに過ごした風習　㊡新年

元日立春　がんじつりっしゅん　［時］　陰暦元日が立春にあたること　㊡新年

元日草　がんじつそう　［植］　キンポウゲ科の多年草。名が縁起が良いとして正月の飾りに用いられる　㊡新年

元日節会　がんじつのせちえ　［人］　明治以前、元日の朝賀の後行なわれていた節会　㊡新年

元月　がんげつ　［時］　正月の別称　㊡新年

5元旦　がんたん　［時］　正月一日、元日の朝。また朝に限らず元日の言い換え、あるいは新年の意味でも用いる　㊡新年

9元政忌　げんせいき　［宗］　陰暦二月十八日、江戸時代前期の日蓮宗の文人僧元政上人の忌日　㊡春

10元宵　げんしょう　［宗］　陰暦正月十五日の上元の別称　㊡新年

元宵祭　げんしょうさい　［宗］　陰暦正月十五日の上元に、長崎市・福済寺で観音大士をまつる節会　㊡新年

元宵節　げんしょうせつ　［宗］　陰暦正月十五日の上元の別称　㊡新年

12元朝　がんちょう　［時］　正月一日、元日の朝　㊡新年

元禄雛　げんろくびな　［宗］　雛人形の一種　㊡春

【公】

10公孫樹の花　こうそんじゅのはな　［植］　イチョウ科の落葉高木。春に黄緑色の花がつく。実と黄葉は秋の季語　㊡春

52　俳句季語よみかた辞典

11 **公現の日　こうげんのひ**　［宗］　一月六日、東方三博士が、礼物を捧げてキリストの降誕を祝福した日　[季]冬

公現祭　こうげんさい　［宗］　一月六日、東方三博士が、礼物を捧げてキリストの降誕を祝福した日　[季]冬

公魚　わかさぎ　［動］　ワカサギ科の魚。冬の穴釣りが有名だが、本来の網漁の漁期は春。からあげなどにして美味　[季]春

12 **公御供　おおやけごくう**　［宗］　元日に、広島・厳島神社で、神饌の餅を社司・内侍が神前に供えること　[季]新年

【六】

0 **六の餅　ろくのもち**　［人］　奈良での藪入の古称　[季]新年

2 **六入　ろくいり**　［人］　一月十六日の藪入の別称　[季]新年

六入り　ろくいり　［宗］　一月十六日の藪入の別称　[季]新年

3 **六千日さま　ろくせんにちさま**　［宗］　七月九日と十日、観世音菩薩の結縁日で、この日に参詣すると四万六千日分の功徳があるという。東京浅草観音が有名で、境内には鬼灯市が立つ。地方によっては八月に行う　[季]夏

4 **六日　むいか**　［時］　正月六日のこと　[季]新年

六日さうぶ　むいかしょうぶ　［人］　五月五日の端午の節句で使った菖蒲を、六日に菖蒲湯にすること　[季]夏

六日の菖蒲　むいかのあやめ　［人］　五月五日の端午の節句で使った菖蒲を、六日に菖蒲湯にすること　[季]夏

六日爪　むいかづめ　［人］　七種爪を正月六日にすること　[季]新年

六日年　むいかどし　［宗］　六日年越の別称　[季]新年

六日年越　むいかとしこし　［人］　七日を正月として、その前日に年越しの祝いをする習慣　[季]新年

六月　ろくがつ　［時］　陽暦六月、ほぼ仲夏にあたる。夏至と梅雨の月　[季]夏

六月の限り　ろくがつのかぎり　［時］　夏の終わり。陰暦六月の晦日　[季]夏

六月会　みなづきえ　［宗］　伝教会の別称　[季]夏

六月尽　ろつがつじん　［時］　六月の終ること　[季]夏

六月来る　ろくがつくる　［時］　六月になること　[季]夏

六月風　ろくがつかぜ　［時］　六月にふく風　[季]夏

六月祓　みなづきはらえ　［宗］　夏越の祓の別称　[季]夏

六月雪　ろくがつせつ　［植］　白丁花の別称　[季]夏

6 **六地蔵詣　ろくじぞうまいり**　［宗］　八月二十四日の地蔵盆に、六か所の地蔵をに巡拝する行事　[季]秋

六旬節　ろくじゅんせつ　［宗］　復活祭前の六十日目に行なう聖霊降誕祭　[季]春

7 **六条道場天神開帳　ろくじょうどうじょうのてんじんかいちょう**　［宗］　陰暦正月元日の行事　[季]新年

六花　むつのはな　［天］　雪の別称。雪の結晶の六角形に由来　[季]冬

六角だこ　ろっかくだこ　［人］　凧の一種　[季]春

六角凧　ろっかくだこ　［人］　凧の一種　[季]新年

8 **六夜待　ろくやまち**　［宗］　二十六夜待の別称　[季]秋

六所祭　ろくしょまつり　［宗］　五月五日、府中祭のこと　[季]夏

六阿弥陀　ろくあみだ　［宗］　春の彼岸のうちの一日に、六か所の阿弥陀如来を参詣する行事　[季]春

六阿弥陀参　ろくあみだまいり　［宗］　春の彼岸のうちの一日に、六か所の阿弥陀如来を参詣する行事　[季]春

六阿弥陀詣　ろくあみだもうで　［宗］　春の彼岸のうちの一日に、六か所の阿弥陀如来を参詣する行事　[季]春

10 **六時堂修正会　ろくじどうしゅじょうえ**　［宗］　一月元日より十四日まで、大阪市・四天王寺で行われる法会　[季]新年

六連星　むつらぼし　［天］　昴の別称。昴は一月下旬南中するこから冬の季語とされる　[季]冬

11 **六斎　ろくさい**　［宗］　六斎念仏のこと　[季]秋

六斎太鼓　ろくさいだいこ　［宗］　六斎踊のときに打たれる太鼓　[季]秋

4画（円, 内, 凶, 刈）

六斎念仏　ろくさいねんぶつ　［宗］　八月の
　六斎日に、各寺社で行われる踊り念仏行事
　㋒秋

六斎勧進　ろくさいかんじん　［宗］　盆三日
　に行なわれる六斎　㋒秋

六斎踊　ろくさいおどり　［宗］　六斎念仏の
　こと　㋒秋

六斎講　ろくさいこう　［宗］　六斎念仏のこ
　と　㋒秋

12六道参　ろくどうまいり　［宗］　陰暦七月九
　日と十日に、京都五条・珍皇寺の六道の辻
　に参詣したこと　㋒秋

22六讃　ろくさん　［宗］　六斎念仏のこと
　㋒秋

【円】

6円光忌　えんこうき　［宗］　御忌（ぎょき）
　の別称。法然自身は陰暦一月二十五日に入
　寂したが、現在御忌は四月に行われる
　㋒春

7円位忌　えんいき　［宗］　陰暦二月十五日、
　平安時代末期の歌僧西行法師の忌日　㋒春

8円宗寺法華会　えんしゅうじほっけえ　［宗］
　円宗寺で行なわれた法華会　㋒冬

円宗寺最勝会　えんしゅうじさいしょうえ
　［宗］　円宗寺で行なわれた最勝会　㋒春

9円虹　まるにじ　［天］　日の出後または日没
　前の時間に、太陽と反対の方向に雲霧が広
　がって虹が現われること　㋒夏

10円座　えんざ　［人］　藁、蒲、菅などを渦巻
　き形に編んだ円い夏用の敷物　㋒夏

円座虫　えんざむし　［動］　馬陸の別称
　㋒夏

円座柿　えんざがき　［植］　柿の品種の一つ
　㋒秋

11円梨　まるなし　［植］　梨の一種　㋒秋

【内】

3内口切　ないくちきり　［人］　口切の最初の
　日　㋒冬

6内早乙女　うちそうとめ　［人］　早乙女の別
　称　㋒夏

8内侍迎　ないしむかえ　［宗］　元日から三日
　間、厳島神社で行なわれた行事。同社に奉
　仕する巫女の年頭初出仕の式　㋒新年

内侍所の御供　ないしどころのごく　［人］

三種の神器の一つである八咫の鏡のこと
　㋒新年

内侍所御神楽　ないしどころのかぐら　［宗］
　十二月、宮中の皇祖天照大神を祭る前庭で
　催される神楽　㋒冬

10内宴　ないえん　［人］　正月の二十一日また
　は子の日に、宮中仁寿殿で文人が詩を献じ
　た宴儀　㋒新年

11内雀　うちすずめ　［動］　背条天蛾の一種
　㋒夏

13内裏さま　だいりさま　［人］　雛人形の中の
　一つ　㋒春

内裏御灯籠　だいりごとうろう　［人］　内裏
　にある灯籠　㋒秋

内裏雛　だいりびな　［人］　雛人形の中の一
　つ　㋒春

15内幟　うちのぼり　［人］　幟を家の中に立て
　ること　㋒夏

【凶】

6凶年　きょうねん　［人］　気候の不順や病虫
　害により、秋の農作物、特に稲の収穫状況
　が悪いこと　㋒秋

7凶作　きょうさく　［人］　気候の不順や病虫
　害により、秋の農作物、特に稲の収穫状況
　が悪いこと　㋒秋

凶冷　きょうれい　［時］　冷夏をいう　㋒夏

【刈】

げんげ刈る　げんげかる　［植］　成長した紫
　雲英を刈ること　㋒春

みるめ刈る　みるめかる　［植］　海松（み
　る）を取ること　㋒春

0刈り田の衣　かりたのころも　［人］　秋の衣
　類の一つ　㋒秋

3刈上　かりあげ　［人］　秋、稲の刈り取りを
　終えること　㋒秋

刈上げ　かりあげ　［人］　秋、稲の刈り取り
　を終えること　㋒秋

刈上の節供　かりあげのせっく　［人］　秋、
　稲を刈り終えたときの祝い　㋒秋

刈上の節供　かりあげのせっく　［宗］　秋、
　稲を刈り終えたときの祝い　㋒秋

刈上餅　かりあげもち　［人］　秋、稲を刈り
　終えたときの祝いにつく餅　㋒冬

刈小田　かりおだ　［地］　稲刈りのすんだ後

4画（切, 分, 匂）

の田。寂寥感がある　㋘秋

刈干　かりぼし　［人］　肥料、飼料用に刈った草を干すこと　㋘夏

刈干　かりぼし　［人］　秋に刈り取った稲を稲扱きをできるように干しておくこと　㋘秋

⁵刈生の薄　かりうのすすき　［植］　刈ったあと再び芽出た薄　㋘秋

刈田　かりた　［地］　稲刈りのすんだ後の田。寂寥感がある　㋘秋

刈田面　かりたづら　［地］　稲刈りのすんだ後の田。寂寥感がある　㋘秋

刈田原　かりたはら　［地］　稲刈りのすんだ後の田。寂寥感がある　㋘秋

刈田道　かりたみち　［地］　稲刈りのすんだ後の田を通る道　㋘秋

⁶刈安　かりやす　［植］　秋の山地に自生しているイネ科の多年草。刈りやすいことからついた名　㋘秋

¹²刈葦　かりあし　［人］　晩秋になって枯れてきた蘆を刈り取ること　㋘秋

刈萱　かるかや　［植］　イネ科の多年草。秋、おもに丘陵地の草原に自生する　㋘秋

刈葱　かりぎ　［植］　葱の変種で、夏葱の一種。生命力が強く、栄養価が高い　㋘夏

刈集　かりずめ　［人］　鷹狩りの一種　㋘秋

¹³刈詰　かりづめ　［人］　鷹狩りの一種　㋘秋

¹⁴刈稲　かりいね　［人］　秋、刈りとった稲　㋘秋

¹⁵刈敷　かりしき　［人］　田植えに先だって、山野の草の葉や若木の芽などを刈って肥料にすること　㋘夏

¹⁹刈藻　かりも　［人］　夏、湖沼や池などに繁茂した藻を刈り取ること　㋘夏

刈藻屑　かりもくず　［人］　夏に刈りとった藻の屑　㋘夏

【切】

せん切　せんぎり　［植］　大根を細長く刻んだもの　㋘冬

⁰切れ凧　きれだこ　［人］　糸の切れた凧　㋘新年

³切子　きりこ　［人］　ギヤマン細工を施したグラス。ガラスの冷たい感触が涼を呼ぶ　㋘夏

切子　きりこ　［人］　切子灯籠のこと。灯籠は盆行事との関連で秋の季語とされる　㋘秋

切子灯籠　きりことうろう, きりこどうろう　［人］　灯籠の一種。枠を切子形に作り、長い紙をさげてあるもの　㋘秋

切子踊　きりこおどり　［宗］　盆踊の一つ　㋘秋

切山椒　きりざんしょう　［人］　正月用の菓子で、山椒の実を蒸して搗いたもの　㋘新年

切山椒　きりざんしょう　［人］　米の粉に山椒の粉と砂糖を搗きまぜ、のばして十センチぐらいに細長く切ったもの　㋘春

切干　きりぼし　［人］　初冬、大根を薄く切って日に干したもの　㋘冬

切干つくる　きりぼしつくる　［人］　切り干し大根をつくること　㋘冬

⁷切抜灯籠　きりぬきとうろう　［人］　立版古の別称。夏の夜の子供用の見せ物。切抜絵で芝居や物語の見せ場を組立てる　㋘夏

切麦　きりむぎ　［人］　冷麦の別称　㋘夏

⁹切炬燵　きりごたつ　［人］　室の中に炉を切り、上部を格子に組んだ木製の櫓をかけ、火力を発散させぬためその上を蒲団でおおって暖をとる炬燵　㋘冬

¹¹切接　きりつぎ　［人］　接木法の一つ　㋘春

¹⁴切餅　きりもち　［人］　切った餅　㋘冬

²²切籠　きりこ　［人］　切子灯籠のこと。灯籠は盆行事との関連で秋の季語とされる　㋘秋

【分】

¹²分葱　わけぎ　［植］　ユリ科の多年草。葱の改良品種。春先の若い葉は柔らかく甘みがある　㋘春

¹³分歳　ぶんさい　［人］　年の暮れに、年中の労を忘れ、息災を祝し合う宴会。いわゆる忘年会　㋘冬

¹⁶分龍雨　ぶんりょうう　［天］　中国で陰暦五月に降る驟雨　㋘夏

【匂】

⁹匂草　においぐさ　［植］　梅の別称　㋘春

¹⁰匂桜　においざくら　［植］　桜の一種　㋘春

¹¹匂袋　においぶくろ　［人］　夏、室内の臭気をのぞくための袋入りの香　㋘夏

俳句季語よみかた辞典　55

匂鳥　においどり　［動］　鶯の別称　[季]春

【勿】

7**勿忘草　わすれなぐさ**　［植］　ムラサキ科の多年草で、晩春から初夏にかけ、巻穂状の花穂に藍色の小花をつける　[季]春

【匹】

11**匹鳥　おしどり**　［動］　ガンカモ科の水鳥で、冬には人里に降りてくる。雌雄仲がよく夫婦愛の象徴とされる　[季]冬

18**匹繭　ひきまゆ**　［人］　一匹一個の繭のこと、双繭に対していう　[季]夏

【午】

0**午の神事　うまのしんじ**　［宗］　四月十三日から十五日、大津市・日吉神社で行われる山王祭での神事　[季]春

10**午時花　こじか**　［植］　インド原産のアオギリ科一年草。正午に花を開き、翌朝までにしぼむことからの名。晩夏から初秋にかけ赤い花をつける　[季]夏

11**午祭　うままつり**　［人］　初午の別称　[季]春

13**午睡　ごすい**　［人］　暑い季節に、寝不足の体の消耗を押さえ、体力を回復させるために昼間眠ること　[季]夏

【升】

5**升市　ますいち**　［宗］　大阪市・住吉大社での宝の市の別称　[季]秋

8**升明　しょうめい**　［時］　夏の別称　[季]夏

【厄】

0**厄の薪　やくのたきぎ**　［人］　薪に姓名、年齢、干支を書いた厄の薪を神社で燃やして厄を払うこと　[季]冬

4**厄日　やくび**　［時］　農家で、二百十日を天気が崩れる厄日として警戒すること　[季]秋

5**厄払　やくばらい**　［人］　節分の夜に厄払いをするために町を回った門付　[季]冬

7**厄身欠　やくみがき**　［人］　春鰊の頭と尾と切り去り、二つに裂いて干したもの。初夏に出回る　[季]夏

8**厄参　やくまいり**　［宗］　石清水八幡宮厄神詣の別称　[季]新年

9**厄神祭　やくじんさい**　［宗］　石清水八幡宮厄神詣の別称　[季]新年

厄神詣　やくじんまいり　［宗］　正月十八日、京都・石清水八幡宮の厄神除けに参詣すること　[季]新年

12**厄塚　やくづか**　［宗］　節分の夜、京都・吉田神社で行われる追儺で追われた厄鬼を封じ込めるための塚　[季]冬

厄塚立つる　やくづかたつる　［宗］　一月二十五日、京都・吉田神社で厄塚を立てること　[季]冬

厄塚撤す　やくづかてっす　［宗］　正月十九日、京都・吉田神社太元宮で行なわれた疫祓神事。現在は節分行事として残る　[季]新年

厄落　やくおとし　［人］　節分または大晦日の夜に厄年の男女が行う厄祓　[季]冬

13**厄詣　やくもうで**　［宗］　石清水八幡宮厄神詣の別称　[季]新年

厄詣　やくもうで　［宗］　節分または大晦日の夜に厄年の男女が行う厄祓　[季]冬

【双】

4**双六　すごろく**　［人］　正月用の子どもの室内盤遊戯の一つ。絵の内容によりさまざまな種類がある　[季]新年

双六石　すごろくいし　［人］　双六の駒に使う石　[季]新年

8**双林の夕　そうりんのゆう**　［宗］　陰暦二月十五日の釈迦入滅のこと　[季]春

10**双紙売　そうしうり**　［人］　江戸時代、元日に草双紙を売りにくること　[季]新年

12**双葉　ふたば**　［植］　春、双子葉植物類に発芽する二枚の子葉のこと　[季]春

双葉細辛　ふたばあおい　［植］　二葉葵の別称。ウマノスズクサ科の多年草。初夏五月頃、淡い赤紫の小花をつける　[季]夏

双葉葵　もろはあおい　［宗］　二葉葵の別称。初夏五月頃、淡い赤紫の小花をつける。葵祭で使う葵のこと　[季]夏

15**双盤十夜　そうばんじゅうや**　［宗］　鎌倉の光明寺で十月十二日から十五日に行なう、双盤を法楽とする十夜法要　[季]冬

双蝶　そうちょう　［動］　二匹の蝶　[季]春

18**双繭　ふたつまゆ**　［人］　二匹のカイコが一つの繭に入っているもの　[季]夏

4画（反, 友, 壬, 太）

【反】

¹¹反脚鴫　そりあししぎ　［動］　鴫の一種だが、田鴫とは異なる　㋒秋

¹⁵反嘴鴫　そりはしぎ　［動］　鴫の一種だが、田鴫とは異なる　㋒秋

【友】

³友千鳥　ともちどり　［動］　群がっている千鳥　㋒冬

¹¹友鹿　ともじか　［動］　友をつれた鹿　㋒秋

¹²友雲雀　ともひばり　［動］　群がっている雲雀　㋒春

【壬】

⁵壬生の面　みぶのめん　［宗］　四月二十一日から二十九日、京都市・壬生寺の大念仏法要で行われる行事　㋒春

壬生の鉦　みぶのかね　［宗］　四月二十一日から二十九日、京都市・壬生寺の大念仏法要で行われる行事　㋒春

壬生狂言　みぶきょうげん　［宗］　四月二十一日から二十九日、京都市・壬生寺の大念仏法要で行われる行事　㋒春

壬生念仏　みぶねんぶつ　［宗］　四月二十一日から二十九日、京都市・壬生寺で行なわれる大念仏法要　㋒春

壬生祭　みぶさい　［宗］　四月二十一日から二十九日、京都市・壬生寺の大念仏法要で行われる行事　㋒春

壬生菜　みぶな　［植］　アブラナ科の蔬菜。京都の壬生近辺で栽培。千枚漬けに添える　㋒春

壬生踊　みぶおどり　［宗］　四月二十一日から二十九日、京都市・壬生寺の大念仏法要で行われる行事　㋒春

【太】

⁰太々講　だいだいこう　［人］　伊勢講の別称　㋒春

²太刀魚　たちうお　［動］　タチウオ科の細長く平たい海魚で、体色は銀色。秋が漁期　㋒秋

³太子山　たいしやま　［宗］　祇園会の鉾山の一つ　㋒夏

太子会　たいしえ　［宗］　陰暦二月二十二日、聖徳太子の忌日に京都・広隆寺で行なわれた法会　㋒春

太山樒　みやましきみ　［植］　山地に自生するミカン科の常緑低木で、冬に実が真っ赤に熟する　㋒冬

⁴太夫猿　たゆうざる　［人］　猿廻しのこと　㋒新年

⁵太占祭　ふとまにまつり　［宗］　正月三日、東京・御岳山の頂上御岳神社で行なわれる神事。雄鹿の肩胛骨をあぶって、表われたひびの形で、当年の五穀の豊凶を占う　㋒新年

太布　たふ　［人］　生布の一種で、科木や楮を材料としたもの　㋒夏

⁶太芋　ふといも　［植］　里芋の一種　㋒秋

⁸太祇忌　たいぎき　［宗］　陰暦八月九日、江戸時代中期の俳人炭太祇の忌日　㋒秋

⁹太神楽　だいかぐら　［人］　獅子舞の起源で、伊勢の皇大神宮に参詣できない人のために演じた祈禱の舞　㋒新年

太郎の朔日　たろうのついたち　［時］　二月一日のこと。小正月以後初めての朔日という意味　㋒春

太郎月　たろうづき　［時］　陰暦一月の別称。新年の季語とすることもある　㋒春, 新年

太郎次　たろうじ　［人］　正月の田遊の演目に登場する　㋒新年

太郎次　たろうじ　［人］　田唄歌で田主のこと　㋒夏

¹⁰太宰忌　だざいき　［宗］　六月十三日、昭和期の小説家太宰治の忌日　㋒夏

太宰府天満宮の鬼すべ　だいふてんまんぐうのおにすべ　［宗］　正月七日、太宰府天満宮で鷽替の後に行なわれる厄除け・火除けの追儺神事　㋒新年

太宰府天満宮祭　だいふてんまんぐうまつり　［宗］　九月二十五日、福岡・太宰府神社の太宰府祭の別称　㋒秋

太宰府追儺　だいふついな　［宗］　正月七日、太宰府天満宮で鷽替の後に行なわれる厄除け・火除けの追儺神事　㋒新年

太宰府祭　だいふのまつり, だいふまつり　［宗］　九月二十二日と二十三日（もとは陰暦八月）、福岡・太宰府神社で行われた例祭　㋒秋

太秦の牛祭　うずまさのうしまつり　［宗］　十月十二日（もとは陰暦九月十二日）の夜、

俳句季語よみかた辞典　57

京都市・広隆寺で修せられていた摩多羅神の奇祭。厄除、五穀豊穣を祈る [季]秋

太秦牛祭　うずまさうしまつり ［宗］ 太秦の牛祭に同じ [季]秋

13太腹鱸　ふとはらすずき ［動］ 腹に仔を持って肥っている落鱸 [季]冬

太鼓虫　たいこむし ［動］ 蜻蛉の幼虫のこと [季]夏

太鼓焼　たいこやき ［人］ 今川焼の別称 [季]冬

14太箸　ふとばし ［人］ 正月の雑煮に使う白木の箸。中ほどを太く作ってある [季]新年

太閤忌　たいこうき ［宗］ 陰暦八月十八日、安土桃山時代の武将・関白豊臣秀吉の忌日 [季]秋

19太藺　ふとい ［植］ カヤツリグサ科の多年草で、夏に淡黄色の花をつける。「藺（の花）」とは別で主に観賞用。夏に伸びた茎を刈って筵などの材料にも使われた [季]夏

【天】

きくすひ天牛　きくすいかみきり ［動］ 菊吸虫の別称 [季]秋

ごまだら天牛　ごまだらかみきり ［動］ 漆黒色の地に白い斑点のある大型の天牛 [季]夏

0天の川　あまのかわ ［天］ 天空にかかる恒星の帯状密集。初夏、天頂に達することと七夕伝説との関連から秋の季語とされる [季]秋

天の梅　てんのうめ ［植］ 夜叉柄杓の別称 [季]夏

天の橋立祭　あまのはしだてまつり ［宗］ 橋立祭のこと [季]夏

2天人魚　てんにんうお ［動］ 熱帯魚の別称 [季]夏

3天下祭　てんかまつり ［宗］ 日枝神社祭礼の別称 [季]夏

天女花　おおやまれんげ ［植］ モクレン科の落葉低木。初夏、枝先に芳香のある白い花をつける [季]夏

天子鏡　てんしのかがみ ［人］ 雨乞いに祭った鏡のこと [季]夏

4天中の節　てんちゅうのせつ ［宗］ 五月五日の別称 [季]秋

天井守　てんじょうもり ［植］ 唐辛子の別称。秋に熟する [季]秋

天牛　かみきり ［動］ カミキリムシ科に属する夏の甲虫。口先が鋭く、髪の毛を嚙み切ってしまう [季]夏

天王寺一乗会　てんのうじいちじょうえ ［宗］ 陰暦九月十五日、大阪市・四天王寺にある六時堂で修せられる会式 [季]秋

天王寺牛玉出　てんのうじごだせ ［宗］ 一月十四日のどやどや祭の別称 [季]新年

天王寺生身供　てんのうじしょうじんく ［宗］ 正月五日から十四日まで、大阪市・四天王寺太子堂で行われた会式。現在は略式化した [季]新年

天王寺金堂手斧始　てんのうじこんどうちょうなはじめ ［宗］ 正月十一日、大阪・四天王寺の金堂で匠たちが集まっておこなう仕事始め [季]新年

天王寺結縁灌頂　てんのうじけちえんかんじょう ［宗］ 天王寺で行なわれた結縁灌頂 [季]秋

天王寺道祖神祭　てんのうじどうそじんまつり ［宗］ 十一月十六日、大阪天王寺で子供らにより行なわれた道祖神の祠の祭 [季]冬

天王寺蕪　てんのうじかぶ ［植］ 蕪の一種で、大阪市天王寺付近のもの [季]冬

天王祭　てんのうまつり ［宗］ 津島祭の別称 [季]夏

5天仙果　てんせんか ［植］ 犬枇杷の別称。晩夏に実が濃紫色に熟するが、味はまずい [季]夏

天台大師忌　てんだいだいしき ［宗］ 十一月二十四日、天台大師の忌日 [季]冬

天台礼拝講　てんだいらいはいこう ［宗］ 五月二十六日に行われる大津市・日吉神社の法華八講 [季]夏

天台会　てんだいえ ［宗］ 十一月二十四日、天台大師の忌日に天台宗の各寺院で行われる法要 [季]冬

天正　てんせい ［時］ 正月の別称 [季]新年

6天地の袋　あめつちのふくろ ［人］ 初春に児女が縫い作る袋。張る袋に掛けて、多くの幸いをいっぱい取り入れるための祝いの袋 [季]新年

天地始めて粛す　てんちはじめてしゅくす ［時］ 七十二候の一つで、処暑の第二候。陽暦八月二十八日から九月一日頃 [季]秋

天地袋　てんちぶくろ ［人］ 初春に児女が

4画（天）

縫い作る袋。張る袋に掛けて、多くの幸い
をいっぱい取り入れるための祝いの袋　㋒
新年

天気上騰し地気下降す　てんきじょうとうし
ちきげこうす　［時］　七十二候の一つで、
小雪の第二候。陽暦十一月二十八日から十
二月二日頃　㋒冬

天瓜　てんか　［植］　キカラスウリの別称
㋒秋

天瓜粉　てんかふん　［人］　夏、汗疹などを
防ぐために皮膚に振りまく吸湿鎮炎の作用
がある粉末　㋒夏

⁷天花粉　てんかふん　［人］　夏、汗疹などを
防ぐために皮膚に振りまく吸湿鎮炎の作用
がある粉末　㋒夏

天花菜取る　てんぐさとる　［人］　夏、天草
を採集すること　㋒夏

⁸天使祭　てんしさい　［宗］　十月二日、天使
たちをまとめて祝い尊敬を新たにするカト
リックの祝日　㋒秋

天使魚　てんしぎょ，てんしうお　［動］　エ
ンゼルフィッシュの別称　㋒夏

天狗の羽団扇　てんぐのはうちわ　［植］　八
手の別称　㋒冬

天狗の宴　てんぐのさかもり，てんぐのえん
［宗］　正月二日、京都・愛宕寺で昔行なわ
れた牛王加持の酒盛りのこと　㋒新年

天狗の強飯　てんぐのごうはん　［宗］　五月
二日、日光市・輪王寺三仏堂で行なわれる
修験道の行事　㋒春

天狗茸　てんぐたけ　［植］　毒茸の一種。猛
毒がある　㋒秋

天狗蝶　てんぐちょう　［動］　蝶の一種
㋒春

天竺まもり　てんじくまもり　［植］　唐辛子
の別称。秋に熟する　㋒秋

天竺牡丹　てんじくぼたん　［植］　ダリアの
別称。夏から秋にかけて開花する　㋒夏

天竺花　てんじくか　［植］　萩の別称。萩は
秋の代表的な植物　㋒秋

天竺葵　てんじくあおい　［植］　ゼラニュー
ムの和名　㋒夏

天長節　てんちょうせつ　［人］　天皇誕生日
の戦前の呼称　㋒春

天門冬の花　てんもんどうのはな　［植］　ユ
リ科の多年草で、夏、淡い黄色の小花が咲
く　㋒夏

⁹天南星の花　てんなんしょうのはな　［植］
マムシグサによく似た花。花のまわりを取
り巻く仏炎苞の色が緑色で、これに白い縦
の筋があるところだけが違う　㋒春

天津司舞　てんづしまい　［宗］　四月十日前
後の日曜日、甲府市・天津司神社で行われ
る祭礼　㋒春

天津桃　てんしんとう　［植］　先のとがった
桃の在来種。桃の実は初秋の季語　㋒秋

天津雁　あまつかり　［動］　天にいる雁
㋒秋

天皇誕生日　てんのうたんじょうび　［人］
今上天皇のご誕辰を祝う祝日　㋒冬

天神花　てんじんばな　［宗］　初天神で売ら
れる、紅白の梅の造花の板に小判などを付
けた縁起物　㋒新年

天神祭　てんじんまつり　［宗］　天満祭の別
称　㋒夏

天神御忌　てんじんごき　［宗］　北野菜種御
供のこと　㋒春

天神旗　てんじんばた　［宗］　初天神で売ら
れる、紅白の梅の造花の板に小判などを付
けた縁起物　㋒新年

天草　てんぐさ　［植］　テングサ属の海藻
で、トコロテンの材料。夏に海底から採取
する　㋒夏

天草干す　てんぐさほす　［人］　夏に刈り
取った天草を干すこと　㋒夏

天草水母　あまくさくらげ　［動］　水母の一
種　㋒夏

天草取　てんぐさとり　［人］　夏、天草を採
集すること　㋒夏

天草取る　てんぐさとる　［人］　夏、天草を
採集すること　㋒夏

天草踏む　てんぐさふむ　［人］　草踏みの仕
事　㋒冬

¹⁰天師を画く　てんしをえがく　［人］　端午の
節句の日に、天師を描いた絵や人形を飾っ
て邪気を払うまじないとしたこと　㋒夏

天梅　てんばい　［植］　夜叉柄杓の別称
㋒夏

天狼　てんろう　［天］　冬の星シリウスのこ
と　㋒冬

天狼星　てんろうせい　［天］　冬の星シリウ
スの中国名　㋒冬

天蚕　やままゆ　［動］　成虫は大型の夏の
蛾。幼虫は櫟などの葉を食べ、光沢のある

良質の蚕糸がとれる　[季]夏

天高し　てんたかし　［天］　秋高しに同じ　[季]秋

11天涯花　てんがいばな　［植］　曼珠沙華（彼岸花）の別称。花がきまって秋の彼岸ごろに咲く有毒植物の一つ　[季]秋

天菅麻　あまのすがそ　［宗］　夏越の祓の道具の一つ　[季]夏

天雀　ひばり　［動］　ヒバリ科の小鳥。春の鳴き声のよさで親しまれる　[季]春

12天智天皇御国忌　てんちてんのうみこき　［宗］　陰暦十二月三日、飛鳥時代の天智天皇の忌日　[季]冬

天満の御祓　てんまのおはらい　［宗］　天満祭の別称　[季]夏

天満流鏑馬　てんまやぶさめ　［宗］　十月二十五日、大坂城主・松平忠明によって始められた流鏑馬の神事でもと陰暦九月二十五日に行なわれた　[季]秋

天満祭　てんままつり　［宗］　七月二十五日、大阪市の天満宮の祭礼。日本三大祭の一つ　[季]夏

天満御祓　てんまのおはらい　［宗］　天満祭の別称　[季]夏

天貺の節　てんげいのせつ　［人］　宋の真宗が祥符四年に定めた日（六月六日）。日本には伝わらなかった　[季]夏

天道虫　てんとうむし　［動］　テントウムシ科に属する夏の甲虫。多くは害虫を食べてくれる益虫　[季]夏

天道花　てんどうばな　［宗］　四月八日の仏生会の日、野の草花を高い竿の先に結びつけて庭先に立てる風習　[季]春

13天幕　てんと　［人］　夏、キャンプに使用する天幕のこと　[季]夏

天幕生活　てんまくせいかつ　［人］　夏、高原や水辺にテントを張り、自然に親しむこと　[季]夏

天幕村　てんまくむら　［人］　夏のキャンプに適した土地にテントが集まる所　[季]夏

天漢　てんかん　［天］　天の川の別称　[季]秋

天蓋百合　てんがいゆり　［植］　百合の一種、鬼百合の別称　[季]夏

天蓋花　てんがいばな　［植］　向日葵の別称　[季]夏

天蓋花　てんがいばな　［植］　曼珠沙華（彼岸花）の別称。花がきまって秋の彼岸ごろに咲く有毒植物の一つ　[季]秋

天蓬草　てんほうそう　［植］　蚤の衾の別称　[季]春

天蛾　すずめが　［動］　蛾の一種　[季]夏

14天徳寺　てんとくじ　［人］　紙衾の別称。江戸・天徳寺の門前で売っていたことによる名　[季]冬

天蓼　またたび　［植］　マタタビ科の落葉木。秋には果実が黄色く熟して食べられるようになる　[季]夏

16天頭花　てんとうばな　［宗］　陰暦四月八日の灌仏会に野の草花を高い竿の先に結びつけて庭先に立てる風習　[季]夏

22天鸛　ひばり　［動］　ヒバリ科の小鳥。春の鳴き声のよさで親しまれる　[季]春

【夫】

キュリー夫人祭　きゅりーふじんさい　［宗］　七月四日、ラジウムを発見した科学者キュリー夫人の忌日　[季]夏

11夫婦滝　みょうとだき　［地］　一対の滝　[季]夏

【孔】

3孔子祭　こうしさい　［宗］　四月第四日曜日の釈奠の別称　[季]春

11孔雀草　くじゃくそう　［植］　キク科の一年草、波斯菊（蛇の目草）や紅黄草（マリーゴールド）の総称。いずれも晩夏に花をつける　[季]夏

【少】

3少女草　しょうじょぐさ　［植］　菊の別称。菊は秋の季語　[季]秋

8少林忌　しょうりんき　［宗］　陰暦十月五日、禅宗の祖達磨大師の忌日。中国の少林寺で修行したため、この名称がある　[季]冬

9少彦薬根　すくなひこのくすね　［植］　セッコクの別称　[季]夏

16少皞　しょうこう　［時］　秋をつかさどる神。転じて秋の別称　[季]秋

【尺】

4尺太郎　しゃくたろう　［宗］　正月の田遊の演目に登場する　[季]新年

6尺次郎　しゃくじろう　［宗］　正月の田遊の

4画（巴，幻，廿，引，心，戸）

演目に登場する　㊂新年

⁸尺取虫　しゃくとりむし　［動］　尺蛾の幼虫で、木の葉を食い荒らす夏の害虫　㊂夏

¹³尺蛾　しゃくとりが　［動］　蛾の一種　㊂夏

¹⁹尺蠖　しゃくとり　［動］　尺蛾の幼虫で、木の葉を食い荒らす夏の害虫　㊂夏

【巴】

⁵巴旦杏　はたんきょう　［植］　スモモの一種。やや大型で、甘酸っぱい夏の果実　㊂夏

巴旦杏の花　はたんきょうのはな　［植］　李の一種。晩春、李と同じく白い小花をつける　㊂春

⁷巴里祭　ぱりさい　［宗］　七月十四日、フランス革命の発端となったバスティーユ牢獄解放の日　㊂夏

⁹巴草　ともえそう　［植］　オトギリソウ科の多年草で、初秋のころ茎頂ならびに各枝端に大型の黄色い五弁の花を開き、花びらが巴形に回っているのが特徴　㊂秋

¹²巴焼　ともえやき　［人］　今川焼の別称　㊂冬

¹⁶巴鴨　ともえがも　［動］　ガンカモ科の水鳥。中型　㊂冬

【幻】

⁴幻月　げんげつ　［天］　光の屈折で月が薄く見えること　㊂秋

⁶幻吽忌　げんうき　［宗］　陰暦一月三日、江戸時代前期の僧幻吽の忌日　㊂新年

【廿】

⁴廿日亥中　はつかいなか　［天］　臥待月をさらに一夜経た夜半の月である。一眠りしてから見かける月　㊂秋

【引】

かぶら引く　かぶらひく　［植］　初冬、蕪を畑から引き抜いて収穫すること　㊂冬

だいこ引　だいこひき　［人］　初冬、大根を畑から引き抜いて収穫すること　㊂冬

だいこ引き　だいこひき　［人］　初冬、大根を畑から引き抜いて収穫すること　㊂冬

³引上会　いんじょうえ　［宗］　本山の報恩講の前に、末寺や門徒が報恩講を繰り上げて

営むこと　㊂冬

⁴引分使　ひきわけづかい　［人］　昔、駒牽の際に献上馬を院、東宮などに分け賜わった使者　㊂秋

⁸引板　ひきいた，ひた　［人］　稲が実ってきた田を荒らしにくる鳥・獣をおどかして追うために、縄を引くと音を出す仕掛け　㊂秋

⁹引茶　ひきちゃ　［宗］　季御読経の第二日に僧衆に茶を給う慣例　㊂春

¹⁰引残る鴨　ひきのこるかも　［動］　春になっても北方へ戻らず残っている鴨　㊂春

¹¹引鳥　ひきどり　［動］　秋冬に日本へ渡って来て越冬した渡り鳥が、春に北方の繁殖地へ帰ること　㊂春

¹²引飯　ひきいい　［人］　干飯の別称　㊂夏

¹⁴引摺り餅　ひきずりもち　［人］　江戸で、四、五人一組となり餅搗用の道具いっさいを大八車に積んで町々を回った業者のついた餅　㊂冬

¹⁶引鴨　ひきがも　［動］　春、北方へと飛び去っていく鴨のこと　㊂春

²¹引鶴　ひきづる　［動］　春、北方へと飛び去る鶴のこと　㊂春

【心】

⁰心の月　こころのつき　［天］　心の悟りのこと　㊂秋

心の霧　こころのきり　［天］　心の晴れないこと。比喩的な言い回し　㊂秋

⁴心太　ところてん　［人］　テングサを煮溶かし、こしたものを型に入れて冷やし固めたもの　㊂夏

心太突き　ところてんつき　［人］　固めた心太を麺状に突き出すための道具　㊂夏

心太草取る　ところてんぐさとる　［人］　夏、天草を採集すること　㊂夏

心天　ところてん　［人］　心太（ところてん）の別称　㊂夏

⁶心竹　こころだけ　［人］　正月の門松を取ったあとに立てる高い竹　㊂新年

¹²心葉　こころば　［人］　日蔭の心葉のこと　㊂冬

【戸】

¹²戸開け　とあけ　［宗］　大峰山の山開きの神

俳句季語よみかた辞典　61

4画（手）

事　㊗夏

戸開初　とあけぞめ　［人］　江戸時代、元日
は開けなかった大戸を正月二日に初めて開
いた江戸の習俗　㊗新年

戸開始　とあけはじめ　［人］　江戸時代、元
日は開けなかった大戸を正月二日に初めて
開いた江戸の習俗　㊗新年

14戸隠祭　とがくしまつり　［宗］　八月十四日
から十五日まで、長野・戸隠神社で行われ
る祭礼　㊗秋

【手】

お手掛　おてかけ　［人］　近世、年賀の訪問
客に出す重箱にさまざまな料理をつめたも
の。現在のお節料理につながる　㊗新年

レース手袋　れーすてぶくろ　［人］　黒また
は白のレースの網目のものが多い夏用の手
袋　㊗夏

3手巾帯　てぬぐいおび　［人］　下帯の一種
㊗夏

6手向け　たむけ　［宗］　神仏に物を供えるこ
と。特に盂蘭盆の時のことをいう　㊗秋

手向の市　たむけのいち　［人］　七月十二日
の草の市の別称　㊗秋

手安天神祭　てやすのてんじんまつり　［宗］
五月五日に行われる滋賀県野洲町・菅原神
社の祭礼　㊗夏

7手形千鳥　てがたちどり　［植］　千鳥草の別
称　㊗夏

手花火　てはなび　［人］　手で持って遊ぶ花
火　㊗夏

手足荒る　てあしある　［人］　冬、手足の皮
膚から脂気が抜けてかさかさになること。
ひびやあかぎれを伴うこともある　㊗冬

手足荒るる　てあしあるる　［人］　冬、手足
の皮膚から脂気が抜けてかさかさになるこ
と。ひびやあかぎれを伴うこともある
㊗冬

8手始　てはじめ　［人］　晩春、茶摘みはじめ
のこと　㊗春

手斧仕舞　ちょうなじまい　［人］　その一年
の感謝を込めて、年末に山仕事を切り上げ
て、道具をしまい込んで正月を迎えること
㊗冬

手斧始　ちょうなはじめ　［人］　新年になっ
て初めて大工が行う仕事始め　㊗新年

手炉　しゅろ　［人］　小型の火鉢。冬、かじ

かんだ手を暖めた道具　㊗冬

手長蝦　てながえび　［動］　テナガエビ科の
海老。産卵期の夏が漁期　㊗夏

9手負猪　ておいじし　［動］　怪我をした猪
㊗秋

10手套　しゅとう　［人］　手袋の別称。冬、防
寒のため手にはめるもの　㊗冬

11手掛　てがけ　［人］　近世、年賀の訪問客に
出す重箱にさまざまな料理をつめたもの。
現在のお節料理につながる　㊗新年

手毬　てまり　［人］　女児の正月の遊具の一
つ。丸めた綿を芯にし、上を色糸でかがっ
たまり　㊗新年

手毬つき　てまりつき　［人］　女児の遊戯の
一つ。手毬をつく遊びで、昔行われた正月
の毬打（ぎちょう）が廃れたのに代わって、
新年の季題となった　㊗新年

手毬つく　てまりつく　［人］　女児の遊戯の
一つ。手毬をつく遊びで、昔行われた正月
の毬打（ぎちょう）が廃れたのに代わって、
新年の季題となった　㊗新年

手毬子　てまりこ　［人］　女児の正月の遊具
の一つ。丸めた綿を芯にし、上を色糸でか
がったまり　㊗新年

手毬花　てまりばな　［植］　紫陽花の別称
㊗夏

手毬唄　てまりうた　［人］　手鞠をつく時に
うたう唄　㊗新年

手袋　てぶくろ　［人］　冬、防寒のため手に
はめるもの　㊗冬

12手焙　てあぶり　［人］　小型の火鉢。冬、か
じかんだ手を暖めた道具　㊗冬

手番　てつがい　［人］　平安時代、射礼など
の式の前に射手を左右ひとりずつつがわし
て競技の練習をさせたこと　㊗夏

手結　てつがい　［人］　平安時代、射礼など
の式の前に射手を左右ひとりずつつがわし
て競技の練習をさせたこと　㊗夏

16手橇　てぞり　［人］　手で引く橇　㊗冬

17手鞠　てまり　［人］　女児の正月の遊具の一
つ。丸めた綿を芯にし、上を色糸でかがっ
たまり　㊗新年

手鞠の花　てまりのはな　［植］　スイカズラ
科の落葉低木でヤブデマリの変種。六月
頃、紫陽花に似て白みを帯びた青い小花を
枝の両側に毬状につける　㊗夏

手鞠桜　てまりざくら　［植］　桜の一種

62　俳句季語よみかた辞典

[季]春

18 **手覆**　**ておおい**　［人］　布帛製の手の甲覆い　[季]冬

19 **手繰**　**たぐり**　［人］　泳ぎの型　[季]夏

【支】

7 **支那実桜**　**しなみざくら**　［植］　桜桃の別称　[季]春

支那金　**しなきん**　［動］　金魚の一種　[季]夏

10 **支倉忌**　**はせくらき**　［宗］　陰暦七月一日、桃山時代の遣欧使節支倉常長の忌日　[季]秋

【文】

4 **文化の日**　**ぶんかのひ**　［人］　十一月三日、国民の祝日の一つ。文化向上をすすめる祝日。明治天皇の誕生日で、昔は天長節または明治節と呼ばれた　[季]秋

文化祭　**ぶんかさい**　［宗］　文化の日を中心に、各地で芸術や文化に関する行事が種々催されるもの　[季]秋

文月　**ふみづき, ふづき**　［時］　陰暦七月の別称　[季]秋

5 **文旦**　**ぶんたん**　［植］　朱欒の別称　[季]秋, 冬

文旦の花　**ぶんたんのはな**　［植］　初夏に白い花が咲く　[季]夏

6 **文字摺草**　**もじずりそう, もじずり**　［植］　捩花の別称。六、七月頃、茎上に紅色の小花を螺旋形の穂状につける　[季]夏

7 **文豆**　**ぶんどう**　［植］　花の後、秋に莢ができて、中に小粒の豆が生長する　[季]秋

8 **文披月**　**ふみひらづき, ふみひろげつき**　［時］　陰暦七月の別称　[季]秋

10 **文殊蘭の実**　**もんじゅらんのみ**　［植］　浜木綿の実の別称。花が終わると、乳白色で球形の実を結び、晩秋に熟して裂け砂上に種を散らす。果実は丸く、種は大きい　[季]秋

文珠会　**もんじゅえ**　［宗］　文殊を本尊として供養する法会　[季]秋

12 **文覚忌**　**もんがくき**　［宗］　陰暦七月二十日、平安時代末期・鎌倉時代初期の僧文覚の忌日　[季]秋

【方】

13 **方歳**　**ほうさい**　［時］　年始の別称　[季]新年

14 **方領大根**　**ほうりょうだいこん**　［植］　大根の一種で、愛知県産のもの　[季]冬

16 **方頭魚**　**かながしら**　［動］　中部以南の海にすむホウボウ科の魚で、小型のもの。冬が旬で、練り製品や鍋物にする　[季]冬

【日】

ありなしの日　**ありなしのひ**　［宗］　陰暦五月二十五日、平安時代前期の村上天皇の忌日　[季]夏

ことの日　**ことのひ**　［宗］　四月十五日、梅若忌の別称　[季]春

ひおりの日　**ひおりのひ**　［宗］　平安時代、陰暦五月五日と六日に行われた左近と右近の真手番の日のこと　[季]夏

やいと日　**やいとび**　［宗］　陰暦二月二日。二日灸を据える日　[季]春

バレンタインの日　**ばれんたいんのひ**　［宗］　二月十四日、本来はローマの司教聖バレンタインが殉教した日。現在では夫婦間や恋人同士で贈り物をする日となっている　[季]春

0 **日うらうら**　**ひうらうら**　［時］　春の陽光が柔らかな様子　[季]春

日からかさ　**ひからかさ**　［人］　日傘の一種　[季]夏

日つまる　**ひつまる**　［時］　冬の日が短いこと　[季]冬

日の伴　**ひのとも**　［宗］　丹後地方で彼岸の中日、または社日に行なう巡拝の行事のこと　[季]春

日の始　**ひのはじめ**　［時］　正月一日。元日の別称　[季]新年

日の夏　**ひのなつ**　［天］　夏の太陽、夏の一日。どちらの意味でも用いられる　[季]夏

日の盛　**ひのさかり**　［天］　夏の日中、最も暑い盛り　[季]夏

日の頭　**ひのとう**　［宗］　山崎日の使の別称　[季]夏

日やり踊　**ひやりおどり**　［人］　ちゃっきらこの前に演じられる踊り　[季]新年

4 **日中金銭**　**にっちゅうきんせん**　［植］　午時花の別称。晩夏から初秋にかけ赤い花をつける　[季]夏

日日花　**にちにちか**　［植］　日日草の別称。晩夏から秋深まる頃まで花をつけ続ける　[季]夏

日日草　**にちにちそう**　［植］　熱帯地方の観

4画（日）

賞植物。晩夏から秋深まる頃まで花をつけ
続ける ㋑夏

⁵日出鱏 ひのでぼら ［動］ 鱏の大物。刺身
が日の出のような色となる ㋑冬

日本ダービー にほんだーびー ［宗］ ダー
ビーのこと ㋑夏

日本梨 にほんなし ［植］ 日本の在来種の
梨、及びその系統で品種改良したもの。斑
点のある黄褐色の外皮に包まれている秋の
果物 ㋑秋

日本福者祭 にっぽんふくじゃさい ［宗］
七月七日（陰暦六月六日）、日本殉教者中の
二百五名が福者の位にあげられた日 ㋑夏

日本橘 にほんたちばな ［植］ 花橘の別称
㋑夏

日永 ひなが ［時］ 冬の短日が終わり、春
の日の長さを感じるさま ㋑春

日永し ひながし ［時］ 冬の短日が終わ
り、春の日の長さを感じるさま ㋑春

⁶日光うつぎ にっこううつぎ ［植］ 卯の花
の一種 ㋑夏

日光写真 にっこうしゃしん ［人］ 青写真
のこと ㋑冬

日光東照宮祭 にっこうとうしょうぐうさい
［宗］ 五月十七日と十八日、日光市・東照
宮で行われる祭礼 ㋑夏

日光強飯式 にっこうごうはんしき ［宗］
五月二日、日光市・輪王寺三仏堂で行なわ
れる修験道の行事 ㋑春

日光祭 にっこうさい ［宗］ 日光東照宮祭
の別称 ㋑夏

日光責 にっこうぜめ ［宗］ 五月二日、日
光市・輪王寺三仏堂で行なわれる修験道の
行事 ㋑春

日光黄菅 にっこうきすげ ［植］ 萱草に似
た多年草。七月頃、橙色の花が開く ㋑夏

日吉祭 ひえまつり ［宗］ 昔、行なわれた
祭り ㋑冬

日吉祭 ひえまつり ［宗］ 四月十三日から
十五日の大津市・日吉神社での山王祭の別
称 ㋑春

日吉臨時の祭 ひよしりんじのまつり ［宗］
昔、行なわれた祭り ㋑冬

日向ぼこ ひなたぼこ ［人］ 冬の日、日向
に出て暖まること ㋑冬

日向ぼこう ひなたぼこう ［人］ 冬の日、
日向に出て暖まること ㋑冬

日向ぼこり ひなたぼこり ［人］ 冬の日、
日向に出て暖まること ㋑冬

日向ぼっこ ひなたぼっこ ［人］ 冬の日、
日向に出て暖まること ㋑冬

日向ぼつこ ひなたぼっこ ［人］ 冬の日、
日向に出て暖まること ㋑冬

日向ぼつこう ひなたぼっこう ［人］ 冬の
日、日向に出て暖まること ㋑冬

日向水 ひなたみず ［人］ 夏の日向に出し
ておいて生ぬるくした水 ㋑夏

日向水木 ひゅうがみずき ［植］ 土佐水木
によく似た花 ㋑春

日向柑 ひゅうがかん ［植］ 「ひゅうがな
つみかん」の略称で、南国の小型の夏蜜柑
の一種 ㋑夏

日向夏 ひゅうがなつ ［植］ 「ひゅうがな
つみかん」の略称で、南国の小型の夏蜜柑
の一種 ㋑夏

⁷日車 ひぐるま ［植］ 向日葵の別称 ㋑夏

日迎 ひむかえ ［人］ 彼岸の中日、または
彼岸のなかの一日をえらんで行なう巡拝の
行事で、午前には東に向かって歩くこと
㋑春

日迎え ひむかえ ［宗］ 彼岸の中日、また
は彼岸のなかの一日をえらんで行なう巡拝
の行事で、午前には東に向かって歩くこと
㋑春

⁸日使 ひのつかい ［宗］ 奈良・春日若宮御
祭の行列の中の一つ ㋑冬

日枝神社祭礼 ひえじんじゃさいれい ［宗］
六月十四日から十六日まで、東京・日枝神
社で行われる祭礼 ㋑夏

日枝祭 ひえまつり ［宗］ 日枝神社祭礼の
別称 ㋑夏

⁹日前国懸祭 ひのくまくにかかすのまつり
［宗］ 九月二十六日、和歌山市の日前・国
懸両神宮の祭礼 ㋑秋

日前祭 ひのくままつり ［宗］ 九月二十六
日、和歌山市の日前・国懸両神宮の祭礼
㋑秋

日待 ひまち ［宗］ 正月の吉日に徹夜潔斎
して、翌朝の日の出を拝すること。本来は
四季それぞれ行われる行事だが、正月に行
うことが多いため新年の季語とされる ㋑
新年

日送 ひおくり ［人］ 彼岸の中日、または
彼岸のなかの一日をえらんで行なう巡拝の

64 俳句季語よみかた辞典

行事、午後には西に向かって歩くこと [季]春

日送り　ひおくり　［宗］　彼岸の中日、または彼岸のなかの一日をえらんで行なう巡拝の行事、午後には西に向かって歩くこと [季]春

10**日射病　にっしゃびょう**　［人］　夏の直射日光によって頭痛、めまいなどをおこすこと [季]夏

日展　にってん　［人］　美術展覧会の一つ [季]秋

日朗忌　にちろうき　［宗］　陰暦一月二十一日、鎌倉時代の日蓮宗の僧日朗の忌日 [季]新年

日記始　にっきはじめ　［人］　新年になって初めて新しい日記をつけること [季]新年

日記果つ　にっきはつ　［人］　年末になり残り少なくなった日記帳 [季]冬

日記買う　にっきかう　［人］　年末、新しい年の日記を買うこと [季]冬

日記買ふ　にっきかう　［人］　年末、新しい年の日記を買うこと [季]冬

日除　ひよけ　［人］　夏の直射日光を避けるため、白布や簀などで日をさえぎるもの [季]夏

11**日盛　ひざかり**　［天］　夏の日中、最も暑い盛り [季]夏

日脚伸びる　ひあしのびる　［時］　冬至を過ぎ、気が付くと日が長くなっていくさま [季]冬

日脚伸ぶ　ひあしのぶ　［時］　冬至を過ぎ、気が付くと日が長くなっていくさま [季]冬

日野菜　ひのな　［植］　冬菜の一つで、根も葉も食用にする [季]冬

日野蕪　ひのかぶ　［植］　蕪の一種で、滋賀県日野町産のもの [季]冬

日陰　ひかげ　［天］　盛夏の熱い太陽から逃れる日陰 [季]夏

日陰蕨　ひかげわらび　［植］　冬蕨の別称 [季]冬

日陰蝶　ひかげちょう　［動］　蝶の一種 [季]春

日雀　ひがら　［動］　四十雀に似た小鳥で、かなり小柄。夏の繁殖期には平地に降りて囀る [季]秋, 夏

12**日傘　ひがさ**　［人］　夏、暑い日に日除けのためにさす傘のこと [季]夏

日焼　ひやけ　［人］　夏の直射日光にあたり、肌が小麦色に焼けること [季]夏

日焼止め　ひやけどめ　［人］　日焼防止に使うもの [季]夏

日焼田　ひやけだ　［地］　ひでりのために水が枯れて、稲が焼けいたんだ田 [季]夏

日焼岩　ひやけいわ　［時］　夏の太陽でやけた熱い岩 [季]夏

日焼浜　ひやけはま　［時］　裸足で歩くと火傷するように熱い日盛りの砂浜 [季]夏

日短　ひみじか　［時］　冬の日が短いこと [季]冬

日短か　ひみじか　［時］　冬の日が短いこと [季]冬

日短し　ひみじかし　［時］　冬の日が短いこと [季]冬

13**日照草　ひでりそう**　［植］　松葉牡丹の別称。夏に開花する [季]夏

日蓮忌　にちれんき　［宗］　十月十三日、鎌倉時代の僧で日蓮宗の宗祖日蓮上人の忌日 [季]秋, 冬

日雷　にちらい, ひがみなり　［天］　夏の晴天におこる雷 [季]夏

14**日暮　ひぐらし**　［動］　初秋の夕方頃にカナカナ、カナカナと鳴く中型の蝉 [季]秋

日蔭の心葉　ひかげのこころば　［人］　日蔭の蔓をつけるとき挿頭として冠の上にたてるもの [季]冬

日蔭の糸　ひかげのいと　［人］　大嘗祭、新嘗祭、豊明節会の際、冠につける日蔭の蔓の代用として用いた白糸や青糸を組んだもの [季]冬

日蔭の蔓　ひかげのかずら　［人］　大嘗祭、新嘗祭、豊明節会に奉仕する人が冠につけた装飾具 [季]冬

日蔭草　ひかげぐさ　［植］　二葉葵の別称。初夏五月頃、淡い赤紫の小花をつける。葵祭で使う葵のこと [季]夏

15**日輪草　にちりんそう**　［植］　向日葵の別称 [季]夏

18**日覆　ひおい, ひおおい**　［人］　夏の直射日光を避けるため、白布や簀などで日をさえぎるもの [季]夏

日鯉　ひごい　［動］　元来は鯉が突然変異で赤くなったもの。池を泳ぐ姿の涼しげなことから夏の季語とされる [季]夏

【月】

いざよふ月　いざようつき　［天］　陰暦八月十六日の月　[季]秋

さはなき月　さはなきづき　［時］　陰暦三月の別称　[季]春

たぐさ月　たぐさづき　［時］　陰暦五月の別称　[季]夏

とらの月　とらのつき　［時］　正月の別称　[季]新年

はみな月　はみなづき　［時］　陰暦十月の別称　[季]冬

むつび月　むつびつき　［時］　陰暦一月の別称。新年の季語とすることもある　[季]新年

むつみ月　むつみつき　［時］　陰暦一月の別称。新年の季語とすることもある　[季]新年

めであい月　めであいづき　［時］　陰暦七月の別称　[季]秋

めであひ月　めであいづき　［時］　陰暦七月の別称　[季]秋

マリアの月　まりあのつき　［宗］　五月の別称。カトリック信者は五月を聖母マリアの月と定めている　[季]夏

ロザリオの月　ろざりおのつき　［宗］　カトリックで十月の別称　[季]秋

月　つき　［天］　俳句では単に月といえば秋の月のこと　[季]秋

[0]月さやか　つきさやか　［天］　秋、月が鮮やかなようす　[季]秋

月の入　つきのいり　［天］　月が没すること　[季]秋

月の弓　つきのゆみ　［天］　弓の形をした月　[季]秋

月の友　つきのとも　［天］　陰暦八月十五日、月見の座に連なる客のこと　[季]秋

月の水　つきのみず　［天］　月影を、水の泡に見立てたもの　[季]秋

月の主　つきのあるじ　［天］　陰暦八月十五日、知人を招いて月見の座を設ける主人のこと　[季]秋

月の出　つきので　［天］　月の出ること　[季]秋

月の出塩　つきのでしお　［天］　月の満ち欠けと、潮の満ち干が同じことから月の出る時をさす潮をいう　[季]秋

月の氷　つきのこおり　［天］　月の光が氷のように冷ややかであること　[季]秋

月の名残　つきのなごり　［天］　陰暦九月十三日の月　[季]秋

月の舟　つきのふね　［天］　弓の形をした月　[季]秋

月の花　つきのはな　［植］　月夜の桜の花　[季]春

月の兎　つきのうさぎ　［天］　月にいるという兎のこと　[季]秋

月の雨　つきのあめ　［天］　陰暦八月十五日の夜、雨のため名月が見えないこと　[季]秋

月の客　つきのきゃく　［人］　陰暦八月十五日、月見の宴に招いた客　[季]秋

月の眉　つきのまゆ　［天］　三日月の別称　[季]秋

月の秋　つきのあき　［天］　月の美しい秋をいう　[季]秋

月の剣　つきのつるぎ　［天］　三日月の別称　[季]秋

月の宴　つきのえん　［人］　陰暦八月十五日の中秋の名月を見ながらの宴会　[季]秋

月の座　つきのざ　［人］　陰暦八月十五日の月見をするための座　[季]秋

月の桂　つきのかつら　［天］　月に生えているとされる桂の木　[季]秋

月の桂の花　つきのかつらのはな　［天］　月に生えているとされる桂の花　[季]秋

月の宿　つきのやど　［天］　陰暦八月十五日、月を見るための宿　[季]秋

月の都　つきのみやこ　［天］　月宮殿のこと　[季]秋

月の雪　つきのゆき　［天］　月影が雪に似たさま　[季]秋

月の蛙　つきのかえる　［天］　月の世界に動物の存在を想像したもの　[季]秋

月の雲　つきのくも　［天］　陰暦八月十五日の夜、曇りのため名月が見えないこと　[季]秋

月の暈　つきのかさ　［天］　月の周囲にみえる大きな輪　[季]秋

月の鼠　つきのねずみ　［天］　月にいると想像された鼠　[季]秋

月の蝕　つきのしょく　［天］　月蝕のこと　[季]秋

月の輪　つきのわ　［天］　月輪　[季]秋

月の霜　つきのしも　［天］　月の地に照るのが霜に似たさま　[季]秋

4画〔月〕

月の顔　つきのかお　［天］　月の面のこと
　㉑秋

月の蟾　つきのかえる　［天］　月の世界に動
　物の存在を想像したもの　㉑秋

月の鏡　つきのかがみ　［天］　鏡のような月
　の様子　㉑秋

月よみ　つきよみ　［天］　月の別称　㉑秋

月を友　つきをとも　［天］　陰暦八月十五
　日、月見の座に連なる客のこと　㉑秋

月を主　つきをあるじ　［天］　陰暦八月十五
　日、知人を招いて月見の座を設ける主人の
　こと　㉑秋

月を待つ　つきをまつ　［人］　陰暦八月十五
　日の月を賞すること。中秋の名月として今
　も引き継がれている風習　㉑秋

³月下　げっか　［天］　月の光のさすところ
　㉑秋

月下美人　げっかびじん　［植］　南米原産の
　サボテン科の多年草。夏の真夜中に咲き、
　数時間でしぼむ多肉植物　㉑夏

月上る　つきのぼる　［天］　月が出てくるこ
　と　㉑秋

⁴月今宵　つきこよい　［天］　陰暦八月十五
　日、中秋の満月　㉑秋

月斗忌　げっととき　［宗］　三月十七日、明
　治・大正・昭和期の俳人青木月斗の忌日
　㉑春

月日　つきひ　［天］　光陰　㉑秋

月日貝　つきひがい　［動］　ツキヒガイ科の
　二枚貝　㉑春

⁵月代　つきしろ　［天］　月が出ようとすると
　き、東の空が白みわたること　㉑秋

月正　げっせい　［時］　正月の倒語　㉑新年

月氷る　つきこおる　［天］　冴えきった大気
　の中で凍りついたように見える月の様子
　㉑冬

月白　つきしろ　［天］　月が出ようとすると
　き、東の空が白みわたること　㉑秋

⁶月光　げっこう　［天］　月の光　㉑秋

月次祭　つきなみのまつり　［宗］　昔、六月
　および十二月の十一日に神祇官で行なわれ
　た神事　㉑夏, 冬

⁷月更くる　つきふくる　［天］　秋の夜空から
　月が没しようとしていること　㉑秋

月冴ゆる　つきさゆる　［天］　冴えきった大
　気の中で凍りついたように見える月の様子
　㉑冬

月見　つきみ　［人］　陰暦八月十五日の月を
　賞すること。中秋の名月として今も引き継
　がれている風習　㉑秋

月見ず月　つきみずつき　［時］　陰暦五月の
　別称　㉑夏

月見月　つきみづき　［時］　陰暦八月の別称
　㉑秋

月見団子　つきみだんご　［人］　陰暦八月十
　五日、月見に供える団子　㉑秋

月見舟　つきみぶね　［人］　陰暦八月十五
　日、月見をするための舟　㉑秋

月見豆　つきみまめ　［人］　枝豆の別称。八
　月十五日夜に供えるので月見豆と呼ばれた
　㉑秋

月見草　つきみそう, つきみぐさ　［植］　ア
　カバナ科の越年草で、花は夏の夕暮から咲
　き、翌朝にはしぼむ　㉑夏

月見草　つくみぐさ　［植］　萩の別称。萩は
　秋の代表的な植物　㉑秋

月見茶屋　つきみぢゃや　［人］　陰暦八月十
　五日、月見をする茶屋　㉑秋

月見酒　つきみざけ　［人］　陰暦八月十五
　日、月見の宴で飲む酒　㉑秋

月見茣蓙　つきみござ　［人］　陰暦八月十五
　日、月見をするときに敷く茣蓙　㉑秋

⁸月夜　つきよ　［天］　月の照る夜　㉑秋

月夜千鳥　つきよちどり　［動］　月夜の千鳥
　㉑冬

月夜茸　つきよたけ　［植］　毒茸の一種。猛
　毒があり、発光する　㉑秋

月夜烏　つきよがらす　［天］　月夜に鳴く烏
　㉑秋

月季花　ちょうしゅん, ちょうしゅんか
　［植］　長春花の別称　㉑春

月明　げつめい　［天］　月の清らかなこと
　㉑秋

⁹月待ち　つきまち　［天］　月の出をまって供
　物を供え月を賞したこと　㉑秋

月草　つきくさ　［植］　露草の古称　㉑秋

¹⁰月凍つる　つきいつる　［時］　月も凍りつく
　ような寒さ　㉑冬

月宮殿　げっきゅうでん　［天］　月にあると
　いう宮殿　㉑秋

月時雨　つきしぐれ　［天］　時雨の一種
　㉑冬

俳句季語よみかた辞典　67

11 **月涼し　つきすずし**　［天］　夏の涼しい感じのする月　[季]夏

月祭　つきまつり　［人］　陰暦八月十五日の月を賞すること。中秋の名月として今も引き継がれている風習　[季]秋

月祭る　つきまつる　［人］　陰暦八月十五日の月を賞すること。中秋の名月として今も引き継がれている風習　[季]秋

12 **月渡る　つきわたる**　［天］　月が秋の夜空を渡ること　[季]秋

月落つ　つきおつ　［天］　月が没すること　[季]秋

13 **月傾く　つきかたむく**　［天］　秋の夜空から月が没しようとしていること　[季]秋

月鈴子　げつれいし　［動］　鈴虫の別称　[季]秋

月鈴児　げつれいじ　［動］　鈴虫の別称　[季]秋

14 **月蝕　げっしょく**　［天］　月食は本来季節には関係ないが、月といえば俳句では秋の月をさすため、これも秋として掲載した　[季]秋

月鉾　つきほこ　［宗］　祇園会の鉾山の一つ　[季]夏

15 **月影　つきかげ**　［天］　月の光。あるいは月の姿そのもの　[季]秋

月輪熊　つきのわぐま　［動］　本州以南に生息する胸に三日月形の白斑のある熊　[季]冬

20 **月朧　つきおぼろ**　［天］　朧にかすんだ春の月のこと　[季]春

【木】

かうの木の花　こうのきのはな　［植］　樒（しきみ）の花の別称　[季]春

かみの木の花　かみのきのはな　［植］　楮（こうぞ）の花の別称　[季]春

がめの木の花　がめのきのはな　［植］　山帰来（さんきらい）の花の別称　[季]春

くすぐりの木　くすぐりのき　［植］　百日紅（さるすべり）の別称。枝をこすると、葉や花が笑うような動きをするといわれたことからの名　[季]夏

こうの木の花　こうのきのはな　［植］　樒（しきみ）の花の別称　[季]春

こぞの木の花　こぞのきのはな　［植］　楮（こうぞ）の花の別称　[季]春

ししのくびすの木　ししのくびすのき　［植］　化偸草の別称　[季]春

とちの木の花　とちのきのはな　［植］　栃の花のこと。五月頃、白色に紅色がかった大きな直立している花を集めつける　[季]夏

どんぐりの木　どんぐりのき　［植］　ブナ科の落葉高木。初夏、新枝から無数の黄褐色の雄花が穂のように長く垂れ下がる　[季]夏

ねぶたの木　ねぶたのき　［植］　合歓の別称。花は晩夏に咲く　[季]夏

ねむり木　ねむりぎ　［植］　合歓の別称。花は晩夏に咲く　[季]夏

ねん木　ねんき　［人］　根木打の関東地方での別称　[季]冬

はごの木　はごのき　［植］　衝羽根の別称。秋に結実し、実の先端には四枚の葉状の苞が正月につく羽根のように付いている　[季]秋

はさ木　はさき　［人］　秋、刈り取った稲を束にしてかけて干すため横木を渡したもの。田のなかや畦に設ける　[季]秋

はじの木　はじのき　［植］　ウルシ科の落葉小高木。初夏、葉の根元に円錐状の黄緑色の小花が集まり咲く　[季]夏

はなの木　はなのき　［植］　樒（しきみ）の花の別称　[季]春

はりの木の花　はりのきのはな　［植］　カバノキ科の落葉高木。早春、暗紫褐色の花をつける　[季]春

もちの木　もちのき　［植］　モチノキ科の常緑小高木。五月頃、葉の根元に黄緑色の小花が咲く　[季]夏

もちの木の実　もちのきのみ　［植］　小さい球形をした黐の実のこと。通常秋に赤く熟するが、黄色く熟する種類もある　[季]秋

らふの木　ろうのき　［植］　ウルシ科の落葉小高木。初夏、葉の根元に円錐状の黄緑色の小花が集まり咲く　[季]夏

ユーカリの木　ゆーかりのき　［植］　フトモモ科の大高木　[季]夏

0 **木たたき　きたたき**　［動］　啄木鳥の一種。対馬の留鳥であったが絶滅　[季]秋

木っ葉　こっぱ　［動］　鱸の幼名で、一年仔のこと　[季]秋

木の下闇　このしたやみ　［植］　夏木立が鬱蒼と生い茂って、昼間でも暗くなっていること　[季]夏

4画（木）

木の実　このみ　[植]　果樹以外の木になる実のこと。多くは秋に熟する　㋑秋

木の実の雨　このみのあめ　[植]　秋、木の実が木から落ちることを雨にたとえたもの　㋑秋

木の実の時雨　このみのしぐれ　[植]　秋、木の実が木から落ちることを時雨にたとえたさま　㋑秋

木の実団子　このみだんご　[人]　橡、小楢、櫟などの実の落ちたものを取り集めて団子にしたもの　㋑秋

木の実雨　このみあめ　[植]　秋、木の実が木から落ちることを雨にたとえたもの　㋑秋

木の実拾う　このみひろう　[植]　秋、落ちた木の実を拾うこと　㋑秋

木の実独楽　このみごま　[植]　秋の木の実で作った独楽　㋑秋

木の実時　このみどき　[植]　秋の木の実ができる時期　㋑秋

木の実時雨　このみしぐれ　[植]　秋、木の実が木から落ちることを時雨にたとえたさま　㋑秋

木の実降る　このみふる　[植]　秋、木の実が木から落ちること　㋑秋

木の実植う　このみうう　[人]　春、椎・樫・櫟などの実を苗床に蒔くこと　㋑春

木の実落つ　このみおつ　[植]　秋、木の実が木から落ちること　㋑秋

木の枝払う　きのえだはらう　[人]　暑い夏に風通しをよくするためなどに、生い茂った庭園や庭木の枝を払うこと　㋑夏

木の枝払ふ　きのえだはらう　[人]　暑い夏に風通しをよくするためなどに、生い茂った庭園や庭木の枝を払うこと　㋑夏

木の芽　このめ, きのめ　[植]　春に芽吹く木の芽のこと　㋑春

木の芽山　このめやま　[時]　万物が芽を出しはじめている山のさま　㋑春

木の芽田楽　きのめでんがく　[人]　田楽のこと。山椒味噌の印象が強い言い方　㋑春

木の芽冷え　このめびえ　[時]　木の芽時に冷え込むことをいう　㋑春

木の芽味噌　きのめみそ　[人]　山椒の柔らかい新芽を味噌にすり合わせたものに味醂や煮出汁で味をつけたもの　㋑春

木の芽和　きのめあえ　[人]　木の芽味噌を

季節の筍や茹で野菜にからませて和えたもの　㋑春

木の芽雨　このめあめ　[時]　木の芽の出る時期に降る雨　㋑春

木の芽垣　このめがき　[植]　木の芽が芽吹いた垣根　㋑春

木の芽風　このめかぜ　[植]　木の芽時に吹く風　㋑春

木の芽時　このめどき　[時]　あらゆる樹々が芽吹くときのこと　㋑春

木の芽流し　きのめながし　[天]　木の芽どきに吹く湿った南風　㋑夏

木の芽張る　このめはる　[植]　春になり木の芽がふくらむこと　㋑春

木の芽晴　このめばれ　[時]　木の芽時の晴れ　㋑春

木の芽煮　きのめだき　[人]　春先に萌え出た山椒の芽を、昆布とともにを細かく刻んで醬油で煮しめたもの　㋑春

木の芽漬　このめづけ　[人]　木の芽漬（きのめづけ）のこと　㋑春

木の芽漬　きのめづけ　[人]　木の芽煮に同じ。あるいは春先の山椒の若芽を塩漬けしたものをいうこともある　㋑春

木の晩　このくれ　[植]　夏木立が鬱蒼と生い茂って、昼間でも暗くなっていること　㋑夏

木の葉　このは　[植]　冬に枝から落ちた葉、あるいは落ちそうになっている葉のこと　㋑冬

木の葉かつ散る　このはかつちる　[植]　「紅葉かつ散る」に同じく俳句独特の用語。紅葉しながら、かつ散ることをいう　㋑秋

木の葉の雨　このはのあめ　[植]　冬、木の葉の落ちる音を雨の音に例えた言い回し　㋑冬

木の葉の時雨　このはのしぐれ　[天]　冬、木の葉の落ちる音を時雨の音に例えた言い回し　㋑冬

木の葉山女　このはやまめ　[動]　晩秋、山の木の葉が散る頃の山女　㋑秋

木の葉衣　このはごろも　[人]　仙人などが着る木の葉をつづって作ったという想像上の衣　㋑冬

木の葉衣　このはごろも　[人]　秋の衣類の一つ　㋑秋

木の葉散る　このはちる　[植]　冬、木の葉

俳句季語よみかた辞典　**69**

が枝から落ちること [季]冬

木の葉焼く　このはやく［植］冬の落葉を集めて焼くこと [季]冬

木の葉髪　このはがみ［人］木の葉の散る頃に髪の毛も同じように抜けること [季]冬

木の暗茂　このくれしげ［植］夏木立が鬱蒼と生い茂って、昼間でも暗くなっていること [季]夏

木の暗隠り　このくれがくり［植］夏木立が鬱蒼と生い茂って、昼間でも暗くなっていること [季]夏

木まぶり　きまぶり［植］木守(きまもり)の別称 [季]冬

木もり　こもり［植］木守(きまもり)の別称 [季]冬

木を囃す　きをはやす［人］小正月の行事で、果樹にその年の結実を威嚇・誓約させる風俗 [季]新年

3 **木下闇　こしたやみ, このしたやみ**［植］夏木立が鬱蒼と生い茂って、昼間でも暗くなっていること [季]夏

4 **木五倍子の花　きぶしのはな**［植］低山や丘陵に自生する落葉低木で、三、四月頃、黄緑色の花をつける [季]春

木天蓼　またたび［植］マタタビ科の落葉木。秋には果実が黄色く熟して食べられるようになる [季]夏

木天蓼の花　またたびのはな［植］マタタビ科の蔓性落葉木。六、七月頃、葉陰に梅に似た白い小花が咲く。花は香りが強い [季]夏

5 **木布　きぬの**［人］草木の皮の繊維で織り、さらさない布の総称。夏服に用いる [季]夏

木母寺大念仏　もくぼじだいねんぶつ［宗］梅若忌の別称 [季]春

6 **木伐初　ききりぞめ**［人］佐賀県東松浦郡での樵初の別称。正月二日に、田植えの時の薪として保存する樫の木の枝を家の男の数だけ切ってくること [季]新年

木回り　きまわり［動］五十雀の別称。木の幹を旋回して小昆虫をついばむことからの呼称 [季]夏

木地炉縁　きじろぶち［人］茶の湯の炉縁で小間に用いられるもの。炉は冬に使う [季]冬

木守　きもり, きまもり［植］柿や柚子の木の枝の高いところに、冬に一つだけ実を残してあること。感謝と祈りの意味が込められる [季]冬, 秋

木守柿　きもりがき［植］木守のため、枝の高いところに一つだけ残された柿の実 [季]冬

木守柚　きもりゆず［植］木守のため、枝の高いところに一つだけ残された柚子 [季]冬

木瓜　もっか［植］パパイヤの別称 [季]夏

木瓜の花　ぼけのはな［植］バラ科の落葉低木。三、四月頃、紅色、淡紅色、白色などの花をつける [季]春

木瓜の実　ぼけのみ［植］花の後、晩秋に黄色く熟する木瓜の球形の果実。果実酒や薬用に使う [季]秋

木瓜明神祭　ぼけみょうじんまつり［宗］昔、行なわれた祭り [季]秋

木耳　きくらげ［植］キクラゲ科の茸。夏に収穫する [季]夏

7 **木花　きばな**［天］削掛の別称 [季]冬

木花　きばな［人］削掛の別称 [季]新年

木芙蓉　ふよう［植］アオイ科の落葉低木。初秋の頃、薄紅色の大きな花をつけ、一日でしぼみ落ちる [季]秋

木防己　ぼくぼうき［植］葛藤の別称。晩夏七月頃、淡緑色の小花が集まり咲く [季]夏

8 **木呪　きまじない**［宗］小正月の行事で、果樹にその年の結実を威嚇・誓約させる風俗 [季]新年

木枕　きまくら［人］木で作った涼しい夏用の枕 [季]夏

木歩忌　もっぽき［宗］九月一日、大正期の俳人富田木歩の忌日 [季]秋

木突　きつつき［動］キツツキ科の鳥の総称。間断なく嘴で幹を突いて、樹の内部にいる虫をついばむ。留鳥だが、古来秋の鳥とされている [季]秋

木苺　きいちご［植］山野に自生する苺の総称。晩春に花をつけ、初夏に果実が熟する [季]夏

木苺の花　きいちごのはな［植］バラ科の落葉小低木。四、五月頃、白い大きめの花が咲く [季]春

9 **木枯　こがらし**［天］晩秋から初冬に吹く強い風 [季]冬

4画（木）

木染月　こそめづき, こぞめづき　［時］　陰暦八月の別称　㊡秋

木炭　もくたん　［人］　木を蒸焼きにした黒色の燃料、多数の種類がある。以前は冬の燃料の主役だったが、現在は少なくなってきた　㊡冬

木茸　きのたけ　［植］　茸（きのこ）の別称。晩秋、日陰の朽ち木や落葉の上などに生える　㊡秋

木食虫　きくいむし　［動］　鉄砲虫の別称　㊡夏

10木流し　きながし　［人］　春、増水した谷川などに木材を流し送ること　㊡春

木華　きばな　［天］　信州での樹氷の別称　㊡冬

木豇豆　きささげ　［植］　ノウゼンカズラ科の落葉高木。晩秋、ササゲの莢に似た実をつける　㊡秋

木造始　こづくりはじめ　［人］　正月五日、宮中で行なわれた工匠たちの仕事始めの行事　㊡新年

木通の花　あけびのはな　［植］　アケビ科のつる性落葉低木。四月頃、雌花と雄花が総のように固まって咲く　㊡春

11木偶廻し　でくまわし　［人］　傀儡師の別称　㊡新年

木堂忌　もくどうき　［宗］　五月十五日、大正・昭和初期の政治家犬養毅の忌日　㊡夏

木彫雛　きぼりびな　［宗］　雛人形の一種　㊡春

木斛の花　もっこくのはな　［植］　ツバキ科の常緑高木。初夏、白い五弁の小花が下向きに咲く　㊡夏

木渋桶　きしぶおけ　［人］　渋柿から渋を取る桶。渋取は秋の農作業の一つ　㊡秋

木責　きぜめ　［人］　小正月の行事で、果樹にその年の結実を威嚇・誓約させる風俗　㊡新年

12木晩　このくれ　［植］　夏木立が鬱蒼と生い茂って、昼間でも暗くなっていること　㊡夏

木曾踊　きそおどり　［人］　盆踊の一つ　㊡秋

木犀　もくせい　［植］　木犀類の総称。多くは仲秋から晩秋にかけて開花し、香りが強い　㊡秋

木犀の花　もくせいのはな　［植］　秋、葉のわきに小花を群がりつけ芳香を放つ木犀の花　㊡秋

木犀草　もくせいそう　［植］　北アフリカ原産の観賞用植物　㊡夏

木筆　こぶし　［植］　日本原産のモクレン科落葉高木。早春、白い大型の花を小枝の先ごとにつける　㊡春

木菟　みみずく, ずく　［動］　みみずくの別称　㊡冬

木菟引　ずくひき　［人］　木菟の類を囮とする猟法　㊡秋

木葉山女　このはやまめ　［動］　晩秋、山の木の葉が散る頃の山女　㊡秋

木葉木菟　このはずく　［動］　仏法僧の別称。本来は小型の梟のことを指す　㊡夏

木葉蝶　このはちょう　［動］　蝶の一種　㊡春

木酢　きず　［植］　徳島県の特産で柚子の近縁種。初秋から収穫され、成熟を待って晩秋出回る　㊡秋

木雲雀　きひばり　［動］　便追の別称　㊡夏

13木暗し　こぐらし　［植］　夏木立が鬱蒼と生い茂って、昼間でも暗くなっていること　㊡夏

木蓮　もくれん　［植］　耐寒性落葉低木で、枝葉が密生して茂る。晩夏から初秋にかけて紅紫色の花が開く　㊡春

木蓮忌　もくれんき　［宗］　四月二十日、大正・昭和期の小説家・随筆家内田百閒の忌日　㊡春

木賊　とくさ　［植］　常緑の多年草。秋に刈る茎が珪酸質を含んで堅いため、木製品を磨くのに用いる　㊡秋

木賊山　とくさやま　［宗］　祇園会の鉾山の一つ　㊡夏

木賊刈る　とくさかる　［人］　晩秋、木賊を刈り取ること　㊡秋

14木暗　こぐれ　［植］　夏木立が鬱蒼と生い茂って、昼間でも暗くなっていること　㊡夏

木暗る　こぐる　［植］　夏木立が鬱蒼と生い茂って、昼間でも暗くなっていること　㊡夏

木綿　きわた　［人］　綿の一種。冬の衣類に多く使う　㊡冬

木綿わた　もめんわた　［人］　綿の一種。冬の衣類に多く使う　㊡冬

俳句季語よみかた辞典　71

4画（欠，止，比，毛）

木綿打　きわたうち　［人］　秋に取った綿を打つ農作業　㋩冬

木綿蚊帳　もめんがや　［人］　蚊帳の一種　㋩夏

木練　こねり　［植］　甘柿の別称　㋩秋

木練柿　こねりがき　［植］　甘柿の別称　㋩秋

木蔦　きづた　［植］　冬蔦の別称　㋩冬

15木幡祭　こはたまつり　［宗］　十一月一日、宇治市・木幡神社の祭礼で、古く例祭は陰暦九月二十四日に行なわれていた　㋩秋

木槿　むくげ　［植］　耐寒性落葉低木で、枝葉が密生して茂る。晩夏から初秋にかけて紅紫色の花が開く　㋩秋

木槿垣　むくげがき　［植］　木槿で作られた垣。木槿は秋の季語　㋩秋

木槲落葉　もっこくおちば　［植］　初夏の新葉が茂る頃に、木槲の古葉が落葉すること　㋩夏

17木螺　ぼくら　［動］　蓑虫の別称　㋩秋

19木蘭　もくれん　［植］　モクレン科の落葉低木。春、濃紅紫色の大輪の花をつける　㋩春

24木蠹蛾　ぼくとうが　［動］　蛾の一種　㋩夏

【欠】

14欠餅　かきもち　［人］　寒餅の搗き立てを海鼠形にして、切り頃に薄く切って乾燥したもの　㋩冬

【止】

0止り鮎　とまりあゆ　［動］　通し鮎の別称　㋩冬

6止牟止　とんど　［人］　小正月の左義長（火祭行事）の別称　㋩新年

8止庚申　とめこうしん　［宗］　納の庚申の別称　㋩冬

【比】

3比与利祭　ひよりまつり　［宗］　桑名祭の別称　㋩夏

5比古太郎　ひこたろう　［天］　夏の積乱雲（入道雲）の地方称　㋩夏

比目魚　ひらめ　［動］　ヒラメ科の海魚で、冬が旬　㋩冬

7比良の八荒　ひらのはっこう　［天］　陰暦二月二十四日頃の比良八荒の別称　㋩春

比良八荒　ひらはっこう　［天］　昔、陰暦二月二十四日に滋賀・比良明神で行なった法華八講の頃の北西よりの強風　㋩春

比良八講　ひらはっこう　［宗］　昔、陰暦二月二十四日に滋賀・比良明神で行われた法華八講　㋩春

比良祭　ひらまつり　［宗］　昔、行なわれた祭り　㋩春

16比叡山法華会　ひえいざんほっけえ　［宗］　十一月二十四日、天台大師の忌日に比叡山で行われる法要　㋩冬

【毛】

0毛を替ふる鳥　けをかうるとり　［動］　羽毛の抜けかわる頃の鳥　㋩夏

毛を替ふる鷹　けをかうるたか　［動］　羽換えの時期に鷹部屋へ鷹を放し飼いにすること　㋩夏

毛シャツ　けしゃつ　［人］　冬季に着用する毛のシャツ　㋩冬

4毛犬稗　けいぬひえ　［植］　野生の稗の一種　㋩秋

5毛布　もうふ　［人］　毛織りの布。暖かく保温性に優れているので、冬に寝具や膝掛けなどに利用する　㋩冬

毛皮　けがわ　［人］　獣類の毛皮をなめしたもの。外套や襟巻きになる　㋩冬

毛皮売　けがわうり　［人］　毛皮を売る人　㋩冬

毛皮店　けがわてん　［人］　毛皮を売る店　㋩冬

6毛糸　けいと　［人］　毛糸編みに使う糸　㋩冬

毛糸玉　けいとだま　［人］　毛糸編みに使う毛糸を玉にしたもの　㋩冬

毛糸編む　けいとあむ　［人］　冬用のセーター、手袋、帽子などを毛糸で編むこと　㋩冬

毛虫　けむし　［動］　蛾の幼虫で、体毛が生えている。夏の害虫　㋩夏

毛虫這う　けむしはう　［動］　毛虫が樹木など這うこと　㋩夏

毛虫焼く　けむしやく　［動］　防虫のため毛虫を焼き殺すこと　㋩夏

毛衣　けごろも　［人］　毛皮製の冬の防寒

衣。猟師などが使った　[季]冬

7毛抜鮓　**けぬきずし**　［人］　鮓の一種　[季]夏

毛見　けみ　［人］　江戸時代、陰暦八月に、年貢の量を決めるため田の立毛（まだ刈り取らぬ稲）を役人が実地検分したこと　[季]秋

毛見の日　けみのひ　［人］　毛見を行う日　[季]秋

毛見の前　けみのまえ　［人］　毛見を行う前　[季]秋

毛見の衆　けみのしゅう　［人］　毛見のため巡見に来る役人一行のこと　[季]秋

毛見の賂い　けみのまかない　［人］　毛見の衆という役人達を接待すること　[季]秋

毛見の賂ひ　けみのまかない　［人］　毛見の衆という役人達を接待すること　[季]秋

毛見立　けみだて　［人］　毛見のために刈り残させておく二間四方の稲のこと　[季]秋

毛見迎　けみむかえ　［人］　毛見の衆を農民たちが出迎えること　[季]秋

毛見果　けみはて　［人］　毛見の終わること　[季]秋

8**毛和尚草　けおしょうぐさ**　［植］　鴨上戸の別称　[季]夏

10**毛桃　けもも**　［植］　果皮に毛のある桃の実。桃の実は初秋の季語　[季]秋

毛莨　きんぽうげ　［植］　金鳳花の単弁のものの別称　[季]春

毛莨　もうこん　［植］　狐の牡丹の漢名　[季]春

毛蚕　けご　［動］　春、孵化したての黒い毛のはえた幼虫のこと　[季]春

11**毛祭　けまつり**　［人］　猟師が獲物がとれたときに行なう祭　[季]冬

12**毛帽子　けぼうし**　［人］　毛皮仕立の防寒用の帽子　[季]冬

毛越寺延年　もうつじえんねん　［宗］　一月二十日、岩手県平泉町・毛越寺常行堂で行われる修正会と、続いて演じられる歌舞の総称　[季]新年

23**毛黴　けかび**　［植］　黴の一種　[季]夏

【水】

お水取　おみずとり　［宗］　三月十三日、奈良・東大寺の修二会で行われる行の一つ　[季]春

お水送り　おみずおくり　［宗］　若狭のお水送りに同じ　[季]春

につき水　にっきすい　［人］　桂皮水のこと　[季]夏

やり水　やりみず　［地］　庭園内に水の流れを入れたもの　[季]夏

シナ水仙　しなすいせん　［植］　房咲水仙の一種　[季]春

ソーダ水　そーだすい　［人］　炭酸ソーダを原料にした清涼飲料水　[季]夏

レモン水　れもんすい　［人］　レモンのシロップを砂糖水に入れた清涼飲料水　[季]夏

0**水かけ祝　みずかけいわい**　［人］　正月、新婚の夫に水を浴びせて祝う行事　[季]新年

水かけ草　みずかけぐさ　［植］　萩の別称。萩は秋の代表的な植物　[季]秋

水かげ草　みずかけぐさ　［植］　萩の別称。萩は秋の代表的な植物　[季]秋

水からくり　みずからくり　［人］　水を使って遊ぶからくり仕掛けの玩具　[季]夏

水の子　みずのこ　［宗］　茄子・瓜などを細かく刻んで水鉢に入れ、洗米をまぜたもの。盆の供物の一つ　[季]秋

水の実　みずのみ　［宗］　茄子・瓜などを細かく刻んで水鉢に入れ、洗米をまぜたもの。盆の供物の一つ　[季]秋

水の春　みずのはる　［地］　春になり雪融けなどで水かさを増した川や池の水のこと　[季]春

水の秋　みずのあき　［地］　秋の冷たい澄んだ水　[季]秋

水の粉　みずのこ　［人］　はったいを冷水で溶いたもの　[季]夏

2**水人参　みずにんじん**　［植］　水蕨の別称　[季]夏

3**水下駄　みずげた**　［人］　田下駄の別称　[季]夏

水上スキー　すいじょうすきー　［人］　モーターボートに引かれて水上を滑る夏のスポーツ　[季]夏

水上消防出初式　すいじょうしょうぼうでぞめしき　［人］　一月二十六日に隅田川で行なわれる水上消防隊の出初め式　[季]新年

水上浮　すいじょうふ　［人］　中国、西域の古俗。七夕に婦女子が水に浮かべて遊び、子を得るまじないとした赤子の形をした蠟人形のこと　[季]秋

4画（水）

水口祭　みなくちまつり　［人］　春の種籾蒔きに際し、苗代の水口に土を盛り、田の神の形代として枝や棒などを挿して祀ったもの　㋐春

[4]水中り　みずあたり　［人］　生水を飲んで、胃腸をこわすこと。特に胃腸の弱っている夏に多い　㋐夏

水中花　すいちゅうか　［人］　薄く削って彩色した紙や木を小さく圧搾した玩具。水に浮かべると花のように開き、見た目にも涼しげな夏の遊び　㋐夏

水中眼鏡　すいちゅうめがね　［人］　水中に潜る時にかける眼鏡　㋐夏

水介　みずかい　［人］　アワビ料理の一つ　㋐夏

水巴忌　すいはき　［宗］　八月十三日、大正・昭和初期の俳人渡辺水巴の忌日　㋐秋

水引の花　みずひきのはな　［植］　タデ科の多年草。初秋、葉のそばから花梗を出して、濃赤色の花を穂状につける　㋐秋

水心鏡　すいしんきょう　［人］　雨乞いに祭った鏡のこと　㋐夏

水木の花　みずきのはな　［植］　ミズキ科の落葉高木。初夏、枝先に白い小花が集まり咲く。ハナミズキとは別種　㋐夏

水木の実　みずきのみ　［植］　花の後で球形の小さな実が発育し、八、九月頃に熟して濃青紫色となる　㋐秋

[5]水仙　すいせん　［植］　ヒガンバナ科の多年草で、晩冬に開花する栽培種。十二月から三月頃まで数個の花が横向きに咲く　㋐冬

水仙花　すいせんか　［植］　水仙の花　㋐冬

水打つ　みずうつ　［人］　路地や門前などに、埃を押さえて涼を呼ぶために水を撒くこと　㋐夏

水札　けり　［動］　チドリ科に属する鳥で、千鳥に似て脚が長い。初夏に繁殖し、冬は南へ去る夏鳥　㋐夏

水母　くらげ　［動］　腔腸動物の自由遊泳体。半透明で、食用になるものもある。夏、海水浴客が刺されたりもする　㋐夏

水玉　みずたま　［人］　ガラス玉のなかに色のついた水を入れたもの。涼を呼ぶ飾り物の一つ　㋐夏

水玉草　みずたまそう　［植］　星草の別称。秋に何本もつく灰色の花序が、水滴のように見えることからの名　㋐秋

水皮花　すいひか　［植］　ガガイモの別称　㋐夏

[6]水争　みずあらそい　［人］　夏の小雨の時に、田の持ち主間で起こりがちな田の用水に関する争い　㋐夏

水凪鳥　みずなぎどり　［動］　管鼻目ミズナギドリ科の夏鳥。南方の海上に棲み、暖かくなると北方に渡ってくる　㋐夏

水向け　みずむけ　［宗］　盆行事の一つで、仏の霊前に水を手向けること　㋐秋

水合　みずあわせ　［人］　昔、夏の土用の入りの日に御所や堂上家の井戸に行った祓。陰陽道の呪術の一つ　㋐夏

水合の祓　みずあわせのはらい　［人］　昔、夏の土用の入りの日に御所や堂上家の井戸に行った祓。陰陽道の呪術の一つ　㋐夏

水合戦　みずがっせん　［人］　夏、子どもたちが水遊びすること　㋐夏

水団　すいだん　［人］　唐代に宮中などで行なわれた端午の日の遊び　㋐夏

水団扇　みずうちわ　［人］　艶漆または礬水を引いた団扇　㋐夏

水守る　みずまもる　［人］　田の灌漑用水の管理や番をすること　㋐夏

水灯会　すいとうえ　［宗］　七月十六日の夕、川や湖に火をともした紙灯籠を流すこと。盂蘭盆会の川施餓鬼の行事の一種　㋐秋

水羊羹　みずようかん　［人］　寒天の量を少なくして柔らかに作った羊羹。涼味から夏の季語となる　㋐夏

水虫　みずむし　［人］　汗でむれた手足の指の間などに白癬菌が寄生する病気。夏になるとひどく痒くなる　㋐夏

[7]水売　みずうり　［人］　江戸時代後期、水を売った人　㋐夏

水尾祭　みずのおまつり　［宗］　昔、行われた京都・愛宕山の水尾大明神の祭り　㋐春

水村祭　みむらまつり　［宗］　堺市の開口明神の祭り　㋐秋

水沢腹く堅し　すいたくあつくかたし　［時］　七十二候の一つで、大寒の第三候。陽暦一月三十一日から二月四日頃　㋐冬

水狂言　みずきょうげん　［人］　観客の涼感を誘うために、本水を使った芝居のこと　㋐夏

水芹　みずぜり　［植］　水田に生える芹の総

74　俳句季語よみかた辞典

称 [季]春

水芸 みずげい ［人］ 水を使用する曲芸のこと [季]夏

水芭蕉 みずばしょう ［植］ サトイモ科の多年草水生植物。五、六月頃に花穂が出て花をつける。尾瀬沼のものが有名 [季]春,夏

水見舞 みずみまい ［人］ 夏の大雨で洪水にあった知人などを見舞うこと。秋の季語としても使う [季]夏

水見舞 みずみまい ［地］ 秋の台風・長雨などで洪水にあった知人などを見舞うこと。夏の季語としても使う [季]秋

水谷神楽 みずやかぐら ［宗］ 昔、陰暦四〜六月に水谷神社の祭礼のあと、奈良の春日社で能狂言を催したこと [季]夏

水豆腐 みずどうふ ［人］ 冷やした豆腐を醬油と薬味で食べるもの [季]夏

水貝 みずかい ［人］ 鮑を塩洗いし、一口大に切った物を冷やして食べるもの。夏の料理の一つ [季]夏

水車前 みずおおばこ ［植］ トチカガミ科の一年草の水生植物。晩夏から秋にかけて水面に白い花が開く [季]夏

水車踏む すいしゃふむ ［人］ 板を踏んで水車を回転させ、低い位置の川から高い土地の田へ揚水する作業 [季]夏

水防出初式 すいぼうでぞめしき ［宗］ 明治時代の水防組出初式の別称 [季]夏

水防風 みずぼうふう ［植］ 水蕨の別称 [季]夏

水防組出初式 すいぼうぐみでぞめしき ［人］ 七月六日、明治初めに隅田川沿いに設けられた五組の水防組の出初式。現在は行われていない [季]夏

8**水取 みずとり** ［宗］ 三月十三日、奈良・東大寺のお水取りのこと [季]春

水垂祭 みたれまつり ［宗］ 陰暦九月二十二日に行なわれる京都市・与杼神社の祭礼 [季]秋

水始めて氷る みずはじめてこおる ［時］ 七十二候の一つで、立冬の第一候。陽暦十一月八日から十二日頃 [季]冬

水始めて冰る みずはじめてこおる ［時］ 七十二候の一つで、立冬の第一候。陽暦十一月八日から十二日頃 [季]冬

水始めて涸る みずはじめてかる ［時］ 七十二候の一つで、秋分の第三候。陽暦十月三日から八日頃 [季]秋

水官厄を解す すいかんやくをげす ［人］ 中国で下元（陰暦十月十五日）に水官の神に災厄をのがれるよう祈ったこと [季]冬

水松の花 みずまつのはな ［植］ 一位の花の別称 [季]春

水泳 すいえい ［人］ 夏、海や川やプールでの水泳のこと [季]夏

水泳場開始 すいえいばかいし ［人］ 海水浴場が解禁になること。七月一日に行うところが多い [季]夏

水苦買 かわぢしゃ ［植］ ゴマノハグサ科の二年草。若葉は食用となる [季]春

水若葉 みずわかば ［植］ 水辺にある若葉 [季]夏

9**水亭 みずてい** ［人］ 夏の納涼の風趣にあてられた殿屋のこと [季]夏

水前寺 すいぜんじ ［植］ ネンジュモ科の藍藻類で、熊本県の水前寺川の清流に産する [季]夏

水前寺苔 すいぜんじのり ［植］ ネンジュモ科の藍藻類で、熊本県の水前寺川の清流に産する [季]夏

水屋の能 みずやののう ［宗］ 昔、陰暦四〜六月に水谷神社の祭礼のあと、奈良の春日社で能狂言を催したこと [季]夏

水海月 みずくらげ ［動］ 水母の一種 [季]夏

水泉動く すいせんうごく ［時］ 七十二候の一つで、冬至の第三候。陽暦一月一日から四日頃 [季]冬

水洟 みずばな ［人］ 寒さや風邪のために出る薄い鼻水をさして、冬の季語としている [季]冬

水祝 みずいわい ［人］ 正月、新婚の夫に水を浴びせて祝う行事 [季]新年

水草の花 みずくさのはな ［植］ 水草の花の総称。特定の花を指すのではない [季]夏

水草生いそむ みずくさおいそむ ［植］ 三月頃から、池や沢や湖沼に各種の水草が生えてくること [季]春

水草生う みくさおう ［植］ 三月頃から、池や沢や湖沼に各種の水草が生えてくること [季]春

水草生ふ みずぐさおう, みくさおう ［植］ 三月頃から、池や沢や湖沼に各種の水草が

4画 (水)

生えてくること ㊥春

水草枯る みずくさかる ［植］ 冬、水草が
枯れること ㊥冬

水草紅葉 みずくさもみじ ［植］ 晩秋、池
や沼などの萍や菱などの水草が色づいてい
くること ㊥秋

10 水害 すいがい ［地］ 梅雨時の洪水によ
り、人命、家屋、農作物が被る災害。台風
によるものとは区別する ㊥夏

水恋鳥 みずごいどり ［動］ 赤翡翠の別称
㊥夏

水振舞 みずふるまい ［人］ 昔、夏の暑い
日など門前に冷水を満たした桶や樽を置
き、通行人に自由に飲ませたこと ㊥夏

水栗 みずぐり ［植］ 菱の別称 ㊥夏

水浴 みずあび ［人］ 夏、海や川やプール
での水泳のこと ㊥夏

水浴せ みずあびせ ［人］ 正月、新婚の夫
に水を浴びせて祝う行事 ㊥新年

水烟る みずけむる ［地］ 外気が冷たいた
め、水から湯気が立つこと ㊥冬

水葱 みずしのぶ ［植］ 太藺の別称 ㊥夏

水針魚 さより ［動］ サヨリ科に属する海
魚。吸い物やさしみとして美味 ㊥春

水馬 すいば ［人］ 六月に隅田川で江戸年
中行事として行なわれた水中の馬術
㊥夏

水馬 あめんぼう, あめんぼ, みずすまし
［動］ 異翅目の昆虫。夏の池や小川の水面
に六本の足で立って走る ㊥夏

水馬上覧 すいばじょうらん ［人］ 水馬を
将軍が船上から見物すること ㊥夏

水馬教練 すいばきょうれん ［人］ 六月に
隅田川で江戸年中行事として行なわれた水
中の馬術 ㊥夏

11 水掛合 みずかけあい ［人］ 夏、子どもた
ちが水遊びすること ㊥夏

水掛祝 みずかけいわい ［宗］ 正月、新婚
の夫に水を浴びせて祝う行事 ㊥新年

水掛草 みずかけぐさ ［植］ 千屈菜 (みそ
はぎ) の別称。初秋、薄紫色の小花が集ま
り咲き、盆の供花によく使われる ㊥秋

水掛振舞 みずかけぶるまい ［宗］ 正月、
新婚の夫に水を浴びせて祝う行事 ㊥新年

水接待 みずせったい ［人］ 昔、夏の暑い
日など門前に冷水を満たした桶や樽を置
き、通行人に自由に飲ませたこと ㊥夏

水梨 みずなし ［植］ 水分の多い梨の実の
こと ㊥秋

水涼し みずすずし ［時］ 暑い夏に水の涼
しいさま ㊥夏

水涸る みずかる ［地］ 冬、水源地の積雪
のために川の水量が減り、渇水になること
㊥冬

水涸るる みずかるる ［地］ 冬、水源地の
積雪のために川の水量が減り、渇水になる
こと ㊥冬

水球 すいきゅう ［人］ ハンドボールに似
た水上スポーツ競技の一種 ㊥夏

水盗む みずぬすむ ［人］ 夏に水不足にな
り、困った農民が堰を切るなどして水を盗
むこと ㊥夏

水盗人 みずぬすびと ［人］ 夏に水不足に
なり、困った農民が堰を切るなどして水を
盗むこと ㊥夏

水眼鏡 みずめがね ［人］ 水中眼鏡の別称
㊥夏

水菜 みずな ［植］ アブラナ科の一年草ま
たは二年草で、京都近辺で栽培。二、三月
頃に出回り、漬け物として好まれる ㊥春

水菖蒲 みずしょうぶ ［植］ 菖蒲 (あや
め) の別称 ㊥夏

水萍 うきくさ ［植］ 池や沼などの水面に
浮かぶ草の総称。多くは夏に繁茂・開花す
る ㊥夏

水陸会 すいりくえ ［宗］ 盂蘭盆やその前
後の頃、無縁の霊を弔う供養のこと ㊥秋

水陸斎 すいりくさい ［宗］ 盂蘭盆やその
前後の頃、無縁の霊を弔う供養のこと
㊥秋

水雪 みずゆき ［天］ 水分をたくさん含ん
だ積雪 ㊥冬

水鳥 みずどり ［動］ 水上で暮らす鳥の総
称。日本では冬に見ることが多い ㊥冬

水鳥 みずどり ［人］ 鵜の別称 ㊥夏

水鳥の巣 みずどりのす ［動］ 水湿地に作
る水鳥類の巣。水鳥そのものは冬の季語
㊥夏

12 水喧嘩 みずげんか ［人］ 夏の小雨の時
に、田の持ち主間で起こりがちな田の用水
に関する争い ㊥夏

水圏戯 すいけんぎ ［人］ 石鹸玉のこと
㊥春

水晶花 すいしょうか ［植］ 卯の花の別称

[季]夏

水替神事　みずかえしんじ　［宗］　塩釜祭での行事の一つ。塩竈神社に伝わる神竈にある水を入れ替えるもの　[季]夏

水朝顔　みずあさがお　［植］　水車前の別称。晩夏から秋にかけて水面に白い花が開く　[季]夏

水温む　みずぬるむ　［地］　春先の気温の上昇により、河川湖沼の水が温み出すこと　[季]春

水無月　みなづき　［時］　陰暦六月の別称　[季]夏

水無月尽　みなづきじん　［時］　夏の終わり。陰暦六月の晦日　[季]夏

水無月能　みなづきのう　［宗］　賀茂の水無月祓で奉納された能　[季]夏

水番　みずばん　［人］　田の用水の管理者、番人。夏は田に最も水が必要で、自ずと水番は重要な役割になる　[季]夏

水番小屋　みずばんごや　［人］　水番をするための小屋　[季]夏

水着　みずぎ　［人］　水泳の時に身につけるもの　[季]夏

水葵　みずあおい　［植］　水田などに自生する一年草。夏、青紫の小花をつける　[季]夏

水葵　みずあおい　［植］　スイレン科の多年草。蓴菜の別称　[季]夏

水葱　みずなぎ, なぎ　［植］　水葵の別称。夏、青紫の小花をつける　[季]秋, 夏

水萩　みずはぎ　［植］　千屈菜（みそはぎ）の別称。初秋、薄紫色の小花が集まり咲き、盆の供花によく使われる　[季]秋

水落す　みずおとす　［地］　田水落すに同じ　[季]秋

水遊び　みずあそび　［人］　夏、子どもたちが水遊びすること　[季]夏

水間の貨銭　みずまのかしせん　［宗］　水間祭のときに参詣の人々が鳥目を借りて、それを種銭として商売をすれば大いにもうかるとして、翌年の初午の日にその十倍の鳥目をかえす習俗　[季]春

水間祭　みずままつり　［宗］　二月初午の日、大阪・水間寺で行われた祭　[季]春

水雲　もずく　［植］　日本南部の海岸で見られる褐藻類のモズク科に属する海藻の一種。春から夏にかけて繁茂するのを、三、四月頃採取する　[季]春

水飯　すいはん, みずめし　［人］　夏、米飯に冷水をかけて食べるもの　[季]夏

13水戦　みずいくさ　［人］　夏、子どもたちが水遊びすること　[季]夏

水楊　かわやなぎ　［植］　ネコヤナギの別称　[季]春

水殿　みずどの　［人］　夏の納涼の風趣にあてられた殿屋のこと　[季]夏

水禍　すいか　［地］　梅雨時の洪水により、人命、家屋、農作物が被る災害。台風によるものとは区別する　[季]夏

水禽　すいきん　［動］　水鳥の別称　[季]冬

水試合　みずじあい　［人］　夏、子どもたちが水遊びすること　[季]夏

水鉄砲　みずでっぽう　［人］　ポンプの原理を利用して水をとばす夏向きの玩具　[季]夏

水黽　かわぐも　［動］　水馬の別称　[季]夏

14水漬　みずづけ　［人］　夏、米飯に冷水をかけて食べるもの　[季]夏

水稗　みずひえ　［植］　野生の稗の一種　[季]秋

水練　すいれん　［人］　泳ぎの練習　[季]夏

水蓼　みずたで　［植］　蓼の一種。蓼は夏の季語　[季]夏

水蜘蛛　みずぐも　［動］　水馬の別称　[季]夏

水蜜桃　すいみつとう　［植］　桃の栽培品種で普通に出回っているもの。桃の実は初秋の季語　[季]秋

水餅　みずもち　［人］　黴や干割れを防ぐために、餅を冷たい水に漬けること。寒の水がよいという　[季]冬

水餅造る　みずもちつくる　［人］　黴や干割れを防ぐために、餅を冷たい水に漬けること。寒の水がよいという　[季]冬

15水影草　みずかげぐさ　［植］　稲の別称。稲は秋に収穫する　[季]秋

水撒き　みずまき　［人］　路地や門前などに、埃を押さえて涼を呼ぶために水を撒くこと　[季]夏

水敵　みずかたき　［人］　夏の水争をする隣り近所の田の持主同士のこと　[季]夏

水澄し　みずすまし　［動］　ミズスマシ科の昆虫。夏の池や沼でくるくる回っている　[季]夏

水澄む　みずすむ　［地］　秋になると夏に比べて水が澄んでくること　[季]秋

水潜り　**みずくぐり**　［人］　水浴びのこと　[季]夏

水盤　**すいばん**　［人］　陶製の花器に水をたたえて花を活けたりするもの。見た目の涼しさから夏の季語とされる　[季]夏

水蕗　**みずぶき**　［植］　鬼蓮の別称　[季]夏

水蕨　**みずわらび**　［植］　ミズワラビ科のシダ類　[季]夏

水論　**すいろん**　［人］　夏の小雨の時に、田の持ち主間で起こりがちな田の用水に関する争い　[季]夏

16**水機関**　**みずからくり**　［人］　水を使って遊ぶからくり仕掛けの玩具　[季]夏

水薙鳥　**みずなぎどり**　［動］　管鼻目ミズナギドリ科の夏鳥。南方の海上に棲み、暖かくなると北方に渡ってくる　[季]夏

17**水霜**　**みずしも**　［天］　関東での露霜の別称　[季]秋

水鮦　**はむ**　［人］　梅雨時にとれた小型の鱧のこと　[季]夏

18**水雞笛**　**くいなぶえ**　［動］　水鶏の鳴き声を笛に例えた言い回し　[季]夏

19**水臘樹の花**　**いぼたのはな**　［植］　モクセイ科の半落葉低木。枝先に穂状に白い小花が集まり咲く　[季]夏

水蘭　**みずらん, すいらん**　［植］　鳶尾草（いちはつ）の別称　[季]夏

水鶏　**くいな**　［動］　クイナ科の鳥で、水辺を好む。春に飛来して夏中過ごし、秋に南方に帰っていく　[季]夏

水鶏たたく　**くいなたたく**　［動］　緋水鶏が夏の朝夕高い声で鳴くこと　[季]夏

水鶏の巣　**くいなのす**　［動］　水鳥の巣の一つ　[季]夏

20**水懸草**　**みずかけぐさ**　［植］　千屈菜（みそはぎ）の別称。初秋、薄紫色の小花が集まり咲き、盆の供花によく使われる　[季]秋

水灌菜　**みずかけな**　［植］　富士山麓で、冬の間湧き水をかけ流して栽培した菜のこと。暖かい水を灌漑して土の凍結を防いだ　[季]春

21**水蠟虫**　**いぼた**　［動］　イボタノキに寄生する介殻虫。雄は体から白色のロウを出す　[季]夏

水鰣　**みずえそ**　［人］　一塩をしたエソ科の魚のこと　[季]夏

22**水鰻鱧**　**みずはむ**　［人］　梅雨時にとれた小型の鱧のこと　[季]夏

水鱧　**みずえそ**　［人］　一塩をしたエソ科の魚のこと　[季]夏

23**水鱵**　**みずえそ**　［人］　一塩をしたエソ科の魚のこと　[季]夏

24**水鱧**　**みずはも, みずはむ**　［人］　梅雨時にとれた小型の鱧のこと　[季]夏

【火】

いけ火　**いけび**　［人］　灰の中にうめた炭火のこと。炭は冬の季語　[季]冬

0**火じめ**　**ひじめ**　［人］　山畑の獣害をふせぐ一つの方法　[季]秋

火の用心　**ひのようじん**　［人］　火の番の別称。火事の多い冬の夜、火の用心の夜回りをした　[季]冬

火の見　**ひのみ**　［人］　火災などの報知のために設けたやぐら。火事は冬の季語　[季]冬

火の見台　**ひのみだい**　［人］　火災などの報知のために設けたやぐら。火事は冬の季語　[季]冬

火の見番　**ひのみばん**　［人］　火の見やぐらで見張りをする番人。火事は冬の季語　[季]冬

火の見櫓　**ひのみやぐら**　［人］　火災などの報知のために設けたやぐら。火事は冬の季語　[季]冬

火の番　**ひのばん**　［人］　江戸時代、火事の多い冬の夜、火の用心の夜回りをした職名　[季]冬

火の番小屋　**ひのばんごや**　［人］　江戸時代、火の番が詰めていた小屋　[季]冬

2**火入虫**　**ひいりむし**　［動］　夏に灯火に吸い寄せられる虫の総称。特に火取蛾を指す　[季]夏

4**火水母**　**ひくらげ**　［動］　水母の一種　[季]夏

火水始　**ひめはじめ**　［人］　新年になって初めて火や水を使い始めること　[季]新年

6**火伏祭**　**ひぶせまつり**　［宗］　八月二十六、二十七日。富士浅間神社の吉田火祭の別称　[季]秋

火虫　**ひむし**　［動］　夏に灯火に吸い寄せられる虫の総称。特に火取蛾を指す　[季]夏

7**火串**　**ほぐし**　［人］　昔の鹿狩りの方法。夏の闇夜に篝火を焚き、鹿の目が反射して光るのをめがけて矢を射るもの　[季]夏

火串振る　ほぐしふる　［人］　昔の鹿狩りの方法。夏の闇夜に篝火を焚き、鹿の目が反射して光るのをめがけて矢を射るもの　[季]夏

火吹竹　ひふきだけ　［人］　火を起こす時に使う、息の吹きこめるように作った竹。冬の寒い中での火起こしの情景から冬の季語とされる　[季]冬

火吹達磨　ひふきだるま　［人］　火をおこすのに用いる銅などでつくった十センチほどの達磨　[季]冬

8**火事　かじ**　［人］　冬は空気が乾燥し、また火を扱うことが多いため、火事が起こりやすいので、火事のことを冬の季語として扱っている　[季]冬

火事羽織　かじばおり　［人］　江戸時代、火事のとき現場にかけつける鳶の服装。冬は空気が乾燥し火事が多いため、冬の季語とされる　[季]冬

火事見舞　かじみまい　［人］　知人やお得意先が火事に、すぐに駆けつけること。火事は冬の季語　[季]冬

火事装束　かじしょうぞく　［人］　江戸時代、火事のとき現場にかけつける鳶の服装。冬は空気が乾燥し火事が多いため、冬の季語とされる　[季]冬

火事跡　かじあと　［人］　火事の痕跡。火事は冬の季語　[季]冬

火事頭巾　かじずきん　［人］　江戸時代、火事のとき現場にかけつける鳶の服装。冬は空気が乾燥し火事が多いため、冬の季語とされる　[季]冬

火取虫　ひとりむし　［動］　夏に灯火に吸い寄せられる虫の総称。特に火取蛾を指す　[季]夏

火取香　ひとりこう　［人］　陰暦七月七日七夕の行事の際にまつられたもの　[季]秋

火取蛾　ひとりが　［動］　夏、灯火に集まってくる蛾　[季]夏

火旻　かびん　［時］　秋の別称　[季]秋

10**火恋し　ひこいし**　［人］　晩秋、秋冷えの日が続く頃、火が恋しくなってくること　[季]秋

火振　ひぶり　［人］　夜振の別称　[季]夏

火振り祭　ひぶりまつり　［宗］　三月十六日、熊本県一の宮町・阿蘇神社で行われる祭礼　[季]春

火消壺　ひけしつぼ　［人］　燃え残った火を入れ、密閉して消す壺のこと。炭は冬の季語　[季]冬

11**火桶　ひおけ**　［人］　円火鉢のこと。多くは桐火桶だった　[季]冬

火祭　ひまつり　［宗］　十月二十二日、京都市・由岐（靫）神社で行われる鞍馬の火祭の別称　[季]秋

火魚　ひうお　［動］　中部以南の海にすむホウボウ科の魚で、小型のもの。冬が旬で、練り製品や鍋物にする　[季]冬

12**火斑たぐり　ひがたたぐり**　［人］　岩手県遠野地方でのなまはげの別称　[季]新年

火焚鳥　ひたきどり　［動］　鶲の別称　[季]秋

火焔菜　かえんさい　［植］　いわゆる赤大根で、見た目は蕪に近い。晩秋出回るが、日本の食卓にはまだ馴染んではいない。ただボルシチには欠かせない　[季]秋

13**火蛾　ひが, かが, ほが**　［動］　夏、灯火に集まってくる蛾　[季]夏

火鉢　ひばち　［人］　灰を入れ炭火をおこして置く暖房器。以前は冬には欠かせないものだった　[季]冬

火鉢欲し　ひばちほし　［人］　晩秋、秋冷えの日が続く頃、火鉢がほしくなること　[季]秋

14**火榻　かとう**　［人］　炬燵のこと　[季]冬

15**火縄売　ひなわうり**　［宗］　白朮祭に使う吉兆縄を売り歩く者　[季]新年

18**火櫃　ひびつ**　［人］　火鉢の一種　[季]冬

27**火鑚餅　ひきりのもち**　［人］　歯固めの行事のため、新たに清い火を鑽って作られて天皇に献じられた餅　[季]新年

【爪】

4**爪切草　つめきりそう**　［植］　松葉牡丹の別称。夏に開花する　[季]夏

11**爪剪り湯　つめきりゆ**　［宗］　七種爪の別称　[季]新年

13**爪蓮華　つめれんげ**　［植］　山地や岩上や屋根の上などにはえているベンケイソウ科の多年草　[季]秋

22**爪籠　つまご**　［人］　雪沓の別称。雪の中で履く藁などでできた沓のこと　[季]冬

4画（父, 片, 牛）

【父】

⁰父の日　ちちのひ　［人］　六月の第三日曜日、父に対して感謝をささげる日　㊗夏

³父乞虫　ちちこうむし　［動］　蓑虫の別称　㊗秋

父子草　ちちこぐさ　［植］　キク科の多年草で、晩春から白い小花が集まり咲く。母子草に似ているが、もっと茎も葉も痩せている　㊗春

【片】

⁰片かげり　かたかげり　［天］　盛夏の熱い太陽から逃れる日陰　㊗夏

³片口鰯　かたくちいわし　［人］　鰯の一種で、正月のごまめ・田作にも利用。秋には地引き網などで獲れる　㊗秋

⁴片月見　かたつきみ　［人］　十五夜に月見をして十三夜にしないこと　㊗秋

⁵片白草　かたしろぐさ　［植］　半夏生草の別称。六、七月頃、先端の葉が白く変色し、白い小花が咲く　㊗夏

⁶片肌脱　かたはだぬぎ　［人］　蒸暑い日などに、左右どちらかの袖を抜いて半裸でくつろぐこと　㊗夏

⁷片抜手　かたぬきて　［人］　泳ぎの型　㊗夏

¹⁰片時雨　かたしぐれ　［天］　一方では時雨が降り他方は晴れていること　㊗冬

片栗の花　かたくりのはな　［植］　ユリ科の多年草で、地下の白い鱗茎から片栗粉をとる。三、四月頃、紫色の釣鐘型の花をつける　㊗春

¹¹片鳥屋　かたとや　［動］　初めて羽を替えて鳥屋から出た鷹　㊗秋

¹²片割月　かたわれづき　［天］　弓の形をした月　㊗秋

¹⁴片蔭　かたかげ　［天］　盛夏の熱い太陽から逃れる日陰　㊗夏

¹⁹片鶉　かたうずら　［動］　一羽だけでいる鶉　㊗秋

【牛】

⁰牛の舌　うしのした　［動］　舌鮃の別称　㊗夏

牛の角突き　うしのつのつき　［人］　闘牛のこと　㊗夏

牛の祇園　うしのぎおん　［宗］　牛を水辺で洗ってやり、村の小社に牽いて参る農村の祇園会　㊗夏

牛の額　うしのひたい　［植］　ミゾソバの別称　㊗秋

牛ひき星　うしひきぼし　［人］　七夕伝説の牽牛。鷲座の首星であるアルタイルのこと　㊗秋

³牛女　ぎゅうじょ　［人］　七夕伝説の牽牛星と織女星のこと　㊗秋

⁴牛引星　うしひきぼし　［宗］　七夕伝説の牽牛。鷲座の首星であるアルタイルのこと　㊗秋

牛日　ぎゅうじつ　［時］　正月五日のこと　㊗新年

⁵牛皮凍　ぎゅうひとう　［植］　灸花の別称。晩夏から初秋の頃、小花が集まり咲く　㊗夏

⁶牛合せ　うしあわせ　［人］　闘牛のこと　㊗夏

牛舌　ぎゅうぜつ　［植］　羊蹄（ぎしぎし）の別称。五、六月頃に薄緑色の小花を群生させる　㊗夏

⁷牛冷す　うしひやす　［人］　川や池で、田畑の耕作に使役した牛から汗や汚れを落し、火照った体を冷やしてやること　㊗夏

牛尾魚　ぎゅうびぎょ　［動］　鯒の別称　㊗夏

牛角力　うしずもう　［人］　闘牛のこと　㊗夏

牛角花　ぎゅうかくか　［植］　都草の別称　㊗夏

⁸牛供養　うしくよう　［宗］　花田植の別称　㊗夏

⁹牛乗　うしのり　［宗］　九月九日の明石市・稲爪神社の祭り　㊗秋

牛扁　ぎゅうへん　［植］　現の証拠の別称。夏に採って下痢止めの薬草とする　㊗夏

牛洗う　うしあらう　［人］　川や池で、田畑の耕作に使役した牛から汗や汚れを落し、火照った体を冷やしてやること　㊗夏

牛虻　うしあぶ　［動］　虻の一種　㊗春

¹⁰牛馬を洗ふ　ぎゅうばをあらう　［人］　夏に川や池で、田畑の耕作に使役した牛から汗や汚れを落し、火照った体を冷やしてやること　㊗夏

牛馬冷す　ぎゅうばひやす　［人］　夏に川や池で、田畑の耕作に使役した牛から汗や汚

4画（犬, 王）

れを落し、火照った体を冷やしてやること
㋒夏

¹¹牛祭　うしまつり　［宗］　太秦の牛祭に同じ
㋒秋

¹²牛蛙　うしがえる　［動］　蛙の一種　㋒春

¹³牛蒡の花　ごぼうのはな　［植］　キク科の作
物で、夏、紫か白の管状花を球状に密生さ
せる　㋒夏

牛蒡引く　ごぼうひく　［人］　晩秋、春蒔牛
蒡を収穫すること　㋒秋

牛蒡注連　ごぼうじめ　［人］　注連縄の一種
で、大根注連のやや細長いもの　㋒新年

牛蒡掘る　ごぼうほる　［人］　晩秋、春蒔牛
蒡を収穫すること　㋒秋

牛蒡蒔く　ごぼうまく　［人］　春、四月頃に
春蒔きの牛蒡の種を蒔くこと　㋒春

¹⁵牛膝　いのこずち　［植］　山野・路傍のいた
るところに生えるヒユ科の多年草。晩夏に
花が咲いた後、秋に結ぶ実が服などにつき
やすい　㋒秋

牛蝨　うしだに　［動］　ダニの一種　㋒夏

¹⁷牛鍋　ぎゅうなべ　［人］　鋤焼の別称。明治
以降にできた牛肉を使った冬の鍋料理の一
つ　㋒冬

¹⁹牛蠅　うしばえ　［動］　蠅の一種　㋒夏

²⁰牛蘈　ぎゅうえい　［植］　羊蹄（ぎしぎし）
の別称。五、六月頃に薄緑色の小花を群生
させる　㋒夏

【犬】

⁰犬ふぐり　いぬふぐり　［植］　ゴマノハクサ
科の越年草で、早春から開花する。その実
の形から名がついた　㋒春

³犬子草　えのこぐさ,いぬこぐさ　［植］　狗
尾草（えのころぐさ）の別称。全体が緑色
で、秋に出る穂で子供が遊ぶ　㋒秋

犬山椒　いぬざんしょう　［植］　山野に自生
しているミカン科の落葉低木　㋒秋

⁴犬牛蒡　いぬごぼう　［植］　山牛蒡の別称
㋒夏

⁷犬杉菜　いぬすぎな　［植］　杉菜の一種
㋒春

⁸犬枇杷　いぬびわ　［植］　クワ科の落葉木。
晩夏に実が濃紫色に熟するが、味はまずい
㋒夏

⁹犬垣　いぬがき　［人］　稲などが実ってきた

頃、犬に田畑を荒らされぬように築く石垣
や土手など　㋒秋

犬追物　いぬおうもの　［人］　陰暦五月五日
に宮中で行われた騎射の一種で、犬を追物
射にすること　㋒夏

¹⁰犬桜　いぬざくら　［植］　バラ科の落葉高
木。山野に自生し、白い小花が咲く　㋒春

犬莧　いぬひゆ　［植］　ヒユの一種だが食用
にはならない　㋒夏

¹¹犬姫菜　いぬよめな　［植］　ヒメジョオンの
別称　㋒夏

犬梨　いぬなし　［植］　山梨の別称。秋に直
径二、三センチの小さな梨に似た果実が熟
する　㋒秋

¹²犬雲雀　いぬひばり　［動］　田雲雀の別称
㋒秋

¹³犬掻き　いぬかき　［人］　泳ぎの型　㋒夏

犬飼星　いぬかいぼし　［人］　七夕伝説の牽
牛。鷲座の首星であるアルタイルのこと
㋒秋

¹⁴犬熊　いぬぐま　［動］　月の輪の無い熊の信
州での呼称　㋒冬

犬稗　いぬひえ　［植］　野生の稗の一種
㋒秋

犬蓼　いぬたで　［植］　いたるところに自生
するタデ科の一年草。初秋、赤紫の小花が
穂状に咲き、赤のまんまと呼ばれる　㋒秋

犬蓼の花　いぬたでのはな　［植］　犬蓼の花
のこと。初秋、赤紫の小花が穂状に咲く
㋒秋

¹⁵犬養忌　いぬかいき　［宗］　五月十五日、大
正・昭和初期の政治家犬養毅の忌日　㋒夏

¹⁶犬橇　のそ,いぬぞり　［人］　犬に引かせる
橇　㋒冬

²³犬鷲　いぬわし　［動］　鷲の一種　㋒冬

【王】

³王子の狐火　おうじのきつねび　［宗］　昔、
陰暦十二月大晦日の夜、東京・王子稲荷に
ある榎の木の下に出たといわれる狐火のこ
と。農民がこれで翌年の豊凶を占ったとい
う　㋒冬

王子十八講　おうじじゅうはちこう　［宗］
正月十七日、江戸王子村の農家で行なった
式　㋒新年

王子神社祭　おうじじんじゃまつり　［宗］
八月十三日の東京・王子神社の祭り　㋒秋

俳句季語よみかた辞典　*81*

5画（丘, 世, 主, 乏, 仕, 仔, 仙）

王子祭　おうじさい　［宗］　八月十三日の東京・王子神社の祭り　㋑秋

王子権現祭　おうじごんげんさい　［宗］　八月十三日の東京・王子神社の祭り　㋑秋

[4]王月　おうげつ　［時］　正月の別称　㋑新年

[5]王正　おうせい　［時］　正月の別称　㋑新年

[6]王瓜　からすうり　［植］　ウリ科の蔓性多年草。花の後に楕円形の青い実ができ、晩秋には熟して赤くなり葉の枯れた蔓からぶら下がっている　㋑秋

[7]王余魚　しらうお　［動］　シラウオ科の体長十センチほどの小魚で、早春に干し魚として美味　㋑春

[8]王祇祭　おうぎさい　［宗］　二月一日と二日、山形県櫛引町黒川・四所明神春日神社で行なわれる祭　㋑冬

[9]王春　おうしゅん　［時］　正月の別称　㋑新年

王春月　おうしゅんげつ　［時］　正月の別称　㋑新年

[10]王孫　つちばり　［植］　ツクバネソウの別称とされるが不詳　㋑夏

5 画

【丘】

[12]丘焼く　おかやく　［人］　早春に丘の枯草を焼き払い、害虫駆除や肥料生成を行うこと　㋑春

【世】

[8]世阿弥忌　ぜあみき　［宗］　陰暦八月八日、室町時代の観世流二代世阿弥の忌日　㋑秋

[9]世計酒　よはかりざけ　［宗］　正月十五日、神酒によって新年の五穀豊饒を占う神事　㋑新年

[13]世継榾　よつぎほだ，よつぎほた　［人］　年越の夜に、囲炉裏の火を燃やし続けるための太い薪のこと　㋑冬

【主】

[0]主の奉献　しゅのほうけん　［宗］　二月二日、マリアが産後の汚れを清めた祝日　㋑冬

主の御公現の祝日　しゅのごこうげんのいわいび　［宗］　一月六日、東方三博士が、礼物を捧げてキリストの降誕を祝福した日　㋑冬

[4]主月歳　しゅげつさい　［時］　年始の別称　㋑新年

[11]主基の節　すきのせち　［人］　主基の節の翌日に行なわれた宮中の祭儀　㋑冬

【乏】

[0]乏し妻　ともしづま　［宗］　七夕伝説の織女星の別称　㋑秋

[4]乏月　ぼうづき　［時］　陰暦四月の別称　㋑夏

【仕】

[8]仕事始　しごとはじめ　［人］　農民・職人・商人が、新年になって初めての仕事を行なうこと。儀礼的な行事を伴うもので、多くは二日と十一日に行われる。公務員やサラリーマンの御用始や事務始とは別　㋑新年

仕事納　しごとおさめ　［人］　年末、その年の仕事を全部終えるにすること　㋑冬

[11]仕掛花火　しかけはなび　［人］　模様や文字をつづり出す花火　㋑秋

[15]仕舞初　しまいぞめ　［人］　新年はじめて能の仕舞を舞うこと　㋑新年

仕舞始　しまいはじめ　［人］　新年はじめて能の仕舞を舞うこと　㋑新年

【仔】

[10]仔馬　こうま　［動］　三、四月頃生まれた馬　㋑春

[11]仔猫　こねこ　［動］　春先などに生まれた子猫のこと　㋑春

【仙】

[2]仙人杖竹　おいとまりだけ　［植］　筍の一種　㋑夏

仙人掌　さぼてん　［植］　メキシコ原産の多年生多肉植物。夏に菊に似た赤みをおびた黄色の花が咲く　㋑夏

仙人掌の花　さぼてんのはな　［植］　メキシコ原産の多年生多肉植物。夏に菊に似た赤みをおびた黄色の花が咲く　㋑夏

仙人掌菊　さぼてんぎく　［植］　松葉菊の別称。初夏から菊に似た花が咲き始める

[季]夏

仙入　せんにゅう［動］ウグイス科センニュウ属の小鳥の総称。夏鳥で初秋に帰去する　[季]秋

4**仙木　せんぼく**［人］桃符の別称　[季]新年

5**仙台虫喰　せんだいむしくい**［動］目細に似たウグイス科の夏鳥。夏に、目細よりも低い山麓地帯で繁殖する　[季]春

仙台萩　せんだいはぎ［植］マメ科の多年草。四月ごろ蝶形の黄色い花が咲く　[季]春

9**仙草　せんそう**［植］風蘭の別称　[季]夏

10**仙翁花　せんのう, せんのうげ, せんおうげ**［植］ナデシコ科に属する観賞用草花で、京都嵯峨の仙翁寺からはじめて出たと伝えられる。晩夏から初秋に花が咲き、夏の季語とすることもある　[季]秋

14**仙蓼　せんりょう**［植］観賞用の常緑小低木で、冬に赤い実をつける　[季]冬

【代】

0**代々飾る　だいだいかざる**［人］正月に橙を注連縄や蓬萊に添えたり、鏡餅の上に乗せて飾ること　[季]新年

代かへる雁　しろかえるかり［動］夜宿るのに更ごとに居をかえること　[季]秋

代じたき　しろじたき［人］田植えに先だって、山野の草の葉や若木の芽などを刈って肥料にすること　[季]夏

代みて　しろみて［人］早苗饗の別称　[季]夏

4**代牛　しろうし**［人］初夏、代を掻くのに用いる牛　[季]夏

5**代代　だいだい**［植］ミカン科の常緑小高木。晩秋から初冬の頃に熟し、正月の飾りの他、マーマレードや料理に使用する　[季]新年

代田　しろた［地］田植え前のすっかりならした田　[季]夏, 春

9**代神楽　だいかぐら**［人］獅子舞の起源で、伊勢の皇大神宮に参詣できない人のために演じた祈禱の舞　[季]新年

10**代馬　しろうま**［人］初夏、代を掻くのに用いる馬　[季]夏

13**代掻　しろかき**［人］初夏の田植えの準備として、田に水を入れて掻き回すこと　[季]夏

代掻く　しろかく［人］初夏の田植えの準備として、田に水を入れて掻き回すこと　[季]夏

15**代踏み下駄　しろふみげた**［人］田下駄の別称　[季]夏

【付】

0**付け　つけ**［人］年末に払う勘定書きのこと　[季]冬

【令】

8**令法　りょうぶ**［植］リョウブ科の落葉小低木。春の若葉を茶にしたり、炊き込み飯にしたりする　[季]春

令法茶　りょうぶちゃ［植］令法の葉を茶にしたもの　[季]春

令法飯　りょうぶめし［植］令法の葉を蒸したものをたきこんだ御飯　[季]春

令法摘む　りょうぶつむ［植］令法の葉を摘むこと　[季]春

【兄】

4**兄方　えほう**［宗］その年の縁起のよい方向　[季]新年

21**兄鷂　このり**［動］鷂の雄のこと　[季]秋

【処】

12**処暑　しょしょ**［時］二十四節気の一つ。陽暦八月二十三日、二十四日頃　[季]秋

処暑の節　しょしょのせつ［時］二十四節気の一つ。陽暦八月二十三日、二十四日頃　[季]秋

【凧】

うなり凧　うなりだこ［人］凧の一種　[季]春

ばらもん凧　ばらもんだこ［人］凧の一種　[季]春

凧　たこ［人］竹の骨組みに紙をはり、糸をつけた遊具。糸を引きながら風にのせて空中に高く揚げる。江戸時代から春の季語とされた　[季]新年, 春

0**凧の糸　たこのいと**［人］凧についている糸　[季]新年, 春

凧の尾　たこのお［人］凧についている尾　[季]新年, 春

凧の骨　たこのほね［人］凧の骨組のこと

[季]新年

4**凧日和　たこびより**［人］ 凧揚げをするのによい春の日和　[季]春

6**凧合戦　たこがっせん**［人］ 凧の高さを競ったり、糸の切り合いをしたりすること　[季]夏, 春

12**凧揚げ　たこあげ**［人］ 凧を大空に揚げる遊び。凧は春の季語　[季]春, 新年

【出】

まや出し　まやだし［人］ 厩出しのこと　[季]春

4**出水　でみず**［地］ 降雨によって河川の水量が増すこと。単に出水というと梅雨時の増水を指し、秋の台風によるものと区別する　[季]夏

出水川　でみずがわ［地］ 梅雨どきの夏の出水であふれた川　[季]夏

5**出世双六　しゅっせすごろく**［人］ 双六の一種。絵の内容が昇進をテーマにしている　[季]新年

出目金　でめきん［動］ 金魚の一種　[季]夏

6**出羽三山祭　でわさんざんまつり**［宗］ 七月十五日、山形県羽黒町・羽黒神社で行われる祭礼。月山、湯殿山、羽黒山の神輿渡御がある　[季]夏

7**出初　でぞめ**［人］ 正月六日、消防士が出揃って、梯子乗りや消火練習などを華やかに催す行事　[季]新年

出初式　でぞめしき［宗］ 正月六日、消防士が出揃って、梯子乗りや消火練習などを華やかに催す行事　[季]新年

出初鐘　でぞめがね［人］ 出初のときにならす鐘　[季]新年

出来秋　できあき［人］ 秋に農作物、特に稲が豊かに実ること　[季]秋

11**出液　しゅつえき**［天］ 時雨の季節が終わり、節気が小雪になること　[季]冬

12**出替　でがわり**［人］ 奉公人の年季（または半季）が切れて入れ替わったこと。期日は地方により様々だが、二月二日または三月五日を春の出替とすることが多かった　[季]春

出落栗　でおちぐり［植］ 自然に落ちた栗　[季]秋

出開帳　でかいちょう［宗］ 秘仏を他の土地に移して拝観させること　[季]春

出雲大社神在祭　いずもおおやしろかみありさい［宗］ 島根県大社町の出雲大社で諸国の神々を迎えて行なわれる神事　[季]冬

出雲大社新嘗祭　いずもおおやしろにいなめさい［宗］ 十一月二十三日、出雲大社で行われる神事。皇室から勅使が差遣され、出雲大社に新穀が供えられる　[季]冬

出雲大祭礼　いずもだいさいれい［宗］ 五月十四～十六日、島根・出雲大社の出雲祭のこと　[季]夏

出雲若布　いずもわかめ［植］ 出雲産の和布　[季]春

出雲祭　いずもまつり［宗］ 五月十四日から出雲大社で行われる例大祭　[季]夏

15**出稼　でかせぎ**［人］ 裏日本の農民が暖地へ稼にくること　[季]冬

【凸】

9**凸柑　ぽんかん**［植］ 十二月から一月に出荷されるやや大型で濃い橙黄色の柑橘類の一種。鹿児島県などで栽培される　[季]冬

【加】

5**加古の物鎮　かこのものしずめ**［人］ 旧正月の亥の日から巳の日まで、加古川市・日岡神社の亥巳籠神事に伴って、氏子が謹慎生活をする習俗　[季]新年

6**加年払　かにばらい**［人］ 煤払のこと　[季]冬

8**加茂葵　かものあおい**［宗］ 二葉葵の別称。初夏五月頃、淡い赤紫の小花をつける。葵祭で使う葵のこと　[季]夏

加茂詣　かももうで［宗］ 関白賀茂詣のこと　[季]夏

12**加賀万歳　かがまんざい**［人］ 石川県からでた万歳　[季]新年

加賀見草　かがみぐさ［植］ 大根の異名。昔、鏡餅の上に飾った場合の言い方　[季]新年

加賀煮　かがに［人］ じぶの別称。金沢市の郷土料理。鴨など冬の渡り鳥の肉を煮るもの　[季]冬

19**加羅佐手　からさで**［宗］ 陰暦十月の晦日に、島根県鹿島町・佐太神社と島根県大社町・出雲大社で行われた諸国の神々を送り出す神事。現在は十一月に行う　[季]冬

【包】

4 **包井開**　つつみいびらき［人］　前年から封じておいた井戸を開いて、元日に若水をくむこと　[季]新年

7 **包尾の鯛**　つつみおのたい［人］　正月の掛鯛のこと　[季]新年

13 **包蓬莱**　つつみほうらい［人］　節物を紙で包み水引きをかけた蓬莱　[季]新年

【北】

0 **北しぶき**　きたしぶき［天］　冬、北から吹きつける冷たい風雨　[季]冬

北のをどり　きたのおどり［人］　北陽浪花踊のこと　[季]夏

3 **北下し**　きたおろし［天］　冬、山から吹きおろす冷たく乾燥した北風のこと　[季]冬

北山時雨　きたやましぐれ［天］　時雨の一種　[季]冬

北山祭　きたやままつり［宗］　昔、行なわれた祭り　[季]秋

7 **北吹く**　きたふく［天］　冬の北風が吹くこと　[季]冬

8 **北枝忌**　ほくしき［宗］　陰暦五月十二日、蕉門の俳人立花北枝の忌日　[季]夏

北枕　きたまくら［動］　河豚の一種　[季]冬

北狐　きたぎつね［動］　狐の種類の一つ　[季]冬

9 **北風**　きたかぜ, きた, ほくふう［天］　冬に吹く北寄りの冷たい季節風　[季]冬

10 **北時雨**　きたしぐれ［天］　時雨の一種　[季]冬

11 **北寄売**　ほっきうり［動］　ほっき貝を売る人　[季]春

北寄貝　ほっきがい［動］　北の海で獲れる大きな蛤形の二枚貝。冬から春にかけてが漁期　[季]春

北寄鍋　ほっきなべ［動］　ほっき貝を使った鍋物　[季]春

北斎忌　ほくさいき［宗］　陰暦四月十八日、江戸時代後期の浮世絵師葛飾北斎の忌日　[季]夏

北祭　きたのまつり［宗］　葵祭の別称　[季]夏

北祭　きたまつり［宗］　陰暦十一月の酉の日に京都の賀茂両社で行なわれた祭礼　[季]冬

北祭　きたまつり［宗］　大阪市・住吉神社で九月晦日、神輿を玉手島仮宮へ渡御禊事を行なったこと　[季]秋

北窓閉じる　きたまどとじる［人］　北窓塞ぐに同じ。冬に防寒のため、北側の窓を板や筵でふさいだり、目貼りをしたりすること　[季]冬

北窓閉づる　きたまどとずる［人］　北窓塞ぐに同じ。冬に防寒のため、北側の窓を板や筵でふさいだり、目貼りをしたりすること　[季]冬

北窓開く　きたまどひらく［人］　冬の間、寒気を防ぐために閉め切っていた北側の窓を春になって開け放つこと　[季]春

北窓塞ぐ　きたまどふさぐ［人］　冬に防寒のため、北側の窓を板や筵でふさいだり、目貼りをしたりすること　[季]冬

北窓塗る　きたまどぬる［人］　北窓塞ぐに同じ。冬に防寒のため、北側の窓を板や筵でふさいだり、目貼りをしたりすること　[季]冬

北野の九度参　きたののくどまいり［宗］　六月九日に京都・北野天満宮の本社へ九度参れば、他の日の百度に相当するといわれること　[季]夏

北野の筆始祭　きたののふではじめさい［宗］　一月二日、京都市・北野天満宮で、菅原道真に因んで書き初めを奉納する祭　[季]新年

北野芋茎祭　きたのずいきまつり［宗］　十月一日から七日まで、京都市・北野天満宮で行われる祭礼　[季]秋

北野梅花祭　きたのばいかさい［宗］　北野菜種御供のこと　[季]春

北野祭　きたのまつり［宗］　八月四日、京都市・北野神社で行われる例祭　[季]秋

北野菜種御供　きたのなたねごく［宗］　二月二十五日、菅原道真の忌日に京都市・北野天満宮で行われる祭礼　[季]春

北野御手水　きたのみちょうず［宗］　京都市・北野神社の行事　[季]秋

北野煤払　きたのすすはらい［宗］　京都市・北野神社の行事　[季]秋

北野瑞饋祭　きたのずいきまつり［宗］　十月一日から七日まで、京都市・北野天満宮で行われる祭礼　[季]秋

12 **北陽浪花踊**　ほくようなにわおどり［人］

5画（半, 占, 卯）

大阪市堂島の北の曾根崎新地ではじめられた踊り　㊴夏

北颪　きたおろし　［天］　冬、山から吹きおろす冷たく乾燥した北風のこと　㊴冬

13北塞ぐ　きたふさぐ　［人］　北窓塞ぐに同じ。冬に防寒のため、北側の窓を板や筵でふさいだり、目貼りをしたりすること　㊴冬

北極狐　ほっきょくぎつね　［動］　北極に住む狐　㊴冬

北極熊　ほっきょくぐま　［動］　白熊の別称　㊴冬

18北観音山　きたかんのんやま　［宗］　祇園会の鉾山の一つ　㊴夏

【半】

ねんねこ半纏　ねんねこばんてん　［人］　ねんねこのこと。幼児を背負うときに、子供ごとすっぽりくるむ防寒用の子守半纏　㊴冬

0半ズボン　はんずぼん　［人］　膝丈のズボン。夏の家庭着　㊴夏

3半女祭　はんじょまつり　［宗］　婆利女祭（はりじょまつり）の別称　㊴夏

4半月　はんげつ　［天］　弓の形をした月　㊴秋

5半仙戯　はんせんぎ　［人］　ぶらんこの別称　㊴春

半辺蚶　いたやがい　［動］　イタヤガイ科の扇形の二枚貝　㊴春

6半年紅　はんねんこう　［植］　夾竹桃の別称　㊴夏

9半風子　はんぷうし　［動］　虱の別称　㊴夏

10半夏　はんげ　［植］　烏柄杓（からすびしゃく）の別称。六月頃に花穂をつける　㊴夏

半夏　はんげ　［時］　七十二候の一つで、夏至の第三候。陽暦七月二日から六日頃　㊴夏

半夏水　はんげすい　［時］　半夏の頃に降る雨　㊴夏

半夏生　はんげしょう　［時］　七十二候の一つで、夏至の第三候。陽暦七月二日から六日頃　㊴夏

半夏生　はんげしょう　［植］　片白草の別称　㊴夏

半夏生ず　はんげしょうず　［時］　ハンゲ草が生えること　㊴夏

半夏生草　はんげしょうそう　［植］　水辺に生えるドクダミ科の多年草。六、七月頃、先端の葉が白く変色し、白い小花が咲く　㊴夏

半夏雨　はんげあめ　［時］　半夏の頃に降る雨　㊴夏

19半簾　はんすだれ　［人］　簾の一種　㊴夏

20半鐘台　はんしょうだい　［人］　火災などの報知のために設けたやぐら。火事は冬の季語　㊴冬

半鐘独楽　はんしょうごま　［人］　回りながら音が出るコマ　㊴新年

半鐘蔓　はんしょうつる　［植］　キンポウゲ科のつる性植物。花の形が半鐘に似ている　㊴夏

21半纏　はんてん　［人］　冬羽織に羽織紐をつけないもの　㊴冬

【占】

5占出山　うらでやま　［宗］　祇園会の鉾山の一つ　㊴夏

6占地　しめじ　［植］　マツタケ科の茸で、晩秋、雑木林や松林に生える。上品な風味がある　㊴秋

11占婆菊　ちゃんぱぎく　［植］　竹煮草の別称　㊴夏

【卯】

0卯の札　うのふだ　［宗］　正月初卯の日に神社で授与される厄よけの神符　㊴新年

卯の杖　うのつえ　［人］　卯杖の別称　㊴新年

卯の花　うのはな　［植］　スイカズラ科の空木の花で、陰暦四月（卯月）に多くの白色五弁の小花をつける　㊴夏

卯の花くたし　うのはなくたし, うのはなくだし　［天］　陰暦四月ころに降る雨　㊴夏

卯の花月　うのはなづき　［時］　陰暦四月の別称　㊴夏

卯の花月夜　うのはなづきよ　［植］　卯の花が咲き、月の美しい夜のこと　㊴夏

卯の花衣　うのはなごろも　［人］　夏衣のかさね色目の一つで、表は白、裏は青　㊴夏

卯の花垣　うのはながき　［植］　初夏、卯の花の咲く垣根のこと　㊴夏

卯の花降し　うのはなくだし［天］陰暦四月ころに降る雨　[季]夏

卯の花腐し　うのはなくだし, うのはなくたし［天］陰暦四月ころに降る雨　[季]夏

卯の花曇　うのはなぐもり［天］陰暦四月ころの変わりやすい天候をいう　[季]夏

卯の花襲　うのはながさね［人］夏衣のかさね色目の一つで、表は白、裏は青　[季]夏

卯の葉の神事　うのはのしんじ［宗］五月の上の卯の日に行なわれる大阪市・住吉大社の神事　[季]夏

4**卯月　うづき**［時］陰暦四月の別称　[季]夏

卯月八日　うづきようか［人］信仰の上での山開きのこと　[季]夏

卯月八日　うづきようか［宗］陰暦四月八日、灌仏会の日に各地の山の神社で行われる山の神を祀る祭礼　[季]夏

卯月波　うづきなみ［地］陰暦四月ごろの波浪　[季]夏

卯月浪　うづきなみ［地］陰暦四月ごろの波浪　[季]夏

卯月野　うづきの［地］陰暦四月ごろの野原　[季]夏

卯月鳥　うづきどり［動］時鳥の別称　[季]夏

卯月曇　うづきぐもり［天］陰暦四月ころの変わりやすい天候をいう　[季]夏

7**卯杖　うづえ**［人］平安時代、正月の初卯の日に一年の邪気を払う呪具として宮中に奉じ、貴族や女房が贈答に用いた杖　[季]新年

卯杖の寿　うづえのことぶき［人］卯杖を献ずるときの祝詞　[季]新年

卯杖の祝　うづえのほがい［人］卯杖を献ずるときの祝詞　[季]新年

10**卯浪　うなみ**［地］陰暦四月ごろの波浪　[季]夏

13**卯槌　うづち**［人］卯杖から変型したもので、平安時代、正月の初卯の日に一年の邪気を払う呪具として宮中に奉じ、貴族や女房が贈答に用いた槌　[季]新年

【去】

0**去ぬる年　いぬるとし**［時］年の暮のことだが、一年を振り返っての感慨が込もる　[季]冬

去ぬ燕　いぬつばめ［動］帰燕の別称　[季]秋

去りし仏　さりしほとけ［宗］陰暦二月十五日の釈迦入滅のこと　[季]春

去る田鶴　さるたづ［動］春、北方へと飛び去る鶴のこと　[季]春

去る雁　さるかり［動］春、北方へ飛び去ってゆく雁のこと　[季]春

6**去年　こぞ, きょねん**［時］新年になってから、去った前年を振り返ってさす言葉。詠嘆的な気持ちがこもる　[季]新年

去年の雪　こぞのゆき［地］春になってもまだ残っている雪　[季]春

去年今年　こぞことし［時］一夜にして、去年から今年へと年が移り変わることを詠嘆した言葉　[季]新年

7**去来忌　きょらいき**［宗］陰暦九月十日、蕉門の俳人向井去来の忌日　[季]秋

13**去歳　きょさい**［時］新年になってから、去った前年を振り返ってさす言葉。詠嘆的な気持ちがこもる　[季]新年

【収】

6**収成　しゅうせい**［時］秋の別称　[季]秋

18**収穫　とりいれ**［人］秋の田に稔った稲を刈ること　[季]秋

収穫感謝日　しゅうかくかんしゃび［宗］十一月最後の日曜日、収穫を感謝するプロテスタントの祭　[季]冬

収穫感謝祭　しゅうかくかんしゃさい［宗］プロテスタントの感謝祭の別称　[季]冬

【右】

7**右近の荒手番　うこんのあらてつがい**［宗］平安時代、陰暦五月四日に一条大宮の右近の馬場で行なわれた騎射の式。真手番の略儀　[季]夏

右近の真手番　うこんのまてつがい［宗］平安時代、陰暦五月六日に一条大宮の右近の馬場で行なわれた騎射の式　[季]夏

右近の橘　うこんのたちばな［植］京都御所に植えられたもので、左近の桜とともに名高い　[季]夏

右近忌　うこんき［宗］二月五日、安土桃山時代のキリシタン大名高山右近の忌日　[季]春

16**右衛門桜　うえもんざくら**［植］桜の一種

5画 （句, 古, 司, 台, 叩）

㊸春

【句】

⁴句仏忌　くぶつき　［宗］　二月六日、明治・大正・昭和初期の僧侶・俳人大谷句仏の忌日　㊸春

⁶句会始　くかいはじめ　［人］　新年になって初めての句会　㊸新年

【古】

³古川の起し太鼓　ふるかわのおこしだいこ　［宗］　四月十九日と二十日、岐阜県古川町・気多若宮神社で行われる祭礼　㊸春

⁴古今雛　こきんびな　［人］　雛人形の一種　㊸春

古日記　ふるにっき　［人］　年末になり残り少なくなった日記帳　㊸冬

⁵古古米　ここまい　［人］　秋、新米が取れた後での一昨年の米の呼称　㊸秋

⁶古団扇　ふるうちわ　［人］　前年使用した団扇　㊸夏

古年　ふるとし　［時］　新年になってから、去った前年を振り返ってさす言葉。詠嘆的な気持ちがこもる　㊸新年

古式祭　こしきさい　［宗］　宗像祭の別称　㊸冬

古米　こまい　［人］　秋、新米が取れた後での前年の米の呼称　㊸秋

⁸古参　こさん　［人］　出替の以前から奉公人として勤めている者　㊸春

古枝草　ふるえぐさ　［植］　萩の別称。萩は秋の代表的な植物　㊸秋

⁹古草　ふるくさ　［植］　春の若草に交っている、前年から枯れずに残った草のこと　㊸春

古茶　こちゃ　［人］　前年の茶。新茶に対しての夏の季語　㊸夏

¹⁰古扇　ふるおうぎ　［人］　去年の扇　㊸夏

古酒　こしゅ, ふるざけ　［人］　秋に新酒を作った時に、まだ残っている前年の酒。夏を越して風味が落ちている印象　㊸秋

古浴衣　ふるゆかた　［人］　古い浴衣　㊸夏

古蚊帳　ふるがや　［人］　去年の蚊帳　㊸夏

古衾　ふるぶすま　［人］　古い布団のこと　㊸冬

¹¹古巣　ふるす　［動］　春、雛が巣立って打ち

捨てられた巣のこと　㊸春

古袷　ふるあわせ　［人］　古い袷　㊸夏

¹⁴古暦　ふるごよみ　［人］　来年の新しい暦が配られ、残る日数が少なくなってきた年末の暦　㊸冬

古漬　ふるづけ　［人］　茎漬を半年ほど漬け込んだ冬の保存食　㊸冬

¹⁷古襖　ふるぶすま　［人］　襖の古いもの　㊸冬

¹⁸古雛　ふるびな　［宗］　古い雛人形　㊸春

¹⁹古簾　ふるすだれ　［人］　去年の簾　㊸夏

【司】

⁵司召　つかさめし　［人］　平安時代から中世にかけて、秋に行った中央官司（京官）の任命　㊸秋

【台】

⁹台風　たいふう　［天］　おもに秋に発生する熱帯性低気圧に伴う暴風雨　㊸秋

台風の目　たいふうのめ　［天］　台風の中心部に生ずる、無風で静かな区域　㊸秋

台風眼　たいふうのめ, たいふうがん　［天］　台風の中心部に生ずる、無風で静かな区域　㊸秋

台風圏　たいふうけん　［天］　台風の影響を受ける圏内　㊸秋

台風裡　たいふうり　［天］　台風のなか　㊸秋

台風禍　たいふうか　［天］　台風によって引き起こされる災害　㊸秋

¹¹台笠　だいがさ　［人］　編笠の一種　㊸夏

【叩】

⁰叩き独楽　たたきごま　［人］　竹などの先に木綿の布きれをつけた鞭で叩き回す　㊸新年

叩き膾　たたきなます　［人］　鮒膾のたたき　㊸春

⁴叩牛蒡　たたきごぼう　［人］　開牛蒡の別称。刻む代わりに叩いた場合の言い方　㊸新年

⁷叩初　たたきぞめ　［人］　正月の仕事始めの儀式の一つ。縄を一把だけ絢う農事の正月行事　㊸新年

¹⁶叩頭虫　こめつきむし, ぬかずきむし　［動］

5画（叺, 四）

コメツキムシ科の夏の甲虫の総称。仰向けにしておくと、バネのように飛び上がる ㋥夏

叩頭虫　ぬかずきむし　［動］　古い俗名で、種類は判然としない　㋥秋

【叺】

18**叺織　かますおり**　［人］　冬の農閑期の藁仕事の一つ　㋥冬

叺織る　かますおる　［人］　冬の農閑期の藁仕事の一つ　㋥冬

【四】

2**四十雀　しじゅうから**　［動］　シジュウカラ科の鳥。全国的に数は多く、夏の繁殖期にはよく囀る　㋥夏, 秋

四十雀雁　しじゅうからがん　［動］　雁の一種。コンマンドル諸島・千島諸島産で黒ずんでいる。きわめてまれな冬鳥　㋥秋

3**四万六千日　しまんろくせんにち**　［宗］　七月九日と十日、観世音菩薩の結縁日で、この日に参詣すると四万六千日分の功徳があるという。東京浅草観音が有名で、境内には鬼灯市が立つ。地方によっては八月に行う　㋥夏

4**四天王寺どやどや　してんのうじどやどや**　［宗］　一月十四日のどやどや祭の別称　㋥冬

四天王寺修正会　してんのうじしゅじょうえ　［宗］　一月元日より十四日まで、大阪市・四天王寺で行われる法会　㋥新年

四方の春　よものはる　［時］　初春のこと　㋥新年

四方の錦　よものにしき　［地］　秋の野山が紅葉で彩られた美しさを比喩的に言ったもの　㋥秋

四方太忌　しほうだき　［宗］　五月十六日、明治・大正期の俳人坂本四方太の忌日　㋥夏

四方拝　しほうはい　［宗］　元日の早朝に、天皇が天地四方と山陵を拝する行事　㋥新年

四日　よっか　［時］　正月四日のこと。仕事始めの日　㋥新年

四日月　よっかづき　［天］　月齢の一つ　㋥秋

四月　うづき　［時］　陽暦四月、ほぼ晩春に

あたる。一年で四番目の月　㋥夏

四月　しがつ　［時］　陽暦四月、ほぼ晩春にあたる。一年で四番目の月　㋥春

四月一日の青簾　しがついちじつのあおすだれ　［人］　平安時代以来、四月一日に行われた更衣の行事により夏の料に変えられた青々とした新しいすだれのこと　㋥夏

四月大根　しがつだいこん　［植］　春大根の別称　㋥春

四月尽　しがつじん　［時］　陽暦四月が終わること　㋥春

四月尽く　しがつつく　［時］　陽暦四月が終わること　㋥春

四月来る　しがつくる　［時］　四月になること　㋥春

四月馬鹿　しがつばか　［人］　四月一日。この日に限り、罪のない悪戯や嘘で人を驚かしてもかまわないという日　㋥春

四月終る　しがつおわる　［時］　陽暦四月が終わること　㋥春

6**四旬斎　しじゅんさい**　［宗］　四旬節の別称　㋥春

四旬祭　しじゅんさい　［宗］　四旬節の別称　㋥春

四旬節　しじゅんせつ　［宗］　灰の水曜日から復活祭の前日までの六週間半の期間で、日曜日を除いた四十日間のこと。肉食を断ち、遊興を控える　㋥春

7**四条河原の納涼　しじょうがわらのすずみ**　［人］　江戸時代、六月七日から十八日まで、賀茂川で納涼客をもてなした行事　㋥夏

四条涼み　しじょうすずみ　［人］　江戸時代、六月七日から十八日まで、賀茂川で納涼客をもてなした行事　㋥夏

8**四国巡　しこくめぐり**　［宗］　四国八十八ヵ所を巡ることを指す。遍路を春の季語としたため、これも俳句では季節は春　㋥春

四季咲薔薇　しきざきばら　［植］　長春花の別称　㋥春

四明忌　しめいき　［宗］　五月十六日、明治・大正期の俳人中川四明の忌日　㋥夏

9**四迷忌　しめいき**　［宗］　五月十日、明治期の小説家二葉亭四迷の忌日　㋥夏

10**四宮祭　しのみやまつり**　［宗］　十月十、十一日。大津市・天孫神社の大津祭の別称　㋥秋

俳句季語よみかた辞典　*89*

四時花　しじか　［植］　日日草の別称。晩夏から秋深まる頃まで花をつけ続ける　[季]夏

12 **四温**　しおん　［時］　冬の周期的な寒暖の変化のうち、四日ほど暖かい日が続くこと　[季]冬

四温日和　しおんびより　［時］　冬の季節に暖かい日がつづく空あい　[季]冬

四番茶　よばんちゃ　［人］　三番茶のあとに摘まれた茶　[季]春

四葉むぐら　よつばむぐら　［植］　葎の一種　[季]夏

四葉塩竈　よつばしおがま　［植］　塩竈菊の一種　[季]夏

四葩の花　よひらのはな　［植］　紫陽花の別称　[季]夏

四遍念仏　しへんねんぶつ　［宗］　六斎念仏の別称　[季]秋

【圧】

16 **圧鮓**　おしずし　［人］　鮓の一種　[季]夏

【冬】

みどりの冬　みどりのふゆ　［時］　梅雨寒が長期にわたって続く低温の夏のこと　[季]夏

み冬尽く　みふゆつく　［時］　三か月にわたる長く辛い冬がやっと終わること　[季]冬

冬　ふゆ　［時］　立冬から立春の前日、節分までまでのことを指す。陽暦では概ね十一月、十二月、一月　[季]冬

0 **冬ごもる**　ふゆごもる　［人］　冬の寒さをいとい、一間に籠居している暮らしぶり　[季]冬

冬さぶ　ふゆさぶ　［時］　冬の寒さもたけなわという感じ　[季]冬

冬され　ふゆされ　［時］　冬の風物の荒れさびた感じ　[季]冬

冬ざるる　ふゆざるる　［時］　冬の風物の荒れさびた感じ　[季]冬

冬ざれ　ふゆざれ　［時］　冬の風物の荒れさびた感じ　[季]冬

冬に入る　ふゆにいる　［時］　立冬を迎えたこと　[季]冬

冬ぬくし　ふゆぬくし　［時］　冬の日の暖かい陽気　[季]冬

冬の夕　ふゆのゆう, ふゆのゆうべ　［時］　冬の日の夕方　[季]冬

冬の山　ふゆのやま　［地］　冬の枯れ澄んだ山、あるいは雪が積もって白く化粧した山　[季]冬

冬の川　ふゆのかわ　［地］　冬、渇水のために水量の減った川　[季]冬

冬の太白　ふゆのたいはく　［天］　冬の冴えきって見える金星　[季]冬

冬の日　ふゆのひ　［時］　冬の一日、あるいは冬の太陽　[季]冬

冬の日　ふゆのひ　［天］　冬の一日、あるいは冬の太陽　[季]冬

冬の月　ふゆのつき　［天］　青白く寒々とした月　[季]冬

冬の水　ふゆのみず　［地］　冬の冷たく澄んだ水　[季]冬

冬の犬　ふゆのいぬ　［動］　寒中の犬　[季]冬

冬の田　ふゆのた　［地］　稲刈りの後の荒涼とした田　[季]冬

冬の名残　ふゆのなごり　［時］　長く辛い冬がやっと終わること。喜びの気持ちが籠もる　[季]冬

冬の灯　ふゆのひ　［人］　冬の厳しい冷え込みの中での寒々とした灯のようす　[季]冬

冬の色　ふゆのいろ　［地］　草木が枯れた冬の景色　[季]冬

冬の虫　ふゆのむし　［動］　本来は秋の虫が、晩秋から初冬の頃にまだ細々と鳴いていること　[季]冬

冬の衣類　ふゆのいるい　［人］　冬季に着用する衣服　[季]冬

冬の更衣　ふゆのころもがえ　［人］　陰暦十月一日に、衣服、調度・道具の類を冬春の料にあらためた昔の行事　[季]冬

冬の別れ　ふゆのわかれ　［時］　長く辛い冬がやっと終わること。喜びの気持ちが籠もる　[季]冬

冬の花蕨　ふゆのはなわらび　［植］　冬蕨の別称　[季]冬

冬の夜　ふゆのよ　［時］　冬の夜のこと　[季]冬

冬の始　ふゆのはじめ　［時］　初冬のこと　[季]冬

冬の服　ふゆのふく　［人］　冬服のこと　[季]冬

冬の波　ふゆのなみ　［地］　冬の荒れ狂う波　[季]冬

冬の空　ふゆのそら　［天］　冬の空模様　[季]冬

冬の苔　ふゆのこけ　［植］　冬の枯れ色の苔のこと　[季]冬

冬の苺　ふゆのいちご　［植］　冬に収穫できるように栽培される苺　[季]冬

冬の雨　ふゆのあめ　［天］　冬に降る雨。初冬の時雨に限らず一般的な雨のこと、あるいは冬も半ばの頃に降る冷雨のこと　[季]冬

冬の春　ふゆのはる　［時］　陰暦で正月になる前に立春になること　[季]冬

冬の星　ふゆのほし　［天］　寒気に冴えわたって見える冬の星　[季]冬

冬の柳　ふゆのやなぎ　［植］　冬、葉がすべて散ってしまった柳　[季]冬

冬の海　ふゆのうみ　［地］　冬の寒風と荒波がすさまじい海　[季]冬

冬の泉　ふゆのいずみ　［地］　寂しく冷たい水をたたえた泉　[季]冬

冬の草　ふゆのくさ　［植］　冬草の別称　[季]冬

冬の虻　ふゆのあぶ　［動］　成虫になって越年する虻　[季]冬

冬の虹　ふゆのにじ　［天］　冬の雨の後にでる虹　[季]冬

冬の限り　ふゆのかぎり　［時］　長く辛い冬がやっと終わること。喜びの気持ちが籠もる　[季]冬

冬の風　ふゆのかぜ　［天］　冬に吹く風　[季]冬

冬の原　ふゆのはら　［地］　冬の寒い野原　[季]冬

冬の宵　ふゆのよい　［時］　冬の日の夕方　[季]冬

冬の庭　ふゆのにわ　［地］　草木が枯れた冬の庭園　[季]冬

冬の梅　ふゆのうめ　［植］　冬のうちに咲いた梅　[季]冬

冬の浜　ふゆのはま　［地］　寒風吹きすさぶ荒涼とした冬の浜辺　[季]冬

冬の蚊　ふゆのか　［動］　冬の暖かい日に見られる蚊　[季]冬

冬の蚤　ふゆののみ　［動］　冬の動きの鈍い蚤　[季]冬

冬の梨　ふゆのなし　［植］　冬に食用する梨。晩三吉のこと　[季]冬

冬の菊　ふゆのきく　［植］　冬菊の別称　[季]冬

冬の菫　ふゆのすみれ　［植］　冬菫に同じ　[季]冬

冬の野　ふゆのの　［地］　冬の寒い野原　[季]冬

冬の鳥　ふゆのとり　［動］　冬に見かける鳥の総称　[季]冬

冬の鹿　ふゆのしか　［動］　冬でも活動を続ける鹿　[季]冬

冬の景　ふゆのけい　［地］　草木が枯れた冬の景色　[季]冬

冬の朝　ふゆのあさ　［時］　冬の寒い夜明け　[季]冬

冬の湖　ふゆのみずうみ　［地］　氷湖のこと　[季]冬

冬の雁　ふゆのかり　［動］　秋に渡ってきて、日本で冬を過ごす水鳥　[季]冬

冬の雲　ふゆのくも　［天］　冬空の雲　[季]冬

冬の園　ふゆのその　［地］　草木が枯れた冬の庭園　[季]冬

冬の滝　ふゆのたき　［地］　冬滝のこと　[季]冬

冬の蛾　ふゆのが　［動］　冬に見る、弱ってじっとしている蛾　[季]冬

冬の蜂　ふゆのはち　［動］　冬眠中に迷い出た蜂　[季]冬

冬の雷　ふゆのらい　［天］　冬に鳴る雷　[季]冬

冬の暮　ふゆのくれ　［時］　冬の日の夕方　[季]冬

冬の影　ふゆのかげ　［人］　冬の寒々とした影のこと　[季]冬

冬の潮　ふゆのしお　［地］　冬の寒々とした潮の流れ　[季]冬

冬の蝶　ふゆのちょう　［動］　冬に見る蝶の総称　[季]冬

冬の蝗　ふゆのいなご　［動］　初冬にまだ生き残っている蝗　[季]冬

冬の薔薇　ふゆのばら　［植］　冬薔薇の別称　[季]冬

冬の霞　ふゆのかすみ　［天］　冬の凪いだ早朝や夕刻に、烟ったよう発生する霞　[季]冬

冬の鵙　ふゆのもず　［動］　冬に見た鵙。めったに見かけない　[季]冬

冬の蠅　ふゆのはえ　［動］　冬の暖かい日に

5画（冬）

見られる生き残りの蠅　㊦冬

冬の霧　ふゆのきり　［天］　冬に発生する霧
で、都市部に発生することが多い　㊦冬

冬の鯛　ふゆのたい　［動］　冬にみる鯛。四
季の中で一番美味　㊦冬

冬の鶯　ふゆのうぐいす　［動］　冬に見られ
る鶯。本来鶯は春の季語で、冬の鶯は珍し
い　㊦冬

冬の靄　ふゆのもや　［天］　冬の日に立ちこ
める靄で、冬霞とほぼ同じ　㊦冬

冬めく　ふゆめく　［時］　気候が冬らしくな
る兆候が現れること　㊦冬

冬を待つ　ふゆをまつ　［時］　秋も終わりに
近く、厳しい冬が迫っていること　㊦秋

冬を隣る　ふゆをとなる　［時］　秋も終わり
に近く、厳しい冬が迫っていること　㊦秋

冬シャツ　ふゆしゃつ　［人］　冬季に着用す
るシャツ　㊦冬

¹冬一番　ふゆいちばん　［時］　その冬初めて
の寒波　㊦冬

³冬三日月　ふゆみかづき　［天］　冴えきって
鋭く見える冬の三日月　㊦冬

冬夕焼　ふゆゆうやけ　［天］　冬の夕焼け。
身に沁みるような鮮烈な色に染まる　㊦冬

冬山　ふゆやま　［地］　冬の枯れ澄んだ山、
あるいは雪が積もって白く化粧した山
㊦冬

冬山肌　ふゆやまはだ　［地］　冬山の岩肌が
あらわに見えること　㊦冬

冬山家　ふゆやまが　［地］　冬の山家　㊦冬

冬山椒　ふゆざんしょう　［植］　ミカン科の
低木で山椒とは別種。山椒は冬に落葉する
が、これは常緑樹　㊦冬

冬山路　ふゆやまじ　［地］　冬の山路　㊦冬

冬川　ふゆかわ　［地］　冬、渇水のために水
量の減った川　㊦冬

冬川原　ふゆがわら　［地］　かれがれになっ
た川が流れている川原　㊦冬

⁴冬天　とうてん　［天］　冬の空模様　㊦冬

冬支度　ふゆじたく　［人］　冬を迎えるため
のさまざまな雑事、またその心持ち　㊦秋

冬日　ふゆひ　［天］　冬の太陽のこと　㊦冬

冬日向　ふゆひなた　［天］　冬の日ざしでで
きたひなた　㊦冬

冬日没る　ふゆひいる　［天］　冬の太陽がし
ずむこと　㊦冬

冬日和　ふゆびより　［天］　穏やかに晴れた
冬の日　㊦冬

冬日影　ふゆひかげ　［時］　冬の寒々とした
太陽　㊦冬

冬木　ふゆき　［植］　冬の木々の姿　㊦冬

冬木の芽　ふゆきのめ　［植］　冬芽に同じ
㊦冬

冬木の桜　ふゆきのさくら　［植］　冬枯れで
葉がすべて落ちた桜　㊦冬

冬木中　ふゆきなか　［植］　冬木の中　㊦冬

冬木立　ふゆこだち　［植］　冬木の群生して
いる姿　㊦冬

冬木瓜　ふゆぼけ　［植］　寒木瓜の別称
㊦冬

冬木原　ふゆきばら　［植］　冬木の生えた原
㊦冬

冬木宿　ふゆきやど　［植］　冬木の中にある
宿　㊦冬

冬木道　ふゆきみち　［植］　冬木の植わった
道　㊦冬

冬木影　ふゆきかげ　［植］　冬木の影　㊦冬

⁵冬北斗　ふゆほくと　［天］　冬の冴えきって
見える北斗七星　㊦冬

冬半ば　ふゆなかば　［時］　仲冬のこと
㊦冬

冬去る　ふゆさる　［時］　長く辛い冬がやっ
と終わること。喜びの気持ちが籠もる
㊦冬

冬用意　ふゆようい　［人］　冬を迎えるため
のさまざまな雑事、またその心持ち　㊦秋

冬田　ふゆた　［地］　稲刈りの後の荒涼とし
た田　㊦冬

冬田面　ふゆたのも　［地］　稲刈りの後の荒
涼とした田　㊦冬

冬田道　ふゆたみち　［地］　冬田の中を通る
道　㊦冬

冬立つ　ふゆたつ　［時］　立冬を迎えたこと
㊦冬

⁶冬休　ふゆやすみ　［人］　冬季、年末年始の
休み。学校は十二月二十五日頃から正月七
日までとするところが多い　㊦冬

冬凪　ふゆなぎ　［天］　冬におこるわずかな
間の凪ぎ　㊦冬

冬安居　ふゆあんご　［宗］　十月一日から十
五日まで、僧衆を一か所に集め、外出を禁
じ、講経や座禅に専念させる制度　㊦冬

冬尽く　ふゆつく ［時］ 長く辛い冬がやっと終わること。喜びの気持ちが籠もる [季]冬

冬汐　ふゆじお ［地］ 冬の寒々とした潮の流れ [季]冬

冬灯　ふゆび, ふゆともし ［人］ 冬の厳しい冷え込みの中での寒々とした灯のようす [季]冬

冬瓜　とうが, かもうり ［植］ 緑色球形の大きな秋の果実。果肉は白く、煮物や汁物にして食べる [季]秋

冬瓜汁　とうがじる ［植］ 冬瓜の汁物。冬瓜は秋の季語 [季]秋

冬羽織　ふゆばおり ［人］ 冬に着物の上に着る羽織 [季]冬

冬肌　ふゆはだ ［人］ 冬の寒さで肌が乾いてカサカサになること [季]冬

冬至　とうじ ［時］ 二十四節気の一つ。陽暦十二月二十二日頃。一年で最も日が短い [季]冬

冬至芽　とうじめ ［植］ 冬至の頃、枯れて刈り取った菊の根についた白いウド芽 [季]冬

冬至南瓜　とうじかぼちゃ ［時］ 冬至に南瓜を食べて厄払いとする風習 [季]冬

冬至風呂　とうじぶろ ［人］ 柚子風呂の別称 [季]冬

冬至梅　とうじばい ［植］ 冬至の頃から咲く早梅 [季]冬

冬至湯　とうじゆ ［宗］ 柚子湯の別称 [季]冬

冬至粥　とうじがゆ ［人］ 冬至に赤小豆の粥を食べて厄払いとする風習 [季]冬

冬至蒟蒻　とうじこんにゃく ［宗］ 冬至に蒟蒻を食べて厄払いとする風習 [季]冬

冬至餅　とうじもち ［時］ 冬至に祝い餅を食べて厄払いとする風習 [季]冬

冬芒　ふゆすすき ［植］ 寒薄の別称 [季]冬

冬行く　ふゆゆく ［時］ 長く辛い冬がやっと終わること。喜びの気持ちが籠もる [季]冬

冬衣　ふゆごろも ［人］ 冬に着用する衣服一般のこと [季]冬

7冬囲とる　ふゆがこいとる ［人］ 春になり、冬を過ごすための防寒・防雪の用意を取り払うこと [季]春

冬忍　ふゆしのぶ ［植］ 寒忍の別称 [季]冬

冬旱　ふゆひでり ［天］ 冬に雨雪が降らず、大地が枯れたようなさま [季]冬

冬来る　ふゆきたる ［時］ 立冬を迎えたこと [季]冬

冬杣　ふゆそま ［人］ 冬に樹木の伐採のために山に入る杣夫 [季]冬

冬牡丹　ふゆぼたん ［植］ 冬に開花させた牡丹 [季]冬

冬芹　ふゆぜり ［植］ 寒芹の別称 [季]冬

冬近し　ふゆちかし ［時］ 秋も終わりに近く、厳しい冬が迫っていること [季]秋

8冬夜　ふゆよ ［時］ 冬の夜のこと [季]冬

冬奉公人　ふゆぼうこうにん ［人］ 江戸時代、毎年十一月ごろに江戸へ出稼ぎに来る冬季の奉公人 [季]冬

冬季季節風　とうききせつふう ［天］ 冬に吹く季節風 [季]冬

冬服　ふゆふく ［人］ 冬に着る厚手の洋服 [季]冬

冬果つ　ふゆはつ ［時］ 長く辛い冬がやっと終わること。喜びの気持ちが籠もる [季]冬

冬林檎　ふゆりんご ［植］ 秋に収穫した林檎が冬に出荷され、冬の果物として出回るもの [季]冬

冬物　ふゆもの ［人］ 冬に着用する衣服一般のこと [季]冬

冬空　ふゆぞら ［天］ 冬の空模様 [季]冬

冬芽　ふゆめ, とうが ［植］ 秋に既にできている冬を越す芽 [季]冬

冬苺　ふゆいちご ［植］ 山地に自生する常緑小低木で、冬、果実が赤く熟して食べられる [季]冬

冬青　とうせい ［植］ 黐の木の別称。実は通常秋に赤く熟するが、黄色く熟する種類もある [季]秋

冬青の花　もちのはな ［植］ モチノキ科の常緑小高木。五月頃、葉の根元に黄緑色の小花が咲く [季]夏

冬青空　ふゆあおぞら ［天］ 冬の空模様 [季]冬

冬青草　ふゆあおくさ ［植］ 冬草の別称 [季]冬

冬青落葉　もちおちば ［植］ 初夏の新葉が茂る頃に、冬青の古葉が落葉すること

㉢夏

9冬帝　とうてい　［時］　冬の別称　㉢冬

　冬彦忌　ふゆひこき　［宗］　十二月三十一日、吉村冬彦の筆名のある寺田寅彦の忌日　㉢冬

　冬星　ふゆぼし　［天］　寒気に冴えわたって見える冬の星　㉢冬

　冬星座　ふゆせいざ　［天］　冬の冴えきって見える星座　㉢冬

　冬昴　ふゆすばる　［天］　寒昴のこと　㉢冬

　冬枯　ふゆがれ　［植］　草木が枯れ果てた冬景色　㉢冬

　冬枯道　ふゆがれみち　［植］　冬枯の中を通る道　㉢冬

　冬柏　ふゆかしわ　［植］　柏が冬に褐色の枯葉をつけたままでいるさま　㉢冬

　冬柳　ふゆやなぎ　［植］　冬、葉がすべて散ってしまった柳　㉢冬

　冬海　ふゆうみ　［地］　冬の寒風と荒波がすさまじい海　㉢冬

　冬泉　とうせん　［地］　寂しく冷たい水をたたえた泉　㉢冬

　冬浅し　ふゆあさし　［時］　冬に入って間もない、まだ寒さの厳しくない頃　㉢冬

　冬珊瑚　ふゆさんご　［植］　ブラジル原産のナス科の低木で、観賞用として庭に栽培する。冬、珊瑚色の丸い果実が熟する　㉢冬

　冬紅葉　ふゆもみじ　［植］　冬、散りおくれて残っている紅葉　㉢冬

　冬茜　ふゆあかね　［天］　冬の夕焼け。身に沁みるような鮮烈な色に染まる　㉢冬

　冬草　ふゆくさ　［植］　冬の枯れ残った草、冬でも常緑である草の総称　㉢冬

　冬送る　ふゆおくる　［時］　長く辛い冬がやっと終わること。喜びの気持ちが籠もる　㉢冬

　冬風　ふゆかぜ　［天］　冬に吹く風　㉢冬

10冬将軍　ふゆしょうぐん　［時］　冬の別称　㉢冬

　冬座敷　ふゆざしき　［人］　寒さを防ぐため、襖をしめ切ったり、炬燵を入れるなどした冬の座敷　㉢冬

　冬庭　ふゆにわ　［地］　草木が枯れた冬の庭園　㉢冬

　冬扇　ふゆおうぎ　［人］　一般には檜扇のこと。ただし俳句としては、夏用の扇が冬に

不要になってしまったことを指す　㉢冬

　冬桜　ふゆざくら　［植］　十二月から一月にかけて白い一重の花が開花する桜の一種　㉢冬

　冬浜　ふゆはま　［地］　寒風吹きすさぶ荒涼とした冬の浜辺　㉢冬

　冬浪　ふゆなみ　［地］　冬の荒れ狂う波　㉢冬

　冬眠　とうみん　［動］　一部の動物が、冬、活動を停止し眠って過ごすこと　㉢冬

　冬耕　とうこう　［人］　冬に田畑を耕すこと　㉢冬

　冬蚊　ふゆか　［動］　冬まで生き残った蚊　㉢冬

11冬惜しむ　ふゆおしむ　［時］　過ぎゆく冬を惜しむこと。陰暦では年を惜しむと同義になる　㉢冬

　冬惜む　ふゆおしむ　［時］　長い陰鬱な冬が終わること　㉢冬

　冬梨　ふゆなし　［植］　冬に食用する梨。晩三吉のこと　㉢冬

　冬渚　ふゆなぎさ　［地］　寒風吹きすさぶ荒涼とした冬の渚　㉢冬

　冬深し　ふゆふかし　［時］　冬の寒さもたけなわという感じ　㉢冬

　冬深む　ふゆふかむ　［時］　冬の寒さもたけなわという感じ　㉢冬

　冬祭　ふゆまつり　［宗］　湯立神楽の一種で、遠山の霜月祭の別称　㉢冬

　冬終る　ふゆおわる　［時］　長く辛い冬がやっと終わること。喜びの気持ちが籠もる　㉢冬

　冬菊　ふゆぎく　［植］　冬になっても咲き残っている、普通種の遅咲の菊。ただし寒菊の別称として言う場合もある　㉢冬

　冬菜　ふゆな　［植］　冬から春にかけて収穫する、主に漬け物にする菜類の総称　㉢冬

　冬菜売　ふゆなうり　［植］　冬菜を売る人　㉢冬

　冬菜畑　ふゆなばた　［植］　冬菜を作っている畑　㉢冬

　冬菜飯　ふゆなめし　［植］　冬菜をいれた菜飯　㉢冬

　冬萌　ふゆもえ　［植］　晩冬の暖かい日に木の芽や草の芽が出てくること　㉢冬

　冬菫　ふゆすみれ　［植］　冬に咲いている野

5画（冬）

生のスミレ草の花の総称　㋵冬

冬野　ふゆの　［地］　冬の寒い野原　㋵冬

冬野道　ふゆのみち　［地］　冬の野原を通る道　㋵冬

冬雀　ふゆすずめ　［動］　冬雀の別称　㋵冬

12冬帽　ふゆぼう　［人］　冬にかぶる帽子の総称。防寒用ばかりではなく、装飾的なものも含む　㋵冬

冬帽子　ふゆぼうし　［人］　冬にかぶる帽子の総称。防寒用ばかりではなく、装飾的なものも含む　㋵冬

冬暁　ふゆあかつき　［時］　冬の寒い夜明け　㋵冬

冬景　とうけい　［地］　草木が枯れた冬の景色　㋵冬

冬景色　ふゆげしき　［地］　草木が枯れた冬の景色　㋵冬

冬晴　ふゆばれ　［天］　冬の晴れた日　㋵冬

冬晴るる　ふゆはるる　［天］　冬の晴れた日　㋵冬

冬最中　ふゆもなか　［時］　陰暦十一月の別称　㋵冬

冬登山　ふゆとざん　［地］　冬山の登山。危険を伴ない、遭難者も多い　㋵冬

冬着　ふゆぎ　［人］　冬に着用する衣服一般のこと　㋵冬

冬葵　ふゆあおい　［植］　冬になってもまだ花のある葵のこと　㋵冬

冬葱　ふゆき，ふゆねぎ　［植］　葱のこと　㋵冬

冬雲　ふゆぐも　［天］　冬空の雲　㋵冬

冬雲雀　ふゆひばり　［動］　冬の暖かい日に見られる雲雀　㋵冬

13冬暖　ふゆあたたか，とうだん　［時］　冬の日の暖かい陽気　㋵冬

冬暖か　ふゆあたたか　［時］　冬の日の暖かい陽気　㋵冬

冬椿　ふゆつばき　［植］　寒椿のこと　㋵冬

冬滝　ふゆだき　［地］　冬の凍滝、あるいは涸滝のこと　㋵冬

冬蜂　ふゆばち　［動］　冬の蜂に同じ　㋵冬

14冬構　ふゆがまえ　［人］　冬を迎えるための防寒、防雪などの用意　㋵冬

冬構する　ふゆがまえする　［人］　冬を迎えるための防寒、防雪などの用意　㋵冬

冬構解く　ふゆがまえとく　［人］　春にな

り、冬を過ごすための防寒・防雪の用意を取り払うこと　㋵春

冬蔦　ふゆづた　［植］　ウコギ科の蔓性低木。ブドウ科の蔦は冬に落葉するが、これは常緑植物　㋵冬

冬銀河　ふゆぎんが　［天］　冬の冴えきって見える天の川　㋵冬

冬障子　ふゆしょうじ　［人］　冬季用の障子のこと　㋵冬

15冬潮　ふゆじお　［地］　冬の寒々とした潮の流れ　㋵冬

冬蕨　ふゆわらび　［植］　シダ類ハナヤスリ目に属し、秋から冬にかけて生育する種類の植物　㋵冬

冬蝶　ふゆちょう　［動］　冬の蝶に同じ　㋵冬

冬蝗　ふゆいなご　［動］　初冬にまだ生き残っている蝗　㋵冬

16冬薄　ふゆすすき　［植］　寒薄の別称　㋵冬

冬薔薇　ふゆそうび，ふゆばら　［植］　冬まで花の残っている薔薇　㋵冬

冬隣　ふゆとなり　［時］　秋も終わりに近く、厳しい冬が迫っていること　㋵秋

冬隣る　ふゆとなる　［時］　秋も終わりに近く、厳しい冬が迫っていること　㋵秋

冬館　ふゆやかた　［人］　どしりとした量感のある冬の洋邸　㋵冬

17冬嶺　ふゆみね　［地］　冬山の嶺　㋵冬

冬曙　ふゆあけぼの　［時］　冬の寒い夜明け　㋵冬

冬濤　ふゆなみ　［地］　冬の荒れ狂う波　㋵冬

冬襖　ふゆぶすま　［人］　冬用の襖のこと　㋵冬

冬霞　ふゆがすみ　［天］　冬の凪いだ早朝や夕刻に、烟ったよう発生する霞　㋵冬

冬霞む　ふゆかすむ　［天］　冬の凪いだ早朝や夕刻に、烟ったよう発生する霞　㋵冬

18冬鵙　ふゆもず　［動］　冬の鵙に同じ　㋵冬

19冬蠅　ふゆばえ　［動］　冬の蠅に同じ　㋵冬

冬霧　ふゆぎり　［天］　冬に発生する霧で、都市部に発生することが多い　㋵冬

冬麗　ふゆうらら　［天］　穏やかに晴れてうららかな冬の日　㋵冬

21冬鶯　ふゆうぐいす　［動］　冬の鶯に同じ　㋵冬

俳句季語よみかた辞典　95

5画 （外, 奴, 奶, 孕, 尻, 巧, 左）

²²冬籠　ふゆごもり　［人］　雪国で冬の間活動がとざされ、人びとが防寒の備えをした家に籠ること　㊦冬

冬鷗　ふゆかもめ　［動］　代表的な海鳥。以前は無季とされてきた　㊦冬

²⁴冬靄　ふゆもや　［天］　冬の日に立ちこめる靄で、冬霞とほぼ同じ　㊦冬

冬鷺　ふゆさぎ　［動］　冬場にも見られる小鷺　㊦冬

【外】

¹⁰外套　がいとう　［人］　冬、防寒のため洋服の上に着るゆったりとしたウールや毛皮の衣類　㊦冬

外套脱ぐ　がいとうぬぐ　［人］　春の暖かさに、冬用のコートなどを脱ぎ軽装になること　㊦春

外記政始　げきのまつりごとはじめ　［人］平安時代、正月の九日または吉日に行なわれた外記庁での政始行事　㊦新年

¹³外寝　そとね　［人］　暑い屋内を避けて、屋外で寝ること　㊦夏

¹⁵外幟　そとのぼり　［人］　幟を外に立てること　㊦夏

【奴】

⁰奴だこ　やっこだこ　［人］　凧の一種。奴が筒袖を着て、左右に両手を広げた形のたこ　㊦春

⁵奴凧　やっこだこ　［人］　凧の一種。奴が筒袖を着て、左右に両手を広げた形のたこ　㊦新年, 春

奴正月　やっこしょうがつ　［時］　二十日正月の別称　㊦新年

【奶】

¹⁵奶樂包　じょしょうほう　［植］　犬枇杷の別称。晩夏に実が濃紫色に熟するが、味はまずい　㊦夏

【孕】

⁰孕み馬　はらみうま　［動］　春の妊娠中の馬　㊦春

孕み猫　はらみねこ　［動］　春の妊娠した猫　㊦春

孕み雀　はらみすずめ　［動］　腹のなかに卵を持っている春の雀のこと　㊦春

孕み鹿　はらみじか　［動］　妊娠中の鹿　㊦春

孕み箸　はらみばし　［人］　正月の太箸の別称　㊦新年

孕め打ち　はらめうち　［宗］　嫁叩の別称　㊦新年

¹⁰孕馬　はらみうま　［動］　春の妊娠中の馬　㊦春

¹¹孕猫　はらみねこ　［動］　春の妊娠した猫　㊦春

孕雀　はらみすずめ　［動］　腹のなかに卵を持っている春の雀のこと　㊦春

孕鳥　はらみどり　［動］　卵をかかえたり、ヒナを育てている鳥　㊦春

孕鹿　はらみじか　［動］　妊娠中の鹿　㊦春

【尻】

⁰尻たたき祭　しりたたきまつり　［宗］　京都市・石座神社で行われていた岩倉祭の別称　㊦秋

⁴尻太刀祭　しりだちのまつり　［宗］　鵜坂祭の別称　㊦夏

⁵尻打祭　しりうちまつり　［宗］　鵜坂祭の別称　㊦夏

¹¹尻張　しりはり　［人］　新婦の尻を打って、多子を呪う行事。小正月に行われたという　㊦新年

¹⁴尻摘祭　しりつみまつり　［宗］　十一月十日、伊東市・音無神社で行われる祭　㊦冬

【巧】

¹¹巧婦鳥　たくみどり　［動］　鷦鷯の別称　㊦冬

【左】

³左千夫忌　さちおき　［宗］　七月三十日、明治期の歌人・小説家伊藤左千夫の忌日　㊦夏

⁵左右近の馬場の騎射　さうこんのうまばのうまゆみ　［人］　平安時代、陰暦五月三日から六日まで行われた近衛府の騎射の行事　㊦夏

⁷左近の荒手番　さこんのあらてつがい　［宗］平安時代、陰暦五月三日に一条西洞院の左近馬場で行なわれた騎射の式。真手番の略

5画（市, 布, 平）

儀　㋡夏

左近の桜　さこんのさくら　［植］　京都御所
　にある桜　㋡春

左近の真手番　さこんのまてつがい　［宗］
　平安時代、陰暦五月五日に一条西洞院の左
　近馬場で行なわれた騎射の式　㋡夏

左近桜　さこんざくら　［植］　桜の一種
　㋡春

13左義長　さぎちょう　［人］　小正月に行なわ
　れる火祭行事　㋡新年

左義長踊　さぎちょうおどり　［人］　ちゃっ
　きらこの古称　㋡新年

【市】

いたこ市　いたこいち　［宗］　七月二十日か
　ら二十四日まで恐山大祭にいたこが集まる
　こと　㋡夏

おかめ市　おかめいち　［宗］　西の市でおか
　めの面を売ったこと　㋡冬

すもも市　すももいち　［宗］　七月二十日、
　府中市・大国魂神社で行われる祭礼　㋡夏

べつたら市　べったらいち　［人］　十月十九
　日と二十日、東京日本橋近辺に立つ市。も
　とは翌日の恵比須講に用いる道具などを売
　る市だったが、現在はべったら（浅漬大根）
　が売られる　㋡秋

ぼろ市　ぼろいち　［宗］　世田谷ぼろ市のこ
　と　㋡冬

3市女笠　いちめがさ　［人］　道を行く婦人が
　かぶった円形の日除け用の笠　㋡夏

8市始　いちはじめ　［人］　新年なって初めて
　魚市・野菜市などの市を開くこと。以前は
　十日が主だったが、最近は四日に行われる
　所も多い　㋡新年

9市神祭　いちがみまつり　［宗］　一月十日頃
　に行なわれる各地の市神の祭礼　㋡新年

【布】

さらし布　さらしぬの　［人］　晒しの別称
　㋡夏

3布子　ぬのこ　［人］　表と裏地に木綿を用い
　た綿入　㋡冬

4布引桜　ぬのびきざくら　［植］　桜の一種
　㋡春

6布団　ふとん　［人］　布を外被にして、なか
　に綿・鳥の羽などをつめた暖かい寝具。掛
　布団、敷布団などの総称で、すべて冬の季

語　㋡冬

布瓜　へちま　［植］　ウリ科の蔓性植物で、
　秋に数十センチもある果実がぶら下がる。
　食用にもなるが、多くは垢こすり、束子な
　どに加工されるか、へちま水を採ったりす
　る　㋡秋

9布施参　ふせまいり　［宗］　正月初巳の日に
　千葉県沼南村布施の弁天堂に参詣すること
　㋡新年

布施籠　ふせごもり　［宗］　正月初巳の日に
　千葉県沼南村布施の弁天堂に参詣すること
　㋡新年

布海苔　ふのり　［植］　糊の原料になる海
　藻。夏に採取する　㋡夏

10布株　めかぶ　［植］　生長した和布の茎の粘
　りけのある所　㋡春

布株とろろ　めかぶとろろ　［植］　布株を
　すって煮汁を加えたもの　㋡春

布留社笈渡　ふるのやしろのおいわたし
　［宗］　布留明神で行なわれた笈渡し　㋡秋

11布袋草　ほていそう　［植］　布袋葵の別称。
　真夏に薄紫の花が咲く　㋡夏

布袋草　ほていそう　［植］　熊谷草の別称
　㋡春

布袋菜　ほていな　［植］　冬菜の一つで小松
　菜の別称　㋡冬

布袋葵　ほていあおい　［植］　ミズアオイ科
　の水生多年草。葉柄のふくらんでいる様子
　が「布袋さま」の腹に似ていることからの
　名。真夏に薄紫の花が咲く　㋡夏

【平】

5平目　ひらめ　［動］　ヒラメ科の海魚で、冬
　が旬　㋡冬

6平地木　へいちぼく　［植］　藪柑子の別称
　㋡冬

平安祭　へいあんまつり　［宗］　十月二十二
　日、京都市・平安神宮で行われる時代祭の
　別称　㋡秋

7平貝　たいらがい　［動］　タイラギの俗称
　㋡冬

8平和祭　へいわさい　［宗］　八月六日と九
　日、広島と長崎に原子爆弾が投下された日
　㋡夏

平国祭　くにむけまつり　［宗］　三月十八日
　から二十三日の御出祭の別称　㋡春

平宗太　ひらそうだ　［動］　体の平たい宗太

俳句季語よみかた辞典　97

鰹　[季]秋

平岡平国祭　ひらおかくにむけまつり　［宗］　五月二十一日に行われる枚岡市・枚岡神社の祭礼　[季]夏

平泳　へいえい　［人］　泳ぎの型　[季]夏

9平泉藤原祭　ひらいずみふじわらまつり　［宗］　五月一日から五日、岩手県平泉町・中尊寺で行われる藤原三代の栄華を偲ぶ行事　[季]春

平茸　ひらたけ　［植］　マツタケ科の茸　[季]秋

10平家蛍　へいけぼたる　［動］　蛍の一種　[季]夏

平座見参　ひらざのげざん　［人］　天皇が物忌みなどで元日節会に出御しない場合に行なわれた略儀の坐礼　[季]新年

11平野水　ひらのすい　［人］　炭酸水のこと。平野温泉付近の湧水が、サイダー製造に適したことに由来する　[季]夏

平野祭　ひらのまつり　［宗］　昔、陰暦四月の上申に行なわれた京都市・平野神社の祭礼　[季]夏

平野祭　ひらのまつり　［宗］　昔、行なわれた祭り　[季]冬

21平鰤　ひらまさ　［動］　ブリ科の海魚で、鰤よりもやや扁平。夏が旬で、刺身や鮨種に用いる　[季]夏

【広】

8広東木瓜　かんとんぼけ　［植］　木瓜の一種　[季]春

9広重忌　ひろしげき　［宗］　陰暦九月六日、江戸時代末期の浮世絵師安藤広重の忌日　[季]秋

10広島忌　ひろしまき　［人］　昭和二十年八月六日、広島市に原爆がおとされた日　[季]秋

広島菜　ひろしまな　［植］　冬菜の一つで、広島産のもの　[季]冬

広峰祭　ひろみねまつり　［宗］　昔、行なわれた祭　[季]春

19広瀬龍田の祭　ひろせたつたのまつり　［宗］　昔、行なわれた祭　[季]秋

【弁】

4弁天堂琵琶会　べんてんどうびわえ　［宗］　二月十六日、江戸・一つ目弁財天社で催された盲人の琵琶会　[季]春

6弁当始　べんとうはじめ　［宗］　御忌の風俗　[季]春

弁当始め　べんとうはじめ　［宗］　御忌の風俗　[季]春

弁当納　べんとうおさめ　［宗］　陰暦十月十六日の、京都での行楽の終わりとされる円爾弁円の忌日　[季]冬

15弁慶草　べんけいそう　［植］　山地に自生する多年草。秋、茎の上に白や薄紅色の小花を集める。非常に生命力が強い　[季]秋

弁慶蟹　べんけいがに　［動］　蟹の一種　[季]夏

【弘】

8弘法さん　こうぼうさん　［宗］　御影供の日に、京都・東寺、仁和寺、西賀茂神光院に参詣すること　[季]春

弘法大師降誕会　こうぼうだいしこうたんえ　［宗］　六月十五日、高野山金剛峯寺で行われる弘法大師の降誕会　[季]夏

弘法忌　こうぼうき　［宗］　陰暦三月二十一日、弘法大師空海の忌日　[季]春

【打】

うろこもち打　うろこもちうち　［宗］　小正月の農村行事。田の土龍を追い豊作を祈願する行事　[季]新年

しころ打つ　しころうつ　［人］　砧を絶えず打つこと　[季]秋

しで打つ　しでうつ　［人］　砧を絶えず打つこと　[季]秋

つくし打　つくしうち　［人］　根木打の東北地方での呼称　[季]冬

3打上花火　うちあげはなび　［人］　花火の一種で、筒などから夜空に打ち上げる花火　[季]秋

4打水　うちみず　［人］　路地や門前などに、埃を押さえて涼を呼ぶために水を撒くこと　[季]夏

5打叩　うちたたき　［人］　漁師や舟運業者が正月仕事始めの式を行なうこと　[季]新年

7打初　うちぞめ　［人］　新年になって初めて打楽器を演奏すること　[季]新年

10打栗つくる　うちぐりつくる　［人］　大きい搗栗を蒸して、砂糖で味をつけ、紙に包んで圧して平たくした食べ物　[季]秋

11打毬　だきゅう　［人］　毬を打つ槌の形状の

杖に、色糸を加えて飾った正月用の玩具。現在は廃れた [季]新年

15打熨斗　うちのし ［人］ 熨斗鮑のこと [季]新年

22打鱈　うちだら ［人］ 干鱈のこと [季]春

【旧】

5旧冬　きゅうとう ［時］ 新年になってから、前年の冬を振り返ってさす言葉。詠嘆的な気持ちがこもる [季]新年

旧正　きゅうしょう ［時］ 陰暦による正月 [季]春

旧正月　きゅうしょうがつ ［時］ 陰暦による正月 [季]春

6旧年　きゅうねん ［時］ 新年になってから、去った前年を振り返ってさす言葉。詠嘆的な気持ちがこもる [季]新年

9旧炭　ひねずみ ［人］ 夏を越し冬まで寝させて売り出すもの [季]冬

19旧臘　きゅうろう ［時］ 新年になってから、前年の師走を振り返ってさす言葉。詠嘆的な気持ちがこもる [季]新年

【札】

お札流し　おふだながし ［宗］ 陰暦三月二十八日、四国八十八ヵ所のうちの十ヵ寺で行われる、遍路が納めたお札を高浜沖に流す行事 [季]春

10札納　ふだおさめ ［宗］ 年末に古いお札を社寺に納め、焼いてもらうこと [季]冬

13札幌祭　さっぽろまつり ［宗］ 六月十四日から十六日まで、札幌神社で行われる例祭 [季]夏

札幌雪まつり　さっぽろゆきまつり ［人］ 二月上旬に札幌・大通公園を中心に行われる雪まつり。巨大な雪像が並び、世界から観光客が来る [季]冬

【本】

0本ちぬ　ほんちぬ ［動］ 黒鯛の別称 [季]夏

本むつ　ほんむつ ［動］ ムツゴロウの別称 [季]春

本もろこ　ほんもろこ ［動］ モロコの一種 [季]春

本やどかり　ほんやどかり ［動］ ヤドカリの一種 [季]春

5本礼拝講　ほんらいはいこう ［宗］ 三月十二、十三日に日吉大社本殿で行なわれた礼拝講 [季]夏

7本妙寺詣　ほんみょうじもうで ［宗］ 昔、行われた参詣 [季]春

11本祭　ほんまつり ［宗］ 本式に行なわれる祭。祭は夏祭のこと [季]夏

14本暦　ほんごよみ ［人］ 本になっているその年の暦 [季]新年

本蓼　ほんたで ［植］ 蓼の一種。蓼は夏の季語 [季]夏

17本鮪　ほんまぐろ ［動］ 鮪の別称 [季]冬

19本願寺の籠花　ほんがんじのかごはな ［人］ 東西両本願寺で七夕に、末寺から草花で作った人形などを献上してくるのを、一般の人々に縦覧したこと [季]秋

本願寺七夕の花　ほんがんじたなばたのはな ［人］ 東西両本願寺で七夕に、末寺から草花で作った人形などを献上してくるのを、一般の人々に縦覧したこと [季]秋

本願寺立花　ほんがんじりっか ［人］ 東西両本願寺で七夕に、末寺から草花で作った人形などを献上してくるのを、一般の人々に縦覧したこと [季]秋

22本鱈　ほんだら ［動］ 鱈の一種 [季]冬

23本鱒　ほんます ［動］ 鱒の一種 [季]春

【末】

0末の冬　すえのふゆ ［時］ 晩冬の別称 [季]冬

末の春　すえのはる ［時］ 暮の春に同じ [季]春

末の秋　すえのあき ［時］ 晩秋の別称 [季]秋

5末冬　まっとう ［時］ 晩冬の別称 [季]冬

末広　すえひろ ［人］ 扇の別称 [季]夏

6末伏　まっぷく ［時］ 立秋の後の第一の庚の日。三伏の第三 [季]夏

9末枯　うらがれ ［植］ 晩秋、草の葉も木の枝も先のほうから徐々に枯れ始めること [季]秋

末枯の原　うらがれのはら ［地］ 秋の末枯の野辺の姿 [季]秋

末枯の野山　うらがれののやま ［地］ 秋の末枯の野辺の姿 [季]秋

末枯の野辺　うらがれののべ ［地］ 秋の末

5画（未, 此, 正）

枯の野辺の姿　㊡秋

末枯るる　うらがるる　［植］　晩秋、草の葉
も木の枝も先のほうから徐々に枯れ始める
こと　㊡秋

末枯野　うらがれの　［地］　秋の末枯の野辺
の姿　㊡秋

末秋　まっしゅう　［時］　晩秋の別称　㊡秋

11末黒　すぐろ　［地］　春、草木の成育と害虫
駆除のため、野焼した野原　㊡春

末黒の芒　すぐろのすすき　［植］　春の山焼
きや野焼きの焼け跡から萌え出てくる芒
㊡春

末黒の薄　すぐろのすすき　［植］　春の山焼
きや野焼きの焼け跡から萌え出てくる芒
㊡春

末黒野　すぐろの　［地］　春、草木の成育と
害虫駆除のため、野焼した野原　㊡春

14末摘花　すえつむはな　［植］　紅花の別称。
夏に咲く花から紅をとる　㊡夏

【未】

0未の御供　ひつじのごく　［宗］　四月十三日
から十五日、大津市・日吉神社で行われる
山王祭での神事　㊡春

5未央柳　びようやなぎ　［植］　中国原産のオ
トギリソウ科の半落葉低木。夏、大きな黄
金色の五弁花をつける　㊡夏

9未草　ひつじぐさ　［植］　睡蓮の別称。夜咲
きのものが未の刻ごろに開花したことから
㊡夏

12未開紅　みかいこう　［植］　紅梅の別称
㊡春

【此】

7此花踊　このはなおどり　［人］　大阪堀江遊
郭の春の踊り　㊡春

【正】

お正月　おしょうがつ　［時］　一年の最初の
月　㊡新年

とろろ正月　とろろしょうがつ　［時］　二十
日正月の別称　㊡新年

どんど正月　どんどしょうがつ　［宗］　小正
月の左義長（火祭行事）の別称　㊡新年

はったい正月　はったいしょうがつ　［時］
二十日正月の別称　㊡新年

4正月　しょうがつ　［時］　一年の最初の月
㊡新年

正月さん　しょうがつさん　［宗］　歳徳神の
別称　㊡新年

正月小屋　しょうがつごや　［宗］　左義長を
するための小屋　㊡新年

正月小袖　しょうがつこそで　［人］　正月に
着る新しい晴着　㊡新年

正月礼　しょうがつれい　［人］　年始の回礼
の別称　㊡新年

正月事始　しょうがつのことはじめ, しょう
がつことはじめ　［宗］　十二月十三日、正
月の準備に取りかかる日のこと　㊡冬

正月茶　しょうがつちゃ　［人］　正月十五日
までの間に、親しい者が互いに招きあって
一日のんびりとする近江八幡市付近の風俗
㊡新年

正月場所　しょうがつばしょ　［人］　大相撲
初場所のこと　㊡新年

正月様　しょうがつさま　［宗］　歳徳神の別
称　㊡新年

正月餅　しょうがつもち　［人］　正月に入っ
てからつく餅。若餅のこと　㊡新年

正木の葛　まさきのかずら　［植］　定家葛の
古称で、藤原定家が「色まさりゆく」と
歌ったことから秋の季語になった　㊡秋

正木の鬘　まさきのかずら　［植］　定家葛の
古称で、藤原定家が「色まさりゆく」と
歌ったことから秋の季語になった　㊡秋

6正行忌　まさつらき　［宗］　陰暦一月五日、
南北朝時代の武将楠木正行の忌日　㊡新年

8正東風　まごち　［天］　ま東から吹く東風
㊡春

9正南風　まみなみ, まはえ　［天］　夏の季節
風の南風　㊡夏

10正倉院曝涼　しょうそういんばくりょう
［人］　十月から十一月頃、正倉院で行われ
る虫干し　㊡秋

11正雪蜻蛉　しょうせつとんぼ　［動］　蜻蜓の
別称　㊡秋

12正御影供　しょうみえいく　［宗］　四月二十
一日に、京都・東寺で開かれる講会　㊡春

正覚坊　しょうがくぼう　［動］　海亀の別称
㊡夏

正陽　せいよう　［時］　一年の最初の月。陰
暦では陽春の始めもさす　㊡新年

5画（母、永、汁、氷）

正陽月　せいようづき　［時］　陰暦四月の別称　㉄夏

正陽月　せいようづき　［時］　正月の別称　㉄新年

【母】

⁰母の日　ははのひ　［人］　五月の第二日曜日、母の愛に感謝をささげる日　㉄夏

³母子草　ははこぐさ　［植］　キク科の二年草で、黄色い小花が集まり咲く。春の七草の一つで御行のことだが、御行というと新年の季語となる　㉄春

母子餅　ほうこもち　［人］　草餅の別称　㉄春

⁶母衣蚊帳　ほろがや　［人］　蚊帳の一種　㉄夏

母衣幮　ほろがや　［人］　蚊帳の一種　㉄夏

⁹母屋の大饗　もやのだいきょう　［人］　大臣家大饗のこと　㉄新年

母食鳥　ははくいどり　［動］　梟の別称　㉄冬

¹⁰母栗　ははくり　［植］　貝母の別称　㉄春

【永】

⁰永き日　ながきひ　［時］　冬の短日が終わり、春の日の長さを感じるさま　㉄春

⁴永日　えいじつ　［時］　元来は春を祝う言葉だが、正月を祝う意味に転化した　㉄新年,春

⁵永平寺開山忌　えいへいじかいざんき　［宗］　陰暦八月二十五日、鎌倉時代の曹洞宗の宗祖道元の忌日　㉄秋

¹²永陽　えいよう　［時］　元来は春を祝う言葉だが、正月を祝う意味に転化した　㉄新年

¹⁸永観忌　えいかんき　［宗］　陰暦十一月二日、平安時代後期の僧で禅林寺の開祖永観の忌日　㉄冬

【汁】

いも汁　いもじる　［人］　とろろ汁の別称　㉄秋

ごりの汁　ごりのしる　［人］　白焼きにしたゴリを加えた味噌汁　㉄夏

ごり汁　ごりじる　［人］　白焼きにしたゴリを加えた味噌汁　㉄夏

とろろ汁　とろろじる　［人］　大和薯や山芋、長薯などをすり鉢ですった「とろろ」に煮出汁を加えたもの。新芋の出回る秋の季語　㉄秋

ぬかご汁　ぬかごじる　［人］　零余子（ぬかご）を蒸して実にした汁　㉄秋

のっぺい汁　のっぺいじる　［人］　里芋、大根、人参など秋から冬の野菜に、蒟蒻、油揚げなどを煮込みとろみをつけた島根県津和野の冬の郷土料理　㉄冬

のっぺい汁　のっぺいじる　［人］　里芋、大根、人参など秋から冬の野菜に、蒟蒻、油揚げなどを煮込みとろみをつけた島根県津和野の冬の郷土料理　㉄冬

ふぐとう汁　ふぐとうじる　［人］　河豚の身を入れた汁。河豚は冬の季語　㉄冬

ふぐと汁　ふぐとじる　［人］　河豚の身を入れた汁。河豚は冬の季語　㉄冬

むしつ汁　むしつじる　［人］　お事汁のこと　㉄冬

むしつ汁　むしつじる　［人］　お事汁のこと　㉄新年

むしつ汁　むしつじる　［人］　お事汁のこと　㉄春

むじつ汁　むじつじる　［人］　種々の野菜を一緒に煮た集め汁の別称　㉄夏

⁶汁会　しるかい　［人］　町汁の別称　㉄新年

【氷】

かき氷　かきごおり　［人］　氷を削ってシロップを加えたもの　㉄夏

ぶっかき氷　ぶっかきごおり　［人］　氷塊の口に含まれるほどの大きさに割った氷のかけらのこと。夏の甲子園の名物　㉄夏

氷　こおり,ひ　［地］　水が零度以下になって凍ったもの　㉄冬

⁰氷あられ　こおりあられ　［天］　堅い氷の霰　㉄冬

氷いちご　こおりいちご　［人］　氷水の一種。氷を削って苺シロップを加えたもの　㉄夏

氷じるこ　こおりじるこ　［人］　氷水の一種。氷を削って冷汁粉を加えたもの　㉄夏

氷の衣　こおりのころも　［地］　物の表面に張りついた氷のこと　㉄冬

氷の声　こおりのこえ　［地］　氷が張るときにする音　㉄冬

俳句季語よみかた辞典　101

氷の花　こおりのはな［地］氷面が花のような紋様になったもの　[季]冬

氷の剣　こおりのつるぎ［地］氷とみまちがえるほどの鋭い剣　[季]冬

氷の朔日　こおりのついたち［人］陰暦六月一日、宮中の氷室の氷の古例に習い、氷餅を食べる習慣　[季]夏

氷の蚕　こおりのこ［地］中国の想像上の虫。滝の糸長く氷るのをこの蚕のせいと疑われた　[季]冬

氷の貢　ひのみつぎ［人］陰暦六月一日、各地の氷室から宮廷へ氷を献じた故事　[季]夏

氷の御物　ひのおもの［人］陰暦六月一日、各地の氷室から宮廷へ氷を献じた故事　[季]夏

氷の楔　こおりのくさび［地］氷面が凍って閉じたこと　[季]冬

氷の様　ひのためし［人］元日節会において、宮内省と主水司の官人が氷室に貯蔵しておいた氷の一片を天皇に捧げ、豊作を祈願した儀式　[季]新年

氷の閨　こおりのねや［地］寒さが身にしみて堪えがたい寝室　[季]冬

氷の橋　こおりのはし［地］河川・湖沼などが結氷した上に、柴などを敷いて通行できるようにした仮の橋　[季]冬

氷の轄　こおりのくさび［地］氷面が凍って閉じたこと　[季]冬

氷の鏡　こおりのかがみ［地］氷面が鏡のように物を映す様子　[季]冬

氷り滝　こおりたき［地］氷の滝　[季]冬

氷る　こおる［時］寒気のために水が凝結すること　[季]冬

氷を供ず　こおりをくうず［人］陰暦六月一日、各地の氷室から宮廷へ氷を献じた故事　[季]夏

氷レモン　こおりれもん［人］氷水の一種。氷を削ってレモンシロップを加えたもの　[季]夏

[3]**氷下魚　こまい**［動］タラの一種。体長は二十センチ程で北海道の寒海に住む　[季]冬

氷下魚汁　こまいじる［動］氷下魚の汁物　[季]冬

氷下魚釣　こまいつり［動］氷に穴を開けて、そこから氷下魚を釣ること　[季]冬

氷上　ひょうじょう［地］氷の上　[季]冬

氷小豆　こおりあずき［人］氷水の一種。氷を削って茹小豆を加えたもの　[季]夏

氷川祭　ひかわまつり［宗］八月一日、大宮氷川神社の例祭　[季]秋

[4]**氷切る　こおりきる**［人］冬の間に湖・池・川などの天然氷を鋸で切り採って、夏用に氷室で貯蔵する作業　[季]冬

氷引　こおりびき［人］湖などの結氷した氷面に適当な距離をおいて穴をあけ、第一の穴から網を入れ、順次に次の穴へと送り広げて魚をとる漁法　[季]冬

氷水　こおりみず［人］氷を削ってシロップを加えたもの　[季]夏

[5]**氷田　ひょうでん**［地］一面氷結した田　[季]冬

氷白玉　こおりしらたま［人］白玉の入ったかき氷のこと　[季]夏

[6]**氷宇治　こおりうじ**［人］氷水の一種。氷を削って抹茶シロップを加えたもの　[季]夏

氷江　ひょうこう［地］川が結氷し、人馬が通行できるようになること　[季]冬

氷西瓜　こおりすいか［人］氷と西瓜の取りあわせ　[季]夏

[7]**氷冷蔵庫　こおりれいぞうこ**［人］氷を使った冷蔵庫　[季]夏

氷売　こおりうり［人］氷室に貯蔵した氷を夏に売り歩いた人　[季]夏

氷条　ひょうじょう［地］氷柱の別称　[季]冬

氷豆腐　こおりどうふ［人］凍豆腐の別称。冬の晴れた夜更け、厳寒の戸外で豆腐を凍らせ、天日に乾した食品　[季]冬

[8]**氷店　こおりみせ**［人］氷水を売った店のこと　[季]夏

氷苺　こおりいちご［人］氷水の一種。氷を削って苺シロップを加えたもの　[季]夏

氷金時　こおりきんとき［人］氷水の一種。氷を削って金時小豆を加えたもの　[季]夏

氷雨　ひさめ［天］あられ、ひょう　[季]冬, 夏

[9]**氷室　ひむろ**［人］氷雪を夏まで貯蔵する設備　[季]夏

氷室の山　ひむろのやま［宗］氷室のある山。あるいは氷室そのもの　[季]夏

氷室の花　ひむろのはな［植］氷室を作る

ような寒冷の山地で、夏になってようやく
咲く桜の花のこと　㋒夏

氷室の使　ひむろのつかい　［人］　陰暦六月
一日、各地の氷室から宮廷へ氷を献じた使
い　㋒夏

氷室の桜　ひむろのさくら　［植］　氷室を作
るような寒冷の山地で、夏になってようや
く咲く桜の花のこと　㋒夏

氷室の雪　ひむろのゆき　［人］　夏まで氷室
に保存しておいた雪　㋒夏

氷室の節供　ひむろのせっく　［人］　陰暦六
月一日、宮中の氷室の氷の古例に習い、氷
餅を食べる習慣　㋒夏

氷室山　ひむろやま　［人］　氷室のある山。
あるいは氷室そのもの　㋒夏

氷室守　ひむろもり　［人］　氷室の番人
㋒夏

氷柱　こおりばしら　［人］　夏、室内に立て
て涼をとる氷の柱　㋒夏

氷柱　つらら　［地］　夏、室内に立てて涼を
とる氷の柱　㋒冬

氷海　ひょうかい　［地］　厳冬期、北の海が
一面に結氷した様子　㋒冬

氷点下　ひょうてんか　［地］　氷のできる温
度。零下　㋒冬

氷面鏡　ひもかがみ　［地］　氷面が鏡のよう
に物を映す様子　㋒冬

¹⁰氷原　ひょうげん　［地］　厳冬期、北の海が
一面に結氷した様子　㋒冬

氷消ゆ　こおりきゆ　［地］　冬の間、河川や
湖沼に張りつめていた氷が、春の陽気に解
けだすこと　㋒春

氷流るる　こおりながるる　［地］　流氷のこ
と　㋒春

氷笋　ひょうじゅん　［地］　氷柱の別称
㋒冬

¹¹氷張る　こおりはる　［地］　氷が張ること
㋒冬

氷挽く　こおりひく　［人］　冬の間に湖・
池・川などの天然氷を鋸で切り採って、夏
用に氷室で貯蔵する作業　㋒冬

氷菓　ひょうか　［人］　夏の氷菓子の総称
㋒夏

氷菓子　こおりがし　［人］　夏の氷菓子の総
称　㋒夏

氷野　ひょうや　［地］　一面氷結した野

氷閉ず　こおりとず　［地］　氷が張ること
㋒冬

氷雪　ひょうせつ　［地］　氷と雪　㋒冬

氷雪崩　こおりなだれ　［地］　雪崩のこと
㋒春

氷魚　ひお　［動］　琵琶湖に産する小鮎の一
種。晩秋から初冬に生まれてしばらくたっ
た稚魚を獲る　㋒冬

氷魚の衣　ひおのころも　［人］　秋の衣類の
一つ　㋒秋

氷魚の使　ひおのつかい　［宗］　平安時代、
九月から十二月まで宇治川・田上川で獲れ
た氷魚を朝廷に献じていた使いのこと
㋒冬

氷魚を賜う　ひおをたまう　［宗］　十月一日
の孟冬の旬の時に、氷魚の使によって献じ
られた氷魚が参列の廷臣に下賜されたこと
㋒冬

氷魚を賜う　ひおをたまう　［人］　昔、宮中
の九月九日の重陽の節会に際して、特に氷
魚を賜ったこと　㋒秋

¹²氷晶　ひょうしょう　［天］　厳冬期の北海道
や山岳地帯で見られるいわゆるダイヤモン
ドダスト。日光があたって美しく輝く
㋒冬

氷湖　ひょうこ　［地］　一面に結氷した湖の
こと　㋒冬

氷筋　ひょうきん　［地］　氷柱の別称　㋒冬

氷結ぶ　こおりむすぶ　［地］　氷が張ること
㋒冬

氷葡萄　こおりぶどう　［人］　氷水にぶどう
液をかけたもの　㋒夏

¹³氷塊　ひょうかい　［地］　氷のかたまり
㋒冬

氷滑　こおりすべり　［人］　スケートのこと
㋒冬

氷蒟蒻　こおりこんにゃく　［人］　蒟蒻を厳
冬の夜の戸外で凍らせてから干すのを繰り
返して作る氷蒟蒻のこと　㋒冬

氷蒟蒻造る　こおりこんにゃつくる　［人］
蒟蒻を厳冬の夜の戸外で凍らせてから干す
のを繰り返して氷蒟蒻を作ること　㋒冬

氷解　こおりどけ　［地］　冬の間、河川や湖
沼に張りつめていた氷が、春の陽気に解け
だすこと　㋒春

氷解く　こおりとく　［地］　冬の間、河川や

5画（牙, 玄, 玉）

湖沼に張りつめていた氷が、春の陽気に解けだすこと　㊥春

14氷塵　ひょうじん　［天］　厳冬期の北海道や山岳地帯で見られるいわゆるダイヤモンドダスト。日光があたって美しく輝く　㊥冬

氷様奏　ひのためしのそう　［人］　元日節会において、宮内省と主水司の官人が氷室に貯蔵しておいた氷の一片を天皇に捧げ、豊作を祈願した儀式　㊥新年

氷箸　ひょうちょ　［地］　氷柱の別称　㊥冬

氷蜜　こおりみつ　［人］　氷水の一種。氷を削って単に甘くしたもの　㊥夏

氷餅　こおりもち　［人］　寒中に凍らせておいた餅　㊥夏

氷餅　こおりもち　［人］　寒餅を紙でつつんでわらで連ね、戸外に出して寒夜に凍らせたもの　㊥冬

氷餅を祝う　ひもちをいわう　［宗］　陰暦六月一日、宮中の氷室の氷の古例に習い、氷餅を食べる習慣　㊥夏

氷餅を祝ふ　ひもちをいわう　［人］　陰暦六月一日、宮中の氷室の氷の古例に習い、氷餅を食べる習慣　㊥夏

氷餅造る　こおりもちつくる　［人］　寒餅を紙でつつんでわらで連ね、戸外に出して寒夜に凍らせてから長期間乾燥させたもの　㊥冬

15氷盤　ひょうばん　［地］　氷湖のこと　㊥冬

16氷壁　ひょうへき　［地］　山岳渓谷の岩壁などが氷結し、氷の壁となったもの　㊥冬

氷橋　こおりばし　［地］　河川・湖沼などが結氷した上に、柴などを敷いて通行できるようにした仮の橋　㊥冬

氷頭膾　ひずなます　［人］　氷頭（塩鮭の頭の軟骨）を使った膾。鮭の獲れる秋の季語　㊥秋

19氷霧　ひょうむ　［天］　厳冬期の北海道や山岳地帯で見られるいわゆるダイヤモンドダスト。日光があたって美しく輝く　㊥冬

【牙】

12牙歯草　がしそう　［植］　ヒルムシロの別称。夏に繁茂する　㊥夏

【玄】

4玄月　げんげつ　［時］　陰暦九月の別称　㊥秋

5玄冬　げんとう　［時］　冬の別称　㊥冬

7玄貝　くろがい　［動］　貽貝の別称　㊥春

8玄兎　げんと　［天］　月にいるという兎のこと　㊥秋

玄英　げんえい　［時］　冬の別称　㊥冬

9玄帝　げんてい　［時］　冬の別称　㊥冬

10玄冥　げんめい　［時］　冬の別称　㊥冬

玄圃梨　けんぽなし　［植］　山野に自生しているクロウメモドキ科の落葉高木の実。晩秋、熟して果実のついている花梗が太く甘くなるので、子どもがよく取って食べる。果実の方は食べられない　㊥秋

11玄猪　げんちょ　［人］　亥の子に徳川家から特定の家臣に与えられた餅　㊥冬

玄鳥　つばめ　［動］　ツバメ科の鳥の総称。三、四月頃、南より飛来する　㊥春

玄鳥帰る　げんちょうかえる　［時］　七十二候の一つで、白露の第二候。陽暦九月十三日から十七日頃　㊥秋

【玉】

お玉杓子　おたまじゃくし　［動］　春、孵化した蛙の子のこと　㊥春

0玉せせり　たませせり　［宗］　一月三日、福岡市・筥崎宮と玉取恵比寿神社で行なわれる木製の玉を争う神事　㊥新年

玉せり祭　たませりまつり　［宗］　一月三日、福岡市・筥崎宮と玉取恵比寿神社で行なわれる木製の玉を争う神事　㊥新年

玉ぢしゃ　たまぢしゃ　［植］　レタスの一種　㊥春

玉ぢしや　たまぢしや　［植］　レタスの一種　㊥春

玉の年　たまのとし　［時］　年が変わり、新たな一年の始め　㊥新年

玉の汗　たまのあせ　［人］　汗が激しく出て玉のようになっているさま　㊥夏

玉の春　たまのはる　［時］　初春のこと　㊥新年

玉ま葛　たままくず　［植］　初夏、葛の新葉が巻き葉になっていること　㊥夏

玉みづき　たまみずき　［植］　モチノキ科の落葉高木で、秋になると、真赤に熟した果実が群がる　㊥秋

3玉子天狗茸　たまごてんぐたけ　［植］　天狗茸（毒茸）の一種　㊥秋

玉子酒　たまござけ　［人］　卵を溶いて煮立てた酒。体が温まり、冬の風邪に効果がある　[季]冬

4玉水木　たまみずき　［植］　モチノキ科の落葉高木で、秋になると、真赤に熟した果実が群がる　[季]秋

玉火　たまび　［人］　花火のこと　[季]秋

5玉打　たまうち　［人］　毬を打つ槌の形状の杖に、色糸を加えて飾った正月用の玩具。現在は廃れた　[季]新年

6玉瓜　からすうり　［植］　ウリ科の蔓性多年草。花の後に楕円形の青い実ができ、晩秋には熟して赤くなり葉の枯れた蔓からぶら下がっている　[季]秋

玉虫　たまむし　［動］　三センチ程の甲虫目タマムシ科の昆虫で、全体が光沢を放ち美しい。七月頃から出てくる　[季]夏

7玉見草　たまみぐさ　［植］　萩の別称。萩は秋の代表的な植物　[季]秋

8玉兎　ぎょくと　［天］　月にいるという兎のこと　[季]秋

玉取祭　たまとりまつり　［宗］　玉競祭の別称　[季]新年

玉取祭　たまとりまつり　［宗］　八月中の日曜日（もと陰暦七月十四日）、広島・厳島神社で行われる祭礼　[季]秋

玉苗　たまなえ　［植］　早苗の別称　[季]夏

9玉巻くキャベツ　たままくきゃべつ　［植］　キャベツの葉が、早春から中心部で結球を始めて、通常三十枚ぐらいの葉が重なって玉を作ること　[季]春

玉巻く甘藍　たままくかんらん　［植］　キャベツの葉が、早春から中心部で結球を始めて、通常三十枚ぐらいの葉が重なって玉を作ること　[季]春

玉巻く芭蕉　たままくばしょう　［植］　初夏に萌え出す芭蕉の巻き葉のこと　[季]夏

玉巻く葛　たままくくず　［植］　初夏、葛の新葉が巻き葉になっていること　[季]夏

玉柏　たまかしわ　［植］　万年杉の別称　[季]夏

玉柳　たまやなぎ　［植］　柳の美称　[季]春

玉珊瑚　たまさんご　［植］　冬珊瑚の別称　[季]冬

10玉振振　たまぶりぶり　［人］　振振毬打のこと　[季]新年

玉栗　たまぐり　［人］　雪遊びの一つ。堅いこぶし大の雪玉をつくり、相手の雪玉に自分の雪玉を力まかせに打ちつけて、砕けたほうを負けとする　[季]冬

玉珧　たいらぎ　［動］　ハボウキガイ科に属する二枚貝で漁期は十月から四月頃だが、特に冬が美味　[季]冬

11玉祭　たままつり　［宗］　盆の別称　[季]秋

玉章　たまずさ　［植］　烏瓜の別称。実に入っている種の形からの名　[季]秋

玉葛　たまくず　［植］　初夏、葛の新葉が巻き葉になっていること　[季]夏

玉菜　たまな　［植］　キャベツの別称。夏に多く出回る　[季]夏

12玉割　たまわり　［人］　雪遊びの一つ。堅いこぶし大の雪玉をつくり、相手の雪玉に自分の雪玉を力まかせに打ちつけて、砕けたほうを負けとする　[季]冬

玉替神事　たまかえしんじ　［宗］　正月十五日、久留米市・高良社で行われた替え物神事。現在は行われていない　[季]新年

玉替祭　たまかえまつり　［宗］　正月十五日、久留米市・高良社で行われた替え物神事。現在は行われていない　[季]新年

玉筋魚　いかなご　［動］　イカナゴ科の体長二十センチほどの細長い魚。晩春の産卵期に浅海に寄せる　[季]春

玉葱　たまねぎ　［植］　ユリ科の野菜で、食卓でお馴染み。夏の収穫が最も多い　[季]夏

13玉椿　たまつばき　［植］　椿の一種　[季]春

玉蜀黍　とうもろこし　［植］　イネ科の作物で、秋の味覚。茹でても焼いても旨く、料理にもよく利用される　[季]秋

玉蜀黍の花　とうもろこしのはな　［植］　中南米原産のイネ科一年草。晩夏、穂状の雄花が咲く　[季]夏

玉解く芭蕉　たまとくばしょう　［植］　初夏に萌え出した芭蕉の巻き葉が、やがてほぐれて若葉となること　[季]夏

玉鼓　ぎょくこ　［植］　ワレモコウの別称　[季]秋

14玉箒　たまぼうき　［人］　初子の行事に使う箒の美称　[季]新年

玉箒　たまぼうき　［植］　田村草の別称。初秋、枝先に薊に似た赤紫色の花をつける　[季]秋

15玉鮘蘭　ぎょくちんらん　［植］　秋蘭の一種　[季]秋

16玉鴫　たましぎ［動］田鴫の一種　[季]夏

18玉簪花　たまぎぼうし［植］ギボウシ属の一種で、八月ごろ白い大きな花が咲く　[季]夏

玉繭　たままゆ［人］繭の美称　[季]夏

玉蟬花　ぎょくぜんか［植］花菖蒲の別称　[季]夏

19玉簾　たますだれ［人］簾の美称　[季]夏

玉簾の花　たますだれのはな［植］南米原産の観賞植物。夏に純白の花をつける　[季]夏

玉蟾　ぎょくせん［天］月にいるとされる蛙のこと　[季]秋

20玉競祭　たませりまつり［宗］一月三日、福岡市・筥崎宮と玉取恵比寿神社で行なわれる木製の玉を争う神事　[季]新年

玉霰　たまあられ［天］霰の美称　[季]冬

【瓦】

8瓦枕　かわらまくら［人］瓦で作った涼しい夏用の枕　[季]夏

12瓦斯ストーブ　がすすとーぶ［人］ガスを燃料とするストーブ　[季]冬

【甘】

0甘だいだい　あまだいだい［植］ネーブルの別称　[季]春

3甘子　こうじ［植］柑子の果実で、ミカンよりやや小型。熟すると黄色くなり酸味が強い。晩秋に出回る　[季]新年, 秋

甘子　あまこ［人］産卵前の魚類、特に鮭や鱒の卵巣を一腹ずつ塩漬けにした食品　[季]秋

甘干　あまぼし［人］干柿の別称　[季]秋

6甘瓜　あまうり［植］甜瓜（まくわうり）のこと。晩夏に収穫する　[季]夏

9甘柿　あまがき［植］甘い柿のこと　[季]秋

甘海苔　あまのり［植］海苔の一種　[季]春

甘草　かんぞう, あまくさ［植］中国原産の薬草。初夏に開花し、根茎を薬用に用いる　[季]夏

甘茶　あまちゃ［宗］四月八日、花祭の時、花御堂のなかにまつられた釈迦誕生像に注ぎかける　[季]春

甘茶仏　あまちゃぶつ［宗］四月八日の花祭に甘茶を注がれる釈迦誕生像　[季]春

甘茶寺　あまちゃでら［宗］花祭の行なわれている寺　[季]春

10甘酒　あまざけ［人］糯米の粥に麴を加え醱酵させた酒。昔は暑気払いによく飲まれた　[季]夏

甘酒売　あまざけうり［人］甘酒を売り歩く者のこと（甘酒は夏の季語）　[季]夏

甘酒屋　あまざけや［人］甘酒を売る店（甘酒は夏の季語）　[季]夏

甘酒祭　あまざけまつり［宗］大原志の別称。祭礼のとき甘酒を神前に供えたことから　[季]夏

甘酒饅頭　あまざけまんじゅう［人］蒸し菓子の一種。温かい蒸し菓子は冬の季語　[季]冬

11甘菜　あまな［植］日当たりのよい原野や疎林中に自生するユリ科の多年草　[季]春, 夏

甘野老の花　あまどころのはな［植］ユリ科の多年草。六月頃、緑白色の花が垂れ咲く　[季]夏

12甘草薢　かんひかい［植］甘野老の別称　[季]夏

14甘蔗　さとうきび［植］秋に熟して、茎から砂糖をとる。インド原産で亜熱帯地方に多く、日本では沖縄が主要産地　[季]秋

甘蔗の花　かんしょのはな［植］十一月頃に開花する暖国のサトウキビの花　[季]冬

甘蔗刈　かんしょかり, きびかり［人］冬、南国で甘蔗を収穫すること　[季]冬

甘蔗根掘る　かんしょねほる［人］冬、南国で甘蔗を収穫すること　[季]冬

甘蔗植う　かんしょうう［人］春、サトウキビを植えること　[季]春

15甘蕉　みばしょう［植］バナナのこと　[季]夏

16甘橙　あまだいだい［植］ネーブルの別称　[季]春

17甘藍　かんらん［植］アブラナ科の野菜で、キャベツのこと。夏に多く出回る　[季]夏

18甘藷　さつまいも, かんしょ, いも［植］石焼きいもでお馴染みの藷のこと。他にも煮物、菓子、蒸かしなど用途は広い。秋に収穫して出回る　[季]秋

甘藷の花　さつまいものはな, かんしょのはな［植］ヒルガオ科蔓性の多年草で、夏

に紅紫色の小花をつける　[季]夏

甘藷の秋　いものあき　［植］　秋が甘藷の季節であること　[季]秋

甘藷苗　かんしょなえ　［人］　春に植える甘藷の苗　[季]春

甘藷苗作る　いもなえつくる　［人］　春、甘藷の温床をつくること　[季]春

甘藷畑　いもばたけ　［植］　甘藷の植わっている秋の畑　[季]秋

甘藷掘　いもほり　［植］　秋、蔓をたよりに紅紫色の皮を被た塊根を掘りだすこと　[季]秋

甘藷植う　かんしょうう, さつまいもうう　［人］　初夏、苗床に植えて生長させた苗を、畑に挿すようにして植えること　[季]夏

甘藷焼酎　いもじょうちゅう　［人］　焼酎の一種　[季]夏

19**甘鯛**　あまだい　［動］　アマダイ科の魚で赤甘鯛、黄甘鯛、白甘鯛の総称。冬場が旬　[季]冬

20**甘露子**　ちょろぎ　［植］　シソ科の多年草。新年の季語として有名だが、草花としては夏　[季]夏

甘露子　ちょろぎ　［人］　シソ科の多年草で、地下茎を正月料理の黒豆の中に混ぜる　[季]新年

甘露水　かんろすい　［人］　氷水に加えるシロップのころ　[季]夏

甘露忌　かんろき　［宗］　七月二十五日、昭和期の俳人秋元不死男の忌日　[季]夏

【生】

0**生き盆**　いきぼん　［宗］　盆の間に、子供や目下の者が目上の者に贈り物をしたり、食物を整えて食べさせたりする習俗。お中元の原形とも考えられる　[季]秋

生けるを放つ　いけるをはなつ　［宗］　放生会におこなわれる行事　[季]秋

生の浦梨　おうのうらなし　［植］　梨の一種　[季]秋

生ビール　なまびーる　［人］　殺菌加熱を行わないビール　[季]夏

5**生布**　きぬの　［人］　草木の皮の繊維で織り、さらさない布の総称。夏服に用いる　[季]夏

生平　きびら　［人］　木布の一種で、黄麻の繊維で織ったもの　[季]夏

生玉の走馬祭　いくだまのそうままつり　［宗］　戦前、陰暦五月五日に行われた大阪市・生玉神社の流鏑馬　[季]夏

生玉の流鏑馬　いくだまのやぶさめ　［宗］　生玉の走馬祭の別称　[季]夏

生玉祭　いくたままつり　［宗］　大阪市・生玉神社で、昔行なわれた陰暦九月九日の流鏑馬の神事　[季]秋

6**生年祝**　しょうねんいわい　［人］　年日祝の別称　[季]新年

7**生作り**　いきづくり　［人］　新鮮な魚のそぎ身を、冷水で洗って肉をしめた料理。涼味から夏の季語とされる　[季]夏

生初　いけぞめ　［人］　新年になって初めて花器に花を生けること　[季]新年

生花始　せいかはじめ　［人］　新年になって初めて花器に花を生けること　[季]新年

生見玉　いきみたま　［宗］　盆の間に、子供や目下の者が目上の者に贈り物をしたり、食物を整えて食べさせたりする習俗。お中元の原形とも考えられる　[季]秋

生貝　なまがい　［人］　水貝の別称　[季]夏

生身剝　なまみはぎ　［宗］　なまはげの別称。正月十五日、秋田・男鹿半島での奇俗。夜、鬼の姿に仮装した青年が二、三人一組となり、家々を訪れては子供を脅す行事　[季]新年

生身魂　いきみたま　［宗］　盆の間に、子供や目下の者が目上の者に贈り物をしたり、食物を整えて食べさせたりする習俗。お中元の原形とも考えられる　[季]秋

8**生国魂祭**　いくたままつり　［宗］　大阪市・生玉神社で、昔行なわれた陰暦九月九日の流鏑馬の神事　[季]秋

9**生姜**　しょうが　［植］　ショウガ科の多年草。普通、秋に収穫する。香辛料に、またすり下ろして薬味にもなり、料理には欠かせない　[季]秋

生姜市　しょうがいち　［宗］　芝神明祭で開かれる市　[季]秋

生姜味噌　しょうがみそ　［人］　味噌と酒とおろし生姜を混ぜ合わせた冬の食べ物。体を中から暖め、寒気を防ぐ　[季]冬

生姜酒　しょうがざけ　［人］　生姜のしぼり汁を入れて飲む熱燗。体が温まり、冬の風邪に効果がある　[季]冬

生姜掘る　しょうがほる　［人］　生姜を収穫

すること [季]冬

生姜湯 しょうがゆ ［人］ おろし生姜に砂糖をいれ熱湯を注いで飲む。体の暖まる冬の飲料 [季]冬

生海苔 なまのり ［植］ 生の海苔 [季]春

生海鼠 なまこ ［動］ 棘皮動物の海鼠類で、冬が旬 [季]冬

生盆 いきぼん ［宗］ 新盆もないめでたいお盆のこと [季]秋

生胡桃 なまくるみ ［植］ 晩夏、まだ熟していない小さな青い胡桃の実のこと [季]夏

11**生渋** きしぶ ［人］ 最初にしぼり取ったカキの渋。渋取は秋の農作業の一つ [季]秋

生菜 せいさい ［人］ 春盤にのせたもの [季]新年

12**生御魂** いきみたま ［宗］ 盆の間に、子供や目下の者が目上の者に贈り物をしたり、食物を整えて食べさせたりする習俗。お中元の原形とも考えられる [季]秋

13**生節** なまぶし ［人］ 夏の鰹を三枚におろして蒸し、生干しにしたもの [季]夏

17**生簀船** いけすぶね ［人］ 大型の船を料理屋にしたてて、新鮮な魚貝料理を楽しむ川遊びのこと [季]夏

18**生繭** なままゆ ［人］ 中の蛹を殺していない繭 [季]夏

19**生藺** なまい ［植］ 沢瀉（おもだか）の別称。六、七月頃に白い花をつける [季]夏

24**生鱧** いきはも ［動］ 鱧を活魚として売るもの [季]夏

【用】

13**用意日の金曜** よういびのきんよう ［宗］ 聖週間中の金曜日。聖金曜日の別称 [季]春

【甲】

けづり甲 けずりかぶと ［人］ 五月五日の端午の節句の飾り物の一つ [季]夏

6**甲州梅** こうしゅううめ ［植］ 小梅の一種。葉も花も小さく、梅雨の頃に実る梅の実も小粒 [季]夏

甲州葡萄 こうしゅうぶどう ［植］ 葡萄の品種の一つ [季]秋

甲虫 かぶとむし ［動］ コガネムシ科の甲虫で、雄は頭に大きな角がある。夏の昆虫採集で子供に人気がある [季]夏

9**甲香** へたなり ［動］ 貝殻を麝香などと混ぜて香にしたもの [季]夏

10**甲烏賊** こういか ［動］ 花烏賊の一種 [季]春

13**甲飾る** かぶとかざる ［人］ 端午の節句に飾り兜を飾ること [季]夏

19**甲羅煮** こうらに ［人］ 冬のずわい蟹料理。甲羅の中に蟹味噌と蟹肉を詰め、醤油と味醂・砂糖で味つけし炭火で煮る [季]冬

甲羅蒸 こうらむし ［人］ 冬のずわい蟹料理。甲羅の中に蟹味噌と蟹肉を詰め、醤油と味醂・砂糖で味つけし炭火で煮る [季]冬

【申】

11**申祭** さるまつり ［宗］ 三月十三日、奈良市・春日大社の例祭。春日祭の別称 [季]春

申祭 さるまつり ［宗］ 四月十三日から十五日の大津市・日吉神社での山王祭の別称 [季]春

【田】

うつ田姫 うつたひめ ［天］ 冬を守る神として季題に使われるもの [季]冬

おく田 おくた ［地］ 晩稲を植えた田。晩秋、霜の降りる頃に収穫する [季]秋

げんげ田 げんげだ ［植］ 紫雲英におおわれた田 [季]春

わさ田 わさだ ［地］ 早稲をうえた田。九月頃には収穫できる [季]秋

0**田のむの雁** たのむのかり ［動］ 雁を田におけば、思い思いの方に向くこと [季]秋

田の代搔く たのしろかく ［人］ 初夏の田植えの準備として、田に水を入れて搔き回すこと [季]夏

田の色 たのいろ ［地］ 成熟した秋田の稲の黄金色 [季]秋

田の実 たのみ ［植］ 稲の別称。稲は秋に収穫する [季]秋

田の神の腰掛 たのかみのこしかけ ［宗］ 春の水口祭で、田の神の形代として苗代の水口に挿したもの [季]春

田の草取 たのくさとり ［人］ 田草取に同じ [季]夏

田の庵 たのいお ［人］ 稲が実ってきた頃、田守をするための番小屋のこと [季]秋

田の検見 たのけみ ［人］ 毛見に同じ

[季]秋

田を打つ　たをうつ ［人］ 春、田植えに備えて、冬の間に荒れ放題だった田を鋤で掘り返しておくこと [季]春

田を守る　たをまもる ［人］ 稲が実ってきた頃、鳥獣に田を荒らされぬように番をすること [季]秋

田を返す　たをかえす ［人］ 春、田植えに備えて、冬の間に荒れ放題だった田を鋤で掘り返しておくこと [季]春

田を鋤く　たをすく ［人］ 春、田植えに備えて、冬の間に荒れ放題だった田を鋤で掘り返しておくこと [季]春

[2]**田人**　たうど ［人］ 田植の作業員 [季]夏

[3]**田下駄**　たげた ［人］ 深田や湿地での農作業の時に履く大型の下駄 [季]夏

田口菜　たぐちな ［植］ 冬菜の一つで、群馬県産のもの [季]冬

[4]**田五加**　たうこぎ ［植］ 田の畦や湿地に生えるキク科の一年草。秋に黄色い小花をつける [季]秋

田刈　たかり ［人］ 秋の田に稔った稲を刈ること [季]秋

田刈時　たかりどき ［時］ 秋の稲刈りの頃 [季]秋

田刈頃　たかりごろ ［時］ 秋の稲刈りの頃 [季]秋

田水を落す　たみずをおとす ［地］ 田水落すに同じ [季]秋

田水引く　でんすいひく ［人］ 八十八夜の頃、田植え前に用水の溝・堰を掃除・修繕すること [季]夏

田水沸く　たみずわく ［地］ 炎天下、強い日光の直射をうけて、田の水が湯のようになること [季]夏

田水落す　たみずおとす ［地］ 稲刈りの一か月ぐらい前に、畦を切って田の水を落すこと [季]秋

[5]**田主**　たあるじ ［人］ 田植の監督者 [季]夏

田仕舞　たじまい ［人］ 秋、一年の農作業を無事全て終えた祝い [季]秋

田打　たうち ［人］ 春、田植えに備えて、冬の間に荒れ放題だった田を鋤で掘り返しておくこと [季]春

田打正月　たうちしょうがつ ［人］ 鍬始の別称。内容はその地方によって異なる [季]新年

田打桜　たうちざくら ［植］ コブシの別称 [季]春

田打蟹　たうちがに ［動］ 望潮（しおまねき）の別称 [季]春

田母木　たもぎ ［人］ 秋、刈り取った稲を束にしてかけて干すため横木を渡したもの。田のなかや畦に設ける [季]秋

[6]**田守**　たもり ［人］ 稲が実ってきた頃、鳥獣に田を荒らされぬように番をすること、またその人 [季]秋

田舟　たぶね ［人］ 田に草肥・駄屋肥などを運んだり田植えに苗を配るのに使う舟 [季]夏

田色づく　たいろづく ［地］ 稲が黄金色に成熟して稲穂をたれた田 [季]秋

田芋　たいも ［植］ 里芋の一種 [季]秋

田虫草　たむしそう ［植］ ケシ科の草の王の別称。五、六月頃、黄色い花をつける [季]夏

田虫送　たむしおくり ［人］ 虫送りの別称 [季]夏, 秋

[7]**田作**　たづくり ［人］ 正月料理の一つで、干したカタクチイワシを煎って飴煮にしたもの。元来農家で祝膳に用いられた [季]新年

田村草　たむらそう ［植］ 山野に生えるキク科の多年草。初秋、枝先に薊に似た赤紫色の花をつける [季]秋

田皁角　でんかっかく ［植］ 草合歓の漢名 [季]夏

田芥　たがらし ［植］ 種漬花の別称 [季]春

田芥子　たがらし ［植］ キンポウゲ科の二年草。有毒 [季]春

田芹　たぜり ［植］ 田のあざなどに生える芹 [季]春

田返し　たかえし ［人］ 春、田植えに備えて、冬の間に荒れ放題だった田を鋤で掘り返しておくこと [季]春

[8]**田実の節**　たのみのせち ［人］ 八朔（陰暦八月朔日）の祝に稲の実りを祈願したり、日頃頼みとしている人に贈答をしたこと [季]秋

田押舟　たおしぶね ［人］ 田舟の別称 [季]夏

田舎相撲　いなかすもう ［人］ 田舎で行なわれた相撲 [季]秋

田茂木　たもぎ ［人］ 秋、刈り取った稲を

束にしてかけて干すため横木を渡したもの。田のなかや畦に設ける　[季]秋

田長鳥　たおさどり　［動］　時鳥の別称　[季]夏

9**田畑虫送**　たはたむしおくり　［人］　七月はじめ虫害から稲を守ろうとする農村での行事　[季]秋

田草引く　たくさひく　［人］　稲の生育する盛夏に、田の雑草を取ること　[季]夏

田草取　たくさとり　［人］　稲の生育する盛夏に、田の雑草を取ること　[季]夏

田面の節　たのものせち　［人］　田実の節の別称　[季]秋

10**田唄**　たうた　［人］　田植唄の別称　[季]夏

田桜　たざくら　［植］　田にはえる桜　[季]春

田起し　たおこし　［人］　春、田植えに備えて、冬の間に荒れ放題だった田を鋤で掘り返しておくこと　[季]春

11**田亀**　たがめ　［動］　異翅目に属する水生昆虫で、長さ六、七センチ。夏の池などで魚や蛙の血を吸う害虫である　[季]夏

田畦豆　たあぜまめ, たのくろまめ　［植］　畦豆（あぜまめ）の別称　[季]秋

12**田植**　たうえ　［人］　夏、苗代で育てた苗を本田へ移植する農作業　[季]夏

田植女　たうえめ　［人］　田植のために雇ったり、また田植をする女性　[季]夏

田植仕舞　たうえじまい　［人］　田植を終った後に行う田の神を送る祭、あるいはそのための祝宴や休日のこと　[季]夏

田植布子　たうえぬのこ　［人］　田植の時期に着る布子　[季]夏

田植舟　たうえぶね　［人］　田舟の別称　[季]夏

田植花　たうえばな　［植］　田植時に咲く花のこと。特定の植物名ではない　[季]夏

田植定規　たうえじょうぎ　［人］　まっすぐ糸を引く正条植　[季]夏

田植肴　たうえざかな　［人］　田植飯に添えた肴や海藻　[季]夏

田植草　たうえぐさ　［植］　田植時に咲く花のこと。特定の植物名ではない　[季]夏

田植唄　たうえうた　［人］　田植えの時にうたわれる歌　[季]夏

田植時　たうえどき　［時］　イネを苗しろから本田に移し植えるころ。通常は六月上旬から中旬頃を指す　[季]夏

田植酒　たうえざけ　［人］　田植後の宴会、あるいはその宴会で飲む酒　[季]夏

田植笠　たうえがさ　［人］　田植の時にかぶる笠　[季]夏

田植組　たうえぐみ　［人］　四、五戸から十数戸を一組とする田植　[季]夏

田植飯　たうえめし　［人］「おなりど」と呼ばれる女が田の畔へ運ぶ田の神の供物　[季]夏

田植踊　たうえおどり　［人］　小正月の頃、東北地方の農村で行なわれる豊作祈願の芸能　[季]新年

田番小屋　たばんごや　［人］　稲が実ってきた頃、田守をするための番小屋のこと　[季]秋

田遊　たあそび　［人］　正月に行なわれる豊作祈願の神事芸能の一種。一年の農作業を、歌と仕草で演じていく　[季]新年

田雲雀　たひばり　［動］　セキレイ科の小鳥で、雲雀より小さく、鳴き声は甲高い。北アジアで繁殖して、秋に日本に飛来する　[季]秋

13**田掻**　たがき　［人］　春、田植えに備えて、冬の間に荒れ放題だった田を鋤で掘り返しておくこと　[季]春

田掻く　たかく　［人］　初夏の田植えの準備として、田に水を入れて掻き回すこと　[季]夏

田掻牛　たかきうし　［人］　初夏、代を掻くのに用いる牛　[季]夏

田掻牛　たがきうし　［人］　田打に使う牛　[季]春

田掻馬　たかきうま　［人］　初夏、代を掻くのに用いる馬　[季]夏

田掻馬　たがきうま　［人］　田打に使う馬　[季]春

田楽　でんがく　［人］　味噌に山椒など春の若芽のすり下ろしを和え、平串に刺した豆腐や蒟蒻に塗って焼く料理　[季]春

田楽豆腐　でんがくどうふ　［人］　味噌に山椒など春の若芽のすり下ろしを和え、平串に刺した豆腐や蒟蒻に塗って焼く料理　[季]春

田楽刺　でんがくざし　［人］　味噌に山椒など春の若芽のすり下ろしを和え、平串に刺した豆腐や蒟蒻に塗って焼く料理　[季]春

田楽祭　でんがくまつり　［宗］　正月十四日、長野・伊豆神社で行なわれる神事　[季]新年

田楽祭　でんがくまつり　［宗］　八月十三日の東京・王子神社の祭り　[季]秋

田楽焼　でんがくやき　［人］　味噌に山椒など春の若芽のすり下ろしを和え、平串に刺した豆腐や蒟蒻に塗って焼く料理　[季]春

田楽踊　でんがくおどり　［宗］　八月十三日の東京・王子神社の祭り　[季]秋

田梟　たげり　［動］　チドリ科の渡り鳥。冬に北から飛来し、冬田などに群をなす　[季]冬

田鼠化して鴽と為る　でんそかしてうずらとなる　［時］　七十二候の一つで、清明の第二候。陽暦四月十日から十四日頃　[季]春

14田稗　たひえ　［植］　田に植わっている稗。秋に収穫する　[季]秋

15田鋤牛　たすきうし　［人］　田鋤をさせる牛　[季]春

田鋤馬　たすきうま　［人］　田鋤をさせる馬　[季]春

16田鴫　たしぎ　［動］　普通鴫と言うと田鴫を指す。主として田地・沼地の泥湿地に身を隠す。日本で越冬　[季]秋

17田螺　たにし　［人］　タニシ科に属する淡水産巻き貝の総称　[季]新年

田螺　たにし　［動］　タニシ科に属する淡水産巻き貝の総称。蝸牛に似て、春に活動する　[季]春

田螺の道　たにしのみち　［動］　春に蜷が這い回った跡の道すじ　[季]春

田螺売　たにしうり　［動］　タニシを売る人　[季]春

田螺売り　たにしうり　［動］　タニシを売る人　[季]春

田螺取　たにしとり　［動］　田螺を採取すること　[季]春

田螺和　たにしあえ　［人］　春の田螺を芥子醤油で和えたもの　[季]春

田螺鳴く　たにしなく　［動］　田螺が鳴くような印象の比喩的言い回し　[季]春

21田鶴渡る　たづわたる　［動］　晩秋になって鶴が北方から渡って来ること　[季]秋

22田鰻　たうなぎ　［動］　タウナギ科に属する淡水魚　[季]夏

【由】

9由紀夫忌　ゆきおき　［宗］　十一月二十五日、昭和期の小説家三島由紀夫の忌日　[季]冬

【白】

0白あやめ　しろあやめ　［植］　初夏に白い花をつける菖蒲（あやめ）のこと　[季]夏

白い羽根　しろいはね　［人］　五月八日、世界赤十字平和デーの頃の赤十字共同募金運動　[季]夏

白かきつばた　しろかきつばた　［植］　紫ではなく白い花をつける杜若の変種　[季]夏

白き日曜日　しろきにちようび　［宗］　復活祭後の第一日曜日。復活祭に受洗した新しい信者が司祭より受けた白衣を土曜まで着け、翌日曜には平服でミサに臨んだこと　[季]春

白ぐわゐ　しろぐわい　［植］　慈姑（くわい）の一種　[季]春

白さるすべり　しろさるすべり　［植］　花の色が白い百日紅のこと　[季]夏

白だも　しろだも　［植］　葉の裏が白いダモの木　[季]秋

白つつじ　しろつつじ　［人］　春衣のかさねの色目の一つ。表が白、裏が紫　[季]春

白シャツ　しろしゃつ　［人］　夏に着る白いシャツ　[季]夏

2白丁花　はくちょうげ　［植］　中国原産のアカネ科の常緑低木。初夏五、六月頃に、淡紅色をまじえた白い小花が集まり咲く　[季]夏

3白千鳥　しろちどり　［動］　千鳥の一種　[季]冬

白及　しらん　［植］　ラン科の多年草。初夏五、六月頃に茎を伸ばして赤紫色の花をつける　[季]夏

白子　しらす　［人］　片口鰯、真鰯などの幼魚と白魚や鮎の稚魚を、浜で干したもの　[季]春

白子干　しらすぼし　［人］　片口鰯、真鰯などの幼魚と白魚や鮎の稚魚を、浜で干したもの　[季]春

白子鳩　しらこばと　［動］　ハト科の鳥　[季]秋

白山一花草　はくさんいちげ　［植］　キンポウゲ科の多年草。高山植物の一種で、石川

県の白山にちなんだ名。晩夏に白い花をつける　[季]夏

白山吹　しろやまぶき　［植］　山吹の一種　[季]春

白山葵　しろわさび　［植］　山葵の一種　[季]春

白山蓬　はくさんよもぎ　［植］　朝霧草の別称。全体が絹毛に被われて白っぽい。秋に黄色い小花をつける　[季]秋

白川祭　しらかわまつり　［宗］　十月二十三日、京都市・天神宮社の祭り　[季]秋

[4]白木瓜　しろぼけ　［植］　白色の花をつける木瓜　[季]春

白木蓮　はくもくれん　［植］　木蓮で花の白いもの　[季]春

白木蘭　はくもくれん　［植］　木蓮で花の白いもの　[季]春

[5]白朮　おけら　［宗］　節分に焚いて疫神を除くもの　[季]冬

白朮火　おけらび　［宗］　白朮祭で、おけらの根を加えた篝火から参詣人が火縄に移して持ち帰る火　[季]新年

白朮祭　おけらまつり　［宗］　大晦日の夜から元日の未明にかけ、京都祇園・八坂神社で行なわれる神事　[季]新年

白朮詣　おけらまいり　［宗］　大晦日の夜から元日の未明にかけ、京都祇園・八坂神社の白朮祭に参詣すること　[季]新年

白朮縄　おけらなわ　［宗］　白朮祭に使う吉兆縄　[季]新年

白玉　しらたま　［人］　白玉粉を水でこね、小さく丸めてゆでた夏の菓子　[季]夏

白玉ぜんざい　しらたまぜんざい　［人］　白玉をいれたぜんざい　[季]夏

白玉ひめ　しらたまひめ　［天］　霞の別称　[季]春

白玉水　しらたますい　［人］　砂糖水に白玉を入れたもの　[季]夏

白玉草　しらたまぐさ　［植］　星草の仲間で、秋に何本もつく花序が純白のもの　[季]秋

白目高　しろめだか　［動］　白っぽい体色のメダカ　[季]夏

[6]白団　はくだん　［人］　唐代に宮中などで行なわれた端午の日の遊び　[季]夏

白団扇　しろうちわ　［人］　絵などかかれていない団扇　[季]夏

白地　しろじ　［人］　白絣の別称　[季]夏

白式部　しろしきぶ　［植］　紫式部のうち白果種のもの　[季]秋

白瓜　しろうり　［植］　甜瓜（まくわうり）の変種　[季]夏

白瓜づけ　しろうりづけ　［人］　瓜漬の一種　[季]夏

白百合　しらゆり　［植］　白い花をつける百合のこと　[季]夏

白芋　しろいも　［植］　里芋の一種　[季]秋

白衣　しらえ　［人］　陰暦四月朔日の更衣の後で、寒い場合に下に小袖を重ねたもの　[季]夏

白衣の土曜　びゃくいのどよう　［宗］　復活祭後の第一土曜日。白き日曜日の前日　[季]春

白衣の土曜日　はくいのどようび　［宗］　復活祭後の第一土曜日。白き日曜日の前日　[季]春

白衣の主日　びゃくいのしゅじつ　［宗］　復活祭後の第一日曜日。白き日曜日の別称　[季]春

[7]白妙菊　しろたえぎく　［植］　シネラリヤの別称　[季]春

白尾の鷹　しらおのたか　［人］　継尾の鷹の別称　[季]春

白条天牛　しらすじかみきり　［動］　天牛の一種　[季]夏

白牡丹　はくぼたん　［植］　牡丹の一種　[季]夏

白花たんぽぽ　しろばなたんぽぽ　［植］　クリーム色がかった花をつけるたんぽぽ　[季]春

白花藤　しろばなふじ　［植］　花の白い藤　[季]春

白芹　しらお　［植］　カラムシの別称　[季]夏

白芹　しろぜり　［植］　白味をおびた芹　[季]春

白芙蓉　しろふよう　［植］　白い花が咲く芙蓉　[季]秋

白足袋　しろたび　［人］　白色の足袋　[季]冬

[8]白夜　はくや，びゃくや　［時］　夏季に特有の気象現象。緯度の高い地方で日没後も薄明がずっと続いて、そのまま夜明けとなること　[季]夏

白屈菜　くさのおう　［植］　ケシ科の二年草。五、六月頃、黄色い花をつける　[季]夏

白服　しろふく　［人］　真夏に着る白い服　[季]夏

白狐　しろぎつね　［動］　白い毛の狐　[季]冬

白英　はくえい　［植］　鵯上戸の漢名。花が白いことによる名。実は晩秋に赤く熟する　[季]秋, 夏

白茄子　しろなす　［植］　茄子の一種。茄子は夏の季語　[季]夏

白茅　ちがや　［植］　イネ科の多年草。秋の原野、路傍などでよく見かける　[季]秋

白長須鯨　しろながすくじら　［動］　体長三十メートルを越える鬚鯨で、世界最大の動物　[季]冬

白雨　はくう, しらさめ　［天］　夕立の別称　[季]夏

9**白帝　はくてい**　［時］　秋をつかさどる神。転じて秋の別称　[季]秋

白南天　しろなんてん　［植］　南天の実の白い種類　[季]秋

白南風　しろはえ　［天］　梅雨が明け、空が明るく晴れてくる頃から吹く南風　[季]夏

白柿　しろがき　［人］　干柿の別称　[季]秋

白海鞘　しろほや　［動］　海鞘の一種　[季]夏

白炭　しろずみ　［人］　原木を高熱の石竈でまっかに焼き上げ、窯外に取り出して消粉で消火した、炭の表面が灰白色となった炭。炭は冬の季語　[季]冬

白秋　はくしゅう　［時］　秋の別称　[季]秋

白秋忌　はくしゅうき　［宗］　十一月二日、明治・大正・昭和初期の詩人北原白秋の忌日　[季]冬

白茯苓　しろぶくりょう　［植］　黒松に生える茯苓のこと　[季]秋

白虹　しろにじ　［天］　虹の別称　[季]夏

白重　しらがさね, しろがさね　［人］　陰暦四月朔日の更衣の後で、寒い場合に下に小袖を重ねたもの　[季]夏

白飛白　しろがすり　［人］　白地に絣を染めたり織ったりしたもの。清楚な夏の家庭着　[季]夏

10**白息　しらいき**　［人］　冬の寒いときに、人の吐く息が白く見えること　[季]冬

白扇　はくせん　［人］　白地の扇　[季]夏

白根葵　しらねあおい　［植］　キンポウゲ科の多年草で、日光の白根山にちなんだ名。夏に菫色の花をつける　[季]夏

白桃　はくとう　［植］　果肉の白い桃の実。桃の実は初秋の季語　[季]春, 秋

白桃　しらもも　［植］　花の白い桃　[季]春

白梅　しらうめ, はくばい　［植］　白い花をつける梅　[季]春

白酒　しろざけ　［人］　雛壇に供える甘く濃厚な白色の酒　[季]春

白酒売　しろざけうり　［人］　白酒を売りにくる人　[季]春

白酒瓶　しろざけびん　［人］　白酒の入った瓶　[季]春

白酒徳利　しろざけとっくり　［人］　白酒の入った徳利　[季]春

白粉花　おしろいばな　［植］　中南米原産の大型多年草。晩夏から秋いっぱい、夕方ごろから多様な色の花が咲く　[季]秋

白粉草　おしろいぐさ　［植］　白粉花の別称　[季]秋

白粉婆　しろこばば　［動］　綿虫の別称　[季]冬

白紙子　しろかみこ　［人］　柿油を塗らずにつくった紙子　[季]冬

白蚊帳　しろがや　［人］　蚊帳の一種　[季]夏

白馬祭　はくばさい　［宗］　茨城・鹿島神宮青馬祭の現在の呼称　[季]新年

白馬陸　しろやすで　［動］　馬陸の一種　[季]夏

白馬節会　あおうまのせちえ　［人］　正月七日の宮中行事で、天皇が紫宸殿に出て白馬を見る儀式。初め青馬を用い、のち白馬となったが、「白馬」と書いても「あおうま」と読んだ　[季]新年

11**白帷子　しろかたびら**　［人］　染めていない帷子　[季]夏

白菊　しらぎく　［植］　菊の一種　[季]秋

白菜　はくさい　［植］　冬の代表的な野菜で、十一月上旬から収穫される　[季]冬

白菜漬　はくさいづけ　［植］　白菜の漬物　[季]冬

白菖　しょうぶ, はくしょう　［植］　サトイモ科の多年草。菖蒲（しょうぶ）の漢名　[季]夏

白菖蒲　しろしょうぶ　［植］　花菖蒲の一種。六月梅雨時に白い花をつけるもの

[季]夏

白雪　しらゆき　［天］　まっ白な雪　[季]冬

白魚　しらうお　［動］　シラウオ科の体長十センチほどの小魚で、早春に干し魚として美味　[季]春

白魚火　しらおび　［動］　白魚漁の時に灯す明かりのこと　[季]春

白魚汁　しらおじる　［動］　白魚を具にした汁物　[季]春

白魚汲む　しらおくむ　［動］　とれた白魚を船から陸へ汲みあげること　[季]春

白魚舟　しらおぶね　［動］　白魚を取る舟　[季]春

白魚捕　しらおとり　［動］　白魚を取ること　[季]春

白魚捕り　しらおとり　［動］　白魚を取ること　[季]春

白魚船　しらおぶね　［動］　白魚を取る舟　[季]春

白魚飯　しらうおめし　［人］　白魚を炊き込んだ御飯　[季]春

白魚網　しらおあみ　［動］　白魚漁に使う網　[季]春

白魚鍋　しらうおなべ, しらおなべ　［人］　白魚を入れた鍋物　[季]春

白魚鍋　しらおなべ　［動］　白魚を入れた鍋物　[季]春

白鳥　はくちょう　［動］　冬に北日本に渡ってくる大型の水鳥　[季]冬

白鳥来る　はくちょうきたる, はくちょうくる　［動］　白鳥が、冬に日本に飛来すること　[季]冬

白鳥帰る　はくちょうかえる　［動］　初春、北方へと白鳥が飛び去ること　[季]春

白鳥座　はくちょうざ　［天］　秋の星座の一つ　[季]秋

白麻刈　いちびかり　［人］　晩夏、イチビを刈りとること　[季]夏

12**白散**　びゃくさん　［人］　正月三が日の朝、天皇が飲む薬酒の一つ　[季]新年

白斑の鷹　しらふのたか　［人］　継尾の鷹の別称　[季]春

白絣　しろがすり　［人］　白地に絣を染めたり織ったりしたもの。清楚な夏の家庭着　[季]夏

白葵　しろあおい　［植］　葵の一種　[季]夏

白萩　しらはぎ, しろはぎ　［植］　萩の一種　[季]秋

白葉草　しろはぐさ　［植］　チガヤの別称　[季]秋

白装　はくそう　［人］　真夏に着る白い服　[季]夏

白雁　はくがん　［動］　雁の一種。全身純白で、シベリア最北部から稀に渡来する　[季]秋

白雄忌　しらおき　［宗］　陰暦九月十三日、江戸時代中期の俳人加舎白雄の忌日　[季]秋

13**白慈姑**　しろぐわい　［植］　慈姑の一種　[季]春

白楽天山　はくらくてんやま　［宗］　祇園会の鉾山の一つ　[季]夏

白椿　しろつばき　［植］　椿の一種　[季]春

白楊　はこやなぎ　［植］　柳の一種　[季]春

白腹　しろはら　［動］　鶫の一種　[季]秋

白腹蜻蛉　しろはらとんぼ　［動］　蜉蝣の一種　[季]秋

白蓮　しろはす, びゃくれん　［植］　白色の花をつける蓮　[季]夏

白蓮木　はくれんぼく　［植］　泰山木の別称　[季]夏

白靴　しろぐつ　［人］　夏に履く白靴　[季]夏

14**白熊**　しろくま　［動］　白い毛の熊　[季]冬

白磁枕　はくじちん　［人］　白磁で作った涼しい夏用の枕　[季]夏

白髪切干　しらがきりぼし　［人］　切干の一種　[季]冬

白髪太郎　しらがたろう　［動］　樟蚕の幼虫。白い毛が全身に生えている　[季]夏

15**白撫子**　しろなでしこ　［人］　夏衣のかさね色目の一つで、表は白、裏は濃色　[季]夏

白樺の花　しらかばのはな　［植］　カバノキ科の落葉高木。新芽とともに房状の花をつける　[季]春

白樺黄葉　しらかばもみじ　［植］　白樺の木の葉が、晩秋に黄葉すること　[季]秋

白膠木紅葉　ぬるでもみじ　［植］　晩秋、白膠木の葉が紅葉したもの　[季]秋

白膠紅葉　ぬるでもみじ　［植］　晩秋、白膠木の葉が紅葉したもの　[季]秋

白舞茸　しろまい　［植］　舞茸の一種　[季]秋

白蔵　はくぞう　［時］　秋の別称　[季]秋

白蝶　しろちょう　［動］　蝶の一種　[季]春

白髭開帳　しらひげのかいちょう　［宗］　滋賀・白髭明神で行なわれた開帳　[季]秋

16 **白頭翁　はくとうおう**　［植］　翁草の別称　[季]春

白頭翁　はくとうおう　［動］　椋鳥（むくどり）の別称　[季]秋

白頭鳥　ひよどり　［動］　燕雀目ヒヨドリ科の鳥。晩秋には柿や南天などの実を求めて人里近くにやってくる　[季]秋

17 **白縮　しろちぢみ**　［人］　縮の一種　[季]夏

白襖　しろぶすま　［人］　白一色の襖。襖は元来防寒用で冬の季語　[季]冬

白鮠　しろはえ　［動］　ヤマベの別称　[季]夏

白鮠　しらはえ　［動］　ヤマベの別称　[季]夏

18 **白繭　しろまゆ**　［人］　白い色をした繭　[季]夏

白藤　しろふじ　［人］　春衣のかさね色目の一つ。表は薄紫、裏は濃紫　[季]春

白藤　しろふじ　［植］　山藤の変種　[季]春

19 **白藻　しらも**　［植］　紅藻類のオゴノリ科に属する海藻の一種。春に採って食用とする　[季]春

白蟻　しろあり　［動］　シロアリ目の昆虫をいう。木材を食し、家屋などに被害を与える。五、六月が繁殖期　[季]夏

20 **白罌　しらげし**　［植］　白い花をつけるケシ科の越年草　[季]夏

白露　はくろ　［時］　二十四節気の一つ。陽暦九月七日、八日頃　[季]秋

白露　しらつゆ　［天］　白い露　[季]秋

白露の節　はくろのせつ　［時］　二十四節気の一つ。陽暦九月七日、八日頃　[季]秋

白露虫　はくろむし　［動］　蜉蝣の別称　[季]秋

白露降る　はくろくだる　［時］　七十二候の一つで、立秋の第二候。陽暦八月十三日から十七日頃　[季]秋

21 **白鶺鴒　はくせきれい**　［動］　鶺鴒の一種。北日本で繁殖し、秋に日本の南部に移動する　[季]秋

22 **白襲　しらがさね**　［人］　白重（しろがさね）のこと　[季]夏

白躑躅　しろつつじ　［人］　春衣のかさねの色目の一つ。表が白、裏が紫　[季]春

23 **白鱚　しろぎす**　［動］　鱚の一種　[季]夏

白黴　しろかび　［植］　黴の一種　[季]夏

24 **白鷺　しらさぎ**　［動］　サギ科シラサギ属の鳥の総称。水辺の立姿が涼しげで、また繁殖期からも夏の季語となっている　[季]夏

白鷺苔　しらさぎごけ　［植］　鷺苔の一種　[季]春

【皮】

6 **皮羽織　かわばおり**　［人］　防寒用になめし皮でできた冬羽織　[季]冬

皮衣　かわぎぬ, かわごろも　［人］　毛皮製の冬の防寒衣。猟師などが使った　[季]冬

7 **皮麦　かわむぎ**　［植］　大麦の一種　[季]夏

9 **皮茸　かわたけ**　［植］　コウタケの別称　[季]秋

10 **皮剝　かわはぎ**　［動］　カワハギ科の磯魚。外皮が厚く、食べるとき皮を剝ぐためついた名。夏が旬　[季]夏

19 **皮鯨　かわくじら**　［人］　鯨の皮の塩漬け　[季]夏

【目】

0 **目くされ市　めくされいち**　［宗］　芝神明祭で開かれる市　[季]秋

目こすり膾　めこすりなます　［人］　蛙の皮を剝ぎ、芥子酢にあえた物　[季]春

目はり膾　めはりなます　［人］　蛙の皮を剝ぎ、芥子酢にあえた物　[季]春

3 **目大千鳥　めだいちどり**　［動］　千鳥の一種　[季]冬

5 **目玉争奪　めだまそうだつ**　［宗］　大牟田の祇園会　[季]夏

目白桜　めじろざくら　［植］　桜の一種　[季]春

目白鯔　めじろぼら　［動］　鯔の一種　[季]秋

8 **目刺　めざし**　［人］　鰯の目を五、六尾ずつ竹串や藁に通して干したもの　[季]春

目刺鰯　めざしいわし　［人］　鰯の目を五、六尾ずつ竹串や藁に通して干したもの　[季]春

目突柴　めつきしば　［宗］　柊挿すに同じ。串刺しが鬼の目を突くため　[季]冬

10 **目借り時　めかりどき**　［時］　蛙の目借時のこと　[季]春

目高　めだか　［動］　体長三センチ前後のメダカ科の小魚。夏に夜店などで売られている　[季]夏

目高合せ　めだかあわせ　［人］　メダカの雄を戦わせること　[季]夏

目高鯵　めだかあじ　［動］　鯵の一種　[季]夏

12 **目貼　めばり**　［人］　冬の寒さや風雪を防ぐために、窓や戸口などの隙間を紙などで貼り塞ぐこと　[季]冬

目貼剝ぐ　めばりはぐ　［人］　冬の間、寒気を防ぐためにしていた窓や壁の目貼を春になって剝がすこと　[季]春

15 **目摩膾　めすりなます**　［人］　蛙の皮を剝ぎ、芥子酢にあえた物　[季]春

【矢】

0 **矢の根草　やのねぐさ**　［植］　タデ科の一年草で、全体の形が矢の根に似ている。初秋、薄紅色の花が穂状に咲く　[季]秋

3 **矢大臣　やだいじん**　［宗］　雛人形の中の一つ　[季]春

4 **矢切葱　やぎりねぎ**　［植］　深葱の一種で、千葉県松戸市付近のもの　[季]冬

7 **矢車　やぐるま**　［人］　幟の先に飾りとしてつけるもの　[季]夏

矢車草　やぐるまそう　［植］　ヨーロッパ原産のキク科の一年草。初夏に菊に似た頭上花をつける　[季]夏

矢車菊　やぐるまぎく　［植］　ヨーロッパ原産のキク科の一年草。初夏に菊に似た頭上花をつける。矢車草の名で親しまれている　[季]夏

8 **矢取の神事　やとりのしんじ**　［宗］　下賀茂の御祓の神事のこと　[季]夏

10 **矢倉売　やぐらうり**　［人］　炬燵櫓をかついで家々を売り歩く商売　[季]冬

矢島蕪　やじまかぶ　［植］　赤蕪の一種で、滋賀県産のもの　[季]冬

12 **矢筈薊　やはずあざみ**　［植］　薊の一種　[季]夏

13 **矢数　やかず**　［人］　京都・三十三間堂の大矢数のこと　[季]夏

【石】

0 **石たたき　いしたたき**　［動］　鶺鴒の別称　[季]秋

石の竹　いしのたけ　［植］　石竹の別称　[季]夏

2 **石刀柏　まつばうど**　［植］　アスパラガスの別称　[季]春

3 **石上祭　いそのかみまつり**　［宗］　九月十五日の天理市・石上神宮の祭り　[季]秋

石山祭　いしやままつり　［宗］　大津市・石山寺で行われた祭り　[季]春

石山蛍　いしやまぼたる　［動］　蛍の名所でみる蛍　[季]夏

6 **石伏　いしぶし**　［動］　鮲の別称　[季]秋

石伏魚　いしぶし　［動］　鮲の別称　[季]夏

石竹　せきちく　［植］　中国原産のナデシコ科の多年草。夏に薄赤い花が咲き、観賞用に栽培されている　[季]夏

石竹挿す　せきちくさす　［人］　多年生のナデシコの類は、砂にさし芽をする　[季]秋

7 **石決明　せきけつめい**　［動］　鮑の別称　[季]夏

石花　かき　［動］　カキ科に属する二枚貝。九月から四月頃まで、特に厳冬の頃が旬　[季]冬

石花菜　ところてん　［人］　天草を煮溶かし漉したものを、型に入れて冷やし固めたもの。夏の食べ物の一つ　[季]夏

石見太郎　いわみたろう　［天］　夏の積乱雲（入道雲）の地方称　[季]夏

石見鶺鴒　いわみせきれい　［動］　鶺鴒の一種。稀にしか見ることのない迷鳥　[季]秋

8 **石取祭　いしとりまつり**　［宗］　桑名祭の別称　[季]夏

石枕　いしまくら　［人］　石で作った涼しい夏用の枕　[季]夏

石枕　いわまくら　［人］　天の川原で石を枕に寝ること、牽牛・織女の伝説から　[季]秋

石油ストーブ　せきゆすとーぶ　［人］　石油を燃料とするストーブ　[季]冬

9 **石南花　しゃくなげ**　［植］　広く山地に自生する常緑低木。初夏に淡紅色の躑躅に似た大型の花が枝先に集まり咲く　[季]春

石垣苺　いしがきいちご　［植］　冬の苺の一つ。静岡県久能山で石垣の石の間に苺を植えて、石の余熱で早く熟するようにしたもの　[季]冬

石炭　せきたん, いしずみ　［人］　地中に埋もれた植物が炭化したもの。冬の燃料として使われる　[季]冬

石炭ストーブ　せきたんすとーぶ　［人］　石炭を燃料とするストーブ　[季]冬

5画（石）

石狩鍋　いしかりなべ　［人］　鮭を使った北
海道の冬の鍋料理　㊡冬

石韋　せきい　［植］　一つ葉の別称　㊡夏

石首魚　いしもち　［動］　ニベ科の海魚で、
産卵期は夏。練り製品の材料に利用　㊡夏

10石荷葉　せきかよう　［植］　ユキノシタの別
称　㊡夏

11石崖蝶　いしがけちょう　［動］　蝶の一種
㊡春

石採神事　いしとりしんじ　［宗］　桑名祭の
別称　㊡夏

石採祭　いしとりまつり　［宗］　桑名祭の別
称　㊡夏

石斛　せっこく　［植］　ラン科の常緑多年
草。夏、淡紫色や白色の花が咲く　㊡夏

石斛の花　せっこくのはな　［植］　ラン科の
常緑多年草。夏、淡紫色や白色の花が咲く
㊡夏

石清水一切経会　いわしみずいっさいきょう
え　［宗］　昔、行われた経供養のこと
㊡春

石清水八幡祭　いわしみずはちまんまつり
［宗］　陰暦八月十五日、石清水八幡宮で行
われた放生会の祭礼　㊡秋

石清水祭　いわしみずまつり　［宗］　石清水
八幡祭の別称　㊡秋

石清水臨時祭　いわしみずりんじさい　［宗］
京都・石清水八幡宮の祭礼　㊡春

石菖　せきしょう　［植］　サトイモ科の常緑
多年草。初夏に茎を伸ばして黄色い花をつ
ける　㊡夏

石菖蒲　いしあやめ　［植］　サトイモ科の常
緑多年草。初夏に茎を伸ばして黄色い花を
つける　㊡夏

12石塔　しゃくとう　［宗］　陰暦二月十六日、
積塔会の行事　㊡春

石塔会　しゃくとうえ　［宗］　昔、陰暦二月
十六日に京都綾小路の清聚庵で盲人たちが
開いた雨夜皇子を祭る法会　㊡春

石尊詣　せきそんもうで　［宗］　大山に登り
阿夫利神社に詣でること　㊡夏

石斑魚　いしぶし　［動］　鯎の別称　㊡夏,
秋

石焼芋　いしやきいも　［人］　小石の中に芋
を丸ごといれて焼いたもの　㊡冬

13石戦の戯れ　せきせんのたわむれ　［人］　朝

鮮における印地打ち　㊡夏

石楠　しゃくなん,しゃくなげ　［植］　広く
山地に自生する常緑低木。初夏に淡紅色の
躑躅に似た大型の花が枝先に集まり咲く
㊡夏

石楠花　しゃくなげ　［植］　広く山地に自生
する常緑低木。初夏に淡紅色の躑躅に似た
大型の花が枝先に集まり咲く　㊡夏

石鼎忌　せきていき　［宗］　十二月二十日、
大正・昭和期の俳人原石鼎の忌日　㊡冬

14石榴　ざくろ　［植］　季語としては果実を指
す。夏の真赤な花が散ると実がつき、秋、
実は熟すると自然に裂ける。甘酸っぱい味
がする　㊡秋

石榴の花　ざくろのはな　［植］　ザクロ科の
落葉低木。六月の梅雨頃、赤橙色の六弁の
花をつける　㊡夏

石蓴　あおさ　［植］　日本全国沿岸の浅海に
見られる緑色の海藻。春に採取して薬味な
どに利用　㊡春, 冬

石蓴採り　あおさとり　［植］　春、石蓴を採
ること　㊡春

15石蕗　つわぶき　［植］　石蕗（つわ）の花の
こと　㊡冬

石蕗の花　つわのはな,つわぶきのはな
［植］　晩秋から初冬にかけて黄色い頭状花
をつけるキク科の常緑多年草ツワブキの花
㊡冬

石蕗咲く　つわさく　［植］　石蕗（つわ）の
花のこと　㊡冬

16石龍蒭　せきりゅうずう　［植］　小髭の別称
㊡夏

19石蘭　せきらん　［植］　胡蝶蘭の別称。岩場
に自生することからの名　㊡夏

石蘭　せきらん　［植］　一つ葉の別称　㊡夏

石鏡　せききょう　［動］　海月の別称　㊡夏

石鯛　いしだい　［動］　イシダイ科の磯魚。
夏、岩釣りでよく釣れる　㊡夏

20石櫧の花　いちいがしのはな　［植］　ブナ科
の樫の一種。晩春から初夏、小花を密生し
た穂をつける　㊡夏

石櫧の実　いちいがしのみ　［植］　一般のカ
シ類に似て、浅いお椀の中に、しりのほう
がすっぽりはいっている　㊡秋

24石鹸玉　しゃぼんだま　［人］　石鹸水を管で
吹いて泡の玉を作って遊ぶもの　㊡春

石鹸草　さぼんそう　［植］　ナデシコ科の多

俳句季語よみかた辞典　117

5画（礼, 禾, 穴, 立）

年草　㉄夏

【礼】

[8]礼受　れいうけ　［人］　玄関先に年賀の客を迎えて、その祝詞を受けること　㉄新年

礼受帳　れいうけちょう　［人］　新年の礼帳のこと　㉄新年

礼拝講　らいはいこう　［宗］　五月二十六日に行われる大津市・日吉神社の法華八講　㉄夏

礼者　れいじゃ　［人］　新年の年始廻りにやってきた客　㉄新年

礼者受　れいじゃうけ　［人］　玄関先に年賀の客を迎えて、その祝詞を受けること　㉄新年

[10]礼扇　れいおうぎ　［人］　年始の祝儀に配る扇　㉄新年

[11]礼帳　れいちょう　［人］　年始の回礼の際、年賀客が姓名を記す帳面。三が日の間、玄関や店先に置いた　㉄新年

【禾】

[0]禾すなはち登る　いねすなわちみのる　［時］　七十二候の一つで、処暑の第三候。陽暦九月二日から七日頃　㉄秋

【穴】

[0]穴まどひ　あなまどい　［動］　秋の彼岸をすぎても、蛇が穴に入らないこと　㉄秋

[1]穴一　あないち　［人］　江戸時代、正月に子供や若者がした博打遊びの一つ。地上に円形の小穴をあけ、手前から銭を穴に投げ、穴に入ると勝ちという遊び　㉄新年

穴一銭　あないちぜに　［人］　江戸時代、正月に子供や若者がした博打遊びの一つ。地上に円形の小穴をあけ、手前から銭を穴に投げ、穴に入ると勝ちという遊び　㉄新年

[3]穴子　あなご　［動］　アナゴ科に属する魚類。夏、天ぷらや寿司などにして美味　㉄夏

[9]穴施行　あなせぎょう　［人］　餌のなくなる寒中に、獣に小豆飯やいなりずしを夜間に置いておいて与えること　㉄冬

[12]穴惑い　あなまどい　［動］　秋の彼岸をすぎても、蛇が穴に入らないこと　㉄秋

[13]穴蜂　あなはち　［動］　蜂の一種　㉄春

[14]穴熊　あなぐま　［動］　冬眠のため穴に入る熊　㉄冬

穴熊打　あなぐまうち　［人］　冬籠もりをしている熊を狩ること。犬をけしかけたり、煙を穴に送りいぶり出して、おびき出して狩る　㉄冬

[18]穴織祭　あやはまつり　［宗］　十月十七日と十八日（もとは陰暦九月）、池田市・穴織神社と呉服神社で行われる祭礼。来朝して日本に服飾の技を伝えた織女を祀る　㉄秋

【立】

[0]立ちしや　たちぢしや　［植］　レタスの一種　㉄春

立てばんこ　たてばんこ　［人］　夏の夜の子供用の見せ物。切抜絵で芝居や物語の見せ場を組立てる　㉄夏

立て絵　たてえ　［人］　立版古の別称。夏の夜の子供用の見せ物。切抜絵で芝居や物語の見せ場を組立てる　㉄夏

[2]立人　たちうど　［人］　田植の日、田で働く男たち　㉄夏

[5]立冬　りっとう　［時］　二十四節気の一つ。陽暦十一月七日、八日頃　㉄冬

立氷　たちひ　［地］　氷柱の別称　㉄冬

[7]立忍　たちしのぶ　［植］　寒忍の別称　㉄冬

立花　たちばな　［植］　日本古来の野生柑橘類。果実は扁球形で、秋に熟すると黄色となり、果面はなめらかだがしわがある。酸味が強く食べられない　㉄秋, 新年

[8]立彼岸　たちひがん　［植］　彼岸桜の別称　㉄春

立松　たてまつ　［人］　門松のこと　㉄新年

立泳　りつえい　［人］　泳ぎの型　㉄夏

立版古　たてばんこ　［人］　夏の夜の子供用の見せ物。切抜絵で芝居や物語の見せ場を組立てる　㉄夏

[9]立待　たちまち　［天］　立待月の別称　㉄秋

立待月　たちまちづき　［天］　陰暦八月十七日、十六夜の翌日の月。名月が終わり、だんだん欠けていく　㉄秋

立春　りっしゅん　［時］　二十四節気の一つ。陽暦二月四日、五日頃　㉄春

立春大吉　りっしゅんだいきち　［時］　曹洞宗では立春の日に「立春大吉」と書いた符札を寺院・堂舎に貼る　㉄春

立秋　りっしゅう　［時］　二十四節気の一

118　俳句季語よみかた辞典

つ。陽暦八月七日、八日頃 [季]秋

10立夏 りっか ［時］ 二十四節気の一つ。陽暦五月五日、六日頃 [季]夏

立浪草 たつなみそう ［植］ シソ科の多年草。初夏、紫色の花を穂状につける [季]夏

12立琴 たてごと ［人］ 陰暦七月七日七夕の行事の際にまつられたもの [季]秋

立葵 たちあおい ［植］ 葵の一種 [季]夏

18立藤草 たちふじそう ［植］ ルピナスの別称。初夏に黄色の花が咲く [季]夏

立雛 たちびな ［人］ 雛人形の一種で、立ち姿のもの [季]春

【艾】

0艾を佩ぶ よもぎをおぶ ［人］ 五月五日、蓬を腰につけておくと悪疫を避けるという中国の古俗 [季]夏

2艾人 がいじん ［人］ 菖蒲人形の別称 [季]夏

8艾虎 がいこ ［人］ 端午の節句の日、蓬で作った虎が邪気を払うという中国の古い俗信 [季]夏

艾虎を戴く がいこをいただく ［人］ 端午の節句の日、蓬で作った虎が邪気を払うという中国の古い俗信 [季]夏

9艾草 がいそう, もぐさ ［植］ 蓬の別称 [季]春

11艾採る よもぎとる ［人］ 端午の節句に用いるよもぎをとること [季]夏

【辻】

0辻が花 つじがはな ［人］ 絵帷子の染め模様のこと [季]夏

8辻宝引 つじほうびき ［人］ 正月に街角で人を集め、銭を取って宝引きをさせる商売や人 [季]新年

9辻相撲 つじずもう ［人］ 辻に小屋をかけ興行する相撲 [季]秋

11辻祭 つじまつり ［宗］ 子供が地蔵の祠の前にたむろして通行人から銭を勧進する祭り [季]秋

12辻飯 つじめし ［人］ 盆に戸外に竈を築き、煮炊きして食事をする習俗 [季]秋

14辻踊 つじおどり ［人］ 盆踊の一つ [季]秋

6 画

【両】

0両の物 りょうのもの ［人］ 正月の膳の側に小土器を置き、開き豆・開き牛蒡を盛ったもの [季]新年

3両大師廻り りょうだいしまわり ［宗］ 正月三日、江戸上野東叡山山内にある両大師堂に参詣すること。両大師とは、慈慧大師と慈眼大師 [季]新年

両大師詣 りょうだいしまいり ［宗］ 正月三日、江戸上野東叡山山内にある両大師堂に参詣すること。両大師とは、慈慧大師と慈眼大師 [季]新年

4両片鵤 もろかたかえり ［動］ 三歳の鷹 [季]秋

5両本願寺灯籠 りょうほんがんじとうろう ［人］ 東・西本願寺にある灯籠 [季]秋

7両社祭 りょうしゃまつり ［宗］ 五月三日に行われる大津市・両社権現社の祭礼 [季]夏

8両国の花火 りょうごくのはなび ［人］ 隅田川の川開きで行われた花火大会。現在は八月一日に行われる [季]夏

両国川開き りょうごくかわびらき ［宗］ 東京隅田川の両国橋での川開き。花火大会などが行われる [季]夏

11両鳥屋 もろとや ［動］ 二年目の鷹 [季]秋

12両葉草 もろはぐさ ［植］ 二葉葵の別称。初夏五月頃、淡い赤紫の小花をつける。葵祭で使う葵のこと [季]夏

【亥】

0亥の子 いのこ ［人］ 陰暦十月の亥の日、餅をついて収穫を祝う行事。西日本で多く行われる [季]冬

亥の子石 いのこいし ［人］ 亥の子に行なわれる子供の遊びで、石に多くの縄をつけ家々の門口をついたりした [季]冬

亥の子突 いのこづき ［宗］ 亥の子に子供たちが藁束を縄で巻いて作ったもので、これを持って家々を回り地面を叩く [季]冬

亥の子餅 いのこもち ［人］ 亥の子に食べ

る餅　[季]冬

亥の日祭　いのひまつり　［人］　陰暦十月の亥の日、餅をついて収穫を祝う行事。西日本で多く行われる　[季]冬

亥の神祭　いのかみまつり　［人］　陰暦十月の亥の日、餅をついて収穫を祝う行事。西日本で多く行われる　[季]冬

[3]**亥巳籠**　いみごもり　［宗］　旧正月の亥の日から巳の日まで、加古川市・日岡神社で忌み籠りをした神事。忌みを亥巳にかけたもの　[季]新年

[4]**亥中の月**　いなかのつき　［天］　更待月の別称　[季]秋

【交】

[12]**交喙鳥**　いすか　［動］　アトリ科の小鳥で、嘴の上下が食い違っているのが特徴　[季]秋

[15]**交嘴鳥**　いすか　［動］　アトリ科の小鳥で、嘴の上下が食い違っているのが特徴　[季]秋

[20]**交譲葉**　ゆずりは　［植］　常緑植物で、古い葉が新しい葉に譲るような形になる。名の音が縁起が良いため、正月の飾りに用いられる　[季]新年

【伊】

[3]**伊子志祭**　いそしまつり　［宗］　昔、行なわれた祭り　[季]新年

[4]**伊予万歳**　いよまんざい　［人］　愛媛県伊予地方からでた万歳　[季]新年

伊予柑　いよかん　［植］　春の柑橘類の一種。皮が厚く果肉が少ないが、多汁で夏蜜柑よりも甘い　[季]春

伊予緋蕪　いよひかぶ　［植］　赤蕪の一種で、愛媛県産のもの　[季]冬

伊予蜜柑　いよみかん　［植］　伊予柑のこと　[季]冬

伊予簾　いよすだれ　［人］　簾の一種　[季]夏

[7]**伊吹山大根**　いぶきやまだいこん　［植］　大根の一種で、鼠大根の別称　[季]冬

伊豆海苔　いずのり　［植］　海苔の一種　[季]春

[11]**伊都岐島祭**　いつくしまのまつり　［宗］　古く、広島・厳島神社で正月下亥日に行なった祭典　[季]新年

[12]**伊達の墨塗**　だてのすみぬり　［人］　正月十四日、福島県伊達郡で近隣の者が新婚夫婦の顔に墨をぬって祝いをする風習。現在は行なわれない　[季]新年

[13]**伊勢の世様**　いせのよだめし　［宗］　伊勢神宮で行なわれた卜占　[季]新年

伊勢の例祭　いせのれいさい　［宗］　昔、陰暦六月十六、十七日に行なわれた伊勢神宮の祭礼　[季]夏

伊勢の祭礼　いせのさいれい　［宗］　昔、陰暦六月十六、十七日に行なわれた伊勢神宮の祭礼　[季]夏

伊勢の御田植　いせのおたうえ　［宗］　五月二十日頃、伊勢神宮の神田で行われる田植祭　[季]夏

伊勢の御祭　いせのごさい　［宗］　昔、陰暦六月十六、十七日に行なわれた伊勢神宮の祭礼　[季]夏

伊勢三河祭　いせのみかわまつり　［宗］　昔、陰暦五月八日に行われた宮川の鮎を奉納する祭　[季]夏

伊勢参　いせまいり　［人］　江戸時代に流行した、春に伊勢神宮に参拝する行事　[季]春

伊勢参宮　いせさんぐう　［人］　江戸時代に流行した、春に伊勢神宮に参拝する行事　[季]春

伊勢奉幣　いせほうへい　［宗］　平安時代、陰暦九月十一日、神嘗祭の前に朝廷から伊勢神宮に対し幣物が奉られる儀式　[季]秋

伊勢海老　いせえび　［動］　正月の蓬萊飾りやお祝い料理の材料に使われる海老。伊勢で多く獲れる　[季]新年

伊勢海老祝ふ　いせえびいわう　［人］　正月の飾り物に海老を添えること　[季]新年

伊勢海老飾る　いせえびかざる　［人］　正月の飾り物に海老を添えること　[季]新年

伊勢神御衣祭　いせかんみそのまつり　［宗］　五月十四日、伊勢皇大神宮で行われる祭。神御衣として絹布と麻布を捧げる祭りで、十月にも行われる　[季]夏

伊勢桜　いせざくら　［植］　桜の一種　[季]春

伊勢御遷宮　いせごせんぐう　［宗］　九月中旬、二十年ごとに伊勢神宮で行われる新しい宮への遷宮行事　[季]秋

伊勢椿　いせつばき　［植］　椿の一種　[季]春

伊勢暦　いせごよみ　［人］　近世、伊勢神宮の斎主が作って全国に配った暦　[季]新年

伊勢踊　いせおどり　［人］　盆踊の一つ　[季]秋

伊勢講　いせこう　［人］　伊勢参のための団

体 [季]春

伊勢鯉 いせこい ［動］ 鰡の別称 [季]秋

【会】

スキー会 すきーかい ［人］ スキー同好の会 [季]冬

[6]会式 えしき ［宗］ 十月十三日、日蓮上人の忌日の法会 [季]秋

会式太鼓 えしきだいこ ［宗］ 十月十三日、日蓮上人の忌日の法会で用いる仏具 [季]秋

会式桜 えしきざくら ［植］ 日蓮宗の寺で十月十三日の日蓮の忌日に当たる日に咲く桜 [季]冬

[9]会津万歳 あいずまんざい ［人］ 福島県会津地方からでた万歳 [季]新年

会津身知らず あいずみしらず ［植］ 柿の品種の一つ。柿は晩秋の季語 [季]秋

[12]会陽 えよう ［宗］ 陰暦正月十四日夜、岡山市・西大寺観音院で行なわれる修正会結願の行事。現在は土曜の夜を選んで行われる [季]新年

【伎】

[7]伎芸天慶讃法要 ぎげいてんけいさんほうよう ［宗］ 十月十五日、奈良市・秋篠寺で行なわれる法要 [季]秋

【休】

[0]休め田 やすめた ［地］ 稲刈りの後の荒涼とした田 [季]冬

[13]休暇了う きゅうかしまう ［人］ 夏休みが終わり、九月から秋の新学期となること [季]秋

休暇明 きゅうかあけ ［人］ 夏休みが終わり、九月から秋の新学期となること [季]秋

休暇果つ きゅうかはつ ［人］ 夏休みが終わり、九月から秋の新学期となること [季]秋

【仲】

[0]仲の秋 なかのあき ［時］ 仲秋のこと [季]秋

[5]仲冬 ちゅうとう ［時］ 三冬の第二で、冬なかば。ほぼ陰暦十一月にあたる [季]冬

[7]仲呂 ちゅうろ ［時］ 一年を音楽の十二律になぞらえた場合の陰暦四月の別称 [季]夏

[9]仲春 ちゅうしゅん ［時］ 三春の第二で、春なかば。ほぼ陰暦二月にあたる [季]春

仲秋 ちゅうしゅう ［時］ 三秋の第二で、秋なかば。ほぼ陰暦八月にあたる。なお、より厳密に陰暦八月十五日をいうこともある [季]秋

仲秋祭 ちゅうしゅうさい ［宗］ 放生会を中心とした八幡宮で行われる祭礼 [季]秋

仲秋無月 ちゅうしゅうむげつ ［天］ 陰暦八月十五日の夜、曇りのため名月が見えないこと [季]秋

[10]仲夏 ちゅうか ［時］ 三夏の第二で、夏なかば。ほぼ陰暦五月にあたる [季]夏

【伝】

[9]伝奏下 てんそうくだり ［人］ 江戸時代、将軍からの年始祝儀に対する答礼のため、京都御所から武家伝奏が江戸に下ったこと [季]新年

[11]伝教大師忌 でんぎょうだいしき ［宗］ 六月四日、最澄（伝教大師）の忌日。伝教会が行われる [季]夏

伝教会 でんぎょうえ ［宗］ 六月四日、最澄（伝教大師）の忌日に比叡山延暦寺で行われる法会 [季]夏

【伏】

[7]伏見三栖祭 ふしみみすまつり ［宗］ 十月十二日から十六日、京都市・三栖神社の祭礼 [季]秋

伏見祭 ふしみまつり ［宗］ 京都市・御香宮神社の祭礼 [季]秋

[8]伏兎糫餅 ふとまがりもち ［宗］ 元日に広島・厳島神社で、神前に供えた神饌の餅 [季]新年

[9]伏柴 ふししば ［植］ 真菰の別称 [季]夏

【光】

[4]光太郎忌 こうたろうき ［宗］ 四月二日、大正・昭和期の詩人高村光太郎の忌日 [季]春

[10]光悦忌 こうえつき ［宗］ 陰暦二月三日、桃山時代・江戸時代前期の芸術家本阿弥光悦の忌日 [季]春

光起忌 みつおきき ［宗］ 陰暦九月二十五日、江戸時代前期の画家土佐光起の忌日

[季]秋

12光琳忌　こうりんき　〔宗〕　陰暦六月二日、江戸時代中期の画家尾形光琳の忌日　[季]夏

【先】

9先帝会　せんていえ　〔宗〕　四月二十三日から二十五日、下関市・赤間宮で行われる祭礼　[季]春

先帝祭　せんていさい　〔宗〕　四月二十三日から二十五日、下関市・赤間宮で行われる祭礼　[季]春

先祖正月　せんぞしょうがつ　〔時〕　新年初めて仏事を行い、墓参りをすること。多くは正月十六日　[季]新年

先祖棚　せんぞだな　〔宗〕　盆棚のこと　[季]秋

【冱】

0冱つる　いつる　〔時〕　あまりの寒気に凍りつくこと、あるいは凍りつきそうなこと　[季]冬

7冱返る　いてかえる　〔地〕　いったん春めいたのに、寒さがまたぶり返すこと　[季]春

【氷】

8氷雨　ひさめ　〔天〕　雹のこと　[季]夏

9氷柱　つらら　〔地〕　軒などからしたたる水がそばから凍って垂れ下がったもの　[季]冬

氷海　ひょうかい　〔地〕　厳冬期、北の海が一面に結氷した様子　[季]冬

10氷原　ひょうげん　〔地〕　厳冬期、北の海が一面に結氷した様子　[季]冬

氷益々壮　こおりますますさかんなり　〔時〕　七十二候の一つで、大雪の第一候。陽暦十二月七日から十一日頃　[季]冬

11氷魚　ひうお, ひお　〔動〕　氷魚（ひお）の別称　[季]冬

氷魚の使　ひおのつかい　〔人〕　平安時代、九月から十二月まで宇治川・田上川で獲れた氷魚を朝廷に献じていた使いのこと　[季]冬

氷魚を賜ふ　ひおをたまう　〔人〕　十月一日の孟冬の旬の時に、氷魚の使によって献じられた氷魚が参列の廷臣に下賜されたこと　[季]冬

12氷湖　ひょうこ　〔地〕　一面に結氷した湖のこと　[季]冬

【凩】

凩　こがらし　〔天〕　晩秋から初冬に吹く強い風　[季]冬

【列】

スキー列車　すきーれっしゃ　〔人〕　スキー場にいく列車　[季]冬

7列見　れけん　〔人〕　平安時代、二月十一日に朝廷で行なわれた行事の一つ。才芸に長けた官人を並べて面接した　[季]春

8列卒　せこ　〔人〕　狩猟のとき声をあげて鳥獣をかり出す役目の人夫。狩猟は冬の季語　[季]冬

【印】

6印地切　いんじきり　〔人〕　印地打ちの別称　[季]夏

印地打　いんじうち　〔人〕　五月五日の端午の節句に、子供が石を投げ合った尚武行事　[季]夏

9印度苹果　いんどりんご　〔植〕　林檎の品種の一つ　[季]秋

【吉】

2吉丁虫　きっちょうむし　〔動〕　玉虫の別称　[季]夏

4吉方　えほう　〔宗〕　その年の縁起のよい方向　[季]新年

吉方伐り　よほうぎり　〔人〕　岐阜県揖斐郡での樵初の別称。小正月の餅粥を煮るための木を伐る　[季]新年

5吉田の鬼祭　よしだのおにまつり　〔宗〕　陰暦正月十四日、豊橋市の安久美神戸神明社で行なわれる祭り　[季]新年

吉田大祓　よしだおおはらえ　〔宗〕　京都・吉田神社の厄塚の別称　[季]冬

吉田大祓　よしだのおおはらえ, よしだおおはらい　〔宗〕　正月十九日、京都・吉田神社太元宮で行なわれた疫祓神事。現在は節分行事として残る　[季]新年

吉田火祭　よしだひまつり　〔宗〕　八月二十六日と二十七日、富士吉田市・富士浅間神社で行われる祭礼　[季]秋

吉田村祭　よしだむらまつり　〔宗〕　昔、行なわれた祭り　[季]秋

吉田浅間祭　よしだせんげんまつり　〔宗〕

八月二十六、二十七日、富士浅間神社の吉田火祭の別称　(季)秋

吉田清祓　よしだのきよはらえ, よしだきよはらえ　［宗］　正月十九日、京都・吉田神社太元宮で行なわれた疫祓神事。現在は節分行事として残る　(季)新年

吉田祭　よしだまつり　［宗］　昔、陰暦四月の中子に行なわれた京都・吉田神社の祭礼　(季)夏

吉田祭　よしだまつり　［宗］　昔、行なわれた祭り　(季)冬

[6]**吉兆**　きっちょう　［宗］　十日戎の小宝の別称　(季)新年

吉兆縄　きっちょうなわ　［宗］　白朮祭で、篝火から火を移し取る縄　(季)新年

吉字草　きちじそう　［植］　富貴草の別称。四、五月頃、茎に白い小花を密生させる　(季)夏

[10]**吉原の灯籠**　よしわらのとうろう　［人］　吉原にある灯籠　(季)秋

吉原の夜桜　よしわらのよざくら　［人］　江戸時代、吉原遊郭で毎年三月中は桜を植えて夜は雪洞に火をとぼし、華やかに夜桜を演出したこと　(季)春

吉原遊女の年礼　よしわらゆうじょのねんれい　［人］　江戸の吉原の青楼で正月二日、傾城が初衣装を着飾り、下駄をはいて、茶屋への年礼に仲の町へ出ること　(季)新年

吉原遊女二日礼　よしわらゆうじょふつかれい　［人］　江戸の吉原の青楼で正月二日、傾城が初衣装を着飾り、下駄をはいて、茶屋への年礼に仲の町へ出ること　(季)新年

吉書　きっしょ　［人］　書初めの筆跡　(季)新年

吉書始め　きっしょはじめ　［人］　書初めのこと　(季)新年

吉書奏　きっしょのそう　［人］　新年になって初めて天皇に文書を奉る行事　(季)新年

吉書揚　きっしょあげ　［人］　小正月の左義長（火祭行事）の別称　(季)新年

吉浜芋　よしはまいも　［植］　里芋の一種　(季)秋

吉祥草　きちじょうそう　［植］　ユリ科の多年草。晩秋、薄紫の小花をつける　(季)秋

吉祥草　きっしょうそう　［植］　富貴草の別称。四、五月頃、茎に白い小花を密生させる　(季)夏

吉祥院八講　きっしょういんはっこう　［宗］　菅原氏の氏寺の吉祥院で行われた法華会。日はさまざまだった　(季)冬

吉祥院八講　きちじょういんのはっこう　［宗］　吉祥院で行なわれた八講　(季)春

吉祥院法華会　きっしょういんほっけえ　［宗］　吉祥院八講の古称　(季)冬

吉祥院相撲　きっしょういんすもう　［宗］　吉祥院八講の際に行なわれた相撲　(季)冬

[11]**吉崎詣**　よしざきもうで　［宗］　陰暦三月二十五日、室町時代の浄土真宗の僧蓮如上人の忌日　(季)春

吉野の蛙飛　よしののかわずとび　［宗］　七月七日、奈良・金峰山寺の蓮華会における行事　(季)夏

吉野の餅配　よしののもちくばり　［宗］　四月十一日、吉野山にある金峯山寺蔵王堂で行なわれる行事　(季)春

吉野太夫忌　よしのだゆうき　［宗］　陰暦八月二十五日、江戸時代前期の京の名妓・吉野太夫の忌日　(季)秋

吉野芋　よしのいも　［植］　里芋の一種　(季)秋

吉野忌　よしのき　［宗］　陰暦八月二十五日、江戸時代前期の京の名妓・吉野太夫の忌日　(季)秋

吉野秀雄忌　よしのひでおき　［宗］　七月十五日、昭和期の歌人吉野秀雄の忌日　(季)夏

吉野花会式　よしののはなえしき　［宗］　四月十一日と十二日、吉野の金峯山寺蔵王堂で行なわれる花会式　(季)春

吉野草　よしのぐさ　［植］　桜の別称　(季)春

吉野桜　よしのざくら　［植］　山桜の中で最も有名な吉野山の桜　(季)春

吉野祭　よしのまつり　［宗］　九月二十七日、奈良・吉野神宮の例祭　(季)秋

吉野静　よしのしずか　［植］　一人静の別称　(季)春

吉野雛　よしのびな　［人］　雛人形の一種　(季)春

【吸】

[2]**吸入器**　きゅうにゅうき　［人］　風邪をひいたり、冬の乾燥に喉を痛めたりしたときに、湯気を口から喉に送り込んで咳を和らげる道具　(季)冬

[11]**吸葛**　すいかずら　［植］　スイカズラ科の蔓

植物。初夏、葉の根元に二個ずつ並んだ花をつける [季]夏

【叫】

4叫天子　きょうてんし　［動］　雲雀の別称 [季]春

5叫出冬　きょうしゅつとう　［植］　夾竹桃の別称 [季]夏

【向】

4向日明神祭　むかいのみょうじんまつり　［宗］　五月に行なわれる京都府向日町・向日明神社の祭礼 [季]夏

向日葵　ひまわり, ひゅうがあおい　［植］　真夏の代表的な花。家庭でも手軽に栽培でき、種からは油をとることができる [季]夏

【合】

うきた合せ　うきたあわせ　［人］　日高合せの別称 [季]夏

0合オーバー　あいおーばー　［人］　春になって洋装の上に防寒用として身につけるもの [季]春

5合生　あいう　［動］　ムギウズラの雌のこと [季]春

8合昏　ごうこん　［植］　合歓の別称。花は晩夏に咲く [季]夏

10合格　ごうかく　［人］　入学試験に合格すること [季]春

13合鉢児　ごうはつじ　［植］　ガガイモの別称 [季]夏

15合歓の花　ねむのはな　［植］　マメ科の落葉高木。梅雨の後の晩夏に、刷毛先のように紅をまじえた花をつける [季]夏

合歓の実　ねむのみ　［植］　秋、合歓の木に生る莢状の実のこと。莢の中には扁平な種が生長し、晩秋、実が熟すると種がこぼれ落ちる [季]秋

合歓紅葉　ねむもみじ　［植］　合歓の木の葉が、晩秋に紅葉すること [季]秋

【吊】

0吊し柿　つるしがき　［植］　干柿の別称 [季]秋

7吊忍　つりしのぶ　［人］　忍草を集めて軒先などに吊し、涼感を味わうもの [季]夏

10吊葱　つりしのぶ　［人］　忍草を集めて軒先などに吊し、涼感を味わうもの [季]夏

11吊船草　つりふねそう　［植］　渓流のほとりや、山地の湿地に生え、初秋の頃、淡紅紫色の花を釣り下げる [季]秋

吊菜　つりな　［人］　初冬、大根や蕪の葉を採って縄で編み、軒下・壁ぎわ・落葉した枝などにかけて干すもの [季]冬

【名】

0名の木の紅葉　なのきのもみじ　［植］　名のあるの木の葉が、晩秋に紅葉すること。紅葉の美しい木を一括していう言葉 [季]秋

名の木枯る　なのきかる　［植］　冬、名の知られた木が枯れることの総称 [季]冬

名の木散る　なのきちる　［植］　晩秋、紅葉した名のある木の葉が、やがて秋風に吹かれて早くも散っていくさま [季]秋

名の木落葉　なのきおちば　［植］　名の知られた木の落ち葉 [季]冬

名の草茂る　なのくさしげる　［植］　名の知られた草が茂ること [季]夏

名の草枯る　なのくさかる　［植］　冬、名のある草が枯れること [季]冬

4名月　めいげつ　［天］　陰暦八月十五日、中秋の満月 [季]秋

名月かえで　めいげつかえで　［植］　羽団扇楓の別称 [季]秋

名木の芽　なのきのめ　［植］　名のある青木などが芽吹くこと [季]春

名木紅葉　なのきのもみじ　［植］　名のある木の葉が、晩秋に紅葉すること。紅葉の美しい木を一括していう言葉 [季]秋

名水点　めいすいだて　［人］　茶道で、夏に涼しげな趣向で点前をすること [季]夏

5名古屋河豚　なごやふぐ　［動］　彼岸河豚の別称 [季]春

名古屋場所　なごやばしょ　［宗］　七月に名古屋で行なわれる大相撲興行 [季]夏

6名吉　なよし　［動］　鯔の別称で、大物のこと [季]秋

8名刺交換会　めいしこうかんかい　［人］　正月に年賀を兼ねて行われる名刺の交換会 [季]新年

名刺受　めいしうけ　［人］　正月三が日の間に玄関や店頭に置いた、年賀客からの名刺を入れる器 [季]新年

名物双六　めいぶつすごろく［人］双六の一種 [季]新年

9名乗る時鳥　なのるほととぎす［動］ホトトギスが甲高い声で鳴くことを、武将の名乗りに例えた言い回し [季]夏

名草の芽　なくさのめ［植］春、名のある草に萌え出る芽 [季]春

名草枯る　なくさかる［植］冬、名のある草が枯れること [季]冬

10名残の月　なごりのつき［天］陰暦九月十三日の月 [季]秋

名残の花　なごりのはな［植］春の末まで散り残った桜の花 [季]春

名残の空　なごりのそら［天］大晦日の空のこと、一年の最後の空としての感慨がこもる [季]冬

名残の茶　なごりのちゃ［人］茶道では秋十月に風炉から炉へ替えるが、その際、夏の間に手慣れた風炉への愛惜の情をこめて催す茶会 [季]秋

名残の猟　なごりのりょう［人］狩猟禁止の日が近い頃にする狩猟 [季]春

名残の雪　なごりのゆき［天］雪の果のこと [季]春

名残の雁　なごりのかり［動］春、北方へ飛び去ってゆく雁のこと [季]春

名残の霜　なごりのしも［天］忘れ霜のこと [季]春

名残月　なごりづき［人］十月の茶道における別称。風炉の名残に由来する [季]秋

名残狂言　なごりきょうげん［人］九月に行う秋狂言の別称 [季]秋

名残茄子　なごりなす［植］秋になってもまだとれる茄子。美味なことで知られる [季]秋

名高き月　なだかきつき［天］陰暦八月十五日、中秋の満月 [季]秋

12名越の神楽　なごしのかぐら［宗］夏神楽の別称 [季]夏

名越の祓　なごしのはらえ［宗］陰暦六月晦日に行われた行事。半年間の罪や穢れを祓うため宮中や神社、民間でさまざまな神事が行われた [季]夏

20名護蘭　なごらん［植］ラン科の常緑多年草 [季]夏

【回】

0回し　まわし［人］和服の上に着る防寒用の外套。袖無しの上にケープがつく [季]冬

回り灯籠　まわりどうろう［人］二重にした枠の内側の模様が、外側にうつり、回るようにした灯籠。夏の夜に相応しく、夜店などで今も見かける [季]夏

5回礼　かいれい［人］新年の祝詞を述べるために、親戚・知人・近隣を訪問すること [季]新年

8回青橙　かいせいとう［植］橙の別称 [季]秋

【団】

団　うちわ［人］暑い時、風をおこして涼をとるもの。扇よりはくだけた感じ [季]夏

3団子正月　だんごしょうがつ［時］二十日正月の別称 [季]新年

団子芋　だんごいも［植］里芋の一種 [季]秋

団子花　だんごばな［人］繭玉のこと [季]新年

団子花　だんごばな［植］こでまりの別称 [季]春

団子背負い　だんごしょい［動］鶲の別称 [季]秋

団子背負ひ　だんごしょい［動］鶲の別称 [季]秋

団子撒き　だんごまき［宗］陰暦二月十五日、涅槃会に行なう団子撒き [季]春

4団水忌　だんすいき［宗］陰暦一月八日、江戸時代中期の談林派俳人北条団水の忌日 [季]新年

10団扇　うちわ［人］暑い時、風をおこして涼をとるもの。扇よりはくだけた感じ [季]夏

団扇仕舞ふ　うちわしまう［人］秋になって使わなくなった団扇を片づけること [季]秋

団扇作る　うちわつくる［人］団扇を製造することで、春のころが最も忙しい [季]春

団扇売　うちわうり［人］団扇を売るもの [季]夏

団扇張る　うちわはる［人］団扇を製造することで、春のころが最も忙しい [季]春

団扇掛　うちわかけ［人］団扇を掛けてお

くもの [季]夏

団扇捨つる うちわすつる ［人］ 秋になって使わなくなった団扇を片づけること [季]秋

団扇置く うちわおく ［人］ 秋が深まり、団扇をあまり使わなくなること [季]秋

団扇撒 うちわまき ［宗］ 五月十九日、奈良・唐招提寺で行われる法要 [季]夏

団栗 どんぐり ［植］ ブナ科の落葉樹に晩秋できる固い実の総称。あるいはその中でも特に櫟の実のことを指す [季]秋

団栗の木 どんぐりのき ［植］ ブナ科の落葉高木。初夏、新枝から無数の黄褐色の雄花が穂のように長く垂れ下がる [季]夏

団栗独楽 どんぐりごま ［植］ 団栗で作った独楽。団栗は秋の季語 [季]秋

団栗餅 どんぐりもち ［植］ 団栗の澱粉をさらして作った餅。団栗は秋の季語 [季]秋

【在】

4 **在五忌** ざいごき ［宗］ 陰暦五月二十八日、平安時代前期の歌人在原業平の忌日 [季]夏

7 **在芝居** ざいしばい ［人］ 秋の地芝居の別称 [季]秋

10 **在原薄** ありはらすすき ［植］ 寒薄の別称 [季]冬

11 **在祭** ざいまつり ［宗］ 秋祭の一種 [季]秋

【地】

0 **地こすり** じこすり ［地］ 雪崩のこと [季]春

3 **地久節** ちきゅうせつ ［人］ 皇后誕生日の戦前の呼称 [季]春

地子 じし ［人］ 公田を人民に貸与し、賃租として稲を納めさせたこと [季]冬

4 **地文** ちぶん ［植］ 烏柄杓（からすびしゃく）の別称。六月頃に花穂をつける [季]夏

5 **地主祭** じしゅまつり ［宗］ 陰暦四月九日、京都・清水寺で行われた地主権現の祭礼。現在は廃れた [季]夏

地正 ちせい ［時］ 正月の別称 [季]新年

6 **地虫出づ** じむしいず ［動］ 冬眠していた虫が、春になって穴から出てくること [季]春

地虫穴を出づ じむしあなをいず ［動］ 冬眠していた虫が、春になって穴から出てくること [季]春

地虫穴を出る じむしあなをでる ［動］ 冬眠していた虫が、春になって穴から出てくること [季]春

地虫鳴く じむしなく ［動］ 地中から響いてくるジーという声を、斑猫や黄金虫の幼虫の声といいなしたもの。実際は螻蛄の声を取り違えたもの [季]秋

7 **地吹雪** じふぶき ［天］ 一度積もった雪が、強風でまた地面から吹き上げられること [季]冬

地狂言 じきょうげん ［人］ 秋、収穫の終わったあとの祭りなどに、村人が集まって演ずる芝居 [季]秋

地芝居 じしばい ［人］ 秋、収穫の終わったあとの祭りなどに、村人が集まって演ずる芝居 [季]秋

地麦 ちばく ［植］ 帚木の別称。夏に葉を茂らせ、晩夏に開花する [季]夏

8 **地始めて氷る** つちはじめてこおる ［時］ 七十二候の一つで、立冬の第二候。陽暦十一月十三日から十七日頃 [季]冬

10 **地紙売** じがみうり ［人］ 夏、扇の地紙を売り歩いた人 [季]夏

11 **地梨** じなし ［植］ 草木瓜の実の別称。秋になると黄色く熟すが、堅く酸味が強い [季]春

13 **地楡** ちゆ ［植］ ワレモコウの漢名 [季]秋

地蜂 じばち ［動］ 蜂の一種 [季]春

地蜂焼 じばちやき ［動］ 地蜂の幼虫を炒って食べること [季]秋

14 **地歌舞伎** じかぶき ［人］ 秋、収穫の終わったあとの祭りなどに、村人が集まって演ずる芝居 [季]秋

15 **地膚** ちふ ［植］ 帚木の漢名 [季]夏

地膚子 ははきぎ ［植］ 箒の材料となる草。夏に葉を茂らせ、晩夏に開花する [季]夏

地蔵会 じぞうえ ［宗］ 八月二十四日（もとは陰暦七月二十四日）、地蔵菩薩の縁日 [季]秋

地蔵参 じぞうまいり ［宗］ 八月二十四日（もとは陰暦七月二十四日）、地蔵菩薩の縁日 [季]秋

地蔵盆 じぞうぼん ［宗］ 八月二十四日（もとは陰暦七月二十四日）、地蔵菩薩の縁

6画（壮, 夙, 多, 夷, 好, 如, 字）

日　㉄秋

地蔵祭　じぞうまつり　［宗］　八月二十四日
（もとは陰暦七月二十四日）、地蔵菩薩の縁
日　㉄秋

地蔵幡　じぞうばた　［宗］　八月二十四日の
六地蔵詣に使う五色の幡　㉄秋

16地錦　じにしき　［植］　赤草の一種　㉄夏

地錦　ちにしき　［植］　ニシキグサの別称
㉄秋

19地鏡　じかがみ　［天］　蜃気楼の一種で、水
たまりがあるように見えるが近づくと逃げ
てしまうもの　㉄夏

【壮】

2壮丁検査　そうちょうけんさ　［人］　徴兵検
査の別称　㉄夏

4壮月　そうげつ　［時］　陰暦八月の別称
㉄秋

【夙】

0夙の者　しゅくのもの　［人］　毘沙門功徳経
を唱えて米銭の喜捨を得る呪術芸能者　㉄
新年

【多】

8多佳子忌　たかこき　［宗］　五月二十九日、
昭和期の俳人橋本多佳子の忌日　㉄夏

12多喜二忌　たきじき　［宗］　二月二十日、昭
和初期の小説家小林多喜二の忌日　㉄春

多賀祭　たがまつり　［宗］　昔、陰暦四月上
巳に行なわれた近江・多賀神社の祭礼
㉄夏

19多羅の芽　たらのめ　［植］　ウコギ科の落葉
低木タラノキの芽のこと。三月下旬から四
月上旬頃、新芽が付く。芽は和え物など食
用に使われる　㉄春

多羅波蟹　たらばがに　［動］　甲殻類。冬、
鱈の漁期に獲れる蟹　㉄冬

【夷】

0夷おろし　えびすおろし　［人］　傀儡師の別
称　㉄新年

夷かき　えびすかき　［人］　傀儡師の別称
㉄新年

3夷子切　えびすぎれ　［宗］　陰暦十月二十日
恵比須講の日に、一年についた嘘の穢れを

祓うため商家の人々が京都四条・冠者殿に
参詣した風習　㉄冬

夷子祭　えびすまつり　［宗］　陰暦十月二十
日、各地で行われる祭。恵比須神を祭り商
売繁盛を祝う行事。陽暦で行うところも多
い　㉄冬

夷子講市　えびすこういち　［人］　べったら
市の別称　㉄秋

4夷切れ　えびすぎれ　［宗］　陰暦十月二十日
恵比須講の日に、一年についた嘘の穢れを
祓うため商家の人々が京都四条・冠者殿に
参詣した風習　㉄秋

9夷則　いそく　［時］　一年を音楽の十二律に
なぞらえた場合の陰暦七月の別称　㉄秋

夷廻し　えびすまわし　［人］　傀儡師の別称
㉄新年

夷草　えびすぐさ　［植］　芍薬の別称　㉄夏

17夷講　えびすこう　［宗］　陰暦十月二十日、
各地で行われる祭。恵比須神を祭り商売繁
盛を祝う行事。陽暦で行うところも多い
㉄冬

【好】

4好文木　こうぶんぼく　［植］　梅の別称
㉄春

【如】

4如月　きさらぎ　［時］　陰暦二月の別称
㉄春

如月菜　きさらぎな　［植］　アブラナ科の越
年草で、二月頃収穫したことからの名
㉄春

8如法経会　にょほうきょうえ　［宗］　一部一
経の書写供養　㉄春

如雨露　じょうろ　［人］　草木に水をやるた
めの道具　㉄夏

20如露　じょろ　［人］　草木に水をやるための
道具　㉄夏

【字】

0字だこ　じだこ　［人］　凧の一種。太い文字
または籠字で中央に字が書かれている凧
㉄春

5字凧　じだこ　［人］　凧の一種。太い文字ま
たは籠字で中央に字が書かれている凧　㉄
新年

俳句季語よみかた辞典　127

6画（安, 宇, 守, 寺）

【安】

³安女　やすめ　［宗］　正月の田遊の演目に登場する　㉄新年

⁵安石榴　ざくろ　［植］　季語としては果実を指す。夏の真赤な花が散ると実がつき、秋、実は熟すると自然に裂ける。甘酸っぱい味がする　㉄秋

⁷安吾忌　あんごき　［宗］　二月十七日、昭和期の小説家坂口安吾の忌日　㉄春

安良居祭　やすらいまつり　［宗］　四月の第二日曜日、京都市・今宮神社で行われる花鎮めの祭礼　㉄春

⁸安居　あんご　［宗］　陰暦四月十六日から七月十五日まで、僧侶の旅行・外出を禁じ、修行に専念させること　㉄夏

安居寺　あんごでら　［宗］　安居の行なわれている寺　㉄夏

¹²安達太郎　あだちたろう　［天］　夏の積乱雲（入道雲）の地方称　㉄夏

¹³安楽寺祭　あんらくじまつり　［宗］　福岡・太宰府神社の太宰府祭の別称　㉄秋

¹⁴安寧　あんねい　［時］　冬の別称　㉄冬

【宇】

⁷宇佐放生会　うさほうじょうえ　［宗］　十月九日から十一日まで、大分・宇佐神宮で行われる放生会の祭礼。昔は陰暦八月十四日と十五日に行われた　㉄秋

宇佐神宮鎮疹祭　うさじんぐうちんえきさい　［宗］　大分・宇佐神宮の祭り　㉄春

宇佐宮祭　うさみやまつり　［宗］　大分・宇佐神宮の宇佐放生会のこと　㉄秋

宇佐祭　うさまつり　［宗］　二月十一日に行なわれる大分・宇佐神宮の鎮疫祭　㉄春

宇佐祭　うさまつり　［宗］　十一月一日〜三日、大分・宇佐神宮の宇佐放生会のこと　㉄秋

⁸宇和鰯　うわいわし　［人］　愛媛県宇和島の秋の特産品。片口鰯の漬物　㉄秋

宇治の花園　うじのはなぞの　［地］　昔、宇治につくられていた花園　㉄秋

宇治一切経会　うじいっさいきょうえ　［宗］　昔、行われた経供養のこと　㉄春

宇治丸鮓　うじまるずし　［人］　鮓の一種　㉄夏

宇治祭　うじまつり　［宗］　五月八日から一

カ月、宇治市・宇治神社で行われる祭礼　㉄夏

宇治蛍　うじぼたる　［動］　蛍の名所でみる蛍　㉄夏

¹²宇賀神祭　うがのかみまつり　［宗］　宇賀祭の別称　㉄冬

宇賀祭　うがまつり　［宗］　十一月晦日に行なわれる宇賀神の祭り　㉄冬

【守】

³守口大根　もりぐちだいこん　［植］　大根の一種で、岐阜市近辺のもの　㉄冬

守山蛍　もりやまぼたる　［動］　蛍の名所でみる蛍　㉄夏

⁸守房　やもり　［動］　体長五センチほどの蜥蜴に似た爬虫類。夏、人家の周りで見かける　㉄夏

守武忌　もりたけき　［宗］　陰暦八月八日、戦国時代の神官・連歌師荒木田守武の忌日　㉄秋

¹⁰守宮　やもり　［動］　体長五センチほどの蜥蜴に似た爬虫類。夏、人家の周りで見かける　㉄夏

守宮を搗く　やもりをつく　［宗］　五月五日の端午の日に捕えた守宮（やもり）を一年後に杵で搗き、女性に塗って貞操の守りとした中国の古い俗信　㉄夏

守宮搗く　やもりつく　［人］　端午の節句に捕えたいもりを一年間飼って杵で搗き、女性の体にぬって貞操の守りとした古代中国の俗信　㉄夏

¹³守歳　しゅさい　［人］　大晦日の夜、眠らずに夜明かしをし、ゆく年を見守ること　㉄冬

²⁰守護の天使の祝日　しゅごのてんしのいわい
び　［宗］　十月二日、天使たちをまとめて祝い尊敬を新たにするカトリックの祝日　㉄秋

守護者祭　しゅごしゃさい　［宗］　三月十九日、聖ヨセフ祭の別称　㉄春

【寺】

⁶寺年始　てらねんし　［時］　新年初めて仏事を行い、墓参りをすること。多くは正月十六日　㉄新年

⁷寺尾大根　てらおだいこん　［植］　大根の一種で、横浜付近のもの　㉄冬

8寺若葉　てらわかば　［植］　寺にある若葉　[季]夏

10寺納豆　てらなっとう　［人］　夏に作る納豆の一種　[季]夏

11寺清水　てらしみず　［地］　寺にある清水　[季]夏

15寺請証文　てらうけしょうもん　［人］　江戸時代、絵踏とともにキリシタン信者でない証にされたもの　[季]春

【尽】

みなづき尽　みなづきじん　［時］　夏の終わり。陰暦六月の晦日　[季]夏

【帆】

4帆手祭　ほてまつり　［宗］　三月十日、塩釜市・塩竈神社で行われる祭礼。神輿巡行で有名　[季]春

5帆立貝　ほたてがい　［動］　イタヤガイ科に属する二枚貝。特に貝柱が珍重され、夏が旬　[季]夏, 春

帆立塚　ほたてづか　［人］　帆立貝の貝殻でできた塚　[季]夏

16帆橇　ほぞり　［人］　帆のついた橇　[季]冬

【年】

あらたしき年　あらたしきとし　［時］　年が変わり、新たな一年の始め　[季]新年

いぬる年　いぬるとし　［時］　年の暮のことだが、一年を振り返っての感慨が込もる　[季]冬

お年さま　おとしさま　［宗］　歳徳神の別称　[季]新年

お年玉　おとしだま　［人］　年玉に同じ　[季]新年

そめの年取り　そめのとしとり　［宗］　十日夜に行われる案山子揚の南安曇地方での呼称　[季]冬

0年つまる　としつまる　［時］　年の終わり、十二月も押し詰まったころ　[季]冬

年の内　としのうち　［時］　年末が迫ってきた頃　[季]冬

年の内の春　としのうちのはる　［時］　陰暦で正月になる前に立春になること　[季]冬

年の火　としのひ　［人］　大晦日の夜、火を焚いて注連縄や不要物を燃やしてしまうこと　[季]冬

年の冬　としのふゆ　［時］　年の終わり、十二月も押し詰まったころ　[季]冬

年の市　としのいち　［人］　年末に、注連飾りなど正月の飾り物や、新年用の品物を売るために立つ市　[季]冬

年の末　としのすえ　［時］　年の終わり、十二月も押し詰まったころ　[季]冬

年の礼　としのれい　［人］　年始の回礼の別称　[季]新年

年の名残　としのなごり　［時］　年の終わり、十二月も押し詰まったころ　[季]冬

年の米　としのこめ　［人］　正月のために用意する米　[季]冬

年の別れ　としのわかれ　［時］　年の終わり、十二月も押し詰まったころ　[季]冬

年の坂　としのさか　［時］　年の終わり、十二月も押し詰まったころ　[季]冬

年の尾　としのお　［時］　年の終わり、十二月も押し詰まったころ　[季]冬

年の花　としのはな　［時］　年が変わり、新たな一年の始め　[季]新年

年の豆　としのまめ　［人］　節分の豆撒のあと、自分の年齢の数だけ食べる豆　[季]冬

年の夜　としのよ　［時］　大晦日の夜　[季]冬

年の始　としのはじめ　［時］　正月一日。元日の別称　[季]新年

年の岸　としのきし　［時］　年の終わり、十二月も押し詰まったころ　[季]冬

年の果　としのはて　［時］　年の終わり、十二月も押し詰まったころ　[季]冬

年の空　としのそら　［天］　名残りの空に同じ　[季]冬

年の急ぎ　としのいそぎ　［時］　年の終わり、十二月も押し詰まったころ　[季]冬

年の峠　としのとうげ　［時］　年の終わり、十二月も押し詰まったころ　[季]冬

年の春　としのはる　［時］　陰暦で正月になる前に立春になること　[季]冬

年の限り　としのかぎり　［時］　年の終わり、十二月も押し詰まったころ　[季]冬

年の家　としのいえ　［宗］　年の宿の別称　[季]冬

年の残り　としののこり　［時］　年の終わり、十二月も押し詰まったころ　[季]冬

年の宿　としのやど　［人］　年越しの夜を過

ごす家　[季]冬

年の梢　としのこずえ　［時］　年の終わり、十二月も押し詰まったころ　[季]冬

年の終　としのおわり　［時］　年の終わり、十二月も押し詰まったころ　[季]冬

年の終の魂祭　としのおわりのたままつり　［宗］　歳末に先祖のみたまを祭ること　[季]冬

年の設　としのもうけ　［人］　新年を迎えるため、年末に様々な準備をすること　[季]冬

年の魚　としのうお　［人］　年始の歯固の食べ物で、鮎を塩押しにしたもの　[季]新年

年の奥　としのおく　［時］　年の終わり、十二月も押し詰まったころ　[季]冬

年の晩　としのばん　［時］　大晦日の夜　[季]冬

年の渡　としのわたり　［人］　七夕伝説の牽牛・織女が一年一度の会う瀬に天の川を舟で渡る、その渡し場　[季]秋

年の湯　としのゆ　［人］　大晦日の夜、入浴する湯のこと　[季]冬

年の湊　としのみなと　［時］　年の終わり、十二月も押し詰まったころ　[季]冬

年の賀　としのが　［人］　年始にあたってかわす祝賀　[季]新年

年の煤　としのすす　［人］　歳末の煤払のこと　[季]冬

年の暮　としのくれ　［時］　年の終わり、十二月も押し詰まったころ　[季]冬

年の端　としのは　［時］　年が変わり、新たな一年の始め　[季]新年

年の関　としのせき　［時］　年の終わり、十二月も押し詰まったころ　[季]冬

年の際　としのきわ　［時］　年の終わり、十二月も押し詰まったころ　[季]冬

年の餅　としのもち　［人］　正月年頭の餅のこと　[季]新年

年の髪　としのかみ　［人］　新年になって初めて女性が髪を結うこと。またその髪もさす　[季]新年

年の瀬　としのせ　［時］　年の終わり、十二月も押し詰まったころ　[季]冬

年の饗　としのあえ　［人］　新年を祝って、年始客に振る舞うご馳走　[季]新年

年を越す　としをこす　［時］　旧年から新年に移ること　[季]冬

[1]**年一夜**　としいちや, としひとよ　［時］　大晦日の夜　[季]冬

[3]**年女**　としおんな　［宗］　節分に豆撒をする女　[季]冬

[4]**年内**　ねんない　［時］　年末が迫ってきた頃　[季]冬

年内立春　ねんないりっしゅん　［時］　陰暦で正月になる前に立春になること　[季]冬

年日祝　としびいわい　［宗］　沖縄での新年の風習で、正月二日から十六日までの間に生年の祝いをすること　[季]新年

年木　としぎ　［人］　正月の燃料のため、また年の神に供えるため、年末に山から切り出しておく薪のこと　[季]新年

年木山　としぎやま　［人］　年木が高く積み上げられた様　[季]冬

年木売　としきうり　［人］　晩冬から歳末にかけ年木を売り歩いた人　[季]冬

年木樵　としぎこり　［人］　新年にたく薪を年内に切り整えておくこと。年用意の一つ　[季]冬

年木積む　としきつむ　［人］　新年にたく薪を年内に切り整えておくこと。年用意の一つ　[季]冬

[5]**年末**　ねんまつ　［時］　年の終わり、十二月も押し詰まったころ　[季]冬

年末手当　ねんまつてあて　［人］　年末賞与のこと。サラリーマンに対し、毎年十二月に支給される冬のボーナス　[季]冬

年末休暇　ねんまつきゅうか　［人］　冬季、年末年始の休み。学校は十二月二十五日頃から正月七日までとするところが多い　[季]冬

年末賞与　ねんまつしょうよ　［人］　サラリーマンに対し、毎年十二月に支給される賞与。いわゆる冬のボーナス　[季]冬

年末闘争　ねんまつとうそう　［人］　年末に労働組合と使用者側で年末賞与の要求交渉をすること　[季]冬

年玉　としだま　［人］　新年の祝儀として贈るもの。現在では主に子供や使用人などに与える金品のこと　[季]新年

年用意　としようい　［人］　新年を迎えるため、年末に様々な準備をすること　[季]冬

年礼　ねんれい　［人］　年始の回礼の別称　[季]新年

年立ちかえる　としたちかえる　［時］　年が

変わり、新たな一年の始め 季新年

年立つ　としたつ［時］ 年が変わり、新しい年になること 季新年

年立返る　としたちかえる［時］ 年が変わり、新たな一年の始め 季新年

6**年守る　としまもる**［人］ 大晦日の夜、眠らずに夜明かしをし、ゆく年を見守ること 季冬

年守る　としもる［宗］ 年守る(としまもる)に同じ 季冬

年尽くる　としつくる［時］ 年の終わり、十二月も押し詰まったころ 季冬

7**年初　ねんしょ**［時］ 年が変わり、新たな一年の始め 季新年

年初月　ねんしょづき［時］ 正月の別称 季新年

年忘　としわすれ［人］ 年の暮れに、年中の労を忘れ、息災を祝し合う宴会。いわゆる忘年会 季冬

年改まる　としあらたまる［時］ 年が変わり、新しい年になること 季新年

年男　としおとこ［人］ 節分に豆撒をする男 季冬

年男　としおとこ［人］ 正月、年の神を祀る男のこと 季新年

8**年参　としまいり**［宗］ 大晦日の夜、寺社に参籠して新しい年を迎える行事 季冬

年取　としとり［人］ 大晦日の夕餉を食べ、一つ年を重ねるのを祝うこと 季冬

年取る　としとる［人］ 大晦日の夕餉を食べ、一つ年を重ねるのを祝うこと 季冬

年取米　としとりまい［人］ 正月のために用意する米 季冬

年取豆　としとりまめ［宗］ 節分の豆撒のあと、自分の年齢の数だけ食べる豆 季冬

年取物　としとりもの［人］ 正月を迎えるための用意の品々 季冬

年夜　としや［時］ 大晦日の夜 季冬

年始　ねんし［時］ 年が変わり、新たな一年の始め 季新年

年始　ねんし［人］ 新年の祝詞を述べるために、親戚・知人・近隣を訪問すること 季新年

年始会　ねんしえ［宗］ 初勤行の別称 季新年

年始状　ねんしじょう［人］ 年頭の挨拶のため交換する葉書・書状 季新年

年始客　ねんしきゃく［人］ 新年の年始廻りにやってきた客 季新年

年始廻り　ねんしまわり［人］ 新年の祝詞を述べるために、親戚・知人・近隣を訪問すること 季新年

年始酒　ねんしざけ［人］ 新年、年始回りの年賀客にふるまう酒。屠蘇の後の本物の酒 季新年

年明く　としあく［時］ 年が変わり、新しい年になること 季新年

年果つる　としはつる［時］ 年の終わり、十二月も押し詰まったころ 季冬

年歩む　としあゆむ［時］ 年の暮のことだが、一年を振り返っての感慨が込もる 季冬

年祈いの祭　としごいのまつり［宗］ 祈年祭の別称 季春

年迫る　としせまる［時］ 年の終わり、十二月も押し詰まったころ 季冬

9**年卸　としおろし**［人］ 正月行事の終わりに、年棚の供え物を一切下げて食べたり焼いたりすること 季新年

年変る　としかわる［時］ 年が変わり、新しい年になること 季新年

年度替り　ねんどがわり［人］ 前の学期が終わり、新学年の始まるまでの春の休暇 季春

年待月　としまちづき［時］ 正月の別称 季新年

年神　としがみ［宗］ 年の始めにやってくる新しい年の神 季新年

年送る　としおくる［宗］ 年守る(としまもる)に同じ 季冬

10**年俵　としだわら**［宗］ 俵を置き、そのまわりに注連を張って年の神を祀る風習 季新年

年酒　ねんしゅ, としざけ［人］ 新年、年始回りの年賀客にふるまう酒。屠蘇の後の本物の酒 季新年

年酒祝う　ねんしゅいわう［人］ 新春に年始の賀客に酒を振る舞うこと 季新年

年流る　としながる［時］ 年の暮のことだが、一年を振り返っての感慨が込もる 季冬

年浪流る　としなみながる［時］ 年の暮のことだが、一年を振り返っての感慨が込も

る [季]冬

年貢 **ねんぐ** ［人］ 明治以前、農民が収穫した米を領主に納める年租 [季]冬

年貢米 **ねんぐまい** ［人］ 年貢として納める米 [季]冬

年貢納 **ねんぐおさめ** ［人］ 年末までに年貢を全納すること [季]冬

年貢馬 **ねんぐうま** ［人］ 年貢として納める馬 [季]冬

年逝く **としゆく** ［時］ 年の暮のことだが、一年を振り返っての感慨が込もる [季]冬

11 **年寄の日** **としよりのひ** ［宗］ 敬老の日の別称 [季]秋

年寄りの日 **としよりのひ** ［人］ 敬老の日の別称 [季]秋

年宿 **としやど** ［宗］ 年の宿の別称 [季]冬

年惜しむ **としおしむ** ［時］ 過ぎゆく年を惜しむこと [季]冬

年桶おろし **としおけおろし** ［人］ 年釦の別称 [季]新年

年深し **としふかし** ［時］ 年の終わり、十二月も押し詰まったころ [季]冬

年移る **としうつる** ［時］ 旧年から新年に移ること [季]冬

年設 **としもうけ** ［人］ 新年を迎えるため、年末に様々な準備をすること [季]冬

年魚 **ねんぎょ** ［動］ 鮎の別称 [季]夏

12 **年堺** **としざかい** ［時］ 年の終わり、十二月も押し詰まったころ [季]冬

年棚 **としだな** ［宗］ 歳徳棚の別称 [季]新年

年湯 **としゆ** ［人］ 年の湯の別称 [季]冬

年満つ **としみつ** ［時］ 年の終わり、十二月も押し詰まったころ [季]冬

年賀 **ねんが** ［人］ 年始にあたってかわす祝賀 [季]新年

年賀はがき **ねんがはがき** ［人］ 賀状用の郵便葉書 [季]新年

年賀人 **ねんがびと** ［人］ 新年の年始廻りにやってきた客 [季]新年

年賀状 **ねんがじょう** ［人］ 年頭の挨拶のため交換する葉書・書状 [季]新年

年賀客 **ねんがきゃく** ［人］ 新年の年始廻りにやってきた客 [季]新年

年賀郵便 **ねんがゆうびん** ［人］ 年頭の挨拶のため交換する葉書・書状 [季]新年

年賀電報 **ねんがでんぽう** ［人］ 年頭の挨拶を葉書の代わりに電報で述べるもの [季]新年

年賀端書 **ねんがはがき** ［人］ 賀状用の郵便葉書 [季]新年

年越 **としこし** ［時］ 大晦日の夜のこと、またはその夜の行事 [季]冬

年越す **としこす** ［時］ 旧年から新年に移ること [季]冬

年越の祓 **としこしのはらえ** ［宗］ 陰暦十二月晦日に行なわれた宮中の神事。万民の罪や穢れを祓うもの [季]冬

年越ゆる **としこゆる** ［時］ 年が変わり、新しい年になること [季]新年

年越参 **としこしまいり** ［宗］ 年越詣のこと [季]冬

年越詣 **としこしもうで** ［宗］ 節分の夜、神社に参詣すること [季]冬

年越蕎麦 **としこしそば** ［人］ 晦日蕎麦の別称 [季]冬

13 **年新た** **としあらた** ［時］ 年が変わり、新たな一年の始め [季]新年

年爺さん **としじいさん** ［宗］ 歳徳神の別称 [季]新年

14 **年徳さん** **としとくさん** ［宗］ 歳徳神の別称 [季]新年

年暮る **としくる** ［時］ 年の終わり、十二月も押し詰まったころ [季]冬

年暮るる **としくるる** ［時］ 年の終わり、十二月も押し詰まったころ [季]冬

年端月 **としはづき** ［時］ 陰暦一月の別称。新年の季語とすることもある [季]新年, 春

15 **年縄** **としなわ** ［人］ 注連縄の別称 [季]新年

16 **年薦** **としごも** ［人］ 新年の掛筵の山陰地方における別称 [季]新年

年頭 **ねんとう** ［時］ 年が変わり、新たな一年の始め [季]新年

年頭 **ねんとう** ［人］ 年始にあたってかわす祝賀 [季]新年

22 **年籠** **としごもり** ［宗］ 大晦日の夜、寺社に参籠して新しい年を迎える行事 [季]冬

6画（当, 戎, 成, 早）

【当】

⁶当年　とうねん　［時］　平常語だが、新年の季題とされる　㋒新年

当年鴨　とうねん　［動］　鴨の一種だが、田鴨とは異なる　㋒秋

⁸当宗の祭　まさむねのまつり　［宗］　昔、行なわれた祭り　㋒冬

当宗祭　まさむねのまつり　［宗］　昔、四月の上申に行なわれた大阪・当宗神社の祭礼　㋒夏

¹⁰当帰　とうき　［植］　セリ科の多年草、薬用植物　㋒夏

¹¹当麻法会　たいまのほうえ　［宗］　五月十四日、奈良・当麻寺で行なわれる練供養のこと　㋒夏

当麻法事　たいまのほうじ　［宗］　五月十四日、奈良・当麻寺で行なわれる練供養のこと　㋒夏

当麻祭　たいままつり　［宗］　昔、陰暦四月の上申に行なわれた奈良・当麻神社の祭礼　㋒夏

当麻祭　たいままつり　［宗］　昔、行なわれた祭り　㋒冬

当麻練供養　たいまねりくよう　［宗］　五月十四日、奈良・当麻寺で行なわれる練供養のこと　㋒夏

¹⁶当薬　とうやく　［植］　千振の別称。秋、白地に紫の線が入っている花が集まり咲く　㋒秋

当薬引く　とうやくひく　［人］　晩秋、山野で薬用植物である千振を採ること　㋒秋

【戎】

¹¹戎祭　えびすまつり　［宗］　関西で行なわれる十日戎　㋒新年

戎笹　えびすささ　［宗］　十日戎に売られる、小宝（小判の模型など）をつるした笹　㋒新年

²²戎籠　えびすかご　［宗］　宝恵駕（ほいかご）の別称　㋒新年

【成】

²成人の日　せいじんのひ　［人］　戦後制定された国民の祝日で、この一年間に満二十歳になった男女を祝う日　㋒新年

成人式　せいじんしき　［宗］　戦後制定され

た国民の祝日で、この一年間に満二十歳になった男女を祝う日　㋒新年

成人祭　せいじんさい　［宗］　戦後制定された国民の祝日で、この一年間に満二十歳になった男女を祝う日　㋒新年

⁴成木責　なりきぜめ　［人］　小正月の行事で、果樹にその年の結実を威嚇・誓約させる風俗　㋒新年

⁶成吉思汗料理　じんぎすかんりょうり　［人］　羊肉を独特の鍋に野菜といっしょにのせて焼き、たれに浸けて食べる。鍋物ということで季語としては冬に分類されるが、現実には夏の料理になりつつある　㋒冬

成吉思汗鍋　じんぎすかんなべ　［人］　羊肉を独特の鍋に野菜といっしょにのせて焼き、たれに浸けて食べる。鍋物ということで季語としては冬に分類されるが、現実には夏の料理になりつつある　㋒冬

⁹成祝　なりいわい　［宗］　小正月の行事で、果樹にその年の結実を威嚇・誓約させる風俗　㋒新年

¹²成道会　じょうどうえ　［宗］　臘八会（ろうはちえ）の別称　㋒冬

【早】

⁰早くも涼し　はやくもすずし　［時］　初秋の頃の涼気、涼風　㋒秋

¹早乙女　さおとめ　［人］　田植えの日、苗取りや田植えをする女たちのこと　㋒夏

早乙女苺　さおとめいちご　［植］　苗代苺の別称。初夏の田植え時に赤い実が熟する　㋒夏

早乙女唄　さおとめうた　［人］　田植唄の別称　㋒夏

早乙女宿　さおとめやど　［人］　早乙女のいる宿　㋒夏

³早女房　さにょうぼう　［人］　早乙女の別称　㋒夏

⁴早少女花　さおとめばな　［植］　二人静の別称　㋒夏

⁵早生口紅　わせくちべに　［植］　口紅水仙の別称　㋒春

早生林檎　わせりんご　［植］　早生種の青々とした林檎で、七月頃から出回る。酸味が多く、清涼感にあふれる　㋒夏

早生苺　わせいちご　［植］　苺の一種　㋒夏

早生蜜柑　わせみかん　［植］　温州蜜柑の変

俳句季語よみかた辞典　**133**

種。秋に収穫できるよう品種改良したもの [季]秋

6早瓜を供ず　わさうりをくうず ［人］ 昔、陰暦五月上旬に山科の瓜の初物を天皇に献じたこと [季]夏

早百合　さゆり ［植］ 百合の一種、笹百合の別称 [季]夏

8早松茸　さまつたけ ［植］ 晩夏に採れる松茸のこと [季]夏

早苗　さなえ ［植］ 夏、苗代から田へ移植する頃の稲の苗 [季]夏

早苗月　さなえづき ［時］ 陰暦五月の別称 [季]夏

早苗田　さなえだ ［地］ 田植が終ったばかりの田 [季]夏

早苗舟　さなえぶね ［植］ 田植の時、早苗を配るのに使う舟 [季]夏

早苗束　さなえたば ［植］ 田植の時早苗を配りやすいようにまとめたもの。早苗は初夏の季語 [季]夏

早苗取　さなえとり ［植］ 苗取に同じ [季]夏

早苗蜻蛉　さなえとんぼ ［動］ サナエトンボ科の蜻蛉の総称。早苗の田植えの時期に多く出現する [季]夏

早苗饗　さなぶり ［人］ 田植を終った後に行う田の神を送る祭、あるいはそのための祝宴や休日のこと [季]夏

早苗籠　さなえかご ［植］ 早苗を入れて田植に使う籠。早苗は初夏の季語 [季]夏

9早咲　はやざき ［植］ 早く開花すること [季]冬

早咲の梅　はやざきのうめ ［植］ 冬のうちに咲いた梅 [季]冬

早咲の椿　はやざきのつばき ［植］ 寒椿のこと [季]冬

早春　そうしゅん ［時］ 立春後の二月中のぐらいの時候。厳しい寒さと春の気配の交じった感じ [季]春, 新年

早秋　そうしゅう ［時］ 初秋の別称 [季]秋

10早桃　さもも ［植］ 早生種の桃の総称。六月頃から出回るものがある [季]夏

早梅　そうばい ［植］ 冬のうちに咲いた梅 [季]冬

11早涼　そうりょう ［時］ 初秋の頃の涼気、涼風 [季]秋

14早歌　はやうた ［宗］ 神楽歌の一つ [季]冬

早漬沢庵　はやづけたくあん ［人］ 新漬沢庵の別称 [季]冬

早稲　わせ ［植］ 穂の早く出て九月頃には収穫できる水稲の種類 [季]秋

早稲の香　わせのか ［植］ 早稲の穂の香。九月頃には収穫できる [季]秋

早稲の飯　わせのめし ［人］ 秋の新米で炊いた御飯 [季]秋

早稲の穂　わせのほ ［植］ 早稲から出る穂。九月頃には収穫できる [季]秋

早稲刈　わせがり ［人］ 九月頃、早稲を刈ること [季]秋

早稲刈る　わせかる ［植］ 九月頃、早稲を刈ること [季]秋

早稲田　わせだ ［地］ 早稲をうえた田。九月頃には収穫できる [季]秋

早稲酒　わせざけ ［人］ 冬になる前に、その年の早稲米ですぐに醸造した酒 [季]秋

早緑月　さみどりづき ［時］ 陰暦一月の別称。新年の季語とすることもある [季]新年

15早蕨　さわらび ［植］ 芽が出たばかりの蕨 [季]春

早蕨の衣　さわらびのころも ［人］ 春衣のかさね色目の一つ。表が紫、裏は青 [季]春

16早鮓　はやずし ［人］ 鮓の一種 [季]夏

【曳】

ほっき曳く　ほっきひく ［動］ 北寄貝の漁のこと [季]春

ほつき曳く　ほっきひく ［動］ 北寄貝の漁のこと [季]春

【曲】

4曲水　きょくすい, ごくすい ［人］ 昔、陰暦三月上巳の日に宮中などで行なった曲水の宴のこと。曲がりくねった流れの前に座り、酒杯が流れてくる前に詩歌を作り、杯を飲み干す [季]春

曲水の宴　きょくすいのえん ［人］ 曲水の別称 [季]春

曲水の豊明　めぐりみずのとよあかり ［宗］ 曲水の別称 [季]春

9曲独楽　きょくごま ［人］ 大小のコマをあやつって演じる曲芸 [季]新年

13曲搗　きょくつき ［人］ 曲芸のように餅を

搗く風俗　㉛新年

【有】

[8]有明　ありあけ　［天］　まだ空に月が残る薄明の頃　㉛秋

有明月　ありあけづき　［天］　夜が明けてもまだ空に残っている月　㉛秋

有明月夜　ありあけづきよ　［天］　有明月の残る明け方　㉛秋

有明桜　ありあけざくら　［植］　桜の一種　㉛春

有明霞　ありあけがすみ　［天］　明け方の霞　㉛春

[10]有馬の湯開　ありまのゆびらき　［人］　正月二日、神戸市・有馬温泉で行なわれる入湯始め　㉛新年

有馬入湯始　ありまのにゅうとうはじめ　［人］　正月二日、神戸市・有馬温泉で行なわれる入湯始め　㉛新年

有馬蘭　ありまらん　［植］　胡蝶蘭の別称。兵庫県有馬に産するもの　㉛夏

[12]有無日　ありなしび　［宗］　陰暦五月二十五日、平安時代前期の村上天皇の忌日　㉛夏

【机】

しやうぶの机　しょうぶのつくえ　［人］　端午の節会に菖蒲を献上したとき、菖蒲草を盛った机　㉛夏

[9]机洗ふ　つくえあらう　［人］　七夕の前夜、子供が普段使っている机などを洗った行事　㉛秋

【朽】

[11]朽野　くだらの　［地］　冬野、枯野のこと　㉛冬

[12]朽葉　くちば　［植］　地上に落ちて朽ちた木の葉　㉛冬

【朱】

[4]朱文金　しゅぶんきん　［動］　金魚の一種　㉛夏

[8]朱明　しゅめい　［時］　夏の別称　㉛夏

朱炎　しゅえん　［時］　夏の別称　㉛夏

[9]朱律　しゅりつ　［時］　夏の別称　㉛夏

[10]朱夏　しゅか　［時］　夏の別称　㉛夏

朱桜　しゅざくら　［植］　桜の一種　㉛春

[15]朱槿　しゅきん　［植］　仏桑花の別称　㉛夏

[23]朱欒　ざぼん　［植］　南九州で栽培される最大の柑橘類。果実は冬に出荷される　㉛秋

朱欒の花　ざぼんのはな　［植］　アジア南部原産の常緑高木。五月頃、白色五弁の大型の花をつける。果実も大型で、これは冬の季語となっている　㉛夏

[24]朱鷺　とき　［動］　トキ科の鳥。日本産のものは絶滅が確定した。かつては秋になると越冬のため渡ってきたという　㉛秋

【朴】

朴　ほお　［植］　季語としては朴の花が咲く初夏の季語とされる　㉛夏

[0]朴の花　ほおのはな　［植］　モクレン科の落葉高木、朴の木の梢に咲く花。初夏、黄色がかった白色の大輪の花をつける　㉛夏

朴の実　ほおのみ　［植］　晩秋、赤く熟する朴の果実のこと　㉛秋

朴の芽　ほおのめ　［植］　春の木の芽の一種　㉛春

[12]朴散る　ほおちる　［植］　初冬に朴の木の大きな葉が落ちること　㉛冬

朴散華　ほおさんげ　［植］　季語としては朴の花が咲く初夏の季語とされる　㉛夏

朴落葉　ほおおちば　［植］　初冬に散る朴の木の大きな葉　㉛冬

【次】

[9]次郎の朔日　じろうのついたち　［時］　二月一日のこと。小正月以後初めての朔日という意味　㉛春

次郎左衛門雛　じろうざえもんびな　［人］　雛人形の一種　㉛春

次郎柿　じろうがき　［植］　柿の品種の一つ　㉛秋

【死】

[2]死人花　しびとばな　［植］　曼珠沙華（彼岸花）の別称。花がきまって秋の彼岸ごろに咲く有毒植物の一つ　㉛秋

[7]死杖祭　しづえのまつり　［宗］　京都市にあった褐速神社の八月の祭礼　㉛秋

[8]死者の日　ししゃのひ　［宗］　十一月二日（二日が日曜日のときは三日）、すべての死者を祈るカトリックの記念日　㉛秋

9死活杖祭　しかつじょうさい　［宗］　京都市にあった褐速神社の八月の祭礼　[季]秋

【気】

4気比祭　けひまつり　［宗］　九月二日から十五日まで、敦賀市・気比神宮で行われる祭礼。四日が最高潮で、北陸地方最大の祭といわれる　[季]秋

6気多平国祭　けたくにむけまつり　［宗］　三月十八日から二十三日の御出祭の別称　[季]春

気虫　きむし　［動］　放屁虫の別称　[季]秋

10気連草　めなもみそう　［植］　山野に多いキク科の多年草。秋に黄色い小花をつける　[季]秋

13気違茄子　きちがいなす　［植］　朝鮮朝顔の別称　[季]夏

16気儘頭巾　きままずきん　［人］　江戸時代、目だけ出して顔をかくした縫い方の頭巾　[季]冬

【汗】

汗　あせ　［人］　暑い時に体温を調節するために皮膚からしみだす体液　[季]夏

0汗しらず　あせしらず　［人］　天瓜粉の別称　[季]夏

汗のごひ　あせのごい　［人］　汗拭いの別称　[季]夏

汗の香　あせのか　［人］　汗の臭い　[季]夏

汗の飯　あせのめし　［人］　暑さのため、饐えて汗をかいた飯　[季]夏

汗ばむ　あせばむ　［人］　汗をかくこと　[季]夏

汗ふき　あせふき　［人］　汗拭いの別称　[季]夏

汗みどろ　あせみどろ　［人］　汗でびっしょり濡れているさま　[季]夏

3汗巾　あせふき　［人］　汗拭いの別称　[季]夏

4汗匂ふ　あせにおう　［人］　夏、汗をかいて汗臭いこと　[季]夏

汗手拭　あせてぬぐい　［人］　汗拭いの別称　[季]夏

汗手貫　あせてぬき　［人］　夏、汗のために袖口の汚れるのを防ぐのに使う　[季]夏

汗水　あせみず　［人］　汗のこと　[季]夏

8汗取　あせとり　［人］　汗が上衣に直接沁み通らないように着るもの　[季]夏

9汗拭　あせふき　［人］　汗拭いの別称　[季]夏

汗拭い　あせぬぐい　［人］　汗を拭うための小さな布のこと　[季]夏

汗拭ひ　あせぬぐい　［人］　汗を拭うための小さな布のこと　[季]夏

汗疣　あせも　［人］　夏、汗が出たあと、急にできる赤い発疹。乳幼児に多く発症する　[季]夏

汗茸　あせたけ　［植］　毒茸の一種　[季]秋

10汗疹　あせも　［人］　夏、汗が出たあと、急にできる赤い発疹。乳幼児に多く発症する　[季]夏

汗衫　あせとり　［人］　汗が上衣に直接沁み通らないように着るもの　[季]夏

【汲】

16汲鮎　くみあゆ　［人］　春先、稚鮎が堰堤を遡ることができずにいるところをすくいとること　[季]春

【江】

0江の島掃除波　えのしまのそうじなみ　［地］　陰暦四月一日に起こる、弁財天を祀ってある江の島の龍穴の汚物を洗い流す激しい卯浪のこと　[季]夏

4江戸山王祭　えどさんのうまつり　［宗］　六月十五日、日枝神社祭礼の別称　[季]夏

江戸城連歌始　えどじょうれんがはじめ　［人］　江戸時代、正月十一日に江戸城で行なわれた連歌興行の式　[季]新年

江戸城御掃初　えどじょうおんはきぞめ　［人］　正月二日、江戸城中において行なわれた行事。年男で最年長者の老中および月番の若年寄が、将軍の出御の前に御座の間上段で掃き初めをした儀式　[季]新年

江戸浅間祭　えどせんげんまつり　［宗］　六、七月の朔日、浅草の浅間神社で行われる祭礼。富士山開きにあわせ、境内に築かれた模型富士山に登った　[季]夏

江戸相撲　えどすもう　［人］　江戸で行われた相撲　[季]秋

江戸桜　えどざくら　［植］　桜の一種　[季]春

江戸紫　えどむらさき　［植］　紫の別称　[季]夏

江戸蓼　えどたで　［植］　蓼の一種。蓼は夏の季語　[季]夏

江戸黐　えどもち［植］モチノキ科の常緑小高木。五月頃、葉の根元に黄緑色の小花が咲く [季]夏

16江鮒　えぶな［動］鯔の別称 [季]秋

17江鮭　あめのうお［動］秋、琵琶湖から川を遡上する琵琶鱒の成魚のこと [季]秋

25江籬　おごのり［植］海髪の別称 [季]春

【汐】

3汐干　しおひ［人］汐干狩の別称 [季]春

汐干貝　しおひがい［人］汐干狩でとれる貝 [季]春

汐干岩　しおひいわ［人］汐干潟にある岩 [季]春

汐干狩　しおひがり［人］春、彼岸過ぎに干潟などで魚や貝をとる遊びのこと [季]春

汐干潟　しおひがた［人］潮が引いて干潟となった所。あるいは汐干狩をする潟 [季]春

汐干籠　しおひかご［人］汐干狩でとれる貝などを入れる籠 [季]春

【池】

0池の坊立花　いけのぼうりっか［人］古くからの七夕行事の一つ [季]秋

11池涸る　いけかる［地］冬、水源地の積雪のために川の水量が減り、池も涸れること [季]冬

池涸るる　いけかるる［地］冬、水源地の積雪のために川の水量が減り、池も涸れること [季]冬

12池普請　いけぶしん［人］一年の間に池底にたまった不要な雑物を浚う冬の作業 [季]冬

池替え盆　いけかえぼん［宗］七日盆の別称 [季]秋

池替盆　いけかえぼん［人］七日盆の別称 [季]秋

【灰】

0灰の水曜日　はいのすいようび［宗］四旬節の始まる水曜日 [季]春

4灰天莧　かいてんかん［植］アカザの別称 [季]夏

6灰色雁　はいいろがん［動］雁の一種。灰褐色の雁 [季]秋

11灰猫　はいねこ［動］冬の寒さが苦手で、竈の中まで入り、灰だらけになった猫 [季]冬

灰菜　かいさい［植］アカザの別称 [季]夏

18灰藋　かいちょう［植］アカザの別称 [季]夏

【灯】

3灯下親し　とうかしたし［人］灯下親しむべしの誤用 [季]秋

4灯心売　とうしんうり［宗］陰暦十一月の子祭の日に灯心を売り歩いた人 [季]冬

灯心草　とうしんぐさ［植］藺の別称。夏に伸びた茎を刈って畳や茣蓙などの材料に使う [季]夏

灯心蜻蛉　とうしんとんぼ［動］糸蜻蛉の別称 [季]夏

灯火の秋　とうかのあき［人］涼しい日が続く秋には、読書欲が湧くということの言い回し [季]秋

灯火親しむ　とうかしたしむ［人］涼しい日が続く秋には、読書欲が湧くということの言い回し [季]秋

5灯台草　とうだいそう［植］トウダイグサ科の二年草で、越年し、春になると若草色に茂る [季]春

6灯虫　ひむし［動］夏に灯火に吸い寄せられる虫の総称。特に火取蛾を指す [季]夏

7灯冴ゆる　ひさゆる［時］寒さで澄みきったように見える灯り [季]冬

8灯取虫　ひとりむし［動］夏に灯火に吸い寄せられる虫の総称。特に火取蛾を指す [季]夏

10灯姫　ともしびひめ［人］七夕伝説の織女星の別称 [季]秋

11灯涼し　ひすずし［人］夏の灯火が涼しげな感じがすることをいう [季]夏

13灯楼　とうろう［人］戸外に設け、上元の花灯を灯して照明とする灯火用具 [季]新年

灯蛾　とうが, ひが［動］夏、灯火に集まってくる蛾 [季]夏

20灯朧　ひおぼろ［天］灯がおぼろに見えるさま [季]春

22灯籠　とうろう［人］竹、木、金属、ガラス、石材などで作り、中に火をともすもの。灯籠は盆行事との関連ですべて秋の季語とされる [季]秋

6画（牝, 瓜, 百）

灯籠舟　とうろうぶね　［宗］　精霊舟の別称
　㋐秋

灯籠売　とうろううり　［人］　盆の行事に用
　いる灯籠を売るもの　㋐秋

灯籠見物　とうろうけんぶつ　［人］　灯籠を
　見物しにいくこと。灯籠は盆行事との関連
　で秋の季語とされる　㋐秋

灯籠店　とうろうてん　［人］　灯籠を売る
　店。灯籠は盆行事との関連で秋の季語とさ
　れる　㋐秋

灯籠流　とうろうながし　［宗］　盂蘭盆会の
　終る日、精霊送りと送火とを兼ねた盆行事。
　灯りを点した灯籠を川や海に流す　㋐秋

灯籠踊　とうろうおどり　［人］　盆踊の一つ
　㋐秋

【牝】

11牝鹿　めじか　［動］　雌の鹿　㋐秋

【瓜】

よまき瓜　よまきうり　［植］　夜蒔胡瓜のこ
　と。八月から十月にかけて収穫する　㋐秋

瓜　うり　［植］　瓜類の作物の総称。多くは
　晩夏の作物　㋐夏

0瓜の牛　うりのうし　［宗］　盆の時に、胡瓜
　に苧殻の足をつけて牛の形を作って霊棚に
　供えること　㋐秋

瓜の花　うりのはな　［植］　瓜類の花の総
　称。ほとんどが初夏の花　㋐夏

瓜の馬　うりのうま　［宗］　盆の時に、胡瓜
　に苧殻の足をつけて馬の形を作って霊棚に
　供えること　㋐秋

3瓜小屋　うりごや　［人］　瓜番のために設け
　る小屋　㋐夏

6瓜守　うりもり　［人］　西瓜等が盗まれない
　ように番をする人のこと　㋐夏

瓜守　うりばえ　［動］　西瓜等が盗まれない
　ように番をする人のこと　㋐夏

瓜虫　うりむし　［動］　瓜蠅の別称　㋐夏

7瓜冷す　うりひやす　［人］　瓜や西瓜などを
　冷やしておくこと　㋐夏

瓜坊　うりぼう　［動］　猪の子のこと　㋐秋

8瓜苗　うりなえ　［植］　苗床で育てられた瓜
　類の苗の総称。初夏、畑に定植する　㋐夏

9瓜畑　うりばたけ　［植］　瓜を栽培する夏の
　畑　㋐夏

10瓜時　かじ　［時］　夏の別称　㋐夏

11瓜盗人　うりぬすっと　［植］　西瓜などを盗
　む人、瓜泥棒　㋐夏

12瓜提灯　うりぢょうちん　［人］　瓜をくりぬ
　いて作った提灯　㋐夏

瓜揉　うりもみ　［人］　瓜をきざみ塩もみし
　て、酢と甘料料で味つけしたもの　㋐夏

瓜揉む　うりもむ　［人］　瓜をきざみ塩もみ
　して、酢と甘料料で味つけすること　㋐夏

瓜番　うりばん　［人］　西瓜等が盗まれない
　ように番をする人のこと　㋐夏

瓜番小屋　うりばんごや　［人］　瓜番のため
　に設ける小屋　㋐夏

瓜葉虫　うりはむし　［動］　瓜蠅の別称
　㋐夏

14瓜漬　うりづけ　［人］　胡瓜など瓜類の漬け
　物の総称。暑い夏に食欲増進のため食べる
　㋐夏

17瓜膾　うりなます　［人］　瓜をきざみ塩もみ
　して、酢と甘料料で味つけしたもの　㋐夏

18瓜類の花　うりるいのはな　［植］　ウリ科の
　植物の花の総称で、白色または黄色の五弁
　花をつける　㋐夏

19瓜蠅　うりばえ　［動］　ハムシ科の小型の甲
　虫で、瓜類を食い荒らす夏の害虫　㋐夏

【百】

2百人一首　ひゃくにんいっしゅ　［人］　百人
　の歌人の和歌を一首ずつえらび集めた歌集
　㋐新年

百八たい　ひゃくはちたい　［宗］　八月十六
　日、山梨県南部町の富士川の河原で行われ
　る火祭。盆送り行事の一つ　㋐秋

百八の鐘　ひゃくはちのかね　［宗］　除夜の
　鐘のこと　㋐冬

百八灯　ひゃくはちとう　［宗］　八月十六
　日、山梨県南部町の富士川の河原で行われ
　る火祭。盆送り行事の一つ　㋐秋

3百万石行列　ひゃくまんごくぎょうれつ
　［宗］　六月十三〜十五日、金沢市の百万石
　祭での行事の一つ　㋐夏

百万石祭　ひゃくまんごくまつり　［宗］　六
　月十三日から十五日まで、金沢市・尾山神
　社で行われる大祭。藩祖前田利家の加賀入
　国を記念したもの　㋐夏

百千鳥　ももちどり　［動］　春になって現れ
　たたくさんの種類の鳥のこと　㋐春

138　俳句季語よみかた辞典

百子の池　ももこのいけ　[人]　天の川の別称、あるいは七夕の夜、百の盥に水と鏡を入れ、星を映すこと　[季]秋

百子姫　ももこひめ　[人]　棚機姫の異名七種の一つ　[季]秋

4**百五禁火　ひゃくごきんか**　[人]　冬至から百五日目に火気を断ち冷食する、昔の中国の風習　[季]春

百五節　ひゃくごせつ　[宗]　寒食節の別称　[季]春

百日の行　ひゃくにちのぎょう　[宗]　安居のこと　[季]夏

百日白　ひゃくじつはく　[植]　花の色が白い百日紅のこと　[季]夏

百日紅　さるすべり, ひゃくじつこう　[植]　ミソハギ科の落葉高木。木肌がつるりとしており、猿もすべるといわれたことからの名。花びらが丸く、夏から秋にかけ、鮮紅白や白色の小花が群がって咲く　[季]夏

百日草　ひゃくにちそう　[植]　メキシコ原産の観賞植物。七月から九月まで多彩な色の花が咲き続ける　[季]夏

5**百生り　ひゃくなり**　[植]　匏の別称。初秋、瓢箪形の青い実がたくさん生る　[季]秋

百目柿　ひゃくめがき　[植]　柿の品種の一つ　[季]秋

6**百合　ゆり**　[植]　古来より親しまれたユリ科の夏の花の総称で、初夏から、一茎に一花または数花の花をつける　[季]夏

百合の花　ゆりのはな　[植]　古来より親しまれたユリ科の夏の花の総称で、初夏から、一茎に一花または数花の花をつける　[季]夏

百合の芽　ゆりのめ　[植]　草の芽の一つ　[季]春

百合の香　ゆりのか　[植]　百合の花の香。百合は夏の季語　[季]夏

百合化して蝶と為る　ゆりかしてちょうとなる　[植]　百合の花が蝶に化けるという俗信　[季]夏

百合祭　ゆりまつり　[宗]　三枝祭（さいくさまつり）の別称　[季]夏

百合鷗　ゆりかもめ　[動]　都鳥の正式名　[季]冬

百羽搔　ももはがき　[動]　羽虫をとるため、鴫が嘴で羽をしごくこと　[季]秋

百舌鳥　もず　[動]　燕雀目モズ科。秋に人里にやってきて、生餌を捕食する猛禽　[季]秋

7**百足小判　むかでこばん**　[宗]　初寅参に売られる縁起物　[季]新年

百足虫　むかで　[動]　節足動物。馬陸（やすで）に似るが、環節から足は一対しかない　[季]夏

8**百夜草　ももよぐさ**　[植]　菊の別称。菊は秋の季語　[季]秋

百夜草　ひゃくやそう　[植]　露草の別称。初秋に真っ青の花が咲く　[季]秋

百松明の神事　ひゃくたいまつのしんじ　[宗]　松例祭に行なわれる神事　[季]冬

百歩香　ひゃっぽこう　[人]　薫衣香の別称　[季]夏

百物語　ひゃくものがたり　[人]　夏の夜、怪談で肝をひやして涼しさを味わうという趣向　[季]夏

9**百草の花　ももくさのはな**　[植]　名のあるものも、名のないものも、すべてを引っくるめて秋の草花をさす　[季]秋

百草を闘はす　ひゃくそうをたたかわす　[人]　五月五日の端午の節句に、摘み草を比べ合って遊んだ風俗　[季]夏

百草取　ひゃくそうとり　[人]　上代五月五日に薬草を取り集めたことで、この日取った薬草は特に効験があるとされた　[季]夏

百草摘　ひゃくそうつみ　[人]　上代五月五日に薬草を取り集めたことで、この日取った薬草は特に効験があるとされた　[季]夏

10**百脈根　ひゃくみゃくこん**　[植]　都草の別称　[季]夏

百鬼園忌　ひゃっきえんき　[宗]　四月二十日、大正・昭和期の小説家・随筆家内田百閒の忌日　[季]春

11**百菊　ひゃくぎく**　[植]　キクの逸品百種という意味。菊は秋の季語　[季]秋

12**百閒忌　ひゃっけんき**　[宗]　四月二十日、大正・昭和期の小説家・随筆家内田百閒の忌日　[季]春

14**百磁草　はこべぐさ**　[植]　はこべの別称　[季]春

百箇の舟　ももこのふね　[人]　七夕の夜、牽牛と織女の逢瀬に使われる渡し舟　[季]秋

百練の鏡　ひゃくれんのかがみ　[人]　雨乞いに祭った鏡のこと　[季]夏

【竹】

0 **竹の子　たけのこ**　［植］　竹の地下茎から生じる若芽。初夏に掘って食べる　[季]夏

竹の皮　たけのかわ　［植］　筍の皮。生長に従い、下の方から皮は落ちていく　[季]夏

竹の皮脱ぐ　たけのかわぬぐ　［植］　夏に筍が生長して、下の方から皮を落としていくこと　[季]夏

竹の皮散る　たけのかわちる　［植］　夏に筍が生長して、下の方から皮を落としていくこと　[季]夏

竹の花　たけのはな　［植］　何十年かおきに、竹に稲穂のような花が咲くこと。この花が咲くと、竹は一斉に枯死するという　[季]夏

竹の実　たけのみ　［植］　竹に花が咲く時の稲穂のようなもの　[季]秋

竹の若葉　たけのわかば　［植］　晩夏の頃の若竹についた若々しい葉のこと　[季]夏

竹の若緑　たけのわかみどり　［植］　晩夏の頃の若竹についた若々しい葉のこと　[季]夏

竹の春　たけのはる　［時］　陰暦八月の別称　[季]秋

竹の春　たけのはる　［植］　竹が秋になって新葉の緑が鮮やかになり繁茂するさま　[季]秋

竹の神水　たけのたまりみず　［人］　薬日（五月五日）の午の刻に降った雨水が竹の節に溜まったもの　[季]夏

竹の秋　たけのあき　［植］　竹が四月頃になると、一時、葉が枯れたように黄ばんでくること　[季]春

竹の秋風　たけのあきかぜ　［植］　春、竹の黄ばんだ葉を通りぬける風　[季]春

竹の落葉　たけのおちば　［植］　初夏、新葉が出て竹の古葉が落ちること　[季]夏

4 **竹夫人　ちくふじん**　［人］　竹や籐を円筒形に編んだ籠。夏の夜、寝るときに抱きかかえると少し涼しい　[季]夏

5 **竹奴　ちくど**　［人］　竹や籐を円筒形に編んだ籠。夏の夜、寝るときに抱きかかえると少し涼しい　[季]夏

竹生島祭　ちくぶしままつり　［宗］　八月十五日、琵琶湖上の竹生島で行なわれる祭　[季]秋

竹生島蓮華会　ちくぶしまれんげえ　［宗］　八月十五日、琵琶湖上の竹生島で行なわれる祭　[季]秋

竹生島蓮華頭　ちくぶしまれんげとう　［宗］　八月十五日、琵琶湖上の竹生島で行なわれる祭　[季]秋

竹田忌　ちくでんき　［宗］　陰暦八月二十九日、江戸時代後期の画家田能村竹田の忌日　[季]秋

6 **竹伐　たけきり**　［宗］　鞍馬の竹伐のこと　[季]夏

竹伐る　たけきる　［人］　竹を伐ること。古来、陰暦八月に切るものとされる　[季]秋

7 **竹冷忌　ちくれいき**　［宗］　三月二十日、明治・大正期の政治家・俳人角田竹冷の忌日　[季]春

8 **竹枕　たけまくら**　［人］　竹で作った涼しい夏用の枕　[季]夏

竹牀几　たけしょうぎ　［人］　竹製の腰掛け。夕涼みなどに使う　[季]夏

9 **竹咲く　たけさく**　［植］　何十年かおきに、竹に稲穂のような花が咲くこと。この花が咲くと、竹は一斉に枯死するという　[季]夏

竹春　ちくしゅん　［植］　竹が秋になって新葉の緑が鮮やかになり繁茂するさま　[季]秋

竹瓮　たつべ　［人］　広く各地の川や湖沼・浅海などで用いられてきた冬の漁具　[季]冬

竹秋　ちくしゅう　［時］　陰暦三月の別称　[季]春

竹秋　たけあき　［植］　竹が四月頃になると、一時、葉が枯れたように黄ばんでくること　[季]春

竹迷日　ちくめいじつ　［人］　陰暦五月十三日の竹誕日の別称　[季]夏

10 **竹島百合　たけしまゆり**　［植］　百合の一種。竹島（鬱陵島）特産の薄紅色の百合　[季]夏

竹席　ちくせき　［人］　竹を細く割って、筵のように編んだ夏の敷物　[季]夏

竹馬　たけうま　［人］　子供の冬の遊び道具　[季]冬

11 **竹婦人　ちくふじん**　［人］　竹や籐を円筒形に編んだ籠。夏の夜、寝るときに抱きかかえると少し涼しい　[季]夏

竹移す　たけうつす　［人］　竹の移植をすること。中国の俗信で竹が必ず根づくという陰暦五月十三日に行われた　[季]夏

竹酔日　ちくすいじつ　［人］　陰暦五月十三日の竹誕日の別称　[季]夏

6画（米，糸）

竹魚　さより　［動］　サヨリ科に属する海魚。吸い物やさしみとして美味　㋧春

12竹割祭　たけわりまつり　［宗］　二月十日、加賀市・菅生石部神社で行われる例祭　㋧春

竹植う　たけうう　［人］　竹の移植をすること。中国の俗信で竹が必ず根づくという陰暦五月十三日に行われた　㋧夏

竹植うる日　たけううるひ　［人］　竹の移植をする日。あるいは中国の俗信で竹が必ず根づくという陰暦五月十三日に限定してもよい　㋧夏

竹植う日　たけううひ　［人］　竹の移植をする日。あるいは中国の俗信で竹が必ず根づくという陰暦五月十三日に限定してもよい　㋧夏

竹煮草　たけにぐさ　［植］　ケシ科の多年草で、晩夏に白い小花をつける　㋧夏

竹落葉　たけおちば　［植］　初夏、新葉が出て竹の古葉が落ちること　㋧夏

13竹飾　たけかざり　［人］　新年の門松に添えて立てる飾りの竹　㋧新年

15竹誕日　ちくたんじつ　［人］　竹の移植をする日。あるいは中国の俗信で竹が必ず根づくという陰暦五月十三日に限定してもよい　㋧夏

竹養日　ちくようじつ　［人］　陰暦五月十三日の竹誕日の別称　㋧夏

19竹簾　たけすだれ　［人］　青竹を編んだ簾。夏、日除けなどに利用する　㋧夏

竹蟶　まて　［動］　馬蛤貝の別称　㋧春

竹襦袢　たけじゅばん　［人］　汗取用の肌着の一種　㋧夏

【米】

わさ米　わさまい　［人］　その秋に収穫した新しい米　㋧秋

0米こぼす　よねこぼす　［人］　正月言葉の一つ。涙を米と見立て、涙をこぼすことをさす　㋧新年

米の虫　こめのむし　［動］　殻象の別称　㋧夏

6米虫　こめむし　［動］　殻象の別称　㋧夏

7米花　こめばな　［人］　蒳煎の別称　㋧新年

8米国独立祭　べいこくどくりつさい　［宗］　七月四日、独立祭のこと　㋧夏

9米洗　こめあらい　［人］　餅搗きのための糯を洗うこと　㋧冬

10米俵編む　こめだわらあむ　［人］　稲刈りがすみ、籾摺の始まるまでの間の夜なべ仕事として、新藁を使って米俵を編んだこと　㋧秋

米桃　よねもも　［植］　夏の果実である李（すもも）の別称　㋧夏

13米搗ばつた　こめつきばった　［動］　古くから親しまれた呼称だが、どの昆虫を指すのかは不明　㋧秋

米搗虫　こめつきむし　［動］　コメツキムシ科の夏の甲虫の総称。仰向けにしておくと、バネのように飛び上がる　㋧夏

米搗虫　こめつきむし　［動］　古い俗名で、種類は判然としない　㋧秋

22米躑躅　こめつつじ　［植］　躑躅の一種　㋧春

【糸】

たこの糸　たこのいと　［人］　凧についている糸　㋧春

0糸かり姫　いとかりひめ　［人］　棚機姫の異名七種の一つ　㋧秋

4糸引　いとひき　［人］　繭から糸を取る作業。夏の養蚕農家の作業だった　㋧夏

糸引女　いとひきめ　［人］　糸取りをする女性　㋧夏

糸引歌　いとひきうた　［人］　糸引の際うたわれた労働歌　㋧夏

6糸瓜　へちま、いとうり　［植］　ウリ科の蔓性植物で、秋に数十センチもある果実がぶら下がる。食用にもなるが、多くは垢こすり、束子などに加工されるか、へちま水を採ったりする　㋧秋

糸瓜の水　へちまのみず　［人］　痰を切り咳を鎮める妙薬といわれる陰暦八月十五日の夜の糸瓜水を取ること　㋧秋

糸瓜の水取る　へちまのみずとる　［人］　痰を切り咳を鎮める妙薬といわれる陰暦八月十五日の夜の糸瓜水を取ること　㋧秋

糸瓜の花　へちまのはな　［植］　ウリ科の一年草で、晩夏、黄色い釣鐘型の小花をつける　㋧夏

糸瓜引く　へちまひく　［人］　痰を切り咳を鎮める妙薬といわれる陰暦八月十五日の夜の糸瓜水を取ること　㋧秋

俳句季語よみかた辞典　*141*

糸瓜忌　へちまき　［宗］　九月十九日、明治期の俳人・歌人正岡子規の忌日　[季]秋

糸瓜苗　へちまなえ　［植］　苗床で育てられた糸瓜の苗。初夏、畑に定植する　[季]夏

糸瓜蒔く　へちままく　［人］　春、四月頃に糸瓜の種を蒔くこと　[季]春

糸芒　いとすすき　［植］　芒の一種　[季]秋

8**糸取　いととり**　［人］　繭から糸を取る作業。夏の養蚕農家の作業だった　[季]夏

糸取女　いととりめ　［人］　糸取りをする女性　[季]夏

糸取車　いととりぐるま　［人］　糸取の道具　[季]夏

糸取鍋　いととりなべ　［人］　糸取の道具　[季]夏

9**糸巻河豚　いとまきふぐ**　［動］　ハコフグ科の海魚で河豚の近縁種。堅い箱形の鱗を持つ　[季]冬

糸柳　いとやなぎ　［植］　柳の一種　[季]春

10**糸桜　いとざくら**　［植］　枝垂桜の別称　[季]春

11**糸撈　いとより**　［動］　メイチダイ科の海魚で、糸を撚るように泳ぐ。冬場が旬　[季]冬

糸菜　いとな　［植］　壬生菜の別称　[季]春

糸蚯蚓　いとみみず　［動］　水生の糸状になっている蚯蚓の総称　[季]夏

糸魚　いとうお　［動］　金糸魚（いとより）の別称　[季]冬

12**糸葱　いとねぎ**　［植］　胡葱の別称　[季]春

糸萩　いとはぎ　［植］　萩の一種　[季]秋

糸遊　いとゆう　［天］　陽炎の別称　[季]春

13**糸蓮　いとはす**　［植］　ユキノシタの別称　[季]夏

14**糸蓼　いとたで**　［植］　蓼の一種。蓼は夏の季語　[季]夏

糸蜻蛉　いととんぼ　［動］　体が細長く糸のような小型の蜻蛉　[季]夏

15**糸撚鯛　いとよりだい**　［動］　金糸魚（いとより）の別称　[季]冬

16**糸薄　いとすすき**　［植］　芒の一種　[季]秋

18**糸織姫　いとおりひめ**　［人］　棚機姫の異名七種の一つ　[季]秋

糸雛　いとびな　［人］　雛人形の一種　[季]春

19**糸繰草　いとくりそう**　［植］　苧環の別称　[季]春

糸繰魚　いとくりうお　［動］　金糸魚（いとより）の別称　[季]冬

糸蘭　いとらん　［植］　ユッカの一種で、夏から秋にかけて開花する　[季]夏

【缶】

0**缶ビール　かんびーる**　［人］　缶入りのビール　[季]夏

【羊】

0**羊の毛刈る　ひつじのけかる**　［人］　晩春に羊の毛を刈ること　[季]春

4**羊日　ようじつ**　［時］　正月四日のこと。仕事始めの日　[季]新年

7**羊角菜　ようかくさい**　［植］　ガガイモの別称　[季]夏

10**羊栖菜　ひじき**　［植］　全国の岩礁に付着する褐藻類の一種で、ホンダワラ科に属する。冬から春にかけ発芽、夏になる前に採取する　[季]春

11**羊剪毛　ひつじせんもう**　［人］　晩春に羊の毛を刈ること　[季]春

16**羊蹄　ぎしぎし**　［植］　野原や路傍に群生するタデ科の野草で、酸葉と混同されがち。新芽が食用になる　[季]春

羊蹄の花　ぎしぎしのはな　［植］　タデ科の多年草。五、六月頃に薄緑色の小花を群生させる　[季]夏

羊蹄根　しのね　［植］　羊蹄（ぎしぎし）の別称。五、六月頃に薄緑色の小花を群生させる　[季]夏

羊蹄根大根　しのねだいこん　［植］　羊蹄（ぎしぎし）の別称。五、六月頃に薄緑色の小花を群生させる　[季]夏

22**羊躑躅　もちつつじ**　［植］　躑躅の一種　[季]春

【羽】

この羽とり月　このはとりづき　［時］　陰暦四月の別称　[季]夏

0**羽ごの子　はごのこ**　［人］　正月の羽子つき遊びに用いる羽子のこと。ムクロジの実に色をつけた鳥の羽毛をつけたもの　[季]新年

3**羽子　はね, はご**　［人］　正月の羽子つき遊びに用いる羽子のこと。ムクロジの実に色をつけた鳥の羽毛をつけたもの　[季]新年

羽子つき　はねつき　［人］　正月の屋外遊戯

の一つ。羽子板で羽子をついて遊ぶこと [季]新年

羽子つく　はねつく　［人］　正月の屋外遊戯の一つ。羽子板で羽子をついて遊ぶこと [季]新年

羽子の木　はごのき　［植］　衝羽根の別称。秋に結実し、実の先端には四枚の葉状の苞が正月につく羽根のように付いている [季]秋

羽子日和　はねこびより　［人］　正月の羽子つき遊びによい日和 [季]新年

羽子板　はごいた　［人］　正月の羽子つき遊びに用いる、長方形で柄のついた板。表には絵をかいたり押絵を張ったりする [季]新年

羽子板市　はごいたいち　［人］　羽子板を売る年の市。有名な浅草の羽子板市は十二月十七日、十八日 [季]冬

羽子板売　はごいたうり　［人］　羽子板市で羽子板を売る人 [季]冬

羽子板星　はごいたぼし　［天］　昴の別称。昴は一月下旬南中するこから冬の季語とされる [季]冬

4**羽太　はた**　［動］　ハタ科の沿海魚の総称。刺身などが美味で、夏が旬 [季]夏

5**羽白かいつぶり　はじろかいつぶり**　［動］　顔に橙黄色の美しい飾り羽のあるカイツブリ科の水鳥で、これは冬の渡り鳥 [季]冬

羽白鳰　はじろかいつぶり　［動］　顔に橙黄色の美しい飾り羽のあるカイツブリ科の水鳥で、これは冬の渡り鳥 [季]冬

6**羽団扇かえで　はうちわかえで**　［植］　楓の一種。葉が掌状に浅く九片ないし十一片に裂け、羽団扇に似ている [季]秋

羽虫の薬飼　はむしのくすりがい　［動］　鷹の羽に虫がつかぬように薬をふること [季]夏

羽衣草　はごろもそう　［植］　鋸草の別称 [季]夏

7**羽抜鳥　はぬけどり**　［動］　冬羽から夏羽へのに換羽のため全身の羽が抜けかわる鳥のこと [季]夏

羽抜雉子　はぬけきじ　［動］　羽毛の抜けかわる頃の雉 [季]夏

羽抜鴨　はぬけがも　［動］　羽毛の抜けかわる頃の鴨 [季]夏

羽抜鶏　はぬけどり　［動］　羽毛の抜けかわる頃の鶏 [季]夏

9**羽音　うおん**　［時］　冬の別称 [季]冬

11**羽脱鶏　はぬけどり**　［動］　羽毛の抜けかわる頃の鶏 [季]夏

羽黒花祭　はぐろはなまつり　［宗］　七月十五日、出羽三山祭のこと [季]夏

13**羽蒲団　はねぶとん**　［人］　鳥の羽毛をつめた布団 [季]冬

15**羽蝶蘭　うちょうらん**　［植］　胡蝶蘭の別称 [季]夏

18**羽織下脱ぐ　はおりしたぬぐ**　［人］　暖かくなり、上着の下に着けていた防寒用の衣服を脱ぐこと [季]春

19**羽蟻　はあり**　［動］　夏に羽化した蟻の成虫 [季]夏

【老】

0**老の春　おいのはる**　［時］　初春のこと [季]新年

2**老人の日　ろうじんのひ**　［人］　敬老の日の別称 [季]秋

9**老海鼠　ほや**　［動］　原索動物海鞘目の海産動物。北日本で夏によく獲れ、酢の物にする [季]夏

10**老桜　おいざくら**　［植］　年を経た桜の木 [季]春

老梅　ろうばい　［植］　年を経た梅の木 [季]春

老梅忌　ろうばいき　［宗］　二月二十日、明治・大正期の俳人内藤鳴雪の忌日 [季]春

11**老婆魚　ろうばぎょ**　［動］　鮟鱇の別称 [季]冬

15**老蕨　おいわらび**　［植］　芽が伸び、葉の開いた蕨 [季]春

老蝶　おいちょう　［動］　秋の蝶のこと [季]秋

21**老鶯　おいうぐいす, ろうおう**　［動］　夏まで囀っている鶯のこと [季]夏

【耳】

0**耳かいつぶり　みみかいつぶり**　［動］　顔に橙黄色の美しい飾り羽のあるカイツブリ科の水鳥で、これは冬の渡り鳥 [季]冬

11**耳掛　みみかけ**　［人］　冬、防寒のために耳を覆うもの [季]冬

耳菜草　みみなぐさ　［植］　ナデシコ科の二

年草。春、道ばたなどによくみられる雑草で葉や茎に毛が生えている　[季]春

耳袋　**みみぶくろ**　［人］　冬、防寒のために耳を覆うもの　[季]冬

【肉】

10**肉桂水**　**にっけいすい**　［人］　桂皮水のこと　[季]夏

19**肉蠅**　**にくばえ**　［動］　蠅の一種　[季]夏

20**肉饅頭**　**にくまんじゅう**　［人］　蒸し菓子の一種。温かい蒸し菓子は冬の季語　[季]冬

【肌】

9**肌荒る**　**はだある**　［人］　冬の寒さで肌が乾いてカサカサになること　[季]冬

11**肌脱**　**はだぬぎ**　［人］　蒸暑い日などに、肌着まで脱いで上半身裸になる状態　[季]夏

肌脱ぎ　**はだぬぎ**　［人］　蒸暑い日などに、肌着まで脱いで上半身裸になる状態　[季]夏

12**肌寒**　**はださむ**　［時］　秋が深まり、肌に直接寒さを感じること　[季]秋

肌寒き　**はださむき**　［時］　秋が深まり、肌に直接寒さを感じること　[季]秋

【自】

10**自恣日**　**じしび**　［宗］　陰暦七月十五日に、四月から始まった九十日間の夏安居が満了すること　[季]秋

12**自然生**　**じねんじょ, じねんじょう**　［植］　長芋の野生種で、各地の山野に自生する。秋にさまざまな形状の芋を掘る。とろろとして食べても旨い　[季]秋

自然薯　**じねんじょ**　［植］　長芋の野生種で、各地の山野に自生する。秋にさまざまな形状の芋を掘る。とろろとして食べても旨い　[季]秋

【至】

13**至聖祭**　**しせいさい**　［宗］　三位祭に同じ　[季]夏

【臼】

0**臼の実**　**うすのみ**　［植］　スイカズラ科の落葉低木の実で、形が臼のごとく上がくぼんでいる　[季]夏

10**臼起**　**うすおこし**　［人］　正月二日、新年になって初めて臼を使い始める仕事始め　[季]新年

臼起し　**うすおこし**　［人］　正月二日、新年になって初めて臼を使い始める仕事始め　[季]新年

11**臼挽**　**うすひき**　［人］　秋の農作業の一つ。籾を磨臼にかけ、玄米にすること　[季]秋

13**臼飾**　**うすかざり**　［人］　正月の飾り物の一つ。農家などの土間で、注連を張ったり鏡餅を供えたりして新筵の上に臼を飾ること　[季]新年

臼飾る　**うすかざる**　［人］　正月の飾り物の一つ。農家などの土間で、注連を張ったり鏡餅を供えたりして新筵の上に臼を飾ること　[季]新年

【舌】

舌　**した**　［動］　舌鮃の別称　[季]夏

16**舌鮃**　**したびらめ**　［動］　ウシノシタ科の魚類の総称。フランス料理などで珍重され、夏が美味　[季]夏

【舟】

いかなご舟　**いかなごぶね**　［動］　イカナゴを取る舟　[季]春

どんどこ舟　**どんどこぶね**　［宗］　天満祭に使われるもの　[季]夏

0**舟ながし**　**ふなながし**　［人］　ながしの一種で、小舟にのってやってくるもの　[季]夏

舟を敷き寝　**ふねをしきね**　［人］　宝船の絵を枕の下に敷いて寝て、初夢に吉夢を見ようとする縁起　[季]冬

6**舟灯籠**　**ふなとうろう, ふなどうろう**　［人］　灯籠の一種。舟で揚げるもの　[季]秋

舟虫　**ふなむし**　［動］　フナムシ科。体長三〜四センチぐらいで、ワラジムシのようなもの。夏の海辺に多い　[季]夏

12**舟渡御**　**ふなとぎょ**　［宗］　渡御の際、舟を使うこと　[季]夏

舟遊祭　**しゅうゆうさい**　［宗］　三船祭の別称　[季]夏

15**舟舞台**　**ふなぶたい**　［宗］　柳川水天宮祭りで使われる舞台　[季]夏

【色】

0**色づく田**　**いろづくた**　［地］　稲が黄金色に成熟して稲穂をたれた田　[季]秋

色づく草　いろづくくさ　［植］　晩秋になり霜の降りそうな頃、秋のさまざまな草が色づくこと　[季]秋

色どる月　いろどるつき　［時］　陰暦九月の別称　[季]秋

色ながら散る　いろながらちる　［植］「紅葉かつ散る」に同じく俳句独特の用語。紅葉しながら、かつ散ることをいう　[季]秋

色なき風　いろなきかぜ　［天］　秋の風のこと。新古今集の歌にも由来する言い回しで、寂寥感がにじむ　[季]秋

4色不変松　いろかえぬまつ　［植］　周りの木々が紅葉したり、枯色を見せたりする中で、常緑のまま色を変えない松のことをいう言い回し　[季]秋

7色見草　いろみぐさ　［植］　紅葉の別称　[季]秋

色足袋　いろたび　［人］　色つきの足袋　[季]冬

9色変えぬ松　いろかえぬまつ　［植］　周りの木々が紅葉したり、枯色を見せたりする中で、常緑のまま色を変えない松のことをいう言い回し　[季]秋

色草　いろくさ　［植］　特定の名のある草ではなく、秋に生えている雑多なもろもろの名もない草を指す　[季]秋

10色紙短冊売る　しきしたんざくうる　［人］　七夕に使う色紙や短冊を売ること　[季]秋

11色鳥　いろどり　［動］　秋、色の美しい小鳥が渡ることをいう　[季]秋

12色無き風　いろなきかぜ　［天］　秋の風のこと。新古今集の歌にも由来する言い回しで、寂寥感がにじむ　[季]秋

色葉　いろは　［植］　晩秋気温が下がると、落葉木は、葉が赤く色を染めたり、種類によって黄色に変わることの総称　[季]秋

色葉散る　いろはちる　［植］「紅葉かつ散る」に同じく俳句独特の用語。紅葉しながら、かつ散ることをいう　[季]秋

【芋】

しがみ芋　しがみいも　［植］　里芋の一種　[季]秋

ずいき芋　ずいきいも　［植］　里芋の一種　[季]秋

芋　いも　［植］　俳句の上では、単に芋というと通常は里芋のことをさす　[季]秋

0芋がら　いもがら　［植］　里芋の茎を干したもの。芋は秋の季語　[季]秋

芋の花　いものはな　［植］　里芋の花のこと。夏に開花する　[季]夏

芋の芽　いものめ　［植］　貯えておいた芋から出た芽　[季]春

芋の茎　いものくき　［植］　秋の里芋の茎のこと。茹でて酢味噌和えにしたり、煮物や汁物に使う。また肥後芋茎は性具として有名　[季]秋

芋の秋　いものあき　［植］　秋、里芋の収穫の時期のこと　[季]秋

芋の葉の露　いものはのつゆ　［宗］　七夕に字が上手になるようにと、芋の葉の露で墨をすって字を書く風習　[季]秋

芋の頭　いものかみ　［人］　正月の雑煮やお煮しめにいれる里芋の親芋　[季]新年

芋の頭祝う　いものかみいわう　［人］　正月の雑煮やお煮しめにいれる里芋の親芋　[季]新年

芋の頭祝ふ　いものかみいわう　［人］　正月の雑煮やお煮しめにいれる里芋の親芋　[季]新年

芋の露　いものつゆ　［天］　七夕に字が上手になるようにと、芋の葉の露で墨をすって字を書く風習　[季]秋

6芋名月　いもめいげつ　［天］　陰暦八月十五日、中秋の満月　[季]秋

芋虫　いもむし　［動］　蝶や蛾の幼虫のなかで、毛のない、太ったものをさす通称。ただし実際に芋の葉を食べるのは雀蛾の幼虫だけ　[季]秋

8芋茎　ずいき　［植］　秋の里芋の茎のこと。茹でて酢味噌和えにしたり、煮物や汁物に使う。また肥後芋茎は性具として有名　[季]秋

芋茎干す　ずいきほす　［植］　里芋の茎を干すこと。芋は秋の季語　[季]秋

芋茎御輿　ずいきみこし　［宗］　北野芋茎祭で使われる御輿。屋根を芋茎で葺き、野菜や果物などで飾り立てたもの　[季]秋

9芋畑　いもばたけ　［植］　里芋の植わっている畑。芋は秋の季語　[季]秋

芋秋　いもあき　［植］　秋、里芋の収穫の時期のこと　[季]秋

11芋殻　いもがら　［植］　里芋の茎を干したもの。芋は秋の季語　[季]秋

[12]**芋嵐**　**いもあらし**　［天］　芋の茎を倒さんばかりに吹く秋の強風　[季]秋

芋植う　**いもうう**　［人］　春、三～四月頃に里芋の種芋を植えること　[季]春

芋棒　**いもぼう**　［人］　干鱈を使った料理　[季]春

芋煮　**いもに**　［人］　秋、山形で行われる行事。市内の河原で、里芋を肉や野菜と大鍋に煮て食べる　[季]秋

芋煮会　**いもにかい**　［人］　秋、山形で行われる行事。市内の河原で、里芋を肉や野菜と大鍋に煮て食べる　[季]秋

[14]**芋種**　**いもたね**　［植］　春の植付のため、冬の間貯蔵しておいた芋類のこと　[季]春

芋雑炊　**いもぞうすい**　［人］　雑炊の一つで、芋を入れたもの　[季]冬

[16]**芋頭**　**いもがしら**　［人］　正月の雑煮やお煮しめにいれる里芋の親芋　[季]新年

芋頭祝う　**いもがしらいわう**　［人］　正月の雑煮やお煮しめにいれる里芋の親芋　[季]新年

芋頭祝ふ　**いもがしらいわう**　［人］　正月の雑煮やお煮しめにいれる里芋の親芋　[季]新年

【艸】

[4]**艸心忌**　**そうしんき**　［宗］　七月十五日、昭和期の歌人吉野秀雄の忌日　[季]夏

【芍】

[16]**芍薬**　**しゃくやく**　［植］　キンポウゲ科の多年草。初夏に牡丹に似た赤や白の大輪の花が咲く　[季]夏

芍薬の芽　**しゃくやくのめ**　［植］　草の芽の一つ　[季]春

芍薬の根分　**しゃくやくのねわけ**　［人］　九月中旬から下旬頃、繁殖のため芍薬を株分けすること　[季]秋

【芒】

芒　**すすき**　［植］　イネ科の多年草。生い茂った秋の芒のこと。月見には団子とともに欠かせない草　[季]秋

[0]**芒の芽**　**すすきのめ**　［植］　春の山焼きや野焼きの焼け跡から萌え出てくる芒の芽　[季]春

芒の若葉　**すすきのわかば**　［植］　草の若葉の一つ　[季]春

[8]**芒茂る**　**すすきしげる**　［植］　夏、芒が青々と茂っていること　[季]夏

[9]**芒枯る**　**すすきかる**　［植］　冬、芒が葉も穂も枯れるさま　[季]冬

[10]**芒原**　**すすきはら**　［植］　秋、芒の生い茂る野原　[季]秋

[11]**芒祭**　**すすきまつり**　［宗］　八月二十六、二十七日、富士浅間神社の吉田火祭の別称　[季]秋

芒野　**すすきの**　［植］　秋、芒の生い茂る野原　[季]秋

[12]**芒散る**　**すすきちる**　［植］　芒の穂が飛び散ること　[季]秋

[14]**芒種**　**ぼうしゅ**　［時］　二十四節気の一つ。陽暦六月六日頃　[季]夏

芒種の節　**ぼうしゅのせつ**　［時］　二十四節気の一つ。陽暦六月六日頃　[季]夏

【芎】

[19]**芎藭**　**せんきゅう**　［植］　中国原産のセリ科の多年草で、薬用植物。秋、茎上に白い五弁の小花をつける　[季]秋

【虫】

あとさり虫　**あとさりむし**　［動］　蟻地獄の別称　[季]夏

あめんぼ虫　**あめんぼむし**　［動］　水馬の別称　[季]夏

くさぎ虫　**くさぎむし**　［動］　常山虫の別称　[季]夏

ざざ虫　**ざざむし**　［動］　信州の伊那地方で佃煮にする、カワゲラなど水生の昆虫の幼虫　[季]冬

ちちろ虫　**ちちろむし**　［動］　蟋蟀の別称　[季]秋

でんでん虫　**でんでんむし**　［動］　蝸牛（かたつむり）の別称　[季]夏

へこき虫　**へこきむし**　［動］　放屁虫の別称　[季]秋

へっぴり虫　**へっぴりむし**　［動］　放屁虫の別称　[季]秋

まいまい虫　**まいまいむし**　［動］　水澄しの別称　[季]夏

虫　**むし**　［動］　俳句や和歌では、秋に叢で鳴くコオロギ科とキリギリス科の虫の総称

[季]秋

0**虫すだく**　むしすだく　［動］　本来秋の虫が集まることだが、後に誤用され、虫が鳴くことを意味するようになった　[季]秋

虫の声　むしのこえ　［動］　秋にコオロギ科とキリギリス科の虫が叢で鳴く声　[季]秋

虫の秋　むしのあき　［動］　秋、コオロギ科とキリギリス科の虫が叢で鳴く頃　[季]秋

虫の音　むしのね　［動］　秋にコオロギ科とキリギリス科の虫が叢で鳴く声　[季]秋

虫の鈴　むしのすず　［人］　初午詣での縁日で売られる果樹の虫よけのまじないにつかうもの　[季]春

虫の闇　むしのやみ　［動］　秋の夜闇に虫の声だけ聞こえ、闇がより暗く感じられること　[季]秋

虫を選ぶ　むしをえらぶ　［人］　昔、貴族が郊外に出かけ、秋の鳴く虫を採って籠に入れ、宮中に奉ったこと　[季]秋

3**虫干**　むしぼし　［人］　土用の頃、衣類や本を虫害や黴から防ぐために風を入れたり陰干しにすること　[季]夏

5**虫出し**　むしだし　［天］　啓蟄のころに鳴る春雷のこと　[季]春

虫出しの雷　むしだしのかみなり, むしだしのらい　［天］　啓蟄のころに鳴る春雷のこと　[季]春

虫払　むしばらい　［人］　土用の頃、衣類や本を虫害や黴から防ぐために風を入れたり陰干しにすること　[季]夏

虫穴へ入る　むしあなへいる　［時］　七十二候の一つ。霜降の節の第三候　[季]秋

6**虫合**　むしあわせ　［人］　昔、貴族が郊外に出かけ、秋の鳴く虫を採って籠に入れ、宮中に奉ったこと　[季]秋

虫合せ　むしあわせ　［宗］　昔、貴族が郊外に出かけ、秋の鳴く虫を採って籠に入れ、宮中に奉ったこと　[季]秋

虫尽　むしづくし　［人］　殿上人の虫合のこと　[季]秋

虫老ゆ　むしおゆ　［動］　本来は秋の虫が、晩秋から初冬の頃にまだ細々と鳴いていること　[季]冬

7**虫吹く**　むしふく　［動］　昔、貴族が郊外に出かけ、秋の鳴く虫を採って籠に入れ、宮中に奉ったこと　[季]秋

虫売　むしうり　［人］　縁日の夜店で鈴虫、松虫など秋の鳴く虫を売るもの　[季]秋

8**虫供養**　むしくよう　［人］　晩夏から初秋にかけての農村行事で、蝗などの害虫駆除を祈願した　[季]夏

虫取菫　むしとりすみれ　［植］　高山や湿地に生えるタヌキモ科の多年草で、食虫植物の一種。晩夏、紫色の花をつける　[季]夏

虫取撫子　むしとりなでしこ　［植］　ナデシコ科の草で、茎にある節から粘液が出る。夏に薄紅色の花が集まり咲く　[季]夏

9**虫屋**　むしや　［人］　古くは鈴虫、松虫など秋の鳴く虫を入れる虫籠の意味。現在ではそうした虫を売る店のことをいう　[季]秋

虫狩　むしがり　［人］　昔、貴族が郊外に出かけ、秋の鳴く虫を採って籠に入れ、宮中に奉ったこと　[季]秋

虫送　むしおくり　［人］　晩夏から初秋にかけての農村行事で、蝗などの害虫駆除を祈願した　[季]夏

虫送り　むしおくり　［人］　晩夏から初秋にかけての農村行事で、蝗などの害虫駆除を祈願した　[季]夏

虫追　むしおい　［人］　晩夏から初秋にかけての農村行事で、蝗などの害虫駆除を祈願した　[季]秋

虫追い　むしおい　［人］　晩夏から初秋にかけての農村行事で、蝗などの害虫駆除を祈願した　[季]夏

10**虫時雨**　むししぐれ　［動］　叢に秋の虫の集まって鳴く声を時雨に例えた言い回し　[季]秋

虫流し　むしながし　［人］　晩夏から初秋にかけての農村行事で、蝗などの害虫駆除を祈願した　[季]夏

11**虫採**　むしとり　［人］　昔、貴族が郊外に出かけ、秋の鳴く虫を採って籠に入れ、宮中に奉ったこと　[季]秋

虫採り　むしとり　［宗］　昔、貴族が郊外に出かけ、秋の鳴く虫を採って籠に入れ、宮中に奉ったこと　[季]秋

12**虫喰鳥**　むしくいどり　［動］　ジュウイチすなわち慈悲心鳥のことといわれる　[季]秋

虫絶ゆる　むしたゆる　［動］　本来は秋の虫が、晩秋から初冬の頃にまだ細々と鳴いていること　[季]冬

13**虫嗄るる**　むしかるる　［動］　本来は秋の虫が、晩秋から初冬の頃にまだ細々と鳴いて

いること [季]冬

14虫聞 むしきき ［動］ 虫の声をしたって秋に郊外を歩くこと [季]秋

虫鳴く むしなく ［動］ 秋にコオロギ科とキリギリス科の虫が叢で鳴くこと [季]秋

15虫選 むしえらび ［人］ 昔、貴族が郊外に出かけ、秋の鳴く虫を採って籠に入れ、宮中に奉ったこと [季]秋

虫選び むしえらび ［動］ 昔、貴族が郊外に出かけ、秋の鳴く虫を採って籠に入れ、宮中に奉ったこと [季]秋

16虫篝 むしかがり ［人］ 夏の夜、害虫を駆除するために、畦道などに焚かれる篝火 [季]夏

22虫籠 むしかご, むしこ ［人］ 鈴虫、松虫など秋の鳴く虫を入れて、軒に吊しておく籠 [季]秋

【血】

4血止草 ちどめぐさ, ちどめそう ［植］ 弁慶草の別称。秋、茎の上に白や薄紅色の小花を集める。非常に生命力が強い [季]秋

5血目草 ちめぐさ ［植］ 女郎花の別称。初秋、黄色い小花が集まり咲く [季]秋

6血吸蛭 ちすいびる ［動］ 蛭の一種 [季]夏

7血貝 ちがい ［動］ 赤貝の別称 [季]春

【行】

0行々子 ぎょうぎょうし ［動］ 葭切の別称 [季]夏

行く年 ゆくとし ［時］ 年の暮のことだが、一年を振り返っての感慨が込もる [季]冬

行く春 ゆくはる ［時］ 去っていく春。春を惜しむ気持ちがこもる [季]春

行く秋 ゆくあき ［時］ 秋が過ぎ去ろうとすること。それを惜しむ気持ちがこめられる [季]秋

行く夏 ゆくなつ ［時］ 夏が終わってしまうこと [季]夏

行く蛍 ゆくほたる ［動］ 飛びゆく蛍 [季]夏

行く雁 ゆくかり ［動］ 春、北方へ飛び去ってゆく雁のこと [季]春

行く鴨 ゆくかも ［動］ 春、北方へと飛び去っていく鴨のこと [季]春

4行水 ぎょうずい ［人］ 盥の湯で簡単な湯浴をして夏の汗を流すこと [季]夏

行水の果 ぎょうずいのはて ［人］ 秋も深まる頃、行水が間遠になること [季]秋

行水名残 ぎょうずいなごり ［人］ 秋も深まる頃、行水が間遠になること [季]秋

行火 あんか ［人］ 箱形の土器に炭火を入れ蒲団やどてらを掛け手足の暖をとるもの [季]冬

6行合の橋 ゆきあいのはし ［人］ 牽牛と織女が相会するとき、カササギが天の川をうずめて橋を成し、織女を渡すという中国の古伝説 [季]秋

行灯水母 あんどんくらげ ［動］ 水母の一種 [季]夏

行灯凧 あんどんだこ ［人］ 竹を四角に組んで紙を行灯のように張り、中に灯りをともして夜揚げる凧 [季]新年

行灯海月 あんどんくらげ ［動］ 水母の一種 [季]夏

8行事暦 ぎょうじごよみ ［人］ 各地の芸能や年中行事を示した暦 [季]新年

行夜 ぎょうや ［動］ 放屁虫の別称 [季]秋

9行秋 ゆくあき ［時］ 秋が過ぎ去ろうとすること。それを惜しむ気持ちがこめられる [季]秋

11行基菩薩忌 ぎょうぎぼさつき ［宗］ 陰暦二月二日に死んだ行基を記念して、四月二日と三日、伊丹市・昆陽寺で行なわれる開山忌 [季]春

行基詣 ぎょうぎもうで ［宗］ 陰暦二月二日に死んだ行基を記念して、四月二日と三日、伊丹市・昆陽寺で行なわれる開山忌に参詣すること [季]春

15行廚納 べんとうおさめ ［宗］ 陰暦十月十六日の、京都での行楽の終わりとされる円爾弁円の忌日 [季]冬

【衣】

あやめの衣 あやめのころも ［人］ 夏衣のかさねの色目の一つ [季]夏

5衣打つ ころもうつ ［人］ 布をやわらかくするために砧打ちをすること。砧打ちは秋の夜なべ仕事とされた [季]秋

7衣更ふ ころもかう ［人］ 季節に応じて衣服をかえること。特に夏服への衣替えをさす [季]夏

衣更着　きさらぎ　［時］　陰暦二月の別称　[季]春

8衣服納　いふくおさめ　［人］　更衣のあと、冬の装束を手入れして納める行事　[季]夏

10衣書を曬す　いしょをさらす　［人］　中国の古俗。七夕に衣装・経書をさらすこと　[季]秋

衣紋竹　えもんだけ　［人］　竹製の衣紋掛け。汗ばんだ衣類に風を通すために用いる　[季]夏

衣紋竿　えもんざお　［人］　汗ばんだ衣服をかけておく竿　[季]夏

衣被　きぬかつぎ　［人］　秋の新里芋の子芋を皮のまま茹でたもの。塩をふって食べるもので、月見に欠かせないものだった　[季]秋

衣被ぎ　きぬかつぎ　［植］　秋の新里芋の子芋を皮のまま茹でたもの。塩をふって食べるもので、月見に欠かせないものだった　[季]秋

衣配　きぬくばり　［人］　歳末に、正月の晴れ衣装を贈る風習　[季]冬

11衣笠草　きぬがさそう　［植］　山地に生えるユリ科の多年草。茎先の葉の形に由来する名。晩夏に白く大きい花が咲く　[季]夏

衣魚　しみ　［動］　シミ目シミ科の羽根がない昆虫で、体長一センチ足らず。糊や和紙を食い荒らす　[季]夏

12衣装雛　いしょうびな　［人］　雛人形の一種　[季]春

14衣榧　ころもがや　［人］　江戸時代の正月用の菓子の一つ。榧の実に砂糖の衣をかけたもの　[季]新年

衣裳くらべ　いしょうくらべ　［宗］　御忌に派手な衣装をまとって参詣すること　[季]春

衣裳を曬す　いしょうをさらす　［人］　中国の古俗。七夕に衣装・経書をさらすこと　[季]秋

衣裳競べ　いしょうくらべ　［宗］　御忌に派手な衣装をまとって参詣すること　[季]春

【西】

2西七条田植神事　にししちじょうたうえしんじ　［宗］　正月十五日、京都・西七条村で明治時代まで行われていた豊年予祝の田植え行事　[季]新年

3西大寺大茶盛　さいだいじおおちゃもり　［宗］　四月中旬に奈良市・西大寺で行われる大茶盛行事　[季]新年

西大寺会式　さいだいじえしき　［宗］　西大寺で行なわれた会式　[季]秋

西大寺参　さいだいじまいり　［宗］　陰暦正月十四日夜、岡山市・西大寺観音院で行なわれる修正会結願の行事。現在は土曜の夜を選んで行われる　[季]新年

4西日　にしび　［天］　真夏の暑さが衰えない頃の夕日　[季]夏

西日さす　にしびさす　［天］　西日がさすこと　[季]夏

西日の矢　にしびのや　［天］　西日の強烈な光と暑気をいう　[季]夏

西日中　にしびなか　［天］　西日の強烈な光と暑気をいう　[季]夏

西日落つ　にしびおつ　［天］　西日の沈むこと　[季]夏

西王母　せいおうぼ　［植］　桃の別称　[季]春

5西本願寺報恩講　にしほんがんじほうおんこう　［宗］　正月九日から十六日、京都・西本願寺で行なわれる宗祖親鸞上人の忌日法要　[季]新年

6西瓜　すいか　［植］　俳句の上では初秋、残暑の頃の代表的な果物。とはいえ現実の一般の感覚では、真夏の海辺や縁側で食べるものといえる　[季]秋

西瓜の花　すいかのはな　［植］　ウリ科の一年性野菜で、六月頃、小さな黄色五弁の花をつける　[季]夏

西瓜冷す　すいかひやす　［人］　西瓜を井水や清水に浸けて冷やすこと　[季]夏

西瓜割り　すいかわり　［人］　海水浴の時などに行う、目隠しをして西瓜を棒で割るゲーム　[季]夏

西瓜提灯　すいかちょうちん　［人］　西瓜をくりぬいて作った提灯　[季]夏

西瓜植う　すいかうう　［人］　春、西瓜の種を蒔くこと　[季]春

西瓜蒔く　すいかまく　［人］　春、西瓜の種を蒔くこと　[季]春

西行忌　さいぎょうき　［宗］　陰暦二月十五日、平安時代末期の歌僧西行法師の忌日　[季]春

西行桜　さいぎょうざくら　［植］　桜の一種　[季]春

7西条柿　さいじょうがき　［植］　柿の品種の

一つ　㋒秋

西町大根　にしまちだいこん　［植］　大根の一種で、理想大根の別称　㋒冬

[8]西京焼　さいきょうやき　［人］　薩摩芋を大きく斜切りにして、胡麻塩をまいて蒸焼きにしたもの。冬の味覚で、菓子代わりにもなっている　㋒冬

西東忌　さいとうき　［宗］　四月一日、昭和期の俳人西東三鬼の忌日　㋒春

[9]西侯　せいこう　［時］　秋の別称　㋒秋

西施舌　みるくい　［動］　日本南部の浅海の泥中に棲むバカガイ科の二枚貝。冬が美味　㋒春

西洋あやめ　せいようあやめ　［植］　アイリスの別称。初夏、花菖蒲より少し小さめの花をつける　㋒夏

西洋たんぽぽ　せいようたんぽぽ　［植］　欧州原産のたんぽぽ　㋒春

西洋メロン　せいようめろん　［植］　メロンの一種　㋒夏

西洋実桜　せいようみざくら　［植］　桜桃の別称　㋒春

西洋苺の花　せいよういちごのはな　［植］　苺の花の一種　㋒春

西洋独活　せいよううど　［植］　アスパラガスの別称　㋒春

西洋朝顔　せいようあさがお　［植］　渡来品の朝顔で、コバルト色の花が咲く　㋒秋

西洋榠樝　せいようかりん　［植］　カリンの一種　㋒春

西洋薔薇　せいようばら　［植］　薔薇の一種　㋒夏

西洋鋸草　せいようのこぎりそう　［植］　鋸草の一種で、ヨーロッパ原産のもの。五、六月頃、菊に似た白い小花が集まり咲く　㋒夏

[10]西宮の居籠　にしのみやのいごもり　［宗］　一月九日の夜、西宮市・広田神社での風習。夷神が広田神社へ神幸するため、この夜氏子は家に籠り一歩も外へ出ない　㋒新年

西浦田楽　にしうれでんがく　［宗］　陰暦一月十八日夜から翌朝まで、静岡県水窪町西浦の所能山観音堂で行なわれる田楽行事　㋒新年

西翁忌　さいおうき　［宗］　陰暦三月二十八日、江戸時代の談林派俳人西山宗因の忌日　㋒春

西院祭　さいまつり, さいいんまつり　［宗］　十月十五日、京都市・西院春日神社の祭礼　㋒秋

[11]西皎　せいきょう　［時］　秋の別称　㋒秋

西郷忌　さいごうき　［宗］　九月二十四日、維新の元勲西郷隆盛の忌日　㋒秋

[13]西園寺殿妙音講　さいおんじどのみょうおんこう　［宗］　昔、陰暦六月に西園寺家で行われた妙音天を祀る講　㋒夏

[15]西蕃蓮　せいばんれん　［植］　時計草の別称　㋒夏

[21]西鶴忌　さいかくき　［宗］　陰暦八月十日、江戸時代前期の浮世草子作者・俳諧師井原西鶴の忌日　㋒秋

【迅】

[13]迅雷　じんらい　［天］　激しく鳴り響く雷　㋒夏

7 画

【更】

[6]更衣　ころもがえ　［人］　季節に応じて衣服をかえること。特に夏服への衣替えをさす　㋒夏

[7]更沙木瓜　さらさぼけ　［植］　木瓜の一種　㋒春

[9]更待　ふけまち　［天］　臥待月をさらに一夜経た夜半の月である。一眠りしてから見かける月　㋒秋

更待の月　ふけまちのつき　［天］　更待月の別称　㋒秋

更待月　ふけまちづき　［天］　陰暦二十日の月　㋒秋

[10]更紗うつぎ　さらさうつぎ　［植］　卯の花の一種　㋒夏

更紗やんま　さらさやんま　［動］　蜻蜓（やんま）の一種　㋒秋

更紗木蘭　さらさもくれん　［植］　木蓮の一種　㋒春

【串】

[6]串羽子　くしばね　［人］　正月の羽子つき遊びに用いる羽子の一つ。竹串に羽をはさん

7画（乱，亜，何，伽，佐，作，似，住）

だもの　㋒新年

⁹串柿　くしがき　［人］　干柿の別称　㋒秋

串柿造る　くしがきつくる　［人］　秋、渋柿を干して干柿を作ること　㋒秋

串柿飾る　くしがきかざる　［人］　正月に柿を注連縄・蓬莱・鏡餅などに添えて飾ること　㋒新年

【乱】

⁰乱れ草　みだれぐさ　［植］　薄の別称　㋒秋

乱れ萩　みだれはぎ　［植］　花が散り乱れた萩。萩は秋の代表的な植物　㋒秋

¹¹乱菊　らんぎく　［植］　長弁の菊花が入乱れたさまにかたどった紋所の名。菊は秋の季語　㋒秋

²¹乱鶯　らんおう　［動］　老鶯の別称　㋒夏

【亜】

¹⁰亜浪忌　あろうき　［宗］　十一月十一日、大正・昭和期の俳人臼田亜浪の忌日　㋒冬

¹¹亜麻の花　あまのはな　［植］　北部アフリカ原産の観賞植物で、夏、赤い花が咲く　㋒夏

亜麻の花　あまのはな　［植］　中央アジア原産のアマ科一年草。晩夏に青紫や白の花をつける　㋒夏

亜麻引　あまひき　［人］　晩夏に亜麻を収穫すること。株ごと引き抜くことからこういわれる　㋒夏

亜麻引く　あまひく　［人］　晩夏に亜麻を収穫すること。株ごと引き抜くことからこういわれる　㋒夏

【何】

⁰何やかや売　なにやかやうり　［人］　東京で年の市に種々雑多な物をうること　㋒冬

⁹何首烏芋　かしゅういも　［植］　畑に栽培するヤマノイモ科の多年草。秋に収穫して食用にする　㋒秋

¹⁰何時迄草　いつまでぐさ　［植］　忍草の別称　㋒秋

【伽】

¹⁹伽羅木の実　きゃらぼくのみ　［植］　一位の実の別称。晩秋になると赤く透きとおるように熟し、甘くなる　㋒秋

伽羅柿　きゃらがき　［植］　柿の品種の一つ　㋒秋

伽羅蕗　きゃらぶき　［人］　野蕗のつくだ煮風のもの　㋒夏

【佐】

⁴佐太神社神在祭　さたじんじゃかみありさい　［宗］　島根県鹿島町の佐太神社で諸国の神々を迎えて行なわれる神事　㋒冬

⁶佐竹の人飾　さたけのひとかざり　［人］　秋田藩主佐竹家で、正月に門飾りをしない代わりに礼装の武士を門から玄関まで並ばせたこと　㋒新年

⁹佐保姫　さおひめ　［天］　春をつかさどる女神。秋の龍田姫に対していう　㋒春

¹⁰佐倉炭　さくらずみ　［人］　炭の種類の一つ。炭は冬の季語　㋒冬

¹²佐渡鱈　さどだら　［動］　助宗鱈の別称　㋒冬

【作】

ワイン作る　わいんつくる　［人］　秋、熟した葡萄を発酵させて果実酒を醸造すること　㋒秋

⁰作り雨　つくりあめ　［人］　庭に雨を降らせて見ること。涼を誘う趣向　㋒夏

作り滝　つくりだき　［地］　庭などに作った人工の滝。涼を誘う趣向　㋒夏

【似】

⁷似我蜂　じがばち　［動］　蜂の一種　㋒春

⁹似柿　にたりがき　［植］　柿の品種の一つ　㋒秋

【住】

⁶住吉のおゆ　すみよしのおゆ　［宗］　住吉祭の神輿を陰暦六月十四日に海で清め洗う神事　㋒夏

住吉の火替　すみよしのひがわり　［宗］　住吉の御祓の別称　㋒夏

住吉の市　すみよしのいち　［宗］　大阪市・住吉大社での宝の市の別称　㋒秋

住吉の白馬神事　すみよしのあおばのしんじ　［宗］　正月七日、大阪市・住吉大社で行なわれる神事　㋒新年

住吉の神送　すみよしのかみおくり　［宗］

俳句季語よみかた辞典　*151*

7画（体, 佃, 低, 伯, 伴）

大阪市・住吉神社で九月晦日、神輿を玉手
島仮宮へ渡御祓事を行なったこと　㋒秋

住吉の御弓　すみよしのおゆみ　［宗］　正月
十三日、大阪市・住吉大社で行なう弓始め
の神事　㋒新年

住吉の御田植　すみよしのおたうえ　［宗］
六月十四日、大阪市・住吉神社で行なわれ
る御田植祭　㋒夏

住吉の御祓　すみよしのおはらい　［宗］　七
月三十一日と八月一日、大阪市・住吉神社
で行われる祭礼　㋒夏

住吉の潮湯　すみよしのしおゆ　［宗］　住吉
祭の神輿を陰暦六月十四日に海で清め洗う
神事　㋒夏

住吉卯祭　すみよしうのまつり　［宗］　五月
の上の卯の日に行なわれる大阪市・住吉大
社の神事　㋒夏

住吉名越の大祓　すみよしなごしのおおはら
い　［宗］　住吉の御祓の別称　㋒夏

住吉南祭　すみよしなんさい　［宗］　住吉の
御祓の別称　㋒夏

住吉相撲会　すみよしすもうえ　［宗］　大阪
市・住吉大社で宝の市に近い日曜日に行な
われた相撲神事　㋒秋

住吉神輿洗神事　すみよしみこしあらいのし
んじ　［宗］　住吉祭の神輿を陰暦六月十四
日に海で清め洗う神事　㋒夏

住吉祭　すみよしまつり　［宗］　七月三十一
日・八月一日、住吉の御祓の別称　㋒夏

住吉御弓　すみよしおんたらし　［宗］　正月
十三日、大阪市・住吉大社で行なう弓始め
の神事　㋒新年

住吉御弓神事　すみよしおゆみしんじ　［宗］
正月十三日、大阪市・住吉大社で行なう弓
始めの神事　㋒新年

住吉御結鎮神事　すみよしみけちしんじ
［宗］　正月十三日、大阪市・住吉大社で行
なう弓始めの神事　㋒新年

住吉踊　すみよしおどり　［人］　住吉の御田
植の際に行われる踊り　㋒夏

住吉踏歌神事　すみよしとうかしんじ　［宗］
正月四日の昼から大阪市・住吉大社で行な
われる神事　㋒新年

住吉踏歌節会　すみよしとうかせちえ　［宗］
正月四日の昼から大阪市・住吉大社で行な
われる神事　㋒新年

住吉踏歌神事　すみよしとうかしんじ　［宗］

正月四日の昼から大阪市・住吉大社で行な
われる神事　㋒新年

住吉踏歌節会　すみよしとうかせちえ　［宗］
正月四日の昼から大阪市・住吉大社で行な
われる神事　㋒新年

住江牡蠣　すみのえがき　［動］　牡蠣の一種
㋒冬

【体】

8体育の日　たいいくのひ　［宗］　国民の祝日
の一つ。健康な心身の養成促進を目的と
し、昭和三十九年に行われた東京オリン
ピック開会式の日を記念したもの　㋒秋

体育祭　たいいくさい　［人］　学校、会社、
地域などで行われる秋の運動競技会。体育
の日前後に行うことが多い　㋒春

11体菜　たいな　［植］　冬菜の一つで、中国原
産のもの　㋒冬

【佃】

0佃の踊　つくだのおどり　［人］　盆踊の一つ
㋒秋

10佃島住吉祭　つくだじますみよしまつり
［宗］　佃祭の別称　㋒夏

11佃祭　つくだまつり　［宗］　八月上旬、東
京・佃の住吉神社で行われる祭礼　㋒夏

【低】

0低い主日　ひくいしゅじつ　［宗］　復活祭後
の第一日曜日。白き日曜日の別称　㋒春

低き主日　ひくきしゅじつ　［宗］　復活祭後
の第一日曜日。白き日曜日の別称　㋒春

【伯】

5伯牙山　はくがやま　［宗］　祇園会の鉾山の
一つ　㋒夏

7伯労鳥　もず　［動］　燕雀目モズ科。秋に人
里にやってきて、生餌を捕食する猛禽
㋒秋

【伴】

14伴旗祭　ともばたまつり　［宗］　四月十七日
と十八日、石川県内浦町・御船神社で行わ
れる祭礼　㋒春

152　俳句季語よみかた辞典

7画（余, 佞, 児, 冴, 冷）

【余】

⁰余り苗　あまりなえ　［植］　田植に使わな
かった余分な苗のこと　㊦夏

⁴余月　よげつ　［時］　陰暦四月の別称　㊦夏

⁷余花　よか　［植］　初夏、青葉の頃になって
も咲き残っている桜の花のこと　㊦夏

⁹余春　よしゅん　［時］　立夏を過ぎてもまだ
春らしさが漂っていること　㊦夏

¹²余寒　よかん　［時］　寒が明けて立春以後の
寒さのこと　㊦春

【佞】

⁸佞武多　ねぶた　［人］　八月二日から七日ま
で、青森で行われている祭。巨大な山車灯
籠に火をともし、町をねり歩く　㊦秋

【児】

¹⁷児篠　ちごすず　［植］　イネ科の竹　㊦夏

¹⁸児鴨　ちごもず　［動］　鴨の幼鳥　㊦秋

【冴】

⁰冴え　さえ　［時］　寒さが一層極まった感じ
㊦冬

冴ゆる　さゆる　［時］　寒さが一層極まった
感じ　㊦冬

冴ゆる月　さゆるつき　［時］　寒さで澄み
きった感じの月　㊦冬

冴ゆる夜　さゆるよ　［時］　寒さで透き通る
ように感じられる夜　㊦冬

冴ゆる星　さゆるほし　［時］　寒さで澄み
きったように見える星　㊦冬

冴ゆる風　さゆるかぜ　［時］　寒さで澄み
きった感じの風　㊦冬

⁷冴返る　さえかえる　［時］　いったん春めい
たのに、寒さがまたぶり返すこと　㊦春

【冷】

ガス冷蔵庫　がすれいぞうこ　［人］　ガスを
利用した冷蔵庫　㊦夏

⁰冷し　つめたし　［時］　即物的な感触で冷や
やかな感じ　㊦冬

冷しサイダー　ひやしさいだー　［人］　冷し
たサイダー　㊦夏

冷しビール　ひやしびーる　［人］　冷やした
ビール　㊦夏

冷しラムネ　ひやしらむね　［人］　冷やした
ラムネ　㊦夏

冷し牛　ひやしうし　［人］　川や池で、田畑
の耕作に使役した牛から汗や汚れを落し、
火照った体を冷やしてやること　㊦夏

冷し汁　ひやしじる　［人］　味噌汁やすまし
汁を器ごと冷やして飲むもの　㊦夏

冷し瓜　ひやしうり　［人］　瓜や西瓜を冷や
したものの総称　㊦夏

冷し西瓜　ひやしすいか　［人］　まるのまま
井戸水などにつけて冷やした西瓜　㊦夏

冷し麦　ひやしむぎ　［人］　冷麦の別称
㊦夏

冷し麦茶　ひやしむぎちゃ　［人］　冷した麦
茶　㊦夏

冷し珈琲　ひやしこーひー　［人］　冷やした
濃いめのコーヒー。夏の飲み物　㊦夏

冷し紅茶　ひやしこうちゃ　［人］　冷やした
り氷を浮かせた紅茶。夏の飲み物　㊦夏

冷し酒　ひやしざけ　［人］　冷酒の別称
㊦夏

冷し馬　ひやしうま　［人］　川や池で、田畑
の耕作に使役した馬から汗や汚れを落し、
火照った体を冷やしてやること　㊦夏

冷たし　つめたし　［時］　即物的な感触で冷
ややかな感じ　㊦冬

冷まじ　すさまじ　［時］　秋気の冷えのこと
㊦秋

冷やか　ひややか　［時］　秋になって感じる
冷やかさ　㊦秋

冷やし汁粉　ひやししるこ　［人］　汁粉を冷
やしたもの　㊦夏

冷ゆる　ひゆる　［時］　秋になって感じる冷
やかさ　㊦秋

⁴冷水売　ひやみずうり　［人］　砂糖水などを
冷たくして売る人　㊦夏

⁵冷奴　ひややっこ　［人］　冷やした豆腐を醤
油と薬味で食べるもの　㊦夏

冷汁　ひやじる　［人］　味噌汁やすまし汁を
器ごと冷やして飲むもの　㊦夏

⁷冷床　れいしょう　［人］　温床に対し、ただ
肥料を施しただけの苗床　㊦春

冷豆腐　ひやどうふ　［人］　冷やした豆腐を
醤油と薬味で食べるもの　㊦夏

冷麦　ひやむぎ　［人］　冷やして食べる麺
で、うどんに比べてかなり細いもの　㊦夏

俳句季語よみかた辞典　153

7画（初）

⁸冷房　れいぼう　［人］　涼しくするため室内の温度を下げること。あるいはそのための空調装置　㋦夏

冷房車　れいぼうしゃ　［人］　冷房の入った交通機関　㋦夏

冷房装置　れいぼうそうち　［人］　冷房をするための設備、機械　㋦夏

¹⁰冷凍魚　れいとうぎょ　［人］　長期保存が可能なように冷凍した魚　㋦夏

冷夏　れいか　［時］　梅雨寒が長期にわたって続く低温の夏のこと　㋦夏

冷害　れいがい　［時］　冷夏のため作物に被害が及ぶこと　㋦夏

冷酒　ひやざけ, れいしゅ　［人］　夏暑いので、燗をしないで飲む日本酒　㋦夏

冷烟節　れいえんせつ　［人］　寒食節の別称　㋦春

冷索麺　ひやそうめん　［人］　索麺を茹でて洗い、冷水や氷で冷やしたもの　㋦夏

冷素麺　ひやそうめん　［人］　索麺を茹でて洗い、冷水や氷で冷やしたもの　㋦夏

¹⁵冷蔵庫　れいぞうこ　［人］　食品の保存、冷却のため用いるもの。今は四季を通じて使うが、昔は夏の暑さ用と見ていた　㋦夏

²⁰冷麺　ひやめん　［人］　索麺を茹でて洗い、冷水や氷で冷やしたもの　㋦夏

【初】

こり初　こりぞめ　［人］　隠岐での樵初の別称。正月二日に、樫の木を切る　㋦新年

⁰初さんま　はつさんま　［動］　はじめてとれるサンマ　㋦秋

初めて涼し　はじめてすずし　［時］　初秋の頃の涼気、涼風　㋦秋

初やいと　はつやいと　［人］　新年になって初めてすえる灸　㋦新年

初テレビ　はつてれび　［人］　新年はじめてのテレビ放送　㋦新年

初ラヂオ　はつらじお　［人］　新年はじめてのラジオ放送　㋦新年

²初十日　はつとおか　［宗］　一月十日に行なわれる新年最初の金毘羅の縁日。各地の金毘羅様が参詣で賑わう　㋦新年

³初三十日　はつみそか　［時］　正月の末日　㋦新年

初夕立　はつゆうだち　［天］　その年の初め

ての夕立　㋦夏

初大師　はつだいし　［宗］　一月二十一日、弘法大師の初縁日に参詣すること　㋦新年

初大黒　はつだいこく　［宗］　正月初甲子の日、大黒天の縁日。二股大根・小豆飯などを供える　㋦新年

初大鼓　はつおおかわ　［人］　新年になって初めて太鼓を打ち囃すこと　㋦新年

初子　はつね　［人］　正月に入って初めての子の日のこと。小松引きが行われる　㋦新年

初子のけふの玉箒　はつねのきょうのたまぼうき　［人］　正月の初子の日に豊蚕を祝って箒に子の日の松を添えて掃くこと　㋦新年

初子の日　はつねのひ　［人］　正月に入って初めての子の日のこと。小松引きが行われる　㋦新年

初子の玉箒　はつねのたまほうき　［人］　正月の初子の日に豊蚕を祝って箒に子の日の松を添えて掃くこと　㋦新年

初山　はつやま　［宗］　六月中に大山詣したこと　㋦夏

初山　はつやま　［人］　新年になって初めて山に登り、供物を供え山仕事の安全を祈願する仕事始め行事　㋦新年

初山入　はつやまいり　［人］　鹿児島県甑島での初山の別称　㋦新年

初山踏　はつやまぶみ　［人］　和歌山県日高郡での初山の別称　㋦新年

初巳　はつみ　［宗］　正月初巳の日に弁才天に参詣すること　㋦新年

初弓　はつゆみ　［人］　弓始の別称　㋦新年

⁴初不動　はつふどう　［宗］　一月二十八日、不動尊の初縁日に参詣すること　㋦新年

初化粧　はつげしょう　［人］　新年になって初めて鏡台に向かい化粧すること　㋦新年

初午　はつうま　［人］　二月最初の午の日を祭日として全国の稲荷神社で行なわれる祭事　㋦春

初午団子　はつうまだんご　［宗］　初午の日につくる団子　㋦春

初午狂言　はつうまきょうげん　［人］　江戸時代、初午の日に、下まわりの俳優や劇場の表方・裏方などが中心になって行なった余興の芝居　㋦春

初午芝居　はつうましばい　［人］　江戸時

154　俳句季語よみかた辞典

代、初午の日に、下まわりの俳優や劇場の表方・裏方などが中心になって行なった余興の芝居 [季]春

初午粉　はつうまこ　［宗］　初午の日に、神に供える米の粉 [季]春

初午詣　はつうまもうで　［人］　初午の別称 [季]春

初太鼓　はつたいこ　［宗］　新年になって初めて太鼓を打ち囃すこと [季]新年

初太鼓　はつだいこ　［人］　新年になって初めて太鼓を打ち囃すこと [季]新年

初天神　はつてんじん　［宗］　正月二十五日、天満宮の初縁日 [季]新年

初戸出　はつとで　［人］　新年になって初めて外出すること [季]新年

初手水　はつちょうず　［人］　元朝、初めて汲んだ若水で手や顔を洗い清めること [季]新年

初手彼岸　そてひがん　［時］　彼岸の初日 [季]春

初日　はつひ　［天］　元旦の日の出、あるいはその太陽 [季]新年

初日の出　はつひので　［天］　元旦の日の出、あるいはその太陽 [季]新年

初日山　はつひやま　［天］　初日の出る山 [季]新年

初日拝む　はつひおがむ　［人］　元旦に初手水のあと、かしわ手を鳴らして初日を拝むこと [季]新年

初日記　はつにっき　［人］　新年になって初めて新しい日記をつけること [季]新年

初日影　はつひかげ　［天］　元旦の日の出、あるいはその太陽 [季]新年

初月　しょげつ, はつづき　［時］　正月の別称 [季]新年

初月　はつづき　［天］　陰暦八月初めごろの月 [季]秋

初月夜　はつづきよ　［天］　陰暦八月初めごろの月 [季]秋

初比叡　はつひえい　［地］　元日に見る比叡山 [季]新年

初水　はつみず　［人］　元日の若水のこと [季]新年

初水天宮　はつすいてんぐう　［宗］　正月五日、久留米または東京の水天宮に参詣すること [季]新年

初火事　はつかじ　［人］　新年になって初めての火事 [季]新年

初火熨斗　はつひのし　［人］　新年に初めて裁縫するとき、火熨斗を使うこと [季]新年

初仕事　はつしごと　［人］　農民・職人・商人が、新年になって初めての仕事を行なうこと。儀礼的な行事を伴うもので、多くは二日と十一日に行われる。公務員やサラリーマンの御用始や事務始とは別 [季]新年

初代草　はつよぐさ　［人］　門松のこと [季]新年

初写真　はつしゃしん　［人］　新年になって初めて撮る写真 [季]新年

初出　はつで　［人］　正月六日、消防士が出揃って、梯子乗りや消火練習などを華やかに催す行事 [季]新年

初出社　はつしゅっしゃ　［人］　四月、初めて会社に出ること [季]春

初卯　はつう　［宗］　正月初卯の日に行う参詣 [季]新年

初卯の花　はつうのはな　［植］　その年に初めての卯の花のこと [季]夏

初卯杖　はつうづえ　［人］　卯杖の別称 [季]新年

初卯祭　はつうまつり　［宗］　正月初卯の日に行う参詣 [季]新年

初卯詣　はつうまいり　［宗］　正月初卯の日に行う参詣 [季]新年

初句会　はつくかい　［人］　新年になって初めての句会 [季]新年

初冬　はつふゆ, しょとう　［時］　三冬の第一で、冬の初め。ほぼ陰暦十月にあたる [季]冬

初市　はついち　［人］　新年なって初めて魚市・野菜市などの市を開くこと。以前は十日が主だったが、最近は四日に行われる所も多い [季]新年

初市場　はついちば　［人］　新年なって初めて魚市・野菜市などの市を開くこと。以前は十日が主だったが、最近は四日に行われる所も多い [季]新年

初弁才天　はつべんざいてん　［宗］　正月初巳の日に弁才天に参詣すること [季]新年

初弁天　はつべんてん　［宗］　正月初巳の日に弁才天に参詣すること [季]新年

初弘法　はつこうぼう　［宗］　一月二十一日、弘法大師の初縁日に参詣すること [季]

新年

初旦 しょたん、はつあした ［時］ 元旦の
別称 ㊡新年

初札 はつおふだ ［宗］ 遊行寺の札切のこ
と ㊡新年

初正 しょせい ［時］ 正月の別称 ㊡新年

初氷 はつごおり ［地］ その冬に初めて水
の凍ること、凍った水のこと ㊡冬

初甲子 はつきのえね、はつかっし ［宗］
正月初甲子の日、大黒天の縁日。二股大
根・小豆飯などを供える ㊡新年

初田打 はつたうち ［人］ 鍬始の別称。内
容はその地方によって異なる ㊡新年

初田植 はつたうえ ［人］ 夏に初めて田を
植える行事 ㊡夏

初田鶴 はつたづる, はつたづ ［動］ 元日
に見る鶴 ㊡新年

初礼 はつれい ［人］ 年始の回礼の別称
㊡新年

初礼者 はつれいしゃ ［人］ 初めて迎えた
年始の回礼客 ㊡新年

初立会 はつたちあい ［人］ 証券取引所で
の新年の初取引 ㊡新年

6初亥 はつい ［宗］ 正月最初の亥の日、摩
利支天の縁日 ㊡新年

初伊勢 はついせ ［宗］ 元日に伊勢神宮へ
初参りすること ㊡新年

初会 はつかい ［人］ 毎月例会を催されて
いる会合が、新年初めて開催される場合の
一般的総称 ㊡新年

初伏 しょふく ［時］ 夏至の後の第三の庚
の日。三伏の第一 ㊡夏

初冰 はつごおり ［地］ その冬に初めて水
の凍ること、凍った水のこと ㊡冬

初凪 はつなぎ ［天］ 元日の海が凪いでい
ること ㊡新年

初名草 はつなぐさ ［植］ 梅の別称 ㊡春

初年 はつとし ［時］ 年が変わり、新たな
一年の始め ㊡新年

初年兵入隊 しょねんへいにゅうたい ［人］
太平洋戦争前、徴兵検査に合格した兵役義
務者および志願により兵籍に編入される者
が、初めて兵営にはいったこと ㊡冬

初年兵除隊 しょねんへいじょたい ［人］
初年兵が二ケ年の兵役を終え帰郷すること
㊡冬

初戎 はつえびす ［宗］ 十日戎のこと ㊡
新年

初旭 はつあさひ ［天］ 元旦の日の出、あ
るいはその太陽 ㊡新年

初気色 はつげしき ［地］ 瑞祥の気に満ち
た、元日の景色 ㊡新年

初灯 はつともし ［人］ 新年になって初め
て神前や仏前に灯明をあげること ㊡新年

初灯明 はつとうみょう ［人］ 新年になっ
て初めて神前や仏前に灯明をあげること
㊡新年

初百合 はつゆり ［植］ 貝母の別称 ㊡春

初百舌鳥 はつもず ［動］ はじめてみかけ
る百舌鳥 ㊡秋

初自動車 はつじどうしゃ ［人］ 新年に
なって初めて自動車に乗ること ㊡新年

初衣桁 はついこう ［人］ 新年の春着を掛
ける衣桁のこと ㊡新年

初衣裳 はついしょう ［人］ 正月に着る新
しい晴着 ㊡新年

7初吟行 はつぎんこう ［人］ 新年になって
初めて吟行すること ㊡新年

初呑 はつのみ ［人］ 煮酒をしたおけに、
初めて呑み口を開くこと ㊡夏

初声 はつこえ ［動］ 元日の朝に聞こえて
くるさまざまな鳥の声 ㊡新年

初売 はつうり ［人］ 商店が、新年になっ
て初めて商売をすること。正月二日が多い
㊡新年

初売出し はつうりだし ［人］ 商店が、新
年になって初めて商売をすること。正月二
日が多い ㊡新年

初妙見 はつみょうけん ［宗］ 元日に各地
の妙見堂に初詣をすること ㊡新年

初尾花 はつおばな ［植］ 初秋の尾花の美
しい姿 ㊡秋

初沖 はつおき ［人］ 漁師や舟運業者が正
月仕事始めの式を行なうこと ㊡新年

初灸 はつきゅう ［人］ 新年になって初め
てすえる灸 ㊡新年

初社 はつやしろ ［宗］ 元日の早朝に、氏
神に詣でること。またはその年の恵方に当
たる社寺に参詣すること ㊡新年

初花 はつはな ［植］ 春になって初めて咲
いた桜の花 ㊡春

初花月 はつはなづき ［時］ 陰暦二月の別

156 俳句季語よみかた辞典

称　㊍春

初芝居　はつしばい　［人］　元日から上演される正月の歌舞伎興行　㊍新年

初見月　はつみづき　［時］　正月の別称　㊍新年

初見草　はつみぐさ　［植］　卯の花の別称　㊍夏

初見草　はつみぐさ　［植］　冬菊の別称　㊍冬

初見草　はつみぐさ　［植］　菊の別称。菊は秋の季語　㊍秋

初見草　はつみそう　［植］　萩の別称。萩は秋の代表的な植物　㊍秋

初車　はつぐるま　［人］　新年になって初めて自動車に乗ること　㊍新年

初辰　はつたつ　［宗］　正月初辰の日に屋根に水、または海水を打って火災を防ぐ風習　㊍新年

初辰の水　はつたつのみず　［宗］　正月初辰の日に屋根に水、または海水を打って火災を防ぐ風習　㊍新年

初事務　はつじむ　［人］　官庁・企業のサラリーマンが、一月四日に初出勤して事務を始めること　㊍新年

初刷　はつずり　［人］　新年になって初めて手にする新聞・雑誌など印刷物　㊍新年

初参　はつまいり　［宗］　元日の早朝に、氏神に詣でること。またはその年の恵方に当たる社寺に参詣すること　㊍新年

初参宮　はつさんぐう　［宗］　元日に伊勢神宮へ初参りすること　㊍新年

初咄　はつはなし　［人］　新年になって初めて他人と話をすること　㊍新年

初国旗　はつこっき　［人］　元旦、公私を問わず門前に国旗を掲揚すること　㊍新年

初夜明　はつよあけ　［天］　元日の朝に、初日のほの明かりがうっすらとさしてくること　㊍新年

初庚申　はつこうしん　［宗］　正月初の庚申の日で、帝釈天の縁日　㊍新年

初弥撒　はつみさ　［宗］　元日、教会で行なわれる新年最初のミサ　㊍新年

初披講　はつひこう　［人］　初句会での披講　㊍新年

初放送　はつほうそう　［人］　新年はじめてのラジオ放送、またはテレビ放送　㊍新年

初斧　はつおの　［人］　新年になって初めて山に入り、木を伐り出す仕事始め行事　㊍新年

初昔　はつむかし　［時］　新年になってから、去った前年を振り返ってさす言葉。詠嘆的な気持ちがこもる　㊍新年

初明　はつあかり　［天］　元日の朝に、初日のほの明かりがうっすらとさしてくること　㊍新年

初松風　はつまつかぜ　［天］　新年になって初めての松籟（松の梢に吹く風、その音）　㊍新年

初松魚　はつがつお　［動］　その年初めての鰹。昔の江戸では特に珍重された　㊍夏

初松韻　はつしょういん　［天］　新年になって初めての松籟（松の梢に吹く風、その音）　㊍新年

初松籟　はつしょうらい　［天］　新年になって初めての松籟（松の梢に吹く風、その音）　㊍新年

初東風　はつこち　［天］　新年になって初めての東風　㊍新年

初東雲　はつしののめ　［天］　元日の夜明け、明るみのさした空のこと　㊍新年

初枕　はつまくら　［人］　初夢を見た枕　㊍新年

初河鹿　はつかじか　［動］　夏になって初めてみる河鹿　㊍夏

初泣　はつなき　［人］　新年になって初めて泣くこと　㊍新年

初法座　はつほうざ　［宗］　初勤行の別称　㊍新年

初炊ぎ　はつかしぎ　［人］　新年、初めて飯を炊くこと。実際には元日の夕食か二日の食事　㊍新年

初空　はつぞら　［天］　元日の明け方の大空　㊍新年

初空月　はつぞらづき　［時］　陰暦一月の別称。新年の季語とすることもある　㊍新年, 春

初肥　はつこえ　［人］　新年になって初めて田畑に肥料を運び撒く農始め　㊍新年

初茄子　はつなす, はつなすび　［植］　その夏に初めてとれた茄子のこと　㊍夏

初若菜　はつわかな　［植］　七草粥に入れる春の七草の総称　㊍新年

初金刀比羅　はつことひら　［宗］　一月十日

俳句季語よみかた辞典　157

に行なわれる新年最初の金毘羅の縁日。各地の金毘羅様が参詣で賑わう　[季]新年

初金毘羅　**はつこんぴら**　［宗］　一月十日に行なわれる新年最初の金毘羅の縁日。各地の金毘羅様が参詣で賑わう　[季]新年

初門出　**はつかどで**　［人］　新年になって初めて外出すること　[季]新年

9**初乗**　**はつのり**　［人］　新年になって初めて乗り物に乗ること　[季]新年

初帝釈　**はつたいしゃく**　［宗］　正月初の庚申の日で、帝釈天の縁日　[季]新年

初便　**はつだより**　［人］　新年になって初めての音信。一般には年賀状をさす　[季]新年

初便り　**はつだより**　［人］　新年になって初めての音信。一般には年賀状をさす　[季]新年

初削　**はつけずり**　［人］　年明けの茶会に使う初削りの茶杓　[季]新年

初垜　**はつあずち**　［人］　弓始の別称　[季]新年

初春　**はつはる, しょしゅん**　［時］　陰暦では正月が春の始めなので、正月をこう言うようになった　[季]新年

初春　**しょしゅん, はつはる**　［時］　三春の第一で、春の初め。ほぼ陰暦正月にあたる　[季]春

初春月　**はつはるづき**　［時］　陰暦一月の別称。新年の季語とすることもある　[季]新年, 春

初春狂言　**はつはるきょうげん**　［人］　正月の歌舞伎の興行に上演する狂言　[季]新年

初星　**はつぼし**　［天］　新年になって初めて見る星　[季]新年

初染　**はつぞめ**　［人］　新年になって初めて糸や布などを染める仕事始め　[季]新年

初海苔　**はつのり**　［人］　新海苔のこと。色が濃く柔らかで、香り高い　[季]冬

初浅間　**はつあさま**　［地］　元日に見る浅間山　[季]新年

初点前　**はつてまえ**　［人］　新年になって初めて茶事を行うこと。あるいはその茶の湯　[季]新年

初盆　**はつぼん**　［宗］　前年の盆以後に死者を出した家の盆　[季]秋

初県　**はつあがた**　［宗］　年のはじめに、年中の招福除災を祈願祈禱して、諸社諸寺の祭日縁日に初詣での男女がにぎやかに群参すること　[季]新年

初相場　**はつそうば**　［人］　初市にできた取引きの値段　[季]新年

初相撲　**はつすもう**　［人］　大相撲初場所のこと　[季]新年

初神楽　**はつかぐら**　［宗］　新年になって初めて神楽を奏すること　[季]新年

初神籤　**はつみくじ**　［宗］　新年最初に引くおみくじ　[季]新年

初祖忌　**しょそき**　［宗］　陰暦十月五日、禅宗の祖達磨大師の忌日　[季]冬

初祖師　**はつそし**　［宗］　正月三日に東京・妙法寺、池上の本門寺などの祖師堂に参詣すること　[季]新年

初秋　**はつあき, しょしゅう**　［時］　三秋の第一で、秋の初め。ほぼ陰暦七月にあたる　[季]秋

初秋風　**はつあきかぜ**　［天］　秋の到来を思わせる風　[季]秋

初秋蚕　**しょしゅうさん**　［人］　春蚕の終わった後、桑がまた葉をつける頃、これを利用して飼う蚕　[季]秋

初紅葉　**はつもみじ**　［植］　秋になって初めて見る紅葉　[季]秋

初茜　**はつあかね**　［天］　元日の明け方の茜色の空　[季]新年

初茜空　**はつあかねぞら**　［天］　元日の明け方の茜色の空　[季]新年

初草　**はつくさ**　［植］　若草の別称　[季]春

初草子　**はつぞうし**　［人］　新年になって初めて読む書物　[季]新年

初茸　**はつたけ**　［植］　初秋から晩秋まで、雑木林や松林に生えるハツタケ科の小さい茸。味は淡白　[季]秋

初茶杓　**はつちゃしゃく**　［人］　年明けの茶会に使う初削りの茶杓　[季]新年

初茶湯　**はつちゃのゆ**　［人］　新年になって初めて茶事を行うこと。あるいはその茶の湯　[季]新年

初茶筅　**はつちゃせん**　［人］　初釜など新年の茶会に使用する茶筅　[季]新年

初虹　**はつにじ**　［天］　春雨の後に現れる虹のこと。単なる虹は夏の季語　[季]春

初重ね　**はつがさね**　［人］　正月に着る新しい晴着　[季]新年

初音　**はつね**　［動］　その年初めて聞く鶯の

鳴き声 [季]春

初音売　はつねうり［人］元日に鶯笛を売り歩くこと [季]新年

初音笛　はつねぶえ［人］正月に売られる鶯笛のこと [季]新年

初風　はつかぜ［天］元旦に吹く風 [季]新年

初風　はつかぜ［天］秋の到来を思わせる風 [季]秋

初風呂　はつぶろ［人］新年になって初めて入る風呂 [季]新年

初風炉　しょぶろ, はつぶろ［人］茶道で、湯をわかすのに炉から風炉に変わったばかりのこと [季]夏

初飛行　はつひこう［人］新年になって初めて飛行機に乗ること、またはその飛行機をいう [季]新年

初飛脚　はつひきゃく［人］新年、初めての飛脚の往来 [季]新年

10**初俵　はつたわら**［人］新年になって初めて食べる生海鼠 [季]新年

初夏　しょか, はつなつ［時］三夏の第一で、夏の初め。ほぼ陰暦四月にあたる [季]夏

初島田　はつしまだ［人］新年に初めて結いあげた日本髪 [季]新年

初席　はつせき［人］芸人が、新年になって初めて寄席に出ること [季]新年

初座敷　はつざしき［人］新年の初神事を行い、また年賀客をもてなす座敷のこと [季]新年

初庭　はつにわ［宗］信州での産土神への初詣の別称。祭場を庭といったことからの名 [季]新年

初扇　はつおうぎ［人］新年の賀礼や舞初・踊初・謡初などの時に用いる扇 [季]新年

初旅　はつたび［人］新年になって初めて旅行にでること [季]新年

初晦日　はつみそか［時］正月の末日 [季]新年

初時雨　はつしぐれ［天］冬になって初めて降る時雨 [季]冬

初時鳥　はつほととぎす［動］夏になって初めて声をきく時鳥 [季]夏

初時報　はつじほう［人］正月元旦、はじめて放送される時報 [季]新年

初朔日　はつついたち［時］二月一日のこと。小正月以後初めての朔日という意味 [季]春

初桜　はつざくら［植］春になって初めて咲いた桜の花 [季]春

初浜　はつはま［宗］元日の早朝、年男が海水を汲んで来て神に供える行事 [季]新年

初浴衣　はつゆかた［人］初めて着る浴衣 [季]夏

初烏帽子　はつえぼし［人］新年はじめて烏帽子をかぶること [季]新年

初祓　はつはらい［宗］初詣で、社殿に上がり、神官に祓いをしてもらうこと [季]新年

初笑　はつわらい［人］新年になって初めて笑うこと [季]新年

初笑顔　はつえがお［人］新年になって初めて笑うこと [季]新年

初能　はつのう［人］新年になって初めて能を演ずること [季]新年

初荷　はつに［人］問屋や大商店から、新年になって初めて届けられる商品。以前は正月二日だったが、現在では日は一様ではない [季]新年

初荷車　はつにぐるま［人］初荷に使う車 [季]新年

初荷馬　はつにうま［人］初荷を曳くのに使う飾りたてた馬 [季]新年

初荷船　はつにぶね［人］初荷に使う船 [季]新年

初荷駅　はつにえき［人］初荷の積みあげられた駅 [季]新年

初荷橇　はつにぞり［人］初荷に使う橇 [季]新年

初蚊　はつか［動］春になって初めてみる冬越しの蚊 [季]春

初蚊帳　はつかや［人］昔、吉日を選んで蚊帳を吊ったこと [季]夏

初連歌　はつれんが［人］江戸時代、正月十一日に江戸城で行なわれた連歌興行の式 [季]新年

初釜　はつがま［人］新年になって初めて茶事を行うこと。あるいはその茶の湯 [季]新年

初針　はつはり［人］新年になって初めて

7画（初）

裁縫をする仕事始め。昔は正月二日が多かった　㊡新年

11 **初商**　はつあきない　［人］　商店が、新年になって初めて商売をすること。正月二日が多い　㊡新年

初寄　はつより　［人］　毎月例会を催されている会合が、新年初めて開催される場合の一般的総称　㊡新年

初寄合　はつよりあい　［人］　毎月例会を催されている会合が、新年初めて開催される場合の一般的総称　㊡新年

初寄席　はつよせ　［人］　芸人が、新年になって初めて寄席に出ること　㊡新年

初寅　はつとら　［宗］　正月初寅の日、毘沙門天に参詣すること　㊡新年

初寅参　はつとらまいり　［宗］　正月初寅の日、毘沙門天に参詣すること　㊡新年

初寅詣　はつとらまいり　［宗］　正月初寅の日、毘沙門天に参詣すること　㊡新年

初屏風　はつびょうぶ　［人］　新年の座敷に飾る屏風　㊡新年

初彫　はつほり　［人］　新年になって初めて彫刻家・面打ち・彫金師・彫物師が鑿・鏨を使う仕事始め　㊡新年

初彫刻　はつちょうこく　［人］　新年になって初めて彫刻家が鑿を使う仕事始め　㊡新年

初掃除　はつそうじ　［人］　正月二日、新年になって初めて掃除をすること　㊡新年

初涼　しょりょう　［時］　初秋の頃の涼気、涼風　㊡秋

初猟　はつりょう　［人］　銃猟解禁日の狩猟のこと。現行狩猟規則では、狩猟期間は十一月十五日から翌年二月十五日までとなっている　㊡秋

初細工　はつざいく　［人］　新年になって初めて細工職人がする仕事始め　㊡新年

初船　はつふね　［人］　漁師や舟運業者が正月仕事始めの式を行なうこと　㊡新年

初菊　はつぎく　［植］　その年はじめてみる菊。菊は秋の季語　㊡秋

初虚空蔵　はつこくうぞう　［宗］　正月十三日、虚空蔵菩薩の初縁日に参詣すること　㊡新年

初蛍　はつほたる　［動］　夏になって初めて見る蛍　㊡夏

初袷　はつあわせ　［人］　夏になって初めて袷を着ること　㊡夏

初釣瓶　はつつるべ　［人］　若水（元朝にくみ上げる水）を釣瓶でくみ上げること　㊡新年

初雀　はつすずめ　［動］　元日の早朝に見る雀、あるいは聞こえてくる雀の囀り　㊡新年

初雪　はつゆき　［天］　その冬に初めて降る雪　㊡冬

初雪の見参　はつゆきのげざん　［人］　平安時代初期、初雪のとき群臣が内裏に参入して天皇に謁見したこと　㊡冬

初雪宝　はつゆきだから　［動］　子安貝の別称　㊡春

初雪草　はつゆきそう　［植］　北米原産の一年草。七、八月頃、表面の葉が白く変色する　㊡夏

初魚　はつうお　［人］　初漁で獲れた魚　㊡新年

初鳥　はつどり　［動］　元旦の早朝にめざめて、威勢のよい声をあげる鶏　㊡新年

初鳥狩　はつとがり　［人］　その秋初めて小鷹狩をすること　㊡秋

12 **初勤行**　はつごんぎょう　［宗］　新年になって初めて行なう仏前勤行　㊡新年

初場所　はつばしょ　［人］　一月に東京・両国国技館で行なわれる大相撲興行　㊡新年

初富士　はつふじ　［地］　元日に見る富士山　㊡新年

初嵐　はつあらし　［天］　陰暦七月末から八月中旬頃に吹く初秋の強い風　㊡秋

初弾　はつひき　［人］　新年になって初めて弦楽器を演奏すること　㊡新年

初御空　はつみそら　［天］　初空の美称　㊡新年

初御堂　はつみどう　［宗］　初勤行の別称　㊡新年

初御籤　はつみくじ　［宗］　新年最初に引くおみくじ　㊡新年

初提唱　はつていしょう　［宗］　初勤行の別称　㊡新年

初暁　はつあかつき　［時］　正月一日、元日の朝　㊡新年

初景色　はつげしき　［地］　瑞祥の気に満ちた、元日の景色　㊡新年

初晴　はつばれ　［天］　元日の晴天のこと

160　俳句季語よみかた辞典

㊣新年

初曾我 はつそが ［人］ 初春狂言で曾我狂
言を出すきまりのこと ㊣新年

初朝戸出 はつあさとで ［人］ 初門出のう
ち、元日の朝のことを特にこういう ㊣
新年

初渡舟 はつわたし ［人］ 新年になって初
めて渡し舟に乗ること ㊣新年

初湯 はつゆ ［人］ 新年になって初めて入
る風呂 ㊣新年

初湯殿 はつゆどの ［人］ 新年になって初
めて入る風呂（初湯）のことで、儀式ばった
感じを与える ㊣新年

初登 はつのぼり ［人］ 福井県東部での初
山の別称 ㊣新年

初登城 はつとじょう ［人］ 江戸時代、正
月三が日に諸大名・幕臣が年始の御礼を言
上するため江戸城で将軍に謁見したこと
㊣新年

初硯 はつすずり ［人］ 書初めのために、
若水で墨をすること ㊣新年

初筑波 はつつくば ［地］ 元日に見る筑波
山 ㊣新年

初筏 はついかだ ［人］ 初春のいかだ流し
の事始め。木材業者が製材原料の初荷の到
着を祝ったもの ㊣春

初筏式 しょばつしき ［人］ 初春のいかだ
流しの事始め。木材業者が製材原料の初荷
の到着を祝ったもの ㊣春

初結 はつゆい ［人］ 新年になって初めて
女性が髪を結うこと。またその髪もさす
㊣新年

初萩 はつはぎ ［植］ 秋になって初めてみ
る萩のこと ㊣秋

初蛙 はつかわず ［動］ 春になって初めて
みる蛙 ㊣春

初買 はつかい ［人］ 新年になって初めて
買い物をすること。特に初売での買い物を
さす ㊣新年

初運座 はつうんざ ［人］ 初句会の昔の呼
称 ㊣新年

初開き はつびらき ［人］ 暦開きのこと
㊣新年

初開扉 はつかいひ ［宗］ 初勤行の別称
㊣新年

初陽 しょよう ［時］ 一年の最初の月。陰
暦では陽春の始めもさす ㊣新年

初陽 はつひ ［天］ 一年の最初の月。陰暦
では陽春の始めもさす ㊣新年

初雁 はつかり ［動］ 秋になって初めて渡
来した雁 ㊣秋

初雲雀 はつひばり ［動］ 春になって初め
て見る雲雀 ㊣春

13初勢踊 はついせおどり ［人］ ちゃっきら
この前に演じられる踊り ㊣新年

初夢 はつゆめ ［人］ 元日の夜から二日の
朝にかけて見る夢 ㊣新年

初寝覚 はつねざめ ［人］ 元日ないし二日
の朝の寝覚め ㊣新年

初愛宕 はつあたご ［宗］ 正月二十四日、
京都・愛宕神社で行われた祭礼。参詣者は
火伏せの護符を受け、火災除けとした ㊣
新年

初歳 しょさい ［時］ 年始の別称 ㊣新年

初滑子 はつなめこ ［植］ 十月頃に出回る
滑子の初物のこと ㊣秋

初滑茸 はつなめたけ ［植］ 十月頃に出回
る滑子の初物のこと ㊣秋

初節 しょせつ ［時］ 年始の別称 ㊣新年

初節句 はつせっく ［人］ 男子が初めて迎
える端午の節句のこと ㊣夏

初聖天 はつしょうてん ［宗］ 正月十六
日、聖天宮の初詣で ㊣新年

初詣 はつもうで ［宗］ 元日の早朝に、氏
神に詣でること。またはその年の恵方に当
たる社寺に参詣すること ㊣新年

初話 はつはなし ［人］ 新年になって初め
て他人と話をすること ㊣新年

初電 はついなびかり ［天］ 春になって初
めての春雷の稲びかりのこと ㊣春

初電車 はつでんしゃ ［人］ 新年になって
初めて電車に乗ること ㊣新年

初電話 はつでんわ ［人］ 新年になって初
めて電話で話すこと ㊣新年

初雷 はつらい ［天］ 春になって初めて鳴
る雷のこと ㊣春

初鳩 はつばと ［動］ 元日の初詣で見かけ
る鳩 ㊣新年

初鼓 はつつづみ ［人］ 新年になって初め
て鼓を打ち囃すこと ㊣新年

14初暦 はつごよみ ［人］ 新年に初めてその
年の暦を使い始めること ㊣新年

初漁 はつりょう ［人］ 新年になって初め

俳句季語よみかた辞典　161

7画 (初)

て漁にでること 　㋑新年

初漁祝い　はつりょういわい　[人]　新年に
なって初めて漁にでること　㋑新年

初箒　はつぼうき　[人]　正月二日、新年に
なって初めて掃除をすること　㋑新年

初緑　はつみどり　[植]　松の若々しい新芽
の緑のこと　㋑春

初蜩　はつひぐらし　[動]　半翅目セミ科の
昆虫。夏の終わりから秋にかけ、カナカナ
と鳴く　㋑夏

初読経　はつどきょう　[宗]　初勤行の別称
㋑新年

初駅　はつうまや　[人]　昔、元日の日の駅
（伝馬を備えておくところ）のようすをこう
言った　㋑新年

初髪　はつかみ　[人]　新年になって初めて
女性が髪を結うこと。またその髪もさす
㋑新年

15初幟　はつのぼり　[人]　初節句に立てる幟
㋑夏

初撮し　はつうつし　[人]　新年になって初
めて撮る写真　㋑新年

初潮　はつしお　[地]　陰暦八月十五日の大
潮　㋑秋

初稽古　はつげいこ　[人]　新年になって初
めての稽古のこと。武道・芸能などでいう
㋑新年

初窯　はつがま　[人]　製陶工場や陶芸家
が、新年になって初めて窯に火を入れて焼
成する仕事始め　㋑新年

初蕎麦　はつそば　[人]　新蕎麦（しんそ
ば）に同じ　㋑秋

初蕨　はつわらび　[植]　春になって初めて
目にする蕨　㋑春

初蝶　はつちょう　[動]　春になって初めて
見る蝶　㋑春

初諸子　はつもろこ　[動]　春になって初め
てとれた諸子漁　㋑春

初駕籠　はつかご　[人]　江戸時代の風俗
で、新年になって初めて駕籠に乗ること
㋑新年

初魄　しょはく　[天]　三日月の別称　㋑秋

初鴉　はつがらす　[動]　元日の早朝に見る
鴉、あるいは聞こえてくる鴉の鳴き声　㋑
新年

16初懐紙　はつかいし　[人]　初句会で用いる

懐紙のこと　㋑新年

初機　はつはた　[人]　正月二日、新年に
なって初めて機織りをする仕事始め　㋑
新年

初燕　はつつばめ　[動]　その年初めて見る
燕　㋑春

初薬師　はつやくし　[宗]　正月八日、新年に
なって初めての薬師の縁日に参詣するこ
と　㋑新年

初閻魔　はつえんま　[宗]　正月十六日、閻
魔の初縁日に参詣すること　㋑新年

初鮒　はつぶな　[動]　春になって初めて獲
れる鮒　㋑春

初鴨　はつかも　[動]　秋になって初めて渡
来する鴨　㋑秋

17初曙　はつあけぼの　[天]　元日の夜明け、
明るみのさした空のこと　㋑新年

初磯　はついそ　[人]　磯開の別称　㋑春

初薺　はつなずな　[人]　正月の七草粥のた
め、春の七種の一つである薺を採ること
㋑新年

初講書　はつこうしょ　[人]　一月の中・下
旬の吉日に行なわれる宮中の新年行事の一
つ。各分野の学者による進講が行われる
㋑新年

初鍬入　はつくわいれ　[人]　鍬始の別称。
内容はその地方によって異なる　㋑新年

初鍛冶　はつかじ　[人]　新年になって初め
て鍛冶屋が仕事をする仕事始め。正月二日
が多い　㋑新年

初霞　はつがすみ　[天]　新春に山や野にた
なびく霞　㋑新年

初霜　はつしも　[天]　冬になって初めて降
りる霜　㋑冬

初霜月　はつしもづき　[時]　陰暦十月の別
称　㋑冬

初鞠　はつまり　[宗]　江戸時代は、正月申
の日に行った蹴鞠の儀式。現在は一月四日
に行われている　㋑新年

初鮭　はつざけ　[動]　秋になって初めて見
る川をさかのぼる鮭　㋑秋

18初蟬　はつぜみ　[動]　夏になって初めて聞
く蟬の声　㋑夏

初観音　はつかんのん　[宗]　正月十八日、
観世音菩薩の初縁日に諸所の観音に参詣す
ること　㋑新年

初雛　はつびな　［人］　女の子が生まれて初めての三月の節句に雛人形を飾って祝うこと　[季]春

初雞　はつどり　［動］　元旦の早朝にめざめて、威勢のよい声をあげる鶏　[季]新年

初顔祝　はつかおいわい　［人］　二十日祝いの別称　[季]新年

初騎　はつのり　［人］　江戸時代に武家の年中行事として行われた、新年に初めて馬に乗る儀式。現在でも新年になって初めて乗馬する意味で残っている　[季]新年

19初鏡　はつかがみ　［人］　新年になって初めて鏡台に向かい化粧すること。またその鏡もさす　[季]新年

初鞴　はつふいご　［人］　新年になって初めて鍛冶・鋳物などで鞴を使う仕事始め　[季]新年

初鯨　はつくじら　［動］　初めて姿をみる鯨　[季]冬

初鶏　はつとり, はつどり　［動］　元日の早朝に鳴く鶏　[季]新年

20初朧　はつおぼろ　［天］　春になって初めての朧夜　[季]春

初護摩　はつごま　［宗］　新年になって初めて焚く護摩　[季]新年

初鐘　はつかね　［宗］　初勤行の別称　[季]新年

初露　はつつゆ　［天］　はじめてできた露のこと　[季]秋

初霰　はつあられ　［天］　その冬、初めて降る霰　[季]冬

初鰊　はつにしん　［動］　初物の鰊　[季]春

21初竈　はつかまど　［人］　元日、初めて竈を焚くこと　[季]新年

初鰤　はつぶり　［動］　十二月初旬にとれた鰤　[季]冬

初鶴　はつづる　［動］　元日に見る鶴　[季]新年

初鶯　はつうぐいす　［動］　元日に鳴かせるように飼育した鶯、あるいはその鳴き声　[季]新年, 春

22初鰹　はつがつお　［動］　その年初めての鰹。昔の江戸では特に珍重された　[季]夏

初鰹神供　はつがつおのしんく　［宗］　新年になって初めて浜に跳ね上がった鰹を、鶴岡八幡宮の社前に供えること　[季]新年

初鱈　はつたら　［動］　冬になって初漁で水揚げされた鱈　[季]冬

23初靨　はつえくぼ　［人］　新年になって初めて笑うこと　[季]新年

24初鷹　はつたか　［人］　その秋、初めて狩をする小鷹　[季]秋

初鷹狩　はつたかがり　［人］　その秋初めて小鷹狩をすること　[季]秋

初鷹野　はつたかの　［人］　その秋の初鷹狩が行われる野　[季]秋

【別】

0別の御櫛　わかれのみぐし　［宗］　野の宮から出た斎宮の額に天皇自ら御櫛を加えること　[季]秋

別れ星　わかれぼし　［人］　七夕伝説の星合（ほしあい。七夕伝説）のこと　[季]秋

別れ蚊　わかれか　［動］　秋の蚊のこと　[季]秋

別れ鳥　わかれどり　［動］　鷹の山別の別称　[季]秋

別れ霜　わかれじも　［天］　忘れ霜のこと　[季]春

10別時念仏　べつじねんぶつ　［宗］　十一月十八日から二十八日まで、藤沢市・遊行寺で行なわれる勤行。時宗の三大法会の一つ　[季]冬

別烏　わかれがらす　［動］　初秋陰暦七月頃、子烏が成長して母烏と別れること　[季]秋

13別歳　べつさい　［人］　年の暮れに、年中の労を忘れ、息災を祝し合う宴会。いわゆる忘年会　[季]冬

15別鴉　わかれがらす　［動］　初秋陰暦七月頃、子烏が成長して母烏と別れること　[季]秋

【利】

1利一の忌　りいちのき　［宗］　十二月三十日、大正・昭和期の小説家横光利一の忌日　[季]冬

利一忌　りいちき　［宗］　十二月三十日、大正・昭和期の小説家横光利一の忌日　[季]冬

3利久忌　りきゅうき　［宗］　陰暦二月二十八日、安土桃山時代の茶人千利休の忌日　[季]春

利久梅　りきゅうばい　［植］　バラ科の落葉

低木。四、五月頃に梨に似た白い花をつける　[季]夏

6利休忌　りきゅうき　［宗］　陰暦二月二十八日、安土桃山時代の茶人千利休の忌日　[季]春

利休梅　りきゅうばい　［植］　バラ科の落葉低木。四、五月頃に梨に似た白い花をつける　[季]夏

利宇古之　りうこし　［人］　龍骨車の別称　[季]夏

9利茶　ききちゃ　［人］　今年新しく製造した茶を、晩春売り出す前、風味を鑑別し等級付けをすること　[季]春

10利酒　ききざけ　［人］　秋の新酒の善し悪しを、舌で味わい確かめること　[季]秋

【助】

8助宗鱈　すけそうだら　［動］　タラ科の魚だが、鱈よりも体が細いもの　[季]冬

9助炭　じょたん　［人］　わくに和紙をはり重ね、炉や火鉢の上にかぶせて、火持ちをよくさせる道具　[季]冬

【労】

0労れ鵜　つかれう　［人］　疲労した鵜飼の鵜　[季]夏

13労働祭　ろうどうさい　［人］　五月一日、メーデーのこと　[季]春, 夏

労働節　ろうどうせつ　［人］　五月一日、メーデーのこと　[季]春, 夏

【医】

8医者いらず　いしゃいらず　［植］　現の証拠の別称。夏に採って下痢止めの薬草とする　[季]夏

【卵】

10卵酒　たまござけ　［人］　卵を溶いて煮立てた酒。体が温まり、冬の風邪に効果がある　[季]冬

14卵雑炊　たまごぞうすい　［人］　雑炊の一つで、卵でとじたもの　[季]冬

【含】

11含羞忌　がんしゅうき　［宗］　十一月六日、昭和期の俳人石川桂郎の忌日　[季]秋

含羞草　おじぎそう　［植］　マメ科の観賞植物。晩夏、薄紅色の小花を毬状につける　[季]夏

【吟】

6吟行始　ぎんこうはじめ　［人］　新年になって初めて吟行すること　[季]新年

【君】

0君の春　きみのはる　［時］　初春のこと　[季]新年

3君子蘭　くんしらん　［植］　ヒガンバナ科の多年草。春から夏にかけ多くの白い花をふさ状につける　[季]春

5君代蘭　きみがよらん　［植］　ユッカの一種で、夏から秋にかけて開花する　[季]夏

15君影草　きみかげそう　［植］　鈴蘭の別称。初夏に白い釣り鐘型の小花をつける　[季]夏

君遷子　くんせんし　［植］　信濃柿の別称　[季]秋

【呉】

0呉の母　くれのおも　［植］　茴香の別称　[季]夏

8呉服祭　くれはまつり　［宗］　十月十七日と十八日（もとは陰暦九月）、池田市・穴織神社と呉服神社で行われる祭礼。来朝して日本に服飾の技を伝えた織女を祀る　[季]秋

呉服祭　ごふくさい　［宗］　染織祭の別称。四月の始めに行なわれていた京都の染織関係者の行事　[季]春

9呉茱萸の花　ごしゅゆのはな　［植］　ミカン科の落葉小高木。五、六月頃、枝先に緑白色の小花が円錐状に集まり咲く　[季]夏

17呉藍　くれのあい　［植］　紅花の別称。夏に咲く花から紅をとる　[季]夏

【吾】

4吾木香　われもこう　［植］　バラ科の多年草で、葉がニレの葉に似ている。晩秋、濃赤紫色の花を穂状につける　[季]秋

6吾亦紅　われもこう　［植］　バラ科の多年草で、葉がニレの葉に似ている。晩秋、濃赤紫色の花を穂状につける　[季]秋

8吾妻胴着　あずまどうぎ　［人］　京阪で縮緬を使い下着の下に着た胴着　[季]冬

吾妻菊　あずまぎく　［植］　キク科の多年草

で、四月頃、花びらが紫色で蘂が黄色の花が咲く [季]春

12吾智網　ごちあみ　［人］　鯛網の一種 [季]春

【告】

お告げの祝日　おつげのしゅくじつ　［宗］　三月二十五日、大天使ガブリエルがマリアにキリスト受胎を告知した日 [季]春

4告天子　こくてんし　［動］　雲雀の別称 [季]春

8告知祭　こくちさい　［宗］　三月二十五日の御告祭の別称 [季]春

【吹】

3吹上げ　ふきあげ　［人］　庭園や公園などにある、池から水を高く吹き上げる装置。夏の涼を求める心情に相応しい [季]夏

7吹初　ふきぞめ　［人］　新年になって初めて管楽器を演奏すること [季]新年

8吹始　ふきはじめ　［人］　新年になって初めて管楽器を演奏すること [季]新年

9吹革始　ふいごはじめ　［人］　新年になって初めて鍛冶・鋳物などで鞴を使う仕事始め [季]新年

吹革祭　ふいごまつり　［宗］　陰暦十一月八日、鍛冶屋・鋳物師・飾り師など鞴を使う職人の祭。現在は陽暦で行われる [季]冬

10吹流　ふきながし　［人］　鯉幟の飾りの一つ [季]夏

吹流し　ふきながし　［宗］　鯉幟の飾りの一つ [季]夏

11吹貫　ふきぬき, ふきぬけ　［人］　吹流しの別称 [季]夏

吹雪　ふぶき　［天］　強風とともに降る雪、またその雪が視界を遮ってしまう状態 [季]冬

吹雪倒れ　ふぶきだおれ, ふきだおれ　［人］　吹雪にまかれて道に迷ったり、歩けなくなったりして、行き倒れになって死ぬこと [季]冬

12吹雲雀　ふきひばり　［人］　草原にたくさんの囮を置き、付近の雲雀を呼び寄せてそこに仕掛けてある霞網にかからせる猟法 [季]秋

【呑】

16呑龍忌　どんりゅうき　［宗］　陰暦八月九日（現在は九月九日）、江戸時代前期の僧呑龍上人の忌日 [季]秋

【囲】

0囲い船　かこいぶね　［人］　休漁中の船を浜に引きあげ苫やシートで囲っておくこと。特に春の鰊漁が終わった後の船についていう [季]夏

囲ひ船　かこいぶね　［人］　休漁中の船を浜に引きあげ苫やシートで囲っておくこと。特に春の鰊漁が終わった後の船についていう [季]夏

3囲大根　かこいだいこ　［植］　穴を掘って囲った大根 [季]冬

8囲炉裡開く　いろりひらく　［人］　陰暦十月中の亥の日を選び、その冬初めて炉を開いて火入れすること [季]冬

囲炉裏　いろり　［人］　床の一部を切り、掘りくぼめて薪や炭をたく設備。冬、暖房や煮炊きに使った [季]冬

【囮】

囮　おとり　［人］　秋に小鳥を捕獲するのに、姿や鳴き声によって仲間の鳥をおびき寄せるための囮の鳥。昔はよく行われたが、現在ではほとんど見られない [季]秋

6囮守　おとりもり　［人］　囮を使った秋の小鳥の狩で、使う囮の鳥を見張る人 [季]秋

12囮番　おとりばん　［人］　囮を使った秋の小鳥の狩で、使う囮の鳥を見張る人 [季]秋

16囮鮎　おとりあゆ　［人］　鮎釣りに用いるもの [季]夏

22囮籠　おとりかご　［人］　秋に小鳥を捕獲するための囮の鳥の入った籠 [季]秋

【坐】

18坐雛　すわりびな　［宗］　雛人形の一種で、座り姿のもの [季]春

【坂】

5坂本両社祭　さかもとりょうしゃまつり　［宗］　五月三日に行われる大津市・両社権現社の祭礼 [季]夏

7坂迎　さかむかえ　［人］　伊勢神宮に参詣したものを、村境に酒肴をととのえて迎えたこと [季]春

坂迎え　さかむかえ　［宗］　伊勢神宮に参詣

7画（声, 売, 夾, 妓, 妙, 孝, 寿, 尾）

したものを、村境に酒肴をととのえて迎え
たこと 图春

8坂東太郎 ばんどうたろう ［天］ 積乱雲の
武蔵地方での呼び名 图夏

坂東青 ばんどうあお ［植］ 石蕗の別称
图春

11坂部の冬祭 さかんべのふゆまつり ［宗］
正月四日、長野県天龍村・諏訪神社で行わ
れる祭礼 图新年

坂鳥 さかどり ［動］ 日本に渡ってきた小
鳥の群れが、未明に宿泊地を出て、山の鞍
部を越えて移動すること 图秋

16坂樹 さかき ［植］ ツバキ科の常緑小高木
图夏

【声】

0声つかふ こえつかう ［人］ 冬の早朝や深
夜、厳しい寒さの中で音声の修行をするこ
と 图冬

6声色ながし こわいろながし ［人］ ながし
の一種で、俳優の声色をまねるもの 图夏

7声冴ゆる こえさゆる ［時］ 寒さで澄み
きったように聞こえる声 图冬

【売】

がうな売 ごうなうり ［動］ ヤドカリを売
る人 图春

ごうな売 ごうなうり ［動］ ヤドカリを売
る人 图春

ほっき売 ほっきうり ［動］ ほっき貝を売
る人 图春

やどかり売 やどかりうり ［動］ ヤドカリ
を売る人 图春

7売初 うりぞめ ［人］ 商店が、新年になっ
て初めて商売をすること。正月二日が多い
图新年

9売炭翁 ばいたんおう ［人］ 炭を売りにく
る翁 图冬

【夾】

6夾竹桃 きょうちくとう ［植］ キョウチク
トウ科の常緑低木。公園、庭園などに広く
植えられており、夏、紅白や白色などの花
を咲かせる 图夏

【妓】

4妓王忌 ぎおうき ［宗］ 陰暦二月十四日、
平清盛の愛人白拍子妓王の忌日 图春

【妙】

4妙心寺虫払 みょうしんじむしばらい ［宗］
七月下旬の土用に行われる京都市・妙心寺
の虫干し行事 图夏

妙心寺開山忌 みょうしんじかいさんき
［宗］ 陰暦十二月十二日、鎌倉・南北朝時
代の僧で妙心寺開山関山慧玄の忌日 图冬

8妙法の火 みょうほうのひ ［宗］ 八月十六
日、京都の盂蘭盆会での霊を送る行事。大
文字焼きとして有名 图秋

【孝】

3孝子桜 ろうしざくら ［植］ 桜の一種
图春

【寿】

9寿泉海苔 じゅせんのり ［植］ ネンジュモ
科の藍藻類で、熊本県の水前寺川の清流に
産する 图春

【尾】

たこの尾 たこのお ［人］ 凧についている
尾 图春

3尾山祭 おやままつり ［宗］ 六月十四、十
五日。百万石祭の別称 图夏

5尾白鷲 おじろわし ［動］ 鷲の一種 图冬

7尾花 おばな ［植］ 秋、芒の穂に出る花の
こと 图秋

尾花が袖 おばながそで ［植］ 秋、芒の穂
に出る花のこと 图秋

尾花の波 おばなのなみ ［植］ 薄の穂が出
そろって風になびいている美しい姿 图秋

尾花の粥 おばなのかゆ ［人］ 室町時代、
八朔（陰暦八月朔日）の祝儀に薄の穂の黒焼
きを混ぜた粥を祝食した風俗 图秋

尾花枯る おばなかる ［植］ 冬、芒が葉も
穂も枯れるさま 图冬

尾花散る おばなちる ［植］ 薄の穂、すな
わち尾花がほおけて飛び散るのをいう
图秋

尾花粥 おばながゆ ［人］ 八朔の尾花の粥
の別称 图秋

7画（屁, 岐, 巫, 巵, 希, 床, 弟, 形, 役, 応, 快, 忌）

尾花蛸　おばなだこ　［動］　八、九月の尾花
　の咲く頃、産卵後の栄養不足で、美味でな
　い蛸のこと　㋑秋

8尾長　おなが　［動］　金魚の一種　㋑夏

尾長あげは　おながあげは　［動］　鳳蝶の一
　種　㋑春

尾長鴨　おなががも　［動］　鴨の一種　㋑冬

11尾張万歳　おわりまんざい　［人］　尾張地方
　からでた万歳　㋑新年

尾張大根　おわりだいこん　［植］　大根の一
　種で、宮重大根の別称　㋑冬

尾張蕪　おわりかぶ　［植］　蕪の一種で、愛
　知県産のもの　㋑冬

12尾越の鴨　おごしのかも　［動］　鴨が尾根す
　れすれに越えていくこと　㋑秋

18尾類馬　じゅりうま　［人］　陰暦正月二十日
　に行われた那覇の遊女が廓内を練り歩く伝
　統行事　㋑新年

【屁】
17屁糞葛　へくそかずら　［植］　灸花の別称。
　晩夏から初秋の頃、小花が集まり咲く
　㋑夏

【岐】
8岐阜団扇　ぎふうちわ　［人］　両面に漆を
　塗った岐阜名産の団扇　㋑夏

岐阜提灯　ぎふちょうちん　［人］　岐阜地方
　の名産で盆や納涼に使う提灯　㋑夏

岐阜蝶　ぎふちょう　［動］　蝶の一種　㋑春

【巫】
9巫秋沙　みこあいさ　［動］　アイサ類の鴨の
　一種　㋑冬

【巵】
3巵子　しし　［植］　クチナシの別称　㋑夏

【希】
8希典忌　まれすけき　［宗］　九月十三日、明
　治期の軍人乃木希典の忌日　㋑秋

【床】
床　ゆか　［人］　川床の別称　㋑夏

8床虱　とこじらみ　［動］　南京虫の別称
　㋑夏

11床涼み　ゆかすずみ　［人］　川床の別称
　㋑夏

15床蝨　とこじらみ　［動］　南京虫の別称
　㋑夏

【弟】
4弟切草　おとぎりそう　［植］　オトギリソウ
　科の多年草で、薬草となる。初秋に黄色い
　小花を集め咲かせる　㋑秋

弟月　おとごづき　［時］　陰暦十二月の別称
　㋑冬

9弟草　おとうとぐさ　［植］　菊の別称。菊は
　秋の季語　㋑秋

【形】
5形代　かたしろ　［宗］　夏越の祓に使った、
　白紙を人の形に切ったもの　㋑夏

形代流す　かたしろながす　［宗］　夏越の祓
　の一つ　㋑夏

【役】
6役行者山　えんのぎょうじゃやま　［宗］　祇
　園会の鉾山の一つ　㋑夏

役行者忌　えんのぎょうじゃき　［宗］　陰暦
　一月一日、飛鳥時代の修験道の開祖役小角
　の忌日　㋑新年

7役男　やくおとこ　［宗］　年男の別称　㋑
　新年

8役者双六　やくしゃすごろく　［人］　双六の
　一種　㋑新年

【応】
10応挙忌　おうきょき　［宗］　陰暦七月十七
　日、江戸時代後期の画家円山応挙の忌日
　㋑秋

20応鐘　おうしょう　［時］　一年を音楽の十二
　律になぞらえた場合の陰暦十月の別称
　㋑冬

【快】
7快走艇　かいそうてい　［人］　縦帆様式の小
　型帆船の一種。海原を白いセールが走る姿
　は、夏の海に相応しい　㋑夏

【忌】
かにかく忌　かにかく忌　［宗］　十一月十九

俳句季語よみかた辞典　167

7画 （志, 忍, 忘, 我, 戻）

日、明治・大正・昭和期の歌人吉井勇の忌日　㊥冬

たかし忌　たかしき　[宗]　五月十一日、昭和期の俳人松本たかしの忌日　㊥夏

らいてう忌　らいちょうき　[宗]　五月二十四日、大正・昭和期の社会運動家平塚らいてうの忌日　㊥夏

キュリー忌　きゅりーき　[宗]　七月四日、ラジウムを発見した科学者キュリー夫人の忌日　㊥夏

⁰忌さす　いみさす　[宗]　祭のことをいう言い回し　㊥夏

⁴忌日の御飯　いみびのごはん　[人]　忌火（いんび）の御飯のこと　㊥夏

忌日の御飯を供ず　いんびのごはんをくうず　[宗]　陰暦六月一日、天皇が忌火の御飯を食べること　㊥夏

忌火の御飯　いんびのごはん　[人]　神今食と新嘗祭のある月の一日に、神事始めとして天皇が召上る特別に斎み清めた火で炊いた御飯。俳諧では六月のものを重視するため夏の季語とされる　㊥夏、冬

忌火の御膳　いんびのおもの　[人]　十二月一日に天皇が清涼殿で清らかな神事の食事を召し上がる儀式　㊥冬

【志】

⁹志度寺八講　しどじはっこう　[宗]　七月十六日、香川・志度寺で行われる法会。もとは陰暦六月に行われた　㊥夏

志度寺祭　しどでらまつり　[宗]　七月十六日、香川・志度寺で行われる法会。もとは陰暦六月に行われた　㊥夏

志度詣　しどまいり　[宗]　七月十六日、香川・志度寺で行われる法会。もとは陰暦六月に行われた　㊥夏

¹²志賀八幡祭　しがはちまんまつり　[宗]　昔、行なわれた祭り　㊥秋

【忍】

忍　しのぶ　[植]　シノブ科のシダ類。夏の葉を観賞する　㊥夏

⁵忍冬　にんどう　[植]　スイカズラ科の蔓植物。初夏、葉の根元に二個ずつ並んだ花をつける　㊥夏

忍冬の花　すいかずらのはな, にんどうのはな　[植]　スイカズラ科の蔓植物。初夏、葉の根元に二個ずつ並んだ花をつける　㊥夏

忍冬忌　にんとうき　[宗]　十一月二十一日、昭和期の俳人石田波郷の忌日　㊥冬

忍冬茶　にんどうちゃ　[植]　薬用植物である忍冬の茶　㊥夏

⁹忍草　しのぶぐさ　[植]　秋、山林の樹皮や岩面などに生える常緑シダ類　㊥秋

【忘】

⁰忘れ団扇　わすれうちわ　[人]　秋が深まり、使わなくなって置き忘れられた団扇のこと　㊥秋

忘れ花　わすればな　[植]　帰花の別称　㊥冬

忘れ角　わすれづの　[動]　春先から初夏にかけ、鹿の角が抜け落ちること　㊥春

忘れ扇　わすれおうぎ　[人]　秋が深まり、使わなくなって置き忘れられた扇のこと　㊥秋

忘れ雪　わすれゆき　[天]　春先、忘れたころに降るような雪　㊥春

忘れ飼　わすれがい　[動]　塒へ入る前に鷹に十分にエサを食べさせること　㊥夏

忘れ霜　わすれじも　[天]　晩春、急に気温が下がっておりる霜のこと　㊥春

⁶忘年会　ぼうねんかい　[人]　年の暮れに、年中の労を忘れ、息災を祝し合う宴会。いわゆる忘年会　㊥冬

⁷忘花　わすればな　[植]　帰花の別称　㊥冬

⁹忘咲　わすれざき　[植]　帰花の別称　㊥冬

忘草　わすれぐさ　[植]　萱草の別称。晩夏、百合に似た黄橙色の花をつける　㊥夏

¹⁵忘憂草　わすれぐさ　[植]　萱草の別称。晩夏、百合に似た黄橙色の花をつける　㊥夏

【我】

⁴我毛香　われもこう　[植]　バラ科の多年草で、葉がニレの葉に似ている。晩秋、濃赤紫色の花を穂状につける　㊥秋

¹⁰我鬼忌　がきき　[宗]　七月二十四日、大正期の小説家芥川龍之介の忌日　㊥夏

【戻】

⁰戻り梅雨　もどりづゆ　[天]　梅雨が明けてから、更に雨のふること　㊥夏

7画（折, 投, 抜, 扶, 改, 旱）

戻り鴫　もどりしぎ　［動］　春、北方へと飛び去る鴫のこと　㊎春

【折】

⁴折戸茄子　おりどなす　［植］　茄子の一種。茄子は夏の季語　㊎夏

¹¹折掛　おりかけ　［人］　折掛灯籠のこと。灯籠は盆行事との関連で秋の季語とされる　㊎秋

折掛灯籠　おりかけとうろう, おりかけどうろう　［人］　灯籠の一種。竹を折りかけて紙をはった灯籠　㊎秋

¹⁸折雛　おりびな　［宗］　雛人形の一種　㊎春

【投】

⁸投松明　なげたいまつ　［宗］　八月十六日、山梨県南部町の富士川の河原で行われる火祭。盆送り行事の一つ　㊎秋

¹⁰投扇　とうせん　［人］　正月の酒席遊戯の一つ。文銭と紙と水引で作った蝶の形の的を、扇を投げて当てるもの　㊎新年

投扇興　とうせんきょう　［人］　正月の酒席遊戯の一つ。文銭と紙と水引で作った蝶の形の的を、扇を投げて当てるもの　㊎新年

¹⁴投網　とあみ　［人］　漁網の一つ　㊎夏

¹⁶投頭巾　なげずきん　［人］　四角の袋型に縫い、うしろへ投げたように折りたらしてかぶり、飴売りなどがかぶった　㊎冬

【抜】

⁴抜手　ぬきて　［人］　泳ぎの型　㊎夏

⁸抜参　ぬけまいり　［宗］　若い男女が親に黙って村を抜け出して伊勢神宮に参詣すること　㊎春

抜参り　ぬけまいり　［人］　若い男女が親に黙って村を抜け出して伊勢神宮に参詣すること　㊎春

¹¹抜菜　ぬき　［植］　秋の間引菜の別称　㊎秋

【扶】

¹⁰扶桑　ふそう　［植］　仏桑花の別称　㊎夏

扶桑花　ふそうげ, ふそうか　［植］　ハイビスカスの別称。夏、鮮やかな紅白や白色の木槿に似た花をつける　㊎夏

【改】

⁰改まる年　あらたまるとし　［時］　年が変わり、新たな一年の始め　㊎新年

改る年　あらたまるとし　［時］　年が変わり、新たな一年の始め　㊎新年

⁵改旦　かいたん　［時］　元旦の別称　㊎新年

⁶改年　かいねん　［時］　年が変わり、新たな一年の始め　㊎新年

改年の御慶　かいねんのぎょけい　［人］　年始にあたってかわす祝賀　㊎新年

【旱】

旱　ひでり　［天］　雨が降らず照り続き、田畑・井戸などの水がとぼしくなること　㊎夏

⁴旱天　かんてん　［天］　日照りの続く夏の空　㊎夏

⁵旱田　ひでりだ　［地］　ひでりのために水が枯れて、稲が焼けいたんだ田　㊎夏

⁶旱年　ひでりどし　［天］　日照りが続き、農作物に被害の多い年　㊎夏

⁸旱空　ひでりぞら　［天］　日照りの続く夏の空　㊎夏

⁹旱星　ひでりぼし　［天］　夏の夜に日照りを象徴する星。火星やアンタレスなどの赤い星をいう　㊎夏

旱畑　かんばた, ひでりばたけ　［天］　日照りで干からびてしまった畑　㊎夏

旱草　ひでりぐさ　［天］　日照りにより干からびた草　㊎夏

¹⁰旱害　かんがい　［天］　旱ばつによる農作物の被害　㊎夏

旱梅雨　ひでりづゆ　［天］　梅雨の時期に雨がほとんど降らないこと　㊎夏

¹²旱雲　ひでりぐも　［天］　日照りの時の雲。夏、晴れ続きの空に点々とわずかに浮かぶ雲　㊎夏

¹³旱続き　ひでりつづき　［天］　雨の降らない酷暑が続くこと　㊎夏

¹⁵旱魃　かんばつ　［天］　雨が降らず照り続き、田畑・井戸などの水がとぼしくなること　㊎夏

旱魃田　かんばつだ　［地］　旱の害にあい、秋の実りの少ない田　㊎夏

旱魃田　かんばつでん　［人］　日照りのため水が涸れた田　㊎秋

俳句季語よみかた辞典　**169**

【杏】

杏　あんず　［植］　バラ科の落葉樹。六月頃、梅よりもやや大きい実が黄色く熟する　[季]夏

[0]杏の花　あんずのはな　［植］　バラ科の一種。薄い紅または白色の花をつける。実は夏の季語　[季]春

杏の粥　からもものかゆ　［人］　寒食（冬至から百五日目の冷食）の際に食べるとされている粥　[季]春

[3]杏子　あんず　［植］　バラ科の落葉樹。六月頃、梅よりもやや大きい実が黄色く熟する　[季]夏

[7]杏花村　きょうかそん　［植］　杏の花が咲きほこる村　[季]春

杏花雨　きょうかう　［天］　四月五日ごろに降る春雨のこと　[季]春

[12]杏散る　あんずちる　［植］　杏の花が散ること　[季]春

【杓】

[3]杓子貝　しゃくしがい　［動］　板屋貝の別称　[季]春

杓子菜　しゃくしな　［植］　冬菜の一つで小松菜の別称　[季]冬

[16]杓鴫　しゃくしぎ　［動］　鴫の一種だが、田鴫とは異なる　[季]秋

【杖】

[8]杖突虫　つえつきむし　［動］　尺取虫の別称　[季]夏

杖突蝦　つえつきえび　［動］　手長蝦の別称　[季]夏

【杉】

[0]杉の花　すぎのはな　［植］　スギ科の常緑針葉樹。三、四月頃、黄褐色の花をつける　[季]春

杉の花粉　すぎのかふん　［植］　三、四月頃、大量に飛散する杉の花粉　[季]春

杉の実　すぎのみ　［植］　親指の頭ぐらいの球形をした実。晩秋に熟して焦げ茶色をした木質になり、鱗片がはじけて種が出る　[季]秋

[8]杉苗　すぎなえ　［人］　杉の苗木。春に植林する　[季]春

[9]杉風忌　さんぷうき　［宗］　陰暦六月十三日、蕉門の俳人杉山杉風の忌日　[季]夏

[11]杉菜　すぎな　［植］　土筆の後に生えてくる緑色の茎。輪状に出る枝が杉の葉に似る　[季]春

[12]杉焼　すぎやき　［人］　杉の香りを魚に取り込んで風味を楽しむ冬の料理。杉板の間に魚と松茸などをはさんで焼く　[季]秋, 冬

杉落葉　すぎおちば　［植］　初夏の新葉が茂る頃に、杉の古葉が落葉すること　[季]夏

[13]杉鉄砲　すぎてっぽう　［植］　子供達が作る玩具で、細い篠竹などに晩秋の杉の実を詰めて撃ち遊ぶ　[季]秋

【村】

キャンプ村　きゃんぷむら　［人］　夏のキャンプ地　[季]夏

[7]村尾花　むらおばな　［植］　秋、芒の穂に出る花のこと　[季]秋

村芝居　むらしばい　［人］　秋の地芝居の別称　[季]秋

[8]村雨　むらさめ　［天］　にわか雨のこと。一般には無季だが、夕立と関連づけて夏の季語とすることもある　[季]夏

[9]村洛　そんらく　［人］　都の反対語　[季]春

村紅葉　むらもみじ　［植］　秋、村が紅葉で染まること　[季]秋

[10]村時雨　むらしぐれ　［天］　晩秋から初冬にかけて降る時雨　[季]冬

[11]村祭　むらまつり　［宗］　秋祭の一種　[季]秋

[14]村歌舞伎　むらかぶき　［宗］　秋の地歌舞伎の別称　[季]秋

【杜】

[4]杜夫魚　とふぎょ, かくぶつ　［動］　カクブツの別称　[季]冬

杜氏来る　とうじきたる　［宗］　冬、寒くなって日本酒を醸造する時期に、農村から職人が酒造家のもとへ出稼ぎに来たこと　[季]冬

杜父魚　かくぶつ　［動］　福井県九頭龍川に生息する鰍の一種で、産卵期の冬場が旬　[季]冬

[5]杜本祭　もりもとのまつり　［宗］　昔、陰暦四月頃行われた河内・杜本神社の祭礼　[季]夏

杜本祭　もりもとまつり［宗］昔、行なわれた祭り [季]冬

6**杜宇　とう**［動］時鳥の別称 [季]夏

8**杜若　かきつばた**［植］アヤメ科の多年草で、夏に紫色の花が咲く [季]夏

杜若の衣　かきつばたのきぬ［人］夏衣のかさね色目の一つで、表は二藍、裏は萌黄 [季]夏

杜若襲　かきつばたがさね［人］夏衣のかさね色目の一つで、表は二藍、裏は萌黄 [季]夏

14**杜魂　ほととぎす**［動］夏を代表するホトトギス科の鳥。初夏に飛来し、夏を過ごして晩秋にはまた南へ帰っていく夏鳥 [季]夏

18**杜鵑　ほととぎす, とけん**［動］時鳥の別称 [季]夏

杜鵑花　さつき［植］ツツジ科の常緑低木。古来、庭木として親しまれ、六月頃に紅紫色の漏斗状の花をつける [季]夏

杜鵑花　つつばな［植］躑躅の別称 [季]春

杜鵑草　ほととぎす, ほととぎすそう［植］山地に自生するユリ科の多年草。十月頃に百合の花を小さくしたような花が咲き、花の内面の斑点が鳥のホトトギスの胸毛の斑点に似ている [季]秋

19**杜蘭　とらん**［植］セッコクの別称 [季]夏

【来】

ヤンシュ来る　やんしゅくる［人］春先に鰊の漁期が近づくと、網元に雇われて漁夫が北海道へ渡ってくること [季]春

0**来ぬ秋　こぬあき**［時］夏が終わり、秋も近いと感じられる時期 [季]夏

来る年　くるとし［時］年が変わり、新たな一年の始め [季]新年

来る秋　くるあき［時］立秋を迎え、暑い盛りだが、秋の到来を感じること [季]秋

来る雁　くるかり［動］秋、渡ってくる雁 [季]秋

3**来山忌　らいざんき**［宗］陰暦十月三日、江戸時代前期の俳人小西来山の忌日 [季]冬

7**来迎会　らいごうえ**［宗］練供養の正式名称 [季]夏

【李】

李　すもも［植］バラ科の落葉樹。果実は紫赤色や黄色で酸味が強く、夏の果物として好まれる [季]夏

0**李の花　すもものはな**［植］バラ科の落葉木。四月下旬頃、梅に似た白い花をつける。実は夏の季語 [季]春

3**李子　すもも**［植］バラ科の落葉樹。果実は紫赤色や黄色で酸味が強く、夏の果物として好まれる [季]夏

5**李由忌　りゆうき**［宗］陰暦六月二十二日、蕉門の俳人李由の忌日 [季]夏

7**李花　りか**［植］バラ科の落葉木。四月下旬頃、梅に似た白い花をつける。実は夏の季語 [季]春

11**李祭　すもも まつり**［宗］七月二十日、府中市・大国魂神社で行われる祭礼 [季]夏

12**李散る　すももちる**［植］李の花が散り落ちること [季]春

【杞】

13**杞楊　こりやなぎ**［植］柳の一種 [季]春

【杠】

杠　ゆずりは［植］常緑植物で、古い葉が新しい葉に譲るような形になる。名の音が縁起が良いため、正月の飾りに用いられる [季]新年

【杙】

5**杙打　くいうち**［人］稲刈りの終わった後や雪の上でする遊びの一つ。先のとがった棒を地面に打ち込み、次の者はこれに打ち当て倒して取るもの [季]冬

【沖】

0**沖すき　おきすき**［人］鍋料理の一つ [季]冬

9**沖海女　おきあま**［人］船で沖に出てからもぐる海女 [季]春

17**沖膾　おきなます**［人］沖でとった魚を、釣り船の上でその場で膾にして食べるもの [季]夏

20**沖鰆　おきさわら**［動］鰆の一種 [季]春

22**沖鱈　おきだら**［動］鱈の一種 [季]冬

23**沖鱚　おきぎす**［動］鱚の一種 [季]夏

27**沖鱸　おきすずき**［動］アラの別称 [季]冬

7画（求, 沙, 沢, 沈, 灸, 灼, 牡）

【求】

³求子　もとめご　［宗］　神楽の名　㉄冬

【沙】

だぼ沙魚　だぼはぜ　［動］　十センチほどの
小魚で、夏に子供がたやすく捕まえること
ができた　㉄夏

⁸沙参　しゃじん　［植］　釣鐘人参の別称。初
秋、薄紫色の釣鐘型の花をつける　㉄秋

¹¹沙魚　はぜ　［動］　ハゼ科の海魚。秋の彼岸
頃が漁期　㉄秋

¹⁹沙羅の花　しゃらのはな　［植］　ツバキ科の
落葉高木。晩夏、葉の根元に椿に似た白い
五弁花をつける　㉄夏

²³沙欏の花　しゃらのはな　［植］　ツバキ科の
落葉高木。晩夏、葉の根元に椿に似た白い
五弁花をつける　㉄夏

【沢】

⁰沢ひよどり　さわひよどり　［植］　鵯花の別
称。初秋に花が咲き、藤袴に似る　㉄秋

⁷沢芹　さわぜり　［植］　沢をほとりに生える
芹　㉄春

⁹沢胡桃　さわくるみ　［植］　胡桃の一種
㉄秋

¹⁰沢桔梗　さわぎきょう　［植］　ハルリンドウ
の別称　㉄夏

沢桔梗　さわぎきょう　［植］　山野の水湿地
に群生するキキョウ科の植物。秋に紫色の
花が咲く　㉄秋

¹¹沢庵大根　たくあんだいこ　［植］　大根の調
理法による種類分けの一つ　㉄冬

沢庵漬　たくあんづけ　［人］　秋大根を米糠
と塩で漬けた大根漬。冬の保存食　㉄冬

沢庵漬く　たくあんつく　［人］　冬、大根で
沢庵漬を作ること　㉄冬

沢庵漬製す　たくあんづけせいす　［人］
冬、大根で沢庵漬を作ること　㉄冬

沢紫陽花　さわあじさい　［植］　ヤマアジサ
イの別称　㉄夏

¹³沢塞の花　さわふたぎのはな　［植］　ハイノ
キ科の落葉低木。五月ごろ、円錐状に花穂
をなし、小さな白い花が多数集まって咲く
㉄夏

沢蒜　さわびる　［植］　沢に生える野蒜
㉄春

¹⁴沢漆　さわうるし　［植］　灯台草の別称
㉄春

¹⁸沢瀉　おもだか　［植］　オモダカ科の多年草
水生植物。六、七月頃に白い花をつける
㉄夏

沢鳶　ちゅうひ　［動］　十一月頃、北から
渡ってくる鷹の一種　㉄冬

¹⁹沢蟹　さわがに　［動］　蟹の一種　㉄夏

【沈】

²沈丁　じんちょう　［植］　沈丁花の別称
㉄春

沈丁花　じんちょうげ　［植］　ジンチョウゲ
科の落葉低木で、四月頃、外側が紫紅色、
内側が白色の花をつける。香りが沈香や丁
字に似ている　㉄春

【灸】

⁵灸正月　やいとしょうがつ　［時］　二十日正
月の別称　㉄新年

⁷灸花　やいとばな　［植］　アカネ科のつる性
多年草。晩夏から初秋の頃、お灸のもぐさ
に似た形の小花が集まり咲く　㉄夏, 秋

¹¹灸据え日　きゅうすえび　［宗］　陰暦二月二
日。二日灸を据える日　㉄春

【灼】

⁰灼く　やく　［時］　真夏の太陽の直射熱が火
傷をするように激しく熱いこと　㉄夏

灼くる　やくる　［時］　真夏の太陽の直射熱
が火傷をするように激しく熱いこと　㉄夏

灼け砂　やけすな　［地］　真夏の太陽の直射
によってあたためられた砂のこと　㉄夏

⁸灼岩　やけいわ　［時］　夏の太陽でやけた熱
い岩　㉄夏

【牡】

⁴牡丹　ぼたん　［植］　ボタン科の落葉低木。
五月頃に白、薄紅、赤など多種多様な花を
つける　㉄夏

牡丹の衣　ぼたんのころも　［人］　夏衣のか
さね色目の一つで、表は白、裏は紅梅
㉄夏

牡丹の芽　ぼたんのめ　［植］　早春、芽吹く
牡丹の芽のこと　㉄春

牡丹の根分　ぼたんのねわけ　［人］　九月中

172　俳句季語よみかた辞典

7画（狂）

旬から下旬頃、繁殖のため牡丹を株分けすること　㋺秋

牡丹の接木　ぼたんのつぎき　［人］　九月中旬から下旬頃、繁殖のため牡丹を接木すること　㋺秋

牡丹百合　ぼたんゆり　［植］　チューリップの別称　㋺春

牡丹忌　ぼたんき　［宗］　五月十一日、昭和期の俳人松本たかしの忌日　㋺夏

牡丹杏　ぼたんきょう　［植］　夏の果実である李（すもも）の別称　㋺夏

牡丹花忌　ぼたんかき　［宗］　陰暦四月四日、室町時代の連歌師牡丹花肖柏の忌日　㋺夏

牡丹見　ぼたんみ　［植］　牡丹を観賞すること　㋺夏

牡丹供養　ぼたんくよう　［人］　初冬、須賀川の牡丹園で、枯れた牡丹の木を焚いて供養すること　㋺冬

牡丹畑　ぼたんばたけ　［植］　牡丹の栽培する場所　㋺夏

牡丹桜　ぼたんざくら　［植］　桜の一種　㋺春

牡丹菜　ぼたんな　［植］　葉牡丹の別称　㋺冬

牡丹雪　ぼたんゆき　［天］　淡雪の別称　㋺春, 冬

牡丹焚く　ぼたんたく　［人］　初冬、須賀川の牡丹園で、枯れた牡丹の木を焚いて供養すること　㋺冬

牡丹焚火　ぼたんたきび　［人］　初冬、須賀川の牡丹園で、枯れた牡丹の木を焚いて供養すること　㋺冬

牡丹園　ぼたんえん　［植］　牡丹の植えてある庭園。牡丹は夏の季語　㋺夏

牡丹餅会式　ぼたもちえしき　［宗］　九月十二日、日蓮宗の各寺院や宗徒が仏前に胡麻の牡丹餅を供える行事。日蓮の危難を見た一老婆が餅を差し上げた故事に由来する　㋺秋

牡丹鍋　ぼたんなべ　［人］　猪肉を味噌で煮る冬の鍋料理。牡丹は猪の隠語より　㋺冬

牡丹襲　ぼたんがさね　［人］　夏衣のかさね色目の一つで、表は白、裏は紅梅　㋺夏

11牡鹿　おじか　［動］　雄の鹿　㋺秋

13牡蒿　おとこよもぎ　［植］　キク科の多年草。蓬の一種　㋺春

20牡蠣　かき　［動］　カキ科に属する二枚貝。九月から四月頃まで、特に厳冬の頃が旬　㋺冬

牡蠣むく　かきむく　［動］　牡蠣の実を取り出すこと。牡蠣は厳冬が旬　㋺冬

牡蠣フライ　かきふらい　［動］　牡蠣料理の一つ　㋺冬

牡蠣打　かきうち　［動］　牡蠣の実を取り出すこと。牡蠣は厳冬が旬　㋺冬

牡蠣田　かきた　［動］　牡蠣を養殖する場所　㋺冬

牡蠣剝く　かきむく　［人］　牡蠣の実を取り出すこと。牡蠣は厳冬が旬　㋺冬

牡蠣料理　かきりょうり　［人］　牡蠣を使った料理の総称　㋺冬

牡蠣船　かきぶね　［人］　河岸に大型の屋形船を船繋りして、牡蠣料理を供するもの。牡蠣は厳冬が旬　㋺冬

牡蠣割る　かきわる　［動］　牡蠣の実を取り出すこと。牡蠣は厳冬が旬　㋺冬

牡蠣割女　かきわりめ　［人］　牡蠣の身をむく女。牡蠣は厳冬が旬　㋺冬

牡蠣飯　かきめし　［人］　牡蠣のむき身を炊き込んだご飯　㋺冬

牡蠣雑炊　かきぞうすい　［動］　雑炊の一つで、牡蠣鍋の後で作るもの　㋺冬

牡蠣鍋　かきなべ　［人］　牡蠣を使った鍋物　㋺冬

【狂】

0狂い凧　くるいだこ　［人］　操作のできなくなった凧　㋺春

狂い花　くるいばな　［植］　帰花の別称　㋺冬

狂い咲　くるいざき　［植］　帰花の別称　㋺冬

狂う蝶　くるうちょう　［動］　ひらひらと飛び回る蝶のこと　㋺春

狂ひ菊　くるいぎく　［植］　時期はずれに咲く菊　㋺秋

狂ふ蝶　くるうちょう　［動］　ひらひらと飛び回る蝶のこと　㋺春

7狂花　くるいばな　［植］　帰花の別称　㋺冬

8狂茄　きちがいなす　［植］　朝鮮朝顔の別称　㋺夏

9狂咲　くるいざき　［植］　帰花の別称　㋺冬

俳句季語よみかた辞典　173

21**狂鶯**　きょうおう　［動］　老鶯の別称　[季]夏

【甫】

6**甫年**　ほねん　［時］　年が変わり、新たな一年の始め　[季]新年

【男】

2**男七夕**　おとこたなばた　［人］　七夕伝説の牽牛。鷲座の首星であるアルタイルのこと　[季]秋

3**男山祭**　おとこやままつり　［宗］　石清水八幡祭の別称　[季]秋

9**男星**　おぼし　［人］　七夕伝説の牽牛。鷲座の首星であるアルタイルのこと　[季]秋

男郎花　おとこえし　［植］　オミナエシ科の多年草。女郎花とよく似ているが、花が白い　[季]秋

13**男滝**　おだき　［地］　一対の滝で大きい方　[季]夏

15**男踏歌**　おとことうか　［宗］　正月十五日に宮中で行われた、少年が舞う踏歌節会のこと　[季]新年

17**男蹈歌**　おとことうか　［人］　正月十五日に宮中で行われた、少年が舞う踏歌節会のこと　[季]新年

【町】

4**町切餅**　ちょうきりもち　［人］　昔、正月十日の町汁で、最近家を買った者が仲間入りのしるしに出す餅　[季]新年

5**町汁**　まちじる　［人］　昔、京の町々にあった町屋または町会所と呼ぶ会所で、町人の常会が毎月一回開かれたこと。俳諧では正月の初寄合をさし、新年の季語とすることがある　[季]新年

19**町羹**　まちじる　［人］　昔、京の町々にあった町屋または町会所と呼ぶ会所で、町人の常会が毎月一回開かれたこと。俳諧では正月の初寄合をさし、新年の季語とすることがある　[季]新年

【皀】

7**皀角の花**　さいかちのはな　［植］　マメ科の落葉高木。夏、葉の根元から伸びた穂先に淡い黄緑色の小花を房状につける　[季]夏

皀角子　さいかち　［植］　マメ科の落葉高木で、秋に、長さ三十センチくらいの豆莢が垂れる　[季]秋

皀角子の実　さいかちのみ　［植］　秋、皀角子にできる豆莢状の実のこと　[季]秋

10**皀莢**　さいかち　［植］　マメ科の落葉高木で、秋に、長さ三十センチくらいの豆莢が垂れる　[季]秋

皀莢の花　さいかちのはな　［植］　マメ科の落葉高木。夏、葉の根元から伸びた穂先に淡い黄緑色の小花を房状につける　[季]夏

皀莢虫　さいかちむし　［動］　兜虫の別称　[季]夏

【社】

4**社日**　しゃにち　［時］　春分または秋分に最も近い前後の戊の日　[季]春

社日詣　しゃにちもうで　［時］　社日に神社を参拝すること　[季]春

社日様　しゃにちさま　［時］　社日に行なわれる祭り　[季]春

社日潮斎　しゃにちしおい　［時］　海水あるいは浜砂で家の内外を清める、九州北部の社日での風習　[季]春

6**社会鍋**　しゃかいなべ　［人］　キリスト教の救世軍が、歳末に繁華街で鍋をつるし義援金を集めて、貧困者に贈る行事　[季]冬

10**社翁の雨**　しゃおうのあめ　［時］　春の社日に降る雨のこと　[季]春

16**社燕**　しゃえん　［時］　春の社日の別称　[季]春

社燕　しゃえん　［動］　神殿にいる燕　[季]春

【私】

3**私大**　わたくしだい　［時］　陰暦十二月が小の月だった場合、秋田県や青森県などで元日を大晦日としたこと　[季]冬

【秀】

6**秀吉忌**　ひでよしき　［宗］　陰暦八月十八日、安土桃山時代の武将・関白豊臣秀吉の忌日　[季]秋

9**秀哉忌**　しゅうさいき　［宗］　一月十八日、戦前の囲碁名人本因坊秀哉の忌日　[季]冬

11**秀野忌**　ひでのき　［宗］　九月二十六日、昭和初期の俳人石橋秀野の忌日　[季]秋

【禿】

23禿鷲　はげわし　［動］　鷲の一種でコンドルのこと　[季]冬

【糺】

0糺の納涼　ただすのすずみ　［宗］　土用の丑の日、京都市・下鴨神社（糺宮）の東側を流れる清流御手洗川で修せられる祓　[季]夏

【肖】

9肖柏忌　しょうはくき　［宗］　陰暦四月四日、室町時代の連歌師牡丹花肖柏の忌日　[季]夏

【良】

5良弁忌　りょうべんき, ろうべんき　［宗］　陰暦十一月十六日、奈良時代の学僧良弁僧正の忌日　[季]冬

8良夜　りょうや　［天］　十五夜のこと　[季]秋

10良宵　りょうしょう　［天］　十五夜のこと　[季]秋

13良寛忌　りょうかんき　［宗］　陰暦一月六日、江戸時代後期の歌僧良寛の忌日　[季]春

【花】

いちいの花　いちいのはな　［植］　イチイ科の常緑高木で、三、四月頃、花をつける　[季]春

うつし花　うつしばな　［植］　露草の古称　[季]秋

うべの花　うべのはな　［植］　郁子（むべ）の花の別称　[季]春

えくぼ花　えくぼばな　［植］　雪柳の別称　[季]春

えごの花　えごのはな　［植］　エゴノキ科の落葉木。六月頃、枝先の花穂に乳白色の五弁花を集めつける　[季]夏

お花ばたけ　おはなばたけ　［地］　高山の頂上付近などにある高山植物の群生地。夏に一斉に開花することからこう呼ばれる　[季]夏

お花見　おはなみ　［人］　花見を丁寧にいったもの　[季]春

お花見レース　おはなみれーす　［人］　花見のころに行なわれるボートレース　[季]春

お花見レガッタ　おはなみれがった　［人］　花見のころに行なわれるボートレース　[季]春

お花畑　おはなばたけ　［地］　高山の頂上付近などにある高山植物の群生地。夏に一斉に開花することからこう呼ばれる　[季]夏

お花畠　おはなばた　［地］　「おはなばたけ」に同じ　[季]夏

かうしばの花　こうしばのはな　［植］　樒（しきみ）の花の別称　[季]春

かずの花　かずのはな　［植］　楮（こうぞ）の花の別称　[季]春

かぞの花　かぞのはな　［植］　楮（こうぞ）の花の別称　[季]春

かたかごの花　かたかごのはな　［植］　片栗の花の別称　[季]春

かふか花　こうかばな　［植］　合歓の別称。花は晩夏に咲く　[季]夏

かほよ花　かおよばな　［植］　杜若の別称　[季]夏

かほ花　かおばな　［植］　杜若の別称　[季]夏

からぼけの花　からぼけのはな　［植］　カリンの別称　[季]春

からももの花　からもものはな　［植］　杏の花の別称　[季]春

かんばの花　かんばのはな　［植］　白樺の花の別称　[季]春

ぎんなんの花　ぎんなんのはな　［植］　イチョウ科の落葉高木。春に黄緑色の花がつく。実と黄葉は秋の季語　[季]春

こうしばの花　こうしばのはな　［植］　樒（しきみ）の花の別称　[季]春

こうめの花　こうめのはな　［植］　バラ科の落葉低木。観賞用に庭先に植え、淡紅色の花が群がって咲く　[季]春

こでまりの花　こでまりのはな　［植］　バラ科の落葉小低木。四、五月頃、白い小花が毬状に集まって咲く　[季]春

さびたの花　さびたのはな　［植］　ユキノシタ科の落葉低木。夏、枝端に円錐状に密集した白い小花が咲く　[季]夏

さらの花　さらのはな　［植］　ツバキ科の落葉高木。晩夏、葉の根元に椿に似た白い五弁花をつける　[季]夏

ざぼんの花　ざぼんのはな　［植］　アジア南部原産の常緑高木。五月頃、白色五弁の大型の花をつける。果実も大型で、これは冬の季語となっている　[季]夏

7画（花）

じゃがたらの花　じゃがたらのはな　［植］
　ナス科の一年草で、夏に白色の五弁花をつ
　ける　㊋夏

そばむぎの花　そばむぎのはな　［植］　秋蕎
　麦のこと。葉の根元から出た枝先に白や薄
　紅色の五弁の小花が集まり咲く　㊋秋

たずの花　たずのはな　［植］　スイカズラ科
　の落葉低木。早春、枝先に多数の白い小花
　をつける　㊋春

たぢひの花　たぢひのはな　［植］　虎杖の別
　称　㊋夏

たづの花　たずのはな　［植］　スイカズラ科
　の落葉低木。早春、枝先に多数の白い小花
　をつける　㊋春

たはらぐみの花　たわらぐみのはな　［植］
　苗代茱萸の別称。秋から冬白い花が咲く
　㊋春

てんと花　てんとばな　［宗］　天頭花の別称
　㊋夏

とうなすの花　とうなすのはな　［植］　南瓜
　の花の別称。夏、黄色の合弁花をつける
　㊋夏

とびらぎの花　とびらぎのはな　［植］　海桐
　の花（とべらのはな）の別称。六月頃、枝先
　に香りのある白い花が集まり咲く　㊋夏

なんばんの花　なんばんのはな　［植］　玉蜀
　黍の花の別称。晩夏、穂状の雄花が咲く
　㊋夏

ねぶの花　ねぶのはな　［植］　合歓の別称。
　花は晩夏に咲く　㊋夏

ねむれる花　ねむれるはな　［植］　海棠の別
　称、楊貴妃の故事に由来する　㊋春

のりうつぎの花　のりうつぎのはな　［植］
　さびたの花の別称。夏、枝端に円錐状に密
　集した白い小花が咲く　㊋夏

のりのきの花　のりのきのはな　［植］　さび
　たの花の別称。夏、枝端に円錐状に密集し
　た白い小花が咲く　㊋夏

はじかみの花　はじかみのはな　［植］　ミカ
　ン科の落葉低木。初夏に黄緑色の小花が集
　まり咲く　㊋夏

ばうし花　ぼうしばな　［植］　露草の別称。
　初秋に真っ青の花が咲く　㊋秋

ふくべの花　ふくべのはな　［植］　瓢の花の
　別称。晩夏に白い花をつける　㊋夏

ぼたんきやうの花　ぼたんきょうのはな
　［植］　巴旦杏の花の別称　㊋春

ぼたんきょうの花　ぼたんきょうのはな
　［植］　巴旦杏の花の別称　㊋春

まさかきの花　まさかきのはな　［植］　イス
　ノキの花の別称　㊋春

むしくさの花　むしくさのはな　［植］　イス
　ノキの花の別称　㊋春

めづら花月　めずらばなづき　［時］　陰暦七
　月の別称　㊋秋

やすらい花　やすらいばな　［宗］　四月の第
　二日曜日の安良居祭の別称　㊋春

やすらひ花　やすらひばな　［宗］　四月の第
　二日曜日の安良居祭の別称　㊋春

やまぐはの花　やまぐわのはな　［植］　野生
　種のクワの花　㊋春

やまぐわの花　やまぐわのはな　［植］　野生
　種のクワの花　㊋春

ゆすのきの花　ゆすのきのはな　［植］　イス
　ノキの花の別称　㊋春

よぐそみねばりの花　よぐそみねばりのはな
　［植］　梓の花の別称　㊋春

をだまきの花　おだまきのはな　［植］　キン
　ポウゲ科の多年草。四月から五月、青紫や
　白の花が咲く　㊋春

アカシアの花　あかしあのはな　［植］　マメ
　科の落葉高木、ニセアカシアのこと。五月
　頃、密集した白い花が房状に枝から垂れて
　咲く。本物のアカシアは熱帯地域の花で、
　日本には自生していない　㊋夏

アカシヤの花　あかしやのはな　［植］　アカ
　シアの花に同じ　㊋夏

アスパラガスの花　あすぱらがすのはな
　［植］　ユリ科の野菜の花。晩夏に浅黄色の
　小花をつける　㊋夏

オリーブの花　おりーぶのはな　［植］　アジ
　ア原産の常緑樹。夏に白色の小花を密生さ
　せる。実は秋の季語　㊋夏

サフランの花　さふらんのはな　［植］　ク
　ロッカス科の植物。秋に開花し、香辛料、
　薬用に利用されてきた　㊋秋

ジンジャーの花　じんじゃーのはな　［植］
　暖地や温室内で栽培され切り花を観賞する。
　初秋、純白で芳香のある花をつける　㊋秋

プラタナスの花　ぷらたなすのはな　［植］
　鈴懸の花の別称　㊋春

ホップの花　ほっぷのはな　［植］　夏に花を
　つけるが雌雄異株で、黄緑色の花被を持っ
　た雌花の集まる雌花序は一つの茎に三、四

176　俳句季語よみかた辞典

千個つき、毬果となる [季]秋

マロニエの花 まろにえのはな ［植］ 西洋栃の木のこと。初夏、白色に赤色を帯びた花が咲く [季]夏

リラの花 りらのはな ［植］ ライラックの別称 [季]春

花 はな ［植］ 花といえばなにも言わなくとも桜の花をさす [季]春

花あやめ はなあやめ ［植］ 菖蒲(あやめ)の花のこと。初夏から仲夏にかけ紫の花が咲く [季]夏

花うぐい はなうぐい ［動］ 桜鯎の別称 [季]春

花うぐひ はなうぐい ［動］ 桜鯎の別称 [季]春

花うばら はなうばら ［植］ 細長い蔓性の枝を持つ落葉灌木の花。初夏の頃、香りのある白い五弁の花をつける [季]夏

花かんば はなかんば ［植］ 白樺の花の別称 [季]春

花がるた はながるた, はなかるた ［人］ 花札のこと [季]新年

花ぎぼし はなぎぼし ［植］ 初夏五、六月頃咲く擬宝珠の花のこと。花は薄紫で漏斗状 [季]夏

花こなぎ はなこなぎ ［植］ 小水葱の花の別称。初秋、水葵に似た碧紫色の花をひらく [季]秋

花てまり はなてまり ［植］ スイカズラ科の落葉低木でヤブデマリの変種。六月頃、紫陽花に似て白みを帯びた青い小花を枝の両側に毬状につける [季]夏

花とべら はなとべら ［植］ トベラ科の常緑低木。六月頃、枝先に香りのある白い花が集まり咲く [季]夏

花とり日 はなとりび ［人］ 盆祭りに供える花を山野にとりにいく日 [季]秋

花にんにく はなにんにく ［植］ ユリ科の多年草。晩夏に薄紫色の小花をつける [季]夏

花のあるじ はなのあるじ ［人］ 桜の花の番人のこと、もしくは桜の花の持ち主のこと [季]春

花のころ はなのころ ［時］ 桜の花が咲く頃 [季]春

花の山 はなのやま ［植］ 桜の咲きほこる山 [季]春

花の内 はなのうち ［時］ 東北地方での小正月から月末までの間の呼称 [季]新年

花の友 はなのとも ［植］ 桜の花を友にみたてていう [季]春

花の戸 はなのと ［人］ 桜の花でおおわれた戸 [季]春

花の日 はなのひ ［宗］ 花の豊かな日曜日に行われるプロテスタント行事。六月の第二日曜日が多い [季]夏

花の日曜 はなのにちよう ［宗］ 花の豊かな日曜日に行われるプロテスタント行事。六月の第二日曜日が多い [季]夏

花の主 はなのぬし ［人］ 桜の花の番人のこと、もしくは桜の花の持ち主のこと [季]春

花の主 はなのあるじ ［植］ 桜の花の番人のこと、もしくは桜の花の持ち主のこと [季]春

花の兄 はなのあに ［植］ 梅の別称 [季]春

花の本 はなのもと ［植］ 桜の咲いている木の下 [季]春

花の名残 はなのなごり ［植］ 散り残った桜の花 [季]春

花の肌 はなのはだ ［植］ 桜の花のようす [季]春

花の色 はなのいろ ［植］ 桜の花の色 [季]春

花の冷え はなのひえ ［時］ 花冷に同じ [季]春

花の弟 はなのおとうと ［植］ 菊の別称。菊は秋の季語 [季]秋

花の形見 はなのかたみ ［植］ 散りゆく桜の花を形見に見たてたもの [季]春

花の門 はなのもん ［植］ 桜の花が門をなして咲いている様子 [季]春

花の雨 はなのあめ ［天］ 桜の花時に降る雨。または桜の花に降りかかる雨のこと [季]春

花の姿 はなのすがた ［植］ 桜の花の美しい有様 [季]春

花の客 はなのきゃく ［人］ 春の花見客のこと [季]春

花の春 はなのはる ［時］ 初春のこと [季]新年

花の柵 はなのしがらみ ［植］ 桜の花の柵 [季]春

花の茶屋　はなのちゃや［人］花見に設けられる茶屋 [季]春
花の虹　はなのにじ［植］桜の花を虹にたとえていう [季]春
花の袂　はなのたもと［人］花衣の別称 [季]春
花の風　はなのかぜ［植］桜の花を吹きゆらす風 [季]春
花の香　はなのか［植］桜の花のかぐわしいよい香りのこと [季]春
花の唇　はなのくちびる［植］桜の花の花弁 [季]春
花の宴　はなのえん［人］花見をしつつ酒宴を行うこと [季]春
花の宰相　はなのさいしょう［植］芍薬の別称 [季]夏
花の庭　はなのにわ［植］桜の咲きほこる庭 [季]春
花の酒　はなのさけ［人］花見の宴で飲む酒 [季]春
花の浪　はなのなみ［植］桜の花がたくさん咲いているさまをいう [季]春
花の笑まひ　はなのわらいまい［植］桜のつぼみが開くこと [季]春
花の笑み　はなのえみ［植］桜のつぼみが開くこと [季]春
花の紐とく　はなのひもとく［植］桜のつぼみが開くこと [季]春
花の袖　はなのそで［人］花衣の別称 [季]春
花の宿　はなのやど［人］屋敷うちに桜が咲いている家または旅館 [季]春
花の淵　はなのふち［植］桜の花の咲きほこる川の淵 [季]春
花の窓　はなのまど［人］桜の花でおおわれた窓 [季]春
花の笠　はなのかさ［植］笠のような桜花 [季]春
花の都　はなのみやこ［人］都の美称 [季]春
花の酔　はなのえい, はなのよい［人］花見の宴会で酔うこと [季]春
花の陰　はなのかげ［植］桜の咲く木の陰 [季]春
花の雪　はなのゆき［植］白く咲く桜の花を雪にみたてたもの [季]春
花の頃　はなのころ［時］桜の花が咲く頃 [季]春
花の塔　はなのとう［宗］仏生会の時に灌仏のため釈迦誕生像を安置する、いろいろな花で飾られた小さな御堂のこと [季]春
花の奥　はなのおく［植］開花した桜の木々の奥 [季]春
花の扉　はなのとびら［人］桜の花でおおわれた扉 [季]春
花の粧　はなのけわい, はなのよそおい［植］化粧するかのようにきれいな花をさかせること [季]春
花の雲　はなのくも［植］咲き連なる桜の花を雲にたとえたもの [季]春
花の幕　はなのまく［人］咲き誇る桜の花を幕にみたてた言い回し [季]春
花の滝　はなのたき［植］桜の花の散るのを滝にみたてたさま [季]春
花の跡　はなのあと［植］桜の花の散った跡のこと [季]春
花の鈴　はなのすず［人］鈴をたくさん結びつけた縄を花の梢に引き渡して、花に集まる小鳥を追うように仕掛けたもの [季]春
花の塵　はなのちり［植］散った桜の花を塵にみたてた言い回し [季]春
花の踊　はなのおどり［人］桜の花の下で踊ること [季]春
花の撓　はなのとう［宗］五月八日に行なわれる名古屋市・熱田神宮の豊年祭の旧称 [季]夏
花の撓神事　はなのとうしんじ［宗］五月八日に行なわれる名古屋市・熱田神宮の豊年祭の旧称 [季]夏
花の輪　はなのわ［植］桜の花が輪のように群がり咲くこと [季]春
花の錦　はなのにしき［植］桜の花を錦にたとえていう [季]春
花の頭　はなのとう［宗］五月八日に行なわれる名古屋市・熱田神宮の豊年祭の旧称 [季]夏
花の顔　はなのかお［植］桜の花の姿、またそのように美しい顔 [季]春
花の鏡　はなのかがみ［植］池水などにうつる桜の花の影を鏡にたとえたもの [季]春
花の露　はなのつゆ［植］桜の花の上におく露 [季]春

7画（花）

花ばら　はなばら　［植］　薔薇の花のこと
　圏夏

花むぐら　はなむぐら　［植］　葎の一種
　圏夏

花を友　はなをとも　［植］　桜の花を友にみ
　たてていう　圏春

花を主　はなをあるじ　［植］　桜の花の番人
　のこと、もしくは桜の花の持ち主のこと
　圏春

花を待つ　はなをまつ　［植］　桜の花の咲く
　のを待ち望むこと　圏春

花を惜しむ　はなをおしむ　［植］　散りゆく
　桜の花を惜しむこと　圏春

花カンナ　はなかんな　［植］　カンナの花の
　こと。秋いっぱい咲き続ける　圏秋

花キャベツ　はなきゃべつ　［植］　カリフラ
　ワーのこと　圏冬

花サフラン　はなさふらん　［植］　クロッカ
　スの春咲き種のこと　圏春

²花丁字　はなちょうじ　［植］　丁字草の別
　称。初夏に紫色の小花をつける　圏夏

花人　はなびと　［人］　桜の花をみる人
　圏春

花人参　はなにんじん　［植］　夏に咲く食用
　人参の白色五弁の小花のこと　圏夏

花八手　はなやつで　［植］　ウコギ科の常緑
　植物ヤツデの、枝分かれした小さな白い花。
　初冬に花をつける　圏冬

³花丸切干　はなまるきりぼし　［人］　切干の
　一種　圏冬

花丸雪　はなまるゆき　［動］　子安貝の別称
　圏春

花大根　はなだいこん，はなだいこ　［植］
　諸葛菜のこと。大根の花に似る　圏春

花小袖　はなこそで　［人］　正月に着る新し
　い晴着　圏新年

花山吹　はなやまぶき　［人］　春衣のかさね
　色目の一つ。表が黄、裏は薄萌黄　圏春

花山椒　はなさんしょう，はなざんしょう
　［植］　ミカン科の落葉低木。初夏に黄緑色
　の小花が集まり咲く　圏夏, 春

⁴花木瓜　はなぼけ　［植］　バラ科の落葉低
　木。三、四月頃、紅色、淡紅色、白色など
　の花をつける　圏春

花木槿　はなむくげ　［植］　晩夏から初秋に
　かけて開く、紅紫色の五弁の葵に似た木槿

の花　圏秋

花比べ　はなくらべ　［人］　桜を持ち寄った
　人々が花の優劣を競い、和歌などを詠んだ
　遊び　圏春

花毛氈　はなもうせん　［人］　咲き誇る桜花
　の下に敷く筵　圏春

花水木　はなみずき　［植］　北米原産の落葉
　高木で、四、五月頃、白いの花弁状の総苞
　の中に緑黄色の小花をつける　圏春

花水祝　はなみずいわい　［人］　正月十五
　日、新潟県魚沼郡・宇賀地神社の氏子が新
　婚の夫に水を浴びせて祝う風俗　圏新年

花火　はなび　［人］　打ち上げ花火、手花
　火、仕掛け花火など花火類の総称。以前は
　秋の季語とされてきた　圏夏, 秋

花火見　はなびみ　［人］　花火を見物するこ
　と　圏秋

花火船　はなびぶね　［人］　花火を見物する
　ための船　圏秋

花火線香　はなびせんこう　［人］　発光剤を
　練って、こよりに巻きこんだ小さな花火。
　手花火の一種　圏夏

花爪草　はなつめくさ　［植］　芝桜の別称
　圏春

花片　はなびら　［植］　桜の花弁のこと
　圏春

⁵花且見　はなかつみ　［植］　真菰の別称
　圏夏

花卯木　はなうつぎ　［植］　スイカズラ科の
　空木の花で、陰暦四月（卯月）に多くの白色
　五弁の小花をつける　圏夏

花市　はないち　［人］　盆市の別称　圏秋

花正月　はなしょうがつ　［時］　埼玉県や伊
　豆の神津島での小正月の別称　圏新年

花氷　はなごおり　［人］　室内冷房用の氷柱
　の中に、草花を閉じこめたもの　圏夏

花甘藍　はなかんらん　［植］　カリフラワー
　のこと　圏冬

花田　はなた　［地］　苗をうえる前、花を咲
　かせた田のこと　圏春

花田植　はなたうえ　［宗］　昔、六月中旬頃
　に中国山脈の村々で行われた田植行事
　圏夏

花石榴　はなざくろ　［植］　石榴の中でも特
　に実の生らない八重咲きの種類のこと
　圏夏

俳句季語よみかた辞典　**179**

7画（花）

⁶花会式　かえしき，はなえしき　［宗］　三月
　三十日〜四月五日、薬師寺花会式のこと
　㊞春

花会祭　はなえまつり　［宗］　四月十一日、
　宇都宮市・二荒神社で行われる祭　㊞春

花合　はなあわせ　［人］　桜を持ち寄った
　人々が花の優劣を競い、和歌などを詠んだ
　遊び　㊞春

花合せ　はなあわせ　［人］　桜を持ち寄った
　人々が花の優劣を競い、和歌などを詠んだ
　遊び　㊞春

花合歓　はなねむ　［植］　マメ科の落葉高
　木。梅雨の後の晩夏に、刷毛先のように紅
　をまじえた花をつける　㊞夏

花守　はなもり　［人］　花を守る人、花の番
　人のこと　㊞春

花巡り　はなめぐり　［人］　桜花をたずねて
　村里や野山を逍遙しつつながめ歩くこと
　㊞春

花朱欒　はなざぼん　［植］　アジア南部原産
　の常緑高木。五月頃、白色五弁の大型の花
　をつける。果実も大型で、これは冬の季語
　となっている　㊞夏

花灯の夕　かとうのゆうべ　［人］　上灯から
　落灯まで花灯をともす期間　㊞新年

花灯会　かとうえ　［人］　陰暦正月十五日の
　上元に行われる節会　㊞新年

花灯籠　はなとうろう，はなどうろう　［人］
　灯籠の一種。蓮華などの造花を飾ったもの
　㊞秋

花糸瓜　はなへちま　［植］　ウリ科の一年草
　で、晩夏、黄色い釣鐘型の小花をつける
　㊞夏

花芒　はなすすき　［植］　秋、芒の穂に出る
　花のこと　㊞秋

花衣　はなごろも　［人］　花見にゆく女性の
　晴れ着、花見衣装のこと　㊞春

花衣を蔵ふ　はなごろもをしまう　［人］　桜
　の花見に着た小袖を、小袖箪笥に納めてし
　まうこと　㊞春

⁷花亜麻　はなあま　［植］　北部アフリカ原産
　の観賞植物で、夏、赤い花が咲く　㊞夏

花冷　はなびえ　［時］　桜の咲く時期に冷気
　が訪れてくること　㊞春

花冷え　はなびえ　［時］　桜の咲く時期に冷
　気が訪れてくること　㊞春

花吹雪　はなふぶき　［植］　桜の花の散るの

を吹雪にみたてた言い回し　㊞春

花売草　はなうりぐさ　［植］　トレニアの別
　称　㊞夏

花床几　はなしょうぎ　［人］　花見をすると
　きに使う床几　㊞春

花折始め　はなおりはじめ　［宗］　四月八日
　の仏生会（花祭）の日、墓参りをすること
　㊞春

花杏　かきょう　［植］　バラ科の一種。薄い
　紅または白色の花をつける。実は夏の季語
　㊞春

花芭蕉　はなばしょう　［植］　晩夏、芭蕉が
　つける黄茶色の穂花　㊞夏

花芙蓉　はなふよう　［植］　芙蓉の花のこと
　㊞秋

花見　はなみ　［人］　桜の花を見に出かける
　こと。花といえば桜をさす。春の行楽の一
　つ　㊞春

花見の席　はなみのせき　［人］　花筵のこと
　㊞春

花見人　はなみびと　［人］　桜の花をみる人
　㊞春

花見八日　はなみようか　［人］　山に花見を
　する四月八日をいう　㊞春

花見小袖　はなみこそで　［人］　花見にゆく
　女性の晴れ着、花見衣装のこと　㊞春

花見手拭　はなみてぬぐい　［人］　花見をす
　るときに使う手拭　㊞春

花見月　はなみづき　［時］　陰暦三月の別称
　㊞春

花見衣　はなみごろも　［人］　花衣の別称
　㊞春

花見衣裳　はなみいしょう　［人］　花見にゆ
　く女性の晴れ着、花見衣装のこと　㊞春

花見車　はなみぐるま　［人］　花見の車のこ
　と　㊞春

花見虱　はなみじらみ　［動］　よごれた冬の
　着物にわいた虱が、花見ごろに活動を始め
　ること　㊞春

花見客　はなみきゃく　［人］　春、桜の花見
　をしにきた人　㊞春

花見扇　はなみおうぎ　［人］　花見をすると
　きに使う扇　㊞春

花見酒　はなみざけ　［人］　花見の宴で飲む
　酒　㊞春

花見疲　はなみづかれ　［人］　花疲に同じ

180　俳句季語よみかた辞典

[季]春

花見笠　はなみがさ［人］　花見のときの笠　[季]春

花見船　はなみぶね［人］　岸の花をながめ楽しむために浮かべる船　[季]春

花見鳥　はなみどり［動］　鶯の別称　[季]春

花見衆　はなみしゅう［人］　花見をみる群衆　[季]春

花見樽　はなみだる［人］　花見酒の入った樽　[季]春

花見鯛　はなみだい［動］　桜鯛の別称　[季]春

花貝　はながい［動］　桜貝の別称　[季]春

花車　はなぐるま［人］　桜花を積み重ねた車の意とも、花見の車の意ともいう　[季]春

8花供養　はなくよう［宗］　四月十八日から二十二日に行なわれる鞍馬の花供養の別称　[季]春

花供懺法　はなぐせんぽう［宗］　四月十八日から二十二日に行なわれる鞍馬の花供養の別称　[季]春

花房　はなぶさ［植］　房のように咲いた桜の花　[季]春

花押始　かおうはじめ［人］　江戸時代、正月三日に老中が新年になって初めて奉書に花押を署する行事　[季]新年

花明り　はなあかり［植］　満開の桜のまわりがほの明るいこと　[季]春

花枇杷　はなびわ［植］　バラ科常緑高木である枇杷の、十二月頃に咲く三角形総状の白い花　[季]冬

花林檎　はなりんご［植］　バラ科の落葉高木。晩春、白色の花をつける。果実は晩秋の季語　[季]春

花茄子　はななす［植］　ナス科の一年草で、夏に紫色の合弁花をつける　[季]夏

花苔　はなごけ［植］　コケ類の総称で、実際には花は咲かない。苔むした感じが、夏にふさわしい　[季]夏

花苺　はないちご［植］　晩春に咲く白い花　[季]春

9花亭　かてい［宗］　仏生会の時に灌仏のため釈迦誕生像を安置する、いろいろな花で飾られた小さな御堂のこと　[季]春

花便り　はなだより［植］　桜の花の咲いたのを知らせる便り　[季]春

花南天　はななんてん［植］　メギ科の常緑樹。七月頃、あまり目立たない白色の小さな花をつける。実は冬の季語　[季]夏

花南瓜　はなかぼちゃ［植］　南瓜の花の別称。夏、黄色の合弁花をつける　[季]夏

花咲月　はなさきづき［時］　陰暦三月の別称　[季]春

花咲蟹　はなさきがに［動］　タラバガニ科に属する蟹。晩秋が漁期　[季]秋

花春菊　はなしゅんぎく［植］　花輪菊のこと　[季]春

花柑子　はなこうじ［植］　日本在来の蜜柑の花のこと。夏、白色の小花が咲く　[季]夏

花柳衣　はなやぎごろも［人］　春衣のかさねの色目の一つ。表が白、裏は青　[季]春

花柚　はなゆ［植］　ミカン科の常緑木である柚子の花のこと。初夏、白いの小花をつける。実は秋の季語　[季]夏

花柚子　はなゆず［植］　ミカン科の常緑木である柚子の花のこと。初夏、白いの小花をつける。実は秋の季語　[季]夏

花海棠　はなかいどう［植］　中国産のバラ科の落葉低木。四月頃、紅色の柄の長い花をつける　[季]春

花津月　はなつづき［時］　陰暦三月の別称　[季]春

花炭　はなずみ［人］　花木の姿そのままの形態の白炭。炭は冬の季語　[季]冬

花珊瑚　はなさんご［植］　生垣用に植えられる常緑小高木。七、八月頃、枝先に紫がかった白い小花が集まり咲く　[季]夏

花畑　はなばたけ［地］　秋の草花を咲かせた畑。春も花畑はありうるが、季語としては春ではなく秋の花畑のこと　[季]秋

花相撲　はなずもう［人］　木戸銭を徴集せず、見物から出される纏頭のみを受ける相撲　[季]秋

花神楽　はなかぐら［宗］　湯立神楽の一種で、花祭の別称　[季]冬

花胡瓜　はなきゅうり［植］　ウリ科の一年性野菜で、初夏に皺のある黄色の花が咲く　[季]夏

花茨　はないばら［植］　細長い蔓性の枝を持つ落葉灌木の花。初夏の頃、香りのある白い五弁の花をつける　[季]夏

花茗荷　はなみょうが［植］　木陰に自生する野草。初夏、赤い線の入った白い花を穂

7画（花）

状につける 🅼夏

花虻 はなあぶ ［動］ 虻の一種 🅼春

花軍 はないくさ ［人］ 花の枝をもって打ち合う遊戯。または、花合せのこと 🅼春

[10]花圃 かほ ［地］ 秋の草花を咲かせた畑。春も花畑はありうるが、季語としては春ではなく秋の花畑のこと 🅼秋

花埃 はなぼこり ［植］ 桜の花がほこりのように舞い散るさま 🅼春

花屑 はなくず ［植］ 散った桜の花を屑にみたてた言い回し 🅼春

花扇 けせん, はなおうぎ ［人］ 七種の草花を束ね檀紙で包み、水引きで扇形に装飾したもの。近世、七夕に陽明家から宮中に献上した 🅼秋

花扇の使 けせんのつかい ［人］ 七夕に、五摂家をはじめ各公家から、お花と挨拶状を御殿女中に持たせて、宮中へごきげんうかがいにやった使いのこと 🅼秋

花時 はなどき ［時］ 桜の花が咲く頃 🅼春

花時の雨 はなどきのあめ ［天］ 桜の花時に降る雨。または桜の花に降りかかる雨のこと 🅼春

花桐 はなきり ［植］ ゴマノハグサ科の落葉高木の花。五月頃、枝先に円錐状に紫色の花が多数咲く 🅼夏, 秋

花栗 はなぐり ［植］ ブナ科の落葉高木。初夏に花穂を垂らし、淡黄色の細花をつける。独特の強い香りがある 🅼夏

花残月 はなのこりづき ［時］ 陰暦四月の別称 🅼夏

花烏賊 はないか ［動］ 桜の咲くころとれる烏賊のこと 🅼春

花畠 はなばたけ ［地］ 秋の草花を咲かせた畑。春も花畑はありうるが、季語としては春ではなく秋の花畑のこと 🅼秋

花疲 はなづかれ ［人］ 花見に歩き回り心身の疲れること 🅼春

花真菰 はなまこも ［植］ 真菰が秋につける大きな円錐状の花穂 🅼秋

花笑ふ はなわらう ［植］ 桜のつぼみが開くこと 🅼春

花茣蓙 はなござ ［人］ 様々な色に染めた藺で、涼しげな模様を織り出した茣蓙 🅼夏

花莧 はなひゆ ［植］ ヒユの一種 🅼夏

花通草 はなあけび ［植］ アケビ科のつる性落葉低木。四月頃、雌花と雄花が総のように固まって咲く 🅼春

花馬酔木 はなあせび, はなあしび ［植］ ツツジ科の常緑の低木で、四、五月頃に白い壺形の小花をつける 🅼春

[11]花梓 はなあずさ ［植］ カバノキ科の落葉高木。晩春、黄褐色の雄花と緑の雌花をつける 🅼春

花梨の実 かりんのみ ［植］ 中国原産の果樹。果実は卵円形で大きくなめらかで、晩秋に黄色く熟する。生食には適さず、煮食または砂糖漬けにして用いる 🅼秋

花梔子 はなくちなし ［植］ アカネ科の常緑低木の花。秋に実が熟しても口が開かないことからの名。夏に白色の六弁花をつける 🅼夏

花猫眼草 はねこめそう, はねこのめそう ［植］ 猫の眼草の一種 🅼春

花盛り はなざかり ［植］ 桜が盛んに咲く時期 🅼春

花盗人 はなぬすびと ［人］ 春、花見にいって、こっそり花を折ってくる人 🅼春

花祭 はなまつり ［宗］ 出羽三山祭の別称 🅼夏

花祭 はなまつり ［宗］ 十二月から一月にかけて、愛知県北設楽郡の山村で行われる湯立神楽 🅼冬

花祭 はなまつり ［宗］ 四月八日、釈迦の降誕祭 🅼春

花笠 はながさ ［植］ 桜の花弁のくぼみをかさに見立てていう 🅼春

花笠草 はながさそう ［植］ 衣笠草の別称。晩春に白く大きい花が咲く 🅼夏

花紫 はなむらさき ［植］ ムラサキ科の多年草。晩夏、葉の根元に白い花をつける 🅼秋, 夏

花菜 はなな ［植］ ナタネの花。早春から四月ごろに咲く黄色の花。種から油をとったり、花を食用にする 🅼春

花菜摘 はななつみ ［人］ 菜の花を摘むこと 🅼春

花菜漬 はななづけ ［人］ 春の菜の花（あぶらな）とその葉を塩漬けにしたもの 🅼春

花菖蒲 はなしょうぶ ［植］ アヤメ科の花で、ノハナショウブの栽培改良種。六月梅

雨時に咲く。花色はさまざまで、菖蒲（あやめ）に似ている　[季]夏

花菖蒲の衣　**はなしょうぶのころも**　［人］　夏衣のかさねの色目の一つ　[季]夏

花菱草　**はなびしそう**　［植］　北米原産のケシ科多年草。五月から六月頃、黄色の花をつける　[季]夏

花菫　**はなすみれ**　［植］　菫の別称　[季]春

花野　**はなの**　［地］　秋の草花が咲き乱れる、華やかな、しかし一抹の寂しさも漂う野　[季]秋

花野風　**はなのかぜ**　［地］　秋の野花をゆらす風　[季]秋

花野原　**はなのはら**　［地］　秋の草花が咲き乱れる、華やかな、しかし一抹の寂しさも漂う野　[季]秋

花野菜　**はなやさい**　［植］　カリフラワーの別称　[季]冬

花野道　**はなのみち**　［地］　秋の花野を通る道　[季]秋

花雪洞　**はなぼんぼり**　［人］　夜桜見物の花の下、そこここに設置された雪洞のこと　[季]春

花鳥　**はなどり**　［動］　春の花に宿る鳥　[季]春

12**花傘祭**　**はながさまつり**　［宗］　京都市・御香宮神社の祭礼　[季]秋

花御堂　**はなみどう**　［宗］　仏生会の時に灌仏のため釈迦誕生像を安置する、いろいろな花で飾られた小さな御堂のこと　[季]春

花換祭　**はなかえまつり**　［宗］　四月、敦賀市・金ヶ崎宮で行なわれる祭　[季]春

花散らし　**はなちらし**　［人］　雛祭りの翌日の三月四日に磯遊びをする北九州の風習　[季]春

花散る　**はなちる**　［植］　桜の花が風で散ること　[季]春

花椎　**はなしい**　［植］　ブナ科の常緑高木。六月頃、梢の上に香りの強い、長い淡黄色の小花が穂状に集まり咲く　[季]夏

花棕櫚　**はなしゅろ**　［植］　ヤシ科の常緑高木。五月頃、葉の根元から花序が出て、黄色の小花が集まり咲く　[季]夏

花湯市　**はなゆいち**　［人］　五月八日、鳥取・三朝薬師の縁日　[季]夏

花湯祭　**はなゆまつり**　［人］　五月八日、鳥取・三朝薬師の縁日　[季]夏

花筏　**はないかだ**　［人］　川に浮かんで流れる桜の花を筏にみたてた言い回し　[季]春

花筏　**はないかだ**　［植］　ミズキ科の落葉低木で、四、五月頃、淡緑色の小花が寄り添って咲く　[季]春

花葵　**はなあおい**　［植］　アオイ科の二年草の花の総称。夏に開花する　[季]夏

花萵苣　**はなぢしゃ**　［植］　菊萵苣の別称。春から夏にかけて新葉をサラダにする　[季]夏

花過ぎ　**はなすぎ**　［時］　桜の花の盛りの過ぎたころ　[季]春

13**花園**　**はなぞの**　［地］　秋の草花を咲かせた庭園。春も庭園はありうるが、季語としては春ではなく秋の庭園のこと　[季]秋

花園踊　**はなぞのおどり**　［人］　盆踊の一つ　[季]秋

花慈姑　**はなくわい**　［植］　沢瀉（おもだか）の別称。六、七月頃に白い花をつける　[季]夏

花榊　**はなさかき**　［植］　ツバキ科の常緑小高木。初夏、葉の根元に白い小花が下向きに咲く。花は芳香が強い　[季]夏

花椿　**はなつばき**　［植］　花の咲いた椿　[季]春

花楓　**はなかえで**　［植］　カエデ科の落葉高木の総称。四月頃、あまり目立たない小花が咲く。秋の紅葉は鮮やか　[季]春

花椰菜　**はなやさい**　［植］　カリフラワーの別称　[季]冬

花煙草　**はなたばこ**　［植］　喫煙用の葉をとるために栽培される植物で、初秋、薄紫色の花をつける　[季]秋

花筵　**はなむしろ**　［人］　様々な色に染めた藺で、模様を織り出した茣蓙　[季]夏

花筵　**はなむしろ**　［人］　咲き誇る桜花の下に敷く筵　[季]春

花蜂　**はなばち**　［動］　蜂の一種　[季]春

花飾　**はなかざり**　［人］　正月十四日、木の枝に紅白の細かく刻んだ餅切れをつけて飾る小正月の飾り木　[季]新年

14**花摘祭**　**はなつみまつり**　［宗］　四月十三日、大阪・大鳥神社で行われる祭　[季]春

花暦　**はなごよみ**　［人］　年中百花の開落期をしるしたその年の暦　[季]新年

花歌留多　**はなかるた**　［人］　花札のこと　[季]新年

花漆　はなうるし　［植］　ウルシ科の落葉高木。六月頃、葉の根元に円錐状の黄緑色の小花が集まり咲く　[季]夏

花漬　はなづけ　［人］　牡丹桜の花の塩漬け　[季]春

花種　はなたね　［人］　花の種（春蒔き）　[季]春

花種蒔く　はなたねまく　［人］　春、花の種を蒔くこと　[季]春

花蓴菜　はなじゅんさい　［植］　浅沙の別称　[季]夏

花蓼　はなたで　［植］　犬蓼の花のこと。初秋、赤紫の小花が穂状に咲く　[季]秋

花蜜柑　はなみかん　［植］　広く蜜柑類の花の総称。どの種類でも初夏、白色の小花をつける　[季]夏

花酸漿草　はなかたばみ　［植］　オキザリスの別称　[季]春

花銀杏　はないちょう　［植］　イチョウ科の落葉高木。春に黄緑色の花がつく。実と黄葉は秋の季語　[季]春

花餅　はなもち　［人］　餅花の別称　[季]新年

花魁草　おいらんそう　［植］　北米原産の多年草。晩夏に小花を群生させる　[季]夏

15 花樗　はなおうち　［植］　一般には栴檀といわれている。初夏、淡紫色の小花が穂状に咲く　[季]夏

花樒　はなしきみ　［植］　モクレン科の常緑小高木。三、四月頃、クリーム色の花が咲く　[季]春

花潜　はなむぐり　［動］　黄金虫の一種　[季]夏

花箭　はなや　［宗］　熊祭で熊を射る箭　[季]冬

花蕨　はなわらび　［植］　冬蕨の別称　[季]冬

花豌豆　はなえんどう　［植］　スイートピーの別称　[季]夏

花輪菊　はなわぎく　［植］　キク科の宿根草で、四、五月頃、白・黄・紅・暗紫色の色がまるで蛇の目模様のような花をつける　[季]春

16 花壇　かだん　［地］　秋の草花を咲かせた庭園。春も庭園はありうるが、季語としては春ではなく秋の庭園のこと　[季]秋

花曇　はなぐもり　［天］　桜の咲くころの曇り空のこと　[季]春

花橘　はなたちばな　［植］　暖地に自生する日本古来の橘の花で、もともとは蜜柑の古称。六月頃に白い五弁の花をつける　[季]夏

花氈　かせん　［人］　咲き誇る桜花の下に敷く筵　[季]春

花瓢　はなひさご　［植］　瓢の花の別称。晩夏に白い花をつける　[季]夏

花篝　はなかがり　［人］　夜桜見物の花の下、そこここに設けられた篝火のこと　[季]春

花薄　はなすすき　［植］　秋、ススキの穂に出る花のこと　[季]秋

花錦　はなにしき　［植］　桜の美しさを錦にみたてたもの　[季]春

17 花擬宝珠　はなぎぼうし　［植］　初夏五、六月頃咲く擬宝珠の花のこと。花は薄紫で漏斗状　[季]夏

花縮砂　はなしゅくしゃ　［植］　ジンジャーの別称。初秋、純白で芳香のある花をつける　[季]秋

花薺　はななずな　［植］　アブラナ科の二年草。早春から三月の頃に咲く白い小さい花　[季]春

18 花簪　はなかんざし　［植］　オーストラリア原産の植物。葉は線形で、三月頃に白や淡紅色の花をつける　[季]春

19 花蘇枋　はなすおう　［植］　中国産のマメ科の落葉低木。四月ごろ紅紫色の小花を密生してつける　[季]春

花藻　はなも　［植］　藻類の花の総称。特定の花を指すのではない　[季]夏

花鶏　あとり　［動］　燕雀目アトリ科の小鳥。十月頃、大群で北方から渡来する　[季]秋

20 花罌粟　はなげし　［植］　ケシ科の越年草の花の総称。初夏、四弁の大きな花が咲く。麻薬をとるのは白果種で、栽培は禁じられている　[季]夏

花朧　はなおぼろ　［植］　遠方に群がり咲く桜がおぼろにかすむさま　[季]春

【芥】

3 芥子の花　けしのはな　［植］　ケシ科の越年草の花の総称。初夏、四弁の大きな花が咲く。麻薬をとるのは白果種で、栽培は禁じられている　[季]夏

芥子坊主　けしぼうず　［植］　夏、罌粟の花

の散ったあとの球形の実のこと [季]夏

芥子菜　からしな［植］中央アジアの原産の菜。薹の出始めたころ収穫し漬け物にする。花は四月頃咲く [季]春

芥子漬製す　からしづけせいす［人］秋に芥子漬をつくること [季]秋

芥川忌　あくたがわき［宗］七月二十四日、大正期の小説家芥川龍之介の忌日 [季]夏

11芥菜　からしな［植］中央アジアの原産の菜。薹の出始めたころ収穫し漬け物にする。花は四月頃咲く [季]春

芥菜蒔く　からしなまく［人］九月頃、芥菜の種を蒔くこと [季]秋

【芹】

オランダ芹　おらんだせり［植］パセリーの別称 [季]夏

芹　せり［植］セリ科の多年草。春の七草の一つ [季]春

0芹の水　せりのみず［植］芹の生える水辺 [季]春

芹の花　せりのはな［植］セリ科の多年草。夏、直立した茎に白い花が咲く [季]夏

5芹田　せりだ［植］芹がたくさんはえているところ [季]春

12芹焼　せりやき［人］鴨や川魚の鍋物の時、臭み消しにセリを使ったもの [季]冬

14芹摘　せりつみ［人］芹を摘みとること [季]新年

芹摘　せりつみ［植］芹を摘みとること [季]春

芹摘む　せりつむ［人］芹を摘みとること [季]新年

芹摘む　せりつむ［人］芹を摘みとること [季]春

17芹薺　せりなずな［人］芹と薺のみをいれた七日粥 [季]新年

芹鍋　せりなべ［人］鴨や川魚の鍋物の時、臭み消しにセリを使ったもの [季]冬

【芸】

8芸始めて生ず　うんはじめてしょうず［時］七十二候の一つで、大雪の第三候。陽暦十二月十七日から二十一日頃 [季]冬

9芸香　へんるうだ［植］地中海沿岸原産の観賞植物 [季]夏

芸香　うんこう［植］沈丁花の別称 [季]春

11芸術祭　げいじゅつさい［人］文化の日を中心として行なわれる文部省主催の恒例行事 [季]秋

【芝】

0芝の芽　しばのめ［植］春、新しく萌え出た芝生の若芽のこと [季]春

3芝川海苔　しばかわのり［植］海苔の一種 [季]春

4芝刈　しばかり［人］夏、生長してきた芝生を刈り揃えること [季]夏

芝刈機　しばかりき［人］生長してきた芝生を刈り揃えるのに使う、車のついた機械 [季]夏

芝切神事　しばきりしんじ［宗］賀茂御蔭祭の神事の一つ [季]夏

芝火　しばび［人］早春の芝焼の火のこと [季]春

8芝居仕初　しばいしぞめ［人］元日から上演される正月の歌舞伎興行 [季]新年

芝居正月　しばいしょうがつ［宗］顔見世の別称。俳優にとっては正月にも匹敵するということからいう [季]冬

芝明神祭　しばみょうじんまつり［宗］正月六日、六日年越のため芝明神の産土神に参詣した年越し祭り [季]新年

芝青む　しばあおむ［植］冬の間枯れていた芝生が、春、芽を出し始めること [季]春

9芝枯る　しばかる［植］冬、芝が狐色に枯れるさま [季]冬

芝神明祭　しばしんめいまつり［宗］九月十一日から二十一日まで、東京・芝大神宮で行われる祭礼 [季]秋

芝茸　しばたけ［植］茸の一種 [季]秋

10芝桜　しばざくら［植］フロックスの園芸品種。晩春から初夏にかけて、桃色の花をつける [季]春

芝能　しばのう［人］薪能の一つ [季]春

11芝萌ゆる　しばもゆる［植］冬の間枯れていた芝生が、春、芽を出し始めること [季]春

12芝焼　しばやき［人］早春に山・土手などの枯れ草を焼き払い、早春に畑を焼き払い、害虫駆除や肥料生成を行うこと [季]春

芝焼く　しばやく　［人］　早春に山・土手などの枯れ草を焼き払い、早春に畑を焼き払い、害虫駆除や肥料生成を行うこと　季春

【芭】

15芭蕉　ばしょう　［植］　秋に大きく生長した芭蕉の葉をさす　季秋

芭蕉の花　ばしょうのはな　［植］　晩夏、芭蕉がつける黄茶色の穂花　季夏

芭蕉の巻葉　ばしょうのまきば　［植］　初夏に萌え出す芭蕉の巻き葉のこと　季夏

芭蕉の破葉　ばしょうのやれば　［植］　芭蕉の大きな葉が、晩秋にもなると風雨に傷んで裂けてくること　季秋

芭蕉布　ばしょうふ, ばしょうぬの　［人］　生布の一種で、芭蕉の皮の繊維を材料としたもの　季夏

芭蕉会　ばしょうえ　［宗］　陰暦十月十二日、江戸時代前期の俳人松尾芭蕉の忌日　季冬

芭蕉忌　ばしょうき　［宗］　陰暦十月十二日、江戸時代前期の俳人松尾芭蕉の忌日　季冬

芭蕉林　ばしょうりん　［植］　芭蕉の生えた林。芭蕉は秋の季語　季秋

芭蕉若葉　ばしょうわかば　［植］　大きな葉を広げた初夏の芭蕉の姿　季夏

芭蕉枯る　ばしょうかる　［植］　冬、芭蕉が枯れ朽ちること　季冬

芭蕉破るる　ばしょうやぶるる　［植］　芭蕉の大きな葉が、晩秋にもなると風雨に傷んで裂けてくること　季秋

芭蕉葉　ばしょうば　［植］　三メートルにもなるみずみずしい秋の芭蕉の広葉　季秋

芭蕉葉の玉　ばしょうはのたま　［植］　初夏に萌え出す芭蕉の巻き葉のこと　季夏

【芙】

9芙美子忌　ふみこき　［宗］　六月二十八日、大正・昭和期の小説家林芙美子の忌日　季夏

13芙蓉　ふよう　［植］　アオイ科の落葉低木。初秋の頃、薄紅色の大きな花をつけ、一日でしぼみ落ちる　季秋

芙蓉の実　ふようのみ　［植］　初秋に芙蓉の花が散った後、秋の半ば頃にできる球形の実のこと。熟すると裂けて飛散する　季秋

芙蓉枯る　ふようかる　［植］　芙蓉が冬に葉を落して枯れたようす　季冬

【芳】

8芳宜草　ほうぎそう　［植］　萩の別称。萩は秋の代表的な植物　季秋

9芳春　ほうしゅん　［時］　春の盛りのこと　季春

芳草　ほうそう　［植］　芳しく香る春に萌え出た草　季春

13芳歳　ほうさい　［時］　年始の別称　季新年

【芄】

19芄蘭　ぐねんらん　［植］　ガガイモの別称　季夏

【芡】

芡　おにばす　［植］　スイレン科の一年草で、直径一メートル前後の円形の葉を水面に浮かべる。夏、水中から柄を出して一花を開く　季夏

0芡の花　おにばすのはな　［植］　スイレン科の一年草で、直径一メートル前後の円形の葉を水面に浮かべる。夏、水中から柄を出して一花を開く　季夏

【見】

0見すえ鳥　みすえどり　［人］　鳴鳥狩の別称　季春

見すへ鳥　みすえどり　［人］　鳴鳥狩の別称　季春

見せばや　みせばや　［植］　ベンケイソウ科の多年草。十月頃、薄紅色の小花が咲く　季秋

【角】

2角力　すもう　［人］　相撲は元来は神事として行われたもので、朝廷では初秋に相撲節会が行われ、各神社でも秋祭の行事として宮相撲や草相撲が行われた　季秋

角力取草　すもうとりぐさ　［植］　相撲草の別称。秋に花穂をつける　季秋

角力草　すもうぐさ　［植］　野原や路傍に生える一年草。秋に花穂をつける。茎が強いため、子供が茎同士を引っかけ、引き合って遊ぶ　季秋

7画（言, 谷, 豆）

角又　つのまた　［植］　全国の沿岸に見られる海藻で、春に採取して糊料に使う　㊋春

角又干す　つのまたほす　［植］　角又を干すこと　㊋春

³角叉　つのまた　［植］　全国の沿岸に見られる海藻で、春に採取して糊料に使う　㊋春

角叉干す　つのまたほす　［植］　角叉を干すこと　㊋春

角大師の像を貼る　つのだいしのぞうをはる　［人］　元三大師の像を門戸に貼るに同じ　㊋新年

⁵角凧　かくだこ　［人］　凧の一種　㊋新年

角田螺　つのたにし　［動］　田螺の一種　㊋春

⁶角伐　つのきり　［宗］　鹿の角切に同じ　㊋秋

⁷角兵衛獅子　かくべえじし　［人］　越後月潟の獅子舞。実際は正月とは関係はない　㊋新年

⁹角巻　かくまき　［人］　毛布でできた外出時の肩かけで、冬の防寒用。東北地方や長野、新潟などでみられる女性風俗　㊋冬

角巻脱ぐ　かくまきぬぐ　［人］　春、暖かくなって角巻を脱ぎ身軽になること　㊋春

¹⁰角倉船乗初　すみのくらふなのりぞめ　［人］　江戸時代、正月二日に京都の豪商角倉氏が高瀬川で行なった船方の仕事始めのこと　㊋新年

¹¹角組む荻　つのぐむおぎ　［植］　湿地の荻の芽のこと。春、水が温むと根から角のような芽が出る　㊋春

角組む蘆　つのぐむあし　［植］　水辺の蘆の芽のこと。春、水が温むと蘆根から角のような芽が出る　㊋春

¹²角觝　すもう　［人］　相撲は元来は神事として行われたもので、朝廷では初秋に相撲節会が行われ、各神社でも秋祭の行事として宮相撲や草相撲が行われた　㊋秋

¹⁶角頭巾　すみずきん, かくずきん　［人］　老人、医師、法師、俳諧師など剃髪の人がかぶったもの　㊋冬

²⁴角鷹　くまたか　［動］　やや大型の鷹の一種　㊋冬

【言】

⁴言水忌　ごんすいき　［宗］　陰暦九月二十四日、江戸時代前期の俳人池西言水の忌日

㊋秋

¹³言觸　ことぶれ　［人］　昔の鹿島の事触のこと　㊋新年

【谷】

⁰谷うつぎ　たにうつぎ　［植］　空木の一種　㊋夏

⁶谷地珊瑚　やちさんご　［植］　厚岸草の別称。深緑色の茎が秋が深まると次第に紅紫色に変わっていく　㊋秋

谷汲踊　たにくみおどり　［宗］　二月十八日、岐阜県谷汲村の天神神社と華厳寺で行われる豊作祈願の踊　㊋春

⁸谷若葉　たにわかば　［植］　谷にある初夏の木々のみずみずしい新葉のこと　㊋夏

¹¹谷崎忌　たにざきき　［宗］　七月三十日、大正・昭和期の小説家谷崎潤一郎の忌日　㊋夏

²⁰谷朧　たにおぼろ　［天］　谷がおぼろに見えるさま　㊋春

【豆】

とと豆　ととまめ　［人］　産卵前の魚類、特に鮭の卵巣を塩漬けにした食品　㊋秋

はじき豆　はじきまめ　［植］　蚕豆の別称。初夏、莢から出して食べる　㊋夏

⁰豆の花　まめのはな　［植］　春蒔の豆類の花の総称。または特にそら豆の花をさす。通常五枚の蝶形の花弁をもつ　㊋春, 夏

豆はやす　まめはやす　［宗］　節分の豆撒きの時に囃すこと　㊋冬

³豆干す　まめほす　［人］　秋に収穫した豆を干して乾かすこと　㊋秋

⁴豆引く　まめひく　［人］　秋、よく実って熟した豆類を収穫すること　㊋秋

⁵豆叩く　まめたたく　［人］　秋、収穫して乾かした豆を打ち、その莢から実を出すこと　㊋秋

豆打　まめうち　［人］　節分の豆撒のこと　㊋冬

豆打つ　まめうつ　［人］　秋、収穫して乾かした豆を打ち、その莢から実を出すこと　㊋秋

豆田螺　まめたにし　［動］　田螺の一種　㊋春

⁶豆名月　まめめいげつ　［天］　陰暦九月十三

日の月　[季]秋
豆回し　まめまわし　［動］　鵤の別称　[季]夏
7豆花雨　とうかう　［天］　秋に降る雨　[季]秋
8豆炒　まめいり　［人］　雛壇に供える雛あられの材料　[季]春
9豆廻し　まめまわし　［動］　鵤の別称　[季]秋
豆柿　まめがき　［植］　信濃柿の別称　[季]秋
豆炭　まめたん　［人］　煉炭の一種　[季]冬
10豆桜　まめざくら　［植］　桜の一種　[季]春
11豆殻　まめがら　［人］　秋に収穫した豆の殻　[季]秋
豆殻挿す　まめがらさす　［人］　節分の豆撒の夜、豆殻を刺した柊の小枝を門口に掲げて鬼を払う風習　[季]冬
12豆植う　まめうう　［人］　夏至の前後、豆類の種を蒔くこと　[季]夏
豆飯　まめめし　［人］　初夏の豌豆を塩味で炊きこんだ御飯　[季]夏
13豆蒔く　まめまく　［人］　夏至の前後、豆類の種を蒔くこと　[季]夏
14豆稲架　まめはざ　［人］　秋に収穫した豆を干す稲架　[季]秋
豆腐氷らす　とうふこおらす　［人］　冬に凍豆腐をつくること。晴れた冬の夜更けに厳寒の戸外で豆腐を凍らせ、天日に乾すもの　[季]冬
豆腐凍らす　とうふこおらす　［人］　冬に凍豆腐をつくること。晴れた冬の夜更けに厳寒の戸外で豆腐を凍らせ、天日に乾すもの　[季]冬
15豆撒　まめまき　［人］　節分の夜、豆を撒いて鬼を追い払う習俗　[季]冬
18豆類の花　まめるいのはな　［植］　春まきの豆類の花の総称で、五枚の蝶形の花弁をもつ　[季]夏

【貝】

ありそ貝　ありそがい　［動］　馬珂貝の別称　[季]春
うば貝　うばがい　［動］　馬珂貝の別称　[季]春
おおとり貝　おととりがい　［動］　馬珂貝の別称　[季]春
おほとり貝　おおとりがい　［動］　馬珂貝の別称　[季]春
ぜぜ貝　ぜぜがい　［動］　細螺（きさご）の別称　[季]春
たから貝　たからがい　［動］　子安貝の別称　[季]春
にたり貝　にたりがい　［動］　貽貝の別称　[季]春
りうきうばか貝　りゅうきゅうばかがい　［動］　馬珂貝の一種　[季]春
0貝の華　かいのはな　［宗］　聖霊会に用いられる貝で作った曼珠沙華　[季]春
3貝子　ばいし　［動］　子安貝の別称　[季]春
5貝母の花　ばいものはな　［植］　ユリ科の多年草。三月から四月、釣り鐘のような花をつける　[季]春
6貝合　かいあわせ　［人］　昔の物合の一種で、珍しい貝に歌を添えて競うもの。後には雛の調度の一つにもなった　[季]春
11貝寄　かいよせ　［天］　陰暦二月二十二日の四天王寺聖霊会の前後に吹く季節風のなごりの西風のこと　[季]春
貝寄風　かいよせ　［天］　陰暦二月二十二日の四天王寺聖霊会の前後に吹く季節風のなごりの西風のこと　[季]春
貝桶　かいおけ　［人］　貝合などに使う貝を入れる六角または八角の桶。貝合が春の季語なのでこれも季節は春　[季]春
貝殻草　かいがらぐさ　［植］　オーストラリア原産の越年草　[季]秋
貝細工　かいざいく　［植］　キク科の園芸種。麦藁菊の別称　[季]夏
貝細工草　かいざいく　［植］　オーストラリア原産の越年草　[季]秋
12貝割れ菜　かいわれな　［植］　秋、大根や蕪や小松菜などが萌えでて子葉の開いた頃のもの　[季]秋
貝割菜　かいわりな　［植］　秋、大根や蕪や小松菜などが萌えでて子葉の開いた頃のもの　[季]秋
貝焼　かいやき　［人］　帆立貝の殻を鍋代わりにしてつくる魚肉のすき焼。冬の味覚　[季]冬
18貝覆　かいおおい　［人］　貝合の一種で、はじめに並べておく地貝に、あらたに取り出した出貝を合わせる遊び　[季]春

【赤】

0赤い羽根　あかいはね　［人］　十月一日から行われる民間社会事業資金の募金運動のシ

ンボル。募金をした人の胸に赤い羽根をつける　[季]秋

赤げら　あかげら ［動］ 中型のキツツキ。全土の山林にいる留鳥　[季]秋

赤つ腹　あかっぱら ［動］ 桜鰔の別称　[季]春

赤のまま　あかのまま ［植］ 犬蓼の花のこと。初秋、赤紫の小花が穂状に咲く　[季]秋

赤のまんま　あかのまんま ［植］ 犬蓼の花のこと。初秋、赤紫の小花が穂状に咲く　[季]秋

赤べら　あかべら ［人］ べらの一種　[季]夏

赤まんま　あかまんま ［植］ 犬蓼の花のこと。初秋、赤紫の小花が穂状に咲く　[季]秋

赤めばる　あかめばる ［動］ メバルの一種　[季]春

3**赤子**　あかこ ［動］ 糸蚯蚓の別称　[季]夏

赤小豆粥　あずきがゆ ［人］ 正月の十五日（望の日）の行事として、邪気を払うため食べる餅を入れた粥　[季]新年

赤小豆粥祝ふ　あずきがゆいわう ［人］ 正月の十五日（望の日）の行事として、邪気を払うため餅を入れた粥を食べること　[季]新年

4**赤手蟹**　あかてがに ［動］ 蟹の一種　[季]夏

赤水母　あかくらげ ［動］ 水母の一種　[季]夏

赤牛虻　あかうしあぶ ［動］ 虻の一種　[季]春

5**赤目河豚**　あかめふぐ ［動］ 河豚の一種　[季]冬

6**赤舌鮃**　あかしたびらめ ［動］ 舌鮃の一種　[季]夏

7**赤花藤**　あかばなふじ ［植］ 藤の一種　[季]春

赤豆の粥　あずきのかゆ ［人］ 冬至に赤小豆の粥を食べて厄払いとする風習　[季]冬

赤貝　あかがい ［動］ アカガイ科の二枚貝。春が旬　[季]春

8**赤卒**　あかやんま, あかえんば ［動］ 赤蜻蛉の一種　[季]秋

赤狐　あかぎつね ［動］ 毛色が赤褐の狐　[季]冬

赤茄子　あかなす ［植］ トマトの別称。晩夏に収穫する　[季]夏

赤芽芋　あかめいも ［植］ 里芋の一種　[季]秋

赤茎山葵　あかくきわさび ［植］ 山葵の一種　[季]春

9**赤帝**　せきてい ［時］ 五天帝の一つ。夏の神　[季]夏

赤彦忌　あかひこき ［宗］ 三月二十七日、明治・大正期の歌人島木赤彦の忌日　[季]春

赤星　あかぼし ［天］ さそり座のアンタレスのこと。古来仲夏をつかさどる星といわれた　[季]夏

赤柿　あかがき ［植］ 柿の品種の一つ　[季]秋

赤柏　あかがしわ ［人］ 小豆飯の別称　[季]冬

赤柏　あからがしわ ［宗］ 冬至の日、もしくは十一月一日に炊く赤豆の飯　[季]冬

赤海亀　あかうみがめ ［動］ 海亀の一種　[季]夏

赤海鼠　あかこ ［動］ 海鼠の一種　[季]冬

赤草　あかくさ ［植］ 茎葉が赤くみえる草のこと　[季]夏

赤茯苓　あかぶくりょう ［植］ 赤松に生える茯苓のこと　[季]秋

10**赤家蚊**　あかいえか ［動］ 蚊の一種　[季]夏

赤莧　あかひゆ ［植］ ヒユの一種　[季]夏

赤馬陸　あかやすで ［動］ 馬陸の一種　[季]夏

11**赤梨**　あかなし ［植］ 梨の種類の区分　[季]秋

赤祭　あかまつり ［宗］ 陰暦正月十四日、豊橋市の安久美神戸神明社で行なわれる祭り　[季]新年

赤紫蘇　あかじそ ［植］ 赤色の紫蘇　[季]夏

赤脚鴫　あかあししぎ ［動］ 鴫の一種だが、田鴫とは異なる　[季]秋

赤魚　あかうお ［動］ 桜鰔の別称　[季]春

12**赤富士**　あかふじ ［地］ 晩夏から初秋にかけ、明け方の太陽の分光を受けて、赤く色づいてみえる富士山のこと　[季]夏

赤斑蚊　あかまだらか ［動］ 蚊の一種　[季]夏

赤棟蛇　やまかがし ［動］ 蛇の一種　[季]夏

赤痢　せきり ［人］ 発熱と下痢を主症状とする急性伝染病。夏に多い病気　[季]夏

赤筋大根　あかすじだいこん ［植］ 大根の一種で、福島県産のもの　[季]冬

7画（走, 足）

赤蛙　あかがえる　［動］　蛙の一種　㋥春
13赤椿　あかつばき　［植］　椿の一種　㋥春
赤楊の花　はんのきのはな　［植］　カバノキ科の落葉高木。早春、暗紫褐色の花をつける　㋥春
赤猿子　あかましこ　［動］　猿子鳥の一種。シベリア東部・満州・モンゴル・中国北部に分布し、迷鳥としてきわめてまれに渡来する　㋥秋
赤腹　あかはら　［動］　イモリの別称　㋥夏
赤腹　あかはら　［動］　脇腹が赤茶色をしているツグミ科の夏鳥。夏に山林で繁殖し、冬は暖地に帰っていく　㋥夏
赤蜈蚣　あかむかで　［動］　蜈蚣の一種　㋥夏
赤蛺蝶　あかたては　［動］　蝶の一種　㋥春
赤裸　あかはだか　［人］　裸のこと　㋥夏
14赤熊　あかぐま　［動］　赤毛の熊　㋥冬
赤翡翠　あかしょうびん　［動］　カワセミ科の鳥で、五月上旬に南方より渡来する夏鳥　㋥夏
赤蜻蛉　あかとんぼ　［動］　主として秋にみられる体の赤い蜻蛉。実際には、夏は山地で過ごし、秋になって体色が赤く変化するとともに平地に降りてくる種類もある　㋥秋
15赤槿　せききん　［植］　仏桑花の別称　㋥夏
赤潮　あかしお　［地］　日射量が増加し、海水のプランクトンが急激に繁殖して海水面が赤く濁る現象。春の季語とすることもある　㋥春
赤蕪　あかかぶ　［植］　赤色の蕪のこと　㋥冬
赤蝮　あかまむし　［動］　蝮の一種　㋥夏
赤霊符　せきれいふ　［人］　桃印符の別称　㋥夏
16赤頭蜈蚣　あかずむかで　［動］　蜈蚣の一種　㋥夏
赤頸かいつぶり　あかえりかいつぶり　［動］　顔に橙黄色の美しい飾り羽のあるカイツブリ科の水鳥で、これは冬の渡り鳥　㋥冬
17赤鮠　あかはえ　［動］　追川の別称、産卵期に雄が赤色を帯びることから　㋥夏
18赤襟鳰　あかえりかいつぶり　［動］　顔に橙黄色の美しい飾り羽のあるカイツブリ科の水鳥で、これは冬の渡り鳥　㋥冬

赤鯊　あかはぜ　［動］　鯊の一種　㋥秋
赤鵙　あかもず　［動］　鵙の一種　㋥秋
19赤蟻　あかあり　［動］　蟻の一種　㋥夏
21赤鰤　あかぶり　［動］　かんぱちの別称　㋥夏
22赤鬚　あかひげ　［動］　ツグミ科の小鳥。薩南諸島、沖縄列島に分布する　㋥春
23赤鱏　あかえい　［動］　アカエイ科に属する底魚。夏が旬　㋥夏

【走】

0走の茶　はしりのちゃ　［人］　新茶の別称　㋥夏
走り馬　はしりうま　［宗］　賀茂競馬の馬　㋥夏
走り蕎麦　はしりそば　［人］　新蕎麦（しんそば）に同じ　㋥秋
走り藷　はしりいも　［植］　夏のうちに掘られる薩摩芋　㋥夏
走り鰊　はしりにしん　［動］　初物の鰊　㋥春
6走百病　やぶいり　［宗］　一月十六日、奉公人が一日休みを貰い、実家に帰ること　㋥新年
9走炭　はしりずみ　［人］　炭火がはぜて飛ぶこと。炭は冬の季語　㋥冬
10走梅雨　はしりづゆ　［天］　五月の末ごろに、梅雨らしい現象が現われること　㋥夏
走馬灯　そうまとう　［人］　二重にした枠の内側の模様が、外側にうつり、回るようにした灯籠。夏の夜に相応しく、夜店などで今も見かける　㋥夏

【足】

8足炉　あしろ　［人］　足もとに置いて、冷えこみを防ぐ足あぶり　㋥冬
足長蜂　あしながばち　［動］　蜂の一種　㋥春
11足袋　たび　［人］　防寒、礼装のために足にはくもの　㋥冬
足袋はき初　たびはきぞめ　［人］　足袋をはきはじめる日　㋥秋
足袋干す　たびほす　［人］　洗った足袋を干すこと。底が厚地のため乾きにくく、二、三日干っ放しにする　㋥冬
足袋洗う　たびあらう　［人］　汚れた足袋を

190　俳句季語よみかた辞典

洗うこと [季]冬

12足揃　あしそろえ ［宗］ 賀茂の足揃のこと。賀茂競馬に出場する馬を決めること [季]夏

足揃　あしぞろえ ［人］ 顔見世の別称 [季]冬

足温め　あしぬくめ ［人］ 足もとに置いて、冷えこみを防ぐ足あぶり [季]冬

足温器　そくおんき ［人］ 足もとに置いて、冷えこみを防ぐ足あぶり [季]冬

足焙　あしあぶり ［人］ 足もとに置いて、冷えこみを防ぐ足あぶり [季]冬

【身】

0身に入む　みにしむ ［時］ 秋、冷気や寂寥感を痛切に骨身にしみ透って感じること [季]秋

身に沁む　みにしむ ［時］ 秋、冷気や寂寥感を痛切に骨身にしみ透って感じること [季]秋

4身不知柿　みしらずがき ［植］ 渋柿の品種の一つ [季]秋

身欠鰊　みかきにしん ［人］ 春鰊の頭と尾と切り去り、二つに裂いて干したもの。初夏に出回る [季]夏

10身酒　みざけ ［人］ 鰭酒の鰭の代わりに河豚刺しを入れたもの [季]冬

【車】

ラッセル車　らっせるしゃ ［人］ 除雪をするための機関車。先頭に三角形の雪除けが付いている [季]冬

ロータリー車　ろーたりーしゃ ［人］ 雪を遠くに吹き飛ばす装置のある除雪車 [季]冬

0車むぐら　くるまむぐら ［植］ 葎の一種 [季]夏

5車出す　くるまだす ［人］ 冬の間、心棒から車輪をはずして別々に納屋にしまっておいた車を、春に組み立てること [季]春

6車百合　くるまゆり ［植］ 百合の一種。高冷地の百合で、黄赤色の花をつける [季]夏

9車前　おおばこ ［植］ 路傍でよく見かけるオオバコ科の多年草。夏に花が開いた後、秋に赤黒い小さな種ができる。種も葉も薬用になる [季]秋

車前子　おおばこ ［植］ 路傍でよく見かけるオオバコ科の多年草。夏に花が開いた後、秋に赤黒い小さな種ができる。種も葉も薬用になる [季]秋

車前草の花　おおばこのはな, しゃぜんそうのはな ［植］ オオバコ科の多年草。初夏、花茎に白い小花を穂状につける [季]夏

車前草の実　おおばこのみ ［植］ 秋に熟し、蓋が帽子のように取れて開くことが特徴 [季]秋

11車組む　くるまくむ ［人］ 冬の間、心棒から車輪をはずして別々に納屋にしまっておいた車を、春に組み立てること [季]春

13車棄つ　くるますつ ［人］ 豪雪地域で、冬の間使えない馬車や荷車を捨ててしまうこと [季]冬

15車蔵う　くるましまう ［人］ 豪雪地帯で、冬の間使用できない馬車や荷車を解体して、雪解けまで納屋や物置に格納すること [季]冬

車蔵ふ　くるまかこう ［人］ 豪雪地帯で、冬の間使用できない馬車や荷車を解体して、雪解けまで納屋や物置に格納すること [季]冬

【辛】

6辛夷　こぶし ［植］ 日本原産のモクレン科落葉高木。早春、白い大型の花を小枝の先ごとにつける [季]春

8辛味大根　からみだいこん ［植］ 大根の一種で、京都鷹ヶ峰のもの [季]冬

11辛菜　からしな ［植］ 中央アジアの原産の菜。薹の出始めたころ収穫し漬け物にする。花は四月頃咲く [季]春

【辰】

11辰祭　たつまつり ［宗］ 正月初辰の日に屋根に水、または海水を打って火災を防ぐ風習 [季]新年

12辰雄忌　たつおき ［宗］ 五月二十八日、昭和期の小説家堀辰雄の忌日 [季]夏

【近】

0近き夏　ちかきなつ ［時］ 春の終わり。春を惜しむより、夏の到来に気持ちがある [季]春

4近火　きんか ［人］ 近くの火事。火事は冬の季語 [季]冬

6近江八幡祭　おうみはちまんまつり ［宗］

昔、陰暦四月中卯に行われた近江八幡宮の祭礼 [季]夏

近江蚊帳 **おうみがや** ［人］ 蚊帳の一種 [季]夏

近江漬 **おうみづけ** ［人］ 近江蕪を茎漬にしたもの。茎漬は冬の季語 [季]冬

近江蕪 **おうみかぶ** ［植］ 蕪の一種で、滋賀県大津市産のもの [季]冬

[8]**近松忌** **ちかまつき** ［宗］ 陰暦十一月二十二日、江戸時代前期・中期の浄瑠璃作者近松門左衛門の忌日 [季]冬

【迎】

お迎え人形 **おむかえにんぎょう** ［宗］ 天満祭に使われるもの [季]夏

[0]**迎うる年** **むかうるとし** ［時］ 年が変わり、新たな一年の始め [季]新年

迎ふ年 **むかうとし** ［時］ 年が変わり、新たな一年の始め [季]新年

迎へ朔日 **むかえついたち** ［時］ 二月一日のこと。小正月以後初めての朔日という意味 [季]春

迎へ梅雨 **むかえづゆ** ［天］ 五月の末ごろに、梅雨らしい現象が現われること [季]夏

[4]**迎火** **むかえび** ［宗］ 七月十三日の盆入りの夕方、先祖の霊を迎えるために門前や戸口で焚く火 [季]秋

[9]**迎春** **げいしゅん** ［時］ 新年をむかえること [季]新年

迎春花 **げいしゅんか** ［植］ 黄梅の別称 [季]春

迎盆 **むかえぼん** ［宗］ 盂蘭盆で、先祖の霊を迎える日 [季]秋

[10]**迎馬** **むかえうま** ［宗］ 盆の霊を迎えるために供える茄子や瓜で作った馬 [季]秋

[11]**迎接会** **げいせつえ** ［宗］ 練供養の正式名称 [季]夏

[20]**迎鐘** **むかえがね** ［宗］ 六道参の際、ならす鐘 [季]秋

【返】

しみ返る **しみかえる** ［時］ いったん春めいたのに、寒さがまたぶり返すこと [季]春

[0]**返り梅雨** **かえりづゆ** ［天］ 梅雨が明けてから、更に雨のふること [季]夏

[7]**返花** **かえりばな** ［植］ 初冬の小春日和に、季節はずれの花が咲くこと [季]冬

【那】

[12]**那智火祭** **なちひまつり** ［宗］ 七月十四日、和歌山県那智山・那智大社で行われる例大祭 [季]夏

【酉】

お酉さま **おとりさま** ［宗］ 十一月酉の日、各地の鷲神社で行われる祭礼 [季]冬

[0]**酉の市** **とりのまち, とりのいち** ［宗］ 十一月酉の日、各地の鷲神社で行われる祭礼 [季]冬

酉の町 **とりのまち** ［宗］ 十一月酉の日、酉の市の古称 [季]冬

酉の町詣 **とりのまちもうで** ［宗］ 十一月酉の日、酉の市の古称 [季]冬

【里】

[3]**里下り** **さとさがり, さとおり** ［人］ 一月十六日の藪入の別称 [季]新年

[6]**里芋** **さといも** ［植］ 俳句の上では、単に芋というと通常は里芋のことをさす [季]秋

里芋田楽 **さといもでんがく** ［植］ 里芋を使った料理の一つ。芋は秋の季語 [季]秋

里芋植う **さといもうう** ［人］ 芋植うに同じ [季]春

[8]**里若葉** **さとわかば** ［植］ 里にある初夏の木々のみずみずしい新葉のこと [季]夏

[9]**里神楽** **さとかぐら** ［宗］ 宮廷以外の神社や民間で行われる神楽のこと。多くは年の暮れに行われる [季]冬

[10]**里桜** **さとざくら** ［植］ 桜の一種 [季]春

[11]**里祭** **さとまつり** ［宗］ 秋祭の一種 [季]秋

[16]**里燕** **さとつばめ** ［動］ 里にいる燕 [季]春

【防】

[7]**防災の日** **ぼうさいのひ** ［人］ 九月一日、大正十二年におこった関東大震災を記念した日 [季]秋

[9]**防風** **ぼうふう** ［植］ セリ科の宿根草。晩春から夏に小花をつける前の茎、葉、若芽を食用にする [季]春

防風の花 **ぼうふうのはな** ［植］ 浜防風の白い小花 [季]春

防風取る **ぼうふうとる** ［植］ 防風の若芽

7画（麦）

を摘むこと　㋑春

防風掘る　ぼうふうほる　［植］　防風を収穫
　すること　㋑春

防風粥　ぼうふうがゆ　［人］　正月に、干し
　防風をきざんで粥にまぜて食べるもの　㋑
　新年

防風摘み　ぼうふうつみ　［植］　防風を摘む
　こと　㋑春

12防寒草履　ぼうかんぞうり　［人］　雪道を歩
　くためにつくられた特殊な草履、滑り止め
　が付いている　㋑冬

防寒帽　ぼうかんぼう　［人］　冬にかぶる主
　に防寒を目的とした帽子のこと　㋑冬

【麦】

オート麦　おーとむぎ　［植］　烏麦の別称
　㋑夏

ライ麦　らいむぎ　［植］　麦の一種。黒パン
　などに使われる　㋑夏

麦　むぎ　［植］　穀物用の麦類の総称。冬に
　種を蒔いて初夏に収穫する。稲の裏作とし
　て行われることも多い　㋑夏

0麦こがし　むぎこがし　［人］　はったいの別
　称　㋑夏

麦つき　むぎつき　［人］　扱き落とした麦の
　穂を打って脱粒させる初夏の農作業　㋑夏

麦とろ　むぎとろ　［人］　麦飯にとろろ汁を
　かけて食べるもの。新芋の出回る秋の季語
　㋑秋

麦ぬか　むぎぬか　［人］　麦のぬかのこと
　㋑夏

麦の二葉　むぎのふたば　［植］　麦の芽の別
　称　㋑冬

麦の波　むぎのなみ　［植］　麦畑が風で波
　打ってみえること。麦は収穫時期から初夏
　の季語とされる　㋑夏

麦の芽　むぎのめ　［植］　冬枯れの中で出て
　いる麦の芽　㋑冬

麦の秋　むぎのあき　［時］　初夏の麦の取り
　入れどきのころ　㋑夏

麦の秋風　むぎのあきかぜ　［天］　陰暦四
　月、麦秋のころに吹く風　㋑夏

麦の風　むぎのかぜ　［天］　陰暦四月、麦秋
　のころに吹く風　㋑夏

麦の粉　むぎのこな　［人］　はったいの別称
　㋑夏

麦の殻竿　むぎのからさお　［人］　麦打ちの道
　具　㋑夏

麦の黒穂　むぎのくろほ　［植］　麦の病気の
　一種。初夏に出た花穂に黴菌がつくもの
　㋑夏

麦の穂　むぎのほ　［植］　麦の果実の叢生し
　たもの。麦は収穫時期から初夏の季語とさ
　れる　㋑夏

麦を踏む　むぎをふむ　［人］　麦の根張りを
　よくするため、早春に麦の芽を踏み歩くこ
　と　㋑春

4麦刈　むぎかり　［人］　初夏、麦を刈り取る
　こと　㋑夏

麦刈る　むぎかる　［人］　初夏、麦を刈り取
　ること　㋑夏

5麦叩　むぎたたき　［人］　扱き落とした麦の
　穂を打って脱粒させる初夏の農作業　㋑夏

麦打　むぎうち　［人］　扱き落とした麦の穂
　を打って脱粒させる初夏の農作業　㋑夏

麦打歌　むぎうちうた　［人］　初夏の麦打ち
　の時歌われる歌　㋑夏

麦正月　むぎしょうがつ　［時］　二十日正月
　の別称　㋑新年

麦生　むぎふ, むぎう　［植］　麦の生えてい
　る所。麦は収穫時期から初夏の季語とされ
　る　㋑夏

6麦扱　むぎこき　［人］　初夏に刈った麦の穂
　を落とす作業　㋑夏

麦扱機　むぎこきき　［人］　初夏の麦扱道具
　㋑夏

7麦車　むぎぐるま　［人］　初夏の麦刈り道具
　㋑夏

8麦炒粉　むぎいりこ　［人］　はったいの別称
　㋑夏

麦門冬　ばくもんとう　［植］　蛇の髭の別
　称。初夏の頃、花茎に薄紫色の小花をつけ
　る　㋑夏

麦青む　むぎあおむ　［植］　春先に青々と生
　長する麦のこと　㋑春

9麦星　むぎぼし　［天］　麦の熟する頃、東北
　の中空にかかる牛飼座の一等星アルク
　トゥールスの別称　㋑夏

麦畑　むぎばたけ　［植］　麦を栽培する畑。
　麦は収穫時期から初夏の季語とされる
　㋑夏

麦秋　むぎあき, ばくしゅう　［時］　初夏の
　麦の取り入れどきのころ　㋑夏

俳句季語よみかた辞典　193

7画（麦）

麦茶　むぎちゃ　［人］　炒った大麦を煎じた飲み物　㊦夏

麦茶冷し　むぎちゃひやし　［人］　炒った大麦を煎じて、冷して飲むもの　㊦夏

麦香煎　むぎこうせん　［人］　はったいの別称　㊦夏

10麦埃　むぎぼこり　［人］　麦打ちの際でる埃　㊦夏

麦酒　びーる　［人］　麦を主成分としたアルコール飲料。夏の暑い日にジョッキを傾ける　㊦夏

11麦殻舟　むぎがらぶね　［宗］　精霊舟の別称　㊦秋

麦笛　むぎぶえ　［人］　麦の茎で作った笛。夏の遊びの一つ　㊦夏

12麦嵐　むぎあらし　［天］　陰暦四月、麦秋のころに吹く風　㊦夏

麦湯　むぎゆ　［人］　炒った大麦を煎じた飲み物　㊦夏

麦湯冷し　むぎゆひやし　［人］　炒った大麦を煎じて、冷して飲むもの　㊦夏

麦焼　むぎやき　［人］　麦打ちの後、麦藁の屑などを燃やすこと　㊦夏

麦焦　むぎいり　［人］　はったいの別称　㊦夏

麦稈　むぎがら，むぎわら　［人］　初夏、穂を落としたあとの麦の茎　㊦夏

麦稈とんぼ　むぎわらんとぼ　［動］　腹部に白い粉をつけたように見える灰白色のトンボ　㊦秋

麦稈舟　むぎがらぶね　［宗］　精霊舟の別称　㊦秋

麦稈笛　むぎがらぶえ，むぎわらぶえ　［人］　麦笛のこと　㊦夏

麦稈菊　むぎわらぎく　［植］　キク科の園芸種　㊦夏

麦稈帽　むぎわらぼう　［人］　つばの広い涼しい帽子で、田園や海浜の仕事にたずさわる人がよくかぶる　㊦夏

麦稈帽子　むぎわらぼうし　［人］　夏に用いる麦わら製の帽子　㊦夏

麦稈籠　むぎがらかご，むぎわらかご　［人］　麦藁で作った籠。夏の遊びの一つ　㊦夏

麦落雁　むぎらくがん　［人］　麦から作ったはったいに、砂糖・水飴などを加えて型に入れ固めた菓子。これ自身は四季を問わず

作られるが、はったいが夏の季語なのでこれも季節は夏とされる　㊦夏

麦飯　むぎめし　［人］　初夏に収穫した大麦や裸麦を混ぜた御飯　㊦夏

13麦搗　むぎかち　［人］　扱き落とした麦の穂を打って脱粒させる初夏の農作業　㊦夏

麦蒔　むぎまき　［人］　十月から十一月頃、麦の種を蒔くこと　㊦冬

麦蒔く　むぎまく　［人］　十月から十一月頃、麦の種を蒔くこと　㊦冬

14麦蜻蛉　むぎとんぼ　［動］　塩辛蜻蛉の雌の別称　㊦秋

15麦熟らし　むぎうるらし　［動］　葮切の別称　㊦夏

麦熟れ星　むぎうれぼし　［天］　麦の熟する頃、東北の中空にかかる牛飼座の一等星アルクトゥールスの別称　㊦夏

麦踏　むぎふみ　［人］　麦の根張りをよくするため、早春に麦の芽を踏み歩くこと　㊦春

17麦藁　むぎわら　［人］　初夏、穂を落としたあとの麦の茎　㊦夏

麦藁の蛇　むぎわらのへび　［宗］　六月三十日、七月一日の駒込富士詣で使われるもの　㊦夏

麦藁章魚　むぎわらだこ　［動］　六月頃の章魚の総称　㊦夏

麦藁笛　むぎわらぶえ　［人］　麦笛のこと　㊦夏

麦藁蛸　むぎわらだこ　［動］　六月頃の章魚の総称　㊦夏

麦藁蜻蛉　むぎわらとんぼ　［動］　塩辛蜻蛉の雌の別称　㊦秋

麦藁鯊　むぎわらはぜ　［動］　水戸市・涸沼川で、夏釣れる鯊のこと　㊦夏

麦藁鯛　むぎわらだい　［動］　六月頃に獲れる鯛のこと。瀬戸内海が多いが、味はさほど良くない　㊦夏

麦藁籠　むぎわらかご　［人］　麦藁で作った籠。夏の遊びの一つ　㊦夏

19麦鶉　むぎうずら　［動］　晩春の頃、麦の中で雛を育てる鶉　㊦春，夏

194　俳句季語よみかた辞典

8 画

【乳】

6乳虫　にゅうちゅう ［動］ 甲虫の幼虫。地虫のことをいうらしい [季]夏

7乳児脚気　にゅうじかっけ ［人］ 乳児の罹る脚気 [季]夏

9乳柑　くねんぼ ［植］ 九年母の別称 [季]夏

乳柑　にゅうかん ［植］ 九年母の別称 [季]秋

乳草　ちぐさ ［植］ ガガイモの別称 [季]夏

乳草　ちちぐさ ［植］ ニシキグサの別称 [季]秋

16乳橙　にゅうとう ［植］ 九年母の別称 [季]夏

【事】

お事の使　おことのつかい ［宗］ 愛宕の神事で、供を連れて口上を述べる使者 [季]新年

お事汁　おことじる ［人］ 二月八日の事始の日に作った味噌汁 [季]新年, 冬, 春

お事始　おことはじめ ［人］ 事始を丁寧にいったもの [季]新年

2事八日　ことようか ［人］ 事始の日のこと。地域によっては事納を指すことや、事始・事納の両方を指すこともある [季]冬

4事日　ことび ［人］ 関西地方で、陰暦二、三月から四月にかけて行なっている春の事祭り [季]春

8事始　ことはじめ ［人］ 正月事始。十二月十三日、正月の準備に取りかかる日のこと [季]冬

事始　ことはじめ ［人］ 新年にあたっての一年間の仕事始め [季]新年

事始　ことはじめ ［人］ 陰暦二月八日、一年の祭事・農事を始める日。地域によっては事納と逆のこともある [季]春

事始の餅　ことはじめのもち ［人］ 正月事始を祝うために作る鏡餅 [季]冬

10事納　ことおさめ ［人］ 十二月八日、一年の祭事・農事を納める日。地域によっては事始と逆のこともある [季]冬, 春

11事務始　じむはじめ ［人］ 官庁・企業のサラリーマンが、一月四日に初出勤して事務を始めること [季]新年

事祭　ことまつり ［人］ 関西地方で、陰暦二、三月から四月にかけて行なっている春の事祭り [季]春

12事無草　ことなしぐさ ［植］ 忍の別称 [季]夏

【享】

9享保雛　きょうほびな ［宗］ 雛人形の一種 [季]春

【京】

3京女鴫　きょうじょしぎ ［動］ 鴫の一種のように見られるが、実はチドリ科の鳥 [季]秋

6京団扇　きょううちわ ［人］ 絹団扇のこと [季]夏

京芋　きょういも ［植］ 海老芋の別称 [季]冬

8京官除目　きょうかんじもく ［人］ 平安時代から中世にかけて、秋に行った中央官司（京官）の任命 [季]秋

京若菜　きょうわかな ［植］ 七草粥に入れる春の七草の総称 [季]新年

9京相撲　きょうすもう ［人］ 京で行なわれた相撲 [季]秋

10京納豆　きょうなっとう ［人］ 夏に作る納豆の一種 [季]夏

11京菜　きょうな ［植］ 水菜の関東地方での呼称 [季]春

京鹿子　きょうがのこ ［植］ バラ科の多年草。六月頃、赤紫の小花が集まり咲く [季]夏

18京雛　きょうびな ［人］ 雛人形の一種 [季]春

【佳】

10佳宵　かしょう ［天］ 十五夜のこと [季]秋

【供】

お供へくづし　おそなえくずし ［人］ 正月十一日、鏡餅を割って食べること [季]新年

15供養針　くようばり ［宗］ 二月八日の針供養で、この一年で折れた針を淡島神社に納

めること [季]春

供養踊 くようおどり ［宗］ 盆踊の一つ [季]秋

【例】

15例幣 れいへい ［宗］ 平安時代、陰暦九月十一日、神嘗祭の前に朝廷から伊勢神宮に対し幣物が奉られる儀式 [季]秋

【侘】

4侘介 わびすけ ［植］ 唐椿の園芸種で、一重小輪の花が一月頃まで咲く [季]冬

7侘助 わびすけ ［植］ 唐椿の園芸種で、一重小輪の花が一月頃まで咲く [季]冬

【兎】

兎 うさぎ ［動］ 耳の長い馴染みの深い小獣。古来秋から冬に兎狩が行われた [季]冬

0兎の吸物 うさぎのすいもの ［人］ 登城者が元日、将軍に謁見し祝詞を言上したのち、祝儀の酒・呉服とともに下賜される吉例のひとつ [季]新年

7兎児傘 やぶれがさ ［植］ キク科の多年草で、葉は破れ傘のように掌状に深く裂けている。夏に地味な花をつける [季]夏

9兎狩 うさぎがり ［人］ 冬、農作物などに被害を与える兎を狩ること [季]冬

10兎罠 うさぎわな ［人］ 冬に兎狩をするための罠 [季]冬

11兎菊 うさぎぎく ［植］ キク科の多年草 [季]夏

13兎鼓 うさぎつづみ ［人］ 稲が実ってきた田を荒らしにくる鳥・獣をおどかして追うために、谷水や田水を使って音を立てる仕掛け [季]秋

14兎網 うさぎあみ ［人］ 冬に兎狩をするための網 [季]冬

【具】

7具足祝 ぐそくいわい ［人］ 具足開の別称 [季]新年

具足開 ぐそくびらき ［人］ 江戸時代、武家で正月に甲冑に供えた鏡餅を割って祝う行事 [季]新年

具足餅 ぐそくもち ［人］ 武家が正月に飾った紅白の鏡餅 [季]新年

具足鏡割 ぐそくかがみわり ［人］ 具足開の別称 [季]新年

具足鏡開 ぐそくかがみびらき ［人］ 具足開の別称 [季]新年

【其】

7其角忌 きかくき ［宗］ 陰暦二月三十日、蕉門の俳人宝井其角の忌日 [季]春

【函】

7函谷鉾 かんこくぼこ ［宗］ 祇園会の鉾山の一つ [季]夏

【刷】

7刷初 すりぞめ ［人］ 新年になって初めて手にする新聞・雑誌など印刷物 [季]新年

【刺】

6刺羽 さしば ［動］ 本州に住み、冬は南へ渡る鷹の一種 [季]秋

刺虫 いらむし ［動］ 刺蛾の幼虫で、柿、梨、林檎など秋の果実の葉を食い荒らす害虫 [季]秋

13刺蛾 いらが ［動］ 蛾の一種 [季]夏

19刺繍花 ししゅうばな ［植］ 紫陽花の別称 [季]夏

刺鯖 さしさば ［人］ 生御魂行事の一つ。鯖の背開きの塩漬けを両親や親類に贈ったもの [季]秋

【卒】

13卒業 そつぎょう ［人］ 学業をおえること。日本では通常、三月が卒業式シーズン [季]春

卒業生 そつぎょうせい ［人］ 卒業する生徒 [季]春

卒業式 そつぎょうしき ［人］ 卒業のための式典 [季]春

卒業期 そつぎょうき ［人］ 春の卒業式シーズン [季]春

卒業証書 そつぎょうしょうしょ ［人］ 所定の学業を修了したことを証する証書 [季]春

卒業試験 そつぎょうしけん ［人］ 卒業するために行なわれる試験 [季]春

卒業歌 そつぎょうか ［人］ 卒業式に歌わ

れる歌　[季]春

【参】

11参宿　しんしゅく［天］オリオン座の中国名。オリオン座は二月上旬に夕方頃に南中することから冬の季語とされる　[季]冬

12参賀　さんが［人］宮中に参内した宮中席次上位の有資格者が年賀の記帳をすること　[季]新年

参賀　さんが［宗］新年の祝賀のため皇居に参内すること。現在では一般参賀として新春の風物詩となっている　[季]新年

【取】

いろ取風　いろどりかぜ［植］萩の別称。萩は秋の代表的な植物　[季]秋

お取初め　おとりぞめ［人］賀客を饗応するための重詰料理をはじめて取ること　[季]新年

4取木　とりき［人］樹木の枝に傷をつけ、土でおおい、油紙・竹の皮などで包んで、春に根の出たころ分割して苗木を作ること　[季]春

5取札　とりふだ［人］カルタで、並べて置いて取る方の札　[季]新年

13取鉢　とりはち［宗］大阪・住吉大社の升の市で売られる銀を入れる器　[季]秋

【受】

キリスト受難日　きりすとじゅなんび［宗］聖週間中の金曜日。聖金曜日の別称　[季]春

8受苦節　じゅくせつ［宗］受難節の別称　[季]春

9受胎告知日　じゅたいこくちび［宗］三月二十五日、大天使ガブリエルがマリアにキリスト受胎を告知した日　[季]春

18受難の主日　じゅなんのしゅじつ［宗］復活祭の直前の日曜日　[季]春

受難の金曜日　じゅなんのきんようび［宗］聖週間中の金曜日。聖金曜日の別称　[季]春

受難日　じゅなんび［宗］聖週間中の金曜日。聖金曜日の別称　[季]春

受難週　じゅなんしゅう［宗］受難の主日より始まる一週間。聖週間の別称　[季]春

受難節　じゅなんせつ［宗］四旬節中の第五日曜日から復活祭の前日まで、キリストの受難と死去とを特に記念する二週間　[季]春

受験　じゅけん［人］入学試験を受けること　[季]春

受験子　じゅけんし［人］受験をする子供　[季]春

受験生　じゅけんせい［人］受験をする生徒　[季]春

受験苦　じゅけんく［人］春の受験シーズンに味わう苦しさ　[季]春

受験期　じゅけんき［人］春の受験シーズンのこと　[季]春

受験禍　じゅけんか［人］受験によってひきおこされる害　[季]春

【呼】

3呼子鳥　よぶこどり［動］人を呼ぶような鳴き声の春の鳥。一説にはカッコウのことという　[季]春

【味】

さんせう味噌　さんしょうみそ［人］木の芽味噌の別称　[季]春

ふきのたう味噌　ふきのとうみそ［人］蕗の薹を入れたなめみそ　[季]春

14味噌玉　みそだま［人］味噌をつくるため、煮た大豆を踏み砕き、直径十センチぐらいの玉に丸めたもの　[季]春

味噌作る　みそつくる［人］冬、収穫した大豆で自家用の味噌をつくること　[季]冬

味噌豆煮る　みそまめにる［人］味噌を作るために大豆を煮ること　[季]春

味噌造る　みそつくる［人］冬、収穫した大豆で自家用の味噌をつくること　[季]冬

味噌焚き　みそたき［人］冬、収穫した大豆で自家用の味噌をつくること　[季]冬

味噌搗　みそつき［人］冬、収穫した大豆で自家用の味噌をつくること　[季]冬

味噌雑炊　みそぞうすい［人］雑炊の一つで、味噌味のもの　[季]冬

味噌雑煮　みそぞうに［人］味噌仕立ての雑煮　[季]新年

味噌踏みつまご　みそふみつまご［人］味噌をつくるため、煮た大豆を踏み砕くための沓　[季]春

16味鴨　あじがも［動］トモエガモの別称　[季]冬

【和】

きも和へ　きもあえ　［人］　鮟鱇のきも和えのこと　[季]冬

さんせう和え　さんしょうあえ　［人］　木の芽和の別称　[季]春

つぶ和　つぶあえ　［人］　田螺和の別称　[季]春

ツブ和え　つぶあえ　［人］　田螺和の別称　[季]春

[5]和布　わかめ　［植］　日本の代表的な食用海草。春が和布の収穫シーズン　[季]春

和布干す　わかめほす　［植］　春、取った若布を干すこと　[季]春

和布刈　めかり　［人］　若布などを刈りとること　[季]夏

和布刈　めかり　［宗］　和布刈神事のこと　[季]冬

和布刈　わかめがり　［植］　春、若布を刈り採ること　[季]春

和布刈舟　めかりぶね　［植］　春に若布をとるための小舟　[季]春

和布刈神事　めかりのしんじ, めかりしんじ　［宗］　陰暦十二月大晦日の夜から翌朝まで、北九州市・和布刈神社で行なわれる神事　[季]冬

和布刈竿　めかりざお　［植］　春に若布をとるための竿　[季]春

和布刈禰宜　めかりねぎ　［宗］　和布刈神事を行う禰宜　[季]冬

和布刈鎌　めかりがま　［植］　春に若布をとるための鎌　[季]春

和布汁　わかめじる　［植］　和布の汁物　[季]春

和布売　わかめうり　［植］　和布を売る人　[季]春

和布売り　わかめうり　［植］　和布を売る人　[季]春

[8]和金　わきん　［動］　金魚の一種　[季]夏

[11]和清の天　わせいのてん　［時］　陰暦四月ころの初夏の気候が清らかで温和なこと　[季]夏

[14]和歌海苔　わかのり　［植］　海苔の一種　[季]春

和歌浦祭　わかのうらまつり　［宗］　和歌祭の別称　[季]夏

和歌祭　わかまつり　［宗］　五月十七日、和歌山市・和歌浦東照宮で行われる祭礼　[季]夏

和歌御会始　わかごかいはじめ　［人］　歌会始の別称　[季]新年

[19]和蘭あやめ　おらんだあやめ　［植］　グラジオラスの別称　[季]夏

和蘭水葵　おらんだみずあおい　［植］　布袋葵の別称　[季]夏

和蘭石竹　おらんだせきちく　［植］　カーネーションの別称　[季]夏

和蘭芥子　おらんだがらし　［植］　清流のほとりに群生するアブラナ科の多年草で、サラダの材料のクレソンとして知られる。四月から六月頃に白い花が咲く　[季]春

和蘭芹　おらんだぜり, おらんだせり　［植］　パセリの別称。夏の収穫が最も多い　[季]夏

和蘭陀獅子頭　おらんだししがしら　［動］　金魚の一種　[季]夏

和蘭海芋　おらんだかいう　［植］　カラーの別称。初夏に純白の花をつける　[季]夏

和蘭菖蒲　おらんだしょうぶ　［植］　グラジオラスの別称　[季]夏

和蘭撫子　おらんだなでしこ　［植］　カーネーションの別称　[季]夏

【呢】

[4]呢月　じつげつ　［時］　正月の別称　[季]新年

【国】

お国忌　おくにき　［宗］　四月十五日、江戸時代初期の歌舞伎創始者出雲のお国の忌日　[季]春

[0]国の春　くにのはる　［時］　初春のこと　[季]新年

[4]国分寺の初市　こくぶんじのはついち　［人］　正月八日薬師の縁日に、上田市・信濃国分寺で開かれる初市　[季]新年

[5]国民体育大会　こくみんたいいくたいかい　［人］　国民の体育振興を目的とした都道府県対抗の総合競技大会。一般には「国体」の略称で有名。夏と冬も行われるが、メイン競技は秋に行われる　[季]秋

[6]国光　こっこう　［植］　林檎の品種の一つ　[季]秋

[7]国体　こくたい　［宗］　国民体育大会の略称　[季]秋

国体大会　こくたいたいかい　［人］　国民体育大会の略称　[季]秋

国男忌　くにおき　［宗］　八月八日、昭和期の民俗学者柳田国男の忌日　[季]秋

10国師忌　こくしき　［宗］　陰暦十月十六日、鎌倉時代の僧で東福寺開山の聖一国師円爾弁円の忌日　[季]冬

国栖人　くずびと　［人］　元日節会において、贄を献じ、歌舞や笛を奏した吉野の山人　[季]新年

国栖奏　くずのそう　［人］　元日節会において、吉野の国栖の民が参上して贄を献じ、歌舞や笛を奏した儀式　[季]新年

国栖翁　くずのおきな　［人］　国栖人の長老　[季]新年

国栖笛　くずぶえ　［人］　国栖人の奏する笛　[季]新年

国栖魚　くずのうお　［人］　国栖人が献上した吉野川のアユ　[季]新年

国栖歌　くずうた　［人］　国栖奏でうたう歌　[季]新年

11国祭　くにまつり　［宗］　賀茂の国祭のこと　[季]夏

【垂】

0垂れ　しずれ　［天］　樹木の枝葉などに降り積もった雪が落ちること　[季]冬

5垂氷　たるひ　［地］　氷柱の古称　[季]冬

6垂冰　たるひ　［地］　氷柱（つらら）の古称　[季]冬

垂糸海棠　はなかいどう　［植］　中国産のバラ科の落葉低木。四月頃、紅色の柄の長い花をつける　[季]春

【坪】

4坪刈　つぼがり　［人］　全収穫量を推定するため、一坪の稲を刈り取って調べること　[季]秋

【夜】

0夜なべ　よなべ　［人］　秋の夜長に、農家や町家などで昼の仕事の続きをすること　[季]秋

夜のつまる　よのつまる　［時］　夏の夜の短いさまをいう　[季]夏

夜の茂　よのしげり　［植］　夜に樹木の枝葉がおい茂ったさま　[季]夏

夜の秋　よるのあき, よのあき　［時］　晩夏の夜に秋めいた感じのすること　[季]夏

夜の梅　よるのうめ　［植］　闇夜でも梅のまぎれもない香をいう　[季]春

夜の雪　よるのゆき　［天］　夜中の雪　[季]冬

夜の鹿　よるのしか　［動］　夜の間に麓近く出て餌をあさる鹿の群　[季]秋

夜を寒み　よをさむみ　［時］　秋に夜の冷え込みに寒さを感じること　[季]秋

3夜叉柄杓　やしゃびしゃく　［植］　ユキノシタ科の落葉低木。夏、葉の間に淡緑色がかった白色の花が咲く　[季]夏

4夜刈　よがり　［人］　月夜などにする稲刈　[季]秋

夜引　よひき　［人］　冬の夜、獣猟のために犬をひいて山に入ること　[季]冬

夜水番　よみずばん　［人］　夜に水番をすること、また水番をする人　[季]夏

夜火事　よるかじ　［人］　夜の火事。火事は冬の季語　[季]冬

5夜仕事　よしごと　［人］　秋の夜長に、農家や町家などで昼の仕事の続きをすること　[季]秋

夜半の月　よわのつき　［天］　夜更けの月　[季]秋

夜半の冬　よわのふゆ　［時］　冬の夜更け　[季]冬

夜半の春　よわのはる　［時］　春のとっぷり更けた夜のこと　[季]春

夜半の秋　よわのあき　［時］　とっぷりと更けた秋の夜　[季]秋

夜半の夏　よわのなつ　［時］　つい夜ふかしをしがちな夏の夜のこと　[季]夏

夜永　よなが　［時］　秋、夜が長くなっていくのを感じること　[季]秋

夜田刈　よだかり, よるたかり　［人］　秋の月夜に行う稲刈り　[季]秋

6夜会草　やかいそう　［植］　夜顔の別称。初秋の夕方に白い花を開花し、翌朝しぼむ　[季]秋

夜光虫　やこうちゅう　［動］　原生動物でプランクトンの一種。直径一ミリほどで、体の中に発光体をもち夏の夜の海に光るが、大量発生すると赤潮の原因にもなる　[季]夏

夜合樹　やごうじゅ　［植］　合歓の別称。花

は晩夏に咲く　[季]夏

7**夜見世**　**よみせ**　［人］　夜ひらく露店。四季を問わずに開かれるものだが、やはり夏の夜店が夕涼みと相まって風情がある　[季]夏

8**夜具綿**　**やぐわた**　［人］　寝具に入れる綿　[季]冬

夜咄　**よばなし**　［人］　冬の夜に、炉辺に集まり夜話に興ずること　[季]冬

夜咄茶事　**よばなしさじ**　［人］　茶道で、冬の間に行われる行事　[季]冬

夜学　**やがく**　［人］　昼間働く人が、仕事の後夜間に通う学校。本来季節感はないが、秋の長夜こそ灯火の元での学習に相応しいことから、秋の季語とされている　[季]秋

夜学子　**やがくし**　［人］　夜学に行っている生徒。夜学は秋の季語　[季]秋

夜学生　**やがくせい**　［人］　夜学に行っている生徒。夜学は秋の季語　[季]秋

夜学校　**やがっこう**　［人］　昼間働く人が、仕事の後夜間に通う学校。本来季節感はないが、秋の長夜こそ灯火の元での学習に相応しいことから、秋の季語とされている　[季]秋

夜店　**よみせ**　［人］　夜ひらく露店。四季を問わずに開かれるものだが、やはり夏の夜店が夕涼みと相まって風情がある　[季]夏

夜長　**よなが**　［時］　秋、夜が長くなっていくのを感じること　[季]秋

夜長人　**よながびと**　［時］　秋の夜長に起きている人　[季]秋

夜長妻　**よながづま**　［時］　秋の夜長に起きている妻　[季]秋

夜長衆　**よながしゅう**　［時］　秋の夜長に起きている人　[季]秋

9**夜廻り**　**よまわり**　［人］　火の番の別称。火事の多い冬の夜、火の用心の夜回りをした　[季]冬

夜相撲　**よずもう**　［人］　秋の夜に行われる相撲　[季]秋

夜神楽　**よかぐら**　［宗］　夜を徹して行われる里神楽の一種。宮崎・高千穂の神楽が有名　[季]冬

夜食　**やしょく**　［人］　秋の夜長に夜業をする合間の軽食　[季]秋

夜食とる　**やしょくとる**　［人］　秋の夜長、夜業をする合間に軽食をとること　[季]秋

夜食どき　**やしょくどき**　［人］　秋の夜長に夜食をたべる頃合　[季]秋

夜食喰う　**やしょくくう**　［人］　秋の夜長、夜業をする合間に軽食をとること　[季]秋

夜食粥　**やしょくがゆ**　［人］　秋の夜長の夜食として食べる粥　[季]秋

夜香蘭　**やこうらん**　［植］　ヒヤシンスの別称　[季]春

10**夜宮**　**よみや**　［宗］　祭の前夜。祭は夏祭のこと　[季]夏

夜庭　**よにわ**　［人］　晩秋の夜、庭と呼ばれる農家の土間で籾摺をすること。籾摺は秋の農作業の一つ　[季]秋

夜振　**よぶり**　［人］　夏の夜、闇夜に灯りをともして川魚を獲る漁法　[季]夏

夜振人　**よぶりびと**　［人］　夜振をする人　[季]夏

夜振火　**よぶりび**　［人］　夜振の火のこと　[季]夏

夜桑摘む　**よぐわつむ**　［人］　春蚕の食欲が盛んで、昼だけでは間に合わず、提灯をつけて夜も桑を摘むこと　[季]春

夜桜　**よざくら**　［人］　春の夜に見物する桜　[季]春

夜能　**よのう**　［人］　夏の夜に行われた能のこと　[季]夏

夜這星　**よばいぼし**　［天］　季節を問わず見られるが、俳句では秋の季語とされている　[季]秋

夜高行灯祭　**よたかあんどんまつり**　［宗］　五月一日から三日、富山県福野町・神明神社で行われる豊年祈願行事　[季]春

11**夜涼**　**やりょう**　［時］　夏の夜の一服の涼しさ　[季]夏

夜涼み　**よすずみ**　［人］　夜に涼むこと　[季]夏

夜盗虫　**よとう, よとうむし**　［動］　夜盗蛾の幼虫、または同様に夜間作物を食いあらす夏の害虫の総称　[季]夏

夜盗蛾　**よとうが**　［動］　蛾の一種　[季]夏

夜習　**やしゅう, よならい**　［人］　夜に行なわれる講習。夜学は秋の季語　[季]秋

夜釣　**よづり**　［人］　夏の夜、涼みながら、川・池・沼・海などで魚を釣ること　[季]夏

夜釣人　**よづりびと**　［人］　夜釣をする人　[季]夏

夜釣火　**よづりび**　［人］　夜釣のときにとも

す灯　[季]夏

夜釣舟　よづりぶね　［人］　夜釣に出る船　[季]夏

12夜寒　よさむ　［時］　秋に夜の冷え込みに寒さを感じること　[季]秋

夜寒さ　よさむさ　［時］　秋に夜の冷え込みに寒さを感じること　[季]秋

夜焚　よだき　［人］　夏の夜、舟の先端に灯りをともして魚を獲る漁法　[季]夏

夜焚火　よたきび　［人］　冬の夜の焚火　[季]冬

夜焚舟　よたきぶね　［人］　夜焚をする舟　[季]夏

夜焚釣　よだきづり　［人］　夏の夜、舟の先端に灯りをともして魚を獲る漁法　[季]夏

夜番　よばん　［人］　火の番の別称。火事の多い冬の夜、火の用心の夜回りをした　[季]冬

夜番小屋　よばんごや　［人］　江戸時代、火の番が詰めていた小屋　[季]冬

夜着　よぎ　［人］　夜寝るときに着るもので、袖や襟が付いた大きく厚い褞袍　[季]冬

夜落金銭　やらくきんせん　［植］　午時花の別称。晩夏から初秋にかけ赤い花をつける　[季]夏

夜蛤　よはまぐり　［人］　江戸時代、特に九月十五夜には家々で蛤の吸い物をつくるので、九月になると江戸の町々を毎晩、蛤売りが売り歩いたこと　[季]秋

夜間学校　やかんがっこう　［人］　夜学校のこと　[季]秋

13夜業　やぎょう　［人］　秋の夜長に、農家や町家などで昼の仕事の続きをすること　[季]秋

夜滝　よだき　［地］　夜の滝　[季]夏

夜蒔き瓜　よまきうり　［植］　夜蒔胡瓜のこと。八月から十月にかけて収穫する　[季]秋

夜蒔胡瓜　よまききゅうり　［植］　六月から八月にかけて種を蒔き、八月から十月にかけて収穫する胡瓜のこと　[季]秋

夜蛾　やが　［動］　蛾の一種　[季]夏

14夜網舟　よあみぶね　［人］　夜に出航する網舟　[季]夏

夜鳴蕎麦　よなきそば　［人］　夜間、町をかつぎ売りするそば屋。寒夜の外食の代表的な物だった　[季]冬

夜鳴饂飩　よなきうどん　［人］　関東での夜泣蕎麦が、関西では饂飩になったもの。寒夜の外食の代表的な物だった　[季]冬

16夜興引　よこびき　［人］　冬の夜、獣猟のために犬をひいて山に入ること　[季]冬

17夜濯　よすすぎ　［人］　夏、夜の涼しい時に洗濯すること　[季]夏

夜霜　よしも　［天］　夜に見る霜　[季]冬

18夜蟬　よぜみ　［動］　夜も鳴く蟬　[季]夏

夜顔　よるがお　［植］　観賞用に栽培される多年生のつる草。初秋の夕方に白い花を開花し、翌朝しぼむ　[季]秋

19夜警　やけい　［人］　火の番の別称。火事の多い冬の夜、火の用心の夜回りをした　[季]冬

夜霧　よぎり　［天］　夜に発生する霧　[季]秋

20夜露　よつゆ　［天］　夜にできる露　[季]秋

22夜鰹　よがつお　［動］　江戸時代、相模灘の鰹が早船で夜江戸に着いたこと　[季]夏

24夜鷹　よたか　［動］　ヨタカ科の夏鳥で、初夏に飛来し、秋に南方に帰る　[季]夏

夜鷹蕎麦　よたかそば　［人］　夜間、町をかつぎ売りするそば屋。寒夜の外食の代表的な物だった　[季]冬

【奈】

7奈良の八重桜　ならのやえざくら　［植］　八重桜の中で最も有名な奈良の桜　[季]春

奈良の山焼　ならのやまやき　［人］　一月十五日の夕方に行われる奈良・嫩草山の山焼　[季]春

奈良団扇　ならうちわ　［人］　団扇の一種　[季]夏

奈良晒　ならざらし　［人］　奈良から産出する晒　[季]夏

奈良桜　ならざくら　［植］　桜の一種　[季]春

奈良蚊帳　ならがや　［人］　蚊帳の一種　[季]夏

奈良漬製す　ならづけせいす　［人］　夏に瓜などの野菜を酒粕に漬けること　[季]夏

奈良雛　ならびな　［人］　雛人形の一種　[季]春

【奉】

6奉灯会　ほうとうえ　［宗］　八月二十日、京都・大覚寺で弘法大師忌日二十一日の逮夜

として修せられる法会　[季]秋

11奉教諸死者祭　ほうきょうしょししゃさい　［宗］　諸霊祭の別称　[季]秋

【姑】

9姑洗　ごせん　［時］　一年を音楽の十二律になぞらえた場合の陰暦三月の別称　[季]春

【妻】

ともし妻　ともしづま　［人］　七夕伝説の織女星の別称　[季]秋

7妻迎舟　つまむかえぶね　［人］　七夕の夜、牽牛に会うため織女が天の川を渡るための渡し舟　[季]秋

8妻呼ぶ舟　つまよぶふね　［人］　七夕の夜、牽牛に会うため織女が天の川を渡るための渡し舟　[季]秋

9妻星　つまぼし　［人］　七夕伝説の織女。琴座の首星であるヴェガのこと　[季]秋

妻送り舟　つまおくりぶね　［人］　七夕の夜、牽牛に会った織女が天の川を渡って帰る渡し舟　[季]秋

10妻恋う鹿　つまこうしか　［動］　交尾期に牝鹿を呼ぶため、高く長く強い声で鳴く牡鹿　[季]秋

妻恋ふ鹿　つまこうしか　［動］　交尾期に牝鹿を呼ぶため、高く長く強い声で鳴く牡鹿　[季]秋

妻恋草　つまこいくさ　［植］　高雄紅葉の別称　[季]秋

12妻越舟　つまこしぶね　［人］　七夕の夜、牽牛に会うため織女が天の川を渡ってくる渡し舟　[季]秋

【始】

ひめ始　ひめはじめ　［人］　字の当て方により、さまざまに解釈される新年行事。一般には密事始をさす　[季]新年

8始和　しわ　［時］　年始の別称　[季]新年

【姉】

6姉羽鶴　あねはづる　［動］　鶴の一種。体は小型で淡青灰色。嘴は緑黄色で足は黒い　[季]秋

【妹】

0妹がり行く猫　いもがりゆくねこ　［動］　春先、さかりのついた猫のこと　[季]春

9妹背鳥　いもせどり　［動］　鶺鴒の別称　[季]秋

【学】

6学年試験　がくねんしけん　［人］　各学年末に行なわれる試験　[季]春

10学校始　がっこうはじめ　［人］　冬休みを終え、新しい年を迎えての授業開始の日　[季]新年

【季】

5季冬　きとう　［時］　晩冬の別称　[季]冬

7季吟忌　きぎんき　［宗］　陰暦六月十五日、江戸時代前期の貞門俳人北村季吟の忌日　[季]夏

9季春　きしゅん　［時］　春の終わりをさし、陽暦四月下旬頃　[季]春

季春　きしゅん　［時］　陰暦三月の別称　[季]春

季秋　きしゅう　［時］　晩秋の別称　[季]秋

10季夏　きか　［時］　晩夏のこと　[季]夏

12季御読経　きのみどきょう　［宗］　宮中で毎年二月・八月、春秋二季に行なわれた行事　[季]春

13季節風　きせつふう　［天］　季節によって風向きが反対になる風。本来は無季だが、一般には冬の季節風を指すことが多い　[季]冬

【孟】

5孟冬　もうとう　［時］　初冬のこと　[季]冬

孟冬の旬　もうとうのじゅん　［人］　十月一日の朝廷の公事。氷魚の使によって献じられた氷魚が参列の廷臣に下賜された　[季]冬

8孟宗竹の子　もうそうちくのこ　［植］　筍の一種　[季]夏

孟宗竹子　もうそうちくのこ　［植］　筍の一種　[季]夏

9孟春　もうしゅん　［時］　初春（しょしゅん）のこと。または陰暦一月のこと　[季]春, 新年

孟秋　もうしゅう　［時］　初秋の別称　[季]秋

10孟夏　もうか　［時］　初夏の別称　[季]夏

孟夏の旬　もうかのじゅん　［人］　平安時

代、陰暦四月一日に行われた朝廷の公事 [季]夏

11孟陬　もうすう　［時］　年始の別称　[季]新年

12孟陽　もうよう　［時］　一年の最初の月。陰暦では陽春の始めもさす　[季]新年

【官】

3官女　かんじょ　［人］　雛人形の中の一つ [季]春

官女雛　かんじょびな　［宗］　雛人形の中の一つ　[季]春

7官位双六　かんいすごろく　［人］　双六の一種。絵の内容が昇進をテーマにしている [季]新年

【実】

あららぎの実　あららぎのみ　［植］　一位の実の別称。晩秋になると赤く透きとおるように熟し、甘くなる　[季]秋

おんこの実　おんこのみ　［植］　一位の実の別称。晩秋になると赤く透きとおるように熟し、甘くなる　[季]秋

くれのおもの実　くれのおものみ　［植］　茴香の実の別称。秋、楕円形状の果実が熟する。これから香味料や茴香油ができる [季]秋

さいかちの実　さいかちのみ　［植］　秋、皀角子（さいかち）にできる豆莢状の実のこと [季]秋

すぐりの実　すぐりのみ　［植］　内陸の高冷地に自生するユキノシタ科の落葉樹。初夏の実は紅色の半透明の果実で、甘ずっぱく食用になる　[季]夏

たぶの実　たぶのみ　［植］　初秋のころに黒紫色に熟する直径一センチほどの丸い果実 [季]秋

だもの実　だものみ　［植］　クスノキ科に属する常緑の木で、形の似た種類を総称的にいったもので、みな丸い小さな実ができる [季]秋

なつぼうずの実　なつぼうずのみ　［植］　雌花に果実ができ、楕円形で、七月ごろからすでに赤く熟し、秋に及ぶ。その味は辛く、有毒植物　[季]秋

ななかまどの実　ななかまどのみ　［植］　小豆ほどの大きさの実が房状にでき、晩秋には真っ赤に熟する　[季]秋

ねずみもちの実　ねずみもちのみ　［植］　冬に熟する、鼠の糞に似た紫黒色の実のこと [季]冬

はじの実　はじのみ　［植］　山櫨の実のこと。晩秋に淀んだような黄色に熟する [季]秋

オリーブの実　おりーぶのみ　［植］　瀬戸内海沿岸の暖地に栽培され、黄緑色の果実は、秋に肥大して変色する。未熟果、熟して赤紫色になったものも塩漬にして料理に用いる　[季]秋

0実の椿　みのつばき　［植］　夏についた椿の実は、秋になると熟して割れる。数個の暗褐色の種がでて椿油の原料になる　[季]秋

3実千両　みせんりょう　［植］　千両の一種 [季]冬

実山椒　みざんしょう　［植］　花の後、小さい丸い実が二つずつ並んでできる。初め夏のうちは青く、秋になって熟すると赤くなる。皮が裂けて、なかから黒く光った種が出てくる　[季]秋

5実石榴　みざくろ　［植］　石榴の果実のこと。夏の真赤な花が散ると実がつき、秋、実は熟すると自然に裂ける。甘酸っぱい味がする　[季]秋, 夏

9実南天　みなんてん　［植］　晩秋から冬の間、花の後で紅く熟する丸い小さな実。秋の季語とすることもある　[季]冬, 秋

10実桜　みざくら　［植］　初夏、花が終わり、青葉の影に青実を結んだ桜のこと　[季]夏

実梅　みうめ　［植］　梅雨の頃、すっかり熟して黄色になった梅の実のこと　[季]夏

11実盛虫　さねもりむし　［動］　浮塵子（うんか）の別称　[季]秋

実盛送り　さねもりおくり　［人］　虫送の近畿・中国・四国・九州での呼称　[季]夏

実盛祭　さねもりまつり　［人］　晩夏から初秋にかけての農村行事で、蝗などの害虫駆除を祈願した　[季]夏

実紫　みむらさき　［植］　紫式部のことで、晩秋になって小さな丸い実が群がり、紫色に熟するのが美しい　[季]秋

実麻　みあさ　［植］　麻の雌花のこと　[季]夏

12実朝忌　さねともき　［宗］　陰暦一月二十七日、鎌倉三代将軍源実朝の忌日　[季]新年, 春

【宗】

4**宗太鰹**　そうだがつお　［動］　鰹に似たサバ科の秋の海魚。南日本近海に多い　[季]秋, 夏

6**宗因忌**　そういんき　［宗］　陰暦三月二十八日、江戸時代の談林派俳人西山宗因の忌日　[季]春

8**宗易忌**　そうえきき　［宗］　陰暦二月二十八日、安土桃山時代の茶人千利休の忌日　[季]春

宗祇忌　そうぎき　［宗］　陰暦七月三十日、室町時代の連歌師飯尾宗祇の忌日　[季]秋

14**宗像祭**　むなかたさい　［宗］　十二月十五日、福岡県玄海町・宗像神社で行なわれる祭　[季]冬

23**宗鑑忌**　そうかんき　［宗］　陰暦十月二日、室町時代の連歌師山崎宗鑑の忌日　[季]冬

【定】

6**定考**　こうじょう　［人］　昔、八月一日に太政官の官庁で行なわれた行事　[季]秋

10**定家忌**　ていかき　［宗］　陰暦八月二十日、平安時代末期・鎌倉時代前期の歌人藤原定家の忌日　[季]秋

定家葛　ていかかずら　［植］　山地に多い木に纏いつく常緑の葛。藤原定家が「色まさりゆく」と歌ったことから秋の季語になった　[季]秋

定家葛の花　ていかかずらのはな　［植］　キョウチクトウ科の常緑蔓植物。五、六月頃、葉の根元に香りのある白い小花をつける　[季]夏

11**定斎売**　じょうさいうり　［人］　夏の病気に効く薬を売っていた人　[季]夏

定斎屋　じょうさいや　［人］　夏の病気に効く薬を売っていた人　[季]夏

【宝】

0**宝の市**　たからのいち　［宗］　十月十七日（昔は陰暦九月十三日）、大阪市・住吉大社で行われた市。昔は境内で農家の枡や器を売っていたが、現在は廃れた　[季]秋

4**宝引**　ほうびき, たからびき　［人］　正月に行なわれた福引遊戯の一種。長い紐を一本ずつ引かせ、その端に結びつけた賞品を引き当てさせるもの　[季]新年

宝引銭　ほうびきぜに　［人］　正月の辻宝引に払う銭　[季]新年

宝引縄　ほうびきなわ　［人］　正月の宝引に用いる細い楮縄　[季]新年

宝木　しんぎ　［宗］　陰暦一月十四日夜、西大寺参で奪い合う一尺ほどに削った木　[季]新年

7**宝貝**　たからがい　［動］　子安貝の別称　[季]春

10**宝恵駕**　ほえかご, ほいかご　［宗］　一月十日、大阪市・今宮戎神社の十日戎の祭礼で、南新地の芸妓が行なう参拝行事　[季]新年

11**宝船**　たからぶね　［人］　初夢が吉夢であることを願い、その夜に枕の下に敷く宝船の絵　[季]新年

宝船売　たからぶねうり　［人］　宝船を売る者　[季]新年

宝船敷き寝　たからぶねしきね　［人］　初夢が吉夢であることを願い、その夜に宝船の絵を枕の下に敷いて眠る風習　[季]新年

宝船敷く　たからぶねしく　［人］　初夢が吉夢であることを願い、その夜に宝船の絵を枕の下に敷いて眠る風習　[季]新年, 冬

宝莱柑　ほうらいかん　［植］　三宝柑の別称　[季]春

13**宝蓋草**　さんがいぐさ　［植］　シソ科の植物。春、紅紫色の唇形の花が咲く　[季]春

21**宝鐸の花**　ほうちゃくのはな　［植］　ユリ科の多年草。五月頃、緑白色の筒状の花をつける　[季]夏

宝鐸草　ほうちゃくそう　［植］　ユリ科の多年草。五月頃、緑白色の筒状の花をつける　[季]夏

宝鐸草の花　ほうちゃくそうのはな　［植］　ユリ科の多年草。五月頃、緑白色の筒状の花をつける　[季]夏

【尚】

8**尚武会**　しょうぶえ　［宗］　熱田祭の別称　[季]夏

尚武祭　しょうぶさい, しょうぶまつり　［宗］　熱田祭の別称　[季]夏

【居】

0**居なり**　いなり　［人］　年季が切れた後、出替わらず再び来期も奉公人として勤めること　[季]春

9**居待**　いまち　［天］　居待月の別称　[季]秋

8画（屈, 岡, 岳, 岸, 岩）

居待の月　いまちのつき　［天］　居待月の別
　称　㉄秋

居待月　いまちづき　［天］　陰暦八月十八日
　の月。名月よりは一時間余もおくれる
　㉄秋

居重ね　いがさね　［人］　年季が切れた後、
　出替わらず再び来期も奉公人として勤める
　こと　㉄春

12居開帳　いかいちょう　［宗］　秘仏をそのま
　まの場所で拝観させること　㉄春

22居籠　いごもり　［宗］　西宮の居籠のこと
　㉄新年

【屈】

7屈伸虫　くっしんちゅう, くっしんむし
　［動］　尺取虫の別称　㉄夏

【岡】

0岡すみれ　おかすみれ　［植］　菫の一種
　㉄春

7岡見　おかみ　［人］　大晦日の夜、箕を逆さ
　に着て丘の上に登り、自分の家を眺めて来
　年の吉凶を占う俗信　㉄冬

8岡苗代　おかなわしろ　［地］　苗代の一種
　㉄春

11岡崎東天王祭　おかざきひがしてんのうさい
　［宗］　十月十一日から十六日、京都市・岡
　崎神社（東天王社）で行われる祭礼　㉄秋

岡崎祭　おかざきまつり　［宗］　十月十一日
　から十六日、京都市・岡崎神社（東天王社）
　で行われる祭礼　㉄秋

岡崎踊　おかざきおどり　［人］　盆踊の一つ
　㉄秋

22岡躑躅　おかつつじ　［植］　ミヤマシキミの
　別称　㉄冬

【岳】

11岳雀　たけすずめ　［動］　イワヒバリ科の高
　山鳥で、夏、雲雀に似た声で囀る　㉄夏

15岳鴉　だけがらす　［動］　星鴉の別称　㉄夏

【岸】

8岸青む　きしあおむ　［植］　湖岸や川岸が、
　春に萌え出た草で青々と茂るさま　㉄春

11岸釣　きしづり　［人］　晩秋、岸から根魚を
　釣ること　㉄秋

【岩】

0岩つつじ　いわつつじ　［人］　春衣のかさね
　の色目の一つ。表が紅、裏が紫　㉄春

4岩木　いわき　［人］　石炭（せきたん）の別
　称　㉄冬

9岩海苔　いわのり　［植］　甘海苔の一種で浅
　海の岩礁に付着するものの総称　㉄春

岩茸　いわたけ　［植］　山地の岩壁につくイ
　ワタケ科の地衣類の一種で、茸の仲間では
　ない。古来食用にされ、晩秋採取される
　㉄秋

岩茸採り　いわたけとり　［植］　晩秋、切り
　立った崖などで岩茸を採取すること　㉄秋

10岩倉祭　いわくらまつり　［宗］　陰暦九月十
　五日、京都市・石座神社で行われていた祭
　礼。新婦の尻を叩く奇祭　㉄秋

岩桔梗　いわぎきょう　［植］　キキョウ科の
　多年草で高山植物。晩夏に紫色の花をつけ
　る　㉄夏

岩桐草　いわぎりそう　［植］　山地の崖に生
　えるイワタバコ科の多年草。晩夏に紫色の
　花をつける　㉄夏

岩根草　いわねぐさ　［植］　蕨の別称　㉄春

岩高蘭　がんこうらん　［植］　ガンコウラン
　科の常緑小低木。五、六月頃、枝先に三枚
　弁の小花をつける　㉄夏

11岩梨　いわなし　［植］　ツツジ科の低木。夏
　に小さな丸い実が赤黒く熟し、果肉は白く
　梨に似た味がする　㉄夏

岩梨の花　いわなしのはな　［植］　ツツジ科
　の常緑小低木。三、四月頃、淡紅色の花が
　咲く　㉄春

岩清水　いわしみず　［地］　岩の間から湧き
　出ている清水　㉄夏

岩菲　がんぴ　［植］　中国原産のナデシコ科
　多年草。晩春から初夏にかけて開花し、濃
　赤色、白花および赤白の絞り咲きなどがあ
　る　㉄夏

岩魚　いわな　［動］　冷たい清洌な渓流でも
　上流の方に棲息する川魚。夏が岩魚釣り
　シーズン　㉄夏

岩魚狩　いわながり　［動］　岩魚を捕ること
　㉄夏

岩魚釣　いわなつり　［動］　岩魚を捕ること
　㉄夏

13岩煙草　いわたばこ　［植］　湿った日陰の岩
　肌に生える多年草で、煙草の葉に似ている。

俳句季語よみかた辞典　205

七月頃に赤紫色の花をつける。また若葉を薬用にもする　[季]夏

岩蓮華　いわれんげ［植］山の岩壁などに自生するベンケイソウ科の多年草。秋、白い花を穂状につける　[季]秋

14岩蔓　いわかつら［植］ユキノシタの別称　[季]夏

岩蓼　いわたで［植］高山の砂礫地に生える多年草。晩夏の頃、黄色を帯びた白い小花が密集して咲く　[季]夏

15岩槻葱　いわつきねぎ［植］深葱の一種で、埼玉県岩槻市付近のもの　[季]冬

岩蕗　いわぶき［植］ユキノシタの別称　[季]夏

16岩燕　いわつばめ［動］燕の一種。三、四月頃、南より飛来し、多くは山地などの断崖につぼ形の巣をつくる　[季]夏, 春

19岩蟹　いわがに［動］蟹の一種　[季]夏

岩鏡　いわかがみ［植］高山の岩場に群生するイワウメ科の常緑多年草。晩夏に赤い花が咲く　[季]夏

20岩朧　いわおぼろ［天］岩がおぼろにみえるさま　[季]春

22岩躑躅　いわつつじ［人］春衣のかさねの色目の一つ。表が紅、裏が紫　[季]春

岩鷚　いわひばり［動］イワヒバリ科の高山鳥で、夏、雲雀に似た声で囀る　[季]夏

【岨】

11岨清水　そましみず, そばしみず［地］山のけわしい所からわき出る清水　[季]夏

【帚】

4帚木　ははきぎ［植］箒の材料となる草。夏に葉を茂らせ、晩夏に開花する　[季]夏

9帚草　ははきぐさ［植］帚木の別称。夏に葉を茂らせ、晩夏に開花する　[季]夏

【幸】

0幸の神の勧進　さいのかみのかんじん［人］正月十五日、甲信越地方で行われた道祖神の祭り。子供が祭りの供物を勧進して歩く　[季]新年

幸の神祭　さいのかみまつり［宗］道祖神祭の別称　[季]新年

4幸木　さいわいぎ, さいぎ［人］門松の根もとに立て掛ける割木。あるいは正月に食べる魚や海藻・野菜などを掛けておくためにわたす横木のこと　[季]新年

22幸籠　さいわいかご［人］正月の間、供物を入れるのに用いる藁で編んだ籠。供物を入れて門松にくくりつけておく　[季]新年

【庚】

5庚申待　こうしんまち［宗］初庚申の夜、徹夜をすること　[季]新年

庚申薔薇　こうしんばら［植］長春花の別称　[季]春

【底】

7底冷え　そこびえ［時］大地の底の方から冷えてくる感じ　[季]冬

11底清水　そこしみず［地］わき落ちる前の清水　[季]夏

底雪崩　そこなだれ［地］雪崩のこと　[季]春

【店】

9店卸　たなおろし［人］商店などで前年の決算のため、在庫品の数量や価格を調べること。現在では季節感は薄いが、昔は新年の行事だった　[季]新年

【府】

4府中祭　ふちゅうさい, ふちゅうまつり［宗］五月五日、府中市・大国魂神社で行われる祭礼　[季]夏

府中喧嘩祭　ふちゅうけんかまつり［宗］府中祭のこと　[季]夏

府中暗闇祭　ふちゅうくらやみまつり［宗］府中祭のこと　[季]夏

府中闇祭　ふちゅうやみまつり［宗］府中祭のこと　[季]夏

【庖】

2庖丁始　ほうちょうはじめ［人］庖丁人が初春の事始めに日ごろの技能を見せること　[季]新年

庖丁始　ほうちょうはじめ［人］新年になって、初めて台所で俎や庖丁を手にすること　[季]新年

8画（延, 弦, 弥, 征, 彼）

【延】

⁶延年頭　えんねんとう　［宗］　広島・厳島神社の玉取祭の別称　㊡秋

⁷延寿盃　えんじゅはい　［宗］　延寿祭の後で、六十歳以上の者に授ける盃　㊡新年

延寿祭　えんじゅさい　［宗］　元日、奈良・橿原神宮で行なわれる神事。皇室の無窮と国民の繁栄とを祈念する　㊡新年

延寿箸　えんじゅばし　［宗］　延寿祭の後で、一般参詣人に授ける箸　㊡新年

⁸延命菊　えんめいぎく　［植］　雛菊の別称　㊡春

¹⁴延暦寺六月会　えんりゃくじみなづきえ　［宗］　伝教会の別称　㊡夏

【弦】

弦　ゆみはり　［天］　弓の形をした月　㊡秋

⁴弦月　げんげつ　［天］　弓の形をした月　㊡秋

【弥】

²弥十郎　やじゅうろう　［人］　田植踊の音頭取り　㊡新年

⁵弥生　やよい　［時］　陰暦三月の別称　㊡春

弥生の節句　やよいのせっく　［人］　三月三日の桃の節句の別称　㊡春

弥生山　やよいやま　［地］　陰暦三月、花の盛りのころの春の山のこと　㊡春

弥生尽　やよいじん　［時］　陰暦三月の晦日　㊡春

弥生狂言　やよいきょうげん　［人］　陰暦三月から興行された歌舞伎芝居のこと　㊡春

弥生野　やよいの　［地］　草木が萌え出づる頃の早春の野のこと　㊡春

⁹弥彦灯籠祭　やひことうろうまつり　［宗］　七月二十四日夜、新潟・弥彦神社で行われる例祭　㊡夏

¹⁵弥撒始　みさはじめ　［宗］　元日、教会で行なわれる新年最初のミサ　㊡新年

【征】

⁴征月　せいげつ　［時］　正月の別称　㊡新年

¹¹征鳥厲く疾し　せいちょうはやくとし　［時］　七十二候の一つで、大寒の第二候。陽暦一月二十六日から三十日頃　㊡冬

【彼】

お彼岸　おひがん　［時］　彼岸のこと　㊡春

さき彼岸　さきひがん　［時］　彼岸の初日　㊡春

⁸彼岸　ひがん　［時］　春分の日の前後合わせて七日間のこと。仏事・農事の行事が多い　㊡春

彼岸ばらい　ひがんばらい　［時］　彼岸の最後の日　㊡春

彼岸ばらひ　ひがんばらい　［時］　彼岸の最後の日　㊡春

彼岸中日　ひがんちゅうにち　［時］　彼岸の中日の春分をさす　㊡春

彼岸太郎　ひがんたろう　［時］　彼岸の初日　㊡春

彼岸会　ひがんえ　［宗］　春の彼岸の七日間に行なわれる仏事　㊡春

彼岸団子　ひがんだんご　［宗］　彼岸に仏前に供える団子　㊡春

彼岸寺　ひがんでら　［宗］　彼岸会の行なわれる寺　㊡春

彼岸西風　ひがんにし　［天］　春の彼岸前後に吹く西風のこと。実際には涅槃西風とほぼ同じこと　㊡春

彼岸花　ひがんばな　［植］　曼珠沙華の別称。花がきまって秋の彼岸ごろに咲く　㊡秋

彼岸参　ひがんまいり　［時］　彼岸の墓参り　㊡春

彼岸河豚　ひがんふぐ　［動］　春の彼岸のころ産卵する河豚　㊡春

彼岸前　ひがんまえ　［時］　彼岸に入る前　㊡春

彼岸桜　ひがんざくら　［植］　桜の一種で、春の彼岸のころに花を開くもの　㊡春

彼岸過　ひがんすぎ　［時］　彼岸が終わった後　㊡春

彼岸詣　ひがんもうで　［宗］　彼岸に行なう拝巡行事　㊡春

彼岸餅　ひがんもち　［宗］　彼岸に食べるぼた餅　㊡春

彼岸潮　ひがんじお　［地］　春分、秋分のころの、干満の差の大きな潮　㊡春

彼岸講　ひがんこう　［時］　彼岸に行なわれる講　㊡春

俳句季語よみかた辞典　207

8画（徂, 怪, 忽, 念, 怕, 肩, 房, 押, 承, 招, 担, 拝）

【徂】

⁹徂春　そしゅん　［時］　去っていく春。春を惜しむ気持ちがこもる　㋒春

¹¹徂徠忌　そらいき　［宗］　陰暦一月十九日、江戸時代中期の儒学者荻生徂徠の忌日　㋒新年

【怪】

¹⁶怪鴟　よたか　［動］　ヨタカ科の夏鳥で、初夏に飛来し、秋に南方に帰る　㋒夏

【忽】

⁹忽草　たちまちぐさ　［植］　現の証拠の別称。夏に採って下痢止めの薬草とする　㋒夏

【念】

⁴念仏の口明　ねんぶつのくちあけ　［時］　新年初めて仏事を行い、墓参りをすること。多くは正月十六日　㋒新年

念仏会　ねんぶつえ　［宗］　陰暦九月十五日、大阪市・四天王寺にある六時堂で修せられる会式　㋒秋

念仏踊　ねんぶつおどり　［人］　盆踊の一つ　㋒秋

【怕】

¹¹怕痒樹　はくようじゅ　［植］　百日紅（さるすべり）の別称。枝をこすると、葉や花が笑うような動きをするといわれたことからの名　㋒夏

【肩】

³肩三日　かたみっか　［人］　吉原などの遊郭で、正月三が日は馴染み客だけに接したこと　㋒新年

⁶肩当蒲団　かたあてぶとん　［人］　夜寝るとき、肩先の冷えを防ぐための小蒲団　㋒冬

⁷肩抜く鹿　かたぬくしか　［動］　昔、鹿の肩骨を抜いて占ったこと　㋒秋

⁹肩客　かたきゃく　［人］　新年の遊郭での肩三日の客　㋒新年

¹¹肩掛　かたかけ　［人］　ショールの別称。女性が冬に和装で外出する時、防寒のため肩にかけるもの　㋒冬

¹³肩蒲団　かたぶとん　［人］　夜寝るとき、肩先の冷えを防ぐための小蒲団　㋒冬

【房】

⁹房咲水仙　ふさざきすいせん　［植］　水仙の一種で、早春から黄色い花が房状に咲く　㋒春

¹⁹房鶏頭　ふさけいとう　［植］　鶏頭の一種　㋒秋

【押】

⁰押しくら饅頭　おしくらまんじゅう　［人］　子供たちが大勢かたまって押し合い、はみ出た者がまた端に加わって押し合う。冬に体が暖まる遊び　㋒冬

押し合ひ祭　おしあいまつり　［宗］　三月三日の浦佐の堂押の別称　㋒春

⁶押合祭　おしあいまつり　［宗］　三月三日の浦佐の堂押の別称　㋒春

¹²押絵雛　おしえびな　［人］　雛人形の一種　㋒春

¹⁶押鮎　おしあゆ　［人］　年始の歯固の食べ物で、鮎を塩押しにしたもの　㋒新年

【承】

⁸承知の花　しょうちのはな　［植］　菊の別称。菊は秋の季語　㋒秋

【招】

⁰招く薄　まねくすすき　［植］　薄の風になびく様　㋒秋

⁶招虫　おぎむし　［動］　尺取虫の別称　㋒夏

¹⁴招魂祭　しょうこんさい　［宗］　四月二十一日、東京九段・靖国神社で行なわれる春季大祭　㋒春

【担】

⁹担茶屋　にないぢゃや　［人］　中世以来、行商人が往来の人に茶を点てて飲ませたこと　㋒新年

【拝】

⁰拝み太郎　おがみたろう　［動］　カマキリの別称　㋒秋

¹²拝賀　はいが　［人］　元日と二日、宮中に参内した文武官が天皇に祝賀の拝謁をする戦前の宮中行事　㋒新年

先の冷えを防ぐための小蒲団　㋒冬

8画（抱, 抹, 放, 斧, 昆, 昇, 昔, 明）

拝賀式　はいがしき　［人］　戦前、元日に全
国の学校で職員・生徒が集まり、天皇・皇
后の御真影を拝して君が代を斉唱した儀式
㋡新年

15拝墳　はいふん　［人］　中国で十月朔日に墳
に詣で饗をしたこと　㋡冬

【抱】

7抱卵季　ほうらんき　［動］　春から初夏の
頃、雛がかえるまで親鳥が卵を温める期間
㋡春

9抱相撲　かかえずもう　［人］　江戸時代、大
名などが扶持を与えていた力士　㋡秋

22抱籠　だきかご　［人］　竹や籐を円筒形に編
んだ籠。夏の夜、寝るときに抱きかかえる
と少し涼しい　㋡夏

【抹】

9抹香鯨　まっこうくじら　［動］　歯鯨の一
種。体長十五メートル前後で頭が大きい
㋡冬

【放】

0放ち亀　はなちがめ　［宗］　放生会に行われ
る行事の一つ　㋡秋

放ち鳥　はなちどり　［宗］　放生会に行われ
る行事の一つ　㋡秋

放れ鵜　はなれう　［人］　鵜縄なしで鵜を自
由に活動させるもの　㋡夏

5放生川　ほうしょうがわ　［宗］　いつも濁る
川が、名月放生会の時には澄むといわれた
こと　㋡秋

放生会　ほうじょうえ　［宗］　八幡放生会の
こと　㋡秋

7放屁虫　へひりむし　［動］　三井寺ごみ虫の
別称。体長二センチ足らずの甲虫で、外敵
に遭遇すると悪臭を放つ　㋡秋

9放哉忌　ほうさいき　［宗］　四月七日、明
治・大正期の俳人尾崎放哉の忌日　㋡春

24放鷹　ほうよう　［人］　冬、飼いならした鷹
を放って、野鳥を捕えさせる狩。昔は武家
で多く行われた　㋡冬

【斧】

5斧仕舞　おのじまい　［人］　その一年の感謝
を込めて、年末に山仕事を切り上げて、道
具をしまい込んで正月を迎えること　㋡冬

6斧虫　おのむし　［動］　カマキリの別称
㋡秋

8斧始　おのはじめ　［人］　新年になって初め
て山に入り、木を伐り出す仕事始め行事
㋡新年

【昆】

5昆布　こんぶ　［植］　コンブ属の海藻の総
称。晩夏の頃に採取する　㋡夏, 新年

昆布干す　こんぶほす　［植］　夏に刈り取っ
た昆布を干すこと　㋡夏

昆布刈　こんぶがり　［人］　夏、昆布を刈り
取ること　㋡夏

昆布刈る　こんぶかる　［植］　夏、昆布を刈
り取ること　㋡夏

昆布巻鮓　こぶまきずし　［人］　鮓の一種
㋡夏

昆布採る　こんぶとる　［人］　夏、昆布を刈
り取ること　㋡夏

昆布船　こんぶぶね　［植］　昆布刈りに使う
船　㋡夏

昆布飾る　こんぶかざる　［人］　正月に昆布
を蓬莱や鏡餅に添えて飾ること　㋡新年

6昆虫採集　こんちゅうさいしゅう　［人］
夏、子供などが昆虫を捕らえて飼育したり、
殺して標本を作ったりすること　㋡夏

【昇】

0昇り藤　のぼりふじ　［植］　ルピナスの別
称。初夏に黄色の花が咲く　㋡夏

4昇天日　しょうてんび　［宗］　復活祭から四
十日めの木曜日。復活したキリストが昇天
したことを記念する　㋡夏

昇天祭　しょうてんさい　［宗］　復活祭から
四十日めの木曜日。復活したキリストが昇
天したことを記念する　㋡夏

【昔】

9昔草　むかしぐさ　［植］　橘の別称　㋡夏

14昔蜻蛉　むかしとんぼ　［動］　蜻蛉の一種
で、原始的な蜻蛉　㋡秋

【明】

つゆの明　つゆのあけ　［時］　梅雨が終るこ
と　㋡夏

0明かり障子　あかりしょうじ　［人］　紙障子

のこと　[季]冬

明きの方　あきのかた, あきのほう　［宗］　その年の縁起のよい方向　[季]新年

明くる年　あくるとし　［時］　年が変わり、新たな一年の始め　[季]新年

明の月　あけのつき　［天］　有明月の別称　[季]秋

明の春　あけのはる　［時］　初春を祝う言い回し　[季]新年

明の雪　あけのゆき　［天］　夜明けの雪　[季]冬

明やす　あけやす　［時］　短い夏の夜のこと　[季]夏

4**明太魚**　めんたいぎょ　［動］　助宗鱈の別称　[季]冬

明太魚卵　めんたいぎょらん　［動］　助宗鱈の卵巣の塩漬け　[季]冬

明日の春　あすのはる　［時］　晩冬に春の訪れを待ち焦がれること　[季]冬

明日葉　あしたば　［植］　日当りのよい場所に生える常緑多年草。再生力が強いことからの名　[季]春

明月　めいげつ　［天］　陰暦八月十五日、中秋の満月　[季]秋

明月草の花　めいげつそうのはな　［植］　虎杖の中で花の色が紅色のもの　[季]夏

5**明石**　あかし　［人］　夏の薄物に使う薄手の絹地の織物　[季]夏

明石縮　あかしちぢみ　［人］　縮の一種　[季]夏

6**明早し**　あけはやし　［時］　短い夏の夜のこと　[季]夏

8**明易し**　あけやすし　［時］　短い夏の夜のこと　[季]夏

明河　めいが　［天］　天の川の別称　[季]秋

明治天皇祭　めいじてんのうさい　［宗］　七月三十日、明治天皇の崩御の日　[季]夏

明治神宮祭　めいじじんぐうさい　［宗］　十一月三日、明治天皇の誕生日に東京・明治神宮で行われる例大祭　[季]冬

明治草　めいじそう　［植］　キク科の雑草、ひめむかしよもぎの別称。初秋、緑がかった白い花が咲く　[季]秋

明治節　めいじせつ　［人］　十一月三日、戦前制定された明治天皇の誕生を祝う日。今の文化の日　[季]秋

9**明急ぐ**　あけいそぐ　［時］　短い夏の夜のこと　[季]夏

10**明恵上人献茶式**　みょうえしょうにんけんちゃしき　［宗］　十一月八日、京都市・高山寺内の石水院で行なわれる献茶式　[季]秋

12**明景**　めいけい　［時］　秋の別称　[季]秋

明智風呂　あけちぶろ　［人］　陰暦六月十四日に、妙心寺で風呂をたいて衆人を浴せしめたこと　[季]夏

15**明慧忌**　みょうえき　［宗］　陰暦一月十九日、鎌倉時代の僧明恵の忌日　[季]新年

【昊】

4**昊天**　こうてん　［時］　夏の広い空をいう　[季]夏

【旻】

4**旻天**　びんてん　［天］　秋の爽やかに澄みきった大空　[季]秋

【服】

12**服装更ふ**　ふくそうかう　［人］　六月一日、軍人、警官がいっせいに夏服にかえたこと　[季]夏

【果】

0**果の大師**　はてのだいし　［宗］　十二月二十一日、終大師の別称　[季]冬

果の庚申　はてのこうしん　［宗］　納の庚申の別称　[季]冬

8**果物の袋掛**　くだもののふくろかけ　［人］　夏の袋掛のこと　[季]夏

16**果樹責**　かじゅぜめ　［宗］　小正月の行事で、果樹にその年の結実を威嚇・誓約させる風俗　[季]新年

果樹植う　かじゅうう　［人］　春、果樹を移植すること　[季]春

【枝】

0**枝の主日**　えだのしゅじつ　［宗］　復活祭の直前の日曜日。受難の主日の別称　[季]春

3**枝下す**　えだおろす　［人］　暑い夏に風通しをよくするためなどに、生い茂った庭園や庭木の枝を払うこと　[季]夏

5**枝打**　えだうち　［人］　植林した杉や檜がある程度生長した頃、冬に下枝を切り落とす

作業を行うこと　[季]冬

枝払う　えだはらう　［人］　木の枝払うに同じ　[季]夏

[7]**枝豆　えだまめ**　［人］　初秋、熟し切っていない青い大豆を枝のまま採って、ゆでて食べる　[季]秋

[8]**枝垂彼岸　しだれひがん**　［植］　彼岸のころに咲く枝垂桜　[季]春

枝垂柳　しだれやなぎ　［植］　柳の一種　[季]春

枝垂桜　しだれざくら　［植］　園芸用の品種で細い枝が垂直に垂れ下がり、三月末から四月頃に淡紅色の花をつける　[季]春

枝垂桃　しだれもも　［植］　桃の一種　[季]春

枝垂梅　しだれうめ　［植］　梅の一種　[季]春

[9]**枝炭　えだずみ**　［人］　茶道で炉に火をおこすとき使う白炭　[季]冬

[12]**枝蛙　えだかわず**　［動］　雨蛙の別称　[季]夏

【松】

お松払い　おまつはらい　［人］　門松を取り払うこと。関東では普通六日の夜か七日の朝に取る所が多い　[季]新年

お松明　おたいまつ　［宗］　東大寺の修二会で使われる松明　[季]春

[0]**松がさね　まつがさね**　［人］　年の始めに着る表青・裏紫の着物。現在は廃れた　[季]新年

松の内　まつのうち　［時］　松飾りを立てておく期間。関東では七日まで、関西では十五日まで　[季]新年

松の花　まつのはな　［植］　マツ科の植物の花の総称。晩春、新芽の先に紫色の花をつける　[季]春

松の花粉　まつのかふん　［植］　春風に吹かれ飛び散る松の花粉のこと　[季]春

松の芯　まつのしん　［植］　芯のように立って芽吹く松の新芽のこと　[季]春

松の門　まつのかど　［人］　門松の飾ってある門　[季]新年

松の落葉　まつのおちば　［植］　初夏の新葉が茂る頃に、松の古葉が落葉すること　[季]夏

松の緑　まつのみどり　［植］　新芽の若々しい緑のこと　[季]春

松の緑摘む　まつのみどりつむ　［人］　三、四月ごろ庭の松の若緑の伸びたのを、あまり長くならないうちに、適当に摘み取ること　[季]春

松の鮓　まつのすし　［人］　鮓の一種　[季]夏

松ばやし　まつばやし　［人］　松迎の地方でのよび名　[季]冬

松ふぐり　まつふぐり　［植］　松笠の別称。晩秋に新しい松の実ができる　[季]秋

松ぼくり　まつぼくり　［植］　松笠の別称。晩秋に新しい松の実ができる　[季]秋

[1]**松一対　まついっつい**　［人］　門松のこと　[季]新年

[2]**松七日　まつなぬか**　［時］　松飾りを立てておく期間。関東では七日まで、関西では十五日まで　[季]新年

[3]**松下し　まつおろし**　［人］　門松を取り払うこと。関東では普通六日の夜か七日の朝に取る所が多い　[季]新年

松上り　まつあがり　［人］　門松を取り払うこと。関東では普通六日の夜か七日の朝に取る所が多い　[季]新年

[4]**松引　まつひき**　［人］　門松を取り払うこと。関東では普通六日の夜か七日の朝に取る所が多い　[季]新年

松引　まつひき　［宗］　平安時代、正月の初子の日に、朝廷貴族が郊野に出て小松を引き抜き延命を祝った行事　[季]新年

松手入　まつていれ　［人］　十月頃、植木屋を呼んで庭松の手入れをしてもらい、冬を越す準備をすること　[季]秋

[5]**松本の塩市　まつもとのしおいち**　［人］　正月十一日、松本市・深志神社で行われる市。戦国時代に上杉謙信が武田信玄に塩を贈った故事を記念したもの　[季]新年

松本草　まつもとそう　［植］　ナデシコ科の多年草。花は晩春から初夏にかけて咲き、濃赤色、白花および赤白の絞り咲きなどがある　[季]春

松本草　まつもと　［植］　ナデシコ科の仙翁花の一種、松本仙翁花を省略した名　[季]夏

松本祭　まつもとまつり　［宗］　五月五日、大津市・平野神社で行われる祭礼　[季]夏

[6]**松竹梅飾る　しょうちくばいかざる**　［人］　正月に松・竹・梅を飾ること　[季]新年

松虫　まつむし　［動］　コオロギ科の秋の虫。チンチロリンという声は古来愛されてきた。なお昔は鈴虫と名称が逆だった

[季]秋

松虫草　まつむしそう　［植］　高原に生える多年草で、初秋、紫紺の大きな花が開く　[季]秋

7**松尾山神祭**　まつのおさんじんさい, まつのおやまがみまつり　［宗］　正月亥の日、京都の松尾神社で、灯火を献供したのち社家一二人が裸馬に乗って馳駆する行事　[季]新年

松尾神事相撲　まつおしんじすもう　［宗］　九月一日、京都市・松尾大社で行なわれた神事相撲　[季]秋

松尾神幸祭　まつおしんこうさい　［宗］　京都市・松尾大社の祭礼　[季]春

松尾祭　まつのおまつり　［宗］　昔、陰暦四月に行われた京都市・松尾神社の祭礼　[季]夏

松尾祭　まつおまつり　［宗］　昔、行なわれた祭り　[季]冬

松尾祭御出　まつのおまつりおいで　［宗］　京都市・松尾大社の祭礼　[季]春

松花堂忌　しょうかどうき　［宗］　陰暦九月十八日、江戸時代前期の学僧・画僧松花堂昭乗の忌日　[季]秋

松花蕈　さまつたけ　［植］　晩夏に採れる松茸のこと　[季]夏

松迎　まつむかえ　［人］　昔、十二月十三日の正月事始の日に、門松など正月に必要な木を山から伐ってくること　[季]冬

松迎え　まつむかえ　［宗］　昔、十二月十三日の正月事始の日に、門松など正月に必要な木を山から伐ってくること　[季]冬

8**松例祭**　しょうれいさい　［宗］　大晦日の夜から元日まで、山形・出羽三山神社で行われる祭礼　[季]冬

松取る　まつとる　［人］　門松を取り払うこと。関東では普通六日の夜か七日の朝に取る所が多い　[季]新年

松拍子　まつばやし　［人］　正月三日に行われた、江戸幕府の能楽謡初めの式のこと　[季]新年

松明　まつあけ　［時］　正月の門松や注連飾りを外した後。地域により、正月七日過ぎ、または正月十五日過ぎをさす　[季]新年

松明祭　たいまつまつり　［宗］　十月十二日から十六日、京都市・三栖神社の祭礼　[季]秋

松毟鳥　まつむしり　［動］　菊戴のこと　[季]春, 秋

松直し　まつなおし　［人］　門松を取り払うこと。関東では普通六日の夜か七日の朝に取る所が多い　[季]新年

9**松前上る**　まつまえのぼる　［人］　北海道へ行商に渡っていた人たちが、秋に内地へ帰ること　[季]秋

松前帰る　まつまえかえる　［人］　北海道へ行商に渡っていた人たちが、秋に内地へ帰ること　[季]秋

松前渡る　まつまえわたる　［人］　江戸時代、海の穏やかな夏に東北の漁夫や商人が北海道（松前藩）に交易のため渡ったこと　[季]夏

松前鮓　まつまえずし　［人］　鮓の一種　[季]夏

松海苔　まつのり　［植］　各地の岩上に生ずる紅藻で、刺身のつまに利用する　[季]春

松茸　まつたけ　［植］　晩秋、赤松林に生えるマツタケ科の茸。茸の王者として珍重され、高値がつく。安定した大量栽培は困難といわれている　[季]秋

松茸狩　まつたけがり　［人］　秋の行楽の一つ。茸狩の代表的なもので、山林に入り松茸を採ること　[季]秋

松茸飯　まつたけめし　［人］　秋の松茸を炊き込んだ御飯　[季]秋

松送　まつおくり　［人］　門松を取り払うこと。関東では普通六日の夜か七日の朝に取る所が多い　[季]新年

松風の時雨　まつかぜのしぐれ　［天］　松風を時雨の音とききなしていう　[季]冬

松風会　しょうふうえ　［人］　松尾芭蕉が京都の清水に遊び、茶店浮瀬で連衆と歌仙を一折して興じたことによって行なわれた松風の会式　[季]秋

10**松倒し**　まつたおし　［人］　門松を取り払うこと。関東では普通六日の夜か七日の朝に取る所が多い　[季]新年

松納　まつおさめ　［人］　門松を取り払うこと。関東では普通六日の夜か七日の朝に取る所が多い　[季]新年

11**松菜**　まつな　［植］　アカザ科の一年草で、暖い海岸の砂地に自生する。緑色をした細長い葉が密生している　[季]春

松雪草　まつゆきそう　［植］　ヒガンバナ科

の観賞植物。早春から枝先につり鐘形の白い花をつける [季]春

松魚　かつお ［動］ 古来親しまれている海魚。日本の代表的な夏魚 [季]夏

12松葉牡丹　まつばぼたん ［植］ 南米原産のスベリヒユ科の一年草。夏に向日性の花をつける [季]夏

松葉海苔　まつばのり ［植］ 各地の岩上に生ずる紅藻で、刺身のつまに利用する [季]春

松葉独活　まつばうど ［植］ アスパラガスの別称 [季]春

松葉酒　まつばざけ ［人］ 焼酎に初夏の松の新芽を入れて貯蔵した薬用酒。体が温まり、健康にも良いとされる [季]冬

松葉菊　まつばぎく ［植］ 南アフリカ原産のツルナ科の常緑多年草で、葉が松の葉に似ている。初夏から菊に似た花が咲き始める [季]夏

松葉散る　まつばちる ［植］ 初夏の新葉が茂る頃に、松の古葉が落葉すること [季]夏

松葉簪　まつばかんざし ［植］ ハマカンザシの別称 [季]春

松葉藻　まつばも ［植］ 金魚藻の別称。夏に繁茂する [季]夏

松葉蟹　まつばがに ［動］ ズワイガニの一種で山陰沿岸で獲るもの [季]冬

松落葉　まつおちば ［植］ 初夏の新葉が茂る頃に、松の古葉が落葉すること [季]夏

松過　まつすぎ ［時］ 正月の門松や注連飾りを外した後。地域により、正月七日過ぎ、または正月十五日過ぎをさす [季]新年

13松飾　まつかざり ［人］ 門松のこと [季]新年

松飾る　まつかざる ［人］ 年末のうちに正月飾りの門松を立てること [季]冬

14松箒　まつぼうき ［人］ 初子の行事に使う箒で、子の日の松を添えたもの [季]新年

16松謡　まつうたい ［人］ 新年になって初めて謡曲をうたうこと [季]新年

18松蟬　まつぜみ ［動］ 蟬の一種。最も早く出現し、松林に多くみられる [季]夏, 春

19松藻　まつも ［植］ 金魚藻の別称。夏に繁茂する [季]夏

松藻　まつも ［植］ マツモ科に属する褐藻類の一種で、北の海に生育する。十二月から三月頃まで採集し、酢の物などに用いる [季]冬

松藻虫　まつもむし ［動］ 異翅目の水生昆虫 [季]夏

20松露　しょうろ ［植］ 四、五月頃、海岸の松林に生ずる一種のきのこ [季]春, 秋

松露掘る　しょうろほる ［植］ 食用にするため、春に海岸の松原などで松露を採集すること [季]春

松露掻く　しょうろかく ［植］ 食用にするため、春に海岸の松原などで松露を採集すること [季]春

21松囃子　まつばやし ［人］ 応永のころ行なわれた一種の歌舞、または江戸幕府の謡初めの式のこと [季]新年

松囃子　まつばやし ［人］ どんたくでのお囃子 [季]春

22松蘿　さるおがせ ［植］ サルオガセ属の地衣類。夏、針葉樹に密生して垂れ下がる [季]夏

【東】

あめ東風　あめごち ［天］ 東風の一つ [季]春

いなだ東風　いなだごち ［天］ 東風の一つ [季]春

0東をどり　あずまおどり ［人］ 四月一日から東京・新橋演舞場で公演する新橋芸妓の踊 [季]春

東コート　あずまこーと ［人］ コートの一種。女性が防寒用に和服の上にまとう外套 [季]冬

3東大寺授戒　とうだいじじゅかい ［宗］ 東大寺で行なわれた授戒の儀式のこと [季]春

東山安井祭　ひがしやまやすいまつり ［宗］ 昔、行なわれた祭り [季]秋

5東本願寺修正会　ひがしほんがんじしゅじょうえ ［宗］ 正月元日から七日間、京都東本願寺の大師堂と阿弥陀堂において、その年の玉躰安穏・国家の隆昌を祈って行なわれるもの [季]新年

東本願寺献盃式　ひがしほんがんじけんぱいしき ［宗］ 正月元日、京都東本願寺の大師堂において、祖師親鸞上人の厨子を法主が開扉し、親しく屠蘇酒をくみ供える例式 [季]新年

6東寺灌頂　とうじかんじょう ［宗］ 東寺で行なわれた灌頂 [季]冬

[7]東君　とうくん［時］春の別称 [季]春

[8]東京優駿競走　とうきょうゆうしゅんきょうそう［宗］ダービーのこと [季]夏

東京蟋蟀　とうきょうこおろぎ［動］つづれさせ蟋蟀の別称 [季]秋

東彼岸　あずまひがん［植］彼岸桜の別称 [季]春

[9]東帝　とうてい［時］春の別称 [季]春

東風　こち［天］春、東から吹いてくる風のこと [季]春

[11]東菊　あずまぎく［植］キク科の多年草で、四月頃、花びらが紫色で蘂が黄色の花が咲く [季]春

[12]東遊　あずまあそび［宗］神楽の名 [季]冬

[13]東照宮祭　とうしょうぐうさい［宗］日光東照宮祭の別称 [季]夏

東福寺開山忌　とうふくじかいさんき［宗］陰暦十月十六日、鎌倉時代の僧で東福寺開山の聖一国師円爾弁円の忌日 [季]冬

東福寺羅漢供　とうふくじらかんく［宗］正月五日、京都・東福寺で行われる五百羅漢図の供養 [季]新年

東福寺懺法　とうふくじせんぼう［宗］二月初午の日に、京都市・東福寺で明兆画の観音三十三幅の像をかかげて行なった法華懺法。火防、疫病よけの御符を出し、参詣者が多かった [季]春

[14]東踊　あずまおどり［宗］四月一日から東京・新橋演舞場で公演する新橋芸妓の踊 [季]春

[16]東叡山大黒の湯　とうえいざんだいこくのゆ［宗］特に正月三日に限り、江戸上野東叡山中の護国院大黒天に供えてある餅を参詣の男女に与えるためひたした湯 [季]新年

東叡山開山忌　とうえいざんかいさんき［宗］陰暦十月二日、江戸時代前期の僧で寛永寺開山の慈眼大師天海の忌日 [季]冬

[21]東鶴忌　とうかくき［宗］一月二十九日、大正・昭和期の俳人日野草城の忌日 [季]冬

【板】

[4]板木凧　はんぎだこ［人］凧の一種 [季]新年

[7]板甫牡蠣　いたぼがき［動］牡蠣の一種 [季]冬

[9]板屋かえで　いたやかえで［植］楓の一種 [季]秋

板屋貝　いたやがい［動］イタヤガイ科の扇形の二枚貝 [季]春

[15]板樏　いたかん［人］滑り止めに板の爪かついているかんじき [季]冬

[19]板簾　いたすだれ［人］簾の一種 [季]夏

【枇】

[8]枇杷　びわ［植］バラ科の常緑樹。黄橙色の実は球形または細長く、甘い梅雨時の果物として親しまれている [季]夏

枇杷の花　びわのはな［植］バラ科常緑高木である枇杷の、十二月頃に咲く三角形総状の白い花 [季]冬

枇杷の実　びわのみ［植］枇杷の球形または細長い果実のこと。甘い梅雨時の果物として親しまれている [季]夏

枇杷咲く　びわさく［植］十二月頃に枇杷の白い小花が咲くこと [季]冬

枇杷葉湯　びわようとう［人］暑気払い用に、干した枇杷の葉を煎じた汁 [季]夏

枇杷葉湯売　びわようとううり［人］枇杷葉湯を売り歩いたもの [季]夏

枇杷園忌　びわえんき［宗］陰暦五月十六日、江戸時代後期の俳人井上士朗の忌日 [季]夏

【枚】

[8]枚岡の御粥　ひらおかのおかゆ［宗］正月十五日、枚岡市・枚岡神社で行なわれる粥占神事 [季]新年

枚岡の御粥占神事　ひらおかのおかゆうらしんじ［宗］正月十五日、枚岡市・枚岡神社で行なわれる粥占神事 [季]新年

【枕】

[10]枕蚊帳　まくらがや［人］蚊帳の一種 [季]夏

[11]枕屛風　まくらびょうぶ［人］屛風の一種。寝室の枕べに立てておく小さな屛風 [季]冬

【林】

インド林檎　いんどりんご［植］林檎の品種の一つ [季]秋

[0]林の鐘　はやしのかね［時］一年を音楽の十二律になぞらえた場合の陰暦六月の別称 [季]夏

12林間学舎　りんかんがくしゃ　［人］　暑中休暇に、小・中学校の生徒を高原に移して特別授業をしたり、自然に親しませたりすること　[季]夏

林間学校　りんかんがっこう　［人］　暑中休暇に、小・中学校の生徒を高原に移して特別授業をしたり、自然に親しませたりすること　[季]夏

林間学園　りんかんがくえん　［人］　暑中休暇に、小・中学校の生徒を高原に移して特別授業をしたり、自然に親しませたりすること　[季]夏

17林檎　りんご　［植］　秋冬を通じて出回る果物。果実は甘みと酸味が混じり、生食のほか料理、菓子、缶詰に用いる　[季]秋

林檎の花　りんごのはな　［植］　バラ科の落葉高木。晩春、白色の花をつける。果実は晩秋の季語　[季]春

林檎園　りんごえん　［人］　林檎栽培をしている園　[季]秋

19林蘭　りんらん　［植］　梔子（くちなし）の別称　[季]夏

林蘭　りんらん　［植］　セッコクの別称　[季]夏

20林鐘　りんしょう　［時］　一年を音楽の十二律になぞらえた場合の陰暦六月の別称　[季]夏

【杲】

11杲鳥　はこどり　［動］　貌鳥の別称　[季]春

【杪】

23杪欏　しゃら　［植］　ツバキ科の落葉高木。晩夏、葉の根元に椿に似た白い五弁花をつける　[季]夏

【武】

8武具飾る　ぶぐかざる　［宗］　端午の節句に武具を飾ること　[季]夏

武具鏡開　ぶぐかがみびらき　［人］　具足開の別称　[季]新年

武者人形　むしゃにんぎょう　［人］　五月五日の端午の節句に飾る武者姿の人形　[季]夏

10武家餅　ぶけもち　［人］　武家が正月に飾った紅白の鏡餅　[季]新年

15武蔵　むさし　［人］　正月の室内盤遊戯の一つ。現在ではほとんど行われない　[季]新年

【歩】

10歩射祭　ぶしゃさい　［宗］　京都・伏見稲荷大社の奉射祭の別称　[季]新年

歩荷　ぼっか　［人］　高山で人が荷物を担いでいくこと。飛騨や信州での駄荷に対する語　[季]夏

【毒】

7毒芹　どくぜり　［植］　セリ科の植物の中で毒を有するもの　[季]春

8毒空木の花　どくうつぎのはな　［植］　ドクウツギ科の落葉低木の花。初夏に黄緑色の花がつく。実に毒がある　[季]夏

9毒茸　どくたけ　［植］　秋の味覚として珍重される茸類のうち, 毒性を持つため食べられないものの総称　[季]秋

10毒消　どくけし　［人］　食中毒・暑気中り・水あたりなどの薬　[季]夏

毒消売　どくけしうり　［人］　食中毒・暑気あたりなどにきくという解毒剤を売り歩いた人　[季]夏

毒流し　どくながし　［人］　川狩の一種。毒汁を川に流して魚をとるもの　[季]夏

11毒瓶　どくびん　［人］　昆虫採集の道具の一つ　[季]夏

13毒蛾　どくが　［動］　蛾の一種　[季]夏

【泳】

0泳ぎ　およぎ　［人］　夏、海や川やプールでの水泳のこと　[季]夏

【沿】

12沿階草　えんかいそう　［植］　蛇の髭の別称。初夏の頃、花茎に薄紫色の小花をつける　[季]夏

25沿籬豆　えんりまめ　［植］　籬豆の別称。一粒の種から垣根に沿って覆うように繁茂するという意味　[季]秋

【河】

のし河豚　のしふぐ　［人］　干河豚をさらに伸したもの　[季]夏

7河社　かわやしろ　［宗］　夏越の祓の一つ。川のほとりに社をたてて、神楽を奉納すること　[季]夏

河貝子　かばいし　［動］　蜷の別称　[季]春

9河秋沙　かわあいさ［動］アイサ類の鴨の一種 [季]冬

河胡桃　かわくるみ［植］胡桃の一種 [季]秋

10河原の納涼　かわらのすずみ［人］河原に桟敷や床几を敷きつめて、夜、納涼客をもてなしたもの [季]夏

河原納涼　かわらのすずみ［人］河原に桟敷や床几を敷きつめて、夜、納涼客をもてなしたもの [季]夏

河原鳳仙花　かわらほうせんか［植］釣船草の別称。初秋の頃、淡紅紫色の花を釣り下げる [季]秋

河原鶸　かわらひわ［動］アトリ科の小鳥。春に良くのびる声で鳴く [季]春

河烏　かわがらす［動］カワガラス科の鳥。山間の渓流に住み、流れに飛び込み小昆虫をとる [季]春

河骨　こうほね, かわほね［植］スイレン科の多年草水生植物。七月頃に黄色の花をつける [季]夏

11河豚　ふぐ, ふく［動］フグ科の魚の総称。美味だが、肝臓と卵巣に猛毒を含む [季]冬

河豚ちり　ふぐちり［人］河豚鍋の別称。河豚の薄切りを鍋で煮て、酢味噌やポン酢などで食べるもの。体の温まる冬の料理 [季]冬

河豚の友　ふぐのとも［動］河豚を食する友 [季]冬

河豚の毒　ふぐのどく［動］河豚の肝臓と卵巣に含まれる猛毒 [季]冬

河豚の宿　ふぐのやど［動］河豚を食する料理屋・宿。河豚は冬の季語 [季]冬

河豚中り　ふぐあたり［動］河豚の毒にあたること [季]冬

河豚汁　ふぐじる［人］河豚の身を入れた汁。河豚は冬の季語 [季]冬

河豚供養　ふぐくよう［人］晩春河豚の季節が終わる頃、下関の業者が主催して行なう供養の行事 [季]春

河豚釣　ふぐつり［動］河豚を釣ること [季]冬

河豚提灯　ふぐちょうちん［動］河豚で作る提灯 [季]冬

河豚網　ふぐあみ［動］河豚を捕らえる網 [季]冬

河豚雑炊　ふぐぞうすい［人］雑炊の一つで、河豚鍋の後で作るもの [季]冬

河豚鍋　ふぐなべ［人］河豚の薄切りを鍋で煮て、酢味噌やポン酢などで食べるもの。体の温まる冬の料理 [季]冬

河鹿　かじか［動］山間の渓流に生息し、夏になると美しく鳴く小型の蛙 [季]夏

河鹿宿　かじかやど［動］河鹿の声のきかれる宿 [季]夏

河鹿笛　かじかぶえ［動］河鹿の鳴き声を笛の音に例えた言い回し [季]夏

河鹿蛙　かじかがえる［動］河鹿の別称 [季]夏

12河童虫　かっぱむし［動］田亀の別称 [季]夏

河童忌　かっぱき［宗］七月二十四日、大正期の小説家芥川龍之介の忌日 [季]夏

13河漢　かかん［天］天の川の別称 [季]秋

18河鵜　かわう［動］鵜の一種で、海鵜よりやや小型。内陸の水辺で繁殖する [季]夏

【泣】

7泣初　なきぞめ［人］新年になって初めて泣くこと [季]新年

泣角力　なきずもう［宗］九月十九日、鹿沼市・生子の宮で行われてきた行事。赤ん坊を見合わせ泣いた方を勝ちとするもの。現在は日曜日を選んで行われる [季]秋

【沓】

4沓手鳥　くつでとり［動］時鳥の別称 [季]夏

【治】

11治部煮　じぶに［人］金沢市の郷土料理。鴨など冬の渡り鳥の肉を煮るもの [季]冬

22治聾酒　じろうしゅ［人］春社の日に耳の遠い老人や子どもに酒を飲ませる風習。耳の聞こえがよくなるという迷信 [季]春

【沼】

4沼太郎　ぬまたろう［動］菱喰の別称 [季]秋

7沼芹　ぬまぜり［植］沼のほとりに生える芹 [季]春

11沼涸る　ぬまかる［地］冬、水源地の積雪のために川の水量が減り、沼も涸れること

[季]冬

沼涸るる　ぬまかるる［地］冬、水源地の積雪のために川の水量が減り、沼も涸れること　[季]冬

【注】

10注連の内　しめのうち［時］注連飾りを飾っておく期間。関東では七日まで、関西では十五日まで　[季]新年

注連曳　しめひき［宗］稲荷の大山祭で行なわれる神事　[季]新年

注連作　しめつくり［人］初冬のうちに正月の注連縄を作ること　[季]冬

注連取る　しめとる［人］正月の注連飾りを取り払うこと　[季]新年

注連明　しめあけ［時］正月の門松や注連飾りを外した後。地域により、正月七日過ぎ、または正月十五日過ぎをさす　[季]新年

注連張神事　しめはりしんじ［宗］稲荷の大山祭で行なわれる神事　[季]新年

注連貰　しめもらい［宗］小正月の左義長で燃やす正月飾りの注連縄や松などを、子供たちが各家から貰い集めること　[季]新年

注連飾　しめかざり［人］正月に厄除けのため門戸に注連縄を飾ること　[季]新年

注連飾る　しめかざる［人］年末のうちに正月飾りの注連縄を飾ること　[季]冬

注連飾取る　しめかざりとる［人］正月の注連飾りを取り払うこと　[季]新年

注連綯う　しめなう［人］初冬のうちに正月の注連縄を作ること　[季]冬

注連綯ふ　しめなう［人］初冬のうちに正月の注連縄を作ること　[季]冬

注連縄　しめなわ［人］注連飾りの縄　[季]新年

【泥】

0泥くじり祭　どろくじりまつり［宗］天王寺道祖神祭の別称　[季]冬

5泥打祭　どろうちまつり［宗］三月二十八日、福岡県杷木町・阿蘇神社で行なわれる豊作祈願祭　[季]春

11泥脚蟹　どろあしがに［動］蟹の一種　[季]夏

12泥蛙　どろかわず［動］泥の中にいる蛙　[季]春

20泥鰌汁　どじょうじる［人］まるのままの泥鰌を味噌汁に入れたもの　[季]夏

泥鰌鍋　どじょうなべ［人］泥鰌を煮る鍋料理。夏、汗を拭きつつ食べるのが粋だとして、夏の季語とされている　[季]夏

23泥鱒掘る　どじょうほる［人］冬、水田や沼の泥土を掘り、隠れている泥鰌を捕えること　[季]冬

【波】

0波のり　なみのり［人］いわゆる波乗り遊び。若者に人気のある夏のスポーツ　[季]夏

波の花　なみのはな［地］厳冬の強風の日、海辺の岩場で見られる波の白い泡のかたまり　[季]冬

波の華　なみのはな［地］厳冬の強風の日、海辺の岩場で見られる波の白い泡のかたまり　[季]冬

波の露　なみのつゆ［天］「涙の露」の誤りとされる季語　[季]秋

9波乗　なみのり［人］いわゆる波乗り遊び。若者に人気のある夏のスポーツ　[季]夏

波乗板　なみのりいた［人］サーフィンをするための板　[季]夏

11波郷忌　はきょうき［宗］十一月二十一日、昭和期の俳人石田波郷の忌日　[季]冬

12波斯菊　はるしゃぎく［植］北米原産の孔雀草の一種。七、八月頃にコスモスに似た黄色や赤の花をつける　[季]夏

【泊】

0泊り山　とまりやま［人］春に暖かくなってからの狩猟で山中に宿泊すること　[季]春

泊り狩　とまりがり［人］春に暖かくなってからの泊まりがけの狩　[季]春

【沸】

20沸騰散　ふっとうさん［人］粉末か錠剤で水にとかすと炭酸水になるもの　[季]夏

【法】

つくつく法師　つくつくほうし, つくつくぼうし［動］初秋から鳴き始めて、晩秋まで残る小型の蟬。ツクツクホーシ、オーシーツクツクと鳴く　[季]秋

6法灯会　ほうとうえ［宗］七月十六日の夕、川や湖に火をともした紙灯籠を流すこ

8画（泡, 沫, 油）

と。盂蘭盆会の川施餓鬼の行事の一種
　㋒秋

¹⁰**法師蟬**　ほうしぜみ　［動］　つくつく法師の
　別称　㋒秋

　法華会　ほっけえ　［宗］　八月十五日、琵琶
　湖上の竹生島で行なわれる祭　㋒秋

¹¹**法隆寺夢殿秘仏開扉**　ほうりゅうじゆめどの
　ひぶつかいひ　［宗］　十月二十二日から十
　一月二十日、奈良・法隆寺夢殿に安置され
　る救世観音の厨子を開扉すること　㋒秋

¹²**法勝寺大乗会**　ほっしょうじだいじょうえ
　［宗］　京都の法勝寺で十月末に行なわれて
　いた大乗会　㋒冬

　法然忌　ほうねんき　［宗］　御忌（ぎょき）
　の別称。法然自身は陰暦一月二十五日に入
　寂したが、現在御忌は四月に行われる
　㋒春

¹⁵**法談始**　ほうだんはじめ　［宗］　正月十一
　日。日蓮宗寺院で、法談始めを行なうこと
　㋒新年

　法輪寺桜　ほうりんじざくら　［植］　桜の一
　種　㋒春

¹⁷**法螺貝草**　ほらがいそう　［植］　釣船草の別
　称。初秋の頃、淡紅紫色の花を釣り下げる
　㋒秋

【泡】

⁵**泡立草**　あわだちそう　［植］　秋の麒麟草の
　こと。北米原産で山野に多く生え、初秋黄
　色い花をつける　㋒秋

⁶**泡虫**　あわむし　［動］　浮塵子（うんか）の
　別称　㋒秋

¹¹**泡盛**　あわもり　［人］　焼酎の一種　㋒夏

　泡盛草　あわもりそう　［植］　ユキノシタ科
　の多年草。六、七月頃、白い泡が集まった
　ような花をつける　㋒夏

　泡雪　あわゆき　［天］　大きい雪片で降り、
　はかなく解ける春先の雪　㋒春

　泡雪羹　あわゆきかん　［人］　寒天に泡立て
　た卵の白身と香料を入れ、型に流しこんで
　冷やし固めた菓子。涼味から夏の季語とな
　る　㋒夏

¹⁴**泡鳴忌**　ほうめいき　［宗］　五月九日、明
　治・大正期の詩人・小説家岩野泡鳴の忌日
　㋒夏

【沫】

¹¹**沫雪**　あわゆき　［天］　水の泡のような雪
　㋒冬

　沫雪　あわゆき　［天］　大きい雪片で降り、
　はかなく解ける春先の雪　㋒春

　沫雪羹　あわゆきかん　［人］　寒天に泡立て
　た卵の白身と香料を入れ、型に流しこんで
　冷やし固めた菓子。涼味から夏の季語とな
　る　㋒夏

【油】

　しらしめ油　しらしめゆ　［人］　菜種菜の種
　を煎ってしぼった油　㋒冬

⁰**油しめ**　あぶらしめ　［人］　陰暦十一月十五
　日に岩手県北上川以南で行なわれていた行
　事　㋒冬

　油まじ　あぶらまじ　［天］　油を流したよう
　な晩春の静かな南風の船言葉　㋒春

　油まぜ　あぶらまぜ　［天］　油を流したよう
　な晩春の静かな南風の船言葉　㋒春

⁴**油天神山**　あぶらてんじんやま　［宗］　祇園
　会の鉾山の一つ　㋒夏

⁶**油団**　ゆとん　［人］　和紙を厚くはり合わせ
　て、油か漆をひいた夏の敷物　㋒夏

　油汗　あぶらあせ　［人］　苦しい時などに出
　るねばねばした汗　㋒夏

　油虫　あぶらむし　［動］　ゴキブリ目ゴキブ
　リ科の昆虫。夏に人家に出没して、忌み嫌
　われる　㋒夏

⁷**油花のト**　ゆかのうら　［人］　唐時代に子供
　の行なった占　㋒春

⁹**油点草**　ゆてんそう　［植］　ユリ科の多年草
　の杜鵑草（ほととぎす）の別称。十月頃に百
　合の花を小さくしたような花が咲く　㋒秋

　油風　あぶらかぜ　［天］　油を流したような
　晩春の静かな南風の船言葉　㋒春

¹⁰**油桐の花**　あぶらぎりのはな　［植］　中国原
　産の花で、五月頃、枝先に円錐状に白い五
　弁の花が咲く　㋒夏

　油桐の実　あぶらぎりのみ　［植］　花が終わ
　ると雌花が実ってできる果実。十月頃熟し
　て、なかに三個の丸くなめらかな種ができ
　る。種からは油を絞る　㋒秋

　油桃　ゆとう　［植］　桃の変種で、多く缶詰
　にする。桃の実は初秋の季語　㋒秋

¹¹**油菊**　あぶらぎく　［植］　西日本の日当たり

218　俳句季語よみかた辞典

のよい山麓に自生しているキク科の多年草で、この花を油につけて薬用とする　㊎秋

油菜　あぶらな　［植］　冬菜の一つで、アブラナ科の二年生作物。種油を採るが食用にもする　㊎春

油魚　あぶらめ　［動］　山椒魚の別称　㊎夏

13油照　あぶらでり, あぶらてり　［天］　薄曇りで風がなく、蒸し暑い日をいう　㊎夏

17油蟋蟀　あぶらこおろぎ　［動］　えんま蟋蟀の別称　㊎秋

18油蟬　あぶらぜみ　［動］　蟬の一種　㊎夏

【泪】

0泪の時雨　なみだのしぐれ　［天］　涙に濡れるさまを時雨に見立てた言い回し　㊎冬

【炎】

0炎ゆ　もゆ　［時］　夏の万物炎えるような熱気　㊎夏

炎ゆる　もゆる　［時］　炎天下の直射熱の激しさによる、ものみな炎えるような熱気　㊎夏

4炎天　えんてん　［天］　夏の焼けつくような暑い空のこと　㊎夏

炎天下　えんてんか　［天］　夏の炎天の空の下　㊎夏

炎日　えんじつ　［天］　夏の焼けつくような暑い空のこと　㊎夏

6炎気　えんき　［天］　夏の焼けつくような暑い空のこと　㊎夏

9炎帝　えんてい　［時］　夏をつかさどる神。太陽を指す　㊎夏

炎昼　えんちゅう　［時］　やけつくような夏の午後の暑さ　㊎夏

炎風　えんぷう　［天］　夏に吹くかわいた高温の風　㊎夏

10炎夏　えんか　［時］　夏の別称　㊎夏

12炎暑　えんしょ　［時］　真夏の炎えるような暑さ　㊎夏

炎陽　えんよう　［時］　夏の太陽、夏の別称　㊎夏

13炎節　えんせつ　［時］　夏の別称　㊎夏

15炎熱　えんねつ　［時］　真夏の炎えるような暑さ　㊎夏

【炊】

7炊初　かしぎぞめ, たきぞめ　［人］　新年、初めて飯を炊くこと。実際には元日の夕食か二日の食事　㊎新年

【炉】

炉　ろ　［人］　床の一部を切り、掘りくぼめて薪や炭をたく設備。冬、暖房や煮炊きに使った　㊎冬

0炉の名残　ろのなごり　［人］　塞いでしまう炉を懐かしく思う気持ち　㊎春

4炉火　ろび　［人］　炉の中の炭火　㊎冬

炉火　ろび　［人］　床の一部を切り、掘りくぼめて薪や炭をたく設備。冬、暖房や煮炊きに使った　㊎冬

炉火恋し　ろびこいし　［人］　晩秋、秋冷えの日が続く頃、炉火がほしくなること　㊎秋

5炉辺話　ろへんばなし　［人］　冬の夜に、炉辺に集まり夜話に興ずること　㊎冬

8炉明　ろあかり　［人］　炉の火のあかり。炉は冬の季語　㊎冬

9炉炭を進る　ろたんをたてまつる　［人］　陰暦十月一日、炉を開いて炭火をたきはじめる宮中行事　㊎冬

炉炭点前　ろのすみてまえ　［人］　茶の湯の特殊作法の一つ　㊎冬

炉点前　ろてまえ　［人］　炉に向かっての点茶作法　㊎冬

12炉開　ろびらき　［人］　陰暦十月中の亥の日を選び、その冬初めて炉を開いて火入れすること　㊎冬

13炉塞　ろふさぎ　［人］　冬の間使った炉や掘り炬燵を塞いで、畳を入れたり炉蓋をすること　㊎春

炉蓋　ろぶた　［人］　炉をふさぐ蓋　㊎春

炉話　ろばなし　［人］　炉をかこんでの話。炉は冬の季語　㊎冬

【炒】

6炒米　いりごめ　［人］　水口祭のとき田の神の供物にするもの　㊎春

【爬】

16爬龍船　はりゅうせん　［人］　競渡に使う船　㊎夏

8画（物, 牧, 狗, 狐, 狙）

爬龍船　はーりーせん　［宗］　競渡に使う船
㊗夏

【物】

⁰物の音澄む　もののねすむ　［時］　秋の澄み
切った感じのこと　㊗秋

⁶物吉　ものよし　［人］　正月、家々をめぐっ
て祝言を述べて歩く覆面姿の門付け芸　㊗
新年

¹⁴物種　ものだね　［人］　草木の種（春蒔き）
㊗春

物種蒔く　ものたねまく　［人］　春、野菜・
果樹・花など稲以外の草木の種を蒔くこと
㊗春

¹⁸物鎮　ものしずめ　［人］　加古の物鎮のこと
㊗新年

【牧】

¹⁰牧帰り　まきかえり　［人］　春から秋の間放
牧した馬や牛を、秋の終わりに預け主に戻
すこと。冬の季語としても使われることが
ある　㊗秋

¹¹牧野仙入　まきのせんにゅう　［動］　仙人の
一種。北海道に繁殖地。体下面に縦斑があ
る鳥　㊗秋

牧閉す　まきとざす　［人］　春から秋の間放
牧した馬や牛を、秋の終わりに預け主に戻
し、牧場を閉鎖すること。冬の季語として
も使われることがある　㊗秋

¹²牧開　まきびらき　［人］　春の放牧地開きの
こと　㊗春

【狗】

⁴狗日　くじつ　［時］　正月二日のこと。穏や
かで荘重な元日に比べ、様々な行事が始ま
り活気が戻る日　㊗新年

⁷狗尾草　えのころぐさ　［植］　野原・路傍な
どいたるところに生えるイネ科の一年草。
全体が緑色で、秋に出る穂で子供が遊ぶ
㊗秋

⁹狗背　ぜんまい　［植］　シダの仲間で蕨とと
もに古来食用にされてきた。春、渦巻型の
白い綿毛でおおわれた若茎を出す　㊗春

¹⁴狗酸漿　いぬほおずき　［植］　ナス科の一年
生草本で、山野に自生し、晩夏から初秋に
かけて白色の小花を開き、花後球形の漿果
ができる　㊗秋

【狐】

狐　きつね　［動］　原野や山林にすむ夜行性
の食肉獣。一、二月の交尾期には家畜を
襲ったりなど被害が多い　㊗冬

⁰狐の牡丹　きつねのぼたん　［植］　キンポウ
ゲ科の二年草で、晩春黄色い花をつける
㊗春

狐の提灯　きつねのちょうちん　［植］　ユリ
科の多年草。五月頃、緑白色の筒状の花を
つける　㊗夏

狐の提灯　きつねのちょうちん　［地］　狐火
のこと　㊗冬

狐の森　きつねのもり　［天］　蜃気楼の別称
㊗春

⁴狐火　きつねび　［地］　山野や墓地で見える
燐火。狐が口から吐く火と言われ、狐の出
る冬の季語となった　㊗冬

⁷狐花　きつねばな　［植］　曼珠沙華（彼岸
花）の別称。花がきまって秋の彼岸ごろに
咲く有毒植物の一つ　㊗秋

⁹狐施行　きつねせぎょう　［人］　餌のなくな
る寒中に、獣に小豆飯やいなりずしを夜間
に置いておいて与えること　㊗冬

狐草　きつねぐさ　［植］　二人静の別称
㊗夏

¹⁰狐罠　きつねわな　［人］　冬、狐を捕えるた
めの罠　㊗冬

¹¹狐釣　きつねつり　［人］　冬の狩で、狐を捉
える罠のこと　㊗冬

¹²狐塚　きつねづか　［動］　狐のすむ穴　㊗冬

狐落し　きつねおとし　［人］　冬の狩で、狐
を捉える罠のこと　㊗冬

¹³狐裘　こきゅう　［人］　狐の毛皮でつくった
冬の防寒衣。猟師などが使った　㊗冬

¹⁵狐舞　きつねまい　［人］　江戸時代に遊里な
どで行われた門付け芸の一種で、狐の面装
束を付けて舞い歩く　㊗新年

¹⁶狐薊　きつねあざみ　［植］　キク科の二年
草。晩春から初夏にかけて薊に似た花をつ
ける　㊗春

【狙】

⁴狙公　そこう　［人］　猿廻しのこと　㊗新年

¹⁰狙翁　そおう　［人］　猿廻しのこと　㊗新年

220　俳句季語よみかた辞典

8画（玫, 画, 的, 盂, 直, 盲, 知, 祈, 祇）

【玫】

14玫瑰　はまなす　［植］　バラ科の落葉低木。六月頃、香りのよい紅色の花が咲く　㉄夏

【画】

9画眉鳥　がびちょう　［動］　チドリ科の鳥の一種。目のまわりから後方にかけて白い線がある為この名がある　㉄春

18画鶏を戸に貼す　がけいをこにちょうす　［人］　元日に、鶏の画を戸の前に張って邪鬼を払うという中国の厄払い行事　㉄新年

【的】

8的始　まとはじめ　［人］　弓始の別称　㉄新年

【盂】

19盂蘭盆　うらぼん　［宗］　盆の別称　㉄秋

盂蘭盆会　うらぼんえ　［宗］　盆の別称　㉄秋

盂蘭盆経　うらぼんきょう　［宗］　経典の一種　㉄秋

【直】

6直会祭　なおえまつり　［宗］　陰暦正月十三日、稲沢市・尾張大国霊神社で行われる祭　㉄新年

【盲】

14盲暦　めくらごよみ　［人］　文盲を対象とした絵暦　㉄新年

21盲鰡　めくらぼら　［動］　冬に脂肪がのり、眼瞼に油が集まり目がつぶれたように見える鰡　㉄冬

【知】

6知多万歳　ちたまんざい　［人］　三河万歳の分派　㉄新年

10知恩院の昆布式　ちおんいんのこんぶしき　［宗］　正月元日、京都・浄土宗知恩院で行なわれる一山の年頭賀儀　㉄新年

知恵貰い　ちえもらい　［宗］　十三詣の別称　㉄春

11知羞草　おじぎそう　［植］　マメ科の観賞植物。晩夏、薄紅色の小花を毬状につける　㉄夏

【祈】

0祈り虫　いのりむし　［動］　カマキリの別称　㉄秋

6祈年祭　きねんさい　［宗］　二月十七日、その年の豊作を神に祈る農耕儀礼　㉄春

8祈雨　きう　［人］　夏の旱をおそれ、稲の生育のために降雨を祈ること　㉄夏

祈雨経　きうきょう　［人］　雨乞の際に読まれる経　㉄夏

13祈福祭　きふくさい　［宗］　陰暦正月十五日の上元に、長崎市・福済寺で観音大士をまつる節会　㉄新年

19祈禱狐　きとうぎつね　［人］　江戸時代に遊里などで行われた門付け芸の一種で、狐の面装束を付けて舞い歩く　㉄新年

【祇】

4祇王忌　ぎおうき　［宗］　陰暦二月十四日、平清盛の愛人白拍子妓王の忌日　㉄春

13祇園の御輿洗　ぎおんのみこしあらい　［宗］　神輿洗に同じ　㉄夏

祇園一切経会　ぎおんいっさいきょうえ　［宗］　祇園で行なわれた一切経会　㉄春

祇園太鼓　ぎおんだいこ　［宗］　七月十日から三日間の小倉祇園会で演じられる太鼓　㉄夏

祇園甲部歌舞練場始業式　ぎおんこうぶかぶれんじょうしぎょうしき　［人］　正月十六日に京都の祇園甲部歌舞練場で八坂女紅場生徒の芸妓・舞妓が学業技芸の授業をうける始業式　㉄新年

祇園会　ぎおんえ　［宗］　七月十七日から二十四日まで行われる京都市・八坂神社の祭礼で、京都の三大祭の一つ　㉄夏

祇園坊　ぎおんぼう　［植］　柿の品種の一つ。柿は晩秋の季語　㉄秋

祇園削掛の神事　ぎおんけずりかけのしんじ　［宗］　大晦日の夜から元日の未明にかけ、京都祇園・八坂神社で行なわれた白朮祭の神事。削掛の煙の方向で吉凶を占う　㉄新年

祇園祭　ぎおんまつり　［宗］　七月十七日から二十四日まで行われる京都市・八坂神社の祭礼で、京都の三大祭の一つ　㉄夏

祇園御八講　ぎおんごはっこう　［宗］　二月八日に祇園で行なわれた法華八講のこと　㉄春

俳句季語よみかた辞典　221

祇園御霊会　ぎおんごりょうえ　［宗］　祇園会の祭りの一つ　[季]夏

祇園臨時の祭　ぎおんりんじのまつり　［宗］　昔、陰暦六月十五日に行なわれた、祇園の例祭以外に行なう祭礼　[季]夏

祇園囃　ぎおんばやし　［宗］　祇園会に奏される囃　[季]夏

【空】

0**空っ風**　からっかぜ　［天］　冬の冷たくかわいた北風　[季]冬

3**空也忌**　くうやき　［宗］　陰暦十一月十三日、平安時代中期の僧空也上人の忌日　[季]冬

空也和讃　くうやわさん　［宗］　鉢叩きの際、唱えるもの　[季]冬

空也念仏　くうやねんぶつ　［宗］　陰暦十一月十三日の空也忌に空也堂で行なわれる法要と踊り念仏　[季]冬

空也堂鉢叩出初　くうやどうはちたたきでぞめ　［宗］　正月十一日、京都・空也堂での行事。念仏の寒修行のため、市内を托鉢して回る　[季]新年

空也堂踊念仏　くうやどうおどりねんぶつ　［宗］　陰暦十一月十三日の空也忌に空也堂で行なわれる法要と踊り念仏　[季]冬

4**空木の花**　うつぎのはな　［植］　卯の花の別称　[季]夏

6**空色朝顔**　そらいろあさがお　［植］　西洋朝顔の別称　[季]秋

7**空走**　むだはしり　［宗］　賀茂競馬で行なわれる勝負なしの前走　[季]夏

9**空海忌**　くうかいき　［宗］　陰暦三月二十一日、弘法大師空海の忌日　[季]春

空風　からかぜ　［天］　冬の冷たくかわいた北風　[季]冬

10**空梅雨**　からつゆ　［天］　梅雨の時期に雨がほとんど降らないこと　[季]夏

空高し　そらたかし　［天］　秋高しに同じ　[季]秋

12**空棚**　からだな　［宗］　盆棚のこと　[季]秋

空閑梨　こがなし　［植］　梨の一種　[季]秋

15**空澄む**　そらすむ　［時］　秋の澄み切った感じのこと　[季]秋

空穂草　うつぼぐさ　［植］　シソ科の多年草。六月頃、靫に似た形の花をつける　[季]夏

18**空蟬**　うつせみ　［動］　夏、蟬が羽化したあとの抜け殻　[季]夏

【突】

6**突羽子**　つくばね　［植］　ビャクダン科落葉低木の衝羽根の実のこと。秋に結実し、実の先端には四枚の葉状の苞が正月につく羽根のように付いている　[季]秋

突羽根の花　つくばねのはな　［植］　ビャクダン科の落葉低木。初夏、あまり目立たない淡緑色の小花をつける　[季]夏

【股】

4**股引**　ももひき　［人］　冬の寒い日に下衣としてはく、下半身を足首までおおうズボン状のはきもの　[季]冬

【肥】

6**肥曳き初**　こえひきぞめ　［人］　新年になって初めて田畑に肥料を運び撒く農始め　[季]新年

肥曳初　こえひきぞめ　［人］　新年になって初めて田畑に肥料を運び撒く農始め　[季]新年

9**肥前鴉**　ひぜんがらす　［動］　カササギの別称　[季]秋

肥背負　こえしょい　［人］　新年になって初めて田畑に肥料を運び撒く農始め　[季]新年

【臥】

9**臥待**　ふしまち　［天］　臥待月の別称　[季]秋

臥待の月　ふしまちのつき　［天］　臥待月の別称　[季]秋

臥待月　ふしまちづき　［天］　陰暦八月十九日の月　[季]秋

16**臥龍梅**　がりょうばい　［植］　梅の一種　[季]春

【舎】

7**舎利出し**　しゃりだし　［宗］　天王寺生身供の別称　[季]新年

【英】

10**英桃**　ゆすら　［植］　バラ科の落葉低木の実。春、白色または淡紅色の五弁花が咲き、

六月ごろ球形の実をつける。花は春の季語
㊂春

【茄】

みくにち茄子　みくにちなす　［宗］　九月の
　三度の九日に、茄子を食べると寒さに困ら
　ぬという地方の俗信　㊂秋

³茄子　なすび, なす　［植］　ナス科の作物
　で、最も一般的な夏野菜の一つ　㊂夏

茄子の牛　なすびのうし　［宗］　盆の時に、
　茄子に苧殻の足をつけて牛の形を作って霊
　棚に供えること　㊂秋

茄子の花　なすのはな　［植］　ナス科の一年
　草で、夏に紫色の合弁花をつける　㊂夏

茄子の馬　なすびのうま　［宗］　盆の時に、
　茄子に苧殻の足をつけて馬の形を作って霊
　棚に供えること　㊂秋

茄子の鴫焼　なすのしぎやき　［人］　夏に収
　穫した新茄子に油をぬって焼き、味付のみ
　そで食べる料理　㊂夏

茄子汁　なすじる　［植］　茄子のみそ汁のこ
　と。茄子は夏の季語　㊂夏

茄子田楽　なすびでんがく　［人］　夏に収穫
　した新茄子の鴫焼　㊂夏

茄子床　なすどこ　［人］　茄子の種のまかれ
　た温床　㊂春

茄子苗　なすなえ　［植］　苗床で育てられた
　茄子の苗。初夏、畑に定植する　㊂夏

茄子苗植う　なすなえうう　［人］　苗床で生
　長させた茄子の苗を畑に移すこと　㊂夏

茄子畑　なすばたけ　［植］　茄子を栽培する
　畑。茄子は夏の季語　㊂夏

茄子植う　なすうう　［人］　苗床で生長させ
　た茄子の苗を畑に移すこと　㊂夏

茄子蒔く　なすびまく, なすまく　［人］
　春、ナスの種を蒔くこと　㊂春

茄子漬　なすづけ　［人］　夏に収穫した茄子
　の漬け物の総称　㊂夏

茄子漬くる　なすつくる　［人］　茄子漬を作
　ること　㊂夏

茄子漬ける　なすつける　［人］　茄子漬を作
　ること　㊂夏

【芽】

あけびの芽漬　あけびのめづけ　［人］　春先
　に通草の蔓から萌え出た若芽を塩漬けにし

たもの　㊂春

かつみの芽　かつみのめ　［植］　真菰の芽の
　別称　㊂春

ものの芽　もののめ　［植］　春に萌え出る草
　の芽、木の芽などさまざまな芽の総称
　㊂春

芽　め　［植］　春に萌え出る草の芽、木の芽
　などさまざまな芽の総称　㊂春

⁰芽ばり柳　めばりやなぎ　［植］　春、芽吹い
　た柳　㊂春

芽キャベツ　めきゃべつ　［植］　晩秋から冬
　にかけて収穫するキャベツの変種で、直径
　二、三センチの小結球を作る　㊂冬

³芽子花　がしか　［植］　萩の別称。萩は秋の
　代表的な植物　㊂秋

⁴芽木　めき　［植］　芽吹いた木　㊂春

⁵芽立　めだち　［植］　木が芽生えてくること
　㊂春

芽立ち　めだち　［植］　木が芽生えてくるこ
　と　㊂春

芽立前　めだちまえ　［時］　木の芽前になる
　前の時期　㊂春

芽立時　めだちどき　［時］　あらゆる樹々が
　芽吹くときのこと　㊂春

⁷芽吹く　めぶく　［植］　木の芽が出ること
　㊂春

芽麦　めむぎ　［植］　冬に緑の芽を出した麦
　㊂冬

⁹芽柳　めやなぎ　［植］　春、芽吹いた柳
　㊂春

芽独活　めうど　［植］　独活の一種　㊂春

¹⁰芽桑　めくわ　［植］　春の桑の新芽のこと
　㊂春

¹¹芽張るかつみ　めばるかつみ　［植］　新芽が
　出た真菰のこと　㊂春

芽接　めつぎ　［人］　接木で芽を接合するこ
　と　㊂春

芽笹　めざさ　［植］　篠の子の別称。梅雨頃
　に生えてくる小竹の筍　㊂夏

芽紫蘇　めじそ　［植］　青紫蘇の発芽した双
　葉　㊂春

芽組む　めぐむ　［植］　草木が芽を出すこと
　㊂春

¹⁴芽蓼　めたで　［植］　蓼の発芽した双葉
　㊂春

8画（茅, 苦, 茎, 若）

【茅】

茅 ち ［植］ 白茅（ちがや）の古称 ㊦秋

茅 かや ［植］ 秋、原野、路傍などでよく見かける白茅（ちがや）のこと ㊦秋

⁰茅の輪 ちのわ ［宗］ 陰暦六月晦日に行われる夏越の祓の呪法で、大きな輪をくぐって穢れを払うもの ㊦夏

茅の輪潜り ちのわくぐり ［宗］ 茅の輪の別称 ㊦夏

⁷茅花 つばな ［植］ イネ科の多年草の茅萱の花。三、四月頃、苞がほぐれて穂が出る ㊦春

茅花ぬく つばなぬく ［植］ 春の茅花を抜くこと ㊦春

茅花流し つばなながし ［天］ 茅花の穂がほぐれる頃の、湿気をふくみ、雨を伴うことの多い南風 ㊦夏

茅花野 つばなの ［植］ 茅花の咲きほこる野 ㊦春

⁸茅舎忌 ぼうしゃき ［宗］ 七月十七日、昭和初期の俳人川端茅舎の忌日 ㊦夏

⁹茅巻 ちまき ［人］ 端午の節句に食べる餅の一種 ㊦夏

茅海 ちぬ ［動］ 黒鯛の別称 ㊦夏

¹²茅萱の花 ちがやのはな ［植］ 茅花の別称 ㊦春

¹⁴茅蜩 ひぐらし ［動］ 初秋の夕方頃にカナカナ、カナカナと鳴く中型の蝉 ㊦秋

¹⁵茅潜 かやくぐり ［動］ イワヒバリ科の日本特産の高山鳥。麓で冬を越し、夏は山地で過ごす ㊦夏

【苦】

⁰苦うるか にがうるか ［人］ 鮎の内臓だけのうるか ㊦秋

⁶苦瓜 にがうり ［植］ ウリ科の一年生のつる草。秋、外皮に疣を持つ長円形の実が生る。果肉は甘いが、皮に苦みがある ㊦秋

苦竹の子 まだけのこ ［植］ 筍の一種 ㊦夏

⁸苦参 くらら ［植］ 山野に見るマメ科の多年草で、花の後に莢ができる。薬用駆虫剤に用いるため、秋に根こそぎ獲る ㊦秋

苦参引く くららひく ［人］ 晩秋、山野で薬用植物である苦参の根を採ること ㊦秋

¹⁰苦帰羅 くぎら ［動］ 時鳥の別称 ㊦夏

苦栗茸 にがくりたけ ［植］ 毒茸の一種 ㊦秋

¹¹苦匏 くほう ［植］ 匏の別称。初秋、瓢箪形の青い実がたくさん生る ㊦秋

¹²苦萵苣 にがぢしゃ ［植］ 菊萵苣の別称。春から夏にかけて新葉をサラダにする ㊦夏

¹⁵苦潮 にがしお ［地］ 夏に淡水と海水が層になり、微生物の大繁殖など海水が異常な変質を起こすこと。赤潮と混同されやすい ㊦夏

¹⁸苦難の金曜日 くなんのきんようび ［宗］ 聖週間中の金曜日。聖金曜日の別称 ㊦春

苦難週 くなんしゅう ［宗］ 受難の主日より始まる一週間。聖週間の別称 ㊦春

【茎】

⁰茎の水 くきのみず ［人］ 茎漬の際に出る水。茎漬は冬の季語 ㊦冬

茎の石 くきのいし ［人］ 茎漬の際に使う漬物石。茎漬は冬の季語 ㊦冬

茎の桶 くきのおけ ［人］ 茎漬の漬物の桶。茎漬は冬の季語 ㊦冬

³茎大根 くきだいこん ［植］ 冬野菜の一つ ㊦冬

⁵茎圧す くきおす ［人］ 茎漬を漬けること。茎漬は冬の季語 ㊦冬

茎立 くくたち ［植］ スズナや油菜などの薹立ち ㊦春

茎立菜 くきたちな ［植］ 菜類の一品種 ㊦春

¹¹茎菜 くきな ［植］ 冬野菜の一つ ㊦冬

¹⁴茎漬 くきづけ ［人］ 大根や蕪菜・高菜・野沢菜の茎と葉を塩漬けにしたもの。冬の保存食 ㊦冬

【若】

うら若葉 うらわかば ［植］ 若葉の色彩の濃淡を示すことば ㊦夏

えぐの若生 えぐのわかばえ ［宗］ 万葉集で歌われた恵具摘の若菜だが、具体的にどの植物を指すか不明 ㊦新年

えぐの若立 えぐのわかたち ［宗］ 万葉集で歌われた恵具摘の若菜だが、具体的にどの植物を指すか不明 ㊦新年

えぐの若菜 えぐのわかな ［宗］ 万葉集で

224　俳句季語よみかた辞典

歌われた恵具摘の若菜だが、具体的にどの植物を指すか不明 [季]新年

けしの若葉　けしのわかば［植］草の若葉の一つ [季]春

むら若葉　むらわかば［植］若葉の色彩の濃淡を示すことば [季]夏

ゑぐの若生　えぐのわかばえ［人］万葉集で歌われた恵具摘の若菜だが、具体的にどの植物を指すか不明 [季]新年

ゑぐの若立　えぐのわかたち［人］万葉集で歌われた恵具摘の若菜だが、具体的にどの植物を指すか不明 [季]新年

ゑぐの若菜　えぐのわかな［人］万葉集で歌われた恵具摘の若菜だが、具体的にどの植物を指すか不明 [季]新年

0 **若き年　わかきとし**［時］年が変わり、新たな一年の始め [季]新年

3 **若山踏　わかやまぶみ**［人］和歌山県日高郡での初山の別称 [季]新年

4 **若井　わかい**［人］若水を汲む井 [季]新年

若日　わかひ［天］元旦の日の出、あるいはその太陽 [季]新年

若月　わかづき, じゃくげつ［天］三日月の別称 [季]秋

若木　わかぎ［人］年木の別称 [季]新年

若水　わかみず［人］平安時代は立春の早朝に主水司から天皇に奉った水を若水といったが、後には一般に元日の朝一番に汲む水をさすようになった [季]新年

若水あぐる　わかみずあぐる［人］新年になって初めて泣くこと [季]新年

若水汲み　わかみずくみ［宗］元日に若水を汲むこと [季]新年

若水迎え　わかみずむかえ［宗］元日に若水を汲むこと [季]新年

若水桶　わかみずおけ［人］元日の若水を汲むための桶 [季]新年

若水祭　わかみずさい［宗］正月元日、京都市・日向神社で行なわれる神事 [季]新年

若火　わかび［宗］小正月の左義長（火祭行事）の別称 [季]新年

若牛蒡　わかごぼう［植］早蒔き牛蒡を夏に収穫したもの [季]夏

5 **若布　わかめ**［植］日本の代表的な食用海草。春が和布の収穫シーズン [季]春

若布干す　わかめほす［人］春、取った若布を干すこと [季]春

若布刈　わかめかり, わかめがり［人］春、若布を刈り採ること [季]春

若布刈る　わかめかる［人］春、若布を刈り採ること [季]春

若布刈舟　めかりぶね［人］春に若布をとるための小舟 [季]春

若布刈竿　めかりざお［人］春に若布をとるための竿 [季]春

若布刈鎌　めかりがま［人］春に若布をとるための鎌 [季]春

若布汁　わかめじる［植］和布の汁物 [季]春

若布和　わかめあえ［人］若布を主とした酢味噌和え [季]春

若布採る　わかめとる［人］春、若布を刈り採ること [季]春

若正月　わかしょうがつ［時］小正月の別称 [季]新年

6 **若冲忌　じゃくちゅうき**［宗］陰暦九月十日、江戸時代中期の画家若冲の忌日 [季]秋

若夷　わかえびす［人］元日の朝に売りに来る、夷神の像を印刷したお札 [季]新年

若夷売　わかえびすうり［人］元日の朝に、夷神の像のお札を売り歩く商人 [季]新年

若夷迎　わかえびすむかえ［人］元日の朝に売りに来る若夷のお札を買い求めること [季]新年

若年　わかとし［時］小正月の別称 [季]新年

若年さん　わかどしさん［宗］歳徳神の別称 [季]新年

若年様　わかどしさま［宗］歳徳神の別称 [季]新年

若竹　わかたけ［植］筍が生長し、晩夏の頃に竹らしくなってきたもの [季]夏

若竹子　まだけのこ［植］筍の一種 [季]夏

7 **若男　わかおとこ**［人］年男の別称 [季]新年

若芝　わかしば［植］春、芽を出し始めた芝生 [季]春

若返る草　わかがえるくさ［植］駒返る草に同じ [季]春

8 **若松　わかまつ**［植］あまり年を経ていない松 [季]春

8画（若）

⁹若柳　わかやぎ　［植］　あまり年を経ていない柳　㊎春

若狭のお水送り　わかさのおみずおくり　［宗］　三月二日、小浜市・神宮寺で行われる遠敷明神を祀る神事　㊎春

若相撲　わかすもう　［人］　若者が行なう相撲　㊎秋

若草　わかくさ　［植］　芽を出して間もない、柔らかな草　㊎春

若草衣　わかくさごろも　［人］　年の始めに着る若草色の着物。現在は廃れた　㊎新年

若草野　わかくさの　［植］　若草におおわれた野原　㊎春

¹⁰若夏　わかなつ　［時］　古代沖縄でイネの穂の出るころをいう。死語ではあるが、琉球歌謡にはあらわれる　㊎夏

若宮能　わかみやのう　［人］　神事能の一つ　㊎春

若宮能　わかみやのう　［宗］　薪能の一つ　㊎夏

若桜　わかざくら　［植］　まだ年若い桜の木　㊎春

若荻　わかおぎ　［植］　荻若葉のこと　㊎春

¹¹若紫　わかむらさき　［植］　紫草の若苗のこと　㊎春

若菰　わかこも　［植］　春の真菰の新芽のこと　㊎春

若菜　わかな　［植］　七草粥に入れる春の七草の総称　㊎新年

若菜　わかな　［植］　春先に生える蔬菜の総称　㊎春

若菜の日　わかなのひ　［人］　七草粥を食べる正月七日のこと　㊎新年

若菜の夜　わかなのよる　［人］　七草粥を食べる正月七日の夜のこと　㊎新年

若菜の節会　わかなのせちえ　［人］　白馬節会の別称　㊎新年

若菜はやす　わかなはやす　［人］　正月六日の夜、七種の菜をまな板の上に置き、庖丁の背・擂粉木などで叩きながら囃す風習　㊎新年

若菜を供ず　わかなをくうず　［人］　正月の七日、または初子の日に、天皇の供御に七種の若菜を献じた行事　㊎新年

若菜舟　わかなぶね　［宗］　正月六日に、七草粥に入れる春の七草を摘むための舟　㊎新年

若菜売　わかなうり　［人］　正月七日の七草粥の菜を、その前日に売りあるくこと　㊎新年

若菜迎　わかなむかえ　［人］　若菜摘の京都での呼称　㊎新年

若菜迎え　わかなむかえ　［宗］　正月六日の夜、七種の菜をまな板の上に置き、庖丁の背・擂粉木などで叩きながら囃す風習　㊎新年

若菜狩　わかながり　［人］　正月六日に、七草粥に入れる春の七草を摘むこと　㊎新年

若菜神事　わかなしんじ　［宗］　若菜祭の別称　㊎新年

若菜祭　わかなまつり　［宗］　正月七日の七草粥の行事が神事となったもの　㊎新年

若菜野　わかなの　［地］　正月六日に翌日の七草粥に入れる若菜を摘む野　㊎新年

若菜摘　わかなつみ　［人］　正月六日に、七草粥に入れる春の七草を摘むこと　㊎新年

若菜摘む　わかなつむ　［人］　正月六日に、七草粥に入れる春の七草を摘むこと　㊎新年

¹²若湯　わかゆ　［人］　熊本県阿蘇地方での初湯の呼称。若湯に入ると若返るといわれる　㊎新年

若萩　わかはぎ　［植］　若葉の茂ってきた萩のこと　㊎春

若葉　わかば　［植］　初夏の木々のみずみずしい新葉のこと　㊎夏

若葉の花　わかばのはな　［植］　初夏、青葉の頃になっても咲き残っている桜の花のこと　㊎夏

若葉の紅葉　わかばのもみじ　［植］　初夏の楓の木のみずみずしい若葉も、秋の紅葉に劣らず美しいということの言い回し　㊎夏

若葉の楓　わかばのかえで　［植］　初夏の楓の木のみずみずしい若葉も、秋の紅葉に劣らず美しいということの言い回し　㊎夏

若葉山　わかばやま　［地］　五月山の別称　㊎夏

若葉雨　わかばあめ　［植］　初夏、若葉の季節に降る雨のこと　㊎夏

若葉風　わかばかぜ　［植］　初夏、若葉の季節に吹く風のこと　㊎夏

若葉時　わかばどき　［植］　初夏、若葉のみずみずしい時期のこと　㊎夏

若葉寒　わかばさむ　[植]　初夏、若葉の頃に寒さが戻ること　[季]夏

若葉晴　わかばばれ　[植]　初夏、若葉の時期の晴れた天気のこと　[季]夏

若葉曇　わかばぐもり　[植]　初夏、若葉の時期の曇り空のこと　[季]夏

若飯　わかめし　[人]　初炊ぎで炊いた飯　[季]新年

13若塩売　わかしおうり　[宗]　元日の若塩祝いに使う塩を売りに来る者　[季]新年

若塩祝い　わかしおいわい　[宗]　元日の若潮祝いの変形で、内陸部では海水の代わりに食塩を神に供えたもの　[季]新年

若楓　わかかえで　[植]　初夏の楓の木のみずみずしい若葉も、秋の紅葉に劣らず美しいということの言い回し　[季]夏

若楓の衣　わかかえでのころも　[人]　夏衣のかさね色目の一つで、表は薄萌黄、裏は薄紅　[季]夏

若楓襲　わかかえでがさね　[人]　夏衣のかさね色目の一つで、表は薄萌黄、裏は薄紅　[季]夏

若煙草　わかたばこ　[人]　その秋に初めて作られた煙草　[季]秋

14若緑　わかみどり　[植]　四月頃の松の緑色の新芽のこと　[季]春

若緑摘む　わかみどりつむ　[人]　松の緑摘むに同じ　[季]春

若餅　わかもち　[人]　正月三が日に搗く餅、あるいは小正月用の餅のこと　[季]新年

15若潮　わかしお　[人]　元日の早朝、年男が海水を汲んで来て神に供える行事　[季]新年

若潮迎　わかしおむかえ　[人]　元日の早朝、年男が海水を汲んで来て神に供える行事　[季]新年

若潮迎え　わかしおむかえ　[宗]　元日の早朝、年男が海水を汲んで来て神に供える行事　[季]新年

若駒　わかごま　[動]　春に生まれた元気な仔馬　[季]春

16若鮎　わかあゆ　[動]　春先に川にのぼり始める小型の鮎　[季]春

19若蘆　わかあし　[植]　蘆の角（若芽）が生長した若葉　[季]春

24若鷺　わかさぎ　[動]　ワカサギ科の魚。冬の穴釣りが有名だが、本来の網漁の漁期は春。からあげなどにして美味　[季]春

若鷹　わかたか　[動]　若い鷹　[季]冬

【苔】

むらさき苔　むらさきごけ　[植]　鷺苔の別称　[季]春

0苔しのぶ　こけしのぶ　[植]　忍草の別称　[季]秋

苔の花　こけのはな　[植]　コケ類の総称で、実際には花は咲かない。苔むした感じが、夏にふさわしい　[季]夏

苔フロックス　こけふろっくす, もすふろっくす　[植]　芝桜の別称　[季]春

8苔松　こけまつ　[植]　巌檜葉の別称　[季]夏

苔茂る　こけしげる　[植]　夏に苔類や地衣類が青々と茂ること　[季]夏

苔青し　こけあおし　[植]　夏に苔類や地衣類が青々と茂ること　[季]夏

10苔桃の花　こけもものはな　[植]　高山帯に自生するツツジ科の常緑小低木で、六、七月頃、枝先に紅白色の鐘状の小花をつける　[季]夏

苔桃の実　こけもものみ　[植]　ツツジ科の矮小灌木の実。秋に熟すると実は赤くなる　[季]秋

11苔清水　こけしみず　[地]　苔の間を伝わり流れる清水　[季]夏

14苔滴り　こけしたたり　[地]　山の蘚苔類から滴り落ちる水滴　[季]夏

16苔龍胆　こけりんどう　[植]　リンドウ科の二年草で、四月頃、茎の上端に淡い紫色の小花をつける　[季]春

【苧】

苧　からむし　[植]　イラクサ科の多年草　[季]夏

0苧の実　おのみ　[植]　夏の花の後、初秋にできる球形に近い光沢のある堅い実。種子をしぼって良質な乾性油を採る　[季]秋

10苧屑頭巾　おくそずきん　[人]　カラムシのくずで作った強盗頭巾　[季]冬

11苧殻　おがら　[人]　盆の精霊棚に飾ったもの。皮を剝いだ麻の茎を乾燥させたもの　[季]秋

苧殻火　おがらび　[宗]　迎火の別称　[季]秋

苧殻焚く　おがらたく　[宗]　七月十三日の盆入りの夕方、先祖の霊を迎えるために門

8画（苗）

前や戸口で苧殻を焚くこと　㋑秋

苧麻　からむし　［植］　イラクサ科の多年草　㋑夏

【苗】

⁰苗じるし　なえじるし　［宗］　春の水口祭で、田の神の形代として苗代の水口に挿したもの　㋑春

苗まわし　なえまわし　［植］　田植のときの苗運び・苗配りの役。男の力仕事　㋑夏

苗みだけ　なえみだけ　［宗］　春の水口祭で、田の神の形代として苗代の水口に挿したもの　㋑春

⁴苗尺　なえじゃく　［宗］　春の水口祭で、田の神の形代として苗代の水口に挿したもの　㋑春

苗手絢　のでない　［人］　正月の仕事始めの儀式の一つ。縄を一把だけ絢う農事の正月行事　㋑新年

苗木市　なえぎいち　［人］　春先に立つ、苗木を売る市　㋑春

苗木売　なえぎうり　［人］　苗木を売るもの　㋑春

苗木植う　なえぎうう　［人］　春、植林のため苗木を植えること　㋑春

⁵苗代　なわしろ　［地］　稲の苗を生育させるための田のこと　㋑春

苗代じめ　なわしろじめ　［地］　種籾をまくため苗代を整備すること　㋑春

苗代大根　なわしろだいこん　［植］　春大根の別称　㋑春

苗代水　なわしろみず　［地］　苗代に注ぐ水　㋑春

苗代田　なわしろだ　［地］　苗代の別称　㋑春

苗代苺　なわしろいちご　［植］　バラ科の落葉低木で、苗代時に花をつけ、初夏の田植え時に赤い実が熟する　㋑夏

苗代苺の花　なわしろいちごのはな　［植］　苺の花の一種　㋑春

苗代垣　なわしろがき　［地］　苗代の垣　㋑春

苗代神　なわしろがみ　［地］　苗代田の神　㋑春

苗代茱萸　なわしろぐみ　［植］　グミ科の常緑低木。初夏に実が熟し食用となる　㋑春

苗代茱萸の花　なわしろぐみのはな　［植］　秋もおそくなって葉のわきから細い筒形の白花がたれ下がり、銀褐色の鱗がついている　㋑秋

苗代時　なわしろどき　［時］　苗代作りの期間のこと　㋑春

苗代案山子　なわしろかかし　［地］　苗代に立てるカカシ　㋑春

苗代祭　なわしろまつり　［人］　水口祭の別称　㋑春

苗代寒　なわしろかん　［時］　苗代時の冷え込みのこと　㋑春

苗代粥　なわしろがゆ　［地］　苗代を整えるのが済んだあと食べる粥　㋑春

苗代蛙　なわしろかわず　［動］　蛙の一種　㋑春

苗代道　なわしろみち　［地］　苗代を通る道　㋑春

苗市　なえいち　［人］　初夏の苗木を売る市　㋑春, 夏

苗打ち　なえうち　［植］　田植する田へ苗束を投げこむこと　㋑夏

苗札　なえふだ　［人］　苗の名称・品種・日付など記入して苗床に立てておく木やセルロイドの札のこと　㋑春

苗田　なえだ　［地］　苗代の別称　㋑春

⁶苗舟　なえぶね　［人］　田舟の別称　㋑夏

⁷苗売　なえうり　［人］　初夏、苗を売り歩く人　㋑春, 夏

苗床　なえどこ　［人］　春に、直播きをしない植物の種を蒔き、苗を育てる仮床　㋑春

⁸苗取　なえとり　［人］　田に本植えをするため、苗代の苗をとること　㋑夏

⁹苗持子供　なえもちこども　［植］　子供の行う苗打ち　㋑夏

¹⁰苗圃　なえほ, びょうほ　［人］　春に、直播きをしない植物の種を蒔き、苗を育てる仮床　㋑春

苗配　なえくばり　［植］　田植のときの苗まわしの仕事の一つ　㋑夏

苗配り　なえくばり　［植］　田植のときの苗まわしの仕事の一つ　㋑夏

¹²苗棒　なえぼう　［宗］　春の水口祭で、田の神の形代として苗代の水口に挿したもの　㋑春

苗運　なえはこび　［植］　田植のときの苗ま

わしの仕事の一つ [季]夏

苗運び なえはこび ［植］ 田植のときの苗まわしの仕事の一つ [季]夏

苗間 なえま ［地］ 苗代の別称 [季]春

14苗障子 なえしょうじ ［人］ 苗床に風除けのため立てる障子 [季]春

22苗籠 なえかご ［植］ 早苗を入れて田植に使う籠。早苗は初夏の季語 [季]夏

【茂】

茂 しげり ［植］ 夏、木の枝葉が密生して生い出て、鬱蒼としているようす [季]夏

0茂し しげし ［植］ 夏、木の枝葉が密生して生い出て、鬱蒼としているようす [季]夏

茂み しげみ ［植］ 夏、木の枝葉が密生して生い出て、鬱蒼としているようす [季]夏

茂り宿 しげりやど ［植］ 夏木の枝葉がよく生い茂った中にある宿 [季]夏

茂り葉 しげりば ［植］ よく生い茂った夏の樹木の枝葉 [季]夏

茂る しげる ［植］ 夏、木の枝葉が密生して生い出て、鬱蒼としているようす [季]夏

茂る山 しげるやま ［地］ 五月山の別称 [季]夏

茂る草 しげるくさ ［植］ 夏草が盛んに生長し、茂ること [季]夏

3茂山 しげやま ［植］ 夏木の枝葉がよく生い茂った山 [季]夏

6茂吉忌 もきちき ［宗］ 二月二十五日、大正・昭和期の歌人斎藤茂吉の忌日 [季]春

8茂林 もりん ［植］ 夏木の枝葉がよく生い茂った林 [季]夏

11茂野 しげの ［植］ 夏草がよく生い茂った野 [季]夏

【苣】

苣 ちさ ［植］ レタスの別称 [季]春

0苣の花 ちさのはな ［植］ ヨーロッパ原産の蔬菜で、初夏、枝先に淡黄色の舌状花をつける [季]夏

苣の薹 ちさのとう ［植］ ヨーロッパ原産の蔬菜で、初夏、枝先に淡黄色の舌状花をつける [季]夏

【苺】

もみじ苺 もみじいちご ［植］ 木苺の別称 [季]春

苺 いちご ［植］ 春に花が咲いた苺が、初夏につける赤い実のこと。夏の果物として馴染み深い [季]夏

0苺の花 いちごのはな ［植］ 晩春に咲く白い花 [季]春

苺の株分 いちごのかぶわけ ［人］ 秋、苺の株を根分けすること [季]秋

苺の根分け いちごのねわけ ［人］ 秋、苺の株を根分けすること [季]秋

苺ソーダ いちごそーだ ［人］ イチゴの香りを加えたソーダ水 [季]夏

苺ミルク いちごみるく ［人］ イチゴにミルクなどをかけた夏のデザート [季]夏

9苺畑 いちごばたけ ［植］ 苺を栽培する畑。苺は夏の季語 [季]夏

14苺摘 いちごつみ ［植］ 初夏、苺の実を摘むこと [季]夏

苺摘み いちごつみ ［植］ 初夏、苺の実を摘むこと [季]夏

【苞】

2苞入 つといり ［人］ 昔、正月二十日に伊勢山田で行なわれた行事。苞にした手土産をもって、神職に宝物の拝観を乞うたこと [季]新年

【茆】

茆 う ［植］ 蓴菜の別称 [季]夏

【苜】

14苜蓿 うまごやし, もくしゅく ［植］ うまごやしの別称 [季]春

苜蓿の花 うまごやしのはな ［植］ マメ科の牧草。家畜のえさなどに用いる。蝶形の黄色い花が咲く [季]春

【茉】

10茉莉花 まつりか, まりか ［植］ モクセイ科の常緑樹。枝先に強い芳香をもつ小花が咲く。花を乾燥させたものを茶に入れるとジャスミン茶となる。またジャスミン油の原料にもなる [季]夏

【茈】

9茈草 しそう ［植］ 紫の別称 [季]夏

8画（虎, 虱, 迫, 邯, 釆, 金）

【虎】

[0]虎が雨　とらがあめ　［天］　曾我兄弟が討たれた陰暦五月二十八日に降る雨。曾我十郎祐成の愛人、大磯の遊女虎御前の涙が雨になったという言い伝えから　㋥夏

虎が涙　とらがなみだ　［天］　「虎が雨」に同じ　㋥夏

虎が涙雨　とらがなみだあめ　［天］　「虎が雨」に同じ　㋥夏

虎の耳　とらのみみ　［植］　ユキノシタの別称　㋥夏

[6]虎列刺　これら　［人］　夏から秋に多い急性伝染病の一つ　㋥夏

虎耳草　ゆきのした　［植］　ユキノシタ科の常緑多年草。夏の間、白い花をつける　㋥夏

[7]虎尾草　とらのお　［植］　サクラソウ科の多年草で、花穂が獣の尾の形に似ることからの名。六、七月頃に白い小花が集まり咲く　㋥夏

虎尾桜　とらのおざくら　［植］　桜の一種　㋥春

虎杖　いたどり　［植］　タデ科の多年草。花は夏だが、春に出る芽茎が食用になるため春の季語とされる　㋥春

虎杖の花　いたどりのはな　［植］　タデ科の多年草で、晩夏、多数の白い小花を穂状につける　㋥夏

虎杖祭　いたどりまつり　［宗］　貴船祭の別称　㋥夏

虎杖競　いたどりくらべ　［宗］　貴船祭の別称　㋥夏

[8]虎始めて交はる　とらはじめてまじわる　［時］　七十二候の一つで、大雪の第二候。陽暦十二月十二日から十六日頃　㋥冬

虎河豚　とらふぐ　［動］　マフグ科の海魚で、表皮に虎の縞のような黒い斑紋がある　㋥冬

[9]虎海鼠　とらこ　［動］　海鼠（なまこ）を干したもの　㋥冬

[11]虎魚　おこぜ　［動］　カサゴ科の海魚、醜悪な顔・形をしている　㋥夏

虎魚　こぎょ　［動］　カサゴ科の海魚、醜悪な顔・形をしている　㋥冬

[12]虎斑天牛　とらふかみきり　［動］　天牛の一種　㋥夏

虎斑木菟　とらふずく　［動］　黄色地に黒斑がある中型の木菟　㋥冬

虎斑蜻蛉　とらふとんぼ　［動］　蜻蛉の一種で、中型のもの　㋥秋

虎落笛　もがりぶえ　［天］　冬の風が竹垣などに吹き付けて、ヒューヒュー音をならすこと　㋥冬

[17]虎鮫　とらざめ　［動］　鮫の一種　㋥冬

[18]虎鯊　とらはぜ　［動］　鯊の一種　㋥秋

虎鵙　とらもず　［動］　鵙の一種　㋥秋

[20]虎鶫　とらつぐみ　［動］　ツグミ科の大型の鳥。黄褐色の体に三日月形の黒斑がある。夏の夜の鳴き声は寂しげ　㋥秋

[23]虎鱚　とらぎす　［動］　鱚の一種　㋥夏

【虱】

虱　しらみ　［動］　シラミ目、ハジラミ目の昆虫の総称。夏、人の体に寄生して血を吸ったり、伝染病を媒介することもある　㋥夏

[9]虱草　しらみぐさ　［植］　田五加（たうこぎ）の別称。秋に黄色い小花をつける　㋥秋

【迫】

[0]迫の太郎　さこのたろう　［人］　稲が実ってきた田を荒らしにくる鳥・獣をおどかして追うために、谷水や田水を使って音を立てる仕掛け　㋥秋

【邯】

[15]邯鄲　かんたん　［動］　高冷地に多いコオロギ科のごく小さい秋の虫。全身が淡い黄緑色でル、ル、ルと鳴く　㋥秋

【釆】

[10]釆配　さいはい　［人］　払塵の忌みことば　㋥新年

釆配蘭　さいはいらん　［植］　ラン科の多年草。夏の花の穂の姿がむかしの武将が軍陣で振った釆配の形に似ている　㋥夏

【金】

[0]金えのころ　きんえのころ　［植］　狗尾草（えのころぐさ）の別称。全体が緑色で、秋に出る穂で子供が遊ぶ　㋥秋

230　俳句季語よみかた辞典

8画（金）

金めばる　きんめばる　［動］　メバルの一種　㋞春

²金刀比羅祭　ことひらまつり　［宗］　十月九日から十一日まで、香川・金刀比羅宮で行われる例大祭　㋞秋

⁴金化粧　きんけしょう　［植］　白粉花の別称　㋞秋

金太郎　きんたろう　［動］　ひめじの山口県での呼び名　㋞冬

金木犀　きんもくせい　［植］　仲秋、橙黄色の小花を開く木犀　㋞秋

⁵金冬瓜　きんとうが　［植］　熱帯地方原産の一年生つる草。南瓜によく似ているが、初秋に採れる果実は食べられない　㋞秋

金平桜　こんぺいざくら　［植］　桜の一種　㋞春

金玉糖　きんぎょくとう　［人］　寒天と砂糖を煮つめ、型に入れて冷やしてから砂糖をまぶした菓子。涼味から夏の季語となる　㋞夏

金玉羹　きんぎょくかん　［人］　寒天と砂糖を煮つめ、型に入れて冷やしてから砂糖をまぶした菓子。涼味から夏の季語となる　㋞夏

金目貫　きんめぬき　［植］　菊の一種　㋞秋

金目鯛　きんめだい　［動］　キンメダイ科の深海魚で、冬に鍋物などにする　㋞冬

金目糯　かなめもち　［植］　扇骨木（かなめのき）の別称。初夏、白い小花が笠状に集まり咲く　㋞夏

⁶金糸桃　きんしとう　［植］　未央柳（びようやなぎ）の別称　㋞夏

金糸梅　きんしばい　［植］　オトギリソウ科の低木。夏、上部に束状の雄しべを持つ黄色の花をつける　㋞夏

金糸荷葉　きんしかよう　［植］　浅沙の別称　㋞夏

金糸魚　いとより　［動］　メイチダイ科の海魚で、糸を撚るように泳ぐ。冬場が旬　㋞冬

金衣鳥　きんいちょう　［動］　鶯の別称　㋞春

⁷金花虫　たまむし　［動］　三センチ程の甲虫目タマムシ科の昆虫で、全体が光沢を放ち美しい。七月頃から出てくる　㋞夏

⁸金枕　かねまくら　［人］　金属で作った涼しい夏用の枕　㋞夏

金河豚　きんふぐ　［動］　河豚の一種　㋞冬

金狗尾草　きんえのころぐさ　［植］　穂が直立し、その色が黄褐色のもの　㋞秋

金英花　きんえいか　［植］　花菱草の別称。五月から六月頃、黄色の花をつける　㋞夏

金茎花　きんけいか　［植］　著莪の花の別称。初夏に小花をつける　㋞夏

⁹金柑　きんかん　［植］　晩秋に熟する果物の一つ。果実は小さく、球形または長球形。晩秋に熟し金色になる。香りが高く、生食用にもなる　㋞秋

金柑の花　きんかんのはな　［植］　中国渡来の常緑小木。年に二回夏と秋、白色五弁の小花を咲かせる。季語としては夏の方をとる　㋞夏

金毘羅祭　こんぴらまつり　［宗］　昔、行なわれた祭り　㋞冬

金毘羅祭　こんぴらまつり　［宗］　金刀比羅祭の別称　㋞秋

金海鼠　きんこ　［動］　海鼠の一種　㋞冬

金海鼠　きんこ　［人］　宮城県・金華山沖でとれる海鼠の美称　㋞新年

金秋　きんしゅう　［時］　五行にあてはめていう秋の言い回し　㋞秋

金胡麻　きんごま　［人］　種が淡黄色の胡麻。胡麻の実は秋に熟する　㋞秋

金草　きんそう　［植］　菊の別称。菊は秋の季語　㋞秋

金風　きんぷう　［天］　秋風を木火土金水の五行に配して言ったもの　㋞秋

¹⁰金剛草　こまつなぎ　［植］　駒繋の別称　㋞夏

金剛草　こんごうそう　［植］　駒繋の別称。晩夏から秋にかけて赤紫の小花を穂状につける　㋞夏

金剛桜　こんごうざくら　［植］　桜の一種　㋞春

金翅雀　きんしじゃく　［動］　真鶸の別称　㋞秋

¹¹金亀子　こがねむし　［動］　コガネムシ科の甲虫の総称で、夏の夜に灯りに飛んでくる。植物にとっては害虫　㋞夏

金亀虫　こがねむし　［動］　コガネムシ科の甲虫の総称で、夏の夜に灯りに飛んでくる。植物にとっては害虫　㋞夏

金商　きんしょう　［時］　秋の別称　㋞秋

俳句季語よみかた辞典　231

金屛　**きんびょう**　［人］　屛風の一種。金地の屛風　[季]冬

金屛風　**きんびょうぶ**　［人］　屛風の一種。地紙全体に金箔を置いた屛風　[季]冬

金雀　**きんじゃく**　［動］　真鶸の別称　[季]秋

金雀児　**えにしだ**　［植］　ヨーロッパ原産のマメ科の落葉低木。五、六月頃、葉の根元に蝶形の黄色い花をつける　[季]夏

金雀花　**えにしだ**　［植］　ヨーロッパ原産のマメ科の落葉低木。五、六月頃、葉の根元に蝶形の黄色い花をつける　[季]夏

金雀枝　**えにしだ**　［植］　ヨーロッパ原産のマメ科の落葉低木。五、六月頃、葉の根元に蝶形の黄色い花をつける　[季]夏

金魚　**きんぎょ**　［動］　鮒の変異種でさまざまに人工改良されてきた。また金魚売の声は夏の風物詩として印象的　[季]夏

金魚ねぶた　**きんぎょねぶた**　［宗］　青森の紙製の金魚形のねぶた　[季]秋

金魚玉　**きんぎょだま**　［人］　ガラスの丸い器に金魚を泳がせて、あらい網で軒端などにつるすもの。涼感から夏の季語とされる　[季]夏

金魚売　**きんぎょうり**　［人］　金魚を売る人。売り手の呼び声は夏の風物詩　[季]夏

金魚尾　**きんぎょ**　［植］　金魚藻の別称。夏に繁茂する　[季]夏

金魚花火　**きんぎょはなび**　［人］　花火の一種　[季]秋

金魚品評会　**きんぎょひんぴょうかい**　［人］　金魚のかたちの整う秋に品評会を催すもの　[季]秋

金魚草　**きんぎょそう**　［植］　ヨーロッパ原産の観賞植物。六、七月頃に開花する　[季]夏

金魚鉢　**きんぎょばち**　［人］　金魚を泳がせるガラスの器。涼感から夏の季語とされる　[季]夏

金魚藻　**きんぎょも**　［植］　アリノトウグサ科の多年生水草。夏に繁茂する涼感のある草　[季]夏

金黒羽白　**きんくろはじろ**　［動］　海鴨の一種　[季]冬

12**金琵琶**　**きんびわ**　［動］　松虫の別称　[季]秋

金粟蘭　**ちゃらん**　［植］　センリョウ科の常緑小低木。初夏、芳香のある黄色の小さな花をつける　[季]夏

金葎　**かなむぐら**　［植］　葎のこと。茎が強いことからの言い回し　[季]夏

金雲雀　**きんひばり**　［動］　草雲雀の別称　[季]秋

13**金盞花**　**きんせんか**　［植］　キク科の多年草で、晩春から夏にかけて赤味を帯びた黄色の花が咲く　[季]春

金盞草　**きんせんそう**　［植］　金盞花の別称　[季]春

金蓮子　**きんれんじ**　［植］　浅沙の別称　[季]夏

金蓮花　**きんれんか**　［植］　ナスターチュームこと。南米ペルー産の蔓草。夏から秋にかけて開花する　[季]夏

金鈴子　**きんれいし**　［植］　楕円形でサクランボぐらいの大きさの棟の実のこと。秋に熟して黄色くなり、つるつるしているので、俗に栴檀坊主ともいう　[季]秋

14**金槐忌**　**きんかいき**　［宗］　陰暦一月二十七日、鎌倉三代将軍源実朝の忌日　[季]新年

金銀花　**きんぎんか**　［植］　スイカズラ科の蔓植物。初夏、葉の根元に二個ずつ並んだ花をつける　[季]夏

金銭弔芙蓉　**きんせんちょうふよう**　［植］　ユキノシタの別称　[季]夏

金銭花　**きんせんか**　［植］　午時花の別称。晩夏から初秋にかけ赤い花をつける　[季]夏

金鳳花　**きんぽうげ**　［植］　キンポウゲ科の多年草で、四、五月頃に黄色の花が咲く　[季]春

金鳳華　**きんぽうげ**　［植］　キンポウゲ科の多年草で、四、五月頃に黄色の花が咲く　[季]春

15**金樏**　**かねかんじき**　［人］　滑り止めに金属製の爪かついているかんじき　[季]冬

金瘡小草　**きらんそう**　［植］　シソ科の春の多年草　[季]春

金線草　**きんせんそう**　［植］　ミズヒキの漢名　[季]秋

金線魚　**きんせんぎょ**　［動］　金糸魚（いとより）の別称　[季]冬

16**金橘**　**きんかん**　［植］　晩秋に熟する果物の一つ。果実は小さく、球形または長球形。晩秋に熟し金色になる。香りが高く、生食用にもなる　[季]秋

金頭　**かながしら**　［動］　中部以南の海にすむホウボウ科の魚で、小型のもの。冬が旬

で、練り製品や鍋物にする　[季]冬

17金縷梅　まんさく　［植］　マンサク科の落葉木で、早春黄色い花が咲く　[季]春

19金蘭　きんらん　［植］　ラン科の多年草で、四、五月頃に黄色の花をつける　[季]春

金蠅　きんばえ　［動］　蠅の一種　[季]夏

20金鐘児　きんしょうじ　［動］　鈴虫の別称　[季]秋

【長】

さぎつ長　さぎっちょう　［人］　小正月の左義長（火祭行事）の別称　[季]新年

0長いわし　ながいわし　［動］　細魚の別称　[季]春

長き夜　ながきよ　［時］　秋、夜が長くなっていくのを感じること　[季]秋

2長刀ほおずき　なぎなたほおずき　［動］　海酸漿の一種　[季]夏

長刀ほほづき　なぎなたほおずき　［動］　海酸漿の一種　[季]夏

長刀祭　なぎなたまつり　［宗］　菅宮祭の別称　[季]夏

長刀鉾　なぎなたぼこ　［宗］　祇園会の鉾山の一つ　[季]夏

長十郎　ちょうじゅうろう　［植］　赤梨の代表。梨は秋の季語　[季]秋

4長元坊　ちょうげんぼう　［動］　本州に住み、冬は南へ渡る鷹の一種　[季]冬

長月　ながつき　［時］　陰暦九月の別称　[季]秋

長火鉢　ながひばち　［人］　長方形の箱火鉢　[季]冬

5長生草　ながいきそう　［植］　巌檜葉の別称　[季]夏

長田螺　ながたにし　［動］　田螺の一種　[季]春

6長瓜　ながうり　［植］　糸瓜の一種。秋に一メートルもある果実がぶら下がる　[季]秋

長老木　ちょろぎ　［人］　シソ科の多年草で、地下茎を正月料理の黒豆の中に混ぜる　[季]新年

長老舞　ちょろまい　［人］　江戸時代、主として上方で行なわれた正月の門付け芸　[季]新年

7長牡蠣　ながかき　［動］　牡蠣の一種　[季]冬

長谷のだだおし　はせのだだおし　［宗］　陰暦正月十四日、奈良・長谷寺で行なわれる追儺行事　[季]新年

長谷寺のただ押し　はせでらのただおし　［宗］　二月十四日、桜井市・長谷寺で行なわれる祭礼　[季]春

長辛螺　ながにし　［動］　糸巻法螺に属する巻き貝。産卵期の七月頃が漁期　[季]夏

8長命菊　ちょうめいぎく　［植］　雛菊の別称　[季]春

長命菜　ちょうめいさい　［植］　スベリヒユの別称　[季]夏

長命縷　ちょうめいる　［人］　薬玉の別称　[季]夏

長夜　ちょうや　［時］　秋、夜が長くなっていくのを感じること　[季]秋

長岡川開き　ながおかかわびらき　［宗］　長岡市の信濃川の川開き　[季]夏

長昆布　ながこんぶ　［植］　昆布の一種。晩夏の頃に採取する　[季]新年

長茄子　ながなす　［植］　茄子の一種。茄子は夏の季語　[季]夏

長青海苔　ながあおのり　［植］　青海苔の一種　[季]春

9長春花　ちょうしゅんか　［植］　バラ科の常緑低木。花期は五月から秋ごろまでで、紅色や桃色の花をつける　[季]春

長春花　ちょうしゅんか　［植］　金盞花（きんせんか）の別称。キク科の多年草で、晩春から夏にかけて赤味を帯びた黄色の花が咲く　[季]春

10長浜曳山狂言　ながはまひきやまきょうげん　［宗］　四月十三日から十五日、長浜市・八幡宮で行われる祭礼　[季]春

長浜曳山祭　ながはまひきやままつり　［宗］　四月十三日から十五日、長浜市・八幡宮で行われる祭礼　[季]春

長豇豆　ながささげ　［植］　莢のもっとも長い品種のササゲ　[季]秋

11長崎の凧揚げ　ながさきのたこあげ　［人］　四月に長崎で行われる凧合戦　[季]春

長崎の柱餅　ながさきのはしらもち　［人］　餅つきのしまいの一うすを大黒柱に打ちつけておき、正月十五日の左義長のときにあぶって食べたという長崎の風俗　[季]冬

長崎忌　ながさきき　［人］　昭和二十年八月九日、長崎市に原爆がおとされた日　[季]秋

12長閑　のどか　［時］　のんびりとした春の日

の落ち着いたようす [季]春

長須鯨　ながすくじら［動］髭鯨の一種。体長二十メートルを超える [季]冬

13長滝白山神社六日祭　ながたきはくさんじんじゃむいかさい［宗］一月六日、岐阜県白鳥町・長滝白山神社で行なわれる祭礼 [季]新年

15長熨斗　ながのし［人］熨斗鮑のこと [季]新年

16長瀛　ちょうえい［時］夏の別称 [季]夏

長薯　ながいも［植］ヤマノイモの栽培種。秋、地下に棒状の根薯ができる。山芋に比べてやや水分が多く、粘りけには乏しい [季]秋

17長講会　ちょうごうえ［宗］伝教会の別称 [季]夏

19長瀬気　ながせげ［天］東南から吹いてくる夏の冷たい風で、凶作をもたらすといわれる [季]夏

長瀬風　ながせかぜ［天］東南から吹いてくる夏の冷たい風で、凶作をもたらすといわれる [季]夏

【門】

0門の礼帳　かどのれいちょう［人］新年の礼帳のこと [季]新年

門の竹　かどのたけ［人］新年の門松に添えて立てる飾りの竹 [季]新年

門の松　かどのまつ［人］門松のこと [季]新年

門の松竹　かどのまつたけ［人］門松のこと [季]新年

門の春　かどのはる［時］初春のこと [季]新年

門の神棚　かどのかみだな［宗］神棚の一つ [季]新年

門まま　かどまま［人］盆に戸外に竈を築き、煮炊きして食事をする習俗 [季]秋

2門入道　かどにゅうどう［人］鬼を追い払うため、鬼打木に人面を画くこと [季]新年

3門万歳　かどまんざい［人］正月に、芸人が各家を訪問して祝言を述べた門付け芸能の一つ [季]新年

4門戸を掩ふ　もんこをおおう［人］昔、正月三が日に京の町家で大戸を開けずに過ごした風習 [季]新年

門木　かどき［人］門松のこと [季]新年

門火　かどび［宗］迎火の別称 [季]秋

5門打　かどうち［人］春祈禱の別称 [季]新年

門礼　かどれい［人］年始の回礼の別称 [季]新年

門礼者　かどれいじゃ［人］年始の回礼で、玄関先で祝詞だけ述べて辞する人 [季]新年

8門明け　かどあけ［人］正月に本家・分家の間で行なう儀礼。分家の主人が早朝に本家の門戸を開けることからこういう [季]新年

門松　かどまつ［人］正月、家々の門口の両側に松と竹の飾りものを立てる風習 [季]新年

門松おろし　かどまつおろし［宗］昔、十二月十三日の正月事始の日に、門松など正月に必要な木を山から伐ってくること [季]冬

門松の営　かどまつのいとなみ［人］年末のうちに正月飾りの門松を立てること [季]冬

門松立つ　かどまつたつ［人］年末のうちに正月飾りの門松を立てること [季]冬

門松取る　かどまつとる［人］門松を取り払うこと。関東では普通六日の夜か七日の朝に取る所が多い [季]新年

9門柳　かどやなぎ［植］家の門に生える柳 [季]春

門神棚　かどかみだな［宗］神棚の一つ [季]新年

門茶　かどちゃ［宗］摂待の一つで門の前でふるまうこと [季]秋

10門桜　かどざくら［植］家の門に咲く桜 [季]春

11門清水　かどしみず［地］家の門前などに湧き出ている清水 [季]夏

門涼み　かどすずみ［人］門のあたりで行う納涼 [季]夏

12門開き　かどびらき［人］正月に本家・分家の間で行なう儀礼。分家の主人が早朝に本家の門戸を開けることからこういう [季]新年

13門飾　かどかざり［人］注連縄の別称 [季]新年

8画（阿，附，雨）

【阿】

⁵阿古陀瓜　あこだうり　［植］　紅冬瓜のうち扁平で円いもの。初秋に採れる果実は食べられない　㋒秋

⁸阿国忌　おくにき　［宗］　四月十五日、江戸時代初期の歌舞伎創始者出雲のお国の忌日　㋒春

阿波蜜柑　あわみかん　［植］　兵庫県淡路島の原産で、夏蜜柑より小さく、甘味も酸味も強い　㋒夏

阿波踊　あわおどり　［人］　盆踊の一つ　㋒秋

阿知女作法　あちめわざ　［宗］　御神楽のときに行なわれる儀礼　㋒冬

⁹阿茶羅漬　あちゃらづけ　［人］　関西の正月料理の一つ。守口大根、蕪、昆布、唐辛子などを細かく刻んで三杯酢で漬ける　㋒新年

¹⁶阿濃津八幡祭　あのつはちまんまつり　［宗］　津市・阿濃津八幡神社の祭礼で、陰暦八月十五日に行なわれる　㋒秋

¹⁹阿羅　あら　［動］　ハタ科の褐青色の魚。冬場が旬　㋒冬

阿蘇祭　あそまつり　［宗］　七月二十八日と二十九日、熊本・阿蘇神社で行われる祭礼　㋒夏

阿蘭陀苺の花　おらんだいちごのはな　［植］　苺の花の一種　㋒春

阿蘭陀渡る　おらんだわたる　［人］　江戸時代、長崎出島のオランダ商館長が書記一名、医師・通詞を伴って江戸に参府し、将軍に謁した恒例行事　㋒春

【附】

附　つけ　［人］　年末に払う勘定書きのこと　㋒冬

³附子　ふし　［植］　トリカブトの別称　㋒秋

¹⁰附帯　つけおび　［人］　下帯の一種　㋒夏

【雨】

ながし雨　ながしあめ　［天］　梅雨のころ吹く南風　㋒夏

⁰雨づつみ　あめづつみ　［宗］　五月忌の別称　㋒夏

雨の月　あめのつき　［天］　陰暦八月十五日の夜、雨のため名月が見えないこと　㋒秋

雨の祈　あめのいのり　［人］　夏の旱をおそれ、稲の生育のために降雨を祈ること　㋒夏

雨の盆　あめのぼん　［人］　富山県八尾町の風の盆の別称　㋒秋

雨の蛍　あめのほたる　［動］　雨の夜の蛍　㋒夏

雨びえ　あめびえ　［時］　秋雨が降ったことで冷気を覚えること　㋒秋

³雨久花　うきゅうか　［植］　水葵の別称　㋒夏

雨乞　あまごい　［人］　夏の旱をおそれ、稲の生育のために降雨を祈ること　㋒夏

雨乞鳥　あまごいどり　［動］　赤翡翠の別称　㋒夏

⁴雨月　うげつ　［天］　陰暦八月十五日の夜、雨のため名月が見えないこと　㋒秋

雨水　うすい　［時］　二十四節気の一つ。陽暦二月十九日、二十日頃　㋒春

⁵雨氷　うひょう　［天］　極端に冷たい霧雨が木の葉や枝などに凍りつき、ガラス細工のように見えること　㋒冬

⁶雨休み　あめやすみ　［人］　日照りの後の雨を、一日田畑の仕事を休んで祝うこと　㋒夏

雨名月　あめめいげつ　［天］　陰暦八月十五日の夜、雨のため名月が見えないこと　㋒秋

雨安居　うあんご　［宗］　安居のこと　㋒夏

⁷雨冷　あまびえ　［時］　秋雨が降ったことで冷気を覚えること　㋒秋

⁸雨夜の月　あまよのつき　［天］　陰暦八月十五日の夜、雨のため名月が見えないこと　㋒秋

⁹雨彦　あまびこ　［動］　馬陸の別称。雨あがりによく現れるため　㋒夏

雨祝　あめいわい　［人］　日照りの後の雨を、一日田畑の仕事を休んで祝うこと　㋒夏

¹⁰雨降り盆　あめふりぼん　［人］　日照りの後の雨を、一日田畑の仕事を休んで祝うこと　㋒夏

¹²雨喜び　あめよろこび　［天］　日照りが長く続いたあとに降る雨　㋒夏

雨蛙　あまがえる　［動］　梅雨時、雨が降り出すときに鳴き始める木の葉や草の上にすむ小さな蛙　㋒夏

俳句季語よみかた辞典　235

16**雨燕**　あまつばめ　［動］　アマツバメ科の夏鳥。非常に高速で飛翔し崖や洞穴の中などに営巣する　[季]夏, 春

24**雨鷽**　あめうそ　［動］　雌の鷽の俗称　[季]春

【青】

0**青き紅葉**　あおきもみじ　［植］　初夏の楓の木のみずみずしい若葉も、秋の紅葉に劣らず美しいということの言い回し　[季]夏

青き踏む　あおきふむ　［人］　中国の古俗で、春先に野に出て青草を踏んで遊ぶ行事　[季]春

青き嶺　あおきみね　［地］　夏の山の美称　[季]夏

青ぐわゐ　あおぐわい　［植］　慈姑（くわい）の一種　[季]春

青げら　あおげら　［動］　本州・四国・九州・種子島・屋久島の留鳥。低山山林にすむ　[季]秋

青ざし　あおざし　［人］　青麦を煎って、そのままあるいは臼でひき食べるもの　[季]夏

青とさか　あおとさか　［植］　トサカノリの一種　[季]春

青とんぼ　あおとんぼ　［動］　蜻蜓（やんま）の一種　[季]秋

青べら　あおべら　［人］　べらの一種　[季]夏

青みどろ　あおみどろ　［植］　ホシミドロ科の接合藻類。ごく普通に見られる淡水藻で、夏に繁茂する　[季]夏

3**青大将**　あおだいしょう　［動］　蛇の一種　[季]夏

青女　せいじょ　［天］　霜雪を降らす女神の名。あるいは霜の別称　[季]冬

青山吹　あおやまぶき　［人］　春衣のかさね色目の一つ。表が青、裏は黄　[季]春

青山祭　あおやままつり　［宗］　石清水八幡宮厄神詣の別称　[季]新年

青山椒　あおさんしょう　［植］　晩夏の頃の、まだ熟していない青々としている山椒の実　[季]夏

青山潮　あおやまじお　［地］　青葉潮の別称　[季]夏

青干菜　あおほしな　［人］　蕪の葉を干したもの　[季]冬

4**青刈**　あおがり　［人］　牛馬の飼料用植物（ライ麦、エン麦など）を、秋の成熟より以前に刈ること　[季]夏

青木の花　あおきのはな　［植］　ミズキ科の常緑の低木で、四月頃、茶色の小さな花をつける　[季]春, 夏

青木の実　あおきのみ　［植］　冬に熟して赤くなる青木の実　[季]冬

青木立　あおこだち　［植］　夏になって、木々が枝を伸ばし青葉を茂らせているさま　[季]夏

青水無月　あおみなづき　［時］　陰暦六月の別称。山野が青々と茂るところから生まれた名　[季]夏

5**青写真**　あおじゃしん　［人］　子供の玩具。冬の薄日を利用する　[季]冬

青北風　あおぎた　［天］　九、十月頃の晴天の日に吹く北風で、もとは西日本の船言葉　[季]秋

青玉虫　あおたまむし　［動］　玉虫の一種　[季]夏

青田　あおた　［地］　苗がのびて、一面に田が青く覆われていること　[季]夏

青田売　あおたうり　［地］　貧しい農家が秋の収穫を待てず、青田のまま田を丸ごと売ったこと　[季]夏

青田波　あおたなみ　［地］　青田が夏の風で波うつ様子　[季]夏

青田面　あおたのも　［地］　苗がのびて、一面に田が青く覆われていること　[季]夏

青田風　あおたかぜ　［地］　青田をわたっていく夏の風　[季]夏

青田時　あおたどき　［地］　苗がのびて、一面に田が青く覆われていること　[季]夏

青田道　あおたみち　［地］　青田の頃の田端の道　[季]夏

青目虻　あおめあぶ　［動］　青い目の虻　[季]春

6**青瓜**　あおうり　［植］　越瓜（しろうり）の早生種。形はやや細長く、果皮は青緑色　[季]夏

青芒　あおすすき　［植］　夏、芒が青々と茂っていること　[季]夏

青虫　あおむし　［動］　菜虫の一種で、紋白蝶の幼虫　[季]秋

7**青花**　あおばな　［植］　露草の別称。初秋に真っ青の花が咲く　[季]秋

青芥　あおがらし　［植］　芥菜の別称　[季]春

8画（青）

青芝　あおしば　［植］　青々としている夏の
　芝草のこと　㊷夏

青芭蕉　あおばしょう　［植］　大きな葉を広
　げた初夏の芭蕉の姿　㊷夏

青麦　あおむぎ　［植］　まだ熟さない麦のこ
　と　㊷夏

青麦　あおむぎ　［植］　春先に青々と生長す
　る麦のこと　㊷春

8青味泥　あおみどろ　［植］　ホシミドロ科の
　接合藻類。ごく普通に見られる淡水藻で、
　夏に繁茂する　㊷夏

青岬　あおみさき　［地］　夏の爽やかな海風
　に包まれた岬　㊷夏

青松虫　あおまつむし　［動］　松虫の外来
　種。秋、樹の上でチリリリリと鳴く　㊷秋

青松毬　あおまつかさ　［植］　晩秋に新しく
　できた青い松の実（松毬）のこと　㊷秋

青松笠　あおまつかさ　［植］　晩秋に新しく
　できた青い松の実（松毬）のこと　㊷秋

青東風　あおごち　［天］　夏の土用の青空に
　東風が吹きわたること　㊷夏

青林檎　あおりんご　［植］　早生種の青々と
　した林檎で、七月頃から出回る。酸味が多
　く、清涼感にあふれる　㊷夏

青祈禱　あおぎとう　［人］　七月十五日、和
　歌山県東牟婁郡で行われる田祭神事。丑の
　日祭ともいう　㊷夏

青茄子　あおなす　［植］　茄子の一種。茄子
　は夏の季語　㊷夏

青茎山葵　あおくきわさび　［植］　山葵の一
　種　㊷春

青苔　あおごけ　［植］　夏、青々と茂ってい
　る苔のこと　㊷夏

9青帝　せいてい　［時］　春の別称　㊷春

青春　せいしゅん　［時］　五行説で春は青に
　あたるので、春のことを指す　㊷春

青星　あおぼし　［天］　冬の星シリウスの和
　名　㊷冬

青柿　あおがき　［植］　晩夏、まだ熟してい
　ない青い柿の実のこと　㊷夏

青柴垣神事　あおふしがきしんじ　［宗］　四
　月七日、島根県美保関町・美保神社で行わ
　れた神事　㊷春

青柏祭　あおがしわまつり, せいはくさい
　［宗］　五月十三日から十五日まで、七尾
　市・大地主神社で行われの祭礼。青柏の

葉に新饌を盛ることによる名称　㊷夏

青柳　あおやぎ　［植］　葉が青々と茂った柳
　㊷春

青柳うたふ　あおやぎうたう　［人］　正月七
　日の白馬節会で、催馬楽の一つである青柳
　を歌うこと　㊷新年

青柳衣　あおやぎごろも　［人］　春衣のかさ
　ね色目の一つ。表裏ともに薄青　㊷春

青柚　あおゆ　［植］　晩夏、まだ熟していな
　い青い柚子の実のこと。皮を主に料理に用
　い、すがすがしい香りを楽しむ　㊷夏

青柚子　あおゆず　［植］　晩夏、まだ熟して
　いない青い柚子の実のこと。皮を主に料理
　に用い、すがすがしい香りを楽しむ　㊷夏

青海苔　あおのり　［植］　日本全国の沿岸の
　浅海に産する緑藻類の一つ。細い管状の海
　藻で、干して食用とする　㊷春

青海亀　あおうみがめ　［動］　海亀の一種
　㊷夏

青胡桃　あおくるみ　［植］　晩夏、まだ熟し
　ていない小さな青い胡桃の実のこと　㊷夏

青草　あおくさ　［植］　夏におい茂る草の総
　称　㊷夏

青虻　あおあぶ　［動］　虻の一種　㊷春

青首大根　あおくびだいこん　［植］　大根の
　一種で、現在一般に一番普及しているもの
　㊷冬

10青倉海苔　あおくらのり　［植］　海苔の一種
　㊷春

青唐辛　あおとうがらし　［植］　晩夏の頃
　の、まだ葉も実も青々としている唐辛子
　㊷夏

青唐辛子　あおとうがらし　［植］　晩夏の頃
　の、まだ葉も実も青々としている唐辛子
　㊷夏

青峰忌　せいほうき　［宗］　五月二十九日、
　大正・昭和期の俳人嶋田青峰の忌日　㊷夏

青挿　あおざし　［人］　青麦を煎って、その
　ままあるいは臼でひき食べるもの　㊷夏

青桐　あおぎり　［植］　アオギリ科の落葉高
　木。六月頃に花が咲くが、むしろ葉の茂り
　をさして夏の季語とするもの　㊷夏

青梅　あおうめ　［植］　梅雨の頃に実ってく
　る、梅のまだ未熟な青い実のこと　㊷夏

青梅雨　あおづゆ　［天］　梅雨のこと　㊷夏

青梅煮る　あおうめにる　［人］　煮梅を作る

俳句季語よみかた辞典　237

ため、夏に取れた青梅に砂糖をいれて煮ること [季]夏
青蚊帳 あおがや ［人］ 蚊帳の一種 [季]夏
青馬祭 あおうまのまつり ［宗］ 正月七日、茨城・鹿島神宮で行われる神事 [季]新年
青鬼灯 あおほおずき ［植］ 晩夏、まだ熟していない鬼灯の青い実のこと [季]夏
11**青匏** あおふくべ ［植］ 夕顔の変種で、初秋、瓢箪形の青い実がたくさん生る。果肉をくりぬいて乾燥するといわゆる瓢箪になる [季]秋
青梨 あおなし ［植］ 梨の種類の区分 [季]秋
青眼虻 あおめあぶ ［動］ 青い目の虻 [季]春
青紫蘇 あおじそ ［植］ 紫蘇の一種 [季]夏
青脚鴫 あおあししぎ ［動］ 鴫の一種だが、田鴫とは異なる [季]秋
青葛 あおかずら ［植］ 葛藤の別称。晩夏七月頃、淡緑色の小花が集まり咲く [季]夏
青萍 あおうきくさ ［植］ 萍（うきくさ）の一種。夏に繁茂・開花する [季]夏
青野 あおの ［地］ 緑深い夏草の繁茂した原野 [季]夏
青魚 にしん ［動］ イワシ科に属する寒海魚で、四、五月頃、産卵のため南下してくる [季]春
12**青富士** あおふじ ［地］ 雪のない夏の富士。山肌が克明になる姿をいう [季]夏
青嵐 あおあらし, せいらん ［天］ 青葉を揺らして吹きわたるやや強い風 [季]夏
青棗 あおなつめ ［植］ 棗のまだ熟していない実 [季]秋
青歯朶 あおしだ ［植］ 初夏、歯朶類が青々と伸びてくること [季]夏
青無花果 あおいちじく ［植］ 夏、花が開く前の青く固い状態の無花果のこと [季]夏
青葦 あおあし ［植］ 夏、蘆が青々と茂っていること [季]夏
青萱 あおがや ［植］ 夏、萱が青々と茂っていること [季]夏
青萩 あおはぎ ［植］ 夏に開花する萩のこと [季]夏
青葡萄 あおぶどう ［植］ 晩夏、まだ熟していない青く固い葡萄の実のこと [季]夏
青葉 あおば ［植］ 初夏の若葉が生い茂って緑が濃くなった状態 [季]夏
青葉の花 あおばのはな ［植］ 初夏、青葉の頃になっても咲き残っている桜の花のこと [季]夏
青葉の簾 あおばのすだれ ［人］ 平安時代以来、四月一日に行われた更衣の行事により夏の料に変えられた青々とした新しいすだれのこと [季]夏
青葉山 あおばやま ［植］ 夏の青葉が茂った山のこと [季]夏
青葉木菟 あおばずく ［動］ フクロウ科の夏鳥、五月、青葉の茂る頃に飛来する [季]夏
青葉肥 あおばごえ ［人］ 草肥の別称 [季]夏
青葉若葉 あおばわかば ［植］ 初夏の若葉が生い茂って緑が濃くなった状態 [季]夏
青葉祭 あおばまつり ［宗］ 六月十五日、高野山金剛峯寺で行われる弘法大師の降誕会 [季]夏
青葉潮 あおばじお ［地］ 青葉の頃に南から太平洋側の沖を北上する黒潮のこと [季]夏
青葉闇 あおばやみ ［植］ 夏木立が鬱蒼と生い茂って、昼間でも暗くなっていること [季]夏
青蛙 あおがえる ［動］ 雨蛙に似た蛙。初夏に産卵する [季]夏
青陽 せいよう ［時］ 春の別称 [季]新年, 春
13**青慈姑** あおぐわい ［植］ 慈姑の一種 [季]春
青楓 あおかえで ［植］ 初夏の楓の木のみずみずしい若葉も、秋の紅葉に劣らず美しいということの言い回し [季]夏
青楓の衣 あおかえでのころも ［人］ 夏衣のかさね色目の一つで、表は薄萌黄、裏は薄紅 [季]夏
青歳 せいさい ［時］ 年始の別称 [季]新年
青筵 あおむしろ ［人］ 新しい筵 [季]冬
青鳩 あおばと ［動］ 全身が緑色の鳩で、六、七月頃に営巣する [季]夏
14**青摺** あおずり ［人］ 山藍の葉で青く小草・桜・柳・山鳥などの紋様を摺りつけた小忌衣 [季]冬
青摺の衣 あおずりのころも ［宗］ 山藍の

葉で青く小草・桜・柳・山鳥などの紋様を摺りつけた小忌衣　[季]冬

青漬　あおづけ［人］青葉の色を失わないように漬けた葉漬。冬の保存食　[季]冬

青磁枕　せいじちん［人］青磁で作った涼しい夏用の枕　[季]夏

青蔦　あおつた［植］夏、蔦が青々と茂っていること　[季]夏

青蜜柑　あおみかん［植］秋、まだ熟していない青い蜜柑　[季]秋

青蜻蛉　あおとんぼ［動］蜻蜓（やんま）の一種　[季]秋

青蜥蜴　あおとかげ［動］蜥蜴の子のこと。小さいうちは体の大部分が青いのでこういう　[季]夏

青酸漿　あおほおずき［植］晩夏、まだ熟していない鬼灯の青い実のこと　[季]夏

15**青潮**　あおじお［地］青葉潮の別称　[季]夏

青蕃椒　あおとうがらし［植］晩夏の頃の、まだ葉も実も青々としている唐辛子　[季]夏

16**青瓢**　あおふくべ［植］夕顔の変種で、初秋、瓢箪形の青い実がたくさん生る。果肉をくりぬいて乾燥するといわゆる瓢箪になる　[季]秋

青瓢箪　あおひょうたん［植］匏の別称。初秋、瓢箪形の青い実がたくさん生る　[季]秋

青薄　あおすすき［植］夏、芒が青々と茂っていること　[季]夏

青薬　あおぐすり［植］弟切草の別称。初秋に黄色い小花を集め咲かせる　[季]秋

青頭蜈蚣　あおずむかで［動］蜈蚣の一種　[季]夏

青頸　あおくび［動］真鴨の別称　[季]冬

青鴫　あおしぎ［動］田鴫の一種で、山間部の沢辺や湿地にすむ冬鳥　[季]秋

青龍梅　せいりゅうばい［植］梅の一種　[季]春

17**青嶺**　あおね［地］青葉が繁った夏の山　[季]夏

青藍　せいらん［植］蓼の一種。蓼は夏の季語　[季]夏

青鮫　あおざめ［動］鮫の一種　[季]冬

18**青藤**　あおふじ［植］葛藤の別称。晩夏七月頃、淡緑色の小花が集まり咲く　[季]夏

青鵐　あおじ, あおしとど［動］蒿雀の別称　[季]夏

19**青簾**　あおすだれ［人］青竹を編んだ簾。夏、日除けなどに利用する　[季]夏

青羅忌　せいらき［宗］陰暦六月十七日、江戸時代中期の俳人松岡青羅の忌日　[季]夏

青藺　あおい［植］太藺の別称　[季]夏

青蘆　あおあし［植］夏、蘆が青々と茂っていること　[季]夏

青蘆原　あおあしはら［植］夏、蘆が青々と茂っていること　[季]夏

青蠅　あおばえ［動］蠅の一種　[季]夏

20**青饅**　あおぬた［人］春先の青野菜と魚貝類を酢味噌で和えたもの　[季]春

23**青鱚**　あおぎす［動］鱚の一種　[季]夏

青黴　あおかび［植］黴の一種　[季]夏

24**青鷺**　あおさぎ［動］サギ科の留鳥で、国内の鷺で最大のもの。水辺の立姿が涼しげ　[季]夏

9 画

【乗】

5**乗出し**　のりだし［人］船起の別称　[季]新年

乗込み　のっこみ［動］魚が冬眠を終え、深瀬から浅瀬へと移動すること　[季]春

乗込鮒　のっこみぶな［動］冬眠していた鮒が、春の産卵期に小川や水田にはいり込み、盛んに餌をとるようになること　[季]春

乗込鯛　のっこみだい［動］春、産卵のため海峡を越えて内海に来た鯛　[季]春

7**乗初**　のりぞめ［人］新年になって初めて乗り物に乗ること　[季]新年

【帝】

11**帝釈天詣**　たいしゃくてんまいり［宗］初庚申に帝釈天に参詣すること　[季]新年

帝釈詣　たいしゃくまいり［宗］帝釈天詣のこと　[季]新年

【亮】

12**亮隅忌**　りょうぐうき［宗］陰暦六月二十二日、蕉門の俳人李由の忌日　[季]夏

9画（俊, 信, 便, 保, 俎, 冑, 冠, 削, 前）

【俊】

7俊芿忌　しゅんじょうき　[宗]　陰暦三月八日、鎌倉時代前期の僧で京都・泉涌寺の開山俊芿の忌日　㋩春

13俊寛忌　しゅんかんき　[宗]　陰暦三月二日、平家物語に登場する俊寛僧都の忌日　㋩春

【信】

4信夫忌　しのぶき　[宗]　九月三日、大正・昭和期の国文学者・歌人折口信夫（釈迢空）の忌日　㋩秋

信夫菜　しのぶな　[植]　冬菜の一つで、福島産のもの　㋩冬

5信田鮓　しのだずし　[人]　鮓の一種　㋩夏

16信濃太郎　しなのたろう　[天]　夏の積乱雲（入道雲）の地方称　㋩夏

信濃柿　しなのがき　[植]　小アジア原産で、古来日本でも栽培されている柿の一種。渋柿だが、晩秋から初冬に完全に熟すると甘くなる。渋を採るためにも栽培する　㋩秋

信濃梅　しなのうめ　[植]　小梅の一種。葉も花も小さく、梅雨の頃に実る梅の実も小粒　㋩夏

【便】

9便追　びんずい　[動]　セキレイ科の鳥で、夏は山地で囀る　㋩夏

【保】

3保己一忌　ほきいちき　[宗]　陰暦九月十二日、江戸時代中期の国学者塙保己一の忌日　㋩秋

8保夜　ほや　[動]　原索動物海鞘目の海産動物。北日本で夏によく獲れ、酢の物にする　㋩夏, 冬

保昌山　ほうしょうやま　[宗]　祇園会の鉾山の一つ　㋩夏

【俎】

4俎切初　まなきりはじめ　[人]　正月二日の夜、宮中に仕える二家で行なわれた料理始めの行事　㋩新年

8俎始　まなはじめ　[人]　正月二日の夜、宮中に仕える二家で行なわれた料理始めの行事　㋩新年

俎始　まないたはじめ　[人]　新年になって、初めて台所で俎や庖丁を手にすること　㋩新年

12俎開　まないたびらき　[宗]　正月十二日に東京・板東報恩寺で行なわれている、鯉を儀式的に料理する行事　㋩新年

【冑】

6冑虫　かぶとむし　[動]　コガネムシ科の甲虫で、雄は頭に大きな角がある。夏の昆虫採集で子供に人気がある　㋩夏

15冑蝶　かぶとちょう　[動]　鳶鶫の別称　㋩冬

【冠】

10冠座　かんむりざ　[天]　夏の西南の高い空に、七つの星が半円形を描く星座　㋩夏

11冠雪　かむりゆき　[天]　門柱・電柱などに積もって、笠状になった雪　㋩冬

18冠蟬　かんぜん　[植]　蟬茸の別称　㋩夏

【削】

5削氷　けずりこおり, けずりひ　[人]　氷を削ってシロップを加えたもの　㋩夏

7削初　けずりぞめ　[人]　年明けの茶会に使う初削りの茶杓　㋩新年

削花　けずりばな　[人]　削掛の別称　㋩新年

11削掛　けずりかけ　[人]　小正月の飾り物。膚の白い木を薄く細く削り掛け、花のように見せかけたもの　㋩新年

削掛の甲　けずりかけのかぶと　[人]　五月五日の端午の節句の飾り物の一つ　㋩夏

削掛の行　けずりかけのおこない　[宗]　大晦日の夜から元日の未明にかけ、京都祇園・八坂神社で行なわれた白朮祭の神事。削掛の煙の方向で吉凶を占う　㋩新年

削掛挿す　けずりかけさす　[人]　削掛をさすこと　㋩新年

削掛掛ける　けずりかけかける　[人]　削掛をかけること　㋩新年

【前】

2前七日　まえなぬか　[時]　二百十日の前七日　㋩秋

6前安居　ぜんあんご［宗］一夏を三区分した第一 [季]夏

8前垂注連　まえだれじめ［人］注連縄の一種で、縄から藁を一面にたらして、白幣をさしたもの [季]新年

10前梅雨　まえづゆ［天］五月の末ごろに、梅雨らしい現象が現われること [季]夏

【剃】

2剃刀貝　かみそりがい［動］馬蛤貝の別称 [季]春

【勅】

18勅題菓　ちょくだいか［人］明治以降、宮中歌会始の御題にちなんだ菓子 [季]新年

勅題菓子　ちょくだいかし［人］明治以降、宮中歌会始の御題にちなんだ菓子 [季]新年

【勇】

7勇忌　いさむき［宗］十一月十九日、明治・大正・昭和期の歌人吉井勇の忌日 [季]冬

11勇魚　いさな［動］鯨の古称 [季]冬

勇魚取　いさなとり［人］捕鯨のこと。沿岸捕鯨は冬が漁期だった [季]冬

【急】

20急霰　きゅうさん［天］にわかに降ってくる霰 [季]冬

【負】

9負海螺　まけばい［人］海螺打で負けた独楽 [季]秋

負海贏　まけばい［人］海贏打で負けた独楽 [季]秋

負相撲　まけすもう［人］負け越した相撲 [季]秋

10負真綿　おいまわた［人］真綿でつくった防寒用の衣類 [季]冬

負馬　まけうま［宗］賀茂競馬で負けた馬 [季]夏

11負菊　まけぎく［人］菊合で負けた菊 [季]秋

19負鶏　まけどり［人］鶏合で負けた鳥 [季]春

【単】

6単羽織　ひとえばおり［人］夏羽織の一種 [季]夏

単衣　ひとえ［人］裏のない夏物の衣服 [季]夏

7単足袋　ひとえたび［人］夏足袋の一種 [季]夏

8単物　ひとえもの［人］裏のない夏物の衣服 [季]夏

10単帯　ひとえおび［人］夏帯の一種 [季]夏

【南】

うりずん南風　うりずんばえ［時］沖縄で二、三月の麦の穂の出るころの南風を指していう [季]春

ながし南風　ながしはえ［天］梅雨のころ吹く南風 [季]夏

4南五味子　さねかずら［植］モクレン科の常緑つる性植物。秋に実が熟すると、青から赤、やがて黒へと色が変わる [季]秋

南天の花　なんてんのはな［植］メギ科の常緑樹。七月頃、あまり目立たない白色の小さな花をつける。実は冬の季語 [季]夏

南天の実　なんてんのみ［植］晩秋から冬の間、花の後で紅く熟する丸い小さな実。秋の季語とすることもある [季]冬, 秋

南天竹　なんてんちく［植］南天の別称 [季]夏

南天桐　なんてんぎり［植］飯桐の別称。実は晩秋、真赤に熟し、落葉後も落果せずに残る [季]秋

南天燭　なんてんしょく［植］メギ科の常緑樹。七月頃、あまり目立たない白色の小さな花をつける。実は冬の季語 [季]夏

6南瓜　かぼちゃ［植］ウリ科の一年生野菜。晩夏に実が生り、秋に熟したものが出回る [季]秋

南瓜の花　かぼちゃのはな［植］ウリ科の一年性野菜で、夏、黄色の合弁花をつける [季]夏

南瓜忌　かぼちゃき［宗］九月十八日、明治・大正期の俳人石井露月の忌日 [季]秋

南瓜植う　かぼちゃうう［人］春、三月頃に南瓜の種を蒔くこと [季]春

南瓜蒔く　かぼちゃまく, とうなすまく［人］春、三月頃に南瓜の種を蒔くこと

9画（厚, 叙, 哀, 咳）

㊡春

南西風　はえにし　［天］　南西の季節風
㊡夏

[7]南吹く　みなみふく　［天］　夏の季節風（南
風）が吹くこと　㊡夏

南呂　なんりょ　［時］　一年を音楽の十二律
になぞらえた場合の陰暦八月の別称　㊡秋

[8]南京ほおずき　なんきんほおずき　［動］　海
酸漿の一種　㊡夏

南京凧　なんきんだこ　［人］　凧の一種　㊡
新年

南京虫　なんきんむし　［動］　トコジラミ科
の昆虫。夏、不潔な場所に発生して人の血
を吸う。現在、日本ではほとんど見かけな
い　㊡夏

南京豆　なんきんまめ　［植］　落花生の別
称。花が終わると子房が伸びて地中にはい
り莢となる珍しい習性がある。晩秋収穫す
る　㊡秋

南京梅　なんきんうめ　［植］　臘梅の別称
㊡冬

南京酸漿　なんきんほおずき　［動］　海酸漿
の一種　㊡夏

南東風　はえごち　［天］　南東の季節風
㊡夏

[9]南柴胡　なんさいこ　［植］　蛍草の別称。晩
夏から秋にかけて、枝先に黄色い小花が集
まり咲く　㊡夏

南洲忌　なんしゅうき　［宗］　九月二十四
日、維新の元勲西郷隆盛の忌日　㊡秋

南風　はえ, みなみ, みなみかぜ, なんぷう
［天］　夏の南からの季節風　㊡夏

[11]南祭　みなみまつり　［宗］　京都・石清水八
幡宮の祭礼　㊡春

南祭　なんさい　［宗］　石清水八幡祭の別称
㊡秋

南部の火祭　なんぶのひまつり　［宗］　八月
十六日、山梨県南部町の富士川の河原で行
われる火祭。盆送り行事の一つ　㊡秋

南部若布　なんぶわかめ　［植］　三陸海岸か
らとれる和布　㊡春

南部暦　なんぶごよみ　［人］　盲暦を指し、
田山暦と盛岡暦の二種類がある　㊡新年

[12]南蛮　なんばん　［植］　唐辛子の別称。秋に
熟する　㊡秋

南蛮胡椒　なんばんこしょう　［植］　唐辛子

の別称。秋に熟する　㊡秋

南蛮鳥　なんばんどり　［動］　赤翡翠の別称
㊡夏

南蛮黍　なんばんきび　［植］　玉蜀黍（とう
もろこし）の別称　㊡秋

南蛮藤　なんばんふじ　［植］　藤の一種
㊡春

[13]南殿　なでん　［植］　桜の一種　㊡春

[16]南薫　なんくん　［天］　夏の南風　㊡夏

[18]南観音山　みなみかんのんやま　［宗］　祇園
会の鉾山の一つ　㊡夏

【厚】

[3]厚子　あつし　［人］　アイヌの冬用防寒衣。
樹皮でできていた　㊡冬

[5]厚司　あつし　［人］　アイヌの冬用防寒衣。
樹皮でできていた　㊡冬

厚氷　あつごおり　［地］　氷の厚いさま
㊡冬

厚皮香　こうひこう　［植］　木斛の漢名
㊡夏

[6]厚朴の花　ほおのはな　［植］　モクレン科の
落葉高木、朴の木の梢に咲く花。初夏、黄
色がかった白色の大輪の花をつける　㊡夏

[8]厚岸草　あつけしそう　［植］　アカザ科の一
年草。深緑色の茎が秋が深まると次第に紅
紫色に変わっていく　㊡秋

厚昆布　あつこんぶ　［植］　昆布の一種。晩
夏の頃に採取する　㊡新年

厚物咲　あつものざき　［植］　大菊の大輪咲
きが一茎に一輪をつけること。菊は秋の季
語　㊡秋

[12]厚着　あつぎ　［人］　冬の寒さを防ぐため、
着物の上にまた着物を重ねて着ること
㊡冬

【叙】

[7]叙位　じょい　［人］　正月五日ないし六日、
宮中で五位以上の位階を授ける儀式　㊡
新年

【哀】

[0]哀れ蚊　あわれか　［動］　溢蚊のこと　㊡秋

【咳】

咳　せき　［人］　寒さ、乾燥、風邪などのた

め、冬に咳き込む人が多く、冬の季語とされる [季]冬

0咳く　せく ［人］ 咳をすること。風邪が冬に多いことから、冬の季語とされる [季]冬

【咲】

もみじ咲く　もみじさく ［植］ 楓の花が咲くこと [季]春

【品】

3品川天王祭　しながわてんのうさい ［宗］ 品川祭の別称 [季]夏

品川寺鐘供養　ほんせんじかねくよう ［宗］ 東京・品川寺で行われる鐘供養 [季]春

品川河童祭　しながわかっぱまつり ［宗］ 品川祭の別称 [季]夏

品川海苔　しながわのり ［植］ 海苔の一種 [季]春

品川祭　しながわまつり ［宗］ 六月七日頃の日曜日を含む三日間行われる、東京の荏原神社と品川神社の二つの天王祭を合わせていう [季]夏

6品字藻　ひんじも ［植］ 萍（うきくさ）の一種。夏に繁茂・開花する [季]夏

14品漬　しなづけ ［人］ 夏から蓄えた諸々の塩漬けを赤蕪とともに漬ける飛驒高山の冬の漬物 [季]冬

19品藻　ひんも ［植］ 萍（うきくさ）の別称。夏に繁茂・開花する [季]夏

【垣】

4垣手入れ　かきていれ ［人］ 雪解けを迎え、風雪に傷んだ垣根を繕うこと [季]春

7垣見草　かきみぐさ ［植］ 卯の花の別称 [季]夏

10垣通　かきどおし ［植］ シソ科のつる性多年草で、四、五月頃紫色の花をつける [季]春

18垣繕う　かきつくろう ［人］ 雪解けを迎え、風雪に傷んだ垣根を繕うこと [季]春

垣繕ふ　かきつくろう ［人］ 雪解けを迎え、風雪に傷んだ垣根を繕うこと [季]春

【城】

3城下鰈　しろしたかれい ［動］ 大分・日出湾でとれる真子鰈のこと。夏の間が旬とされる [季]夏

9城南寺祭　じょうなんじのまつり ［宗］ 京都市・真幡寸神社で行われる城南祭のこと [季]秋

城南神祭　じょうなんじんまつり ［宗］ 京都市・真幡寸神社で行われる城南祭のこと [季]秋

城南祭　じょうなんまつり, せいなんまつり ［宗］ 十月二十日の前の日曜日、京都市・真幡寸神社で行われる祭礼 [季]秋

【変】

0変り雛　かわりびな ［宗］ 雛人形の一種 [季]春

変り鯉　かわりごい ［動］ 鯉の改良種で、さまざまの体色に変化させたもの [季]夏

変り鶯　かわりうぐいす ［動］ 藪雨の別称 [季]夏

変わり雛　かわりびな ［人］ 雛人形の一種 [季]春

【契】

7契沖忌　けいちゅうき ［宗］ 陰暦一月二十五日、江戸時代前期の国学者・歌人契沖の忌日 [季]新年, 春

9契草　ちぎりぐさ ［植］ 菊の別称。菊は秋の季語 [季]秋

【奏】

12奏賀　そうが ［人］ 元日の朝賀の際、賀詞を奏上した古代行事 [季]新年

13奏瑞　そうずい ［人］ 元日の朝賀の際、祥瑞を献じた古代行事 [季]新年

【威】

0威し銃　おどしづつ ［人］ 稲が実ってきた田を荒らしにくる鳥をおどかして追うために、田畑に設けたいろいろの仕掛け [季]秋

14威銃　おどしづつ ［人］ 稲が実ってきた田を荒らしにくる鳥をおどかして追うために、田畑に設けたいろいろの仕掛け [季]秋

威銃打つ　おどしじゅううつ ［人］ 秋に稲田につく雀や害獣を威嚇し遠ざけるために打つ空弾 [季]秋

9画（姥, 姿, 姮, 客, 室, 宣, 封, 屋, 昼）

【姥】

⁴姥月　うばづき　［天］　陰暦九月十三日の月　㋩秋

⁵姥玉虫　うばたまむし　［動］　玉虫の一種　㋩夏

⁸姥彼岸　うばひがん　［植］　彼岸桜の別称　㋩春

⁹姥柳　うばやぎ　［植］　年をとった柳　㋩春

¹⁰姥桜　うばざくら　［植］　桜の一種　㋩春

¹²姥等　うばら　［人］　女の節季候。年の暮れに回って来て、米や銭をもらっていく門付け　㋩冬

¹⁶姥鳴　おばしぎ, うばしぎ　［動］　鳴の一種だが、田鳴とは異なる　㋩秋

【姿】

⁷姿見の鯛　すがたみのたい　［動］　春、東京湾口から鴨居、走水沖に乗込む鯛　㋩春

【姮】

¹⁰姮娥　こうが　［天］　月の別称　㋩秋

【客】

³客土　きゃくど　［人］　農地に性質の異なる土を入れ土壌を改良すること。冬に行っておく作業　㋩冬

¹⁶客橇　きゃくぞり　［人］　人を運ぶ橇　㋩冬

【室】

⁰室のおしね　むろのおしね　［植］　晩稲の別称。晩秋、霜の降りる頃に収穫する　㋩秋

室のはや早稲　むろのはやわせ　［植］　穂の早く出て九月頃には収穫できる水稲の種類　㋩秋

室の花　むろのはな　［植］　春咲きの植物を冬に温室で暖めて早咲きさせたもの　㋩冬

室の桜　むろのさくら　［植］　室咲をさせた桜　㋩冬

室の梅　むろのうめ　［植］　室咲をさせた梅　㋩冬

室の椿　むろのつばき　［植］　室咲をさせた椿　㋩冬

⁷室町雛　むろまちびな　［宗］　雛人形の一種　㋩春

⁸室明神祭　むろみょうじんまつり　［宗］　室祭の別称　㋩夏

⁹室咲　むろざき　［植］　春咲きの植物を冬に温室で暖めて早咲きさせたもの　㋩冬

室咲の花　むろざきのはな　［植］　春咲きの植物を冬に温室で暖めて早咲きさせたもの。室の花　㋩冬

室咲の梅　むろざきのうめ　［植］　室咲をさせた梅　㋩冬

¹¹室祭　むろまつり　［宗］　五月二日に行われる兵庫県御津町・賀茂神社の祭礼　㋩夏

²²室鰺　むろあじ　［動］　鰺の一種　㋩夏

【宣】

⁷宣男草　せんだんそう　［植］　萱草の別称。晩夏、百合に似た黄橙色の花をつける　㋩夏

⁸宣長忌　のりながき　［宗］　陰暦九月二十九日、江戸時代中期の国学者本居宣長の忌日　㋩秋

【封】

⁸封国祭　ほうこくまつり　［宗］　百万石祭の別称　㋩夏

【屋】

おでん屋　おでんや　［人］　おでんを売る屋台　㋩冬

⁶屋守　やもり　［動］　体長五センチほどの蜥蜴に似た爬虫類。夏、人家の周りで見かける　㋩夏

⁷屋形の稚児　やかたのちご　［宗］　藤森祭に参列する稚児のこと　㋩夏

¹⁰屋根替　やねがえ　［人］　雪解けを迎え、傷んだ屋根のふき替えをすること　㋩春

屋根葺く　やねふく　［人］　雪解けを迎え、傷んだ屋根のふき替えをすること　㋩春

【昼】

⁰昼の月　ひるのつき　［天］　昼間に出ている月　㋩秋

昼の虫　ひるのむし　［動］　秋も深くなって、昼間も鳴く虫　㋩秋

昼の蚊　ひるのか　［動］　昼間のおとなしい蚊　㋩夏

昼の蛍　ひるのほたる　［動］　日中発光せず、とどまっている蛍　㋩夏

昼の雪　ひるのゆき　［天］　昼間の雪　㋩冬

4昼火事　ひるかじ　[人]　昼間の火事。火事は冬の季語　[季]冬

5昼市　ひるいち　[人]　大阪で泉州方面よりの小魚でたった市のこと　[季]夏

7昼花火　ひるはなび　[人]　昼間専用の打ち上げ花火で音響と煙の色の花火　[季]秋

10昼砧　ひるきぬた　[人]　秋の昼間に砧を打つこと　[季]秋

12昼蛙　ひるかわず　[動]　昼間にみる蛙　[季]春

13昼寝　ひるね　[人]　暑い季節に、寝不足の体の消耗を押さえ、体力を回復させるために昼間眠ること　[季]夏

昼寝人　ひるねびと　[人]　昼寝をしている人　[季]夏

昼寝起　ひるねおき　[人]　昼寝から覚めること　[季]夏

昼寝覚　ひるねざめ　[人]　昼寝から覚めること　[季]夏

14昼網　ひるあみ　[人]　大阪で泉州方面よりの小魚でたった市のこと　[季]夏

17昼霞　ひるがすみ　[天]　日中の霞　[季]春

18昼顔　ひるがお　[植]　ヒルガオ科の蔓性多年草。夏に薄赤い花が咲く。日中咲いているのでこの名がある　[季]夏

【巻】

0巻き尽す暦　まきつくすこよみ　[人]　年末暦の残りが少なくなること　[季]冬

巻き果る暦　まきはつるこよみ　[人]　年末暦の残りが少なくなること　[季]冬

6巻耳　けんじ　[植]　オナモミの別称　[季]夏

9巻柏　まきかしわ　[植]　巌檜葉の別称　[季]夏

11巻笹　まきざさ　[人]　端午の節句の粽をつくる笹　[季]夏

巻笹売り　まきざさうり　[人]　端午の節句の粽笹を売る人　[季]夏

12巻葉　まきば　[植]　初夏、浮葉の時期を過ぎ、茎が立ってきた蓮の新葉。もう水面から離れているもの　[季]夏

14巻暦　まきごよみ　[人]　昔の軸物暦のこと　[季]新年

16巻鮓　まきずし　[人]　鮓の一種　[季]夏

17巻繊汁　けんちんじる　[人]　油でいためた豆腐や野菜のすまし汁。精進料理の一種　[季]冬

巻藁船　まきわらぶね　[宗]　熱田祭の際、神戸浜に浮かぶ船　[季]夏

21巻鰤　まきぶり　[動]　鰤に塩を加え、藁で巻いたもの　[季]冬

【帋】

5帋布　さよみ　[人]　生布の一種で、織り目のあらい麻布　[季]夏

【幽】

2幽人枕　ゆうじんちん　[人]　菊枕の別称　[季]秋

4幽天　ゆうてん　[天]　冬の空模様　[季]冬

8幽松庵忌　ゆうしょうあんき　[宗]　陰暦六月十七日、江戸時代中期の俳人松岡青羅の忌日　[季]夏

15幽霊水母　ゆうれいくらげ　[動]　水母の一種　[季]夏

幽霊花　ゆうれいばな　[植]　曼珠沙華（彼岸花）の別称。花がきまって秋の彼岸ごろに咲く有毒植物の一つ　[季]秋

幽霊海月　ゆうれいくらげ　[動]　水母の一種　[季]夏

【度】

6度会新嘗祭　わたらえのにいなめのまつり　[宗]　伊勢神宮の神嘗祭（かんなめのまつり）のこと　[季]秋

14度嶂散　どしょうさん　[人]　正月三が日の朝、天皇が飲む薬酒の一つ　[季]新年

【廻】

てくぐつ廻し　てくぐつまわし　[人]　傀儡師の別称　[季]新年

0廻り双六　まわりすごろく　[人]　道中双六の一種。出た賽の目の数によって双六の区画を順に進む　[季]新年

廻り灯籠　まわりどうろう　[人]　二重にした枠の内側の模様が、外側にうつり、回るようにした灯籠。夏の夜に相応しく、夜店などで今も見かける　[季]秋

5廻礼　かいれい　[人]　新年の祝詞を述べるために、親戚・知人・近隣を訪問すること　[季]新年

9廻炭　まわりずみ　[人]　茶の湯の特殊作法

の一つ　[季]冬

【建】

4建仁寺開山忌　けんにんじかいさんき　［宗］　陰暦七月五日、鎌倉時代の日本臨済宗の宗祖栄西の忌日　[季]夏

8建国の日　けんこくのひ　［宗］　建国記念日のこと　[季]春

建国記念日　けんこくきねんび　［宗］　神武天皇が橿原の宮に即位した日　[季]春

建国祭　けんこくさい　［人］　二月十一日、紀元節の当日に行なわれた祭典　[季]春

15建勲祭　けんくんさい　［宗］　七月一日に行われる京都市・建勲神社の祭礼　[季]夏

19建蘭　けんらん　［植］　秋蘭の一種　[季]秋

【彦】

9彦星　ひこぼし　［人］　七夕伝説の牽牛。鷲座の首星であるアルタイルのこと　[季]秋

彦星のと渡る舟　ひこぼしのとわたるふね　［人］　七夕の夜、牽牛と織女の逢瀬に使われる渡し舟　[季]秋

【後】

0後の二日灸　のちのふつかぎゅう　［人］　陰暦八月二日に灸をすえること。他の日に倍する効験があるとされた　[季]秋

後の今宵　のちのこよい　［天］　陰暦九月十三日の月　[季]秋

後の月　のちのつき　［天］　陰暦九月十三日の月　[季]秋

後の月見　のちのつきみ　［人］　陰暦九月十三日の月を賞すること　[季]秋

後の出代　のちのでがわり　［人］　陰暦八月二日、奉公人の出代わりをする日　[季]秋

後の名月　のちのめいげつ　［天］　陰暦九月十三日の月　[季]秋

後の更衣　のちのころもがえ　［人］　初冬、袷から綿入れに着がえること　[季]秋

後の村雨　のちのむらさめ　［天］　秋の村雨の別称　[季]秋

後の彼岸　のちのひがん　［時］　秋彼岸のこと　[季]秋

後の袷　のちのあわせ　［人］　秋袷に同じ　[季]秋

後の藪入り　のちのやぶいり　［人］　陰暦七月十六日の盆の時、他家へ奉公に出ている者が休暇をもらって家に帰ったこと　[季]秋

後の雛　のちのひな　［人］　秋の九月九日に雛を祭る風俗　[季]秋

後れ蚊　おくれか　［動］　秋の蚊のこと　[季]秋

後れ蠅　おくれはえ　［動］　秋の蠅のこと　[季]秋

2後七日の御修法　ごしちにちのみしほ　［宗］　宮中真言院で正月八日から七日間行なわれる仏事の修法　[季]新年

4後天木瓜　こうてんぼけ　［植］　木瓜の一種　[季]春

後日の能　ごにちののう　［宗］　奈良・春日若宮御祭の終わった十二月十八日、お旅所仮宮前の芝舞台で催す能　[季]冬

後日の菊　ごにちのきく　［人］　十日の菊のこと　[季]秋

6後安居　ごあんご　［宗］　一夏を三区分した第三　[季]夏

9後架虻　こうかあぶ　［動］　虻の一種　[季]春

10後宴の能　ごえんののう　［宗］　後日の能に同じ　[季]冬

20後鰊　あとにしん　［動］　漁期の終わりごろの鰊　[季]春

【待】

さんばい待ち　さんばいまち　［宗］　田植え初めに行なわれる田の神降しの行事。さんばいは田の神のこと　[季]夏

0待つ時鳥　まつほととぎす　［動］　時鳥の別称　[季]夏

9待春　たいしゅん　［時］　冬の盛りに、春の到来を心待ちにすること　[季]冬

10待宵　まつよい　［天］　陰暦八月十四日、十五夜の名月を心待ちにする夜　[季]秋

待宵の月　まつよいのつき　［天］　陰暦八月十四日、十五夜の名月を心待ちにする前夜の月　[季]秋

待宵草　まつよいぐさ　［植］　マツヨイグサ属の総称。一般には月見草と呼ばれる　[季]夏

待宵影　まつよいかげ　［天］　陰暦八月十四日、十五夜の名月を心待ちにする夜　[季]秋

待降節　たいこうせつ　［宗］　十一月三十日に最も近い日曜日から始まる四週間で、ク

リスマスの準備期間　[季]冬

14**待網掛**　**まちあみがけ**　［人］　陰暦七、八月頃、鷹狩に用いる鷹を生け捕るため、網の罠を仕掛けること　[季]秋

【律】

0**律の風**　**りちのかぜ**　［時］　秋らしい感じの風を音調に例えていったもの　[季]秋

律の調　**りちのしらべ**　［時］　秋らしい感じを音調に例えていったもの　[季]秋

律の調べ　**りちのしらべ**　［時］　秋らしい感じを音調に例えていったもの　[季]秋

17**律檀**　**りつだん**　［時］　冬の別称　[季]冬

【恒】

9**恒持祭**　**つねもちまつり**　［宗］　三月十五日、秩父市の恒持神社で行われる祭礼　[季]春

【思】

0**思ひ草**　**おもいぐさ**　［植］　リンドウなどの古称　[季]秋

6**思羽**　**おもいば**　［動］　オシドリの飾り羽の別称　[季]冬

9**思草**　**おもいぐさ**　［植］　ハマウツボ科の一年生寄生植物。秋に大きな薄紫の花が開く　[季]秋

【恃】

8**恃怙の節**　**たのむのせち**　［人］　田実の節の別称　[季]秋

【扁】

6**扁竹**　**へんちく**　［植］　射干(ひおうぎ)の別称。晩夏に黄橙色の花をつける　[季]夏

12**扁蛭**　**ひらびる**　［動］　蛭の一種　[季]夏

【挟】

6**挟虫**　**はさみむし**　［動］　ハサミムシ科の夏の昆虫。尻の先端がハサミ形で、外敵と戦う　[季]夏

【持】

7**持初**　**もちぞめ**　［人］　新年になって初めて田畑に肥料を運び撒く農始め　[季]新年

持初　**もちぞめ**　［人］　正月二日、新年になって初めて臼を使い始める仕事始め　[季]新年

【拾】

0**拾い海苔**　**ひろいのり**　［人］　春、海苔を拾うこと　[季]春

15**拾穂軒忌**　**しゅうすいけんき**　［宗］　陰暦六月十五日、江戸時代前期の貞門俳人北村季吟の忌日　[季]夏

【拭】

8**拭始**　**ふきはじめ**　［人］　正月二日、新年になって初めて掃除をすること　[季]新年

【政】

8**政事始**　**せいじはじめ**　［人］　正月の儀式が一段落した後、宮中で政務の仕事始めを儀式として行なう戦前まで行われた行事　[季]新年

政始　**まつりごとはじめ**　［人］　正月の儀式が一段落した後、宮中で政務の仕事始めを儀式として行なう戦前まで行われた行事　[季]新年

政治始　**せいじはじめ**　［人］　正月の儀式が一段落した後、宮中で政務の仕事始めを儀式として行なう戦前まで行われた行事　[季]新年

【施】

4**施火**　**せび**　［宗］　八月十六日、京都の盂蘭盆会での霊を送る行事。大文字焼きとして有名　[季]秋

施火焼く　**せかたく**　［宗］　八月十六日、京都の盂蘭盆会での霊を送る行事。大文字焼きとして有名　[季]秋

6**施米**　**せまい**　［人］　平安時代、陰暦六月に京都周辺の山寺の僧侶に朝廷が米塩を施した行事　[季]夏

15**施餓鬼**　**せがき**　［宗］　盂蘭盆やその前後の頃、無縁の霊を弔う供養のこと　[季]秋

施餓鬼会　**せがきえ**　［宗］　盂蘭盆やその前後の頃、無縁の霊を弔う供養のこと　[季]秋

施餓鬼寺　**せがきでら**　［宗］　施餓鬼の行われている寺　[季]秋

施餓鬼船　**せがきぶね**　［宗］　施餓鬼を船中で行う舟　[季]秋

施餓鬼棚　**せがきだな**　［宗］　施餓鬼に設け

られる棚　[季]秋

施餓鬼幡　せがきばた　［宗］　施餓鬼に設けられる幡　[季]秋

施餓鬼壇　せがきだん　［宗］　施餓鬼に設けられる壇　[季]秋

【春】

おそ春　おそはる　［時］　立春以後も暖かくならないことの、春の到来が待ち遠しい気持ちをこめた言い方　[季]春

おらが春　おらがはる　［時］　初春のこと　[季]新年

シナ春蘭　しなしゅんらん　［植］　春蘭で香気の強いもの　[季]春

春　はる　［時］　立春から立夏の前日までのことを指す。陽暦では概ね二月、三月、四月　[季]春

0**春あした**　はるあした　［時］　春の日の朝のこと。冬から解放された気持ちの良さがこめられる　[季]春

春かなし　はるかなし　［人］　そこはかとない、春の憂いや物思いのこと　[季]春

春きざす　はるきざす　［時］　気候が春らしくなる兆候が現れること　[季]春

春ごと　はるごと　［人］　関西地方で、陰暦二、三月から四月にかけて行なっている春の事祭り　[季]春

春さき　はるさき　［時］　立春後の二月中のぐらいの時候。厳しい寒さと春の気配の交じった感じ　[季]春

春さる　はるさる　［時］　立春を迎えたこと　[季]春

春さ中　はるさなか　［時］　仲春と同じく春もなかばのころ　[季]春

春ざれ　はるざれ　［時］　春が来てうららかな景色になること　[季]春

春ぞ隔たる　はるぞへだたる　［時］　去っていく春。春を惜しむ気持ちがこもる　[季]春

春ぞ隔る　はるぞへだたる　［時］　去っていく春。春を惜しむ気持ちがこもる　[季]春

春なかば　はるなかば　［時］　仲春と同じく春もなかばのころ　[季]春

春になる　はるになる　［時］　立春を迎えたこと　[季]春

春のかたみ　はるのかたみ　［時］　去っていく春。春を惜しむ気持ちがこもる　[季]春

春のひる間　はるのひるま　［時］　春の日中昼間のことで、長閑な柔らかい感覚がある　[季]春

春のほだし　はるのほだし　［天］　霞の別称　[季]春

春の入日　はるのいりひ　［天］　春の日の夕方の太陽　[季]春

春の三日月　はるのみかづき　［天］　舟の形のような春の夜の三日月　[季]春

春の土　はるのつち　［地］　春の暖かい日差しをうけて、ほのかに暖かい土　[季]春

春の土手　はるのどて　［地］　うららかな春風・春の光をうけた堤　[季]春

春の夕　はるのゆうべ, はるのゆう　［時］　春のおだやかな夕暮れどきのこと　[季]春

春の夕日　はるのゆうひ　［天］　春の日の夕方の太陽　[季]春

春の夕焼　はるのゆうやけ　［天］　春の穏やかな夕焼け。柔らかな風情　[季]春

春の山　はるのやま　［地］　春、草木が萌え出て活気を感じさせる山のこと　[季]春

春の川　はるのかわ　［地］　春の雪融けで水かさを増した川のこと　[季]春

春の川波　はるのかわなみ　［地］　春の穏やかな川の波　[季]春

春の匂　はるのにおい　［天］　春の景色のこと。明るい様子を思わせる　[季]春

春の日　はるのひ　［時］　春の太陽、または春の一日　[季]春

春の日和　はるのひより　［天］　春日和に同じ　[季]春

春の日傘　はるのひがさ　［人］　春日傘のこと　[季]春

春の月　はるのつき　［天］　ほのぼのとした春の月のこと　[季]春

春の水　はるのみず　［地］　春になり雪融けなどで水かさを増した川や池の水のこと　[季]春

春の火燵　はるのこたつ　［人］　春めいてきても、また寒さが残り、しまいかねている名残りの炬燵　[季]春

春の旦　はるのあした　［時］　元旦の別称　[季]新年

春の氷　はるのこおり　［地］　寒の戻りで薄くはる氷のこと　[季]春

春の田　はるのた　［地］　苗を植える前の頃

の田　[季]春

春の礼　はるのれい　［人］　年始の回礼の別称　[季]新年

春の光　はるのひかり　［天］　春の景色のこと。明るい様子を思わせる　[季]春

春の名残　はるのなごり　［時］　去っていく春。春を惜しむ気持ちがこもる　[季]春

春の汗　はるのあせ　［時］　仲春から晩春にかけ汗ばむほど暑くなること　[季]春

春の江　はるのえ　［地］　春の川のこと　[季]春

春の池　はるのいけ　［地］　雪解け水がたまり水かさが増した池のこと　[季]春

春の灯　はるのひ　［人］　春の夜の灯火。朧な女性的な感じ　[季]春

春の色　はるのいろ　［天］　春の景色のこと。明るい様子を思わせる　[季]春

春の行方　はるのゆくえ　［時］　去っていく春。春を惜しむ気持ちがこもる　[季]春

春の初風　はるのはつかぜ　［天］　元旦に吹く風　[季]新年

春の別れ　はるのわかれ　［時］　去っていく春。春を惜しむ気持ちがこもる　[季]春

春の灸　はるのきゅう　［人］　春の二日灸の別称　[季]春

春の花　はるのはな　［植］　春に咲く桜のこと　[季]春

春の芝　はるのしば　［植］　若芝のこと　[季]春

春の事　はるのこと　［人］　関西地方で、陰暦二、三月から四月にかけて行なっている春の事祭り　[季]春

春の夜　はるのよ　［時］　春の夜のこと　[季]春

春の夜明　はるのよあけ　［時］　春の夜明け頃、朝ぼらけの時間　[季]春

春の服　はるのふく　［人］　春に着る洋服　[季]春

春の果　はるのはて　［時］　去っていく春。春を惜しむ気持ちがこもる　[季]春

春の沼　はるのぬま　［地］　雪解けや、春雨などで水かさが増した沼　[季]春

春の泥　はるのどろ　［地］　春のぬかるみのこと　[季]春

春の波　はるのなみ　［地］　春の岸に寄せる穏やかな波　[季]春

春の泊　はるのとまり　［時］　去っていく春。春を惜しむ気持ちがこもる　[季]春

春の炉　はるのろ　［人］　冬ほどではないが、春になってもまだ焚き継ぐ、ほんのりと火気を漂わせた名残りの炉　[季]春

春の空　はるのそら　［天］　穏やかな春の天候のこと　[季]春

春の苺　はるのいちご　［植］　春に出荷される苺　[季]春

春の長雨　はるのながあめ　［天］　春三月から四月頃に天気がぐずつき、雨量が多くなること　[季]春

春の雨　はるのあめ　［天］　春に静かにしとしとと降る雨の総称　[季]春

春の便り　はるのたより　［人］　早咲きの梅など、春の近いのを知らせるもの　[季]冬

春の急ぎ　はるのいそぎ　［時］　晩冬に春の訪れを待ち焦がれること　[季]冬

春の昼　はるのひる　［時］　春の日中昼間のことで、長閑な柔らかい感覚がある　[季]春

春の恨み　はるのうらみ　［人］　そこはかとない、春の憂いや物思いのこと　[季]春

春の星　はるのほし　［天］　春の夜、おぼろに見える星　[季]春

春の海　はるのうみ　［地］　うららかな春の日差しに照らされた、穏やかな海のようす　[季]春

春の洪水　はるのこうずい　［地］　山々の雪が一時に解け出し、河川が水かさを増してあふれること　[季]春

春の炬燵　はるのこたつ　［人］　春めいてきても、また寒さが残り、しまいかねている名残りの炬燵　[季]春

春の草　はるのくさ　［植］　春に萌え出た草　[季]春

春の虹　はるのにじ　［天］　春雨の後に現れる虹のこと。単なる虹は夏の季語　[季]春

春の限り　はるのかぎり　［時］　去っていく春。春を惜しむ気持ちがこもる　[季]春

春の風　はるのかぜ　［天］　春に吹く、あたたかくやわらかな風の総称　[季]春

春の風邪　はるのかぜ　［人］　春にひく風邪　[季]春

春の啄木鳥　はるのきつつき　［動］　キツツキ科の鳥の総称で、春先、木の幹をたたいて虫を食べたり、巣を作ったりする　[季]春

9画（春）

春の宮　はるのみや　［人］　東宮のこと、もしくは春の神の宮殿のこと　㋑春

春の宵　はるのよい　［時］　春の夕暮れ後、間もない頃のこと　㋑春

春の庭　はるのにわ　［地］　春の華やかな庭園、公園のこと　㋑春

春の時雨　はるのしぐれ　［天］　春時雨に同じ　㋑春

春の浜　はるのはま　［地］　春の明るく長閑な浜　㋑春

春の浪　はるのなみ　［地］　春の岸に寄せる穏やかな波　㋑春

春の眠り　はるのねむり　［人］　春、睡魔に襲われて眠りこけること　㋑春

春の蚊　はるのか　［動］　冬を越した成虫が春になって出て来たもの　㋑春

春の蚤　はるののみ　［動］　春になり動きが活発になった蚤　㋑春

春の馬　はるのうま　［動］　春の暖かな日差しの下の馬のこと　㋑春

春の情　はるのじょう　［人］　春ののどかな心持ち　㋑春

春の渚　はるのなぎさ　［地］　春の明るく長閑な渚　㋑春

春の猫　はるのねこ　［動］　春先、さかりのついた猫のこと　㋑春

春の終り　はるのおわり　［時］　春の終わりをさし、陽暦四月下旬頃　㋑春

春の野　はるのの　［地］　草木が萌え出づる頃の早春の野のこと　㋑春

春の雀　はるのすずめ　［動］　子を育てたり、せわしく動き回る雀のこと　㋑春

春の雪　はるのゆき　［天］　春になってから降る雪の総称　㋑春

春の鳥　はるのとり　［動］　繁殖期になり、一年中で最も活気づく春の鳥のこと　㋑春

春の鹿　はるのしか　［動］　毛が抜け落ち、やつれた感じの鹿　㋑春

春の堤　はるのつつみ　［地］　うららかな春風・春の光をうけた堤　㋑春

春の暁　はるのあかつき　［時］　春の夜明け頃、朝ぼらけの時間　㋑春

春の暑さ　はるのあつさ　［時］　仲春から晩春にかけ汗ばむほど暑くなること　㋑春

春の朝　はるのあさ　［時］　春の日の朝のこと。冬から解放された気持ちの良さがこめられる　㋑春

春の朝日　はるのあさひ　［天］　春の日の朝の太陽　㋑春

春の朝明　はるのあさけ　［時］　春の夜明け頃、朝ぼらけの時間　㋑春

春の森　はるのもり　［植］　春の森の総称　㋑春

春の湖　はるのうみ, はるのみずうみ　［地］　雪解けや、春さきの雨量で水が豊かになった湖のこと　㋑春

春の湊　はるのみなと　［時］　去っていく春。春を惜しむ気持ちがこもる　㋑春

春の着物　はるのきもの　［人］　春に着る洋服　㋑春

春の筍　はるのたけのこ　［植］　春筍に同じ　㋑春

春の落葉　はるのおちば　［植］　常緑樹が新芽の出る春に落とす古い葉のこと　㋑春

春の雁　はるのかり　［動］　春、群が北へ帰り始め、次第に数が少なくなっていく雁のこと　㋑春

春の雲　はるのくも　［天］　ふんわり淡い春の雲のこと　㋑春

春の園　はるのその　［地］　春の華やかな庭園、公園のこと　㋑春

春の夢　はるのゆめ　［人］　春眠にみる夢　㋑春

春の煖炉　はるのだんろ　［人］　冬ほどではないが、ほんのりと火気のある名残りの暖炉　㋑春

春の雷　はるのらい　［天］　春に鳴る雷のこと。単なる雷は夏の季語　㋑春

春の雹　はるのひょう　［天］　春に降る雹　㋑春

春の塵　はるのちり　［天］　春になり、乾いた地面から風で舞い上がった砂ぼこりのこと　㋑春

春の暮　はるのくれ　［時］　春の夕暮れどきのこと、または春の終わりの意味もある　㋑春

春の蜜柑　はるのみかん　［植］　春先に出回る蜜柑のこと　㋑春

春の障子　はるのしょうじ　［人］　春障子に同じ　㋑春

春の潮　はるのしお　［地］　春、暖かく感じられる海の潮　㋑春

春の蕗　はるのふき　［植］　春、まだ生長しきっていない蕗のこと　[季]春

春の蝶　はるのちょう　［動］　春に飛び回る蝶　[季]春

春の駒　はるのこま　［動］　春の暖かな日差しの下の馬のこと　[季]春

春の樹　はるのき　［植］　春の樹々の総称　[季]春

春の興　はるのきょう　［人］　春興のこと　[季]春

春の霙　はるのみぞれ　［天］　春に降る霙のこと　[季]春

春の鮒　はるのふな　［動］　三、四月ごろのお腹に卵をもった鮒　[季]春

春の鴨　はるのかも　［動］　春になっても北方へ戻らず残っている鴨　[季]春

春の鴫　はるのしぎ　［動］　春、北方へと飛び去る鴫のこと　[季]春

春の曙　はるのあけぼの　［時］　春の夜明け頃、朝ぼらけの時間　[季]春

春の燭　はるのともし, はるのしょく　［人］　春の夜の灯火。朧な女性的な感じ　[季]春

春の磯　はるのいそ　［地］　春の明るく長閑な磯　[季]春

春の簗　はるのやな　［人］　上り簗のこと　[季]春

春の闇　はるのやみ　［天］　月のない春の夜の暗さのこと　[季]春

春の霜　はるのしも　［天］　春におりる霜のこと　[季]春

春の蟬　はるのせみ　［動］　春蟬のこと　[季]春

春の鯊　はるのはぜ　［動］　子持鯊のこと。単に鯊といった場合は秋の季語　[季]春

春の鵙　はるのもず　［動］　春先から営巣している鵙　[季]春

春の瀬　はるのせ　［地］　春の川のこと　[季]春

春の蠅　はるのはえ　［動］　冬を越した成虫が春になって出て来たもの　[季]春

春の露　はるのつゆ　［天］　春に生じる露のこと　[季]春

春の霰　はるのあられ　［天］　春に降る霰のこと　[季]春

春の鷦鷯　はるのみそさざい　［動］　翼長五センチほどの非常に小さな鳥。春に美しいさえずりでよく鳴く　[季]春

春の驟雨　はるのしゅうう　［天］　春驟雨に同じ　[季]春

春はやち　はるはやち　［天］　春に吹き荒れる強風のこと　[季]春

春べ　はるべ　［時］　春の別称　[季]春

春まけて　はるまけて　［時］　季節が春になって、という意味　[季]春

春まぢか　はるまぢか　［時］　晩冬に春の訪れを待ち焦がれること　[季]冬

春みぞれ　はるみぞれ　［天］　春に降る霙のこと　[季]春

春めく　はるめく　［時］　気候が春らしくなる兆候が現れること　[季]春

春やは遠き　はるやわとおき　［時］　晩冬に春の訪れを待ち焦がれること　[季]冬

春を急ぐ　はるをいそぐ　［時］　晩冬に春の訪れを待ち焦がれること　[季]冬

春を待つ　はるをまつ　［時］　冬の盛りに、春の到来を心待ちにすること　[季]冬

春を送る　はるをおくる　［時］　去っていく春。春を惜しむ気持ちがこもる　[季]春

春を惜しむ　はるをおしむ　［時］　春惜しむに同じ　[季]春

春を隣　はるをとなり　［時］　晩冬に春の訪れを待ち焦がれること　[季]冬

春コート　はるこーと　［人］　春になって着替える外套　[季]春

春ショール　はるしょーる　［人］　春になってから掛ける婦人の肩掛け　[季]春

春スキー　はるすきー　［人］　スキーシーズンが終わった春に、まだ雪深い場所でするスキー　[季]春

春セーター　はるせーたー　［人］　春に着るセーター　[季]春

春パラソル　はるぱらそる　［人］　春日傘のこと　[季]春

春マフラー　はるまふらー　［人］　春なお寒さを凌ぐ目的として婦人が用いる肩掛　[季]春

[1]**春一**　はるいち　［天］　春になって初めて吹く強い南風のこと　[季]春

春一番　はるいちばん　［天］　春になって初めて吹く強い南風のこと　[季]春

[2]**春二番**　はるにばん　［天］　春一番の次に吹く強い南風　[季]春

[3]**春三日月**　はるみかづき　［天］　舟の形のような春の夜の三日月　[季]春

春三番　はるさんばん　［天］　春二番の次に吹く強い南風　[季]春

春夕　はるゆうべ, しゅんせき　［時］　春のおだやかな夕暮れどきのこと　[季]春

春夕べ　はるゆうべ　［時］　春のおだやかな夕暮れどきのこと　[季]春

春夕立　はるゆうだち　［天］　春驟雨に同じ　[季]春

春夕映　はるゆうばえ　［天］　春の穏やかな夕焼け。柔らかな風情　[季]春

春夕焼　はるゆうやけ　［天］　春の夕焼けのこと　[季]春

春大根　はるだいこん　［植］　冬に収穫せず、三、四月の薹が立つ頃収穫する大根　[季]春

春子　はるこ　［植］　春椎茸の別称　[季]春

春小袖　はるこそで　［人］　正月に着る新しい晴着　[季]新年

春山　はるやま　［地］　春、草木が萌え出て活気を感じさせる山のこと　[季]春

春川　はるかわ　［地］　春の雪融けで水かさを増した川のこと　[季]春

[4]**春分**　しゅんぶん　［時］　二十四節気の一つ。陽暦三月二十日、二十一日頃。昼夜の長さが等しくなる　[季]春

春分の日　しゅんぶんのひ　［人］　三月二十日、二十一日頃で、国民の祝日の一つ。彼岸の中日でもあり、また一般には昼と夜の長さが同じになる日として知られる　[季]春

春天　しゅんてん　［天］　穏やかな春の天候のこと　[季]春

春夫忌　はるおき　［宗］　五月六日、大正・昭和期の小説家佐藤春夫の忌日　[季]夏

春心　はるごころ　［人］　春ののどかな心持ち　[季]春

春手套　はるしゅとう　［人］　レースやナイロンでできた春用の手袋　[季]春

春手袋　はるてぶくろ　［人］　レースやナイロンでできた春用の手袋　[季]春

春支度　はるじたく　［人］　新年を迎えるため、年末に様々な準備をすること。陰暦では正月は春なのでこういった　[季]冬

春日　しゅんじつ　［天］　春の太陽、または春の一日　[季]春

春日　はるび　［時］　春の太陽、または春の一日　[季]春

春日の万灯　かすがのまんとう　［宗］　節分と中元の夜、奈良・春日神社境内の石灯籠に一斉に灯がともされる行事　[季]冬

春日万灯籠　かすがまんとうろう　［宗］　節分と中元の夜、奈良・春日神社境内の石灯籠に一斉に灯がともされる行事　[季]冬

春日向　はるひなた　［時］　春の日にあたるところ　[季]春

春日和　はるびより　［天］　よく晴れた見晴らしのよい春の天気のこと　[季]春

春日若宮御祭　かすがわかみやおんまつり　［宗］　十二月十五日から十八日まで、奈良・若宮神社で行われる祭礼　[季]冬

春日祭　かすがまつり　［宗］　昔、行なわれた祭り　[季]冬

春日祭　かすがまつり　［宗］　三月十三日、奈良市・春日大社で行われる例祭。昔は陰暦二月と十一月の上申に行なわれた　[季]春

春日脚　はるひあし　［天］　春の日脚　[季]春

春日傘　はるひがさ　［人］　春の日焼けを防ぐための日傘　[季]春

春日御田植祭　かすがのおたうえまつり　［宗］　春日大社での豊作を予祝する田遊び行事。昔は正月二の申の日に行われたが、現在は三月十五日に行われる　[季]新年

春日遅々　しゅんじつちち　［時］　春の日暮れが遅いこと。日永と同じことを視点を裏返していう　[季]春

春日影　はるひかげ　［天］　春の日の光。日陰のことではない　[季]春

春日輪　はるにちりん　［天］　春の日輪　[季]春

春月　しゅんげつ　［天］　ほのぼのとした春の月のこと　[季]春

春月夜　はるづきよ　［天］　春の月が出ている夜　[季]春

春水　しゅんすい　［地］　春になり雪融けなどで水かさを増した川や池の水のこと　[季]春

春火桶　はるひおけ　［人］　春になっても残る寒さに、時には手をかざして暖をとる名残りの火鉢　[季]春

春火鉢　はるひばち　［人］　春になっても残る寒さに、時には手をかざして暖をとる名残りの火鉢　[季]春

9画（春）

⁵春仕入　はるしいれ　［人］　新春の売り出し
のために、商品を仕入れに出向くこと
㉄冬

春仕込　はるじこみ　［人］　新春の売り出し
のために、商品を仕入れに出向くこと
㉄冬

春出水　はるでみず　［地］　山々の雪が一時
に解け出し、河川が水かさを増してあふれ
ること　㉄春

春北斗　はるほくと　［天］　春の夜に見える
北斗七星のこと　㉄春

春北風　はるきた, はるきたかぜ, はるならい
［天］　春寒の北西風　㉄春

春四番　はるよんばん　［天］　春三番の次に
吹く強い南風　㉄春

春外套　はるがいとう　［人］　春になって着
替える外套　㉄春

春正月　しゅんしょうがつ　［時］　一年の最
初の月。陰暦では陽春の始めもさす　㉄
新年

春永　はるなが　［時］　元来は春を祝う言葉
だが、正月を祝う意味に転化した　㉄新年

春田　はるた　［地］　苗を植える前の頃の田
㉄春

春田打　はるたうち　［人］　正月の田遊の別
称　㉄新年

春田打　はるたうち　［人］　春の田打のこと
㉄春

春立つ　はるたつ　［時］　立春を迎えたこと
㉄春

⁶春休　はるやすみ　［人］　前の学期が終わ
り、新学年の始まるまでの春の休暇　㉄春

春光　しゅんこう　［天］　春の景色のこと。
明るい様子を思わせる　㉄春

春尽　しゅんじん　［時］　去っていく春。春
を惜しむ気持ちがこもる　㉄春

春尽く　はるつく　［時］　去っていく春。春
を惜しむ気持ちがこもる　㉄春

春早し　はるはやし　［時］　立春後の二月中
のぐらいの時候。厳しい寒さと春の気配の
交じった感じ　㉄春

春江　しゅんこう　［地］　春の雪融けで水か
さを増した川のこと　㉄春

春灯　しゅんとう, はるともし　［人］　春の
夜の灯火。朧げ女性的な感じ　㉄春

春百合　はるゆり　［植］　貝母の別称　㉄春

春色　しゅんしょく　［天］　春の景色のこ
と。明るい様子を思わせる　㉄春

春行く　はるゆく　［時］　去っていく春。春
を惜しむ気持ちがこもる　㉄春

春衣　はるぎ　［人］　春になって身にまとう
着物　㉄新年

春衣　はるごろも, はるい　［人］　春になっ
て身にまとう着物　㉄春

⁷春更く　はるふく　［時］　春の盛りが過ぎた
頃　㉄春

春初　はるはじめ　［時］　初春（しょしゅ
ん）のこと。または陰暦一月のこと　㉄春

春告草　はるつげぐさ　［植］　梅の別称
㉄春

春告魚　にしん　［動］　イワシ科に属する寒
海魚で、四、五月頃、産卵のため南下して
くる　㉄春

春告鳥　はるつげどり　［動］　鴬の別称
㉄春

春吹雪　はるふぶき　［天］　春先におこる吹
雪　㉄春

春志　はるざし　［宗］　陰暦三月二十三日、
大原神社の例祭に参詣すること　㉄夏

春来る　はるくる　［時］　立春を迎えたこと
㉄春

春社　しゅんしゃ　［時］　春の社日のこと
㉄春

春花　はるばな　［植］　桜の花のこと　㉄春

春芝居　はるしばい　［人］　元日から上演さ
れる正月の歌舞伎興行　㉄新年

春近し　はるちかし　［時］　晩冬に春の訪れ
を待ち焦がれること　㉄冬

⁸春夜　しゅんや　［時］　春の夜のこと　㉄春

春季皇霊祭　しゅんきこうれいさい　［人］
春分の日に、天皇が宮中皇霊殿で歴代の天
皇・后妃・皇親の霊を祭る行事　㉄春

春季闘争　しゅんきとうそう　［人］　春闘の
正式名称　㉄春

春孟　しゅんもう　［時］　一年の最初の月。
陰暦では陽春の始めもさす　㉄新年

春服　しゅんぷく　［人］　春の服のこと
㉄春

春服　しゅんぷく　［人］　正月に着る新しい
晴着　㉄新年

春林　しゅんりん　［植］　春の林の総称
㉄春

俳句季語よみかた辞典　253

9画（春）

春泥　しゅんでい　［地］　春のぬかるみのこと　㋥春

春炉　はるろ　［人］　冬ほどではないが、春になってもまだ焚き継ぐ、ほんのりと火気を漂わせた名残りの炉　㋥春

春祈禱　はるぎとう　［人］　権現舞の獅子が正月に家々を巡回すること　㋥新年

春空　はるぞら　［天］　穏やかな春の天候のこと　㋥春

春突風　はるとっぷう　［天］　春に吹き荒れる強風のこと　㋥春

春苑　しゅんえん　［地］　春の華やかな庭園、公園のこと　㋥春

春茅　はるがや　［植］　イネ科の多年草で、四、五月頃、緑褐色の穂を出す　㋥春、夏

春雨　はるさめ　［天］　春に静かにしとしと降る雨の総称　㋥春

春雨傘　はるさめがさ　［天］　春雨にさす傘　㋥春

⁹春信　しゅんしん　［時］　早咲きの梅など、春の近いのを知らせるもの　㋥冬

春咲きサフラン　はるざきさふらん　［植］　クロッカスの春咲き種のこと　㋥春

春昼　しゅんちゅう　［時］　春の日中昼間のことで、長閑な柔らかい感覚がある　㋥春

春待つ　はるまつ　［時］　冬の盛りに、春の到来を心待ちにすること　㋥冬

春待月　はるまちづき　［時］　陰暦十二月の別称　㋥冬

春恨　しゅんこん　［人］　そこはかとない、春の憂いや物思いのこと　㋥春

春思　しゅんし　［人］　そこはかとない、春の憂いや物思いのこと　㋥春

春星　しゅんせい　［天］　春の夜、おぼろに見える星　㋥春

春星忌　しゅんせいき　［宗］　陰暦十二月二十五日、江戸時代中期の俳人与謝蕪村の忌日　㋥冬

春柳　はるやなぎ　［植］　新緑の美しい春の柳　㋥春

春浅し　はるあさし　［時］　早春と同じだが、割合新しい感覚の言い回し　㋥春

春炬燵　はるごたつ　［人］　春めいてきても、また寒さが残り、しまいかねている名残りの炬燵　㋥春

春紅葉　はるもみじ　［時］　春に葉が色づい

ている様子　㋥春

春茜　はるあかね　［天］　春の穏やかな夕焼け。柔らかな風情　㋥春

春荒　はるあれ　［天］　春に吹き荒れる強風のこと　㋥春

春草　しゅんそう　［植］　春に萌え出た草　㋥春

春茱萸　はるぐみ　［植］　苗代茱萸の別称。初夏に実が熟し食用となる　㋥春

春郊　しゅんこう　［地］　草木が萌え出づる頃の早春の野のこと　㋥春

春風　はるかぜ, しゅんぷう　［天］　春に吹く、あたたかくやわらかな風の総称　㋥春

春風近し　はるかぜちかし　［時］　晩冬に春の訪れを待ち焦がれること　㋥冬

春首　しゅんしゅ　［時］　一年の最初の月。陰暦では陽春の始めもさす　㋥新年

¹⁰春埃　はるぼこり　［天］　春になり、乾いた地面から風で舞い上がった砂ぼこりのこと　㋥春

春宮　しゅんきゅう　［人］　東宮のこと、もしくは春の神の宮殿のこと　㋥春

春宵　しゅんしょう　［時］　春の夕暮れ後、間もない頃のこと　㋥春

春容　しゅんよう　［天］　春の景色のこと。明るい様子を思わせる　㋥春

春時雨　はるしぐれ　［天］　春のにわか雨のこと。単なる時雨は冬の季語　㋥春

春烈風　はるれっぷう　［天］　春に吹き荒れる強風のこと　㋥春

春疾風　はるはやて　［天］　春に吹き荒れる強風のこと　㋥春

春眠　しゅんみん　［人］　春、睡魔に襲われて眠りこけること　㋥春

春眠し　はるねむし　［人］　春、睡魔に襲われて眠りこけること　㋥春

春筍　しゅんじゅん　［植］　冬から春にかけて出る筍　㋥春

春耕　しゅんこう　［人］　春、田畑の土を鋤き返して柔らかくすること　㋥春

春蚊　はるか　［動］　冬を越した成虫が春になって出て来たもの　㋥春

春蚕　はるご　［動］　春に飼われる蚕　㋥春

春除目　はるのじもく　［人］　平安時代、正月十一日から十三日まで、地方の国司を任命した宮中儀式　㋥新年

9画（春）

[11]春動く　はるうごく　［時］　気候が春らしく
　　なる兆候が現れること　�春

春情　しゅんじょう　［人］　春ののどかな心
　　持ち　�春

春惜しみ月　はるおしみづき　［時］　陰暦三
　　月の別称　�春

春惜しむ　はるおしむ　［時］　春の過ぎ去る
　　のを惜しむさま　�春

春惜月　はるおしみづき　［時］　陰暦三月の
　　別称　�春

春挽糸　はるひきいと　［人］　春蚕の新繭が
　　出回るまで、前年の繭を利用して製糸を
　　行ったこと　�春

春望　しゅんぼう　［天］　春の景色のこと。
　　明るい様子を思わせる　�春

春深し　はるふかし　［時］　春の盛りが過ぎ
　　た頃　�春

春深む　はるふかむ　［時］　春の盛りが過ぎ
　　た頃　�春

春淡し　はるあわし　［時］　立春後の二月中
　　のぐらいの時候。厳しい寒さと春の気配の
　　交じった感じ　�春

春祭　はるまつり　［宗］　春季に行なわれる
　　祭礼の総称　�春

春終る　はるおわる　［時］　春の終わりをさ
　　し、陽暦四月下旬頃　�春

春菊　しゅんぎく　［植］　キク科の一、二年
　　草で独特の香気をもつ。春先の若葉をお浸
　　しや和え物、鍋物にする　�春

春菜　はるな　［植］　春の菜類の総称　�春

春袷　はるあわせ　［人］　春光うららかに
　　なってから着るあわせ　�春

春袋　はるぶくろ　［人］　初春に児女が縫い
　　作る袋。張る袋に掛けて、多くの幸いを
　　いっぱい取り入れるための祝いの袋　�
　　新年

春野　はるの　［地］　草木が萌え出づる頃の
　　早春の野のこと　�春

春陰　しゅんいん　［天］　春の曇りがちな気
　　候　�春

春雪　しゅんせつ　［天］　春になってから降
　　る雪の総称　�春

春黄金花　はるこがねばな　［植］　山茱萸の
　　花の別称　�春

[12]春場所　はるばしょ　［人］　三月に大阪で行
　　なわれる大相撲興行　�春

春寒　はるさむ, しゅんかん　［時］　余寒に
　　同じ。立春以降に残る寒さ　�春

春寒し　はるさむし　［時］　余寒に同じ。立
　　春以降に残る寒さ　�春

春嵐　はるあらし　［天］　春に吹き荒れる強
　　風のこと　�春

春帽子　はるぼうし　［人］　春にかぶる帽子
　　�春

春愉し　はるたのし　［人］　春の遊楽に心が
　　浮き立つさま　�春

春暁　しゅんぎょう　［時］　春の夜明け頃、
　　朝ぼらけの時間　�春

春景　しゅんけい　［天］　春の景色のこと。
　　明るい様子を思わせる　�春

春景色　はるげしき　［天］　春の景色のこ
　　と。明るい様子を思わせる　�春

春暑し　はるあつし　［時］　仲春から晩春に
　　かけ汗ばむほど暑くなること　�春

春期闘争　しゅんきとうそう　［人］　春闘の
　　正式名称　�春

春朝　しゅんちょう　［時］　春の日の朝のこ
　　と。冬から解放された気持ちの良さがこめ
　　られる　�春

春椎茸　はるしいたけ　［植］　春にとれた椎
　　茸を特にこう呼ぶ　�春

春満月　はるまんげつ　［天］　春の月が出て
　　いる夜　�春

春着　はるぎ　［人］　正月に着る新しい晴着
　　�新年

春着縫う　はるぎぬう　［人］　新年に着る着
　　物を縫っておくこと　�冬

春着縫ふ　はるぎぬう　［人］　新年に着る着
　　物を縫っておくこと　�冬

春筍　はるたけのこ, しゅんじゅん　［植］
　　冬から春にかけて出る筍　�春

春落葉　はるおちば　［植］　常緑樹が新芽の
　　出る春に落とす古い葉のこと　�春

春装　しゅんそう　［人］　春に着る洋服
　　�春

春遅々　はるちち　［時］　立春以後も暖かく
　　ならないことの、春の到来が待ち遠しい気
　　持ちをこめた言い方　�春

春遅し　はるおそし　［時］　立春以後も暖か
　　くならないことの、春の到来が待ち遠しい
　　気持ちをこめた言い方　�春

春遊　はるあそび, しゅんゆう　［人］　春の

俳句季語よみかた辞典　255

野に出て、花をつんだり草をとったり食事をしたりして楽しむこと [季]春

春陽 しゅんよう ［時］ 春の太陽 [季]春

春雲 しゅんうん, はるぐも ［天］ ふんわり淡い春の雲のこと [季]春

13 **春園** しゅんえん ［地］ 春の華やかな庭園、公園のこと [季]春

春意 しゅんい ［人］ 春ののどかな心持ち [季]春

春愁 しゅんしゅう, はるうれい ［人］ そこはかとない、春の憂いや物思いのこと [季]春

春愁う はるうれう ［人］ そこはかとない、春の憂いや物思いのこと [季]春

春愁ふ はるうれう ［人］ そこはかとない、春の憂いや物思いのこと [季]春

春暖 しゅんだん ［時］ 春の気候や温度が心地よいこと [季]春

春暖炉 はるだんろ ［人］ 冬ほどではないが、ほんのりと火気のある名残りの暖炉 [季]春

春煖炉 はるだんろ ［人］ 冬ほどではないが、ほんのりと火気のある名残りの暖炉 [季]春

春睡 しゅんすい ［人］ 春、睡魔に襲われて眠りこけること [季]春

春禽 しゅんきん ［動］ 繁殖期になり、一年中で最も活気づく春の鳥のこと [季]春

春遠からじ はるとおからじ ［時］ 晩冬に春の訪れを待ち焦がれること [季]冬

春遠し はるとおし ［時］ 晩冬に春の訪れを待ち焦がれること [季]冬

春雷 しゅんらい ［天］ 春に鳴る雷のこと。単なる雷は夏の季語 [季]春

14 **春塵** しゅんじん ［天］ 春になり、乾いた地面から風で舞い上がった砂ぼこりのこと [季]春

春暮 はるくれ ［時］ 春の夕暮れどきのこと、または春の終わりの意味もある [季]春

春蓼 はるたで ［植］ タデ科の一年草。四月ごろ小さな白い花をつける [季]春

春障子 はるしょうじ ［人］ 明るい春の日ざしをいっぱいにうけた障子 [季]春

15 **春嬉** しゅんき ［人］ 春の遊楽に心が浮き立つさま [季]春

春潮 しゅんちょう ［地］ 春、暖かく感じられる海の潮 [季]春

春盤 しゅんばん ［人］ 昔、立春に送ったとされるもので生菜などをのせた盤 [季]新年

春窮 しゅんきゅう ［人］ 四月から五月にかけての春の端境期のこと。食料が不足しがちで窮乏した [季]春

春駒 はるこま ［人］ 正月、家々を廻り、馬の首形をかざしつつ歌い舞う門付け芸の一つ [季]新年

春駒 はるごま ［動］ 春の暖かな日差しの下の馬のこと [季]春

春駒万歳 はるこままんざい ［人］ 正月、家々を廻り、馬の首形をかざしつつ歌い舞う門付け芸の一つ [季]新年

春駒踊 はるこまおどり ［人］ 正月、家々を廻り、馬の首形をかざしつつ歌い舞う門付け芸の一つ [季]新年

春駒舞 はるこままい ［人］ 正月、家々を廻り、馬の首形をかざしつつ歌い舞う門付け芸の一つ [季]新年

16 **春興** しゅんきょう ［人］ 春の遊楽、興趣のこと [季]春

春薄暮 はるうすぐれ, はるはくぼ ［時］ 春のおだやかな夕暮れどきのこと。落日後の薄明を思わせる [季]春

春融 しゅんゆう ［人］ 春ののどかな心持ち [季]春

春隣 はるとなり ［時］ 晩冬に春の訪れを待ち焦がれること [季]冬

春隣る はるとなる ［時］ 晩冬に春の訪れを待ち焦がれること [季]冬

春霖 しゅんりん ［天］ 春の長雨のこと [季]春

春霖雨 はるりんう ［天］ 春の長雨のこと [季]春

春霙 はるみぞれ ［天］ 春に降る霙のこと [季]春

春鮒釣 はるぶなつり ［人］ 春に行なう鮒釣りのこと [季]春

春龍胆 はるりんどう ［植］ リンドウ科の多年草で、四月頃、茎の上端に淡い青紫色の花をつける [季]春, 夏

17 **春嶺** しゅんれい ［地］ 春、草木が萌え出て活気を感じさせる山のこと [季]春

春曙 はるあけぼの, しゅんしょ ［時］ 春の夜明け頃、朝ぼらけの時間 [季]春

春濤　しゅんとう　［地］　春の岸に寄せる穏やかな波　[季]春

春鍬　はるくわ　［人］　正月の田遊の別称　[季]新年

春闇　はるやみ　［天］　月のない春の夜の暗さのこと　[季]春

春闌　はるたけなわ, はるたく　［時］　春の盛りが過ぎた頃　[季]春

春闌く　はるたく　［時］　春の盛りが過ぎた頃　[季]春

春霞　はるがすみ　［天］　霞のこと　[季]春

春霜　しゅんそう, はるしも　［天］　春におりる霜のこと　[季]春

18**春蟬　はるぜみ, しゅんせん**　［動］　蟬の一種。四月下旬ごろから鳴き出す　[季]春

春闘　しゅんとう　［人］　春に一斉に行われる労働組合の賃金引上げの要求闘争　[季]春

19**春蘭　しゅんらん**　［植］　ラン科の常緑多年草。早春、白く紅紫色の斑点のある美しい花をつける　[季]春

20**春霰　しゅんさん**　［天］　春に降る霰のこと　[季]春

21**春飈　しゅんひょう, はるはやて**　［天］　春に吹き荒れる強風のこと　[季]春

春鰯　はるいわし　［動］　鰯と言えば秋の魚だが、日本海沿岸の鰯漁は春なのでこの季語がある　[季]春

春鶯囀　しゅんおうてん　［人］　正月七日の白馬節会で奏された雅楽　[季]新年

23**春鱚釣　はるきすつり**　［人］　春に行なう鱚釣り　[季]春

24**春驟雨　はるしゅうう**　［天］　春に降る、夕立のような激しい雨　[季]春

【昭】

7**昭君桜　しょうくんざくら**　［植］　桜の一種　[季]春

9**昭乗忌　しょうじょうき**　［宗］　陰暦九月十八日、江戸時代前期の学僧・画僧松花堂昭乗の忌日　[季]秋

【星】

へっつい星　へっついぼし　［天］　冠座の別称　[季]夏

0**星の入東風　ほしのいりごち**　［天］　陰暦十月中旬頃の北東風　[季]冬

星の手向　ほしのたむけ　［人］　七夕の別称　[季]秋

星の別れ　ほしのわかれ　［人］　七夕伝説の星合（ほしあい。七夕伝説）のこと　[季]秋

星の妻　ほしのつま　［人］　七夕伝説の織女。琴座の首星であるヴェガのこと　[季]秋

星の妹背　ほしのいもせ　［人］　七夕伝説の星合（ほしあい。七夕伝説）のこと　[季]秋

星の契　ほしのちぎり　［人］　七夕伝説の星合（ほしあい。七夕伝説）のこと　[季]秋

星の屋形　ほしのやかた　［人］　唐に行なわれた風俗で、錦の美しい色糸で巨大な楼殿をこしらえ、供え物をつらねて、牽牛・織女の二星をまつった　[季]秋

星の秋　ほしのあき　［人］　七夕の別称　[季]秋

星の恋　ほしのこい　［人］　七夕伝説の星合（ほしあい。七夕伝説）のこと　[季]秋

星の貸物　ほしのかしもの　［人］　棚機女の織る布の材料の糸が足りないとか、織り上げる布の量が不足であることを嘆くであろうと、七夕に小袖などを軒先につるす風俗　[季]秋

星の歌　ほしのうた　［人］　七夕星にたむけた詩歌　[季]秋

星の閨　ほしのねや　［人］　七夕伝説の星合（ほしあい。七夕伝説）のこと　[季]秋

星の橋　ほしのはし　［人］　牽牛と織女が相会するとき、カササギが天の川をうずめて橋を成し、織女を渡すという中国の古伝説　[季]秋

星の薫　ほしのかおり　［宗］　七夕の夜、終夜香をたいて星をまつること　[季]秋

星の薫物　ほしのたきもの　［人］　七夕の夜、終夜香をたいて星をまつること　[季]秋

星を唱ふ　ほしをとなう　［宗］　元日の四方拝で、天皇がその年に当たる属星を拝し唱える　[季]新年

2**星七草　ほしななくさ**　［人］　七夕の別称　[季]秋

4**星今宵　ほしこよい**　［人］　七夕の別称　[季]秋

星仏　ほしぼとけ　［宗］　元日の四方拝で、九曜星をあがめるために、その形を彫刻したもの　[季]新年

星仏売　ほしぼとけうり　［宗］　七曜の星を仏像の姿に刻んだものを売る人　[季]冬

9画（昴, 栄, 架, 柿）

星月夜　ほしづきよ　［天］　星明かりの秋の
夜　㋑秋

[6]星合　ほしあい　［人］　陰暦七月七日（七
夕）の夜に、天の川で隔てられた牽牛星と
織女星が一年に一度だけ相会するという伝
説。古来日本では七夕祭の織り姫と彦星と
して伝承されてきた　㋑秋

星合の空　ほしあいのそら　［人］　七夕伝説
の星合（ほしあい。七夕伝説）のこと　㋑秋

星合の浜　ほしあいのはま　［人］　七夕伝説
の天の川に現実の海浜を見立てたもの
㋑秋

星羽白　ほしはじろ　［動］　海鴨の一種
㋑冬

[7]星冴ゆる　ほしさゆる　［時］　寒気に冴えわ
たって見える冬の星　㋑冬

星見草　ほしみぐさ　［植］　菊の別称。菊は
秋の季語　㋑秋

星走る　ほしはしる　［天］　流星が光を発し
て飛ぶこと　㋑秋

星迎　ほしむかえ　［人］　七夕伝説の星合
（ほしあい。七夕伝説）のこと　㋑秋

[8]星明り　ほしあかり　［天］　星明かりの秋の
夜　㋑秋

星河　せいが　［天］　天の川の別称　㋑秋

[9]星祝　ほしいわい　［人］　七夕祭の別称
㋑秋

星草　ほしくさ　［植］　ホシクサ科の一年草
で、秋に何本もつく灰色の花序が、点在す
る星のように見えることからの名　㋑秋

星飛ぶ　ほしとぶ　［天］　流星が光を発して
飛ぶこと　㋑秋

[10]星宮祭　ほしみやまつり　［人］　昔、行なわ
れた祭り　㋑秋

星宮祭　ほしのみやまつり　［宗］　福岡・大
島の星宮の七夕祭　㋑秋

星流る　ほしながる　［天］　流星が光を発し
て飛ぶこと　㋑秋

星逢ふ夜　ほしあうよ　［人］　七夕伝説の星
合（ほしあい。七夕伝説）のこと　㋑秋

[11]星涼し　ほしすずし　［天］　夏の夜の星々の
こと　㋑夏

星祭　ほしまつり　［人］　七夕祭の別称
㋑秋

星祭る　ほしまつる　［人］　七夕祭の別称
㋑秋

[13]星新し　ほしあたらし　［天］　新年になって
初めて見る星　㋑新年

[14]星踊　ほしおどり　［人］　盆踊の一つ　㋑秋

[15]星鴉　ほしがらす　［動］　燕雀目の高山鳥。
黒い尾羽の地色に白斑が密布していること
を星に見立てた名　㋑夏

[17]星鮫　ほしざめ　［動］　鮫の一種　㋑冬

[20]星朧　ほしおぼろ　［天］　春の夜、おぼろに
見える星　㋑春

星朧ろ　ほしおぼろ　［天］　春の夜、おぼろ
に見える星　㋑春

【昴】

[11]昴宿　ぼうしゅく　［天］　昴の中国名。昴は
一月下旬南中することから冬の季語とされ
る　㋑冬

【栄】

[6]栄西忌　えいさいき　［宗］　陰暦七月五日、
鎌倉時代の日本臨済宗の宗祖栄西の忌日
㋑夏

[17]栄螺　さざえ　［動］　リュウテン科の巻貝。
壺焼などにして美味　㋑春

栄螺の壺焼　さざえのつぼやき　［人］　栄螺
に調味料を加えて、殻ごと直接火にかけて
焼いたもの　㋑春

栄螺子　さざえ　［動］　リュウテン科の巻
貝。壺焼などにして美味　㋑春

【架】

[14]架稲　かけいね　［人］　秋、稲扱きができる
ように干してある刈り取った稲　㋑秋

【柿】

うみ柿　うみがき　［植］　晩秋、完熟して、
内部が透きとおるようになった柿の実
㋑秋

きざ柿　きざがき　［植］　甘柿の別称　㋑秋

ころ柿　ころがき　［人］　干柿の別称　㋑秋

さる柿　さるがき　［植］　信濃柿の別称
㋑秋

のし柿　のしがき　［人］　求肥の中に柿を練
りこんだ菓子　㋑秋

まめ柿　まめがき　［植］　信濃柿の別称
㋑秋

柿　かき　［植］　晩秋の果物で、完熟すると

鮮紅色となり、その情景は田舎の秋の風物詩である [季]秋

[0]**柿すだれ　かきすだれ**［人］軒下に吊し柿がすだれのように並んでいるさま [季]秋

柿なます　かきなます［植］柿を用いた秋の味覚 [季]秋

柿の花　かきのはな［植］カキノキ科の落葉高木。初夏、黄色っぽい壺形の小花をつける [季]夏

柿の店　かきのみせ［植］柿を売る店。柿は晩秋の季語 [季]秋

柿の芽　かきのめ［植］春の木の芽の一種 [季]春

柿の秋　かきのあき［植］柿の実が赤く熟れた美しい秋のこと [季]秋

柿の蔕落　かきのほぞおち［植］晩秋、柿の実がよく熟して自然に落ちること [季]秋

柿の薹　かきのとう［植］柿の花のこと [季]夏

[3]**柿干す　かきほす**［人］秋、渋柿を干して干柿を作ること [季]秋

[6]**柿吊す　かきつるす**［人］秋、渋柿を干して干柿を作ること [季]秋

柿羊羹　かきようかん［人］柿を加えて練った羊羹 [季]秋

[8]**柿若葉　かきわかば**［植］初夏の柿の木のみずみずしい若葉のこと [季]夏

[9]**柿紅葉　かきもみじ**［植］晩秋、柿の葉が紅葉したもの。朱色・紅色・黄色の入り混じった独特の美しい色を織りなす [季]秋

[11]**柿渋　かきしぶ**［人］柿からでる渋。渋取は秋の農作業の一つ [季]秋

柿祭　かきまつり［宗］陰暦九月十五日、大阪市・四天王寺にある六時堂で修せられる会式 [季]秋

[12]**柿落葉　かきおちば**［植］初冬に散る紅葉した柿の葉 [季]冬

[13]**柿搗歌　かきつきうた**［人］渋取のときに歌う歌。渋取は秋の農作業の一つ [季]秋

[14]**柿餅　かきもち**［人］糯米の粉に熟し柿などをつきまぜて蒸したもの [季]秋

[16]**柿鮓　こけらずし**［人］鮓の一種 [季]夏

【柑】

[3]**柑子　こうじ**［植］柑子の果実で、ミカンよりやや小型。熟すると黄色くなり酸味が強い。晩秋に出回る [季]新年, 秋

柑子の花　こうじのはな［植］日本在来の蜜柑の花のこと。夏、白色の小花が咲く [季]夏

柑子飾る　こうじかざる［人］正月に橙の代わりに柑子を注連縄・蓬莱などに添えて飾ること [季]新年

柑子蜜柑　こうじみかん［植］柑子の果実で、ミカンよりやや小型。熟すると黄色くなり酸味が強い。晩秋に出回る [季]秋

[16]**柑橘類の実　かんきつるいのみ**［植］冬に食用とされる柑橘類の実 [季]冬

[18]**柑類の花　こうるいのはな**［植］柑橘類の花全般を指す。いずれの種も夏、白色五弁の芳香のある花が咲く [季]夏

【枯】

[0]**枯かずら　かれかずら**［植］蔓植物がそのまま枯れついているさま [季]冬

枯はちす　かれはちす［植］枯蓮（かれはす）に同じ [季]冬

枯るる　かるる［植］冬、草木が枯れること [季]冬

枯れたつ柳　かれたつやなぎ［植］冬、葉がすべて散ってしまった柳 [季]冬

[3]**枯山　かれやま**［地］冬の枯れた山 [季]冬

枯山吹　かれやまぶき［植］枝は緑色だが葉が落ち尽くした冬枯れの山吹 [季]冬

[4]**枯木　かれき, こぼく**［植］冬に葉がすべて落ちて枯れた木 [季]冬

枯木立　かれこだち［植］枯木の群立しているもの [季]冬

枯木卸　かれきおろし［人］植林した杉や檜がある程度生長した頃、冬に下枝を切り落とす作業を行うこと [季]冬

枯木卸し　かれきおろし［人］植林した杉や檜がある程度生長した頃、冬に下枝を切り落とす作業を行うこと [季]冬

枯木星　かれきぼし［植］枯木の上にある星 [季]冬

枯木宿　かれきやど［植］枯木の中にある宿 [季]冬

枯木道　かれきみち［植］枯木の植わった道 [季]冬

[6]**枯芒　かれすすき**［植］枯尾花の別称 [季]冬

7枯尾花　かれおばな　[植]　冬、葉も穂も枯れる芒　[季]冬
枯忍　かれしのぶ　[植]　冬枯れた忍草のこと　[季]冬
枯芝　かれしば　[植]　冬、狐色に枯れた芝　[季]冬
枯芭蕉　かればしょう　[植]　冬、枯れ朽ちた芭蕉の姿　[季]冬
枯芙蓉　かれふよう　[植]　葉が落ちて、枝先に実だけがある冬枯れの芙蓉　[季]冬
8枯枝　かれえだ　[植]　枯れた木の枝　[季]冬
9枯柏　かれかしわ　[植]　冬柏の別称　[季]冬
枯柳　かれやなぎ　[植]　冬、葉がすべて散ってしまった柳　[季]冬
枯茨　かれいばら　[植]　冬、葉がすべて散ってしまった茨　[季]冬
枯草　かれくさ　[植]　冬、寒気や霜で枯れた草　[季]冬
枯草の露　かれくさのつゆ　[天]　晩秋の露の降りた枯れ草　[季]秋
10枯原　かれはら　[地]　草木の枯れはてて荒涼とした野原　[季]冬
枯庭　かれにわ　[地]　草木が枯れた冬の庭園　[季]冬
枯桑　かれくわ　[植]　冬、葉がすべて散ってしまった桑の木　[季]冬
枯桜　かれざくら　[植]　冬木の桜に同じ　[季]冬
枯残る菊　かれのこるきく　[植]　枯菊の別称　[季]冬
枯真菰　かれまこも　[植]　冬枯れた真菰のこと　[季]冬
枯葱　かれねぎ　[植]　枯れた葱　[季]冬
11枯葛　かれかずら　[植]　蔓植物がそのまま枯れついているさま　[季]冬
枯菊　かれぎく　[植]　冬、散ることもなく萎れてしまった菊の姿　[季]冬
枯野　かれの　[地]　草木の枯れはてて荒涼とした野原　[季]冬
枯野の色　かれののいろ　[地]　秋の末枯の野辺の姿　[季]秋
枯野の露　かれののつゆ　[天]　晩秋の露の降りた枯れ野　[季]秋
枯野人　かれのびと　[地]　枯野の中にぽつんといる人　[季]冬
枯野原　かれのはら　[地]　草木の枯れはてて荒涼とした野原　[季]冬
枯野宿　かれのやど　[地]　枯野の中にぽつんとある宿　[季]冬
枯野道　かれのみち　[地]　枯野の中を通る道　[季]冬
12枯歯朶　かれしだ　[植]　冬枯れた歯朶類のこと　[季]冬
枯葦　かれあし　[植]　冬、葉が枯れ落ちて茎だけが残る蘆　[季]冬
枯萱　かれかや　[植]　冬枯れた萱　[季]冬
枯萩　かれはぎ　[植]　葉がすべて枯れ落ち、実だけが落ち残る萩　[季]冬
枯葉　かれは　[植]　冬の草木の枯れた葉　[季]冬
枯葉蛾　かれはが　[動]　蛾の一種　[季]夏
枯葎　かれむぐら　[植]　冬枯れた葎のこと　[季]冬
枯葭　かれよし　[植]　枯れた葭　[季]冬
13枯園　かれその　[地]　草木が枯れた冬の庭園　[季]冬
枯蓮　かれはす　[植]　冬、池で枯れ朽ちた蓮の姿　[季]冬
14枯蔦　かれつた　[植]　冬、葉がすべて散ってしまった蔦　[季]冬
枯蔓　かれつる　[植]　蔓植物がそのまま枯れついているさま　[季]冬
16枯薄　かれすすき　[植]　枯尾花の別称　[季]冬
枯薊　かれあざみ　[植]　冬枯れた薊　[季]冬
枯龍胆　かれりんどう　[植]　冬枯れた龍胆　[季]冬
19枯蘆　かれあし　[植]　冬、葉が枯れ落ちて茎だけが残る蘆　[季]冬
枯蘆原　かれあしわら　[植]　枯蘆の生えた原っぱ　[季]冬
枯蟷螂　かれとうろう　[動]　保護色で枯葉色に変る雌の蟷螂　[季]冬
枯鶏頭　かれけいとう　[植]　冬枯れた鶏頭　[季]冬

【柴】

6柴灯焼　さいとうやき　[人]　寒灯焼の別称　[季]新年
10柴栗　しばぐり　[植]　野生の小さな栗　[季]秋
12柴焚　しばたき　[人]　柴でおこす焚火

9画〈染, 柱, 栂, 柘, 栃, 柏, 柊〉

⑤冬

¹⁴柴漬　ふしづけ　［人］　冬の寒い時期、束ね
　た柴を川や沼に置いておき、冷たい水を
　嫌ってその中に集まってくる魚を捕える漁
　法　⑤冬

【染】

⁴染井吉野　そめいよしの　［植］　桜の一種
　⑤春

⁷染卵　そめたまご　［宗］　復活の象徴とし
　て、復活祭の贈り物にする彩色をした卵
　⑤春

⁸染始　そめはじめ　［人］　新年になって初め
　て糸や布などを染める仕事始め　⑤新年

⁹染指草　そめゆびぐさ　［植］　鳳仙花の別称
　で、初秋さまざまな色の花をつける。女の
　子がその赤い花弁をこすりつけて爪を染め
　て遊んだことからの名　⑤秋

¹⁰染浴衣　そめゆかた　［人］　染めた浴衣
　⑤夏

¹¹染帷子　そめかたびら　［人］　染めた帷子
　⑤夏

¹⁸染織祭　せんしょくさい　［宗］　四月の始め
　に行なわれていた京都の染織関係者の行事
　⑤春

【柱】

⁸柱松明　はしらたいまつ　［宗］　三月十五
　日、京都市・清凉寺釈迦堂で行なわれる嵯
　峨の柱炬の別称　⑤春

¹⁴柱暦　はしらごよみ　［人］　柱などにはった
　り掛けたりして用いるその年の暦　⑤新年

　柱餅　はしらもち　［人］　餅つきのしまいの
　一うすを大黒柱に打ちつけておき、正月十
　五日の左義長のときにあぶって食べたとい
　う長崎の風俗　⑤冬

【栂】

⁷栂尾虫供養　とがのおのむしくよう, とがの
　おむしくよう　［宗］　陰暦十月十二日と十
　三日、京都・栂尾で行われていた虫供養の
　ための法要。現在は行われない　⑤冬

¹⁰栂桜　つがざくら　［植］　ツツジ科の常緑小
　低木。葉は栂に、花は桜に似る。七月頃、
　薄紅色の花をつける　⑤夏

【柘】

¹⁴柘榴　ざくろ　［植］　季語としては果実を指
　す。夏の真赤な花が散ると実がつき、秋、
　実は熟すると自然に裂ける。甘酸っぱい味
　がする　⑤秋

【栃】

⁰栃の花　とちのはな　［植］　トチノキ科の落
　葉高木。五月頃、白色に紅色がかった大き
　な直立している花を集めつける　⑤夏

　栃の実　とちのみ　［植］　ほぼ球形の実。晩
　秋、黄褐色に熟し斑点がある。苦みを除い
　て、橡餅、橡団子などに用いる　⑤秋

　栃の芽　とちのめ　［植］　春の木の芽の一種
　⑤春

【柏】

⁰柏の占　かしわのうら　［宗］　伊勢土貢島で
　行なわれた神事　⑤秋

　柏の枯葉　かしわのかれは　［植］　冬柏の別
　称　⑤冬

　柏の落葉　かしわのおちば　［植］　夏の新芽
　に先立ち、柏の古葉が落葉すること　⑤夏

　柏をきざむ盃　かしわをきざむさかずき
　　［人］　椒酒を入れる器　⑤新年

⁸柏若葉　かしわわかば　［植］　柏の若葉のこ
　と　⑤夏

¹¹柏黄葉　かしわもみじ　［植］　晩秋、柏の葉
　が黄葉したもの　⑤秋

¹²柏散る　かしわちる, かしわちる　［植］　夏
　の新芽に先立ち、柏の古葉が落葉すること
　⑤秋, 夏

　柏落葉　かしわおちば　［植］　夏の新芽に先
　立ち、柏の古葉が落葉すること　⑤夏

¹⁴柏餅　かしわもち　［人］　柏の葉で包んだ端
　午の節句の餅菓子　⑤夏

【柊】

⁰柊の花　ひいらぎのはな　［植］　初冬、葉の
　脇に集まって咲く柊の白い小花　⑤秋, 冬

⁷柊売　ひいらぎうり　［人］　節分の夜に掲げ
　る柊の枝を売りにくる人　⑤冬

¹⁰柊挿す　ひいらぎさす　［人］　節分の豆撒の
　夜、鰯の頭や豆殻を刺した柊の小枝を門口
　に掲げて鬼を払う風習　⑤冬

¹²柊落葉　ひいらぎおちば　［植］　初夏の新葉

俳句季語よみかた辞典　261

が茂る頃に、柊の古葉が落葉すること　(季)夏

【柄】

[8]**柄長**　えなが　［動］　シジュウカラ科の鳥で、尾羽が長い。夏が繁殖期　(季)夏

【柾】

[0]**柾の花**　まさきのはな　［植］　ニシキギ科の常緑低木で、夏のころ、緑白色の小さい四弁の花が咲く　(季)夏

柾の実　まさのみ　［植］　秋になると球形の実がなり、熟すると三つ四つに裂けてなかから黄赤色の種が現われる　(季)秋

柾の葛　まさきのかずら　［植］　定家葛の古称で、藤原定家が「色まさりゆく」と歌ったことから秋の季語になった　(季)秋

【柳】

柳　やなぎ　［植］　ヤナギ科の落葉高木。水湿の地を好み、古来、春の季語とされてきた　(季)春

[0]**柳のきぬ**　やなぎのきぬ　［人］　春衣のかさねの色目の一つ。表が白、裏は青　(季)春

柳の月　やなぎのつき　［植］　月夜の柳　(季)春

柳の糸　やなぎのいと　［植］　細長い柳の枝のこと　(季)春

柳の花　やなぎのはな　［植］　暗紫色の花　(季)春

柳の芽　やなぎのめ　［植］　春、柳が芽吹くこと　(季)春

柳の雨　やなぎのあめ　［植］　柳に降る雨　(季)春

柳の風　やなぎのかぜ　［植］　柳をゆらす風のこと　(季)春

柳の絮　やなぎのわた　［植］　春、柳が飛ばすの綿のような種　(季)春

柳の鬘　やなぎのかずら　［人］　昔、三月三日の節句に柳の枝を髪に飾って長寿を願ったこと　(季)春

柳むしがれい　やなぎむしがれい　［人］　春の鰈を塩水で蒸してから、陰干しにしたもの　(季)春

柳むしがれひ　やなぎむしがれい　［人］　春の鰈を塩水で蒸してから、陰干しにしたもの　(季)春

柳もろこ　やなぎもろこ　［動］　モロコの一種　(季)春

[3]**柳川水天宮祭**　やながわすいてんぐうまつり　［宗］　五月十三日から十五日まで、柳川市・端水天宮で行われる祭礼　(季)夏

柳川鍋　やながわなべ　［人］　開き泥鰌とささがき牛蒡とを卵とじにして煮たもの　(季)夏

[6]**柳灯籠**　やなぎとうろう, やなぎどうろう　［人］　灯籠の一種。柳の灯籠　(季)秋

柳虫　やなぎむし　［動］　鉄砲虫の別称　(季)夏

柳衣　やなぎごろも　［人］　春衣のかさねの色目の一つ。表が白、裏は青　(季)春

[8]**柳茂る**　やなぎしげる　［植］　緑濃くなっている夏の柳のこと　(季)夏

[9]**柳枯る**　やなぎかる　［植］　冬、柳の葉がすべて散ること　(季)冬

柳畑　やなぎばた　［植］　柳の生い茂るところ　(季)春

柳草　やなぎそう　［植］　柳蘭の別称　(季)夏

柳茸　やなぎたけ　［植］　茸の一種　(季)秋

柳重　やなぎがさね　［人］　春衣のかさねの色目の一つ。表が白、裏は青　(季)春

[10]**柳原**　やなぎわら　［植］　柳の生い茂る野原　(季)春

柳叟忌　りゅうそうき　［宗］　八月八日、昭和期の民俗学者柳田国男の忌日　(季)秋

[11]**柳掛くる**　やなぎかくる　［人］　初釜など正月の茶会の床飾り。青竹に柳を活けて長く垂らすもの　(季)新年

柳祭　やなぎまつり　［人］　昭和三十年代まで四月に行われた、東京銀座にある柳の街路樹にちなんだ商業祭　(季)春

柳陰　やなぎかげ　［植］　柳の木の下のかげ　(季)春

柳黄ばむ　やなぎきばむ　［植］　秋になって柳の細い葉が黄ばんでくること　(季)秋

[12]**柳散る**　やなぎちる　［植］　柳の細い葉が散ること。秋になって黄ばみはじめ、秋風とともに散る柳を見て、秋の深まりを実感する　(季)秋

柳絮　りゅうじょ　［植］　春、柳が飛ばすの綿のような種　(季)春

柳絮飛ぶ　りゅうじょとぶ　［植］　風に乗った柳絮がふわふわと舞うこと　(季)春

柳葉魚　やなぎもろこ　［動］　柳の葉のような形の体長十五センチほどの小魚で、冬の産卵期が美味　[季]春

柳葉魚　ししゃも　［動］　柳の葉のような形の体長十五センチほどの小魚で、冬の産卵期が美味　[季]冬

14**柳箸　やなぎばし**　［人］　正月の太箸の別称　[季]新年

柳蓼　やなぎたで　［植］　蓼の一種。蓼は夏の季語　[季]夏

15**柳影　やなぎかげ**　［植］　柳の木の下のかげ　[季]春

17**柳鮠　やなぎはえ**　［動］　春にとれる体形が柳の葉のような小型の鯎の通称　[季]春

19**柳蘭　やなぎらん**　［植］　アカバナ科の多年草。夏の終わりに紅紫色の美しい花が咲く　[季]夏

【柚】

0**柚の花　ゆのはな**　［植］　ミカン科の常緑木である柚子の花のこと。初夏、白いの小花をつける。実は秋の季語　[季]夏

3**柚子　ゆず**　［植］　柚子の果実のこと。黄色の果皮には光沢があり、香りが高い。晩秋出回り、調味料に用いられる　[季]秋

柚子の花　ゆずのはな　［植］　柚の花（ゆのはな）の別称。初夏、白いの小花をつける。実は秋の季語　[季]夏

柚子坊　ゆずぼう　［動］　揚羽蝶の幼虫。芋虫と呼ばれる　[季]秋

柚子味噌　ゆずみそ　［人］　柚味噌のこと。新柚子の出回る秋の季語　[季]秋

柚子風呂　ゆずぶろ　［宗］　冬至の日、柚子を浮かべた風呂に入浴する習慣。柚子湯のこと　[季]冬

柚子飾る　ゆずかざる　［人］　正月に橙の代わりに柚子を注連縄・蓬萊などに添えて飾ること　[季]新年

8**柚味噌　ゆみそ, ゆずみそ**　［人］　味噌、酒、砂糖と柚子の細切りを混ぜ合わせたもの。新柚子の出回る秋の季語　[季]秋

柚味噌釜　ゆみそがま　［人］　柚釜のこと。新柚子の出回る秋の季語　[季]秋

9**柚柑　ゆこう**　［植］　正月の注連飾りの中心に、橘の代わりにそえる柑橘類　[季]新年

柚柑飾る　ゆこうかざる　［人］　正月に橙の代わりに柚子や柑子を注連縄・蓬萊などに添えて飾ること　[季]新年

柚風呂　ゆぶろ　［人］　柚子風呂の別称　[季]冬

10**柚釜　ゆがま**　［人］　柚子の果肉をえぐり取って釜の形に似せ、中に果汁と味噌をつめて火にかけた食べ物。新柚子の出回る秋の季語　[季]秋

12**柚湯　ゆずゆ**　［人］　冬至の日、柚子を浮かべた風呂に入浴する習慣　[季]冬

14**柚餅子　ゆべし**　［人］　柚子から作った蒸し菓子の一種。新柚子の出回る秋の季語　[季]秋

18**柚醬　ゆびしお**　［人］　柚子の皮をよく煮て、味噌と砂糖と醬油を加えて醬にしたもの。新柚子の出回る秋の季語　[季]秋

【柯】

16**柯樹　かじゅ**　［植］　椎の別称　[季]夏

【枳】

11**枳殻　きこく**　［植］　カラタチの俗称　[季]春

枳殻の実　きこくのみ, からたちのみ　［植］　カラタチの実。花の後で球形の実を結び、晩秋に熟して黄色くなる。ただし食べられない　[季]秋

12**枳椇　けんぽなし**　［植］　山野に自生しているクロウメモドキ科の落葉高木の実。晩秋、熟して果実のついている花梗が太く甘くなるので、子どもがよく取って食べる。果実の方は食べられない　[季]秋

【枸】

7**枸杞　くこ**　［植］　ナス科の落葉低木で、通常、春に新芽を出し、夏開花し、秋に赤い実を結ぶ　[季]春

枸杞の実　くこのみ　［植］　薄紫色の小花をつけた後、楕円形の液果ができ枝から垂れ下がる。十月頃になると赤く熟する　[季]秋

枸杞の芽　くこのめ　［植］　春に出る、長楕円形の柔らかい新葉のこと　[季]春

枸杞子　くこし　［植］　枸杞の果実のこと。十月頃になると赤く熟する　[季]秋

枸杞茶　くこちゃ　［人］　枸杞の葉のお茶。薬効がある　[季]春

枸杞酒　くこしゅ　［植］　十月頃、赤く熟した枸杞の実を漬けた果実酒　[季]秋

枸杞飯　くこめし　［人］　枸杞の若葉を炊き

こんだ御飯 [季]春

枸杞摘む　くこつむ　［植］ 枸杞の芽を摘むこと [季]春

16**枸橘　からたち**　［植］ カラタチの実。花の後で球形の実を結び、晩秋に熟して黄色くなる。ただし食べられない [季]春

枸橘　くきつ　［植］ カラタチの実。花の後で球形の実を結び、晩秋に熟して黄色くなる。ただし食べられない [季]秋

枸橘の花　からたちのはな　［植］ 中国原産の落葉低木。晩春、甘い香りの白い花をつける [季]春

【柞】

柞　ははそ　［植］ 晩秋の紅葉が美しいため、単に柞というと紅葉との連想で秋の季語とされる [季]秋

0**柞の実　ははそのみ**　［植］ 小楢の実の別称。晩秋にお椀に入った堅い実が熟する [季]秋

9**柞紅葉　ははそもみじ**　［植］ 晩秋、柞の葉が紅葉したもの。山林中に最も普通に見られる紅葉の一つ [季]秋

12**柞森の居籠　ははそのもりのいごもり**　［宗］ 京都・祝園神社氏子の忌み籠りの神事 [季]新年

【枲】

枲　げ　［植］ カラムシの別称 [季]夏

【柃】

0**柃の花　ひさかきのはな**　［植］ ツバキ科の常緑低木。四月頃、茶の花に似た小さな白色の花が咲く [季]春

【毘】

7**毘沙門の使　びしゃもんのつかい**　［宗］ 愛宕の神事で、供を連れて口上を述べる使者 [季]新年

毘沙門功徳経　びしゃもんくどくきょう　［人］ 中世・近世陰陽師の徒が正月元日家々に、鞍馬山毘沙門天の紙符と若夷の札を持参し、偽経功徳経の経文を唱し京都の町なかを売り歩く祝福の芸能 [季]新年

【洩】

すが洩り　すがもり　［人］ 寒地で雪が氷結したものが、室内の暖房や寒気の緩みで融け、小さな隙間から屋内に流れこみ、壁や天井裏を伝って室内に洩れて染みをつくること [季]冬

ひま洩る風　ひまもるかぜ　［人］ 戸障子や壁の隙間から吹き込んでくる冬の寒い風のこと [季]冬

【海】

すさび海苔　すさびのり　［植］ 海苔の一種 [季]春

むかで海苔　むかでのり　［植］ 紅藻類ムカデノリ科の海藻で、海苔の材料に利用 [季]春

0**海の日　うみのひ**　［人］ 国民の祝日の一つ。従来「海の記念日」だったが、平成になって祝日となった。祝日ははじめ七月二十日だったが、後に七月の第三月曜日になった [季]夏

海の家　うみのいえ　［人］ サマーハウスの一種 [季]夏

海の記念日　うみのきねんび　［人］ 海の日の別称 [季]夏

3**海下　うみおり**　［人］ 磯開の別称 [季]春

海千鳥　うみちどり　［動］ 海にいる千鳥 [季]冬

海女　あま　［人］ 潜水して貝類、海藻類を採取する女性。春になるともう海にはいるので、季語としては春とされる [季]春

海女の小屋　あまのこや　［人］ 海女が暖をとったりする小屋。海女が春の季語なので、これも季節は春となる [季]春

海女の笛　あまのふえ　［人］ 海面に浮き上がった海女が口を細めて吐き出す息が、口笛となって響くこと。海女が春の季語なので、これも季節は春となる [季]春

4**海月　くらげ**　［動］ 腔腸動物の自由遊泳体。半透明で、食用になるものもある。夏、海水浴客が刺されたりもする [季]夏

海水浴　かいすいよく　［人］ 夏、海で泳ぐ行楽 [季]夏

海水馬　うみあめんぼ　［動］ 水馬の別称 [季]夏

海水帽　かいすいぼう　［人］ 水泳の時につける帽子 [季]夏

海水着　かいすいぎ　［人］ いわゆる水着のこと [季]夏

5海市　かいし　[天]　蜃気楼の別称　[季]春
海氷　かいひょう　[地]　厳冬期、北の海が一面に結氷した様子　[季]冬
6海州骨砕補　かいしゅうこつさいほ　[植]　忍の別称　[季]夏
海州常山　かいしゅうじょうざん　[植]　臭木の別称。初秋、枝先に白い小花が集まり咲く。花の後、晩秋には豌豆くらいの大きさの球果を結び、熟すると藍色になる　[季]秋
海老芋　えびいも　[植]　里芋の一種。形が蝦に似て、肉質は白く柔らかで甘味がある。冬が旬　[季]冬
海老根　えびね　[植]　ラン科の多年草。地下茎が太く、節が多いので、海老の背に似ていることからの名　[季]春
海老飾る　えびかざる　[人]　正月の飾り物に海老を添えること　[季]新年
海芋　かいう　[植]　南アフリカ原産の植物。初夏に純白の花をつける　[季]夏
7海折　かいせつ　[動]　海月の別称　[季]夏
8海参　いりこ　[動]　海鼠を干したもの　[季]冬
海岸日傘　かいがんひがさ　[人]　海岸で広げる日傘　[季]夏
海府海苔　かいふのり　[植]　岩海苔の一種で、佐渡の海府海岸で産する大きい海苔　[季]春
海松　みる　[植]　日本の中南部海岸に見られる緑色藻類。叉状に分かれ、濃緑色の房のようになる　[季]春, 夏
海松貝　みるがい　[動]　日本南部の浅海の泥中に棲むバカガイ科の二枚貝。冬が美味　[季]冬, 春
海松房　みるぶさ　[植]　海松の枝が房になっているもの　[季]春
海松食　みるくい　[動]　日本南部の浅海の泥中に棲むバカガイ科の二枚貝。冬が美味　[季]春
海松喰　みるくい　[動]　日本南部の浅海の泥中に棲むバカガイ科の二枚貝。冬が美味　[季]冬
海苔　のり　[植]　水中の岩石などに付いている苔のような海藻の総称。ただし一般には甘海苔をさす。早春、採取し加工する　[季]春
海苔の香　のりのか　[植]　海苔の香り　[季]春
海苔干す　のりほす　[人]　春、抄簀に流し込んだ海苔を乾燥させること　[季]春
海苔舟　のりぶね　[人]　春、海苔を採る舟　[季]春
海苔砧　のりきぬた　[人]　春、海苔をうつ砧　[季]春
海苔採る　のりとる　[人]　春、海苔を採ること　[季]春
海苔粗朶　のりそだ　[人]　春、海苔を養殖するためにたてるヒビのこと　[季]春
海苔搔　のりかき　[人]　春、海苔を採ること　[季]春
海苔搔き　のりかき　[人]　春、海苔を採ること　[季]春
海苔篊　のりひび　[人]　春、海苔を養殖するためにたてるヒビのこと　[季]春
海苔簀　のりす　[植]　春、乾海苔を製造するすだれ　[季]春
海苔籠　のりかご　[人]　春に採取した海苔を入れる籠　[季]春
海金砂　かいきんしゃ　[植]　蟹草の別称　[季]夏
9海南風　うみみなみ　[天]　夏の南よりの季節風　[季]夏
海施餓鬼　うみせがき　[宗]　海で水死した人を弔う施餓鬼　[季]秋
海秋沙　うみあいさ　[動]　アイサ類の鴨の一種　[季]冬
海紅　かいこう　[植]　海棠の別称　[季]春
海紅豆　かいこうず　[植]　九州・沖縄にみられるマメ科の落葉高木。四、五月頃に真っ赤な花が咲く　[季]夏
海胆　うに　[動]　浅海に住み、全身が栗のイガのような棘におおわれている棘皮動物。春が産卵期で、卵巣は美味　[季]春
海軍記念日　かいぐんきねんび　[人]　五月二十七日、日本海海戦の勝利を記念した日　[季]夏
10海凍る　うみこおる　[地]　厳冬期、北の海が一面に結氷すること　[季]冬
海扇　ほたてがい　[動]　帆立貝の別称　[季]夏
海扇　うみおうぎ　[動]　帆立貝の別称　[季]春
海扇曳　ほたてひき　[人]　帆立貝をとるこ

と [季]夏

海扇獲る ほたてとる ［人］ 帆立貝をとること [季]夏

海桐の花 とべらのはな ［植］ トベラ科の常緑低木。六月頃、枝先に香りのある白い花が集まり咲く [季]夏

海桐の実 とべらのみ ［植］ 花が終わると発育する海桐の果実。晩秋に熟して三裂し、なかから赤い実がとび出す [季]秋

海栗 うに ［動］ 浅海に住み、全身が栗のイガのような棘におおわれている棘皮動物。春が産卵期で、卵巣は美味 [季]春

海索麵 うみそうめん ［植］ 海苔の一種 [季]春

海豇豆 かいこうず ［植］ 九州・沖縄にみられるマメ科の落葉高木。四、五月頃に真っ赤な花が咲く [季]夏

海豹 あざらし ［動］ 春に南下してくるアザラシ [季]春

11**海亀** うみがめ ［動］ 熱帯・亜熱帯の海にすむ大型のカメ類の総称。日本では夏に見られる [季]夏

海猫 うみねこ ［動］ カモメ科の海鳥。夏に繁殖する [季]夏

海猫の雛 ごめのひな ［動］ 海猫のヒナをいう [季]夏

海猫帰る うみねこかえる, ごめかえる ［動］ 繁殖地で夏を過ごした海猫が、産卵・育雛を終えて、秋に南へ帰ってゆくこと [季]秋

海猫残る ごめのこる ［動］ 秋、南へ帰る力のない海猫が繁殖地に残されること [季]秋

海猫渡る うみねこわたる ［動］ ウミネコが春先に飛来すること [季]春

海猫孵る ごめかえる ［動］ 海猫の卵がかえること [季]夏

海豚 いるか ［動］ 歯鯨のうち体長が五メートル以下の小型の種類 [季]冬

海豚狩 いるかがり ［動］ イルカを捕獲すること [季]冬

海雀 うみすずめ ［動］ 冬に北日本に渡ってくる海鳥の一つ [季]冬

12**海棠** かいどう ［植］ 中国産のバラ科の落葉低木。四月頃、紅色の柄の長い花をつける [季]春

海棠木瓜 かいどうぼけ ［植］ カリンの別称。主に実を指し、季語としては秋 [季]秋

海棠忌 かいどうき ［宗］ 閏二月二十九日、大正・昭和期の作家・俳人久米三汀の忌日 [季]春

海萱 うみがや ［植］ 荻の別称。荻は秋の季語 [季]秋

海開き うみびらき ［人］ 海水浴場が解禁になること。七月一日に行うところが多い [季]夏

海雲 もずく ［植］ 日本南部の海岸で見られる褐藻類のモズク科に属する海藻の一種。春から夏にかけて繁茂するのを、三、四月頃採取する [季]春

海雲汁 もずくじる ［植］ 海雲を具にした汁物 [季]春

海雲売 もずくうり ［植］ 海雲を売るもの [季]春

海雲採 もずくとり ［植］ 海雲を取ること [季]春

海雲桶 もずくおけ ［植］ 海雲を入れる桶 [季]春

13**海蛸子** うみだこ ［動］ タコの一種 [季]夏

海鼠 なまこ ［動］ 棘皮動物の海鼠類を指す。冬が旬 [季]冬

海鼠舟 なまこぶね ［動］ 海鼠を獲る舟 [季]冬

海鼠売 なまこうり ［動］ 海鼠を売る人 [季]冬

海鼠突 なまこつき ［動］ 海鼠を獲ること [季]冬

海鼠煮る なまこにる ［動］ 食用に海鼠を煮ること [季]冬

海鼠腸 このわた ［人］ 海鼠（なまこ）の腸の塩辛。冬の珍味 [季]冬

海鼠腸酒 このわたざけ ［人］ 海鼠（なまこ）の腸の塩辛の酒。冬の味覚 [季]冬

海鼠竈 なまこがま ［動］ 海鼠を煮る竈 [季]冬

14**海蜷** うみにな ［動］ 海にいる蜷 [季]春

海酸漿 うみほおずき ［動］ ニシ類の卵嚢。ほおずきの代用品として、夏祭りの夜店で売られる [季]夏

海髪 うご ［植］ 紅藻類の一種で、刺身のつまとして用いられる [季]春

16**海鞘** ほや ［動］ 原索動物海鞘目の海産動物。北日本で夏によく獲れ、酢の物にする

9画（活, 洪, 洲, 浄, 泉）

㋉夏

17海螺の身　ばいのみ　［人］　正月の祝儀食物
で、浅い砂泥地に棲む巻き貝の身を甘辛く
煮たもの　㋉新年

海螺打　ばいうち　［人］　海螺独楽をたたか
わせる遊び　㋉秋

海螺廻　ばいまわし　［人］　秋の遊びの一
つ。海螺（海産の巻貝）の殻を切断して、中
に蠟や鉛をつめた独楽を作って遊ぶこと
㋉秋

海螺独楽　ばいごま　［人］　海螺の殻に鉛を
入れ、色をつけた蠟をつめたコマ　㋉新年

18海鵜　うみう　［動］　鵜の一種で、川鵜より
やや大型。主として北海道太平洋側や三陸
沿海の島で繁殖する　㋉夏

19海蘊　もずく　［植］　日本南部の海岸で見ら
れる褐藻類のモズク科に属する海藻の一
種。春から夏にかけて繁茂するのを、三、
四月頃採取する　㋉春

海蟹　うみがに　［動］　ワタリガニ科の蟹
㋉夏

海蠃打　ばいうち　［人］　海蠃独楽をたたか
わせる遊び　㋉秋

海蠃廻　ばいまわし　［人］　秋の遊びの一
つ。海蠃（海産の巻貝）の殻を切断して、中
に蠟や鉛をつめた独楽を作って遊ぶこと
㋉秋

海霧　じり, うみぎり, かいむ　［天］　おも
に夏、海上に発生する霧のこと　㋉夏

海霧　がす　［天］　おもに夏、海上に発生す
る霧のこと　㋉秋

20海朧　うみおぼろ　［天］　朧夜の海　㋉春

海蠃の身　ばいのみ　［人］　正月の祝儀食物
で、浅い砂泥地に棲む巻き貝の身を甘辛く
煮たもの　㋉新年

海鯛　かいず　［動］　黒鯛の別称　㋉夏

22海蘿　ふのり　［植］　糊の原料になる海藻。
夏に採取する　㋉夏

海蘿干　ふのりほし　［人］　晩夏の頃、糊の
原料として採集した海蘿を干すこと　㋉夏

海蘿干す　ふのりほす　［人］　晩夏の頃、糊
の原料として採集した海蘿を干すこと
㋉夏

海蘿掻　ふのりかき　［植］　晩夏の頃、糊の
原料として海蘿を採集すること　㋉夏

海鰻　あなご　［動］　アナゴ科に属する魚
類。夏、天ぷらや寿司などにして美味

㋉夏

海鰻鱧　はも　［動］　関西で珍重される夏の
魚　㋉夏

23海鱒　うみます　［動］　鱒の一種　㋉春

海鱚　うみぎす　［動］　鱚の一種　㋉夏

27海鱸　うみすずき　［動］　海で生活する鱸
㋉秋

【活】

3活大根　いけだいこん　［植］　春福大根に近
い大根の一種で、根が地上に出ず土の中に
隠れているもの。二、三月ごろ収穫する
㋉春

11活動船　かつどうせん　［人］　夏の玩具の一
つ。樟脳を使って走らせる船　㋉夏

【洪】

4洪水　こうずい　［地］　秋期の集中豪雨や台
風のため河川の水嵩が急激に増し、堰を越
えてしまうこと　㋉秋

【洲】

7洲走　すばしり　［動］　鰡の幼名で、四、五
センチ前後のもの　㋉秋

10洲浜草　すはまそう　［植］　キンポウゲ科の
多年草。早春の北国で萌えだし、花は白色
や淡紅色や薄紫色がある　㋉春

12洲蛤　すはまぐり　［人］　蛤の酢和え　㋉春

【浄】

3浄土双六　じょうどすごろく　［人］　絵双六
の一種。絵の内容が仏法を模した双六　㋉
新年

6浄名会　じょうみょうえ　［宗］　維摩会のこ
と　㋉冬

8浄明山　じょうみょうやま　［宗］　祇園会の
鉾山の一つ　㋉夏

10浄配祭　じょうはいさい　［宗］　三月十九
日、聖ヨセフ祭の別称　㋉春

【泉】

泉　いずみ　［地］　地下からわきだす清冽な
水を湛えているところ　㋉夏

3泉川　いずみかわ　［地］　泉からの流出が川
となっているもの　㋉夏

8泉岳寺義士大祭　せんがくじぎしたいさい

俳句季語よみかた辞典　267

［宗］ 義士祭に同じ [季]春

9**泉屋　いずみのや**　［人］ 池や泉の近くの簡単な小屋。納涼等に使われた [季]夏

10**泉涌寺舎利会　せんにゅうじしゃりえ, せんゆうじしゃりえ**　［宗］ 京都市・泉涌寺で行なわれる仏舎利の供養会 [季]秋

泉涌寺開山忌　せんゆうじかいさんき　［宗］ 陰暦三月八日、鎌倉時代前期の僧で京都・泉涌寺の開山俊芿の忌日 [季]春

13**泉殿　いずみどの**　［人］ 寝殿造りで池泉のほとりに設けられた建物のことで、納涼等に使われた [季]夏

【浅】

0**浅き冬　あさきふゆ**　［時］ 冬に入って間もない、まだ寒さの厳しくない頃 [季]冬

浅き春　あさきはる　［時］ 早春と同じだが、割合新しい感覚の言い回し [季]春

浅き夏　あさきなつ　［時］ 夏に入って日が浅いこと [季]夏

7**浅沙の花　あさざのはな**　［植］ リンドウ科の多年生水草で、夏、水上に黄色の五弁の長梗花を開く。若葉は食用になる [季]夏

8**浅茅　あさぢ**　［植］ 秋になってもまだ草丈の短い白茅（ちがや）のこと [季]秋

浅茅が花　あさぢがはな　［植］ 茅花の別称 [季]春

浅茅酒　あさぢざけ　［人］ 麻地酒の別称 [季]夏

9**浅春　せんしゅん**　［時］ 早春と同じだが、割合新しい感覚の言い回し [季]春

浅草三社権現流鏑馬　あさくささんじゃごんげんやぶさめ　［宗］ 東京・浅草寺三社権現で行なわれた流鏑馬 [季]新年

浅草寺の温座陀羅尼　せんそうじのうんざだらに　［宗］ 正月十二日から十八日までの七昼夜不断の修法 [季]新年

浅草寺亡者送り　せんそうじもうじゃおくり　［宗］ 正月十八日、東京浅草・浅草寺で行なわれる亡者送りの行事。温座陀羅尼の結願として大松明を使った追儺がおこなわれる [季]新年

浅草寺牛王加持　せんそうじごおうかじ　［宗］ 正月五日、東京浅草・浅草寺で行われる牛王加持の行事。十八日まで牛王宝印を参詣人に与える [季]新年

浅草海苔　あさくさのり　［植］ 海苔の一種 [季]春

浅草祭　あさくさまつり　［宗］ 五月十六～十八日、東京・浅草神社の三社祭のこと [季]夏

浅草富士詣　あさくさふじもうで　［宗］ 江戸浅間祭の別称 [季]夏

浅草観音の亡者送り　あさくさかんのんのもうじゃおくり　［宗］ 浅草寺亡者送りの別称 [季]新年

浅草観音追儺　あさくさかんのんついな　［宗］ 江戸・浅草寺の修正会の行事 [季]新年

11**浅清水　あさしみず**　［地］ 清水の量が少ない状態 [季]夏

浅黄水仙　あさぎすいせん　［植］ フリージアの別称 [季]春

浅黄桜　あさぎざくら　［植］ 桜の一種 [季]春

浅黄斑蝶　あさぎまだら　［動］ 蝶の一種 [季]春

12**浅間祭　せんげんまつり**　［宗］ 四月一日から五日、静岡市・浅間神社で行われる祭礼 [季]春

浅間講　せんげんこう　［宗］ 富士山を信仰する行者の講社 [季]夏

13**浅蜊　あさり**　［動］ ハマグリ科の中型の二枚貝 [季]春

浅蜊汁　あさりじる　［動］ 浅蜊を具にした汁物 [季]春

浅蜊舟　あさりぶね　［動］ 浅蜊をとる舟 [季]春

浅蜊売　あさりうり　［動］ 浅蜊を売るもの [季]春

浅蜊取　あさりとり　［動］ 汐干狩などで浅蜊をとること [季]春

14**浅漬　あさづけ**　［人］ 生干しした大根を麹でつけたもの、べったら漬けともいう [季]冬

浅漬大根　あさづけだいこん　［人］ 大根を薄塩で漬けたあっさりしている漬け物。晩秋から出回る [季]秋

浅漬市　あさづけいち　［人］ べったら市の別称 [季]秋

浅漬茄子　あさづけなす　［人］ 茄子漬の一種 [季]夏

9画（洗, 津, 洋, 洟, 泊, 炭）

【洗】

⁰洗い飯　あらいめし　［人］　水飯の別称
㋈夏

洗い髪　あらいがみ　［人］　夏、汗や埃で汚
れた髪を洗って清涼感を楽しむこと　㋈夏

洗ひ茶巾　あらいちゃきん　［人］　茶道で、
夏に涼しげな趣向で点前をすること　㋈夏

洗ひ飯　あらいめし　［人］　水飯の別称
㋈夏

洗ひ髪　あらいがみ　［人］　夏、汗や埃で汚
れた髪を洗って清涼感を楽しむこと　㋈夏

⁷洗車雨　せんしゃう　［天］　陰暦七月六日に
降る雨の中国名　㋈秋

⁸洗者聖ヨハネ祭　せんじゃせいよはねさい
［宗］　六月二十四日、聖ヨハネの誕生日
㋈夏

洗者聖ヨハネ誕生日　せんじゃせいよはねた
んじょうび　［宗］　六月二十四日、聖ヨハ
ネの誕生日　㋈夏

¹²洗葱　あらいねぎ　［植］　泥を洗い落とした
葱　㋈冬

¹⁷洗膾　あらい　［人］　新鮮な魚のそぎ身を、
冷水で洗って肉をしめた料理。涼味から夏
の季語とされる　㋈夏

¹⁸洗鯉　あらいごい　［人］　鯉を薄くそぎ身に
して氷水で洗いさらした料理　㋈夏

¹⁹洗鯛　あらいたい　［人］　鯛を薄くそぎ身に
して氷水で洗いさらした料理　㋈夏

²⁷洗鱸　あらいすずき　［人］　鱸を薄くそぎ身
にして氷水で洗いさらした料理　㋈夏

【津】

⁵津田蕪　つだかぶ　［植］　蕪の一種で、島根
県産のもの　㋈冬

⁷津村祭　つむらまつり　［宗］　昔、行なわれ
た祭り　㋈秋

津走　つばす　［動］　はまちの別称　㋈夏

⁸津和野の鷺舞　つわののさぎまい　［宗］　七
月二十日と二十七日、島根県津和野町・弥
栄神社祇園祭に、神輿に供奉して舞われる
舞い　㋈夏

¹⁰津島天王祭　つしまてんのうまつり　［宗］
津島祭の別称　㋈夏

津島祭　つしままつり　［宗］　陰暦六月十四
日と十五日、津島市・津島神社で行われる
祭礼　㋈夏

津島笛　つしまぶえ　［宗］　津島祭で奏され
る笛　㋈夏

【洋】

⁵洋玉蘭　ようぎょくらん　［植］　泰山木の別
称　㋈夏

¹¹洋梨　ようり　［植］　日本梨に比べ果肉が柔
らかく、味が濃厚で高い香気をもつ梨。梨
は秋の季語　㋈秋

【洟】

⁴洟水　はなみず　［人］　水洟のこと。寒さや
風邪のために出る薄い鼻水をさして、冬の
季語としている　㋈冬

【泊】

⁴泊夫藍　さふらん　［植］　クロッカス科の植
物。秋に開花し、香辛料、薬用に利用され
てきた　㋈秋

泊夫蘭の花　さふらんのはな　［植］　クロッ
カス科の植物。秋に開花し、香辛料、薬用
に利用されてきた　㋈秋

【炭】

いけ炭　いけずみ　［人］　灰の中にうめた炭
火のこと。炭は冬の季語　㋈冬

おこり炭　おこりずみ　［人］　火のおきてい
る炭。炭は冬の季語　㋈冬

きりん炭　きりんずみ　［人］　獣の形に炭を
して、客に酒をあたためた古事　㋈冬

炭　すみ　［人］　木を蒸焼きにした黒色の燃
料、多数の種類がある。以前は冬の燃料の
主役だったが、現在は少なくなってきた
㋈冬

⁰炭すご　すみすご　［人］　炭俵の別称　㋈冬

炭の香　すみのか　［人］　炭のかおり。炭は
冬の季語　㋈冬

炭ふくべ　すみふくべ　［人］　炉や火鉢・火
桶に足すため、炭俵から炭を小出しにして
入れておく容器。炭は冬の季語　㋈冬

⁴炭斗　すみとり　［人］　炉や火鉢・火桶に足
すため、炭俵から炭を小出しにして入れて
おく容器。炭は冬の季語　㋈冬

炭火　すみび　［人］　木炭におこった火。炭
は以前は冬の燃料の主役だったが、現在は
少なくなってきた　㋈冬

炭火恋し　すみびこいし　［人］　晩秋、秋冷

俳句季語よみかた辞典　269

えの日が続く頃、炭火がほしくなること [季]秋

5**炭叺　すみがます**［人］木炭の入れられた叺。炭は冬の季語 [季]冬

炭叱り　すみしかり［人］はぜ炭をとめるまじない [季]冬

6**炭団　たどん**［人］木炭の粉末をこねて丸め、日にかわかしてつくった燃料。炭は冬の季語 [季]冬

炭団干す　たどんほす［人］炭団を冬の晴れた日に干すこと [季]冬

炭団玉　たどんだま［人］炭団の別称。木炭の粉末をこねて丸め、日にかわかしてつくった燃料。炭は冬の季語 [季]冬

炭団法師　たどんぼうし［人］炭団の別称。木炭の粉末をこねて丸め、日にかわかしてつくった燃料。炭は冬の季語 [季]冬

7**炭売　すみうり**［人］山間の人たちが農閑期の冬を利用して焼いた炭を売りにくること [季]冬

炭車　すみぐるま［人］できあがった炭を運ぶ車。炭は冬の農閑期に焼くことが多かった [季]冬

8**炭取　すみとり**［人］炉や火鉢・火桶に足すため、炭俵から炭を小出しにして入れておく容器。炭は冬の季語 [季]冬

9**炭負ひ　すみおい**［人］できあがった炭を運ぶ人夫。炭は冬の農閑期に焼くことが多かった [季]冬

炭負女　すみおいめ［人］焼き上った炭を運搬するのに背負子で背に負う女。炭は冬の農閑期に焼くことが多かった [季]冬

炭屋　すみや［人］炭を売る人 [季]冬

10**炭俵　すみだわら**［人］木炭がいれられた萱で編んだ俵。炭は冬の季語 [季]冬

炭俵編む　すみだわらあむ［人］稲刈りがすみ、籾摺の始まるまでの間の夜なべ仕事として、新藁を使って炭俵を編んだこと [季]秋

炭屑　すみくず［人］炭のくず。炭は冬の季語 [季]冬

炭納屋　すみなや［人］炭を貯蔵する納屋。炭は冬の季語 [季]冬

炭馬　すみうま［人］できあがった炭を運ぶ馬。炭は冬の農閑期に焼くことが多かった [季]冬

11**炭挽く　すみひく**［人］冬の暖房用の炭を挽くこと [季]冬

12**炭焼　すみやき**［人］木を焼いて木炭をつくること。炭は冬の農閑期に焼くことが多かった [季]冬

炭焼小屋　すみやきごや［人］炭焼き人が寝起きする粗末な小屋。炭は冬の農閑期に焼くことが多かった [季]冬

炭焼夫　すみやきふ［人］できあがった炭を運ぶ人夫。炭は冬の農閑期に焼くことが多かった [季]冬

炭焼竈　すみやきがま［人］木を焼いて木炭をつくるのに使うかま。炭は冬の農閑期に焼くことが多かった [季]冬

14**炭酸水　たんさんすい**［人］液化炭酸ガスを水に溶かした清涼飲料水 [季]夏

15**炭箱　すみばこ**［人］炉や火鉢・火桶に足すため、炭俵から炭を小出しにして入れておく容器。炭は冬の季語 [季]冬

16**炭橇　すみぞり**［人］炭を運ぶ橇。炭は冬の農閑期に焼くことが多かった [季]冬

炭瓢　すみひさご［人］炉や火鉢・火桶に足すため、炭俵から炭を小出しにして入れておく容器。炭は冬の季語 [季]冬

炭頭　すみがしら［人］炭俵の中の、ことに太く大きな炭。炭は冬の季語 [季]冬

18**炭櫃　すびつ**［人］火桶のこと [季]冬

21**炭竈　すみがま**［人］木を焼いて木炭をつくるのに使うかま。炭は冬の農閑期に焼くことが多かった [季]冬

22**炭籠　すみかご**［人］炉や火鉢・火桶に足すため、炭俵から炭を小出しにして入れておく容器。炭は冬の季語 [季]冬

【点】

7**点初　たてぞめ**［人］新年になって初めて茶事を行うこと [季]新年

8**点突　てんつき**［植］点突草の別称。初秋のころ、高さ三十センチほどの茎を何本も直立し、茶褐色をした小さい楕円形の穂をつける [季]秋

点突草　てんつきそう［植］路傍に生えるカヤツリグサ科の一年草。初秋のころ、高さ三十センチほどの茎を何本も直立し、茶褐色をした小さい楕円形の穂をつける [季]秋

9**点茶始　てんちゃはじめ**［人］新年になって初めて茶事を行うこと [季]新年

【炬】

4炬火祭　たいまつまつり［宗］十月十二日から十六日、京都市・三栖神社の祭礼 [季]秋

17炬燵　こたつ［人］やぐらを置き、布団をかけて足を暖める小さいいろりの総称。昔からの庶民の冬の暖房器具 [季]冬

炬燵の名残　こたつのなごり［人］暖かくなり、炬燵が片付けられたあとの急に広々とした部屋のようす [季]春

炬燵切る　こたつきる［人］室の中に炉を切り、上部を格子に組んだ木製の櫓をかけ、火力を発散させぬためその上を蒲団でおおって暖をとる炬燵 [季]冬

炬燵売　こたつうり［人］炬燵櫓をかついで家々を売り歩く商売 [季]冬

炬燵明　こたつあけ［人］冬、堀炬燵を塞いでいた板などを取り払い、炬燵を使い始めること [季]冬

炬燵板　こたついた［人］炬燵の上にのせる四角い板 [季]冬

炬燵張る　こたつはる［人］こわれやすい土製の炬燵に紙をはってそのこわれを防ぐこと [季]冬

炬燵欲し　こたつほし［人］晩秋、秋冷えの日が続く頃、炬燵がほしくなること [季]秋

炬燵猫　こたつねこ［動］冬の寒さが苦手で、炬燵にもぐりこむ猫 [季]冬

炬燵開く　こたつあく［人］江戸時代、十月の亥の日に炬燵をあけて愛宕の神を祭った風習 [季]冬

炬燵開く　こたつひらく［人］冬、堀炬燵を塞いでいた板などを取り払い、炬燵を使い始めること [季]冬

炬燵塞ぐ　こたつふさぐ［人］寒さが去り、掘り炬燵を畳や板で塞いで片づけること [季]春

炬燵蒲団　こたつぶとん［人］炬燵の上にかける布団 [季]冬

炬燵櫓　こたつやぐら［人］炬燵の上に置いて布団をかける櫓 [季]冬

【炮】

10炮烙灸　ほうろくきゅう［人］土用灸の一種 [季]夏

【狭】

3狭小神輿　ささみこし［宗］洛中の子どもたちがつくった小さい神輿で、陰暦九月一日～九日に使われた [季]秋

7狭男鹿　さおしか［動］雄の鹿 [季]秋

13狭腰　さごし［動］鰆の小さいもの [季]春

19狭霧　さぎり［天］霧の別称 [季]秋

【狩】

ねらい狩　ねらいがり［人］昔の鹿狩りの方法。夏の闇夜に篝火を焚き、鹿の目が反射して光るのをめがけて矢を射るもの [季]夏

ねらひ狩　ねらいがり［人］昔の鹿狩りの方法。夏の闇夜に篝火を焚き、鹿の目が反射して光るのをめがけて矢を射るもの [季]夏

狩　かり［人］冬、山野の鳥獣を銃器・網・罠などで捕らえる狩猟のこと。法律によって猟期は定められている [季]冬

0狩の使　かりのつかい［人］五節に賜わるために交野の雉などを召した使いがきたこと [季]冬

狩の宿　かりのやど［人］狩人を泊める宿 [季]冬

2狩人　かりゅうど［人］猟をする人のこと。狩猟は冬の季語 [季]冬

7狩杖　かりづえ［人］狩猟で、鳥獣をかり出す人が草むらなどを打つ杖 [季]冬

11狩猟　しゅりょう［人］冬、山野の鳥獣を銃器・網・罠などで捕らえる狩猟のこと。法律によって猟期は定められている [季]冬

12狩場　かりば［人］狩をする場所。狩猟は冬の季語 [季]冬

【独】

ごんごん独楽　ごんごんごま［人］回りながら音が出るコマ [季]新年

べい独楽　べいごま［人］本来はバイ（海産の巻貝）で作った独楽のこと。ひと頃は鋳物製のもので多く遊ばれたが、最近はこれで遊ぶ子供は少ない [季]秋

もやし独活　もやしうど［植］独活の一種 [季]春

3独子蒜　ひとつびる［植］ニンニクのこと [季]春

9画（珊, 珍, 玳, 玻, 甚, 界, 畑, 疫）

⁵独立祭　どくりつさい　［人］　七月四日、英国植民地十三州が連合してアメリカ独立を宣言した日　㊨夏

⁸独歩忌　どっぽき　［宗］　六月二十三日、明治期の小説家国木田独歩の忌日　㊨夏

⁹独活　うど　［植］　ウコギ科の多年草で、日本独特の野菜。三月頃の若芽の伸びたものを食用とする　㊨春

独活の花　うどのはな　［植］　ウコギ科の多年草。晩夏に白い小花をつける　㊨夏

独活の実　うどのみ　［植］　花が咲いたのち秋に漿果を結ぶ。球形で小さく、熟すると黒色となる　㊨秋

独活和　うどあえ　［人］　独活の味噌和え　㊨春

独活掘る　うどほる　［植］　春、独活を収穫すること　㊨春

¹³独楽　こま　［人］　正月の遊具の一つ。木や鉄などで円形につくり、中心にある軸を指でひねったり、ひもを巻きいて投げたりして回す　㊨新年

【珊】

¹³珊瑚　さんご　［植］　珊瑚樹の別称。果実が秋に真っ赤に熟することから付いた名　㊨秋

珊瑚草　さんごそう　［植］　厚岸草の別称。深緑色の茎が秋が深まると次第に紅紫色に変わっていく　㊨秋

珊瑚樹　さんごじゅ　［植］　暖地の山に自生しているスイカズラ科の常緑高木。果実が秋に真っ赤に熟することから付いた名　㊨秋

珊瑚樹の花　さんごじゅのはな　［植］　生垣用に植えられる常緑小高木。七、八月頃、枝先に紫がかった白い小花が集まり咲く　㊨夏

【珍】

¹⁰珍珠菜　ちんしゅさい　［植］　虎尾草の別称。六、七月頃に白い小花が集まり咲く　㊨夏

【玳】

¹²玳瑁　たいまい　［動］　海亀の別称　㊨夏

【玻】

¹⁵玻璃草　はりそう　［植］　瑠璃草で白い花を咲かせるもの　㊨夏

玻璃草　はりそう　［植］　山地の日陰に生える多年草。晩春から初夏にかけ鮮やかな緑色の花をつける　㊨春

玻璃簾　はりすだれ　［人］　ガラス製の簾　㊨夏

【甚】

⁴甚五右衛門忌　じんごえもんき　［宗］　陰暦九月二十六日、江戸時代前期の儒学者・兵学者山鹿素行の忌日　㊨秋

⁵甚平　じんぺい　［人］　夏、素肌に着るひとえの袖無しのこと　㊨夏

⁷甚兵衛　じんべえ　［人］　甚平の別称　㊨夏

【界】

¹³界雷　かいらい　［天］　夏、前線付近の上昇気流によりできる雷　㊨夏

【畑】

³畑山葵　はたわさび　［植］　山葵の一種　㊨春

⁵畑打　はたうち　［人］　田打と同様、春に種蒔きに備えて畑を打ち返すこと　㊨春

畑打つ　はたうつ　［人］　田打と同様、春に種蒔きに備えて畑を打ち返すこと　㊨春

⁷畑芹　はたぜり　［植］　やや乾地に生え、赤を帯びないもの　㊨春

畑返す　はたかえす　［人］　田打と同様、春に種蒔きに備えて畑を打ち返すこと　㊨春

¹²畑焼　はたやき　［人］　早春に畑を焼き払い、害虫駆除や肥料生成を行うこと　㊨春

畑焼く　はたやく　［人］　早春に畑を焼き払い、害虫駆除や肥料生成を行うこと　㊨春

¹⁴畑稗　はたけひえ, はたびえ　［植］　畑に植わっている稗。秋に収穫する　㊨秋

¹⁵畑鋤く　はたすく, はたけすく　［人］　田打と同様、春に種蒔きに備えて畑を打ち返すこと　㊨春

【疫】

⁹疫神塚　やくじんづか　［宗］　京都・吉田神社の厄塚の別称　㊨冬

¹²疫痢　えきり　［人］　赤痢の別称　㊨夏

【疣】

4疣水母　いぼくらげ　［動］　水母の一種　[季]夏

19疣鯛　いぼだい　［動］　イボダイ科の扁平な魚　[季]夏

【発】

9発春　はつしゅん　［時］　春の初め　[季]新年, 春

13発歳　はつさい　［時］　年始の別称　[季]新年

【皇】

6皇后誕生日　こうごうたんじょうび　［人］　今上皇后の御誕生日　[季]秋

15皇霊祭　こうれいさい　［人］　春季皇霊祭のこと　[季]春

【盃】

0盃の光　さかずきのひかり　［天］　月を持つ心をいう　[季]秋

10盃流し　さかずきながし　［人］　曲水（きょくすい）の別称　[季]春

【盆】

あら盆　あらぼん　［宗］　前年の盆以後に死者を出した家の盆　[季]秋

うら盆　うらぼん　［宗］　盆の別称　[季]秋

しまひ盆　しまいぼん　［宗］　七月十六日、盆祭の終わり。精霊棚の供物などを近くの川や海に流し送る　[季]秋

盆　ぼん　［宗］　七月十三日から十六日まで（八月に行なうところも多く、期間も地方によって異なる）の先祖の魂祭行事　[季]秋

0盆のつと入　ぼんのつといり　［人］　衝突入のこと。昔、陰暦七月十六日、他人の家の什器・妻・妾・嫁・娘などを勝手に見ても許されるとした伊勢地方の習俗　[季]秋

盆の月　ぼんのつき　［天］　盂蘭盆の夜の月　[季]秋

盆の廻礼　ぼんのかいれい　［人］　盆歳暮の回礼もしくは贈答品　[季]秋

盆の掛乞　ぼんのかけごい　［人］　盆の前の掛け取り　[季]秋

盆の綱引　ぼんのつなひき　［人］　一年の豊凶を占う神事として盆に行なわれる綱引　[季]秋

盆の藪入　ぼんのやぶいり　［人］　後の藪入の別称　[季]秋

盆の贈物　ぼんのぞうぶつ　［人］　使用人に下駄や衣料を与えて平素の労をねぎらうことの大阪での呼称。あるいは一般に盆・中元の時期の贈答品　[季]秋

盆まま　ぼんまま　［宗］　盆に戸外に竈を築き、煮炊きして食事をする習俗　[季]秋

盆やつし　ぼんやつし　［宗］　老若思い思いの支度で、歌い踊りながら町を浮かれ歩く盆踊　[季]秋

3盆三日　ぼんみっか　［宗］　盆の別称　[季]秋

盆山　ぼんやま　［人］　箱庭の別称　[季]夏

盆山　ぼんやま　［宗］　盆中の大山（神奈川県）の呼称　[季]夏

4盆太鼓売　ぼんだいこうり　［人］　盆の行事に用いる太鼓を売る者　[季]秋

盆支度　ぼんしたく　［人］　盆を迎える準備、あるいはその心持ち　[季]秋

盆火　ぼんび　［宗］　盆行事の一つ。各戸の迎火とは別に、村全体で行う火祭による悪霊の追放　[季]秋

5盆北風　ぼんぎた　［天］　陰暦の盂蘭盆のころ吹く北風で、壱岐の船言葉　[季]秋

盆市　ぼんいち　［人］　七月十二日の草の市の別称　[季]秋

盆払　ぼんばらい　［人］　盆の前の掛け取り　[季]秋

盆用意　ぼんようい　［人］　盆を迎える準備、あるいはその心持ち　[季]秋

盆礼　ぼんれい　［人］　盆歳暮の回礼もしくは贈答品　[季]秋

6盆会　ぼんえ　［宗］　七月十三日から十六日まで（八月に行なうところも多く、期間も地方によって異なる）の先祖の魂祭行事　[季]秋

盆休　ぼんやすみ　［人］　盆の期間、農家は作業を休み、他家へ奉公に出ている者も休暇をもらって家に帰ったこと。現在では都会に出てきている人が夏休みを取って帰省することをいう　[季]秋

盆灯籠　ぼんとうろう, ぼんどうろう　［人］　灯籠の一種。盆行事に使う灯籠　[季]秋

盆舟　ぼんぶね　［宗］　精霊舟の別称　[季]秋

7盆狂言　ぼんきょうげん　［人］　江戸時代、陰暦七月十五日ごろから始まった芝居の興行　[季]秋

盆花　ぼんばな　［人］　盆祭で霊に供える季節の草花の総称。地方によっては特定の花だけをさす　[季]秋

盆花市　ぼんはないち　［宗］　盆花を売る市　[季]秋

盆花売　ぼんばなうり　［宗］　盆花を売るもの　[季]秋

盆花折　ぼんばなおり　［宗］　盆の前に山へ出かけて、盆の精霊に供える精霊花を摘み、これを精霊棚に飾ること　[季]秋

盆花迎え　ぼんばなむかえ　［宗］　盆の前に山へ出かけて、盆の精霊に供える精霊花を摘み、これを精霊棚に飾ること　[季]秋

盆芝居　ぼんしばい　［人］　江戸時代、陰暦七月十五日ごろから始まった芝居の興行　[季]秋

盆見舞　ぼんみまい　［人］　盆歳暮の回礼もしくは贈答品　[季]秋

8**盆供**　ぼんく　［宗］　七月の盂蘭盆（先祖の魂祭行事）の供物・供養　[季]秋

盆供流し　ぼんぐながし　［宗］　七月十六日、盆祭の終わり。精霊棚の供物などを近くの川や海に流し送る　[季]秋

盆始め　ぼんはじめ　［人］　七日盆の別称　[季]秋

盆念仏　ぼんねんぶつ　［宗］　六斎念仏の別称　[季]秋

盆東風　ぼんごち　［天］　陰暦の盂蘭盆のころ吹く東風で、太平洋側の船言葉　[季]秋

盆波　ぼんなみ　［地］　高波のうち、特に盂蘭盆の頃に寄せてくる波の俗称　[季]秋

9**盆前**　ぼんまえ　［宗］　盂蘭盆に近いころ　[季]秋

盆秋　ぼんしゅう　［時］　初秋の別称　[季]秋

盆荒　ぼんあれ　［地］　高波のうち、特に盂蘭盆の頃に寄せてくる波の俗称　[季]秋

10**盆梅**　ぼんばい　［植］　梅を盆栽仕立てにしたもの　[季]春

11**盆勘定**　ぼんかんじょう　［人］　盆の前の掛け取り　[季]秋

盆祭　ぼんまつり　［宗］　七月十三日から十六日まで（八月に行なうところも多く、期間も地方によって異なる）の先祖の魂祭行事　[季]秋

12**盆提灯**　ぼんちょうちん　［人］　灯籠の一種。盆行事に使う灯籠　[季]秋

盆替り　ぼんがわり　［人］　江戸時代、陰暦七月十五日ごろから始まった芝居の興行　[季]秋

盆棚　ぼんだな　［宗］　精霊棚の別称　[季]秋

盆過　ぼんすぎ　［宗］　盆が過んだあと　[季]秋

盆飯　ぼんめし　［人］　盆に戸外に竈を築き、煮炊きして食事をする習俗　[季]秋

13**盆節季**　ぼんせっき　［人］　盆の前の掛け取り　[季]秋

盆路　ぼんみち　［人］　盆の精霊の通路を作るため、あらかじめ山や墓地からの草を刈って掃除しておくこと　[季]秋

盆路作り　ぼんみちづくり　［宗］　盆の精霊の通路を作るため、あらかじめ山や墓地からの草を刈って掃除しておくこと　[季]秋

14**盆様流**　ぼんさまながし　［宗］　舟や円座などに盆の供物をのせて十六日ごろに流してやる風習　[季]秋

盆綱　ぼんづな　［宗］　一年の豊凶を占う神事として盆に行なわれる綱引　[季]秋

盆綱引　ぼんつなひき　［人］　一年の豊凶を占う神事として盆に行なわれる綱引　[季]秋

盆踊　ぼんおどり　［人］　盆に帰ってきた先祖の霊を慰め送るため、夜、広場に集まって踊ること　[季]秋

盆踊歌　ぼんおどりうた　［人］　盆踊にうたわれる歌　[季]秋

21**盆竈**　ぼんがま　［人］　盆に戸外に竈を築き、煮炊きして食事をする習俗　[季]秋

【県】

5**県召**　あがためし　［人］　平安時代、正月十一日から十三日まで、地方の国司を任命した宮中儀式　[季]新年

県召除目　あがためしのじもく　［人］　平安時代、正月十一日から十三日まで、地方の国司を任命した宮中儀式　[季]新年

11**県祭**　あがたまつり　［宗］　六月五日と六日、宇治市・県神社で行われる祭礼　[季]夏

【相】

お相撲　おすもう　［人］　相撲を丁寧にいったもの　[季]秋

4**相月**　そうげつ　［時］　陰暦七月の別称　[季]秋

8相国寺懺法　しょうこくじせんぽう　［宗］　六月十七日に行われる京都市・相国寺の懺法行事　[季]夏

10相馬の墨塗　そうまのすみぬり　［人］　正月十四日、福島県伊達郡で近隣の者が新婚夫婦の顔に墨をぬって祝いをする風習。現在は行なわれない　[季]新年

相馬野馬追　そうまのまおい　［宗］　野馬追のこと　[季]夏

相馬野馬追祭　そうまのまおいまつり　［宗］　野馬追祭のこと　[季]夏

14相嘗祭　あいんべのまつり　［宗］　昔、十一月初めの卯の日に行なわれた祭で、朝廷から新穀を供えた　[季]冬

15相撲　すもう　［人］　相撲は元来は神事として行われたもので、朝廷では初秋に相撲節会が行われ、各神社でも秋祭の行事として宮相撲や草相撲が行われた　[季]秋

相撲の節　すまいのせち, すもうのせち　［人］　平安時代、陰暦七月に宮中で行われた相撲行事　[季]秋

相撲の節会　すまいのせちえ, すもうのせちえ　［人］　平安時代、陰暦七月に宮中で行われた相撲行事　[季]秋

相撲会　すもうえ　［人］　相撲の節会（すまいのせちえ）に同じ　[季]秋

相撲花　すもうはな　［植］　菫の別称　[季]春

相撲取　すもうとり　［人］　相撲を取る人。あるいは相撲を生業とする人。相撲は秋の季語　[季]秋

相撲取草　すもうとりぐさ　［植］　菫の別称　[季]春

相撲草　すもうぐさ　［植］　野原や路傍に生える一年草。秋に花穂をつける。茎が強いため、子供が茎同士を引っかけ、引き合って遊ぶ　[季]秋

相撲草　すもうぐさ　［植］　菫の別称　[季]春

相撲場　すもうば　［人］　相撲を取る場所　[季]秋

相撲寒取　すもうかんどり　［人］　寒中に相撲の稽古をすること。寒稽古の一つ　[季]冬

相撲番付　すもうばんづけ　［人］　力士の番付を順を追って記したもの。相撲を秋の季語としたことから　[季]秋

相撲節会　すまいのせちえ　［人］　平安時代、陰暦七月に宮中で行われた相撲行事　[季]秋

相撲触れ　すもうぶれ　［人］　夜明け方に相撲場で勇ましく打つ櫓太鼓　[季]秋

【眉】

0眉つくり　まゆつくり　［植］　薊の別称　[季]春

眉はき　まゆはき　［植］　薊の別称　[季]春

4眉月　まゆづき　［天］　三日月の別称　[季]秋

5眉白　まみじろ　［動］　ツグミ科の鳥で、白い眉斑がある。初夏に飛来して繁殖し、冬は南方へ帰っていく　[季]夏

眉立茜　まゆたてあかね　［動］　赤蜻蛉の一種　[季]秋

9眉茶鶍　まみちゃじない　［動］　鶫（つぐみ）の一種　[季]秋

10眉書月　まゆがきづき　［天］　三日月の別称　[季]秋

11眉掃草　まゆはきそう　［植］　一人静の別称　[季]春

【砂】

0砂あらし　すなあらし　［天］　春になり、乾いた地面から風で舞い上がった砂ぼこりのこと　[季]春

砂じんあらし　さじんあらし　［天］　春になり、乾いた地面から風で舞い上がった砂ぼこりのこと　[季]春

砂ぢんあらし　さじんあらし　［天］　春になり、乾いた地面から風で舞い上がった砂ぼこりのこと　[季]春

2砂八目　すなやつめ　［動］　川で生息する八目鰻　[季]冬

4砂日傘　すなひがさ　［人］　海岸の砂の上に広げる日傘　[季]夏

7砂灼くる　すなやくる　［地］　真夏の太陽の直射熱で、焼けるように熱くなった砂　[季]夏

8砂炎ゆ　すなもゆ　［地］　真夏の太陽の直射によってあたためられた砂のこと　[季]夏

砂苺　すないちご　［植］　岩梨の別称。夏に小さな丸い実が赤黒く熟し、果肉は白く梨に似た味がする　[季]夏

16砂糖大根　さとうだいこん　［植］　根から砂糖をとるもの　[季]秋

砂糖水　さとうみず　［人］　砂糖を冷たい水で溶いただけの夏の飲み物　[季]夏

9画（砕, 祝, 神）

砂糖萵苣　さとうぢしゃ　［植］　砂糖大根の
別称　㊆秋

砂糖黍の花　さとうきびのはな　［植］　甘蔗
の花の別称　㊆冬

砂糖榧　さとうがや　［人］　江戸時代の正月
用の菓子の一つ。榧の実に砂糖の衣をかけ
たもの　㊆新年

19砂蟹　すながに　［動］　蟹の一種　㊆夏

【砕】

5砕氷船　さいひょうせん　［人］　氷海に航路
を開くための船　㊆冬

【祝】

お祝ひかちん　おいわいかちん　［人］　宮中
での新年のお祝い料理に出される餅　㊆
新年

かつうの祝　かつうのいわい　［人］　嘉定喰
の別称　㊆夏

しめ祝　しめいわい　［人］　十一月十五日、
数え年で三歳と五歳の男の子、三歳と七歳
の女の子を祝う行事　㊆冬

ザビエルの祝日　ざびえるのいわいび　［宗］
十二月三日、フランシスコ・ザビエルが永
眠した日。カトリックの祝日　㊆冬

シメオンの祝日　しめおんのしゅくじつ
［宗］　老人シメオンが関わる御潔め祭の日
㊆冬

0祝の杖　いわいのつえ　［人］　卯杖の別称
㊆新年

4祝太郎　いわいたろう　［宗］　年男の別称
㊆新年

祝月　いわいづき　［時］　正月の別称　㊆
新年

祝木　いわいぎ　［人］　年木の別称　㊆新年

8祝者　ほしゃ　［宗］　夜神楽のときの舞手
㊆冬

11祝菜　いわいな　［植］　七草粥に入れる春の
七草の総称　㊆新年

12祝棒　いわいぼう　［人］　正月十五日の小豆
粥を煮るときに使った粥箸。出産祈願に用
いた　㊆新年

祝棒　いわいぼう　［宗］　正月十五日の小豆
粥を煮るときに使った粥箸。出産祈願に用
いた　㊆新年

13祝園の居籠　ほうぞのいごもり　［宗］　京

都・祝園神社氏子の忌み籠りの神事　㊆
新年

14祝箸　いわいばし　［人］　正月に家の神に供
え、その後で人が祝い膳に使う箸　㊆新年

16祝融　しゅくゆう　［時］　古代中国の伝説上
の王で、夏の神として祀られる　㊆夏

【神】

0神つどひ　かみつどい　［宗］　陰暦十月（神
無月）には全国の八百万の神々が出雲大社
に集まっていること　㊆冬

神のお告げ　かみのおつげ　［宗］　三月二十
五日、大天使ガブリエルがマリアにキリス
ト受胎を告知したこと　㊆春

神の母聖マリアの祝日　かみのははせいまり
あのいわいび　［宗］　元日、教会で行なわ
れる新年最初のミサ　㊆新年

神の旅　かみのたび　［宗］　全国の八百万の
神々が出雲に集まるため十月一日に旅立つ
という俗信　㊆冬

神の旅立　かみのたびだち　［宗］　全国の八
百万の神々が出雲に集まるため十月一日に
旅立つという俗信　㊆冬

神の留守　かみのるす　［宗］　陰暦十月（神
無月）は全国の神が出雲へ旅立ってしまい、
各地の神社に神がいなくなること　㊆冬

神の熊　かみのくま　［人］　熊祭に生贄にさ
れる熊　㊆冬

4神今食　じんごんじき, じんごじき　［宗］
陰暦六月十一日、月次祭の夜に行なわれた
宮中神事。十二月にも行われた　㊆夏

神今食　じんこじき　［宗］　十二月に行なわ
れた神事　㊆冬

神木　しんぎ　［宗］　陰暦一月十四日夜、西
大寺参で奪い合う一尺ほどに削った木　㊆
新年

神水　しんすい　［天］　薬日に降った雨水が
竹の節に溜まったもの　㊆夏

神水　しんすい, しんずい　［人］　薬日（五
月五日）の午の刻に降った雨水が竹の節に
溜まったもの　㊆夏

神水取る　しんずいとる　［人］　神水を取る
こと　㊆夏

5神去り月　かみさりづき　［時］　陰暦十月の
別称　㊆冬

神去月　かみさりづき　［時］　陰暦十月の別
称　㊆冬

9画（神）

神田明神祭　かんだみょうじんまつり　［宗］
東京・神田で行なわれる祭り　㋈秋

神田祭　かんだまつり　［宗］　五月十三日か
ら十八日まで、東京・神田明神で行われる
祭礼。昔は陰暦九月十五日だった。東京三
大祭の一つ　㋈夏

神田祭　かんだまつり　［宗］　東京・神田で
行なわれる祭り　㋈秋

神立　かみたち　［宗］　全国の八百万の神々
が出雲に集まるため十月一日に旅立つとい
う俗信　㋈冬

神立風　かみたつかぜ　［天］　陰暦十月（神
無月）に吹く西風　㋈冬

⁶神名手舞　かなてまい　［宗］　秋田・八幡平
の大日詣で、付近の住民が演じる舞　㋈
新年

神在　かみあり　［宗］　陰暦十月（神無月）
には全国の八百万の神々が出雲大社に集
まっていること　㋈冬

神在月　かみありづき　［時］　陰暦十月の別
称　㋈冬

神在祭　かみありまつり　［宗］　陰暦十月中
旬から下旬、島根県大社町・出雲大社と島
根県鹿島町・佐太神社で行われた諸国の
神々を迎える神事。現在は十一月に行う
㋈冬

神年越　かみとしこし　［宗］　六日年越の別
称　㋈新年

神有月　かみありづき　［時］　陰暦十月の別
称　㋈冬

神衣祭　かんそまつり　［宗］　伊勢神御衣祭
のこと　㋈夏

神衣祭　かんみぞのまつり　［宗］　池田市の
穴織祭・呉服祭の別称　㋈秋

⁷神迎　かみむかえ　［宗］　八百万神が出雲大
社から帰るということから、陰暦十一月朔
日に行われた神の帰還を迎える神事　㋈冬

神迎え　かみむかえ　［宗］　八百万神が出雲
大社から帰るということから、陰暦十一月
朔日に行われた神の帰還を迎える神事
㋈冬

⁸神事相撲　しんじすもう　［人］　神社の祭礼
に行われる相撲　㋈秋

神武天皇祭　じんむてんのうさい　［人］　神
武天皇を祭る宮中祭礼　㋈春

神武祭　じんむさい　［人］　神武天皇を祭る
宮中祭礼　㋈春

⁹神前相場　しんぜんそうば　［宗］　厳島神社
の年越祭の際、年籠りの豊作祈念をして作
柄や相場について感得したものを語り合っ
たこと　㋈新年

神泉苑祭　しんぜんえんまつり　［宗］　五月
一日に行われる京都・神泉苑の祭礼　㋈夏

神送　かみおくり　［宗］　全国の八百万の
神々が出雲に集まるため十月一日に旅立つ
という俗信から、九月晦日に行われた神を
送り出す神事　㋈冬

神送り　かみおくり　［宗］　全国の八百万の
神々が出雲に集まるため十月一日に旅立つ
という俗信から、九月晦日に行われた神を
送り出す神事　㋈冬

神送風　かみおくりかぜ　［宗］　神が出雲へ
旅立つ際に乗っていく風　㋈冬

¹⁰神宮奏事始　じんぐうそうじはじめ　［宗］
正月十一日、天皇が伊勢神宮に関する政務
をごらんになる儀式　㋈新年

神宮神御衣祭　じんぐうかんみそのまつり，
じんぐうかんみそさい　［宗］　伊勢神御衣
祭のこと　㋈夏

神帰月　しんきづき　［時］　陰暦十一月の別
称　㋈冬

神茶　しんと　［人］　桃符に描かれた門を守
る中国の神の名　㋈新年

神馬藻　じんばそう　［植］　穂俵の別称
㋈夏

神馬藻　じんめそう，じんばそう　［植］　長
さ一メートル前後の海藻。褐色藻類だが、
乾かすと鮮緑色となる。食用、肥料とする
外、焼いて加里を採る　㋈新年

¹¹神祭　かみまつり　［宗］　夏の祭の総称
㋈夏

神鹿　しんろく　［動］　神聖視された鹿
㋈秋

¹²神渡　かみわたし　［天］　陰暦十月（神無
月）に吹く西風　㋈冬

神渡し　かみわたし　［天］　陰暦十月（神無
月）に吹く西風　㋈冬

神無月　かんなづき　［時］　陰暦十月の別称
㋈冬

神等去出の神事　からさでのしんじ　［宗］
陰暦十月の晦日に、島根県鹿島町・佐太神
社と島根県大社町・出雲大社で行われた諸
国の神々を送り出す神事。現在は十一月に
行う　㋈冬

俳句季語よみかた辞典　277

9画（祐, 秋）

神葭流し　みよしながし　［宗］　津島祭で行われる厄送りの行事　㋅夏

神遊　かみあそび　［宗］　神楽の古称　㋤冬

神集　かみあつめ　［宗］　陰暦十月（神無月）には全国の八百万の神々が出雲大社に集まっていること

神集い　かみつどい　［宗］　陰暦十月（神無月）には全国の八百万の神々が出雲大社に集まっていること　㋤冬

13神楽　かぐら　［宗］　古代から伝わる日本の代表的な神事芸能。多くは年の暮れに行われ、代表的なものとして十二月に行われる内侍所御神楽がある　㋤冬

神楽月　かぐらづき　［時］　陰暦十一月の別称　㋤冬

神楽始　かぐらはじめ　［宗］　正月三日の朝、奈良・春日大社で新年になって初めて神楽を奏すること　㋐新年

神楽宿　かぐらやど　［宗］　夜神楽を行う宿　㋤冬

神楽歌　かぐらうた　［宗］　宮廷の神楽で歌われる歌謡　㋤冬

神農さん　しんのうさん　［宗］　十一月二十二、二十三日、大阪市・少彦名神社で行われる例祭　㋤冬

神農祭　しんのうまつり　［宗］　十一月二十二、二十三日、医薬の祖神と伝えられる神農をまつる祭　㋤冬

神農祭　しんのうさい　［宗］　十一月二十二、二十三日、大阪市・少彦名神社で行われる例祭　㋤冬

14神嘗祭　かんなめのまつり, かんなめさい, しんじょうさい　［宗］　十月十七日、伊勢神宮で行われる新穀の初穂を奉った祭儀　㋐秋

神鳴　かみなり　［天］　積乱雲によって起こされる空中の放電現象。夏に多い　㋅夏

16神還　かみかえり　［宗］　八百万神が出雲大社から帰るということから、陰暦十一月朔日に行われた神の帰還を迎える神事　㋤冬

神還り　かみかえり　［宗］　八百万神が出雲大社から帰るということから、陰暦十一月朔日に行われた神の帰還を迎える神事　㋤冬

17神輿　みこし　［宗］　祭の際、ご神体がのるとされるもの。祭は夏祭のこと　㋅夏

神輿洗　みこしあらい　［宗］　祇園会の際、賀茂川で行う儀式　㋅夏

神輿舁　みこしかき　［宗］　神輿をかつぐこと　㋅夏

神輿草　みこしぐさ　［植］　現の証拠の別称。夏に採って下痢止めの薬草とする　㋅夏

神麹製す　しんきくせいす　［人］　五月五日、六月六日、三伏の日に薬用米麹を製したこと。薬効が増すといわれた　㋅夏

【祐】

4祐天寺千部　ゆうてんじせんぶ　［宗］　東京・祐天寺で、昔、陰暦七月十六日から二十五日まで行われていた阿弥陀経千部読誦修行　㋐秋

【秋】

かへる秋　かえるあき　［時］　秋が過ぎ去ろうとすること。それを惜しむ気持ちがこめられる　㋐秋

秋　あき　［時］　立秋から立冬の前日までのことを指す。陽暦では概ね八月、九月、十月　㋐秋

0秋あわれ　あきあわれ　［人］　秋に物思いに耽ること。秋の哀れ、寂しさなどが入り混じった心情　㋐秋

秋さうび　あきそうび　［植］　秋に咲く薔薇の花。小ぶりで色も初夏のものに比べ悪い　㋐秋

秋さびし　あきさびし　［人］　秋に物思いに耽ること。秋の哀れ、寂しさなどが入り混じった心情　㋐秋

秋さぶ　あきさぶ　［時］　秋が深まり、万物が枯れ始める荒涼とした感じ　㋐秋

秋さり　あきさり　［時］　立秋を迎え、秋になること　㋐秋

秋さる　あきさる　［時］　立秋を迎え、暑い盛りだが、秋の到来を感じること　㋐秋

秋され　あきされ　［時］　立秋を迎え、秋になること　㋐秋

秋しくの花　あきしくのはな　［植］　菊の別称。菊は秋の季語　㋐秋

秋じまひ　あきじまい　［人］　秋、一年の農作業を無事全て終えた祝い　㋐秋

秋じみる　あきじみる　［時］　気候が秋らしくなる兆候が現れること　㋐秋

秋じむ　あきじむ　［時］　気候が秋らしくな

る兆候が現れること [季]秋
秋ぞ隔る あきぞへだたる ［時］ 秋が過ぎ去ろうとすること。それを惜しむ気持ちがこめられる [季]秋
秋ち草 あきちぐさ ［植］ 萩の別称。萩は秋の代表的な植物 [季]秋
秋づく あきづく ［時］ 気候が秋らしくなる兆候が現れること [季]秋
秋ともし あきともし ［人］ 秋の夜の澄明な感じの灯火 [季]秋
秋なすび あきなすび ［植］ 秋になってもまだとれる茄子。美味なことで知られる [季]秋
秋に入る あきにいる ［時］ 立秋を迎え、暑い盛りだが、秋の到来を感じること [季]秋
秋に後るる あきにおくるる ［時］ 秋が過ぎ去ろうとすること。それを惜しむ気持ちがこめられる [季]秋
秋のあかつき あきのあかつき ［時］ 秋の爽やかな明け方 [季]秋
秋のおきまつり あきのおきまつり ［宗］ 秋に行われる孔子とその門下の十哲・十二弟子などをまつる儀式 [季]秋
秋のセル あきのせる ［人］ 暑さが急に衰えて秋冷を覚えるころ取り出して着る毛織の薄いひとえ [季]秋
秋のピクニック あきのぴくにっく ［人］ 秋、紅葉などを楽しむ軽い行楽。ただし単にピクニックといえば春の季語 [季]秋
秋の七草 あきのななくさ ［植］ 春の七草に対していうもので、山上憶良の万葉集に載った歌をもとにしている。萩の花、尾花、葛の花、撫子、女郎花、藤袴、朝顔の七つ。現在は朝顔の代わりに桔梗を入れる [季]秋
秋の二日灸 あきのふつかやいと ［人］ 後の二日灸に同じ [季]秋
秋の入日 あきのいりひ ［天］ 秋の夕日 [季]秋
秋の土 あきのつち ［地］ 秋の草花を咲かせ実を結ばせる豊かな土 [季]秋
秋の夕 あきのゆう, あきのゆうべ ［時］ 秋の日暮れどき [季]秋
秋の夕日 あきのゆうひ ［天］ 秋のあわただしく暮れる夕日 [季]秋
秋の夕焼 あきのゆうやけ ［天］ 秋にみられる夕焼。単に夕焼は夏の季語だが、秋の夕焼には物寂しさが籠もる [季]秋
秋の夕暮 あきのゆうぐれ ［時］ 秋の日暮れどき [季]秋
秋の大風 あきのおおかぜ ［天］ 秋の暴風の一般的な言い方 [季]秋
秋の大掃除 あきのおおそうじ ［人］ 流行病を防ぐために戦前に行なわれた秋の大掃除 [季]秋
秋の大潮 あきのおおしお ［地］ 初潮の別称 [季]秋
秋の山 あきのやま ［地］ 秋の訪れとともに、紅葉に彩られてはなやぐ山々 [季]秋
秋の山遊 あきのやまあそび ［人］ 秋の野山の景色を楽しむ行楽 [季]秋
秋の川 あきのかわ ［地］ 秋、水が清く澄んだ川 [季]秋
秋の戸 あきのと ［人］ 静寂な秋の自然につつまれた旅宿や自分の家のこと [季]秋
秋の日 あきのひ ［天］ 秋の一日、または秋の太陽 [季]秋
秋の月 あきのつき ［天］ 秋空の月 [季]秋
秋の水 あきのみず ［地］ 秋の冷たい澄んだ水 [季]秋
秋の牛蒡蒔く あきのごぼうまく ［人］ 秋に牛蒡の種をまくこと [季]秋
秋の出代 あきのでがわり ［人］ 後の出代に同じ [季]秋
秋の末 あきのすえ ［時］ 秋が過ぎ去ろうとすること。それを惜しむ気持ちがこめられる [季]秋
秋の田 あきのた ［地］ 稲が黄金色に成熟して稲穂をたれた田 [季]秋
秋の光 あきのひかり ［天］ 秋らしい景色・気配 [季]秋
秋の名草 あきのなぐさ ［植］ 秋の七草のこと [季]秋
秋の名残 あきのなごり ［時］ 秋が過ぎ去ろうとすること。それを惜しむ気持ちがこめられる [季]秋
秋の団扇 あきのうちわ ［人］ 秋団扇のこと [季]秋
秋の気 あきのき ［時］ 秋の爽やかに澄み切った大気のこと [季]秋
秋の江 あきのこう ［地］ 秋の川のこと [季]秋
秋の池 あきのいけ ［地］ 秋の澄んだ水を

たたえる池 [季]秋

秋の灯　あきのひ ［人］ 秋の夜の澄明な感じの灯火 [季]秋

秋の色　あきのいろ ［天］ 秋らしい景色・気配、また秋の紅葉色そのものもさす [季]秋

秋の虫送り　あきのむしおくり ［人］ 七月はじめ虫害から稲を守ろうとする農村での行事 [季]秋

秋の行方　あきのゆくえ ［時］ 秋が過ぎ去ろうとすること。それを惜しむ気持ちがこめられる [季]秋

秋の衣類　あきのいるい ［人］ 秋に着る衣 [季]秋

秋の更衣　あきのころもがえ ［人］ 秋に行う更衣 [季]秋

秋の初風　あきのはつかぜ ［天］ 秋の到来を思わせる風 [季]秋

秋の初雪　あきのはつゆき ［天］ 高山や北海道での立冬以前に降る雪 [季]秋

秋の初霜　あきのはつじも ［天］ 秋におりた初霜 [季]秋

秋の別　あきのわかれ ［時］ 秋が過ぎ去ろうとすること。それを惜しむ気持ちがこめられる [季]秋

秋の声　あきのこえ ［天］ 秋、空気が澄みさまざまな物音が聞えること [季]秋

秋の旱　あきのひでり ［天］ 立秋を過ぎてからの晴天続きのこと [季]秋

秋の村雨　あきのむらさめ ［天］ 秋から冬にかけて断続的に降る驟雨 [季]秋

秋の社日　あきのしゃにち ［時］ 秋分に最も近い、その前後の戊の日 [季]秋

秋の花蕨　あきのはなわらび ［植］ 高山帯に産するハナヤスリ科の多年生シダ類の一種 [季]秋

秋の夜　あきのよる ［時］ 一般的な秋の夜の総称 [季]秋

秋の夜明　あきのよあけ ［時］ 秋の爽やかな明け方 [季]秋

秋の彼岸　あきのひがん ［時］ 秋彼岸のこと [季]秋

秋の彼岸会　あきのひがんえ ［宗］ 秋彼岸会のこと [季]秋

秋の服　あきのふく ［人］ 秋に着る服の総称で、夏服よりも厚手で落ち着いた色調の印象 [季]秋

秋の果　あきのはて ［時］ 秋が過ぎ去ろうとすること。それを惜しむ気持ちがこめられる [季]秋

秋の沼　あきのぬま ［地］ 秋の澄んだ水をたたえる沼 [季]秋

秋の波　あきのなみ ［地］ 秋の寂しさの漂う海 [季]秋

秋の炉　あきのろ ［人］ 仲秋から晩秋へかけての頃に火を焚く炉 [季]秋

秋の空　あきのそら ［天］ 秋の爽やかに澄みきった大空 [季]秋

秋の芽　あきのめ ［植］ 秋に出る木の芽や草の芽のこと。多くは季節はずれで、そのまま冬を迎えてしまう [季]秋

秋の金魚　あきのきんぎょ ［動］ 涼しい秋となり、とかく忘れがちとなっていくそのすたれる金魚のこと [季]秋

秋の雨　あきのあめ ［天］ 秋に降る雨 [季]秋

秋の昼　あきのひる ［時］ 秋の昼間のこと [季]秋

秋の星　あきのほし ［天］ 秋に澄んだ夜空に見える星のこと [季]秋

秋の海　あきのうみ ［地］ 秋の寂しさの漂う海 [季]秋

秋の狩場　あきのかりば ［地］ 秋の鷹狩りのための場所 [季]秋

秋の草　あきのくさ ［植］ 特定の名のある草ではなく、秋に生えている雑多なもろもろの名もない草を指す [季]秋

秋の虹　あきのにじ ［天］ 秋の淡い色合いの虹。単なる虹は夏の季語 [季]秋

秋の限　あきのかぎり ［時］ 秋が過ぎ去ろうとすること。それを惜しむ気持ちがこめられる [季]秋

秋の音　あきのおと ［天］ 秋、空気が澄みさまざまな物音が聞えること [季]秋

秋の風　あきのかぜ ［天］ 秋に吹く風の総称 [季]秋

秋の原　あきのはら ［地］ 秋の野の姿 [季]秋

秋の家　あきのいえ ［人］ 静寂な秋の自然につつまれた旅宿や自分の家のこと [季]秋

秋の宮　あきのみや ［人］ 皇后宮のこと [季]秋

秋の宵　**あきのよい**　［時］　秋の夜がまだ更けきっていない頃　[季]秋

秋の峯　**あきのみね**　［地］　秋の訪れとともに、紅葉に彩られてはなやぐ山々　[季]秋

秋の峯入　**あきのみねいり**　［宗］　修験者が奈良・大峯山に登って修行することで、吉野から入ることをいう　[季]秋

秋の庭　**あきのにわ**　［地］　秋の草花の色に粧われて華やかな公園や庭園　[季]秋

秋の桑　**あきのくわ**　［植］　秋蚕を飼うために残された桑のこと　[季]秋

秋の浜　**あきのはま**　［地］　秋に寂しさの漂う浜　[季]秋

秋の浜辺　**あきのはまべ**　［地］　秋に寂しさの漂う浜　[季]秋

秋の烏　**あきのからす**　［動］　別烏の別称　[季]秋

秋の蚊　**あきのか**　［動］　秋になってもまだ生き残っている蚊。夏の名残と秋の寂しさを思わせる　[季]秋

秋の蚊帳　**あきのかや**　［人］　秋になってもまだ吊っている蚊帳　[季]秋

秋の除目　**あきのじもく**　［人］　平安時代から中世にかけて、秋に行った中央官司（京官）の任命　[季]秋

秋の宿　**あきのやど**　［人］　静寂な秋の自然につつまれた旅宿や自分の家のこと　[季]秋

秋の帷子　**あきのかたびら**　［人］　麻で織った涼しい夏の衣服を秋になっても暑い日には着用すること　[季]秋

秋の庵　**あきのいおり**　［人］　静寂な秋の自然につつまれた旅宿や自分の家のこと　[季]秋

秋の終　**あきのおわり**　［時］　秋が過ぎ去ろうとすること。それを惜しむ気持ちがこめられる　[季]秋

秋の終り　**あきのおわり**　［時］　秋が過ぎ去ろうとすること。それを惜しむ気持ちがこめられる　[季]秋

秋の蛍　**あきのほたる**　［動］　蛍が秋になっても姿を見せ、細々と光ること。夏の名残と秋の寂しさを思わせる　[季]秋

秋の蛇　**あきのへび**　［動］　冬眠する前の穴に入るころの蛇　[季]秋

秋の袷　**あきのあわせ**　［人］　秋袷に同じ　[季]秋

秋の釈奠　**あきのせきてん**　［宗］　秋に行われる孔子とその門下の十哲・十二弟子などをまつる儀式　[季]秋

秋の野　**あきのの**　［地］　秋の野の姿　[季]秋

秋の野遊　**あきののあそび**　［人］　紅葉の季節に行うぶどう狩り・茸狩り・栗拾い・ハイキングなどの行楽の総称　[季]秋

秋の雪　**あきのゆき**　［天］　高山や北海道での立冬以前に降る雪　[季]秋

秋の嵐　**あきのあらし**　［天］　秋の暴風の一般的な言い方　[季]秋

秋の御灯　**あきのごとう**　［人］　三月三日の春の御灯と同じ御灯が秋の九月三日に行われたこと　[季]秋

秋の御遊　**あきのぎょゆう**　［人］　紅葉の季節に行う祝賀の宴会。あるいは、紅葉の樹陰で宴をひらくこともいう　[季]秋

秋の暑さ　**あきのあつさ**　［時］　立秋以後に残る暑さ　[季]秋

秋の晴　**あきのはれ**　［天］　秋空が澄んで晴れわたる、穏やかな天気のこと　[季]秋

秋の朝　**あきのあさ**　［時］　秋の爽やかな朝　[季]秋

秋の朝日　**あきのあさひ**　［天］　秋晴れの空にでる朝日　[季]秋

秋の湖　**あきのみずうみ, あきのうみ**　［地］　秋の深く澄みきった湖　[季]秋

秋の湊　**あきのみなと**　［時］　秋が過ぎ去ろうとすること。それを惜しむ気持ちがこめられる　[季]秋

秋の落日　**あきのらくじつ**　［天］　深井戸に釣瓶が落ちていくようにすぐ暮れてしまう秋の入り日　[季]秋

秋の落葉　**あきのおちば**　［植］　晩秋、紅葉した名のある木の葉が、やがて秋風に吹かれて早くも散っていくさま　[季]秋

秋の蛙　**あきのかわず**　［動］　秋になって動作が鈍くなった蛙のこと　[季]秋

秋の遊び　**あきのあそび**　［人］　秋の趣を興じ楽しむこと　[季]秋

秋の雲　**あきのくも**　［天］　秋の雲の総称　[季]秋

秋の園　**あきのその**　［地］　秋の草花の色に粧われて華やかな公園や庭園　[季]秋

秋の夢　**あきのゆめ**　［人］　秋の心情、秋のムードのこと　[季]秋

秋の愁　**あきのうれい**　［人］　秋になってな

9画（秋）

んとなく湧く、愁いある心をいう　㋒秋

秋の蜂　あきのはち　［動］　秋の花畑に蜜を求めて姿を見せる蜂。あるいは晩秋に死んでいく雄蜂のこと。夏の名残と秋の寂しさを思わせる　㋒秋

秋の遠足　あきのえんそく　［人］　秋晴れの日に見学・運動などのために遠い所へ歩いてゆくこと。単に遠足といえば春の季語となる　㋒秋

秋の雷　あきのらい　［天］　秋に入っておこる雷。単なる雷は夏の季語　㋒秋

秋の境　あきのさかい　［時］　夏が終わり、秋も近いと感じられる時期　㋒夏

秋の暮　あきのくれ　［時］　秋の日暮れどき　㋒秋

秋の帳　あきのかや　［人］　秋になってもまだ吊っている蚊帳　㋒秋

秋の潮　あきのしお　［地］　秋の寂しさの漂う潮　㋒秋

秋の蝶　あきのちょう　［動］　秋、めっきり数も減り動きも鈍くなった蝶。夏の名残と秋の寂しさを思わせる　㋒秋

秋の駒　あきのこま　［動］　食べ物の少ない冬に備えて豊かに肥えた馬　㋒秋

秋の駒牽　あきのこまびき　［人］　昔、陰暦八月十六日、天皇が諸国から献上された駿馬を御覧になった宮中行事　㋒秋

秋の薔薇　あきのばら　［植］　秋薔薇に同じ　㋒秋

秋の錦　あきのにしき　［地］　秋の野山が紅葉で彩られた美しさを比喩的に言ったもの　㋒秋

秋の隣　あきのとなり　［時］　夏が終わり、秋も近いと感じられる時期　㋒夏

秋の鮎　あきのあゆ　［動］　落鮎の別称　㋒秋

秋の鮒　あきのふな　［動］　落鮒の別称　㋒秋

秋の嶺　あきのみね　［地］　秋の訪れとともに、紅葉に彩られてはなやぐ山々　㋒秋

秋の霞　あきのかすみ　［天］　一般には春は霞で秋は霧だが、気象学上では霧の薄いものを霞としたため、秋の霧のうちごく薄いものをこういう言い方が残った　㋒秋

秋の霜　あきのしも　［天］　秋におりる霜　㋒秋

秋の藪入　あきのやぶいり　［人］　後の藪入

の別称　㋒秋

秋の蟬　あきのせみ　［動］　秋に入っても見られる蟬の総称。夏の名残と秋の寂しさを思わせる　㋒秋

秋の雛　あきのひな　［宗］　秋の九月九日に雛を祭る風俗　㋒秋

秋の鵜　あきのう　［人］　秋の鵜飼に使われる鵜　㋒秋

秋の鵜飼　あきのうかい　［人］　夏に盛んに行われる鵜飼を秋にも行うこと　㋒秋

秋の蠅　あきのはえ　［動］　秋、めっきり数も減り動きも鈍くなった蠅。夏の名残と秋の寂しさを思わせる　㋒秋

秋の麒麟草　あきのきりんそう　［植］　泡立草の正式名。北米原産で山野に多く生え、初秋黄色い花をつける　㋒秋

秋めく　あきめく　［時］　気候が秋らしくなる兆候が現れること　㋒秋

秋より後　あきよりのち　［時］　秋が過ぎ去ろうとすること。それを惜しむ気持ちがこめられる　㋒秋

秋を迎ふ　あきをむかう　［時］　立秋を迎え、暑い盛りだが、秋の到来を感じること　㋒秋

秋を待つ　あきをまつ　［時］　朝夕の気温がさがり、秋めいてくること　㋒夏

²**秋七日　あきなぬか**　［人］　七夕の別称　㋒秋

秋七草　あきななくさ　［植］　秋の七草のこと　㋒秋

秋刀魚　さんま　［動］　サンマ科の海魚。晩秋、寒流にのって南下してくる　㋒秋

秋刀魚網　さんまあみ　［動］　サンマを捕える網　㋒秋

³**秋千　しゅうせん**　［人］　ぶらんこの別称　㋒春

秋口　あきぐち　［時］　初秋の別称　㋒秋

秋土用　あきどよう　［時］　秋の土用のこと。単に土用というと夏の土用を指す　㋒秋

秋夕　しゅうせき　［時］　秋の日暮れどき　㋒秋

秋夕草　あきゆうぐさ　［植］　秋の七草のこと　㋒秋

秋夕焼　あきゆうやけ　［天］　秋の夕焼のこと　㋒秋

282　俳句季語よみかた辞典

9画（秋）

秋女　あきおんな　［人］　秋の稲刈に雇い入
　れる者　㋒秋

秋小鳥　あきことり　［動］　色鳥の別称
　㋒秋

秋小寒　あきこさむ　［時］　秋に入って覚え
　る寒さで、「冷やか」よりも季節が進行した
　感じ　㋒秋

秋山　あきやま，しゅうざん　［地］　秋の訪
　れとともに、紅葉に彩られてはなやぐ山々
　㋒秋

秋川　あきがわ　［地］　秋の川のこと　㋒秋

4秋分　しゅうぶん　［時］　二十四節気の一
　つ。陽暦九月二十二日、二十三日頃。昼夜
　の長さが等しくなる　㋒秋

秋分の日　しゅうぶんのひ　［宗］　九月二十
　二日、二十三日頃で、国民の祝日の一つ。
　昼夜の長さが等しくなる　㋒秋

秋天　しゅうてん　［天］　秋の爽やかに澄み
　きった大空　㋒秋

秋手入れ　あきていれ　［人］　夏のあいだに
　伸びきった庭の木々にはさみを入れて、刈
　り透かすこと　㋒秋

秋日　あきび　［時］　秋の一日、または秋の
　太陽　㋒秋

秋日向　あきひなた　［時］　秋の太陽ででき
　る日向　㋒秋

秋日和　あきびより　［天］　秋空が澄んで晴
　れわたる、穏やかな天気のこと　㋒秋

秋日射　あきひざし　［天］　秋の日射　㋒秋

秋日影　あきひかげ　［天］　秋の日ざし
　㋒秋

秋月苔　あきづきのり　［植］　ネンジュモ科
　の藍藻類で、熊本県の水前寺川の清流に産
　する　㋒夏

秋水　しゅうすい　［地］　秋の冷たい澄んだ
　水　㋒秋

5秋出水　あきでみず　［地］　秋期の集中豪雨
　や台風のため河川の水嵩が急激に増し、堰
　を越えてしまうこと　㋒秋

秋北斗　あきほくと　［天］　秋の星座の一つ
　㋒秋

秋半ば　あきなかば　［時］　仲秋のこと
　㋒秋

秋去衣　あきさりごろも　［人］　秋になって
　着る衣の意で、七夕の縁語　㋒秋

秋去姫　あきさりひめ　［人］　棚機姫の異名

七種の一つ　㋒秋

秋収め　あきおさめ　［人］　秋、一年の農作
　業を無事全て終えた祝い　㋒秋

秋汀　しゅうてい　［地］　秋に寂しさの漂う
　渚　㋒秋

秋田　あきた　［地］　稲が黄金色に成熟して
　稲穂をたれた田　㋒秋

秋田の鳥追　あきたのとりおい　［人］　秋田
　で行なわれる鳥追遊　㋒新年

秋田万歳　あきたまんざい　［人］　秋田から
　でた万歳　㋒新年

秋田大根　あきただいこん　［植］　大根の一
　種で、秋田県産のもの　㋒冬

秋田刈る　あきたかる　［人］　秋の田に稔っ
　た稲を刈ること　㋒秋

秋田蕗　あきたふき　［植］　蕗の一種で、葉
　が大きいので有名。蕗は夏の季語　㋒夏

秋立つ　あきたつ　［時］　立秋を迎え、暑い
　盛りだが、秋の到来を感じること　㋒秋

6秋光　しゅうこう　［天］　秋らしい景色・気
　配　㋒秋

秋団扇　あきうちわ　［人］　秋になっても残
　暑の厳しい時になお使う団扇のこと。ある
　いは、不用になってもしまい忘れている団
　扇のこともさす　㋒秋

秋尽く　あきつく　［時］　陰暦九月晦日、秋
　が終わってしまうこと。行く秋を惜しむ気
　持ちが滲む　㋒秋

秋成忌　あきなりき　［宗］　陰暦六月二十七
　日、江戸時代中期の読本作者上田秋成の忌
　日　㋒夏

秋気　しゅうき　［時］　秋の爽やかに澄み
　切った大気のこと　㋒秋

秋気澄む　しゅうきすむ　［時］　秋の爽やか
　に澄み切った大気のこと　㋒秋

秋江　しゅうこう　［地］　秋の川のこと
　㋒秋

秋灯　しゅうとう　［人］　秋の夜の澄明な感
　じの灯火　㋒秋

秋色　しゅうしょく　［天］　秋らしい景色・
　気配、また秋の紅葉色そのものもさす
　㋒秋

秋色桜　しゅうしきざくら　［植］　桜の一種
　㋒春

秋艸忌　しゅうそうき　［宗］　十一月二十一
　日、大正・昭和期の歌人会津八一の忌日

俳句季語よみかた辞典　283

9画 （秋）

㊧冬

秋行く　あきゆく　［時］　秋が過ぎ去ろうとすること。それを惜しむ気持ちがこめられる　㊧秋

⁷秋更くる　あきふくる　［時］　秋のもの寂しさが極まった頃　㊧秋

秋冷　しゅうれい　［時］　秋になって感じる冷やかさ　㊧秋

秋初め　あきはじめ　［時］　初秋の別称　㊧秋

秋初月　あきはづき　［時］　陰暦七月の別称　㊧秋

秋声　しゅうせい　［天］　秋、空気が澄みさまざまな物音が聞こえること　㊧秋

秋志　あきざし　［宗］　陰暦九月二十三日、大原神社の例祭に参詣すること　㊧夏

秋忘　あきわすれ　［人］　秋の収穫を終えた後の祝いの飲食のこと　㊧秋

秋旱　あきひでり　［天］　立秋を過ぎてからの晴天続きのこと　㊧秋

秋来る　あきくる　［時］　立秋を迎え、暑い盛りだが、秋の到来を感じること　㊧秋

秋没日　あきいりひ　［天］　秋の夕日　㊧秋

秋牡丹　あきぼたん　［植］　貴船菊の別称。十月頃菊に似た花を開く　㊧秋

秋狂言　あききょうげん　［人］　九月に行う歌舞伎興行。歌舞伎では新年顔見世前のいわば年度末公演にあたる　㊧秋

秋社　しゅうしゃ　［時］　秋分に最も近い、その前後の戊の日　㊧秋

秋近し　あきちかし　［時］　夏が終わり、秋も近いと感じられる時期　㊧夏

⁸秋卒　あかえんば　［動］　赤蜻蛉の一種　㊧秋

秋味　あきあじ　［動］　秋の美味を称しての北海道での鮭の別称　㊧秋

秋夜　しゅうや　［時］　一般的な秋の夜の総称　㊧秋

秋学期　あきがっき　［人］　夏休みが終わり、九月から始まる秋の新学期のこと　㊧秋

秋季大運動会　しゅうきだいうんどうかい　［人］　学校、会社、地域などで行われる秋の運動競技会。体育の日前後に行うことが多い　㊧秋

秋季皇霊祭　しゅうきこうれいさい　［宗］

秋分の日に、天皇が宮中皇霊殿で歴代の天皇・后妃・皇親の霊を祭る行事　㊧秋

秋彼岸　あきひがん　［宗］　秋分の前後の七日間。またその時期に行う仏事　㊧秋

秋彼岸会　あきひがんえ　［時］　秋彼岸に行う法要や墓参などの仏事　㊧秋

秋明菊　しゅうめいぎく　［植］　貴船菊の別称。十月頃菊に似た花を開く　㊧秋

秋旻　しゅうびん　［天］　秋の爽やかに澄みきった大空　㊧秋

秋果　しゅうか　［植］　秋の果実の総称　㊧秋

秋炉　しゅうろ　［人］　秋の炉に同じ　㊧秋

秋空　あきぞら　［天］　秋の爽やかに澄みきった大空　㊧秋

秋苑　しゅうえん　［地］　秋の草花の色に粧われて華やかな公園や庭園　㊧秋

秋茄子　あきなすび, あきなす　［植］　秋になってもまだとれる茄子。美味なことで知られる　㊧秋

秋迫る　あきせまる　［時］　夏が終わり、秋も近いと感じられる時期　㊧夏

秋金　しゅうきん　［動］　金魚の一種　㊧夏

秋雨　あきさめ　［天］　秋に降る雨　㊧秋

⁹秋咲きサフラン　あきさきさふらん　［植］　秋に花の咲くサフランのこと　㊧秋

秋待つ　あきまつ　［時］　朝夕の気温がさがり、秋めいてくること　㊧夏

秋思　しゅうし　［人］　秋に物思いに耽ること。秋の哀れ、寂しさなどが入り混じった心情　㊧秋

秋思祭　しゅうしさい　［宗］　陰暦八月十五日、大阪市・天満宮で行われる祭礼　㊧秋

秋海棠　しゅうかいどう　［植］　中国原産の多年草。八月末ごろから花梗を出して、初秋、薄紅色の花をつける　㊧秋

秋浅し　あきあさし　［時］　初秋の別称　㊧秋

秋珊瑚　あきさんご　［植］　山茱萸の実の別称。初秋に赤く熟し、強壮剤などに用いられた　㊧秋, 春

秋胡瓜　あききゅうり　［植］　夜蒔胡瓜のこと。八月から十月にかけて収穫する　㊧秋

秋茜　あきあかね　［動］　赤蜻蛉の一種　㊧秋

秋草　あきくさ　［植］　特定の名のある草で

はなく、秋に生えている雑多なもろもろの名もない草を指す [季]秋

秋茱萸 あきぐみ ［植］ グミ科の植物で、山野に自生する落葉低木。秋、小粒の果実が赤く熟し甘くなる [季]秋

秋茗荷 あきみょうが ［植］ 湿地に自生する日本独特の野菜。晩夏に収穫しなかった花穂から初秋に咲いた唇形、淡黄色の花 [季]秋

秋虹 あきにじ ［天］ 秋の淡い色合いの虹。単なる虹は夏の季語 [季]秋

秋郊 しゅうこう ［地］ 秋の野の姿 [季]秋

秋風 あきかぜ, しゅうふう ［天］ 秋に吹く風の総称 [季]秋

秋風月 あきかぜづき ［時］ 陰暦八月の別称 [季]秋

秋風近し あきかぜちかし ［時］ 夏が終わり、秋も近いと感じられる時期 [季]夏

秋風楽 しゅうふうらく ［時］ 漢武帝の時に出来た、秋声の辞 [季]秋

10**秋宵** しゅうしょう ［時］ 秋の夜がまだ更けきっていない頃 [季]秋

秋容 しゅうよう ［天］ 秋らしい景色・気配 [季]秋

秋容 しゅうよう ［人］ 秋に物思いに耽ること。秋の哀れ、寂しさなどが入り混じった心情 [季]秋

秋師 あきし ［人］ 秋の稲刈に雇い入れる者 [季]秋

秋扇 あきおうぎ, しゅうせん ［人］ 秋になっても残暑の厳しい時になお使う扇のこと。あるいは、不用になってもしまい忘れている扇のこともさす [季]秋

秋振舞 あきぶるまい ［人］ 秋の収穫を終えた後の祝いの飲食のこと [季]秋

秋時雨 あきしぐれ ［天］ 晩秋に降る時雨。単なる時雨は冬の季語 [季]秋

秋桑 あきくわ ［植］ 秋蚕を飼うために残された桑のこと [季]秋

秋桜 あきざくら ［植］ コスモスの別称。秋、茎の先端に大きな頭状花をつける [季]秋

秋耕 しゅうこう ［人］ 秋に収穫した畑を、牛馬を使ったり鍬を使ったりして秋蒔きのものの準備をすること [季]秋

秋蚕 あきご, しゅうさん ［人］ 秋に飼う蚕のこと [季]秋

秋起し あきおこし ［人］ 秋に収穫した畑を、牛馬を使ったり鍬を使ったりして秋蒔きのものの準備をすること [季]秋

秋高 しゅうこう ［天］ 秋高しに同じ [季]秋

秋高し あきたかし ［天］ 秋、空が澄んで高く感じられること [季]秋

11**秋乾き** あきがわき ［時］ 夏の暑さのために食欲が減退していたのが、秋に入り回復すること。渇きは空腹のこと [季]秋

秋寂び あきさび ［時］ 秋が深まり、万物が枯れ始める荒涼とした感じ [季]秋

秋寂ぶ あきさぶ ［時］ 秋が深まり、万物が枯れ始める荒涼とした感じ [季]秋

秋惜む あきおしむ ［時］ 秋が過ぎ去るを惜しむ気持ち [季]秋

秋望 しゅうぼう ［天］ 秋らしい景色・気配 [季]秋

秋渇 あきがわき ［時］ 夏の暑さのために食欲が減退していたのが、秋に入り回復すること。渇きは空腹のこと [季]秋

秋渇き あきがわき ［人］ 夏の暑さのために食欲が減退していたのが、秋に入り回復すること。渇きは空腹のこと [季]秋

秋渚 あきなぎさ ［地］ 秋に寂しさの漂う渚 [季]秋

秋深し あきふかし ［時］ 秋のもの寂しさが極まった頃 [季]秋

秋深む あきふかむ ［時］ 秋のもの寂しさが極まった頃 [季]秋

秋涼 しゅうりょう ［時］ 初秋の頃の涼気、涼風 [季]秋

秋涼し あきすずし ［時］ 初秋の頃の涼気、涼風 [季]秋

秋爽 しゅうそう ［時］ 秋の大気がすがすがしく快い様子 [季]秋

秋祭 あきまつり ［宗］ 秋季に行われる祭り。本来は農村の収穫感謝祭の性格が強かったが、現在ではその意味はかなり薄れてきた [季]秋

秋蛍 あきほたる ［動］ 秋の蛍のこと [季]秋

秋袷 あきあわせ ［人］ 秋の肌寒さを感じる頃に着る袷のこと [季]秋

秋野 しゅうや ［地］ 秋の野の姿 [季]秋

秋野駈 あきのがけ ［人］ 秋の野山の景色

9画（秋）

を楽しむ行楽　㋑秋

秋陰　あきかげ, しゅういん　［天］　秋の
曇った天候　㋑秋

秋雪　しゅうせつ　［天］　高山や北海道での
立冬以前に降る雪　㋑秋

[12]秋場所　あきばしょ　［人］　九月に東京・両
国国技館で行なわれる大相撲興行　㋑秋

秋寒　あきさむ　［時］　秋に入って覚える寒
さで、「冷やか」よりも季節が進行した感じ
㋑秋

秋寒し　あきさむし　［時］　秋に入って覚え
る寒さで、「冷やか」よりも季節が進行した
感じ　㋑秋

秋揚げ　あきあげ　［人］　秋、一年の農作業
を無事全て終えた祝い　㋑秋

秋暁　しゅうぎょう　［時］　秋の爽やかな明
け方　㋑秋

秋景色　あきげしき　［天］　秋らしい景色・
気配　㋑秋

秋暑　しゅうしょ　［時］　立秋以後に残る暑
さ　㋑秋

秋暑し　あきあつし　［時］　立秋以後に残る
暑さ　㋑秋

秋晴　あきばれ　［天］　秋空が澄んで晴れわ
たる、穏やかな天気のこと　㋑秋

秋晴るる　あきはるる　［天］　秋空が澄んで
晴れわたる、穏やかな天気のこと　㋑秋

秋朝　しゅうちょう　［時］　秋の爽やかな朝
㋑秋

秋植球根　あきうえきゅうこん　［人］　球根
を、十月から十一月にかけて植えること
㋑秋

秋湿　あきじめり　［時］　秋雨のために空気
が湿ること　㋑秋

秋湿り　あきじめり　［天］　秋雨のために空
気が湿ること　㋑秋

秋無草　あきなぐさ　［植］　冬菊の別称
㋑冬

秋萩　あきはぎ　［植］　秋に花の咲く萩
㋑秋

秋過ぎて　あきすぎて　［時］　秋が過ぎ去ろ
うとすること。それを惜しむ気持ちがこめ
られる　㋑秋

秋過ぐ　あきすぐ　［時］　秋が過ぎ去ろうと
すること。それを惜しむ気持ちがこめられ
る　㋑秋

秋遅草　あきおそぐさ　［植］　萩の別称。萩
は秋の代表的な植物　㋑秋

秋遍路　あきへんろ　［宗］　秋に四国八十
八ヵ所の札所回りをする遍路　㋑秋

秋遊　あきあそび　［人］　秋の野山の景色を
楽しむ行楽　㋑秋

秋雲　あきぐも, しゅううん　［天］　秋の雲
の総称　㋑秋

[13]秋園　しゅうえん　［地］　秋の草花の色に粧
われて華やかな公園や庭園　㋑秋

秋意　しゅうい　［人］　秋の心情、秋のムー
ドのこと　㋑秋

秋蒔牛蒡　あきまきごぼう　［人］　秋に種を
蒔く牛蒡のこと　㋑秋

秋蒔野菜　あきまきやさい　［人］　秋に種を
蒔き、翌年の春から初夏にかけて収穫する
葉菜類・蕪・牛蒡などの野菜　㋑秋

秋雷　しゅうらい　［天］　秋に入っておこる
雷。単なる雷は夏の季語　㋑秋

[14]秋暮るる　あきくるる　［時］　秋の季節の終
わりに近い頃　㋑秋

秋暮れて　あきくれて　［時］　秋の季節の終
わりに近い頃　㋑秋

[15]秋澄む　あきすむ　［時］　秋の澄み切った感
じのこと　㋑秋

秋潮　しゅうちょう, あきしお　［地］　秋の
寂しさの漂う潮　㋑秋

秋蕎麦　あきそば　［人］　夏に蒔いて秋に収
穫する蕎麦　㋑秋

秋蝶　あきちょう　［動］　秋の蝶のこと
㋑秋

[16]秋懐　しゅうかい　［人］　秋に物思いに耽る
こと。秋の哀れ、寂しさなどが入り混じっ
た心情　㋑秋

秋曇　あきぐもり　［天］　秋の曇った天候
㋑秋

秋燕　あきつばめ, しゅうえん　［動］　帰燕
の別称　㋑秋

秋燕忌　しゅうえんき　［宗］　十月二十七
日、昭和の俳人・出版者角川源義の忌日
㋑秋

秋興　しゅうきょう　［人］　秋の趣を興じ楽
しむこと　㋑秋

秋薊　あきあざみ　［植］　秋に見られる薊の
総称　㋑秋

秋薔薇　あきばら　［植］　秋に咲く薔薇の

286　俳句季語よみかた辞典

9画（窈, 竿, 籾）

花。小ぶりで色も初夏のものに比べ悪い
⑧秋

秋隣　あきどなり　［時］　夏が終わり、秋も
近いと感じられる時期　⑧夏

秋隣る　あきとなる　［時］　夏が終わり、秋
も近いと感じられる時期　⑧夏

秋霖　しゅうりん　［天］　秋に降る雨　⑧秋

17秋嶺　しゅうれい　［地］　秋の訪れととも
に、紅葉に彩られてはなやぐ山々　⑧秋

秋濤　しゅうとう　［地］　秋の寂しさの漂う
海　⑧秋

秋闌　あきたけなわ　［時］　秋のもの寂しさ
が極まった頃　⑧秋

秋闌くる　あきたくる　［時］　秋のもの寂し
さが極まった頃　⑧秋

秋闌ける　あきたける　［時］　秋のもの寂し
さが極まった頃　⑧秋

秋霞　あきがすみ　［天］　秋の霞のこと
⑧秋

秋霜　しゅうそう　［天］　秋におりる霜
⑧秋

18秋繭　あきまゆ　［動］　秋蚕が作る繭のこと
⑧秋

秋蟬　しゅうせん　［動］　秋の蟬のこと
⑧秋

秋鵜飼　あきうかい　［人］　秋の鵜飼に同じ
⑧秋

19秋簾　あきすだれ, あきす　［人］　夏中、日
除けに用いた簾が、秋に入っても吊ったまま
になっていること　⑧秋

秋蘭　しゅうらん　［植］　シナ蘭の別称
⑧秋

秋鯖　あきさば　［動］　秋十月の頃、脂が
のった味の良い本鯖　⑧秋

秋麗　あきうらら, しゅうれい　［時］　秋晴
れのうららかさ　⑧秋

21秋鰯　あきいわし　［動］　秋にとれる鰯。最
も美味　⑧秋

22秋鰹　あきかつお　［動］　秋ごろ北上してく
る鰹。味は落ちる　⑧秋

秋鯵　あきあじ　［動］　秋、脂がのった味の
良い鯵　⑧秋

23秋黴雨　あきこさめ, あきついり　［天］　秋
に降る雨　⑧秋

【窈】

6窈衣　せつい　［植］　ヤブジラミの漢名　⑧
秋, 夏

【竿】

6竿灯　かんとう　［人］　八月五日から七日、
秋田市で行われる祭　⑧秋

22竿躑躅　さおつつじ　［人］　四月八日の灌仏
会に、躑躅などの花を高い竿の先に結びつ
けて軒先に高くかかげる風習　⑧春

24竿鷹　さおだか　［人］　鷹狩の一種　⑧冬

【籾】

籾　もみ　［人］　稲の穂から扱き落としたま
まのもの。玄米が籾にくるまれている
⑧秋

0籾おろす　もみおろす　［人］　春、籾種を苗
代に蒔くこと　⑧春

籾つける　もみつける　［人］　春の彼岸の
頃、籾を蒔く前に籾種を種井や種池に浸し、
発芽をうながすこと　⑧春

3籾干す　もみほす　［人］　秋の晴れた日、脱
穀した籾を干すこと　⑧秋

4籾引　もみひき　［人］　秋の農作業の一つ。
籾を磨臼にかけ、玄米にすること　⑧秋

6籾臼　もみうす　［人］　籾摺に使う臼。籾摺
は秋の農作業の一つ　⑧秋

10籾埃　もみぼこり　［人］　籾摺の際に出る
埃。籾摺は秋の農作業の一つ　⑧秋

11籾殻　もみがら　［人］　籾米の殻　⑧秋

籾殻焼く　もみがらやく　［人］　玄米を取っ
た後の籾殻を焼いて灰を採る秋の農作業
⑧秋

12籾落し　もみおとし　［天］　高西風（秋の北
西の強風）の別称　⑧秋

13籾筵　もみむしろ　［人］　秋に脱穀した籾を
扱うときに使う筵　⑧秋

籾蒔く　もみまく　［人］　春、籾種を苗代に
蒔くこと　⑧春

14籾摺　もみすり　［人］　秋の農作業の一つ。
籾を磨臼にかけ、玄米にすること　⑧秋

籾摺臼　もみすりうす　［人］　籾摺に使う
臼。籾摺は秋の農作業の一つ　⑧秋

籾摺唄　もみすりうた　［人］　籾摺の際にう
たわれる唄。籾摺は秋の農作業の一つ
⑧秋

俳句季語よみかた辞典　287

籾摺歌　もみすりうた［人］籾摺の際にうたわれる唄。籾摺は秋の農作業の一つ [季]秋

籾摺機　もみすりき［人］籾摺をする機械。籾摺は秋の農作業の一つ [季]秋

16**籾磨　もみすり**［人］秋の農作業の一つ。籾を磨臼にかけ、玄米にすること [季]秋

【紀】

4**紀元節　きげんせつ**［人］二月十一日。建国記念の日の戦前の呼称。明治時代に制定された、四方拝・天長節・明治節と並んで四大節として祝った祝日の一つ [季]春

6**紀州蜜柑　きしゅうみかん**［植］和歌山県原産の蜜柑の一品種 [季]冬

【紅】

かへで紅葉　かえでもみじ［植］紅葉した楓 [季]秋

はし紅葉　はしもみじ［植］葉のはしが紅葉しているもの [季]秋

むら紅葉　むらもみじ［植］紅葉のむらがり [季]秋

紅　くれない［植］紅花の別称。夏に咲く花から紅をとる [季]夏

0**紅の花　べにのはな**［植］キク科の一年草で、夏に咲く花から紅をとる [季]夏

4**紅天狗茸　べにてんぐたけ**［植］天狗茸（毒茸）の一種 [季]秋

紅木槿　べにむくげ［植］底に紅をぼかした色の花をつける木槿 [季]秋

紅毛渡る　こうもうわたる［人］江戸時代、長崎出島のオランダ商館長が書記一名、医師・通詞を伴って江戸に参府し、将軍に謁した恒例行事 [季]春

5**紅玉　こうぎょく**［植］林檎の品種の一つ [季]秋

6**紅灯忌　こうとうき**［宗］十一月十九日、明治・大正・昭和期の歌人吉井勇の忌日 [季]冬

紅百合　べにゆり［植］赤い花をつける百合のこと [季]夏

7**紅牡丹　べにぼたん**［植］牡丹の一種 [季]夏

紅花　べにばな［植］キク科の一年草で、夏に咲く花から紅をとる [季]夏

紅花亜麻　べにばなあま［植］花亜麻の別称 [季]夏

紅花翁草　べにばなおきなぐさ［植］アネモネの別称 [季]春

紅花菜　こうかさい［植］紅花の別称。夏に咲く花から紅をとる [季]夏

紅芙蓉　べにふよう［植］紅色の花をひらく芙蓉 [季]秋

紅貝　べにがい［動］桜貝の別称 [季]春

8**紅枝垂　べにしだれ**［植］枝垂桜の一種 [季]春

紅虎杖　べにいたどり［植］虎杖の中で花の色が紅色のもの [季]夏

9**紅南瓜　きんとうが**［植］熱帯地方原産の一年生つる草。南瓜によく似ているが、初秋に採れる果実は食べられない [季]秋

紅染月　べにそめづき［時］陰暦八月の別称 [季]秋

紅染草　こそめぐさ［植］萩の別称。萩は秋の代表的な植物 [季]秋

紅畑　べにばたけ［植］紅花を栽培する畑のこと [季]夏

紅背木　こうはいぼく［植］泰山木の別称 [季]夏

紅草　べにくさ［植］大毛蓼の別称。初秋太い花穂を出し、薄紅色の小花を集める。観賞用として栽培されている [季]秋

紅茸　べにたけ［植］毒茸の一種で傘の赤いもの [季]秋

10**紅梅　こうばい**［植］梅の花が紅色のもの。白梅にやや遅れて咲くものが多い [季]春

紅梅草　こうばいぐさ［植］仙翁花の別称。晩夏から初秋に花が咲く [季]秋

紅粉花　べにばな［植］キク科の一年草で、夏に咲く花から紅をとる [季]夏

11**紅眼蘭　こうがんらん**［植］ハナアヤメの別称 [季]夏

紅菊　べにぎく［植］菊の一種 [季]秋

紅黄草　こうおうそう［植］メキシコ原産の孔雀草の一種。マリーゴールドとして有名。晩夏から秋にかけ黄色っぽい花をつける [季]夏

12**紅葉　もみじ, こうよう**［植］晩秋気温が下がると、落葉木の葉が赤く色を染めたり、種類によって黄色に変わること [季]秋

9画 (紅)

紅葉かつ散る　もみじかつちる　［植］　俳句
独特の用語。紅葉しながら、かつ散ること
をいう　㋐秋

紅葉の土器　もみじのかわらけ　［人］　菊の
盃に対しての呼び名　㋐秋

紅葉の小舟　もみじのおぶね　［人］　紅葉舟
に同じ　㋐秋

紅葉の川　もみじのかわ　［植］　紅葉の葉の
落ちた川　㋐秋

紅葉の舟　もみじのふね　［人］　紅葉舟に同
じ　㋐秋

紅葉の色　もみじのいろ　［植］　晩秋気温が
下がると、落葉木は、葉が赤く色を染めた
り、種類によって黄色に変わることの総称
㋐秋

紅葉の帳　もみじのとばり　［人］　陰暦七月
七日七夕の行事の際にまつられたもの
㋐秋

紅葉の淵　もみじのふち　［植］　紅葉の葉の
落ちた淵　㋐秋

紅葉の笠　もみじのかさ　［植］　紅葉を笠に
たとえたもの　㋐秋

紅葉の御舟　もみじのみねふ　［人］　紅葉舟
に同じ　㋐秋

紅葉の筏　もみじのいかだ　［植］　筏の上に
つもった紅葉　㋐秋

紅葉の賀　もみじのが　［人］　紅葉の季節に
行う祝賀の宴会。あるいは、紅葉の樹陰で
宴をひらくこともいう　㋐秋

紅葉の橋　もみじのはし　［人］　牽牛と織女
が相会するとき、カササギが天の川をうず
めて橋を成し、織女を渡すという中国の古
伝説　㋐秋

紅葉の錦　もみじのにしき　［植］　紅葉を錦
にたとえたもの　㋐秋

紅葉子　もみじこ　［動］　助宗鱈の卵巣の塩
漬け　㋐冬

紅葉山　もみじやま　［植］　紅葉で色どられ
た山　㋐秋

紅葉川　もみじがわ　［植］　紅葉で色どられ
た川　㋐秋

紅葉舟　もみじぶね　［人］　池や川、湖沼な
どに浮かべて岸の紅葉を観賞する、遊楽の
ための舟　㋐秋

紅葉衣　もみじごろも　［人］　秋衣のかさね
の色目の一つ。表は紅、裏は青　㋐秋

紅葉忌　こうようき　［宗］　十月三十日、明

治期の小説家尾崎紅葉の忌日　㋐秋

紅葉見　もみじみ　［人］　秋の紅葉を観賞す
るために、山々を逍遥すること　㋐秋

紅葉狩　もみじがり　［人］　秋の紅葉を観賞
するために、山々を逍遥すること　㋐秋

紅葉茶屋　もみじぢゃや　［人］　秋の観楓客
のために設けられた休み茶屋　㋐秋

紅葉重　もみじがさね　［人］　秋衣のかさね
の色目の一つ。表は紅、裏は青　㋐秋

紅葉酒　もみじざけ　［人］　秋の紅葉を賞し
て酌み交わす酒　㋐秋

紅葉鳥　もみじどり　［動］　鹿の別称　㋐秋

紅葉散る　もみじちる　［植］　秋の紅葉が初
冬に散ること　㋐冬

紅葉焚く　もみじたく　［人］　秋、紅葉を焚
くこと。白居易の詩句に由来する　㋐秋

紅葉踏む　もみじふむ　［人］　秋の紅葉が落
ちているのを踏んで歩くこと　㋐秋

紅葉鮒　もみじぶな　［動］　晩秋、鰭が赤く
なった源五郎鮒のこと　㋐秋

紅葉鍋　もみじなべ　［人］　鹿肉を使った冬
の鍋料理。紅葉は鹿の隠語　㋐冬

紅葉襲　もみじがさね　［人］　秋衣のかさね
の色目の一つ。表は紅、裏は青　㋐秋

紅葉鱮　もみじたなご　［動］　晩秋、鰭が赤
くなったタナゴのこと　㋐秋

¹³紅椿　べにつばき　［植］　椿の一種　㋐春

紅楓　こうふう　［植］　紅葉した楓　㋐秋

紅猿子　べにましこ　［動］　猿子鳥の一種。
アトリ科中、最小の美しい鳥で、尾が長い
㋐秋

紅蓮　べにはす　［植］　紅色の花をつける蓮
㋐夏

紅蜀葵　もみじあおい, こうしょっき　［植］
北米原産のアオイ科の多年草で、晩夏に緋
紅色の大きな花を開く　㋐夏

¹⁴紅緑忌　こうろくき　［宗］　六月三日、明
治・大正・昭和初期の俳人・作家佐藤紅緑
の忌日　㋐夏

紅蜜柑　べにみかん　［植］　実が紅色の蜜柑
㋐冬

¹⁵紅槿　こうきん　［植］　ハイビスカスの別
称。夏、鮮やかな紅白や白色の木槿に似た
花をつける　㋐夏

紅調粥　うんじょうじゅく　［人］　正月十五
日の小豆粥の別称　㋐新年

俳句季語よみかた辞典　289

9画（美，胡）

¹⁶紅樹　こうじゅ　［時］　陰暦九月の別称
　㋺秋

　紅薯　べにいも　［植］　薩摩薯の別称。秋に
　収穫して出回る　㋺秋

¹⁷紅藍　こうらん　［植］　ベニバナの別称
　㋺夏

　紅藍花　べにばな　［植］　キク科の一年草
　で、夏に咲く花から紅をとる　㋺夏

²¹紅鶸　べにひわ　［動］　赤みのある最小型の
　鶸　㋺秋

²³紅鱒　べにます　［動］　鱒の一種　㋺春

【美】

²美人草　びじんそう　［植］　雛罌粟の別称。
　初夏に赤、白、紫色などの四弁花をつける
　㋺夏

　美人蕉　びじんしょう　［植］　姫芭蕉の別
　称。夏に鮮紅色の花をつける　㋺夏

³美女柳　びじょやなぎ　［植］　未央柳（びょ
　うやなぎ）の別称　㋺夏

　美女桜　びじょざくら　［植］　ブラジル産の
　園芸種。晩夏から小花を開花させる　㋺夏

⁶美江寺祭　みえでらまつり　［宗］　陰暦正月
　晦日、岐阜市・美江寺で行なわれる祭事
　㋺新年

　美江寺御蚕祭　みえでらおこまつり　［宗］
　陰暦正月晦日、岐阜市・美江寺で行なわれ
　る祭事　㋺新年

⁷美男葛　びなんかずら　［植］　サネカズラの
　別称。茎から粘液が出て、整髪に使われた
　ことによる名　㋺秋

¹⁰美容柳　びようやなぎ　［植］　中国原産のオ
　トギリソウ科の半落葉低木。夏、大きな黄
　金色の五弁花をつける　㋺夏

¹¹美術の秋　びじゅつのあき　［人］　秋が美術
　に最適の季節であることをいう言葉　㋺秋

　美術展覧会　びじゅつてんらんかい　［人］
　美術の秋に行われることの多い各種の美術
　展覧会　㋺秋

¹⁶美濃祭　みのまつり　［宗］　四月十四日と十
　五日、美濃市・八幡神社で行われる祭礼
　㋺春

【胡】

よまき胡瓜　よまききゅうり　［植］　六月か
　ら八月にかけて種を蒔き、八月から十月に
　かけて収穫する胡瓜のこと　㋺秋

⁶胡瓜　きゅうり　［植］　ウリ科の作物。本来
　は夏の野菜だが、現在は四季を問わず出回
　り、季節感が薄れつつある　㋺夏

　胡瓜づけ　きゅうりづけ　［人］　胡瓜の塩
　漬、糠味噌漬、奈良漬など。暑い夏に食欲
　増進のため食べる　㋺夏

　胡瓜の花　きゅうりのはな　［植］　ウリ科の
　一年性野菜で、初夏に皺のある黄色の花が
　咲く　㋺夏

　胡瓜苗　きゅうりなえ　［植］　苗床で育てら
　れた胡瓜の苗。初夏、畑に定植する　㋺夏

　胡瓜揉　きゅうりもみ　［人］　瓜をきざみ塩
　もみして、酢と甘味料で味つけしたもの
　㋺夏

　胡瓜植う　きゅうりうう　［人］　春、キュウ
　リの種を蒔くこと　㋺春

　胡瓜蒔く　きゅうりまく　［人］　春、キュウ
　リの種を蒔くこと　㋺春

　胡瓜漬　きゅうりづけ　［人］　胡瓜の塩漬、
　糠味噌漬、奈良漬など。暑い夏に食欲増進
　のため食べる　㋺夏

⁷胡沙来る　こさくる, こさきたる　［天］　黄
　沙が飛んでくること　㋺春

　胡沙荒る　こさある　［天］　黄沙が荒れるこ
　と　㋺春

　胡沙荒るる　こさあるる　［天］　黄沙が荒れ
　ること　㋺春

⁸胡枝花　こしか　［植］　萩の別称。萩は秋の
　代表的な植物　㋺秋

¹⁰胡孫眼　こそんがん　［植］　猿の腰掛の別
　称。秋の季語とされるが、実際は年中見ら
　れる　㋺秋

　胡桃　くるみ　［植］　胡桃の実のことを指
　す。クルミ科の落葉高木で、実は黄緑色で
　球形、中に固い殻に包まれた果肉がある。
　脂を含み味がよく、菓子・もちなどの材料
　とする　㋺秋

　胡桃の花　くるみのはな　［植］　クルミ科の
　落葉高木の花。五月頃咲く雄花は緑色で、
　雌花は赤味を帯びている　㋺夏, 春

　胡桃の芽　くるみのめ　［植］　春の木の芽の
　一種　㋺春

　胡桃割る　くるみわる　［植］　胡桃の堅い殻
　を割ること　㋺秋

　胡鬼の子　こぎのこ　［人］　正月の羽子つき
　遊びに用いる羽子の古称　㋺新年

　胡鬼の子　こぎのこ　［植］　山地の林中に自

290　俳句季語よみかた辞典

生しているビャクダン科の落葉低木 [季]秋

胡鬼子 こぎのこ ［植］ 衝羽根の別称。秋に結実し、実の先端には四枚の葉状の苞が正月につく羽根のように付いている [季]夏

胡鬼板 こきいた ［人］ 正月の羽子つき遊びに用いる羽子板の古称 [季]新年

11**胡麻 ごま** ［植］ ゴマ科の一年草。九月頃刈り取り、採れた実は食用に、調味料に、採油にと利用する [季]秋

胡麻の花 ごまのはな ［植］ ゴマ科の一年草で、晩夏に薄い赤紫色の花をつける [季]夏

胡麻干す ごまほす ［人］ 秋に収穫した胡麻を干すこと [季]秋

胡麻刈る ごまかる ［人］ 秋に胡麻を刈り取ること [季]秋

胡麻叩く ごまたたく ［人］ 秋に収穫して乾かした胡麻を筵の上で叩き、種を採ること [季]秋

胡麻打つ ごまうつ ［人］ 秋に収穫して乾かした胡麻を筵の上で叩き、種を採ること [季]秋

胡麻河豚 ごまふぐ ［動］ 河豚の一種 [季]冬

胡麻殻 ごまがら ［人］ 秋に収穫して乾かした胡麻の豆殻。胡麻の実は秋に熟する [季]秋

胡麻蒔 ごままき ［人］ 五、六月頃、胡麻の種を蒔くこと [季]夏

胡麻蒔く ごままく ［人］ 五、六月頃、胡麻の種を蒔くこと [季]夏

12**胡葱 あさつき** ［植］ ユリ科の多年草で、古来野菜として栽培された。特に春先の若い葉は柔らかく甘みがある [季]春

胡葱膾 あさつきなます ［人］ 春先の胡葱と浅蜊などを、酢味噌で和えたもの [季]春

15**胡蝶 こちょう** ［動］ 蝶の別称 [季]春

胡蝶の夢 こちょうのゆめ ［動］ 荘子が夢の中で胡蝶となり、自分と胡蝶との区別がつかなくなってしまったという故事 [季]春

胡蝶花 しゃが ［植］ 著莪の花の別称。初夏に小花をつける [季]夏

胡蝶花 こちょうか ［植］ 三色菫の別称 [季]春

胡蝶蘭 こちょうらん ［植］ ラン科の常緑多年草。晩夏に赤紫色の花をつける [季]夏

22**胡蘿蔔 にんじん** ［植］ 食卓に馴染み深い野菜。四季を問わず収穫できるが、晩秋から十二月頃収穫したものが旨い [季]冬

胡蘿蔔の花 にんじんのはな ［植］ 夏に咲く食用人参の白色五弁の小花のこと [季]夏

【背】

7**背条天蛾 せすじすずめが** ［動］ 蛾の一種 [季]夏

8**背泳 はいえい** ［人］ 泳ぎの型 [季]夏

9**背美鯨 せみくじら** ［動］ 鯨の一種 [季]冬

10**背高泡立草 せいたかあわだちそう** ［植］ 泡立草に同じ [季]秋

11**背張鱒 せっぱります** ［動］ 鱒の一種 [季]春

背黒鰯 せぐろいわし ［人］ 片口鰯の俗称 [季]秋

背黒鶺鴒 せぐろせきれい ［動］ 鶺鴒の一種。全国の河川に見られる留鳥 [季]秋

12**背越膾 せごしなます** ［人］ 沖膾の一種 [季]夏

13**背蒲団 せなぶとん** ［人］ 背中にあてて暖をとる小蒲団 [季]冬

【胙】

0**胙を献ず そをけんず** ［宗］ 孔子を祭る釈奠の儀式で、牛や羊などのいけにえの肉を供えること [季]秋

【臭】

4**臭木の花 くさぎのはな** ［植］ クマツヅラ科の落葉低木で、初秋、枝先に白い小花が集まり咲く [季]秋

臭木の実 くさぎのみ ［植］ 晩秋、豌豆くらいの大きさの球果を結び、熟すると藍色になる [季]秋

5**臭皮頭 しゅうひとう** ［植］ 灸花の別称。晩夏から初秋の頃、小花が集まり咲く [季]夏

6**臭虫 くさむし** ［動］ 馬陸の別称 [季]夏

10**臭桐 くさぎり** ［植］ 臭木の別称。初秋、枝先に白い小花が集まり咲く。花の後、晩秋には豌豆くらいの大きさの球果を結び、熟すると藍色になる [季]秋

【茜】

0 **茜すみれ　あかねすみれ**　［植］　菫の一種　(季)春

9 **茜草　あかね**　［植］　アカネ科のつる性多年草。初秋、黄緑の地味な小花が穂状に咲く　(季)秋

11 **茜掘る　あかねほる**　［人］　晩秋、山野で薬用植物である茜の根を採ること　(季)秋

【茨】

茨　いばら　［植］　野茨の別称　(季)夏

0 **茨の花　いばらのはな**　［植］　細長い蔓性の枝を持つ落葉灌木の花。初夏の頃、香りのある白い五弁の花をつける　(季)夏

茨の花垣　ばらのはながき　［植］　初夏に咲いた茨の花の垣根　(季)夏

茨の実　いばらのみ　［植］　野茨の実のこと。秋になると真紅色に熟して、冬に葉を落としても赤い果実は枝に残る　(季)秋

9 **茨枯る　いばらかる**　［植］　冬、野茨の葉がすべて散ること　(季)冬

15 **茨蕗　いばらぶき**　［植］　鬼蓮の別称　(季)夏

【荒】

4 **荒手番　あらてつがい**　［人］「左右近の馬場の騎射」の別称　(季)夏

5 **荒布　あらめ**　［植］　温暖な海中に生えるコンブ科の藻類の一つ。晩春から初夏に刈り取って、ヨードの原料とする　(季)夏

荒布干す　あらめほす　［人］　晩春から初夏にかけ刈りとった荒布を干すこと　(季)夏

荒布刈　あらめがり　［人］　晩春から初夏にかけ、荒布を刈りとること　(季)夏

荒布刈る　あらめかる　［人］　晩春から初夏にかけ、荒布を刈りとること　(季)夏

荒布舟　あらめぶね　［植］　荒布取りに使う船　(季)夏

荒布船　あらめぶね　［人］　荒布取りに使う船　(季)夏

6 **荒地の菊　あれちのきく**　［植］　荒地野菊に同じ　(季)秋

荒地野菊　あれちのぎく　［植］　南米原産の路傍などに多いキク科の一年草または二年草。いわば雑草で、秋に花をつける　(季)秋

8 **荒和の祓　あらにごのはらえ**　［宗］　大祓のこと　(季)夏

9 **荒南風　あらばえ**　［天］　沖縄で梅雨期にはいるまえに吹きはじめる南風のこと　(季)夏

荒巻　あらまき　［人］　塩鮭のうち、薄塩の上等品を縄で巻いたもの。年末に多く売買される　(季)冬

荒星　あらぼし　［天］　寒気に冴えわたって見える冬の星　(季)冬

荒神祓　こうじんばらい　［宗］　竈祓の別称　(季)冬

10 **荒梅雨　あらづゆ**　［天］　梅雨のこと　(季)夏

12 **荒棚　あらたな**　［宗］　近畿地方で新盆にこしらえる大きな棚　(季)秋

18 **荒鵜　あらう**　［人］　元気のよい鵜飼の鵜　(季)夏

23 **荒鷲　あらわし**　［動］　気性の荒い鷲のこと　(季)冬

24 **荒鷹　あらたか**　［動］　初秋、山野から初めて捕獲し、まだ訓練を経ない鷹　(季)秋

【草】

あやめ草　あやめぐさ　［植］　サトイモ科の多年草。菖蒲（しょうぶ）の古称　(季)夏

いなで草　いなでぐさ　［植］　菊の別称。菊は秋の季語　(季)秋

えやみ草　えやみぐさ　［植］　龍胆の別称。九月頃の晴れた日、青紫の花が咲く　(季)秋

かがみ草　かがみぐさ　［植］　一薬草の別称。六、七月頃、白梅に似た白い花をつける　(季)夏

かがみ草　かがみぐさ　［植］　山吹の別称　(季)春

かざし草　かざしぐさ　［植］　桜の別称　(季)春

かせぎ草　かせぎぐさ　［植］　萩の別称。萩は秋の代表的な植物　(季)秋

かたみ草　かたみぐさ　［植］　菊の別称。菊は秋の季語　(季)秋

かてん草　かてんそう　［植］　イラクサ科の春の多年草　(季)春

かま草　かまくさ　［植］　露草の別称。初秋に真っ青の花が咲く　(季)秋

かる草　かるくさ　［植］　葉鶏頭の別称。秋、葉がいろいろな色に染まる　(季)秋

かわらけ草　かわらけそう　［植］　仏の座の別称　(季)新年

きせる草　きせるそう　［植］　思草の別称。

秋に大きな薄紫の花が開き、その形からついた名　㋩秋

きっこう草　きっこうそう　［植］　一薬草の別称。六、七月頃、白梅に似た白い花をつける　㋩夏

きつかふ草　きっこうそう　［植］　一薬草の別称。六、七月頃、白梅に似た白い花をつける　㋩夏

けまん草　けまんそう　［植］　中国原産のケシ科多年草で、花の形が仏具飾りの華鬘に似ている。四月頃から淡紅色の花が咲く　㋩春

こがね草　こがねぐさ　［植］　カタバミの別称　㋩夏

こがね草　こがねぐさ　［植］　楪（ゆずりは）の別称　㋩新年

さしも草　さしもぐさ　［植］　蓬の別称　㋩春

しはあり草　しわありぐさ　［植］　萩の別称。萩は秋の代表的な植物　㋩秋

しらみ草　しらみぐさ　［植］　田五加（たうこぎ）の別称。秋に黄色い小花をつける　㋩秋

すいも草　すいもぐさ　［植］　カタバミの別称　㋩夏

そとな草　そとなぐさ　［植］　萩の別称。萩は秋の代表的な植物　㋩秋

たいこ草　たいこぐさ　［植］　ホシクサの別称　㋩秋

たちまち草　たちまちそう　［植］　現の証拠の別称。夏に採って下痢止めの薬草とする　㋩夏

たはぶれ草　たわぶれぐさ　［植］　荻の別称。荻は秋の季語　㋩秋

たむけ草　たむけぐさ　［植］　桜の別称　㋩春

たむら草　たむらそう　［植］　山野に生えるキク科の多年草。初秋、枝先に薊に似た赤紫色の花をつける　㋩秋

ちゃるめる草　ちゃるめるそう　［植］　ユキノシタ科の多年草で、四、五月頃に暗赤色の小花がまばらに咲く　㋩春

ちやるめる草　ちゃるめるそう　［植］　ユキノシタ科の多年草で、四、五月頃に暗赤色の小花がまばらに咲く　㋩春

つみまし草　つみましぐさ　［植］　芹の別称　㋩春

ところてん草　ところてんぐさ　［植］　天草に同じ　㋩夏

とはれ草　とわれぐさ　［植］　荻の別称。荻は秋の季語　㋩秋

なしやり草　なしやりそう　［植］　一薬草の別称。六、七月頃、白梅に似た白い花をつける　㋩夏

ぬめり草　ぬめりぐさ　［植］　イネ科の一年草で、葉を揉むと粘りけが出てきてぬるぬるする。初秋、濃紫色の花を穂状につける　㋩秋

ねがら草　ねがらぐさ　［植］　萩の別称。萩は秋の代表的な植物　㋩秋

のこり草　のこりぐさ　［植］　冬菊の別称　㋩冬

はちまん草　はちまんそう　［植］　弁慶草の別称。秋、茎の上に白や薄紅色の小花を集める。非常に生命力が強い　㋩秋

はつみ草　はつみぐさ　［植］　萩の別称。萩は秋の代表的な植物　㋩秋

ははら草　ははらくさ　［植］　ミヤマシキミの別称　㋩冬

ふくれ草　ふくれそう　［植］　弁慶草の別称。秋、茎の上に白や薄紅色の小花を集める。非常に生命力が強い　㋩秋

ふたば草　ふたばぐさ　［植］　菫の別称　㋩春

ふたへ草　ふたえぐさ　［植］　萩の別称。萩は秋の代表的な植物　㋩秋

ぺんぺん草　ぺんぺんぐさ　［植］　薺の別称　㋩春

もみぢ草　もみじぐさ　［植］　葉鶏頭の別称。秋、葉がいろいろな色に染まる　㋩秋

も草　もぐさ　［植］　蓬の別称　㋩春

やき草　やきぐさ　［植］　蓬の別称　㋩春

わす␣な草　わす␣なぐさ　［植］　勿忘草の別称　㋩春

ゑのこ草　えのこぐさ　［植］　狗尾草（えのころぐさ）の別称。全体が緑色で、秋に出る穂で子供が遊ぶ　㋩秋

ウルップ草　うるっぷそう　［植］　ゴマノハグサ科の多年草。夏の高山植物　㋩夏

フランネル草　ふらんねるそう　［植］　仙翁花の別称。晩夏から初秋に花が咲く　㋩秋

草いきり　くさいきり　［植］　生い茂った夏草が密生し、むせるような臭いを発してい

ること [季]夏

草いきれ　くさいきれ ［植］ 生い茂った夏草が密生し、むせるような臭いを発していること [季]夏

草かぐわし　くさかぐわし ［植］ 春に萌え出た草が芳しいこと [季]春

草かんばし　くさかんばし ［植］ 春に萌え出た草が芳しいこと [季]春

草きり　くさきり ［動］ キリギリスの別称 [季]秋

草じらみ　くさじらみ ［植］ 藪虱の別称。果実は楕円形で、晩秋に熟する [季]秋

草のいきれ　くさのいきれ ［植］ 草いきれに同じ [季]夏

草の王　くさのおう ［植］ ケシ科の二年草。五、六月頃、黄色い花をつける [季]夏

草の主　くさのぬし ［植］ 菊の別称。菊は秋の季語 [季]秋

草の市　くさのいち ［人］ 七月十二日、盆の行事に用いる種々の品を売る市が立つこと [季]秋

草の色　くさのいろ ［植］ 晩秋になり霜の降りそうな頃、秋のさまざまな草が色づくこと [季]秋

草の色づく　くさのいろづく ［植］ 晩秋になり霜の降りそうな頃、秋のさまざまな草が色づくこと [季]秋

草の初花　くさのはつはな ［植］ 名のあるものも、名のないものも、すべてを引っくるめて秋の草花をさす [季]秋

草の花　くさのはな ［植］ 名のあるものも、名のないものも、すべてを引っくるめて秋の草花をさす [季]秋

草の実　くさのみ ［植］ 秋の野山のさまざまな草のそれぞれの実 [季]秋

草の実飛ぶ　くさのみとぶ ［植］ さまざまの秋草の実の殻がはじけて実が飛び出すこと [季]秋

草の芽　くさのめ ［植］ 春に萌え出る、さまざまな草の芽のこと [季]春

草の若葉　くさのわかば ［植］ 春の草の若芽が生長して若葉となったもの [季]春

草の紅葉　くさのもみじ ［植］ 晩秋になり霜の降りそうな頃、秋のさまざまな草が色づくこと [季]秋

草の香　くさのか ［植］ 秋のさまざまな草の香りのこと [季]秋

草の息　くさのいき ［植］ 生い茂った夏草が密生し、むせるような臭いを発していること [季]夏

草の黄　くさのおう ［植］ ケシ科の二年草。五、六月頃、黄色い花をつける [季]夏

草の絮　くさのわた ［植］ 秋、ホモノ科やカヤツリグサ科の草の穂花がほおけて、綿状になったさま [季]秋

草の餅　くさのもち ［人］ 草餅の別称 [季]春

草の穂　くさのほ ［植］ ホモノ科やカヤツリグサ科の草などに、秋が深まる頃に現れる穂花のこと [季]秋

草の穂絮　くさのほわた ［植］ 秋、ホモノ科やカヤツリグサ科の草の穂花がほおけて、綿状になったさま [季]秋

草の錦　くさのにしき ［地］ 秋の野山が紅葉で彩られた美しさを比喩的に言ったもの [季]秋

草むしり　くさむしり ［人］ 夏の盛り、田畑の除草をすること [季]夏

[3]草子の読初　そうしのよみぞめ ［人］ 女子が読初としてお伽草子の「文正草子」を読むこと [季]新年

草山　くさやま ［人］ 秋に草刈をする山 [季]秋

草山吹　くさやまぶき ［植］ 山吹草の別称 [季]春

草干す　くさほす ［人］ 肥料、飼料用に刈った草を干すこと [季]夏

[4]草刈　くさかり ［人］ 肥料や飼料用に、茂ってきた草を刈ること [季]夏

草刈る　くさかる ［人］ 肥料や飼料用に、茂ってきた草を刈ること [季]夏

草刈女　くさかりめ ［人］ 草刈を行なう女性 [季]夏

草刈舟　くさかりぶね ［人］ 草刈に使う舟 [季]夏

草刈相撲　くさかりすもう ［人］ 秋祭などで素人がとる相撲のこと [季]秋

草刈馬　くさかりうま ［人］ 七月七日の早朝、子供が真菰の馬を車にのせて草刈りに行き、後で赤飯を供えた風習 [季]秋

草刈馬　くさかりうま ［人］ 草刈に使う馬 [季]夏

草刈笛　くさかりぶえ ［人］ 草刈童の吹く笛 [季]夏

草刈童　くさかりわらわ　［人］　草刈をする子供　[季]夏

草刈機　くさかりき　［人］　草刈をする機械　[季]夏

草刈鎌　くさかりがま　［人］　草刈の道具　[季]夏

草刈籠　くさかりかご　［人］　草刈した草を入れる籠　[季]夏

草木の錦　くさきのにしき　［地］　秋の野山が紅葉で彩られた美しさを比喩的に言ったもの　[季]秋

草木瓜　くさぼけ　［植］　シドミの別称　[季]春

草木瓜の実　くさぼけのみ　［植］　花が終わった後の草木瓜の実。秋になると黄色く熟すが、堅く酸味が強い　[季]秋

草木黄落　そうもくきばみおつる　［時］　七十二候の一つで、霜降の第二候。陽暦十月二十九日から十一月二日頃　[季]秋

草木零落す　そうもくれいらくす　［時］　七十二候の一つで、霜降の第二候。陽暦十月二十九日から十一月二日頃　[季]秋

[5]**草市**　くさいち　［人］　七月十二日の草の市の別称　[季]秋

草矢　くさや　［人］　萱草で矢を作ってとばす遊び　[季]夏

草石蚕　ちょろぎ　［植］　シソ科の多年草。新年の季語として有名だが、草花としては夏　[季]夏

草石蚕　ちょろぎ　［人］　シソ科の多年草で、地下茎を正月料理の黒豆の中に混ぜる　[季]新年

[6]**草合**　くさあわせ　［人］　五月五日の端午の節句に、摘み草を比べ合って遊んだ風俗　[季]夏

草合歓　くさねむ　［植］　マメ科の一年草で、合歓の木の葉に似た草。晩夏、蝶形の黄色い小花をつける　[季]夏

[7]**草夾竹桃**　くさきょうちくとう　［植］　花魁草の別称。晩夏に開花する　[季]夏

草杉蔓　くさすぎかずら　［植］　テンモンドウの別称　[季]夏

草牡丹　くさぼたん　［植］　貴船菊の別称　[季]秋

草牡丹　くさぼたん　［植］　山野に自生するキンポウゲ科の落葉小低木で、葉の形が牡丹に似ている。初秋、紫色の小花を集め咲かせる　[季]夏, 秋

草花　くさばな　［植］　名のあるものも、名のないものも、すべてを引っくるめて秋の草花をさす　[季]秋

草花売　くさばなうり　［植］　秋の草花を売る人　[季]秋

草花秋蒔く　くさばなあきまく　［人］　翌年春に花の咲く草花類の種を、秋に蒔くこと　[季]秋

草芳し　くさかんばし, くさこうばし　［植］　春に萌え出た草が芳しいこと　[季]春

[8]**草取**　くさとり　［人］　夏の盛り、田畑の除草をすること　[季]夏

草取女　くさとりめ　［人］　炎天下の中、草取をする女　[季]夏

草河豚　くさふぐ　［動］　河豚の一種　[季]冬

草泊　くさどまり　［人］　秋に広い野原の草刈りをする際、草刈り場に仮小屋を建てて寝泊まりする風習　[季]秋

草肥　くさごえ　［人］　田植えに先だって、山野の草の葉や若木の芽などを刈って肥料にすること　[季]夏

草若し　くさわかし　［植］　萌え出たばかりの草が若々しい様子　[季]春

草若葉　くさわかば　［植］　草の若葉のこと　[季]春

草茂る　くさしげる　［植］　夏草が盛んに生長し、茂ること　[季]夏

草苺　くさいちご　［植］　苺の一種　[季]夏

草苺の花　くさいちごのはな　［植］　苺の花の一種　[季]春

草虱　くさじらみ　［植］　藪虱の別称。果実は楕円形で、晩秋に熟する　[季]秋

草青む　くさあおむ　［植］　早春、大地から草の芽が萌え出、やがて色がくっきりとした青になること　[季]春

[9]**草城忌**　そうじょうき　［宗］　一月二十九日、大正・昭和期の俳人日野草城の忌日　[季]冬

草枯　くさがれ　［植］　一面に草が枯れている風景　[季]冬

草枯に花残る　くさがれにはなのこる　［植］　秋の枯れ色を示すことば　[季]秋

草枯る　くさかる　［植］　一面に草が枯れている風景　[季]冬

草津月　くさつづき　［時］　陰暦八月の別称

[季]秋

草珊瑚　くささんご［植］仙蓼の別称 [季]冬

草相撲　くさずもう［人］秋祭などで素人がとる相撲のこと [季]秋

草神輿　くさみこし［宗］神輿の屋根・柱など、おもな部分にズイキを用い、瓔珞なども赤トウガラシ・ホオズキなど秋の野菜・くだもので飾り、四方の人物・花鳥の造り物も、湯葉・麩・海苔などによって彩色された神輿 [季]秋

草紅葉　くさもみじ［植］晩秋になり霜の降りそうな頃、秋のさまざまな草が色づくこと [季]秋

10**草烏頭　くさうず**［植］トリカブトの別称 [季]秋

11**草清水　くさしみず**［地］草の中にある清水 [季]夏

草笛　くさぶえ［人］よく茂った蘆などの草の葉を唇にあて、笛を吹くように鳴らすこと [季]夏

草笛鳴らす　くさぶえならす［人］よく茂った蘆などの草の葉を唇にあて、笛を吹くように鳴らすこと [季]夏

草萌　くさもえ［植］下萌に同じ [季]春

草蛍　くさぼたる［動］草にいる蛍 [季]夏

草野牡丹　くさのぼたん［植］野牡丹の一種 [季]夏

12**草斑枝花　くさぱんや**［植］ガガイモの別称 [季]夏

草棉　わた［植］綿をとるために栽培される植物で、秋に浅黄色の花をつける。花の後に実が生り、熟すると三裂して中から白い綿が出る [季]秋

草焼く　くさやく［人］早春に野山や草原の枯草を焼き払い、害虫駆除や肥料生成を行うこと [季]春

草萩　そうはぎ［植］千屈菜（みそはぎ）の別称。初秋、薄紫色の小花が集まり咲き、盆の供花によく使われる [季]秋

草葭　くさよし［植］湿地帯に群生する植物。五、六月頃に花をつけるが、主に夏の葉を観賞するため栽培される [季]夏

草雲雀　くさひばり［動］体長一センチほどのごく小さい秋の虫。体は淡い灰褐色でフィリリリリと鳴く [季]秋

13**草蜉蝣　くさかげろう**［動］クサカゲロウ科の小型の昆虫。夏の草むらに棲み、全体が美しい緑色をしている [季]夏

14**草摘む　くさつむ**［人］草花を摘みに出かけること。春の行楽の一つ [季]春

草槐掘る　くさえんじゅほる［人］晩秋、山野で薬用植物である苦参の根を採ること [季]秋

草稗　くさびえ［植］野生の稗の一種 [季]秋

草餅　くさもち［人］蓬を加えてついた餅で餡をくるんだ餅菓子 [季]春

15**草蝦　くさえび**［動］手長蝦の別称 [季]夏

草踏　くさふみ［人］草を踏むこと [季]冬

草駒返る　くさこまがえる［植］冬枯れていた草が、春になってまた萌え出るようす [季]春

16**草鴫　くさしぎ**［動］鴫の一種だが、田鴫とは異なる。また日本で越冬するものがいる [季]秋

17**草薢　ところ**［植］ヤマイモ科の多年生つる植物。正月の蓬萊に飾られる [季]新年

草霞む　くさかすむ［天］草原が霞んでいること [季]春

18**草藤　くさふじ**［植］マメ科の多年草 [季]夏

草藤　くさふじ［植］藤の一種 [季]春

19**草藺　くさい**［植］藺の別称。夏に伸びた茎を刈って畳や茣蓙などの材料に使う [季]夏

20**草朧　くさおぼろ**［天］草がおぼろに見えるさま [季]春

24**草鷹爪　くされだま**［植］サクラソウ科の多年草で、夏に黄色の花が咲く [季]夏

【荘】

4**荘月　そうげつ**［時］陰暦八月の別称 [季]秋

【茸】

しびれ茸　しびれたけ［植］毒茸の一種 [季]秋

茸　きのこ［植］日陰の朽ち木や落葉の上などに生える担子菌類と一部の子嚢菌類の子実体の一般的なよび名 [季]秋

0**茸とり　きのことり**［人］秋の行楽の一つ。山林に入り松茸をはじめとする茸を採

9画（茶）

るもの　㊈秋

³茸山　たけやま　［人］　晩秋、茸の生えている山　㊈秋

茸干す　きのこほす　［植］　干し椎茸をつくること　㊈秋

⁴茸日和　きのこびより　［天］　秋、キノコの盛りの頃のよく晴れた日　㊈秋

⁷茸売　きのこうり　［植］　晩秋、茸を売る人　㊈秋

⁹茸狩　たけがり　［人］　秋の行楽の一つ。山林に入り松茸をはじめとする茸を採るもの　㊈秋

¹¹茸採り　きのことり　［人］　秋の行楽の一つ。山林に入り松茸をはじめとする茸を採るもの　㊈秋

¹²茸番　きのこばん　［植］　晩秋、茸が生えている所を見張る人のこと　㊈秋

茸飯　きのこめし　［植］　秋の松茸などの茸を炊き込んだ御飯　㊈秋

¹³茸筵　たけむしろ　［人］　茸狩で採った茸をのせる筵。茸狩は秋の季語　㊈秋

²²茸籠　きのこかご　［人］　茸狩で採った茸を入れる籠。茸狩は秋の季語　㊈秋

【茶】

はったい茶　はったいちゃ　［人］　はったいを冷水で溶いたもの　㊈夏

はつたい茶　はったいちゃ　［人］　はったいを冷水で溶いたもの　㊈夏

⁰茶つくり　ちゃつくり　［人］　製茶のこと　㊈春

茶の花　ちゃのはな　［植］　晩秋から初冬にかけて咲く白い小花　㊈冬

茶の挽初　ちゃのひきぞめ　［人］　挽初のこと　㊈新年

茶の葉捲虫　ちゃのはまき　［動］　葉捲虫のうち茶葉を好むもの　㊈夏

茶の葉選　ちゃのはえり　［人］　出来上がった茶葉を選り分けること　㊈春

茶の葉選り　ちゃのはえり　［人］　出来上がった茶葉を選り分けること　㊈春

茶の試み　ちゃのこころみ　［人］　江戸時代、四月上旬の新茶を諸大名はじめ貴人茶人に贈ったこと　㊈春

³茶山　ちゃやま　［人］　茶の栽培された山　㊈春

茶山時　ちゃやまどき　［人］　晩春の茶摘の時期　㊈春

⁵茶立虫　ちゃたてむし　［動］　チャタテムシ目の昆虫の総称。障子にとまって紙を掻く時の微かな音が、茶を点てる音や、小豆を洗う音に似ているという　㊈秋

⁶茶羽織　ちゃばおり　［人］　茶人の愛用した、丈の短い、襠を入れない冬羽織　㊈冬

⁹茶柱虫　ちゃたてむし　［動］　チャタテムシ目の昆虫の総称。障子にとまって紙を掻く時の微かな音が、茶を点てる音や、小豆を洗う音に似ているという　㊈秋

¹⁰茶梅　さざんか　［植］　園芸品種で、晩秋から初冬にかけて白や淡い紅色の花をつける　㊈冬

茶畠　ちゃばたけ　［人］　茶の栽培された春の畠　㊈春

茶配　ちゃくばり　［人］　町汁で茶を配ること　㊈新年

¹¹茶挽草　ちゃひきぐさ　［植］　烏麦の別称。麦は収穫時期から初夏の季語とされる　㊈夏

¹²茶揉み　ちゃもみ　［人］　製茶の過程の一つ　㊈春

茶湯始　ちゃのゆはじめ　［人］　新年になって初めて茶事を行うこと　㊈新年

茶筅松　ちゃせんまつ　［植］　正月子の日の遊びに引く小松のこと　㊈新年

¹³茶園　ちゃえん　［人］　茶の栽培された春の園　㊈春

茶碗桜　ちゃわんざくら　［植］　桜の一種　㊈春

茶碗鮓　ちゃわんずし　［人］　蒸鮓の別称　㊈冬

茶詰　ちゃつめ　［人］　抹茶用のお茶を壺につめること　㊈夏

¹⁴茶摘　ちゃつみ　［人］　晩春、茶の芽を摘むこと　㊈春

茶摘女　ちゃつみめ　［人］　茶摘みをする女　㊈春

茶摘唄　ちゃつみうた　［人］　茶摘みをしながら歌う民謡　㊈春

茶摘時　ちゃつみどき　［人］　晩春の茶摘をする時期で特に一番茶の時期をいう　㊈春

茶摘笠　ちゃつみがさ　［人］　晩春の茶摘のときにかぶる笠　㊈春

俳句季語よみかた辞典　297

茶摘籠　ちゃつみかご　［人］　晩春に摘んだ茶の芽をいれる籠　[季]春

18 **茶覆　ちゃおおい**　［人］　春、茶の芽を霜や寒さから防ぐためにかける覆　[季]春

19 **茶蘭　ちゃらん**　［植］　センリョウ科の常緑小低木。初夏、芳香のある黄色の小さな花をつける　[季]夏

【茴】

9 **茴香の花　ういきょうのはな**　［植］　セリ科の多年草。夏に黄色い五弁花をつける　[季]夏

茴香の実　ういきょうのみ　［植］　セリ科の多年草で、秋、楕円形状の果実が熟する。これから香味料や茴香油ができる　[季]秋

茴香子　ういきょうし　［植］　茴香の別称　[季]夏

【茱】

12 **茱萸　ぐみ**　［植］　単に茱萸といった場合、秋茱萸の実を指すことが多い。秋、小粒の果実が赤く熟し甘くなる　[季]秋

茱萸の佩　ぐみのおびもの　［人］　重陽（陰暦九月九日）の登高行事に持っていく茱萸を入れた袋　[季]秋

茱萸の酒　ぐみのさけ　［人］　重陽（陰暦九月九日）の登高行事に飲む茱萸を浮かべた酒　[季]秋

茱萸の袋　ぐみのふくろ　［人］　重陽（陰暦九月九日）の登高行事に持っていく茱萸を入れた袋　[季]秋

茱萸の囊　ぐみのふくろ　［人］　重陽（陰暦九月九日）の登高行事に持っていく茱萸を入れた袋　[季]秋

茱萸女　しゅゆじょ　［人］　茱萸の酒をすすめる女　[季]秋

茱萸酒　ぐみざけ　［植］　秋茱萸の実で造った果実酒　[季]秋

【茹】

3 **茹小豆　ゆであずき**　［人］　茹でた小豆に砂糖をかけたもの、または砂糖を入れて煮たもの。涼味から夏の季語となる　[季]夏

11 **茹菱　ゆでびし**　［人］　茹でて食用にした菱の実。菱の実は秋に収穫する　[季]秋

【茯】

8 **茯苓　ぶくりょう**　［植］　晩秋のサルノコシカケ科の茸。松の古株の土の中に生じる　[季]秋

【茗】

10 **茗荷の子　みょうがのこ**　［植］　野生の茗荷の花穂のこと。七月頃に筍のように伸びてくる　[季]夏

茗荷の花　みょうがのはな　［植］　湿地に自生する日本独特の野菜。晩夏に収穫しなかった花穂から初秋に咲いた唇形、淡黄色の花　[季]秋

茗荷汁　みょうがじる　［植］　茗荷の子を入れた汁物のこと。茗荷の子は夏の季語　[季]夏

茗荷竹　みょうがだけ　［植］　晩春の茗荷の若芽のこと。色が美しく、香りがよいので吸い物・刺身のつまなどに使う　[季]春

茗荷祭　みょうがまつり　［宗］　一月三日の朝に綾部市・阿須々岐神社で行われる、稲の豊凶を占う神事　[季]新年

【茘】

8 **茘枝　れいし**　［植］　ウリ科の一年生のつる草。秋、外皮に疣を持つ長円形の実が生る。果肉は甘いが、皮に苦みがある　[季]秋

【莽】

9 **莽草の花　しきそうのはな**　［植］　樒（しきみ）の花の別称　[季]春

【虻】

虻　あぶ　［動］　双翅目の昆虫。春になると活動を始める　[季]春

【虹】

虹　にじ　［天］　太陽光線が空中の水滴に当たって色が分かれて見えるもの。夕立の後に多く発生　[季]夏

0 **虹の帯　にじのおび**　［天］　虹の別称　[季]夏

虹の梁　にじのはり　［天］　虹の別称　[季]夏

虹の輪　にじのわ　［天］　虹の別称　[季]夏

虹の橋　にじのはし　［天］　虹の別称　[季]夏

5 **虹立つ　にじたつ**　［天］　虹が立つこと　[季]夏

15虹蔵れて見えず　にじかくれてみえず ［時］ 七十二候の一つで、小雪の第一候。陽暦十一月二十三日から二十七日頃　[季]冬

23虹鱒　にじます ［動］ 淡水で一生を過ごす鱒の一種。養殖鱒の代表で、釣り堀などでも放されている　[季]夏

【袂】

0袂の時雨　たもとのしぐれ ［天］ 涙に濡れるさまを時雨に見立てた言い回し　[季]冬

【要】

0要の花　かなめのはな ［植］ バラ科の常緑小木。初夏、白い小花が笠状に集まり咲く　[季]夏

要もち　かなめもち ［植］ 扇骨木（かなめのき）の別称。初夏、白い小花が笠状に集まり咲く　[季]夏

【計】

7計里　けり ［動］ チドリ科に属する鳥で、千鳥に似て脚が長い。初夏に繁殖し、冬は南へ去る夏鳥　[季]夏

【貞】

14貞徳忌　ていとくき ［宗］ 陰暦十一月十五日、江戸時代前期の俳人で貞門の祖松永貞徳の忌日　[季]冬

【軍】

10軍配ほおずき　ぐんばいほおずき ［動］ 海酸漿の一種　[季]夏

軍配凧　ぐんばいだこ ［人］ 凧の一種。軍配団扇の形をした凧　[季]新年

軍配酸漿　ぐんばいほおずき ［動］ 海酸漿の一種　[季]夏

【逆】

0逆の峯入　ぎゃくのみねいり ［宗］ 修験者が奈良・大峯山に登り修行したことで、吉野から入ることをいう　[季]秋

2逆八蝶　さかはちちょう ［動］ 蝶の一種　[季]春

10逆峯　ぎゃくみね ［宗］ 修験者が奈良・大峯山に登り修行したことで、吉野から入ることをいう　[季]秋

13逆蓑　さかさみの ［人］ 大晦日の夜、簑を逆さに着て丘の上に登り、自分の家を眺めて来年の吉凶を占う俗信　[季]冬

14逆髪忌　さかがみき ［宗］ 陰暦九月二十四日、蝉丸の姉逆髪の忌日　[季]秋

逆髪祭　さかがみまつり ［宗］ 陰暦九月二十四日に、大津市の関蝉丸社で行なわれた秋の祭礼で、蝉丸の姉逆髪の忌日とされる　[季]秋

【送】

さんばい送り　さんばいおくり ［宗］ 田植え初めに行なわれる田の神降しの行事。さんばいは田の神のこと　[季]夏

0送りまぜ　おくりまぜ ［天］ 陰暦七月、盂蘭盆を過ぎ、盆を見送ってから吹く南風。近畿・中国地方での古称　[季]秋

送り火　おくりび ［宗］ 七月十六日、盂蘭盆会の終る日、各家の霊を送り出すため、迎火と同様門前や戸口に香を手向け、苧殻を焚く盆行事　[季]秋

送り盆　おくりぼん ［宗］ 七月十六日、盆祭の終わり。精霊棚の供物などを近くの川や海に流し送る　[季]秋

送り梅雨　おくりづゆ, おくりばいう ［天］ 梅雨があがるころの、大雨、雷鳴を伴う雨をいう　[季]夏

4送水会　そうすいえ ［宗］ 若狭のお水送りに同じ　[季]春

送火　おくりび ［宗］ 七月十六日、盂蘭盆会の終る日、各家の霊を送り出すため、迎火と同様門前や戸口に香を手向け、苧殻を焚く盆行事　[季]秋

6送舟　おくりぶね ［宗］ 精霊舟の別称　[季]秋

送行　そうあん ［宗］ 集まった僧が夏明き後は別れ去ること　[季]秋

9送南風　おくりまぜ ［天］ 陰暦七月、盂蘭盆を過ぎ、盆を見送ってから吹く南風。近畿・中国地方での古称　[季]秋

送盆　おくりぼん ［宗］ 七月十六日、盆祭の終わり。精霊棚の供物などを近くの川や海に流し送る　[季]秋

10送梅雨　そうばいう ［天］ 梅雨があがるころの、大雨、雷鳴を伴う雨をいう　[季]夏

送馬　おくりうま ［宗］ 盆の霊を送るために供える茄子や瓜で作った馬　[季]秋

【退】

6**退虫の呪**　**たいちゅうのまじない**　［人］　陰暦四月八日に行った、夏の虫除けよけの呪い　[季]夏

【追】

もぐら追　**もぐらおい**　［人］　小正月の農村行事。田の土龍を追い豊作を祈願する行事　[季]新年

3**追山**　**おいやま**　［宗］　七月十五日、博多の祇園祭で行われる山笠という名の山車の競争　[季]夏

追山笠　**おいやまがさ**　［宗］　七月十五日、博多の祇園祭で行われる山笠という名の山車の競争　[季]夏

追川　**おいかわ**　［動］　ヤマベの別称　[季]夏

追川魚　**おいかわ**　［動］　ヤマベの別称　[季]夏

6**追羽子**　**おいばね**　［人］　正月の羽子つき遊びの一つで、数人が一つの羽子を次々につき送るもの　[季]新年

11**追鳥狩**　**おいとりがり**　［人］　山野で雉などを勢子に追い立てさせて狩ること　[季]冬

21**追儺**　**ついな**　［人］　昔は大晦日に行われた宮中行事で、鬼を桃弓、葦矢などで追い払い疫病よけとしたもの。やがて節分に行うようになり、現在の節分の豆撒きになっていった　[季]冬

【逃】

0**逃げ水**　**にげみず**　［天］　ないものがあるように見える光の異常屈折現象の一つで、水たまりがあるように見えるが近づくと逃げてしまうもの　[季]夏

4**逃水**　**にげみず**　［天］　ないものがあるように見える光の異常屈折現象の一つで、水たまりがあるように見えるが近づくと逃げてしまうもの　[季]夏

逃水　**にげみず**　［地］　蜃気楼現象の一種　[季]春

【迷】

11**迷鳥**　**めいちょう**　［動］　暴風などにあって進路を誤り、普通は渡って来ない地に飛来した渡り鳥　[季]秋

【迢】

8**迢空忌**　**ちょうくうき**　［宗］　九月三日、大正・昭和期の国文学者・歌人折口信夫（釈迢空）の忌日　[季]秋

【郁】

3**郁子**　**むべ**　［植］　常緑のつる草で、外観はアケビに似る　[季]秋

郁子の花　**むべのはな**　［植］　アケビ科の常緑つる性低木。晩春、薄紫がかった白い花が咲く。花は春の季語、実は秋の季語　[季]春

郁子の貢　**むべのみつぎ**　［人］　陰暦十一月一日に近江国（滋賀県）から郁子を貢進した行事　[季]冬

7**郁李の花**　**にわうめのはな**　［植］　バラ科の落葉低木。観賞用に庭先に植え、淡紅色の花が群がって咲く　[季]春

【重】

0**重ね正月**　**かさねしょうがつ**　［人］　陰暦二月一日のこと　[季]春

重ね着　**かさねぎ**　［人］　冬の寒さを防ぐため、着物の上にまた着物を重ねて着ること　[季]冬

2**重九**　**ちょうきゅう**　［人］　陰暦九月九日、重陽の節句のこと　[季]秋

3**重三**　**ちょうさん**　［宗］　上巳の別称　[季]春

4**重五**　**ちょうご**　［人］　端午の別称　[季]夏

6**重年**　**ちょうねん**　［人］　年季が切れた後、出替わらず再び来期も奉公人として勤めること　[季]春

12**重陽**　**ちょうよう**　［人］　陰暦九月九日、重陽の節句のこと　[季]秋

重陽の宴　**ちょうようのえん**　［人］　陰暦九月九日、重陽を祝って野外で菊花酒をのむこと　[季]秋

重陽の露　**ちょうようのつゆ**　［人］　重陽の日にできた露で、これを飲むと長寿になると信じられたもの　[季]秋

13**重詰**　**じゅうづめ**　［人］　近世、年賀の訪問客に出す重箱にさまざまな料理をつめたもの。現在のお節料理につながる　[季]新年

重詰料理　**じゅうづめりょうり**　［人］　近世、年賀の訪問客に出す重箱にさまざまな料理をつめたもの。現在のお節料理につながる　[季]新年

9画（面, 革, 音, 風）

【面】

⁷面見世　つらみせ　［人］　顔見世の別称
㊋冬

¹⁰面蚊帳　めんがや　［人］　顔だけを覆う蚊帳
で、軍隊などで使われた　㊌夏

面被り　めんかぶり　［人］　正月、各戸をめ
ぐて当年の予祝を行なう門付け芸の一種
㊌新年

¹⁵面影草　おもかげぐさ　［植］　山吹の別称
㊌春

【革】

⁰革ジャンパー　かわじゃんぱー　［人］　革製
のジャンパー　㊋冬

⁴革手袋　かわてぶくろ　［人］　革製の手袋
㊋冬

⁵革布団　かわぶとん　［人］　革を使って作ら
れた座布団　㊌夏

⁶革羽織　かわばおり　［人］　防寒用になめし
皮でできた冬羽織　㊋冬

⁷革足袋　かわたび　［人］　革製の足袋　㊋冬

¹⁰革座布団　かわざぶとん　［人］　革で作った
夏座布団の一種　㊌夏

¹³革蒲団　かわぶとん　［人］　革を使って作ら
れた座布団　㊌夏

¹⁵革葺　こうたけ　［植］　ハリタケ科のキノコ
㊍秋

【音】

¹⁶音頭取　おんどとり　［宗］　盆踊に踊りの音
頭を取る人　㊍秋

【風】

あいの風　あいのかぜ　［天］　夏に日本海側
で吹く北または北東のそよ風　㊌夏

あえの風　あえのかぜ　［天］　夏に日本海側
で吹く北または北東のそよ風　㊌夏

あゆの風　あゆのかぜ　［天］　東風の別称
㊌春

からつ風　からっかぜ　［天］　冬の冷たくか
わいた北風　㊋冬

こち風　こちかぜ　［天］　東風の別称　㊌春

たば風　たばかぜ　［天］　冬、北陸で北西か
ら吹いてくる強風　㊋冬

たま風　たまかぜ　［天］　冬、北陸で北西か
ら吹いてくる強風　㊋冬

ゴム風船　ごむふうせん　［人］　ゴムででき
た風船　㊌春

⁰風の色　かぜのいろ　［天］　色なき風からの
派生語で、秋風のこと　㊍秋

風の花　かぜのはな　［植］　風にふかれる桜
の花　㊌春

風の盆　かぜのぼん　［人］　九月一日から三
日まで、富山県八尾町で行われる盆の行事。
台風のない豊かな実りの秋を祈り、全町の
人々が夜を徹して踊る　㊍秋

風の香　かぜのか　［天］　青葉の香りを吹き
おくるような初夏の風　㊌夏

風やわらか　かぜやわらか　［天］　穏やかに
晴れた春の日、柔らかな風が吹きわたるこ
と　㊌春

²風入　かぜいれ　［人］　土用の頃、衣類や本
を虫害や黴から防ぐために風を入れたり陰
干しにすること　㊌夏

風入れ　かぜいれ　［宗］　十月から十一月
頃、正倉院で行われる虫干し　㊍秋

⁴風切鎌　かざきりがま, かぜきりがま　［人］
冬の風害よけのまじないとして、屋根や竿
の上に鎌を立てておくこと　㊋冬

風日待　かぜひまち　［時］　農家で、二百十
日を天気が崩れる厄日として警戒すること
㊍秋

⁶風光る　かぜひかる　［天］　春の陽光の明る
さに、吹く風も光って感じられるさま
㊌春

風死す　かぜしす　［天］　盛夏の候に風がと
だえること　㊌夏

⁷風冴ゆる　かぜさゆる　［時］　寒さで澄み
きった感じの風　㊋冬

風呂吹　ふろふき　［人］　大根や蕪を茹でた
ものに、味噌をかけて食べる。体の温まる
冬の料理　㊋冬

風呂吹大根　ふろふきだいこん　［人］　大根
を茹でたものに、味噌をかけて食べる。体
の温まる冬の料理　㊋冬

風囲　かぜかこい, かざがこい　［人］　冬の
北西の寒風を防ぐために家の北側と西側に
作る塀囲い　㊋冬

風囲解く　かざがこいとく　［人］　風除解く
に同じ　㊌春

風花　かざはな　［天］　雲のない晴天の青空
からちらつく雪　㊋冬

風見草　かざみそう　［植］　柳の別称　㊌春

俳句季語よみかた辞典　**301**

9画（風）

風車　かざぐるま　［人］　紙やセルロイドを花のように折り曲げ、風で回す玩具　㊤春

風車の花　かざぐるまのはな　［植］　キンポウゲ科の多年生で、初夏に白や薄紫の風車に似た大きな八弁花をつける　㊤夏

風車売　かざぐるまうり　［人］　風車を売るもの　㊤春

風車草　かざぐるま　［植］　キンポウゲ科の多年生で、初夏に白や薄紫の風車に似た大きな八弁花をつける　㊤夏

8風炎　ふうえん　［天］　フェーン現象のこと。フェーンをもじった造語　㊤春

風炉の名残　ふろのなごり　［人］　茶道では秋十月に風炉から炉へ替えるが、その際、夏の間に手慣れた風炉への愛惜の情をこめて催す茶会　㊤秋

風炉手前　ふろてまえ　［人］　茶道で、夏の間風炉を用いて湯をわかして茶を点てること　㊤夏

風炉先屏風　ふろさきびょうぶ　［人］　風炉先におく屏風　㊤冬

風炉名残　ふろなごり　［人］　風炉の名残に同じ　㊤秋

風炉点前　ふろてまえ　［人］　茶道で、夏の間風炉を用いて湯をわかして茶を点てること　㊤夏

風炉茶　ふろちゃ　［人］　茶道で、夏の間風炉を用いて湯をわかして点てた茶　㊤夏

風知草　ふうちそう　［植］　イネ科の多年草。夏に盆栽などにして主に葉が観賞される　㊤夏

風邪　かぜ　［人］　本来風邪ひきは四季を問わないが、寒さやインフルエンザの流行など、風邪の季節は冬という印象が定着している　㊤冬

風邪の神　かぜのかみ　［人］　風邪をはやらせる厄病神。風邪は冬の季語　㊤冬

風邪心地　かぜごこち　［人］　風邪のひき初めの感じ。風邪は冬の季語　㊤冬

風邪気　かぜけ, かざけ　［人］　風邪のひき初めの感じ。風邪は冬の季語　㊤冬

風邪声　かぜごえ, かざごえ　［人］　風邪をひいて鼻づまった声。風邪は冬の季語　㊤冬

風邪薬　かぜぐすり　［人］　頭痛・発熱などの風邪の症状を軽くする薬。風邪は冬の季語　㊤冬

風青し　かぜあおし　［天］　青葉を揺らして吹きわたるやや強い風　㊤夏

9風信子　ふうしんし　［植］　ヒヤシンスの別称　㊤春

風垣　かぜがき, かざがき　［人］　冬の北西の寒風を防ぐために家の北側と西側に作る塀囲い　㊤冬

風垣解く　かざがきとく　［人］　風除解くに同じ　㊤春

風待月　かぜまちづき　［時］　陰暦六月の別称。酷暑の中、風を待つことから生まれた名　㊤夏

風待草　かぜまちぐさ　［植］　梅の別称　㊤春

風持草　かぜもちぐさ　［植］　荻の別称。荻は秋の季語　㊤秋

風海鰻　ごんきり　［人］　水鱧を干したもの　㊤夏

風津波　かぜつなみ　［地］　台風のため潮が高くなり、堤防を越えて陸上にあふれること　㊤秋

風草　かぜぐさ　［植］　萩の別称。萩は秋の代表的な植物　㊤秋

10風凍つる　かぜいつる　［時］　凍りつくような風の冷たさ　㊤冬

風通し　かざとおし　［人］　蒸し暑さをしのぐような外気の流れ　㊤夏

風通り　かざとおり　［人］　蒸し暑さをしのぐような外気の流れ　㊤夏

風除　かざよけ　［人］　冬の北西の寒風を防ぐために家の北側と西側に作る塀囲い　㊤冬

風除解く　かざよけとく　［人］　春になり、冬の寒風を防ぐための風除けを取り外すこと　㊤春

11風涼し　かぜすずし　［天］　晩夏のころに吹く涼しい風　㊤夏

風爽か　かぜさやか　［天］　秋風の爽やかなさま　㊤秋

風祭　かぜまつり　［時］　二百二十日の頃、天気の崩れることが多いため、風を祭るもの　㊤秋

風船　ふうせん　［人］　紙・ビニール・ゴムなどを空気や水素ガスでふくらませた玩具。大正以降に春の季語とされるようになった　㊤春

風船玉　ふうせんだま　［人］　風船のこと

[季]春

風船虫　ふうせんむし［動］異翅目の小さな水生昆虫。夏の夜など電灯へ寄って来る　[季]夏

風船売　ふうせんうり［人］五色の紙を張り合わせた紙風船を売る人　[季]春

風船売り　ふうせんうり［人］五色の紙を張り合わせた紙風船を売る人　[季]春

風船葛　ふうせんかずら［植］バルーン・バインとして知られ、果実が風船の形に似ている。一、二年生の蔓草で、夏から秋にかけ白い小花が咲き続け、それが次々に結実する　[季]秋

風雪　ふうせつ［天］風が激しく吹き、雪がふりしきること　[季]冬

風雪崩　かぜなだれ［地］雪崩のこと　[季]春

風鳥草　ふうちょうそう［植］中南米原産の観賞植物。晩夏から秋にかけて開花する　[季]夏

12**風焔**　ふうえん［天］フェーン現象のこと。フェーンをもじった造語　[季]春

13**風鈴**　ふうりん［人］夏に軒下などに下げ、涼しげな音を楽しむもの　[季]夏

風鈴売　ふうりんうり［人］風鈴を売る人　[季]夏

風鈴草　ふうりんそう［植］蛍袋の別称。六、七月頃に花がつく　[季]夏

14**風聞草**　かざききぐさ, かざききぐさ［植］荻の別称。荻は秋の季語　[季]秋

15**風蝶草**　ふうちょうそう［植］中南米原産の観賞植物。晩夏から秋にかけて開花する　[季]夏

16**風薫る**　かぜかおる［天］青葉の香りを吹きおくるような初夏の風　[季]夏

19**風蘭**　ふうらん［植］ラン科の常緑多年草。七月頃、白い小花をつける　[季]夏

20**風露草**　ふうろそう［植］山野に生える多年草。七月頃、薄紅色の花をつける　[季]夏

21**風鶴忌**　ふうかくき［宗］十一月二十一日、昭和期の俳人石田波郷の忌日　[季]冬

【飛】

むつ飛ぶ　むつとぶ［動］ムツゴロウが干潟で飛びはねること　[季]春

0**飛び込み**　とびこみ［人］近代水上競技の一つ、飛び込み競技のこと　[季]夏

飛び込み台　とびこみだい［人］ダイビングするための台　[季]夏

飛ぶ蛍　とぶほたる［動］飛んでいる蛍　[季]夏

4**飛双六**　とびすごろく［人］双六の一種。絵双六に賽の目を付し、出た賽の目によって行先を飛び移るもの　[季]新年

5**飛込台**　とびこみだい［人］ダイビングするための台　[季]夏

6**飛行だこ**　ひこうだこ［人］凧の一種　[季]春

7**飛花**　ひか［植］桜の花が風で散ること　[季]春

飛花火　とびはなび［人］打ち上げ花火のこと　[季]秋

8**飛板飛び込み**　とびいたとびこみ［人］近代水上競技の一つ、飛び込み競技のこと　[季]夏

10**飛梅**　とびうめ［植］菅原道真が左遷される時に詠んだ梅の木が、太宰府にまで飛んでその庭に生えたという故事　[季]春

飛馬始　ひめはじめ［人］新年になって初めて乗馬すること　[季]新年

11**飛魚**　とびうお［動］トビウオ科に属する魚の総称。胸ひれが長く、左右に広げて海面上を飛ぶ。五月から八月頃が漁期　[季]春, 夏

飛鳥井の鞠　あすかいのまり［人］梶鞠の別称　[季]秋

飛鳥井家七夕の鞠　あすかいけたなばたのまり［人］梶鞠の別称　[季]秋

13**飛廉**　ひれあざみ［植］薊の一種　[季]夏

16**飛燕**　ひえん［動］飛んでいる燕　[季]春

飛燕草　ひえんそう［植］キンポウゲ科の観賞植物　[季]夏

18**飛瀑**　ひばく［地］滝の別称。滝自体が夏の季語なので、これも季語としては夏　[季]夏

飛鯊　とびはぜ［動］鯊の一種　[季]秋

19**飛蟻**　はあり［動］夏に羽化した蟻の成虫　[季]夏

【食】

5**食用たんぽぽ**　しょくようたんぽぽ［植］根や葉を食用にするたんぽぽ　[季]春

13食継ぎ　くいつぎ ［人］ 近世、年賀の訪問客に出す重箱にさまざまな料理をつめたもの。現在のお節料理につながる [季]新年

【首】

9首巻　くびまき ［人］ 襟巻の別称。冬に、防寒のために首に巻くもの [季]冬

首春　しゅしゅん ［時］ 一年の最初の月。陰暦では陽春の始めもさす [季]新年

首秋　しゅしゅう ［時］ 初秋の別称 [季]秋

10首夏　しゅか ［時］ 初夏の別称 [季]夏

13首歳　しゅさい ［時］ 年始の別称 [季]新年

【香】

0香あらせいとう　においあらせいとう ［植］ あらせいとうに似た別種。芳香がある [季]春

4香円　こうえん ［植］ マルメロの別称。十月頃、果実が熟して黄色くなる。固くて生食にはむかず、砂糖漬けや缶詰めを作る。味は甘酸っぱい [季]秋

香水　こうすい ［人］ 汗くささを隠すため用いる香りを放つ液体 [季]夏

香水木　こうすいぼく ［植］ ヘリオトロープの別称 [季]春

香水蘭　こうすいらん ［植］ 藤袴の別称。秋の七草の一つ [季]秋

6香灯籠　こうどうろう ［人］ 普通、紙張りの四角な灯籠に色紙で飾りをつけたものであるが、六角・八角の絵模様入りのものや、渦巻形の棒線香に色紙をはりつけたのもある [季]新年

香灯籠　こうどうろう ［宗］ 沖縄の十六日祭に供えた灯籠 [季]新年

9香栄草　かばえぐさ ［植］ 梅の別称 [季]春

香草　こうそう ［植］ 藤袴の別称。秋の七草の一つ [季]秋

11香菫　においすみれ ［植］ スミレの一種で、早春から濃いすみれ色の花を開き、芳香がある [季]春

香雪蘭　こうせつらん ［植］ フリージアの別称 [季]春

香魚　こうぎょ ［動］ 鮎の別称 [季]夏

12香散見草　かざみぐさ ［植］ 梅の別称 [季]春

13香蒲　こうほ ［植］ ガマの漢名 [季]夏

16香橙　こうとう ［植］ 九年母の別称 [季]秋, 夏

17香螺　こうら ［動］ 長辛螺の別称 [季]夏

18香薷　こうじゅ ［植］ 中国原産の薬草 [季]夏

香薷散　こうじゅさん ［人］ 夏負けで元気のないときに用いられる漢方薬 [季]夏

10 画

【候】

11候鳥　こうちょう ［動］ 渡り鳥の一種で、春秋に住処を替えるために海を越えて渡るもの。俳句では、秋に北方から渡ってくる鳥のことを指す [季]秋

【借】

14借銭乞　しゃくせんこい ［人］ 掛取の金を支払うために借金を乞う人 [季]冬

【修】

2修二月会　しゅにがつえ ［宗］ 三月一日から十四日、奈良・東大寺で行われる国家鎮護の祈願行事 [季]春

修二会　しゅにえ ［宗］ 三月一日から十四日、奈良・東大寺で行われる国家鎮護の祈願行事 [季]春

5修正会　しゅしょうえ ［宗］ 陰暦正月十四日夜、岡山市・西大寺観音院で行なわれる修正会結願の行事。現在は土曜の夜を選んで行われる [季]新年

19修羅落　しゅらおとし ［人］ 切った材木を運ぶ方法 [季]春

修羅落し　しゅらおとし ［人］ 切った材木を運ぶ方法 [季]春

【倉】

2倉入り　くらいり ［宗］ 冬、寒くなって日本酒を醸造する時期に、農村から職人が酒造家のもとへ出稼ぎに来たこと [季]冬

【俵】

すじ俵　すじだわら ［人］ 籾を蒔く前に、発芽をうながすため籾種を種井や種池に浸

しておくのに使う俵 [季]春
0俵を重ぬ たわらをかさぬ ［人］ 正月忌み詞の一つで、転び臥す意味 [季]新年
3俵子 たわらご ［人］ 海鼠の縁起ことば [季]新年
俵子 たわらご ［動］ 海鼠を干したもの [季]冬
4俵木 たわらぎ ［人］ 年木の別称 [季]新年
7俵麦 たわらむぎ ［植］ 小判草の別称 [季]夏
8俵松 たわらまつ ［人］ 門松のこと [季]新年
9俵茱萸 たわらぐみ ［植］ 夏茱萸の別称。晩夏の頃に実が赤く熟する [季]夏
俵重 たわらかさね ［人］ 正月忌み詞の一つで、転び臥す意味 [季]新年
11俵魚 たわらご ［人］ 海鼠の縁起ことば [季]新年
13俵福 たわらふく ［人］ 阿波国における正月の門付け芸人の一種 [季]新年
15俵編 たわらあみ ［人］ 稲刈りがすみ、籾摺の始まるまでの間の夜なべ仕事として、新藁を使って俵を編んだこと [季]秋
俵編む たわらあむ ［人］ 冬の農閑期の藁仕事の一つ [季]冬

【兼】

6兼好忌 けんこうき ［宗］ 陰暦二月十五日、南北朝時代の随筆家吉田兼好の忌日 [季]春

【冥】

10冥途の鳥 めいどのとり ［動］ 時鳥の別称 [季]夏

【凄】

12凄雲 せいうん ［天］ どんよりと垂れこめた冬の雲 [季]冬

【凍】

凍 いて ［時］ あまりの寒気に凍りつくこと、あるいは凍りつきそうなこと [季]冬
0凍え死 こごえじに ［人］ 冬の寒さに凍え死ぬこと [季]冬
凍つく いてつく ［時］ 強烈な寒気のため冷えきること [季]冬
凍てる いてる ［時］ あまりの寒気に凍りつくこと、あるいは凍りつきそうなこと [季]冬
凍て風 いてかぜ ［天］ 冬に吹く冷たい風 [季]冬
凍む しむ ［時］ 強烈な寒気のため冷えきること [季]冬
凍ゆる こごゆる ［時］ 強烈な寒気のため冷えきること [季]冬
凍ゆるむ いてゆるむ ［地］ 冬の間凍りついていた大地が、春になって解けはじめること [季]春
凍る こおる ［時］ 寒気のために水が凝結すること [季]冬
凍れ しばれ ［時］ 北海道や東北地方の方言で、冬の猛烈な寒気で身も凍るようなことをいう [季]冬
3凍上 とうじょう ［地］ 北国で土地が凍り、建物や鉄道線路をもち上げること [季]冬
凍土 いてつち ［地］ 北国で土地が地中深くまで凍ること [季]冬
凍土 とうど ［時］ 北国で土地が地中深くまで凍ること [季]冬
6凍光 とうこう ［時］ 凍ったような光 [季]冬
凍凪 いてなぎ ［天］ 北海道の厳冬下の冬凪 [季]冬
凍死 とうし ［人］ 冬の寒さに凍え死ぬこと [季]冬
凍江 とうこう ［地］ 川が結氷し、人馬が通行できるようになること [季]冬
7凍戻る いてもどる ［地］ 春になり、ゆるみかけた大地が、寒さのぶり返しで再び凍りつくこと [季]春
凍豆腐 しみどうふ, いてどうふ ［人］ 冬の晴れた夜更け、厳寒の戸外で豆腐を凍らせ、天日に乾した食品 [季]冬
凍豆腐造る しみどうふつくる ［人］ 冬に凍豆腐をつくること。晴れた冬の夜更けに厳寒の戸外で豆腐を凍らせ、天日に乾すもの [季]冬
凍返る いてかえる ［地］ 春になり、ゆるみかけた大地が、寒さのぶり返しで再び凍りつくこと [季]春
8凍河 とうが ［地］ 川が結氷し、人馬が通行できるようになること [季]冬

凍空　いてぞら［天］冬の空模様 [季]冬

凍雨　いてあめ［天］冬の凍りつくような冷雨 [季]冬

9**凍星　いてぼし**［天］寒気に冴えわたって見える冬の星 [季]冬

凍海　とうかい［地］厳冬期、北の海が一面に結氷した様子 [季]冬

凍玻璃　いてはり［時］強烈な寒気のため凍ったガラス [季]冬

凍虻　いてあぶ［動］凍えたように動きの鈍い冬の虻 [季]冬

11**凍窓　いてまど**［時］強烈な寒気のため凍った窓 [季]冬

凍菊　いてぎく［植］枯菊の別称 [季]冬

凍雀　こごえすずめ［動］冬雀の別称 [季]冬

凍雪　いてゆき［天］凍りつくように冷たい雪 [季]冬

凍鳥　いてどり［動］雪鳥のこと [季]冬

12**凍割るる　いてわるる**［時］凍りつき割れること [季]冬

凍晴　いてばれ［時］凍り付くような寒さの中の冬晴 [季]冬

凍湖　とうこ［地］氷湖のこと [季]冬

凍港　とうこう［地］凍てついた港 [季]冬

凍渡　しみわたり［地］厳寒期に、積もった雪が凍り、その上を人が歩くこと [季]冬

凍結　とうけつ［時］あまりの寒気に凍りつくこと、あるいは凍りつきそうなこと [季]冬

凍結湖　とうけつこ［地］氷湖のこと [季]冬

凍葱　いてねぎ［植］冬の葱 [季]冬

凍道　いてみち［時］強烈な寒気のため凍った道 [季]冬

凍雲　いてぐも［時］冬空の凍てた雲 [季]冬

13**凍傷　とうしょう**［人］寒気のため、手足や耳の血行が止まって、感覚が失われ、しまいに組織が壊死すること [季]冬

凍滝　いてたき［地］氷の滝 [季]冬

凍蜂　いてばち［動］冬の蜂が凍りついたように動かないこと [季]冬

凍解　いてどけ［地］冬の間凍りついていた大地が、春になって解けはじめること [季]春

凍解くる　いてとくる［地］冬の間凍りついていた大地が、春になって解けはじめること [季]春

14**凍餅　しみもち**［人］寒中に凍らせておいた餅 [季]夏

15**凍瘡　とうそう**［人］霜焼のこと [季]冬

凍蝶　いてちょう［動］冬の蝶に同じ [季]冬

16**凍曇　いてぐもり**［時］北国で急激な寒気により空気が凍結し、霞靄のように見えるもの [季]冬

17**凍霞　いてがすみ**［時］北国で急激な寒気により空気が凍結し、霞靄のように見えるもの [季]冬

18**凍鯉　いてごい**［動］寒鯉の別称 [季]冬

19**凍蠅　いてばえ**［動］凍りついたように動かない冬の蠅 [季]冬

20**凍露　とうろ**［天］冬に草木の葉に付いた露が凍りつくこと [季]冬

21**凍鶴　いてづる**［動］片脚で立ち、首を翼の間にはさんで立ち尽くす鶴 [季]冬

凍鶴忌　とうかくき, いてづるき［宗］一月二十九日、大正・昭和期の俳人日野草城の忌日 [季]冬

24**凍靄　いてもや**［時］北国で急激な寒気により空気が凍結し、霞靄のように見えるもの [季]冬

【凌】

15**凌霄　のうぜん**［植］付着根が樹木・塀などを這い上がるノウゼンカツラ科の蔓性落葉低木。夏、ラッパ型の赤黄色の花をつける [季]夏

凌霄の花　のうぜんのはな［植］付着根が樹木・塀などを這い上がるノウゼンカツラ科の蔓性落葉低木。夏、ラッパ型の赤黄色の花をつける [季]夏

凌霄葉連　のうぜんはれん［植］ナスターチュームこと。南米ペルー産の蔓草。夏から秋にかけて開花する [季]夏

【剣】

6**剣羽　つるぎばね, つるぎば**［動］オシドリの飾り羽の別称 [季]冬

【剛】

5**剛卯杖　ごううじょう**［人］卯杖の原型と

もみられる中国の風俗 [季]新年

【剝】

あまみ剝　あまみはぎ［宗］ 石川県でのなまはげの別称 [季]新年

なごめ剝　なごめはぎ［宗］ なまはげの別称。正月十五日、秋田・男鹿半島での奇俗。夜、鬼の姿に仮装した青年が二、三人一組となり、家々を訪れては子供を脅す行事 [季]新年

なもみ剝　なもみはぎ［宗］ 秋田県由利郡でのなまはげの別称 [季]新年

なもみ剝ぎ　なもみはぎ［人］ 秋田県由利郡でのなまはげの別称 [季]新年

11**剝祭　はぎまつり**［宗］ 天王寺道祖神祭の別称 [季]冬

【原】

19**原爆の日　げんばくのひ**［人］ 八月六日と九日、広島と長崎に原子爆弾が投下された日 [季]秋

原爆忌　げんばくき［人］ 八月六日と九日、広島と長崎に原子爆弾が投下された日 [季]秋

【啄】

4**啄木忌　たくぼくき**［宗］ 四月十三日、明治期の歌人・詩人石川啄木の忌日 [季]春

啄木鳥　きつつき［動］ キツツキ科の鳥の総称。間断なく嘴で幹を突いて、樹の内部にいる虫をついばむ。留鳥だが、古来秋の鳥とされている [季]秋

【唐】

0**唐かえで　とうかえで**［植］ 楓の一種 [季]秋

唐きび　とうきび［植］ 玉蜀黍（とうもろこし）の別称 [季]秋

1**唐一葉　からひとつば**［植］ 一つ葉の別称 [季]夏

2**唐人豆　とうじんまめ**［植］ 落花生の別称。花が終わると子房が伸びて地中にはいり莢となる珍しい習性がある。晩秋収穫する [季]秋

4**唐木瓜　からぼけ**［植］ 木瓜の一種 [季]春

唐牛蒡　とうごぼう［植］ 山牛蒡の別称 [季]夏

6**唐糸草　からいとそう**［植］ バラ科の多年草。夏から秋にかけて枝先に赤紫色の穂を垂らす [季]夏

唐臼　からうす［人］ 稲が実ってきた田を荒らしにくる鳥・獣をおどかして追うために、谷水や田水を使って音を立てる仕掛け [季]秋

7**唐花草　からはなそう**［植］ ホップの別称。初秋、一つの茎に数千もの実が生る [季]秋

唐辛　とうがらし［植］ 花が終わると青い実がなり、秋に熟して赤くなる。実の形、大小などは種類によりさまざま [季]秋

唐辛子　とうがらし［植］ 花が終わると青い実がなり、秋に熟して赤くなる。実の形、大小などは種類によりさまざま [季]秋

唐辛子の花　とうがらしのはな［植］ ナス科の一年草で、夏に白い合弁花をつける [季]夏

唐麦　とうむぎ［植］ イネ科大型多年草の数珠玉の別称。秋に結実する [季]秋

8**唐金盞　とうきんせん**［植］ 金盞花（きんせんか）の別称 [季]春

9**唐独楽　とうごま**［人］ 回りながら音が出るコマ [季]新年

唐胡麻　とうごま［植］ 熱帯アフリカの原産、高さ二、三メートルになる一年草。ヒマシ油をとる [季]秋

唐荏　からえ［植］ トウゴマの別称 [季]秋

唐茱萸　とうぐみ［植］ 夏茱萸の変種 [季]夏

10**唐桐　とうぎり**［植］ 赬桐の別称 [季]夏

唐梅　からうめ［植］ 臘梅の別称 [季]冬

唐紙　からかみ［人］ 襖の別称。襖は元来防寒用で冬の季語 [季]冬

唐紙障子　からかみしょうじ［人］ 厚紙に紋柄のある障子。襖は元来防寒用で冬の季語 [季]冬

唐納豆　からなっとう［人］ 夏に作る納豆の一種 [季]夏

唐豇　とうささげ［植］ 隠元豆の別称。初秋、花の後に莢ができて垂れ下がるのを収穫する [季]秋

11**唐崎の千日参　からさきのせんにちまいり**［宗］ 唐崎参のこと [季]夏

唐崎の祓　からさきのはらい［宗］ 七月二十八、二十九日、大津市・一つ松神社で行

われる祓いに参詣すること [季]夏

唐崎千日参　からさきせんにちまいり　[宗]　唐崎参のことで、その日に参詣すると平日の千日分に相当するとされたことから [季]夏

唐崎参　からさきまいり　[宗]　七月二十八、二十九日、大津市・一つ松神社で行われる祓いに参詣すること [季]夏

唐崎祭　からさきまつり　[宗]　七月二十八、二十九日、大津市・一つ松神社で行われる祓いに参詣すること [季]夏

唐梨　からなし　[植]　カリンの別称。主に実を指し、季語としては秋 [季]秋

唐菜　とうな　[植]　葉菜の一種 [季]冬

唐菖蒲　とうしょうぶ　[植]　グラジオラスの別称 [季]夏

12 **唐黍　とうきび**　[植]　玉蜀黍（とうもろこし）の別称 [季]秋

唐黍の花　とうきびのはな　[植]　玉蜀黍の花の別称。晩夏、穂状の雄花が咲く [季]夏

13 **唐椿　からつばき**　[植]　椿の一種 [季]春

唐棕櫚　とうしゅろ　[植]　ヤシ科の常緑高木。五月頃、葉の根元から花序が出て、黄色の小花が集まり咲く [季]夏

14 **唐綿　とうわた**　[人]　木綿の綿 [季]冬

15 **唐撫子　からなでしこ**　[植]　石竹の別称。夏に薄赤い花が咲き、観賞用に栽培されている [季]秋, 夏

唐鴉　とうがらす　[動]　カササギの別称 [季]秋

17 **唐檞　からかしわ**　[植]　トウゴマの別称 [季]秋

18 **唐藷　からいも**　[植]　薩摩薯の別称。秋に収穫して出回る [季]秋

19 **唐藺　とうい**　[植]　太藺の別称 [季]夏

【埋】

3 **埋大根　いけだいこ**　[植]　穴を掘って囲った大根 [季]冬

4 **埋火　うずみび**　[人]　灰の中にうめた炭火のこと。炭は冬の季語 [季]冬

【夏】

夏　なつ　[時]　立夏から立秋の前日までを指す。陽暦では概ね五月、六月、七月 [季]夏

夏げ　[宗]　安居を無事につとめた回数 [季]夏

0 **夏かけて　なつかけて**　[時]　立夏の別称 [季]夏

夏ぐれ　なつぐれ　[天]　沖縄方面の雨期 [季]夏

夏さぶ　なつさぶ　[時]　夏がふけゆき、夏らしい情感が深まること [季]夏

夏ぞ隔たる　なつぞへだたる　[時]　夏が終わってしまうこと [季]夏

夏に入る　なつにいる　[時]　立夏の別称 [季]夏

夏に後る　なつにおくる　[時]　夏が終わってしまうこと [季]夏

夏ねぶつ　なつねぶつ　[宗]　夏の間に念仏を修すること [季]夏

夏のほか　なつのほか　[時]　夏の暑さを一瞬忘れること [季]夏

夏のよそ　なつのよそ　[時]　夏の暑さを一瞬忘れること [季]夏

夏の夕　なつのゆう　[時]　長い夏の日の夕暮れ [季]夏

夏の山　なつのやま　[地]　青葉が繁った夏の山 [季]夏

夏の川　なつのかわ　[地]　夏の河川 [季]夏

夏の匂　なつのにおい　[時]　初夏のころの感じをいう [季]夏

夏の天　なつのてん　[天]　日光がまぶしい夏の空のこと [季]夏

夏の日　なつのひ　[天]　夏の太陽、夏の一日。どちらの意味でも用いられる [季]夏

夏の月　なつのつき　[天]　夏の涼しい感じのする月 [季]夏

夏の水　なつのみず　[地]　夏の水の総称 [季]夏

夏の名残　なつのなごり　[時]　夏が終わってしまうこと。惜しむ気持ちがこもる [季]夏

夏の池　なつのいけ　[地]　夏の涼しげな池のこと [季]夏

夏の灯　なつのひ　[人]　夏の灯火が涼しげな感じがすることをいう。夏灯 [季]夏

夏の色　なつのいろ　[時]　初夏のころの感じをいう [季]夏

夏の虫　なつのむし　[動]　夏に出現する昆虫の総称。特に灯火に吸い寄せられる火取

蛾を指す [季]夏

夏の別れ　なつのわかれ　［時］　夏が終わってしまうこと。惜しむ気持ちがこもる [季]夏

夏の夜　なつのよ　［時］　つい夜ふかしをしがちな夏の夜のこと [季]夏

夏の夜明　なつのよあけ　［時］　夏のさわやかな明け方 [季]夏

夏の始　げのはじめ　［宗］　安居に入ること [季]夏

夏の始め　なつのはじめ　［時］　初夏の別称 [季]夏

夏の岬　なつのみさき　［地］　夏の爽やかな海風に包まれた岬 [季]夏

夏の果　なつのはて　［時］　夏が終わってしまうこと。惜しむ気持ちがこもる [季]夏

夏の果　げのはて　［宗］　陰暦七月十五日に、四月から始まった九十日間の夏安居が満了すること [季]秋

夏の沼　なつのぬま　［地］　夏の涼しげな沼のこと [季]夏

夏の波　なつのなみ　［地］　夏の光に満ちた波 [季]夏

夏の炉　なつのろ　［人］　夏炉に同じ [季]夏

夏の空　なつのそら　［天］　日光がまぶしい夏の空のこと [季]夏

夏の雨　なつのあめ　［天］　夏に降る雨一般を指す [季]夏

夏の昼　なつのひる　［時］　やけつくような夏の午後の暑さ [季]夏

夏の星　なつのほし　［天］　夏の夜の星々のこと [季]夏

夏の海　なつのうみ　［地］　夏の光に満ちた海 [季]夏

夏の畑　なつのはたけ　［地］　炎暑に乾いた夏の畑 [季]夏

夏の草　なつのくさ　［植］　夏におい茂る草の総称 [季]夏

夏の限　なつのかぎり　［時］　夏が終わってしまうこと。惜しむ気持ちがこもる [季]夏

夏の風　なつのかぜ　［天］　夏の季節風 [季]夏

夏の風邪　なつのかぜ　［人］　夏にかかる風邪のこと [季]夏

夏の原　なつのはら　［地］　緑深い夏草の繁茂した原野 [季]夏

夏の宵　なつのよい　［時］　夏の夜のまだ浅いとき [季]夏

夏の庭　なつのにわ　［地］　夏の涼しげな庭園 [季]夏

夏の浜　なつのはま　［地］　夏の光に満ちた浜 [季]夏

夏の宿　なつのやど　［人］　夏らしい趣の宿のこと [季]夏

夏の終　げのおわり　［宗］　安居が終ること [季]夏

夏の菊　なつのきく　［植］　夏菊に同じ [季]夏

夏の鹿　なつのしか　［動］　夏期の鹿のこと [季]夏

夏の富士　なつのふじ　［地］　雪のない夏の富士。山肌が克明になる姿をいう [季]夏

夏の嵐　なつのあらし　［天］　夏の季節風の特に強いもの [季]夏

夏の暁　なつのあかつき　［時］　夏のさわやかな明け方 [季]夏

夏の朝　なつのあさ　［時］　夏の日のまだ高くない時分 [季]夏

夏の湖　なつのみずうみ, なつのうみ　［地］　夏の涼しげな湖のこと [季]夏

夏の蛙　なつのかえる　［動］　動きの活発な蛙の夏期における状態 [季]夏

夏の雲　なつのくも　［天］　夏の空の雲。積雲、積乱雲 [季]夏

夏の園　なつのえん, なつのその　［地］　夏の涼しげな庭園 [季]夏

夏の暮　なつのくれ　［時］　長い夏の日の夕暮れ [季]夏

夏の潮　なつのしお　［地］　夏の明るい潮のこと [季]夏

夏の蝶　なつのちょう　［動］　夏にとびまわる蝶 [季]夏

夏の駒牽　なつのこまびき　［人］　陰暦四月二十八日に宮中で行われた行事で、騎射に使う馬を天皇に御覧に入れたもの [季]夏

夏の燕　なつのつばめ　［動］　夏燕に同じ [季]夏

夏の鴛鴦　なつのおし　［動］　見るからに涼しげな池や沼で泳ぐ夏の鴛鴦のこと [季]夏

夏の鴨　なつのかも　［動］　鴨だけだと冬の季語。ここでは夏の池で泳ぐ涼しげな鴨のこと [季]夏

夏の霞　なつのかすみ　［天］　夏にたなびく霞のこと　[季]夏

夏の霜　なつのしも　［天］　夏の夜、月の光にがあたって霜が立ったように見えること　[季]夏

夏の霧　なつのきり　［天］　山地や山辺で夏に発生する霧　[季]夏

夏の露　なつのつゆ　［天］　夏の朝霧がおりて涼しげなこと　[季]夏

夏ぶし　なつぶし　［人］　乳幼児がかかる頭瘡。夏に多く発生する　[季]夏

夏むし　なつむし　［人］　乳幼児がかかる頭瘡。夏に多く発生する　[季]夏

夏めく　なつめく　［時］　気候が夏らしくなる兆候が現れること　[季]夏

夏を待つ　なつをまつ　［時］　春の終わり。春を惜しむより、夏の到来に気持ちがある　[季]春

夏を追ふ　なつをおう　［時］　夏が終わってしまうこと。惜しむ気持ちがこもる　[季]夏

夏シャツ　なつしゃつ　［人］　薄い生地で作った夏のシャツ　[季]夏

夏スキー　なつすきー　［人］　残雪の多い高原の窪地や雪渓上においてスキーを楽しむもの　[季]夏

[2]**夏入　げいり**　［宗］　安居に入ること　[季]夏

[3]**夏夕　なつゆう**　［時］　長い夏の日の夕暮れ　[季]夏

夏夕べ　なつゆうべ　［時］　夏の夕ぐれどき　[季]夏

夏夕日　なつゆうひ　［時］　夏の夕日　[季]夏

夏大根　なつだいこん　［植］　大根の一種。品種改良によりできた夏に収穫するもの　[季]夏

夏山　なつやま　［地］　青葉が繁った夏の山　[季]夏

夏山家　なつやまが　［地］　草木の生い繁る夏の山中の家　[季]夏

夏山陰　なつやまかげ　［天］　盛夏の熱い太陽から逃れる日陰　[季]夏

夏山路　なつやまじ　［地］　草木の生い繁った夏の山路のこと　[季]夏

夏川　なつがわ　［地］　夏の河川　[季]夏

[4]**夏切　なつきり**　［人］　夏切茶の別称　[季]夏

夏切の茶　なつぎりのちゃ　［人］　夏切茶の別称　[季]夏

夏切茶　なつぎりちゃ　［人］　本格の口切をまたずに茶詰めの封を切って、別に蓄える茶　[季]夏

夏切壺　なつぎりつぼ　［人］　夏切茶の別称　[季]夏

夏天　かてん　［天］　日光がまぶしい夏の空のこと　[季]夏

夏引の糸　なつひきのいと　［人］　新糸の別称　[季]夏

夏手套　なつてぶくろ　［人］　夏用の手袋　[季]夏

夏手袋　なつてぶくろ　［人］　夏用の手袋　[季]夏

夏日　なつび　［天］　夏の太陽、夏の一日。どちらの意味でも用いられる　[季]夏

夏日　かじつ　［時］　夏の一日、夏の太陽。どちらの意味でも用いられる　[季]夏

夏日向　なつひなた　［天］　夏の太陽の光　[季]夏

夏日影　なつひかげ　［天］　夏の太陽の光をさす。日陰のことではない　[季]夏

夏木　なつき　［植］　夏になって、枝が伸び青葉を茂らせている木々　[季]夏

夏木立　なつこだち　［植］　夏になって、木々が枝を伸ばし青葉を茂らせているさま　[季]夏

夏木陰　なつこかげ　［天］　炎暑の木陰のこと　[季]夏

夏木蔭　なつこかげ　［植］　夏になって、木々が枝を伸ばし青葉を茂らせて、木陰をつくっているさま　[季]夏

夏水　かすい　［地］　夏の水の総称　[季]夏

夏水仙　なつずいせん　［植］　ヒガンバナ科の多年草。晩夏に薄い赤紫の花をつける　[季]夏

夏火鉢　なつひばち　［人］　夏でも火を入れている高冷地の火鉢　[季]夏

[5]**夏出水　なつでみず**　［地］　夏におこる出水　[季]夏

夏布団　なつぶとん　［人］　夏用の寝具の一種　[季]夏

夏未明　なつみめい　［時］　夏のさわやかな明け方　[季]夏

夏正　かせい　［時］　正月の別称　[季]新年

夏氷　なつごおり　［人］　氷を削ってシロップを加えたもの　[季]夏

夏立つ　なつたつ　［時］　立夏の別称　[季]夏

6**夏休**　なつやすみ　［人］　夏の定期休暇。学校は7月中旬から8月末まで、会社や官庁などではお盆の頃に休むところが多い　[季]夏

夏兆す　なつきざす　［時］　気候が夏らしくなる兆候が現れること　[季]夏

夏合羽　なつがっぱ　［人］　夏、雨天に着るひとえの合羽のこと　[季]夏

夏安居　げあんご　［宗］　安居のこと　[季]夏

夏尽く　なつつく　［時］　夏が終わってしまうこと。惜しむ気持ちがこもる　[季]夏

夏灯　なつともし　［人］　夏の灯火が涼しげな感じがすることをいう　[季]夏

夏百日　げひゃくにち　［宗］　夏安居の期間をいう　[季]夏

夏羽織　なつばおり　［人］　夏用の裏のないひとえの羽織のこと　[季]夏

夏至　げし　［時］　二十四節気の一つ。陽暦六月二十一、二十二日頃。一年で最も日が長い　[季]夏

夏至の日　げしのひ　［時］　二十四節気の一つ。陽暦六月二十一、二十二日頃。一年で最も日が長い　[季]夏

夏至の夜　げしのよる　［時］　一年中で最も夜の短かい夏至の夜　[季]夏

夏至の雨　げしのあめ　［時］　夏至の日に降る雨　[季]夏

夏至白夜　げしびゃくや　［時］　最も夜の短い夏至の夜を白夜になぞらえていったもの　[季]夏

夏至夜風　げしよかぜ　［時］　夏至の日の夜の風　[季]夏

夏虫　なつむし　［動］　夏に出現する昆虫の総称。特に灯火に吸い寄せられる火取蛾を指す　[季]夏

夏行　げぎょう　［宗］　安居のこと　[季]夏

夏衣　なつごろも, なつぎぬ　［人］　夏に着る衣服、ことに和服の総称　[季]夏

7**夏初月**　なつはづき　［時］　陰暦四月の別称　[季]夏

夏旱　なつひでり　［天］　夏場の日照りのこと　[季]夏

夏来る　なつくる　［時］　立夏の別称　[季]夏

夏狂言　なつきょうげん　［人］　土用の間に行った小規模の臨時興行のこと　[季]夏

夏花　げばな　［宗］　夏安居のときに供える花　[季]夏

夏花摘み　げばなつみ　［宗］　夏安居の期間中、仏に毎日供える夏花を摘むこと　[季]夏

夏芝　なつしば　［植］　青々としている夏の芝草のこと　[季]夏

夏芝居　なつしばい　［人］　土用の間に行った小規模の臨時興行のこと　[季]夏

夏芭蕉　なつばしょう　［植］　青芭蕉のこと　[季]夏

夏見舞　なつみまい　［人］　暑中見舞の別称　[季]夏

夏豆　なつまめ　［植］　早生種の大豆のこと。夏のうちに枝豆として収穫する　[季]夏

夏足袋　なつたび　［人］　夏に履く薄手の足袋　[季]夏

夏近し　なつちかし　［時］　春の終わり。春を惜しむより、夏の到来に気持ちがある　[季]春

夏近む　なつちかむ　［時］　春の終わり。春を惜しむより、夏の到来に気持ちがある　[季]春

8**夏始**　なつはじめ　［時］　初夏の別称　[季]夏

夏念仏　なつねんぶつ, なつねぶつ　［宗］　夏期の念仏行事　[季]夏

夏旺ん　なつさかん　［時］　夏の暑さのさかり　[季]夏

夏明き　げあき　［宗］　陰暦七月十五日に、四月から始まった九十日間の夏安居が満了すること　[季]秋

夏服　なつふく　［人］　夏に着る洋服　[季]夏

夏果　なつはて　［時］　夏が終わってしまうこと。惜しむ気持ちがこもる　[季]夏

夏河原　なつがわら　［地］　夏の河原　[季]夏

夏沸瘡　なつぼし　［人］　乳幼児がかかる頭瘡。夏に多く発生する　[季]夏

夏炉　なつろ　［人］　夏でも火を入れている高冷地の炉　[季]夏

夏物　なつもの　［人］　夏に着る衣服、ことに和服の総称　[季]夏

夏空　なつぞら　［天］　日光がまぶしい夏の空のこと　[季]夏

夏肴　なつさかな　［動］　夏期とれる魚の総称　[季]夏

夏邸　なつやしき　［人］　夏らしい趣の家のこと　[季]夏

夏雨　なつさめ　［天］　夏に降る雨一般を指

す [季]夏

9**夏負** なつまけ ［人］ 暑さに負けて体力が衰えること。いわゆる「夏バテ」 [季]夏

夏怒濤 なつどとう ［地］ 夏の、白い波頭を立てて海岸に打ち寄せる波 [季]夏

夏柑 なつかん ［植］ 夏蜜柑の別称 [季]春

夏枯 なつがれ ［人］ お盆の頃に、芝居・寄せ・料亭などで客足の少なくなること [季]夏

夏枯草 うつぼぐさ, かこそう ［植］ 靫草の別称。花の終った花穂が褐色に変わることからの名 [季]夏

夏柳 なつやなぎ ［植］ 緑濃くなっている夏の柳のこと [季]夏

夏海 なつうみ ［地］ 夏の海に同じ [季]夏

夏浅し なつあさし ［時］ 夏に入って日が浅いこと [季]夏

夏洋傘 なつこうもりがさ ［人］ 洋風の日傘 [季]夏

夏点前 なつてまえ ［人］ 茶道で、夏に涼しげな趣向で点前をすること [季]夏

夏畑 なつばたけ ［地］ 炎暑に乾いた夏の畑 [季]夏

夏神楽 なつかぐら ［宗］ 夏の神事に奏される神楽 [季]夏

夏茜 なつあかね ［動］ 赤蜻蛉の一種で、夏に出るもの [季]夏

夏草 なつくさ ［植］ 夏におい茂る草の総称 [季]夏

夏草茂る なつくさしげる ［植］ 夏草が盛んに生長し、茂ること [季]夏

夏茶の湯 なつちゃのゆ ［人］ 茶道で、夏に涼しげな趣向で点前をすること [季]夏

夏茶碗 なつぢゃわん ［人］ 夏の茶会で使われる茶碗 [季]夏

夏茱萸 なつぐみ ［植］ グミ科の落葉低木。初夏、葉の根元から長い柄のある淡黄色の花を垂らし、やがて晩夏の頃に実が赤く熟する [季]夏

夏衿 なつえり ［人］ 夏の半衿のこと [季]夏

夏風 なつかぜ ［天］ 夏の季節風 [季]夏

夏風邪 なつかぜ ［人］ 夏の風邪に同じ [季]夏

10**夏剝** なつはぎ ［人］ 夏に草木の皮をはぎ、繊維を取り出したこと [季]夏

夏帯 なつおび ［人］ 夏にしめる薄手の帯 [季]夏

夏座布団 なつざぶとん ［人］ 夏に用いる座布団の総称 [季]夏

夏座敷 なつざしき ［人］ 涼しげな装いになっている夏の室内のこと [季]夏

夏料理 なつりょうり ［人］ 見た目に涼しげで、口当たりのさっぱりとした夏らしい料理の総称 [季]夏

夏書 げがき ［宗］ 夏安居中に、写経などをすること [季]夏

夏書納 げがきおさめ ［宗］ 夏安居の間に書写しておいた経巻や名号を堂塔に納めて三界万霊に供養したもの [季]秋

夏桑 なつぐわ ［植］ 葉が生い茂った夏の桑のこと [季]夏

夏桜 なつざくら ［植］ 初夏、青葉の頃になっても咲き残っている桜の花のこと [季]夏

夏桃 なつもも ［植］ 早生種の桃の総称。六月頃から出回るものがある [季]夏

夏梅 なつうめ ［植］ 木天蓼の花(またたびのはな)の別称 [季]夏

夏真昼 なつまひる ［時］ 夏の炎天の昼間 [季]夏

夏祓 なつはらえ ［宗］ 夏越の祓の別称 [季]夏

夏蚕 なつご ［動］ 初夏から飼育される蚕のこと [季]夏

夏蚕の糸 なつごのいと ［人］ 新糸の別称 [季]夏

夏衾 なつぶすま ［人］ 夏ぶとんの一種 [季]夏

11**夏惜しむ** なつおしむ ［時］ 夏が終わってしまうこと。惜しむ気持ちがこもる [季]夏

夏掛 なつがけ ［人］ 夏用の寝具の一種 [季]夏

夏断 げだち ［宗］ 夏安居の際、不浄のものをさけ、外出を禁じ魚肉を断ち精進すること [季]夏

夏深し なつふかし ［時］ 夏の盛りの土用のころ [季]夏

夏深む なつふかむ ［時］ 夏の盛りのころ [季]夏

夏祭 なつまつり ［宗］ 夏の祭の総称 [季]夏

10画（夏）

夏経　げきょう　［宗］　夏安居中に、写経などをすること　㊗夏

夏終る　なつおわる　［時］　夏が終わってしまうこと　㊗夏

夏菊　なつぎく　［植］　夏に咲く菊の総称。六、七月頃咲く種類のものをさす　㊗夏

夏菜　なつな　［植］　夏にとれる葉菜の総称　㊗夏

夏著　なつぎ　［人］　夏に着る衣服、ことに和服の総称　㊗夏

夏袴　なつばかま　［人］　夏用の涼しい袴　㊗夏

夏野　なつの　［地］　緑深い夏草の繁茂した原野　㊗夏

夏野の鹿　なつののしか　［動］　夏期の鹿のこと　㊗夏

夏野原　なつのはら　［地］　緑深い夏草の繁茂した原野　㊗夏

夏陰　なつかげ　［天］　盛夏の熱い太陽から逃れる日陰　㊗夏

夏雪草　なつゆきぐさ　［植］　卯の花の別称　㊗夏

夏雪草　なつゆきそう　［植］　キョウガノコの花の白い品種　㊗夏

夏魚　なつさかな　［動］　夏期とれる魚の総称　㊗夏

夏麻引　なつそひき　［人］　七月頃、麻を刈りとること。根元からとることから「引く」という　㊗夏

夏麻引く　なつそひく　［人］　七月頃、麻を刈りとること。根元からとることから「引く」という　㊗夏

12夏勤　げづとめ　［宗］　安居のこと　㊗夏

夏場　なつば　［時］　夏の別称　㊗夏

夏場所　なつばしょ　［人］　五月に東京・両国国技館で行なわれる大相撲興行　㊗夏

夏寒し　なつさむし　［時］　梅雨寒が長期にわたって続く低温の夏のこと　㊗夏

夏富士　なつふじ　［地］　陰暦五月ごろの富士山　㊗夏

夏嵐　なつあらし　［天］　夏の季節風の特に強いもの　㊗夏

夏帽　なつぼう　［人］　夏季に用いる帽子の総称　㊗夏

夏帽子　なつぼうし　［人］　夏季に用いる帽子の総称　㊗夏

夏暁　なつあけ　［時］　夏のさわやかな明け方　㊗夏

夏景色　なつげしき　［時］　初夏のころの感じをいう　㊗夏

夏期大学　かきだいがく　［人］　夏休みを利用して開かれる大学の講習会　㊗夏

夏期手当　かきてあて　［人］　六、七月ごろ支払われる臨時手当。いわゆる夏のボーナス　㊗夏

夏期休暇果つ　かきゅうかはつ　［人］　夏休みが終わり、九月から秋の新学期となること　㊗秋

夏期講習会　かきこうしゅうかい　［人］　夏休みを利用して開かれる講習会　㊗夏

夏朝日　なつあさひ　［時］　夏の朝日　㊗夏

夏朝顔　なつあさがお　［植］　夏に咲いた朝顔のこと　㊗夏

夏着　なつぎ　［人］　夏に着る衣服、ことに和服の総称　㊗夏

夏葱　なつねぎ　［植］　夏に収穫した葱　㊗夏

夏萩　なつはぎ　［植］　夏に開花する萩のこと　㊗夏

夏蛙　なつがえる　［動］　動きの活発な蛙の夏期における状態　㊗夏

夏越　なごし　［宗］　陰暦六月晦日に行われた行事。半年間の罪や穢れを祓うため宮中や神社、民間でさまざまな神事が行われた　㊗夏

夏過ぎて　なつすぎて　［時］　夏が終わってしまうこと　㊗夏

夏雲　なつぐも　［天］　夏の空の雲。積雲、積乱雲　㊗夏

夏雲雀　なつひばり　［動］　練雲雀の別称　㊗夏

13夏暖簾　なつのれん　［人］　涼味や日除けのために軒先にかける夏の暖簾　㊗夏

夏椿　なつつばき　［植］　沙羅の花の別称。晩夏、葉の根元に椿に似た白い五弁花をつける　㊗夏

夏椿の花　なつつばきのはな　［植］　ツバキ科の落葉高木。夏、葉のつけ根に直径五センチほどの白い花をつける　㊗夏

夏蒲団　なつぶとん　［人］　夏用の寝具の一種　㊗夏

夏蓬　なつよもぎ　［植］　夏、大きく生長す

俳句季語よみかた辞典　313

る蓬のこと　[季]夏

夏路　なつじ　［地］　緑深い夏草の繁茂した原野　[季]夏

14**夏蔦**　なつつた　［植］　夏、蔦が青々と茂っていること　[季]夏

夏蜜柑　なつみかん　［植］　ミカン科の常緑低木。果実は大きくて酸味が強く、初夏の果物として好まれる　[季]春, 夏

夏蜜柑の花　なつみかんのはな　［植］　ミカン科の常緑低木。夏橙とも呼ばれ、初夏、前年に熟した果実を収穫する頃に、翌年の白色五弁花をつける　[季]夏

15**夏潮**　なつじお　［地］　夏の明るい潮のこと　[季]夏

夏痩　なつやせ　［人］　暑さに負けて体重が減ること。いわゆる「夏バテ」　[季]夏

夏蕪　なつかぶ, なつかぶら　［植］　夏に収穫される小蕪のこと　[季]夏

夏蕨　なつわらび　［植］　高冷地で夏に出る蕨のこと　[季]夏

夏蝶　なつちょう　［動］　夏の蝶のこと　[季]夏

16**夏橙**　なつだいだい　［植］　夏蜜柑の別称　[季]春, 夏

夏橙　なつだい　［植］　夏蜜柑の別称　[季]春, 夏

夏燕　なつつばめ　［動］　夏に見かける燕　[季]夏

夏薊　なつあざみ　［植］　夏に花を開く薊の総称　[季]夏

夏隣　なつどなり　［時］　春の終わり。春を惜しむより、夏の到来に気持ちがある　[季]春

夏隣る　なつどなる　［時］　春の終わり。春を惜しむより、夏の到来に気持ちがある　[季]春

夏頭巾　なつずきん　［人］　夏にかぶる頭巾　[季]夏

夏館　なつやかた　［人］　夏らしい趣の家のこと　[季]夏

夏鴨　なつがも　［動］　夏の鴨に同じ　[季]夏

17**夏嶺**　かれい　［地］　青葉が繁った夏の山　[季]夏

夏濤　かとう, なつなみ　［地］　夏の、白い波頭を立てて海岸に打ち寄せる波　[季]夏

夏闇　なつやみ　［天］　厚い雲におおわれた梅雨のころの天候　[季]夏

夏闌　なつたけなわ　［時］　夏の盛り　[季]夏

夏霞　なつがすみ　［天］　夏にたなびく霞のこと　[季]夏

18**夏藤**　なつふじ　［植］　マメ科の蔓性植物で、藤の別種。夏の土用の頃、白い房状の蝶形花が咲く　[季]夏

夏襟　なつえり　［人］　夏の半衿のこと　[季]夏

19**夏襦袢**　なつじゅばん　［人］　着物保護の目的で着たもの　[季]夏

夏霧　なつぎり　［天］　山地や山辺で夏に発生する霧　[季]夏

20**夏鰊**　なつにしん　［動］　夏、北海道南西岸にきた鰊のこと　[季]夏

21**夏鶯**　なつうぐいす　［動］　老鶯の別称　[季]夏

22**夏籠**　げごもり　［宗］　安居のこと　[季]夏

【姫】

ささがに姫　ささがにひめ　［人］　棚機姫の異名七種の一つ　[季]秋

0**姫うつぎ**　ひめうつぎ　［植］　卯の花の一種　[季]夏

姫きらん草　ひめきらんそう　［植］　キランソウの一種　[季]春

姫しやが　ひめしゃが　［植］　著莪の別称。初夏に小花をつける　[季]夏

姫すみれ　ひめすみれ　［植］　菫の一種　[季]春

姫キャベツ　ひめきゃべつ　［植］　芽キャベツの別称　[季]冬

3**姫女苑**　ひめじょおん　［植］　北米原産のキク科二年草。初夏、黄色と白の花を多数つける　[季]夏

姫小松　ひめこまつ　［植］　正月子の日の遊びに引く小松のこと　[季]新年

4**姫水鶏**　ひめくいな　［動］　水鶏の一種。鳴声はやや低い　[季]夏

5**姫甘藍**　ひめかんらん　［植］　芽キャベツの別称　[季]冬

姫田螺　ひめたにし　［動］　田螺の一種　[季]春

6**姫瓜**　ひめうり　［植］　甜瓜（まくわうり）の一種　[季]夏

姫瓜の節句　ひめうりのせっく　［人］　京都

10画（孫, 家, 宮）

地方での八朔（陰暦八月朔日）の別称　㊡秋

姫瓜雛　ひめうりびな　［人］　八朔（陰暦八月朔日）の時、姫瓜に紅白粉などを塗り、目鼻をかいて人形として遊んだもの　㊡秋

姫百合　ひめゆり　［植］　百合の一種。濃い紅色の花をつける　㊡夏

[7]姫花蕨　ひめはなわらび　［植］　高山帯に産するハナヤスリ科の多年生シダ類の一種　㊡秋

姫芭蕉　ひめばしょう　［植］　バショウ科の多年草。夏に鮮紅色の花をつける　㊡夏

姫貝　ひめがい　［動］　貽貝の別称　㊡春

[8]姫始　ひめはじめ　［人］　字の当て方により、さまざまに解釈される新年行事。一般には密事始をさす　㊡新年

姫岩藤　ひめいわふじ　［植］　マメ科の低木状の多年草。夏に開花する　㊡夏

[9]姫春蟬　ひめはるぜみ　［動］　蟬の一種　㊡夏

姫浅蜊　ひめあさり　［動］　浅蜊の一種　㊡春

姫胡桃　ひめくるみ　［植］　胡桃の一種　㊡秋

姫虻　ひめあぶ　［動］　虻の一種　㊡春

[10]姫家蠅　ひめいえばえ　［動］　蠅の一種　㊡夏

姫烏頭　ひめうず　［植］　キンポウゲ科の多年草。三、四月ごろ、紅色を帯びた白い小花が咲く　㊡春

[11]姫蛍　ひめぼたる　［動］　蛍の一種　㊡夏

姫野牡丹　ひめのぼたん　［植］　野牡丹の一種　㊡夏

姫黄楊　ひめつげ　［植］　ツゲ科の常緑低木。晩春、淡黄色の細かな花が群がって咲く　㊡春

[12]姫萩　ひめはぎ　［植］　ヒメハギ科の多年草。四月ごろ紫色の蝶形の花が咲く　㊡春

姫雁　ひめがん　［動］　小雁の別称　㊡秋

[13]姫蜂　ひめばち　［動］　蜂の一種　㊡春

[15]姫撫子　ひめなでしこ　［植］　撫子の一種。北欧原産のごく小型のもの　㊡夏

姫糊始　ひめはじめ　［宗］　新年になって初めて洗濯張物をすること　㊡新年

[16]姫橘　ひめたちばな, ひめきつ　［植］　晩秋に熟する果物の一つ。果実は小さく、球形または長球形。晩秋に熟し金色になる。香

りが高く、生食用にもなる　㊡秋

[17]姫蟋蟀　ひめこおろぎ　［動］　つづれさせ蟋蟀の別称　㊡秋

[18]姫雛鳥　ひめひなどり　［動］　雲雀の別称　㊡春

姫鵜　ひめう　［人］　鵜の一種　㊡夏

[23]姫鱒　ひめます　［動］　海産の紅鱒が陸封されたもの　㊡夏, 春

【孫】

[4]孫蟋虫　まごたろうむし　［動］　ヘビトンボの幼虫で、清流の石の間などに棲む。この虫を乾燥した同名の疳の虫の薬が有名　㊡夏

孫太郎虫売　まごたろうむしうり　［人］　疳の薬になるといわれた孫太郎虫を売り歩いた人　㊡夏

【家】

[0]家の春　いえのはる　［時］　初春のこと　㊡新年

[4]家父入　やぶいり　［宗］　一月十六日、奉公人が一日休みを貰い、実家に帰ること　㊡新年

[6]家早乙女　いえそうとめ　［人］　早乙女の別称　㊡夏

家芋　いえついも　［植］　里芋の一種　㊡秋

[10]家姫蟻　いえひめあり　［動］　蟻の一種　㊡夏

家桜　いえざくら　［植］　家の庭などに植えてある桜　㊡春

[11]家康忌　いえやすき　［宗］　陰暦四月十七日、江戸幕府初代将軍徳川家康の忌日　㊡夏

家清水　いえしみず　［地］　農家の庭先などに湧き出ている清水　㊡夏

[14]家蜱　いえだに　［動］　ダニの一種。家の中に入り込み、人の血を吸う　㊡夏

[15]家蝙蝠　いえこうもり　［動］　蝙蝠の一種　㊡夏

[19]家蟻　いえあり　［動］　蟻の一種　㊡夏

家蠅　いえばえ　［動］　蠅の一種　㊡夏

【宮】

[4]宮中の六月祓　きゅうちゅうのみなづきはらえ　［宗］　大祓の別称　㊡夏

10画（宵, 容, 射）

⁹宮城野萩　みやぎのはぎ　［植］　萩の一種
㋑秋

宮相撲　みやずもう　［人］　秋、神社の境内
で興行する相撲　㋑秋

宮神楽　みやかぐら　［宗］　宮廷で行なわれ
る神楽　㋑冬

宮重大根　みやしげだいこん　［植］　大根の
一種で、青首大根の本場の愛知県産のもの
㋑冬

¹⁰宮桜　みやざくら　［植］　神社、仏閣や宮中
に咲く桜　㋑春

¹¹宮崎祭　みやざきまつり　［宗］　十月二十六
日から二十九日、宮崎市・宮崎神宮の祭り。
一名「神武さん」とも呼ばれる　㋑秋

¹⁵宮線を添ふ　きゅうせんをそう　［時］　冬至
以後また日が長くなってくること　㋑冬

【宵】

⁰宵の年　よいのとし　［時］　新年になってか
ら、去った前年を振り返ってさす言葉。詠
嘆的な気持ちがこもる　㋑新年

宵の春　よいのはる　［時］　春の夕暮れ後、
間もない頃のこと　㋑春

宵の秋　よいのあき　［時］　秋の夜がまだ更
けきっていない頃　㋑秋

宵の夏　よいのなつ　［時］　夏の夜のまだ浅
いとき　㋑夏

宵の雪　よいのゆき　［天］　夜分の雪　㋑冬

³宵山　よいやま　［宗］　祇園会で六月十六日
と六月二十三日の行事をいう　㋑夏

⁴宵天神　よいてんじん　［宗］　初天神の前
日、正月二十四日　㋑新年

宵月　よいづき　［天］　陰暦八月二日から、
七、八日ごろの上弦の夜　㋑秋

宵月夜　よいづきよ　［天］　陰暦八月二日か
ら、七、八日ごろの上弦の夜　㋑秋

⁵宵弘法　よいこうぼう　［宗］　八月二十日、
京都・大覚寺で弘法大師忌日二十一日の逮
夜として修せられる法会　㋑秋

⁶宵戎　よいえびす　［宗］　正月十日戎祭りの
前夜　㋑新年

宵成祭　よいなりさい　［宗］　五月十七、十
八日。日光東照宮祭の別称　㋑夏

¹⁰宵宮　よいみや　［宗］　祭の前夜。祭は夏祭
のこと　㋑夏

宵宮詣　よいみやもうで　［宗］　祇園会の宵

宮を詣ること　㋑夏

宵砧　よいぎぬた　［人］　秋の宵に砧を打つ
こと　㋑秋

¹¹宵涼し　よいすずし　［時］　夏の宵の涼しい
こと　㋑夏

宵涼み　よいすずみ　［人］　宵に行う納涼
㋑夏

宵皐月　よいさつき　［宗］　皐月祝の別称
㋑新年

宵皐月　よいさつき　［人］　田植で、前日に
家に近い田だけを植えておくこと　㋑夏

宵祭　よいまつり　［宗］　祭の前夜。祭は夏
祭のこと　㋑夏

宵蛍　よいぼたる　［動］　宵にみる蛍　㋑夏

¹²宵寒　よいさむ　［時］　秋に夜の冷え込みに
寒さを感じること　㋑秋

¹³宵節句　よいぜっく　［人］　雛祭りの夜のこ
と　㋑春

宵飾　よいかざり　［宗］　祇園祭に用いられる
もの　㋑夏

宵飾　よいかざり　［人］　年末のうちに正月
飾りの門松を立てること　㋑冬

宵飾り　よいかざり　［宗］　氏子が祇園会の
とき秘蔵の屛風を美しく飾りつけること
㋑夏

¹⁷宵薺　よいなずな　［宗］　正月六日の夜、七
種の菜をまな板の上に置き、庖丁の背・擂
粉木などで叩きながら囃す風習　㋑新年

宵闇　よいやみ　［天］　仲秋の名月を過ぎて
からの宵の暗さ　㋑秋

【容】

¹¹容鳥　かおどり　［動］　一般に美しい春の鳥
のことと言われるが、カッコウではないか
との説もある　㋑春

【射】

³射干　ひおうぎ　［植］　アヤメ科の多年草
で、葉の形からの名。晩夏に黄橙色の花を
つける　㋑夏

⁵射礼　じゃらい　［人］　正月十七日に宮中で
行なわれた射儀　㋑新年

⁷射初　いぞめ　［人］　弓始の別称　㋑新年

¹²射場始　いばはじめ　［人］　天皇が弓場殿に
出御され、射技を見られる行事　㋑冬, 新年

¹⁵射遺　いのこし　［人］　正月十七日の射礼当

日に参加できなかった射手が、翌十八日に行った射儀 [季]新年

【屑】

18 **屑繭　くずまゆ**　［人］　糸が少なかったり形が悪い繭のこと　[季]夏

【展】

13 **展墓　てんぼ**　［宗］　盆の墓参のこと　[季]秋

【島】

0 **島いも　しまいも**　［植］　薩摩薯の別称。秋に収穫して出回る　[季]秋

3 **島千鳥　しまちどり**　［動］　島にいる千鳥　[季]冬

5 **島仙入　しませんにゅう**　［動］　仙入の一種。北海道、新島、三宅島、八丈島および福岡県に繁殖し、蝦夷仙入よりもやや小さい　[季]秋

島四国　しましこく　［宗］　四国八十八ヵ所を巡ることを指す。遍路を春の季語としたため、これも俳句では季節は春　[季]春

9 **島津鳥　しまずどり**　［人］　鵜の別称　[季]夏

10 **島原の太夫の道中　しまばらのたゆうのどうちゅう**　［人］　戦前、四月二十一日に行なわれた、豪華絢爛に着飾った太夫が京都・島原遊郭を練り歩く行事　[季]春

島原の灯籠　しまばらのとうろう　［人］　島原にある灯籠　[季]秋

島原の初寄り　しまばらのはつより　［人］　昔、正月九日に京都・島原の遊郭で年始の初会合をした行事　[季]新年

22 **島鰺　しまあじ**　［動］　鰺の一種　[季]夏

【峯】

2 **峯入　みねいり**　［宗］　修験者が奈良・大峯山に登り修行すること。昔は春と秋に順逆の山行が行われたが、現在では夏の行事となった　[季]春

12 **峯雲　みねぐも**　［天］　積乱雲の別称　[季]夏

【差】

19 **差鯖　さしさば**　［人］　生御魂行事の一つ。鯖の背開きの塩漬けを両親や親類に贈ったもの　[季]秋

【帰】

0 **帰り鴫　かえりしぎ**　［動］　春、北方へと飛び去る鴫のこと　[季]春

帰る秋　かえるあき　［時］　秋が過ぎ去ろうとすること。それを惜しむ気持ちがこめられる　[季]秋

帰る鳥　かえるとり　［動］　秋冬に日本へ渡って来て越冬した渡り鳥が、春に北方の繁殖地へ帰ること　[季]春

帰る雁　かえるかり　［動］　春、北方へ飛び去ってゆく雁のこと　[季]春

帰る燕　かえるつばめ　［動］　帰燕の別称　[季]秋

帰る鴨　かえるかも　［動］　春、北方へと飛び去っていく鴨のこと　[季]春

帰る鶴　かえるつる　［動］　春、北方へと飛び去る鶴のこと　[季]春

7 **帰花　かえりばな**　［植］　初冬の小春日和に、季節はずれの花が咲くこと　[季]冬

9 **帰咲　かえりざき**　［植］　帰花の別称　[季]冬

帰省　きせい　［人］　学生や勤め人などが夏休みを利用して故郷に帰ること　[季]夏

帰省子　きせいし　［人］　帰省する人　[季]夏

12 **帰雁　きがん**　［動］　春、北方へ飛び去ってゆく雁のこと　[季]春

16 **帰燕　きえん**　［動］　秋になって海を越えて南方に帰っていく燕　[季]秋

【師】

くぐつ師　くぐつし　［人］　傀儡師の別称　[季]新年

7 **師走　しわす**　［時］　陰暦十二月の別称　[季]冬

師走の市　しわすのいち　［宗］　年の市のこと　[季]冬

師走八日吹　しわすようかぶき　［天］　陰暦十二月八日に吹く、雪を伴った強風　[季]冬

師走八日吹き　しわすようかぶき　［天］　陰暦十二月八日に吹く、雪を伴った強風　[季]冬

【帯】

8 **帯直　おびなおし**　［宗］　陰暦十一月十五日の帯解の別称　[季]冬

11 **帯魚　たいぎょ**　［動］　太刀魚の別称　[季]秋

13 **帯解　おびとき**　［宗］　陰暦十一月十五日、

五歳になった男の子と七歳になった女の子が着物の付紐を取り、初めて帯をつけるための祝儀 [季]冬

【座】

[9]**座待月** **いまちづき** ［天］ 陰暦八月十八日の月。名月よりは一時間余もおくれる [季]秋

[15]**座摩の御祓** **ざまのおはらい, ざまのみそぎ** ［宗］ 座摩祭のこと [季]夏

座摩祭 **ざままつり** ［宗］ 七月二十二日、大阪市・座摩（いかすり）神社で行われる祭礼 [季]夏

座敷幟 **ざしきのぼり** ［人］ 幟を家の中に立てること [季]夏

[16]**座頭の納涼** **ざとうのすずみ** ［宗］ 江戸時代、陰暦六月十九日に京都・清聚庵で当道流盲人が行なった法会 [季]夏

座頭暦 **ざとうごよみ** ［人］ 盲暦の一種 [季]新年

座頭積塔 **ざとうしゃくとう** ［宗］ 陰暦二月十六日、積塔会の行事 [季]春

座頭鯨 **ざとうくじら** ［動］ 髭鯨の一種。体長十五メートル前後で胸ビレが長い [季]冬

【庭】

[0]**庭たたき** **にわたたき** ［動］ 鶺鴒の別称 [季]秋

庭の立琴 **にわのたてこと** ［人］ 陰暦七月七日七夕の行事の際にまつられたもの [季]秋

庭の秋 **にわのあき** ［地］ 秋の草花の色に粧われて華やかな公園や庭園 [季]秋

[4]**庭木刈る** **にわきかる** ［人］ 夏のあいだに伸びきった庭の木々にはさみを入れて、刈り透かすこと [季]秋

[5]**庭古草** **にわふるくさ** ［植］ 橘の別称 [季]夏

庭田植 **にわたうえ** ［人］ 皐月祝の別称 [季]新年

庭石菖 **にわぜきしょう** ［植］ 北米原産のアヤメ科の多年草。初夏、白地に紫の筋のある花をつける [季]夏

[7]**庭花火** **にわはなび** ［人］ 手で持って遊ぶ花火 [季]夏

庭見草 **にわみぐさ** ［植］ 萩の別称。萩は秋の代表的な植物 [季]秋

[8]**庭若葉** **にわわかば** ［植］ 庭にある若葉 [季]夏

庭茂 **にわしげり** ［植］ 庭が樹木の枝葉でおい茂ること [季]夏

[9]**庭枯るる** **にわかるる** ［地］ 草木が枯れた冬の庭園 [季]冬

庭柳 **にわやなぎ** ［植］ タデ科の一年草 [季]夏

庭紅葉 **にわもみじ** ［植］ 紅葉で色どられた庭 [季]秋

庭草 **にわくさ** ［植］ 帚木の古称 [季]夏

[10]**庭桜** **にわざくら** ［植］ 庭に植えてある桜 [季]春

庭梅の花 **にわうめのはな** ［植］ バラ科の落葉低木。観賞用に庭先に植え、淡紅色の花が群がって咲く [季]春

[11]**庭清水** **にわしみず** ［地］ 農家の庭先などに湧き出ている清水 [季]夏

庭涼し **にわすずし** ［時］ 夏の庭の涼しいさま [季]夏

庭涼み **にわすずみ** ［人］ 庭先で行なう納涼 [季]夏

[12]**庭揚げ** **にわあげ** ［人］ 晩秋、農家で籾摺り作業が終わること。籾摺は庭と呼ばれる農家の土間で行われた [季]秋

庭焚火 **にわたきび** ［人］ 庭での焚火 [季]冬

[16]**庭燎** **にわび** ［宗］ 神楽のとき庭で焚くかがり火 [季]冬

[17]**庭薺** **にわなずな** ［植］ 庭にはえる薺のこと [季]春

[18]**庭藤** **にわふじ** ［植］ 巌藤の別称。五、六月頃に赤い花をつける [季]夏

[20]**庭朧** **にわおぼろ** ［天］ 庭がおぼろに見えるさま [季]春

[21]**庭竈** **にわかまど** ［人］ 奈良の家々で正月三が日に庭に竈を作り、一家がそこで食事や年賀客の応対をする風習 [季]新年

[22]**庭躑躅** **にわつつじ** ［植］ ミヤマシキミの別称 [季]冬

【弱】

[11]**弱魚** **いわし** ［動］ 日本近海の最も馴染みのある海魚で、普通は真鰯をさす。四季を通じて獲れるが、なかでも秋が旬 [季]秋

【従】

5従兄煮　いとこに　［宗］　お事汁のこと　[季]春

7従弟煮　いとこに　［人］　お事汁のこと　[季]春

【徒】

7徒花　むだばな　［植］　実を結ばない雄花のこと　[季]春

8徒歩鵜　かちう　［人］　舟を使わないでする鵜飼　[季]夏

【悦】

9悦哉　えつさい　［動］　鷹の種類の一つ　[季]冬

【恐】

3恐山大祭　おそれざんたいさい　［宗］　七月二十日から二十四日まで、青森県下北半島の恐山菩提寺で行われる地蔵講　[季]夏

【恵】

4恵心忌　えしんき　［宗］　陰暦六月十日、平安時代後期の浄土教の先駆である恵心僧都源信の忌日　[季]夏

恵方　えほう　［宗］　その年の縁起のよい方向　[季]新年

恵方拝　えほうおがみ　［宗］　年頭に恵方（縁起の良い方角）にあたる社寺に参詣すること　[季]新年

恵方棚　えほうだな　［宗］　歳徳棚の別称　[季]新年

恵方道　えほうみち　［宗］　恵方詣で参詣に向かう道　[季]新年

恵方詣　えほうまいり　［宗］　年頭に恵方（縁起の良い方角）にあたる社寺に参詣すること　[季]新年

恵比寿講　えびすこう　［宗］　陰暦十月二十日、各地で行われる祭。恵比須神を祭り商売繁盛を祝う行事。陽暦で行うところも多い　[季]冬

恵比須祭　えびすまつり　［宗］　京都市・恵比須神社の祭礼。陰暦では九月二十日に行なわれた　[季]秋

恵比須講　えびすこう　［宗］　陰暦十月二十日、各地で行われる祭。恵比須神を祭り商売繁盛を祝う行事。陽暦で行うところも多い　[季]冬

恵比須講　えびすこう　［宗］　恵比須神を祭り商売繁盛を祝う行事　[季]秋

5恵古苔　えごのり　［植］　紅藻類の海藻。夏に海底から採取する　[季]夏

8恵具　えぐ　［植］　エグが何であるかについて古来議論があり、セリ説とクロクワイ説が行なわれているが、今日はクロクワイ説が有力　[季]春

恵具摘　えぐつみ　［人］「エグ」の若菜を摘むことだが、具体的にどの植物を指すか不明。万葉集で歌われたもの　[季]新年

9恵美須講　えびすこう　［宗］　陰暦十月二十日、各地で行われる祭。恵比須神を祭り商売繁盛を祝う行事。陽暦で行うところも多い　[季]冬

【息】

5息白し　いきしろし　［人］　冬の寒いときに、人の吐く息が白く見えること　[季]冬

【恋】

0恋をしへ鳥　こいおしえどり　［動］　鶺鴒の別称　[季]秋

11恋猫　こいねこ　［動］　春先、さかりのついた猫のこと　[季]春

【恙】

6恙虫病　つつがむしびょう　［人］　夏に多い急性伝染病の一つ。ツツガムシに刺されておこる　[季]夏

10恙病　つつが　［人］　夏に多い急性伝染病の一つ。ツツガムシに刺されておこる　[季]夏

【扇】

扇　おうぎ　［人］　風をおこして涼しくするもの　[季]夏

0扇だこ　おうぎだこ　［人］　凧の一種。扇を開いた形に作った凧　[季]春

扇ねぶた　おうぎねぶた　［人］　扇型のねぶた　[季]秋

扇の拝　おうぎのはい　［人］　孟夏の旬の宴の後、内侍を通じ扇を公卿に下賜したこと　[季]夏

扇の要　おうぎのかなめ　［人］　扇骨の橋をとめる要　[季]夏

扇を賜ふ　おうぎをたまう　［人］　孟夏の旬の宴の後、内侍を通じ扇を公卿に下賜したこと　[季]夏

3**扇子**　せんす　［人］　風をおこして涼しくするもの　[季]夏

扇子凧　せんすだこ　［人］　凧の一種　[季]新年

扇干す　おうぎほす　［人］　扇子を製造することで、春のころが最も忙しい　[季]春

5**扇凧**　おうぎだこ　［人］　凧の一種。扇を開いた形に作った凧　[季]新年

6**扇灯籠**　おぎどろ　［宗］　弘前で子供が持ち歩く扇形のねぶた　[季]秋

7**扇売**　おうぎうり　［人］　夏に扇を売るもの　[季]夏

扇売　おうぎうり　［人］　江戸時代の風俗で、元旦にお年玉用の扇を売り歩くこと。またその者　[季]新年

扇投　おうぎなげ　［人］　正月の酒席遊戯の一つ。文銭と紙と水引で作った蝶の形の的を、扇を投げて当てるもの　[季]新年

8**扇店**　おうぎてん　［人］　扇を売る店、京都が有名　[季]夏

9**扇風機**　せんぷうき　［人］　暑い夏に涼をとるため風をおこす機械　[季]夏

10**扇流し**　おうぎながし　［宗］　三船祭に行なわれる行事で、献じられた扇を川中に流すこと　[季]夏

扇骨木　かなめのき　［植］　バラ科の常緑小木。初夏、白い小花が笠状に集まり咲く　[季]夏

11**扇張る**　おうぎはる　［人］　扇子を製造することで、春のころが最も忙しい　[季]春

扇祭　おうぎまつり　［宗］　那智火祭の別称　[季]夏

13**扇置く**　おうぎおく　［人］　秋が深まり、扇をあまり使わなくなること　[季]秋

14**扇蔓**　おうぎかずら　［植］　シソ科の多年草。春、青紫色をした小さな唇形花が咲く。普通ホトケノザの名で呼ぶ　[季]春

19**扇鶏頭**　おうぎけいとう　［植］　鶏頭の一種　[季]秋

【拳】

17**拳螺**　さざえ　［動］　リュウテン科の巻貝。壺焼などにして美味　[季]春

【捌】

7**捌初**　さばきぞめ　［人］　正月の仕事始めの儀式の一つ。縄を一把だけ綯う農事の正月行事　[季]新年

【振】

10**振振**　ぶりぶり　［人］　江戸時代の子供の玩具の一種。正月の飾りものにも用いた　[季]新年

振振毬打　ぶりぶりぎっちょう　［人］　江戸時代の子供の玩具の一種。正月の飾りものにも用いた　[季]新年

15**振舞水**　ふるまいみず　［人］　昔、夏の暑い日など通行人に自由に飲ませた冷水のこと　[季]夏

【挿】

4**挿木**　さしき　［人］　梢・枝などを切り取って土または砂にさし、根を出させて苗木をつくること。彼岸過ぎからが挿木の時期　[季]春

7**挿床**　さしどこ　［人］　赤土を使った挿木の床　[季]春

挿花始　そうかはじめ　［人］　生花始のこと　[季]新年

8**挿芽**　さしめ　［人］　蔬菜類などの芽をかいで地に挿す分栽法　[季]春

11**挿菊**　さしぎく　［人］　梅雨の頃、繁殖のため菊の挿し芽をすること　[季]夏

12**挿葉**　さしば　［人］　葉に傷をつけて地に伏せ込んで根を生じさせる分栽法　[季]春

13**挿椿**　さしつばき　［人］　梅雨の頃、繁殖のため椿の挿し芽をすること　[季]夏

15**挿穂**　さしほ　［人］　挿木で挿す部分　[季]春

16**挿頭草**　かざしぐさ　［植］　二葉葵の別称。初夏五月頃、淡い赤紫の小花をつける。葵祭で使う葵のこと　[季]夏

挿頭綿　かざしのわた　［人］　正月十五日に宮中で行われた男踏歌の際に、舞人の冠の上につける綿で作った造花　[季]新年

【捕】

6**捕虫網**　ほちゅうあみ, ほちゅうもう　［人］　昆虫を捕えるための網。昆虫採集の道具の一つ　[季]夏

捕虫器　ほちゅうき　［人］　昆虫採集の道具

の一つ　[季]夏

19捕鯨　ほげい　［人］　鯨を獲ること。沿岸捕鯨は冬が漁期だった　[季]冬

捕鯨船　ほげいせん　［人］　捕鯨をするための船。沿岸捕鯨は冬が漁期だった　[季]冬

【捩】

7捩花　ねじばな　［植］　ラン科の多年草。六、七月頃、茎上に紅色の小花を螺旋形の穂状につける　[季]夏

11捩菖蒲　ねじあやめ　［植］　庭園に栽培される多年生草本で、葉は剣状でねじれている。晩春の花はあやめに似ている　[季]春

【拵】

15拵蝶　せせりちょう　［動］　蝶の一種　[季]春

【料】

0料の物　りょうのもの　［人］　正月の膳の側に小土器を置き、開き豆・開き牛蒡を盛ったもの　[季]新年

10料峭　りょうしょう　［時］　春風が寒く感じられること　[季]春

11料理菊　りょうりぎく　［植］　菊の一種　[季]秋

【旅】

6旅夷祭　たびえびすまつり　［宗］　京都市・恵比須神社の祭礼。陰暦では九月二十日に行なわれた　[季]秋

旅行始　りょこうはじめ　［人］　新年になって初めて旅行にでること　[季]新年

8旅始　たびはじめ　［人］　新年になって初めて旅行にでること　[季]新年

11旅鳥　りょちょう　［動］　渡り鳥の一種で、秋に住処を替えるために海を越えて渡ってくるもののうち、日本を通過してさらに南へ行くもの　[季]秋

【既】

5既生魄　きせいはく　［天］　立待月の別称　[季]秋

11既望　きぼう　［天］　既に望を過ぎた月という意味で、十六夜の月を指す　[季]秋

【晦】

4晦日正月　みそかしょうがつ　［時］　初三十日の福島県での別称　[季]新年

晦日団子　みそかだんご　［時］　初三十日に作る団子　[季]新年

晦日宵　みそかよい　［時］　初三十日の千葉県君津郡での別称　[季]新年

晦日蕎麦　みそかそば　［人］　大晦日の晩、細く長くという意味から蕎麦を食べる風習　[季]冬

【晒】

晒　さらし　［人］　木綿布や麻布を白くさらしたもの。肌触りが爽やかで、夏向きの布　[季]夏

3晒川　さらしがわ　［人］　晒しを行なう川　[季]夏

4晒井　さらしい　［人］　梅雨の前、井戸の底にたまった土や砂、ちりなどをさらうこと　[季]夏

5晒布　さらし　［人］　木綿布や麻布を白くさらしたもの。肌触りが爽やかで、夏向きの布　[季]夏

7晒売　さらしうり　［人］　晒を売る人　[季]夏

10晒時　さらしどき　［人］　晒しをする時期　[季]夏

12晒葱　さらしねぎ　［植］　水で晒した葱　[季]冬

19晒鯨　さらしくじら　［人］　塩鯨を更に加工して白くしたもの　[季]夏

【時】

かまい時　かまいどき　［動］　交尾期のこと　[季]春

さんさ時雨　さんさしぐれ　［天］　仙台地方の民謡端唄　[季]冬

めかり時　めかりどき　［時］　蛙の目借時のこと　[季]春

めぐる時雨　めぐるしぐれ　［天］　山に当って降雨を起した残りの雲が、風に送られて山越えしてまた時雨れること　[季]冬

0時の日　ときのひ　［人］　六月十日、時の記念日の別称　[季]夏

時の記念日　ときのきねんび　［人］　六月十日、日本で初めて水時計が使用された日を記念したもの　[季]夏

[5]**時代祭** じだいまつり ［宗］ 十月二十二日、京都市・平安神宮で行われる祭礼。平安遷都を記念したもので、京都三大祭の一つ (季)秋

時正 じしょう ［時］ 春分に昼と夜との時間が等しくなること (季)春

[8]**時宗歳末別時** じしゅうさいまつべつじ ［宗］ 十一月十八日から二十八日まで、藤沢市・遊行寺で行なわれる勤行。時宗の三大法会の一つ (季)冬

時宗踊念仏 じしゅうおどりねんぶつ ［宗］ 一遍上人以来、時宗の根本行儀で、踊りながら念仏を唱えるもの (季)春

時雨 しぐれ ［天］ 晩秋から初冬の頃にぱらぱら降るにわか雨 (季)冬

時雨の色 しぐれのいろ ［天］ 時雨のため草木の葉が色づくこと (季)冬

時雨の染むる山 しぐれのそむるやま ［地］ 秋の野山が紅葉で彩られた美しさを比喩的に言ったもの (季)秋

時雨心地 しぐれごこち ［天］ 時雨の降りそうな空模様 (季)冬

時雨月 しぐれづき ［時］ 陰暦十月の別称 (季)冬

時雨忌 しぐれき ［宗］ 陰暦十月十二日、江戸時代前期の俳人松尾芭蕉の忌日 (季)冬

時雨傘 しぐれがさ ［天］ 時雨のときさす傘 (季)冬

時雨雲 しぐれぐも ［天］ 時雨を降らす雲 (季)冬

[9]**時計草** とけいそう ［植］ 南米原産の常緑低木。夏から秋にかけて、釣鐘状の大きな白色または薄紅色の花をつける (季)夏

時計鳩 とけいばと ［動］ シラコバトより形も小さく、色も淡く、ときどき鳴くもの (季)秋

[11]**時鳥** ほととぎす ［動］ 夏を代表するホトトギス科の鳥。初夏に飛来し、夏を過ごして晩秋にはまた南へ帰っていく夏鳥 (季)夏

時鳥の巣 ほととぎすのす ［動］ 時鳥の巣 (季)夏

時鳥の落し文 ほととぎすのおとしぶみ ［動］ 落し文を鳥のしわざに見たてたもの (季)夏

【晋】

[3]**晋子忌** しんしき ［宗］ 陰暦二月三十日、蕉門の俳人宝井其角の忌日 (季)春

[10]**晋翁忌** しんおうき ［宗］ 陰暦二月三十日、蕉門の俳人宝井其角の忌日 (季)春

【書】

[0]**書を曝す** しょをさらす ［人］ 書物の虫干をすること (季)夏

[5]**書出し** かきだし ［人］ 年末に払う勘定書きのこと (季)冬

[7]**書初** かきぞめ ［人］ 正月二日、新年になって初めて書画の筆をとること (季)新年

【朔】

[4]**朔太郎忌** さくたろうき ［宗］ 五月十一日、大正・昭和初期の詩人萩原朔太郎の忌日 (季)夏

朔日ごろの月 ついたちごろのつき ［天］ 陰暦八月一日頃の新月 (季)秋

朔日路 ついたちみち ［人］ 愛知県の山村での盆路の呼称 (季)秋

[5]**朔旦** さくたん ［時］ 元旦の別称 (季)新年

朔旦冬至 さくたんとうじ ［人］ 二十年に一度、陰暦十一月一日が冬至に当たること (季)冬

[9]**朔風** さくふう ［天］ 冬に吹く北寄りの冷たい季節風 (季)冬

【朗】

[10]**朗師会** ろうしえ ［宗］ 陰暦一月二十一日、鎌倉時代の日蓮宗の僧日朗の忌日 (季)新年

[12]**朗景** ろうけい ［時］ 秋の別称 (季)秋

【案】

[3]**案山子** かがし, かかし ［人］ 稲が実ってきた田を荒らしにくる鳥・獣をおどかして追うために、竹または藁などで作り、田畑の畔などに立てておく人形。あるいは鳥獣を追い払う手段の総称 (季)秋

案山子揚 かがしあげ ［人］ 陰暦十月十日の十日夜に、田から引き揚げた案山子を庭で祭る長野県地方の農家の行事 (季)冬

【格】

[19]**格蘭徳玉蘭** ぐらんどぎょくらん ［植］ 泰山木の別称 (季)夏

【株】

4株分　かぶわけ　［人］　春先の根分のこと　[季]春

【栢】

11栢梨の勧盃　かえなしのけんぱい　［宗］　仏名会の際に下賜された酒　[季]冬

【桔】

11桔梗　ききょう　［植］　秋の七草の一つ。いたるところの山野に自生し、初秋、青紫色の花が咲く　[季]秋

桔梗の衣　ききょうのころも　［人］　秋の衣類の一つ　[季]秋

桔梗の芽　ききょうのめ　［植］　キキョウ科の多年草。初春、土を盛り上げて萌え出る桔梗の芽　[季]春

桔梗撫子　ききょうなでしこ　［植］　フロックスの別称。初夏に撫子に似た花をつける　[季]夏

【桐】

0桐の花　きりのはな　［植］　ゴマノハグサ科の落葉高木の花。五月頃、枝先に円錐状に紫色の花が多数咲く　[季]夏

桐の実　きりのみ　［植］　初秋、長さ三〜五センチばかりの卵形の実を結ぶ。十月頃熟すると堅くなって割れ、翼がはえている種を飛ばす　[季]秋

桐の芽　きりのめ　［植］　春の木の芽の一種　[季]春

桐の秋　きりのあき　［植］　桐一葉に同じ。「一葉落ちて天下の秋を知る」という淮南子の語に寄せて、桐の葉の落ちる音で秋を実感すること　[季]秋

桐の葉落つ　きりのはおつ　［植］　桐一葉に同じ。「一葉落ちて天下の秋を知る」という淮南子の語に寄せて、桐の葉の落ちる音で秋を実感すること　[季]秋

桐ケ谷桜　きりがやざくら　［植］　桜の一種　[季]春

1桐一葉　きりひとは　［植］「一葉落ちて天下の秋を知る」と淮南子に詠まれてから、大きな桐の葉が音をたてて落ちると秋になったことを実感する、という秋の季感を表わす言葉になった　[季]秋

4桐火桶　きりひおけ　［人］　桐の木をくり抜いて作った丸い火鉢　[季]冬

桐火鉢　きりひばち　［人］　桐の木をくり抜いて、内側に真鍮などの金属板を張ったもの　[季]冬

8桐油の実　とゆのみ　［植］　花が終わると雌花が実ってできる果実。十月頃熟して、なかに三個の丸くなめらかな種ができる。種からは油を絞る　[季]秋

9桐秋　とうしゅう　［時］　初秋の別称　[季]秋

11桐麻　どうま　［植］　青桐の別称　[季]夏

12桐散る　きりちる　［植］　桐一葉に同じ。「一葉落ちて天下の秋を知る」という淮南子の語に寄せて、桐の葉の落ちる音で秋を実感すること　[季]秋

【栗】

ささ栗　ささぐり　［植］　栗の一種　[季]秋

ゆで栗　ゆでぐり　［植］　茹でた栗　[季]秋

栗　くり　［植］　ブナ科の落葉高木で、イガに包まれた実がなる　[季]秋

0栗おこは　くりおこわ　［人］　秋の新栗を糯米に炊き込んだおこわ　[季]秋

栗きんとん　くりきんとん　［植］　栗でつくる菓子。栗は秋の季語　[季]秋

栗のしぎ虫　くりのしぎむし　［動］　栗虫の別称　[季]秋

栗の子餅　くりのこもち　［人］　江戸時代、九月九日の重陽の節句に用いたといわれる餅　[季]秋

栗の虫　くりのむし　［動］　栗虫の別称　[季]秋

栗の花　くりのはな　［植］　ブナ科の落葉高木。初夏に花穂を垂らし、淡黄色の細花をつける。独特の強い香りがある　[季]夏

栗の粉餅　くりのこもち　［人］　江戸時代、九月九日の重陽の節句に用いたといわれる餅　[季]秋

栗の節句　くりのせっく　［人］　重陽（陰暦九月九日）に栗飯を食べる風習　[季]秋

栗もたし　くりもたし　［植］　晩秋、栗や楢の切り株などに群生するマツタケ科の小さい茸　[季]秋

3栗子餅　くりこもち　［人］　江戸時代、九月九日の重陽の節句に用いたといわれる餅　[季]秋

栗山　くりやま　［植］　栗の生えた山　[季]秋

10画（桑, 桂）

⁶栗名月　くりめいげつ　［天］　陰暦九月十三日の月　㋑秋

栗羊羹　くりようかん　［人］　秋の新栗の実を入れて作った羊羹　㋑秋

栗虫　くりむし　［動］　栗の中に入っている体長八ミリほどの蛆のような白い虫　㋑秋

⁸栗林　くりばやし　［植］　栗の生えた林　㋑秋

⁹栗咲く　くりさく　［植］　初夏、栗の花が咲くこと　㋑夏

栗茸　くりたけ　［植］　晩秋、栗や楢の切り株などに群生するマツタケ科の小さい茸　㋑秋

¹¹栗強飯　くりおこわ　［人］　秋の新栗を糯米に炊き込んだおこわ　㋑秋

栗鹿の子　くりかのこ　［人］　餡をまるめた上に、栗の甘煮を載せた菓子。栗は秋の季語　㋑秋

¹²栗棚　くりだな　［動］　熊の架の別称　㋑秋

栗飯　くりめし　［人］　秋の新栗を炊き込んだ御飯　㋑秋

¹³栗蒸羊羹　くりむしようかん　［人］　秋の新栗の実を入れて作った羊羹　㋑秋

²⁰栗饅頭　くりまんじゅう　［植］　栗でつくる菓子。栗は秋の季語　㋑秋

【桑】

桑　くわ　［植］　クワ科の落葉高木。通常蚕の飼料となる桑の葉を指す　㋑春

⁰桑の花　くわのはな　［植］　クワ科の植物の花の総称。春、淡い黄緑色の花房を穂状につける　㋑春

桑の実　くわのみ　［植］　蚕の飼料の桑になる実。六月頃に実を結んで、熟するに従って緑色から紅色、紫黒色に変わる　㋑夏

桑の芽　くわのめ　［植］　春の桑の新芽のこと　㋑春

桑ほどく　くわほどく　［人］　桑解くに同じ　㋑春

³桑子　くわこ　［動］　蚕の別称　㋑春

⁴桑天牛　くわかみきり　［動］　大型褐色の天牛で、桑の木の害虫　㋑夏

⁶桑名祭　くわなまつり　［宗］　八月上旬、桑名市・春日神社で行われる祭礼　㋑夏

⁷桑売　くわうり　［人］　養蚕用の桑を売るもの　㋑春

桑車　くわぐるま　［人］　摘んだ桑を運ぶ車　㋑春

⁸桑苺　くわいちご　［植］　桑の実の別称。六月頃に実を結ぶ　㋑夏

⁹桑括る　くわくくる　［人］　晩秋、養蚕が終わった後で枯れてきた桑の枝をまとめて藁で括る作業　㋑秋

桑枯る　くわかる　［植］　冬、桑の葉がすべて散ること　㋑冬

桑畑　くわばたけ　［植］　桑の栽培される畑　㋑春

¹¹桑鳲　いかる　［動］　アトリ科で翼長十センチ位の鳥。夏、北海道や本州で営巣・繁殖し、秋に四国や九州に渡る　㋑夏, 秋

¹²桑植う　くわうう　［人］　春、桑の苗木を植えること　㋑春

¹³桑解く　くわとく　［人］　冬の間、防風・防雪のため桑の枝を括っておいた藁を、春になって解くこと　㋑春

¹⁴桑摘　くわつみ　［人］　春蚕の飼育のために桑の葉を摘むこと　㋑春

桑摘女　くわつみめ　［人］　桑を摘む女　㋑春

桑摘唄　くわつみうた　［人］　桑摘みの際にうたわれる唄　㋑春

²²桑籠　くわかご　［人］　摘んだ桑を入れておく籠　㋑春

【桂】

⁰桂の衣　かつらのころも　［人］　秋の衣類の一つ　㋑秋

桂の花　かつらのはな　［植］　秋、葉のわきに小花を群がりつけ芳香を放つ木犀の花　㋑秋

桂の宮相撲　かつらのみやすもう　［人］　京都の六条西洞院にあった桂の宮で行なわれた相撲で、陰暦九月八日の行事　㋑秋

³桂川の御禊　かつらがわのみそぎ　［宗］　別の御禊の前日に行なわれる桂川での祓禊　㋑秋

⁴桂月　けいげつ, かつらづき　［時］　陰暦八月の別称　㋑秋

⁷桂男　かつらおとこ　［天］　月にいるといわれている仙人　㋑秋

⁹桂郎忌　けいろうき　［宗］　十一月六日、昭和期の俳人石川桂郎の忌日　㋑秋

10画（桁, 根, 桜）

¹⁹桂蘭　けいらん　［植］　風蘭の別称　㋑夏

【桁】

²¹桁鰰　けたはす　［動］　コイ科の淡水魚で、琵琶湖と三方湖の諸川に棲息する。六月から八月の産卵期が味も旬　㋑夏

【根】

⁴根切虫　ねきりむし　［動］　蕪夜蛾や黄金虫などの幼虫で、植物の根を食害するものの総称　㋑夏

根分　ねわけ　［人］　春先に、根が張りすぎぬよう植物の株を分けて移植すること　㋑春

根木打　ねっきうち　［人］　稲刈りの終わった後や雪の上でする遊びの一つ。先のとがった棒を地面に打ち込み、次の者はこれに打ち当て倒して取るもの　㋑冬

⁵根白草　ねじろぐさ　［植］　芹の別称　㋑新年, 春

⁶根合せ　ねあわせ　［人］　菖蒲の根合のこと　㋑夏

根芋　ねいも　［植］　サトイモの一種　㋑夏

⁷根芹　ねぜり　［植］　芹の別称　㋑春

¹¹根接　ねつぎ　［人］　接木で根を接合すること　㋑春

根深　ねぶか　［植］　葉鞘の白い部分が長くこれを食用にし、葉は捨てる葱　㋑冬

根深引く　ねぶかひく　［植］　葱を引き抜いて収穫すること　㋑冬

根深汁　ねぶかじる　［人］　冬野菜の葱を実にした味噌汁　㋑冬

根深売　ねぶかうり　［植］　根深を売るもの　㋑冬

根釣　ねづり　［人］　晩秋、回遊魚が沖の深みに去った後も残る、浅い海底の岩礁に棲息する魚を釣ること　㋑秋

根雪　ねゆき　［天］　雪解けまでとけずに下積みになったまま冬を越す雪　㋑冬

根魚　ねうお　［人］　晩秋、回遊魚が沖の深みに去った後も残る、浅い海底の岩礁に棲息する魚のこと　㋑秋

根魚釣　ねうおづり　［人］　根釣のこと　㋑秋

¹²根無草　ねなしぐさ　［植］　弁慶草の別称。秋、茎の上に白や薄紅色の小花を集める。

非常に生命力が強い　㋑秋

¹³根蒜　ねびる　［植］　野蒜の別称　㋑春

¹⁴根榾　ねほだ　［人］　榾にする木で特に根株のところをいう。榾は冬の季語　㋑冬

【桜】

しおり桜　しおりざくら　［植］　桜の一種　㋑春

しだり桜　しだりざくら　［植］　枝垂桜の別称　㋑春

しほり桜　しおりざくら　［植］　桜の一種　㋑春

桜　さくら　［植］　春の代表的な花。バラ科の落葉高木で白色や淡紅色の花が咲く。日本の国花でもあり、古来から日本人に愛されてきた　㋑春

⁰桜がさね　さくらがさね　［人］　春衣のかさねの色目の一つ。表が白、裏は紫　㋑春

桜ごち　さくらごち　［天］　東風の一つ　㋑春

桜すみれ　さくらすみれ　［植］　菫の一種　㋑春

桜の実　さくらのみ　［植］　初夏、花が終わり、青葉の影に青実を結んだ桜のこと　㋑夏

桜の芽　さくらのめ　［植］　春の木の芽の一種　㋑春

桜の浪　さくらのなみ　［植］　桜が浪のようにたくさん咲いている様子　㋑春

桜の園　さくらのその　［植］　桜のたくさん植えられている庭園　㋑春

桜まじ　さくらまじ　［天］　西日本で桜の咲く頃、南方からそよそよと吹いて来る暖かい風　㋑春

²桜人　さくらびと　［人］　桜花をたずねて村里や野山を逍遥しつつながめ歩く人　㋑春

³桜山　さくらやま　［植］　桜の花の咲き乱れる山　㋑春

⁴桜戸　さくらど　［人］　桜木で造った戸。または桜のほとりにある家　㋑春

桜月　さくらづき　［時］　陰暦三月の別称　㋑春

桜月夜　さくらづきよ　［植］　桜の花が月夜に照りはえるさま　㋑春

⁵桜右斑魚　さくらうぐい　［動］　桜の咲くころとれる鰄。春の産卵期に赤味がさす

俳句季語よみかた辞典　325

㋐春

⁶桜守　さくらもり　［人］　花を守る人、花の
番人のこと　㋐春

桜衣　さくらごろも　［人］　春衣のかさね色
目の一つ。表が白、裏は葡萄染または紫
㋐春

⁷桜吹雪　さくらふぶき　［植］　桜の花の散る
のを吹雪にみたてた言い回し　㋐春

桜花　おうか, さくらばな　［植］　桜の別称
㋐春

桜花祭　おうかさい　［宗］　四月十日、香
川・金刀比羅宮で行われる祭礼　㋐春

桜見　さくらみ　［人］　桜花をたずねて村里
や野山を逍遥しつつながめ歩くこと　㋐春

桜貝　さくらがい　［動］　海産二枚貝。貝の
色と形が桜の花びらに似ているところから
春の季語となった　㋐春

⁸桜実となる　さくらみとなる　［植］　初夏、
花が終わり、青葉の影に青実を結んだ桜の
こと　㋐夏

桜東風　さくらごち　［天］　東風の一つ

桜若葉　さくらわかば　［植］　初夏、花が
散って若葉だけが青々としている桜のこと
㋐夏

桜苗　さくらなえ　［植］　桜の苗のこと
㋐春

桜雨　さくらあめ　［植］　桜の花の咲く頃の
雨　㋐春

⁹桜枯る　さくらかる　［植］　冬、桜の木が枯
れること　㋐冬

桜海苔　さくらのり　［植］　むかで海苔と興
津海苔の別称　㋐春

桜狩　さくらがり　［人］　桜花をたずねて村
里や野山を逍遥しつつながめ歩くこと
㋐春

桜紅葉　さくらもみじ　［植］　他の木に比べ
て早く仲秋、桜の葉が紅葉したもの。他の
木が紅葉する頃には散ってしまう　㋐秋

桜草　さくらそう　［植］　サクラソウ科の多
年草。四月頃、淡紅色をした数個の美しい
花が咲く　㋐春

桜茸　さくらだけ　［植］　林の地上に発生
し、傘も柄も桜色をしている茸　㋐秋

桜重　さくらがさね　［人］　春衣のかさねの
色目の一つ。表が白、裏は紫　㋐春

¹⁰桜島大根　さくらじまだいこん　［植］　鹿児
島県桜島に産する日本で最も大きい大根。
年末から三月ごろまでに収穫する　㋐春

桜時　さくらどき　［時］　桜の花が咲く頃
㋐春

桜桃　おうとう　［植］　サクランボのこと。
夏の果実の一つ　㋐夏

桜桃の花　おうとうのはな　［植］　桜の類縁
種。白い花をつけ、実はさくらんぼとして
食用　㋐春

桜桃の実　おうとうのみ　［植］　バラ科の落
葉樹の実。サクランボとして親しまれてい
る夏の果実の一つ　㋐夏

桜桃忌　おうとうき　［宗］　六月十三日、昭
和期の小説家太宰治の忌日　㋐夏

桜烏賊　さくらいか　［動］　花烏賊の一種
㋐春

¹¹桜祭　さくらまつり　［宗］　京都市・平野神
社の祭り　㋐春

桜陰　さくらかげ　［植］　桜の花の咲く木の
陰　㋐春

桜魚　さくらうお　［動］　ワカサギの別称
㋐春

桜麻　さくらあさ　［植］　麻の雄花のこと
㋐夏

¹²桜湯　さくらゆ　［人］　桜漬に熱湯をそそい
だもの　㋐春

¹⁴桜漬　さくらづけ　［人］　牡丹桜の花の塩漬
け　㋐春

桜餅　さくらもち　［人］　桜の葉に包んだ餅
菓子　㋐春

¹⁵桜蝦　さくらえび　［動］　サクラエビ科の深
海性の小エビ。四月頃が漁期で、干し海老
に利用　㋐春

¹⁷桜鍋　さくらなべ　［人］　馬肉を味噌で煮る
冬の鍋料理。桜は馬の隠語　㋐冬

桜鯎　さくらうぐい　［動］　桜の咲くころと
れる鯎。春の産卵期に赤味がさす　㋐春

¹⁹桜蘂ふる　さくらしべふる　［植］　桜の花び
らが散った後で、蘂が降ること　㋐春

桜蘂降る　さくらしべふる　［植］　桜の花び
らが散った後で、蘂が降ること　㋐春

桜鯛　さくらだい　［動］　春、産卵のため内
海に来た雄の真鯛が、腹部が赤味を帯びる
こと　㋐春

²³桜鱒　さくらます　［動］　鱒の一種　㋐春

10画（栴, 桃, 梅）

【栴】

[17] 栴檀の花　せんだんのはな　［植］　棟（おう
ち）の花のこと。初夏、淡紫色の小花が穂
状に咲く　㋈夏

栴檀の実　せんだんのみ　［植］　楕円形でサ
クランボぐらいの大きさの棟の実のこと。
秋に熟して黄色くなり、つるつるしている
ので、俗に栴檀坊主ともいう　㋈秋

栴檀講　せんだんこう　［宗］　五月十六日、
大津市・三井寺の鬼子母神の縁日の祭
㋈夏

【桃】

桃　もも　［植］　中国原産のバラ科落葉小高
木。春、桃色の花が咲き、大型で球状の実
をつける。秋の季語としては桃の実のこと
㋈秋

[0] 桃の日　もものひ　［人］　三月三日の節句。
一般には雛祭りが行われる　㋈春

桃の衣　もものころも　［人］　春衣のかさね
色目の一つ。表が唐紅、裏は紅梅　㋈春

桃の村　もものむら　［植］　桃の木がたくさ
んある村里　㋈春

桃の花　もものはな　［植］　バラ科の植物
で、春に淡紅色の花が咲く。実は甘く、秋
の季語　㋈春

桃の実　もものみ　［植］　初秋の果物。果汁
が豊かで果肉も柔らかく味もよい。芳香も
ある　㋈秋

桃の酒　もものさけ　［人］　昔、桃の節句で
飲まれた桃の花を浮かべた酒　㋈春

桃の宿　もものやど　［植］　桃の木がたくさ
ん植えてある家　㋈春

桃の節句　もものせっく　［人］　三月三日の
節句。一般には雛祭りが行われる　㋈春

[3] 桃山大根　ももやまだいこん　［植］　大根の
一種で、京都近辺のもの　㋈冬

[4] 桃仁湯　とうにんとう　［人］　桃仁を煎じた
湯。元日に飲むと厄払いになるといわれた
㋈新年

桃水忌　とうすいき　［宗］　陰暦九月九日、
江戸時代前期の禅僧桃水の忌日　㋈秋

[6] 桃印符　とういんふ　［人］　五月五日の端午
の節句に、桃の木の札に文字を書いて門戸
にかかげ悪鬼を避ける呪　㋈夏

桃色たんぽぽ　ももいろたんぽぽ　［植］　た
んぽぽの一種　㋈春

桃色水仙　ももいろすいせん　［植］　喇叭水
仙の一種、桃色の花が咲く　㋈春

[7] 桃吹く　ももふく　［植］　綿の実が熟して三
裂し、中から白い綿が吹き出ること　㋈秋

桃花の節　とうかのせつ　［人］　三月三日の
節句。一般には雛祭りが行われる　㋈春

桃花会　とうかえ　［宗］　一宮市・真清田神
社の祭り　㋈春

桃花酒　とうかしゅ　［人］　昔、桃の節句で
飲まれた桃の花を浮かべた酒　㋈春

桃花鳥　とうかちょう　［動］　朱鷺の別称
㋈秋

桃花粥　とうかじゅく　［人］　寒食（冬至か
ら百五日目の冷食）の際に食べるとされて
いる粥　㋈春

桃見　ももみ　［植］　桃の花見　㋈春

[8] 桃板　とうはん　［人］　桃符の別称　㋈新年

桃林　とうりん　［植］　桃の木が立ち並び林
をなすさま　㋈春

桃青忌　とうせいき　［宗］　陰暦十月十二
日、江戸時代前期の俳人松尾芭蕉の忌日
㋈冬

[9] 桃咲く　ももさく　［植］　桃の花が咲くこと
㋈春

桃畑　ももばたけ　［植］　桃をたくさん植え
た畑　㋈春

[11] 桃梗　とうこう　［人］　桃符の別称　㋈新年

桃符　とうふ　［人］　昔中国で用いられた、
桃の木で作り吉祥の文字を記した札。元旦
などに門戸につけた　㋈新年

[12] 桃葉珊瑚　とうようさんご　［植］　青木の実
のこと　㋈冬

桃葉紅　とうようこう　［植］　夾竹桃の別称
㋈夏

桃葉湯　とうようとう　［人］　暑気払いやあ
せも予防のために浴湯に桃の葉を入れるこ
と　㋈夏

[13] 桃園　ももぞの, とうえん　［植］　桃の木を
多く植えた庭園　㋈春

【梅】

梅　うめ　［植］　早春に一番早く花をつけ、
古くから親しまれている。実は食用にもな
る　㋈春

[0] 梅が枝うたう　うめがえうたう　［宗］　正月
七日の白馬節会で、催馬楽の一つである梅

俳句季語よみかた辞典　327

が枝を歌うこと [季]新年

梅が枝うたふ　うめがえうたう ［人］ 正月七日の白馬節会で、催馬楽の一つである梅が枝を歌うこと [季]新年

梅が香　うめがか ［植］ 梅の花のにおい [季]春

梅ごち　うめごち ［天］ 東風の一つ [季]春

梅つさ月　うめつさづき ［時］ 陰暦二月の別称 [季]春

梅の主　うめのあるじ ［植］ 梅の持主 [季]春

梅の里　うめのさと ［植］ 梅の多い里 [季]春

梅の実　うめのみ ［植］ 梅雨の頃に実ってくる、梅のまだ未熟な青い実のこと [季]夏

梅の雨　うめのあめ ［天］ 梅雨の別称 [季]夏

梅の宮祭　うめのみやまつり ［宗］ 昔、四月上酉に行なわれた京都市・梅宮大社の祭礼 [季]夏

梅の宮祭　うめのみやまつり ［宗］ 昔、行なわれた祭り [季]冬

梅の宿　うめのやど ［植］ 梅のたくさん咲いている家 [季]春

3梅干　うめぼし ［人］ 夏に取れた青梅を塩漬けにして干したもの。紫蘇で色と香りをつける [季]夏

梅干す　うめほす ［人］ 夏、梅の実を干すこと [季]夏

梅干飾る　うめぼしかざる ［人］ 正月に梅干を蓬莱の三方に添えて飾ること [季]新年

梅干漬　うめぼしづけ ［人］ 梅干の別称 [季]夏

4梅天　ばいてん ［天］ 陰暦五月の梅雨雲におおわれている空模様のこと [季]夏

6梅早し　うめはやし ［植］ 梅が冬のうちに開花すること [季]冬

7梅初月　うめはつづき ［時］ 陰暦十二月の別称 [季]冬

梅売　うめうり ［植］ 梅の実を売る人 [季]夏

梅花祭　ばいかさい ［宗］ 北野菜種御供のこと [季]春

梅花御供　ばいかごく ［宗］ 北野菜種御供のこと [季]春

梅花節　ばいかせつ ［人］ 二月十一日。紀元節の別称 [季]春

梅見　うめみ ［人］ 梅の花を見に出かけること。春の行楽の一つ [季]春

梅見月　うめみづき ［時］ 陰暦二月の別称 [季]春

梅見茶屋　うめみぢゃや ［人］ 梅林中に設けられる茶店 [季]春

8梅佳節　ばいかせつ ［人］ 二月十一日。紀元節の別称 [季]春

梅東風　うめごち ［天］ 東風の一つ [季]春

梅林　ばいりん ［植］ 梅の林 [季]春

梅若ごと　うめわかごと ［宗］ 梅若忌の別称 [季]春

梅若の涙雨　うめわかのなみだあめ ［天］ 梅若忌に降る雨 [季]春

梅若の涙雨　うめわかのなみだあめ ［宗］ 梅若忌に降る雨 [季]春

梅若忌　うめわかき ［宗］ 四月十五日、謡曲「隅田川」で名高い梅若丸の忌日 [季]春

梅若祭　うめわかさい, うめわかまつり ［宗］ 梅若忌の別称 [季]春

梅若葉　うめわかば ［植］ 梅の若葉 [季]夏

梅若様　うめわかさま ［宗］ 梅若忌の別称 [季]春

梅雨　つゆ, ばいう ［天］ 六月上旬の入梅の日から約三十日間、じめじめと降る霖雨の季節 [季]夏

梅雨あがり　つゆあがり ［時］ 梅雨が終ること [季]夏

梅雨あがる　つゆあがる ［時］ 梅雨が終ること [季]夏

梅雨かいず　つゆかいず ［動］ 六月頃に釣れる大物の黒鯛 [季]夏

梅雨じめり　つゆじめり ［天］ 梅雨で湿っぽいこと [季]夏

梅雨に入る　つゆにはいる ［時］ 梅雨が始まること [季]夏

梅雨のあと　つゆのあと ［時］ 梅雨明けをいう [季]夏

梅雨の入り　つゆのいり ［時］ 梅雨が始まること [季]夏

梅雨の山　つゆのやま ［地］ 梅雨どきの山 [季]夏

梅雨の月　つゆのつき ［天］ 長い雨期の間に現われる月 [季]夏

梅雨の気配　つゆのけはい ［時］ 梅雨に入

りそうな感じ　[季]夏

梅雨の走り　つゆのはしり　［天］　五月の末ごろに、梅雨らしい現象が現われること　[季]夏

梅雨の空　つゆのそら　［天］　梅雨のころの空　[季]夏

梅雨の後　つゆのあと　［時］　梅雨明けをいう　[季]夏

梅雨の星　つゆのほし　［天］　梅雨が小止みした雲間からもれる星　[季]夏

梅雨の茸　つゆのきのこ　［植］　梅雨の頃に生える茸の総称　[季]夏

梅雨の晴　つゆのはれ　［天］　梅雨の中休みの晴天のこと　[季]夏

梅雨の雲　つゆのくも　［天］　五月雲におおわれて、どんよりしている空の状態　[季]夏

梅雨の雷　つゆのらい　［天］　梅雨のころに鳴る雷のこと　[季]夏

梅雨の蝶　つゆのちょう　［動］　梅雨の晴れ間をとぶ蝶　[季]夏

梅雨はじまる　つゆはじまる　［時］　梅雨が始まること　[季]夏

梅雨めく　つゆめく　［時］　気候が梅雨らしくなる兆候が現れること　[季]夏

梅雨やませ　つゆやませ　［天］　元来初夏に山を越えて吹き下ろす風を指したが、現在では北日本に夏吹く冷たい北東風のことをいう　[季]夏

梅雨入　つゆいり　［時］　梅雨が始まること　[季]夏

梅雨入り　ついり　［時］　梅雨が始まること　[季]夏

梅雨出水　つゆでみず　［地］　梅雨におこる出水　[季]夏

梅雨穴　つゆあな　［地］　湿地や地盤のゆるい所の陥没から水が湧出したりすること　[季]夏

梅雨冷　つゆびえ　［時］　梅雨が冷雨となり、肌寒い感じがすること　[季]夏

梅雨明　つゆあけ　［時］　梅雨が終ること　[季]夏

梅雨空　つゆぞら　［天］　陰暦五月の梅雨雲におおわれている空模様のこと　[季]夏

梅雨前線　ばいうぜんせん　［天］　日本の南方沖にできる梅雨をおこす前線。気象用語　[季]夏

梅雨茸　つゆだけ　［植］　梅雨の頃に生える茸の総称　[季]夏

梅雨時　つゆどき　［天］　梅雨のおこる時期　[季]夏

梅雨菌　つゆきのこ　［植］　梅雨の頃に生える茸の総称　[季]夏

梅雨寒　つゆさむ　［時］　梅雨のころの低温のこと　[季]夏

梅雨寒し　つゆさむし　［時］　梅雨のころの低温のこと　[季]夏

梅雨晴　つゆばれ　［天］　梅雨の中休みの晴天のこと　[季]夏

梅雨晴る　つゆばる　［天］　梅雨の中休みの晴天のこと　[季]夏

梅雨晴間　つゆはれま　［天］　梅雨の中休みの晴天のこと　[季]夏

梅雨雲　つゆぐも　［天］　五月雲におおわれて、どんよりしている空の状態　[季]夏

梅雨雲　つゆぐもり　［天］　五月雲におおわれて、どんよりしている空の状態　[季]夏

梅雨雷　つゆかみなり　［天］　梅雨のころに鳴る雷のこと　[季]夏

梅雨曇　つゆぐもり　［天］　五月雲におおわれて、どんよりしている空の状態　[季]夏

梅雨闇　つゆやみ　［天］　厚い雲におおわれた梅雨のころの天候　[季]夏

梅雨鯰　つゆなまず　［動］　鯰の一種　[季]夏

9**梅屋敷　うめやしき**　［植］　梅の生えた屋敷　[季]春

梅紅葉　うめもみじ　［植］　晩秋まで残った梅の葉が紅葉したもの　[季]秋

10**梅剝　うめむき**　［人］　梅の実をとって媒染用にむくこと　[季]夏

梅桃　ゆすらうめ　［植］　バラ科の落葉低木の実。春、白色または淡紅色の五弁花が咲き、六月ごろ球形の実をつける。花は春の季語　[季]春

梅酒　ばいしゅ, うめしゅ, うめざけ　［人］　実梅を焼酎に漬けた口当たりの軽い果実酒　[季]夏

梅翁忌　ばいおうき　［宗］　陰暦三月二十八日、江戸時代の談林派俳人西山宗因の忌日　[季]春

11**梅探る　うめさぐる**　［人］　晩冬、早梅を探って山野を逍遙すること　[季]冬

梅笠草　うめがさそう　［植］　イチヤクソウ

科の多年草。六月頃、梅に似た白い花をつける [季]夏

12梅焼酎 うめしょうちゅう ［人］ 実梅を焼酎に漬けた口当たりの軽い果実酒 [季]夏

13梅園 ばいえん ［植］ 梅をたくさん植えた庭園 [季]春

梅嫌 うめもどき ［植］ 山地に自生するモチノキ科の落葉低木。果実は晩秋に赤く熟して、落果しない [季]秋

梅筵 うめむしろ ［人］ 梅干を干すための筵 [季]夏

梅鉢草 うめばちそう ［植］ ユキノシタ科の多年草。花が家紋の梅鉢形に似ている。晩夏に白い花が咲く [季]夏

14梅暦 うめごよみ ［植］ 梅の花を暦がわりにすること [季]春

梅漬 うめづけ ［人］ 梅干の別称 [季]夏

梅漬ける うめつける ［人］ 夏、梅干を作ること [季]夏

16梅霖 ばいりん ［天］ じめじめと降り続く雨。梅雨のこと [季]夏

17梅擬 うめもどき ［植］ 山地に自生するモチノキ科の落葉低木。果実は晩秋に赤く熟して、落果しない [季]秋

【梳】

0梳きはじめ すきはじめ ［人］ 新年になって初めて髪を梳くこと [季]新年

7梳初 すきぞめ ［人］ 新年になって初めて髪を梳くこと [季]新年

【栭】

10栭栗 ささぐり ［植］ 栗の一種 [季]秋

【残】

0残り天神 のこりてんじん ［宗］ 初天神の翌日、正月二十六日 [季]新年

残り戎 のこりえびす ［宗］ 正月十日の戎祭の翌日、十一日のこと [季]新年

残り草 のこりぐさ ［植］ 菊の別称。菊は秋の季語 [季]秋

残り菊 のこりぎく ［植］ 秋も終わろうとする時期にまだ咲き残っている菊 [季]秋

残り福 のこりふく ［宗］ 正月十日の戎祭の翌日、十一日のこと [季]新年

残り撫子 のこりなでしこ ［植］ 花期の盛りのすんだナデシコの花 [季]秋

残り燕 のこりつばめ ［動］ 通し燕の別称 [季]冬

残り鷺 のこりさぎ ［動］ 秋に南へ帰らずに、日本に残って冬を過ごす小鷺 [季]冬

残る月 のこるつき ［天］ 有明月の別称 [季]秋

残る氷 のこるこおり ［地］ 春になり、なお水べに解け残っている氷のこと [季]春

残る白鳥 のこるはくちょう ［動］ 春先に残っている白鳥 [季]春

残る虫 のこるむし ［動］ 晩秋から初冬にかけて秋の虫が細々とした声で絶え絶えに鳴いているようす [季]秋, 冬

残る花 のこるはな ［植］ 春の末まで散り残った桜の花 [季]春

残る海猫 のこるごめ ［動］ 秋、南へ帰らずに越年する海猫 [季]秋

残る秋 のこるあき ［時］ 秋が過ぎ去ろうとすること。それを惜しむ気持ちがこめられる [季]秋

残る紅葉 のこるもみじ ［植］ 冬紅葉に同じ [季]冬

残る桜 のこるさくら ［植］ 春の末まで散り残った桜の花 [季]春

残る蚊 のこるか ［動］ 秋の蚊のこと [季]秋

残る菊 のこるきく ［人］ 秋も終わろうとする時期にまだ咲き残っている菊 [季]秋

残る蛍 のこるほたる ［動］ 秋の蛍のこと [季]秋

残る雪 のこるゆき ［地］ 春になってもまだ残っている雪 [季]春

残る寒さ のこるさむさ ［時］ 寒が明けて立春以後の寒さのこと [季]春

残る暑さ のこるあつさ ［時］ 立秋以後に残る暑さ [季]秋

残る雁 のこるかり ［動］ 春になっても北方へ帰らず、残っている雁 [季]春

残る燕 のこるつばめ ［動］ 秋になっても南方へ帰らず、日本の暖地に残る燕 [季]秋

残る鴨 のこるかも ［動］ 春になっても北方へ戻らず残っている鴨 [季]春

残る蟬 のこるせみ ［動］ 秋の蟬のこと [季]秋

残る蠅 のこるはえ ［動］ 秋の蠅のこと

[季]秋

残る鶴　のこるつる　［動］　春になっても渡らず、残っている鶴　[季]春

4**残月　ざんげつ**　［天］　有明月の別称　[季]秋

残月梅　ざんげつばい　［植］　梅の一種　[季]春

7**残花　ざんか**　［植］　春の末まで散り残った桜の花　[季]春

10**残桜　ざんおう**　［植］　春の末まで散り残った桜の花　[季]春

11**残菊　ざんぎく**　［植］　秋の末に咲き残っている菊　[季]冬

残菊　ざんぎく　［植］　秋も終わろうとする時期にまだ咲き残っている菊　[季]秋

残菊の宴　ざんぎくのえん　［人］　昔、十月五日宮中で残菊を賞した酒宴　[季]冬

残菊の宴　ざんぎくのえん　［人］　昔中国で、陰暦九月十日（重陽の翌日）を祝ったこと　[季]秋

残雪　ざんせつ　［地］　春になってもまだ残っている雪　[季]春

残雪梅　ざんせつばい　［植］　梅の一種　[季]春

12**残暑　ざんしょ**　［時］　立秋以後に残る暑さ　[季]秋

残雁　ざんがん　［動］　越路に残る雁　[季]秋

21**残鶯　ざんおう**　［動］　老鶯の別称　[季]夏

【浦】

3**浦千鳥　うらちどり**　［動］　浦にいる千鳥　[季]冬

7**浦佐の堂押　うらさのどうおし**　［宗］　三月三日、新潟・普光寺毘沙門堂で行なわれる祭　[季]春

10**浦島草　うらしまそう, うらしまぐさ**　［植］　湿った林などのなかに自生する多年草。初夏に開花する　[季]夏

11**浦祭　うらまつり**　［宗］　秋祭の一種　[季]秋

【酒】

あやめ酒　あやめざけ　［人］　菖蒲酒（しょうぶざけ）の別称。菖蒲の葉や根を刻み酒に漬けたもの。厄払いに端午の節句で飲んだ　[季]夏

さうぶ酒　そうぶざけ　［人］　菖蒲酒（しょうぶざけ）の別称。菖蒲の葉や根を刻み酒に漬けたもの。厄払いに端午の節句で飲んだ　[季]夏

そうぶ酒　しょうぶざけ　［人］　菖蒲酒（しょうぶざけ）の別称。菖蒲の葉や根を刻み酒に漬けたもの。厄払いに端午の節句で飲んだ　[季]夏

ましら酒　ましらざけ　［人］　猿酒のこと　[季]秋

みぞれ酒　みぞれざけ　［人］　霰酒の別称　[季]冬

0**酒の粕　さけのかす**　［人］　清酒を醸造したときのしぼりかす　[季]冬

4**酒中花　しゅちゅうか**　［人］　水中花のこと。酒席の遊びにしたのでこの名がある　[季]夏

8**酒取焼酎　さかとりしょうちゅう**　［人］　焼酎の一種　[季]夏

酒枡星　さかますぼし　［天］　オリオン座の別称　[季]冬

9**酒星　さかぼし, しゅせい**　［天］　獅子座の右下に三つ星が一文字に立っているのを、酒店の旗とみた中国名　[季]春

酒面雁　さかつらがん　［動］　雁の一種。灰褐色の雁で、顔が赤い　[季]秋

10**酒涙雨　さいるいう**　［天］　陰暦七月七日の雨　[季]秋

12**酒煮　さけに**　［人］　寒中にしこんだ酒を、夏を越しての貯蔵のため加熱すること　[季]夏

酒煮の祝　さけにのいわい　［人］　煮酒の日に祝いをすること　[季]夏

酒煮る　さけにる　［人］　寒中にしこんだ酒を、夏を越しての貯蔵のため加熱すること　[季]夏

18**酒顔雁　さかつらがん**　［動］　雁の一種。灰褐色の雁で、顔が赤い　[季]秋

19**酒蠅　さかばえ**　［動］　猩猩蠅の別称　[季]夏

20**酒饅頭　さかまんじゅう**　［人］　蒸し菓子の一種。温かい蒸し菓子は冬の季語　[季]冬

【消】

0**消え炭　きえずみ**　［人］　消炭の別称。赤くおこった炭火や、薪の燃えたものを、火消し壺に入れて消してまた使った炭。炭は冬の季語　[季]冬

7**消防出初　しょうぼうでぞめ**　［宗］　新年に行なわれる消防夫の初出動の儀式　[季]新年

消防出初式　しょうぼうでぞめしき　［人］　出初式のこと　[季]新年

消防車　しょうぼうしゃ　［人］　消火のため出動する消火ポンプ・ホースなどを備えた自動車。火事は冬の季語　[季]冬

9**消炭　けしずみ**　［人］　赤くおこった炭火や、薪の燃えたものを、火消し壺に入れて消してまた使った炭。炭は冬の季語　[季]冬

10**消夏　しょうか**　［人］　夏、暑さを避けて海や山に行くこと　[季]夏

11**消雪パイプ　しょうせつぱいぷ**　［人］　道路の中央にパイプを走らせ、一定間隔のノズルから地下水を噴出させて雪を消す装置　[季]冬

17**消燠　けしおき**　［人］　消炭の別称。赤くおこった炭火や、薪の燃えたものを、火消し壺に入れて消してまた使った炭。炭は冬の季語　[季]冬

【泰】

3**泰山木の花　たいざんぼくのはな**　［植］　北米原産のモクレン科の常緑高木。初夏、白色で芳香のある大輪の花を開く　[季]夏

泰山木蓮　たいざんもくれん　［植］　泰山木の別称　[季]夏

泰山府君　たいざんふくん　［植］　桜の一種　[季]春

4**泰月　たいげつ**　［時］　正月の別称　[季]新年

【浜】

0**浜えのころ　はまえのころ**　［植］　狗尾草（えのころぐさ）の別称。全体が緑色で、秋に出る穂で子供が遊ぶ　[季]秋

浜おもとの実　はまおもとのみ　［植］　浜木綿の実の別称。花が終わると、乳白色で球形の実を結び、晩秋に熟して裂け砂上に種を散らす。果実は丸く、種は大きい　[季]秋

浜の口明　はまのくちあけ　［人］　磯開の別称　[季]春

浜の口開　はまのくちあけ　［人］　磯開の別称　[季]春

浜の秋　はまのあき　［地］　秋に寂しさの漂う浜　[季]秋

3**浜万年青　はまおもと**　［植］　浜木綿の別称。晩夏に白い花を傘形につける　[季]夏

浜万年青の実　はまおもとのみ　［植］　浜木綿の実の別称。花が終わると、乳白色で球形の実を結び、晩秋に熟して裂け砂上に種を散らす。果実は丸く、種は大きい　[季]秋

浜千鳥　はまちどり　［動］　浜にいる千鳥　[季]冬

浜大根　はまだいこ　［植］　アブラナ科の二年草で、普通の大根が海岸の砂地で野生化したもの。春に白っぽい花をつける　[季]春

浜大根の花　はまだいこんのはな　［植］　アブラナ科の二年草で、普通の大根が海岸の砂地で野生化したもの。春に白っぽい花をつける　[季]春

4**浜日傘　はまひがさ**　［人］　浜で広げる日傘　[季]夏

浜木綿の花　はまゆうのはな　［植］　ヒガンバナ科の多年草。晩夏に白い花を傘形につける　[季]夏

浜木綿の実　はまゆうのみ　［植］　花が終わると、乳白色で球形の実を結び、晩秋に熟して裂け砂上に種を散らす。果実は丸く、種は大きい　[季]秋

浜牛蒡　はまごぼう　［植］　薊の一種　[季]春

5**浜矢　はまや**　［人］　破魔弓につがえて放つ矢。現在は正月の縁起物として神社で売られている　[季]新年

7**浜杉　はますぎ**　［植］　厚岸草の別称。深緑色の茎が秋が深まると次第に紅紫色に変わっていく　[季]秋

浜防風　はまぼうふう　［植］　防風のこと　[季]春

8**浜拝　はまおがみ**　［人］　元日、安芸の瀬戸内海に面した塩田の塩焼き小屋で行われた製塩豊穣を祈願する行事　[季]新年

浜若菜　はまわかな　［植］　防風の古称　[季]春

9**浜昼顔　はまひるがお**　［植］　海岸の砂地にみられるヒルガオ科の蔓性多年草で、五、六月頃、朝顔に似た淡紅色の花をつける　[季]夏

10**浜納豆　はまなっとう**　［人］　夏に作る納豆の一種　[季]夏

浜荻　はまおぎ　［植］　海辺に生える秋の荻のこと　[季]秋

11**浜旋花　はまひるがお**　［植］　海岸の砂地にみられるヒルガオ科の蔓性多年草で、五、六月頃、朝顔に似た淡紅色の花をつける　[季]夏

浜梨　はまなし　［植］　ハマナスの和名。六

10画（浮, 浴, 流）

月頃、香りのよい紅色の花が咲く　㊡夏

浜菊　はまぎく　［植］　東北地方の太平洋岸特産の海岸植物の一種で、キク科の多年草。秋に中が薄緑で周りが白い花をつける　㊡秋

浜菜　はまな　［植］　蔓菜の別称。夏に、お浸しや和え物にして食べる　㊡夏

浜菅　はますげ　［植］　カヤツリグサ科の多年草。夏から秋にかけて茶褐色の花をつける　㊡夏

¹²**浜萵苣　はまぢしゃ**　［植］　蔓菜の別称。夏に、お浸しや和え物にして食べる　㊡夏

浜靫　はまうつぼ　［植］　海浜に生えるハマウツボ科の植物。初夏、靫に似た形をした薄紫の花をつける　㊡夏

¹⁵**浜撫子　はまなでしこ**　［植］　撫子の一種。海浜に咲くもの　㊡夏

浜豌豆　はまえんどう　［植］　海岸の砂地にはえる多年草。初夏から赤紫色の花を開く　㊡夏

¹⁶**浜鴫　はましぎ**　［動］　鴫の一種だが、田鴫とは異なる。また日本で越冬するものがいる　㊡秋

¹⁸**浜簪　はまかんざし**　［植］　イソマツ科の植物で、針状の葉が密生する。三、四月頃、数十の桃色の小花をつける　㊡春

【浮】

⁰**浮いてこい　ういてこい**　［人］　夏の水遊びの玩具。浮人形　㊡夏

浮いて来い　ういてこい　［人］　夏の水遊びの玩具。浮人形　㊡夏

浮かれ猫　うかれねこ　［動］　春先、さかりのついた猫のこと　㊡春

²**浮人形　うきにんぎょう**　［人］　夏の水遊び・入浴の時の子どもの玩具　㊡夏

⁵**浮氷　うきごおり**　［地］　とけ残り漂い浮かんだ氷のこと　㊡春

⁷**浮身　うきみ**　［人］　泳ぎの型　㊡夏

⁸**浮板　うきいた**　［人］　泳ぎに使う道具　㊡夏

⁹**浮炭　うきずみ**　［人］　消炭の別称。赤くおこった炭火や、薪の燃えたものを、火消し壺に入れて消してまた使った炭。炭は冬の季語　㊡冬

浮草　うきくさ　［植］　池や沼などの水面に浮かぶ草の総称。多くは夏に繁茂・開花す

る　㊡夏

¹¹**浮巣　うきす**　［動］　水鳥の一種の鳰が水面に作る巣　㊡夏

浮袋　うきぶくろ　［人］　泳ぎに使う道具　㊡夏

浮鳥　うきどり　［動］　水鳥の別称　㊡冬

¹²**浮葉　うきは**　［植］　初夏の蓮の浮葉のこと　㊡夏

¹³**浮寝鳥　うきねどり**　［動］　水鳥の別称　㊡冬

¹⁴**浮塵子　うんか**　［動］　稲を襲う体長五ミリほどの害虫　㊡秋

¹⁶**浮薔　ふしょう**　［植］　水葵の別称　㊡夏

¹⁹**浮鯛　うきだい**　［動］　春、鯛が産卵のため内海にきたとき、うきぶくろの調節がうまく出きず浮き上がってしまう現象　㊡春

【浴】

⁴**浴化斎　よくかさい**　［宗］　四月八日の仏生会の別称　㊡春

浴仏　よくぶつ　［宗］　四月八日の仏生会で釈迦の誕生像に香湯や甘茶をそそぐこと　㊡春

浴仏会　よくぶつえ　［宗］　四月八日の仏生会の別称　㊡春

浴仏盆　よくぶつぼん　［宗］　四月八日の仏生会の別称　㊡春

浴仏節　よくぶつせち　［宗］　四月八日の仏生会の別称　㊡春

⁶**浴衣　ゆかた**　［人］　夏の入浴後、汗の出る時に着る単衣　㊡夏

浴衣地　ゆかたじ　［人］　浴衣になる反物　㊡夏

浴衣掛　ゆかたがけ　［人］　浴衣一枚だけをまとっているくつろいだ様子　㊡夏

【流】

お流れ　おながれ　［宗］　京都東本願寺の修正会のあいだ、大師堂の宗祖親鸞上人坐像前に供えられた「おとそ」のお流れが一般参詣者にわかち与えられること　㊡新年

ねぶた流す　ねぶたながす　［人］　多く七月七日に行なわれる禊祓の行事　㊡秋

ねぶと流し　ねぶとながし　［人］　多く七月七日に行なわれる禊祓の行事　㊡秋

ねむけ流し　ねむけながし　［人］　多く七月

俳句季語よみかた辞典　333

七日に行なわれる禊祓の行事 [季]秋

ねむた流し　ねむたながし　［人］　多く七月七日に行なわれる禊祓の行事 [季]秋

[0]**流し雛　ながしびな**　［人］　雛流しで川に流す雛人形のこと [季]春

流るる年　ながるるとし　［時］　年の暮のことだが、一年を振り返っての感慨が込もる [季]冬

流れ星　ながれぼし　［天］　季節を問わず見られるが、俳句では秋の季語とされている [季]秋

流れ海苔　ながれのり　［植］　採取するとき流れてしまった春の海苔 [季]春

[5]**流氷　りゅうひょう**　［地］　春先に北海道で見られる、海を漂流して来る氷 [季]春

流氷期　りゅうひょうき　［地］　流氷の最盛期 [季]春

流氷盤　りゅうひょうばん　［地］　流氷のこと [季]春

流氷磐　りゅうひょうばん　［地］　流氷のこと [季]春

[6]**流灯　りゅうとう**　［宗］　盂蘭盆会の終る日、精霊送りと送火とを兼ねた盆行事。灯りを点した灯籠を川や海に流す [季]秋

流灯会　りゅうどうえ　［宗］　七月十六日の夕、川や湖に火をともした紙灯籠を流すこと。盂蘭盆会の川施餓鬼の行事の一種 [季]秋

流行正月　はやりしょうがつ　［時］　時ならぬ正月を指す [季]新年

流行風邪　はやりかぜ　［人］　流行性感冒。風邪は冬の季語 [季]冬

[9]**流星　りゅうせい**　［天］　季節を問わず見られるが、俳句では秋の季語とされている [季]秋

流星花火　りゅうせいはなび　［人］　打ち上げ花火のこと [季]秋

流海苔　ながれのり　［人］　採取するとき流れてしまった春の海苔 [季]春

[13]**流感　りゅうかん**　［人］　流行性感冒。風邪は冬の季語 [季]冬

[18]**流觴　りゅうしょう**　［人］　曲水（きょくすい）の別称 [季]春

[19]**流鏑馬　やぶさめ**　［人］　陰暦五月五日に宮中で行われた騎射の一種で、馬上で矢継ぎ早に鏑矢を射て的を射る射技 [季]夏

[21]**流鶯　りゅうおう**　［動］　鶯の別称 [季]春

[23]**流黐　ながしもち**　［人］　冬、鴨を捕獲するのに用いる黐縄のこと [季]冬

【涙】

[0]**涙の時雨　なみだのしぐれ**　［天］　涙に濡れるさまを時雨に見立てた言い回し [季]冬

【浪】

[4]**浪化忌　ろうかき**　［宗］　陰暦十月九日、蕉門の俳人浪化上人の忌日 [季]冬

[7]**浪花をどり　なにわおどり**　［人］　戦前、大阪の花街で春に行われた春の踊り [季]春

浪花場所　なにわばしょ　［宗］　大相撲春場所のこと [季]春

浪花踊　なにわおどり　［宗］　戦前、大阪の花街で春に行われた春の踊り [季]春

[10]**浪華コート　なにわこーと**　［人］　コートの一種。女性が防寒用に和服の上にまとう外套 [季]冬

【浚】

[0]**浚へ取　かえどり**　［人］　寒中、池をかえて魚を捕ること [季]冬

【涎】

[6]**涎衣草　えんいそう**　［植］　帚木の別称。夏に葉を茂らせ、晩夏に開花する [季]夏

【涅】

お涅槃　おねはん　［宗］　陰暦二月十五日の釈迦入滅のこと [季]春

[12]**涅嵐　ねあらし**　［宗］　陰暦二月十五日、涅槃会の行なわれる季節におこる嵐 [季]春

[14]**涅槃　ねはん**　［宗］　陰暦二月十五日の釈迦入滅のこと [季]春

涅槃の日　ねはんのひ　［宗］　陰暦二月十五日、釈迦の入滅の忌日 [季]春

涅槃会　ねはんえ　［宗］　陰暦二月十五日、釈迦入滅の日に各寺院で行なわれる法会 [季]春

涅槃寺　ねはんでら　［宗］　陰暦二月十五日、涅槃会を行なっている寺 [季]春

涅槃西風　ねはんにし　［天］　陰暦二月十五日の涅槃会の前後に吹く柔らかな西風のこと [季]春

10画（烏）

涅槃吹　ねはんふき　［天］　涅槃西風の別称
⑳春

涅槃図　ねはんず　［宗］　陰暦二月十五日の
釈迦入滅のさまを描いたもの　⑳春

涅槃忌　ねはんき　［宗］　陰暦二月十五日、
釈迦の入滅の忌日　⑳春

涅槃変　ねはんへん　［宗］　陰暦二月十五
日、涅槃会のころの季節の変り目をいう
⑳春

涅槃雪　ねはんゆき　［宗］　雪の果のこと
⑳春

涅槃粥　ねはんがゆ　［宗］　陰暦二月十五日
の涅槃会のとき参詣者に出される粥　⑳春

涅槃絵　ねはんえ　［宗］　陰暦二月十五日の
釈迦入滅のさまを描いたもの　⑳春

涅槃像　ねはんぞう　［宗］　陰暦二月十五日
の釈迦入滅のさまを描いたもの　⑳春

涅槃講　ねはんこう　［宗］　陰暦二月十五日
の涅槃会の日、奈良で子供が米を集めて会
食をする風習　⑳春

【烏】

するめ烏賊　するめいか　［動］　烏賊の一種
⑳夏

やり烏賊　やりいか　［動］　烏賊の一種
⑳夏

⁰烏あげは　からすあげは　［動］　鳳蝶の一種
⑳春

烏だこ　からすだこ　［人］　凧の一種　⑳春

烏の子　からすのこ　［動］　夏の鴉の雛のこ
と　⑳夏

烏の巣　からすのす　［動］　森の木の高い所
に、木の小枝を椀のような形に組み合わせ
た、直径五十センチほどの巣　⑳春

⁴烏木蓮　からすもくれん　［植］　木蓮で特に
色の濃いもの　⑳春

⁶烏団扇　からすうちわ　［宗］　すもも祭で参
詣人に与えられる烏の絵の団扇　⑳夏

烏瓜　からすうり　［植］　ウリ科の蔓性多年
草。花の後に楕円形の青い実ができ、晩秋
には熟して赤くなり葉の枯れた蔓からぶら
下がっている　⑳秋

烏瓜の花　からすうりのはな　［植］　ウリ科
の多年草。晩夏七、八月の夜に白い花が咲
く　⑳夏

烏芋　くろぐわい　［植］　カヤツリグサ科の

地下茎をもつ野菜で、春に新芽を出す。泥
の中の塊茎を食べる　⑳春

⁷烏貝　からすがい　［動］　カラスガイ科の大
型淡水二枚貝。貝細工に利用される　⑳春

烏麦　からすむぎ　［植］　麦の一種。オート
ミールの原料になる　⑳夏

⁸烏呼　からすよび　［人］　北関東から東北地
方にかけての初山行事。供物の餅を烏に与
え、食べ方で吉凶を占う　⑳新年

烏府　うふ　［人］　炭斗の別称。炉や火鉢・
火桶に足すため、炭俵から炭を小出しにし
て入れておく容器。炭は冬の季語　⑳冬

⁹烏柄杓　からすびしゃく　［植］　サトイモ科
の多年草。六月頃に花穂をつける　⑳夏

烏柄杓の花　からすびしゃくのはな　［植］
サトイモ科の多年草。六月頃に花穂をつけ
る　⑳夏

烏海鞘　からすほや　［動］　海鞘の一種
⑳夏

¹⁰烏扇　からすおうぎ　［植］　射干（ひおう
ぎ）の別称。晩夏に黄橙色の花をつける
⑳夏

¹¹烏蛇　からすへび　［動］　蛇の一種　⑳夏

¹²烏帽子花　えぼしばな　［植］　都草の別称
⑳夏

烏帽子貝　えぼしがい　［動］　タイラギの俗
称　⑳冬

烏遍舞　うへんまい　［宗］　秋田・八幡平の
大日詣で、付近の住民が演じる舞　⑳新年

¹³烏蒲　からすがま　［植］　射干（ひおうぎ）
の別称。晩夏に黄橙色の花をつける　⑳夏

烏触　うしょく　［動］　イモムシのこと
⑳秋

烏賊　いか　［動］　軟体動物の頭足綱に属す
る海産動物。多くは夏に釣る　⑳夏

烏賊の甲　いかのこう　［動］　コウイカ類の
体内にある、石灰質の甲殻のこと。いかの
ふねともいう　⑳夏

烏賊の墨　いかのすみ　［動］　イカの体内に
ある墨汁囊から出る黒色の液体　⑳夏

烏賊干す　いかほす　［人］　秋に釣れるする
め烏賊などを、胴を開いて烏賊干し場に並
べ干すこと　⑳秋,夏

烏賊洗い　いかあらい　［人］　秋に釣れるす
るめ烏賊などの烏賊裂きしたものを、水洗
いして真っ白にする作業　⑳秋

俳句季語よみかた辞典　335

烏賊釣　いかつり ［人］ 夏の夜、烏賊を釣ること [季]夏

烏賊釣火　いかつりび ［人］ 夏の夜、烏賊を釣るために船上で焚く火 [季]夏

烏賊釣舟　いかつりぶね ［人］ 夏の夜、烏賊を釣るために火を焚いたり灯りをともしたりする船 [季]夏

烏賊裂き　いかさき ［人］ 秋に釣れるするめ烏賊などの胴を縦に裂き、わたと目玉を取り除く作業 [季]秋

烏賊襖　いかぶすま ［人］ 秋に釣れるするめ烏賊などの大漁が続き、烏賊干し場にすき間なく烏賊が干されているさま [季]秋

烏賊鯛　いかだい ［動］ 四月下旬に烏賊を餌にして釣る鯛 [季]春

14**烏翣**　からすおうぎ ［植］ 射干（ひおうぎ）の別称。晩夏に黄橙色の花をつける [季]夏

15**烏蝶**　からすちょう ［動］ 鳳蝶の一種 [季]夏, 春

16**烏頭**　とりかぶと ［植］ キンポウゲ科の多年生の有毒植物。秋の青紫の花は美しいが、根には猛毒が含まれる [季]秋

18**烏覆子**　あけび ［植］ 各地に自生するつる性植物。春、新芽とともに開花し、秋に漿果が実る [季]秋

19**烏鵲**　うじゃく ［動］ カササギの別称 [季]秋

烏鵲の橋　うじゃくのはし ［人］ 牽牛と織女が相会するとき、カササギが天の川をうずめて橋を成し、織女を渡すという中国の古伝説 [季]秋

【狸】

狸　たぬき ［動］ 全国で見られる雑食性動物。古来おとぎ話などで馴染みが深く、冬に狸汁などにされる [季]冬

5**狸汁**　たぬきじる ［人］ 冬に脂ののった狸を味噌仕立てで煮込んだ汁物 [季]冬

9**狸狩**　たぬきがり ［人］ 冬、狸を捕らえること。狸の穴に煙を送り込み、いぶり出して捕獲する [季]冬

10**狸罠**　たぬきわな ［人］ 冬、狸を捕えるための罠 [季]冬

【狼】

狼　おおかみ ［動］ 冬に群を作って人畜に被害を与えるイヌ科の獣 [季]冬

0**狼の祭**　おおかみのまつり ［動］ 七十二候の一つで、霜降の第一候。陽暦十月二十四日から二十八日頃 [季]秋

7**狼把草**　ろうはそう ［植］ 田五加（たうこぎ）の別称。秋に黄色い小花をつける [季]秋

9**狼星**　ろうせい ［天］ 冬の星シリウスの中国名 [季]冬

【珠】

6**珠光餅**　しゅこうもち ［人］ 茶席の菓子に使う一種の餅田楽。村田珠光が好んだという [季]新年

【琉】

8**琉金**　りゅうきん ［動］ 金魚の一種 [季]夏

11**琉球むくげ**　りゅうきゅうむくげ ［植］ ハイビスカスの別称。夏、鮮やかな紅白や白色の木槿に似た花をつける [季]夏

琉球木槿　りゅうきゅうむくげ ［植］ ハイビスカスの別称。夏、鮮やかな紅白や白色の木槿に似た花をつける [季]夏

琉球燕　りゅうきゅうつばめ ［動］ 燕の一種 [季]春

琉球薯　りゅうきゅういも ［植］ 薩摩薯の別称。秋に収穫して出回る [季]秋

琉球藍　りゅうきゅうあい ［人］ 藍の一種 [季]夏

琉球藷　りゅうきゅういも ［植］ 薩摩薯の別称。秋に収穫して出回る [季]秋

【畔】

13**畔塗り**　くろぬり ［人］ 春、畦を土で塗り固めること [季]春

【留】

6**留守居松**　るすいまつ ［人］ 鳥総松の別称 [季]新年

9**留紅草**　るこうそう ［植］ 南米原産のヒルガオ科一年生蔓草。六、七月頃、漏斗状の赤い花をつける [季]夏

留草　とめくさ ［人］ 三番草が終わり二十日たってから行なう田草取り [季]夏

11**留鳥**　とどめどり ［動］ 鶯の別称 [季]春

【畚】

3畚下し　ふごおろし　［宗］　燧石のこと。鞍馬初寅詣の土産物　[季]新年

【疾】

13疾雷　しつらい　［天］　激しい雷　[季]夏

【病】

10病蚕　びょうこ　［動］　病気にかかった蚕　[季]春

11病蛍　やみほたる　［動］　秋の蛍のこと　[季]秋

12病葉　わくらば　［植］　夏の青葉の季節に、紅葉でもないのに色づいて落葉するもの　[季]夏

病雁　びょうがん　［動］　病気の雁　[季]秋

【疳】

8疳取草　かんとりそう　［植］　垣通の別称　[季]春

【益】

5益母草　やくもそう　［植］　目弾きの別称。初秋、薄紫色の小花をつける。草は産前産後の薬とする　[季]秋

11益斎芹　えきさいぜり　［植］　芹の一種　[季]春

【真】

3真弓の実　まゆみのみ　［植］　秋に実を結び、晩秋熟すると四つに裂け、赤い果肉におおわれた種子が現れる　[季]秋

4真手番　まてつがい　［人］　昔、騎射の前に左右近衛の射手が予習をしたこと　[季]夏

真木草　まきくさ　［植］　帚木の古称　[季]夏

5真冬　まふゆ　［時］　冬の寒さもたけなわという感じ　[季]冬

6真如の月　しんにょのつき　［天］　雲に掩れても月は常に清く明らかなことを真如に例えた言い回し　[季]秋

真瓜　まくわ　［植］　甜瓜（まくわうり）のこと。晩夏に収穫する　[季]夏

7真牡蠣　まがき　［動］　牡蠣の一種　[季]冬

真芹　まお　［植］　カラムシの別称　[季]夏

真言院の御修法　しんごんいんのみしほ　［宗］　正月八日から十四日まで、大内裏の真言院で鎮護国家・五穀豊穣を祈って真言陀羅尼の秘法を行なった密儀　[季]新年

真那鶴　まなづる　［動］　鶴の一種　[季]秋

8真夜中の月　まよなかのつき　［天］　陰暦八月二十三夜の月　[季]秋

真河豚　まふぐ　［動］　下関の方言で虎河豚の別称　[季]冬

9真海豚　まいるか　［動］　イルカの一種　[季]冬

真海鞘　まほや, まぼや　［動］　海鞘の一種　[季]夏

10真夏　まなつ　［時］　夏の暑さのさかり　[季]夏

真桑瓜　まくわうり　［植］　ウリ科の一年生蔓草で瓜の代表的品種。晩夏に収穫する　[季]夏

真烏賊　まいか　［動］　花烏賊の一種　[季]春, 夏

11真清水　ましみず　［地］　清水のすき通って美しい様子　[季]夏

真清田桃花祭　ますみだとうかさい　［宗］　一宮市・真清田神社の祭り　[季]春

真葛　まくず　［植］　葛の美称　[季]秋

真葛　さねかずら　［植］　葛の美称　[季]秋

真葛原　まくずはら　［植］　葛の生い茂る野原　[季]秋

真菰　まこも　［植］　夏に、沼や池などで青々と生い茂る真菰のこと　[季]夏

真菰の花　まこものはな　［植］　真菰が秋につける大きな円錐状の花穂　[季]秋

真菰の芽　まこものめ　［植］　沼地に群生する真菰の春の新芽　[季]春

真菰の馬　まこものうま　［人］　七夕に真菰や麦稈などで作った馬を飾る風習　[季]秋

真菰刈　まこもがり　［人］　晩夏に真菰を刈り取ること　[季]夏

真菰刈る　まこもかる　［人］　晩夏に真菰を刈り取ること　[季]夏

真菰刈船　まこもかりぶね　［人］　真菰を刈り取るための船　[季]夏

真菰生う　まこもおう　［植］　晩春、真菰の芽が生えてくること　[季]春

真菰舟　まこもぶね　［人］　真菰を刈り取るための船　[季]夏

真菰売　まこもうり　［人］　真菰を売る人　[季]夏

真菰売　まこもうり［人］盆の行事に用いる真菰を売るもの [季]秋

真菰枯る　まこもかる［植］冬、真菰が枯れるさま [季]冬

真菰草　まこもぐさ［植］夏に、沼や池などで青々と生い茂る真菰のこと [季]夏

真菰筵　まこもむしろ［宗］盆の供物の下に敷く筵 [季]秋

真菜　まな［植］関東方面に作られる菜類。耐寒性が強く、花茎を出すのが遅いので、主として冬、春のつけ菜として利用される [季]春

12 **真萩　まはぎ**［植］萩の一種 [季]秋

真雁　まがん［動］雁の一種。欧亜の北極海沿岸部で繁殖、小群ずつで十月初旬に渡来する雁 [季]秋

13 **真榊　まさかき**［植］榊の別称 [季]夏

真蒸し　まむし［動］鰻の関西での呼称 [季]夏

真蜆　ましじみ［動］蜆の一種 [季]春

真裸　まっぱだか［人］裸のこと [季]夏

14 **真綿　まわた**［人］綿の一種。冬の衣類に多く使う [季]冬

真綿取り　まわたとり［人］その夏の繭から新しい真綿を作ること [季]夏

真蓼　またで［植］蓼の一種。蓼は夏の季語 [季]夏

16 **真薦　まこも**［植］夏に、沼や池などで青々と生い茂る真菰のこと [季]夏

真薊　まあざみ［植］薊の一種 [季]春, 夏

真赭の糸　ますおのいと［植］穂のつやつやと赤味を帯びた大きな芒を赤糸にたとえたもの [季]秋

真赭の芒　ますおのすすき［植］穂のつやつやと赤味を帯びた大きな芒 [季]秋

真鴨　まがも［動］鴨の一種 [季]冬

18 **真鯊　まはぜ**［動］鯊の正式名 [季]秋

21 **真鰯　まいわし**［動］体側に約七個の黒丸がある鰯 [季]秋

真鰡　まぼら［動］鰡の一種で、大型のもの [季]秋

真鶴　まなづる［動］鶴の一種 [季]冬

真鶸　まひわ［動］一般に鶸というと真鶸のことを指す [季]秋

22 **真鰹　まがつお**［動］鰹の一種 [季]夏

真鱈　まだら［動］鱈の一種 [季]冬

真鰺　まあじ［動］鰺の一種 [季]夏

23 **真鱚　まぎす**［動］鱚の一種 [季]夏

【眠】

0 **眠り　ねむり**［動］蚕が脱皮前に、食物をとらなくなり動かなくなる状態 [季]春

眠る山　ねむるやま［地］冬の山の静かに眠るような姿。冬山の形容語 [季]冬

眠る蝶　ねむるちょう［動］草花に宿る姿を眠ると形容したもの [季]春

9 **眠草　ねむりぐさ**［植］含羞草（おじぎそう）の別称。晩夏、薄紅色の小花を毬状につける [季]夏

10 **眠流し　ねむりながし**［人］七夕の灯籠流し行事 [季]秋

眠蚕　いこ［動］眠りに入った蚕 [季]春

【砧】

砧　きぬた［人］布をやわらかくするために木槌で打つ時の台のこと。あるいは作業そのもののこと。秋の夜なべ仕事とされた [季]秋

0 **砧の槌　きぬたのつち**［人］砧槌のこと [季]秋

4 **砧木　だいぎ**［人］接木で接合する幹 [季]春

5 **砧打つ　きぬたうつ**［人］布をやわらかくするために砧打ちをすること。砧打ちは秋の夜なべ仕事とされた [季]秋

8 **砧拍子　きぬたびょうし**［人］砧を打つ拍子 [季]秋

13 **砧槌　きぬたづち**［人］砧を打つ槌。砧打ちは秋の夜なべ仕事とされた [季]秋

15 **砧盤　きぬたばん**［人］砧を打つ盤。砧打ちは秋の夜なべ仕事とされた [季]秋

【砥】

9 **砥草　とくさ**［植］常緑の多年草。秋に刈る茎が珪酸質を含んで堅いため、木製品を磨くのに用いる [季]秋

【破】

0 **破れ芭蕉　やればしょう, やぶればしょう**［植］破芭蕉に同じ [季]秋

破れ傘　やぶれがさ［植］キク科の多年草

10画（祓、秦、秩、秧、笑、笄、筍、粉、索）

で、葉は破れ傘のように掌状に深く裂けて
いる。夏に地味な花をつける　㊗夏

⁶破血丹　はけつたん　［植］　一薬草の別称。
六、七月頃、白梅に似た白い花をつける
㊗夏

⁷破芭蕉　やればしょう　［植］　芭蕉の大きな
葉が、晩秋にもなると風雨に傷んで裂けて
くること　㊗秋

¹³破蓮　やれはちす　［植］　晩秋秋風の吹く
頃、葉が破れ傷つき枯れ、茎も折れて無残
な姿となった蓮　㊗秋

²¹破魔弓　はまゆみ　［人］　正月を祝って男児
に贈った玩具。破魔矢を射るための弓のこ
と　㊗新年

破魔矢　はまや　［人］　破魔弓につがえて放
つ矢。現在は正月の縁起物として神社で売
られている　㊗新年

破魔矢売　はまやうり　［人］　年の市で破魔
矢をうっていること　㊗冬

【祓】

祓　はらえ　［宗］　夏越の祓の別称　㊗夏

⁸祓物　はらえもの　［宗］　罪をつぐなうため
夏越の祓に供えるもの　㊗夏

⁹祓草　はらえぐさ　［宗］　夏越の祓のとき幣
（ぬさ）とした草　㊗夏

【秦】

¹¹秦野大根　はたのだいこん　［植］　神奈川県
秦野地方で茎葉を水田に入れる緑肥のため
に作る大根　㊗春

【秩】

⁴秩父夜祭　ちちぶよまつり　［宗］　十二月三
日の夜、秩父市の秩父神社で行われる例大
祭　㊗冬

秩父祭　ちちぶまつり　［宗］　秩父夜祭の別
称　㊗冬

【秧】

¹⁹秧鶏　くいな　［動］　クイナ科の鳥で、水辺
を好む。春に飛来して夏中過ごし、秋に南
方に帰っていく　㊗夏

【笑】

⁰笑い茸　わらいたけ　［植］　毒茸の一種

㊗秋

笑ふ山　わらうやま　［地］　陽光に照らされ
た春の山の形容語　㊗春

⁷笑初　わらいぞめ　［人］　新年になって初め
て笑うこと　㊗新年

⁹笑草　えみぐさ　［植］　甘野老の別称　㊗夏

¹⁰笑栗　えみぐり　［植］　栗の一種　㊗秋

²³笑籤　わらいくじ　［人］　江戸時代末期の福
引きで、籤引き式のもの　㊗新年

【笄】

⁵笄打　こうがいうち　［人］　根木打の東北地
方での呼称　㊗冬

【筍】

筍　たけのこ　［植］　竹の地下茎から生じる
若芽。初夏に掘って食べる　㊗夏

【粉】

⁶粉団を射る　ふんだんをいる　［人］　唐代に
宮中などで行なわれた端午の日の遊び
㊗夏

粉団花　てまりばな　［植］　スイカズラ科の
落葉低木でヤブデマリの変種。六月頃、紫
陽花に似て白みを帯びた青い小花を枝の両
側に毬状につける　㊗夏

⁸粉河祭　こかわまつり　［宗］　七月最後の土
曜日と日曜日、和歌山県粉河町・粉河産土
神社の境内にある丹生神社で行われる祭礼
㊗夏

粉河雛　こかわびな　［宗］　雛人形の一種
㊗春

⁹粉炭　こなずみ　［人］　木炭が砕けて粉に
なったもの。炭は冬の季語　㊗冬

粉茶立　こなちゃたて　［動］　茶立虫の別称
㊗秋

¹¹粉雪　こなゆき　［天］　粉のようにサラサラ
している雪　㊗冬

【索】

¹⁴索餅　さくべい　［人］　七日の御節供に献上
されたもの　㊗秋

²⁰素麺冷す　そうめんひやす　［人］　素麺を茹
でて洗い、冷水や氷で冷やすこと　㊗夏

素麺冷やす　そうめんひやす　［人］　素麺を
茹でて洗い、冷水や氷で冷やすこと　㊗夏

俳句季語よみかた辞典　339

10画（紙, 紗, 素, 納）

索麺海苔　そうめんのり　［植］　海苔の一種
㊍春

索麺流す　そうめんながす　［人］　冷水を樋
に流し、それに索麺を流して銘々が箸で掬
い上げながら食べること　㊍夏

【紙】

⁰紙ぎぬ　かみぎぬ　［人］　紙子の前身　㊍冬

²紙八手　かみやつで　［植］　ウコギ科の低木
㊍夏

³紙子　かみこ　［人］　和紙でつくった衣服。
保温がよく、僧侶や修行者が用いた　㊍冬

紙子売　かみこうり　［人］　紙子を行商する
者　㊍冬

紙干す　かみほす　［人］　漉いた紙を一枚ず
つはがし、皺のできぬように張り板に並べ
て干すこと。紙漉は冬の季語　㊍冬

紙干場　かみほしば　［人］　漉いた紙を干す
場所。紙漉は冬の季語　㊍冬

⁴紙双六　かみすごろく　［人］　絵入りの紙製
双六　㊍新年

⁵紙打　かみうち　［人］　針打の別称　㊍新年

⁶紙衣　かみこ　［人］　紙子の前身　㊍冬

⁹紙風船　かみふうせん　［人］　五色の紙をは
り合わせ、紙でできた風船　㊍春

¹⁰紙砧　かみきぬた　［人］　紙を打つ砧　㊍秋

紙衾　かみぶすま　［人］　昔、貧しい人が寒
い時期に布団の代わりに用いた物で、紙を
外被として、中に藁しべを入れた一種の藁
ぶとん　㊍冬

¹¹紙帳　しちょう　［人］　和紙をはり合わせて
作った蚊帳　㊍夏

紙帳売　しちょううり　［人］　紙帳を売るも
の　㊍夏

紙魚　しみ　［動］　シミ目シミ科の羽根がな
い昆虫で、体長一センチ足らず。糊や和紙
を食い荒らす　㊍夏

¹⁴紙漉　かみすき　［人］　紙を漉くこと。冷た
い清冽な水が最も適しているとされ、冬の
季語となっている　㊍冬

紙漉女　かみすきめ　［人］　紙漉を行なう
女。紙漉は冬の季語　㊍冬

紙鳶　しえん　［人］　凧の別称　㊍新年

紙鳶　たこ　［人］　凧の別称　㊍春

¹⁵紙幟　かみのぼり　［人］　紙製の幟　㊍夏

¹⁶紙縒襦袢　こよりじゅばん　［人］　汗取用の
肌着の一種　㊍夏

¹⁸紙雛　かみびな　［人］　雛人形の一種　㊍春

【紗】

紗　しゃ　［人］　夏の薄物に使う薄手の絹地
の織物　㊍夏

【素】

²素人相撲　しろうとすもう　［人］　素人が行
なう相撲　㊍秋

素十忌　すじゅうき　［宗］　十月四日、大
正・昭和期の俳人高野素十の忌日　㊍秋

⁴素心蘭　そしんらん　［植］　秋蘭の一種
㊍秋

⁶素行忌　そこうき　［宗］　陰暦九月二十六
日、江戸時代前期の儒学者・兵学者山鹿素
行の忌日　㊍秋

⁷素足　すあし　［人］　跣足のこと　㊍夏

⁹素秋　そしゅう　［時］　秋の別称　㊍秋

素風　そふう　［天］　色なき風からの派生語
で、秋風のこと　㊍秋

¹⁰素紙子　すがみこ　［人］　素肌に紙子だけを
着ること　㊍冬

素逝忌　そせいき　［宗］　十月十日、昭和初
期の俳人長谷川素逝の忌日　㊍秋

¹¹素商　そしょう　［時］　秋の別称　㊍秋

素堂忌　そどうき　［宗］　陰暦八月十五日、
江戸時代前期・中期の俳人山口素堂の忌日
㊍秋

素袷　すあわせ　［人］　肌着を着ずにじかに
袷を着ること　㊍夏

¹³素園忌　そえんき　［宗］　陰暦九月八日、江
戸時代中期の俳人加賀千代尼の忌日　㊍秋

素裸　すはだか　［人］　裸のこと　㊍夏

¹⁷素襖脱ぎ　すおうぬぎ　［宗］　松囃子の別称
㊍新年

²⁰素馨　そけい　［植］　モクセイ科の常緑樹の
茉莉花（まつりか）の別称。枝先に強い芳香
をもつ小花が咲く。花を乾燥させたものを
茶に入れるとジャスミン茶となる。また
ジャスミン油の原料にもなる　㊍夏

【納】

⁰納の大師　おさめのだいし　［宗］　十二月二
十一日、終大師の別称　㊍冬

納の水天宮　おさめのすいてんぐう　［宗］

十二月五日、その年最後の水天宮の縁日 [季]冬

納の庚申　おさめのこうしん［宗］その年最後の庚申の日、帝釈天の縁日 [季]冬

納の金毘羅　おさめのこんぴら［宗］十二月十日、その年最後の金毘羅宮の縁日 [季]冬

納め八日　おさめようか［宗］十二月八日、一年の祭事・農事を納める日。地域によっては事始と逆のこともある [季]冬

納め針　おさめばり［宗］供養針の別称 [季]春

4納太刀　おさめだち［宗］大山詣の参詣者が奉納する太刀 [季]夏

5納札　おさめふだ［宗］年末に社寺に納め、焼いてもらう古いお札 [季]冬

7納豆　なっとう［人］大豆を納豆菌で発酵させた加工食品。ただ現在ではほとんど季節感がない [季]冬

納豆汁　なっとうじる［人］納豆をすり込んだ味噌汁。北国の家庭料理の一つ [季]冬

納豆売　なっとううり［人］納豆を売る人 [季]冬

納豆造る　なっとうつくる［人］夏、大豆を煮て発酵させ、塩水に漬けて熟成させたのち、香辛料を加えて干したもの。普通の納豆とは全く異なるもの [季]夏

11納涼　すずみ［人］夏の暑さを忘れるために涼しい所へ出ること [季]夏

納涼舟　すずみぶね［人］涼むための舟 [季]夏

納涼床　すずみゆか［人］河原に桟敷や床几を敷きつめて、夜、納涼客をもてなしたもの [季]夏

納涼映画　のうりょうえいが［人］夏の夜に、野外音楽堂・公園・広場などで納涼をかねておこなわれるもの [季]夏

【紐】

8紐直　ひもなおし［人］陰暦十一月十五日の帯解の別称 [季]冬

12紐落　ひもおとし［人］陰暦十一月十五日の帯解の別称 [季]冬

13紐解　ひもとき［人］陰暦十一月十五日の帯解の別称 [季]冬

19紐鶏頭　ひもけいとう［植］鶏頭の一種 [季]秋

【紡】

7紡初　つむぎぞめ［人］新年になって初めて糸を紡ぐこと [季]新年

【紋】

5紋付　もんつき［動］鶲の別称。翼の大白斑が目だつことから [季]秋

紋白蝶　もんしろちょう［動］蝶の一種 [季]春

11紋黄蝶　もんきちょう［動］蝶の一種 [季]春

13紋蜉蝣　もんかげろう［動］豊年虫の一つ [季]夏

紋蜉蝣　もんかげろう［動］蜉蝣の一種 [季]秋

21紋鶲　もんびたき［動］鶲の一種 [季]秋

【翁】

0翁の日　おきなのひ［宗］陰暦十月十二日、江戸時代前期の俳人松尾芭蕉の忌日 [季]冬

7翁忌　おきなき［宗］陰暦十月十二日、江戸時代前期の俳人松尾芭蕉の忌日 [季]冬

9翁草　おきなぐさ［植］菊の別称。菊は秋の季語 [季]秋

翁草　おきなぐさ［植］キンポウゲ科の多年草で四月頃花をつける。老人の白髪頭に似ていることからの名 [季]春, 秋

【翅】

12翅斑蚊　はまだらか［動］蚊の一種 [季]夏

【耕】

耕　たがやし, たがえし［人］春、田畑の土を鋤き返して柔らかくすること [季]春

2耕人　こうじん［人］畑を耕す人 [季]春

4耕牛　こうぎゅう［人］牛を使って田畑を耕すこと [季]春

10耕馬　こうば［人］馬を使って田畑を耕すこと [季]春

【胸】

0胸の月　むねのつき［天］心の悟りのこと [季]秋

胸の霧　むねのきり［天］心の晴れないこと。比喩的な言い回し [季]秋

10画（脂,脆,胴,能,胼,致,般,荻,荷）

¹¹胸黒　むなぐろ　［動］　千鳥の一種　㋑冬

¹⁴胸敲　むねたたき　［人］　節季候（せきぞろ）に同じ　㋑冬

【脂】

¹³脂照　あぶらてり　［天］　薄曇りで風がなく、蒸し暑い日をいう　㋑夏

【脆】

²²脆鰺　もろあじ　［動］　鰺の一種　㋑夏

【胴】

⁰胴ふぐり　どうふぐり　［人］　宝引き、福引きなどの綱の根元　㋑新年

¹²胴着　どうぎ　［人］　冬に下着と肌着の間や、着物と羽織の間に着て寒さを防ぐ綿入れの一種　㋑冬

胴着脱ぐ　どうぎぬぐ　［人］　暖かくなり、上着の下に着けていた防寒用の衣服を脱ぐこと　㋑春

【能】

⁷能初　のうはじめ　［人］　新年になって初めて能を演ずること　㋑新年

⁸能始　のうはじめ　［人］　新年になって初めて能を演ずること　㋑新年

【胼】

胼　ひび　［人］　冬、皮膚が乾燥してかさかさに荒れて、細かい亀裂が生じ、時には血が滲むこと　㋑冬

¹⁶胼薬　ひびぐすり　［人］　化粧用クリーム、ワセリン、ビタミンAを含む軟膏など胼をなおす薬　㋑冬

【致】

⁸致命祭　ちめいさい　［宗］　二十六聖人祭の別称　㋑春

【般】

⁶般舟院開帳　はんじゅいんのかいちょう　［宗］　京都市・般舟三昧院で行なわれる元三大師（慈恵大師良源）像の開帳　㋑新年

⁸般若寺文殊会　はんにゃじもんじゅえ　［宗］　三月二十五日、奈良・般若寺で行われる文殊会　㋑春

【荻】

ささら荻　ささらおぎ　［植］　秋風の吹くたびになる荻の葉ずれの音　㋑秋

荻　おぎ　［植］　原野の湿地に自生するイネ科の大型多年草。秋の花穂は、はじめは薄紫で熟すると白く変わってゆく　㋑秋

⁰荻の二葉　おぎのふたば　［植］　荻若葉のこと　㋑春

荻の上風　おぎのうわかぜ　［植］　荻の上を吹く秋風　㋑秋

荻の末黒　おぎのすぐろ　［地］　野火に焼けた跡の荻原　㋑春

荻の声　おぎのこえ　［植］　秋風の吹くたびになる荻の葉ずれの音　㋑秋

荻の角　おぎのつの　［植］　湿地の荻の芽のこと。春、水が温むと根から角のような芽が出る　㋑春

荻の芽　おぎのめ　［植］　湿地の荻の芽のこと。春、水が温むと根から角のような芽が出る　㋑春

荻の若葉　おぎのわかば, おぎのわかば　［植］　荻若葉のこと　㋑春

荻の風　おぎのかぜ　［植］　荻をゆらす秋風　㋑秋

荻の焼原　おぎのやけはら　［地］　野火に焼けた跡の荻原　㋑春

荻の葉衣　おぎのはごろも　［人］　秋の衣類の一つ　㋑秋

荻よし　おぎよし　［植］　荻の別称。荻は秋の季語　㋑秋

⁷荻吹く　おぎふく　［植］　荻の葉に吹く秋風のこと　㋑秋

⁸荻若葉　おぎわかば　［植］　荻の角（若芽）が生長した若葉　㋑春

¹⁰荻原　おぎわら　［植］　荻の生い茂った秋の原っぱ　㋑秋

¹²荻焼原　おぎやけはら　［地］　野火に焼けた跡の荻原　㋑春

【荷】

⁰荷の葉売　はすのはうり　［人］　盆の行事に用いるハスの葉を売る者　㋑秋

⁹荷前の使　のさきのつかい　［宗］　平安時代、年末に諸国からの献上品を陵墓に供えるために遣わした勅使　㋑冬

荷前の定　のさきのさだめ　［宗］　平安時

342　俳句季語よみかた辞典

代、毎年の終りに朝廷から使者を代々の天皇の墓につかわし、諸国の調を奉ったこと [季]冬

荷前の箱　のさきのはこ　［宗］　平安時代、荷前の使いに用いた箱　[季]冬

荷風忌　かふうき　［宗］　四月三十日、明治・大正・昭和期の小説家永井荷風の忌日　[季]春

12荷葉の飯　はすはのめし　［宗］　蓮の飯に同じ　[季]秋

荷飯　はすめし　［宗］　蓮の飯に同じ　[季]秋

16荷橇　にぞり　［人］　荷物を運ぶ橇　[季]冬

【華】

13華歳　かさい　［時］　年始の別称　[季]新年

18華臍魚　かせいぎょ　［動］　鮟鱇の別称　[季]冬

21華鬘牡丹　けまんぼたん　［植］　けまん草の別称　[季]春

華鬘草　けまんそう　［植］　中国原産のケシ科多年草で、花の形が仏具飾りの華鬘に似ている。四月頃から淡紅色の花が咲く　[季]春

【莞】

莞　いむしろ　［植］　太藺の別称　[季]夏

【莫】

7莫告藻　なのりそ　［植］　穂俵の古称　[季]夏, 新年

14莫鳴菜　なのりそ　［植］　穂俵の古称　[季]新年

【莢】

14莢蒾の実　がまずみのみ　［植］　秋に枝先に集まる小粒の実。晩秋になるにつれ赤く熟し、次第に暗赤色となる　[季]秋

莢隠元　さやいんげん　［植］　隠元豆の別称。初秋、花の後に莢ができて垂れ下がるのを収穫する　[季]秋

15莢豌豆　さやえんどう　［植］　マメ科の作物。初夏、莢ごと食べる　[季]夏

【莫】

13莫蓙帽子　ござぼうし　［人］　藺草でできた雪帽子　[季]冬

【莎】

9莎草　かやつりぐさ　［植］　カヤツリグサ科の一年草。晩夏に花茎を出し、黄褐色の花穂をつける　[季]夏

10莎莪　しゃが　［植］　初夏、薄紫に黄色の斑がある、あやめに似た小花をつける　[季]夏

19莎鶏　さやけい　［動］　機織虫のこと　[季]秋

【荼】

0荼の花　おおどちのはな　［植］　男郎花（おとこえし）の別称　[季]秋

【苘】

13苘蒿　しゅんぎく　［植］　キク科の一、二年草で独特の香気をもつ。春先の若葉をお浸しや和え物、鍋物にする　[季]春

【莧】

莧　ひゆ　［植］　インド原産のヒユ科の一年草蔬菜。夏の葉を食用にする　[季]夏

【蚊】

蚊　か　［動］　夏の夜に飛ぶハエ目カ科の昆虫の総称。人や動物の血を吸い、伝染病なども伝播する　[季]夏

0蚊いぶし　かいぶし　［人］　農家などで、蚊をよせつけぬためにいぶすもの　[季]夏

蚊の口　かのくち　［動］　蚊の血を吸う口　[季]夏

蚊の名残　かのなごり　［動］　秋の蚊のこと　[季]秋

蚊の声　かのこえ　［動］　蚊の羽音　[季]夏

蚊の姥　かのうば　［動］　ガガンボの別称。ハエ目ガガンボ科の昆虫で蚊を大きくしたような虫　[季]夏

蚊の唸　かのうなり　［動］　蚊の羽音　[季]夏

蚊を打つ　かをうつ　［動］　蚊を殺すこと　[季]夏

蚊を追う　かをおう　［動］　蚊を殺そうとおうこと　[季]夏

蚊を焼く　かをやく　［動］　蚊を殺すこと　[季]夏

3蚊子木　ぶんしぼく　［植］　マンサク科の蚊母樹（いすのき）の別称。実は晩秋に実り、巣くっている虫がでてしまうと空洞ができており、口をあてて吹くとよく鳴る　[季]夏,

秋

4蚊火　かび　［人］　物を燻べて煙を立てて蚊を追う火　[季]夏

5蚊母鳥　ぶんぼちょう　［動］　夜鷹の別称　[季]夏

蚊母樹　いすのき　［植］　マンサク科の常緑高木。実は晩秋に実り、巣くっている虫がでてしまうと空洞ができており、口をあてて吹くとよく鳴る　[季]秋

蚊母樹の花　いすのきのはな　［植］　マンサク科の常緑高木。春、花びらのない紅色の花が咲く　[季]春

蚊母樹の実　いすのきのみ　［植］　瓢の実の別称。晩秋に実り、巣くっている虫がでてしまうと空洞ができており、口をあてて吹くとよく鳴る　[季]秋

6蚊吸鳥　かすいどり　［動］　夜鷹の別称　[季]夏

8蚊取香水　かとりこうすい　［人］　蚊をよせつけぬためのもの　[季]夏

蚊取線香　かとりせんこう　［人］　除虫菊を主な原料にした渦巻状の蚊遣用線香　[季]夏

9蚊屋　かや　［人］　夜寝るとき、蚊を防ぐために部屋に吊るもの　[季]夏

蚊柱　かばしら　［動］　蚊が群がって飛んでいる様子　[季]夏

蚊食鳥　かくいどり　［動］　蝙蝠の別称　[季]夏

10蚊除香水　かよけこうすい　［人］　蚊遣に使う香水　[季]夏

11蚊帳　かや, かちょう　［人］　夜寝るとき、蚊を防ぐために部屋に吊るもの　[季]夏

蚊帳に雁を描く　かやにかりをえがく　［人］　紙に雁の絵を描いて四隅に貼ると、秋の蚊はいなくなるという江戸時代の俗信　[季]秋

蚊帳の手　かやのて　［人］　蚊帳を吊るためについている釣り手　[季]夏

蚊帳の吊り初め　かやのつりそめ, かやのつりはじめ　［人］　昔、吉日を選んで蚊帳を吊ったこと　[季]夏

蚊帳の名残　かやのなごり　［人］　秋になってもまだ吊っている蚊帳　[季]秋

蚊帳の別れ　かやのわかれ　［人］　秋になってもまだ吊っている蚊帳　[季]秋

蚊帳の果　かやのはて　［人］　秋になってもまだ吊っている蚊帳　[季]秋

蚊帳を干す　かやをほす　［人］　蚊帳をしまう前に干すこと。洗ってから干す場合もある　[季]秋

蚊帳吊草　かやつりぐさ　［植］　カヤツリグサ科の一年草。晩夏に花茎を出し、黄褐色の花穂をつける　[季]夏

蚊帳初め　かやはじめ　［人］　昔、吉日を選んで蚊帳を吊ったこと　[季]夏

蚊帳売　かやうり　［人］　蚊帳を売るもの　[季]夏

蚊粒　かつぶ　［動］　蚊が粒のようになっているもの　[季]夏

蚊袋　かぶくろ　［人］　夜寝るとき、蚊を防ぐために部屋に吊るもの　[季]夏

蚊鳥　かとり　［動］　蝙蝠の別称　[季]夏

13蚊遣　かやり　［人］　蚊を追いやるために煙をたてること　[季]夏

蚊遣木　かやりき　［人］　蚊遣にたく木　[季]夏

蚊遣火　かやりび　［人］　物を燻べて煙を立てて蚊を追う火　[季]夏

蚊遣草　かやりぐさ　［人］　蚊遣にたく草　[季]夏

蚊遣粉　かやりこ　［人］　蚊遣火に使うもの　[季]夏

蚊雷　ぶんらい　［動］　集まって鳴く蚊の大きな声をいう　[季]夏

14蚊蜻蛉　かとんぼ　［動］　ガガンボの別称。ハエ目ガガンボ科の昆虫で蚊を大きくしたような虫　[季]夏

15蚊幮　かや　［人］　夜寝るとき、蚊を防ぐために部屋に吊るもの　[季]夏

17蚊幬　かや　［人］　夜寝るとき、蚊を防ぐために部屋に吊るもの　[季]夏

【蚕】

お蚕　おかいこ　［動］　蚕の丁寧な言い方　[季]春

蚕　かいこ, こ　［動］　鱗翅目カイコガの幼虫。四月に孵化し、桑の葉を食べて成長し五月に繭を作らせ、そこから絹糸をとる　[季]春

0蚕ざかり　こざかり, かいこざかり　［動］　蚕の五齢期の食い盛り。忙しさが十日ほど続く　[季]春

蚕の上蔟　かいこのあがり, このあがり

10画（蚤, 蚋, 蚜, 袖）

［人］ 五月末頃、蚕を蚕簿に移して繭を作
らせること ㋑夏

蚕の眠り このねむり, かいこのねむり
［動］ 蚕が脱皮の前に一日食物もとらず
じっとしていること ㋑春

蚕の蛾 かいこのが ［動］ 蚕蛾の別称
㋑夏

蚕の蝶 かいこのちょう ［動］ 蚕蛾の別称
㋑夏

4**蚕切干 こきりぼし** ［人］ 切干の一種
㋑冬

7**蚕卵紙 たねがみ, さんらんし** ［人］ 蚕の
卵を付着させた紙 ㋑春

蚕豆 そらまめ ［植］ マメ科の作物。初
夏、莢から出して食べる ㋑夏

蚕豆の花 そらまめのはな ［植］ 豆の花と
いうと、そら豆の花をさすことがある
㋑春

蚕豆引 そらまめひき ［人］ 春に開花した
蚕豆を夏に収穫すること ㋑夏

蚕豆引く そらまめひく ［人］ 春に開花し
た蚕豆を夏に収穫すること ㋑夏

蚕豆植う そらまめうう ［人］ 九月から十
月上旬に蚕豆の種を蒔くこと ㋑秋

9**蚕屋 こや** ［人］ 蚕を飼う家のこと ㋑春

蚕屋払 こやばらい ［人］ 正月初子の日
に、箒に子の日の松を添えて蚕室を掃く農
事 ㋑新年

10**蚕座 こざ** ［人］ 蚕をおいておく場所
㋑春

蚕時 こどき ［人］ 養蚕の時節 ㋑春

蚕時 かいこどき ［動］ 蚕の五齢期の食い
盛り。忙しさが十日ほど続く ㋑春

蚕紙 さんし ［人］ 蚕の蛾に卵を産みつけ
させた紙 ㋑春

11**蚕祭 かいこまつり** ［宗］ 陰暦正月晦日、
岐阜市・美江寺で行なわれる祭事 ㋑新年

12**蚕棚 こだな, かいこだな** ［人］ 蚕を飼う
棚 ㋑春

13**蚕蛾 さんが** ［動］ カイコガ科の夏の蛾
で、蚕が羽化し蛾になったもの。色は淡褐
色で、灯蛾に似ている ㋑夏

蚕飼 こがい ［人］ 春、蚕を飼うこと
㋑春

蚕飼時 こがいどき ［人］ 蚕を飼う時期
㋑春

19**蚕簿 まぶし** ［人］ 蚕を繭を作りやすい状
態にするもの ㋑夏

22**蚕籠 こかご** ［人］ 蚕を入れる籠 ㋑春

【蚤】

蚤 のみ ［動］ 夏、人畜に取りついて血を
吸うノミ目の昆虫の総称。体長は二、三ミ
リで、赤褐色をしている。現在、日本では
ほとんど見かけない ㋑夏

0**蚤の衾 のみのふすま** ［植］ ナデシコ科の
草で、小さな葉を蚤の夜具に見立てた名。
六月頃、白い小花をつける ㋑春, 夏

蚤の跡 のみのあと ［動］ 蚤に血を吸われ
たあと ㋑夏

8**蚤取粉 のみとりこ** ［人］ 蚤寝る前に、蚤
取りのために布団や寝巻きにまいた粉末薬
剤 ㋑夏

【蚋】

蚋 ぶと ［動］ ハエ目ブユ科の夏の昆虫。
蠅を小さくしたような形だが、蚊と同様に
人畜の血を吸う ㋑夏

18**蚋燻し ぶといぶし** ［動］ 蚋よけにたくも
の ㋑夏

【蚜】

6**蚜虫 ありまき** ［動］ アブラムシ科の昆虫
で、植物の茎や葉について樹液を吸う害虫
㋑夏

【袖】

ひとへの袖 ひとえのそで ［人］ 裏のない
夏物の衣服 ㋑夏

0**袖の月 そでのつき** ［天］ 秋を指す季語
㋑秋

袖の時雨 そでのしぐれ ［天］ 涙に濡れる
さまを時雨に見立てた言い回し ㋑冬

袖の露 そでのつゆ ［天］ 涙のことの比喩
的な言い回し ㋑秋

4**袖止 そでとめ** ［人］ 嘉定喰いの日に、十六
歳の女子が元服の儀を行なったこと ㋑夏

8**袖波草 そでなみぐさ** ［植］ 薄の別称
㋑秋

11**袖毬打 そでぎっちょう** ［人］ 正月に、室
内に毬打の玉と振振を糸でつりさげて飾っ
たもの ㋑新年

俳句季語よみかた辞典 **345**

10画（被, 衾, 訓, 豇, 豹, 犲, 起, 軒）

袖黒鶴　そでぐろづる　［動］　鶴の一種。シ
ベリア一帯で繁殖　㋒秋, 冬

¹²袖無し　そでなし　［人］　甚平の別称　㋒夏

袖無羽織　そでなしばおり　［人］　ちゃん
ちゃんこのこと。冬、主に子供や老人が着
る袖なしの綿入羽織　㋒冬

袖無胴着　そでなしどうぎ　［人］　そでのな
い胴着　㋒冬

袖無脱ぐ　そでなしぬぐ　［人］　暖かくな
り、上着の下に着ていた防寒用の衣服を
脱ぐこと　㋒春

¹⁶袖頭巾　そでずきん　［人］　着物の袖をか
ぶった形の頭巾　㋒冬

【被】

⁵被布　ひふ　［人］　和服の一種。寒い時期の
女性用の外装着　㋒冬

⁶被衣初　かずきぞめ　［人］　五歳または七歳
の女子が初めて帔衣をきること　㋒冬

⁸被昇天の祝日　ひしょうてんのしゅくじつ
［宗］　八月十五日、聖母マリアの被昇天祭
の別称　㋒秋

被昇天祭　ひしょうてんさい　［宗］　八月十
五日、聖母マリアが昇天したことを祝う日
㋒秋

¹⁴被綿　かずきわた　［人］　綿帽子の別称。中
世から江戸後期まで、主に女性が防寒用に
かぶった　㋒冬

被綿　かずけわた　［宗］　仏名会で仏名導師
に下賜された綿　㋒冬

【衾】

衾　ふすま　［人］　寝るときに上から掛ける
物。布団の別称としても使われる　㋒冬

¹¹衾雪　ふすまゆき　［天］　雪がものを厚く包
んでいるさま　㋒冬

【訓】

¹⁴訓読会　くんどくえ　［宗］　陰暦二月十五
日、京都市・大報恩寺での涅槃会の別称
㋒春

【豇】

⁷豇豆　ささげ　［植］　インド原産のマメ科の
植物で、夏に咲いた花の後、初秋、莢がで
き食用となる　㋒夏

豇豆の花　ささげのはな　［植］　紫を帯びた
淡緑色の大型蝶形花で、夏、葉の根元から
出た花梗に数個ずつ花をつける　㋒夏

豇豆引く　ささげひく　［人］　秋、熟したさ
さげを収穫すること　㋒秋

豇豆飯　ささげめし　［人］　ささげをご飯に
たきこんだもの。初秋の味覚　㋒秋

【豹】

¹⁰豹紋蝶　ひょうもんちょう　［動］　蝶の一種
㋒春

【犲】

犲　やまいぬ　［動］　狼の別称　㋒冬

⁰犲の祭　さいのまつり　［時］　七十二候の一
つで、霜降の第一候。陽暦十月二十四日か
ら二十八日頃　㋒秋

¹⁶犲獣を祭る　おおかみけものをまつる　［時］
七十二候の一つで、霜降の第一候。陽暦十
月二十四日から二十八日頃　㋒秋

【起】

いねを起す　いねをおこす　［人］　正月三が
日の忌み詞で、寝ることを稲（いね）に言寄
せてめでたく言った言い回し　㋒新年

⁰起し絵　おこしえ　［人］　夏の夜の子供用の
見せ物。切抜絵で芝居や物語の見せ場を組
立てる　㋒夏

⁶起舟　きしゅう　［人］　船起の別称　㋒新年

⁷起初め　おきぞめ　［人］　元日ないし二日の
朝の寝覚め　㋒新年

¹⁰起蚕　きこ　［動］　脱皮を終え眠りからさめ
たカイコ　㋒春

¹³起業祭　きぎょうさい　［人］　十一月八日前
後、明治三十四年創業の北九州市八幡製鉄
所の記念日　㋒冬

【軒】

⁰軒あやめ　のきあやめ　［植］　五月五日の端
午の節句の前夜、軒に菖蒲を葺いた邪気払
いの風習　㋒夏

軒しのぶ　のきしのぶ　［植］　忍草の別称
㋒秋

軒の妻梨　のきのつまなし　［植］　梨の一種
㋒秋

⁶軒灯籠　のきとうろう, のきどうろう　［人］

346　俳句季語よみかた辞典

灯籠の一種。軒に吊すもの [季]秋

11軒菖蒲　のきあやめ ［人］ 五月五日の端午の節句の前夜、軒に菖蒲を葺いた邪気払いの風習 [季]夏

【造】

0造り松虫　つくりまつむし ［人］ 桃の仁で松虫の形を作ったもので、八朔（陰暦八月朔日）の贈答品の一つ [季]秋

造り雉　つくりきじ ［人］ 松の実を雉の形に作ったもので、八朔（陰暦八月朔日）の贈答品の一つ [季]秋

造り鷺　つくりさぎ ［人］ 烏賊の甲を鷺の形に作ったもので、八朔（陰暦八月朔日）の贈答品の一つ [季]秋

【通】

0通う猫　かようねこ ［動］ 春先、さかりのついた雄猫が雌猫のもとに通うこと [季]春

通し矢　とおしや ［人］ 陰暦四、五月の頃の晴天の日に京都・三十三間堂で行われた弓矢の行事。通し矢の数を競った [季]夏

通し燕　とおしつばめ ［動］ 秋、南に渡らずに冬に残った燕 [季]冬

通し鮎　とおしあゆ ［動］ ほとんどが一年で死ぬ鮎のなかで、稀に越年するもの [季]冬

通し鴨　とおしがも ［動］ 本来は渡り鳥なのに、春、北に帰らずに夏中留まって営巣する鴨 [季]夏, 春

通ふ猫　かようねこ ［動］ 春先、さかりのついた雄猫が雌猫のもとに通うこと [季]春

9通草　あけび ［植］ 各地に自生するつる性植物。春、新芽とともに開花し、秋に漿果が実る [季]秋

通草かずら　あけびかずら ［植］ 通草の別称。春、新芽とともに開花し、秋に漿果が実る [季]秋

通草の花　あけびのはな ［植］ アケビ科のつる性落葉低木。四月頃、雌花と雄花が総のように固まって咲く [季]春

通草咲く　あけびさく ［植］ 通草の花が咲くこと [季]春

通草棚　あけびだな ［植］ 通草を栽培する棚。春、新芽とともに開花し、秋に漿果が実る [季]秋

【透】

0透かし俵　すかしだわら ［動］ 樟蚕のサナギのこと [季]夏

4透木　すきぎ ［人］ 釜を直接に炉縁にかけるための小木片 [季]春

6透百合　すかしゆり ［植］ 百合の一種。花の下部に隙間がある [季]夏

7透谷忌　とうこくき ［宗］ 五月十六日、明治期の詩人北村透谷の忌日 [季]夏

10透蚕　すきこ ［動］ 老熟し、繭を作る前の体の透き通った蚕 [季]春

14透綾　すきや ［人］ 夏の薄物に使う薄手の絹地の織物 [季]夏

【連】

11連理草　れんりそう ［植］ マメ科の多年草でスイートピーの近縁種。初夏に赤紫色の花をつける [季]夏

連雀　れんじゃく ［動］ 燕雀目レンジャク科の小鳥。晩秋、北方から渡来する [季]秋

14連銭草　れんせんそう ［植］ 垣通の別称 [季]春

18連翹　れんぎょう ［植］ 中国産のモクセイ科の落葉低木。三月頃、葉に先立ち黄色四弁の花をつける [季]春

連翹忌　れんぎょうき ［宗］ 四月二日、大正・昭和期の詩人高村光太郎の忌日 [季]春

24連鷺草　つれさぎそう ［植］ 鷺草に同じ [季]夏

【配】

0配り餅　くばりもち ［人］ 年末、搗きたての餅を親類や近所などへ配ること [季]冬

【釜】

8釜始　かまはじめ ［人］ 新年になって初めて茶事を行うこと [季]新年

12釜揚　かまあげ ［人］ 茹で揚がったうどんを熱湯と共に器に入れ、薬味をきかしたつけ汁で食べる冬向きの食べ方 [季]冬

釜揚饂飩　かまあげうどん ［人］ 茹で揚がったうどんを熱湯と共に器に入れ、薬味をきかしたつけ汁で食べる冬向きの食べ方 [季]冬

13釜蓋朔日　かまぶたついたち ［人］ 関東の一部で、陰暦七月一日を盆の入りとするこ

10画（針, 釘, 院, 降, 除）

と。釜蓋あきともいう　㉄秋

【針】

[3]針千本　はりせんぼん　［動］　ハリセンボン科の海魚で河豚の近縁種。全身に鋭い棘がある　㉄冬

[5]針打　はりうち　［人］　江戸時代の正月遊びで、糸をつけた針を重ねて置いてある紙に吹き刺し、針先に付いてくる紙の多少を競うもの　㉄新年

[6]針休み　はりやすみ　［人］　十二月八日、関西での針供養の別称　㉄冬

[7]針尾雨燕　はりおあまつばめ　［動］　雨燕の一種　㉄夏

[8]針供養　はりくよう　［人］　十二月八日、関西で行われる針を休め折れた針を供養する日　㉄冬

針供養　はりくよう　［人］　二月八日、関東で行われる針を休めて折れた針を供養する日　㉄春

針茅　つばな　［植］　イネ科の多年草の茅萱の花。三、四月頃、苞がほぐれて穂が出る　㉄春

針金虫　はりがねむし　［動］　カマキリに寄生する円形動物門の線虫網に属する動物　㉄秋

[9]針茸　はりたけ　［植］　ハリタケ科のキノコ　㉄秋

[10]針納　はりおさめ　［宗］　十二月八日、関西での針供養の別称　㉄冬

針納め　はりおさめ　［人］　二月八日の関東での針供養の別称　㉄春

針起し　はりおこし　［人］　熊本県阿蘇地方での縫初の呼称　㉄新年

[11]針祭　はりまつり　［宗］　二月八日の関東での針供養の別称　㉄春

針祭　はりまつり　［宗］　十二月八日、関西での針供養の別称　㉄冬

針祭る　はりまつる　［人］　二月八日の関東での針供養の別称　㉄春

針魚　はりお　［動］　細魚の別称　㉄春

[13]針煎餅　はりせんべい　［人］　薄焼きの煎餅を幾枚も重ねて、糸をつけた針を打ちつけて、煎餅を多くつり上げた方を勝ちとする遊び　㉄新年

[14]針槐　はりえんじゅ　［植］　ニセアカシアの別称。五月頃、密集した白い花が房状に枝

から垂れて咲く　㉄夏

[15]針嘴魚　さより　［動］　サヨリ科に属する海魚。吸い物やさしみとして美味　㉄春

[22]針鰻鱺　はりうなぎ　［動］　鰻の一種　㉄夏

【釘】

[5]釘打　くぎうち　［人］　根木打の一つでくぎを使うもの　㉄冬

【院】

[0]院の拝礼　いんのはいらい　［人］　元日に、上皇の御所である院で行なわれた拝礼儀式　㉄新年

[10]院展　いんてん　［人］　美術展覧会の一つ　㉄秋

【降】

おさばい降し　おさばいおろし　［人］　さんばい降しのこと　㉄夏

さんばい降し　さんばいおろし　［人］　田植え初めに行なわれる田の神降しの行事。さんばいは田の神のこと　㉄夏

そうとく降し　そうとくおろし　［人］　さんばい降しのこと　㉄夏

キリスト降誕祭　きりすとこうたんさい　［宗］　十二月二十五日、キリストの誕生日。クリスマスのこと。キリスト教では復活祭とともに最大の行事。日本では特に信者でなくとも、プレゼントを贈り、ケーキを食べる習慣が根付いた　㉄冬

[0]降り月　くだりづき　［天］　満月の後で下半月が夜毎に欠けていくもの　㉄秋

[15]降誕会　ごうたんえ　［宗］　四月八日の仏生会の別称　㉄春

降誕祭　こうたんさい　［宗］　キリスト降誕祭のこと。クリスマスの別称　㉄冬

[18]降臨祭　こうりんさい　［宗］　聖霊降臨祭のこと　㉄夏

【除】

ストーブ除く　すとーぶのぞく　［人］　暖かくなって使わなくなったストーブを片づけること　㉄春

[3]除夕　じょせき　［時］　大晦日の夜　㉄冬

[4]除日　じょにち　［時］　十二月の末日。陰暦では三十日、陽暦では三十一日　㉄冬

除日立春　じょじつりっしゅん　［時］　陰暦で正月になる前に立春になること　[季]冬

6**除虫菊**　じょちゅうぎく　［植］　キク科の一年草。六、七月頃に一重の菊に似た花をつける。乾燥した花を粉末にして蚊取り線香などの原料になる　[季]夏

8**除夜**　じょや　［時］　大晦日の夜　[季]冬

除夜の宴　じょやのえん　［人］　年の暮れに、年中の労を忘れ、息災を祝し合う宴会。いわゆる忘年会　[季]冬

除夜の湯　じょやのゆ　［人］　年の湯の別称　[季]冬

除夜の鐘　じょやのかね　［宗］　大晦日の夜、各寺院でつく鐘のこと。百八の煩悩を滅するという　[季]冬

除夜祭　じょやさい　［人］　年の暮れに、年中の労を忘れ、息災を祝し合う宴会。いわゆる忘年会　[季]冬

除夜詣　じょやもうで　［宗］　大晦日の夜、神社に参詣すること　[季]冬

9**除草**　じょそう　［人］　夏の盛り、田畑の除草をすること　[季]夏

除草機　じょそうき　［人］　田草をとる農器具のこと　[季]夏

11**除雪**　じょせつ　［人］　門口や庭、店先に積もった雪を、通行のためシャベルやスコップで取り除くこと　[季]冬

除雪夫　じょせつふ　［人］　雪掻をする人夫　[季]冬

除雪車　じょせつしゃ　［人］　ラッセル車のこと。除雪をするための機関車　[季]冬

除雪隊　じょせつたい　［人］　雪掻をする一隊　[季]冬

【隼】

隼　はやぶさ　［動］　冬に北から渡って来る中型の鷹の一種　[季]冬

2**隼人瓜**　はやとうり　［植］　ウリ科の蔓性多年草。鹿児島で試作されたことからの名。秋に収穫し、生食や漬物にする　[季]秋

【馬】

きおい馬　きおいうま　［宗］　賀茂競馬の馬　[季]夏

きそい馬　きそいうま　［宗］　賀茂競馬の馬　[季]夏

たなばた馬　たなばたうま　［人］　七夕に真菰や麦稈などで作った馬を飾る風習　[季]秋

ちゃぐちゃぐ馬っこ　ちゃぐちゃぐうまっこ　［宗］　六月十五日、岩手県滝沢村で行われる行事　[季]夏

0**馬の子**　うまのこ　［動］　三、四月頃生まれた馬　[季]春

馬の子生る　うまのこうまる　［動］　春先に馬の子が生まれること　[季]春

馬の仔　うまのこ　［動］　三、四月頃生まれた馬　[季]春

馬の市　うまのいち　［人］　九月頃に立つ馬せり市　[季]秋

馬の塔　うまのとう　［宗］　昔、陰暦五月十八日に行われた名古屋の馬ひき行事　[季]夏

2**馬刀**　まて　［動］　馬蛤貝の別称　[季]春

馬刀貝　まてがい　［動］　マテガイ科の二枚貝。肉は美味で、昔から春によく食べられてきた　[季]春

馬刀突　まてつき　［動］　馬蛤貝を取ること。あるいは使用する銛　[季]春

馬刀掘　まてほり　［動］　干潟で馬蛤貝を取ること　[季]春

3**馬下**　うまさげ　［人］　春から秋の間放牧した馬や牛を、秋の終わりに預け主に戻すこと。冬の季語としても使われることがある　[季]秋, 冬

馬下げ　うまさげ　［人］　春から秋の間放牧した馬や牛を、秋の終わりに預け主に戻すこと。冬の季語としても使われることがある　[季]秋, 冬

馬下げる　うまさげる　［人］　冬、餌が雪に埋もれる頃、放牧していた馬を厩舎に収容すること　[季]冬

馬弓　うまゆみ　［人］　陰暦五月五日に宮中で行われた騎射の儀式　[季]夏

4**馬日**　ばじつ　［時］　正月六日のこと　[季]新年

5**馬市**　うまいち　［人］　九月頃に立つ馬せり市　[季]秋

6**馬肉鋤**　ばにくすき　［人］　桜鍋の別称。馬肉を味噌で煮る冬の鍋料理　[季]冬

馬肉鍋　ばにくなべ　［人］　馬肉をみそと酒とで、牛鍋と同じような材料をそえて煮ながら食べるもの　[季]冬

7**馬冷す**　うまひやす　［人］　川や池で、田畑

の耕作に使役した馬から汗や汚れを落し、火照った体を冷やしてやること [季]夏

8馬肥ゆる　うまこゆる　［動］　寒い冬に備えるため、秋になると皮下脂肪がふえて馬が肥えること [季]秋

9馬洗う　うまあらう　［人］　川や池で、田畑の耕作に使役した馬から汗や汚れを落し、火照った体を冷やしてやること [季]夏

馬珂貝　ばかがい　［動］　バカガイ科の総称。アオヤギとも呼ばれ、酢の物などになる [季]春

馬追　うまおい　［動］　キリギリスの一種で、体はより小さく、色は緑色。秋にスイッチョ、スイッチョと鳴く [季]秋

10馬耕　ばこう　［人］　馬を使って田畑を耕すこと [季]春

馬莧　うまひゆ　［植］　スベリヒユの別称 [季]夏

11馬蚰　やすで　［動］　体長二センチほどの節足動物。蜈蚣に似ている [季]夏

馬酔木の花　あせびのはな, あしびのはな　［植］　ツツジ科の常緑の低木で、四、五月頃に白い壺形の小花をつける [季]春

馬陸　やすで　［動］　体長二センチほどの節足動物。蜈蚣に似ている [季]夏

馬鹿つちよ　ばかっちょ　［動］　鵜の別称。人を警戒せず、平気で近づくことから [季]秋

馬鹿貝　ばかがい　［動］　バカガイ科の総称。アオヤギとも呼ばれ、酢の物などになる [季]春

12馬場始　ばばはじめ　［人］　馬騎初のこと [季]新年

馬棘　ばきょく　［植］　駒繋の別称。晩夏から秋にかけて赤紫の小花を穂状につける [季]夏

馬歯草　ばしそう　［植］　スベリヒユの別称 [季]夏

馬歯莧　すべりひゆ　［植］　スベリヒユ科の一年草。真夏に黄色い小花をつける [季]夏

馬歯莧　すべりひゆ　［植］　スベリヒユ科の一年草。真夏に黄色い小花をつける [季]夏

馬渡し　うまわたし　［人］　六月に隅田川で江戸年中行事として行なわれた水中の馬術 [季]夏

馬蛤貝　まてがい　［動］　マテガイ科の二枚貝。肉は美味で、昔から春によく食べられてきた [季]春

馬蛤突　まてつき　［人］　馬蛤貝を取ること。あるいは使用する銛 [季]春

馬蛭　うまびる　［動］　蛭の一種 [季]夏

13馬鈴薯　じゃがいも, ばれいしょ　［植］　ジャガイモの別称 [季]秋

馬鈴薯の花　じゃがいものはな, ばれいしょのはな　［植］　ナス科の一年草で、夏に白色の五弁花をつける [季]夏

馬鈴薯の種おろし　ばれいしょのたねおろし　［人］　春、四月頃にジャガイモの種芋を直に畑に植えること [季]春

馬鈴薯植う　じゃがいもうう, ばれいしょうう　［人］　春、四月頃にジャガイモの種芋を直に畑に植えること [季]春

14馬蓼　うまたで　［植］　春蓼の別称 [季]春

16馬橇　ばそり, うまぞり　［人］　馬に引かせる橇 [季]冬

馬蹄草　ばていそう　［植］　垣通の別称 [季]春

17馬篠　うますず　［植］　イネ科の竹 [季]夏

馬糞つかみ　まぐそつかみ　［動］　本州に住み、冬は南へ渡る鷹の一種 [季]冬

馬糞風　ばふんかぜ　［天］　春になり、乾いた地面から風で舞い上がった砂ぼこりのこと [季]春

馬糞埃　ばふんぼこり　［天］　春になり、乾いた地面から風で舞い上がった砂ぼこりのこと [季]春

馬糞鷹　まぐそだか　［動］　本州に住み、冬は南へ渡る鷹の一種 [季]冬

馬鮫魚　さわら　［動］　マグロ科の魚。晩春、産卵のため沿岸に来る [季]春

18馬鞭草　くまつづら　［植］　クマツヅラ科の多年草 [季]夏

馬鞭草　ばべんそう　［植］　クマツヅラの多年草。薬に使うときのみ「バベンソウ」という [季]夏

馬騎初　うまのりぞめ　［宗］　江戸時代に武家の年中行事として行われた、新年に初めて馬に乗る儀式。現在でも新年になって初めて乗馬する意味で残っている [季]新年

19馬藺　ばりん　［植］　捩菖蒲の別称 [季]春

馬蠅　うまばえ　［動］　蠅の一種 [季]夏

10画（骨，高）

【骨】

⁵骨正月　ほねしょうがつ　［時］　二十日正月
の別称　㋑新年

¹³骨牌　かるた　［人］　正月の代表的な室内
ゲーム。百人一首、いろはガルタなどがあ
る　㋑新年

骨牌凧　かるただこ　［人］　凧の一種　㋑
新年

骨蓬　こつほう　［植］　河骨の別称　㋑夏

【高】

⁰高きに登る　たかきにのぼる　［人］　九月九
日、小高い丘などに登って災厄を避けるこ
と。重陽行事のもとになった中国の古俗
㋑秋

高はが　たかはが　［人］　黐を使って鳥を獲
る猟具。黐を塗った木枝を樹の上に結び立
て、囮におびき出された鳥を捕獲する
㋑秋

³高山右近忌　たかやまうこんき　［宗］　二月
五日、安土桃山時代のキリシタン大名高山
右近の忌日　㋑春

高山祭　たかやままつり　［宗］　四月十四日
と十五日、高山市・日枝神社で行われる祭
礼　㋑春

高巾子　こうごし　［人］　正月十五日に宮中
で行われた男踏歌の際に、舞人が用いる巾
子を特に高く作った冠　㋑新年

⁵高台寺方丈懺法　こうだいじほうじょうせん
ぼう　［宗］　北政所の命日に当たる正月六
日に京都高台寺の方丈でいとなまれる懺法
㋑新年

高台寺殿忌　こうだいじでんき　［宗］　陰暦
九月六日、関白豊臣秀吉の正室北政所の忌
日　㋑秋

高台忌　こうだいき　［宗］　陰暦九月六日、
関白豊臣秀吉の正室北政所の忌日　㋑秋

高台院忌　こうだいいんき　［宗］　陰暦九月
六日、関白豊臣秀吉の正室北政所の忌日
㋑秋

⁶高灯籠　たかとうろう，たかどうろう　［人］
灯籠の一種。竿を立てて吊した灯籠　㋑秋

高羽籠　たかはご　［人］　黐を使って鳥を獲
る猟具。黐を塗った木枝を樹の上に結び立
て、囮におびき出された鳥を捕獲する
㋑秋

高西風　たかにし　［天］　西日本で言われた

十月頃の北西の強風。高は北の意味　㋑秋

⁷高尾かえで　たかおかえで　［植］　高尾紅葉
の別称　㋑秋

高尾山火渡り祭　たかおさんひわたりまつり
［宗］　三月の第二日曜日、八王子市・高尾
山薬王院で行なわれる荒行　㋑春

高尾紅葉　たかおもみじ　［植］　楓の一種。
京都・高尾山に多く、葉は五裂または七裂
で、鋭い鋸葉がある　㋑秋

高花　たかばな　［宗］　四月八日の仏生会の
日、野の草花を高い竿の先に結びつけて庭
先に立てる風習　㋑春

高足　たかあし　［人］　竹馬のこと　㋑冬

⁹高砂草　たかさごそう　［植］　キク科の多年
草　㋑夏

高砂飯蛸　たかさごいいだこ　［動］　飯蛸の
一種　㋑春

高秋　こうしゅう　［時］　晴れ渡って空の高
く見える秋。秋たけなわの季節　㋑秋

高飛び込み　たかとびこみ　［人］　近代水上
競技の一つ、飛び込み競技のこと　㋑夏

¹¹高梁　こうりゃん　［植］　黍の一種で、秋に
赤褐色に実る。大陸に多く栽培される
㋑秋

高菜　たかな　［植］　カラシナの一種。六月
頃塩漬けにして食べる　㋑夏

高野豆腐　こうやどうふ　［人］　凍豆腐の別
称。和歌山・高野山でつくられる凍豆腐が
有名だったため　㋑冬

高野聖　こうやひじり　［動］　田亀の別称。
背に高野僧が背負った笈のような紋様があ
るため　㋑夏

¹²高雄山女詣　たかおさんおんなもうで　［宗］
御影供の時に限り女人が高雄山に登るのを
許され詣でたこと　㋑春

高黍　たかきび　［植］　黍の一種で、秋に赤
褐色に実る。大陸に多く栽培される　㋑秋

¹⁵高潮　たかしお　［地］　台風のため潮が高く
なり、堤防を越えて陸上にあふれること
㋑秋

高縄　たかなわ　［人］　黐を使って鳥を獲る
猟具。黐を塗った木枝を樹の上に結び立て、
囮におびき出された鳥を捕獲する　㋑秋

¹⁶高擌　たかはご　［人］　黐を使って鳥を獲る
猟具。黐を塗った木枝を樹の上に結び立て、
囮におびき出された鳥を捕獲する　㋑秋

¹⁷高嶺岩茸　たかねいわたけ　［植］　岩茸のこ

俳句季語よみかた辞典　351

と [季]秋

高嶺草　たかねぐさ　［植］　高山帯・亜高山帯などの高山に生える植物の総称　[季]夏

高嶺塩竈　たかねしおがま　［植］　塩竈菊の一種　[季]夏

高嶺蜻蛉　たかねとんぼ　［動］　蜻蛉の一種で、中型のもの　[季]秋

高嶺撫子　たかねなでしこ　［植］　撫子の一種。高山の荒れた土地に咲く　[季]夏

19高麗狐　こうらいぎつね　［動］　朝鮮に住む狐　[季]冬

高麗胡椒　こうらいこしょう　［植］　唐辛子の別称。秋に熟する　[季]秋

高麗菊　こうらいぎく　［植］　春菊の別称　[季]春

高麗黍　こうらいきび　［植］　玉蜀黍（とうもろこし）の別称　[季]秋

高麗鴉　こうらいがらす　［動］　カササギの別称　[季]秋

高麗擬宝珠　こうらいぎぼうし　［植］　玉簪花の別称　[季]夏

高麗鰯　こうらいいわし　［動］　鰊の別称　[季]春

【鬼】

0鬼きらん草　おにきらんそう　［植］　キランソウの一種　[季]春

鬼のしこ草　おにのしこぐさ　［植］　キク科多年草の紫苑の別称。秋の野菊に似た花を切り花として観賞する　[季]秋

鬼の子　おにのこ　［動］　蓑虫の別称　[季]秋

鬼の田芥　おにのたがらし　［植］　田芥子の別称　[季]春

鬼の目さし　おにのめさし　［宗］　柊挿すに同じ。串刺しが鬼の目を突くため　[季]冬

鬼の豆　おにのまめ　［人］　節分の豆撒に使う炒った大豆　[季]冬

鬼の法楽　おにのほうらく　［宗］　京都・廬山寺での鬼踊りの呼称　[季]新年

鬼の洞念仏会　おにのほらねんぶつえ　［人］　七月七日〜十五日、酒天童子の子孫といわれた八瀬の村人が、鬼の洞で鉦を鳴らし弥陀の名号をたたえて先祖を祭ること　[季]夏

鬼の捨子　おにのすてご　［動］　蓑虫の別称　[季]秋

鬼の飴　おにのあめ　［宗］　豊橋鬼祭に関するもの　[季]新年

鬼の醜草　おにのしこぐさ　［植］　キク科多年草の紫苑の別称。秋の野菊に似た花を切り花として観賞する　[季]秋

鬼は外　おにはそと　［人］　節分の豆撒のきまり言葉　[季]冬

鬼やらい　おにやらい　［宗］　追儺（ついな）の別称　[季]冬

鬼やらひ　おにやらい　［人］　追儺（ついな）の別称　[季]冬

鬼やんま　おにやんま　［動］　蜻蜓（やんま）の一種　[季]秋

鬼をこぜ　おにおこぜ　［動］　カサゴ科の海魚、醜悪な顔・形をしている　[季]冬

3鬼子母神参　きしもじんまいり, きしぼじんまいり　［宗］　五月十六日、大津市・三井寺の鬼子母神の縁日の祭　[季]夏

鬼子母神祭礼　きしもじんさいれい　［宗］　正月十六日、江戸雑司ケ谷の鬼子母神堂で行なわれた式　[季]新年

鬼子祭　おにこまつり　［宗］　黒石裸祭の別称　[季]新年

4鬼太鼓　おんでこ, おにだいこ　［宗］　六月二十五日、新潟県新穂村の天神の祭礼。最近は四月に行われたりもする　[季]夏

鬼木　おにぎ　［人］　鬼打木の別称　[季]新年

鬼火　おにび　［地］　狐火のこと。山野や墓地で見える燐火　[季]冬

鬼火　おにび　［宗］　九州一帯で正月七日に行なう火祭のこと。十四日の例もある　[季]新年

5鬼打木　おにうちぎ　［人］　正月十四日の夜、門戸のまわりに鬼を払うために立てる木　[季]新年

鬼打豆　おにうちまめ　［人］　節分の豆撒に使う炒った大豆　[季]冬

鬼打棒　おにうちぼう　［人］　鬼打木の別称　[季]新年

鬼目　ほろし　［植］　鵯上戸の別称。晩秋、実が赤く熟する　[季]秋

6鬼会　におよ　［宗］　正月七日、久留米・玉垂神社で行われる火祭　[季]新年

鬼灯の花　ほおずきのはな　［植］　ナス科の多年草。六、七月頃、葉の根元に黄白色の小花をつける　[季]夏

鬼灯市　ほおずきいち　［人］　七月九日と十

日、東京・浅草観音境内にたつ鬼灯を売る市 [季]夏
鬼百合　おにゆり［植］百合の一種。黄赤色に斑点のある花をつける [季]夏
鬼芒　おにすすき［植］芒の一種 [季]秋
鬼虫　おにむし［動］兜虫の別称 [季]夏
7**鬼来迎　きらいごう**［宗］七月十六日、千葉県・広済寺で行われる仏教劇 [季]夏
鬼走　おにばしり［宗］正月十八日、滋賀・常楽寺で行なわれる追儺会 [季]新年
8**鬼夜　おにや**［宗］正月七日、久留米・玉垂神社で行われる火祭 [季]新年
鬼押木　おにおしぎ［人］鬼打木の別称 [季]新年
9**鬼城忌　きじょうき**［宗］九月十七日、明治・大正期の俳人村上鬼城の忌日 [季]秋
鬼浅蜊　おにあさり［動］浅蜊の一種 [季]春
鬼胡桃　おにくるみ［植］胡桃の一種 [季]秋
10**鬼射　きしゃ**［宗］昔は陰暦正月七日に厳島神社で行なわれた弓矢神事。現在は一月二十日に行われる [季]新年
鬼除木　おによけぎ［人］鬼打木の別称 [季]新年
11**鬼貫忌　おにつらき**［宗］陰暦八月二日、江戸時代中期の俳人上島鬼貫の忌日 [季]秋
13**鬼蓮　おにばす**［植］スイレン科の一年草で、直径一メートル前後の円形の葉を水面に浮かべる。夏、水中から柄を出して一花を開く [季]夏
14**鬼踊　おにおどり**［宗］鬼の面をかぶってする踊り。新年の仏教行事である修正会・修二会にともなう呪師芸からでたもの [季]新年
鬼障木　おにさえぎ［人］鬼打木の別称 [季]新年
鬼餅　おにもち［人］陰暦十二月八日に行なわれる沖縄の節句の一つ [季]冬
鬼餅　むうちい［宗］陰暦十二月八日、沖縄で行われる鬼遣らいの節句 [季]冬
鬼餅寒　むうちいざむ［宗］陰暦十二月八日の鬼餅の祭の頃の冷え込み [季]冬
15**鬼箭木　にしきぎ**［植］ニシシギ科の落葉低木。夏に咲く花は地味だが、実と紅葉は色鮮やかで、単に錦木というと秋の季語とされる [季]秋
16**鬼橙　ほおずき**［植］日本原産の植物で、通常観賞用に栽培される。秋に萼と実が赤く熟する [季]秋
鬼縛の花　おにしばりのはな［植］ジンチョウゲ科の落葉低木。春、黄緑色の小花が咲く [季]春
鬼縛の実　おにしばりのみ［植］雌花に果実ができ、楕円形で、七月ごろからすでに赤く熟し、秋に及ぶ。その味は辛く、有毒植物 [季]秋
鬼薄　おにすすき［植］芒の一種 [季]秋
鬼薊　おにあざみ［植］秋薊の一種 [季]秋
鬼頭魚　しいら［動］シイラ科の沖魚。夏が旬で、塩乾品などに利用 [季]夏
18**鬼燻　おにくすべ**［宗］正月七日、太宰府天満宮で鷽替の後に行なわれる厄除け・火除けの追儺神事 [季]新年
20**鬼罌粟　おにげし**［植］ケシ科の多年草。罌粟の中でも大型のもの。夏に真っ赤な花をつける [季]夏

11 画

【乾】

4**乾月　けんげつ**［時］陰暦四月の別称 [季]夏
5**乾氷下魚　ほしこまい**［動］乾した氷下魚 [季]冬
6**乾団　かんだん**［人］唐代に宮中などで行なわれた端午の日の遊び [季]夏
乾瓜　ほしうり［人］越瓜などを塩漬けにして干したもの。夏の食欲増進に向く [季]夏
8**乾河豚　ほしふぐ**［人］河豚の皮と骨をとって夏の日差しに干したもの [季]夏
9**乾柿飾る　ほしがきかざる**［人］正月に柿を注連縄・蓬萊・鏡餅などに添えて飾ること [季]新年
乾海苔　ほしのり［植］うすくすいて干した海苔 [季]春
乾草　ほしくさ［人］肥料、飼料用として夏の間に草を刈り乾燥したもの [季]夏
乾風　かんぷう［天］夏に吹くかわいた高

温の風　[季]夏

乾風　あなじ, あなし　[天]　冬、西日本で北西から吹いてくる強風　[季]冬

12乾割れ田　ひわれだ　[地]　日照りのため水が涸れた田　[季]夏

乾飯　ほしいい　[人]　天日で乾燥させた携帯用の飯のこと　[季]夏

17乾鮭　からざけ　[人]　北海道などで鮭を素乾にして保存したもの。冬の保存食　[季]冬

22乾鱈　かわきだら, ほしだら　[人]　助宗鱈に塩をふりつけて干したもの　[季]春

【亀】

0亀の子　かめのこ　[動]　初夏に産んだ卵が孵化した石亀の子　[季]夏

亀の子半纏　かめのこばんてん　[人]　ねんねこのこと。幼児を背負うときに、子供ごとすっぽりくるむ防寒用の子守半纏　[季]冬

亀の看経　かめのかんきん　[動]　春になり、亀すらもかすかに鳴くように思えること　[季]春

2亀卜始　きぼくはじめ　[人]　八丈島で村々の卜部が毎年正月七日に亀甲を焼き、その年の五穀豊穣を占った明治初期までの風習　[季]新年

3亀山院御忌　かめやまいんぎょき　[宗]　陰暦九月十五日あるいは九月十九日、鎌倉時代後期の亀山法皇の忌日　[季]秋

4亀戸の大御食調進　かめいどのおおみけちょうじん　[宗]　亀戸天満宮で行なわれた神事　[季]新年

亀戸天神祭　かめいどてんじんまつり　[宗]　江戸・亀戸大神で行なわれた祭り　[季]秋

亀戸妙義参　かめいどみょうぎまいり　[宗]　正月初卯の日に東京・亀戸神社境内の御岳神（妙義山の神を祭る）を参詣すること　[季]新年

14亀鳴く　かめなく　[動]　春になり、亀すらもかすかに鳴くように思えること　[季]春

【商】

7商初　あきないぞめ　[人]　商店が、新年になって初めて商売をすること。正月二日が多い　[季]新年

8商始　あきないはじめ　[人]　商店が、新年になって初めて商売をすること。正月二日が多い　[季]新年

9商秋　しょうしゅう　[時]　秋の別称　[季]秋

11商陸　しょうりく　[植]　山牛蒡の別称　[季]夏

21商顥　しょうこう　[時]　秋の別称　[季]秋

【偸】

5偸立鳥　ぬすたつとり　[人]　鷹狩を恐れて、草などに隠れた鳥が、ひそかに立つことをいう　[季]冬

【兜】

6兜虫　かぶとむし　[動]　コガネムシ科の甲虫で、雄は頭に大きな角がある。夏の昆虫採集で子供に人気がある　[季]夏

7兜花　かぶとばな　[植]　鳥兜の別称。秋の青紫の花は美しいが、根には猛毒が含まれる　[季]秋

11兜菊　かぶとぎく　[植]　鳥兜の別称。秋の青紫の花は美しいが、根には猛毒が含まれる　[季]秋

【剪】

2剪刀草　せんとうそう　[植]　沢瀉（おもだか）の別称。六、七月頃に白い花をつける　[季]夏

4剪毛期　せんもうき　[人]　春、羊や山羊の毛を刈る時期　[季]春

8剪定　せんてい　[人]　春先、枝の一部を切り取って形を整えること　[季]春

剪定期　せんていき　[人]　春の剪定を行なう時期　[季]春

剪枝　せんし　[人]　剪定された枝　[季]春

9剪春羅　まつもと, がんぴ　[植]　ナデシコ科の多年草。六月頃、赤い花をつける　[季]春, 夏

剪秋紗　せんしゅうさ　[植]　仙翁花の別称。晩夏から初秋に花が咲く　[季]秋

剪秋羅　せんしゅうら　[植]　仙翁花の別称。晩夏から初秋に花が咲く　[季]秋

剪紅花　せんこうか　[植]　仙翁花の別称。晩夏から初秋に花が咲く　[季]秋

剪紅羅　せんこうら　[植]　ガンピの漢名　[季]夏

10剪夏羅　せんから　[植]　ガンピの漢名　[季]夏

11画（匙, 啓, 唱, 瘂, 堀, 婆, 寄, 寂, 宿, 寅, 密）

【匙】

11匙菜　さじな　［植］　冬菜の一つで小松菜の別称　㋒冬

【啓】

17啓蟄　けいちつ　［時］　二十四節気の一つ。陽暦三月五日、六日頃　㋒春

【唱】

8唱門師　しょうもじ　［人］　毘沙門功徳経を唱えて米銭の喜捨を得る呪術芸能者　㋒新年

【瘂】

18瘂蟬　おしぜみ　［動］　鳴かない雌の蟬　㋒夏

【堀】

6堀江大根　ほりえだいこん　［植］　大根の一種で、愛知県産のもの　㋒冬

【婆】

7婆利女祭　はりじょまつり, はんじょまつり　［宗］　五月二十日に行なわれる京都市・繁昌神社の祭礼　㋒夏

婆芹　おばぜり　［植］　成長してかたくなった芹　㋒春

【寄】

おに寄居虫　おにやどかり　［動］　ヤドカリの一種　㋒春

をか寄居虫　おかやどかり　［動］　ヤドカリの一種　㋒春

サムエル寄居虫　さむえるやどかり　［動］　ヤドカリの一種　㋒春

5寄生鳥　ほやどり　［動］　連雀の別称　㋒秋

6寄合田植　よりあいたうえ　［人］　四、五戸から十数戸を一組とする田植　㋒夏

寄羽の橋　よりばのはし　［人］　牽牛と織女が相会するとき、カササギが天の川をうずめて橋を成し、織女を渡すという中国の古伝説　㋒秋

8寄居虫　やどかり　［動］　巻き貝の殻に住む。昔から子供がよく飼っていた　㋒春

寄居蕪　よりいかぶ　［植］　蕪の一種で、新潟県産のもの　㋒冬

9寄相撲　よりすもう　［人］　勧進相撲などで外来者の飛び入りを歓迎するもの。ヨゼズモウともいう　㋒秋

10寄席開き　よせびらき　［人］　芸人が、新年になって初めて寄席に出ること　㋒新年

17寄鍋　よせなべ　［人］　魚貝・鶏肉・野菜などの季節の材料を使った冬の鍋料理　㋒冬

【寂】

17寂厳忌　じゃくごんき　［宗］　陰暦八月三日、江戸時代中期の僧寂厳の忌日　㋒秋

【宿】

えんぶり宿　えんぶりやど　［宗］　えんぶりを行なう宿　㋒新年

ふぐの宿　ふぐのやど　［人］　河豚を食する料理屋・宿。河豚は冬の季語　㋒冬

スキー宿　すきーやど　［人］　スキーヤーの泊まる宿　㋒冬

0宿の春　やどのはる　［時］　初春のこと　㋒新年

2宿入　やどいり　［宗］　一月十六日の藪入の別称　㋒新年

3宿下り　やどくだり, やどおり, やどさがり　［人］　一月十六日の藪入の別称　㋒新年

8宿直人　とのいびと　［宗］　貴人を警護するため宿直番にあたる人　㋒新年

10宿根フロックス　しゅくこんふろっくす　［植］　花魁草の別称。晩夏に開花する　㋒夏

【寅】

5寅日子忌　とらひこき　［宗］　十二月三十一日、明治・大正・昭和初期の随筆家・俳人寺田寅彦の忌日　㋒冬

9寅彦忌　とらひこき　［宗］　十二月三十一日、明治・大正・昭和初期の随筆家・俳人寺田寅彦の忌日　㋒冬

【密】

4密水　みつすい　［人］　砂糖を冷たい水で溶いただけの夏の飲み物　㋒夏

8密事始　ひめはじめ　［人］　新年になって初めて男女が交合（秘事）をすること　㋒新年

俳句季語よみかた辞典　355

【尉】

尉　じょう　［人］　炭が白く灰になったもの。炭は冬の季語　[季]冬

21尉鶲　じょうびたき　［動］　鶲の一種　[季]秋

【屠】

19屠蘇　とそ　［人］　元日に飲み、また年賀客にも出す薬酒。屠蘇延命散と味醂でつくる縁起物　[季]新年

屠蘇の香　とそのか　［人］　屠蘇酒のかおり　[季]新年

屠蘇の酔　とそのよい　［人］　屠蘇酒を飲んで酔うこと　[季]新年

屠蘇延命散　とそえんめいさん　［人］　屠蘇酒をつくる薬。山椒・白朮・防風などを調合して作る　[季]新年

屠蘇祝う　とそいわう　［人］　屠蘇酒を元日に飲んで、年中の邪気をはらう風俗　[季]新年

屠蘇祝ふ　とそいわう　［人］　屠蘇酒を元日に飲んで、年中の邪気をはらう風俗　[季]新年

屠蘇酒　とそしゅ, とそざけ　［人］　元日に飲み、また年賀客にも出す薬酒。屠蘇延命散と味醂でつくる縁起物　[季]新年

屠蘇袋　とそぶくろ　［人］　屠蘇散を入れて味醂に浸す袋　[季]新年

屠蘇御流れ頒与　とそおながれはんよ　［宗］　京都東本願寺の修正会のあいだ、大師堂の宗祖親鸞上人坐像前に供えられた「おとそ」のお流れが一般参詣者にわかち与えられること　[季]新年

屠蘇散　とそさん　［人］　屠蘇酒をつくる薬。山椒・白朮・防風などを調合して作る　[季]新年

【屏】

9屏風　びょうぶ　［人］　室内に立てて風をさえぎる道具。季語としては防風用で、冬の季語とされる　[季]冬

屏風売　びょうぶうり　［人］　屏風を売る人　[季]冬

屏風祭　びょうぶまつり　［宗］　祇園会の際に、家宝の屏風を人々に披露する祭　[季]夏

【崖】

14崖滴り　がけしたたり　［地］　山の岩壁などから滴り落ちる水滴　[季]夏

【崩】

0崩れ簗　くずれやな　［人］　晩秋、産卵後に河口に下る魚を獲るための下り簗が、風雨のため崩れて放置されているさま　[季]秋

【巣】

0巣を去る燕　すをさるつばめ　［動］　帰燕の別称　[季]秋

4巣引雀　すびきすずめ　［動］　春に巣をつくり、ヒナを育てている雀のこと　[季]春

5巣立　すだち　［動］　春に生まれた鳥の雛が、成育して巣を離れること　[季]夏

巣立鳥　すだちどり　［動］　春に生まれた鳥の雛が、成育して巣を離れること　[季]夏, 春

8巣林子忌　そうりんしき　［宗］　陰暦十一月二十二日、江戸時代前期・中期の浄瑠璃作者近松門左衛門の忌日　[季]冬

巣林忌　そうりんき　［宗］　陰暦十一月二十二日、江戸時代前期・中期の浄瑠璃作者近松門左衛門の忌日　[季]冬

11巣組み　すくみ　［動］　春、鳥が巣を組み上げること　[季]春

巣鳥　すどり　［動］　巣にいる鳥のこと　[季]春

13巣蜂　すばち　［動］　蜂が幼虫を育てたり、蜜を貯蔵したりするために作る巣。形や大きさはさまざまである　[季]春

14巣構へ　すがまえ　［動］　春、巣をかまえること　[季]春

巣隠　すがくれ　［動］　春、親鳥が卵を抱いて巣に籠ること　[季]春

巣隠れ　すがくれ　［動］　春、親鳥が卵を抱いて巣に籠ること　[季]春

15巣箱　すばこ　［動］　野鳥保護のための人工の巣箱　[季]春

16巣燕　すつばめ　［動］　巣に籠もっているツバメ　[季]春

17巣藁雀　すわらすずめ　［動］　春、巣作りをする雀　[季]春

22巣籠　すごもり　［動］　春、親鳥が卵を抱いて巣に籠ること　[季]春

巣籠り　すごもり　［動］　春、親鳥が卵を抱

いて巣に籠ること [季]春

【常】

[3]**常山木の花　くさぎのはな**　［植］　クマツヅラ科の落葉低木で、初秋、枝先に白い小花が集まり咲く [季]秋

常山木の葉　くさぎのみ　［植］　晩秋、豌豆くらいの大きさの球果を結び、熟すると藍色になる [季]秋

常山虫　くさぎのむし　［動］　蝙蝠蛾の幼虫。樹木を食い荒らす夏の害虫 [季]夏

[5]**常世花　とこよばな**　［植］　暖地に自生する日本古来の橘の花で、もともとは蜜柑の古称。六月頃に白い五弁の花をつける [季]夏

[9]**常春花　じょうしゅんか**　［植］　金盞花（きんせんか）の別称 [季]春

[10]**常夏　とこなつ**　［植］　唐撫子を品種改良してできた変種。春から秋まで長く咲く [季]夏

常夏月　とこなつづき　［時］　陰暦六月の別称 [季]夏

[11]**常陸帯　ひたちおび**　［宗］　昔、正月十一日に茨城・鹿島神社で行なわれた帯占の神事 [季]新年

常陸帯の神事　ひたちおびのしんじ　［宗］　昔、正月十一日に茨城・鹿島神社で行なわれた帯占の神事 [季]新年

常陸帯の祭　ひたちおびのまつり　［宗］　昔、正月十一日に茨城・鹿島神社で行なわれた帯占の神事 [季]新年

[13]**常楽会　じょうらくえ**　［宗］　陰暦二月十五日、奈良・興福寺と法隆寺および大阪・四天王寺での涅槃会の別称 [季]春

常節　とこぶし　［動］　アワビに似た小型の貝。春が美味 [季]春

[15]**常盤桜　ときわざくら**　［植］　桜草の品種の一つ [季]春

常盤通草　ときわあけび　［植］　郁子の別称 [季]春

常盤薄　ときわすすき　［植］　寒薄の別称 [季]冬

常磐木の落葉　ときわぎのおちば　［植］　常磐木落葉に同じ [季]夏

常磐木落葉　ときわぎおちば　［植］　初夏の新葉が茂る頃に、杉、樫、椎などの常緑樹が去年の古葉を落すこと [季]夏

常磐木蓮　ときわもくれん　［植］　泰山木の別称 [季]夏

常磐芒　ときわすすき　［植］　寒薄の別称 [季]冬

常蕨　とこわらび　［植］　冬蕨の別称 [季]冬

【帳】

[8]**帳始　ちょうはじめ**　［人］　商家で新年に使う新しい帳簿を作り、その上書きをして祝うこと [季]新年

[9]**帳祝　ちょういわい**　［人］　商家で新年に使う新しい帳簿を作り、その上書きをして祝うこと [季]新年

[10]**帳書　ちょうがき**　［人］　商家で新年に使う新しい帳簿を作り、その上書きをして祝うこと [季]新年

[14]**帳綴　ちょうとじ**　［人］　商家で新年に使う新しい帳簿を作り、その上書きをして祝うこと [季]新年

【帷】

[3]**帷子　かたびら**　［人］　麻や苧麻を織った布で仕立てた単衣。肌触りが爽やかな夏の衣服 [季]夏

帷子竿　かたびらざお　［人］　汗ばんだ衣服をかけておく竿 [季]夏

【庵】

[0]**庵の春　いおのはる**　［時］　初春のこと [季]新年

【康】

[6]**康成忌　やすなりき**　［宗］　四月十六日、大正・昭和期の小説家川端康成の忌日 [季]春

【強】

[8]**強東風　つよごち**　［天］　強く吹く東風 [季]春

[9]**強海螺　つよばい**　［人］　海螺打で勝ち越した独楽 [季]秋

強海贏　つよばい　［人］　海贏打で勝ち越した独楽 [季]秋

[13]**強腸　こわわた**　［人］　雲腸の別称で鱈の白子のこと [季]冬

[17]**強霜　つよしも**　［天］　多くおりた霜 [季]冬

【彩】

7彩卵　いろたまご　［宗］　復活の象徴として、復活祭の贈り物にする彩色をした卵　[季]春

【彫】

7彫初　ほりぞめ　［人］　新年になって初めて彫刻家・面打ち・彫金師・彫物師が鑿・鏨を使う仕事始め　[季]新年

【得】

4得方　えほう　［宗］　その年の縁起のよい方向　[季]新年

11得鳥羽月　とことばのつき　［時］　陰暦四月の別称　[季]夏

【惜】

0惜しむ年　おしむとし　［時］　過ぎゆく年を惜しむこと　[季]冬

6惜年　せきねん　［時］　過ぎゆく年を惜しむこと　[季]冬

8惜命忌　しゃくみょうき　［宗］　十一月二十一日、昭和期の俳人石田波郷の忌日　[季]冬

9惜春　せきしゅん　［時］　春の過ぎ去るのを惜しむさま　[季]春

【悠】

9悠紀の節　ゆきのせち　［人］　新嘗祭の翌日に行なわれた宮中の祭儀　[季]冬

【悴】

0悴ける　かじける　［人］　寒さのために万物がちぢこまった状態　[季]冬

悴む　かじかむ　［人］　寒さのために万物がちぢこまった状態　[季]冬

【掛】

タオル掛　たおるがけ　［人］　夏用の寝具の一種　[季]夏

3掛乞　かけごい　［人］　年末、掛売り代金を集めること　[季]冬

8掛取　かけとり　［人］　年末、掛売り代金を集めること　[季]冬

9掛柳　かけやなぎ　［人］　初釜など正月の茶会の床飾り。青竹に柳を活けて長く垂らすもの　[季]新年

掛香　かけこう　［人］　夏、室内の臭気をのぞくための袋入りの香　[季]夏

10掛索麵　かけそうめん　［宗］　盆に特に食べるとされているもの　[季]秋

掛衾　かけぶすま　［人］　掛布団のこと　[季]冬

11掛鳥　かけどり　［宗］　奈良・春日若宮御祭で贄とした鳥獣　[季]冬

13掛筵　かけむしろ　［人］　正月、神前に新しく掛ける筵。地方によっては門飾りに掛ける　[季]新年

掛蒲団　かけぶとん　［人］　体の上に掛ける布団　[季]冬

掛飾　かけかざり　［人］　注連縄の一種で、藁を輪の形に編んで、その下に数本の藁を垂れ下げたもの　[季]新年

14掛稲　かけいね　［人］　秋、稲扱きができるように干してある刈り取った稲　[季]秋

19掛簾　かけすだれ　［人］　日除けや通風のための簾の一種　[季]夏

掛鯛　かけだい　［人］　正月、小鯛を二尾腹合わせにして結び供える風習　[季]新年

掛鯛下す　かけだいおろす, かけたいおろす　［人］　陰暦六月一日、元旦につるしておいた乾鯛をおろして食べること　[季]夏

【掘】

れんこん掘る　れんこんほる　［人］　初冬、蓮根を収穫すること　[季]冬

2掘入　ほりいれ　［植］　春福大根に近い大根の一種で、根が地上に出ず土の中に隠れているもの。二、三月ごろ収穫する　[季]春

掘入大根　ほりいれだいこん　［植］　春福大根に近い大根の一種で、根が地上に出ず土の中に隠れているもの。二、三月ごろ収穫する　[季]春

7掘初　ほりぞめ　［人］　鍬始の別称。内容はその地方によって異なる　[季]新年

【採】

ぜんまい採り　ぜんまいとり　［植］　薇を取ること　[季]春

5採氷　さいひょう　［人］　冬の間に湖・池・川などの天然氷を鋸で切り採って、夏用に氷室で貯蔵する作業　[季]冬

採氷夫　さいひょうふ　［人］　冬、湖や池・川などの天然氷を鋸で切り採る人　[季]冬

11画（捨, 据, 接, 掃, 探, 排）

採氷池　さいひょうち　［人］　冬、湖や池・川などの天然氷を鋸で切り採る池　㋸冬

採氷車　さいひょうしゃ　［人］　冬、湖や池・川などの天然氷を鋸で切り採ったものを運搬する車　㋸冬

採氷場　さいひょうじょう　［人］　冬、湖や池・川などの天然氷を鋸で切り採って貯蔵する場所　㋸冬

⁸採物　とりもの　［宗］　神楽のとき人長が手にとって舞うもの　㋸冬

【捨】

⁰捨て団扇　すてうちわ　［人］　秋が深まり、使わなくなって置き忘れられた団扇のこと　㋸秋

捨て扇　すておうぎ　［人］　秋が深まり、使わなくなって置き忘れられた扇のこと　㋸秋

³捨子花　すてこばな　［植］　曼珠沙華（彼岸花）の別称。花がきまって秋の彼岸ごろに咲く有毒植物の一つ　㋸秋

⁶捨団扇　すてうちわ　［人］　秋が深まり、使わなくなって置き忘れられた団扇のこと　㋸秋

⁸捨苗　すてなえ　［植］　田植に使わなかった余分な苗のこと　㋸夏

¹⁰捨扇　すておうぎ　［人］　秋が深まり、使わなくなって置き忘れられた扇のこと　㋸秋

捨案山子　すてかがし　［人］　うち捨てられている案山子　㋸秋

捨蚕　すてご　［動］　病気の蚕　㋸春

¹⁶捨橇　すてぞり　［人］　雪解けを迎え、うち捨てられた橇　㋸春

捨頭巾　すてずきん　［人］　暖かくなり、冬の間使った防寒用の頭巾を片づけること　㋸春

¹⁸捨雛　すてびな　［人］　流し雛の別称　㋸春

【据】

⁰据り餅　すわりもち　［人］　鏡餅の別称　㋸新年

据り蕪　すわりかぶ　［植］　主に根を食用とする蕪の総称　㋸冬

据り鯛　すわりだい　［人］　正月の膳に据える尾頭つきの焼鯛　㋸新年

【接】

⁰接ぎ松　つぎまつ　［植］　杉菜の別称　㋸春

⁴接木　つぎき　［人］　芽や枝の一部を切り取り近縁の植物に合体させること。主に三月頃、果樹に行う　㋸春

接木苗　つぎきなえ　［人］　接木で芽を接合すること　㋸春

⁷接余　せつよ　［植］　浅沙の別称　㋸夏

⁹接待水　せったいみず　［人］　昔、夏の暑い日など通行人に自由に飲ませた冷水のこと　㋸夏

¹⁰接骨木の花　にわとこのはな　［植］　スイカズラ科の落葉低木。早春、枝先に多数の白い小花をつける　㋸春

接骨木の芽　にわとこのめ　［植］　春の木の芽の一種　㋸春

¹⁵接穂　つぎほ　［人］　接木で接合する枝芽　㋸春

【掃】

⁰掃かぬ家例　はかぬかれい　［人］　昔、正月三が日に京の町家で大戸を開けずに過ごした風習　㋸新年

⁵掃立て　はきたて　［人］　養蚕で、孵化した蚕児を羽掃で掃いて種紙から離し蚕座に移す作業　㋸春

掃込め　はきこめ　［人］　正月、家々を祝って歩く門付け芸人の一種　㋸新年

⁷掃初　はきぞめ　［人］　正月二日、新年になって初めて掃除をすること　㋸新年

⁸掃苔　そうたい　［宗］　盆の墓参をして墓を掃除し、水を手向けること　㋸秋

¹⁰掃納　はきおさめ　［人］　大晦日に、その年最後の掃除をすること　㋸冬

【探】

¹⁰探梅　たんばい　［人］　晩冬、早梅を探って山野を逍遙すること　㋸冬

探梅行　たんばいこう　［人］　晩冬、早梅を探って山野を逍遙すること　㋸冬

【排】

⁹排風藤　はいふうとう　［植］　鴨上戸の別称　㋸夏

¹¹排雪夫　はいせつふ　［人］　雪掻をする人夫　㋸冬

11画（挽, 挽, 敗, 斎, 旋, 晨, 曹, 曼, 望）

排雪車　はいせつしゃ　［人］　ラッセル車のこと。除雪をするための機関車　㋩冬

【挽】

7挽初　ひきぞめ　［人］　初釜のため、新年になって初めて茶臼で茶を挽いて抹茶を作ること　㋩新年

【挽】

8挽茄子　もぎなす　［植］　茄子の一種。茄子は夏の季語　㋩夏

【敗】

0敗れ荷　やぶれはす　［植］　敗荷（やれはす）に同じ　㋩秋

敗れ蓮　やれはちす　［植］　晩秋秋風の吹く頃、葉が破れ傷つき枯れ、茎も折れて無残な姿となった蓮　㋩秋

10敗荷　やれはす, はいか　［植］　晩秋秋風の吹く頃、葉が破れ傷つき枯れ、茎も折れて無残な姿となった蓮　㋩秋

13敗戦の日　はいせんのひ　［宗］　八月十五日、終戦記念日のこと　㋩秋

敗戦日　はいせんび　［宗］　八月十五日、終戦記念日のこと　㋩秋

敗戦忌　はいせんき　［人］　八月十五日、日本が連合国に無条件降伏して第二次世界大戦が終了した日　㋩秋

18敗醬　はいしょう　［植］　男郎花の別称　㋩秋

【斎】

4斎日　さいにち　［宗］　初閻魔の縁日　㋩新年

10斎宮絵馬　さいぐうのえま, いつきのみやのえま　［宗］　陰暦十二月大晦日の夜、伊勢・斎宮旧趾絵馬殿で行なわれていた行事　㋩冬

斎宮群行　さいぐうのぐんこう　［宗］　斎宮が野の宮を出て、伊勢神宮に向かうこと　㋩秋

14斎種まく　ゆだねまく　［人］　籾種蒔きを神聖なものとしていう言い回し　㋩春

【旋】

18旋覆花　おぐるま　［植］　キク科の多年草。晩夏から秋まで黄色い花をつける。花の形が小さな車に似る　㋩秋

【晨】

9晨風　あさかぜ　［動］　隼の別称　㋩冬

【曹】

9曹洞宗開山忌　そうとうしゅうかいさんき　［宗］　陰暦八月二十五日、鎌倉時代の曹洞宗の宗祖道元の忌日　㋩秋

12曹達水　そうだすい　［人］　炭酸ソーダを原料にした清涼飲料水　㋩夏

【曼】

8曼陀羅華　まんだらげ　［植］　朝鮮朝顔の別称　㋩夏

10曼珠沙華　まんじゅしゃげ　［植］　花がかたまって秋の彼岸ごろに咲くヒガンバナ科の多年草。有毒植物の一つ　㋩秋

曼茶羅会　まんだらえ　［宗］　練供養のこと　㋩夏

【望】

0望くだり　もちくだり　［天］　満月の後で下半月が夜毎に欠けていくもの　㋩秋

望の夜　もちのよ　［天］　陰暦八月十五日、中秋の満月　㋩秋

望の粥　もちのかゆ　［人］　正月十五日の小豆粥の別称　㋩新年

望の潮　もちのしお　［地］　初潮の別称　㋩秋

4望月　もちづき　［天］　陰暦八月十五日、中秋の満月　㋩秋

望月の駒　もちづきのこま　［人］　駒牽の代表的な貢馬　㋩秋

5望正月　もちしょうがつ　［時］　小正月の別称　㋩新年

6望年　もちどし　［時］　小正月の別称　㋩新年

望江南　ぼうこうなん　［植］　樊噲草の別称　㋩夏

15望潮　しおまねき　［動］　スナガニ科のカニで、干潮の際のはさみを動かす姿が潮を招いているように見えるための名　㋩春

望潮魚　いいだこ　［動］　小型の蛸。三月頃に産んだ卵が米粒のような形をしているた

めの名　[季]春

【梓】

0梓の花　あずさのはな　［植］　カバノキ科の落葉高木。晩春、黄褐色の雄花と緑の雌花をつける　[季]春

【梶】

0梶の七葉　かじのななは　［人］　七夕の夜に、七枚の梶の葉に書いた歌を星にたむけること　[季]秋

梶の葉　かじのは　［人］　七夕の夜に、七枚の梶の葉に書いた歌を星にたむけること　[季]秋

梶の葉衣　かじのはごろも　［人］　秋の衣類の一つ　[季]秋

梶の葉姫　かじのはひめ　［人］　棚機姫の異名七種の一つ　[季]秋

梶の鞠　かじのまり　［人］　梶鞠の別称　[季]秋

12梶葉の歌　かじのはのうた　［人］　七夕の夜に、七枚の梶の葉に書いた歌を星にたむけること　[季]秋

梶葉売　かじのはうり　［人］　七夕の夜に星にたむける梶の葉を売るもの　[季]秋

17梶鞠　かじまり　［宗］　七夕に飛鳥井家と難波家が催した蹴鞠の式　[季]秋

【梧】

梧　あおぎり　［植］　アオギリ科の落葉高木。六月頃に花が咲くが、むしろ葉の茂りをさして夏の季語とするもの　[季]夏

10梧桐　あおぎり, ごどう　［植］　青桐の別称　[季]夏

【梗】

9梗草　こうそう　［植］　藤袴の別称。秋の七草の一つ　[季]秋

【梢】

0梢の秋　こずえのあき　［時］　陰暦九月の別称　[季]秋

梢の錦　こずえのにしき　［植］　紅葉のこと　[季]秋

【梯】

3梯子乗　はしごのり　［人］　出初式などで行う、直立した梯子の上での曲芸　[季]新年

8梯姑　でいこ　［植］　九州・沖縄にみられるマメ科の落葉高木。四、五月頃に真っ赤な花が咲く　[季]夏

11梯梧　でいご　［植］　梯姑に同じ　[季]夏

【梨】

シナ梨　しななし　［植］　緑黄色で、褐色の斑ある香気にとむ梨　[季]秋

梨　なし　［植］　梨の実のこと。球状の実は、秋の代表的な果物で、皮に小さな斑点がある　[季]秋

0梨の花　なしのはな　［植］　バラ科の落葉高木。四月から五月にかけ白い花をつける。実は秋の季語　[季]春

3梨子　なし　［植］　梨の実のこと。球状の実は、秋の代表的な果物で、皮に小さな斑点がある　[季]秋

梨子地宝　なしじだから　［動］　子安貝の別称　[季]春

6梨瓜　なしうり　［植］　甜瓜（まくわうり）のこと。晩夏に収穫する　[季]夏

7梨売　なしうり　［植］　梨を売る人。梨は秋の季語　[季]秋

梨花　りか, なしばな　［植］　バラ科の落葉高木。四月から五月にかけ白い花をつける。実は秋の季語　[季]春

9梨咲く　なしさく　［植］　梨の花が咲くこと　[季]春

【桷】

0桷の花　ずみのはな　［植］　バラ科の落葉低木。初夏、白色の小花が枝先に集まり咲く　[季]夏, 春

【梟】

梟　ふくろう, ふくろ　［動］　フクロウ目の夜行捕食性の鳥で、木菟よりも大型のもの　[季]冬

0梟の炙　ふくろうのあぶりもの　［人］　五月五日、梟の肉を羹や炙にして群臣に賜った中国古俗　[季]夏

梟の羹　ふくろうのあつもの, けりのあつもの　［人］　五月五日、梟の肉を羹や炙にし

11画（梔, 梛, 梵, 欲, 欺, 殻, 毬, 液, 渇, 渓, 混, 渋）

て群臣に賜った中国古俗　㊛夏

¹⁴梟鳴く　ふくろうなく　［動］　冬の寒夜、梟が鳴くこと　㊛冬

【梔】

³梔子の花　くちなしのはな　［植］　アカネ科の常緑低木の花。秋に実が熟しても口が開かないことからの名。夏に白色の六弁花をつける　㊛夏

梔子の実　くちなしのみ　［植］　花が一重のものにのみ実がつき、晩秋に橙色に熟する。実は古来、黄橙色を出す染料に用いられてきた　㊛秋

【梛】

¹²梛葉飾る　なぎのはかざる　［人］　正月に梛の葉を飾ること　㊛新年

【梵】

⁴梵天　ぼんてん　［宗］　梵天奉納祭に使われる神の倚り代の象徴である幣束　㊛新年

梵天奉納祭　ぼんてんほうのうさい　［宗］　梵天祭のこと　㊛新年

梵天祭　ぼんてんまつり　［宗］　正月、秋田県の各神社で行なわれる御幣祭　㊛新年

¹⁴梵網会　ぼんもうえ　［宗］　五月十九日、奈良・唐招提寺で行われる法要　㊛夏

【欲】

⁴欲日　よくび　［宗］　清水千日詣の別称　㊛秋

【欺】

⁵欺冬　かんどう　［植］　蕗の別称　㊛夏

【殻】

⁹殻浅蜊　からあさり　［動］　浅蜊の殻のこと　㊛春

¹²殻割菜　かいわりな　［植］　秋、大根や蕪や小松菜などが萌えでて子葉の開いた頃のもの　㊛秋

殻象　こくぞう　［動］　ゾウムシ科の夏の昆虫。二、三ミリほどの小さな虫で、細長い口先が特徴。米の害虫　㊛夏

殻象虫　こくぞうむし　［動］　殻象の別称　㊛夏

【毬】

⁵毬打　ぎっちょう, ぎちょう　［人］　毬を打つ槌の形状の杖に、色糸を加えて飾った正月用の玩具。現在は廃れた　㊛新年

毬打売　ぎちょううり　［人］　年の市で毬打を売っていること　㊛冬

⁷毬杖　ぎっちょう, ぎちょう　［人］　毬を打つ槌の形状の杖に、色糸を加えて飾った正月用の玩具。現在は廃れた　㊛新年

¹⁰毬唄　まりうた　［人］　手鞠をつく時にうたう唄　㊛新年

毬栗　いがぐり　［植］　イガに包まれた栗の実　㊛秋

【液】

⁸液雨　えきう　［天］　時雨の中国名　㊛冬

【渇】

⁴渇水期　かっすいき　［地］　冬、水源地の積雪のために川の水量が減り、渇水になること　㊛冬

【渓】

¹¹渓涸る　たにかる　［地］　冬、水源地の積雪のために川も涸れたようになること　㊛冬

¹⁴渓蓀　あやめ　［植］　アヤメ科の多年草。初夏から仲夏にかけ紫の花をつける　㊛夏

渓蓀の芽　あやめのめ　［植］　草の芽の一つ　㊛春

【混】

からの混群　からのこんぐん　［動］　語尾に皆カラとかガラとかがつく雀類が、秋に混群となって生活すること　㊛秋

¹³混群のから　こんぐんのから　［動］　語尾に皆カラとかガラとかがつく雀類が、秋に混群となって生活すること　㊛秋

【渋】

⁰渋ちゃん　しぶちゃん　［動］　蜻蜓（やんま）の一種　㊛秋

⁶渋団扇　しぶうちわ　［人］　薄く渋を引いた団扇　㊛夏

⁸渋取　しぶとり　［人］　渋柿から渋を抽出すること。秋の農作業の一つ　㊛秋

渋取る　しぶとる　［人］　渋柿から渋を抽出

11画（淑, 深, 清）

すること。秋の農作業の一つ　㋑秋

⁹渋柿　しぶがき　［植］　渋い柿のこと　㋑秋

¹²渋渣　しぶかす　［人］　一番渋をとった糟。渋取は秋の農作業の一つ　㋑秋

¹³渋搗く　しぶつく　［人］　渋取のため、渋柿を搗き砕くこと。渋取は秋の農作業の一つ　㋑秋

¹⁶渋鮎　しぶあゆ　［動］　落鮎の別称。秋の産卵期に消耗して体色が鉄錆のようになることから　㋑秋

¹⁷渋糟　しぶかす　［人］　一番渋をとった糟。渋取は秋の農作業の一つ　㋑秋

【淑】

⁶淑気　しゅっき, しゅくき　［天］　新年の瑞祥の気　㋑新年

【深】

³深山茜　みやまあかね　［動］　赤蜻蛉の一種　㋑秋

深山桜　みやまざくら　［植］　桜の一種　㋑春

深山猫眼草　みやまねこのめそう　［植］　猫の眼草の一種　㋑春

深山塩竈　みやましおがま　［植］　塩竈菊の一種　㋑夏

深山蓮花　みやまれんげ　［植］　大山蓮花の別称　㋑夏

深山翡翠　みやましょうびん　［動］　赤翡翠の別称　㋑夏

深山樒　みやましきみ　［植］　山地に自生するミカン科の常緑低木で、冬に実が真っ赤に熟する　㋑冬

深山樒の花　みやましきみのはな　［植］　ミカン科の常緑低木で、初夏、枝端に円錐状に集まり小さい白い花が咲く　㋑夏

深山頬白　みやまほおじろ　［動］　ホオジロ科の鳥。日本には冬鳥として九州地方に多く飛来する　㋑春

深山龍胆　みやまりんどう　［植］　龍胆の一種　㋑秋

深山蝉　みやまぜみ　［動］　蝉の一種　㋑夏

深山鶯　みやまうぐいす　［動］　老鶯の別称　㋑夏

深川八幡祭　ふかがわはちまんまつり　［宗］　深川祭の別称　㋑秋

深川祭　ふかがわまつり　［宗］　八月十五日（昔は陰暦）、東京・富岡八幡神社で行われる祭礼　㋑秋

⁷深見草　ふかみぐさ　［植］　牡丹の別称　㋑夏

深谷葱　ふかやねぎ　［植］　深葱の一種で、埼玉県深谷市付近のもの　㋑冬

⁸深沓　ふかぐつ　［人］　雪沓の別称。雪の中で履く藁などでできた沓のこと　㋑冬

⁹深秋　しんしゅう　［時］　秋のもの寂しさが極まった頃　㋑秋

深草団扇　ふかくさうちわ　［人］　団扇の一種　㋑夏

¹¹深雪　みゆき　［天］　深く積もった雪　㋑冬

深雪晴　みゆきばれ　［天］　雪が降り積もった翌朝に空が晴れわたること　㋑冬

¹²深葱　ふかねぎ　［植］　葉鞘の白い部分が長くこれを食用にし、葉は捨てる葱　㋑冬

¹⁷深霜　ふかしも　［天］　多くおりた霜　㋑冬

【清】

⁴清水　しみず　［地］　地下からわきだす清冽な水。夏の季語として定着している　㋑夏

清水が源　しみずがもと　［地］　清水の源。清水自体が夏の季語なので、これも季語としては夏　㋑夏

清水の牛王　きよみずのごおう　［宗］　正月七日、京都・清水寺で行われる行事。本尊の十一面観音が開帳され、柳の杖で堂内を打ち回る　㋑新年

清水千日詣　きよみずせんにちもうで　［宗］　八月十日（もとは陰暦七月十日）に京都・清水寺に詣でること。この日の参詣は四万六千日分にあたるといわれる　㋑秋

清水地主祭　きよみずじしゅまつり　［宗］　地主祭に同じ　㋑夏

清水寺牛王　きよみずでらごおう　［宗］　清水の牛王のこと　㋑新年

清水寺牛王杖　きよみずでらごおうづえ　［宗］　正月七日、京都・清水寺で行われる行事。本尊の十一面観音が開帳され、柳の杖で堂内を打ち回る　㋑新年

清水汲む　しみずくむ　［地］　清水を汲みとる。清水自体が夏の季語なので、これも季語としては夏　㋑夏

清水星下り　きよみずほしくだり　［宗］　陰暦七月二十四日、京都・清水寺で行われた

会式。この夜大阪・中山寺の観音が星になって清水寺に入るといわれた　[季]秋

清水茶屋　**しみずぢゃや**　［地］　清水のそばにある茶屋。清水自体が夏の季語なので、これも季語としては夏　[季]夏

清水掬ぶ　**しみずむすぶ**　［地］　清水をすくうこと。清水自体が夏の季語なので、これも季語としては夏　[季]夏

清水陰　**しみずかげ**　［地］　清水の影。清水自体が夏の季語なので、これも季語としては夏　[季]夏

清水堰く　**しみずせく**　［地］　清水をせきとめる。清水自体が夏の季語なので、これも季語としては夏　[季]夏

清水結ぶ　**しみずむすぶ**　［地］　清水をすくうこと。清水自体が夏の季語なので、これも季語としては夏　[季]夏

清水影　**しみずかげ**　［地］　清水の影。清水自体が夏の季語なので、これも季語としては夏　[季]夏

5**清正人参**　**きよまさにんじん**　［植］　セロリの別称　[季]冬

8**清和**　**せいわ**　［時］　陰暦四月ころの初夏の気候が清らかで温和なこと　[季]夏

清明　**せいめい**　［時］　二十四節気の一つ。陽暦四月五日頃　[季]春

清明参　**せいめいまいり**　［宗］　陰暦三月の清明祭の別称　[季]春

清明祭　**せいめいさい**　［宗］　陰暦三月に行なわれる沖縄の先祖祭　[季]春

清明節　**せいめいせつ**　［時］　二十四節気の一つ。陽暦四月五日頃　[季]春

清祀　**せいし**　［人］　臘日の古称　[季]冬

9**清秋**　**せいしゅう**　［時］　秋の澄み切った感じのこと　[季]秋

11**清涼着**　**せいりょうぎ**　［人］　夏の女性用の家庭着で、簡単に仕立てた夏のワンピース　[季]夏

清涼飲料水　**せいりょういんりょうすい**　［人］　暑い夏の渇きをいやすための冷たい飲料のこと　[季]夏

13**清滝権現護摩修行**　**きよたきごんげんごましゅぎょう**　［宗］　日光市の清滝権現社で、修正会の一つとして、元日から三日まで、護摩修行を行なうこと　[季]新年

【淡】

4**淡月**　**たんげつ**　［天］　朧にかすんだ春の月のこと　[季]春

6**淡竹の子**　**はちくのこ**　［植］　筍の一種　[季]夏

淡竹子　**はちくのこ**　［植］　筍の一種　[季]夏

10**淡島祭**　**あわしままつり**　［宗］　三月三日、和歌山市・延喜式内社加太神社で行なわれた祭礼　[季]春

11**淡菜**　**たんさい**　［動］　貽貝の別称　[季]春

淡雪　**あわゆき**　［天］　大きい雪片で降り、はかなく解ける春先の雪　[季]春

淡雪羹　**あわゆきかん**　［人］　寒天に泡立てた卵の白身と香料を入れ、型に流しこんで冷やし固めた菓子。涼味から夏の季語となる　[季]夏

【添】

4**添水**　**そうず**　［人］　稲が実ってきた田を荒らしにくる鳥・獣をおどかして追うために、谷水や田水を使って音を立てる仕掛け　[季]秋

添水唐臼　**そうずからうす**　［人］　添水の方法を利用し、杵を仕掛けて米や稗などを搗く装置　[季]秋

13**添寝籠**　**そいねかご**　［人］　竹や籐を円筒形に編んだ籠。夏の夜、寝るときに抱きかかえると少し涼しい　[季]夏

【淵】

11**淵酔**　**えんずい**　［人］　殿上の淵酔のこと　[季]新年

【淀】

9**淀屋橋祝儀商**　**よどやばししゅうぎあきない**　［人］　一月四日、五日に大阪の米市場で、その年の初商いを行なったこと　[季]新年

11**淀祭**　**よどまつり**　［宗］　陰暦九月二十二日に行なわれる京都市・与杼神社の祭礼　[季]秋

13**淀殿草**　**よどどのぐさ**　［植］　都草の別称　[季]夏

【涼】

涼　**りょう**　［時］　暑い夏にひとときの涼しく感じること　[季]夏

0涼し　すずし　［時］　夏の一服の涼味。暑苦しくないこと　[季]夏
涼の塔　すずみのとう　［宗］　江戸時代、陰暦六月十九日に京都・清聚庵で当道流盲人が行なった法会　[季]夏
涼み台　すずみだい　［人］　納涼するための台　[季]夏
涼み床　すずみどこ　［人］　納涼するための床　[季]夏
涼み浄瑠璃　すずみじょうるり　［人］　暑さ凌ぎのため、素人が浄瑠璃を催すこと　[季]夏
涼み茶屋　すずみぢゃや　［人］　納涼するための茶屋　[季]夏
涼み将棋　すずみしょうぎ　［人］　納涼しながら行なう将棋　[季]夏
涼み船　すずみぶね　［人］　涼むための舟　[季]夏
涼み積塔　すずみしゃくとう　［宗］　江戸時代、陰暦六月十九日に京都・清聚庵で当道流盲人が行なった法会　[季]夏
涼む　すずむ　［人］　夏の暑さを忘れるために涼しい所へ出ること　[季]夏
4涼月　りょうげつ　［時］　陰暦七月の別称　[季]秋
6涼気　りょうき　［時］　暑い夏にひととき涼しく感じさせる気配　[季]夏
8涼味　りょうみ　［時］　暑い夏にひととき涼しく感じること　[季]夏
涼夜　りょうや　［時］　夏の夜の一服の涼しさ　[季]夏
9涼風　すずかぜ, りょうふう　［天］　晩夏のころに吹く涼しい風　[季]夏
涼風至る　りょうふういたる　［時］　七十二候の一つで。立秋の第一候。陽暦八月八日から十二日頃　[季]秋
13涼意　りょうい　［時］　暑い夏にひととき涼しく感じること　[季]夏
涼新た　りょうあらた　［時］　初秋の頃の涼気、涼風　[季]秋

【凅】

3凅川　かれがわ　［地］　冬、水源地の積雪のために川も涸れたようになること　[季]冬
5凅田　かれた　［地］　ひでりのために水が枯れて、稲が焼けいたんだ田　[季]夏
6凅池　かれいけ　［地］　冬、水源地の積雪のために川の水量が減り、池も涸れること　[季]冬
8凅沼　かれぬま　［地］　冬、水源地の積雪のために川の水量が減り、沼も涸れること　[季]冬
10凅梅雨　かれつゆ　［天］　梅雨の時期に雨がほとんど降らないこと　[季]夏
11凅清水　かれしみず　［地］　涸れてしまった清水　[季]夏
13凅滝　かれだき　［地］　冬、水源地の積雪のために川の水量が減り、滝も涸れること　[季]冬

【爽】

0爽か　さわやか　［時］　秋の大気がすがすがしく快い様子　[季]秋
爽やか　さわやか　［時］　秋の大気がすがすがしく快い様子　[季]秋
6爽気　そうき　［時］　秋の大気がすがすがしく快い様子　[季]秋
11爽涼　そうりょう　［時］　秋の大気がすがすがしく快い様子　[季]秋
13爽節　そうせつ　［時］　秋の別称　[季]秋
22爽籟　そうらい　［天］　秋風の響き　[季]秋

【牽】

4牽牛　けんぎゅう　［人］　七夕伝説で有名な星で、織女の恋人とされる鷲座のアルタイルのこと。白色の一等星　[季]秋
牽牛星　けんぎゅうせい　［宗］　七夕伝説の牽牛。鷲座の首星であるアルタイルのこと　[季]秋

【牻】

4牻牛児　げんのしょうこ　［植］　フウロソウ科の多年草で、夏に採って下痢止めの薬草とする。花も夏に咲く　[季]夏

【猪】

猪　いのしし, しし　［動］　秋に人里近くまでやってきて、田畑を荒らす猪　[季]秋
0猪おどし　ししおどし　［人］　猪の害を防ぐためのもの　[季]秋
猪の肉　いのししのにく　［人］　冬の猪狩で獲った猪の肉。昔は薬喰いとしてよく食べ

られた　[季]冬

3猪口　いくち　［植］　イクチタケの別称　[季]秋

4猪日　ちょじつ　［時］　正月三日のこと。三が日の最後で、これを振り返る気持ちがこもる　[季]新年

6猪肉　ししにく　［動］　猪の肉のこと　[季]秋

9猪垣　ししがき, いがき　［人］　稲などが実ってきた頃、猪に田畑を荒らされぬように築く石垣や土手など　[季]秋

猪狩　ししがり　［人］　冬、山野に入り猪を狩ること　[季]冬

猪穽　ししあな　［動］　猪と捕らえる穽　[季]秋

猪茸　ししたけ　［植］　茸の一種　[季]秋

10猪罠　ししわな　［動］　猪を捕らえる罠　[季]秋

12猪番　ししばん　［動］　猪の害がないように見張る人　[季]秋

猪道　ししみち　［人］　猪はその通る通路が決まっている、その道のこと　[季]冬

猪道　ししみち　［動］　猪の往来する道が一定していること　[季]秋

17猪鍋　ししなべ　［人］　牡丹鍋の別称。猪肉を味噌で煮る冬の鍋料理　[季]冬

【猫】

うかれ猫　うかれねこ　［動］　春先、さかりのついた猫のこと　[季]春

かじけ猫　かじけねこ　［動］　冬の寒さが苦手な猫の様子　[季]冬

へっつい猫　へっついねこ　［動］　冬の寒さが苦手で、竈の側を離れない猫　[季]冬

へつつひ猫　へっついねこ　［動］　冬の寒さが苦手で、竈の側を離れない猫　[季]冬

0猫さかる　ねこさかる　［動］　春先に猫が発情すること　[季]春

猫じゃらし　ねこじゃらし　［植］　狗尾草（えのころぐさ）の別称。全体が緑色で、秋に出る穂で子供が遊ぶ　[季]秋

猫のさかり　ねこのさかり　［動］　春先に猫が発情すること　[季]春

猫の子　ねこのこ　［動］　春先などに生まれた子猫のこと　[季]春

猫の夫　ねこのおっと, ねこのつま　［動］　春先、さかりのついた雄猫のこと　[季]春

猫の別れ　ねこのわかれ　［動］　春のさかりが終わりもとの家に戻ること　[季]春

猫の妻　ねこのつま　［動］　春先、さかりのついた雌猫のこと　[季]春

猫の妻恋　ねこのつまごい　［動］　春先に猫が発情すること　[季]春

猫の契　ねこのちぎり　［動］　春先に猫が発情すること　[季]春

猫の思　ねこのおもい　［動］　春先に猫が発情すること　[季]春

猫の思い　ねこのおもい　［動］　春先に猫が発情すること　[季]春

猫の恋　ねこのこい　［動］　春先に猫が発情すること　[季]春

猫の産　ねこのさん　［動］　春の猫の出産　[季]春

猫の眼草　ねこのめそう　［植］　ユキノシタ科の多年草で、初春に淡黄色の小花を集める　[季]春

猫の親　ねこのおや　［動］　春に子を産んだ親猫のこと　[季]春

4猫火鉢　ねこひばち　［人］　今戸焼きで招き猫の形につくった粗製の火鉢　[季]冬

9猫柳　ねこやなぎ　［植］　ヤナギ科の落葉低木。早春、猫の毛のような白毛のある花穂をつける　[季]春

12猫間障子　ねこましょうじ　［人］　彫り透かしのある障子　[季]冬

17猫鮫　ねこざめ　［動］　鮫の一種　[季]冬

【猟】

猟　りょう　［人］　冬、山野の鳥獣を銃器・網・罠などで捕らえる狩猟のこと。法律によって猟期は定められている　[季]冬

2猟人　かりゅうど, りょうじん　［人］　猟をする人のこと。狩猟は冬の季語　[季]冬

4猟夫　さつお　［人］　猟をする人のこと。狩猟は冬の季語　[季]冬

猟犬　りょうけん　［人］　狩りに使う犬。狩猟は冬の季語　[季]冬

6猟名残　りょうなごり　［人］　狩猟禁止の日が近い頃にする狩猟　[季]春

12猟期　りょうき　［人］　猟を行うことが許されている期間。十一月十五日から二月十五日まで　[季]冬

猟期終る　りょうきおわる　［人］　鳥獣保護

のため、春に狩猟停止となること [季]春

13猟解禁 りょうかいきん ［人］ 銃猟解禁日のこと。現行狩猟規則では、狩猟期間は十一月十五日から翌年二月十五日までとなっている [季]秋

14猟銃 りょうじゅう ［人］ 猟に使う銃。狩猟は冬の季語 [季]冬

【率】

3率川祭 いさかわまつり ［宗］ 三枝祭（さいくさまつり）の別称 [季]夏

率川祭 いさかわまつり ［宗］ 昔、行なわれた祭り [季]冬

【球】

8球芽 むかぶ ［植］ 零余子（むかご）の別称。秋にとって、炒ったり、茹でたりして食用にする [季]秋

10球根秋植う きゅうこんあきうう ［人］ 球根を、十月から十一月にかけて植えること [季]秋

球根植う きゅうこんうう ［人］ 球根を植えること。多くの場合球根は秋に植えるが、初夏に花が咲く植物の球根は春に植える [季]春, 秋

球馬陸 たまやすで ［動］ 馬陸の一種 [季]夏

【現】

0現の証拠 げんのしょうこ ［植］ フウロソウ科の多年草で、夏に採って下痢止めの薬草とする。花も夏に咲く [季]夏

【理】

13理想大根 りそうだいこん ［植］ 大根の一種で、埼玉県産の沢庵漬けに最適というもの [季]冬

【甜】

6甜瓜 まくわうり ［植］ ウリ科の一年生蔓草で瓜の代表的品種。晩夏に収穫する [季]夏

甜瓜蒔く まくわまく ［人］ 春、マクワウリの種を蒔くこと [季]春

11甜菜 てんさい ［植］ 砂糖大根の別称 [季]秋

【産】

3産土神参 うぶすなまいり ［宗］ 産土神の社へ初詣でをすること [季]新年

8産所屏風 さんじょびょうぶ ［人］ 産所をかくすため立てる屏風 [季]冬

【畦】

4畦火 あぜび ［人］ 早春の畑焼の火のこと [季]春

7畦豆 あぜまめ ［植］ 田の畦に栽培されている秋の大豆 [季]秋

8畦青む あぜあおむ ［植］ 田畑の畦に草の芽が萌え出し、青みをおびてくること [季]春

12畦焼く あぜやく ［人］ 早春に畑を焼き払い、害虫駆除や肥料生成を行うこと [季]春

畦雲雀 あぜひばり ［動］ 田雲雀の別称 [季]秋

13畦塗 あぜぬり ［人］ 春、畦を土で塗り固めること [季]春

【皐】

4皐月 さつき ［時］ 陰暦五月の別称 [季]夏

皐月狂言 さつききょうげん ［人］ 江戸時代、陰暦五月五日に歌舞伎が新しい出し物を披露したこと [季]夏

皐月空 さつきぞら ［天］ 陰暦五月の梅雨雲におおわれている空模様のこと [季]夏

皐月雨 さみだれ ［天］ じめじめと降り続く雨。梅雨のこと [季]夏

皐月祝 さつきいわい ［宗］ 小正月の頃、田植など稲作の農作業を模して豊作を祈念する行事 [季]新年

皐月浪 さつきなみ ［地］ 陰暦五月、梅雨のころの海上の波浪 [季]夏

皐月富士 さつきふじ ［地］ 陰暦五月ごろの富士山 [季]夏

皐月節 さつきぶし ［人］ 田植歌のこと [季]夏

皐月幟 さつきのぼり ［宗］ 端午の節句に男子の出生、健康を祝って立てるもの [季]夏

【盛】

10盛夏 せいか ［時］ 夏の暑さのさかり [季]夏

[13]盛遠忌　もりとおき　［宗］　陰暦七月二十日、平安時代末期・鎌倉時代初期の僧文覚の忌日　[季]秋

【眼】

[3]眼子菜　ひるこしろ　［植］　ヒルムシロの別称。夏に繁茂する　[季]夏

[5]眼白　めじろ　［動］　メジロ科の小鳥で、飼い鳥として馴染み深い。初夏からが繁殖期　[季]夏, 秋

眼白押し　めじろおし　［動］　眼白の群が枝に横並びになっているさま。慣用表現になっている　[季]夏

眼白捕り　めじろとり　［動］　眼白を捕まえること　[季]夏

眼白籠　めじろかご　［動］　眼白を飼う籠　[季]夏

眼皮　がんぴ　［植］　中国原産のナデシコ科多年草。晩春から初夏にかけて開花し、濃赤色、白花および赤白の絞り咲きなどがある　[季]夏

[7]眼抜　めぬけ　［動］　カサゴ科のメヌケ類に属する深海魚類の総称。冬場が旬で赤魚鯛とも呼ばれる　[季]冬

[11]眼張　めばる　［動］　カサゴ科の磯魚で、目が大きいためにこの名がある。春が旬　[季]春

眼細　めぼそ　［動］　ウグイス科の鳥。夏に高地で繁殖し、涼しげな声で鳴く　[季]夏

眼細虫喰　めぼそむしくい　［動］　眼細の別称　[季]夏

【硃】

[9]硃砂根　まんりょう　［植］　観賞用の常緑小低木で、冬に赤い実をつける。仙蓼（千両）よりも優っているという意味の名　[季]冬

【祭】

おゆ祭　おゆまつり　［宗］　住吉祭の神輿を陰暦六月十四日に海で清め洗う神事　[季]夏

おわら祭　おわらまつり　［宗］　九月一～三日、富山県の風の盆の別称　[季]秋

からさで祭　からさでまつり　［宗］　陰暦十月の晦日に、島根県の佐太神社と出雲大社で行われた諸国の神々を送り出す神事。現在は十一月に行う　[季]冬

さくらんぼ祭　さくらんぼまつり　［宗］　六月の日曜日に寒河江市で行われる祭　[季]夏

さんばい祭　さんばいまつり　［宗］　田植え初めに行なわれる田の神降しの行事。さんばいは田の神のこと　[季]夏

さんやれ祭　さんやれまつり　［宗］　八瀬祭の別称　[季]夏

すもも祭　すもももまつり　［宗］　七月二十日、府中市・大国魂神社で行われる祭礼　[季]夏

だらだら祭　だらだらまつり　［宗］　芝神明祭の別称。期間の長さによる呼称　[季]秋

ちゃんちゃん祭　ちゃんちゃんまつり　［宗］　四月一日の大和神幸祭の別称　[季]春

ちやんちやん祭　ちゃんちゃんまつり　［宗］　四月一日の大和神幸祭の別称　[季]春

どやどや祭　どやどやまつり　［宗］　一月十四日、大阪市・四天王寺境内六時堂で行なわれる祭り。四天王寺修正会の結願の行事　[季]冬

どんづき祭　どんづきまつり　［宗］　二月十五日、新発田市・赤谷の山神社で行なわれる祭　[季]春

ねぶた祭　ねぶたまつり　［人］　八月二日から七日まで、青森で行われている祭。巨大な山車灯籠に火をともし、町をねり歩く　[季]秋

へこかき祭　へこかきまつり　［宗］　川渡祭の別称　[季]夏

みくさ祭　みくさまつり　［宗］　三枝祭（さいくさまつり）の別称　[季]夏

みこころ祭　みこころさい　［宗］　六月二十四日、聖霊降臨祭（ペンテコステ）から二十日目の金曜日で、キリストの求めた善徳にはげむ祝日　[季]夏

みと祭　みとまつり　［人］　水口祭の別称　[季]春

ウェストン祭　うぇすとんさい　［人］　その年に初めての夏山登山の行事で、六月第一日曜日に上高地の梓川で行なわれる　[季]夏

パリー祭　ぱりーさい　［宗］　フランスでフランス革命の発端となった日　[季]夏

パリ祭　ぱりさい　［人］　七月十四日、フランス革命の発端となったバスティーユ牢獄解放の日　[季]夏

ペリー祭　ぺりーさい　［宗］　五月十七日頃、下田市でペリーの黒船来航を記念して行われる催し　[季]夏

11画（窓，章，笠，笹）

ロザリオ祭　ろざりおさい　［宗］　十月七
日、キリスト教徒がレパントの海戦でトル
コ軍に勝ったのを、信者のロザリオの祈禱
によるものであったとしてそれを記念する
祝日　㋺秋

ワイン祭　わいんまつり　［人］　葡萄酒の産
地での祭で、山梨県では十月一日に行われ
る　㋺秋

祭　まつり　［宗］　俳諧ではすべての夏祭り
を総称して祭という　㋺夏

祭　まつり　［宗］　平安時代は、単に「祭」
といえば葵祭を指した　㋺夏

⁴祭太鼓　まつりたいこ　［宗］　祭の際に使わ
れる楽器。祭は夏祭のこと　㋺夏

⁵祭礼　さいれい　［宗］　夏の祭の総称　㋺夏

⁶祭舟　まつりぶね　［宗］　祭に使う舟。祭は
夏祭のこと　㋺夏

祭衣　まつりごろも　［宗］　祭の装束。祭は
夏祭のこと　㋺夏

⁷祭見　まつりみ　［宗］　祭を見物すること。
祭は夏祭のこと　㋺夏

⁹祭前　まつりまえ　［宗］　祭の前日。祭は夏
祭のこと　㋺夏

祭客　まつりきゃく　［宗］　祭の見物客。祭
は夏祭のこと　㋺夏

祭後　まつりあと　［宗］　祭の終ったあと。
祭は夏祭のこと　㋺夏

¹¹祭堂　ざいどう　［宗］　大日詣の別称　㋺
新年

祭宿　まつりやど　［宗］　祭礼の世話役の詰
め所のこと。祭は夏祭のこと　㋺夏

祭笠　まつりがさ　［宗］　祭のときに使う
笠。祭は夏祭のこと　㋺夏

祭笛　まつりぶえ　［宗］　祭の際に使われる
楽器。祭は夏祭のこと　㋺夏

¹²祭提灯　まつりぢょうちん　［宗］　祭に使わ
れる提灯。祭は夏祭のこと　㋺夏

¹³祭獅子　まつりじし　［宗］　祭に出る獅子。
祭は夏祭のこと　㋺夏

¹⁴祭髪　まつりがみ　［宗］　祭の髪型。祭は夏
祭のこと　㋺夏

²¹祭囃子　まつりばやし　［宗］　祭の音楽。祭
は夏祭のこと　㋺夏

²⁴祭鱧　まつりはも　［動］　七月の夏祭のころ
の旬の鱧　㋺夏

【窓】

⁸窓若葉　まどわかば　［植］　窓辺の初夏の草
木のみずみずしい新葉のこと　㋺夏

【章】

¹¹章魚　たこ　［動］　軟体動物の頭足類に属す
る海産動物。日本ではよく食べるが、欧米
では嫌われている　㋺夏

章魚壺　たこつぼ　［動］　章魚を捕えるため
の壺　㋺夏

【笠】

²⁰笠懸け　かさがけ　［人］　陰暦五月五日に宮
中で行われた騎射の一種で、笠をかけた的
に馬上から矢を射る　㋺夏

【笹】

⁰笹きり　ささきり　［動］　キリギリスの別称
㋺秋

笹の子　ささのこ　［植］　篠の子の別称。梅
雨頃に生えてくる小竹の筍　㋺夏

³笹子　ささこ　［動］　その年生まれの鴬の幼
鳥　㋺冬

笹子鳴く　ささこなく　［動］　その年生まれ
た鴬の幼鳥が舌打ちするように鳴くこと
㋺冬

⁴笹五位　ささごい　［動］　サギ科の夜行性の
夏鳥で、初夏に営巣のため飛来し、冬は南
方へ帰っていく　㋺夏

⁶笹百合　ささゆり　［植］　百合の一種。薄紅
色の大輪の花をつける　㋺夏

⁷笹売　ささうり　［人］　七夕の竹を売るもの
㋺秋

⁹笹巻　ささまき　［人］　粽の一種　㋺夏

笹巻鮓　ささまきずし　［人］　鮓の一種
㋺夏

笹海苔　ささのり　［植］　青海苔の一種
㋺春

¹²笹散る　ささちる　［植］　初夏、新葉が出て
竹の古葉が落ちること　㋺夏

笹葉銀蘭　ささばぎんらん　［植］　銀蘭の一
種　㋺春

¹⁴笹粽　ささちまき　［人］　粽の一種　㋺夏

笹鳴　ささなき　［動］　冬鴬の地鳴きのこと
㋺冬

¹⁶笹龍胆　ささりんどう　［植］　龍胆の一種

俳句季語よみかた辞典　369

11画（笛, 符, 筈, 粗, 粕, 粒, 粋, 経, 絃, 紺, 細）

㉄秋

¹⁹笹藻　ささも　［植］　ヒルムシロの別称。夏
　に繁茂する　㉄夏

【笛】

¹⁶笛瓢　さるひょう　［植］　瓢の実の別称。晩
　秋に実り、巣くっている虫がでてしまうと
　空洞ができており、口をあてて吹くとよく
　鳴る　㉄秋

【符】

　お符切　おふだきり　［宗］　遊行寺の札切の
　こと　㉄新年

【筈】

⁴筈太刀　しもとだち　［宗］　鵜坂祭に使われ
　る道具　㉄夏

¹¹筈祭　しもとまつり　［宗］　鵜坂祭の別称
　㉄夏

【粗】

⁵粗氷　そひょう　［天］　樹氷より霧粒が大き
　いもの　㉄冬

【粕】

⁵粕汁　かすじる　［人］　酒の粕を混ぜた味噌
　汁　㉄冬

⁸粕取焼酎　かすとりしょうちゅう　［人］　焼
　酎の一種　㉄夏

【粒】

¹²粒遊　つぶあそび　［人］　江戸時代に行なわ
　れた穴一に似た正月遊び　㉄新年

【粋】

⁸粋和　しんこあえ　［人］　新茄子和の別称
　㉄夏

【経】

⁰経の紐解　きょうのひもとき　［宗］　御忌の
　風俗　㉄春

　経よみ鳥　きょうよみどり　［動］　鶯の別称
　㉄春

⁴経木流　きょうぎながし　［宗］　大阪で陰暦
　七月十六日、四天王寺に参詣して先祖や有
　縁の人の戒名を経木に書いてもらい、これ

を境内にある亀の井の水にたむける習俗
　㉄秋

　経木帽　きょうぎぼう　［人］　経木で編んだ
　帽子　㉄夏

　経木帽子　きょうぎぼうし　［人］　経木で編
　んだ帽子　㉄夏

⁸経供養　きょうくよう　［宗］　新しく書写し
　た経典（多くは一切経）を仏前に供えて供養
　する法会　㉄春

【絃】

⁵絃召　つるめそ　［宗］　祇園会の神輿の渡御
　で甲冑武者が徒歩で従うこと　㉄夏

　絃召酒盛　つるめそのさかもり　［宗］　正月
　二日、京都・愛宕寺で昔行なわれた牛王加
　持の酒盛りのこと　㉄新年

【紺】

⁷紺足袋　こんたび　［人］　紺色の足袋　㉄冬

¹¹紺菊　こんぎく　［植］　野菊の一つ。晩秋に
　濃紫色の花が咲く　㉄秋

【細】

³細工始　さいくはじめ　［人］　新年になって
　初めて細工職人がする仕事始め　㉄新年

⁴細水葱　ささなぎ　［植］　小水葱の別称
　㉄春

　細水葱の花　ささなぎのはな　［植］　小水葱
　の花の別称。初秋、水葵に似た碧紫色の花
　をひらく　㉄秋

⁵細布　さいみ　［人］　生布の一種で、織り目
　のあらい麻布　㉄夏

⁹細炭　ほそずみ　［人］　白炭のこと　㉄冬

¹⁰細根大根　ほそねだいこん　［植］　秦野大根
　の別称　㉄春

¹¹細雪　ささめゆき　［天］　細かく降る雪
　㉄冬

　細魚　さより　［動］　サヨリ科に属する海
　魚。吸い物やさしみとして美味　㉄春

¹²細葉冬青　ほそばもち　［植］　モチノキ科の
　常緑小高木。五月頃、葉の根元に黄緑色の
　小花が咲く　㉄夏

　細葉蓼　ほそばたで　［植］　蓼の一種。蓼は
　夏の季語　㉄夏

　細葉麒麟草　ほそばきりんそう　［植］　麒麟
　草の一種。六月頃に黄色い五弁花を集める

㊥夏

¹⁷細螺　きさご　［動］　バテイラ科の海産巻き貝。殻をおはじきなどに用いて遊ぶ　㊥春

¹⁹細藺　ほそい　［植］　藺の一種。夏に伸びた茎を刈って畳や茣蓙などの材料に使う　㊥夏

【紫】

紫　むらさき　［植］　ムラサキ科の多年草。根から紫色の染料がとれる　㊥春

⁰紫うまごやし　むらさきうまごやし　［植］　苜蓿の一種　㊥春

紫えのころ　むらさきえのころ　［植］　狗尾草（えのころぐさ）の別称。全体が緑色で、秋に出る穂で子供が遊ぶ　㊥秋

紫の花　むらさきのはな　［植］　ムラサキ科の多年草。晩夏、葉の根元に白い花をつける　㊥夏

紫キャベツ　むらさききゃべつ　［植］　高冷地で栽培する、葉や茎の表皮が紫色のキャベツ　㊥冬

²紫丁香花　むらさきはしどい　［植］　ライラックの別称　㊥春

⁴紫丹　したん　［植］　紫の別称　㊥夏

紫木蓮　しもくれん　［植］　木蓮の一種　㊥春

紫水母　むらさきくらげ　［動］　水母の一種　㊥夏

⁵紫甘藍　むらさきかんらん　［植］　高冷地で栽培する、葉や茎の表皮が紫色のキャベツ　㊥冬

⁶紫地楡　しちゆ　［植］　現の証拠の別称。夏に採って下痢止めの薬草とする　㊥夏

紫式部　むらさきしきぶ　［植］　山野に自生しているクマツヅラの落葉低木。晩秋になって小さな丸い実が群がり、紫色に熟するのが美しく、単に紫式部というと花ではなく実のことをさす　㊥秋

紫式部の実　むらさきしきぶのみ　［植］　紫式部のことで、晩秋になって小さな丸い実が群がり、紫色に熟するのが美しい　㊥秋

⁷紫花地丁　すみれ　［植］　スミレ科の植物の総称。世界に四百種以上あるとされる　㊥春

⁸紫狗尾草　むらさきえのころぐさ　［植］　その穂の色が紫色に見える品種　㊥秋

紫苑　しおん　［植］　キク科の多年草。秋の野菊に似た花を切り花として観賞する　㊥秋

紫苑の芽　しおんのめ　［植］　草の芽の一つ　㊥春

紫茉莉　むらさきまつり　［植］　白粉花の別称　㊥秋

紫金牛　やぶこうじ　［植］　山林の陰地などに生える常緑小低木で、冬に実が赤く熟する　㊥冬

紫金苔　しこんのり　［植］　ネンジュモ科の藍藻類で、熊本県の水前寺川の清流に産する　㊥夏

⁹紫海苔　むらさきのり　［植］　海苔の一種　㊥春

紫荊　はなずおう，はなすおう　［植］　中国産のマメ科の落葉低木で、四月頃、葉よりも前に紅紫色の小花が咲く　㊥春

紫荊の実　はなずおうのみ　［植］　もと中国産、マメ科の低木で春に紅紫色の美しい花をつけ、花が終わると、莢実をつける。莢実は扁平で、線状長楕円形、外縁線に狭い翼がある　㊥秋

紫草　むらさき　［植］　ムラサキ科の多年草。根から紫色の染料がとれる。晩夏、葉の根元に白い花をつける　㊥夏

¹⁰紫根掘る　しこんほる　［人］　紫の根を掘ること　㊥冬

紫華鬘　むらさきけまん　［植］　けまん草の一種　㊥春

紫莧　むらさきひゆ　［植］　ヒユの一種　㊥夏

¹¹紫菀　しおん　［植］　キク科の多年草。秋の野菊に似た花を切り花として観賞する　㊥秋

紫釣船　むらさきつりふね　［植］　釣船草の別称。初秋の頃、淡紅紫色の花を釣り下げる　㊥秋

¹²紫萼　しがく　［植］　擬宝珠の別称　㊥夏

紫陽花　あじさい　［植］　ユキノシタ科の落葉低木。梅雨の頃、枝先に丸く花が咲き、咲いた花の色が白から紫、紫褐色と変化する　㊥夏

紫陽花の芽　あじさいのめ　［植］　草の芽の一つ　㊥春

紫雲英　げんげ　［植］　マメ科の作物。古くから飼料などとして水田の裏作とし栽培された。春に紅紫色の花をつける　㊥春

俳句季語よみかた辞典　371

紫雲英蒔く　げんげまく, げんげそうまく　［人］　九月から十月に紫雲英の種を蒔くこと　[季]秋

13紫蜆　むらさきしじみ　［動］　蜆の一種　[季]春

14紫蓼　むらさきたで　［植］　蓼の一種。蓼は夏の季語　[季]夏

15紫蕙　しけい　［植］　紫蘭の別称　[季]夏

16紫薇　しび　［植］　百日紅（さるすべり）の別称　[季]夏

紫薇　むらさきわらび　［植］　蕨の一種　[季]春

19紫羅欄花　あらせいとう　［植］　南欧原産の多年草で、晩春、白や紫赤色の大形の花をふさ状に多数つける　[季]春

紫蘇　しそ　［植］　シソ科の一年草で、夏葉を刺身のつまや薬味などに利用する　[季]夏

紫蘇の花　しそのはな　［植］　シソ科の一年草で、夏の終わりごろ白い小花をつける　[季]夏

紫蘇の実　しそのみ　［植］　花が終わった秋、実が縦に並んで穂状に実るもの。なかに芥子粒のような黒い種がある　[季]秋

紫蘇の芽　しそのめ　［植］　青紫蘇の発芽した双葉　[季]春

紫蘇の葉　しそのは　［植］　夏の青々とした紫蘇の葉のこと　[季]夏

紫蘇粥　しそがゆ　［人］　紫蘇の葉を入れた粥で、邪気をはらう意で正月に食べた　[季]新年

紫蘭　しらん　［植］　ラン科の多年草。初夏五、六月頃に茎を伸ばして赤紫色の花をつける　[季]夏

紫蘭　しらん　［植］　フジバカマの別称　[季]秋

【終】

0終い彼岸　しまいひがん　［時］　彼岸の最後の日　[季]春

終ひ彼岸　しまいひがん　［時］　彼岸の最後の日　[季]春

3終大師　しまいだいし　［宗］　十二月二十一日、その年最後の弘法大師の縁日　[季]冬

4終天神　しまいてんじん　［宗］　十二月二十五日、その年最後の天満宮の縁日　[季]冬

5終弘法　しまいこうぼう　［宗］　十二月二十一日、その年最後の弘法大師の縁日　[季]冬

8終金毘羅　しまいこんぴら　［宗］　納の金毘羅に同じ　[季]冬

9終相場　しまいそうば　［人］　十二月二十八日、一年最終の株の相場立て　[季]冬

11終雪　しゅうせつ　［天］　その春、最後に降る雪のこと　[季]春

13終戦の日　しゅうせんのひ　［宗］　八月十五日、終戦記念日のこと　[季]秋

終戦日　しゅうせんび　［宗］　八月十五日、終戦記念日のこと　[季]秋

終戦記念日　しゅうせんきねんび　［人］　八月十五日、日本が連合国に無条件降伏して第二次世界大戦が終了した日　[季]秋

17終霜　しゅうそう　［天］　晩春、急に気温が下がっておりる霜のこと　[季]春

【組】

ねぶた組む　ねぶたくむ　［人］　組みねぶたをつくる一過程　[季]秋

0組みねぶた　くみねぶた　［人］　歴史上の人物、ことに武者奮戦の図などを竹の骨組みで張り子に造ったもの　[季]秋

3組上　くみあげ　［人］　夏の夜の子供用の見せ物。切抜絵で芝居や物語の見せ場を組立てる　[季]夏

5組立　くみたて　［人］　立版古の別称。夏の夜の子供用の見せ物。切抜絵で芝居や物語の見せ場を組立てる　[季]夏

組立灯籠　くみたてとうろう　［人］　夏の夜の子供用の見せ物。切抜絵で芝居や物語の見せ場を組立てる　[季]夏

9組重　くみじゅう　［人］　近世、年賀の訪問客に出す重箱にさまざまな料理をつめたもの。現在のお節料理につながる　[季]新年

12組絵　くみえ　［人］　立版古の別称。夏の夜の子供用の見せ物。切抜絵で芝居や物語の見せ場を組立てる　[季]夏

13組蓬萊　くみほうらい　［人］　右に方丈、左に瀛州を模した蓬萊飾。堂上家の三峰膳から発達した　[季]新年

【羚】

6羚羊　かもしか　［動］　本州・四国・九州の山地に住む山羊に似た動物　[季]冬

【翌】

[0]**翌なき春**　あすなきはる　［時］　陽暦四月が終わること　[季]春

翌は秋　あすはあき　［時］　夏の終わり。陰暦六月の晦日　[季]夏

[7]**翌来る秋**　あすきたるあき　［時］　夏の終わり。陰暦六月の晦日　[季]夏

【脚】

しびれ脚気　しびれかっけ　［人］　脚気の一種　[季]夏

はれ脚気　はれかっけ　［人］　脚気の一種　[季]夏

[6]**脚気**　かっけ　［人］　ビタミンB_1の欠乏によっておこる病気。食欲不振や栄養不良になりがちな夏に多かった　[季]夏

【脱】

チャンチャンコ脱ぐ　ちゃんちゃんこぬぐ　［人］　暖かくなって、防寒用のちゃんちゃんこを脱ぐこと　[季]春

マント脱ぐ　まんとぬぐ　［人］　春になり防寒用のマントを脱ぎ軽装になること　[季]春

[14]**脱穀**　だっこく　［人］　秋、稲刈り・刈干しの後に行う、穂から籾を分け取る農作業　[季]秋

脱穀機　だっこくき　［人］　秋の稲扱をする機械　[季]秋

【船】

コレラ船　これらせん　［人］　海外からきた船で、船中でコレラ患者が出たため入港できない船　[季]夏

[2]**船人**　ふなど　［人］　船で沖に出てからもぐる海女。海女が春の季語なので、これも季節は春となる　[季]春

[4]**船方祭**　ふなかたまつり　［人］　船起の別称　[季]新年

[5]**船出始**　ふなではじめ　［人］　船起の別称　[季]新年

船玉祭　ふなだままつり　［宗］　長崎市・崇福寺で行なわれる行事。古歳時記には八月二十二日を祭日としている　[季]秋

船生洲　ふないけす　［人］　大型の船を料理屋にしたてて、新鮮な魚貝料理を楽しむ川遊びのこと　[季]夏

[6]**船虫**　ふなむし　［動］　フナムシ科。体長三～四センチぐらいで、ワラジムシのようなもの。夏の海辺に多い　[季]夏

[7]**船初**　ふなはじめ　［人］　船起の別称　[季]新年

船囲い　ふなかこい　［人］　休漁中の船を浜に引きあげ苫やシートで囲っておくこと。特に春の鰊漁が終わった後の船についていう　[季]夏

船囲う　ふねかこう　［人］　休漁中の船を浜に引きあげ苫やシートで囲っておくこと。特に春の鰊漁が終わった後の船についていう　[季]夏

船形の火　ふながたのひ　［宗］　八月十六日、京都の盂蘭盆会での霊を送る行事。大文字焼きとして有名　[季]秋

[9]**船乗初**　ふなのりぞめ　［人］　船起の別称　[季]新年

船施餓鬼　ふなせがき　［宗］　水死人を弔うために川岸や船中で行なう施餓鬼　[季]秋

船星　ふなぼし　［天］　春の北斗七星の別称　[季]春

[10]**船料理**　ふなりょうり　［人］　大型の船を料理屋にしたてて、新鮮な魚貝料理を楽しむ川遊びのこと　[季]夏

船起　ふなおこし　［人］　正月二日に船霊を祀る仕事始め行事。ただ地域により名称・日取り・儀式内容はさまざまである　[季]新年

[11]**船祭**　ふなまつり　［宗］　天満祭の別称　[季]夏

[12]**船遊**　ふなあそび　［人］　納涼のために海や川・湖などに遊船を出した遊び　[季]夏

船遊山　ふなゆさん　［人］　納涼のために海や川・湖などに遊船を出した遊び　[季]夏

[14]**船鉾**　ふなほこ　［宗］　祇園会の鉾山の一つ　[季]夏

[15]**船霊祭**　ふなだままつり　［宗］　船起の別称　[季]新年

船霊節句　ふなだませっく　［人］　船起の別称　[季]新年

【萎】

[16]**萎蕤**　いずい　［植］　甘野老の別称　[季]夏

【葛】

葛　くず　［植］　山野に生えるマメ科の蔓性

多年草。秋の七草の一つ [季]秋

0葛かづら　くずかずら ［植］ 葛の別称 [季]秋

葛の花　くずのはな ［植］ 晩夏から初秋にかけて、葉のつけ根から十数センチの紫紅色の花序ができる [季]秋

葛の花残る　くずのはなのこる ［植］ 秋が深まっても葛の花が咲き残ること [季]秋

葛の若葉　くずのわかば ［植］ 葛若葉のこと [季]春

葛の葉　くずのは ［植］ 裏が白く、風に裏返るのがおもしろい葉。三枚の小葉が一つ柄についている [季]秋

葛の葉うら　くずのはうら ［植］ 秋の葛葉の裏が白褐色の毛が生えて白く見えること [季]秋

葛の葉かへす　くずのはかえす ［植］ 秋風が葛の葉を白く裏返すこと [季]秋

4葛切　くずきり ［人］ 葛練を細く切ったもの [季]夏

葛引く　くずひく ［人］ 晩秋、葛粉を取るために山野に生える葛根を掘ること [季]秋

葛水　くずみず ［人］ 葛粉を冷水で溶いて、砂糖を加えたもの。夏の飲み物 [季]夏

5葛布　くずふ ［人］ 生布の一種で、葛を材料としたもの [季]夏

6葛西海苔　かさいのり ［植］ 海苔の一種 [季]春

8葛若葉　くずわかば ［植］ 葛の芽が、晩春に若葉となったもの [季]春, 夏

10葛晒し　くずさらし ［人］ 葛根を細かく砕いて水槽の中に入れ、分離した澱粉が固まるまで水を替えつつ晒すこと。寒中の水がよいとされる [季]冬

葛根掘る　くずねほる ［人］ 晩秋、葛粉を取るために山野に生える葛根を掘ること [季]秋

葛桜　くずざくら ［人］ 葛饅頭を桜の青葉で包んだもの [季]夏

葛砧　くずきぬた ［人］ 秋、葛を打つ砧 [季]秋

葛索麺　くずそうめん ［人］ 葛粉から作った麺状の食べ物。冷やしてだし汁をかけて食べる。涼味から夏の季語となる [季]夏

葛素麺　くずそうめん ［人］ 葛粉から作った麺状の食べ物。冷やしてだし汁をかけて食べる。涼味から夏の季語となる [季]夏

11葛掘る　くずほる ［人］ 晩秋、葛粉を取るために山野に生える葛根を掘ること [季]秋

12葛湯　くずゆ ［人］ 葛粉と砂糖を熱湯で溶かし飲む。体の暖まる冬の飲料 [季]冬

14葛練　くずねり ［人］ 葛粉から作った菓子。水に溶き砂糖を加えて、煮てから練り固めたもの。涼味から夏の季語となる [季]夏

葛餅　くずもち ［人］ 葛粉から作った菓子。涼味から夏の季語となる [季]夏

18葛藤　つづらふじ ［植］ ツヅラフジ科の蔓性植物。晩夏七月頃、淡緑色の小花が集まり咲く [季]夏

20葛饅頭　くずまんじゅう ［人］ 葛粉から作った菓子で、半透明に固めたときに餡をくるんで饅頭のようにしたもの。涼味から夏の季語となる [季]夏

葛麺　くずめん ［人］ 葛索麺の別称 [季]夏

22葛籠葛　つづらかずら ［植］ 葛藤の別称。晩夏七月頃、淡緑色の小花が集まり咲く [季]夏

【菊】

しゆんとう菊　しゅんとうぎく ［植］ シネラリヤの別称 [季]春

菊　きく ［植］ 秋の代表的な花で、キク科の花の総称 [季]秋

0菊くらべ　きくくらべ ［人］ 菊を使った作り物に和歌を添え、風流さを競うもの。または、花のできを争う品評会のような催し [季]秋

菊の友　きくのとも ［植］ 菊を賞する友。菊は秋の季語 [季]秋

菊の日　きくのひ ［人］ 陰暦九月九日、重陽の節句のこと [季]秋

菊の主　きくのあるじ ［植］ 菊の持ち主。菊は秋の季語 [季]秋

菊の冬至芽　きくのとうじめ ［植］ 冬至芽に同じ [季]冬

菊の枕　きくのまくら ［人］ 菊枕のこと [季]秋

菊の芽　きくのめ ［植］ 春先に伸びだした菊の新芽のこと [季]春

菊の若葉　きくのわかば ［植］ 春になって萌え出した菊の苗の若葉のこと [季]春

菊の苗　きくのなえ ［植］ 春、新芽の伸びた菊の茎先を移植したもの [季]春

11画（菊）

菊の染綿　きくのそめわた　［人］　菊の着綿
　の別称　㋑秋

菊の秋　きくのあき　［時］　陰暦九月の別称
　㋑秋

菊の宴　きくのえん　［人］　重陽に設される
　宴　㋑秋

菊の根分　きくのねわけ　［人］　春先に菊を
　根分すること　㋑春

菊の酒　きくのさけ　［人］　平安時代以降中
　世頃まで、朝廷で陰暦九月九日の重陽の節
　句に飲まれた酒。あるいは菊の花びらを浮
　かべた酒もさす　㋑秋

菊の宿　きくのやど　［植］　菊の花の咲く
　宿。菊は秋の季語　㋑秋

菊の著綿　きくのきせわた　［人］　陰暦九月
　九日、重陽の節句の行事の一つ　㋑秋

菊の着綿　きくのきせわた　［宗］　陰暦九月
　九日、重陽の節句の行事の一つ　㋑秋

菊の絵櫃　きくのえひつ　［人］　秋の雛に供
　える絵櫃　㋑秋

菊の節供　きくのせっく　［人］　陰暦九月九
　日、重陽の節句のこと　㋑秋

菊の綿　きくのわた　［人］　菊の着綿の別称
　㋑秋

菊の露　きくのつゆ　［植］　菊にできた露。
　菊は秋の季語　㋑秋

菊むぐら　きくむぐら　［植］　葎の一種
　㋑夏

²菊人形　きくにんぎょう　［人］　菊で細工し
　た人形のこと。人形の衣装を秋の菊の花で
　飾り付ける。秋に行われる菊の品評会など
　で展示される　㋑秋

菊人形展　きくにんぎょうてん　［人］　菊人
　形の展覧会　㋑秋

³菊大輪　きくたいりん　［植］　菊の花の大
　輪。菊は秋の季語　㋑秋

⁴菊分つ　きくわかつ　［人］　春、菊の株根か
　ら萌え出した芽を分植・増植のため根分す
　ること　㋑春

菊日和　きくびより　［天］　秋、菊花の盛り
　の頃のよく晴れた日　㋑秋

菊月　きくづき　［時］　陰暦九月の別称
　㋑秋

菊水　きくすい　［人］　重陽に飲まれたもの
　㋑秋

菊水鉾　きくすいぼこ　［宗］　祇園会の鉾山

の一つ　㋑夏

菊牛　きくうし　［動］　菊吸虫の別称　㋑秋

⁵菊白子　きくしらこ　［人］　雲腸の別称で鱈
　の白子のこと。白菊の大輪のようにみえる
　ことからの名　㋑冬

⁶菊吸　きくすい　［動］　菊吸虫の別称　㋑秋

菊吸天牛　きくすいかみきり　［動］　菊吸虫
　の別称　㋑秋

菊吸虫　きくすいむし　［動］　菊の害虫で、
　カミキリムシの一種。体長一センチぐらい
　で、色は黒色。秋の菊の茎を嚙み切る
　㋑秋

菊合　きくあわせ　［人］　菊を使った作り物
　に和歌を添え、風流さを競うもの。または、
　花のできを争う品評会のような催し　㋑秋

菊芋　きくいも　［植］　秋咲く黄色の花が菊
　の花に似て、しかも地下に紡錘形の塊茎を
　作る。特臭がある　㋑秋

⁷菊作り　きくづくり　［植］　菊を栽培するこ
　と。菊は秋の季語　㋑秋

菊花の酒　きっかのさけ，きくかのさけ
　［人］　菊の酒のこと　㋑秋

菊花宴　きっかえん　［人］　重陽を祝い行わ
　れた宮廷行事　㋑秋

菊花展　きくかてん　［人］　秋に行われる菊
　の品評会　㋑秋

⁸菊供養　きくくよう　［宗］　十月十八日、東
　京・浅草寺で行なわれる菊の供養　㋑秋

菊居　きくすえ　［人］　陰暦九月九日、重陽
　の節句の行事の一つ　㋑秋

菊枕　きくまくら，きくちん　［人］　菊の花
　を摘んで陰干しにして乾かし、それをつめ
　て枕にしたもの　㋑秋

菊苦菜　きくにがな　［植］　欧州原産の葉菜
　で、初春の葉をサラダなどに利用。晩春に
　は薹が立つ　㋑春

菊虎　きくすい　［動］　菊吸虫の別称　㋑秋

⁹菊咲月　きくさきづき　［時］　陰暦九月の別
　称　㋑秋

菊枯る　きくかる　［植］　冬、華やかだった
　菊の花が散ることもなく萎れてしまったさ
　ま　㋑冬

菊枯るる　きくかるる　［植］　冬、華やか
　だった菊の花が散ることもなく萎れてし
　まったさま　㋑冬

菊畑　きくばたけ　［植］　菊を栽培する畑。

俳句季語よみかた辞典　375

11画（菌, 菰, 菜）

菊は秋の季語　㋺秋

10菊唐草　きくからくさ　［植］　鉄線花の別称
㋺夏

菊展　きくてん　［人］　秋に行われる菊の品
評会　㋺秋

菊師　きくし　［人］　菊人形をつくる人。菊
人形は秋の季語　㋺秋

菊挿す　きくさす　［人］　梅雨の頃、繁殖の
ため菊の挿し芽をすること　㋺夏

菊挿芽　きくさしめ　［人］　梅雨の頃、繁殖
のため菊の挿し芽をすること　㋺夏

菊時　きくどき　［植］　菊の花の咲く時。菊
は秋の季語　㋺秋

菊根分　きくねわけ　［人］　春先に菊を根分
すること　㋺春

菊残る　きくのこる　［植］　秋も終わろうと
する時期にまだ咲き残っている菊　㋺秋

菊酒　きくざけ　［人］　菊の酒のこと　㋺秋

11菊瓶　きくがめ　［人］　菊花の宴に使われた
もの　㋺秋

菊菜　きくな　［植］　春菊の別称　㋺春

菊黄花あり　きっこうかあり　［時］　七十二
候の一つで、寒露の第三候。陽暦十月十九
日から二十三日頃　㋺秋

12菊植う　きくうう　［人］　春、根分けした菊
の苗を床や鉢に植えること　㋺春

菊萵苣　きくぢしゃ　［植］　インド原産の苦
味があるレタスの一種。春から夏にかけて
新葉をサラダにする　㋺夏

13菊腸　きくわた　［人］　雲腸の別称で鱈の白
子のこと。白菊の大輪のようにみえること
からの名　㋺冬

15菊蕗　きくふき　［植］　シネラリヤの別称
㋺春

16菊頭蝙蝠　きくがしらこうもり　［動］　蝙蝠
の一種　㋺夏

17菊膾　きくなます　［人］　菊の花を茹で、三
杯酢などで食べる料理　㋺秋

18菊戴　きくいただき　［動］　日本最小の鳥
で、マツムシリともいう。早春、平地にま
で降りてくる　㋺秋、春

菊雛　きくびな　［宗］　秋の九月九日に雛を
祭る風俗　㋺秋

22菊襲　きくがさね　［人］　秋衣のかさねの色
目の一つ。表は白、裏は蘇芳　㋺秋

菊襲の衣　きくがさねのころも　［人］　秋衣

のかさねの色目の一つ。表は白、裏は蘇芳
㋺秋

【菌】

菌　きのこ　［植］　晩秋、日陰の朽ち木や落
葉の上などに生える菌類の一般的な呼称
㋺秋

9菌狩　きのこがり　［人］　秋の行楽の一つ。
山林に入り松茸をはじめとする茸を採るも
の　㋺秋

【菰】

菰　こも　［植］　夏に、沼や池などで青々と
生い茂る真菰のこと　㋺夏

0菰の花　こものはな　［植］　真菰の花に同
じ。秋に大きな円錐状の花穂をつける
㋺秋

菰の若葉　こものわかば　［植］　草の若葉の
一つ　㋺春

4菰刈船　こもかりぶね　［人］　真菰を刈り取
るための船　㋺夏

5菰白　こもづの　［植］　真菰の茎に黒穂病菌
が寄生して生じるタケノコ状の瘤　㋺春

7菰角　こもづの　［植］　真菰の茎に黒穂病菌
が寄生して生じるタケノコ状の瘤　㋺春

9菰巻　こもまき　［人］　雪の重みで折れるの
を防ぐために、竹や樹木を筵や縄でぐるぐ
る巻きにして補強すること　㋺冬

11菰船　こもぶね　［人］　真菰を刈り取るため
の船　㋺夏

菰菜　こさい　［植］　真菰の茎に黒穂病菌が
寄生して生じるタケノコ状の瘤　㋺春

12菰筍　こじゅん　［植］　真菰の茎に黒穂病菌
が寄生して生じるタケノコ状の瘤　㋺春

14菰粽　こもちまき　［人］　粽の一種　㋺夏

【菜】

かぶ菜　かぶな　［植］　葉菜の別称　㋺冬

くくたち菜　くくたちな　［植］　茎立菜のこ
と　㋺春

すいぐき菜　すいぐきな　［植］　冬菜の一つ
で、根も葉も食用にする　㋺冬

まつ菜　まつな　［植］　葉菜の一種　㋺冬

ゆで菜　ゆでな　［植］　冬菜を茹でたもの
㋺冬

サラダ菜　さらだな　［植］　サラダに食され

る菜　[季]春

0菜の花　なのはな　［植］　ナタネの花。早春から四月ごろに咲く黄色の花。種から油をとったり、花を食用にする　[季]春

菜の花漬　なのはなづけ　［人］　春の菜の花（あぶらな）とその葉を塩漬けにしたもの　[季]春

菜の花雛　なのはなびな　［人］　雛人形の一種　[季]春

4菜爪　なづめ　［人］　七種爪の別称　[季]新年

6菜瓜　なうり　［植］　青瓜の別称　[季]夏

菜虫　なむし　［動］　白菜、大根、蕪などの葉を食う虫の総称　[季]秋

菜虫取る　なむしとる　［動］　菜虫を駆除すること　[季]秋

7菜売　なうり　［人］　菜を売り歩く女や商人　[季]新年

菜花蝶に化す　なのはなちょうにかす　［動］　黄色い菜の花に黄色い蝶が群がるのが、まるで蝶が花から抜け出したように感じること　[季]春

菜芥　ながらし, なあく　［植］　芥菜の別称　[季]春

菜豆　いんげん　［植］　隠元豆の別称。初秋、花の後に莢ができて垂れ下がるのを収穫する　[季]秋

9菜洗う　なあらう　［植］　漬物用の冬菜を水洗すること　[季]冬

菜洗ふ　なあらう　［人］　漬物用の冬菜を水洗すること　[季]冬

10菜候　なそう　［人］　菜売りの呼び声。菜売りのこともいう　[季]新年

菜屑　なくず　［植］　屑菜のこと　[季]冬

11菜殻　ながら　［人］　菜種の種を取り去ったあと　[季]夏

菜殻火　ながらび　［人］　菜殻焚きの火　[季]夏

菜殻焚く　ながらたく　［人］　初夏、菜種を取ったあとのアブラナの種殻を田で燃やすこと　[季]夏

12菜間引く　なまびく　［植］　秋に大根や蕪や小松菜など菜類の畑から間引きをすること　[季]秋

菜飯　なめし　［人］　菜や大根の葉を刻み入れ味をつけてたいたごはん　[季]冬

菜飯　なめし, なはん　［人］　茹で刻んだ春菜を、酒と塩を加えて炊いた御飯にふりかけて食べるもの　[季]春

菜飯もどき　なめしもどき　［人］　菜飯に似せてつくったもの　[季]春

菜飯茶屋　なめしぢゃや　［人］　菜飯を食べさせる茶屋　[季]春

14菜摘川の神事　なつみがわのしんじ　［宗］　正月七日、奈良県吉野川の流域で古来行われた若菜を摘んで神に供える神事　[季]新年

菜漬　なづけ　［人］　大根や蕪の葉、茎を塩漬にした冬の保存食　[季]冬

菜種の花　なたねのはな　［植］　菜の花のこと　[季]春

菜種干す　なたねほす　［人］　初夏、菜種を干すこと　[季]夏

菜種刈　なたねかり　［人］　初夏、菜種を刈り取ること　[季]夏

菜種刈る　なたねかる　［人］　初夏、菜種を刈り取ること　[季]夏

菜種打つ　なたねうつ　［人］　初夏、菜種を打って種をおとすこと　[季]夏

菜種河豚　なたねふぐ　［動］　菜種の花が咲くころの河豚の総称。毒がもっとも強いとされる　[季]春

菜種梅雨　なたねづゆ　［天］　菜の花の咲くころに降る雨　[季]春

菜種殻　なたねがら　［人］　菜種油を絞ったかすのこと　[季]夏

菜種御供　なたねごく　［宗］　北野菜種御供のこと　[季]春

菜種焚く　なたねたく　［人］　初夏、菜種を取ったあとのアブラナの種殻を田で燃やすこと　[季]夏

菜種蒔く　なたねまく　［人］　晩秋、翌春咲く菜の花の種を蒔くこと　[季]秋

菜雑炊　なぞうすい　［人］　雑炊の一つで、菜っぱを入れたもの　[季]冬

15菜盤　さいばん　［人］　春盤の別称　[季]新年

【菖】

13菖蒲　しょうぶ　［植］　サトイモ科の多年草。端午の節句に用いる植物で、花は美しくない。古くは「あやめ」といわれたため、アヤメ科の菖蒲（あやめ）や花菖蒲（花菖蒲）と混同されやすい　[季]夏

菖蒲たたき　しょうぶたたき　［人］　菖蒲打

ちの別称 [季]夏
菖蒲の日 あやめのひ ［人］ 端午の別称 [季]夏
菖蒲の占 あやめのうら ［人］ 菖蒲を結んで軒にかけ、事の成就を占った女の子の遊び [季]夏
菖蒲の車 あやめのくるま ［人］ 宮中に奉る菖蒲をのせた車 [季]夏
菖蒲の枕 あやめのまくら ［人］ 端午の節句の夜に菖蒲を枕の下に敷いて寝ると邪気を払うという俗信 [季]夏
菖蒲の芽 しょうぶのめ ［植］ 草の芽の一つ [季]春
菖蒲の盃 あやめのさかずき ［人］ 菖蒲の葉や根を刻み酒に漬けたもの。厄払いに端午の節句で飲んだ [季]夏
菖蒲の案 あやめのつくえ ［人］ 端午の節会に菖蒲を献上したとき、菖蒲草を盛った机 [季]夏
菖蒲の根合 あやめのねあわせ ［人］ 平安時代、貴族の遊戯として行われた、菖蒲の根の長さを比べ歌をよみ添えて勝負を争ったもの [季]夏
菖蒲の帷子 あやめのかたびら ［人］ 五月五日以後より五月末までに着る紺の帷子 [季]夏
菖蒲の節句 あやめのせっく ［人］ 端午の別称 [季]夏
菖蒲の節会 あやめのせちえ ［人］ 端午の別称 [季]夏
菖蒲の鉢巻 しょうぶのはちまき ［人］ 平安時代、五月五日の節会にショウブやよもぎを髪に差したり、かざったりしたもの [季]夏
菖蒲の輿 あやめのこし ［人］ 菖蒲を盛って飾った輿 [季]夏
菖蒲を献ず あやめをけんず ［人］ 端午の節会に中務省の内薬司と宮内省の典薬寮とから菖蒲を机に盛って進奏したこと [季]夏
菖蒲を献る しょうぶをたてまつる ［人］ 端午の節会に中務省の内薬司と宮内省の典薬寮とから菖蒲を机に盛って進奏したこと [季]夏
菖蒲人形 しょうぶにんぎょう ［人］ 五月五日の端午の節句に飾る人形 [季]夏
菖蒲刀 しょうぶがたな ［人］ 江戸時代、五月五日の端午の節句に子供が遊んだ菖蒲の葉を束ねて作った刀 [季]夏
菖蒲刈る あやめかる ［人］ 五月五日の端午の節句に飾る菖蒲を刈り取ること [季]夏
菖蒲切 しょうぶぎり ［人］ 菖蒲打ちの別称 [季]夏
菖蒲太刀 しょうぶだち ［人］ 菖蒲刀の別称 [季]夏
菖蒲引く あやめひく ［人］ 五月五日の端午の節句に飾る菖蒲を刈り取ること [季]夏
菖蒲打ち しょうぶうち ［人］ 江戸時代、五月節句に菖蒲を束ねたものを、地上に叩きつけた遊び [季]夏
菖蒲田 しょうぶた ［植］ 六月梅雨時の花菖蒲の植えてある田 [季]夏
菖蒲印地 あやめいんじ ［人］ 印地打ちの別称 [季]夏
菖蒲合せ あやめあわせ ［人］ 平安時代、貴族の遊戯として行われた、菖蒲の根の長さを比べ歌をよみ添えて勝負を争ったもの [季]夏
菖蒲団子 あやめだんご ［人］ 唐代に宮中などで行なわれた端午の日の遊び [季]夏
菖蒲池 しょうぶいけ ［植］ 六月梅雨時に花菖蒲を観賞するための場所 [季]夏
菖蒲売 あやめうり ［人］ 端午の節句に用いる菖蒲を売る人 [季]夏
菖蒲見 しょうぶみ ［植］ 六月梅雨時に花菖蒲を観賞すること [季]夏
菖蒲冑 しょうぶかぶと ［人］ 五月五日の端午の節句に子供が遊んだ菖蒲で作った兜 [季]夏
菖蒲帯 しょうぶおび ［人］ 菖蒲帷子につける帯 [季]夏
菖蒲根分 しょうぶねわけ ［人］ 春、菖蒲を根分すること [季]春
菖蒲酒 しょうぶざけ ［人］ 菖蒲の葉や根を刻み酒に漬けたもの。厄払いに端午の節句で飲んだ [季]夏
菖蒲浴衣 しょうぶゆかた ［人］ 菖蒲帷子の別称 [季]夏
菖蒲脇差 しょうぶわきざし ［人］ 菖蒲刀の別称 [季]夏
菖蒲帷子 しょうぶかたびら ［人］ 五月五日以後より五月末までに着る紺の帷子 [季]夏
菖蒲御殿 あやめのごてん ［人］ 菖蒲の節

句に宮中南殿の階の東西に設けたもの [季]夏
菖蒲湯　しょうぶゆ　［人］　五月五日の端午の節句に、邪気を払うため菖蒲の葉を入れた湯に入ること　[季]夏
菖蒲葺く　あやめふく　［人］　五月五日の端午の節句の前夜、軒に菖蒲を葺いた邪気払いの風習　[季]夏
菖蒲酢　しょうぶす　［人］　酢の一種　[季]夏
菖蒲園　しょうぶえん　［植］　六月梅雨時に花菖蒲を観賞するための場所　[季]夏
菖蒲髪　しょうぶがみ　［植］　端午の節句に菖蒲を髪につけること　[季]夏
菖蒲幟　あやめのぼり　［人］　端午の節句に男子の出生、健康を祝って立てるもの [季]夏
菖蒲縄　しょうぶなわ　［人］　菖蒲打ちの別称　[季]夏
菖蒲鬘　あやめのかずら　［人］　端午の節会で菖蒲をかざして邪気を払った俗信　[季]夏

【菅】

3菅大臣祭　すがだいじんまつり　［宗］　昔、行なわれた祭り　[季]秋
菅干す　すげほす　［人］　晩夏に刈り入れた菅を干すこと　[季]夏
4菅刈　すげかり　［人］　晩夏に菅を刈り取ること　[季]夏
菅刈る　すげかる　［人］　晩夏に菅を刈り取ること　[季]夏
5菅生石部御願神事　すごういそべごがんしんじ　［宗］　石川・菅生石部神社の祭りに行なわれる神事　[季]春
6菅百合　すげゆり　［植］　百合の一種、小鬼百合の別称　[季]夏
7菅抜　すがぬき　［宗］　茅の輪の別称　[季]夏
10菅宮祭　すげのみやまつり　［宗］　五月五日に行われる滋賀県守山町・小津神社の祭礼 [季]夏
11菅笠　すげがさ　［人］　編笠の一種　[季]夏
菅笠を担ふ　すげがさをになう　［宗］　関白賀茂詣のこと　[季]夏
菅貫　すがぬき　［宗］　茅の輪の別称　[季]夏
12菅植う　すげうう　［人］　笠菅の苗を田に植える。八月から初秋が最もよい　[季]秋
14菅粽　すげちまき　［人］　粽の一種　[季]夏

【著】

10著莪　しゃが　［植］　初夏、薄紫に黄色の斑がある、あやめに似た小花をつける　[季]夏
著莪の花　しゃがのはな　［植］　初夏、薄紫に黄色の斑がある、あやめに似た小花をつける　[季]夏

【菱】

菱　ひし　［植］　池や沼に生えるアカバナ科の一年草。夏から白い小さい四弁花が咲き始める　[季]夏
0菱の花　ひしのはな　［植］　池や沼に生えるアカバナ科の一年草。夏から白い小さい四弁花が咲き始める　[季]夏
菱の花を爆らす　ひしのはなをほこらす　［人］　小正月の左義長（火祭行事）の別称 [季]新年
菱の実　ひしのみ　［植］　池や沼に自生する菱が秋につくる堅い実のこと。食用にも薬用にも使われた　[季]秋
菱の実取る　ひしのみとる　［人］　晩秋、菱の実を摘み取ること　[季]秋
菱の葩をほこらす　ひしのはなびらをほこらす　［人］　小正月の左義長（火祭行事）の別称　[季]新年
6菱舟　ひしぶね　［人］　晩秋、菱を取る舟 [季]秋
7菱角草　りょうかくそう　［植］　浅沙の別称 [季]夏
8菱取　ひしとり　［人］　晩秋、菱の実を摘み取ること　[季]秋
菱取る　ひしとる　［人］　晩秋、菱の実を摘み取ること　[季]秋
菱取船　ひしとりぶね　［人］　晩秋、菱を取る舟　[季]秋
9菱紅葉　ひしもみじ　［植］　晩秋、池や沼などに生育する菱が色づいていくこと [季]秋
11菱採り　ひしとり　［人］　晩秋、菱の実を摘み取ること　[季]秋
菱船　ひしぶね　［人］　晩秋、菱を取る舟 [季]秋
12菱喰　ひしくい　［動］　雁の一種。池や沼の菱の実を好む雁　[季]秋
菱葉垣通　ひしばかきどおし　［植］　かてん草の別称　[季]春

菱葩餅　ひしはなびらもち　［人］　宮中での新年のお祝い料理に出される餅　[季]新年

[14]**菱餅　ひしもち**　［人］　雛壇に供える、のし餅を菱形に切った餅菓子　[季]春

【菩】

[12]**菩提の花　ぼだいのはな**　［植］　シナノキ科の落葉高木。葉の根元から苞を出し、その先に枝を分けて黄褐色の小花をつける　[季]夏

菩提の実　ぼだいのみ　［植］　狭い舌形をした葉状苞についたままで、小さい球形をした菩提樹の実のこと。秋に熟した果実がいくつもたれ下がる。この実から念珠をつくる　[季]秋

菩提子　ぼだいし　［植］　狭い舌形をした葉状苞についたままで、小さい球形をした菩提樹の実のこと。秋に熟した果実がいくつもたれ下がる。この実から念珠をつくる　[季]秋

菩提樹の花　ぼだいじゅのはな　［植］　シナノキ科の落葉高木。葉の根元から苞を出し、その先に枝を分けて黄褐色の小花をつける　[季]夏

菩提樹の実　ぼだいじゅのみ　［植］　狭い舌形をした葉状苞についたままで、小さい球形をした菩提樹の実のこと。秋に熟した果実がいくつもたれ下がる。この実から念珠をつくる　[季]秋

[17]**菩薩祭　ぼさつまつり**　［宗］　長崎市・崇福寺で行なわれる行事。古歳時記には八月二十二日を祭日としている　[季]秋

菩薩踊　ぼさつおどり　［宗］　菩薩祭で踊られる踊　[季]秋

【萌】

しだ萌ゆる　しだもゆる　［植］　春、シダ植物類の新葉が萌え出ること　[季]春

萌　もえ　［植］　下萌に同じ　[季]春

[0]**萌え漬　もえづけ**　［人］　木の芽漬（きのめづけ）のこと　[季]春

萌ゆる春　もゆるはる　［時］　あらゆる樹々が芽吹く春の様子　[季]春

【菫】

菫　すみれ　［植］　スミレ科の植物の総称。世界に四百種以上あるとされる　[季]春

[0]**菫の衣　すみれのころも**　［人］　春衣のかさねの色目の一つ。表が紫、裏は薄紫　[季]春

[9]**菫草　すみれそう, すみれぐさ**　［植］　菫の別称　[季]春

[11]**菫野　すみれの**　［植］　菫の咲きほこる野原　[季]春

[14]**菫摘む　すみれつむ**　［植］　菫の花を摘みとること　[季]春

【菎】

[13]**菎蒻芋　こんにゃくいも**　［植］　サトイモ科の多年草の大きな球状の塊茎　[季]夏

【菘】

菘　すずな　［植］　新年の七草粥に用いるカブラナの異名　[季]新年

菘　あおな　［植］　蕪の古称　[季]冬

【菁】

菁　すずな　［植］　新年の七草粥に用いるカブラナの異名　[季]新年

【菠】

[16]**菠薐草　ほうれんそう**　［植］　早春の青菜。アカザ科の一、二年草で、広く食用に使う　[季]春

【菲】

[14]**菲蒠菜　ひそくさい**　［植］　諸葛菜のこと。大根の花に似る　[季]春

【萍】

萍　うきくさ　［植］　池や沼などの水面に浮かぶ草の総称。多くは夏に繁茂・開花する　[季]夏

[0]**萍の花　うきくさのはな**　［植］　池や沼などの水面に浮かぶ草の総称。多くは夏に繁茂・開花する　[季]夏

[5]**萍生い初む　うきくさおいそむ**　［植］　春になり、池や湖沼に萍が生えてくること　[季]春

萍生う　うきくさおう　［植］　春になり、池や湖沼に萍が生えてくること　[季]春

萍生ひ初む　うきくさおいそむ　［植］　春になり、池や湖沼に萍が生えてくること　[季]春

11画（茵, 苔, 菜, 虚, 蛍, 蛇）

萍生ふ　うきくさおう　［植］　春になり、池や湖沼に萍が生えてくること　㊀春

⁹萍紅葉　うきくさもみじ　［植］　晩秋、池や沼などに生育する萍が色づいていくること　㊀秋

萍草の花　うきくさのはな　［植］　池や沼などの水面に浮かぶ草の総称。多くは夏に繁茂・開花する　㊀夏

¹³萍蓬草　ひょうほうそう　［植］　河骨の別称　㊀夏

【茵】

¹¹茵麻　いちび　［植］　アオイ科の一年草。五月上旬ごろ種を蒔き、晩夏に刈りとる。繊維から麻袋やロープを作る　㊀夏

茵麻　ぼうま　［人］　イチビの別称　㊀夏

【苔】

¹¹苔菜　あさざ　［植］　リンドウ科の多年生水草で、夏、水上に黄色の五弁の長梗花を開く。若葉は食用になる　㊀夏

【菜】

⁸菜祀　らいし　［宗］　福井・岡太神社で二月十三日を中心に行われる神事　㊀春

【虚】

³虚子忌　きょしき　［宗］　四月八日、明治・大正・昭和期の俳人高浜虚子の忌日　㊀春

⁷虚抜き菜　うろぬきな　［植］　秋の間引菜の別称　㊀秋

虚抜大根　うろぬきだいこん　［植］　中抜大根の別称。晩秋、ある程度まで生長した段階で間引いた細い大根のこと　㊀秋

虚抜菜　うろぬきな　［植］　秋の間引菜の別称　㊀秋

¹⁰虚栗　みなしぐり　［植］　殻だけで中に実のない栗　㊀秋

¹²虚無僧花　こむそうばな　［植］　踊子草の別称。春から初夏にかけ、淡紅または白色の花を輪状につける　㊀夏

【蛍】

蛍　ほたる　［動］　ホタル科の甲虫の総称。水辺に棲息し、夏の夜に光を点滅させて飛ぶ　㊀夏

⁴蛍火　ほたるび　［動］　蛍の出す明かりのこと　㊀夏

⁶蛍合戦　ほたるがっせん　［動］　蛍が繁殖のため集まった状態を源平の合戦に例えたもの　㊀夏

蛍舟　ほたるぶね　［動］　夏に蛍見や蛍狩をするための舟　㊀夏

⁷蛍売　ほたるうり　［人］　蛍を売る人。夏の商売　㊀夏

蛍見　ほたるみ　［動］　夏の蛍狩のこと　㊀夏

蛍見物　ほたるけんぶつ　［人］　夏の蛍狩のこと　㊀夏

⁹蛍狩　ほたるがり　［人］　夏の夜、団扇や箒を持って蛍を捕える遊び　㊀夏

蛍草　ほたるそう　［植］　セリ科の多年草。晩夏から秋にかけて、枝先に黄色い小花が集まり咲く　㊀夏

蛍草　ほたるぐさ　［植］　露草の別称。初秋に真っ青の花が咲く　㊀秋

¹⁰蛍烏賊　ほたるいか　［動］　ホタルイカ科の烏賊。晩春五、六月が旬　㊀春

¹¹蛍採　ほたるとり　［動］　夏の蛍狩のこと　㊀夏

蛍船　ほたるぶね　［人］　夏に蛍見や蛍狩をするための舟　㊀夏

蛍袋　ほたるぶくろ　［植］　キキョウ科の多年草。六、七月頃につく花は、子供が蛍を入れる袋代わりにして遊んだ　㊀夏

¹⁴蛍蔓　ほたるかずら　［植］　ムラサキ科の多年草。五月頃、紫色で星形の花をつける　㊀夏

²²蛍籠　ほたるかご　［人］　捕らえた蛍を入れておく籠　㊀夏

【蛇】

あまがさ蛇　あまがさへび　［動］　蛇の一種　㊀夏

蛇　へび　［動］　人に嫌われることの多い爬虫類。春から活動を始めるが、夏には脱皮をする　㊀夏

⁰蛇の大八　へびのだいはち　［植］　蝮蛇草の別称　㊀春

蛇の目草　じゃのめそう　［植］　北米原産の孔雀草の一種で波斯菊の別称。七、八月頃にコスモスに似た黄色や赤の花をつける　㊀夏

蛇の衣　へびのきぬ［動］夏に脱皮した蛇の脱け殻のこと　[季]夏

蛇の殻　へびのから［動］夏に脱皮した蛇の脱け殻のこと　[季]夏

蛇の脱け殻　へびのぬけがら［動］夏に脱皮した蛇の脱け殻のこと　[季]夏

蛇の蛻　へびのもぬけ［動］夏に脱皮した蛇の脱け殻のこと　[季]夏

蛇の髭の花　じゃのひげのはな［植］ユリ科の常緑多年草で、初夏の頃、花茎に薄紫色の小花をつける　[季]夏

蛇の髯の実　じゃのひげのみ［植］龍の玉の別称　[季]冬

蛇の鮓　じゃのすし［人］鮓の一種　[季]夏

4**蛇木　じゃぼく**［植］へごの別称　[季]春

5**蛇出づ　へびいず**［動］冬眠していた蛇が、春の訪れとともに穴からはい出ること　[季]春

蛇皮を脱ぐ　へびかわをぬぐ［動］夏に蛇が成長のため脱皮をすること　[季]夏

蛇目蝶　じゃのめちょう［動］蝶の一種　[季]春

蛇穴に入る　へびあなにいる［動］秋になって寒くなり、蛇が穴に入って冬眠すること　[季]秋

蛇穴を出づ　へびあなをいず［動］冬眠していた蛇が、春の訪れとともに穴からはい出ること　[季]春

蛇穴を出る　へびあなをでる［動］冬眠していた蛇が、春の訪れとともに穴からはい出ること　[季]春

6**蛇衣を脱ぐ　へびきぬをぬぐ**［動］夏に蛇が成長のため脱皮をすること　[季]夏

7**蛇含草　じゃがんそう**［植］キランソウの別称　[季]春

8**蛇苺　へびいちご**［植］バラ科の多年草。初夏、赤く熟した苺の実をつける　[季]夏

蛇苺の花　へびいちごのはな［植］苺の花の一種　[季]春

9**蛇茸　へびたけ**［植］茸の一種　[季]秋

10**蛇笏忌　だこつき**［宗］十月三日、明治・大正・昭和期の俳人飯田蛇笏の忌日　[季]秋

12**蛇葡萄　へびぶどう**［植］野葡萄の別称。初秋にいろいろな色の小さい果実がつく　[季]秋

15**蛇髭　じゃのひげ**［植］ユリ科の常緑多年草　[季]夏

22**蛇籠編む　じゃかごあむ**［人］夏、割り竹を編んだ巨大な円筒形の籠を編むこと　[季]夏

【蚶】

蚶　きさ［動］赤貝の別称　[季]春

【蚯】

10**蚯蚓　みみず**［動］貧毛類に属する動物で、夏に多く発生。釣りのエサとしても使われる　[季]夏

蚯蚓出づ　みみずいず［動］夏になって蚯蚓が土中から出てくること　[季]夏

蚯蚓結ぶ　きゅういんむすぶ［時］七十二候の一つで、冬至の第一候。陽暦十二月二十二日から二十六日頃　[季]冬

蚯蚓鳴く　みみずなく［動］地中から響いてくるジーという声を、蚯蚓の声といいなしたもの。実際は螻蛄の声を取り違えたもの　[季]秋

【蛆】

蛆　うじ［動］残飯や腐肉にわく蠅の幼虫のこと　[季]夏

6**蛆虫　うじむし**［動］残飯や腐肉にわく蠅の幼虫のこと　[季]夏

【蚰】

13**蚰蜒　げじげじ**［動］体長二、三センチの節足動物。十五対の足があり、蜈蚣に似ている　[季]夏

【蛁】

18**蛁蟟　つくつくぼうし**［動］普通に見られるセミのなかではいちばんおそく出現して、秋おそくまで聞かれる、わりあいに小型のセミ　[季]秋

【袷】

袷　あわせ［人］布を二枚合わせて仕立てた衣服で、綿の入らないもの　[季]夏

6**袷羽織　あわせばおり**［人］裏のついている冬羽織　[季]冬

袷衣　あわせぎぬ［人］夏の袷のこと　[季]夏

10袷時　あわせどき ［人］ 袷を着る時期。初夏 [季]夏

【袴】

10袴能　はかまのう ［人］ 夏に袴姿で能を舞うこと [季]夏

12袴着　はかまぎ ［人］ 陰暦十一月十五日、五歳になった男の子が初めて袴をはく祝儀 [季]冬

【袋】

7袋角　ふくろづの ［動］ 夏になって新たに生えてきた鹿の角。皮膚で包まれて、まだ柔らかい [季]夏

9袋洗ひ　ふくろあらい ［人］ 新酒をつくったあとに行なわれる [季]秋

11袋掛　ふくろかけ ［人］ 夏、病害虫から防ぐため秋の果物に袋をかけること [季]夏

14袋蜘蛛　ふくろぐも ［動］ 卵嚢を持ち歩いて保護する蜘蛛 [季]夏

15袋撫子　ふくろなでしこ ［植］ 地中海沿岸原産の一年生草花で、晩春、桜色の小花をつける。洋名はシレネ・ペンデュラ [季]春, 夏

【規】

9規春　きしゅん ［時］ 一年の最初の月。陰暦では陽春の始めもさす [季]新年

【視】

7視告朔　こうさく ［人］ 本来は毎月朔日に大極殿で諸司の前月の公文を天皇に進奏する儀式だが、正月だけは二日に行う特例があったため新年の季題とすることがある [季]新年

【許】

4許六忌　きょりくき ［宗］ 陰暦八月二十六日、蕉門の俳人森川許六の忌日 [季]秋

【豚】

0豚の饅頭　ぶたのまんじゅう ［植］ シクラメンの別称 [季]春

9豚草　ぶたくさ ［植］ 北米原産のキク科一年草で、蓬に似た草。晩夏に黄色い小花を穂状につける [季]夏

【貧】

5貧乏蔓　びんぼうかずら ［植］ ブドウ科の蔓性多年草。初秋丸い実ができ、熟すると黒くなる。この草が茂ると藪も樹木も枯れてしまうという [季]秋

【赦】

ご赦免花　ごしゃめんばな ［植］ 蘇鉄の花のこと。八丈島はかつて流人の島で、この花が咲くと赦免の沙汰があると言い伝えられていたことから [季]夏

【転】

3転子蓮　てんしれん ［植］ 風車の花の別称。初夏に白や薄紫の風車に似た大きな八弁花をつける [季]夏

【軟】

9軟炭　やわらずみ ［人］ やわらかい炭 [季]冬

【逸】

0逸れ羽子　そればね ［人］ 正月の羽子つき遊びの際、羽子板につかれ損なった羽根 [季]新年

【進】

8進学　しんがく ［人］ 四月になり、上の学校に進むこと [季]春

9進級　しんきゅう ［人］ 四月、一年上級に進むこと [季]春

進級試験　しんきゅうしけん ［人］ 進級するために行なわれる試験 [季]春

【逍】

14逍遙忌　しょうようき ［宗］ 二月二十八日、明治・大正・昭和初期の劇作家坪内逍遙の忌日 [季]春

【郭】

4郭公　かっこう ［動］ ホトトギス科の夏鳥で、時鳥に似るがやや大きい。初夏に飛来し、八月にはまた南へ帰っていく [季]夏

郭公　ほととぎす ［動］ ホトトギス科の夏鳥で、時鳥に似るがやや大きい。初夏に飛来し、八月にはまた南へ帰っていく [季]夏

5**郭巨山**　**かっきょやま**　［宗］　祇園会の鉾山の一つ　[季]夏

【都】

0**都をどり**　**みやこおどり**　［人］　四月、京都・祇園新地甲部の歌舞練場で現在も催される春の踊　[季]春

3**都万麻**　**つまま**　［植］　クスノキ科の常緑高木　[季]夏

7**都忘れ**　**みやこわすれ**　［植］　ミヤマヨメナの園芸品種。晩春から初夏にヨメナに似た青紫色の花をつける　[季]春

9**都草**　**みやこぐさ**　［植］　マメ科の多年草。初夏、黄色の蝶形の花をつける　[季]夏

11**都鳥**　**みやこどり**　［動］　チドリ科の鳥で、晩秋に飛来し、冬を日本の海岸、河口などで過ごす　[季]冬

14**都踊**　**みやこおどり**　［宗］　四月、京都・祇園新地甲部の歌舞練場で現在も催される春の踊　[季]春

【部】

14**部領使**　**ことりづかい**　［人］　相撲の節会に諸国の力士を召し出すため、諸国に派遣された使者　[季]秋

【郵】

9**郵便橇**　**ゆうびんぞり**　［人］　郵便物を運ぶ橇　[季]冬

【酔】

5**酔仙翁草**　**すいせんのう**　［植］　南ヨーロッパ原産のナデシコ科の多年草。フランネル草ともいう。夏に開花する　[季]夏

7**酔芙蓉**　**すいふよう**　［植］　芙蓉の花のこと　[季]秋

13**酔楊妃**　**すいようひ**　［植］　菊の一種　[季]秋

【釈】

8**釈迦の鼻糞**　**しゃかのはなくそ**　［宗］　陰暦二月十五日、涅槃会に供物とする霰のように切った煎り餅花　[季]春

11**釈菜**　**せきさい**　［宗］　釈奠の別称　[季]春, 秋

12**釈奠**　**せきてん**　［宗］　四月第四日曜日、湯島聖堂で行われる孔子の祭り。昔は陰暦二月と八月の最初の丁の日に行われた　[季]春, 秋

釈尊降誕会　**しゃくそんこうたんえ**　［宗］　四月八日の仏生会の別称　[季]春

【野】

くだら野　**くだらの**　［地］　冬野、枯野のこと　[季]冬

はだれ野　**はだれの**　［天］　斑雪（はだれ）に同じ　[季]春

0**野いばらの花**　**のいばらのはな**　［植］　細長い蔓性の枝を持つ落葉灌木の花。初夏の頃、香りのある白い五弁の花をつける。茨の花　[季]夏

野がけ　**のがけ**　［人］　春の野に出て、花をつんだり草をとったり食事をしたりして楽しむこと　[季]春

野の末枯　**ののうらがれ**　［地］　秋の末枯の野辺の姿　[季]秋

野の色　**ののいろ**　［地］　秋の季節に草木が紅葉してはなやかに彩られた野山　[季]秋

野の花　**ののはな**　［植］　名のあるものも、名のないものも、すべてを引っくるめて秋の草花をさす　[季]秋

野の秋　**ののあき**　［地］　秋の野の姿　[季]秋

野の草　**ののくさ**　［植］　特定の名のある草ではなく、秋に生えている雑多なもろもろの名もない草を指す　[季]秋

野の宮の別　**ののみやのわかれ**　［宗］　斎宮になるために、こもっていた仮の御殿である野の宮から出て、天皇に別れを告げること　[季]秋

野の錦　**ののにしき**　［地］　秋の野山が紅葉で彩られた美しさを比喩的に言ったもの　[季]秋

野ばらの花　**のばらのはな**　［植］　細長い蔓性の枝を持つ落葉灌木の花。初夏の頃、香りのある白い五弁の花をつける。茨の花　[季]夏

野ばらの実　**のばらのみ**　［植］　野茨の実のこと。秋になると真紅色に熟して、冬に葉を落としても赤い果実は枝に残る　[季]秋

野わけ　**のわけ**　［天］　秋に吹く暴風、野分（のわき）の別称　[季]秋

3**野口念仏**　**のぐちねんぶつ**　［宗］　兵庫・教信寺で陰暦八月九日より一週間行なわれる大法会　[季]秋

11画（野）

野大坪万歳 のおつぼまんざい ［人］ 福井県野大坪（現・越前市）からでた万歳 ㊀新年

野大根 のだいこん ［植］ 野生状態の大根。または秦野大根、細根大根 ㊀春

野大黄 のだいおう ［植］ 羊蹄（ぎしぎし）の別称。五、六月頃に薄緑色の小花を群生させる ㊀夏

野山の色 のやまのいろ ［地］ 秋の季節に草木が紅葉してはなやかに彩られた野山 ㊀秋

野山の茂り のやまのしげり ［植］ 野山が樹木の枝葉でおい茂ること ㊀夏

野山の紅 のやまのくれない ［地］ 秋の野山が紅葉で彩られた美しさを比喩的に言ったもの ㊀秋

野山の錦 のやまのにしき ［地］ 秋の野山が紅葉で彩られた美しさを比喩的に言ったもの ㊀秋

野山色づく のやまいろづく ［地］ 秋の季節に草木が紅葉してはなやかに彩られた野山 ㊀秋

野山焼く のやまやく ［人］ 早春に村里近い野山を焼き払い、害虫駆除や肥料生成を行うこと ㊀春

[4] **野分** のわき ［天］ 秋に吹く暴風。野の草木が分かれるほどの強い風のこと。実際には台風によることが多い ㊀秋

野分だつ のわきだつ ［天］ 野分らしい風が吹くこと ㊀秋

野分立つ のわきだつ ［天］ 野分らしい風が吹くこと ㊀秋

野分波 のわきなみ ［天］ 野分によっておこる波 ㊀秋

野分晴 のわきばれ ［天］ 野分の後にからりと晴れること ㊀秋

野分雲 のわきぐも ［天］ 野分をひきおこす雲 ㊀秋

野分跡 のわきあと ［天］ 野分の通り過ぎた荒涼たる跡 ㊀秋

野木瓜 むべ,のぼけ ［植］ アケビ科の常緑つる性低木。晩春、薄紫がかった白い花が咲く。花は春の季語、実は秋の季語 ㊀春,秋

野火 のび ［人］ 早春の野焼の火のこと ㊀春

[5] **野外バレー** やがいばれー ［人］ 夏の夜に、野外音楽堂・公園・広場などで納涼をかねておこなわれるもの ㊀夏

野外パーティー やがいぱーてぃー ［人］ 夏の夜に、野外音楽堂・公園・広場などで納涼をかねておこなわれるもの ㊀夏

野外映画 やがいえいが ［人］ 夏の夜に、野外音楽堂・公園・広場などで納涼をかねておこなわれるもの ㊀夏

野外演奏 やがいえんそう ［人］ 納涼を兼ねて、野外音楽堂や広場などで催す音楽会のこと ㊀夏

野外劇 やがいげき ［人］ 夏の夜に、野外音楽堂・公園・広場などで納涼をかねておこなわれるもの ㊀夏

野田藤 のだふじ ［植］ 藤の一種 ㊀春

[6] **野守草** のもりぐさ ［植］ 萩の別称。萩は秋の代表的な植物 ㊀秋

野次菰 やじこも ［植］ 沢瀉（おもだか）の別称。六、七月頃に白い花をつける ㊀夏

野老 ところ ［植］ ヤマイモ科の多年生つる植物。正月の蓬莱に飾られる ㊀新年

野老祝ふ ところいわう ［人］ 正月に野老を蓬莱の三方に添えて飾ること ㊀新年

野老掘る ところほる ［人］ 春、野老の根茎を堀取ること ㊀春

野老飾る ところかざる ［人］ 正月に野老を蓬莱の三方に添えて飾ること ㊀新年

[7] **野沢菜** のざわな ［植］ 冬菜の一つで、長野県野沢温泉産のもの ㊀冬

野牡丹 のぼたん ［植］ ノボタン科の常緑低木。夏、大きな紫色の五弁の花をつける ㊀夏

野花菖蒲 のはなしょうぶ ［植］ 花菖蒲の原種 ㊀夏

野芝麻 やしま ［植］ 踊子草の別称。春から初夏にかけ、淡紅または白色の花を輪状につける ㊀夏

[8] **野兎** のうさぎ ［動］ 日本に普通にいる野生の兎 ㊀冬

野坡忌 やばき ［宗］ 陰暦一月三日、蕉門の俳人志田野坡の忌日 ㊀新年,春

野茉莉 のまつり ［植］ 白粉花の別称 ㊀秋

[9] **野施行** のせぎょう ［人］ 餌のなくなる寒中に、獣に小豆飯やいなりずしを夜間に置いておいて与えること ㊀冬

俳句季語よみかた辞典　385

野春菊　のしゅんぎく　[植]　都忘れの別称　[季]春

野胡桃　のくるみ　[植]　胡桃の一種　[季]秋

野茨　のいばら　[植]　花茨に同じ　[季]夏

野茨の実　のいばらのみ　[植]　野茨の実のこと。秋になると真紅色に熟して、冬に葉を落としても赤い果実は枝に残る　[季]秋

野茨菰　やしこ　[植]　沢潟の漢名　[季]夏

野茶　ひさかき, のちゃ　[植]　ひさかきの花のこと　[季]春

10野梅　のうめ, やばい　[植]　梅の一種　[季]春

野蚕　やこ　[動]　蚕の野生種　[季]春

野馬　かげろう, やば　[天]　陽炎の別称　[季]春

野馬追　のまおい　[宗]　七月二十三日から二十五日に行われる福島県太田神社・中村神社・小高神社の三社合同の勇壮な祭礼　[季]夏

野馬追祭　のまおいまつり　[宗]　七月二十三日から二十五日に行われる福島県太田神社・中村神社・小高神社の三社合同の勇壮な祭礼　[季]夏

野馬駈け　のまがけ　[宗]　七月二十三日から二十五日に行われる福島県太田神社・中村神社・小高神社の三社合同の勇壮な祭礼　[季]夏

11野猪　いのしし　[動]　猪（しし）の別称　[季]秋

野紫蘇　のじそ　[植]　コウジュの別称　[季]夏

野菊　のぎく　[植]　嫁菜の別称　[季]春

野菊　のぎく　[植]　秋に花を開くキク属・コンギク属・ヨメナ属などの種類の野生の菊の総称　[季]秋

野菜の秋蒔　やさいのあきまき　[人]　翌年の春から初夏にかけて収穫する野菜の種を、秋のうちに蒔くこと　[季]秋

野菜の秋蒔き　やさいのあきまき　[人]　翌年の春から初夏にかけて収穫する野菜の種を、秋のうちに蒔くこと　[季]秋

12野焼　のやき　[人]　早春に野原の枯草を焼き払い、害虫駆除や肥料生成を行うこと　[季]春

野焼く　のやく　[人]　早春に野原の枯草を焼き払い、害虫駆除や肥料生成を行うこと　[季]春

野焚火　のたきび　[人]　野での焚火　[季]冬

野萩　のはぎ　[植]　萩の一種　[季]秋

野葡萄　のぶどう　[植]　いたるところの山野に茂っているブドウ科のつる植物。初秋にいろいろな色の小さい果実がつく　[季]秋

野遊　のあそび　[人]　春の野に出て、花をつんだり草をとったり食事をしたりして楽しむこと　[季]春

13野塘菊　あれちのぎく　[植]　南米原産の路傍などに多いキク科の一年草または二年草。いわば雑草で、秋に花をつける　[季]秋

野蒜　のびる　[植]　野原、路傍などに生え、春先、若葉やニンニクに似た鱗茎を食用とする　[季]春

野蒜の花　のびるのはな　[植]　ユリ科の多年草。初夏に白紫色の小花が集まり咲く　[季]夏

野蒜摘む　のびるつむ　[植]　春先、野蒜を食用に摘み取ること　[季]春

野路すみれ　のじすみれ　[植]　菫の一種　[季]春

野路の秋　のじのあき　[地]　秋の野の姿　[季]秋

野路子　のじこ　[動]　アトリ科の鳥。夏に日本の低山で営巣・繁殖し、冬は南島方面に渡る　[季]夏

野路菊　のじぎく　[植]　野菊の一つ。兵庫県の県花　[季]秋

14野漆　のうるし　[植]　トウダイグサ科の多年草で、四月頃に浅黄色の小花が集まる。茎葉には毒がある　[季]春

野稗　のびえ　[植]　野生の稗の総称。初秋の雑草　[季]秋

野鳳仙花　のほうせんか　[植]　釣船草の別称。初秋の頃、淡紅紫色の花を釣り下げる　[季]秋

15野豌豆　のえんどう　[植]　浜豌豆の別称　[季]夏

16野薊　のあざみ　[植]　薊の一種　[季]春, 夏

野薔薇　のばら　[植]　野茨の別称　[季]夏

18野藤　のふじ　[植]　野に自生する藤　[季]春

野鵐　のじこ　[動]　アトリ科の鳥。夏に日本の低山で営巣・繁殖し、冬は南島方面に渡る　[季]夏

19野霧　のぎり　[天]　野で発生する霧　[季]秋

21野鶲　のびたき　[動]　ツグミ科の夏鳥で、

夏羽は黒い。初夏に飛来して営巣・繁殖し、冬には南方へ帰っていく [季]夏

【釣】

あなご釣　あなごつり　［動］　穴子を釣ること [季]夏

いな釣　いなつり　［動］　イナ（鰡の二歳魚）を釣ること。秋の彼岸頃まで、鰡がまだイナと呼ばれている頃の言葉 [季]秋

かいず釣　かいずつり　［動］　黒鯛を釣ること [季]夏

かじき釣り　かじきつり　［動］　かじきを釣ること [季]冬

ちぬ釣　ちぬつり　［動］　黒鯛を釣ること [季]夏

べら釣　べらつり　［人］　六、七月、旬のベラを釣ること [季]夏

やまべ釣り　やまべつり　［動］　ヤマベを釣ること。夏季はたやすく釣れる [季]夏

7**釣床　つりどこ**　［人］　ハンモックの別称 [季]夏

釣忍　つりしのぶ　［人］　忍草を集めて軒先などに吊し、涼感を味わうもの [季]夏

9**釣柿　つりがき**　［人］　干柿の別称 [季]秋

10**釣浮草　つりうきそう**　［植］　フクシアの別称。晩夏に葉元から白・桃・紅紫などの花を下垂する [季]夏

釣葱　つりしのぶ　［人］　忍草を集めて軒先などに吊し、涼感を味わうもの [季]夏

釣釜　つりがま　［人］　茶道の言葉。三月頃、炉中の五徳をはずして天井の蛭釘から釜をつり掛けるもの [季]春

11**釣堀　つりぼり**　［人］　料金をとって釣りを楽しませる場所 [季]夏

釣瓶落し　つるべおとし　［天］　秋の落日を深井戸に釣瓶が落ちていくことに例えた言い回し [季]秋

釣瓶鮓　つるべずし　［人］　鮓の一種 [季]夏

釣船草　つりふねそう　［植］　渓流のほとりや、山地の湿地に生え、初秋の頃、淡紅紫色の花を釣り下げる [季]秋

13**釣殿　つりどの**　［人］　夏の納涼の風趣にあてられた殿屋のこと [季]夏

20**釣鐘マント　つりがねまんと**　［人］　マントの一種 [季]冬

釣鐘人参　つりがねにんじん　［植］　日本の山野に自生するキキョウ科の多年草。初秋、薄紫色の釣鐘型の花をつける [季]秋

釣鐘草　つりがねそう　［植］　蛍袋の別称。六、七月頃に花がつく [季]夏

【釦】

0**釦の木　ぼたんのき**　［植］　鈴懸の別称 [季]春

【閉】

13**閉塞して冬となる　へいそくしてふゆとなる**　［時］　七十二候の一つで、小雪の第三候。陽暦十二月三日から六日頃 [季]冬

【陰】

お陰参　おかげまいり　［宗］　御陰年に行なわれる伊勢参宮 [季]春

4**陰月　いんげつ**　［時］　陰暦四月の別称 [季]夏

11**陰雪　かげゆき**　［地］　春になっても山陰などに残る雪 [季]春

【陳】

7**陳麦　ひねむぎ**　［人］　去年以前にとれた麦 [季]夏

9**陳茶　ひねちゃ**　［人］　前年の茶。新茶に対しての夏の季語 [季]夏

【陶】

8**陶枕　とうちん**　［人］　陶器で作った涼しい夏用の枕 [季]夏

14**陶磁枕　とうじちん**　［人］　陶磁器で作った涼しい夏用の枕 [季]夏

【陸】

0**陸じゅんさい　りくじゅんさい**　［植］　野原や路傍に群生するタデ科の野草で、酸葉と混同されがち。新芽が食用になる [季]春

2**陸人　かちど**　［人］　陸からすぐ海に入る海女。海女が春の季語なので、これも季節は春となる [季]春

9**陸軍記念日　りくぐんきねんび**　［人］　三月十日、日露戦争における勝利を決定づけた日で、戦前には式典が行われた [季]春

14**陸稲　おかぼ, りくとう**　［植］　畑に栽培する稲で、外見は水稲と同じだが、収量、品

11画（隆，阪，雀，雪）

質、味は劣る　㋩秋

陸稲刈　おかぼかり　［人］　陸稲を刈ること
㋩秋

【隆】

11隆盛忌　たかもりき　［宗］　九月二十四日、
維新の元勲西郷隆盛の忌日　㋩秋

【阪】

4阪月　すうげつ　［時］　正月の別称　㋩新年

【雀】

ふくら雀　ふくらすずめ　［動］　寒中に全身
の羽毛を脹らませている寒雀　㋩冬

0雀のたんご　すずめのたんご　［動］　雀の担
桶に同じ　㋩夏

雀の子　すずめのこ　［動］　春に生まれて間
もない雀の子どものこと　㋩春

雀の小便担桶　すずめのしょうべんたご
［動］　雀の担桶に同じ　㋩夏

雀の卵　すずめのたまご　［動］　春、雀の産
んだ卵　㋩春

雀の担桶　すずめのたご　［動］　刺蛾の幼虫
の刺虫が作った繭　㋩夏

雀の枕　すずめのまくら　［植］　イネ科の二
年草。四月頃に、淡緑色の細い花穂が出る
㋩春

雀の巣　すずめのす　［動］　四月頃、枯れ草
や木の皮で人家の屋根裏などに作られる巣
㋩春

雀の帷子　すずめのかたびら　［植］　イネ科
の二年草の雑草で三月頃に開花する　㋩春

雀の鉄砲　すずめのてっぽう　［植］　イネ科
の二年草。四月頃に、淡緑色の細い花穂が
出る　㋩春

雀の槍　すずめのやり　［植］　イネ科の二年
草。四月頃に、淡緑色の細い花穂が出る
㋩春

雀の稗　すずめのひえ　［植］　野原に自生す
るイネ科の多年草。初秋に花穂をつける
㋩秋

雀の雛　すずめのひな　［動］　春に生まれて
間もない雀の子どものこと　㋩春

3雀大水に入り蛤となる　すずめうみにいりは
まぐりとなる　［時］　七十二候の一つで、
寒露の第二候。陽暦十月十四日から十八日

頃　㋩秋

雀子　すずめこ　［動］　春に生まれて間もな
い雀の子どものこと　㋩春

雀小弓　すずめこゆみ　［人］　昔行われた春
の遊戯で、生きた雀に小さな弓矢を射当て
るもの　㋩春

4雀化して蛤となる　すずめけしてはまぐりと
なる　［時］　七十二候の一つで、寒露の第
二候。陽暦十月十四日から十八日頃　㋩秋

6雀交る　すずめさかる　［動］　春、雀が発情
期に入ること　㋩春

7雀麦　からすむぎ，すずめむぎ　［植］　烏麦
の別称　㋩夏

9雀海水に入り蛤となる　すずめかいすいにい
りはまぐりとなる　［時］　七十二候の一つ
で、寒露の第二候。陽暦十月十四日から十
八日頃　㋩秋

11雀魚　すずめうお　［動］　ワカサギの別称
㋩春

12雀蛤となる　すずめはまぐりとなる　［時］
七十二候の一つで、寒露の第二候。陽暦十
月十四日から十八日頃　㋩秋

13雀蜂　すずめばち　［動］　蜂の一種　㋩春

14雀踊　すずめおどり　［人］　古い歌舞伎舞踊
の一つ　㋩秋

雀隠れ　すずめかくれ　［植］　春になって萌
え出た草の芽や木の芽が、雀の隠れるほど
に伸びたようす　㋩春

16雀鮓　すずめずし　［人］　鮓の一種　㋩夏

17雀鯎　えっさい　［動］　雀鷹の雄のこと
㋩秋

18雀類の混群　からるいのこんぐん　［動］　語
尾に皆カラとかガラとかがつく雀類が、秋
に混群となって生活すること　㋩秋

21雀鷹　つみ　［動］　小鷹の一種で、冬の季語
とすることもある　㋩秋

【雪】

あわ雪　あわゆき　［天］　大きい雪片で降
り、はかなく解ける春先の雪　㋩春

かたびら雪　かたびらゆき　［天］　淡雪の別
称　㋩冬

ざらめ雪　ざらめゆき　［天］　積もった雪の
表面が一旦融け、また凍ってざらめ状に
なったもの　㋩冬

しずり雪　しずりゆき　［天］　樹木の枝葉な

どに降り積もった雪が落ちること [季]冬

しづり雪　しずりゆき ［天］ 樹木の枝葉などに降り積もった雪が落ちること [季]冬

しまり雪　しまりゆき ［天］ きめの細かいしまった雪 [季]冬

たびら雪　たびらゆき ［天］ 淡雪の別称 [季]春

だんびら雪　だんびらゆき ［天］ 淡雪の別称 [季]春

なだれ雪　なだれゆき ［地］ 雪崩のこと [季]春

はだら雪　はだらゆき ［天］ 斑雪（はだれ）に同じ [季]春

はだれ雪　はだれゆき ［天］ 斑雪（はだれ）に同じ [季]春

べと雪　べとゆき ［天］ 水気が多い雪 [季]冬

まだら雪　まだらゆき ［天］ 斑雪（はだれ）に同じ [季]春

もち雪　もちゆき ［天］ 雪が石や梢の上などに餅のように降り積もったさま [季]冬

雪　ゆき ［天］ 冬、空気中の水蒸気が氷点下になり結晶して降るもの [季]冬

雪あられ　ゆきあられ ［天］ 雪とともに降る霰 [季]冬

雪くずれ　ゆきくずれ ［地］ 雪崩のこと [季]春

雪くづれ　ゆきくずれ ［地］ 雪崩のこと [季]春

雪けし　ゆきけし ［人］ 互いに食品を贈り合って雪害の無事を念ずること [季]冬

雪げ　ゆきげ ［天］ いまにも雪が降りそうな冬の空模様 [季]冬

雪こかし　ゆきこかし ［人］ 雪の小さい塊をころがして、だんだん大きくする遊び [季]冬

雪ころばし　ゆきころばし ［人］ 雪の小さい塊をころがして、だんだん大きくする遊び [季]冬

雪しぐれ　ゆきしぐれ ［天］ 時雨が雪や霙になり、降ったり止んだりすること [季]冬

雪しまき　ゆきしまき ［天］ 雪を伴った激しい風 [季]冬

雪しろ　ゆきしろ ［地］ 暖気のため雪がとけ、一時に海や川や野へあふれ出ること [季]春

雪しろ水　ゆきしろみず ［地］ 雪どけの水のこと [季]春

雪じまき　ゆきじまき ［天］ 雪を伴った激しい風 [季]冬

雪すき　ゆきすき ［人］ 雪掻の道具の一つ [季]冬

雪なだれ　ゆきなだれ ［地］ 雪崩のこと [季]春

雪ねぶり　ゆきねぶり ［天］ 雪解けのころ、地面に立つ靄 [季]春

雪のひま　ゆきのひま ［地］ 雪が春に融け出して、ところどころ地肌が現われた所のこと [季]春

雪の人　ゆきのひと ［人］ 雪見をする人 [季]冬

雪の下　ゆきのした ［植］ ユキノシタ科の常緑多年草。夏の間、白い花をつける [季]夏

雪の下　ゆきのした ［植］ 雪割茸の別称 [季]冬

雪の山　ゆきのやま ［人］ 平安時代、宮中や貴族の邸宅で庭に雪で山の形をつくった趣向 [季]冬

雪の友　ゆきのとも ［人］ 雪見をする人 [季]冬

雪の犬　ゆきのいぬ ［動］ 雪の上でも走り回る寒中の犬 [季]冬

雪の田　ゆきのた ［地］ 雪の積もった田 [季]冬

雪の名残　ゆきのなごり ［天］ 雪の果のこと [季]春

雪の肌　ゆきのはだ ［人］ 女の肌の白きを雪に喩えること [季]冬

雪の別れ　ゆきのわかれ ［天］ その春、最後に降る雪のこと [季]春

雪の声　ゆきのこえ ［天］ 雪が窓などにあたる音 [季]冬

雪の花　ゆきのはな ［天］ 雪の美称 [季]冬

雪の果　ゆきのはて ［天］ その春、最後に降る雪のこと [季]春

雪の原　ゆきのはら ［地］ 雪におおわれた野原 [季]冬

雪の宿　ゆきのやど ［天］ 雪の降り積もった宿 [季]冬

雪の終　ゆきのおわり ［天］ その春、最後に降る雪のこと [季]春

雪の野　ゆきのの［地］雪におおわれた野原　[季]冬

雪の絶間　ゆきのたえま［地］雪が春に融け出して、ところどころ地肌が現われた所のこと　[季]春

雪の雷　ゆきのらい［天］雪国での冬の雷の別称。雷を降雪の兆しと見たことに由来　[季]冬

雪の精　ゆきのせい［天］雪の夜に出るといわれる妖怪・化け物　[季]冬

雪まるげ　ゆきまるげ［人］雪の小さい塊をころがして、だんだん大きくする遊び　[季]冬

雪まろばし　ゆきまろばし［人］雪の小さい塊をころがして、だんだん大きくする遊び　[季]冬

雪を掃く　ゆきをはく［人］門口や庭、店先に積もった雪を、通行のためシャベルやスコップで取り除くこと　[季]冬

雪を搔く　ゆきをかく［人］門口や庭、店先に積もった雪を、通行のためシャベルやスコップで取り除くこと　[季]冬

3**雪下　ゆきおろし**［人］屋根の除雪をして、家が傾いたり屋根が潰れたりするのを防ぐこと　[季]冬

雪下し　ゆきおろし［人］屋根の除雪をして、家が傾いたり屋根が潰れたりするのを防ぐこと　[季]冬

雪下茸　ゆきのした［植］雪割茸の別称　[季]冬

雪下駄　ゆきげた［人］雪国特有のもので、下駄や足駄の歯に、滑り止めの金具のつけてあるもの　[季]冬

雪上車　せつじょうしゃ［人］雪や氷の上を走ることができ、運搬用や人命救助などに使われる自動車　[季]冬

雪丸げ　ゆきまろげ［人］雪の小さい塊をころがして、だんだん大きくする遊び　[季]冬

雪女　ゆきおんな［天］雪の夜に出るといわれる妖怪・化け物　[季]冬

雪女郎　ゆきじょろう［天］雪の夜に出るといわれる妖怪・化け物　[季]冬

雪小屋　ゆきごや［宗］左義長をするための小屋　[季]新年

雪山　ゆきやま［地］雪の降り積もった山　[季]冬

雪山　ゆきやま［人］平安時代、宮中や貴族の邸宅で庭に雪で山の形をつくった趣向　[季]冬

雪山の鳥　せつざんのとり［動］経文に出てくる架空の鳥名で、インドの雪山に住むという　[季]冬

4**雪中花　せっちゅうか**［植］水仙花のこと　[季]冬

雪仏　ゆきぼとけ［人］雪で作った仏像　[季]冬

雪切　ゆききり［人］雪国で、踏み固められた根雪を三月頃に割り起こして捨てること　[季]春

雪切人夫　ゆききりにんぷ［人］雪割をする人夫　[季]春

雪切夫　ゆききりふ［人］春、雪切をする人夫　[季]春

雪尺　ゆきじゃく［人］積雪量の測定のために、目盛をつけて地上に立てておく竿　[季]冬

雪支度　ゆきじたく［人］冬仕度と同じ意味だが、雪の多い地方の言い方　[季]秋

雪月夜　ゆきづきよ［天］雪のあるときの月夜　[季]冬

雪片　せっぺん［天］雪のひとひら　[季]冬

5**雪代山女　ゆきしろやまめ**［動］春先、雪解けの渓流でとれる山女の呼名。釣り用語　[季]春

雪代岩魚　ゆきしろいわな［動］春先、雪解けの渓流でとれる岩魚の呼名。釣り用語　[季]春

雪代鱒　ゆきしろます［動］春先、雪解けの渓流でとれる鱒の呼名。釣り用語　[季]春

雪加　せっか［動］ウグイス科の留鳥で、夏に飛び回るのをよく見かける　[季]夏

雪布袋　ゆきほてい［人］雪達磨の一種　[季]冬

雪汁　ゆきじる［地］雪どけの水のこと　[季]春

雪玉　ゆきだま［人］雪遊びの一つ。堅いこぶし大の雪玉をつくり、相手の雪玉に自分の雪玉を力まかせに打ちつけて、砕けたほうを負けとする　[季]冬

6**雪交ぜ　ゆきまぜ**［天］みぞれのこと　[季]冬

雪合羽　ゆきがっぱ［人］冬、北国の人が雪の日に着る合羽　[季]冬

11画（雪）

雪合戦　ゆきがっせん　［人］　雪玉を投げ合う遊び　㊡冬

雪吊　ゆきつり，ゆきづり　［人］　積雪による枝折れの被害からまもるため、木のこずえや、添え木の上などから縄や針金を張って枝をつること　㊡冬

雪吊り解く　ゆきづりとく　［人］　春になり、樹木の枝を雪の重みから保護していた雪吊りを解くこと　㊡春

雪団　ゆきころばし　［人］　雪の小さい塊をころがして、だんだん大きくする遊び　㊡冬

雪安居　ゆきあんご　［宗］　冬安居の別称　㊡冬

雪気　ゆきげ　［天］　いまにも雪が降りそうな冬の空模様　㊡冬

雪舟　そり　［人］　冬、雪や氷の上をすべらせて人や荷物を運搬する道具　㊡冬

雪虫　ゆきむし　［動］　綿虫の別称　㊡冬

雪虫　ゆきむし　［動］　積雪上に現れる昆虫の総称。セッケイカワゲラなど　㊡春

⁷雪囲　ゆきがこい　［人］　冬の風雪を防ぐために、家の周囲や出入り口などに作る囲い　㊡冬

雪囲とる　ゆきがこいとる　［人］　春になり、防雪・防寒のための囲いなどを取り払うこと　㊡春

雪坊主　ゆきぼうず　［天］　雪の夜に出るといわれる妖怪・化け物　㊡冬

雪庇　せつび　［天］　山の急な傾斜面にできる雪の庇　㊡冬

雪折　ゆきおれ　［植］　降り積もった雪の重さで木の枝が折れること　㊡冬

雪投　ゆきなげ　［人］　雪遊びの一つ。雪合戦のこと　㊡冬

雪投げ　ゆきなげ　［人］　雪遊びの一つ。雪合戦のこと　㊡冬

雪男　ゆきおとこ　［天］　雪の夜に出るといわれる妖怪・化け物　㊡冬

雪見　ゆきみ　［人］　雪景色をながめて賞すること　㊡冬

雪見の宴　ゆきみのえん　［人］　雪見のとき行なう宴会　㊡冬

雪見月　ゆきみづき　［時］　陰暦十一月の別称　㊡冬

雪見行　ゆきみこう　［人］　雪の降った中、

散策しつつ雪景色を賞すること　㊡冬

雪見草　ゆきみぐさ　［植］　卯の花の別称　㊡夏

雪見草　ゆきみぐさ　［植］　冬菊の別称　㊡冬

雪見酒　ゆきみざけ　［人］　雪見をしながら飲む酒　㊡冬

雪見笠　ゆきみがさ　［人］　雪見に使う笠　㊡冬

雪見船　ゆきみぶね　［人］　雪見のためにのる船　㊡冬

雪見障子　ゆきみしょうじ　［人］　障子の一種　㊡冬

雪見舞　ゆきみまい　［人］　雪国で、大雪や雪崩や雪降ろしがあるときに親戚、知人などが訪れたり音信を出したりすること　㊡冬

雪車　そり　［人］　冬、雪や氷の上をすべらせて人や荷物を運搬する道具　㊡冬

雪返し　ゆきがえし　［人］　雪掻の道具の一つ　㊡冬

⁸雪兎　ゆきうさぎ　［人］　雪でウサギの形をつくったもので、盆の上に置く　㊡冬

雪兎　ゆきうさぎ　［動］　冬に白く毛の生えかわる北海道の兎　㊡冬

雪国　ゆきぐに　［天］　雪の多い地方　㊡冬

雪明り　ゆきあかり　［天］　雪の白さのため、夜が薄明るく見えること　㊡冬

雪沓　ゆきぐつ　［人］　雪の中で履く藁などでできた沓のこと　㊡冬

雪泥　ゆきどろ　［地］　堅雪の表面の汚れ　㊡春

雪盲　せつもう　［人］　雪に反射される強い紫外線のため、目の結膜や角膜がおかされること　㊡冬

雪空　ゆきぞら　［天］　雪模様の空　㊡冬

⁹雪冠　ゆきかむり　［天］　門柱・電柱などに積もって、笠状になった雪　㊡冬

雪卸　ゆきおろし　［人］　屋根の除雪をして、家が傾いたり屋根が潰れたりするのを防ぐこと　㊡冬

雪垣　ゆきがき　［人］　冬の風雪を防ぐために、家の周囲や出入り口などに作る囲い　㊡冬

雪垣解く　ゆきがきとく　［人］　春になり、防雪・防寒のための囲いなどを取り払うこ

と [季]春

雪垢　ゆきあか［地］堅雪の表面の汚れ [季]春

雪後の天　せつごのてん［天］雪が降り積もった翌朝に空が晴れわたること [季]冬

雪待月　ゆきまちづき［時］陰暦十一月の別称 [季]冬

雪柳　ゆきやなぎ［植］バラ科の落葉低木。晩春、葉は柳に似、雪の降ったような白い花を咲かせる [季]春

雪海苔　ゆきのり［植］黒海苔の別称 [季]春

雪竿　ゆきざお［人］積雪量の測定のために、目盛をつけて地上に立てておく竿 [季]冬

雪茸　ゆきたけ［植］雪割茸の別称 [季]冬

雪風　ゆきかぜ［天］雪まじりの風、雪を誘う風 [季]冬

10**雪原　せつげん**［地］雪におおわれた野原 [季]冬

雪時雨　ゆきしぐれ［天］時雨が雪や霙になり、降ったり止んだりすること [季]冬

雪残る　ゆきのこる［地］春になってもまだ残っている雪 [季]春

雪消　ゆきげ［地］雪国で、踏み固められた根雪を三月頃に割り起こして捨てること [季]春

雪消　ゆきけし［人］雪国で、踏み固められた根雪を三月頃に割り起こして捨てること [季]春

雪消し　ゆきけし［人］互いに食品を贈り合って雪害の無事を念ずること [季]冬

雪消月　ゆきげづき, ゆきげつき［時］陰暦二月の別称 [季]春

雪浪　ゆきなみ［天］強風のため積雪面に波紋のような起伏ができること [季]冬

雪涅槃　ゆきねはん［天］雪の果のこと [季]春

雪紐　ゆきひも［天］塀や枝などに積もった雪が融けて滑り、紐のように垂れ下がったもの [季]冬

雪華　せっか［天］雪の美称 [季]冬

雪起し　ゆきおこし［天］雪国での冬の雷の別称。雷を降雪の兆しと見たことに由来 [季]冬

雪除　ゆきよけ［人］冬の風雪を防ぐために、家の周囲や出入り口などに作る囲い [季]冬

雪除とる　ゆきよけとる［人］春になり、防雪・防寒のための囲いなどを取り払うこと [季]春

雪鬼　ゆきおに［天］雪の夜に出るといわれる妖怪・化け物 [季]冬

11**雪婆　ゆきばんば**［動］綿虫の別称 [季]冬

雪崩　なだれ［地］山の斜面の積雪が、春の暖かさにより崩れ落ちること [季]春

雪掘　ゆきほり［人］雪国で、踏み固められた根雪を三月頃に割り起こして捨てること [季]春

雪捨　ゆきすて［人］門口や庭、店先に積もった雪を、通行のためシャベルやスコップで取り除くこと [季]冬

雪捨つ　ゆきすつ［人］門口や庭、店先に積もった雪を、通行のためシャベルやスコップで取り除くこと [季]冬

雪渓　せっけい［地］高山のへこんだ斜面や深い渓谷などに、夏になっても雪を残していること。夏山登山の楽しみの一つ [季]夏

雪渓虫　せっけいむし［動］高山の雪渓の上に、夏、姿を現わす黒い虫 [季]夏

雪眼　ゆきめ［人］雪に反射される強い紫外線のため、目の結膜や角膜がおかされること [季]冬

雪眼鏡　ゆきめがね［人］雪眼になるのを予防するためにかける眼鏡 [季]冬

雪祭　ゆきまつり［宗］正月十四日、長野・伊豆神社で行なわれる神事 [季]新年

雪細工　ゆきざいく［人］雪を使ってする造形遊び [季]冬

雪菰　ゆきごも［人］冬の風雪を防ぐために、家の周囲や出入り口などに作る囲い [季]冬

雪菜　ゆきな［植］冬菜の一つで、山形県産のもの [季]冬

雪蛍　ゆきぼたる［動］綿虫の別称 [季]冬

雪袴　ゆきばかま［人］裾を膝下で締めた、括り袴風の下衣。冬、雪国で用いる [季]冬

雪釣　ゆきづり［人］子供が紐の先に木炭をぶら下げ軒下の雪を釣る遊び [季]冬

雪雫　ゆきしずく［地］雪解け雫のこと [季]春

雪魚　たら［動］北日本の海にすむ魚で、さまざまな料理に利用する。漁期は十一月から三月頃　[季]冬

雪鳥　ゆきどり［動］雪の上で餌を群れ争う野鳥のこと　[季]冬

12雪割　ゆきわり［人］雪国で、踏み固められた根雪を三月頃に割り起こして捨てること　[季]春

雪割人夫　ゆきわりにんぷ［人］雪割をする人夫　[季]春

雪割夫　ゆきわりふ［人］春、雪割をする人夫　[季]春

雪割草　ゆきわりそう［植］洲浜草の別称　[季]夏

雪割草　ゆきわりそう［植］洲浜草の別称　[季]春

雪割茸　ゆきわりたけ［植］晩秋から初冬にかけて樹の切り株などに発生する榎茸や滑子の総称　[季]冬

雪帽子　ゆきぼうし［人］雪の日に、頭からからだの上部にかけて雪を防ぐためにかぶる帽子　[季]冬

雪景色　ゆきげしき［天］雪の積もった景色　[季]冬

雪晴　ゆきばれ［天］雪が降り積もった翌朝に空が晴れわたること　[季]冬

雪棹　ゆきざお［人］積雪量の測定のために、目盛をつけて地上に立てておく竿　[季]冬

雪焼　ゆきやけ［人］積雪に反射した紫外線のため皮膚が焼けること　[季]冬

雪達磨　ゆきだるま［人］大小二つの雪のかたまりを重ね、炭団や木炭で目鼻をつけたもの　[季]冬

雪遊　ゆきあそび［人］降り積もった雪の上でする遊びや、その雪を使ってする遊びをいう　[季]冬

雪間　ゆきま［地］雪が春に融け出して、ところどころ地肌が現われた所のこと　[季]春

雪間草　ゆきまぐさ［植］雪間に萌え出た草のこと　[季]春

雪雲　ゆきぐも［天］いまにも雪が降り出しそうな、曇り空　[季]冬

13雪催　ゆきもよい［天］いまにも雪が降りそうな冬の空模様　[季]冬

雪催い　ゆきもよい［天］いまにも雪が降りそうな冬の空模様　[季]冬

雪意　せつい［天］いまにも雪が降りそうな冬の空模様　[季]冬

雪掻　ゆきかき［人］門口や庭、店先に積もった雪を、通行のためシャベルやスコップで取り除くこと　[季]冬

雪掻人夫　ゆきかきにんぷ［人］雪掻をする人夫　[季]冬

雪掻篦　ゆきかきべら［人］雪掻の道具の一つ　[季]冬

雪暗　ゆきぐれ［天］いまにも雪が降りそうな冬の空模様　[季]冬

雪椿　ゆきつばき［植］椿の一種　[季]春

雪煙　ゆきけむり［天］雪が強風にあおられ煙のように舞い上がる様子　[季]冬

雪獅子　ゆきじし［人］雪で作った獅子　[季]冬

雪蓑　ゆきみの［人］冬、北国の人が雪の日に着る藁でできた蓑　[季]冬

雪解　ゆきどけ, ゆきげ［地］春の暖かい日射しに雪が融けること　[季]春

雪解くる　ゆきとくる［地］春の暖かい日射しに雪が融けること　[季]春

雪解川　ゆきげかわ［地］雪どけ水で増水した川　[季]春

雪解月　ゆきげつき［時］陰暦二月の別称　[季]春

雪解水　ゆきげみず［地］雪融け水のこと　[季]春

雪解汁　ゆきげじる［地］雪融け水のこと　[季]春

雪解田　ゆきげた［地］雪融けした田　[季]春

雪解光　ゆきげこう［地］雪解水のため、光が異常屈折をおこしておこる蜃気楼のこと　[季]春

雪解風　ゆきげかぜ［地］雪解け時にふく風　[季]春

雪解畠　ゆきげはたけ［地］春、積もっていた雪が融け出してきた畑　[季]春

雪解野　ゆきげの［地］雪融けした野　[季]春

雪解雫　ゆきげしずく［地］春の雪解け水の滴り　[季]春

雪解富士　ゆきげふじ［地］新緑の季節に富士山の雪がとけ始めること　[季]夏

雪解道　ゆきげみち　［地］　雪解けした道　[季]春

雪解靄　ゆきげもや　［地］　雪解水のためにおこる靄　[季]春

雪雷　ゆきがみなり　［天］　雪国での冬の雷の別称。雷を降雪の兆しと見たことに由来　[季]冬

14**雪像　せつぞう**　［人］　雪でいろいろな物の形態を模して造った像　[季]冬

雪像展　せつぞうてん　［人］　雪像の展覧会　[季]冬

雪模様　ゆきもよう　［天］　いまにも雪が降りそうな冬の空模様　[季]冬

雪滴　ゆきしずく　［地］　雪解け雫のこと　[季]春

雪箒　ゆきぼうき　［人］　雪掻をする箒　[季]冬

雪雑り　ゆきまじり　［天］　みぞれのこと　[季]冬

雪餅　ゆきもち　［人］　料理の名　[季]冬

15**雪踏　ゆきふみ**　［人］　雪国で、雪を踏み固めて道をつくること　[季]冬

雪鋤　ゆきすき　［人］　雪掻の道具の一つ　[季]冬

16**雪壁　せっぺき**　［地］　山岳渓谷の岩壁などに雪がつき、雪の壁となったもの　[季]冬

雪曇　ゆきぐもり　［天］　いまにも雪が降り出しそうな、曇り空　[季]冬

雪橇　そり　［人］　冬、雪や氷の上をすべらせて人や荷物を運搬する道具　[季]冬

雪濁り　ゆきにごり　［地］　雪どけ水のために川などの水が濁ること　[季]春

17**雪嶺　せつれい**　［地］　雪の降り積もった山　[季]冬

雪薺　ゆきなずな　［人］　正月の七草粥のため、雪を分けて採る薺　[季]新年

20**雪礫　ゆきつぶて**　［人］　雪玉を投げ合う遊び　[季]冬

22**雪籠　ゆきごもり**　［人］　冬の寒さをいとい、一間に籠居している暮らしぶり　[季]冬

【頂】

お頂上　おちょうじょう　［宗］　富士山の頂上をいう　[季]夏

【魚】

えぼし魚　えぼしうお　［動］　鰹の別称　[季]夏

たちの魚　たちのうお　［動］　太刀魚の別称　[季]秋

つばめ魚　つばめうお　［動］　飛魚の別称　[季]春

とびの魚　とびのうお　［動］　飛魚の別称　[季]夏, 春

ゑぼし魚　えぼしうお　［動］　鰹の別称　[季]夏

0**魚すき　うおすき**　［人］　鍋料理の一つ　[季]冬

魚を放つ　うおをはなつ　［宗］　放生会に行われる行事の一つ　[季]秋

5**魚氷に上る　うおひにのぼる**　［時］　七十二候の一つで、立春の第三候。陽暦二月十五日から十九日頃　[季]春

8**魚狗　ぎょく**　［動］　翡翠（かわせみ）の別称　[季]夏

10**魚島　うおじま**　［動］　春、産卵のため海峡を越えて内海に来た鯛・鯖・はまちなどがに内海に入り込んで群がり、水面が島のようになって盛り上がる現象　[季]春

魚島時　うおじまどき　［動］　四月頃、瀬戸内海で魚島と呼ばれる現象が見られる時期　[季]春

14**魚腥菜　ぎょせいさい**　［植］　ドクダミの別称。薬草として重宝され、梅雨時に白い十字形の花をつける　[季]夏

魚読　うおよみ　［宗］　正月十四日に京都市・上賀茂神社で行なわれた神事で、諸役から献ずる神供や魚鳥米穀の類を数え記す行事　[季]新年

17**魚簗　やな**　［人］　川瀬で鮎などの川魚を獲るための仕掛け　[季]夏

【鳥】

かじけ鳥　かじけどり　［動］　冬の寒さにかじかんで見える小鳥　[季]冬

すがね鳥　すがねどり　［動］　雉の別称　[季]春

ひめひな鳥　ひめひなどり　［動］　雲雀の別称　[季]春

ほや鳥　ほやどり　［動］　連雀の別称　[季]秋

まめ鳥　まめとり　［動］　鵤の別称　[季]秋

11画（鳥）

鳥つがう　とりつがう　［動］　春から初夏に
　かけ、鳥が発情期に入ること　㋩春

鳥つがふ　とりつがう　［動］　春から初夏に
　かけ、鳥が発情期に入ること　㋩春

鳥つるむ　とりつるむ　［動］　春から初夏に
　かけ、鳥が発情期に入ること　㋩春

鳥の日　とりのひ　［宗］　愛鳥週間の一日
　㋩夏

鳥の卵　とりのたまご　［動］　春に鳥が産ん
　だ卵のこと　㋩春

鳥の妻恋　とりのつまごい　［動］　春から初
　夏にかけ、鳥が発情期に入ること　㋩春

鳥の巣　とりのす　［動］　鳥が卵を産み、ヒ
　ナを育てるために小枝、草などでつくる巣
　のこと。多くの鳥は春に巣作りする　㋩春

鳥の巣立　とりのすだち　［動］　春、雛が、
　成長して巣を離れ出ること　㋩春, 夏

鳥の換羽　とりのかえば　［動］　一部の鳥が
　冬羽から夏羽へのに換羽のため全身の羽が
　抜けかわること　㋩夏

鳥の渡り　とりのわたり　［動］　渡り鳥が秋
　に日本に渡ってくること　㋩秋

鳥の落ち草　とりのおちくさ　［人］　鷹が鳥
　を追い落す所の草のこと　㋩冬

⁴鳥引く　とりひく　［動］　秋冬に日本へ渡っ
　て来て越冬した渡り鳥が、春に北方の繁殖
　地へ帰ること　㋩春

⁶鳥交る　とりさかる　［動］　春から初夏にか
　け、鳥が発情期に入ること　㋩春

鳥叫び　とりさけび　［人］　逸れた鷹を呼び
　返すこと。または、狩人の声を立てて鳥を
　追い立てることなどをいう　㋩冬

鳥羽火祭　とばひまつり　［宗］　陰暦正月七
　日、愛知県幡豆町鳥羽の神明社で行なわれ
　る祭。松明の火の勢いで豊凶を占う　㋩
　新年

鳥羽僧正忌　とばそうじょうき　［宗］　陰暦
　九月十五日、平安時代後期の画僧鳥羽僧正
　覚猷の忌日　㋩秋

⁷鳥貝　とりがい　［動］　ザルガイ科の二枚
　貝。鮨や酢の物などにして美味　㋩春

⁸鳥居形の火　とりいがたのひ　［宗］　八月十
　六日、京都の盂蘭盆会での霊を送る行事。
　大文字焼きとして有名　㋩秋

⁹鳥威し　とりおどし　［人］　稲が実ってきた
　田を荒らしにくる鳥をおどかして追うため
　に、田畑に設けたいろいろの仕掛けの総称

㋩秋

鳥屋　とや　［人］　秋の小鳥狩のための小屋
　㋩秋

鳥屋師　とやし　［人］　秋の小鳥狩をする人
　㋩秋

鳥屋場　とやば　［人］　秋の小鳥狩の鳥を入
　れておく小屋　㋩秋

鳥屋勝　とやまさり　［動］　鷹が鳥屋籠りを
　して羽が替わった後、前より勢いが強くな
　ること　㋩秋

鳥屋際　とやぎわ　［動］　羽換えの近くなっ
　た鷹　㋩春

鳥屋籠　とやごもり　［動］　羽換えの時期に
　鷹部屋へ鷹を放し飼いにすること　㋩夏

鳥持網代　とりもちあじろ　［人］　瀬戸内の
　西部で行われる鯛の漁法　㋩春

鳥柴　とりしば, としば　［人］　鳥をつける
　柴のこと　㋩冬

鳥追　とりおい　［人］　小正月の農村行事。
　子供達が鳥追小屋という仮小屋に集まり、
　鳥追唄を歌いながら棒で地面を叩いて歩
　く。また、これが変化して門付芸能になっ
　たものも鳥追という　㋩新年

鳥追大夫　とりおいだゆう　［人］　江戸時代
　に盛んだった正月の門付け芸人　㋩新年

鳥追小屋　とりおいごや　［人］　小正月の鳥
　追の時に子供達が籠もる小屋　㋩新年

鳥追唄　とりおいうた　［人］　小正月の鳥追
　の時に唱える唄　㋩新年

鳥追遊　とりおいあそび　［人］　小正月の農
　村行事。子供達が鳥追小屋という仮小屋に
　集まり、鳥追唄を歌いながら棒で地面を叩
　いて歩く。また、これが変化して門付芸能
　になったものも鳥追という　㋩新年

鳥追遊び　とりおいあそび　［宗］　小正月の
　農村行事。子供達が鳥追小屋という仮小屋
　に集まり、鳥追唄を歌いながら棒で地面を
　叩いて歩く。また、これが変化して門付芸
　能になったものも鳥追という　㋩新年

鳥追櫓　とりおいやぐら　［人］　小正月の鳥
　追の時に子供達が籠もる小屋　㋩新年

鳥風　とりかぜ　［天］　春、渡り鳥が北へ帰
　るころの風　㋩春

鳥風　ちょうふう　［動］　何万という大群で
　大挙して南下する羽音が大きく風のような
　さま　㋩秋

¹⁰鳥帰る　とりかえる　［動］　秋冬に日本へ

俳句季語よみかた辞典　395

11画（鹿）

渡って来て越冬した渡り鳥が、春に北方の繁殖地へ帰ること　㋭春

鳥馬　ちょうま　［動］　鴫の別称　㋭秋

[11]鳥兜　とりかぶと　［植］　キンポウゲ科の多年生の有毒植物。秋の青紫の花は美しいが、根には猛毒が含まれる　㋭秋

鳥巣立つ　とりすだつ　［動］　春に生まれた鳥の雛が、成育して巣を離れること　㋭春，夏

[12]鳥渡る　とりわたる　［動］　渡り鳥が秋に日本に渡ってくること　㋭秋

鳥雲　とりぐも　［天］　鳥曇りをつくっている雲のこと　㋭春

鳥雲　ちょううん　［動］　何万という大群で大挙して南下するのが、あたかも雲が動くようなさま　㋭秋

鳥雲に　とりくもに　［動］　春先、北方へ帰る雁や白鳥などが雲間に見えなくなること　㋭春

鳥雲に入る　とりくもにいる　［動］　春先、北方へ帰る雁や白鳥などが雲間に見えなくなること　㋭春

[14]鳥総松　とぶさまつ　［人］　門松を取り払った跡に、その松の一枝をさしておく習慣　㋭新年

[16]鳥曇　とりぐもり　［天］　春、渡り鳥が北へ帰るころの曇り空　㋭春

[21]鳥囀る　とりさえずる　［動］　春の鳥類の鳴き声の総称　㋭春

[23]鳥黐搗く　とりもちつく　［人］　黐の木の皮を水に漬けて搗くこと　㋭夏

【鹿】

鹿　しか　［動］　秋、交尾期を迎えた鹿のこと　㋭秋

[0]鹿のしがらみ　しかのしがらみ　［動］　鹿の、萩の中で結ばれることをいう　㋭秋

鹿の子　しかのこ，かのこ　［動］　その年の初夏に生まれた鹿の子供　㋭夏

鹿の子百合　かのこゆり　［植］　百合の一種。崖などに自生する　㋭夏

鹿の子狩　かのこがり　［人］　昔の鹿狩りの方法。夏の闇夜に篝火を焚き、鹿の目が反射して光るのをめがけて矢を射るもの　㋭夏

鹿の子斑　かのこまだら　［動］　初夏に生まれた鹿の子の茶褐色の毛にある白い斑

鹿の子蛾　かのこが　［動］　蛾の一種　㋭夏

鹿の子翡翠　かのこしょうびん　［動］　山翡翠の別称　㋭夏

鹿の声　しかのこえ　［動］　交尾期に他の雄に挑戦する声で、遠くできくと哀調を帯びる　㋭秋

鹿の角切　しかのつのきり　［人］　十月に、奈良・春日大社で行われる雄鹿を集めて角を落とす行事　㋭秋

鹿の角落つ　しかのつのおつ　［動］　春先から初夏にかけ、鹿の角が抜け落ちること　㋭春

鹿の走り衣　しかのはしりごろも　［人］　秋の衣類の一つ　㋭秋

鹿の妻　しかのつま　［動］　交尾期につがいとなった雌鹿　㋭秋

鹿の妻　しかのつま　［植］　萩の別称。萩は秋の代表的な植物　㋭秋

鹿の若角　しかのわかづの　［動］　袋角の別称　㋭夏

鹿の音寒し　しかのねさむし　［動］　鹿の声が寒々としてきこえるさま　㋭秋

鹿の袋角　しかのふくろづの　［動］　袋角に同じ　㋭夏

鹿の親　しかのおや　［動］　親鹿のこと　㋭夏

[3]鹿子　かご　［動］　鹿の子（かのこ）に同じ　㋭夏

鹿子毛をかぶる　かごけをかうる　［動］　初夏に生まれた鹿の子の茶褐色の毛に白い斑があること　㋭夏

鹿子百合　かのこゆり　［植］　百合の一種。崖などに自生する　㋭夏

鹿子草　かのこそう　［植］　オミナエシ科の多年草で、四、五月頃、淡紅色の小さい花がさく　㋭春

鹿小屋　ししごや　［人］　稲などが実ってきた頃、鹿や猪に田畑を荒らされぬように見張りをするために設けられた小屋　㋭秋

[4]鹿火屋　かびや，かひや　［人］　稲などが実ってきた頃、山の田畑が鹿や猪に荒されるのを防ぐために火を焚き、臭気をだすものを燃すために設けられた仮小屋　㋭秋

鹿火屋守　かひやもり　［人］　稲などが実ってきた頃、鳥獣に田を荒らされぬように火を焚く番をするため鹿火屋小屋にいる人

[季]秋

鹿王院舎利開帳　ろくおういんしゃりかいちょう［宗］京都の鹿王院で、水晶の仏舎利を諸人に拝観させること　[季]冬

7**鹿児島祭　かごしままつり**［宗］鹿児島・鹿児島神宮で、もと陰暦八月十五日に行なわれた祭　[季]秋

鹿売　ろくうり［人］鹿の肉を売りあるく商人　[季]冬

鹿尾菜　ひじき［植］全国の岩礁に付着する褐藻類の一種で、ホンダワラ科に属する。冬から春にかけ発芽、夏になる前に採取する　[季]春

鹿角菜　ひじき［植］全国の岩礁に付着する褐藻類の一種で、ホンダワラ科に属する。冬から春にかけ発芽、夏になる前に採取する　[季]春

鹿角菜　つのまた［植］全国の沿岸に見られる海藻で、春に採取して糊料に使う　[季]春

鹿谷祭　ししがたにまつり［宗］昔、行なわれた祭り　[季]秋

8**鹿妻草　かのつまぐさ, しかつまぐさ**［植］萩の別称。萩は秋の代表的な植物　[季]秋

9**鹿垣　ししがき**［人］稲などが実ってきた頃、鹿や猪に田畑を荒らされぬように築く石垣や土手など　[季]秋

鹿狩　ししがり［人］鹿を狩ること　[季]冬

鹿狩　しかがり［人］鹿を狩ること　[季]冬

鹿茸　ろくじょう［動］鹿の袋角の生え始め。形がきのこに似ているための名　[季]夏

10**鹿島の事触　かしまのことぶれ**［人］昔、茨城・鹿島神宮の神託を諸国に触れ知らせた神人のこと　[季]新年

鹿島の帯　かしまのおび［宗］常陸帯の神事の別称　[季]新年

鹿島祭　かしままつり［宗］九月一日から三日まで、茨城・鹿島神宮で行われる祭礼　[季]秋

鹿島祭頭祭　かしまさいとうさい［宗］三月九日、茨城・鹿島神宮で行われる祭頭祭　[季]春

鹿島御神幸祭　かしまごしんこうさい［宗］茨城・鹿島神宮の鹿島祭の別称　[季]秋

鹿島踏歌祭　かしまとうかまつり［宗］正月十四日行なわれる茨城・鹿島神社の神事　[季]新年

11**鹿梨の花　やまなしのはな, しかなしのはな**［植］山梨の花の別称　[季]春

鹿笛　ししぶえ, しかぶえ［人］鹿狩りの猟具の一つ。雌鹿の音色をまねた笛を吹き、おびき出された雄鹿を捕獲する　[季]秋

鹿笛　しかぶえ［動］鹿のなく声のこと　[季]秋

鹿釣り　しかつり［宗］十月に、奈良・春日大社で行われる雄鹿を集めて角を落とす行事　[季]秋

13**鹿飽草　かほうそう**［植］一薬草の別称。六、七月頃、白梅に似た白い花をつける　[季]夏

14**鹿銜草　かかんそう**［植］一薬草の別称。六、七月頃、白梅に似た白い花をつける　[季]夏

鹿鳴く　しかなく［動］交尾期に他の雄に挑戦するために鳴くこと　[季]秋

鹿鳴草　しかなぐさ［植］萩の別称。萩は秋の代表的な植物　[季]秋

16**鹿蹄草　かていそう**［植］一薬草の別称。六、七月頃、白梅に似た白い花をつける　[季]夏

【麻】

麻　あさ［植］クワ科の一年草。夏に結実し、晩夏に茎から繊維を採るため刈り取る　[季]夏

0**麻の花　あさのはな**［植］夏に咲く薄黄緑色の麻の花　[季]夏

麻の実　あさのみ［植］夏の花の後、初秋にできる球形に近い光沢のある堅い実。種子をしぼって良質な乾性油を採る　[季]秋

麻の葉　あさのは［植］手のひらのように分裂した麻の複葉のこと。麻自体が夏の季語　[季]夏

麻の葉かえで　あさのはかえで［植］楓の一種　[季]秋

麻の葉流す　あさのはながす［宗］夏越の祓の祓草として麻の葉を流すこと　[季]夏

4**麻刈　あさかり**［人］七月頃、麻を刈りとること　[季]夏

麻刈る　あさかる［人］七月頃、麻を刈りとること　[季]夏

5**麻布　あさふ**［人］生布の一種で、織り目が粗い　[季]夏

麻布団　あさぶとん［人］夏ぶとんの一種

[季]夏

6**麻地酒　あさじざけ**　［人］　江戸時代、糯米を原料に加えた九州の名酒。寒に仕込み、夏の土用に飲む　[季]夏

麻羽織　あさばおり　［人］　夏羽織の一種　[季]夏

7**麻足袋　あさたび**　［人］　夏足袋の一種　[季]夏

8**麻服　あさふく**　［人］　夏に着る麻でできた洋服　[季]夏

9**麻柯の箸　おがらのはし**　［宗］　盂蘭盆の供物に添える箸　[季]秋

麻畑　あさばたけ　［植］　麻の栽培されている畑。麻は夏の季語　[季]夏

10**麻座布団　あさざぶとん**　［人］　麻でできた夏座布団の一種　[季]夏

麻疹　ましん　［人］　春から初夏にかけて流行する急性発疹性伝染病　[季]春

麻疹木　はしかのき　［植］　水木の別称。八、九月ごろ実が熟する　[季]秋

麻蚊帳　あさがや　［人］　蚊帳の一種　[季]夏

11**麻殻　あさがら**　［人］　盆の精霊棚に飾ったもの。皮を剝いだ麻の茎を乾燥させたもの　[季]秋

麻殻売　おがらうり　［人］　盆の行事に用いる麻殻を売る者　[季]秋

麻袴　あさばかま　［人］　夏袴の一種　[季]夏

13**麻暖簾　あさのれん**　［人］　夏暖簾の一種　[季]夏

麻蒔く　あさまく　［人］　春、三〜四月頃に麻の種を蒔くこと　[季]春

16**麻頭巾　あさずきん**　［人］　麻でできた夏用の頭巾　[季]夏

【黄】

あさま黄楊の花　あさまつげのはな　［植］　ツゲ科の常緑低木。晩春、淡黄色の細かな花が群がって咲く　[季]春

0**黄えびね　きえびね**　［植］　化偸草の一種　[季]春

黄つりふね　きつりふね　［植］　釣船草の別称。初秋の頃、淡紅紫色の花を釣り下げる　[季]秋

黄ばむ　きばむ　［植］　銀杏などの落葉木の葉が、秋に黄色に変化すること　[季]秋

黄やんま　きやんま　［動］　蜻蛉の一種で、やや小ぶりのもの　[季]秋

4**黄心樹　おがたま**　［植］　春にコブシの花に似たかおりのある白い小さい花が開く　[季]春

黄心樹の花　おがたまのはな　［植］　モクレン科の常緑高木で、三、四月頃、辛夷に似た香りの良い白い小花を咲かせる　[季]春

黄心樹木蘭　おがたまもくれん　［植］　春にコブシの花に似たかおりのある白い小さい花が開く　[季]春

黄水仙　きずいせん　［植］　水仙の一種で、三、四月頃、鮮やかな黄色い花が咲く　[季]春

6**黄肌　きはだ**　［動］　各鰭が黄色をした鮪の一種　[季]冬

黄肌鮪　きはだまぐろ　［動］　マグロの一種。背ビレ、尾ビレが黄色い　[季]夏

黄色宝　おうごんだから　［動］　子安貝の別称　[季]春

黄色蕪　きいろかぶ　［植］　蕪の一種で、欧米産の黄色のもの　[季]冬

7**黄沙　こうさ**　［天］　中国から春風に乗って黄色の砂埃が天を覆うほど運ばれ、降ってくる現象　[季]春

黄花　こうか　［植］　女郎花の別称。初秋、黄色い小花が集まり咲く　[季]秋

黄花うつぎ　きばなうつぎ　［植］　空木（うつぎ）の一種　[季]夏

8**黄金虫　こがねむし**　［動］　コガネムシ科の甲虫の総称で、夏の夜に灯りに飛んでくる。植物にとっては害虫　[季]夏

黄金花　こがねばな　［植］　都草の別称　[季]夏

黄金草　こがねぐさ　［植］　菊の別称。菊は秋の季語　[季]秋

黄金甜瓜　こがねまくわうり　［植］　甜瓜（まくわうり）のこと。晩夏に収穫する　[季]夏

黄金週間　おうごんしゅうかん　［人］　ゴールデン・ウィークのこと　[季]春

9**黄柳　きやなぎ**　［植］　秋になって柳の細い葉が黄ばんでくること　[季]秋

黄独　けいも　［植］　カシュウイモの別称　[季]秋

黄砂　こうさ　［天］　中国から春風に乗って黄色の砂埃が天を覆うほど運ばれ、降ってくる現象　[季]春

11画（黄）

黄草　きぐさ　［植］　刈安の古称　㋩秋

黄虻　きあぶ　［動］　虻の一種　㋩春

10黄梅　おうばい　［植］　モクセイ科の落葉小
　低木で、早春、葉よりも前に鮮黄色の小花
　が咲く　㋩春

黄梅雨　きづゆ　［天］　夏至の前に降る雨
　㋩夏

黄烏瓜　きからすうり　［植］　カラスウリに
　よく似たウリ科の多年草で、果実は黄色に
　色づく　㋩秋

黄粉鳥　きなこどり　［動］　鶯の別称　㋩春

黄華鬘　きけまん　［植］　けまん草の一種
　㋩春

黄連雀　きれんじゃく　［動］　尾の先端が鮮
　やかな黄色の連雀　㋩秋

11黄帷子　きびら　［人］　生成の麻織物　㋩夏

黄梔花　おうしか　［植］　梔子の別称　㋩夏

黄脚鴫　きあししぎ　［動］　鴫の一種だが、
　田鴫とは異なる　㋩秋

黄菊　きぎく　［植］　菊の一種　㋩秋

黄菜子　おうさいし　［植］　麒麟草の別称
　㋩夏

黄菖蒲　きしょうぶ　［植］　花菖蒲の一種。
　六月梅雨時に黄色い花をつけるもの　㋩夏

黄菅　きすげ　［植］　夕菅の別称。晩夏の暮
　れ方に黄色い花が咲き、翌朝にはしぼむ
　㋩夏

黄雀　きすずめ　［動］　春に生まれて間もな
　い雀の子どものこと　㋩春

黄雀風　こうじゃくふう　［天］　陰暦五・六
　月頃に吹く南東の風　㋩夏

黄魚　にしん　［動］　イワシ科に属する寒海
　魚で、四、五月頃、産卵のため南下してく
　る　㋩春

黄鳥　うぐいす, きちょう　［動］　ウグイス
　科の小鳥。春、「ホーホケキョ」と美しい声
　で鳴くことで知られる　㋩春

黄麻　つなそ　［植］　インドで広く栽培する
　繊維作物　㋩夏

12黄葉　こうよう, もみじ　［植］　晩秋気温が
　下がると、落葉木の葉が赤く色を染めたり、
　種類によって黄色に変わること　㋩秋

黄葉する草木　もみじするくさき　［植］　晩
　秋気温が下がると、葉が黄色くなる草木
　㋩秋

黄落　こうらく　［植］　晩秋に銀杏、楢、櫟

などの木の葉が黄葉して落ちることをいう
　㋩秋

黄落期　こうらくき　［植］　晩秋、銀杏、
　楢、櫟などの木の葉が黄落する時期のこと
　㋩秋

13黄楊の花　つげのはな　［植］　ツゲ科の常緑
　低木。晩春、淡黄色の細かな花が群がって
　咲く　㋩春

黄楊落葉　つげおちば　［植］　初夏の新葉が
　茂る頃に、黄楊の古葉が落葉すること
　㋩夏

黄蓮　おうれん　［植］　キンポウゲ科の常緑
　多年草。根茎は薬草として名高く、胃薬と
　して用いる　㋩春

黄蓮花　きれんげ　［植］　都草の別称　㋩夏

黄蜂　きばち　［動］　蜂の一種　㋩春

黄蜀葵　とろろあおい, おうしょっき　［植］
　中国原産のアオイ科の一年草。晩夏から初
　秋にかけ黄色の大きな花をつける。根の粘
　液は紙漉用の糊や薬用にする　㋩夏

黄蜀葵搗く　とろろあおいつく, おうしょっ
　きつく　［人］　紙漉きに必要なネリを作る
　ため、原料の黄蜀葵を搗くこと。紙漉きは
　冷たい水で行うため、これも冬の季語とさ
　れる　㋩冬

14黄塵　こうじん　［天］　春になり、乾いた地
　面から風で舞い上がった砂ぼこりのこと
　㋩春

黄塵万丈　こうじんばんじょう　［天］　黄色
　の土煙がもうもうと空高く立ち上がるさま
　㋩春

黄藤　おうじょ　［植］　ドクダミの別称。薬
　草として重宝され、梅雨時に白い十字形の
　花をつける　㋩夏

15黄蕈　いくちたけ　［植］　毒茸の一種　㋩秋

黄薫　おうけい　［植］　黄色の紫蘭　㋩夏

黄蝶　きちょう　［動］　蝶の一種　㋩春

17黄檗山川施餓鬼　おおばくさんかわせがき
　［宗］　京都宇治の黄檗山万福寺で行なわれ
　た川施餓鬼　㋩秋

黄檗山開山忌　おうばくさんかいさんき
　［宗］　陰暦四月三日、江戸時代前期の僧で
　日本黄檗宗の開祖隠元の忌日　㋩夏

18黄繭　きまゆ　［人］　黄色い色をした繭
　㋩夏

19黄蟻　きあり　［動］　蟻の一種　㋩夏

黄頬魚　きぎう, ぎぎ　［動］　ナマズに近縁

俳句季語よみかた辞典　399

11画（黒）

の秋の淡水魚。よく網に掛かったりするが、味はよくない　㋥秋

黄鮠魚　わたか　［動］　コイ科の琵琶湖特産の春の魚　㋥春

黄鶏頭　きけいとう　［植］　鶏頭の一種　㋥秋

20黄櫨木の実　こうろぎのみ　［植］　大豆ほどの卵形で平べったい実。晩秋に淀んだような黄色に熟する　㋥秋

黄鐘　こうしょう　［時］　一年を音楽の十二律になぞらえた場合の陰暦十一月の別称　㋥冬

21黄纈纈の林　こうこうけつのはやし　［地］　秋の野山が紅葉で彩られた美しさを比喩的に言ったもの　㋥秋

黄鰭　きびれ　［動］　黒鯛の別称　㋥夏

黄鶲　きびたき　［動］　ヒタキ科の夏鳥で、黄色と黒のコントラストが鮮やかな小鳥。四月頃飛来して営巣し、夏を過ごして秋には南方へ帰っていく　㋥夏

黄鶺鴒　きせきれい　［動］　鶺鴒の一種。全国を漂行している漂鳥　㋥秋

30黄鶯　うぐいす　［動］　ウグイス科の小鳥。春、「ホーホケキョ」と美しい声で鳴くことで知られる　㋥春

【黒】

0黒あげは　くろあげは　［動］　鳳蝶の一種　㋥春

黒いもむし　くろいもむし　［人］　里芋を皮つきのままゆでたもの　㋥秋

黒めばる　くろめばる　［動］　眼張（めばる）の一種　㋥春

黒やんま　くろやんま　［動］　蜻蜓（やんま）の一種　㋥秋

黒ビール　くろびーる　［人］　ビールの一種　㋥夏

3黒川能　くろかわのう　［宗］　二月一日と二日、山形県櫛引町黒川・四所明神春日神社で行なわれる祭　㋥冬

4黒文字の花　くろもじのはな　［植］　クスノキ科の落葉低木で、四、五月頃、黄色の小花を傘形につける　㋥春

黒方　こくほう　［人］　薫衣香の別称　㋥夏

黒牛の舌　くろうしのした　［動］　舌鮃の一種　㋥夏

5黒主山　くろぬしやま　［宗］　祇園会の鉾山の一つ　㋥夏

黒北風　くろぎた　［天］　春の盛りに一時的に気候が冬に逆戻りし、強い北西風が突風となって吹くこと　㋥春

黒布　くろめ　［植］　本州南部や九州の温暖な海中に生えるコンブ科の藻類の一つ。春に刈り取って、食用やヨードの原料とする　㋥春

黒玉虫　くろたまむし　［動］　玉虫の一種　㋥夏

黒生の芒　くろうのすすき　［植］　末黒の芒の別称　㋥春

黒皮茸　くろかわたけ　［植］　茸の一種　㋥秋

黒石裸祭　くろいしはだかまつり　［宗］　陰暦正月七日の夜、水沢市・黒石寺薬師堂で行われる祭　㋥新年

6黒百合　くろゆり　［植］　ユリ科の多年草で高山に生える。七月頃、濃紫色の花が咲く　㋥夏

7黒牡丹　くろぼたん　［植］　牡丹の一種　㋥夏

黒豆おろし　くろまめおろし　［人］　ゆでた黒豆と大根おろしで作る精進料理の一つ　㋥秋

黒豆なます　くろまめなます　［人］　ゆでた黒豆と大根おろしで作る精進料理の一つ　㋥秋

黒貝　くろがい　［動］　貽貝の別称　㋥春

黒麦　くろむぎ　［植］　ライ麦の別称　㋥夏

8黒兎　くろうさぎ　［動］　毛色が黒の兎　㋥冬

黒昆布　くろこんぶ　［植］　昆布の一種　㋥新年

黒狐　くろぎつね　［動］　毛色が黒の狐　㋥冬

9黒帝　こくてい　［時］　冬の別称　㋥冬

黒南風　くろはえ, くろばえ　［天］　梅雨の頃どんよりと曇った日に吹く南風　㋥夏

黒海苔　くろのり　［植］　浅草海苔の一種で、北陸の名産。寒中に採集し美味　㋥春

黒海鼠　くろこ　［動］　海鼠の一種　㋥冬

黒炭　こくたん　［人］　石炭の一種　㋥冬

黒胡麻　くろごま　［人］　種が黒色の胡麻。胡麻の実は秋に熟する　㋥秋

[右上] 12画（傘, 備, 傀, 割, 勤）

¹¹黒船祭　くろふねまつり　［人］　五月十七日
　　頃、下田市でペリーの黒船来航を記念して
　　行われる催し　㊦夏

　黒菜　くろめ　［植］　本州南部や九州の温暖
　　な海中に生えるコンブ科の藻類の一つ。春
　　に刈り取って、食用やヨードの原料とする
　　㊦夏

　黒雀蜂　くろすずめばち　［動］　蜂の一種
　　㊦春

　黒鳥　こくちょう　［動］　オーストラリア産
　　の白鳥の一種　㊦冬

¹²黒森歌舞伎　くろもりかぶき　［宗］　二月十
　　五日と十七日、酒田市・日枝神社祭で、農
　　民によって演じられる地芝居　㊦春

　黒葡萄　くろぶどう　［植］　葡萄の品種の一
　　つ　㊦秋

　黒雁　こくがん　［動］　雁の一種。黒くて小
　　型の雁　㊦秋

¹³黒鉄黐　くろがねもち　［植］　モチノキ科の
　　常緑小高木。五月頃、葉の根元に黄緑色の
　　小花が咲く　㊦夏

¹⁴黒熊　くろぐま　［動］　黒い毛の熊　㊦冬

　黒酸漿　くろほおずき　［植］　イヌホオズキ
　　の別称　㊦秋

¹⁵黒穂　くろほ　［植］　麦の黒穂に同じ　㊦夏

　黒舞茸　くろまい　［植］　舞茸の一種　㊦秋

¹⁶黒鴨　くろがも　［動］　海鴨の一種　㊦夏

¹⁷黒鮪　くろまぐろ　［動］　鮪の別称　㊦冬

¹⁸黒鯊　くろはぜ　［動］　鯊の一種　㊦秋

¹⁹黒蟻　くろあり　［動］　蟻の一種　㊦夏

　黒蠅　くろばえ　［動］　蠅の一種　㊦夏

　黒鯛　くろだい　［動］　鯛の一種。赤鯛に対
　　しての名で、体色は黒灰色。夏から秋が漁
　　期だが、味は真夏が旬　㊦夏

　黒鯛釣　ちぬつり　［動］　黒鯛を釣ること
　　㊦夏

²⁰黒鶫　くろつぐみ　［動］　ツグミ科の夏鳥
　　で、羽色が黒い。四月頃に飛来して山地で
　　繁殖し、冬は南へ帰っていく　㊦夏

²¹黒鶴　くろづる　［動］　鶴の一種。全体が灰
　　鼠色のもの　㊦秋

²³黒鱒　くろます　［動］　ブラックバスの和名
　　㊦夏

　黒黴　くろかび　［植］　黴の一種　㊦夏

12 画

【傘】

⁴傘止太夫　かさどめたゆう　［人］　島原の太
　　夫道中に定紋のかさをさしかけられる太夫
　　㊦春

⁸傘雨忌　さんうき　［宗］　五月六日、大正・
　　昭和期の小説家・劇作家久保田万太郎の忌
　　日　㊦夏

¹²傘御幣　からかさごへい　［宗］　宇治祭で使
　　われる傘の上にほこなど取りつけたもの
　　㊦夏

¹⁴傘鉾　かさほこ, からかさほこ　［宗］　宇治
　　祭で使われる傘の上にほこなど取りつけた
　　もの　㊦夏

【備】

⁸備長　びんちょう　［人］　炭の種類の一つ。
　　和歌山より産する最上級の炭。炭は冬の季
　　語　㊦冬

　備長炭　びんちょうたん　［人］　炭の種類の
　　一つ。和歌山より産する最上級の炭。炭は
　　冬の季語　㊦冬

⁹備前水母　びぜんくらげ　［動］　水母の一種
　　㊦夏

　備前海月　びぜんくらげ　［動］　水母の一種
　　㊦夏

【傀】

¹⁷傀儡師　かいらいし　［人］　新年、各戸を回
　　る門付けの一種で、人形を使って曲芸や歌
　　舞をする　㊦新年

【割】

³割干　さきぼし　［人］　大根の尻尾のところ
　　だけを干すこと　㊦冬

【勤】

⁷勤労感謝の日　きんろうかんしゃのひ　［人］
　　十一月二十三日、国民の祝日の一つ。新嘗
　　祭の日にあたる　㊦冬

俳句季語よみかた辞典　401

【博】

6博多の祇園祭　はかたのぎおんまつり　［宗］　七月一日から行われる福岡市・櫛田神社の例大祭　[季]夏

博多松囃子　はかたまつばやし　［人］　黒田家の福岡城で博多の町民たちが正月十五日に城内にはいり、城主に拝賀し、行なった松囃子　[季]新年

博多独楽　はかたごま　［人］　独楽の一種　[季]新年

博多祭　はかたまつり　［宗］　博多の祇園祭の別称　[季]夏

博多蕪　はかたかぶ　［植］　蕪の一種で、福岡県産のもの　[季]冬

【厩】

5厩出し　うまやだし　［人］　冬の間、外へ出すことのなかった牛馬を外へ出して運動と日光浴をさせ、汚れた敷き藁を取り替えてやること　[季]春

【喜】

7喜見城　きけんじょう　［天］　蜃気楼の別称　[季]春

8喜雨　きう　［天］　日照りが長く続いたあとに降る雨　[季]夏

喜雨休み　きうやすみ　［人］　日照りの後の雨を、一日田畑の仕事を休んで祝うこと　[季]夏

9喜春楽　きしゅんらく　［人］　正月七日の白馬節会で奏された雅楽　[季]新年

【喰】

16喰積　くいつみ　［人］　近世、年賀の訪問客に出す重箱にさまざまな料理をつめたもの。現在のお節料理につながる　[季]新年

喰積飾　くいつみかざり　［人］　喰積の饗膳のこと　[季]新年

【喧】

14喧嘩ねぶた　けんかねぶた　［宗］　扇灯籠の別称　[季]秋

喧嘩祭　けんかまつり　［宗］　陰暦正月晦日、岐阜市・美江寺で行なわれる祭事　[季]新年

【善】

10善根宿　ぜんこんやど　［宗］　村民が見知らぬ遍路の一夜の泊りを引き受ける宿　[季]春

13善福寺童相撲　ぜんぷくじわらわすまい　［宗］　東京・善福寺で、江戸時代、七月十五日に行なわれた子ども相撲　[季]秋

15善導忌　ぜんどうき　［宗］　陰暦三月十四日、唐の浄土僧善導の忌日　[季]春

【喘】

10喘息煙草　ぜんそくたばこ　［植］　朝鮮朝顔の別称　[季]夏

【啼】

6啼合　なきあわせ　［人］　鶯合の別称　[季]春

【喇】

5喇叭水仙　らっぱすいせん　［植］　水仙の一種で、三、四月頃にラッパ状の黄色い花が咲く　[季]春

喇叭花　らっぱか　［植］　朝鮮朝顔の別称　[季]夏

【堰】

5堰外す　せきはずす　［地］　稲刈りの一か月ぐらい前に、畦を切って田の水を落すこと　[季]秋

6堰守　せきもり　［人］　水番の別称　[季]夏

10堰流し　せきながし　［人］　木流しの方法の一つで、水の少ないところでは堰をつくって水をためて流すこと　[季]春

堰浚え　せきさらえ　［人］　八十八夜の頃、田植え前に用水の溝・堰を掃除・修繕すること　[季]夏

堰浚へ　せきさらえ　［人］　八十八夜の頃、田植え前に用水の溝・堰を掃除・修繕すること　[季]夏

12堰普請　せきぶしん　［人］　八十八夜の頃、田植え前に用水の溝・堰を掃除・修繕すること　[季]夏

【堅】

5堅田祭　かただまつり　［宗］　昔、陰暦四月に行われた近江・堅田神社の祭礼　[季]夏

堅田鮒　かただぶな　［動］　源五郎鮒の別称　[季]夏

9堅炭　かたずみ　［人］　堅く火力の強い炭。炭は冬の季語　[季]冬

11堅雪　かたゆき　［地］　降り積もった雪が春の日ざしで一旦融け、再び夜間の冷え込みで堅く凍りつくこと　[季]春

堅魚　かつお　［動］　古来親しまれている海魚。日本の代表的な夏魚　[季]夏

【堺】

4堺天神祭　さかいてんじんまつり　［宗］　堺市で行なわれる天神祭り　[季]秋

【場】

どんど場　どんどば　［宗］　小正月の左義長（火祭行事）の別称　[季]新年

スキー場　すきーじょう　［人］　スキーをする場所　[季]冬

スケート場　すけーとじょう　［人］　スケートをする場所　[季]冬

【堤】

12堤焼く　つつみやく　［人］　早春に堤防・土手の枯草を焼き払い、害虫駆除や肥料生成を行うこと　[季]春

【塔】

11塔婆十夜　とうばじゅうや　［宗］　鴻巣市・勝願寺で行なわれる十夜法要　[季]冬

【報】

9報春鳥　はるつげどり　［動］　鶯の別称　[季]春

10報恩講　ほうおんこう　［宗］　御正忌の前の七昼夜、浄土真宗の本山で報恩謝徳のために行なう法会　[季]冬

報恩講引上会　ほうおんこういんじょうえ　［宗］　本山の報恩講の前に、末寺や門徒が報恩講を繰り上げて営むこと　[季]秋, 冬

13報歳蘭　ほうさいらん　［植］　中国で旧正月の床飾りにする蘭　[季]春

【壺】

0壺すみれ　つぼすみれ　［植］　菫の一種　[季]春

壺の口切　つぼのくちきり　［人］　茶道で、晩春のころ採取した新茶を陶器の壺のなかに詰めて口を封じておいたのを、初冬の頃、茶会の席上で封切すること　[季]冬

12壺焼　つぼやき　［人］　栄螺に調味料を加えて、殻ごと直接火にかけて焼いたもの　[季]春

壺焼芋　つぼやきいも　［人］　壺の中で蒸し焼きにされた焼芋　[季]冬

【奠】

16奠頭花　てんとうばな　［人］　陰暦四月八日の灌仏会に野の草花を高い竿の先に結びつけて庭先に立てる風習　[季]春

【媒】

11媒鳥　ばいちょう　［人］　秋に小鳥を捕獲するのに、姿や鳴き声によって仲間の鳥をおびき寄せるための囮の鳥。昔はよく行われたが、現在ではほとんど見られない　[季]秋

【寒】

うすら寒　うすらさむ　［時］　うそ寒に同じ　[季]秋

うそ寒　うそさむ　［時］　秋、うっすらと身に覚える寒さ　[季]秋

かりがね寒き　かりがねさむき　［時］　秋が深まり、雁が渡ってくる頃の寒さ　[季]秋

しけ寒　しけさむ　［天］　秋雨のために空気が湿り、寒さを感じること　[季]秋

すずろ寒　すずろさむ　［時］　そぞろ寒のこと　[季]秋

そぞろに寒し　そぞろにさむし　［時］　そぞろ寒のこと　[季]秋

そぞろ寒　そぞろさむ　［時］　秋、やや強く覚える寒さ　[季]秋

はた寒　はたさむ　［時］　秋が深まり、肌に直接寒さを感じること　[季]秋

やや寒し　ややさむし　［時］　秋半ばから末にかけてようやく覚える寒さ　[季]秋

ようやく寒し　ようやくさむし　［時］　漸寒に同じ　[季]秋

ようよう寒し　ようようさむし　［時］　漸寒に同じ　[季]秋

寒　かん　［時］　寒の入りから節分までの、小寒と大寒の候　[季]冬

0寒がはり　かんがわり　［時］　一月二十一日ごろ。小寒から大寒に入ること　[季]冬

寒きびし　かんきびし［時］冬の厳しい寒さのこと [季]冬

寒き夜　さむきよ［時］寒さの厳しい冬の夜 [季]冬

寒き春　さむきはる［時］余寒に同じ。立春以降に残る寒さ [季]春

寒き梅雨　さむきつゆ［時］梅雨が冷雨となり、肌寒い感じがすること [季]夏

寒き朝　さむきあさ［時］冬の寒い夜明け [季]冬

寒き影　さむきかげ［人］冬の寒々とした影のこと [季]冬

寒さ　さむさ［時］冬の寒さ [季]冬

寒さびし　かんさびし［時］冬の厳しい寒さのこと [季]冬

寒ざらえ　かんざらえ［人］日本の音曲・声曲の鍛練法のひとつ。冬の早朝や深夜、厳しい寒さの中で烈しい練習をすること [季]冬

寒ざらへ　かんざらえ［人］日本の音曲・声曲の鍛練法のひとつ。冬の早朝や深夜、厳しい寒さの中で烈しい練習をすること [季]冬

寒し　さむし［時］冬の寒さ [季]冬

寒に入る　かんにいる［時］寒（小寒と大寒）に入る日のこと。陽暦一月五日、六日頃 [季]冬

寒の入　かんのいり［時］寒（小寒と大寒）に入る日のこと。陽暦一月五日、六日頃 [季]冬

寒の内　かんのうち［時］寒の入りから節分までの、小寒と大寒の候 [季]冬

寒の水　かんのみず［地］冷たくて澄んだ寒中の水 [季]冬

寒の戻り　かんのもどり［時］いったん春めいたのに、寒さがまたぶり返すこと [季]春

寒の灸　かんのきゅう［人］寒中にすえる灸のこと。四季の中で最も効能が多いといわれる [季]冬

寒の明け　かんのあけ［時］寒明のこと [季]春

寒の雨　かんのあめ［天］寒の内に降る雨 [季]冬

寒の滝　かんのたき［地］冬滝のこと [季]冬

寒の餅　かんのもち［人］寒餅のこと [季]冬

寒の鵙　かんのもず［動］冬の鵙に同じ [季]冬

寒もどり　かんもどり［時］いったん春めいたのに、寒さがまたぶり返すこと [季]春

寒やいと　かんやいと［人］寒中にすえる灸のこと。四季の中で最も効能が多いといわれる [季]冬

[2]**寒九　かんく**［時］寒に入ってから九日め。陽暦一月十三日頃 [季]冬

寒九の水　かんくのみず［地］冷たくて澄んだ寒中の水 [季]冬

寒九の雨　かんくのあめ［天］寒の入りから九日目にふる雨 [季]冬

寒入り　かんいり［時］寒（小寒と大寒）に入る日のこと。陽暦一月五日、六日頃 [季]冬

寒八目　かんやつめ［動］冬の八目鰻のこと [季]冬

[3]**寒三日月　かんみかづき**［天］冴えきって鋭く見える冬の三日月 [季]冬

寒土用　かんどよう［時］立春の前十八日間。一年で最も寒さの厳しい頃 [季]冬

寒土当帰　かんうど［植］真冬に収穫する独活の早生種 [季]冬

寒夕焼　かんゆうやけ［天］寒の内の、凍てつく赤さが印象に残る夕焼 [季]冬

[4]**寒中　かんちゅう**［時］寒の入りから節分までの、小寒と大寒の候 [季]冬

寒中水泳　かんちゅうすいえい［人］寒中に行なう水泳。寒稽古の一つ [季]冬

寒中見舞　かんちゅうみまい［人］寒中に親戚や知人などの安否を見舞うこと [季]冬

寒天　かんてん［天］冬の空模様 [季]冬

寒天干す　かんてんほす［人］天草を煮て凝固させ、厳冬の夜の戸外で凍らせてから干すのを繰り返して寒天をつくること [季]冬

寒天晒す　かんてんさらす［人］天草を煮て凝固させ、厳冬の夜の戸外で凍らせてから干すのを繰り返して寒天をつくること [季]冬

寒天造る　かんてんつくる［人］天草を煮て凝固させ、厳冬の夜の戸外で凍らせてから干すのを繰り返して寒天をつくること [季]冬

寒天製す　かんてんせいす［人］天草を煮て凝固させ、厳冬の夜の戸外で凍らせてから干すのを繰り返して寒天をつくること [季]冬

寒月　かんげつ［天］青白く寒々とした月 [季]冬

寒木　かんぼく［植］冬の日に寒々と立っている樹木の姿 [季]冬

寒木瓜　かんぼけ［植］春を待たずに寒中から開花する木瓜 [季]冬

寒水　かんみず［地］冷たくて澄んだ寒中の水 [季]冬

寒犬　かんけん［動］寒中の犬 [季]冬

5**寒北斗　かんほくと**［天］冬の冴えきって見える北斗七星 [季]冬

寒四郎　かんしろう［時］寒に入って四日め。陽暦一月八日頃 [季]冬

寒玉子　かんたまご［人］寒中に鶏が産んだ卵。貯蔵が利いて、栄養価も高いといわれる [季]冬

寒立　かんだち［動］厳寒期の朝、羚羊が高い岩上などに毎日数時間立ちつくす習慣 [季]冬

6**寒凪　かんなぎ**［天］寒さの冴えかえったときの冬凪 [季]冬

寒気　かんき［時］冬の寒さ [季]冬

寒江　かんこう［時］冬の寒々とした川 [季]冬

寒灯　かんとう［人］冬の厳しい冷え込みの中での寒々とした灯のようす [季]冬

寒灯焼　さいとやき［人］東日本の各地での左義長行事の呼称 [季]新年

寒竹の子　かんちくのこ［植］寒竹の筍で、晩秋から初冬にかけて伸びる [季]冬

寒芒　かんすすき［植］暖地に生息する寒中でも青々とした薄の一種 [季]冬

寒行　かんぎょう［宗］寒の三十日間、冷水を浴び滝に打たれて身心を清める荒行 [季]冬

寒行僧　かんぎょうそう［宗］寒行を行なう僧 [季]冬

7**寒冷　かんれい**［時］寒く冷たいこと [季]冬

寒卵　かんたまご［人］寒中に鶏が産んだ卵。貯蔵が利いて、栄養価も高いといわれる [季]冬

寒声　かんごえ［人］冬の早朝や深夜、厳しい寒さの中で音声の修行をすること [季]冬

寒声つかふ　かんごえつかう［人］冬の早朝や深夜、厳しい寒さの中で音声の修行をすること [季]冬

寒忍　かんしのぶ［植］山野に自生する常緑多年草のシダの一種で、シノブの葉に似ている [季]冬

寒戻り　かんもどり［時］いったん春めいたのに、寒さがまたぶり返すこと [季]春

寒旱　かんひでり［天］冬に雨雪が降らず、大地が枯れたようなさま [季]冬

寒灸　かんぎゅう, かんきゅう［人］寒中にすえる灸のこと。四季の中で最も効能が多いといわれる [季]冬

寒牡丹　かんぼたん［植］冬牡丹の別称 [季]冬

寒芹　かんぜり［植］寒中に収穫する芹 [季]冬

寒見舞　かんみまい［人］寒中に親戚や知人などの安否を見舞うこと [季]冬

寒角力　かんずもう［人］寒中に相撲の稽古をすること。寒稽古の一つ [季]冬

寒豆腐　かんどうふ［人］凍豆腐の別称。冬の晴れた夜更け、厳寒の戸外で豆腐を凍らせ、天日に乾した食品 [季]冬

寒返る　かんかえる［時］いったん春めいたのに、寒さがまたぶり返すこと [季]春

8**寒参　かんまいり**［宗］寒の三十日間の夜、寒気をこらえて寺社に参詣すること [季]冬

寒取　かんどり［人］寒中に相撲の稽古をすること。寒稽古の一つ [季]冬

寒味噌　かんみそ［人］寒中に作る自家用の味噌のこと [季]冬

寒固　かんがため［時］寒の入りに小豆餅を食べる北陸地方での習俗 [季]冬

寒夜　かんや［時］寒さの厳しい冬の夜 [季]冬

寒念仏　かんねんぶつ, かんねぶつ［宗］寒中に、念仏を唱えて町中を歩き巡る修行 [季]冬

寒明　かんあけ［時］寒（小寒から節分まで）が明けて立春を迎えること。冬の寒さが終わる安堵感がこもる [季]春

寒明け　かんあけ［時］寒（小寒から節分

まで）が明けて立春を迎えること。冬の寒さが終わる安堵感がこもる [季]春

寒明ける かんあける ［時］ 寒（小寒から節分まで）が明けて立春を迎えること。冬の寒さが終わる安堵感がこもる [季]春

寒明忌 かんあけき ［宗］ 二月一日、明治・大正・昭和初期の俳人河東碧梧桐の忌日 [季]冬

寒林 かんりん ［植］ 寒中に冬木の群生している姿 [季]冬

寒林檎 かんりんご ［植］ 冬林檎に同じ [季]冬

寒泳 かんえい ［人］ 寒中に行なう水泳。寒稽古の一つ [季]冬

寒泳ぎ かんおよぎ ［人］ 寒中に行なう水泳。寒稽古の一つ [季]冬

寒波 かんぱ ［時］ シベリア方面から流れ出す冷たい気流 [季]冬

寒波 かんなみ ［地］ 冬の荒れ狂う波 [季]冬

寒波来る かんぱくる ［時］ シベリア方面から冷たい気流が来ること [季]冬

寒炊糊 かんたきのり ［人］ 寒中にたいた糊。品質がよいとされた [季]冬

寒狐 かんぎつね ［動］ 冬の狐 [季]冬

寒空 さむぞら ［天］ 冬の空模様 [季]冬

寒肥 かんごえ, かんごやし, かんぴ ［人］ 樹木・果樹などに寒中のうちに施しておく肥料 [季]冬

寒苦 かんく ［時］ 冬の辛い寒さ [季]冬

寒苦鳥 かんくちょう, かんくどり ［動］ 経文に出てくる架空の鳥名で、インドの雪山に住むという [季]冬

寒苺 かんいちご ［植］ 冬苺の別称 [季]冬

9**寒乗** かんのり ［人］ 寒中に生魚の輸送船に乗ること、または押し船の練習をする寒稽古 [季]冬

寒前 かんまえ ［時］ 寒（小寒と大寒）に入る前のこと。陽暦十一月頃 [季]冬

寒垢離 かんごり ［宗］ 寒の三十日間、冷水を浴び滝に打たれて身心を清める荒行 [季]冬

寒威 かんい ［時］ 冬の寒さ [季]冬

寒施行 かんせぎょう ［人］ 餌のなくなる寒中に、獣に小豆飯やいなりずしを夜間に置いておいて与えること [季]冬

寒星 かんせい, かんぼし ［天］ 寒気に冴えわたって見える冬の星 [季]冬

寒昴 かんすばる ［天］ 冬の昴。昴は一月下旬南中するこから冬の季語とされる [季]冬

寒柝 かんたく ［時］ 冬の夜の寒さの中に響く夜廻りの拍子木の音 [季]冬

寒海苔 かんのり ［人］ 冬に採集した浅草海苔で、色濃く柔らかで香り高い [季]冬

寒泉 かんせん ［地］ 寂しく冷たい水をたたえた泉 [季]冬

寒独活 かんうど ［植］ 真冬に収穫する独活の早生種 [季]冬

寒相撲 かんずもう ［人］ 寒中に相撲の稽古をすること。寒稽古の一つ [季]冬

寒紅 かんべに ［人］ 寒中に製造した紅。品質がよく、色が美しいとされた [季]冬

寒紅売 かんべにうり ［人］ 寒紅を売る人 [季]冬

寒紅梅 かんこうばい ［植］ 十二月頃から咲く紅色の寒梅 [季]冬

寒茜 かんあかね ［天］ 寒の内の、凍てつく赤さが印象に残る夕焼 [季]冬

寒荒 かんあれ ［人］ 冬の寒さで肌が乾いてカサカサになること [季]冬

寒草 かんそう ［植］ 冬草の別称 [季]冬

寒茸 かんたけ ［植］ 十一月から四月頃までに発生する、平茸によく似た茸 [季]冬

寒風 かんぷう ［天］ 冬に吹く寒い風 [季]冬

寒食 かんしょく ［人］ 冬至から百五日目に火気を断ち冷食する、昔の中国の風習 [季]春

寒食節 かんしょくせつ ［宗］ 冬至から百五日目に火気を断ち冷食する、昔の中国の風習 [季]春

10**寒晒** かんざらし ［人］ 穀類などを寒の水につけたりして、陰干しにして寒気にさらすこと [季]冬

寒晒粉 かんざらしこ ［人］ 穀類などを寒の水につけたりして、陰干しにして寒気にさらすこと [季]冬

寒桜 かんざくら ［植］ 緋寒桜の別称 [季]冬

寒梅 かんばい ［植］ 冬に開花する種類の梅 [季]冬

寒烏賊　かんいか　［動］　寒のころ獲れる針烏賊や槍烏賊などの総称　[季]冬

寒烏賊釣　かんいかつり　［動］　寒烏賊を釣ること　[季]冬

寒耕　かんこう　［人］　冬に田畑を耕すこと　[季]冬

寒造　かんづくり　［人］　寒中に醸造した酒のこと　[季]冬

寒造酒　かんづくりざけ　［人］　寒中に醸造した酒のこと　[季]冬

[11]**寒笛　かんてき**　［時］　冬の寒さを引き裂くような笛の音　[季]冬

寒終る　かんおわる　［時］　寒が明けて立春を迎えること　[季]春

寒習　かんならい　［人］　日本の音曲・声曲の鍛練法のひとつ。冬の早朝や深夜、厳しい寒さの中で烈しい練習をすること　[季]冬

寒菊　かんぎく　［植］　冬に咲く菊の品種で、油菊のこと。多くは花が黄色　[季]冬

寒菅　かんすげ　［植］　山地の木陰・岩の上などに自生するカヤツリグサ科の菅の一種で、冬でも青々としているもの　[季]冬

寒菫　かんすみれ　［植］　冬菫に同じ　[季]冬

寒釣　かんづり　［人］　寒中の魚釣り　[季]冬

寒雀　かんすずめ　［動］　冬に見られる太った雀　[季]冬

[12]**寒厨　かんちゅう, かんくりや**　［人］　冬の間のさむざむとした台所　[季]冬

寒喰　かんぐい　［人］　昔、獣肉食を嫌った頃、寒中に薬と称して栄養になる鹿や猪を食べたこと　[季]冬

寒弾　かんびき　［人］　寒中に三味線の稽古をすること。寒稽古の一つ　[季]冬

寒復習　かんざらい　［人］　日本の音曲・声曲の鍛練法のひとつ。冬の早朝や深夜、厳しい寒さの中で烈しい練習をすること　[季]冬

寒暁　かんぎょう　［時］　冬の寒い夜明け　[季]冬

寒筍　かんたけのこ　［植］　寒竹の子の別称　[季]冬

寒葵　かんあおい　［植］　葵とは別種。山地の木陰に生える多年草で、寒中も青々しているもの　[季]冬

寒過ぎる　かんすぎる　［時］　寒が明けて立春を迎えること　[季]春

寒過ぐ　かんすぐ　［時］　寒（小寒から節分まで）が明けて立春を迎えること。冬の寒さが終わる安堵感がこもる　[季]春

寒雁　かんがん　［動］　秋に渡ってきて、日本で冬を過ごす水鳥　[季]冬

寒雲　かんうん　［天］　冬空の凍てた雲　[季]冬

寒雲雀　かんひばり　［動］　冬雲雀の別称　[季]冬

[13]**寒園　かんえん**　［地］　草木が枯れた冬の庭園　[季]冬

寒搗　かんつき　［人］　寒中に米を搗くこと。現在ではあまり行われない　[季]冬

寒椿　かんつばき　［植］　冬のうちに咲き始める早咲きの椿　[季]冬

寒猿　かんえん　［動］　冬、発情期になり顔と尻が真っ赤になった猿　[季]冬

寒禽　かんきん　［動］　冬に見かける鳥の総称　[季]冬

寒蜆　かんしじみ　［動］　寒中に獲れた蜆　[季]冬

寒詣　かんもうで　［宗］　寒の三十日間の夜、寒気をこらえて寺社に参詣すること　[季]冬

寒雷　かんらい　［天］　厳冬に鳴る雷　[季]冬

寒雷忌　かんらいき　［宗］　一月二十日、明治・大正期の俳人大須賀乙字の忌日　[季]冬

寒馴れ　かんなれ　［動］　鮒が寒中に頭を泥に入れて潜んでいる　[季]冬

[14]**寒暮　かんぼ**　［時］　冬の日の夕方　[季]冬

寒漉　かんすき　［人］　寒中に紙を漉くこと。紙漉は冬の季語　[季]冬

寒翠　かんすい　［時］　冬のカワセミ　[季]冬

寒餅　かんもち　［人］　正月餅の後で、寒の最中に搗いた餅　[季]冬

寒餅搗く　かんもちつく　［人］　正月餅の後、寒に入ってから餅を搗くこと　[季]冬

[15]**寒影　かんえい**　［人］　冬の寒々とした影のこと　[季]冬

寒潮　かんちょう　［地］　冬の寒々とした潮の流れ　[季]冬

寒稽古　かんげいこ　［人］　寒中の稽古。主に剣道や柔道などの武道に使うが、芸能にも使われることがある　[季]冬

寒糊　かんのり　［人］　寒中にたいた糊。品質がよいとされた　[季]冬

寒糊炊く　かんのりたく［人］寒中に糊（寒糊）を作ること [季]冬

寒蕨　かんわらび［植］冬蕨の別称 [季]冬

寒鴉　かんがらす, かんあ［動］冬、餌を求めて人家に近づく鴉 [季]冬

16**寒薄**　かんすすき［植］暖地に生息する寒中でも青々とした薄の一種 [季]冬

寒薔薇　かんそうび［植］冬薔薇の別称 [季]冬

寒鮒　かんぶな［動］冬、泥に潜んでいる鯉。脂がのって美味 [季]冬

寒鮒釣　かんぶなつり［動］寒鮒を釣ること [季]冬

寒鮃　かんひらめ［動］寒の内の鮃 [季]冬

17**寒濤**　かんとう［地］冬の荒れ狂う波 [季]冬

寒霞　かんがすみ［天］冬の凪いだ早朝や夕刻に、烟ったよう発生する霞 [季]冬

寒鮠　かんばや［動］寒の頃の脂ののった鮠のこと [季]冬

18**寒蟬**　かんせん［動］普通に見られる蟬のなかではいちばんおそく出現して、秋おそくまで聞かれる、わりあいに小型の蟬 [季]秋

寒蟬　かんせん［動］つくつく法師の別称 [季]秋

寒蟬鳴く　かんせんなく［時］七十二候の一つで、立秋の第三候。陽暦八月十八日から二十二日頃 [季]秋

寒鯉　かんごい［動］冬、動作の緩慢な鯉。脂がのって美味 [季]冬

寒鯉釣　かんごいつり［動］寒鯉を釣ること [季]冬

19**寒曝**　かんざらし［人］穀類などを寒の水につけたりして、陰干しにして寒気にさらすこと [季]冬

寒蘭　かんらん［植］晩秋から初冬に開花するラン科の常緑多年草 [季]冬

寒鯛　かんだい［動］ベラ科の魚の一種。あるいは単に冬の鯛を寒鯛ともいう [季]冬

20**寒巌**　かんがん［時］冬の巌 [季]冬

寒蘚　かんせん［植］冬の枯れ色の苔のこと [季]冬

寒露　かんろ［時］二十四節気の一つ。陽暦十月八日、九日頃 [季]秋

寒鰈　かんがれい［動］冬の鰈のこと [季]冬

21**寒鰤**　かんぶり［動］冬にとれる鰤 [季]冬

寒鰡　かんぼら［動］冬の脂肪ののった鰡 [季]冬

寒鶯　かんおう［動］冬に見られる鶯。本来鶯は春の季語で、冬の鶯は珍しい [季]冬

24**寒靄**　かんあい［天］冬の日に立ちこめる靄で、冬霞とほぼ同じ [季]冬

寒鷹　かんだか［動］冬の鷹のこと [季]冬

【富】

お富さん　おとみさん［宗］箕面市・滝安寺での御富法会の別称 [季]新年

3**富士の山洗**　ふじのやまあらい［天］御山洗のこと [季]秋

富士の山開き　ふじのやまびらき［宗］富士登山が解禁されること [季]夏

富士の初雪　ふじのはつゆき［天］富士山頂で見られる初雪。平年では残暑の頃になる [季]秋

富士の笠雲　ふじのかさぐも［天］富士山の山頂付近を笠のように覆う雲 [季]冬

富士の雪解　ふじのゆきげ［地］新緑の季節に富士山の雪がとけ始めること [季]夏

富士の農男　ふじののうおとこ［地］富士山の雪の消え残りが人の形にみえること [季]夏

富士小屋　ふじごや［宗］富士行を行う者の利用する小屋 [季]夏

富士山椒魚　ふじさんしょううお［動］山椒魚の一種 [季]夏

富士山開　ふじやまびらき［宗］江戸浅間祭の別称 [季]夏

富士牛蒡　ふじごぼう［植］富士薊の別称 [季]秋

富士団扇　ふじうちわ［宗］六月三十日、七月一日の駒込富士詣で使われるもの [季]夏

富士行　ふじぎょう［宗］祈願のため山伏とともに富士垢離をとること [季]夏

富士行者　ふじぎょうじゃ［宗］参詣のための富士登山者のこと [季]夏

富士垢離　ふじごり［宗］富士山の山開きの前、富士講の山伏が水垢離をとって身を清めた行をいう [季]夏

富士海苔　ふじのり［植］海苔の一種

[季]春

富士桜　ふじざくら ［植］ 桜の一種 [季]春

富士雪解　ふじゆきげ ［地］ 新緑の季節に富士山の雪がとけ始めること [季]夏

富士道者　ふじどうじゃ ［宗］ 参詣のための富士登山者のこと [季]夏

富士禅定　ふじぜんじょう ［宗］ 富士山に登頂すること [季]夏

富士詣　ふじもうで ［宗］ 江戸時代は陰暦六月一日、現在は七月一日、富士の山開きに登山すること [季]夏

富士薊　ふじあざみ ［植］ 富士山周辺など山の砂場に多く見られるキク科の多年草。秋、大きな紫色の頭状花が咲く。山牛蒡と呼ばれる根は食用とする [季]秋

富士講　ふじこう ［宗］ 富士山を信仰する行者の講社 [季]夏

5**富札**　とみふだ ［宗］ 箕面市・滝安寺での富籤で売り出す札 [季]新年

富正月　とみしょうがつ ［天］ 御降の別称。元日の雨・雪を豊作の前兆とみなした [季]新年

6**富有柿**　ふゆがき, ふゆうがき ［植］ 甘柿の代表的品種 [季]秋

8**富岡祭**　とみおかまつり ［宗］ 深川祭の別称 [季]秋

9**富栄花**　ふえいか ［植］ 銀盞花の別称。晩夏に黄色い花をつける [季]夏

富栄草　ふえいそう ［植］ 銀盞花の別称。晩夏に黄色い花をつける [季]夏

富草　とみぐさ ［植］ 稲の別称。稲は秋に収穫する [季]秋

富草の花　とみくさのはな ［植］ 稲の花の別称 [季]秋

12**富貴草**　ふうきぐさ ［植］ 牡丹の別称 [季]夏

富貴草　ふっきそう ［植］ ツゲ科の常緑多年草。四、五月頃、茎に白い小花を密生させる [季]春

富貴菊　ふきぎく, ふうきぎく ［植］ シネラリヤの別称 [季]春

【寎】

4**寎月**　へいげつ ［時］ 陰暦三月の別称 [季]春

【就】

18**就職**　しゅうしょく ［人］ 春三月、学校を卒業し、四月から社会人として職に就くこと [季]春

就職期　しゅうしょくき ［人］ 就職する時期 [季]春

【嵐】

11**嵐雪忌**　らんせつき ［宗］ 陰暦十月十三日、蕉門の俳人服部嵐雪の忌日 [季]冬

【帽】

かんかん帽　かんかんぼう ［人］ 天井の平らな麦稈帽 [季]夏

カンカン帽　かんかんぼう ［人］ 天井の平らな麦稈帽 [季]夏

スキー帽　すきーぼう ［人］ スキーをするときかぶる帽子 [季]冬

パナマ帽　ぱなまぼう ［人］ パナマソウで編んだ夏帽子 [季]夏

ヘルメット帽　へるめっとぼう ［人］ 西洋かぶとの形をした熱帯地方用の防暑帽 [季]夏

3**帽子花**　ぼうしばな ［植］ 露草の別称。初秋に真っ青の花が咲く [季]秋

【弾】

7**弾初**　ひきぞめ ［人］ 新年になって初めて弦楽器を演奏すること [季]新年

【御】

お御田祭　おみたまつり ［宗］ 伊勢の御田植の別称 [季]夏

1**御一新草**　ごいっしんぐさ ［植］ キク科の雑草、ひめむかしよもぎの別称。初秋、緑がかった白い花が咲く [季]秋

2**御七夜**　おしちや ［宗］ 御正忌の前の七昼夜、浄土真宗の本山で報恩謝徳のために行なう法会 [季]冬

御十夜　おじゅうや ［宗］ 浄土宗の法要。十夜に同じ [季]冬

3**御万歳**　ごまんざい ［人］ 万歳の別称 [季]新年

御土器　おかわらけ ［宗］ 正月五日の稲荷大山祭で使われる小さな素焼の土器 [季]新年

12画（御）

御山洗　おやまあらい　［天］　陰暦七月二十六日、富士閉山の頃、山麓地方で降る雨のこと　㊡秋

御弓始祭　おんゆみはじめさい　［宗］　京都・伏見稲荷大社の奉射祭の別称　㊡新年

御弓奏　おほんたらしのそう　［人］　正月七日の白馬節会の際に、兵部省が弓矢を捧げる儀礼　㊡新年

御弓神事　おんゆみしんじ　［宗］　昔は陰暦正月七日に厳島神社で行なわれた弓矢神事。現在は一月二十日に行われる　㊡新年

⁴御仏名　おぶつみょう　［宗］　仏名会の別称　㊡冬

御仏事　おぶつじ　［宗］　御正忌の前の七昼夜、浄土真宗の本山で報恩謝徳のために行なう法会　㊡冬

御元日　おがんじつ　［時］　正月一日。元日の別称　㊡新年

御公現　ごこうげん　［宗］　一月六日、東方三博士が、礼物を捧げてキリストの降誕を祝福した日　㊡冬

御戸代神事　みとしろしんじ　［宗］　正月十四日に京都市・上賀茂神社で行なわれた神事で、諸役から献ずる神供や魚鳥米穀の類を数え記す行事　㊡新年

御戸開　みとびらき　［人］　それぞれの山で、その年に初めて登山を許す夏の行事。山岳信仰に由来する　㊡夏

御手洗会　みたらしえ　［宗］　土用の丑の日、京都市・下鴨神社（糺宮）の東側を流れる清流御手洗川で修せられる祓　㊡夏

御手洗団子　みたらしだんご　［宗］　土用の御手洗詣の時に売られる団子　㊡夏

御手洗祭　みたらしまつり　［宗］　京都市・北野神社の行事　㊡秋

御手洗詣　みたらしもうで　［宗］　土用の丑の日、京都市・下鴨神社（糺宮）の東側を流れる清流御手洗川で修せられる祓　㊡夏

御方打　おてうち　［人］　昔、正月十四日の夜に山梨県南都留郡で行われた嫁叩き行事。道祖神祭りの神木で嫁を打つ　㊡新年

御方打　おかたぶち　［宗］　嫁叩の別称　㊡新年

御火焼　おほたき　［宗］　十一月の御火焚（おほたき）神事の別称　㊡冬

御火焚　おほたき　［宗］　十一月中、京都の諸社で行なわれる火焚き神事　㊡冬

⁵御代の春　みよのはる　［時］　初春のこと　㊡新年

御出祭　おいでまつり　［宗］　三月十八日から二十三日、石川・気多神社で行なわれる神事　㊡春

御正忌　ごしょうき　［宗］　陰暦十一月二十八日、鎌倉時代の僧で浄土真宗の開祖親鸞上人の忌日　㊡冬

御汁　おしる　［人］　町汁の別称　㊡新年

御生日　みあれのひ　［宗］　葵祭の別称　㊡夏

御生木　みあれぎ　［宗］　賀茂御蔭祭の神事の一つ　㊡夏

御生祭　みあれまつり　［宗］　葵祭の別称　㊡夏

御用始　ごようはじめ　［人］　官庁・役所の公務員が、毎年一月四日に初登庁して事務を始めること　㊡新年

御用納　ごようおさめ　［人］　官庁・役所で十二月二十八日までにその年の事務を全部終わりにすること　㊡冬

御用終　ごようじまい　［人］　仕事納の別称　㊡冬

御田　おた　［宗］　住吉の御田植のこと　㊡夏

御田　おんだ　［宗］　正月の田遊の別称　㊡新年

御田打　おたうち　［宗］　三島御田打祭の別称　㊡新年

御田扇　おたおうぎ　［宗］　伊勢の御田植の神事の一つ　㊡夏

御田祭　おたまつり　［宗］　伊勢の御田植の別称　㊡夏

御田祭　おんだまつり　［宗］　阿蘇祭の別称　㊡夏

御田祭　おんだまつり　［宗］　三島御田打祭の別称　㊡新年

御田祭　みたまつり　［宗］　伊勢の御田植の別称　㊡夏

御田植　おたうえ　［宗］　住吉の御田植のこと　㊡夏

御田植神幸式　おんたうえしんこうしき, おたうえしんこうしき　［宗］　阿蘇祭の別称　㊡夏

御田植祭　おたうえまつり　［宗］　夏の田植の時に各地で行われる田の神に豊作を祈る

神事の総称　[季]夏

御目見得　**おめみえ**　［人］　出替で、新規に奉公する男女が、奉公先に顔見せにいくこと　[季]春

6**御会式**　**おえしき**　［宗］　十月十三日、日蓮上人の忌日の法会　[季]秋

御会式桜　**おえしきざくら**　［植］　日蓮宗の寺で十月十三日の日蓮の忌日に当たる日に咲く桜　[季]冬

御会始　**ごかいはじめ**　［人］　歌会始の別称　[季]新年

御印文戴き　**ごはんいただき**　［宗］　正月七日から十五日までの間、長野市・善光寺で行われる行事。内仏殿秘蔵の宝印を参詣人の額に押しいただかせる　[季]新年

御灯　**ごとう**　［人］　平安時代、陰暦三月三日に北山の霊巌寺の峯に北斗七星を祭り御灯（灯火）を献じたことに由来する行事　[季]春

御灯消　**おしめし**　［宗］　厳島鎮座祭の最終日の申の日に、神社の灯が全て消され、点灯されるまでの間、おごそかな神事が進められたこと　[季]冬

御灯祭　**おとうまつり**　［宗］　二月六日、新宮市・神倉神社で行なわれる火祭　[季]春

御行　**おぎょう**　［植］　母子草の別称だが、正月の七草粥に入れることからこの場合は新年の季語となる　[季]新年

御衣井　**おころもい**　［宗］　高野山にある御衣替のときに使われる井　[季]春

御衣祭　**みそのまつり**　［宗］　伊勢神御衣祭のこと　[季]夏

御衣替　**おころもがえ**　［宗］　弘法大師の入定の地である高野山で、大師の衣をとりかえること　[季]春

7**御更祭**　**ごこうさい**　［宗］　貴船祭の別称　[季]夏

御体の御卜　**ごたいのみうら, ぎょたいのみうら**　［人］　六月十日、十二月十日に、神祇官で翌年の正月元日から六か月間の天皇の御体について、各日の吉凶などを卜占し、奏上した儀式　[季]夏, 冬

御判行事　**ごはんぎょうじ**　［宗］　正月三日から五日まで、鎌倉の鶴岡八幡宮で行なう神事　[季]新年

御判初　**ごはんはじめ**　［人］　江戸時代、正月三日に老中が新年になって初めて奉書に花押を署する行事　[季]新年

御判戴き　**ごはんいただき**　［宗］　正月七日から十五日までの間、長野市・善光寺で行われる行事。内仏殿秘蔵の宝印を参詣人の額に押しいただかせる　[季]新年

御告祭　**おつげさい**　［宗］　三月二十五日、大天使ガブリエルがマリアにキリスト受胎を告知した日　[季]春

御形　**ごぎょう**　［植］　母子草の別称だが、正月の七草粥に入れることからこの場合は新年の季語となる　[季]新年

御形蓬　**ごぎょうよもぎ**　［植］　春の七草のひとつで母子草のこと　[季]春

御忌　**ぎょき**　［宗］　貴人などの年忌の法会　[季]新年

御忌　**ぎょき**　［宗］　四月十九日から二十五日に行われる浄土宗の宗祖法然上人の忌日法要。ただし法然自身は陰暦一月二十五日に入寂した　[季]春

御忌の寺　**ぎょきのてら**　［宗］　法然の忌日法要の行なわれている寺　[季]春

御忌の鐘　**ぎょきのかね**　［宗］　法然の忌日法要のときにつかれる鐘　[季]春

御忌小袖　**ぎょきこそで**　［宗］　御忌に参詣する際に着られる派手な小袖　[季]春

御忌定　**ぎょうきさだめ**　［宗］　法然上人の忌日の法要である御忌が正月に行なわれていたころ、それに先だって十一月十一日に行なわれた式　[季]冬

御忌祭　**おいみまつり**　［宗］　他社の神事を停止して物忌みに服したことによる佐太神社の神在祭の別称　[季]冬

御忌詣　**ぎょきもうで**　［宗］　四月十九日から二十五日に行われる浄土宗の宗祖法然上人の忌日法要に詣でること　[季]春

御杖　**みつえ**　［人］　卯杖の別称　[季]新年

御来光　**ごらいこう**　［天］　高山の頂上で昇暁の日の出を迎えること。夏山登山にちなみ、夏の季語とされる　[季]夏

御来迎　**ごらいごう**　［天］　高山の頂上で昇暁の日の出を迎えること。夏山登山にちなみ、夏の季語とされる　[季]夏

御身拭　**おみぬぐい**　［宗］　四月十九日、京都市・清涼寺で行われる法会。本尊栴檀瑞像釈迦如来を香湯にひたした白布でぬぐう　[季]春

御車山祭　**みくるまやままつり**　［宗］　五月

12画（御）

一日と二日、高岡市・高岡関野神社で行われる祭礼　㊡春

御迎人形　おむかえにんぎょう　［宗］　天満祭に使われるもの　㊡夏

8御事の使　おことのつかい　［宗］　愛宕の神事で、供を連れて口上を述べる使者　㊡新年

御事納　おことおさめ　［人］　事納を丁寧にいったもの　㊡春

御取越　おとりこし　［宗］　本山の報恩講の前に、末寺や門徒が報恩講を繰り上げて営むこと　㊡秋, 冬

御命講　おめいこう　［宗］　十月十三日、日蓮上人の忌日の法会　㊡冬

御命講　おめいこう, おみょうこう　［宗］　十月十三日、日蓮上人の忌日の法会　㊡秋

御所柿　ごしょがき　［植］　柿の品種の一つ　㊡秋

御所桜　ごしょざくら　［植］　桜の一種　㊡春

御所雛　ごしょびな　［人］　雛人形の一種　㊡春

御昇天　ごしょうてん　［宗］　復活祭から四十日めの木曜日。復活したキリストが昇天したことを記念する　㊡夏

御松明　おたいまつ　［宗］　三月十五日、京都市・清涼寺釈迦堂で行なわれる嵯峨の柱炬の別称　㊡春

御物を払ひ拭ふ　ごもつをはらいのごう　［人］　陰暦七月七日に行なわれた虫払いのこと　㊡秋

御門松　おんかどまつ　［人］　門松のこと　㊡新年

9御前えんぶり　ごぜんえんぶり　［宗］　えんぶりのこと　㊡新年

御前泳　ごぜんえい　［人］　泳ぎの型　㊡夏

御室詣　おむろもうで　［宗］　京都市・仁和寺で行なわれた御影供　㊡春

御室詣　おむろまいり　［宗］　三月の第二日曜日に八王子市の高尾山薬王院で行なわれる、水行と並ぶ荒行の一つ　㊡春

御柱　おんばしら　［人］　長野県の松本などで、門松を取った後で町の中央に立てる、松竹を飾った大柱　㊡新年

御柱里曳　おんばしらさとびき　［宗］　諏訪の御柱祭のこと　㊡夏

御柱祭　おんばしらまつり　［宗］　諏訪の御柱祭のこと　㊡夏

御神火まつり　ごじんかまつり　［宗］　奈良・大神神社繞道祭の別称　㊡新年

御神渡　おみわたり　［地］　氷結した諏訪湖で、氷が一夜にして大亀裂を生じ、氷が盛り上がるさま。諏訪明神が渡御する道とされる　㊡冬

御神楽　みかぐら　［宗］　内侍所御神楽の別称　㊡冬

御香宮祭　ごこうのみやまつり　［宗］　十月九日、京都市・御香宮神社の祭礼　㊡秋

10御修法　みずほう　［宗］　宮中で毎年正月八日から七日間行なわれた真言祈禱の法　㊡新年

御射山狩　みさやまがり　［宗］　七月二十六日から二十八日まで、長野・諏訪神社で行われる祭礼の神事。昔は陰暦七月に行われた　㊡秋

御射山祭　みさやままつり　［宗］　七月二十六日から二十八日まで、長野・諏訪神社で行われる祭礼。昔は陰暦七月に行われた　㊡秋

御旅所　おたびしょ　［宗］　神輿が本宮から旅して仮にとどまるところ　㊡夏

御祓　みそぎ　［宗］　夏越の祓の別称　㊡夏

御祓川　みそぎかわ　［宗］　夏越の祓の御祓を行なう川　㊡夏

御能始　おのうはじめ　［人］　新年になって初めて能を演ずること　㊡新年

御連歌始　ごれんがはじめ　［人］　江戸時代、正月十一日に江戸城で行なわれた連歌興行の式　㊡新年

御降　おさがり　［天］　元日に雨や雪が降ること　㊡新年

御降誕節　ごこうたんせつ　［宗］　十二月二十五日から二月二日までの四十日間　㊡冬

御陣乗太鼓　ごじんじょうだいこ　［宗］　七月三十一日夜から八月一日にかけ、輪島市・白山神社で行われる祭礼。夜叉鬼などの面をつけた男たちが陣太鼓を打つ行事　㊡夏

御高祖頭巾　おこそずきん　［人］　袖頭巾の一種で、おもに女性がかぶった　㊡冬

11御執奏　みとらしのそう　［人］　正月七日の白馬節会の際に、兵部省が弓矢を捧げる儀礼　㊡新年

御帳綴　おちょうとじ　［人］　帳綴のこと

[季]新年

御掃初　おんはきぞめ　［人］　正月二日、江戸城中において行なわれた行事。年男で最年長者の老中および月番の若年寄が、将軍の出御の前に御座の間上段で掃き初めをした儀式　[季]新年

御斎会　ごさいえ　［宗］　正月の八日から十四日まで、大極殿で金光明最勝王経を講じた法会　[季]新年

御斎会内論義　ごさいえのないろんぎ　［宗］　正月十四日、御斎会が終わった後で、天皇の前で学僧が金光明最勝王経を論義した行事　[季]新年

御祭　おまつり　［宗］　夏の祭の総称　[季]夏

御祭　おんまつり　［宗］　春日若宮御祭のこと　[季]冬

御祭風　ごさいかぜ　［天］　夏の土用半ばごろに一週間ほど連続して吹き続く北東の風　[季]夏

御菅の祓　みすげのはらい　［宗］　大阪市・住吉神社で九月晦日、神輿を玉手島仮宮へ渡御禊事を行なったこと　[季]秋

12**御富法会**　おとみほうえ　［宗］　正月七日夜に箕面市・滝安寺で行なわれた富籤興行と法要。現在は正月三が日に行われる　[季]新年

御棚会　おたなえ　［宗］　正月十四日に京都市・上賀茂神社で行なわれた神事で、諸役から献ずる神供や魚鳥米穀の類を数え記す行事　[季]新年

御渡　みわたり　［地］　氷結した諏訪湖で、氷が一夜にして大亀裂を生じ、氷が盛り上がるさま。諏訪明神が渡御する道とされる　[季]冬

御粥を献ず　みかゆをけんず　［人］　正月の十五日に粥を献じること。死んで悪霊となった高辛氏の娘が粥を好んだことから　[季]新年

御粥祭　おかゆまつり　［宗］　粥占の別称　[季]新年

御葭流し　みよしながし　［宗］　津島祭で行われる厄送りの行事　[季]夏

御釿始　おちょうなはじめ　［人］　正月五日、宮中で行なわれた工匠たちの仕事始めの行事　[季]新年

13**御園大根**　みそのだいこん　［植］　大根の一種で、三重県産のもの　[季]冬

御殿　ごてん　［人］　雛飾の一つ　[季]春

御福の湯　ごふくのゆ　［宗］　特に正月三日に限り、江戸上野東叡山中の護国院大黒天に供えてある餅を参詣の男女に与えるためひたした湯　[季]新年

御福茶　おふくちゃ　［人］　大福茶のこと　[季]新年

14**御暦の奏**　ごりゃくのそう　［人］　陰暦十一月一日の暦の奏の別称　[季]冬

御膏薬　おとうやく　［人］　正月の宮中行事、膏薬の丁寧な言い方　[季]新年

御蔭参　おかげまいり　［人］　御陰年に行なわれる伊勢参宮　[季]春

御蔭祭　みかげまつり　［宗］　賀茂御蔭祭のこと　[季]夏

御髪上　みぐしあげ　［人］　陰暦十二月の吉日、天皇の髪のおち毛・爪・元結などを焼いた宮中行事　[季]冬

御魂の冬　みたまのふゆ　［宗］　歳末に先祖のみたまを祭ること　[季]冬

15**御器かぶり**　ごきかぶり　［動］　油虫の別称　[季]夏

御器洗祭　ごきあらいまつり　［宗］　十月十八日、京都市・福王子神社の祭礼　[季]秋

御器噛り　ごきかぶり　［動］　油虫の別称　[季]夏

御影山の祭　みかげやまのまつり　［宗］　丹波出雲社祭の別称　[季]冬

御影供　みえいく　［宗］　陰暦三月二十一日の弘法大師の忌日に、真言宗の寺院で開かれる講会　[季]春

御影講　みえいこう　［宗］　十月十三日、日蓮上人の忌日の法会　[季]冬

御影講　みえいこう　［宗］　陰暦三月二十一日の弘法大師の忌日に、真言宗の寺院で開かれる講会　[季]春

御影講　おえいこう　［宗］　十月十三日、日蓮上人の忌日の法会　[季]冬

御影講荒　みえいこうあれ　［天］　日蓮上人の御影講の頃に風が荒々しく吹くこと　[季]冬

御慶　ぎょけい　［人］　年始にあたってかわす祝賀　[季]新年

御歓楽　ごかんらく　［人］　歓楽の丁寧な言い方　[季]新年

御潔め祭　おきよめさい　［宗］　二月二日、

キリストの誕生後四十日めに母マリアが産後の清めの式を受けた日 [季]冬

御蔵開 おくらびらき ［人］ 蔵開のこと [季]新年

御遷宮 ごせんぐう ［宗］ 伊勢御遷宮のこと [季]秋

御霊の神事 ごりょうのしんじ ［宗］ 五月一日から十八日まで、京都市の上御霊神社と下御霊神社で疫神をなだめるために行なわれる祭礼 [季]夏

御霊の御出 ごりょうのおいで ［宗］ 五月一日から十八日まで、京都市の上御霊神社と下御霊神社で疫神をなだめるために行なわれる祭礼 [季]夏

御霊祭 ごりょうまつり ［宗］ 五月一日から十八日まで、京都市の上御霊神社と下御霊神社で疫神をなだめるために行なわれる祭礼 [季]夏

御霊祭の御出 ごりょうのおいで ［宗］ 京都・上御霊、下御霊両社の祭礼において、みこしが御座所に鎮座する間をいう [季]秋

16**御薪** みかまぎ, みまき ［人］ 御竈木。正月の十五日に宮中での燃料の薪を、百官が献じる行事 [季]新年

御薪奉る みかまぎたてまつる ［人］ 御竈木。正月の十五日に宮中での燃料の薪を、百官が献じる行事 [季]新年

御薬を供ず みくすりをくうず ［人］ 正月三が日の朝、天皇に薬を献じる行事。天皇はこれを酒に入れて飲む [季]新年

御謡初 おうたいはじめ ［人］ 正月四日室町幕府で、正月の三日江戸幕府で行なわれた式家の殿中で能役者を招き謡をうたったもの [季]新年

御謡初 おうたいぞめ ［宗］ 松囃子の別称 [季]新年

御頭神事 おかしらしんじ ［宗］ 昔、正月十五、十六日頃、伊勢山田で行われた神事。獅子の頭を持ち町を練り歩いた [季]新年

17**御厳重** ごげんじゅう ［人］ 内蔵寮より奉られた亥の子餅のこと [季]冬

御講 おこう ［宗］ 御正忌の前の七昼夜、浄土真宗の本山で報恩謝徳のために行なう法会 [季]冬

御講凪 おこうなぎ ［天］ 十一月の親鸞忌（御講）の行なわれる頃に、穏やかな日が続くこと [季]冬

御霜月 おしもつき ［宗］ 御正忌の前の七昼夜、浄土真宗の本山で報恩謝徳のために行なう法会 [季]冬

18**御難の餅** ごなんのもち ［宗］ 九月十二日、日蓮宗の各寺院や宗徒が仏前に胡麻の牡丹餅を供える行事。日蓮の危難を見た一老婆が餅を差し上げた故事に由来する [季]秋

御題菓子 ぎょだいがし ［人］ 勅題菓子のこと [季]新年

19**御簾** みす ［人］ 日除けや通風のための簾の一種 [季]夏

御簾の銭 みすのぜに ［人］ 初午の俗信で、散銭がたまたま簾間に留まったならその人は福を得るとされ、その銭を家珍としたこと [季]春

御簾草 みすくさ ［植］ 蒲の別称 [季]夏

御鏡 おかがみ ［人］ 新年の飾り物。三方に大きい丸餅を重ね飾り、神供・床飾りとして用いるもの [季]新年

御願神事 ごがんしんじ ［宗］ 二月十日、加賀市・菅生石部神社で行われる例祭 [季]春

22**御贖物** おんあがもの ［宗］ 陰暦十二月晦日の年越の祓に使う形代 [季]冬

23**御籤奪** みくじうばい ［宗］ 諸手船神事の一つ [季]冬

【復】

9**復活祭** ふっかつさい ［宗］ 春分後の最初の満月の後の第一日曜日。キリストが十字架上で死んだ後、三日めに復活した記念日 [季]春

復活節 ふっかつせつ ［宗］ 春分後の最初の満月の後の第一日曜日。復活祭の別称 [季]春

【物】

4**物太鰹** そうだがつお ［動］ 鰹に似たサバ科の秋の海魚。南日本近海に多い [季]秋

5**物汁** そうじる ［人］ 町汁の別称 [季]新年

【悲】

11**悲斎会** ひさいえ ［宗］ 盂蘭盆やその前後の頃、無縁の霊を弔う供養のこと [季]秋

【雇】

雇　やとい　［人］　渡り漁夫のこと　[季]春

7雇売る　やというる　［人］　春先に鰊の漁期が近づくと、網元に雇われて漁夫が北海道へ渡ってくること　[季]春

【握】

0握り鮓　にぎりずし　［人］　鮓の一種　[季]夏

【提】

6提灯花　ちょうちんばな　［植］　蛍袋の別称。六、七月頃に花がつく　[季]夏

提灯祭　ちょうちんまつり　［宗］　津島祭の別称　[季]夏

提灯鉾　ちょうちんほこ　［宗］　津島祭の鉾　[季]夏

10提帯　つけおび　［人］　下帯の一種　[季]夏

【揚】

とぼし揚　とぼしあげ　［宗］　七月十六日、盆祭の終わり。精霊棚の供物などを近くの川や海に流し送る　[季]秋

6揚灯籠　あげとうろう, あげどうろう　［人］　灯籠の一種。竿を立てて吊した灯籠　[季]秋

揚羽子　あげばね　［人］　正月の羽子つき遊びの一つで、数え歌をうたいながら羽子板で羽子を一人でついて勝負を競う遊び　[季]新年

揚羽蝶　あげはちょう　［動］　アゲハチョウ科に属する大型の蝶の総称　[季]夏

7揚花火　あげはなび　［人］　打ち上げ花火のこと　[季]秋

12揚雲雀　あげひばり　［動］　籠から出した雲雀を空高く舞い上げ、鳴き声を楽しむこと　[季]春

【揺】

10揺蚊　ゆすりか　［動］　マクナギの別称。ヌカカやユスリカの類。夏の夕暮など、野や畑でうるさくつきまとう小虫のこと　[季]夏

【揉】

6揉瓜　もみうり　［人］　瓜をきざみ塩もみして、酢と甘味料で味つけしたもの　[季]夏

【敬】

6敬老の日　けいろうのひ　［宗］　国民の祝日の一つ。昭和二十六年から始まった行事で、老人福祉と敬老精神について考える日　[季]秋

【散】

0散し鮓　ちらしずし　［人］　鮓の一種　[季]夏

散る柳　ちるやなぎ　［植］　柳の細い葉が散ること。秋になって黄ばみはじめ、秋風とともに散る柳を見て、秋の深まりを実感する　[季]秋

散る桜　ちるさくら　［植］　桜の花が風で散ること　[季]春

散る蛍　ちるほたる　［動］　散り散りになり飛び交う蛍　[季]夏

8散松葉　ちりまつば　［植］　初夏の新葉が茂る頃に、松の古葉が落葉すること　[季]夏

9散紅葉　ちりもみじ　［植］　初冬に散る紅葉　[季]冬

13散椿　ちりつばき　［植］　花が散ってしまった椿　[季]春

散蓮華　ちりれんげ　［植］　陶製のさじ。その形が散った蓮華の一弁に似ているためこの名がある　[季]夏

【敦】

11敦盛草　あつもりそう　［植］　湿地の草原に自生する宿根草。夏に赤紫の大きな花をつける　[季]夏

12敦賀祭　つるがまつり　［宗］　敦賀市・気比神宮の気比祭の別称　[季]秋

【斑】

11斑猫　はんみょう　［動］　二センチぐらいの夏の甲虫。道おしえとも呼ばれる　[季]夏

斑雪　はだれ　［天］　春雪がまだらに降り積もった光景、またその雪　[季]春

斑雪山　はだれやま　［天］　斑雪（はだれ）に同じ　[季]春

斑雪凍つ　はだらいつ　［天］　斑雪（はだれ）に同じ　[季]春

斑雪野　はだれの　［天］　斑雪（はだれ）に同じ　[季]春

斑雪嶺　はだれね　［天］　斑雪（はだれ）に同じ　[季]春

13斑蛾　まだらが　［動］　蛾の一種　[季]夏
15斑蝶　まだらちょう　［動］　蝶の一種　[季]春
斑蝥　はんみょう　［動］　二センチぐらいの夏の甲虫。道おしえとも呼ばれる　[季]夏
18斑鯉　まだらごい　［動］　まだら模様の鯉　[季]夏

【暁】

0暁の鉢叩　あかつきのはちたたき　［宗］　鉢叩の一種　[季]冬
9暁星祭　ぎょうせいさい　［宗］　九月八日、聖母マリアの誕生日　[季]秋

【署】

署　しょ　［時］　夏の暑さ　[季]夏
0暑き日　あつきひ　［時］　夏の暑い一日　[季]夏
暑き夜　あつきよ　［時］　夏の暑い一日　[季]夏
暑き春　あつきはる　［時］　仲春から晩春にかけ汗ばむほど暑くなること　[季]春
暑さ　あつさ　［時］　夏の暑い感じ、程度　[季]夏
暑さあたり　あつさあたり　［人］　夏の暑さに負けて体調を崩すこと　[季]夏
暑さ負け　あつさまけ　［人］　夏の暑さに負けて体調を崩すこと　[季]夏
暑し　あつし　［時］　夏、気温が高い状態　[季]夏
4暑中休　しょちゅうやすみ　［人］　夏の定期休暇。学校は7月中旬から8月末まで、会社や官庁などではお盆の頃に休むところが多い　[季]夏
暑中休暇　しょちゅうきゅうか　［人］　夏の定期休暇。学校は7月中旬から8月末まで、会社や官庁などではお盆の頃に休むところが多い　[季]夏
暑中見舞　しょちゅうみまい　［人］　暑中に知人などの安否を伺うこと。葉書での挨拶も盛ん　[季]夏
6暑気　しょき　［時］　夏の暑さ　[季]夏
暑気下し　しょきくだし　［人］　暑さをしのぐために、薬や酒を飲んだりすること　[季]夏
暑気中り　しょきあたり　［人］　夏の暑さに負けて体調を崩すこと　[季]夏
暑気払　しょきばらい　［人］　暑さをしのぐために、薬を飲んだり酒を呑んだりすること　[季]夏
暑気払ひ　しょきばらい　［人］　暑さをしのぐために、薬を飲んだり酒を呑んだりすること　[季]夏
暑気負け　しょきまけ　［人］　夏の暑さに負けて体調を崩すこと　[季]夏
8暑苦し　あつくるし　［時］　夏の気温の高さで過ごしづらいこと　[季]夏
15暑熱　しょねつ　［時］　夏の暑さ　[季]夏

【晶】

3晶子忌　あきこき　［宗］　五月二十九日、明治・大正期の歌人与謝野晶子の忌日　[季]夏

【晴】

0晴の御膳　はれのごぜん　［人］　古くは元日節会での食事をさし、明治以降は正月三が日の天皇の朝食をさした　[季]新年
9晴相撲　はれずもう　［人］　公衆の面前で行なう相撲　[季]秋
12晴御膳　はれのおもの　［人］　古くは元日節会での食事をさし、明治以降は正月三が日の天皇の朝食をさした　[季]新年

【智】

8智者大師忌　ちしゃだいしき　［宗］　智者大師と隋の煬帝から贈り名された天台大師の忌日　[季]冬
智者大師忌　ちしゃだいしき　［宗］　十一月二十四日、天台大師の忌日　[季]冬
10智恵貰　ちえもらい　［人］　十三詣の別称　[季]春
智恵詣　ちえもうで　［人］　十三詣の別称　[季]春
15智慧の粥　ちえのかゆ　［宗］　大師講に供えられる小豆粥　[季]冬
智慧粥　ちえがゆ　［宗］　大師講に供えられる小豆粥　[季]冬
16智積院論義　ちしゃくいんろんぎ　［宗］　陰暦十月一日から十二日まで京都市・智積院で行なわれた問答論義。現在は十二月に三日間行われる　[季]冬

12画（晩, 普, 最, 曾, 替, 勝）

【晩】

³晩三吉　おくさんきち　［植］　新潟原産の赤梨で、十月の収穫後貯蔵して品質を良くして食べる　㉄冬

⁵晩冬　ばんとう　［時］　三冬の第三で、冬の終わり。ほぼ陰暦十二月にあたる　㉄冬

⁹晩春　ばんしゅん　［時］　三春の第三で、春の終わり。ほぼ陰暦三月にあたる　㉄春

晩秋　ばんしゅう, おそあき　［時］　三秋の第三で、秋の終わり。ほぼ陰暦九月にあたる　㉄秋

晩秋蚕　ばんしゅうさん　［人］　初秋蚕の終わった後、桑の葉の残りで飼う蚕　㉄秋

晩茶摘　ばんちゃつみ　［人］　番茶をつむこと　㉄夏

¹⁰晩夏　ばんか　［時］　三夏の第三で、夏の終わり。ほぼ陰暦六月にあたる　㉄夏

晩夏光　ばんかこう　［時］　夏の終わりの頃の衰えぬ暑光　㉄夏

¹¹晩涼　ばんりょう　［時］　夕方の涼しさ　㉄夏

晩菊　ばんぎく　［植］　秋遅くに咲きはじめる種類の菊　㉄秋

晩菜　おくな　［植］　茎立菜のこと　㉄春

晩鳥　ばんどり　［動］　夜出歩くムササビやモモンガ　㉄冬

¹³晩歳　ばんさい　［時］　年の終わり、十二月も押し詰まったころ　㉄冬

¹⁴晩稲　おくて　［植］　晩秋、霜の降りる頃に成熟して刈り取られる稲のこと　㉄秋

晩稲刈　おくてかり　［人］　晩秋、霜の降りる頃に晩稲を刈ること　㉄秋

晩稲田　おくてだ　［地］　晩稲を植えた田。晩秋、霜の降りる頃に収穫する　㉄秋

晩稲守　おしねもり　［人］　稲が実ってきた頃、鳥獣に田を荒らされぬように番をすること、またその人　㉄秋

¹⁷晩霞　ばんか　［天］　夕方にでる霞　㉄春

晩霜　ばんそう　［天］　晩春、急に気温が下がっておりる霜のこと　㉄春

²¹晩鶯　ばんおう　［動］　老鶯の別称　㉄夏

【普】

¹⁶普賢象桜　ふげんぞうざくら　［植］　桜の一種　㉄春

【最】

⁹最後の晩餐　さいごのばんさん　［宗］　聖週間中の木曜日。キリストの最後の晩餐の日　㉄春

最後の晩餐日　さいごのばんさんび　［宗］　聖週間中の木曜日。聖木曜日の別称　㉄春

¹²最勝寺灌頂　さいしょうじかんじょう　［宗］　最勝寺で行なわれた灌頂　㉄冬

最勝講　さいしょうこう　［宗］　昔、陰暦五月に清涼殿で行なわれた鎮護国家の法会　㉄夏

¹⁵最澄忌　さいちょうき　［宗］　六月四日、最澄（伝教大師）の忌日。伝教会が行われる　㉄夏

【曾】

⁷曾我どんの傘焼　そがどんのかさやき　［人］　曾我の笠焼のこと　㉄夏

曾我の雨　そがのあめ　［天］　「虎が雨」に同じ　㉄夏

曾我の笠焼　そがのかさやき　［人］　陰暦五月二十八日または二十四日に、曾我兄弟の敵討ちに倣って行われてきた練成行事　㉄夏

曾我祭　そがまつり　［人］　陰暦五月二十八日の曾我兄弟の忌日に歌舞伎楽屋で盛大に行なわれた祭り　㉄夏

【替】

¹²替畳　かえだたみ　［人］　正月を前にする畳の表替え。年用意の一つ　㉄冬

【勝】

⁰勝の餅　しょうのもち　［宗］　節分の夜に食べる餅　㉄冬

⁷勝尾寺の富　かちおでらのとみ　［宗］　正月七日、箕面市・勝尾寺で行なわれた、富籤の福を授ける行事　㉄新年

勝見草　かつみぐさ　［植］　真菰の別称　㉄夏

⁹勝海螺　かちばい　［人］　海螺打で勝った独楽　㉄秋

勝相撲　かちすもう　［人］　勝ち越した相撲　㉄秋

¹⁰勝鳥　かちがらす　［動］　カササギの別称　㉄秋

俳句季語よみかた辞典　**417**

12画（朝）

勝馬　かちうま　［宗］　賀茂競馬で勝った方の馬　㊟夏

[11]勝菊　かちぎく　［人］　菊合で勝った菊　㊟秋

[19]勝鶏　かちどり　［人］　鶏合で勝った鳥　㊟春

[21]勝鬘会　しょうまんえ　［宗］　六月三十日から七月二日まで、大阪市・愛染堂で行われる会式　㊟夏

勝鬘参　しょうまんまいり　［宗］　六月三十日から七月二日まで、大阪市・愛染堂で行われる会式　㊟夏

【朝】

[0]朝の月　あさのつき　［天］　有明月の別称　㊟秋

朝の蛍　あさのほたる　［動］　朝方にみる蛍　㊟夏

朝の雪　あさのゆき　［天］　朝方の雪　㊟冬

[4]朝月　あさづき　［天］　有明月の別称　㊟秋

朝月日　あさつきひ　［天］　朝日の反対側に月が残っている様子　㊟秋

朝月夜　あさづくよ,あさづきよ　［天］　有明月の残る明け方　㊟秋

[5]朝北風　あさぎた　［天］　冬の朝の北風　㊟冬

朝生酒　あさじざけ　［人］　江戸時代、糯米を原料に加えた九州の名酒。寒に仕込み、夏の土用に飲む　㊟夏

[6]朝凪　あさなぎ　［天］　夏の朝、一時的に無風状態になること　㊟夏

朝凪ぐ　あさなぐ　［天］　夏の朝、一時的に無風状態になること　㊟夏

[7]朝冷　あさびえ　［時］　秋になって感じる冷やかさ　㊟秋

[8]朝拝　ちょうはい　［人］　元日の朝、天皇が宮中で群臣の祝賀を受けた律令行事　㊟新年

朝東風　あさごち　［天］　朝に吹く東風　㊟春

朝若菜　あさわかな　［植］　七草粥に入れる春の七草の総称　㊟新年

[9]朝草刈　あさくさかり　［人］　草刈の一種　㊟夏

朝茶　あさちゃ　［人］　夏、朝の涼しいときに茶席を設けること　㊟夏

朝茶の湯　あさちゃのゆ　［人］　夏、朝の涼しいときに茶席を設けること　㊟秋

朝虹　あさにじ　［天］　夏の朝の虹。俗に雨の前触れと言われた　㊟夏

[10]朝庭　あさにわ　［人］　晩秋の朝、庭と呼ばれる農家の土間で籾摺をすること。籾摺は秋の農作業の一つ　㊟秋

朝時雨　あさしぐれ　［天］　朝に降る時雨　㊟冬

朝桜　あさざくら　［植］　朝にみる桜　㊟春

[11]朝清水　あさしみず　［地］　朝の清冽な清水　㊟夏

朝涼　あさすず　［時］　夏の朝の涼しさのこと　㊟夏

朝菊　あさぎく　［植］　野生のユウガギクを培養したもの　㊟夏

朝鳥狩　あさとがり　［人］　鳴鳥狩の別称　㊟春

朝鳥渡る　あさどりわたる　［動］　冬鳥の群れが、夜明けに大群で移動すること　㊟秋

[12]朝寒　あささむ　［時］　秋の朝方の冷え込みに寒さを感じること　㊟秋

朝寒し　あささむし　［時］　秋の朝方の冷え込みに寒さを感じること　㊟秋

朝寒み　あささむみ　［時］　秋の朝方の冷え込みに寒さを感じること　㊟秋

朝焼　あさやけ　［天］　日の出の際、東の空が薄紅くなること。四季を通じて起こるが、季語としては夏　㊟夏

朝焼雲　あさやけぐも　［天］　朝焼の雲　㊟夏

朝焚火　あさたきび　［人］　冬の明け方の焚火　㊟冬

朝賀　ちょうが　［人］　元日の朝、天皇が宮中で群臣の祝賀を受けた律令行事　㊟新年

朝雲雀　あさひばり　［動］　朝方に飛び回る雲雀　㊟春

[13]朝寝　あさね　［人］　春の朝、寝床を離れるのが惜しく、つい寝過ごしてしまうこと　㊟春

朝節　あさせち　［人］　朝の節振舞　㊟新年

朝鈴　あさすず　［動］　草雲雀の関西での別称　㊟秋

[16]朝曇　あさぐもり　［天］　夏暑くなる日の、朝のうちだけ曇っていること　㊟夏

朝燕　あさつばめ　［動］　朝方にみる燕

418　俳句季語よみかた辞典

[季]春

17朝霞　あさがすみ［天］朝の霞 [季]春

朝霜　あさしも［天］朝に残る霜 [季]冬

朝鮮菊　ちょうせんぎく［植］朝菊の別称 [季]夏

朝鮮朝顔　ちょうせんあさがお［植］熱帯アジア原産の半常緑樹で、薬用に輸入・栽培されたが、葉には猛毒があり、時に発狂するといわれる。晩夏から初秋にかけて白い花をつける [季]夏

朝鮮鴉　ちょうせんがらす［動］カササギの別称 [季]秋

18朝蟬　あさぜみ［動］朝の蟬 [季]夏

朝覲行幸　ちょうきんのぎょうこう［人］正月に、天皇が上皇や母后の御所に行幸して、年始の祝賀する行事 [季]新年

朝顔　あさがお［植］ヒルガオ科の一年生つる草。中国から渡来し、江戸時代以来多くの品種が改良・開発され、初秋の花として庶民に親しまれた。現在の一般の感覚とは季節感がずれるかもしれない [季]秋

朝顔の実　あさがおのみ［植］初秋、朝顔の花がしぼんだ後に子房が残ってできる実。種が取れる [季]秋

朝顔の苗　あさがおのなえ［植］初夏、定植の時期の朝顔のこと [季]夏

朝顔市　あさがおいち［植］七月六日から八日まで、東京入谷・鬼子母神周辺で開かれる朝顔を売る市 [季]秋

朝顔姫　あさがおひめ［人］棚機姫の異名七種の一つ [季]秋

朝顔蒔く　あさがおまく［人］春、朝顔の種を蒔くこと [季]春

19朝霧　あさぎり［天］朝方発生する霧 [季]秋

朝霧草　あさぎりそう［植］北陸・東北・北海道などの高山・岩場に自生するキク科の多年草。全体が絹毛に被われて白っぽい。秋に黄色い小花をつける [季]秋

朝霧草の花　しさぎりそうのはな［植］盛夏から初秋にかけて、茎の上のほうに枝が出て球状の小さい頭状花が咲く [季]秋

20朝露　あさつゆ［天］朝方にできる露 [季]秋

朝露草　ちょうろそう［植］銀盞花の別称。晩夏に黄色い花をつける [季]夏

24朝鷹　あさたか［人］鳴鳥狩の別称 [季]春

朝鷹狩　あさたかがり［人］鳴鳥狩の別称 [季]春

【検】

7検見　けみ［人］江戸時代、陰暦八月に、年貢の量を決めるため田の立毛（まだ刈り取らぬ稲）を役人が実地検分したこと [季]秋

【植】

3植女　うえめ［人］早乙女の別称 [季]夏

4植木市　うえきいち［人］春の彼岸前後に立つ、植木を売る市 [季]春

5植田　うえた［地］田植えのすんだばかりの田 [季]夏

8植林　しょくりん［人］木を植えて山林を作ること。春が植林の季節 [季]春

10植疱瘡　うえぼうそう［人］伝染病である疱瘡の予防接種のこと。春に行う [季]春

16植樹式　しょくじゅしき［宗］緑の週間に行なわれる一行事 [季]春

植樹祭　しょくじゅさい［人］緑の週間に行なわれる一行事 [季]春

【森】

8森若葉　もりわかば［植］森にある若葉 [季]夏

【棚】

0棚さらい　たなさらい［人］年卸の別称 [季]新年

棚ばらひ　たなばらい［人］年卸の別称 [季]新年

3棚下し　たなおろし［人］年卸の別称 [季]新年

棚下り　たなおり［人］年卸の別称 [季]新年

4棚元探し　たなもとさがし［人］年卸の別称 [季]新年

9棚卸　たなおろし［人］商店などで前年の決算のため、在庫品の数量や価格を調べること。現在では季節感は薄いが、昔は新年の行事だった [季]新年

11棚探し　たなさがし［人］年卸の別称 [季]新年

棚経　たなぎょう［宗］盆棚の前で僧が読

12画（椎, 棒, 椋, 棉, 椀）

経する経典　㊡秋

棚経僧　たなぎょうそう　［宗］　棚経を読経
する僧　㊡秋

[16]棚機　たなばた　［人］　陰暦七月七日のこ
と。あるいはその日のさまざまな行事もさ
す。地方によっては陽暦七月七日や八月七
日に行事をするところがある。織り姫と彦
星の伝説は有名　㊡秋

棚機つ女　たなばたつめ　［宗］　七夕は夏と
秋との交叉の祭で「たな」とは元来階上に
つくり出したかけづくりであり、この棚に
おいて機織る娘。神女であり、村を離れた
海浜・川の淵、または池・湖などの入りこ
んだところにつくられた棚に、村人から解
離されて、来臨する神のために機を織った
㊡秋

棚機つ女　たなばたつめ　［宗］　七夕伝説の
織女。琴座の首星であるヴェガのこと
㊡秋

棚機津女　たなばたつめ　［人］　七夕伝説の
織女。琴座の首星であるヴェガのこと
㊡秋

棚機姫　たなばたひめ　［宗］　七夕伝説の織
女。琴座の首星であるヴェガのこと　㊡秋

【椎】

まてば椎　まてばしい　［植］　暖地に自生す
るブナ科の常緑高木。葉は大きく、初夏の
ころ、長い穂をなして黄褐色の小さい花が
並んで開く。果実は翌年の秋に熟し、褐色
楕円形　㊡秋

[0]椎の小枝　しいのこえだ, しいのこやで
［人］　柴にするもの　㊡秋

椎の花　しいのはな　［植］　ブナ科の常緑高
木。六月頃、梢の上に香りの強い、長い淡
黄色の小花が穂状に集まり咲く　㊡夏

椎の実　しいのみ　［植］　晩秋、落果する椎
の木の実。子供が拾って食べたりした
㊡秋

[4]椎木　しいのき　［植］　ブナ科の常緑高木
㊡夏

[8]椎若葉　しいわかば　［植］　初夏の椎の木の
みずみずしい若葉のこと　㊡夏

[9]椎拾う　しいひろう　［植］　晩秋、落果する
椎の木の実を、子供が拾って遊んだり食べ
たりしたこと　㊡秋

椎柴　しいしば　［人］　椎の柴　㊡秋

椎茸　しいたけ　［植］　本来は春と秋に出
回っていたが、現在は栽培法が確立し、四
季を問わず食卓に供給されている茸。季節
感は薄れてきている　㊡秋

椎茸干す　しいたけほす　［植］　干し椎茸を
つくること　㊡秋

[12]椎落葉　しいおちば　［植］　初夏の新葉が茂
る頃に、椎の古葉が落葉すること　㊡夏

【棒】

たなん棒　たなんぼう　［宗］　春の水口祭
で、田の神の形代として苗代の水口に挿し
たもの　㊡春

ねん棒　ねんぼう　［人］　根木打の関東地方
での別称　㊡冬

ほいたけ棒　ほいたけぼう　［人］　削掛の別
称　㊡新年

[10]棒振虫　ぼうふりむし　［動］　孑孑（ぼうふ
ら）の別称　㊡夏

[22]棒鱈　ぼうだら　［人］　真鱈を干したもの
㊡春

【椋】

[0]椋の実　むくのみ　［植］　大豆ぐらいの大き
さの実。晩秋に黒く熟して甘みが出てくる
㊡秋

[9]椋茸　むくたけ　［植］　茸の一種　㊡秋

[11]椋鳥　むくどり, むく　［動］　燕雀目ムクド
リ科の漂鳥。東北・北海道で繁殖し、秋に
大群をなして本州中部以西へ移って越冬す
る　㊡秋

【棉】

[0]棉の花　わたのはな　［植］　アオイ科ワタ属
の一年草。七、八月頃、薄黄色の五弁花を
つける　㊡夏

[7]棉吹く　わたふく　［植］　綿の実が熟して三
裂し、中から白い綿が吹き出ること　㊡秋

[13]棉蒔　わたまき　［人］　五月頃、棉の種を蒔
くこと　㊡夏

棉蒔く　わたまく　［人］　五月頃、棉の種を
蒔くこと　㊡夏

【椀】

[12]椀飯　おうばん　［人］　新年を祝って、年始
客に振る舞うご馳走　㊡新年

420　俳句季語よみかた辞典

12画（棘, 椢, 棕, 椒, 棗, 棹, 棠, 桲, 椚, 椛, 歯）

椀飯振舞　おうばんぶるまい　［人］　新年を
祝って、年始客に振る舞うご馳走　㉄新年

【棘】

10棘高鯵　いだかあじ　［動］　鯵の一種　㉄夏

【椢】

椢　くぬぎ　［植］　ブナ科の落葉高木。初
夏、新枝から無数の黄褐色の雄花が穂のよ
うに長く垂れ下がる　㉄夏

【棕】

11棕櫚の日曜日　しゅろのにちようび　［宗］
復活祭の直前の日曜日。受難の主日の別称
㉄春

棕櫚の主日　しゅろのしゅじつ　［宗］　復活
祭の直前の日曜日。受難の主日の別称
㉄春

棕櫚の聖日　しゅろのせいじつ　［宗］　復活
祭の直前の日曜日。受難の主日の別称
㉄春

19棕櫚の花　しゅろのはな　［植］　ヤシ科の常
緑高木。五月頃、葉の根元から花序が出て、
黄色の小花が集まり咲く　㉄夏

棕櫚むく　しゅろむく　［人］　初冬の頃、棕
櫚の幹の皮を剝いて表面の毛状繊維を採取
すること　㉄冬

棕櫚剝ぐ　しゅろはぐ　［人］　初冬の頃、棕
櫚の幹の皮を剝いて表面の毛状繊維を採取
すること　㉄冬

【椒】

9椒柏酒　しょうはくしゅ　［人］　椒酒の別称
㉄新年

椒盃　しょうはい　［人］　椒酒を入れる器
㉄新年

10椒酒　しょうしゅ　［人］　山椒と柏の葉を調
合した酒。元日に飲むと長生きすると言わ
れた　㉄新年

11椒魚　はしがみうお　［動］　山椒魚の別称
㉄夏

15椒盤　しょうばん　［人］　椒酒を入れる器
㉄新年

18椒觴　しょうしょう　［人］　椒酒を入れる器
㉄新年

【棗】

棗　なつめ　［植］　中国原産クロウメモドキ
科の落葉高木。初夏に花が咲くが、普通は
果実のことを指す。実は食用、薬用に利用
する　㉄秋

0棗の花　なつめのはな　［植］　クロウメモド
キ科の落葉樹。初夏、葉の根元に小さな黄
色の花が集まり咲く　㉄夏

棗の実　なつめのみ　［植］　棗の実は大型、
長楕円形で中に堅い種を持つ。初秋に熟す
ると色が赤く変わり、柔らかくなる。味は
甘酸っぱく、砂糖漬けや漢方薬にも用いら
れる　㉄秋

【棹】

10棹姫鷹　さおひめだか　［動］　一度も羽換え
をしない鷹　㉄春

【棠】

11棠梨の花　やまなしのはな　［植］　バラ科の
低木。晩春五月ごろ、内側が白、外側が薄
桃色の梨の花に似た花をつける　㉄春

【桲】

9桲柑　ぽんかん　［植］　十二月から一月に出
荷されるやや大型で濃い橙黄色の柑橘類の
一種。鹿児島県などで栽培される　㉄冬

【椚】

椚　くぬぎ　［植］　ブナ科の落葉高木。初
夏、新枝から無数の黄褐色の雄花が穂のよ
うに長く垂れ下がる　㉄夏

【椛】

11椛祭　しもとまつり　［宗］　鵜坂祭の別称
㉄夏

【歯】

5歯打　はうち　［人］　権現舞で獅子が歯を打
ちならすこと。悪魔退散の一種のまじない
㉄新年

6歯朶　しだ　［植］　裏白とも言われ、正月の
飾り物に使われる多年草植物　㉄新年

歯朶刈　しだかり　［人］　正月飾りに用いる
ウラジロを年末に刈りとること　㉄冬

歯朶売　しだうり　［人］　年の市で正月に使

う歯朶を売るもの　[季]冬

歯朶若葉　しだわかば　[植]　初夏の歯朶の若葉のこと　[季]夏

歯朶萌ゆる　しだもゆる　[植]　春、シダ植物類の新葉が萌え出ること　[季]春

歯朶飾る　しだかざる　[人]　正月に裏白を飾ることで、長寿と夫婦円満を意味した　[季]新年

8**歯固　はがため**　[人]　古来、堅い物を食べて延命長寿を祈願した正月の行事　[季]新年

歯固の餅　はがためのもち　[人]　歯固めの行事で供された鏡餅　[季]新年

【渦】

6**渦虫　うずむし**　[動]　水澄しの別称　[季]夏

15**渦潮　うずしお**　[人]　渦を巻く潮。春が潮の干満の差が最も大きいので春の季語とされる　[季]春

【温】

0**温む川　ぬるむかわ**　[地]　春先の気温の上昇とともに、河川の水が温み出すこと　[季]春

温む水　ぬるむみず　[地]　春先の気温の上昇により、河川湖沼の水が温み出すこと　[季]春

温む池　ぬるむいけ　[地]　春、気候が暖かくなるにつれ、池の水が温みだすこと　[季]春

温む沼　ぬるむぬま　[地]　春先の気温の上昇とともに、沼の水が温み出すこと　[季]春

温め酒　あたためざけ　[人]　陰暦九月九日の重陽の節句の日に健康祈願のため温めて飲む酒　[季]秋

温め飯　ぬくめめし　[人]　冬、冷たくなった御飯を蒸して食べること　[季]冬

5**温石　おんじゃく**　[人]　腹部を暖めるために、丸い石を火で焼き、布切れで包んで体に当てるもの　[季]冬

6**温州蜜柑　うんしゅうみかん**　[植]　蜜柑の一品種。日本の代表的な蜜柑　[季]冬

7**温床　おんしょう**　[人]　人工的に温熱を加え促成栽培する苗床　[季]冬, 春

温麦　ぬるむぎ　[人]　温湯をもって麪類を浸して食べるもの　[季]秋

8**温突　おんどる**　[人]　朝鮮や中国の東北地方（満州）で、家屋の床下に煙道を設けて、冬の暖をとる設備　[季]冬

9**温室　おんしつ**　[人]　室内温度を高める設備のあるガラス張りなどの建物　[季]冬

温海蕪　あつみかぶ　[植]　蕪の一種で、山形県産のもの　[季]冬

温風　おんぷう　[天]　陰暦の晩夏に吹く暖かい風のこと　[季]夏

10**温座陀羅尼　うんざだらに**　[宗]　浅草寺の温座陀羅尼のこと　[季]新年

17**温糟粥　うんぞうがゆ**　[宗]　臘八粥の別称。臓腑を暖めることから　[季]冬

19**温臓粥　うんぞうがゆ**　[宗]　臘八粥の別称。臓腑を暖めることから　[季]冬

【湖】

8**湖招　うしおまねき**　[動]　望潮（しおまねき）の別称　[季]春

10**湖凍る　みずうみこおる**　[地]　氷湖のこと　[季]冬

【滋】

12**滋賀の花園　しがのはなぞの**　[地]　昔、滋賀につくられていた花園　[季]秋

【湿】

6**湿地茸　しめじだけ**　[植]　マツタケ科の茸で、晩秋、雑木林や松林に生える。上品な風味がある　[季]秋

9**湿風　しっぷう**　[天]　晩夏に吹く暖かい湿気も多い風　[季]夏

11**湿雪　しっせつ**　[天]　水気が多い雪　[季]冬

12**湿暑　しっしょ**　[時]　夏の湿度の高い蒸し暑さ　[季]夏

【渡】

ごめ渡る　ごめわたる　[動]　ウミネコが春先に飛来すること　[季]春

オランダ渡り　おらんだわたり　[人]　江戸時代、長崎出島のオランダ商館長が書記一名、医師・通詞を伴って江戸に参府し、将軍に謁した恒例行事　[季]春

0**渡り鳥　わたりどり**　[動]　季節的に移動する鳥の総称だが、俳句では、秋に北方から渡ってくる鳥のことを指す　[季]秋

渡り漁夫　わたりぎょふ　[人]　春先に鰊の

漁期が近づくと、網元に雇われて北海道へ渡った漁夫のこと　[季]春

渡り鶴　わたりづる　［動］　晩秋、北方から渡って来る鶴　[季]秋

12**渡御　とぎょ**　［宗］　祭の際神体が御鎮座から聖地へ行くとされること。祭は夏祭のこと　[季]夏

渡御祭　とぎょさい　［宗］　日光東照宮祭の別称　[季]夏

19**渡蟹　わたりがに**　［動］　ガザミの別称。ワタリガニ科の浅海の蟹　[季]夏

【湯】

0**湯ざめ　ゆざめ**　［人］　冬、入浴後に体の暖かさがすぐに冷めて、寒けを感じること。風邪の原因　[季]冬

湯たんぽ　ゆたんぽ　［人］　中に熱湯を入れて布切れで包み、寝床の中において冬の冷たい寝床を暖める道具　[季]冬

5**湯奴　ゆやっこ**　［人］　冬の鍋物。豆腐を角切りにし熱湯にくぐらせ、醤油の出し汁と薬味で食べる　[季]冬

湯立神楽　ゆだてかぐら　［宗］　大釜に湯を沸かせ、その回りで行なう神楽　[季]冬

湯立獅子　ゆだてじし　［宗］　三月二十七日、神奈川・諏訪神社の祭りに行なわれる獅子舞　[季]春

6**湯気立て　ゆげたて**　［人］　冬は湿度が低いため、ストーブの上にやかんを掛けて湯気を立たせて、乾燥を防ぐこと　[季]冬

7**湯豆腐　ゆどうふ**　［人］　冬の鍋物。豆腐を角切りにし熱湯にくぐらせ、醤油の出し汁と薬味で食べる　[季]冬

8**湯治船　とうじぶね**　［人］　別府温泉の春の湯治風景で、湯治客が波止場に舟をつなぎ、湯治期間中滞留するもの　[季]春

湯祈禱　ゆぎとう　［宗］　三月二十日から二十二日、松山市の道後温泉の温泉祭　[季]春

10**湯島天神祭　ゆしまてんじんさい**　［宗］　十月十日、東京・湯島天満宮で行われる祭り　[季]冬

湯島天満宮祭　ゆしまてんまんぐうさい　［宗］　十月十日、東京・湯島天満宮で行われる祭り　[季]冬

湯華掻く　ゆばなかく　［人］　夏、温泉の湯の花をとること　[季]夏

11**湯婆　たんぽ, ゆたんぽ**　［人］　中に熱湯を入れて布切れで包み、寝床の中において冬の冷たい寝床を暖める道具　[季]冬

湯帷子　ゆかたびら　［人］　昔、貴人が入浴後に着たひとえもの　[季]夏

13**湯殿行　ゆどのぎょう**　［宗］　湯殿山で修験者たちが行をしたこと　[季]夏

湯殿初　ゆどのはじめ　［人］　新年になって初めて入る風呂（初湯）のことで、儀式ばった感じを与える　[季]新年

湯殿垢離　ゆどのごり　［宗］　湯殿詣の行者が穢を清めたこと　[季]夏

湯殿詣　ゆどのもうで　［宗］　出羽三山の一つである湯殿山にのぼり詣でること　[季]夏

14**湯餅を進む　とうへいをすすむ**　［人］　中国古代で、六月の伏日に湯餅（うどん）を祝食したこと　[季]夏

【満】

4**満天星　まんてんせい**　［植］　白丁花の別称　[季]夏

満天星の花　どうだんのはな　［植］　ツツジ科の落葉低木で、四月頃、スズランに似た白い花をつける　[季]春

満天星紅葉　どうだんもみじ　［植］　満天星躑躅の木の葉が、晩秋に紅葉すること　[季]秋

満天星躑躅　どうだんつつじ　［植］　ツツジ科の落葉低木で、四月頃、スズランに似た白い花をつける　[季]春

満月　まんげつ　［天］　陰暦八月十五日、中秋の満月　[季]秋

【湧】

11**湧清水　わきしみず**　［地］　地下からわきだす清冽な水　[季]夏

【渾】

11**渾斎忌　こんさいき**　［宗］　十一月二十一日、大正・昭和期の歌人会津八一の忌日　[季]冬

【渝】

12**渝越祭　すぎこしまつり**　［宗］　春分後の最初の満月の後の第一日曜日。復活祭の別称　[季]春

【煮】

じぶ煮　じぶに　［人］　じぶの別称。金沢市の郷土料理。鴨など冬の渡り鳥の肉を煮るもの　[季]冬

のっぺ煮　のっぺに　［人］　濃餅の別称。里芋、大根、人参など秋から冬の野菜に、蒟蒻、油揚げなどを煮込みとろみをつけた島根県津和野の冬の郷土料理　[季]冬

のつぺ煮　のっぺに　［人］　濃餅の別称。里芋、大根、人参など秋から冬の野菜に、蒟蒻、油揚げなどを煮込みとろみをつけた島根県津和野の冬の郷土料理　[季]冬

3**煮大根　にだいこ**　［植］　大根の調理法による種類分けの一つ　[季]冬

煮小豆　にあずき　［人］　茹小豆の別称　[季]夏

5**煮込みおでん　にこみおでん**　［人］　おでんのこと　[季]冬

7**煮冷し　にざまし, にびやし**　［人］　冷し汁のこと　[季]夏

8**煮取　にとり**　［人］　鰹節を作るときの煮汁を漉してさらに煮つめたもの　[季]夏

煮物饐る　にものすえる　［人］　煮物が腐ること　[季]夏

10**煮凍　にこごり**　［人］　冬に煮魚が冷えて、翌朝煮汁とともに固まったもの。これを食品として作る場合もある　[季]冬

煮梅　にうめ　［人］　夏に取れた青梅に砂糖をいれて煮たもの　[季]夏

煮酒　にざけ　［人］　寒中にしこんだ酒を、夏を越しての貯蔵のため加熱すること　[季]夏

15**煮蕨　にわらび**　［植］　蕨を煮たもの　[季]春

16**煮凝　にこごり**　［人］　冬に煮魚が冷えて、翌朝煮汁とともに固まったもの。これを食品として作る場合もある　[季]冬

【焼】

おけら焼く　おけらやく　［人］　蒼朮を焼くに同じ　[季]夏

さいと焼き　さいとやき　［宗］　東日本の各地での左義長行事の呼称　[季]新年

ししゃも焼く　ししゃもやく　［動］　ししゃもを焼いて食べること　[季]冬

どて焼　どてやき　［動］　牡蠣料理の一つ　[季]冬

どんどん焼き　どんどんやき　［宗］　小正月の左義長（火祭行事）の別称　[季]新年

をけら焼く　おけらやく　［人］　蒼朮を焼くに同じ　[季]夏

0**焼け田　やけだ**　［地］　ひでりのために水が枯れて、稲が焼けいたんだ田　[季]夏

焼け砂　やけすな　［地］　真夏の太陽の直射によってあたためられた砂のこと　[季]夏

焼しめ　やきしめ　［人］　稲が実ってきた田を荒らしにくる鳥・獣をおどかして追うために、悪臭を出すもの　[季]秋

3**焼子　やきご**　［人］　炭を焼く人。炭は冬の農閑期に焼くことが多かった　[季]冬

焼山　やけやま　［地］　春の山焼きをした跡が黒々と残っている山　[季]春

5**焼石　やきいし**　［人］　腹部を暖めるために、丸い石を火で焼き、布切れで包んで体に当てるもの　[季]冬

6**焼吊　やきづり**　［人］　山畑の獣害をふせぐ一つの方法　[季]秋

焼米　やきごめ, やいごめ　［人］　水口祭のとき田の神の供物にするもの　[季]春

焼米　やきごめ　［人］　早稲のまだ実りきらない穂を刈り取り、炒ってから臼に入れて搗いてつくったもの　[季]秋

焼米売　やきごめうり　［人］　昔、焼米を売った人　[季]秋

焼芋　やきいも　［人］　薩摩芋を焼いたもの。冬の味覚で、菓子代わりにもなっている　[季]冬

焼芋屋　やきいもや　［人］　冬に屋台車をひいて焼芋を売りにきた人　[季]冬

8**焼味噌　やきみそ**　［人］　味のよいみそを篦などにのばしてはりつけ、これを炭火で焼いたもの　[季]秋

焼帛　やきしめ　［人］　稲が実ってきた田を荒らしにくる鳥・獣をおどかして追うために、悪臭を出すもの　[季]秋

焼茄子　やきなす　［植］　茄子料理の一つ。茄子は夏の季語　[季]夏

9**焼海苔　やきのり**　［植］　海苔をあぶったもの　[季]春

焼畑つくる　やきはたつくる　［人］　早春に村里近い野山を焼き払い、害虫駆除や肥料生成を行うこと　[季]春

焼香念仏　しょうこうねんぶつ　［宗］　陰暦十一月十三日の空也忌に空也堂で行なわれ

12画（焦, 焚, 無）

る法要と踊り念仏　㊶冬

10焼原　やけはら　［地］　春、草木の成育と害虫駆除のため、野焼した野原　㊶春

焼原　やきはら　［人］　早春に丘の枯草を焼き払い、害虫駆除や肥料生成を行うこと　㊶春

焼唐黍　やきとうきび　［植］　焼いた玉蜀黍（とうもろこし）のこと　㊶秋

焼栗　やきぐり　［植］　焼いた栗　㊶秋

焼酒　しょうちゅう　［人］　アルコール度数の高い日本の代表的蒸留酒。暑気払いに飲む　㊶夏

焼酎　しょうちゅう　［人］　アルコール度数の高い日本の代表的蒸留酒。暑気払いに飲む　㊶夏

11焼野　やけの　［地］　春、草木の成育と害虫駆除のため、野焼した野原　㊶春

焼野の芒　やけののすすき　［植］　末黒の芒の別称　㊶春

焼野の雉子　やけののきぎす　［動］　雄が雛を愛し、野が焼けても子を思って飛びたたないと歌われること　㊶春

焼野原　やけのはら　［地］　春、草木の成育と害虫駆除のため、野焼した野原　㊶春

焼鳥　やきとり　［人］　鳥肉を串にさして焼いたもの　㊶冬

焼鳥屋　やきとりや　［人］　焼鳥を売る店　㊶冬

12焼葉篠　やけばすず　［植］　イネ科の竹　㊶夏

焼蛤　やきはまぐり　［動］　蛤を殻のまま焼いた料理。三重県桑名の焼き蛤が有名　㊶春

16焼燗　やきかん　［人］　冬に暖を採るため、酒の燗を熱くしたもの　㊶冬

焼薯　やきいも　［人］　薩摩芋を焼いたもの。冬の味覚で、菓子代わりにもなっている　㊶冬

20焼蠑螺　やきさざえ　［人］　栄螺に調味料を加えて、殻ごと直接火にかけて焼いたもの　㊶春

【焦】

16焦螟　しょうめい　［動］　架空の虫で、蚊の睫毛に巣くってそこで子を生むという。非常に小さいことの例え　㊶夏

【焚】

4焚火　たきび　［人］　冬の寒い日に暖を採るため、落葉や板切れを集め、地面で燃やすこと　㊶冬

焚火跡　たきびあと　［人］　冬の焚火の跡が黒々と地面に残っていること　㊶冬

7焚初　たきぞめ　［人］　新年、初めて飯を炊くこと。実際には元日の夕食か二日の食事　㊶新年

【無】

4無月　むげつ　［天］　陰暦八月十五日の夜、曇りのため名月が見えないこと　㊶秋

7無声の蛙　むせいのかわず　［動］　鳴くことをしない蛙　㊶春

無花果　いちじく　［植］　季語としては果実を指す。果実は秋に肥大して熟し、生食のほか、乾果、砂糖煮のかん詰め、ジャムなどに利用される　㊶秋

無花果の芽　いちじくのめ　［植］　春の木の芽の一つ　㊶春

無言詣　むごんもうで　［宗］　祇園会の際、無言で詣でると願いごとのしるしがあるとされる俗信　㊶夏

8無物草　なきものぐさ　［植］　萍（うきくさ）の別称。夏に繁茂・開花する　㊶夏

9無相忌　むそうき　［宗］　陰暦十二月十二日、鎌倉・南北朝時代の僧で妙心寺開山関山慧玄の忌日　㊶冬

10無原罪の聖マリアの祭日　むげんざいのせいまりあのさいじつ　［宗］　聖胎節の別称　㊶冬

無射　ぶえき　［時］　一年を音楽の十二律になぞらえた場合の陰暦九月の別称　㊶秋

無根草　なしねぐさ　［植］　萍（うきくさ）の別称。夏に繁茂・開花する　㊶夏

11無患子　むくろじ　［植］　大木となる落葉高木である無患子の球形果実のこと。晩秋、熟するにしたがい黄色・褐色と変わり、なかにまっ黒な堅い種が発育し、果実が裂けると落下する。羽子つきの羽子に用いた　㊶秋

無患樹の実　むくろじのみ　［植］　大木となる落葉高木である無患子の球形果実のこと。晩秋、熟するにしたがい黄色・褐色と変わり、なかにまっ黒な堅い種が発育し、果実が裂けると落下する。羽子つきの羽子

俳句季語よみかた辞典　425

12画（煉, 焙, 犀, 猴, 猩, 琴, 琵, 畳, 番, 疎）

に用いた　㋐秋

¹⁴無精独楽　ぶしょうごま　［人］　胴長で心棒のない、胴を打ってまわすコマ　㋐新年

【煉】

⁹煉炭　れんたん　［人］　石炭、コークス、木炭の粉末から人工的に作る円筒形の燃料　㋐冬

煉炭火鉢　れんたんひばち　［人］　煉炭の火鉢　㋐冬

【焙】

⁸焙炉師　ほいろし　［人］　製茶に携わる人　㋐春

焙炉場　ほいろば　［人］　茶の焙炉をする所　㋐春

¹⁰焙烙頭巾　ほうろくずきん　［人］　丸頭巾の一種で、俳人や道楽者の金持ちなどがかぶった　㋐冬

焙烙鴫　ほうろくしぎ　［動］　鴫の一種　㋐秋

【犀】

⁹犀星忌　さいせいき　［宗］　三月二十六日、大正・昭和期の詩人室生犀星の忌日　㋐春

【猴】

¹⁰猴酒　ましらざけ　［人］　猿酒のこと　㋐秋

【猩】

⁰猩々　しょうじょう　［動］　猩猩蠅の別称　㋐夏

猩々木　しょうじょうぼく　［植］　ポインセチアの別称　㋐冬

猩々海苔　しょうじょうのり　［植］　海苔の一種　㋐春

猩々袴　しょうじょうばかま　［植］　ユリ科の多年草。春、新葉の前に紅紫色の花をつける　㋐春

猩々蜻蛉　しょうじょうとんぼ　［動］　蜻蛉の一種で、中型のもの　㋐秋

¹²猩猩草　しょうじょうそう　［植］　トウダイグサ科の一年草。色形が多様で美しい葉が観賞される。夏、黄緑色の釣鐘形の花をつける　㋐夏

猩々菊　しょうじょうぎく　［植］　菊の一種

㋐秋

猩猩蠅　しょうじょうばえ　［動］　夏の小型の蠅　㋐夏

【琴】

⁸琴始　ことはじめ　［人］　新年になって初めて琴を弾くこと　㋐新年

¹²琴弾鳥　ことひきどり　［動］　鶯の別称。鳴く時の仕草が琴をつまびくように見えるため　㋐春

【琵】

¹²琵琶魚　びわぎょ　［動］　鮟鱇の別称　㋐冬

【畳】

¹²畳替　たたみがえ　［人］　正月を前にする畳の表替え。年用意の一つ　㋐冬

【番】

⁶番匠鳥　たくみどり　［動］　啄木鳥の別称　㋐秋

⁹番屋　ばんや　［人］　江戸時代、火の番が詰めていた小屋　㋐冬

番屋閉じる　ばんやとじる　［人］　漁期が終わると漁夫たちが寝泊りした番屋を閉鎖すること。特に春の鰊漁が終わった後についていう　㋐夏

番屋閉づ　ばんやとず　［人］　漁期が終わると漁夫たちが寝泊りした番屋を閉鎖すること。特に春の鰊漁が終わった後についていう　㋐夏

番紅花　さふらん　［植］　クロッカス科の植物。秋に開花し、香辛料、薬用に利用されてきた　㋐秋

¹¹番船　ばんふね　［人］　江戸に綿を出荷する船のこと、一番、二番、三番とあった　㋐秋

¹⁴番綿　ばんわた　［人］　江戸に出荷される番船につまれた綿　㋐秋

¹⁶番鴛鴦　つがいおし　［動］　雌雄一組の夫婦の鴛鴦　㋐冬

【疎】

⁵疎石忌　そせきき　［宗］　陰暦九月三十日、南北朝時代の僧夢窓国師の忌日　㋐秋

⁷疎抜大根　おろぬきだいこん　［植］　中抜大根の別称。晩秋、ある程度まで生長した段

12画（登, 着, 短, 硯, 硝, 硫, 童）

階で間引いた細い大根のこと　㋑秋

【登】

³登山　とざん　［人］　スポーツとして山に登ること。主に夏山登山をさす　㋑夏

登山口　とざんぐち　［人］　山の登り口。主に夏山登山をさす　㋑夏

登山小屋　とざんごや　［人］　登山者の宿泊・避難のための小屋。主に夏山登山をさす　㋑夏

登山地図　とざんちず　［人］　登山するための地図。主に夏山登山をさす　㋑夏

登山杖　とざんづえ　［人］　登山のときに使用する杖。主に夏山登山をさす　㋑夏

登山馬　とざんうま　［人］　山登り用の馬。主に夏山登山をさす　㋑夏

登山宿　とざんやど　［人］　登山者のための宿。主に夏山登山をさす　㋑夏

登山笠　とざんがさ　［人］　登山のときに使用する笠。主に夏山登山をさす　㋑夏

登山帽　とざんぼう　［人］　登山の際につける帽子。主に夏山登山をさす　㋑夏

登山電車　とざんでんしゃ　［人］　登山用の鉄道。主に夏山登山をさす　㋑夏

⁶登宇斗祭　とうとまつり　［宗］　昔、行なわれた祭り　㋑新年

¹⁰登高　とうこう　［人］　九月九日、小高い丘などに登って災厄を避けること。重陽行事のもとになった中国の古俗　㋑秋

【着】

⁰着ぶくれ　きぶくれ　［人］　冬の寒さを防ぐため、たくさん重ね着をして体がふくれること　㋑冬

⁶着衣始　きそはじめ　［人］　新年になって初めて新しい着物を着ること　㋑新年

¹⁰着莫蓙　きござ　［人］　夏の旅行や登山に、身にはおる莫蓙のこと　㋑夏

¹¹着鈦政　ちゃくだのまつりごと　［人］　平安時代、十二月に平安京東西の市で、強窃盗などの犯人に刑具を着けしめた公事。五月にも行われた　㋑冬, 夏

¹⁴着駄政　ちゃくだのまつりごと　［人］　平安時代、十二月に平安京東西の市で、強窃盗などの犯人に刑具を着けしめた公事。五月にも行われた　㋑冬, 夏

【短】

⁴短日　たんじつ　［時］　冬の日が短いこと　㋑冬

⁵短冊竹　たんざくだけ　［宗］　七夕の短冊のつり下がった竹　㋑秋

短冊竹売　たんざくだけうり　［人］　七夕の竹を売るもの　㋑秋

短冊苗代　たんざくなわしろ　［地］　苗代の別称　㋑春

短冊祭　たんざくさい　［宗］　一宮市・真清田神社の祭り　㋑春

⁸短夜　みじかよ, たんや　［時］　短い夏の夜のこと　㋑夏

¹²短景　たんけい　［時］　冬の日が短いこと　㋑冬

【硯】

⁵硯石取る　すずりいしとる　［人］　昔、土佐の海岸で上巳の日の干潮の時、硯の材料にする石を拾ったこと　㋑春

⁹硯洗　すずりあらい　［人］　七夕の前夜、子供が普段使っている硯や筆などを洗った行事　㋑秋

硯洗う　すずりあらう　［宗］　七夕の前夜、平素使っている硯や机を洗い清めることをいう　㋑秋

硯洗ふ　すずりあらう　［人］　七夕の前日、寺子屋や家庭で子どもが、硯や筆・机などを洗った行事　㋑秋

【硝】

³硝子箱　がらすばこ　［人］　底をガラス張りにして、水中を覗いて魚などの動きを見る漁具　㋑夏

【硫】

¹¹硫黄草　いおうそう　［植］　クサレダマの別称　㋑夏

【童】

³童女御覧　わらわごらん　［人］　十一月卯の日に、清涼殿で祭儀の前に舞姫とともに参入した童女を天皇が召される儀　㋑冬

童子鳥　うないごとり　［動］　時鳥の別称　㋑夏

⁹童相撲　わらわすもう　［人］　少年の相撲

俳句季語よみかた辞典　427

[季]秋

童貞聖マリア無原罪の御孕りの祝日　どうていせいまりあむげんざいのおんやどりのいわいび　［宗］　聖胎節の別称　[季]冬

【筋】

3**筋子　すじこ**　［人］　産卵前の魚類、特に鮭や鱒の卵巣を一腹ずつ塩漬けにした食品　[季]秋

【筑】

9**筑後鴉　ちくごがらす**　［動］　カササギの別称　[季]秋

11**筑紫龍胆　つくしりんどう**　［植］　龍胆の一種　[季]秋

15**筑摩祭　つくままつり**　［宗］　五月八日、滋賀県・筑摩神社で行われる祭礼。紙製の鍋をかぶるのが特色　[季]夏

筑摩鍋　つくまなべ　［宗］　筑摩祭の別称　[季]夏

【筒】

筒　つつ　［宗］　粥占に用いられる筒　[季]新年

4**筒井の蛙　つついのかわず**　［動］　井戸の中の蛙　[季]春

10**筒袖胴着　つつそでどうぎ**　［人］　袖を筒形にした胴着　[季]冬

11**筒雪　つつゆき**　［天］　電線などに凍りつき筒のようになった雪　[季]冬

筒鳥　つつどり　［動］　ホトトギス科の夏鳥で、郭公によく似ている。四月中旬ごろから南方より飛来する　[季]夏

12**筒粥　つつがゆ**　［宗］　粥占の別称　[季]新年

14**筒粽　つつちまき**　［人］　粽の一種　[季]夏

【筏】

11**筏祭　いかだまつり**　［人］　初春のいかだ流しの事始め。木材業者が製材原料の初荷の到着を祝ったもの　[季]春

【筆】

0**筆の花　ふでのはな**　［植］　土筆の別称　[季]春

筆を試む　ふでをこころむ　［人］　書初めのこと　[季]新年

8**筆始　ふではじめ**　［人］　書初めのこと　[季]新年

9**筆柿　ふでがき**　［植］　柿の品種の一つ　[季]秋

筆津虫　ふでつむし　［動］　蟋蟀の別称　[季]秋

16**筆龍胆　ふでりんどう**　［植］　リンドウ科の二年草で、四月頃、青紫色の花が集まる　[季]春

【筍】

とまり筍　とまりたけのこ　［植］　筍の一種　[季]夏

筍　たけのこ　［植］　竹の地下茎から生じる若芽。初夏に掘って食べる　[季]夏

3**筍干　じゅんかん**　［人］　古く中国から伝わった筍料理の名称　[季]夏

10**筍梅雨　たけのこづゆ**　［天］　筍の季節の南風　[季]夏

筍流し　たけのこながし　［天］　筍の季節の南風　[季]夏

12**筍飯　たけのこめし**　［人］　旬の筍を炊きこんだ御飯　[季]夏

19**筍羹　じゅんかん**　［人］　古く中国から伝わった筍料理の名称　[季]夏

23**筍黴雨　たけのこづゆ**　［天］　筍の季節の南風　[季]夏

【筌】

筌　うえ　［人］　広く各地の川や湖沼・浅海などで用いられてきた冬の漁具　[季]冬

【粟】

粟　あわ　［植］　イネ科の一年草で、五穀の一つとして古来から栽培されてきた。秋に収穫し、餅、団子、おこし、飼料など幅広く活用されてきた　[季]秋

0**粟の黒穂　あわのくろほ**　［植］　秋、黒穂病菌の侵害を受けた粟の穂の果実が黒粉化し、黒褐色の胞子を飛散する現象　[季]秋

粟の穂　あわのほ　［植］　熟成期の粟の穂のこと。穂は多くの枝を分け、多数の花を密につける　[季]秋

3**粟干す　あわほす**　［人］　秋に収穫した粟を干すこと　[季]秋

4**粟刈る　あわかる**　［人］　九月から十月に、

12画（粥, 粧, 絵）

粟を刈り取ること　㋒秋

粟引く　あわひく　［人］　九月から十月に、粟を刈り取ること　㋒秋

⁵粟奴　くろんぼう　［植］　秋、黒穂病菌の侵害を受けた粟の穂の果実が黒粉化し、黒褐色の胞子を飛散する現象　㋒秋

粟打つ　あわうつ　［人］　秋に収穫した粟を打って実を採ること　㋒秋

粟田口祭　あわだくちまつり　［宗］　十月十二日から十五日の京都市・粟田神社の祭礼　㋒秋

粟田神社祭　あわだじんじゃまつり　［宗］　十月十二日から十五日の京都市・粟田神社の祭礼　㋒秋

⁷粟花　あわばな　［植］　女郎花の別称。初秋、黄色い小花が集まり咲く　㋒秋

⁸粟苺　あわいちご　［植］　木苺の別称、実の形が粟に似ているためこの名がある　㋒春

⁹粟津祭　あわづまつり　［宗］　石山祭りと同じ日に行われた祭り　㋒春

粟畑　あわばたけ　［植］　粟の栽培されている畑。秋に収穫する　㋒秋

¹⁰粟島祭　あわしままつり　［宗］　三月三日、和歌山市・延喜式内社加太神社で行なわれた祭礼　㋒春

¹¹粟黄金菊　あわこがねぎく　［植］　山地・山麓に性しているキク科の多年草　㋒秋

¹²粟飯　あわめし　［植］　粟の御飯　㋒秋

¹³粟筵　あわむしろ　［人］　粟打ちに使う筵。粟は秋に収穫する　㋒秋

粟蒔　あわまき　［人］　五、六月頃、粟を蒔くこと　㋒夏

粟蒔く　あわまく　［人］　五、六月頃、粟を蒔くこと　㋒夏

¹⁴粟餅　あわもち　［植］　粟でつくった餅　㋒秋

【粥】

ふぐり粥　ふぐりがゆ　［宗］　大師講に供えられる小豆粥　㋒冬

⁰粥の木　かゆのき　［人］　正月十五日の小豆粥を煮るときに使った粥箸。出産祈願に用いた　㋒新年

粥やらう　かゆやろう　［人］　冬に富者が粥をたいて施行する風習　㋒冬

粥やろう　かゆやろう　［人］　冬に富者が粥

をたいて施行する風習　㋒冬

⁴粥木　かゆき　［人］　正月十五日の小豆粥を煮るときに使った粥箸。出産祈願に用いた　㋒新年

⁵粥占　かゆうら　［宗］　小正月の粥の具合いにより新年の豊凶を占う行事　㋒新年

粥占神事　かゆうらしんじ　［宗］　粥占の別称　㋒新年

粥占祭　かゆうらまつり　［宗］　粥占の別称　㋒新年

⁷粥杖　かゆづえ　［人］　正月十五日の粥を煮るときに使った木のこと、これで女の尻を打つと男児を産むとか、子が多いなどと信じられた　㋒新年

粥杖　かゆづえ　［宗］　正月十五日の小豆粥を煮るときに使った粥箸。出産祈願に用いた　㋒新年

⁹粥施行　かゆせぎょう　［人］　冬に富者が粥をたいて施行する風習　㋒冬

粥柱　かゆばしら　［宗］　正月十五日の粥の中に餅を入れ食べること、あるいはその餅のこと　㋒新年

粥神事　かゆしんじ　［宗］　粥占の別称　㋒新年

粥草　かゆぐさ　［植］　七草粥に入れる春の七草の総称　㋒新年

¹¹粥釣　かゆつり　［人］　四国で行われた小正月の行事。覆面の若者が小正月の粥にする米を貰い歩くもの　㋒新年

¹³粥試　かゆだめし　［宗］　粥占の別称　㋒新年

【粧】

⁰粧う山　よそおうやま　［地］　秋の山を形容した語　㋒秋

粧ふ山　よそおうやま　［地］　秋の山を形容した語　㋒秋

【絵】

⁰絵だこ　えだこ　［人］　凧の一種。武者や龍などの絵が描いてある凧　㋒春

⁴絵双六　えすごろく　［人］　絵入りの紙製双六　㋒新年

絵日傘　えひがさ　［人］　絵をかいた日傘　㋒夏

⁵絵凧　えだこ　［人］　凧の一種。武者や龍な

俳句季語よみかた辞典　**429**

どの絵が描いてある凧　[季]新年, 春

6絵団扇　えうちわ　［人］　絵の描いてある団扇　[季]夏

絵灯籠　えとうろう, えどうろう　［人］　灯籠の一種。絵の描いてあるもの　[季]秋

絵行器　えほかい　［人］　京都で女子の乳母が八朔（陰暦八月朔日）に贈ったもの　[季]秋

10絵扇　えおうぎ　［人］　絵の描いてある扇　[季]夏

絵茣蓙　えござ　［人］　花茣蓙の別称　[季]夏

11絵屛風　えびょうぶ　［人］　屛風の一種。絵の描かれた屛風　[季]冬

絵帷子　えかたびら　［人］　染め模様のある帷子　[季]夏

13絵筵　えむしろ　［人］　様々な色に染めた藺で、涼しげな模様を織り出した茣蓙　[季]夏

絵蓬萊　えほうらい　［人］　絵画に描いた蓬萊　[季]新年

14絵暦　えごよみ　［人］　陰陽道での神の像を描き、干支、星辰の吉凶などを絵で示した暦。または盲暦　[季]新年

15絵幟　えのぼり　［人］　絵の描いてある幟　[季]夏

絵踏　えぶみ　［人］　江戸時代、陰暦一月四日以降に九州で行われたもの。住民がキリシタン信者でない証にマリアとキリストの絵を踏む　[季]春

19絵簾　えすだれ　［人］　日除けや通風のための簾の一種　[季]夏

【給】

0給ふ扇　たまうおうぎ　［人］　孟夏の旬の宴の後、内侍を通じ公卿に下賜された扇のこと　[季]夏

【結】

0結びこぶ　むすびこぶ　［人］　結昆布の別称　[季]新年

結びこぶ祝う　むすびこぶいわう　［人］　正月に昆布を蓬萊や鏡餅に添えて飾ること　[季]新年

結び昆布祝う　むすびこんぶいわう　［人］　正月に昆布を蓬萊や鏡餅に添えて飾ること　[季]新年

結び昆布祝ふ　むすびこんぶいわう　［人］　正月に昆布を蓬萊や鏡餅に添えて飾ること　[季]新年

5結氷　けっぴょう　［地］　氷が張ること　[季]冬

結氷湖　けっぴょうこ　［地］　氷湖のこと　[季]冬

7結初　ゆいぞめ　［人］　新年になって初めて女性が髪を結うこと。またその髪もさす　[季]新年

8結制　けっせい　［宗］　安居に入ること　[季]夏

結昆布　むすびこんぶ　［人］　正月の睦月（むつき）に言寄せて、昆布を小さく結び大福茶や雑煮などに入れて用いるもの　[季]新年

9結柳　むすびやなぎ　［人］　初釜など正月の茶会の床飾り。青竹に柳を活けて長く垂らすもの　[季]新年

結炭　ゆいずみ　［人］　飾炭の一つ　[季]新年

結草虫　けっそうちゅう　［動］　蓑虫の別称　[季]秋

結香の花　むすびきのはな　［植］　三椏の花の別称　[季]春

10結夏　けつげ　［宗］　安居に入ること　[季]夏

11結球白菜　けっきゅうはくさい　［植］　白菜の一種　[季]冬

12結葉　むすびば　［植］　夏、木の枝葉が密生して生い出て鬱蒼としてくると、若葉が重なり合って結ばれたような形に見えること　[季]夏

15結縁灌頂　けちえんかんじょう　［宗］　密教で、俗人を灌頂壇に入れ結縁させること　[季]冬

【絨】

7絨花樹　じゅうかじゅ　［植］　合歓の別称。花は晩夏に咲く　[季]夏

12絨毯　じゅうたん　［人］　廊下や洋室に用いている敷き物。冬は足もとが寒いため絨毯が恋しく、冬の季語とされる　[季]冬

15絨緞　じゅうたん　［人］　廊下や洋室に用いている敷き物。冬は足もとが寒いため絨毯が恋しく、冬の季語とされる　[季]冬

【聒】

12聒聒児　くわっくわっじ　［動］　轡虫の別称　[季]秋

12画（葵, 葦, 萱, 莬, 葱）

【葵】

つる葵　つるあおい　［植］　ユキノシタの別
称　㋛夏

葵　あおい　［植］　アオイ科の二年草の総称
㋛夏

⁰葵の衣　あおいのころも　［人］　夏衣のかさ
ねの色目の一つで、表は薄青、裏は薄紫
㋛夏

葵の花　あおいのはな　［植］　アオイ科の二
年草の花の総称。夏に開花する　㋛夏

⁹葵草　あおいぐさ　［植］　二葉葵の別称。初
夏五月頃、淡い赤紫の小花をつける。葵祭
で使う葵のこと　㋛夏

¹¹葵祭　あおいまつり　［宗］　五月十五日、京
都・賀茂両社で行なわれる祭　㋛夏

²¹葵鬘　あおいかずら　［宗］　葵祭で使われる
髪飾り　㋛夏

【葦】

⁴葦五位　あしごい　［動］　葭五位の別称
㋛夏

葦刈　あしかり　［人］　晩秋になって枯れて
きた蘆を刈り取ること　㋛秋

葦刈る　あしかる　［人］　晩秋になって枯れ
てきたアシを刈り取ること　㋛秋

葦火　あしび　［人］　蘆刈をする人が、暖を
とるために、刈り取った蘆を燃やす火のこ
と。あるいは、昔貧しい家で焚き物に蘆を
使ったこと　㋛秋

⁶葦舟　あしぶね　［人］　晩秋になって枯れて
きた蘆を刈り取るための舟。あるいは刈り
取った蘆を積んだ舟　㋛秋

⁹葦枯る　あしかる　［植］　葉が枯れて水面に
浮いていたり茎だけが残っているアシの姿
㋛冬

¹⁰葦原雀　あしはらすずめ　［動］　葭切の別称
㋛夏

葦原蟹　あしはらがに　［動］　蟹の一種
㋛夏

葦索　あしのなわ　［人］　元日に門に懸ける
ため、葦をなって作った縄　㋛新年

葦索を懸く　いさくをかく　［人］　元日に葦
索を門にかけると、東北の鬼門の二神がこ
れを使い悪鬼を捕え虎に食わすという言い
伝え　㋛新年

¹¹葦雀　あしすずめ　［動］　葭切の別称　㋛夏

¹⁶葦鴨　あしがも　［動］　鴨の一種　㋛冬

²¹葦鶯　あしうぐいす　［動］　葭切の別称
㋛夏

【萱】

萱　かや　［植］　秋の原野、路傍などでよく
見かけるイネ科の多年草の総称　㋛秋

⁰萱が軒端　かやがのきば　［人］　萱でふかれ
た軒端。萱は秋に刈り取る　㋛秋

萱きり　かやきり　［動］　キリギリスの別称
㋛秋

萱の芽　かやのめ　［植］　草の芽の一つ
㋛春

萱の軒場　かやののきば　［人］　萱で軒を葺
いている場所。萱は秋に刈り取る　㋛秋

萱の穂　かやのほ　［植］　刈萱、白茅、芒な
どの萱と呼ばれる植物の秋の穂　㋛秋

⁴萱刈る　かやかる　［人］　晩秋、萱を刈り取
ること　㋛秋

⁸萱茂る　かやしげる　［植］　夏、萱が青々と
茂っていること　㋛夏

⁹萱草の花　かんぞうのはな　［植］　ユリ科の
多年草。晩夏、百合に似た黄橙色の花をつ
ける　㋛夏

萱草花　かんぞうか　［植］　射干（ひおう
ぎ）の別称。晩夏に黄橙色の花をつける
㋛夏

¹⁰萱原　かやはら　［植］　刈萱、白茅、芒など
の萱と呼ばれる植物が生えた秋の原っぱ
㋛秋

¹²萱葺く　かやふく　［人］　晩秋、刈り取った
萱で屋根を葺くこと　㋛秋

¹⁵萱穂の衣　かやほのころも　［人］　秋の衣類
の一つ　㋛秋

【莬】

⁸莬芽子摘む　おはぎつむ　［人］　嫁菜の若芽
を摘むこと　㋛新年

莬芽木　うはぎ　［植］　嫁菜の古称　㋛春

【葱】

葱　ねぎ、き　［植］　十二月から二月頃に収
穫する日本独特の冬野菜で、料理、薬味な
どさまざまに利用される　㋛冬

⁰葱ぬく　ねぎぬく　［植］　葱を引き抜いて収
穫すること　㋛冬

俳句季語よみかた辞典　*431*

12画（萩）

葱の花　ねぎのはな　［植］　葱坊主の別称
㉄春

葱の擬宝　ねぎのぎぼ　［植］　葱坊主の別称
㉄春

⁵葱汁　ねぎじる　［人］　冬野菜の葱を実にし
た味噌汁　㉄冬

⁷葱坊主　ねぎぼうず　［植］　晩春、茎の先端
に玉のようになった葱の花の塊のこと
㉄春

⁹葱洗う　ねぎあらう　［植］　泥のついた葱を
洗うこと　㉄冬

葱畑　ねぎばたけ　［植］　葱を作っている畑
㉄冬

¹⁴葱雑炊　ねぎぞうすい　［植］　雑炊の一種
で、葱を入れたもの　㉄冬

¹⁶葱頭　たまねぎ　［植］　ユリ科の野菜で、食
卓でお馴染み。夏の収穫が最も多い　㉄夏

¹⁷葱鮪　ねぎま　［人］　醤油に漬けた葱と鮪の
脂肪の多いところを豆腐などといっしょに
鍋で煮る冬の料理　㉄冬

葱鮪鍋　ねぎまなべ　［人］　葱鮪の別称。醤
油に漬けた葱と鮪の脂肪の多いところを豆
腐などといっしょに鍋で煮る冬の料理
㉄冬

【萩】

から萩　からはぎ　［植］　萩の一種　㉄秋

こぼれ萩　こぼれはぎ　［植］　初秋、葉の根
元から花穂をだして赤紫色の花をつけ、仲
秋のころ散っていくもの　㉄秋

さざれ萩　さざれはぎ　［植］　萩の一種
㉄秋

さみだれ萩　さみだれはぎ　［植］　夏に開花
する萩のこと　㉄夏

もとあらの萩　もとあらのはぎ　［植］　叢生
した根の方のまばらな萩。萩は秋の代表的
な植物　㉄秋

萩　はぎ　［植］　マメ科の多年生草木。秋を
代表する草。初秋に紫色の花をつけ、仲秋
には散り乱れる　㉄秋

⁰萩の下風　はぎのしたかぜ　［植］　萩の茂み
の下を風が吹きぬけること。萩は秋の代表
的な植物　㉄秋

萩の下露　はぎのしたつゆ　［植］　萩の茂み
の下に露のあること。萩は秋の代表的な植
物　㉄秋

萩の戸　はぎのと　［人］　内裏の庭に植えら

れた萩のこと。萩は秋の代表的な植物
㉄秋

萩の主　はぎのぬし　［植］　萩のもち主。萩
は秋の代表的な植物　㉄秋

萩の衣　はぎのころも　［人］　秋の衣類の一
つ　㉄秋

萩の花　はぎのはな　［植］　初秋、葉の根元
から花穂をだして赤紫色の花をつけ、仲秋
のころ散っていくもの　㉄秋

萩の実　はぎのみ　［植］　初秋の花の後、で
きる扁平な楕円形の莢の中に入っている萩
の実のこと　㉄秋

萩の芽　はぎのめ　［植］　草の芽の一つ
㉄春

萩の若葉　はぎのわかば　［植］　萩若葉のこ
と　㉄夏、春

萩の茂　はぎのしげり　［植］　若葉の茂って
きた萩のこと　㉄夏

萩の宿　はぎのやど　［植］　萩の生えている
宿。萩は秋の代表的な植物　㉄秋

萩の錦　はぎのにしき　［植］　萩を錦に見立
てたさま。萩は秋の代表的な植物　㉄秋

萩むら　はぎむら　［植］　萩の生い茂った
野。萩は秋の代表的な植物　㉄秋

⁴萩刈　はぎかり　［人］　晩秋、萩の発芽をよ
くするために、古枝を根元から刈り取るこ
と　㉄秋

萩刈る　はぎかる　［人］　晩秋、萩の発芽を
よくするために、古枝を根元から刈り取る
こと　㉄秋

萩月　はぎづき　［時］　陰暦八月の別称
㉄秋

⁸萩若葉　はぎわかば　［植］　萩の芽が、晩春
に透き通るような若葉となったもの　㉄夏

萩若葉　はぎわかば　［植］　萩の芽が、晩春
に透き通るような若葉となったもの　㉄春

⁹萩枯る　はぎかる　［植］　冬、萩の葉がすべ
て枯れ落ちるさま　㉄冬

¹⁰萩原　はぎわら　［植］　萩の生い茂った野。
萩は秋の代表的な植物　㉄秋

萩根分　はぎねわけ　［人］　春、萩を根分す
ること　㉄春

¹²萩散る　はぎちる　［植］　初秋、葉の根元か
ら花穂をだして赤紫色の花をつけ、仲秋の
ころ散っていくもの　㉄秋

萩植う　はぎうう　［人］　春、根分けした萩

を植えること [季]春

13萩殿　はぎどの ［人］ 内裏の庭に植えられた萩のこと。萩は秋の代表的な植物 [季]秋

萩猿子　はぎましこ ［動］ 猿子鳥の一種。シベリアの東北部、北千島に繁殖して、秋に日本に渡来する [季]秋

【葡】

11葡萄　ぶどう ［植］ 秋の果物の一つ。葡萄の実は暗紫色または緑色の球形で房を成す。食用、または果実酒の原料になる [季]秋

葡萄の花　ぶどうのはな ［植］ ブドウ科の蔓性落葉樹の花の総称。多くのものは初夏、葉の根元に黄色がかった小花を房状につける [季]夏

葡萄水　ぶどうすい ［人］ ぶどう液またはぶどう酒を、冷たい水に入れた清涼飲料水 [季]夏

葡萄柿　ぶどうがき ［植］ 信濃柿の別称 [季]秋

葡萄枯る　ぶどうかる ［植］ 冬、葡萄の木が枯れること [季]冬

葡萄紅葉　ぶどうもみじ ［植］ 葡萄の木の葉が、晩秋に紅葉すること [季]秋

葡萄酒作る　ぶどうしゅつくる ［人］ 秋、熟した葡萄を発酵させて果実酒を醸造すること [季]秋

葡萄酒製す　ぶどうしゅせいす ［人］ 秋、熟した葡萄を発酵させて果実酒を醸造すること [季]秋

葡萄酒醸す　ぶどうしゅかもす ［人］ 秋、熟した葡萄を発酵させて果実酒を醸造すること [季]秋

葡萄液　ぶどうえき ［人］ ヤマブドウの実からつくる液 [季]夏

葡萄棚　ぶどうだな ［植］ 葡萄を栽培する棚。葡萄は秋の季語 [季]秋

葡萄園　ぶどうえん ［植］ 葡萄の生えている畑園。葡萄は秋の季語 [季]秋

葡萄膾　ぶどうなます ［人］ ゆでた黒豆と大根おろしで作る精進料理の一つ [季]秋

【葺】

かつみ葺く　かつみふく ［人］ 端午の節句の前夜、地方によっては菖蒲の代わりにカツミ（真菰の別称）を軒に葺いた邪気払いの風習 [季]夏

12葺替　ふきかえ ［人］ 雪解けを迎え、傷んだ屋根のふき替えをすること [季]春

【葉】

お葉漬　おはづけ ［人］ 冬菜の葉漬けのこと [季]冬

もみじ葉　もみじば ［植］ 晩秋気温が下がると、落葉木の葉が赤く色を染めたり、種類によって黄色に変わること [季]秋

3葉山吹　はやまぶき ［植］ 山吹の一種 [季]春

葉山葵　はわさび ［植］ 山葵の一種 [季]春

4葉月　はづき ［時］ 陰暦八月の別称 [季]秋

葉月尽　はづきじん ［時］ 八月の終ること。厳密には陽暦と陰暦を混用した言い方 [季]秋

葉月潮　はづきじお ［地］ 初潮の別称 [季]秋

5葉生姜　はしょうが ［植］ 生姜の葉のこと [季]秋

7葉牡丹　はぼたん ［植］ キャベツの一種で、白や紫色の葉が牡丹の花のように重なり合う [季]冬

9葉巻虫　はまきむし ［動］ 葉捲蛾の幼虫。木の葉を巻いて住み着き、葉を食い荒らす夏の害虫 [季]夏

葉柳　はやなぎ ［植］ 緑濃くなっている夏の柳のこと [季]夏

10葉唐辛　はとうがらし ［植］ 晩夏の頃の、まだ青々としている唐辛子の葉 [季]夏

葉唐辛子　はとうがらし ［植］ 唐辛子の葉。佃煮など唐辛子の味や風味がある秋の味覚である [季]秋

葉桜　はざくら ［植］ 初夏、花が散って若葉だけが青々としている桜のこと [季]夏

11葉菜　はな ［植］ 冬菜のうち、根を食さず、葉だけを食用にするものの総称 [季]冬

12葉捲虫　はまきむし ［動］ 葉捲蛾の幼虫。木の葉を巻いて住み着き、葉を食い荒らす夏の害虫 [季]夏

葉捲蛾　はまきが ［動］ 蛾の一種 [季]夏

葉葱　はねぎ ［植］ 葉の緑色の部分も食用にする葱 [季]冬

14葉漬　はづけ ［人］ 大根や蕪の葉を塩漬にした冬の保存食 [季]冬

葉蓼　はたで ［植］ 蓼の一種。蓼は夏の季

語 [季]夏

16葉錦 はにしき ［植］ カラジュームの別称 [季]夏

19葉鶏頭 はげいとう ［植］ 熱帯アジアの原産の観葉植物。花は地味で、もっぱら葉の観賞用に栽培される。秋、葉がいろいろな色に染まる [季]秋

【落】

ふぐり落し ふぐりおとし ［宗］ 褌を落とすこと。厄落の一方法 [季]冬

0落かいず おちかいず ［動］ 晩秋、産卵のために沖へ出ていく黒鯛の若魚のこと [季]秋

落し文 おとしぶみ ［動］ 木の葉を筒状に巻いたなかで育つゾウムシ科の夏の甲虫。その筒を落し文に見立てたことからの名 [季]夏

落し水 おとしみず ［地］ 稲刈りの一か月ぐらい前に、畦を切って田の水を落すこと [季]秋

落し角 おとしづの ［動］ 春先から初夏にかけ、鹿の角が抜け落ちること [季]春

落ちたこ おちたこ ［人］ 空から落ちた凧 [季]春

落ち凧 おちだこ, おちたこ ［人］ 空から落ちた凧 [季]新年

6落灯 らくとう ［人］ 正月十七日。上元の花灯を落とす日 [季]新年

7落花 らっか ［植］ 桜の花が風で散ること [季]春

落花生 らっかせい ［植］ いわゆるピーナツのこと。花が終わると子房が伸びて地中にはいり莢となる珍しい習性のある豆類。晩秋収穫する [季]秋

8落帚 らくそう ［植］ 帚木の別称。夏に葉を茂らせ、晩夏に開花する [季]夏

9落草 らくそう ［植］ 帚木の別称。夏に葉を茂らせ、晩夏に開花する [季]夏

10落栗 おちぐり ［植］ 落ちた栗の実 [季]秋

11落第 らくだい ［人］ 試験に不合格で、卒業や進級に失敗すること [季]春

12落椎 おちしい ［植］ 晩秋、落果する椎の木の実。子供が拾って食べたりした [季]秋

落葵 つるむらさき ［植］ ツルムラサキ科の一年草。花の終わった秋に、紫色の果汁をふくんだ実をつける [季]秋

落葉 おちば, らくよう ［植］ 枝を離れて散る葉、あるいはすでに地に落ちた葉 [季]冬

落葉の色 おちばのいろ ［植］ 紅葉の落葉の色のことで、秋の季語 [季]秋

落葉の雨 おちばのあめ ［植］ 落葉が降るようすを例えた言い回し [季]冬

落葉の時雨 おちばのしぐれ ［植］ 落葉が降るようすを例えた言い回し [季]冬

落葉山 おちばやま ［植］ 落葉にうもれた山 [季]冬

落葉衣 おちばごろも ［人］ 仙人などが着る木の葉をつづって作ったという想像上の衣 [季]冬

落葉松の芽 からまつのめ ［植］ 春の木の芽の一種 [季]春

落葉松散る からまつちる ［植］ 初冬、落葉松の黄葉が散ること [季]冬

落葉風 おちばかぜ ［植］ 落葉を誘う風 [季]冬

落葉時 おちばどき ［植］ 落ち葉の散るころ [季]冬

落葉掃く おちばはく ［植］ 堆肥をつくったり焼いたりするために落葉を集めること [季]冬

落葉期 らくようき ［植］ 落ち葉の散るころ [季]冬

落葉焼く おちばやく ［植］ 集めた落葉に火をつけて焼くこと [季]冬

落葉焚 おちばたき ［植］ 冬の落葉を掻き寄せて焚くこと [季]冬

落葉焚く おちばたく ［植］ 集めた落葉に火をつけて焼くこと [季]冬

落葉掻 おちばかき ［植］ 落葉を掻き寄せること [季]冬

落葉掻く おちばかく ［植］ 堆肥をつくったり焼いたりするために落葉を集めること [季]冬

落葉籠 おちばかご ［植］ 堆肥をつくるために集めた落葉を入れる籠 [季]冬

落雁 らくがん ［動］ 池沼などに降りる雁 [季]秋

落雲雀 おちひばり ［動］ 空高く舞い上がって、囀ったあと一直線に落下する雲雀 [季]春

13落椿 おちつばき ［植］ 花が落ちた椿

[季]春

落雷　**らくらい**　［天］　雷が落ちること。雷が夏の季語であることから、これも季語としては夏　[季]夏

15**落穂**　**おちぼ**　［植］　晩秋、稲刈りの終わったあと、田や畦道に落ちている穂　[季]秋

落穂拾　**おちぼひろい**　［植］　晩秋の落穂を拾い集めること　[季]秋

落穂拾ひ　**おちぼひろい**　［植］　晩秋の落穂を拾い集めること　[季]秋

16**落鮎**　**おちあゆ**　［動］　秋、産卵のため川を下り、やがて死んでゆく鮎のこと　[季]秋

落鮒　**おちぶな**　［動］　晩秋、冬眠のため深みに向かう鮒　[季]秋

17**落霜紅**　**うめもどき**　［植］　山地に自生するモチノキ科の落葉低木。果実は晩秋に赤く熟して、落果しない　[季]秋

19**落鯛**　**おちだい**　［動］　晩秋、産卵のために外海へ出ていく鯛　[季]秋

20**落鰊**　**おちにしん**　［動］　産卵のため戻ってくる鰊のこと　[季]春

22**落鰻**　**おちうなぎ**　［動］　晩秋、産卵のために川を下る鰻　[季]秋

23**落鱚**　**おちぎす**　［動］　初冬に海の暖かい深みに移った鱚　[季]冬

27**落鱸**　**おちすずき**　［動］　初冬に海の暖かい深みに移った鱸　[季]冬

【葎】

葎　**むぐら**　［植］　夏に蔓を出して生い茂る雑草のこと　[季]夏

0**葎の門**　**むぐらのかど**　［植］　葎が生えるにまかせたような荒れはてた家。転じて貧しい家のたとえ　[季]夏

葎の宿　**むぐらのやど**　［植］　葎が生えるにまかせたような荒れはてた家。転じて貧しい家のたとえ　[季]夏

5**葎生**　**むぐらう**　［植］　葎の生えている所　[季]夏

8**葎若葉**　**むぐらわかば**　［植］　ホップに似た葉形の美しい、鮮緑色のみずみずしい葎の若葉　[季]春

葎茂る　**むぐらしげる**　［植］　夏、葎が青々と茂っていること　[季]夏

9**葎草**　**むぐらぐさ**　［植］　夏に蔓を出して生い茂る雑草のこと　[季]夏

【葭】

0**葭の花**　**よしのはな**　［植］　秋、葭から大きな穂がでて、その先につく紫色の小花のこと　[季]秋

葭の秋　**よしのあき**　［植］　蘆の葉ずれの寂しい音に風情を感じる秋のこと　[季]秋

4**葭五位**　**よしごい**　［動］　サギ科の鳥で、国内最小の鷺。初夏に飛来し、水辺で繁殖する　[季]夏

葭切　**よしきり**　［動］　ウグイス科の鳥。初夏五月に飛来し、八月にはまた南へ帰っていく。葭原に群生することからの名　[季]夏

葭切鮫　**よしきりざめ**　［動］　鮫の一種　[季]冬

葭戸　**よしど**　［人］　細い蘆の茎で編んだ簀をはめた夏の涼しげな戸　[季]夏

葭戸しまふ　**よしどしまう**　［人］　秋が深まる頃、夏の間使った葭戸を片づけること　[季]秋

葭戸蔵う　**よしどしまう**　［人］　秋が深まる頃、夏の間使った葭戸を片づけること　[季]秋

10**葭原**　**よしはら**　［植］　葭の生えた秋の原っぱ　[季]秋

葭原雀　**よしはらすずめ**　［動］　葭切の別称　[季]夏

11**葭屏風**　**よしびょうぶ**　［人］　細い蘆の茎で編んだ簀をはめた夏の涼しげな屏風　[季]夏

葭雀　**よしすずめ**　［動］　葭切の別称　[季]夏

14**葭障子**　**よししょうじ**　［人］　細い蘆の茎で編んだ簀をはめた夏の涼しげな戸　[季]夏

16**葭鴨**　**よしがも**　［動］　鴨の一種　[季]冬

17**葭簀**　**よしず**　［人］　葭を棕梠縄や太糸で編んだ簀の子。夏、日除けなどに利用する　[季]夏

葭簀茶屋　**よしずぢゃや**　［人］　葭簀をめぐらした涼しげな茶屋　[季]夏

葭簀張　**よしずばり**　［人］　葭簀を張りめぐらして、涼しげにした様子　[季]夏

19**葭簾**　**よしすだれ**　［人］　葭で作った簾　[季]夏

【葫】

葫　**にんにく**　［植］　中国原産のユリ科の多年草。地下の鱗茎を食用、薬用、調味料などに使う。特有の臭気があり、健康によい

12画（葩, 萵, 萞, 蒢, 蛙, 蛤, 蛮, 蛭）

とされる　㊡春

葫蘆　ころ　［植］　匏の別称。初秋、瓢箪形
の青い実がたくさん生る　㊡秋

【葩】

¹³葩煎　はぜ　［人］　年賀客に出すための、糯
米を炒ってはぜさせてつくる白い花の形の
菓子　㊡新年

葩煎売　はぜうり　［人］　正月の葩煎を売る
商人　㊡新年

葩煎袋　はぜぶくろ　［人］　正月の葩煎を入
れる袋　㊡新年

【萵】

オランダ萵苣　おらんだぢしゃ　［植］　菊萵
苣の別称。春から夏にかけて新葉をサラダ
にする　㊡夏

⁸萵苣　ちしゃ　［植］　サラダなど食用の菜。
レタス　㊡春

萵苣の花　ちしゃのはな　［植］　ヨーロッパ
原産の蔬菜で、初夏、枝先に淡黄色の舌状
花をつける　㊡夏

【萞】

¹¹萞麻　とうごま　［植］　熱帯アフリカの原
産、高さ二、三メートルになる一年草。ヒ
マシ油をとる　㊡秋

【蒢】

⁶蒢耳　おなもみ　［植］　帰化植物の一つで、
初秋黄緑色の花をつける　㊡夏

【蛙】

たご蛙　たごがえる　［動］　冬の寒中に雌を
呼んで鳴く赤蛙の一種　㊡冬

めかる蛙　めかるかえる　［時］　蛙が人の目
を借りると人は眠くなるとの俗信から、眠
気を催す春の季節をこういう　㊡春

蛙　かわず　［動］　蛙は春の訪れとともに冬
眠からさめ地上に姿を見せるため、一般に
は春の季語となる　㊡春

⁰蛙の子　かえるのこ, かわずのこ　［動］　オ
タマジャクシの別称　㊡春

蛙の目借り時　かえるのめかりどき　［時］
蛙が人の目を借りると人は眠くなるとの俗
信から、眠気を催す春の季節をこういう

㊡春

蛙の目借時　かわずのめかりどき　［時］　蛙
が人の目を借りると人は眠くなるとの俗信
から、眠気を催す春の季節をこういう

㊡春

蛙の傘　ひきのかさ　［植］　キンポウゲ科の
多年草で、四、五月頃に黄色い花をつける

㊡春

³蛙子　かえるご, かえるこ　［動］　オタマ
ジャクシの別称　㊡春

⁵蛙生る　かえるうまる　［動］　蛙が卵からか
えること　㊡春

蛙穴に入る　かわずあなにいる　［動］　蛙が
秋になって動作が鈍くなり、やがて穴に
入って冬眠すること　㊡秋

⁶蛙合戦　かわずがっせん　［動］　蛙の群婚の
こと　㊡春

⁹蛙狩の神事　かわずがりのしんじ　［宗］　元
日の朝、諏訪市・諏訪神社の上社本宮で行
なわれる神事。蛙を捕らえ神前に供える

㊡新年

蛙飛　かわずとび　［宗］　吉野の蛙飛のこと

㊡夏

蛙飛びの神事　かわずとびのしんじ　［宗］
蛙狩の神事の俗伝で、蛙の飛ぶ方向によっ
て御頭を決定するもの　㊡新年

【蛤】

蛤　はまぐり　［動］　ハマグリ科の大型の二
枚貝　㊡春

⁰蛤つゆ　はまつゆ　［動］　蛤の汁物　㊡春

¹⁷蛤鍋　はまなべ　［動］　蛤のむき身を、ネ
ギ、焼豆腐などといっしょに味噌仕立てで
煮た鍋料理　㊡春

【蛮】

⁶蛮瓜　へちま　［植］　ウリ科の蔓性植物で、
秋に数十センチもある果実がぶら下がる。
食用にもなるが、多くは垢こすり、束子な
どに加工されるか、へちま水を採ったりす
る　㊡秋

【蛭】

蛭　ひる　［動］　環形動物ヒル類の動物。鋸
状の歯があり、夏など人や他の動物の血を
吸う　㊡夏

³蛭口蕪　ひるくちかぶ　［植］　赤蕪の一種

で、滋賀県産のもの [季]冬

13蛭蓆 ひるむしろ ［植］ ヒルムシロ科の水生多年草で、夏、池沼・水田・溝・小川などに繁茂 [季]夏

19蛭藻 ひるも ［植］ ヒルムシロの別称。夏に繁茂する [季]夏

【蛞】

15蛞蝓 なめくじ ［動］ カタツムリの近縁種で、貝殻をもたない夏の陸生軟体動物。湿った土地を好む [季]夏

【蛬】

蛬 こおろぎ ［動］ コオロギ科の昆虫の総称。日陰に住み秋の夜に草の間で鳴く [季]秋

【街】

13街路樹の芽 がいろじゅのめ ［植］ 街路樹が芽吹くこと [季]春

【裁】

7裁初 たちぞめ ［人］ 新年になって初めて裁縫をする仕事始め。昔は正月二日が多かった [季]新年

12裁着 たっつけ ［人］ 袴の一種 [季]冬

【装】

7装束納 しょうぞくおさめ ［人］ 更衣のあと、冬の装束を手入れして納める行事 [季]夏

【裂】

17裂膾 さきなます ［人］ 秋の新鮮な鰯の背開きを、酢でしめて薬味を加えた酢味噌和え [季]秋

【覚】

6覚如忌 かくにょき ［宗］ 陰暦一月十九日、鎌倉時代の僧覚如の忌日 [季]新年

9覚狩 おぼえがり ［人］ 鳴鳥狩の別称 [季]春

13覚猷忌 かくゆうき ［宗］ 陰暦九月十五日、平安時代後期の画僧鳥羽僧正覚猷の忌日 [季]秋

【覗】

11覗眼鏡 のぞきめがね ［人］ 箱眼鏡の別称 [季]夏

【象】

14象鼻虫 ぞうはなむし ［動］ 穀象の別称 [季]夏

【貂】

貂 てん ［動］ 鼬に似た、山地の森林の樹上で生活する食肉獣。人家への被害は少ない。冬には毛が生え替わる [季]冬

【賀】

5賀正 がしょう ［人］ 年始にあたってかわす祝賀 [季]新年

7賀状 がじょう ［人］ 年頭の挨拶のため交換する葉書・書状 [季]新年

賀状書く がじょうかく ［人］ 元日に配達してもらう年賀状を年末に書くこと [季]冬

賀状配達 がじょうはいたつ ［人］ 年賀状を配達すること [季]新年

8賀茂の水無月祓 かものみなつきのはらい ［宗］ 六月三十日に行なわれた京都・上賀茂別雷神社の夏越の祓 [季]夏

賀茂の足揃 かものあしそろえ ［宗］ 五月一日、賀茂競馬に出場する馬を決めること [季]夏

賀茂の国祭 かものくにまつり ［宗］ 昔、陰暦四月に行われた京都・賀茂神社、松尾神社から葵を奉る行事 [季]夏

賀茂の競馬 かものけいば ［宗］ 京都の賀茂競馬のこと [季]夏

賀茂祭 かものまつり ［宗］ 葵祭の別称 [季]夏

賀茂御蔭祭 かものみかげまつり ［宗］ 五月十二日、京都・賀茂両社で葵祭りに先立って行われる神事 [季]夏

賀茂葵 かもあおい ［植］ 二葉葵の別称。初夏五月頃、淡い赤紫の小花をつける。葵祭で使う葵のこと [季]夏

賀茂還立 かものかえりだち ［宗］ 陰暦十一月の酉の日に京都の賀茂両社で行なわれた祭礼 [季]冬

賀茂臨時祭 かもりんじさい ［宗］ 陰暦十一月の酉の日に京都の賀茂両社で行なわれ

た祭礼　[季]冬

賀茂臨時試楽　かもりんじのしがく　［宗］　陰暦十一月の酉の日に京都の賀茂両社で行なわれた祭礼　[季]冬

賀茂競馬　かもけいば　［宗］　五月五日、京都・上賀茂神社社前の馬場で行なわれる競馬　[季]夏

9**賀客**　がきゃく　［人］　新年の年始廻りにやってきた客　[季]新年

【貴】

11**貴船の狭小神輿**　きぶねのささみこし　［宗］　洛中の子どもたちがつくった小さい神輿で、陰暦九月一日～九日に使われた　[季]秋

貴船神事　きふねしんじ　［宗］　貴船祭の別称　[季]夏

貴船神事　きぶねしんじ　［宗］　陰暦九月一日から九日に洛中の子供たちが狭小神輿をかついで市中を練り歩いたこと　[季]秋

貴船祭　きふねまつり　［宗］　六月一日、京都鞍馬・貴船神社で行われる祭り　[季]夏

貴船祭　きぶねさい　［宗］　陰暦九月一日から九日に洛中の子供たちが狭小神輿をかついで市中を練り歩いたこと　[季]秋

貴船菊　きぶねぎく　［植］　京都の貴船神社周辺に見られたキンポウゲ科の多年草。十月頃菊に似た花を開く　[季]秋

【貸】

0**貸ボート**　かしぼーと　［人］　ボート遊びをするために貸されるボート　[季]夏

3**貸小袖**　かしこそで　［人］　棚機女の織る布の材料の糸が足りないとか、織り上げる布の量が不足であることを嘆くであろうと、七夕に小袖などを軒先につるす風俗　[季]秋

10**貸浴衣**　かしゆかた　［人］　貸し出された浴衣　[季]夏

【貼】

ねぶた貼る　ねぶたはる　［人］　組みねぶたをつくる一過程　[季]秋

【買】

7**買初**　かいぞめ　［人］　新年になって初めて買い物をすること。特に初売での買い物をさす　[季]新年

【費】

11**費菜**　ひさい　［植］　麒麟草の別称　[季]夏

【貰】

12**貰湯**　もらいゆ　［人］　正月十六日、また七月十六日の藪入りの日に、江戸の銭湯で、この日一日の収入を三助（客の体を洗う男）に与える習慣　[季]新年

【貽】

0**貽の貝**　いのかい　［動］　貽貝の別称　[季]春

7**貽貝**　いがい　［動］　イガイ科の二枚貝。春が美味　[季]春

【貲】

5**貲布**　さよみ　［人］　生布の一種で、織り目のあらい麻布　[季]夏

【越】

0**越ゆる輪**　こゆるわ　［宗］　茅の輪の別称　[季]夏

5**越冬燕**　えっとうつばめ　［動］　通し燕の別称　[季]冬

6**越年資金**　えつねんしきん　［人］　年末賞与のこと。サラリーマンに対し、毎年十二月に支給される冬のボーナス　[季]冬

越年蝶　おつねんちょう　［動］　晩冬から早春の紋黄蝶のこと。実際は成虫が越年するのではなく、いち早く羽化したもの　[季]冬

越年燕　おつねんつばめ　［動］　通し燕の別称　[季]冬

越瓜　しろうり　［植］　甜瓜（まくわうり）の変種　[季]夏

越瓜漬　しろうりづけ　［人］　瓜漬の一種　[季]夏

9**越前水母**　えちぜんくらげ　［動］　水母の一種　[季]夏

越前蟹　えちぜんがに　［動］　ズワイガニの別称　[季]冬

越後ちぢみ　えちごちぢみ　［人］　縮の中でも越後の麻糸を使ったもの　[季]夏

越後上布　えちごじょうふ　［人］　上布の一種　[季]夏

越後兎　えちごうさぎ　［動］　冬に全身が白く変わる本州の野兎　[季]冬

越後獅子　えちごじし　［人］　越後月潟の獅

12画（軽, 運, 達, 遅, 道）

子舞。実際は正月とは関係はない　㉝新年

越後縮　えちごちぢみ　［人］　縮の中でも越後の麻糸を使ったもの　㉝夏

16**越橘**　えっきつ　［植］　岩梨の別称。夏に小さな丸い実が赤黒く熟し、果肉は白く梨に似た味がする　㉝夏

【軽】

13**軽暖**　けいだん　［時］　少し暑さを覚えるくらいになった気候　㉝夏

軽雷　けいらい　［天］　雷のうち大きくないもの　㉝夏

軽鳧　かるがも　［動］　夏鴨の一つ　㉝夏

軽鳧の子　かるのこ　［動］　四季を通じて日本に住む軽鳧の雛鳥　㉝夏

16**軽鴨**　かるがも　［動］　夏鴨の一つ　㉝夏

軽鴨の子　かるがものこ　［動］　軽鳧の子に同じ　㉝夏

19**軽羅**　けいら　［人］　絹の細い繊維で織った単衣　㉝夏

【運】

6**運気蕎麦**　うんきそば　［宗］　晦日蕎麦の別称　㉝冬

10**運座始**　うんざはじめ　［人］　初句会の昔の呼称　㉝新年

11**運動会**　うんどうかい　［人］　学校、会社、地域などで行われる秋の運動競技会。体育の日前後に行うことが多い　㉝春, 秋

【達】

8**達治忌**　たつじき　［宗］　四月五日、昭和期の詩人三好達治の忌日　㉝春

16**達磨をこぜ**　だるまおこぜ　［動］　カサゴ科の海魚、醜悪な顔・形をしている　㉝冬

達磨凧　だるまだこ　［人］　凧の一種　㉝新年

達磨市　だるまいち　［人］　正月に各地の寺の境内で白目の目なし達磨が売られる市　㉝新年

達磨忌　だるまき　［宗］　陰暦十月五日、禅宗の祖達磨大師の忌日　㉝冬

達磨店　だるまみせ　［宗］　達磨市での店　㉝新年

達磨柑　だるまかん　［植］　三宝柑の別称　㉝春

達磨草　だるまそう　［植］　座禅草の別称　㉝春

達磨蜜柑　だるまみかん　［植］　三宝柑の別称　㉝春

【遅】

0**遅き日**　おそきひ　［時］　春の日暮れが遅いこと。日永と同じことを視点を裏返していう　㉝春

遅き春　おそきはる　［時］　立春以後も暖かくならないことの、春の到来が待ち遠しい気持ちをこめた言い方　㉝春

4**遅日**　ちじつ　［時］　春の日暮れが遅いこと。日永と同じことを視点を裏返していう　㉝春

遅月　おそづき　［天］　月の出の遅いこと　㉝秋

9**遅春**　ちしゅん　［時］　立春以後も暖かくならないことの、春の到来が待ち遠しい気持ちをこめた言い方　㉝春

10**遅桜**　おそざくら　［植］　花どきに遅れて咲いた桜　㉝春

【道】

0**道おしえ**　みちおしえ　［動］　体長二センチ内外の甲虫で、碧緑色の美しい金属光沢にかがやき羽には黄緑色の斑点があり、触覚も脚も長い　㉝夏

道をしへ　みちおしえ　［動］　斑猫の別称。近づくと少し前へ行き、振り返るような素振りをすることが、道案内をしているように見なされてついた名　㉝夏

4**道中**　どうちゅう　［人］　花魁道中のこと　㉝新年

道中双六　どうちゅうすごろく　［人］　東海道や木曾街道などの絵の入った双六　㉝新年

道元忌　どうげんき　［宗］　陰暦八月二十五日、鎌倉時代の曹洞宗の宗祖道元の忌日　㉝秋

7**道求草**　みちとめぐさ　［植］　卯の花の別称　㉝夏

8**道明寺**　どうみょうじ　［人］　大阪の道明寺でつくった乾飯　㉝夏

道明寺祭　どうみょうじまつり　［宗］　三月二十五日、大阪・道明寺で行なわれる菅原道真の忌日を記念する祭　㉝春

俳句季語よみかた辞典　*439*

道明寺糒　どうみょうじほしいい［宗］春の道明寺祭で売られた、道明寺の尼僧がつくった糒　[季]春

9 **道後温泉祭　どうごおんせんまつり**［宗］三月二十日から二十二日、松山市の道後温泉の温泉祭　[季]春

道柳　みちやなぎ［植］庭柳の別称　[季]夏

道祖神祭　どうそじんまつり［宗］小正月の頃、各地で行なわれる道祖神の祭　[季]新年

10 **道真忌　みちざねき**［宗］北野菜種御供のこと　[季]春

12 **道禄神祭　どうろくじんまつり**［宗］道祖神祭の別称　[季]新年

13 **道詮忌　どうせんき**［宗］陰暦十月二日、平安時代前期の僧道詮の忌日　[季]秋

道頓忌　どうとんき［宗］陰暦五月八日、道頓堀にその名を残す安井道頓の忌日　[季]夏

20 **道灌忌　どうかんき**［宗］陰暦七月二十六日、室町時代の武将で江戸城を築いた太田道灌の忌日　[季]秋

道灌草　どうかんそう［植］ヨーロッパ原産の観賞植物　[季]夏

道饗祭　みちあえのまつり［人］陰暦六月と十二月の晦日に行なわれた祭り。疫神を京にいれないようにまつった　[季]夏

【遍】

9 **遍昭忌　へんじょうき**［宗］陰暦一月十九日、平安時代前期の歌人僧正遍昭の忌日　[季]新年

13 **遍路　へんろ**［宗］四国にある八十八ヵ所の霊場（札所）を巡拝すること。特別季節が限られているわけではないが、春に遍路する人が多い。江戸時代には各地に類似の巡礼場ができた　[季]春

遍路杖　へんろづえ［宗］遍路のときに使う杖　[季]春

遍路宿　へんろやど［宗］遍路巡りをするための宿。善根宿に同じ　[季]春

遍路笠　へんろがさ［宗］遍路のときにかぶる笠　[季]春

遍路道　へんろみち［宗］遍路巡りをする道　[季]春

【遊】

ひひな遊　ひひなあそび［人］ままごと遊びのように、貴族の暮らしをまねる遊び　[季]春

0 **遊び舟　あそびぶね**［人］納涼のために海や川・湖などに遊船を出した遊び　[季]夏

遊び船　あそびぶね［人］納涼のために海や川・湖などに遊船を出した遊び　[季]夏

3 **遊山船　ゆさんぶね**［人］納涼のために海や川・湖などに遊船を出した遊び　[季]夏

6 **遊糸　ゆうし**［天］陽炎の別称　[季]春

遊行寺の札切　ゆぎょうじのふだきり［宗］正月十一日、藤沢市・遊行寺で行われる行事。宗祖一遍上人が刻したという六字名号の札を刷って、これを截つ　[季]新年

遊行忌　ゆぎょうき［宗］陰暦八月二十三日、鎌倉時代の時宗の開祖一遍上人の忌日　[季]秋

8 **遊泳　ゆうえい**［人］泳ぎのこと　[季]夏

11 **遊猟　ゆうりょう**［人］遊楽のために狩をすること　[季]冬

遊船　ゆうせん［人］納涼のために海や川・湖などに遊船を出した遊び　[季]夏

15 **遊蝶花　ゆうちょうか**［植］三色菫の別称　[季]春

【酢】

7 **酢作る　すつくる**［人］夏に酢を作ること　[季]夏

酢牡蠣　すがき［動］牡蠣料理の一つ　[季]冬

8 **酢茎　すぐき**［人］冬につくる京都の漬物。茎漬の一種。昔は漬かるまで時間がかかったので、出回ったのは春だった　[季]冬

酢茎売　すぐきうり［人］酢茎を売る人　[季]冬

9 **酢海鼠　すなまこ**［人］海鼠（なまこ）の酢のもの、酢漬け。冬の味覚　[季]冬

10 **酢造る　すつくる**［人］夏に酢を作ること　[季]夏

12 **酢蛤　すはまぐり**［動］蛤の酢和え　[季]春

15 **酢漿の花　かたばみのはな**［植］カタバミ科の多年草。初夏に黄色い五弁の小花をつける　[季]夏

12画（釿，開，間，閑，随，陽，雁）

【釿】

釿始 ちょうなはじめ ［人］ 新年になって
初めて大工が行う仕事始め 圉新年

【開】

開山祭 かいざんさい ［人］ それぞれの山
で、その年に初めて登山を許す夏の行事。
山岳信仰に由来する 圉夏

開牛蒡 ひらきごぼう ［人］ 正月の膳の側
の土器に細かく刻んで算木を積んだ形に盛
る生の牛蒡 圉新年

開豆 ひらきまめ ［人］ 正月の膳の側の土
器に盛るゆでた大豆のこと 圉新年

開炉節 かいろせつ ［人］ 陰暦十月中の亥
の日を選び、その冬初めて炉を開いて火入
れすること 圉冬

開春 かいしゅん ［時］ 一年の最初の月。
陰暦では陽春の始めもさす 圉新年

開帳 かいちょう ［宗］ 春、気候のよい
頃、通常は閉ざしている厨子の扉を開いて、
信徒や拝観者に秘仏を拝ませること 圉春

開歳 かいさい ［時］ 年始の別称 圉新年

開襟 かいきん ［人］ 夏シャツの一種で、
ネクタイを結ばないで着る開襟・半そでの
もの 圉夏

開襟シャツ かいきんしゃつ ［人］ 夏シャ
ツの一種で、ネクタイを結ばないで着る開
襟・半そでのもの 圉夏

開題供養 かいだいくよう ［宗］ 新しく書
写した経典（多くは一切経）を仏前に供えて
供養する法会 圉春

【間】

間引大根 まびきだいこん ［植］ 中抜大根
の別称。晩秋、ある程度まで生長した段階
で間引いた細い大根のこと 圉秋

間引菜 まびきな ［植］ 秋に大根や蕪や小
松菜など菜類の畑から、間引きした菜の総
称 圉秋

【閑】

閑古鳥 かんこどり ［動］ 郭公の古称
圉夏

【随】

随身 ずいじん ［人］ 雛人形の中の一つ

圉春

随軍茶 ずいぐんちゃ ［植］ 萩の別称。萩
は秋の代表的な植物 圉秋

【陽】

陽炎 かげろう ［天］ うららかな春の日、
地面から蒸発する水蒸気に景色がゆがんで
見えること 圉春

陽炎燃ゆる かげろうもゆる ［天］ うらら
かな春の日、地面から蒸発する水蒸気に景
色がゆがんで見えること 圉春

陽春 ようしゅん ［時］ 陽気にみちた春
圉春

陽焔 ようえん ［天］ 陽炎の別称 圉春

【雁】

いまはの雁 いまわのかり ［動］ 春、北方
へ飛び去ってゆく雁のこと 圉春

いまわの雁 いまわのかり ［動］ 春、北方
へ飛び去ってゆく雁のこと 圉春

雁 かり,がん ［動］ ガンカモ科の鳥。晩
秋に飛来して越冬し、翌春北へ帰る 圉秋

雁が音 かりがね ［動］ 雁のなき声 圉秋

雁の文字 かりのもじ ［動］ 雁が列をなし
て渡る形容 圉秋

雁の玉章 かりのたまずさ ［人］ 前漢の蘇
武の故事により、書信を雁書などといい、
これを国語にしたい方 圉秋

雁の列 かりのつら,かりのれつ ［動］ 雁
が整然たる列をなして渡るさま 圉秋

雁の名残 かりのなごり ［動］ 春、北方へ
去る雁に対する感慨 圉春

雁の衣 かりのころも ［人］ 秋の衣類の一
つ 圉秋

雁の別れ かりのわかれ ［動］ 春、北方へ
去る雁に対する感慨 圉春

雁の使 かりのつかい ［人］ 前漢の蘇武の
故事により、書信を雁書などといい、これ
を国語にしたい方 圉秋

雁の便り かりのたより ［人］ 前漢の蘇武
の故事により、書信を雁書などといい、こ
れを国語にしたい方 圉秋

雁の書 かりのふみ ［人］ 前漢の蘇武の故
事により、書信を雁書などといい、これを
国語にしたい方 圉秋

雁の涙 かりのなみだ ［動］ 露を雁の涙に

俳句季語よみかた辞典 441

12画（集, 雄, 雲）

例えた言い回し　㋘秋

雁の棹　かりのさお　［動］　雁が列をなして
渡る形容　㋘秋

雁の琴柱　かりのことじ　［動］　空に飛ぶ雁
の列を琴柱が並んださまにたとえたもの
㋘秋

4雁木　がんぎ　［人］　北信越の豪雪地帯で、
雪避けのため家屋の前に付ける広い庇のこ
と　㋘冬

雁木市　がんぎいち　［人］　雁木の通路で開
かれる市　㋘冬

雁爪　がんづめ　［人］　田畑の草取りに用い
られる鉄製のつめ　㋘夏

5雁北に嚮ふ　かりきたにむかう　［時］　七十
二候の一つで、小寒の第一候。陽暦一月五
日から九日頃　㋘冬

雁皮の花　がんぴのはな　［植］　ジンチョウ
ゲ科の落葉低木。初夏、枝先に沈丁花に似
た黄色の小花をつける　㋘夏

6雁字　がんじ　［動］　雁が列をなして渡る形
容　㋘秋

雁行　がんこう　［動］　雁が列をなして渡る
形容　㋘秋

7雁来る　かりきたる　［動］　雁が秋に北方か
ら渡ってくること　㋘秋

雁来月　がんらいづき, かりくづき　［時］
陰暦八月の別称　㋘秋

雁来紅　がんらいこう　［植］　葉鶏頭の別
称。秋、葉がいろいろな色に染まる　㋘秋

雁来瘡　がんがさ　［人］　晩秋、雁の渡って
来る頃に決まって痒くなる湿疹の一種
㋘秋

8雁供養　かりくよう　［人］　雁風呂の別称
㋘春

雁金　かりがね　［動］　雁（かり）の別称で
カモ科の鳥の総称だが、特に小雁のことを
指すことがある　㋘秋

9雁風呂　がんぶろ　［人］　津軽外ヶ浜に伝わ
るもので、雁は自分がくわえてきた木片を
拾って北に帰るといわれることから、浜に
残っている木片を拾い集めて風呂を焚き、
生きて帰れなかった雁を供養する行事
㋘春

10雁啄　おにばす　［植］　スイレン科の一年草
で、直径一メートル前後の円形の葉を水面
に浮かべる。夏、水中から柄を出して一花
を開く　㋘夏

雁帰る　かりかえる　［動］　春、北方へ飛び
去ってゆく雁のこと　㋘春

雁陣　がんじん　［動］　雁が列をなして渡る
形容　㋘秋

12雁渡し　かりわたし　［天］　雁が渡って来る
九、十月頃に吹く北風で、もとは太平洋側
の船言葉　㋘秋

雁渡る　かりわたる　［動］　雁が秋に北方か
ら渡ってくること　㋘秋

14雁緋　がんぴ　［植］　中国原産のナデシコ科
多年草。晩春から初夏にかけて開花し、濃
赤色、白花および赤白の絞り咲きなどがあ
る　㋘夏

雁鳴く　かりなく　［動］　雁が鳴くこと、も
の哀れさがある　㋘秋

15雁瘡　がんがさ, がんそう　［人］　晩秋、雁
の渡って来る頃に決まって痒くなる湿疹の
一種　㋘秋

雁瘡癒ゆ　がんがさいゆ　［人］　冬の間、皮
膚にできていたおできが、春になって直っ
てくること　㋘春

【集】

0集め汁　あつめじる　［人］　種々の野菜を一
緒に煮た味噌汁やすまし汁。五月五日に飲
むと邪気払いになると言われた　㋘夏

5集汁　あつめじる　［人］　種々の野菜を一緒
に煮た味噌汁やすまし汁。五月五日に飲む
と邪気払いになると言われた　㋘夏

6集団就職　しゅうだんしゅうしょく　［人］
四月に地域の中学卒業生がまとまって都会
で就職すること　㋘春

【雄】

0雄ひじは　おひじわ　［植］　相撲草の別称。
秋に花穂をつける　㋘秋

4雄刈萱　おがるかや　［植］　刈萱の一種
㋘秋

雄木　おぎ　［植］　麻の雄花のこと　㋘夏

11雄麻　おあさ　［植］　麻の雄花のこと　㋘夏

13雄蜂　おばち　［動］　雄の蜂　㋘春

19雄蟻　おすあり　［動］　蟻社会を構成する蟻
の種類の一つ　㋘夏

【雲】

しまき雲　しまきぐも　［天］　雪しまきをお

こす雲　[季]冬

だし雲　だしぐも　［天］「だし」の前兆にあらわれる小型の白い乱雲状の雲　[季]夏

0雲に入る鳥　くもにいるとり　［動］　春先、北方へ帰る雁や白鳥などが雲間に見えなくなること　[季]春

雲の峯　くものみね　［天］　夏の積乱雲のこと　[季]夏

4雲丹　うに　［動］　浅海に住み、全身が栗のイガのような棘におおわれている棘皮動物。春が産卵期で、卵巣は美味　[季]夏, 春

雲井桜　くもいざくら　［植］　桜の一種　[季]春

雲井撫子　くもいなでしこ　［植］　撫子の一種。高嶺撫子のうち、白馬連峰に咲く白いもの　[季]夏

5雲仙躑躅　うんぜんつつじ　［植］　躑躅の一種　[季]春

雲母虫　きららむし　［動］　紙魚の別称　[季]夏

6雲州橘　うじゅきつ　［植］　蜜柑の一品種。花は夏の季語だが、主には果実を指すので冬とする　[季]冬, 夏

7雲見草　くもみぐさ　［植］　楝の別称　[季]夏

9雲海　うんかい　［天］　高山で足下に雲の上面が海面のように広がっていること。夏は登山シーズンなので夏の季語とされた　[季]夏

10雲浜忌　うんぴんき　［宗］　陰暦九月十四日、幕末の志士梅田雲浜の忌日　[季]秋

雲珠桜　うすざくら　［植］　桜の一種　[季]春

11雲雀　ひばり　［動］　ヒバリ科の小鳥。春の鳴き声のよさで親しまれる　[季]春

雲雀の床　ひばりのとこ　［動］　雲雀の寝床のこと　[季]春

雲雀の巣　ひばりのす　［動］　原野や畑などに、草の根、枯れ草を用いて作った粗雑な巣　[季]春

雲雀東風　ひばりごち　［天］　東風の一つ　[季]春

雲雀笛　ひばりぶえ　［人］　雲雀を誘って捕らえるための竹笛　[季]春

雲雀野　ひばりの　［動］　雲雀の飛び回る春の野原　[季]春

雲雀籠　ひばりかご　［動］　雲雀を飼うための籠　[季]春

雲雀鷹　ひばりたか　［動］　雲雀鷹が実際にはなにをいうのか不明。古歌に詠まれた　[季]夏

13雲漢　うんかん　［天］　天の川の別称　[季]秋

雲腸　くもわた　［人］　鱈の白子。主に汁ものにする冬の味覚。白雲に似ていることからの名　[季]冬

【靫】

3靫大明神祭　ゆきだいみょうじんまつり　［宗］　十月二十二日、京都市・由岐（靫）神社で行われる鞍馬の火祭の別称　[季]秋

9靫草　うつぼぐさ　［植］　シソ科の多年草。六月頃、靫に似た形の花をつける　[季]夏

【韮】

韮　にら　［植］　ユリ科の多年草で、独特の臭みがある。夏秋も食べるが、春の若葉が特に柔らかく香りが強い　[季]春

0韮の花　にらのはな　［植］　ユリ科の多年草。晩夏に白いの小花を球形につける　[季]夏

14韮雑炊　にらぞうすい　［人］　雑炊の一つで、韮を入れたもの　[季]冬

【順】

0順の峯　じゅんのみね　［宗］　修験者が奈良・大峯山に登り修行したことで、熊野から入ることをいう　[季]春

順の峯入　じゅんのみねいり　［宗］　修験者が奈良・大峯山に登り修行したことで、熊野から入ることをいう　[季]春

【須】

7須走牛蒡　すばしりごぼう　［植］　富士薊の別称　[季]秋

8須具利の実　すぐりのみ　［植］　内陸の高冷地に自生するユキノシタ科の落葉樹。初夏の実は紅色の半透明の果実で、甘ずっぱく食用になる　[季]夏

16須磨の祓　すまのはらい　［宗］　須磨の御禊の別称　[季]春

須磨の御禊　すまのみそぎ　［宗］　光源氏が須磨に流されていた時、三月上巳の日に祓を行ったという「源氏物語」の挿話　[季]春

12画（飯、黍）　13画（催、傷、僧、働、勧）

【飯】

ご飯蒸　ごはんむし　［人］　冬、冷たくなった御飯を蒸して食べること　㉓冬

しそ飯　しそめし　［人］　紫蘇の葉を入れたごはんで邪気をはらう意で正月に食べた　㉓新年

ぜんまい飯　ぜんまいめし　［植］　薇を炊き込んだ飯　㉓春

ぬかご飯　ぬかごめし　［人］　零余子飯（むかごめし）のこと　㉓秋

⁰飯の汗　めしのあせ　［人］　饐えた飯がかく汗のこと　㉓夏

飯ふかし　めしふかし　［人］　冬、冷たくなった御飯を蒸して食べること　㉓冬

¹⁰飯桐の実　いいぎりのみ　［植］　晩秋、真赤に熟し、落葉後も落果せずに残る　㉓秋

飯笊　めしざる　［人］　竹製の飯びつのこと。暑いとき、御飯を饐えるのを防ぐ　㉓夏

¹¹飯匙倩　はぶ　［動］　奄美大島、沖縄などにすむ猛毒の蛇　㉓夏

¹³飯蛸　いいだこ　［動］　小型の蛸。三月頃に産んだ卵が米粒のような形をしているための名　㉓春

¹⁶飯鮓　いいずし　［人］　鮓の一種　㉓夏

¹⁸飯櫃入　おはちいれ　［人］　冬季、飯の冷えるのを防ぐために、飯櫃ごと入れる藁でぶ厚く編みあげた容器　㉓冬

飯櫃畚　おはちふご　［人］　飯櫃入の別称。冬季、飯の冷えるのを防ぐために、飯櫃ごと入れる藁でぶ厚く編みあげた容器　㉓冬

飯櫃蒲団　おはちぶとん　［人］　冬季、飯の冷えるのを防ぐため、飯櫃を包んだ蒲団　㉓冬

²¹飯饐える　めしすえる　［人］　夏の暑さのため、飯びつに入れた御飯が汗をかいて臭気を放つようになること　㉓夏

飯饐る　めしすえる　［人］　夏の暑さのため、飯びつに入れた御飯が汗をかいて臭気を放つようになること　㉓夏

【黍】

黍　きび　［植］　古来から日本で栽培された穀物。イネ科の一年草で、秋風に吹かれると茎は倒れやすい　㉓秋

⁰黍の穂　きびのほ　［植］　黍の実が生ってい

る穂のこと。黍は秋に収穫する　㉓秋

⁴黍刈る　きびかる　［植］　秋、黍を収穫すること　㉓秋

黍引く　きびひく　［植］　秋、黍を収穫すること　㉓秋

⁶黍団子　きびだんご　［植］　黍の粉でつくった団子。黍は秋に収穫する　㉓秋

⁹黍畑　きびばた　［植］　黍の栽培されている畑。黍は秋に収穫する　㉓秋

¹²黍嵐　きびあらし　［天］　黍の穂を倒さんばかりに吹く秋の強風　㉓秋

黍焼酎　きびじょうちゅう　［人］　焼酎の一種　㉓夏

¹³黍蒔　きびまき　［人］　六月中旬から七月頃、黍を蒔くこと　㉓夏

黍蒔く　きびまく　［人］　六月中旬から七月頃、黍を蒔くこと　㉓夏

13 画

【催】

⁸催青　さいせい　［人］　春蚕の卵が黄色から青黒くなること　㉓春

【傷】

⁹傷秋　しょうしゅう　［人］　秋に物思いに耽ること。秋の哀れ、寂しさなどが入り混じった心情　㉓秋

【僧】

¹¹僧都　そうず　［人］　稲が実ってきた田を荒らしにくる鳥・獣をおどかして追うために、谷水や田水を使って音を立てる仕掛け　㉓秋

【働】

¹³働蜂　はたらきばち　［動］　ミツバチの群れの中で、蜜の採集、営巣、育児などを行なう雌ハチ　㉓春

¹⁹働蟻　はたらきあり　［動］　蟻社会を構成する蟻の種類の一つ　㉓夏

【勧】

⁸勧学会　かんがくえ　［宗］　三月十五日と九

444　俳句季語よみかた辞典

13画（勢, 嗅, 園, 塩）

月十五日、比叡山の学僧と京都の大学寮の学生各二十人が、比叡山の西坂本の地で会合し、法華経を講じてのち、その経文を課題として詩歌を賦詠した会　㋬秋、春

¹¹勧進相撲　かんじんずもう　［人］　社寺の境内などで勧進のために興行する相撲　㋬秋

¹³勧農鳥　かんのうちょう　［動］　時鳥の別称　㋬夏

【勢】

³勢子　せこ　［人］　狩猟のとき声をあげて鳥獣をかり出す役目の人夫。狩猟は冬の季語　㋬冬

【嗅】

⁰嗅し　かがし　［人］　稲が実ってきた田を荒らしにくる鳥・獣をおどかして追うために、悪臭を出すもの　㋬秋

⁹嗅茶　かぎちゃ　［人］　今年新しく製造した茶を、晩春売り出す前、風味を鑑別し等級付けをすること　㋬春

【園】

⁰園の菊　そののきく　［植］　園にある菊　㋬秋

⁹園神祭　そのかみまつり　［宗］　園韓神祭のうち園神の祭　㋬春

¹⁷園韓両神祭　そのからふたかみのまつり　［宗］　園韓神祭の別称　㋬春

園韓神祭　そのからかみのまつり　［宗］　宮中で行なわれる園神、韓神をまつった祭り　㋬冬

園韓神祭　そのからかみまつり　［宗］　二月上丑日に宮中で行なわれた園神と韓神の祭　㋬春

【塩】

⁴塩引　しおびき　［人］　塩鮭のうち、塩の濃いもの。年末に多く売買される　㋬冬

塩引鮭　しおびき　［人］　塩鮭のうち、塩の濃いもの。年末に多く売買される　㋬冬

⁵塩汁　しょっつる　［人］　鰯やハタハタを塩漬けにして作った秋田独特の調味料　㋬冬

塩汁貝焼　しょっつるかやき　［人］　塩汁（しょっつる）を用いた秋田地方の冬の郷土料理　㋬冬

塩汁鍋　しょっつるなべ　［人］　塩汁（しょっつる）を用いた秋田地方の冬の郷土料理　㋬冬

⁷塩辛とんぼ　しおからとんぼ　［動］　蜻蛉の一種で、最も普通に見られる中型のもの　㋬秋

塩辛納豆　しおからなっとう　［人］　夏に作る納豆の一種　㋬夏

塩辛蜻蛉　しおからとんぼ　［動］　蜻蛉の一種で、最も普通に見られる中型のもの　㋬秋

⁸塩河豚　しおふぐ　［人］　干河豚の一種で、塩水につけてから干したもの　㋬夏

⁹塩屋虻　しおやあぶ　［動］　虻の一種　㋬春

塩屋蜻蛉　しおやとんぼ　［動］　塩辛蜻蛉の別称　㋬秋

¹⁰塩桜　しおざくら　［人］　桜漬のこと　㋬春

塩烏賊　しおいか　［人］　秋に釣れるするめ烏賊などを、胴を開き塩水につけて干したもの　㋬夏、秋

塩釜祭　しおがままつり　［宗］　七月十日、塩釜市・塩竈神社で行われる例祭　㋬夏

塩釜港祭　しおがみなとまつり　［宗］　塩釜祭のこと　㋬夏

¹²塩温石　しおおんじゃく　［人］　土塩の結晶や石を塩に包んで焼いて温石としたもの　㋬冬

¹³塩数の子　しおかずのこ　［人］　初夏、鰊の卵を生で塩漬けにしたもの　㋬夏

塩数の子　しおかずのこ　［人］　塩漬の数の子　㋬新年

¹⁴塩蜻蛉　しおとんぼ　［動］　塩辛蜻蛉の別称　㋬秋

¹⁷塩鮭　しおざけ　［人］　主に北洋でとれた鮭を塩蔵したもの。年末に多く売買される　㋬冬

¹⁹塩鯨　しおくじら　［人］　鯨の肉と皮との間の脂肪層を塩漬けにしたもの　㋬夏

²¹塩竈桜　しおがまざくら　［植］　桜の一種　㋬春

塩竈菊　しおがまぎく　［植］　山地や高山の草原に生えるゴマノハグサ科の植物。夏から秋にかけて、赤紫の花をつける　㋬夏

塩鰤　しおぶり　［人］　鰤の塩蔵品。正月用の肴で年末に多く売買される　㋬冬

²²塩鰹　しおがつお　［動］　塩漬けの鰹　㋬夏

俳句季語よみかた辞典　445

塩鰹　しおがつお　［人］　塩漬けの鰹。冬の保存食で年末に多く売買される　[季]冬

塩鱈　しおだら　［人］　鱈の塩蔵品。冬の保存食　[季]冬

【塞】

0塞の神祭　さいのかみまつり　［宗］　道祖神祭の別称　[季]新年

【塗】

8塗炉縁　ぬりろぶち　［人］　茶の湯の炉縁で広間に用いられるもの。炉は冬に使う　[季]冬

11塗畦　ぬりあぜ　［人］　春、畦を土で塗り固めること　[季]春

【塘】

12塘蒿　せるりー　［植］　ヨーロッパ原産で、香りの強い葉を食用とする野菜で、一月～二月に収穫する　[季]冬

【墓】

0墓ぬらす　はかぬらす　［宗］　盆の墓参をして墓を掃除し、水を手向けること　[季]秋

6墓灯籠　はかとうろう, はかどうろう　［人］　灯籠の一種。墓に立てるもの　[季]秋

7墓囲う　はかかこう　［人］　雪国などで、寒さや積雪で墓石が破損しないよう、藁や莚などで墓を囲うこと　[季]冬

墓囲ふ　はかかこう　［人］　雪国などで、寒さや積雪で墓石が破損しないよう、藁や莚などで墓を囲うこと　[季]冬

8墓参　はかまいり, ぼさん　［宗］　盆の墓参のこと　[季]秋

9墓洗う　はかあらう　［宗］　盆の墓参をして墓を掃除し、水を手向けること　[季]秋

墓洗ふ　はかあらう　［宗］　盆の墓参をして墓を掃除し、水を手向けること　[季]秋

11墓掃除　はかそうじ　［宗］　盆の墓参をして墓を掃除し、水を手向けること　[季]秋

13墓詣　はかもうで　［宗］　盆の墓参のこと　[季]秋

16墓薙ぎ　はかなぎ　［宗］　七日盆の別称　[季]秋

【塒】

0塒へ入る鷹　とやへいるたか　［動］　羽換えの時期に鷹部屋へ鷹を放し飼いにすること　[季]夏

5塒出の鷹　とやでのたか　［動］　夏から秋、鳥屋の中で羽を替えさせた鷹を、鷹狩りの訓練のため鳥屋から出すこと　[季]秋

24塒鷹　とやだか　［動］　一度以上羽換をした鷹　[季]夏

【夢】

7夢見月　ゆめみづき　［時］　陰暦三月の別称　[季]春

夢見草　ゆめみぐさ　［植］　桜の別称　[季]春

9夢祝　ゆめいわい　［人］　初夢で吉凶を占うこと　[季]新年

10夢流し　ゆめながし　［人］　初夢の悪夢を吉夢にかえること　[季]新年

11夢窓忌　むそうき　［宗］　陰暦九月三十日、南北朝時代の僧夢窓国師の忌日　[季]秋

夢野の鹿　ゆめののしか　［動］　昔の伝説上の鹿　[季]秋

13夢殿の経供養　ゆめどののきょうくよう　［宗］　昔、行われた経供養のこと　[季]春

【嫁】

0嫁が君　よめがきみ　［動］　正月三が日の間、鼠のことを言った忌み言葉　[季]新年

嫁ぎまなび鳥　とつぎまなびどり　［動］　鶺鴒の別称　[季]秋

嫁ぎをしへ鳥　とつぎおしえどり　［動］　鶺鴒の別称　[季]秋

嫁ぎ鳥　とつぎどり　［動］　鶺鴒の別称　[季]秋

嫁つつき　よめつつき　［宗］　嫁叩の別称　[季]新年

嫁の雛　よめのひな　［人］　嫁入りに雛人形や雛道具を持参して、嫁入り後の初の節句ににぎやかに雛祭をしたこと　[季]春

3嫁大根　よめだいこん　［宗］　陰暦十一月の子祭に供える大根　[季]冬

5嫁叩　よめたたき　［人］　正月の十四、五日、子供が祝棒・粥杖で新婦の腰を打ってまわる妊娠出産祈願の行事　[季]新年

11嫁教鳥　とつぎおしえどり　［動］　鶺鴒（せきれい）の別称　[季]秋

13画（媽, 寛, 寝, 嵯）

嫁菜　よめな　［植］　キク科の多年草で、若
芽を食用にする。紫色の花は秋の季語
㋩春

嫁の花　よめなのはな　［植］　山野の湿地
を好むキク科の多年草。秋、青紫色の花を
つける　㋩秋

嫁菜飯　よめなめし　［人］　嫁菜を入れた御
飯　㋩春

嫁菜摘む　よめなつむ　［人］　嫁菜の若芽を
摘むこと　㋩春

嫁鳥　とつぎどり　［動］　鶺鴒（せきれい）
の別称　㋩秋

【媽】

⁹媽祖会　まそえ　［宗］　長崎市・崇福寺で行
なわれる行事。古歳時記には八月二十二日
を祭日としている　㋩秋

媽祖祭　まそさい　［宗］　長崎市・崇福寺で
行なわれる行事。古歳時記には八月二十二
日を祭日としている　㋩秋

媽祖隆生会　まそこうしょうえ　［宗］　長崎
市・崇福寺で行なわれる行事。古歳時記に
は八月二十二日を祭日としている　㋩秋

媽祖勝会　まそしょうえ　［宗］　長崎市・崇
福寺で行なわれる行事。古歳時記には八月
二十二日を祭日としている　㋩秋

【寛】

⁵寛永雛　かんえいびな　［宗］　雛人形の一種
㋩春

【寝】

⁰寝たる萩　ねたるはぎ　［植］　萩が眠るもの
とされたことによっておこった季語。萩は
秋の代表的な植物　㋩秋

⁵寝正月　ねしょうがつ　［人］　正月の間、年
賀にも出ず家に籠もり、ごろごろ寝て過ご
すこと　㋩新年

⁷寝冷　ねびえ　［人］　暑い夏に布団をはいだ
り、裸で寝たりすると、明け方の気温の低
下で体調をこわすこと　㋩夏

寝冷え　ねびえ　［人］　暑い夏に布団をはい
だり、裸で寝たりすると、明け方の気温の
低下で体調をこわすこと　㋩夏

寝冷子　ねびえご　［人］　寝冷えをした子供
㋩夏

寝冷知らず　ねびえしらず　［人］　子供用の

腹当のこと　㋩夏

⁹寝待　ねまち　［天］　臥待月の別称　㋩秋

寝待の月　ねまちのつき　［天］　臥待月の別
称　㋩秋

寝待月　ねまちづき　［天］　臥待月の別称
㋩秋

¹⁰寝挙ぐる　いねあぐる　［人］　正月三が日の
忌み詞で、寝ることを稲（いね）に言寄せて
めでたく言った言い回し　㋩新年

寝酒　ねざけ　［人］　寒さのため眠れない冬
の夜に、体を暖めて眠りに就くために飲む
酒　㋩冬

寝莫蓙　ねござ　［人］　夏に布団の上に敷い
て寝る莫蓙　㋩夏

¹¹寝釈迦　ねしゃか　［宗］　陰暦二月十五日の
釈迦入滅のさまを描いたもの　㋩春

¹²寝覚月　ねざめづき　［時］　陰暦九月の別称
㋩秋

寝覚草　ねざめぐさ　［植］　荻の別称。荻は
秋の季語　㋩秋

¹³寝筵　ねむしろ　［人］　夏に布団の上に敷い
て寝る莫蓙　㋩夏

¹⁴寝網　ねあみ　［人］　ハンモックの別称
㋩夏

【嵯】

¹⁰嵯峨の柱炬　さがのはしらたいまつ　［宗］
三月十五日の夜、京都市・清涼寺釈迦堂で
行なわれる火祭りの行事　㋩春

嵯峨大念仏　さがのだいねんぶつ　［宗］　四
月中旬、京都市・清涼寺釈迦堂で行なわれ
る大念仏会　㋩春

嵯峨大念仏狂言　さがだいねんぶつきょうげ
ん　［宗］　四月中旬、京都市・清涼寺釈迦
堂で行なわれる嵯峨大念仏の別称　㋩春

嵯峨念仏　さがねんぶつ　［宗］　四月中旬、
京都市・清涼寺釈迦堂で行なわれる嵯峨大
念仏の別称　㋩春

嵯峨祭　さがまつり　［宗］　五月に行なわれ
る京都嵯峨の愛宕神社と野の宮の祭礼
㋩夏

嵯峨釈迦開帳　さがのしゃかかいちょう
［宗］　京都市・清涼寺の本尊釈迦如来の開
帳　㋩新年

嵯峨御松明　さがおたいまつ　［宗］　三月十
五日、京都市・清涼寺釈迦堂で行なわれる
嵯峨の柱炬の別称　㋩春

俳句季語よみかた辞典　447

13画（微, 愛, 意, 感, 慈, 摂）

【微】

8微苦笑忌　びくしょうき　［宗］　閏二月二十九日、大正・昭和期の作家・俳人久米三汀の忌日　㋑春

11微涼　びりょう　［時］　暑い夏にかすかに涼しさを感じること　㋑夏

【愛】

0愛の羽根　あいのはね　［人］　赤い羽根の別称　㋑秋

4愛日　あいじつ　［時］　冬の日のこと　㋑冬

8愛宕の千日詣　あたごのせんにちもうで　［宗］　七月三十一日、京都嵯峨・愛宕神社で行われる鎮火祭に参詣すること。この日に参詣すると平日の千度に当たるとされた　㋑夏

愛宕の使　あたごのつかい　［宗］　愛宕の神事で、供を連れて口上を述べる使者　㋑新年

愛宕の神事　あたごのしんじ　［宗］　正月三日（のちには二十四日）に、東京芝の愛宕神社で行なわれた口上問答の神事　㋑新年

愛宕火　あたごび　［宗］　初秋に近畿・山陰地方の各地で行われる愛宕信仰に伴う火祭のこと　㋑秋

愛宕寺天狗宴　あたごでらのてんぐのさかもり　［宗］　正月二日、京都・愛宕寺で昔行なわれた牛王加持の酒盛りのこと　㋑新年

愛宕寺牛王加持　あたごでらごおうかじ　［宗］　正月二日、京都・愛宕寺で昔行なわれた牛王加持の酒盛りのこと　㋑新年

愛林日　あいりんび　［宗］　もとアメリカで始まった緑の週間のこと　㋑春

9愛染参　あいぜんまいり　［宗］　六月三十日から七月二日まで、大阪市・愛染堂で行われる会式　㋑夏

愛染祭　あいぜんまつり　［宗］　六月三十日から七月二日まで、大阪市・愛染堂で行われる会式　㋑夏

11愛鳥日　あいちょうび　［宗］　愛鳥週間の一日　㋑夏

愛鳥週間　あいちょうしゅうかん　［人］　五月十日から十六日まで、野鳥を保護する週間。アメリカのバードデーに倣ったもの　㋑夏

【意】

14意銭　ぜにうち, いせん　［人］　江戸時代の正月の子どもの遊戯の一つ。地面に線を引いて向こう側に銭をまき、適当な距離から銭を投げ、相手の指定した銭に打ち当てたものを勝ちとするもの　㋑新年

【感】

9感冒　かんぼう　［人］　風邪の別称。風邪は冬の季語　㋑冬

17感謝祭　かんしゃさい　［宗］　十一月最後の日曜日、収穫を感謝するプロテスタントの祭　㋑冬

【慈】

8慈姑　くわい　［植］　オモダカ科の水生多年草で水中で栽培する。冬から早春にかけ塊茎を収穫し食用にする　㋑春

慈姑の芽　くわいのめ　［植］　慈姑の塊茎の芽　㋑春

慈姑掘る　くわいほる　［人］　春、慈姑の塊茎を掘取ること　㋑春

慈雨　じう　［天］　旱魃が続いたとき、待ちに待った雨が降ること　㋑夏

10慈恵大師忌　じえだいしき　［宗］　陰暦一月三日、平安時代中期の天台僧慈恵大師良源の忌日　㋑新年

11慈眼大師忌　じげんだいしき　［宗］　陰暦十月二日、江戸時代前期の僧で寛永寺開山の慈眼大師天海の忌日　㋑冬

慈眼忌　じげんき　［宗］　陰暦十月二日、江戸時代前期の僧で寛永寺開山の慈眼大師天海の忌日　㋑冬

12慈善鍋　じぜんなべ　［人］　キリスト教の救世軍が、歳末に繁華街に鍋をつるし義援金を集めて、貧困者に贈る行事　㋑冬

慈悲心鳥　じひしんちょう　［動］　南方から渡来するホトトギス科の夏鳥で、十一の古称　㋑夏

13慈照院殿忌　じしょういんでんき　［宗］　陰暦一月七日、室町幕府八代将軍足利義政の忌日　㋑新年

【摂】

9摂待　せったい　［宗］　陰暦七月、各寺院の摂待所でお参りの人に湯や茶をふるまうこと　㋑秋

【搗】

とろろあふひ搗く　とろろあおいつく　［人］　紙漉きに必要なネリを作るため、原料の黄蜀葵を搗くこと。紙漉きは冷たい水で行うため、これも冬の季語とされる　[季]冬

5**搗布　かじめ**　［植］　本州中部の温暖な海中に生えるコンブ科の藻類の一つ。春に刈り取って、食用やヨードの原料とする　[季]春

搗布干す　かじめほす　［植］　取った搗布を干すこと　[季]春

搗布刈る　かじめかる　［植］　搗布を刈り取ること　[季]春

搗布舟　かじめぶね　［植］　搗布を取る舟　[季]春

10**搗栗つくる　かちぐりつくる**　［人］　秋の新栗の実を軽くゆでて、臼でひいて皮を除いた食べ物　[季]秋

搗栗飾る　かちぐりかざる　［人］　正月に搗栗を蓬莱の三方に添えて飾ること　[季]新年

【掻】

0**掻ぢしゃ　かきぢしゃ**　［植］　中国より渡来したもので、必要に応じて、下葉から順次掻きとって食用にする　[季]春

9**掻巻　かいまき**　［人］　夜着のうち、綿のうすく入ったもの　[季]冬

【数】

0**数え日　かぞえび**　［時］　今年が指で数えられるほどの日しか残っていないこと　[季]冬

数の子　かずのこ　［人］　正月料理の一つで、鰊の卵巣　[季]新年

数の子干す　かずのこほす　［人］　三月から四月の鰊の漁期に獲れた鰊の卵巣を取り出し、塩漬け・乾燥して、数の子を作ること　[季]春

数の子作る　かずのこつくる　［人］　三月から四月の鰊の漁期に獲れた鰊の卵巣を取り出し、塩漬け・乾燥して、数の子を作ること　[季]春

数の子抜く　かずのこぬく　［動］　鰊の卵巣をとりだすこと　[季]春

数の子草　かずのこぐさ　［植］　イネ科の二年草で、穂の形が数の子に似る。四、五月頃に緑色の花穂が出る　[季]春

数の子製す　かずのこせいす　［人］　三月から四月の鰊の漁期に獲れた鰊の卵巣を取り出し、塩漬け・乾燥して、数の子を作ること　[季]春

4**数方庭祭　すっぽうていまつり**　［宗］　八月七日から十三日まで、下関市・忌宮神社で行われる祭礼　[季]秋

10**数珠子　じゅずこ**　［動］　オタマジャクシの別称　[季]春

数珠玉　じゅずだま　［植］　水辺、湿地などに生えているイネ科の大型多年草。秋に実が生り、晩秋の頃成熟すると黒くつやがでて、非常に堅くなる。昔の子供はこれであそんだ　[季]秋

数珠掛鳩　じゅずかけばと　［動］　シラコバトの俗称　[季]秋

13**数掻く　かずかく**　［動］　羽虫をとるため、鴫が嘴で羽をしごくこと　[季]秋

【新】

0**新しき年　あたらしきとし**　［時］　年が変わり、新たな一年の始め　[季]新年

新たに涼し　あらたにすずし　［時］　初秋の頃の涼気、涼風　[季]秋

新に涼し　あらたにすずし　［時］　初秋の頃の涼気、涼風　[季]秋

2**新入生　しんにゅうせい**　［人］　四月から新しく入学する生徒　[季]春

新入社員　しんにゅうしゃいん　［人］　四月から新しく会社に入る社員　[季]春

新十六日　みいじゅうるくにち　［宗］　陰暦正月十六日、沖縄で前年中に弔いのあった家では新十六日と称して初めて墓参りをした　[季]新年

3**新口　あらくち**　［人］　煮酒をしたおけに、初めて呑み口を開くこと　[季]夏

新大豆　しんだいず　［植］　秋に収穫された直後の大豆　[季]秋

新小豆　しんあずき　［植］　秋に収穫された直後の小豆　[季]秋

新干大根　しんぼしだいこん　［人］　その年とって新しく干した半干しの大根　[季]冬

新干蕪　しんぼしかぶら　［人］　初冬に掘って新しく干した蕪　[季]冬

新干瓢　しんかんぴょう　［人］　この夏に作ったばかりの干瓢のこと　[季]夏

4**新内ながし　しんないながし**　［人］　ながしの一種で、三味線を弾いてまわり、新内を歌うもの　[季]夏

新日記　**しんにっき**　[人]　新年になって初めて新しい日記をつけること　[季]新年, 冬

新月　**しんげつ**　[天]　三日月の別称　[季]秋

新牛蒡　**しんごぼう**　[植]　若牛蒡の別称。夏に収穫したもの　[季]夏

5**新玉**　**あらたま**　[時]　年が変わり、新たな一年の始め　[季]新年

新玉の年　**あらたまのとし**　[時]　年が変わり、新たな一年の始め　[季]新年

新玉津嶋の御火焼　**にいたまつしまのおほたき**　[宗]　新玉津島神社で行なわれた御火焼　[季]冬

新生糸　**しんきいと**　[人]　新糸の別称　[季]夏

新生姜　**しんしょうが**　[植]　七月頃に収穫する、まだ若い生姜のこと　[季]夏, 秋

新田早馬祭　**にいたはやうままつり**　[宗]　鹿児島・新田神社の境内社たる保食（うけもち）神社の祭り　[季]春

新礼拝講　**しんらいはいこう**　[宗]　三月二十四、二十五日に十禅師社で行なわれた礼拝講　[季]夏

6**新年**　**しんねん**　[時]　年が変わり、新たな一年の始め　[季]新年

新年句会　**しんねんくかい**　[人]　初句会のこと　[季]新年

新年会　**しんねんかい**　[人]　新年を祝うための宴会のこと　[季]新年

新年宴会　**しんねんえんかい**　[人]　新年を祝って催す宴会。明治以降、元日節会に代わって行われた宮中行事　[季]新年

新米　**しんまい**　[人]　その秋に収穫した新しい米　[季]秋

新糸　**しんいと**　[人]　その夏に新しい繭から取る蚕の糸　[季]夏

7**新沢庵**　**しんたくあん**　[人]　その冬新しく漬けた沢庵漬　[季]冬

新社員　**しんしゃいん**　[人]　四月から新しく会社に入る社員　[季]春

新豆腐　**しんとうふ**　[人]　秋の新大豆で作る豆腐　[季]秋

新走　**あらばしり**　[人]　冬になる前に、その年の新米ですぐに醸造した酒　[季]秋

新走り　**あらばしり**　[人]　冬になる前に、その年の新米ですぐに醸造した酒　[季]秋

新里葱　**にっさとねぎ**　[植]　深葱の一種で、栃木県宇都宮付近のもの　[季]冬

新麦　**しんむぎ**　[人]　初夏に獲れたばかりの麦のこと　[季]夏

8**新参**　**しんざん**　[人]　出替で、新しく奉公人として入ってくる者　[季]春

新枝豆　**しんえだまめ**　[植]　夏豆の別称　[季]夏

新松子　**しんちぢり**　[植]　晩秋に新しくできた青い松の実（松毬）のこと　[季]秋

新物進　**しんもつたてまつり**　[宗]　出雲大社の十一月上卯の日の行事　[季]冬

新茄子和　**しんきあえ**　[人]　若茄子を細切りにしてあえものにしたもの　[季]夏

9**新南風**　**あらばえ**　[天]　沖縄で梅雨期にはいるまえに吹きはじめる南風のこと　[季]夏

新春　**しんしゅん**　[時]　初春のこと　[季]新年

新海苔　**しんのり**　[人]　冬に採れた海苔のこと。色が濃く柔らかで、香り高い　[季]冬

新炭　**あらずみ**　[人]　春先まで焼いて使うもの　[季]冬

新盆　**にいぼん, しんぼん**　[宗]　前年の盆以後に死者を出した家の盆　[季]秋

新盆見舞　**しんぼんみまい**　[宗]　新盆の家を訪問する礼儀　[季]秋

新秋　**しんしゅう**　[時]　初秋の別称　[季]秋

新胡桃　**しんくるみ**　[植]　晩秋、とれたての胡桃のこと　[季]秋

新胡麻　**しんごま**　[植]　その年の秋に収穫したばかりの胡麻　[季]秋

新草　**にいくさ**　[植]　若草の別称　[季]春

新茶　**しんちゃ**　[人]　晩春に摘んだ新しい茶葉で製造した今年の新しい茶。初夏に出回る　[季]夏

10**新宮の御船祭**　**しんぐうのおふねまつり**　[宗]　十月十六日、新宮市・熊野速玉神社の祭り　[季]秋

新宮祭　**しんぐうまつり**　[宗]　昔、陰暦五月に行なわれた三井寺鎮守の新宮の祭礼　[季]夏

新酒　**しんしゅ**　[人]　冬になる前に、その年の新米ですぐに醸造した酒　[季]秋

新酒火入　**しんしゅひいれ**　[人]　寒中にしこんだ酒を、夏を越しての貯蔵のため加熱すること　[季]夏

新酒糟　**しんしゅかす**　[人]　秋に新酒を

造ったときにできた酒糟　㋩秋

新真綿　しんまわた　［人］　その夏の繭から作った新しい真綿　㋩夏, 秋

新蚤　しんのみ　［動］　春になり動きが活発になった蚤　㋩春

新通　しんかよい　［人］　商家で新年に使う新しい帳簿を作り、その上書きをして祝うこと　㋩新年

新通ひ　しんかよい　［人］　商家で新年に使う新しい帳簿を作り、その上書きをして祝うこと　㋩新年

新馬鈴薯　しんじゃがいも, しんじゃが　［植］　初夏に出回り始める馬鈴薯。皮が薄く、こすっただけで皮がむける　㋩夏

[11]**新教師　しんきょうし**　［人］　四月から新任の教師　㋩春

新渋　しんしぶ　［人］　秋に取れたばかりの渋　㋩秋

新涼　しんりょう　［時］　初秋の頃の涼気、涼風　㋩秋

新野の雪祭　にいののゆきまつり　［宗］　正月十四、十五日、長野県阿南町新野で行われる農作を予祝する行事　㋩新年

新雪　しんせつ　［天］　新しく降もった雪　㋩冬

新鹿　しんしか　［動］　生え変わった、まだ柔らかい袋角がのびはじめたころの鹿　㋩夏

[12]**新御霊御弓　しんごりょうのみたらし**　［宗］　正月十七日、大阪市・御霊神社の御弓神事。弓占行事の一つ　㋩新年

新陽　しんよう　［時］　一年の最初の月。陰暦では陽春の始めもさす　㋩新年

[13]**新数の子　しんかずのこ**　［人］　春の旬の鰊で作った数の子　㋩春

新暖　しんだん　［時］　少し暑さを覚えるくらいになった気候　㋩夏

新歳　しんさい　［時］　年が変わり、新たな一年の始め　㋩新年

新煙草　しんたばこ　［人］　若煙草のこと　㋩秋

新節　しんぶし　［人］　初夏に釣った鰹から作った鰹節のこと　㋩夏

新筵　あらむしろ　［人］　正月、神前に新しく掛ける筵。地方によっては門飾りに掛ける　㋩新年

新絹　しんぎぬ　［人］　秋に新しくとれたばかりの綿で織った絹　㋩秋

[14]**新嘗会　しんじょうえ**　［人］　豊明節会の別称　㋩冬

新嘗祭　にいなめまつり, にいなめのまつり, しんじょうさい　［人］　その年の新穀の初穂を神に供え、これを司祭者みずからも食べる祭儀　㋩冬

新嘗祭　にいなめさい　［宗］　十一月二十三日、天皇がその年の初穂を神に供えて、自らも食べる宮中の祭事。昔は陰暦十一月の卯の日に行われた　㋩冬

新暦　しんごよみ　［人］　新年に初めて使い始めた暦のこと　㋩新年

新榧　しんかや　［植］　新しく採った榧の実のこと。初めは緑色だが、十月頃熟して紫褐色に変わり、食用にもなる　㋩秋

新榧子　しんかや　［植］　新しく採った榧の実のこと。初めは緑色だが、十月頃熟して紫褐色に変わり、食用にもなる　㋩秋

新漬沢庵　しんづけたくあん　［人］　生大根を使った沢庵漬　㋩冬

新精霊　にいじょうろ　［宗］　前年の盆以後の死者の霊　㋩秋

新綿　しんわた, にいわた　［人］　秋に新しくとれたばかりの綿　㋩秋

新綿の奏　にいわたのそう　［人］　内裏へ綿を貢ぐこと　㋩秋

新緑　しんりょく　［植］　初夏の頃のみずみずしい若葉の緑をいう言葉　㋩夏

[15]**新蕎麦　しんそば, あらそば**　［人］　夏に蒔いた秋蕎麦の走りで打った蕎麦　㋩秋

[16]**新機　しんはた**　［人］　秋に新しくとれたばかりの綿を機にかけて織ること　㋩秋

新樹　しんじゅ　［植］　初夏の木々が、みずみずしい若葉をつけていること　㋩夏

新樹蔭　しんじゅかげ　［植］　新樹の木蔭のこと　㋩夏

[17]**新糠　しんぬか**　［人］　秋の新米から出た糠　㋩秋

新藁　しんわら　［人］　秋に収穫したばかりの稲の茎葉　㋩秋

新霞　にいがすみ　［天］　新春に山や野にたなびく霞　㋩新年

[18]**新繭　しんまゆ**　［人］　その夏にできた繭　㋩夏

13画（暗, 暖, 暍, 楽, 業, 極, 榊, 椿）

新藷　しんいも　［植］　夏のうちに掘られる薩摩芋　㋓夏

¹⁹新麹　しんこうじ　［人］　秋に収穫した新米で造った麹　㋓秋

²⁰新糯　しんもち　［人］　その秋に収穫した新しい糯米　㋓秋

【暗】

¹⁷暗闇祭　やみまつり　［宗］　府中祭の別称　㋓夏

【暖】

⁰暖か　あたたか　［時］　春の気候や温度が心地よいこと　㋓春

⁵暖冬　だんとう　［時］　冬の日の暖かい陽気　㋓冬

⁸暖房　だんぼう　［人］　冬の寒い時に、室内を暖める暖房装置の総称　㋓冬

暖房車　だんぼうしゃ　［人］　暖房の入っている冬の列車　㋓冬

暖炉　だんろ　［人］　冬の寒い日に、火をたいて部屋をあたためる炉　㋓冬

暖炉会　だんろかい　［人］　陰暦十月一日、炉を開いて炭火をたきはじめる宮中行事　㋓冬

暖炉納む　だんろおさむ　［人］　春になり不要となった暖炉を片づけること　㋓春

暖炉節　だんろせつ　［人］　陰暦十月中の亥の日を選び、その冬初めて炉を開いて火入れすること　㋓冬

暖雨　だんう　［天］　春の暖かい雨　㋓春

¹¹暖鳥　ぬくめどり　［動］　寒夜に鷹が鳥を捕え、その鳥で自分の足を暖めて、夜が明ければ放したといわれること　㋓冬

【暍】

¹⁰暍病　えつびょう　［人］　日射病の別称　㋓夏

【楽】

⁷楽車　だんじり　［宗］　祭に使われる種々の飾り物をつけて引いて歩く車。祭は夏祭のこと　㋓夏

楽車祭　だんじりまつり　［宗］　誉田の楽車祭のこと　㋓夏

【業】

⁵業平忌　なりひらき　［宗］　陰暦五月二十八日、平安時代前期の歌人在原業平の忌日　㋓夏

業平蜆　なりひらしじみ　［動］　蜆の一種　㋓春

【極】

⁴極月　ごくげつ　［時］　陰暦十二月の別称　㋓冬

¹²極寒　ごくかん　［時］　冬の厳しい寒さのこと　㋓冬

極暑　ごくしょ　［時］　陽暦七月末〜八月上旬にかけてのきびしい暑さ　㋓夏

【榊】

榊　さかき　［植］　ツバキ科の常緑小高木　㋓夏

⁰榊さす　さかきさす　［宗］　祭のことをいう言い回し　㋓夏

榊の花　さかきのはな　［植］　ツバキ科の常緑小高木。初夏、葉の根元に白い小花が下向きに咲く。花は芳香が強い　㋓夏

²榊入　さかきいり　［宗］　榊伐で切り出された榊を四月十四日の大祭に、本宮へ遷幸すること　㋓春

⁶榊伐　さかききり　［宗］　大津市・日吉神社の山王祭の前儀。四月三日頃行われる　㋓春

⁸榊取　さかきとり　［宗］　榊伐で切り出された榊を大津市・天孫神社へ舟で渡御すること　㋓春

榊取る　さかきとる　［宗］　祭のことをいう言い回し　㋓夏

¹⁰榊鬼　さかきおに　［宗］　湯立神楽をする花祭で、腰に榊をさした鬼が禰宜と問答して言い負かされる演目　㋓冬

【椿】

つらつら椿　つらつらつばき　［植］　たくさん並んで咲いている椿　㋓春

椿　つばき　［植］　ツバキ科の常緑高木。早春に大輪の花を咲かせる。伊豆大島の椿が有名　㋓春

⁰椿の実　つばきのみ　［植］　夏についた椿の実は、秋になると熟して割れる。数個の暗

13画（楢, 楠, 楓, 楊, 楼, 櫻, 楸）

褐色の種がでて椿油の原料になる　㊂秋

⁶椿衣　つばきごろも　［人］　秋の衣類の一つ
㊂秋

⁷椿寿忌　ちんじゅき　［宗］　四月八日、明
治・大正・昭和期の俳人高浜虚子の忌日
㊂春

¹⁰椿挿す　つばきさす　［人］　梅雨の頃、繁殖
のため椿の挿し芽をすること　㊂夏

¹⁴椿餅　つばきもち　［人］　椿の葉に包んだ餅
菓子　㊂春

【楢】

楢　なら　［植］　晩秋の紅葉が美しいため、
単に楢というと紅葉との連想で秋の季語と
される　㊂秋

⁰楢の実　ならのみ　［植］　小楢の実あるいは
水楢の実のこと。どちらも晩秋にお椀に
入った堅い実が熟する　㊂秋

楢の芽　ならのめ　［植］　春の木の芽の一種
㊂春

⁹楢紅葉　ならもみじ　［植］　晩秋、楢の葉が
紅葉したもの。山林中に最も普通に見られ
る紅葉の一つ　㊂秋

楢茸　ならたけ　［植］　晩夏から初秋にかけ
て、古木の根元や倒木などに群生する茸。
別称はりがね茸　㊂秋

【楠】

⁰楠の芽　くすのめ　［植］　春の木の芽の一種
㊂春

⁴楠公祭　なんこうさい　［宗］　五月二十四日
から二十六日まで、神戸市・湊川神社で行
われる祭。湊川の戦いで戦死した楠木正成
の遺徳を偲ぶ　㊂夏

⁸楠若葉　くすわかば　［植］　初夏の樟の木の
みずみずしい若葉のこと　㊂夏

¹²楠落葉　くすおちば　［植］　初夏の新葉が茂
る頃に、樟の古葉が落葉すること　㊂夏

【楓】

楓　かえで　［植］　楓は紅葉が美しく、すべ
て秋の季語とされる。蛙の手の形に似てい
る葉は、晩秋になると鮮やかな赤に染まる
㊂秋

⁰楓の花　かえでのはな　［植］　カエデ科の落
葉高木の総称。四月頃、あまり目立たない
小花が咲く。秋の紅葉は鮮やか　㊂春

楓の芽　かえでのめ　［植］　カエデ科の落葉
高木の総称。初春に鮮紅色の柔らかな芽を
吹く　㊂春

⁸楓若葉　かえでわかば　［植］　初夏の楓の木
のみずみずしい若葉のこと　㊂夏

⁹楓紅葉　かえでもみじ　［植］　紅葉した楓
㊂秋

楓茸　わらいたけ　［植］　毒茸の一種　㊂秋

【楊】

⁷楊花粥　ようかしゅく　［人］　寒食（冬至か
ら百五日目の冷食）の際に食べるとされて
いる粥　㊂春

⁹楊柳　ようりゅう　［植］　柳の別称　㊂春

¹⁰楊桐　さかき　［植］　ツバキ科の常緑小高木
㊂夏

楊梅　やまもも, ようばい　［植］　ヤマモモ
科の常緑樹で、梅雨の頃に小さな丸い果実
が実る。色は暗紅紫色、甘酸っぱい味がす
る　㊂夏

楊梅の花　やまもものはな　［植］　ヤマモモ
科の常緑高木。早春、黄褐色の花穂がつく
㊂春

¹²楊貴妃桜　ようきひざくら　［植］　桜の一種
㊂春

【楼】

³楼子葱　やぐらねぎ　［植］　刈葱の別称
㊂夏

¹⁰楼桜　やぐらざくら　［植］　桜草の品種の一
つ　㊂春

【櫻】

¹⁰櫻笋　そうじゅん　［植］　棕櫚の別称　㊂夏

¹¹櫻魚　そうぎょ　［植］　棕櫚の別称　㊂夏

¹⁹櫻欄の花　しゅろのはな　［植］　ヤシ科の常
緑高木。五月頃、葉の根元から花序が出て、
黄色の小花が集まり咲く　㊂夏

【楸】

楸　ひさぎ　［植］　キササゲの古称　㊂秋

⁰楸の葉を戴く　ひさぎのはをいただく　［人］
立秋の日に、女子供が楸の葉を花の形に作
り頭にかざすという唐の風俗　㊂秋

¹²楸散る　ひさぎちる　［植］　楸の葉がの散る
こと　㊂秋

俳句季語よみかた辞典　453

【楮】

楮　こうぞ　［植］　クワ科の落葉低木　[季]夏

0楮の皮剝く　こうぞのかわむく　［人］　和紙作りの過程で、楮の皮を剝くこと。紙漉が冬の季語なので、関連してこれも季節は冬　[季]冬

楮の花　こうぞのはな　［植］　クワ科の落葉低木で、木は和紙の原料として有名。晩春、黄白色の目立たない花をつける　[季]春

楮の鞠　こうぞのまり　［人］　梶鞠の別称　[季]秋

楮もむ　こうぞもむ　［人］　楮をもむこと、和紙づくりの一過程。紙漉が冬の季語なので、関連してこれも季節は冬　[季]冬

4楮刈る　こうぞかる　［人］　楮を刈ること、和紙づくりの一過程。紙漉が冬の季語なので、関連してこれも季節は冬　[季]冬

10楮晒す　こうぞさらす　［人］　楮を晒すこと。和紙づくりの一過程。紙漉は冬の季語　[季]冬

13楮蒸す　こうぞむす　［人］　楮を蒸すこと。和紙づくりの一過程。紙漉は冬の季語　[季]冬

15楮踏む　こうぞふむ　［人］　楮を踏むこと、和紙づくりの一過程。紙漉が冬の季語なので、関連してこれも季節は冬　[季]冬

【楡】

0楡の芽　にれのめ　［植］　春の木の芽の一種　[季]春

【楝】

0楝の花　おうちのはな　［植］　一般には栴檀といわれている。初夏、淡紫色の小花が穂状に咲く　[季]夏

楝の実　おうちのみ　［植］　楕円形でサクランボぐらいの大きさの楝の実のこと。秋に熟して黄色くなり、つるつるしているので、俗に栴檀坊主ともいう　[季]秋

【楪】

楪　ゆずりは　［植］　常緑植物で、古い葉が新しい葉に譲るような形になる。名の音が縁起が良いため、正月の飾りに用いられる　[季]新年

0楪の花　ゆずりはのはな　［植］　トウダイグサ科の常緑高木。初夏、新葉と古葉が入れ替わる時期に黄緑色の小花が咲く　[季]夏

12楪葉売　ゆずりはうり　［人］　年の市で正月に使うユズリハを売るもの　[季]冬

13楪飾る　ゆずりはかざる　［人］　ユズリハの生態を家々の正しい世代交替と結びつけ、それを願って注連縄・神棚の花立て・蓬莱などにユズリハを取りつけること　[季]新年

【楞】

楞　ゆずりは　［植］　常緑植物で、古い葉が新しい葉に譲るような形になる。名の音が縁起が良いため、正月の飾りに用いられる　[季]新年

【楤】

0楤の花　たらのはな　［植］　タラノキの花。初秋、白い五弁の小花が円錐花序をなして群がり咲く　[季]秋

楤の芽　たらのめ　［植］　ウコギ科の落葉低木タラノキの芽のこと。三月下旬から四月上旬頃、新芽が付く。芽は和え物など食用に使われる　[季]春

【歳】

お歳暮　おせいぼ　［人］　年の暮れの贈り物。あるいは贈り物をする風習　[季]冬

3歳山祭　としやままつり　［宗］　茨城・鹿島神宮の神事で、正月四日に執行される。昔の御占祭りの遺風といわれている　[季]新年

5歳旦　さいたん　［時］　元旦の別称　[季]新年

歳旦三物　さいたんみつもの　［人］　江戸時代中期頃ごろまでの風習で、年頭に発句・脇・第三の三物を詠じ披露すること　[季]新年

歳旦句　さいたんく　［人］　元日に詠まれた句　[季]新年

歳旦帳　さいたんちょう　［人］　歳旦開き当日の句帳　[季]新年

歳旦祭　さいたんさい　［宗］　元日、四方拝の後で皇居の宮中三殿で行なわれる祭儀　[季]新年

歳旦開　さいたんびらき　［人］　正月中に連歌・俳諧の席を催し、元日（歳旦）の句を披露すること　[季]新年

歳旦歌　さいたんか　［人］　元日によまれた歌　[季]新年

歳末　さいまつ　［時］　年の終わり、十二月

も押し詰まったころ [季]冬

歳末大売出し さいまつおおうりだし ［宗］ 一般の店が年の暮れに行う大売出 [季]冬

7歳初 さいしょ ［時］ 年始の別称 [季]新年

8歳夜祭 としやまつり ［宗］ 松例祭の別称 [季]冬

歳始 さいし ［時］ 年始の別称 [季]新年

9歳首 さいしゅ ［時］ 年始の別称 [季]新年

12歳晩 さいばん ［時］ 年の終わり、十二月も押し詰まったころ [季]冬

14歳徳 としとく ［宗］ 年の始めにやってくる新しい年の神 [季]新年

歳徳神 としとくじん ［宗］ 年の始めにやってくる新しい年の神 [季]新年

歳徳神棚 としとくじんだな ［宗］ 歳徳棚の別称 [季]新年

歳徳棚 としとくだな ［宗］ 歳徳神をまつる神棚 [季]新年

歳暮 せいぼ, さいぼ ［時］ 年の終わり、十二月も押し詰まったころ [季]冬

歳暮の礼 せいぼのれい ［人］ 年の暮れの贈り物。あるいは贈り物をする風習 [季]冬

歳暮の祝 せいぼのいわい ［人］ 年の暮れの贈り物。あるいは贈り物をする風習 [季]冬

歳暮売出 せいぼうりだし ［人］ 店が歳暮の贈り物を売り出しすること [季]冬

歳暮返し せいぼがえし ［人］ 歳暮に対するお返し [季]冬

歳暮祝 せいぼいわい ［人］ 年の暮れの贈り物。あるいは贈り物をする風習 [季]冬

【殿】

3殿上の淵酔 てんじょうのえんずい ［人］ 本来は五節の舞の時の清涼殿での殿上人たちの酒宴。正月二日、三日をものを特に指すこともある [季]冬, 新年

殿上淵酔 てんじょうのえんずい ［人］ 本来は五節の舞の時の清涼殿での殿上人たちの酒宴。正月二日、三日をものを特に指すこともある [季]冬, 新年

14殿様蛙 とのさまがえる ［動］ 蛙の一種 [季]春

【溢】

10溢蚊 あぶれか ［動］ 秋になっても飛んでいる、見るからに弱々しく人を刺す力もない蚊 [季]秋

【滑】

3滑子 なめこ ［植］ 全体が粘質におおわれているキノコの一種で、寒さに強く、晩秋から冬に採集する [季]冬

滑子汁 なめこじる ［植］ 滑子入りの汁 [季]冬

8滑河豚 なめらふぐ ［動］ 真河豚の別称 [季]冬

12滑歯莧 すべりひゆ ［植］ スベリヒユ科の一年草。真夏に黄色い小花をつける [季]夏

【源】

3源三位忌 げんざんみき ［宗］ 陰暦五月二十六日、平安時代末期の武将源頼政の忌日 [季]夏

4源五郎 げんごろう ［動］ ゲンゴロウ科の夏の水生昆虫で、三センチほどの黒光りする虫。池や沼に住み、歩くのは苦手 [季]夏

源五郎虫 げんごろうむし ［動］ 源五郎の別称 [季]夏

源五郎鮒 げんごろうぶな ［動］ 鮒の一種。琵琶湖の堅田に住んでいた漁夫にちなんだ名。夏が旬 [季]夏

源氏虫 げんじむし ［動］ 兜虫の別称 [季]夏

源氏蛍 げんじぼたる ［動］ 蛍の一種 [季]夏

5源平桃 げんぺいもも ［植］ 桃の一種 [季]春

9源信忌 げんしんき ［宗］ 陰暦六月十日、平安時代後期の浄土教の先駆である恵心僧都源信の忌日 [季]夏

13源義忌 げんよしき ［宗］ 十月二十七日、昭和の俳人・出版者角川源義の忌日 [季]秋

【溝】

4溝五位 みぞごい ［動］ サギ科の夏鳥で、初夏に営巣のため飛来し、冬は南方へ帰っていく [季]夏

10溝浚え みぞさらえ ［人］ 八十八夜の頃、田植え前に用水の溝・堰を掃除・修繕すること [季]夏

溝浚へ みぞさらえ ［人］ 八十八夜の頃、田植え前に用水の溝・堰を掃除・修繕する

13画（滝, 溽, 溲, 滁, 煙, 照）

こと　㋖夏

溝萩　みぞはぎ　［植］　千屈菜（みそはぎ）
の別称。初秋、薄紫色の小花が集まり咲き、
盆の供花によく使われる　㋖秋

溝雲雀　みぞひばり　［動］　田雲雀の別称
㋖秋

¹⁵溝蕎麦　みぞそば　［植］　山野・路傍の水辺
に生えるタデ科の一年草。初秋、薄桃色の
花が咲く　㋖秋

【滝】

滝　たき　［地］　山中の岩の絶壁から垂直に
落ちる水。その涼味から夏の季語となった
㋖夏

⁰滝しぶき　たきしぶき　［地］　滝のはねあが
る水。滝自体が夏の季語なので、これも季
語としては夏　㋖夏

滝の音　たきのおと　［地］　滝の流れ落ちる
音。滝自体が夏の季語なので、これも季語
としては夏　㋖夏

⁶滝百合　たきゆり　［植］　百合の一種、鹿の
子百合の別称　㋖夏

滝行者　たきぎょうじゃ　［地］　滝にうたれ
て修行する行者のこと。滝自体が夏の季語
なので、これも季語としては夏　㋖夏

⁷滝見　たきみ　［地］　滝を見物すること。滝
自体が夏の季語なので、これも季語として
は夏　㋖夏

滝見茶屋　たきみぢゃや　［地］　滝を見物す
るための茶屋。滝自体が夏の季語なので、
これも季語としては夏　㋖夏

⁹滝垢離　たきごり　［地］　滝で行なう垢離。
滝自体が夏の季語なので、これも季語とし
ては夏　㋖夏

滝風　たきかぜ　［地］　滝が流れ落ちる時に
生じる風。滝自体が夏の季語なので、これ
も季語としては夏　㋖夏

¹⁰滝凍る　たきこおる　［地］　厳しい寒さで
凍った滝　㋖冬

滝宮祭　たきみやまつり　［宗］　昔、行なわ
れた祭り　㋖秋

滝浴　たきあび　［地］　夏の暑い時に滝を浴
びて涼をとること　㋖夏

滝浴び　たきあび　［人］　夏の暑い時に滝を
浴びて涼をとること　㋖夏

¹¹滝涼し　たきすずし　［地］　滝のもとでとる
涼み。滝自体が夏の季語なので、これも季

語としては夏　㋖夏

滝涸る　たきかる　［地］　冬、水源地の積雪
のために川の水量が減り、滝も涸れること
㋖冬

滝涸るる　たきかるる　［地］　冬、水源地の
積雪のために川の水量が減り、滝も涸れる
こと　㋖冬

滝祭　たきまつり　［宗］　四月四日、奈良・
龍田神社の例大祭　㋖春

¹²滝壺　たきつぼ　［地］　滝の落ちこむ淵。滝
自体が夏の季語なので、これも季語として
は夏　㋖夏

滝道　たきみち　［地］　滝の道。滝自体が夏
の季語なので、これも季語としては夏
㋖夏

¹³滝殿　たきどの　［人］　滝に対して建てた殿
舎のことで、納涼等に使われた　㋖夏

【溽】

¹²溽暑　じょくしょ　［時］　梅雨も終わりごろ
の蒸すような暑さ　㋖夏

【溲】

¹²溲疎　そうそ　［植］　卯の花の別称　㋖夏

【滁】

⁶滁州夏枯　じょしゅうかご　［植］　靫草の別
称　㋖夏

【煙】

⁴煙火　けむりび　［人］　花火の一種　㋖夏

煙火　はなび　［人］　花火の一種　㋖秋

⁹煙草の花　たばこのはな　［植］　喫煙用の葉
をとるために栽培される植物で、初秋、薄
紫色の花をつける　㋖秋

煙草干す　たばこほす　［人］　煙草の葉を陰
干しにすること　㋖秋

¹⁹煙霧　えんむ　［天］　スモッグのこと　㋖冬

【照】

⁰照る月なみ　てるつきなみ　［天］　三日月の
ころより二十日以後の有明月のころまで毎
夜の月　㋖秋

⁹照紅葉　てりもみじ　［植］　秋の晴れた日、
太陽に照りかがやいている紅葉のこと
㋖秋

[10]照射　ともし　［人］　昔の鹿狩りの方法。夏の闇夜に篝火を焚き、鹿の目が反射して光るのをめがけて矢を射るもの　[季]夏

照射する　ともしする　［人］　昔の鹿狩りの方法。夏の闇夜に篝火を焚き、鹿の目が反射して光るのをめがけて矢を射るもの　[季]夏

[12]照葉　てりは　［植］　秋の晴れた日、太陽に照りかがやいている紅葉のこと　[季]秋

[13]照殿紅　しょうでんこう　［植］　仏桑花の別称　[季]夏

[18]照額鳥　てりぬかどり　［動］　ベニヒワのこと　[季]秋

[24]照鷽　てりうそ　［動］　雄の鷽の俗称　[季]春

【煎】

[5]煎汁　せんじる　［人］　煮取の別称　[季]夏

[9]煎海鼠　いりこ　［人］　海鼠を干したもの　[季]新年

[10]煎脂　せんじ　［人］　煮取の別称　[季]夏

[14]煎餅釣　せんべいつり　［人］　薄焼きの煎餅を幾枚も重ねて、糸をつけた針を打ちつけて、煎餅を多くつり上げた方を勝ちとする遊び　[季]新年

【煤】

[0]煤おろし　すすおろし　［人］　年末に行う大掃除のこと　[季]冬

煤の日　すすのひ　［人］　年末の煤払の日　[季]冬

煤の餅　すすのもち　［人］　年末の煤払のあと食べる餅　[季]冬

[4]煤日和　すすびより　［人］　年末の煤払に適した日和　[季]冬

[5]煤払　すすはらい　［人］　年末に行う大掃除のこと　[季]冬

[6]煤竹　すすだけ　［人］　年末の煤払に使う竹のこと　[季]冬

煤竹売　すすだけうり　［人］　江戸時代、年末の煤払の前に来た煤竹を売る人　[季]冬

[7]煤見舞　すすみまい　［人］　年末の煤払の際、町屋で近所や知人の人が蕎麦を贈った風習　[季]冬

[9]煤逃　すすにげ　［人］　年末の煤払の時、煤をかぶらぬように別間に避けたこと　[季]冬

[10]煤納　すすおさめ　［人］　年末に行う大掃除のこと　[季]冬

[11]煤掃　すすはき　［人］　年末に行う大掃除のこと　[季]冬

[12]煤湯　すすゆ　［人］　年末の煤払いの後で、体を洗い、疲れを落とすために入浴すること　[季]冬

[22]煤籠　すすごもり　［人］　年末の煤払の時、煤をかぶらぬように別間に避けたこと　[季]冬

【煖】

[0]煖め鳥　ぬくめどり　［人］　寒夜に鷹が鳥を捕え、その鳥で自分の足を暖めて、夜が明ければ放したといわれること　[季]冬

[8]煖房　だんぼう　［人］　冬の寒い時に、室内を暖める暖房装置の総称　[季]冬

煖炉　だんろ　［人］　冬の寒い日に、火をたいて部屋をあたためる炉　[季]冬

煖炉外す　だんろはずす　［人］　春になり不要となった暖炉を片づけること　[季]春

煖炉会　だんろかい　［宗］　陰暦十月一日、炉を開いて炭火をたきはじめる宮中行事　[季]冬

煖炉納む　だんろおさむ　［人］　春になり不要となった暖炉を片づけること　[季]春

【煁】

煁　ひたき　［人］　床の一部を切り、掘りくぼめて薪や炭をたく設備。冬、暖房や煮炊きに使った　[季]冬

【猿】

[0]猿さかる　さるさかる　［動］　猿が冬に発情期を迎え、顔と尻が真っ赤になること　[季]冬

猿の口開　さるのくちあけ　［宗］　二月の初申の日に行われた厳島神社の神事　[季]春

猿の神供　さるのじんく　［宗］　四月十三日から十五日、大津市・日吉神社で行われる山王祭での神事　[季]春

猿の腰掛　さるのこしかけ　［植］　朽木や古木に寄生する木質の担子菌類。疣状の棚のように密生する。秋の季語とされるが、実際は年中見られる　[季]秋

[3]猿子　さるこ　［人］　子供の着る綿入れ袖無羽織。江戸での呼び名　[季]冬

猿子　ましこ　［動］　燕雀目アトリ科鳥。赤

13画（献, 獅, 獏, 瑞, 崎, 睡）

を主調とした色彩が、頭部・顔面をいろどっている　㋈秋

猿子鳥　ましこどり　［動］　猿子鳥（ましこ）の別称　㋈秋

[4]猿引　さるひき　［人］　正月、家々を廻り、太鼓に合わせて猿の舞いや芸を披露し、心付けを受け取る芸人　㋈新年

[6]猿曳　さるひき　［人］　正月、家々を廻り、太鼓に合わせて猿の舞いや芸を披露し、心付けを受け取る芸人　㋈新年

[9]猿廻し　さるまわし　［人］　正月、家々を廻り、太鼓に合わせて猿の舞いや芸を披露し、心付けを受け取る芸人　㋈新年

猿柿　さるがき　［植］　信濃柿の別称　㋈秋

猿茸　ましらたけ　［植］　猿の腰掛の別称。秋の季語とされるが、実際は年中見られる　㋈秋

[10]猿酒　さるざけ　［人］　猿が木の実を貯えておいたものが自然醗酵して酒になったもの。山の恵みという意味から秋の季語とされる　㋈秋

[11]猿笛　さるぶえ　［植］　瓢の実の別称。晩秋に実り、巣くっている虫がでてしまうと空洞ができており、口をあてて吹くとよく鳴る　㋈秋

[12]猿猴草　えんこうそう　［植］　キンポウゲ科の多年草　㋈夏

[15]猿舞師　さるまいし　［人］　正月、家々を廻り、太鼓に合わせて猿の舞いや芸を披露し、心付けを受け取る芸人　㋈新年

【献】

[9]献春　けんしゅん　［時］　一年の最初の月。陰暦では陽春の始めもさす　㋈新年

献盃　けんぱい　［宗］　正月元日、京都東本願寺の大師堂において、祖師親鸞上人の厨子を法主が開扉し、親しく屠蘇酒をくみ供える例式　㋈新年

献茶舟　けんちゃぶね　［宗］　天満祭に使われるもの　㋈夏

[13]献歳　けんさい　［時］　年始の別称　㋈新年

献節　けんせつ　［時］　春の別称　㋈春

【獅】

[3]獅子舞　ししまい　［人］　新年、赤い顔の獅子頭に唐草模様の緑の布をたらした中の二人の舞人が各戸をめぐって祝福の芸能を行

なう風習　㋈新年

獅子舞六斎　ししまいろくさい　［宗］　六斎のとき行なわれる獅子舞　㋈秋

獅子頭　ししがしら　［動］　金魚の一種　㋈夏

獅子頭　ししがしら　［人］　獅子舞の獅子　㋈新年

獅子頭の神事　ししがしらのしんじ　［宗］　昔、正月十五、十六日頃、伊勢山田で行われた神事。獅子の頭を持ち町を練り歩いた　㋈新年

【獏】

[0]獏の札　ばくのふだ　［人］　獏は夢を食う獣であるといういいつたえから、節分の夜に獏の絵を枕の下に敷いて寝て、悪夢をみないまじないとした　㋈冬

獏の札　ばくのふだ　［人］　初夢が悪夢であることを避けるため、その夜に悪い夢を食べてくれる獏の絵を枕の下に敷く風習　㋈新年

獏の枕　ばくのまくら　［人］　獏枕のこと　㋈冬

[8]獏枕　ばくまくら　［人］　初夢が悪夢であることを避けるため、その夜に悪い夢を食べてくれる獏の絵を枕の下に敷く風習　㋈新年

【瑞】

[9]瑞香　ずいこう　［植］　沈丁花の別称　㋈春

[21]瑞饋神輿　ずいきみこし　［宗］　北野芋茎祭で使われる御輿。屋根を芋茎で葺き、野菜や果物などで飾り立てたもの　㋈秋

瑞饋祭　ずいきまつり　［宗］　京都市・北野天満宮の北野芋茎祭のこと　㋈秋

【崎】

[2]崎人草　きじんそう　［植］　ユキノシタの別称　㋈夏

【睡】

[0]睡れる花　ねむれるはな　［植］　海棠の別称、楊貴妃の故事に由来する　㋈春

[7]睡花　すいか　［植］　海棠の別称　㋈春

[13]睡蓮　すいれん　［植］　熱帯原産の水草。晩夏に蓮に似た花を開く　㋈夏

13画（睦, 睨, 碇, 禁, 禅, 福）

睡蓮植う　すいれんうう　［人］　春、三～四
月頃、池に睡蓮を植えること　㉘春

【睦】

0睦み昆布　むつみこんぶ　［人］　結昆布の別
称　㉘新年

4睦月　むつき　［時］　陰暦一月の別称。新年
の季語とすることもある　㉘新年

8睦昆布　むつみこんぶ　［人］　結昆布の別称
㉘新年

【睨】

19睨鯛　にらみだい　［人］　正月の掛鯛のこと
㉘新年

【碇】

9碇星　いかりぼし　［天］　季節を問わず見ら
れるが、特に秋に美しくよく見えるため、
俳句では秋の季語とされている　㉘秋

【禁】

11禁鳥　とどめどり　［動］　鶯の別称　㉘春

【禅】

6禅寺丸　ぜんじまる　［植］　柿の品種の一
つ。柿は晩秋の季語　㉘秋

10禅庭花　ぜんていか　［植］　萱草に似た多年
草。七月頃、橙色の花が開く　㉘夏

【福】

お福　おふく　［人］　正月の門付け芸人、徳
助お福のこと　㉘新年

お福の湯　おふくのゆ　［宗］　特に正月三日
に限り、江戸上野東叡山中の護国院大黒天
に供えてある餅を参詣の男女に与えるため
ひたした湯　㉘新年

お福蜈蚣　おふくむかで　［宗］　江戸時代初
期、初寅で売られていた生きたムカデ　㉘
新年

0福は内　ふくはうち　［人］　節分の豆撒のき
まり言葉　㉘冬

4福引　ふくびき　［人］　多くの綱にいろいろ
の品をつけ、それを隠して引かせる正月の
余興　㉘新年

福水　ふくみず　［人］　元日の若水のこと
㉘新年

福王子祭　ふくおうじまつり　［宗］　十月十
八日、京都市・福王子神社の祭礼　㉘秋

5福包　ふくつつみ　［人］　包蓬莱の俗称　㉘
新年

7福助駕　ふくすけかご　［宗］　宝恵駕（ほい
かご）の別称　㉘新年

福助籠　ふくすけかご　［人］　一月十日、大
阪市・今宮戎神社の祭りに芸妓や舞妓が
乗って参拝する籠　㉘新年

福寿草　ふくじゅそう　［植］　キンポウゲ科
の多年草。名が縁起が良いとして正月の飾
りに用いられる　㉘新年

福杖　ふくづえ　［人］　粥杖の和歌山県での
呼称　㉘新年

福来　ふくらい　［宗］　子祭の供えもので大
根のこと　㉘冬

福豆　ふくまめ　［宗］　節分の豆撒のあと、
自分の年齢の数だけ食べる豆　㉘冬

8福参　ふくまいり　［人］　初午の別称　㉘春

福沸　ふくわかし　［人］　元日の早朝に汲ん
だ若水を沸かすこと　㉘新年

9福神詣　ふくじんまいり　［宗］　七福神詣の
こと　㉘新年

福茶　ふくちゃ　［人］　大福茶のこと　㉘
新年

10福桑　ふくそう　［植］　仏桑花の別称　㉘夏

福笑い　ふくわらい　［人］　正月の室内遊戯
の一つ。輪郭だけのお多福の顔に、目・
眉・鼻・唇などを目かくしをして貼り付け
る　㉘新年

福笑ひ　ふくわらい　［人］　正月の室内遊戯
の一つ。輪郭だけのお多福の顔に、目・
眉・鼻・唇などを目かくしをして貼り付け
る　㉘新年

11福寅　ふくとら　［宗］　寅の日の縁日　㉘
新年

福笹　ふくささ　［宗］　戎祭に売られる縁起
物の一つ　㉘新年

福野の夜高　ふののよたか　［宗］　五月一日
から三日、富山県福野町・神明神社で行わ
れる豊年祈願行事　㉘春

12福達磨　ふくだるま　［人］　新年に神棚に飾
る達磨　㉘新年

13福掻　ふくかき　［宗］　鞍馬初寅詣での土産
物。福を掻き込む道具になぞられた鉤　㉘
新年

俳句季語よみかた辞典　459

福筵　ふくむしろ　［人］　新年の掛筵の博多地方における別称　[季]新年

福詣　ふくまいり　［宗］　七福神詣のこと　[季]新年

福飴　ふくあめ　［宗］　戎祭に売られる縁起物の一つ　[季]新年

14**福餅神事**　ふくもちしんじ, ふくのもちしんじ　［宗］　正月四日の昼から大阪市・住吉大社で行なわれる神事　[季]新年

17**福藁**　ふくわら　［人］　正月、門口や庭に敷く新しい藁。不浄を除くためとも年賀の客を迎えるためともいう　[季]新年

福藁敷く　ふくわらしく　［人］　正月、門口や庭に新しい藁を敷くこと。不浄を除くためとも年賀の客を迎えるためともいう　[季]新年

福鍋　ふくなべ　［人］　元日の早朝に汲んだ若水を沸かす福沸に使う鍋　[季]新年

【稚】

7**稚児百合**　ちごゆり　［植］　ユリ科の多年草で、四月ごろ一個の白い小さい花を下向きに開く　[季]春

稚児隼　ちごはやぶさ　［動］　小型の隼の一種　[季]冬

稚児鵙　ちごもず　［動］　鵙の幼鳥　[季]秋

【節】

なまり節　なまりぶし　［人］　生節の別称　[季]夏

0**節の日**　せちのひ　［人］　節振舞をする日　[季]新年

節の西風　せつのにしかぜ　［天］　田植えの季節にある西風　[季]夏

3**節小袖**　せちこそで　［人］　節振舞に着る小袖　[季]新年

4**節分**　せつぶん　［人］　二月四日。季節の変わり目、特に立春の前日をいい、民間でヒイラギにイワシの頭をつけたのを門戸にさしたり日暮れに豆まきを行う　[季]冬

節分　せちぶ　［時］　季節の移り変る時の意で、後冬から春への変り目　[季]冬

節分草　せつぶんそう　［植］　キンポウゲ科の多年草。節分の頃に白い花をつける　[季]春

節分詣　せつぶんもうで　［宗］　節分の夜の年越詣の別称　[季]冬

節分籠　せつぶんごもり　［宗］　節分の夜、神社に参詣すること　[季]冬

節木　せちぎ　［人］　年木の別称　[季]新年

節木樵　せちぎこり　［人］　年木は新年にたく薪を年内に切り整えておくこと　[季]冬

5**節布子**　せちぬのこ　［人］　節振舞に着る布子　[季]新年

節田　せつだ　［人］　田植の地方称　[季]夏

6**節米**　せちごめ　［人］　正月のために用意する米　[季]冬

節衣　せちごろも　［人］　節振舞に着る衣　[季]新年

7**節忌**　たかしき　［宗］　二月八日、明治・大正期の歌人・小説家長塚節の忌日　[季]春

節折　よおり　［人］　陰暦六月と十二月の晦日、大祓の後で行なわれた祓式。天皇の身長を竹で測って、身長と同じ長さに折ったその竹を祓った。季語としては夏　[季]夏, 冬

節男　せちおとこ　［宗］　年男の別称　[季]新年

8**節季**　せっき　［時］　元来は季節の終わりを指したが、特に年の暮れ、金銭取引上の総決算をする時期をいう　[季]冬

節季仕舞　せっきじまい　［時］　元来は季節の終わりを指したが、特に年の暮れ、金銭取引上の総決算をする時期をいう　[季]冬

節季市　せっきいち　［宗］　年の市のこと　[季]冬

節季候　せきぞろ, せっきぞろ　［人］　年の暮れに回って来て、米や銭をもらっていく門付け　[季]冬

節東風　せつごち　［天］　瀬戸内・周防大島あたりで、陰暦十二月頃に吹く東風　[季]冬

節東風　せちごち　［天］　陰暦正月に一週間ほど続いて吹く風　[季]新年

9**節客**　せちきゃく　［人］　節振舞をされる客　[季]新年

10**節座敷**　せちざしき　［人］　節振舞をする座敷　[季]新年

節振舞　せちぶるまい　［人］　新年を祝って、年始客に振る舞うご馳走　[季]新年

節料　せちりょう　［人］　正月を迎えるための用意の品々　[季]冬

節料米　せちりょうまい　［人］　正月のために用意する米　[季]冬

節料物　せちりょうもの　［人］　正月を迎えるための用意の品々　[季]冬

節料理　せちりょうり　［人］　新年を祝って、年始客に振る舞うご馳走　[季]新年

^{12}節替り　せつがわり　［時］　季節の変わり目、特に立春の前日のこと　[季]冬

^{20}節饗　せちあえ　［人］　新年を祝って、年始客に振る舞うご馳走　[季]新年

【筵】

^{18}筵織る　むしろおる　［人］　冬の農閑期の藁仕事の一つ　[季]冬

【筥】

^{11}筥崎放生会　はこざきほうじょうえ　［宗］　九月十二日から十八日まで、鶴岡市・筥崎神社で行われる祭礼　[季]秋

筥崎祭　はこざきまつり　［宗］　九月十二日から十八日まで、鶴岡市・筥崎神社で行われる祭礼　[季]秋

^{16}筥鮓　はこずし　［人］　鮓の一種　[季]夏

【筧】

^{9}筧草　かけいぐさ　［植］　刈萱の別称。秋、おもに丘陵地の草原に自生する　[季]秋

【筬】

^{6}筬虫　おさむし　［動］　馬陸の別称　[季]夏

【粳】

粳　うるち　［植］　稲の一種で、御飯として常食するもの。稲は秋に収穫する　[季]秋

【継】

^{7}継尾の鷹　つぎおのたか　［人］　傷めた尾羽を途中で切り、他の羽で継いだ春の鷹　[季]春

【絹】

^{6}絹団扇　きぬうちわ　［人］　絹張りの団扇　[季]夏

絹糸草　きぬいとそう　［植］　イネ科の多年草大粟還りのこと。水盤で観賞し、涼感を楽しむ　[季]夏

^{10}絹扇　きぬおうぎ　［人］　絹製の扇　[季]夏

^{11}絹袷　きぬあわせ　［人］　夏用の絹の袷　[季]夏

^{13}絹蒲団　きぬぶとん　［人］　絹の蒲団　[季]冬

^{14}絹綿　きぬわた　［人］　真綿の別称　[季]冬

【続】

^{8}続命縷　しょくめいる　［人］　薬玉の別称　[季]夏

^{11}続断　ぞくだん　［植］　踊子草の別称。春から初夏にかけ、淡紅または白色の花を輪状につける　[季]夏

【絽】

絽　ろ　［人］　夏の薄物に使う薄手の絹地の織物　[季]夏

^{6}絽羽織　ろばおり　［人］　夏羽織の一種　[季]夏

^{11}絽袴　ろばかま　［人］　夏袴の一種　[季]夏

【綟】

^{11}綟屏風　もじびょうぶ　［人］　風を通し、虫を防ぐために綟を用いた夏の屏風の一種　[季]夏

^{14}綟障子　もじしょうじ　［人］　風を通し、虫を防ぐために綟を用いた夏の障子の一種　[季]夏

【綅】

^{6}綅芒　しますすき　［植］　葉に縦に縞のあるもの　[季]秋

【置】

^{0}置ペチカ　おきぺちか　［人］　暖房装置の一つ　[季]冬

^{9}置炬燵　おきごたつ　［人］　底板のあるやぐらの中に炭櫃を入れた移動式の炬燵　[季]冬

【義】

^{3}義士会　ぎしかい　［宗］　十二月十四日、赤穂四十七士の仇討をたたえる会　[季]冬

義士討入の日　ぎしうちいりのひ　［宗］　十二月十四日、赤穂四十七士が討ち入りし本懐を遂げた日　[季]冬

義士祭　ぎしさい, ぎしまつり　［人］　四月一日から一週間、東京高輪・泉岳寺で行なわれる赤穂義士の霊を祭る行事　[季]春

義士焼　ぎしやき　［人］　今川焼の別称

13画（群, 羣, 聖）

㊦冬

⁶**義仲忌　よしなかき**　［宗］　陰暦一月二十日、平安時代末期の武将木曾義仲の忌日　㊦新年, 春

⁷**義秀忌　ぎしゅうき**　［宗］　八月十九日、大正・昭和期の小説家中山義秀の忌日　㊦秋

⁹**義政忌　よしまさき**　［宗］　陰暦一月七日、室町幕府八代将軍足利義政の忌日　㊦新年

¹¹**義経忌　よしつねき**　［宗］　陰暦閏四月三十日、平安時代末期の武将源義経の忌日　㊦夏

¹²**義朝忌　よしともき**　［宗］　陰暦一月三日、平安時代末期の武将源義朝の忌日　㊦新年

【群】

からの群　からのむれ　［動］　語尾に皆カラとかガラとかがつく雀類が、秋に混群となって生活すること　㊦秋

から群るる　からむるる　［動］　語尾に皆カラとかガラとかがつく雀類が、秋に混群となって生活すること　㊦秋

⁰**群るるから　むるるから**　［動］　語尾に皆カラとかガラとかがつく雀類が、秋に混群となって生活すること　㊦秋

³**群千鳥　むらちどり**　［動］　群をなす千鳥　㊦冬

¹¹**群雀　むれすずめ**　［植］　マメ科の落葉低木。晩春、黄色の蝶状花が咲き、のち赤黄色に変わる　㊦春

¹⁵**群撫子　むれなでしこ**　［植］　霞草の別称　㊦春

¹⁶**群燕　むらつばめ, むれつばめ**　［動］　群をなして飛んでいる燕　㊦春

【羣】

¹¹**羣鳥羞を養ふ　ぐんちょうしゅうをやしなう**　［時］　七十二候の一つで、白露の第三候。陽暦九月十八日から二十二日頃　㊦秋

【聖】

ナザレトの聖家族の祝日　なざれとのせいかぞくのいわいび　［宗］　クリスマスの後の初めての日曜日、イエスの家族を家庭の模範とする記念日。以前は一月六日の公現祭後の日曜日に行われていた　㊦冬

ロザリオの聖母の日　ろざりおのせいぼのひ　［宗］　十月七日、キリスト教徒がレパント

の海戦でトルコ軍に勝ったのを、信者のロザリオの祈禱によるものであったとしてそれを記念する祝日　㊦秋

⁰**聖ザビエルの日　せいざびえるのひ**　［宗］　十二月三日、フランシスコ・ザビエルが永眠した。カトリックの祝日　㊦冬

聖ザビエル祭　せいざびえるさい　［宗］　十二月三日、フランシスコ・ザビエルが永眠した日。カトリックの祝日　㊦冬

聖パウロ祭　せいぱうろさい　［宗］　六月三十日、聖パウロ殉教の日　㊦夏

聖フランシスコ＝ザビエル司祭の祝日　せいふらんしすこざびえるしさいのいわいび　［宗］　フランシスコ・ザビエルが永眠した日でカトリックの祝日　㊦冬

聖ペテロ・パウロ祭　せいぺてろぱうろさい　［宗］　六月二十九日、聖ペトロと聖パウロがローマで殉教した日　㊦夏

聖ペテロ祭　せいぺてろさい　［宗］　六月二十九日、聖ペトロ殉教の日　㊦夏

聖ペトロ・パウロ祭　せいぺとろぱうろさい　［宗］　六月二十九日、聖ペトロと聖パウロがローマで殉教した日　㊦夏

聖ミカエルの祝日　せいみかえるのしゅくじつ　［宗］　九月二十九日、大天使ミカエルの祝日　㊦秋

聖ミカエル祭　せいみかえるさい　［宗］　九月二十九日、大天使ミカエルの祝日　㊦秋

聖ヨセフ祭　せいよせふさい　［宗］　三月十九日、キリストの養父であったヨセフの死亡した日　㊦春

聖ヨゼフ祭　せいよぜふさい　［宗］　三月十九日、キリストの養父であったヨゼフの死亡した日　㊦春

聖ヨハネの日　せいよはねのひ　［宗］　十二月二十七日、聖ヨハネが亡くなった日　㊦冬

聖ヨハネの祝い日　せいよはねのいわいび　［宗］　十二月二十七日、聖ヨハネが亡くなった日　㊦冬

聖ヨハネ祭　せいよはねさい　［宗］　六月二十四日、聖ヨハネの誕生日　㊦夏

聖ヨハネ祭　せいよはねさい　［宗］　十二月二十七日、聖ヨハネが亡くなった日　㊦冬

¹**聖一忌　しょういちき**　［宗］　陰暦十月十六日、鎌倉時代の僧で東福寺開山の聖一国師円爾弁円の忌日　㊦冬

462　俳句季語よみかた辞典

聖一国師忌　しょういちこくしき　［宗］　陰暦十月十六日、鎌倉時代の僧で東福寺開山の聖一国師円爾弁円の忌日　[季]冬

2**聖人祭　せいじんさい**　［宗］　十一月一日、諸聖人をまとめて祝うカトリックの祝日。万聖節のこと　[季]秋

3**聖三位祭　せいさんみさい**　［宗］　三位祭に同じ　[季]夏

聖土曜　せいどよう　［宗］　聖週間中の土曜日。聖土曜日の別称　[季]春

聖土曜日　せいどようび　［宗］　聖週間中の土曜日。キリストの遺骸が墳墓に安置された日　[季]春

4**聖五月　せいごがつ**　［時］　キリスト教のマリアの月であることから五月の美称　[季]夏

聖心祭　せいしんさい　［宗］　聖霊降臨祭（ペンテコステ）から二十日目の金曜日で、キリストの求めた善徳にはげむ祝日　[季]夏

聖木曜　せいもくよう　［宗］　聖週間中の木曜日。聖木曜日の別称　[季]春

聖木曜日　せいもくようび　［宗］　聖週間中の木曜日。キリストの最後の晩餐の日　[季]春

5**聖旦　せいたん**　［時］　元旦の別称　[季]新年

聖母月　せいぼづき　［宗］　五月の別称。カトリック信者は五月を聖母マリアの月と定めている　[季]夏

聖母生誕祭　せいぼせいたんさい　［宗］　九月八日、聖母マリアの誕生日　[季]秋

聖母昇天祭　せいぼしょうてんさい　［宗］　八月十五日、聖母マリアの被昇天祭の別称　[季]秋

聖母被昇天祭　せいぼひしょうてんさい　［宗］　八月十五日、聖母マリアの被昇天祭の別称　[季]秋

聖母祭　せいぼさい　［宗］　聖母月（五月）にマリアを賛美して行われる　[季]夏

聖母祭　せいぼさい　［宗］　三月二十五日の受胎告知の日、聖母マリアの祭　[季]春

聖母祭　せいぼさい　［宗］　八月十五日、聖母マリアの被昇天祭の別称　[季]秋

聖母聖心祭　せいぼせいしんさい　［宗］　聖母月（五月）にマリアを賛美して行われる　[季]夏

聖母聖心祭　せいぼせいしんさい　［宗］　八月二十二日、被昇天祭の一週間後。カトリック教会が聖母マリアの清い心を記念する日　[季]秋

6**聖名祭　せいめいさい**　［宗］　元日、教会で行なわれる新年最初のミサ　[季]新年

聖灰水曜日　せいかいすいようび　［宗］　灰の水曜日の別称　[季]春

聖灰祭　せいかいさい　［宗］　灰の水曜日の別称　[季]春

7**聖体行列　せいたいぎょうれつ**　［宗］　十月の最後の日曜日に行なわれる行列で、聖体に対する信心業の一つ　[季]秋

聖体制定日　せいたいせいていび　［宗］　聖週間中の木曜日。聖木曜日の別称　[季]春

聖体祭　せいたいさい　［宗］　三位祭の後の最初の木曜日。聖体に対し信者の熱誠を喚起する祝日　[季]夏

8**聖夜　せいや**　［宗］　十二月二十四日、クリスマスイブのこと　[季]冬

聖夜劇　せいやげき　［宗］　クリスマスイブに行なわれる劇　[季]冬

聖枝祭　せいしさい　［宗］　復活祭の直前の日曜日。受難の主日の別称　[季]春

聖武祭　しょうむさい　［宗］　五月二日、東大寺の大仏を発願された聖武天皇を追慕するためにいとなまれる大法要　[季]春

聖金曜　せいきんよう　［宗］　聖週間中の金曜日。聖金曜日の別称　[季]春

聖金曜日　せいきんようび　［宗］　聖週間中の金曜日。キリストの受難を記念する日　[季]春

9**聖胎告知日　せいたいこくちび**　［宗］　三月二十五日の受胎告知日の別称　[季]春

聖胎節　せいたいせつ　［宗］　十二月八日、キリスト教で聖母マリアが受胎した日とされる　[季]冬

10**聖家族の日　せいかぞくのひ**　［宗］　クリスマスの後の初めての日曜日、イエスの家族を家庭の模範とする記念日。以前は一月六日の公現祭後の日曜日に行われていた　[季]冬

聖家族の主日　せいかぞくのしゅじつ　［宗］　クリスマスの後の初めての日曜日、イエスの家族を家庭の模範とする記念日。以前は一月六日の公現祭後の日曜日に行われていた　[季]冬

聖家族祭　せいかぞくさい　［宗］　クリスマスの後の初めての日曜日、イエスの家族を家庭の模範とする記念日。以前は一月六日

の公現祭後の日曜日に行われていた [季]冬
聖徒祭 せいとさい ［宗］ 聖人祭（万聖節）の別称 [季]秋
11**聖菓** せいか ［宗］ クリスマスケーキの別称 [季]冬
聖週期 せいしゅうき ［宗］ 受難の主日より始まる一週間。聖週間の別称 [季]春
聖週間 せいしゅうかん ［宗］ 受難の主日より始まる一週間 [季]春
14**聖歌** せいか ［宗］ キリストの徳を賛美する歌 [季]冬
15**聖誕祭** せいたんさい ［宗］ 十二月二十五日、クリスマスのこと [季]冬
聖霊会 しょうりょうえ ［宗］ 陰暦二月二十二日の聖徳太子の忌日を記念して、奈良・法隆寺と大阪・四天王寺で行われる法会。法隆寺は三月、四天王寺は四月に行う [季]春
聖霊花 しょうりょうばな ［植］ 盆花の別称 [季]秋
聖霊盆棚 しょうりょうぼんだな ［宗］ 盆の魂祭に設ける祭壇の棚 [季]秋
聖霊降臨祭 せいれいこうりんさい ［宗］ 復活祭から五十日めで、昇天祭からは十日目。キリストの弟子に聖霊が降臨したことを祝う日 [季]夏
聖霊梨の花 しょうりょうなしのはな ［植］ 山梨の花の別称 [季]春
聖霊梨の花 やまなしのはな ［植］ 山梨の花の別称 [季]春
聖霊祭 せいれいさい ［宗］ 聖霊降臨祭のこと [季]夏
聖霊祭 しょうりょうまつり ［宗］ 盆に、祖霊に供養する祭り [季]秋
聖霊棚 しょうりょうだな ［宗］ 盆の魂祭に設ける祭壇の棚 [季]秋
16**聖樹** せいじゅ ［宗］ クリスマスツリーの別称 [季]冬
17**聖燭祭** せいしょくさい ［宗］ 二月二日、マリアが産後の汚れを清めた祝日 [季]冬
20**聖護院大根** しょうごいんだいこん ［植］ 大根の一種で、京都市聖護院産の丸形のもの [季]冬
聖護院蕪 しょうごいんかぶ ［植］ 蕪の一種で、京都市聖護院産のもの [季]冬

【腰】

7**腰赤燕** こしあかつばめ ［動］ 燕の一種 [季]春
11**腰屏風** こしびょうぶ ［人］ 屏風の一種。高さ九十センチくらいの低いもの [季]冬
腰細やんま こしぼそやんま ［動］ 蜻蜓（やんま）の一種 [季]秋
13**腰蒲団** こしぶとん ［人］ 腰の冷える女性や妊婦などが使う小蒲団 [季]冬
14**腰障子** こししょうじ ［人］ 高さ三十センチくらいの腰板のある紙障子 [季]冬

【腸】

5**腸氷る** はらわたこおる ［地］ 寒さのため腸も凍るように感じられること [季]冬

【腹】

0**腹ぶと** はらぶと ［動］ 鰡の別称 [季]秋
4**腹太箸** はらふとばし ［人］ 正月の太箸の別称 [季]新年
5**腹広蜻蛉** はらびろとんぼ ［動］ 蜻蛉の一種で、体が平たいもの [季]秋
6**腹当** はらあて ［人］ 夏の夜、寝冷えを防ぐために腹に当てる布 [季]夏
7**腹赤の贄** はらかのにえ ［人］ 元日節会において、西国の服属をあらわすため九州から献じられた魚 [季]新年
腹赤奏 はらかのそう ［人］ 元日節会において、九州で獲れた魚を献じて西国の服属をあらわした儀式 [季]新年
11**腹掛** はらがけ ［人］ 夏の夜、寝冷えを防ぐために腹に当てる布 [季]夏

【蒲】

蒲 がま ［植］ 池や沼に生えているガマ科の多年草。夏に青々と茎を伸ばす。七、八月頃には蒲の穂と呼ばれる花穂をつける [季]夏
0**蒲の花** がまのはな ［植］ 蒲の穂の別称。七、八月頃に出る [季]夏
蒲の絮 がまのわた ［植］ ガマの果穂は多数の小さい果実の集まりで、長い白い毛をもった実が風に乗って舞うようになる [季]秋
蒲の葉 がまのは ［植］ 長さ一メートル内外の細長い葉 [季]夏

蒲の穂　がまのほ　［植］　七、八月頃につく蒲の花穂のこと　[季]夏

蒲の穂絮　がまのほわた　［植］　ガマの果穂は多数の小さい果実の集まりで、長い白い毛をもった実が風に乗って舞うようになる　[季]秋

2**蒲人　ほじん**　［人］　菖蒲人形の別称　[季]夏

4**蒲公英　たんぽぽ**　［植］　キク科の多年草で、どこにでもある野花。春に黄色の花が咲く　[季]春

蒲公英の絮　たんぽぽのわた　［植］　たんぽぽの花の後の、白い綿毛のような冠毛のこと　[季]春

6**蒲団　ふとん**　［人］　布を外被にして、なかに綿・鳥の羽などをつめた暖かい寝具。掛布団、敷布団などの総称で、すべて冬の季語　[季]冬

蒲団干す　ふとんほす　［人］　蒲団を日光にあてて干すこと　[季]冬

10**蒲莫蓙　がまござ**　［人］　蒲を編んで作った筵。夏の敷物　[季]夏

11**蒲黄　ほおう**　［植］　蒲の穂の別称。七、八月頃に出る　[季]夏

13**蒲筵　がまむしろ**　［人］　蒲を編んで作った筵。夏の敷物　[季]夏

14**蒲鉾　がまぼこ**　［植］　蒲の穂の別称。七、八月頃に出る　[季]夏

19**蒲蘆　ほろ**　［植］　匏の別称。初秋、瓢箪形の青い実がたくさん生る　[季]秋

【蒔】

すじ蒔　すじまき　［人］　春、籾種を苗代に蒔くこと　[季]春

ぼうぶら蒔く　ぼうぶらまく　［人］　春、三月頃に南瓜の種を蒔くこと　[季]春

【蒸】

0**蒸し飯　むしめし**　［人］　冬、冷たくなった御飯を蒸して食べること　[季]冬

蒸ほっき　むしほっき　［動］　ほっき貝の蒸物　[季]春

5**蒸北寄　むしほっき**　［動］　ほっき貝の蒸物　[季]春

8**蒸炒　じょうそう**　［時］　夏の別称　[季]夏

12**蒸暑し　むしあつし**　［時］　梅雨も終わりごろの蒸すような暑さ　[季]夏

蒸蛤　むしはまぐり　［動］　蛤を蒸した料理　[季]春

蒸飯　ふかしめし　［人］　冬、冷たくなった御飯を蒸して食べること　[季]冬

16**蒸鮓　むしずし**　［人］　京阪地方独特の温かい鮓。ちらしずしに似ており、せいろうで蒸して食べる。夏が多い鮓の中でこれは冬の季語とされる　[季]冬

20**蒸饅頭　むしまんじゅう**　［人］　蒸し菓子の一種。温かい蒸し菓子は冬の季語　[季]冬

蒸鰈　むしがれい　［人］　春の鰈を塩水で蒸してから、陰干しにしたもの　[季]春

【蒼】

4**蒼天　そうてん**　［時］　春の空のこと　[季]春

5**蒼朮　そうじゅつ**　［植］　おけらの別称。晩夏から秋にかけ、枝先に白や紅白色の花をつける　[季]夏

蒼朮の花　おけらのはな　［植］　キク科の多年草。晩夏から秋にかけ、枝先に白や紅白色の花をつける　[季]夏

蒼朮を焼く　そうじゅつをやく　［人］　梅雨の時期に室内の湿気を払うため、おけら（薬用植物）を焼いたこと　[季]夏

蒼朮を焚く　そうじゅつをたく　［人］　梅雨の時期に室内の湿気を払うため、おけら（薬用植物）を焼いたこと　[季]夏

6**蒼耳　そうじ**　［植］　オナモミの別称　[季]夏

7**蒼虬忌　そうきゅうき**　［宗］　陰暦三月十三日、江戸時代後期の俳人成田蒼虬の忌日　[季]春

9**蒼帝　そうてい**　［時］　春の別称　[季]春

19**蒼蠅　あおばえ**　［動］　蠅の一種　[季]夏

24**蒼鷺　あおさぎ**　［動］　サギ科の留鳥で、国内の鷺で最大のもの。水辺の立姿が涼しげ　[季]夏

蒼鷹　おおたか, もろがえり　［動］　彪が細かく、鷹狩りに使われた中型の鷹の一種　[季]冬

【蒜】

蒜　にんにく　［植］　ニンニクの古称　[季]春

0**蒜の花　にんにくのはな, ひるのはな**　［植］　ユリ科の多年草。晩夏に薄紫色の小花をつける　[季]夏

蒜の根　にんにくのね, ひるのね　［人］　夏

の土用に食べると暑気や病疫を除くという [季]夏

【蓬】

蓬　よもぎ　［植］　キク科の多年草。蓬餅が三月三日の節句に食されたので、春の季語とされるようになった　[季]春

0**蓬を佩ぶ　よもぎをおぶ**　［人］　五月五日、蓬を腰につけておくと悪疫を避けるという中国の古俗　[季]夏

5**蓬生　よもぎう**　［植］　蓬の別称　[季]春

6**蓬衣　よもぎごろも**　［人］　夏衣のかさねの色目の一つで、表は萌黄、裏は濃萌黄 [季]夏

7**蓬苅る　よもぎかる**　［人］　端午の節句に用いるよもぎをとること　[季]夏

8**蓬長く　よもぎたく**　［植］　夏、大きく生長する蓬のこと　[季]夏

11**蓬萌ゆ　よもぎもゆ**　［植］　香気のある蓬の若葉が萌えでること　[季]春

蓬萊　ほうらい　［人］　新年の飾り物。三方に祝儀の食べ物（節物）を山のように飾り、主に関西で行われる　[季]新年

蓬萊山　ほうらいさん　［人］　新年の飾り物。三方に祝儀の食べ物（節物）を山のように飾り、主に関西で行われる　[季]新年

蓬萊台　ほうらいだい　［人］　新年の飾り物。三方に祝儀の食べ物（節物）を山のように飾り、主に関西で行われる　[季]新年

蓬萊祀　ほうらいし　［宗］　福井・岡太神社で二月十三日を中心に行われる神事　[季]春

蓬萊盆　ほうらいぼん　［人］　新年の飾り物。三方に祝儀の食べ物（節物）を山のように飾り、主に関西で行われる　[季]新年

蓬萊島　ほうらいとう　［天］　蜃気楼の別称 [季]春

蓬萊飾　ほうらいかざり　［人］　新年の飾り物。三方に祝儀の食べ物（節物）を山のように飾り、主に関西で行われる　[季]新年

12**蓬葺く　よもぎふく**　［人］　端午の節句の前夜、軒に菖蒲とともに蓬も葺いた邪気払いの風習　[季]夏

14**蓬摘む　よもぎつむ**　［植］　ヨモギの若葉を摘むこと　[季]春

蓬餅　よもぎもち　［人］　草餅の別称　[季]春

22**蓬籠　よもぎかご**　［人］　春、摘んだ蓬を入れる籠　[季]春

【蓑】

6**蓑虫　みのむし**　［動］　ミノガ類の幼虫。秋に木の葉や小枝を絹糸でつづった袋に棲み、枝にぶら下がって越冬する　[季]秋

蓑虫鳴く　みのむしなく　［動］　蓑虫が父よ父よと鳴く、という言い伝え　[季]秋

12**蓑帽子　みのぼうし**　［人］　蓑でできた雪帽子　[季]冬

蓑葭　みのよし　［動］　鴨の一種　[季]冬

13**蓑腸　みのわた**　［人］　雲腸の別称で鱈の白子のこと　[季]冬

蓑蛾　みのが　［動］　蛾の一種　[季]夏

16**蓑鴨　みのがも**　［動］　鴨の一種　[季]冬

【蒙】

5**蒙古風　もうこかぜ**　［天］　黄沙を運んでくる風　[季]春

【蓮】

蓮　はす　［植］　スイレン科の多年草で、池や沼などで栽培する。真夏に咲く花が涼味を呼ぶ　[季]夏

0**蓮の花　はすのはな**　［植］　スイレン科の多年草で、池や沼などで栽培する。真夏に咲く花が涼味を呼ぶ　[季]夏

蓮の実　はすのみ, はちすのみ　［植］　花が終わった初秋につく、円錐形の蜂の巣に似た形の実のこと。穴から出る種は甘く、生食できる　[季]秋

蓮の実飛ぶ　はすのみとぶ　［植］　晩秋、蓮の種が熟し切ると、実の穴から飛びでて水中に落ちること　[季]秋

蓮の芽　はすのめ　［植］　草の芽の一つ [季]春

蓮の若根　はすのわかね　［植］　早生種の蓮根のこと　[季]夏

蓮の巻葉　はすのまきは　［植］　初夏、浮葉の時期を過ぎ、茎が立ってきた蓮の新葉。もう水面から離れているもの　[季]夏

蓮の浮葉　はすのうきば, はすのうきは　［植］　初夏の頃、蓮の若葉が水面に浮かんでいるさま　[季]夏

蓮の骨　はすのほね　［植］　枯蓮（かれはす）に同じ　[季]冬

蓮の葉　はすのは　［植］　初夏、浮葉の時期を過ぎ、茎が立ってきた蓮の新葉。もう水

面から離れているもの　[季]夏

蓮の飯　**はすのめし**　［宗］　盆の生御魂行事の一つ。新しい蓮の葉をよく洗い、糯米の飯を包む　[季]秋

6**蓮如忌**　**れんにょき**　［宗］　陰暦三月二十五日、室町時代の浄土真宗の僧蓮如上人の忌日　[季]春

蓮池　**はすいけ**　［植］　蓮を栽培している池。蓮は夏の季語　[季]夏

7**蓮見**　**はすみ**　［人］　夏、蓮の開花を観賞しに行くこと　[季]夏

蓮見舟　**はすみぶね**　［人］　蓮見のための舟　[季]夏

蓮見船　**はすみぶね**　［植］　夏の蓮見をする船　[季]夏

8**蓮青葉**　**はすあおば**　［植］　初夏、浮葉の時期を過ぎ、茎が立ってきた蓮の新葉。もう水面から離れているもの　[季]夏

9**蓮枯る**　**はすかる**　［植］　冬、池で蓮が枯れ朽ちること　[季]冬

蓮枯るる　**はすかるる**　［植］　冬、池で蓮が枯れ朽ちること　[季]冬

蓮茶　**はすちゃ**　［人］　夏、蓮の花に茶葉や煎茶を入れ、香りを移してのむもの　[季]夏

10**蓮根掘る**　**はすねほる**　［人］　初冬、蓮根を収穫すること　[季]冬

蓮浮葉　**はすうきは**　［植］　初夏の蓮の浮葉のこと　[季]夏

蓮荷刈　**はっかかり**　［人］　夏、薄荷を刈り取ること　[季]夏

蓮荷水　**はっかすい**　［人］　砂糖水に薄荷油を二、三滴加えた清涼飲料水　[季]夏

蓮華　**れんげ**　［植］　蓮の花（はすのはな）の別称。真夏に開花する　[季]夏

蓮華会　**れんげえ**　［宗］　七月七日、奈良・金峰山寺で行われる会式。吉野の蛙飛が行われるので有名　[季]夏

蓮華草　**れんげそう**　［植］　紫雲英の別称　[季]春

蓮華躑躅　**れんげつつじ**　［植］　躑躅の一種　[季]春

11**蓮掘**　**はすほり**　［人］　初冬、蓮根を収穫すること　[季]冬

12**蓮植う**　**はすうう**　［人］　晩春、池に蓮根を植えること　[季]春

【蒿】

11**蒿雀**　**あおじ**　［動］　ホオジロ科の小鳥。夏、北日本で営巣・繁殖し、秋に群をなして南へ移動する　[季]夏, 秋

【蒟】

13**蒟蒻すだれ**　**こんにゃくすだれ**　［人］　初冬、収穫した蒟蒻玉を簾干しにして天日に干すさま　[季]冬

蒟蒻の花　**こんにゃくのはな**　［植］　テンナンショウ科の多年草。六月頃、暗紫色の多数の雄花、雌花が棒状に咲く　[季]夏, 秋

蒟蒻の簾干　**こんにゃくのすだれぼし**　［人］　初冬、収穫した蒟蒻玉を簾干しにして天日に干すさま　[季]冬

蒟蒻干す　**こんにゃくほす**　［人］　初冬、収穫した蒟蒻玉を簾干しにして天日に干すさま　[季]冬

蒟蒻氷らす　**こんにゃくこおらす**　［人］　蒟蒻を厳冬の夜の戸外で凍らせてから干すのを繰り返して氷蒟蒻を作ること　[季]冬

蒟蒻玉　**こんにゃくだま**　［人］　蒟蒻薯の球茎。初冬に収穫される　[季]冬

蒟蒻玉干す　**こんにゃくだまほす**　［人］　初冬、収穫した蒟蒻玉を簾干しにして天日に干すさま　[季]冬

蒟蒻玉掘る　**こんにゃくだまほる**　［人］　初冬、蒟蒻薯の球茎を収穫すること　[季]冬

蒟蒻凍らす　**こんにゃくこおらす**　［人］　蒟蒻を厳冬の夜の戸外で凍らせてから干すのを繰り返して氷蒟蒻を作ること　[季]冬

蒟蒻掘る　**こんにゃくほる**　［人］　初冬、蒟蒻薯の球茎を収穫すること　[季]冬

蒟蒻植う　**こんにゃくうう**　［人］　晩春、畑に蒟蒻芋を植えること　[季]春

【蓐】

5**蓐収**　**じょくしゅう**　［時］　秋の別称　[季]秋

【蓁】

10**蓁栗**　**はしばみ**　［植］　カバノキ科の落葉低木。実は食用となる　[季]秋

【蓆】

0**蓆たたき**　**むしろたたき**　［人］　秋、一年の農作業を無事全て終えた祝い　[季]秋

9蓆草　むしろぐさ　［植］　小髭の別称　[季]夏
18蓆織る　むしろおる　［人］　冬の農閑期の藁仕事の一つ　[季]冬

【蓑】

13蓑葜の花　さるとりのはな　［植］　ユリ科の落葉低木で、初夏に薄緑色の花をつける　[季]夏

【虞】

9虞美人草　ぐびじんそう　［植］　雛罌粟の別称。初夏に赤、白、紫色などの四弁花をつける　[季]夏

【蛾】

蛾　が　［動］　チョウ目で蝶以外の昆虫。夏の夜、灯りに誘われて飛び回る　[季]夏
9蛾眉　がび　［天］　三日月の別称　[季]秋

【蛸】

蛸　たこ　［動］　軟体動物の頭足類に属する海産動物。日本ではよく食べるが、欧米では嫌われている　[季]夏
2蛸十夜　たこじゅうや　［宗］　門前で売るタコを食べると疫病を免れるとされた、浄土宗の十夜法要　[季]冬
4蛸水母　たこくらげ　［動］　水母の一種　[季]夏
12蛸壺　たこつぼ　［動］　章魚を捕えるための壺　[季]夏

【蜂】

蜂　はち　［動］　膜翅目の昆虫の総称。春から夏にかけて活動する　[季]春
0蜂の子　はちのこ　［動］　蜂の幼虫一般を指す。特にクロスズメバチの幼虫を指すこともある　[季]秋, 春
蜂の子飯　はちのこめし　［動］　地蜂の幼虫を炊き込んだ飯　[季]秋
蜂の王　はちのおう　［動］　女王蜂のこと　[季]春
蜂の剣　はちのけん　［動］　蜂の刺針のこと　[季]春
蜂の針　はちのはり　［動］　蜂の刺針のこと　[季]春
蜂の巣　はちのす　［動］　蜂が幼虫を育てたり、蜜を貯蔵したりするために作る巣。形や大きさはさまざまである　[季]春
蜂の箱　はちのはこ　［動］　蜂が幼虫を育てたり、蜜を貯蔵したりするために作る巣。形や大きさはさまざまである　[季]春
9蜂屋柿　はちやがき　［植］　柿の品種の一つ　[季]秋
13蜂飼う　はちかう　［動］　蜜の採取のためにミツバチを飼育すること　[季]春
14蜂窩　はちのす　［動］　蜂が幼虫を育てたり、蜜を貯蔵したりするために作る巣。形や大きさはさまざまである　[季]春

【蜆】

むき蜆　むきしじみ　［動］　むき身の蜆　[季]春
蜆　しじみ　［動］　淡水の二枚貝の総称。味噌汁にして美味で、春が旬　[季]春
3蜆川　しじみがわ　［動］　蜆のとれる川　[季]春
5蜆汁　しじみじる　［人］　春の蜆を入れた味噌汁　[季]春
6蜆舟　しじみぶね　［動］　蜆漁の舟　[季]春
7蜆売　しじみうり　［動］　蜆を売り歩く人　[季]春
蜆貝　しじみがい　［動］　淡水の二枚貝の総称。味噌汁にして美味で、春が旬　[季]春
8蜆取　しじみとり　［人］　蜆をとること　[季]春
11蜆掘　しじみほり　［動］　蜆取りのこと　[季]春
13蜆掻　しじみかき　［動］　蜆取りのこと　[季]春

【蜈】

10蜈蚣　むかで　［動］　節足動物。馬陸（やすで）に似るが、環節から足は一対しかない　[季]夏

【蜀】

4蜀木瓜　しょくぼけ　［植］　木瓜の一種　[季]春
12蜀椒　しょくしょう　［植］　山椒の実の別称。実が紅いことからの名。実は初め夏のうちは青く、秋になって熟すると赤くなる。皮が裂けて、なかから黒く光った種が出て

くる [季]秋

蜀葵　からあおい ［植］ 葵の一種 [季]夏

蜀黍　もろこし ［植］ 玉蜀黍（とうもろこし）の別称 [季]秋

14蜀魂　ほととぎす ［動］ 夏を代表するホトトギス科の鳥。初夏に飛来し、夏を過ごして晩秋にはまた南へ帰っていく夏鳥 [季]夏

【蜃】

5蜃市　しんし ［天］ 蜃気楼の別称 [季]春

6蜃気楼　しんきろう ［天］ 晩春、雪解け水と海水との温度差のために光が異常屈折し、沖合に幻影が見える現象 [季]春

13蜃楼　しんろう ［天］ 蜃気楼の別称 [季]春

【蜉】

15蜉蝣　かげろう ［動］ 体長一センチほどの見るからに弱々しい初秋の昆虫。羽化して交尾産卵してから数時間で死ぬ [季]秋

【蜊】

11蜊蛄　ざりがに ［動］ アメリカざりがにのこと。夏、子供が川で捕まえていた [季]夏

【蛺】

15蛺蝶　たてはちょう ［動］ 蝶の一種 [季]春

【蜱】

蜱　こおろぎ ［動］ コオロギ科の昆虫の総称。日陰に住み秋の夜に草の間で鳴く [季]秋

【蜴】

蜴　ひおむし ［動］ 蜉蝣の古称 [季]秋

【裸】

裸　はだか ［人］ 夏の暑さに耐えかねて、衣類を脱いで過ごすこと [季]夏

3裸子　はだかご ［人］ 裸の子供のこと [季]夏

4裸木　はだかぎ ［植］ 枯木のこと [季]冬

7裸身　らしん ［人］ 裸のこと [季]夏

裸麦　はだかむぎ ［植］ 大麦の一種 [季]夏

8裸参　はだかまいり ［宗］ 寒参の一つ [季]冬

裸押　はだかおし ［宗］ 岡山市・西大寺修正会での行事 [季]新年

裸押し　はだかおし ［宗］ 岡山市・西大寺修正会での行事 [季]新年

11裸野　はだかの ［地］ 草木の枯れはてて荒涼とした野原 [季]冬

17裸蟋蟀　はだかこおろぎ ［動］ 竈馬の別称 [季]秋

【裏】

5裏白　うらじろ ［植］ ウラジロ科の常緑多年生歯朶 [季]冬

裏白　うらじろ ［人］ 正月飾りに用いる歯朶のこと [季]新年

裏白うつぎ　うらじろうつぎ ［植］ 卯の花の一種 [季]夏

裏白俳諧　うらじろはいかい ［宗］ 室町末期から江戸時代、例年正月三日、京都・北野神社の連歌会所において興行された、懐紙の百韻連歌 [季]新年

裏白連歌　うらじろのれんが ［宗］ 室町末期から江戸時代、例年正月三日、京都・北野神社の連歌会所において興行された、懐紙の百韻連歌 [季]新年

9裏盆　うらぼん ［宗］ 盆祭の終わりを二十日に定め、灯籠送りをすること [季]秋

裏紅いちげ　うらべにいちげ ［植］ 一輪草の別称 [季]春

12裏葉草　うらはぐさ ［植］ 風知草の別称。夏に盆栽などにして主に葉が観賞される [季]夏

【裘】

裘　かわごろも ［人］ 毛皮製の冬の防寒衣。猟師などが使った [季]冬

【解】

5解氷　かいひょう ［地］ 冬の間、河川や湖沼に張りつめていた氷が、春の陽気に解けだすこと [季]春

解氷期　かいひょうき ［地］ 冬の間、河川や湖沼に張りつめていた氷が、春の陽気に解けだすこと [季]春

解氷湖　かいひょうこ ［地］ 解氷した湖 [季]春

10解凍　かいとう ［時］ 年始の別称 [季]新年

13画（試, 誉, 話, 豊）

解夏　げげ　［宗］　陰暦七月十五日に、四月から始まった九十日間の夏安居が満了すること　㊡秋, 夏

解夏草　げげそう　［植］　吉祥草の別称。晩秋、薄紫の小花をつける　㊡秋

[11]解斎の御粥　げさいのおかゆ, ぎさいのおんかゆ　［人］　陰暦六月十二日、天皇が神今食の潔斎を解いた後に食べるお粥。十二月の神今食や新嘗祭の時も行われる　㊡夏

解斎粥　げさいかゆ　［人］　解斎の御粥（げさいのおんかゆ）に同じ　㊡夏

【試】

[0]試の茶　こころみのちゃ　［人］　少量の新茶を献じること　㊡夏

[8]試免　しめん　［人］　書初めのこと　㊡新年

[9]試春　ししゅん　［人］　書初めのこと　㊡新年

[11]試毫　しごう　［人］　書初めのこと　㊡新年

[12]試筆　しひつ　［人］　書初めのこと　㊡新年

試觚　しこ　［人］　書初めのこと　㊡新年

[16]試穎　しえい　［人］　書初めのこと　㊡新年

[18]試簡　しかん　［人］　書初めのこと　㊡新年

【誉】

[5]誉田の楽車祭　ほんだのだんじりまつり　［宗］　五月八日に行われる大阪・誉田八幡宮の祭礼　㊡夏

誉田八幡水斗　ほんだはちまんみずはかり　［宗］　正月十四日、羽曳野市・八幡社で、この夜の月影を水を満たした器に映し、板の目もりによってその年の灌漑用水の必要量を予測した神事　㊡新年

誉田祭　ほんだまつり　［宗］　誉田の楽車祭のこと　㊡夏

【話】

[7]話初　はなしぞめ　［人］　新年になって初めて他人と話をすること　㊡新年

【豊】

[0]豊の明かり　とよのあかり　［人］　豊明節会の別称　㊡冬

豊の明り　とよのあかり　［宗］　豊明節会の別称　㊡冬

豊の秋　とよのあき　［人］　秋に農作物、特に稲が豊かに実ること　㊡秋

豊の御狩　とよのみかり　［人］　五節に賜わるために交野の雉などを召した使いがきたこと　㊡冬

豊の御祓　とよのみそぎ　［人］　大嘗会の前、賀茂河原で行なわれたみそぎ　㊡冬

[6]豊年　ほうねん　［人］　秋に農作物、特に稲が豊かに実ること　㊡秋

豊年虫　ほうねんむし　［動］　一文字挵蝶が暑い夏に大発生した場合、これを豊年虫と称して豊作の前兆としたもの　㊡夏

豊年星　ほうねんぼし　［天］　さそり座のアンタレスのこと。古来仲夏をつかさどる星といわれた　㊡夏

豊年祭　ほうねんまつり　［宗］　京都・北野神社の祭り　㊡秋

豊年棚　ほうねんだな　［宗］　歳徳棚の別称　㊡新年

豊年踊　ほうねんおどり　［人］　盆踊の一つ　㊡秋

[7]豊作　ほうさく　［人］　秋に農作物、特に稲が豊かに実ること　㊡秋

[8]豊国忌　とよくにき　［宗］　陰暦一月七日、江戸時代後期の画家初代歌川豊国の忌日　㊡新年

豊国神社祭　ほうこくじんじゃまつり　［宗］　九月十八日、京都市・豊国神社の祭礼　㊡秋

豊明節会　とよのあかりのせちえ　［人］　大嘗祭・新嘗祭の翌日に行われた朝廷の饗宴　㊡冬

[9]豊後芋　ぶんごいも　［植］　里芋の一種　㊡秋

豊後梅　ぶんごうめ　［植］　梅の一種。実が特に大粒　㊡夏, 春

[10]豊浦祭　とようらまつり　［宗］　昔、行なわれた祭り　㊡秋

[16]豊橋鬼祭　とよはしおにまつり　［宗］　陰暦正月十四日、豊橋市の安久美神戸神明社で行なわれる祭り　㊡新年

[18]豊穣会　ほうじょうえ　［宗］　鹿児島・霧島神宮の豊穣祭の別称　㊡秋

豊穣祭　ほぜまつり　［宗］　陰暦九月十九日、鹿児島・霧島神宮で行われる祭礼　㊡秋

【貉】

貉　むじな　［動］　アナグマを、タヌキと混同していう名　[季]冬

【賃】

[14]**賃餅　ちんもち**　［人］　年末、餅屋に賃銭を払って搗かせた餅　[季]冬

【跡】

[12]**跡着　あとぎ**　［人］　一月二日の吉原遊女年礼の次の日に着た好みの衣裳のこと　[季]新年

【跳】

[0]**跳ね人　はねと**　［人］　青森ねぶた祭で踊る人　[季]秋

[2]**跳人　はねと**　［宗］　青森ねぶた祭で踊る人　[季]秋

[9]**跳炭　はねずみ**　［人］　炭火がはぜて飛ぶこと。炭は冬の季語　[季]冬

[21]**跳躍台　ちょうやくだい**　［人］　ダイビングするための台　[季]夏

【路】

[4]**路刈り　みちかり**　［宗］　盆の精霊の通路を作るため、あらかじめ山や墓地からの草を刈って掃除しておくこと　[季]秋

[16]**路薙ぎ　みちなぎ**　［宗］　盆の精霊の通路を作るため、あらかじめ山や墓地からの草を刈って掃除しておくこと　[季]秋

【跣】

跣　はだし　［人］　足に靴下や足袋などを履かないこと　[季]夏

[7]**跣足　はだし**　［人］　足に靴下や足袋などを履かないこと　[季]夏

【跰】

[16]**跰踵　へいしょう**　［時］　陰暦四月の別称　[季]夏

【農】

[5]**農立　のうたて**　［人］　鍬始の別称。内容はその地方によって異なる　[季]新年

[8]**農具市　のうぐいち**　［人］　春の農閑期に立つ農具を売る市　[季]春

農始　のうはじめ　［人］　鍬始の別称。内容はその地方によって異なる　[季]新年

[13]**農節　のうせつ**　［時］　夏の別称　[季]夏

【遠】

[3]**遠千鳥　とおちどり**　［動］　遠くにいる千鳥　[季]冬

遠山の霜月祭　とおやまのしもつきまつり　［宗］　十二月から一月にかけて、長野県の遠山郷で行われる湯立神楽　[季]冬

遠山祭　とおやままつり　［宗］　湯立神楽の一種で、遠山の霜月祭の別称　[季]冬

[4]**遠火事　とおかじ**　［人］　延焼して来ない火事。火事は冬の季語　[季]冬

[7]**遠花火　とおはなび**　［人］　遠くで打ち上げられている花火　[季]秋

遠足　えんそく　［人］　見学・運動などのために遠い所へ歩いてゆくこと。現実には秋も遠足シーズンだが、単に遠足といえば春の季語　[季]春

[8]**遠泳　えんえい**　［人］　長い距離を泳ぐこと。夏のスポーツの一つ　[季]夏

[9]**遠柳　とおやなぎ**　［植］　遠くにゆれる柳のこと　[季]春

[10]**遠案山子　とおかがし**　［人］　遠くにみえる案山子　[季]秋

遠砧　とおぎぬた　［人］　秋、遠くで打つ砧の音が聞こえること　[季]秋

[12]**遠蛙　とおかわず**　［動］　遠くにいる蛙　[季]春

[13]**遠雷　えんらい**　［天］　遠くで鳴る雷のこと　[季]夏

[17]**遠霞　とおがすみ**　［天］　遠くに見える霞　[季]春

【遣】

[6]**遣羽子　やりばね**　［人］　正月の羽子つき遊びの一つで、数人が一つの羽子を次々につき送るもの　[季]新年

【鉦】

[5]**鉦叩　かねたたき**　［動］　コオロギ科の褐色の小さな秋の虫で、鉦を叩くような音で鳴く　[季]秋

[17]**鉦講念仏　しょうこうねんぶつ**　［宗］　盆などに鉦や太鼓を打ってはやしながら踊る念

仏　[季]秋

【鉄】

4鉄引草　かなびきそう　［植］　ビャクダン科の多年草。半寄生植物で、四、五月ごろ、緑色を帯びた白い小花をつける　[季]春

10鉄砲打始　てっぽううちはじめ　［人］　江戸時代、武家で新年になって初めて鉄砲の稽古を始めること　[季]新年

鉄砲百合　てっぽうゆり　［植］　百合の一種。純白の花が親しまれている　[季]夏

鉄砲虫　てっぽうむし　［動］　木蠹蛾や天牛の幼虫で、樹木を食い荒らす夏の害虫　[季]夏

鉄砲堰　てっぽうぜき　［人］　木流しで堰を作って水を溜め、これを一度に切って材木を一気に押し流すための堰　[季]春

鉄砲鍋　てっぽうなべ　［動］　河豚鍋の別称。河豚の薄切りを鍋で煮て、酢味噌やポン酢などで食べるもの。体の温まる冬の料理　[季]冬

12鉄道草　てつどうぐさ　［植］　キク科の雑草、ひめむかしよもぎの別称。初秋、緑がかった白い花が咲く　[季]秋

13鉄槌始　はまはじめ　［人］　鉄工場や造船所などで、新年初めて鉄槌を使い仕事をすること　[季]新年

鉄鈷雲　かなとこぐも　［天］　積乱雲の別称　[季]夏

15鉄漿蜻蛉　おはぐろとんぼ　［動］　川蜻蛉の一種。体色の黒いことによる　[季]夏

鉄線　てっせん　［植］　中国原産のキンポウゲ科蔓性植物。蔓が固く鉄線のようなことからの名。初夏に白や紫の花をつける　[季]夏

鉄線花　てっせんか　［植］　中国原産のキンポウゲ科蔓性植物。蔓が固く鉄線のようなことからの名。初夏に白や紫の花をつける　[季]夏

鉄線蓮　てっせんばす　［植］　鉄線花の別称　[季]夏

【鉢】

0鉢の梅　はちのうめ　［植］　梅を盆栽仕立てにしたもの　[季]春

5鉢叩　はちたたき　［宗］　十一月十三日から大晦日まで、空也堂の僧が毎晩京都の町中などを念仏和讃をとなえ鉦を打って巡り歩くこと　[季]冬

鉢叩出初　はちたたきでぞめ　［宗］　空也堂鉢叩出初の別称　[季]新年

【鈴】

0鈴の屋忌　すずのやき　［宗］　陰暦九月二十九日、江戸時代中期の国学者本居宣長の忌日　[季]秋

鈴ふり草　すずふりそう　［植］　化偸草の別称　[季]春

3鈴子　すずこ　［人］　鷹狩の鷹につける鈴　[季]春

鈴子香　れいしこう　［植］　麝香草の別称。茎や葉をゆさぶると芳香が漂う。秋に赤紫色の小花が咲く　[季]秋

鈴子挿す鷹　すずこさすたか　［人］　鷹狩で、春は鈴の音に鳥が驚くので、鳴らないように鈴の口に物をさすこと　[季]春

6鈴虫　すずむし　［動］　コオロギ科の秋の虫。そのリーンリーンという声は古来愛されてきた。なお昔は松虫と名称が逆だった　[季]秋

10鈴振花　すずふりばな　［植］　灯台草の別称　[季]春

11鈴菜　すずな　［植］　蕪の古称　[季]新年

鈴鹿　すずか　［動］　雌鹿のことをいう　[季]秋

鈴鹿山　すずかやま　［宗］　祇園会の鉾山の一つ　[季]夏

16鈴鴨　すずがも　［動］　鴨の一種　[季]冬

19鈴蘭　すずらん　［植］　ユリ科の多年草。初夏に白い釣り鐘型の小花をつける　[季]夏

鈴蘭水仙　すずらんずいせん　［植］　スノーフレークの別称　[季]春

20鈴懸の花　すずかけのはな　［植］　果実が山伏の篠懸に似た落葉高木。四月頃、黄緑色の目立たない小花をつける　[季]春

鈴懸の芽　すずかけのめ　［植］　春の木の芽の一種　[季]春

鈴懸草　すずかけそう　［植］　ゴマノハグサ科のつる性の多年草　[季]夏

【鉤】

4鉤引神事　かぎひきしんじ　［宗］　正月に三重・奈良・滋賀にまたがる山地で行われる

13画（鉈, 鉋, 隙, 雌, 雉, 電）

山の神を祀る行事。富貴を鉤で引き寄せようとする神事　㋀新年

【鉈】

7鉈豆　なたまめ　［植］　豆類のうちで莢が最も大型で、形が鉈または刀の刃に似る。初秋の若い豆を食用にする　㋁秋

【鉋】

8鉋始　かんなはじめ　［人］　新年になって初めて大工が行う仕事始め　㋀新年

【隙】

12隙間張　すきまばり　［人］　冬の寒さや風雪を防ぐために、窓や戸口などの隙間を紙などで貼り塞ぐこと　㋂冬

隙間張る　すきまはる　［人］　冬の寒さや風雪を防ぐために、窓や戸口などの隙間を紙などで貼り塞ぐこと　㋂冬

隙間風　すきまかぜ　［天］　戸障子や壁の隙間から吹き込んでくる冬の寒い風のこと　㋂冬

【雌】

4雌刈萱　めがるかや　［植］　刈萱の一種　㋁秋

雌木　めぎ　［植］　麻の雌花のこと　㋃夏

11雌麻　めあさ　［植］　麻の雌花のこと　㋃夏

【雉】

かうらい雉　こうらいきじ　［動］　雉の一種　㋐春

きうしう雉　きゅうしゅうきじ　［動］　雉の一種　㋐春

しま雉　しまきじ　［動］　雉の一種　㋐春

ほくろ雉　ほくろきじ　［動］　雉の一種　㋐春

みかど雉　みかどきじ　［動］　雉の一種　㋐春

をなが雉　おながきじ　［動］　雉の一種　㋐春

オランダ雉隠し　おらんだきじかくし　［植］　アスパラガスの別称　㋐春

雉　きじ　［動］　キジ科の鳥。日本にしかいない固有種で、春の鳴き声が印象的　㋐春

0雉のほろろ　きじのほろろ　［動］　春の雉の

鳴き声　㋐春

雉の巣　きじのす　［動］　四、五月頃、野原や雑木林などの草におおわれた地上の浅い窪みに作った巣　㋐春

3雉大水に入りて蜃となる　きじたいすいにいりてはまぐりとなる　［時］　七十二候の一つで、立冬の第三候。陽暦十一月十八日から二十二日頃　㋂冬

雉子　きじ　［動］　キジ科の鳥。日本にしかいない固有種で、春の鳴き声が印象的　㋐春

雉子酒　きじざけ, きじしゅ　［人］　新年参賀の際に宮中や宮家で賜わる、熱燗に雉子焼きを入れた酒　㋀新年

5雉打つ　きじうつ　［動］　猟師が雉を撃つこと　㋐春

7雉初めて雊く　きじはじめてなく　［時］　七十二候の一つで、小寒の第三候。陽暦一月十五日から十九日頃　㋂冬

11雉笛　きじぶえ　［人］　雉の雌の声に似せて、雄鳥を誘い捕らえるために吹く笛　㋐春

13雉蓆　きじむしろ　［植］　バラ科の多年草で、三、四月頃、黄色い五弁の花が開く　㋐春

【電】

6電気くらげ　でんきくらげ　［動］　鰹の烏帽子の別称。刺されると電気ショックのような刺激がある　㋁秋

電気こんろ　でんきこんろ　［人］　円形平板の陶磁器のくぼみに、ニクロム線を螺旋状に巻いた、湯わかし・煮もの用のこんろ　㋂冬

電気ストーブ　でんきすとーぶ　［人］　電気の熱を利用するストーブ　㋂冬

電気毛布　でんきもうふ　［人］　電熱を利用した毛布。冬、床につく前から布団が暖まる　㋂冬

電気行火　でんきあんか　［人］　電気が熱源の行火。最近ではこれが主流　㋂冬

電気冷蔵庫　でんきれいぞうこ　［人］　電気を利用した冷蔵庫　㋃夏

電気炬燵　でんきごたつ　［人］　電気で暖める炬燵。現在、都市部では炬燵というこれを指すようになった　㋂冬

電気蒲団　でんきぶとん　［人］　電熱を利用

俳句季語よみかた辞典　473

した蒲団　[季]冬

8**電波の日　でんぱのひ**　［宗］　六月一日、昭和二十五年のこの日に電波法・放送法・電波監理委員会設置法が施行され、電波が政府の独占から開放されたのを記念した日　[季]夏

電波記念日　でんぱきねんび　［宗］　六月一日、電波の日の別称　[季]夏

15**電熱器　でんねつき**　［人］　家庭用の電気こんろ　[季]冬

【雷】

雷　かみなり, らい　［天］　積乱雲によって起こされる空中の放電現象。夏に多い　[季]夏

0**雷の壺　らいのつぼ**　［人］　雷鳴陣の時に天皇が居る寝殿　[季]夏

3**雷干　かみなりぼし**　［人］　乾瓜の別称　[季]夏

4**雷公　らいこう**　［天］　雷の別称　[季]夏

雷火　らいか　［天］　落雷で起きた火災のこと。雷が夏の季語であることから、これも季語としては夏　[季]夏

7**雷声　らいせい**　［天］　雷の鳴る音。雷が夏の季語であることから、これも季語としては夏　[季]夏

雷声を収む　らいこえをおさむ, かみなりこえをおさむ　［時］　七十二候の一つで秋分の第一候。陽暦九月二十三日から二十七日頃　[季]秋

雷車　らいしゃ　［天］　雷神の乗る車、転じてかみなりのこと。雷が夏の季語であることから、これも季語としては夏　[季]夏

8**雷雨　らいう**　［天］　雷を伴った夏の雨　[季]夏

9**雷神　らいじん**　［天］　鬼のような姿をした雷電をおこす神。雷が夏の季語であることから、これも季語としては夏　[季]夏

10**雷砰　らいほう**　［天］　雷のひびきわたる音　[季]夏

11**雷魚　はたはた**　［動］　ハタハタの別称　[季]冬

雷鳥　らいちょう　［動］　北アルプスなど高山に住むキジ科に属する高山鳥。特別天然記念物　[季]夏

12**雷雲　らいうん**　［天］　積乱雲の別称　[季]夏

13**雷電　らいでん**　［天］　雷のこと　[季]夏

雷鼓　らいこ　［天］　雷神が持っているとされる太鼓。雷が夏の季語であることから、これも季語としては夏　[季]夏

14**雷鳴　らいめい**　［天］　雷が鳴ること　[季]夏

雷鳴の陣　かみなりのじん　［人］　雷鳴陣（かんなりじん）のこと　[季]夏

雷鳴の壺　かんなりのつぼね　［人］　雷鳴陣の時に天皇が居る寝殿　[季]夏

雷鳴陣　かんなりじん　［宗］　夏、雷が三度高く鳴ると、近衛大将などが弓矢を帯びて紫宸殿に伺候して天皇を守護したもの　[季]夏

15**雷震　らいしん**　［天］　雷の音が響きわたること。雷が夏の季語であることから、これも季語としては夏　[季]夏

雷霆　らいてい　［天］　雷の別称。いかずち　[季]夏

16**雷鴫　かみなりしぎ**　［動］　シギ科タシギ属の鳥で、夏の繁殖期には雄が轟音をたてて急降下するのがみられる　[季]夏

19**雷鶏　らいけい**　［動］　雷鳥の別称　[季]夏

20**雷響　らいきょう**　［天］　雷のひびく音。雷が夏の季語であることから、これも季語としては夏　[季]夏

21**雷轟　らいごう**　［天］　雷がとどろくさま。雷が夏の季語であることから、これも季語としては夏　[季]夏

【零】

7**零余子　むかご, ぬかご**　［植］　秋頃、山芋、長薯などの葉腋に生ずる珠芽のこと。炒ったり、茹でたりして食用にする　[季]秋

零余子とり　むかごとり　［植］　秋、零余子を採ること　[季]秋

零余子飯　ぬかごめし, むかごめし　［人］　山家料理の一つ。自然薯や長薯などの葉腋に生じた小さな肉芽を炊き込んだ御飯　[季]秋

【雹】

雹　ひょう　［天］　発達した積乱雲から降る氷のかたまり　[季]夏

【靖】

8**靖国神社秋季大祭　やすくにじんじゃしゅうきたいさい**　［宗］　十月十七から十九日、東京・靖国神社の秋季大祭　[季]秋

靖国祭　やすくにまつり　［宗］　四月二十一日、東京九段・靖国神社で行なわれる春季大祭　[季]春

【飴】

5飴市　あめいち　［宗］　松本の塩市の通称　[季]新年

8飴宝引　あめほうびき　［人］　子供相手の飴売りが飴を賞品にして引かせる宝引き　[季]新年

12飴湯　あめゆ　［人］　水飴を湯で溶かしたもの。暑気払いの一つ　[季]夏

飴湯売　あめゆうり　［人］　飴湯を売り歩く者（飴湯は夏の季語）　[季]夏

14飴粽　あめちまき　［人］　粽の一種　[季]夏

【飼】

8飼兎　かいうさぎ　［動］　兎を飼い慣らしたもの　[季]冬

9飼屋　かいや　［人］　蚕を飼う家のこと　[季]春

飼屋払　かいやばらい　［人］　正月初子の日に、箒に子の日の松を添えて蚕室を掃く農事　[季]新年

21飼鶯　かいうぐいす　［動］　人によって飼育されている鶯　[季]春

【飾】

お飾　おかざり　［人］　注連縄と鏡餅など正月の飾り物の総称　[季]新年

お飾こわし　おかざりこわし　［人］　正月の注連飾りなどの飾り物を取り払うこと　[季]新年

飾　かざり　［人］　注連縄と鏡餅など正月の飾り物の総称　[季]新年

0飾りあげ　かざりあげ　［宗］　小正月の左義長（火祭行事）の別称　[季]新年

飾りはやし　かざりはやし　［宗］　小正月の左義長（火祭行事）の別称　[季]新年

飾り冑　かざりかぶと　［人］　菖蒲冑の別称　[季]夏

飾り焚　かざりたき　［宗］　小正月の左義長（火祭行事）の別称　[季]新年

4飾木　かざりぎ　［人］　門松のこと　[季]新年

6飾竹　かざりだけ　［人］　新年の門松に添えて立てる飾りの竹　[季]新年

飾米　かざりごめ　［人］　正月に飾る蓬莱台の上に供える白米　[季]新年

飾羽子　かざりばね　［人］　正月の羽子つき遊びに用いる羽子の一つ　[季]新年

飾臼　かざりうす　［人］　正月の飾り物の一つ。農家などの土間で、注連を張ったり鏡餅を供えたりして新筵の上に臼を飾ること　[季]新年

7飾売　かざりうり　［人］　正月に使う注連飾り・門松、その他の供物を売る年の市　[季]冬

8飾取る　かざりとる　［人］　正月の注連飾りなどの飾り物を取り払うこと　[季]新年

飾夜具　かざりやぐ　［人］　江戸時代、新年に吉原などの遊郭で遊女が馴染み客に贈られた夜具を店先に積んで飾ったこと　[季]新年

飾昆布　かざりこんぶ　［人］　正月に昆布を蓬莱や鏡餅に添えて飾ること　[季]新年

飾松　かざりまつ　［人］　門松のこと　[季]新年

飾松売　かざりまつうり　［人］　年の市で正月に使う飾松を売るもの　[季]冬

9飾卸し　かざりおろし　［人］　正月の注連飾りなどの飾り物を取り払うこと　[季]新年

飾海老　かざりえび　［人］　正月に鏡餅や蓬莱台などに添えて飾る伊勢海老　[季]新年

飾炭　かざりずみ　［人］　茶道で炉に火をおこすとき使う白炭　[季]冬

飾炭　かざりずみ　［人］　門松に炭を結びつけて飾ること　[季]新年

10飾納　かざりおさめ　［人］　正月の注連飾りなどの飾り物を取り払うこと　[季]新年

飾馬　かざりうま　［人］　初荷を曳くのに使う飾りたてた馬　[季]新年

12飾焚く　かざりたく　［人］　小正月の左義長（火祭行事）の別称　[季]新年

14飾粽　かざりちまき　［人］　様々な色で飾ったちまき　[季]夏

15飾縄　かざりなわ　［人］　注連縄の別称　[季]新年

17飾藁　かざりわら　［人］　注連縄の別称　[季]新年

飾藁売　かざりわらうり　［人］　年の市で正月に使う飾藁を売るもの　[季]冬

【飽】

9飽海葱　あくみねぎ　[植]　深葱の一種で、山形県飽海郡付近のもの　[季]冬

【髫】

9髫草　かもじぐさ　[植]　イネ科の二年草で、田の畦などに自生。昔はこの春の若葉が髪結いなどの遊びに使われた　[季]春

【魞】

10魞挿す　えりさす　[人]　河川・湖沼などに定置漁具の竹簀を立てること　[季]春

17魞簀編む　えりすあむ　[人]　十二月から厳寒期にかけて漁に使う簀を編むこと　[季]冬

【鳩】

0鳩の巣　はとのす　[動]　高い枝の上に作られ、小枝を組み合わせた浅い皿形をしている巣　[季]春

7鳩吹　はとふく　[人]　鹿狩など秋の狩猟の際、獲物に気づかれぬよう他の猟仲間に知らせる鳩の声に似せた合図　[季]秋

鳩吹く風　はとふくかぜ　[天]　鹿狩など秋の狩猟の際、獲物に気づかれぬよう他の猟仲間に知らせる鳩の声に似せた合図　[季]秋

鳩麦　はとむぎ　[植]　イネ科の一年草で、秋の楕円形の果実を食用または薬用にする　[季]秋

【鳧】

鳧　けり　[動]　チドリ科に属する鳥で、千鳥に似て脚が長い。初夏に繁殖し、冬は南へ去る夏鳥　[季]夏

0鳧の子　けりのこ　[動]　初夏に生まれた鳧の雛鳥のこと　[季]夏

【鳰】

鳰　かいつぶり　[動]　カイツブリの古称　[季]冬

0鳰の浮巣　におのうきす　[動]　水鳥の一種の鳰が水面に作る巣　[季]夏

鳰の巣　におのす　[動]　水鳥の一種の鳰が水面に作る巣　[季]夏

【鼓】

6鼓虫　まいまい　[動]　水澄しのこと　[季]夏

7鼓初　つづみはじめ　[人]　新年になって初めて鼓を打ち囃すこと　[季]新年

8鼓始　つづみはじめ　[人]　新年になって初めて鼓を打ち囃すこと　[季]新年

9鼓草　つづみぐさ　[植]　たんぽぽの別称　[季]春

【鼠】

0鼠の尾　ねずみのお　[植]　イネ科の多年草で、初秋、鼠の尻尾に似た形の花穂を出す　[季]秋

3鼠大根　ねずみだいこん　[植]　大根の一種で、滋賀県産のもの　[季]冬

7鼠尾草　みそはぎ　[植]　山野の湿地に自生するミソハギ科の多年草。初秋、薄紫色の小花が集まり咲き、盆の供花によく使われる　[季]秋

鼠花火　ねずみはなび　[人]　鼠のように動きまわる花火　[季]夏, 秋

9鼠茸　ねずみたけ　[植]　ホウキタケの別称　[季]秋

19鼠麴草　ほうこぐさ　[植]　母子草の別称　[季]春

14 画

【嘉】

4嘉月　かげつ　[時]　陰暦三月の別称　[季]新年, 春

5嘉平　かへい　[人]　臘日の古称　[季]冬

8嘉定菓子　かじょうがし　[人]　嘉定喰の別称　[季]夏

嘉定頂戴　かじょうちょうだい　[人]　嘉定喰の別称　[季]夏

嘉定喰　かじょうぐい　[人]　陰暦六月十六日に行なわれた、十六個の菓子や餅を神に供えてから食べて、疫病を払った行事。宮中も民間も行った　[季]夏

嘉定銭　かじょうせん　[人]　嘉定喰の別称　[季]夏

嘉定縫　かじょうぬい　[人]　嘉定喰の日に、十六歳の女子が元服の儀を行なったこと　[季]夏

11嘉魚　かぎょ　[動]　岩魚の別称　[季]夏

【増】

[3]**増子鳥　ましこどり**　［動］　猿子鳥（ましこ）の別称　[季]秋

【嫦】

[10]**嫦娥　じょうが**　［天］　もとは仙女の名、月の別称　[季]秋

【嫩】

[9]**嫩草　わかくさ**　［植］　芽を出して間もない、柔らかな草　[季]春

[13]**嫩楓　わかかえで**　［植］　初夏の楓の木のみずみずしい若葉も、秋の紅葉に劣らず美しいということの言い回し　[季]夏

【徴】

[7]**徴兵検査　ちょうへいけんさ**　［人］　太平洋戦争前の時代に徴兵適齢者に対して兵役の適否を検査すること　[季]夏

【徳】

[7]**徳利大根　とくりだいこん**　［植］　大根の一種で、東京近辺の徳利形のもの　[季]冬

徳利蜂　とっくりばち, とくりばち　［動］　蜂の一種　[季]春

徳助お福　とくすけおふく　［人］　正月の門付け芸人の一つ。お多福の面をかぶり、各家を訪問したという　[季]新年

[8]**徳若　とくわか**　［人］　万歳の別称　[季]新年

【摘】

げんげ摘む　げんげつむ　［植］　紫雲英の花を摘むこと　[季]春

こなぎ摘む　こなぎつむ　［植］　小水葱の若葉を摘むこと　[季]春

ホップ摘み　ほっぷつみ　［植］　初秋のよく晴れた日にホップを収穫すること　[季]秋

ホップ摘む　ほっぷつむ　［植］　初秋のよく晴れた日にホップを収穫すること　[季]秋

[0]**摘み菜　つまみな**　［植］　秋の間引菜の別称　[季]秋

[9]**摘草　つみくさ**　［人］　草花を摘みに出かけること。春の行楽の一つ　[季]春

【敲】

[0]**敲の与次郎　たたきのよじろう**　［人］　江戸時代に盛んだった正月の門付け芸人　[季]新年

【旗】

メーデー旗　めーでーき　［宗］　メーデーでかかげる旗　[季]春

[5]**旗凧　はただこ**　［人］　凧の一種　[季]新年

[9]**旗竿の花　はたざおのはな**　［植］　アブラナ科の多年草。四月から六月頃、白い四弁の小花をつける　[季]春

[11]**旗魚　かじき**　［動］　大型の回游魚で、上顎が長くとがっているもの。冬が旬　[季]冬

旗魚鮪　かじきまぐろ　［動］　旗魚の俗称で、鮪とは無縁　[季]冬

【暮】

暮　くれ　［時］　年の終わり、十二月も押し詰まったころ　[季]冬

[0]**暮の冬　くれのふゆ**　［時］　冬の寒さもたけなわという感じ　[季]冬

暮の市　くれのいち　［宗］　年の市のこと　[季]冬

暮の春　くれのはる　［時］　春の終わり頃のこと、または春の夕暮れの意味もある　[季]春

暮の秋　くれのあき　［時］　秋の季節の終わりに近い頃　[季]秋

暮の夏　くれのなつ　［時］　夏が終わってしまうこと　[季]夏

暮の雪　くれのゆき　［天］　暮方の雪　[季]冬

暮の魂祭　くれのたままつり　［宗］　歳末に先祖のみたまを祭ること　[季]冬

暮れかぬる　くれかぬる　［時］　春の日暮れが遅いこと。日永と同じことを視点を裏返していう　[季]春

暮れやすき日　くれやすきひ　［時］　冬の一日、あるいは冬の太陽　[季]冬

暮れ行く年　くれゆくとし　［時］　年の暮のことだが、一年を振り返っての感慨が込もる　[季]冬

[5]**暮市　くれいち**　［宗］　年の市のこと　[季]冬

[6]**暮早し　くれはやし**　［時］　冬の日が短いこと　[季]冬

[8]**暮易し　くれやすし**　［時］　冬の日が短いこと　[季]冬

[9]**暮春　ぼしゅん**　［時］　春の終わり頃のこ

14画（暦, 榎, 榛, 槍, 模, 様, 榲, 槐）

と、または春の夕暮れの意味もある 闭春

暮秋 ぼしゅう ［時］ 秋の季節の終わりに
近い頃 闭秋

¹¹**暮雪** ぼせつ ［天］ 暮れ方の雪 闭冬

¹²**暮遅し** くれおそし ［時］ 春の日暮れが遅
いこと。日永と同じことを視点を裏返して
いう 闭春

¹³**暮新月** くれしづき ［時］ 陰暦一月の別
称。新年の季語とすることもある 闭新年

暮歳 ぼさい ［時］ 年の終わり、十二月も
押し詰まったころ 闭冬

【暦】

⁰**暦の末** こよみのすえ ［人］ 年末暦の残り
が少なくなること 闭冬

暦の果 こよみのはて ［人］ 年末暦の残り
が少なくなること 闭冬

暦の奏 こよみのそう ［人］ 陰暦十一月一
日、中務省の陰陽寮で暦博士が翌年の新暦
を作り、中務省が奏進する宮中行事 闭冬

暦の終 こよみのおわり ［人］ 年末暦の残
りが少なくなること 闭冬

⁷**暦売** こよみうり ［人］ 年末、翌年の暦を
売る人 闭冬

⁸**暦果つ** こよみはつ ［人］ 年末暦の残りが
少なくなること 闭冬

⁹**暦奏** れきそう ［人］ 陰暦十一月一日の暦
の奏の別称 闭冬

¹⁰**暦配り** こよみくばり ［人］ 明治維新以
後、伊勢神宮で暦の頒布をしたこと 闭冬

¹²**暦開き** こよみびらき ［人］ 新年に初めて
その年の暦を使い始めること 闭新年

【榎】

⁰**榎の花** えのきのはな ［植］ ニレ科の落葉
高木。五月頃、新枝の葉の根元に淡黄色の
雄花が集まり咲く 闭夏

榎の実 えのみ, えのきのみ ［植］ 小豆ほ
どの大きさの榎の実のこと。秋、熟して赤
褐色となり、甘くなる 闭秋

⁸**榎若葉** えのきわかば ［植］ 榎の若葉
闭夏

⁹**榎枯る** えのきかる ［植］ 冬、榎木が枯れ
ること 闭冬

榎茸 えのきだけ ［植］ 現在は人工栽培な
ので四季を問わず出回るが、天然ものは晩

秋から冬ごろに採集する 闭冬, 秋

【榛】

⁰**榛の花** はしばみのはな, はんのはな ［植］
カバノキ科の落葉低木。三、四月頃、黄褐
色をした紐状の花をつける 闭春

榛の実 はしばみのみ ［植］ 夏から秋にか
けて見られ、栗の実に似ているが、二枚の
総苞片に左右から包まれているのが特徴。
生食にもでき、炒って食べることもある
闭秋

【槍】

⁴**槍水仙** やりずいせん ［植］ イキシアの別
称 闭春

⁹**槍草** やりくさ ［植］ イネ科の二年草。四
月頃に、淡緑色の細い花穂が出る 闭春

¹¹**槍祭** やりまつり ［宗］ 八月十三日の東
京・王子神社の祭り 闭秋

¹³**槍遣初** やりつかいぞめ ［人］ 江戸時代、
武家で新年になって初めて槍の稽古を始め
ること 闭新年

¹⁹**槍鶏頭** やりけいとう ［植］ 鶏頭の一種
闭秋

【模】

¹⁴**模様莧** もようびゆ ［植］ 半低木状を呈す
る宿根草。秋に色づく葉が美しいため栽培
される 闭秋

【様】

マリア様の御孕りの日 まりあさまのおんや
どりのひ ［宗］ 聖胎節の別称 闭冬

【榲】

¹¹**榲桲** まるめろ ［植］ 十月頃、果実が熟し
て黄色くなる。固くて生食にはむかず、砂
糖漬けや缶詰めを作る。味は甘酸っぱい
闭秋

榲桲の花 まるめろのはな ［植］ バラ科の
落葉高木。晩春、淡紅色の花をつける
闭春

【槐】

⁰**槐の花** えんじゅのはな ［植］ マメ科の落
葉高木で、街路樹などとして植樹される。
夏、黄色を帯びた白い小さな蝶形の花を梢

14画（榾, 榧, 榠, 槇, 楮, 橐, 歌）

につける　㊱夏, 秋

【榾】

榾　ほた, ほだ　［人］　炉に入れて薪にする、樹木の切れ端を乾燥させたもの　㊱冬

⁰榾の主　ほたのぬし　［人］　冬、炉に榾をたいた家の主人。榾は冬の季語　㊱冬

榾の宿　ほたのやど　［人］　冬、炉に榾をたく家。榾は冬の季語　㊱冬

⁴榾火　ほたび　［人］　榾をたく火。榾は冬の季語　㊱冬

⁸榾明　ほたあかり　［人］　冬の榾火の明かり。榾は冬の季語　㊱冬

【榧】

榧　かや　［植］　山野に自生するイチイ科の常緑高木で、針葉樹の一種。その実は正月の蓬莱の三方に飾られる　㊱新年

⁰榧の花　かやのはな　［植］　イチイ科の常緑高木。四月頃、あまり目立たない花がつく　㊱春, 冬

榧の実　かやのみ　［植］　楕円形で、長さ二、三センチぐらいの榧の実のこと。初めは緑色だが、十月頃熟して紫褐色に変わり、食用にもなる　㊱秋

⁶榧衣　かやごろも　［人］　江戸時代の正月用の菓子の一つ。榧の実に砂糖の衣をかけたもの　㊱新年

¹³榧搗栗売　かやかちぐりうり　［人］　年の市で榧搗栗を売っていること　㊱冬

榧飾る　かやかざる　［人］　正月に榧の実を蓬莱の三方に添えて飾ること　㊱新年

【榠】

¹⁵榠樝の花　かりんのはな　［植］　バラ科の落葉高木。晩春、淡紅色の花をつける。実は秋の季語　㊱春

榠樝の実　かりんのみ　［植］　中国原産の果樹。果実は卵円形で大きくなめらかで、晩秋に黄色く熟する。生食には適さず、煮食または砂糖漬けにして用いる　㊱秋

【槇】

⁷槇売　まきうり　［宗］　六道参の際、槇を売るもの　㊱秋

【楮】

¹⁸楮藤の実　ひょんのみ　［植］　晩秋に実るマンサク科のイスノキの実のこと。巣くっている虫がでてしまうと空洞ができており、口をあてて吹くとよく鳴る　㊱秋

【橐】

⁷橐吾の花　つわのはな　［植］　晩秋から初冬にかけて黄色い頭状花をつけるキク科の常緑多年草ツワブキの花　㊱冬

【歌】

いろは歌留多　いろはがるた　［人］　いろは四十八文字ではじまる札を取り合うカルタ遊び　㊱新年

メーデー歌　めーでーか　［人］　メーデーで歌われる歌　㊱春, 夏

⁰歌がるた　うたがるた　［人］　百人一首のこと　㊱新年

歌よみ鳥　うたよみどり　［動］　鶯の別称　㊱春

³歌女鳴く　かじょなく　［動］　蚯蚓鳴くに同じ　㊱秋

⁵歌仙桜　かせんざくら　［植］　桜の一種　㊱春

⁶歌会始　うたかいはじめ　［人］　昔は正月の十九日または二十四日に、宮中で行なわれた歌会の儀式。現在は一月十日頃に行われている　㊱新年

¹⁰歌留多　かるた　［人］　正月の代表的な室内ゲーム。百人一首、いろはガルタなどがある　㊱新年

歌留多会　かるたかい　［人］　カルタ遊び、特に百人一首をするための集会　㊱新年

歌留多取　かるたとり　［人］　正月の代表的な室内ゲーム。百人一首、いろはガルタなどがある　㊱新年

歌留多遊　かるたあそび　［人］　正月の代表的な室内ゲーム。百人一首、いろはガルタなどがある　㊱新年

歌留多箱　かるたばこ　［人］　カルタを入れておく箱　㊱新年

¹²歌御会始　うたごかいはじめ　［宗］　歌会始の別称　㊱新年

歌詠鳥　うたよみどり　［動］　鶯の別称　㊱春

俳句季語よみかた辞典　**479**

15歌舞伎正月　かぶきしょうがつ　［宗］　顔見世の別称。俳優にとっては正月にも匹敵するということからいう　[季]冬

歌舞伎顔見世　かぶきのかおみせ　［人］　顔見世に同じ　[季]冬

歌舞始　かぶはじめ　［人］　正月十六日に、京都八坂女紅場の生徒の芸妓・舞妓が技芸の授業をうける始業式　[季]新年

【漁】

いかり漁　いかりりょう　［人］　瀬戸内の西部で行われる鯛の漁法　[季]春

4漁夫来る　ぎょふくる　［人］　春先に鰊の漁期が近づくと、網元に雇われて漁夫が北海道へ渡ってくること　[季]春

漁夫帰る　ぎょふかえる　［人］　北海道で、鰊漁がすむと出かせぎの漁夫たちが郷里へ帰って、田植えをすること　[季]夏

漁夫募る　ぎょふつのる　［人］　春先に鰊の漁期が近づくと、網元が漁夫を募ること　[季]春

8漁始　りょうはじめ　［人］　新年になって初めて漁にでること　[季]新年

11漁猟解禁　ぎょりょうかいきん　［人］　鮎漁の解禁日　[季]夏

【漉】

8漉昆布　すきこんぶ　［植］　昆布を漉くこと　[季]夏

【漆】

0漆の花　うるしのはな　［植］　ウルシ科の落葉高木。六月頃、葉の根元に円錐状の黄緑色の小花が集まり咲く　[季]夏, 秋

漆の実　うるしのみ　［植］　やや歪んだ平べったい球形で、大豆ぐらいの大きさの漆の実のこと。秋、黄褐色に熟して光沢があり、つるつるしている。この実から蠟がとれる　[季]秋

漆の芽　うるしのめ　［植］　春の木の芽の一種　[季]春

8漆取る　うるしとる　［人］　六、七月頃、漆の樹皮から生漆をを採取すること　[季]夏

9漆紅葉　うるしもみじ　［植］　晩秋、漆の葉が紅葉したもの。古くから賞美された　[季]秋

漆草　うるしぐさ　［植］　褐藻類のウルシグサ科に属する海藻　[季]春

13漆掻　うるしかき　［人］　六、七月頃、漆の樹皮から生漆を採取すること　[季]夏

漆掻く　うるしかく　［人］　六、七月頃、漆の樹皮から生漆を採取すること　[季]夏, 秋

【漸】

12漸寒　ややさむ　［時］　秋半ばから末にかけてようやく覚える寒さ　[季]秋

漸寒し　ようようさむし　［時］　漸寒に同じ　[季]秋

【漕】

7漕初　こぎぞめ　［人］　船起の別称　[季]新年

【漬】

なすび漬　なすびづけ　［人］　夏に収穫した茄子の漬け物の総称　[季]夏

6漬瓜　つけうり　［人］　漬け物にした瓜　[季]夏

11漬菜　つけな　［植］　漬物用の冬菜の総称　[季]冬

【滴】

0滴り　したたり　［地］　崖や岩の間、苔蘚類などをつたって滴々と落ちる水。その清冽感から夏の季語とされる　[季]夏

滴る山　したたるやま　［地］　五月山の別称　[季]夏

20滴露　ちょろぎ　［人］　シソ科の多年草で、地下茎を正月料理の黒豆の中に混ぜる　[季]新年

【漂】

11漂鳥　ひょうちょう　［動］　渡り鳥の一種で、秋に住処を替えるために日本国内で移動するもの　[季]秋

【漏】

すが漏　すがもり, すがもれ　［人］　寒地で雪が氷結したものが、室内の暖房や寒気の緩みで融け、小さな隙間から屋内に流れこみ、壁や天井裏を伝って室内に洩れて染みをつくること　[季]冬

【漱】

5漱石忌　そうせきき［宗］十二月九日、明治期の小説家夏目漱石の忌日 [季]冬

【漳】

19漳蘭　めらん［植］秋蘭の一種 [季]秋

【熊】

熊　くま［動］冬眠する、雑食性のクマ科の動物 [季]冬

0熊げら　くまげら［動］最大型で全身黒い [季]秋

熊の架　くまのたな［動］熊が樹上で好物の栗の実を食べる時、周囲の枝を手元に折り曲げるのが、まるで棚をかけたようになったもの [季]秋

熊の栗棚　くまのくりだな［動］熊の架の別称 [季]秋

4熊手　くまで［宗］酉の市で売る縁起物 [季]冬

熊手市　くまでいち［宗］酉の市で熊手を売ったこと [季]冬

5熊穴に入る　くまあなにいる［動］熊が樹洞や洞穴などで冬眠すること [季]冬

熊穴を出づ　くまあなをいず［動］雪解けの頃、冬眠からさめた親熊が穴を出てくること [季]春

熊穴を出る　くまあなをでる［動］雪解けの頃、冬眠からさめた親熊が穴を出てくること [季]春

7熊谷草　くまがいそう［植］ラン科の多年草。晩春咲く花を、源平合戦の際の武将熊谷次郎直実の背負った母衣にみたてての名 [季]春

熊谷桜　くまがいざくら［植］桜の一種 [季]春

熊谷笠　くまがいがさ［人］編笠の一種 [季]夏

8熊突　くまつき［人］冬籠もりをしている熊を狩ること。犬をけしかけたり、煙を穴に送りいぶり出して、おびき出して狩る [季]冬

9熊狩　くまがり［人］冬籠もりをしている熊を狩ること。犬をけしかけたり、煙を穴に送りいぶり出して、おびき出して狩る [季]冬

熊送　くまおくり［人］熊祭の別称 [季]冬

10熊栗架を掻く　くまくりだなをかく［動］熊が樹上で好物の栗の実を食べる時、周囲の枝を手元に折り曲げるのが、まるで棚をかけたようになったもの [季]秋

11熊猟　くまりょう［人］冬籠もりをしている熊を狩ること。犬をけしかけたり、煙を穴に送りいぶり出して、おびき出して狩る [季]冬

熊祭　くままつり［人］冬の狩りの始まる前に行なわれていたアイヌの祭。熊を生贄にして、神に感謝を捧げるもの [季]冬

熊野連歌　くまのれんが［宗］陰暦正月二日に行なわれた和歌山・熊野本宮拝殿での社家と地下人による百韻連歌 [季]新年

熊野連歌始　くまのれんがはじめ［宗］陰暦正月二日に行なわれた和歌山・熊野本宮拝殿での社家と地下人による百韻連歌 [季]新年

13熊蜂　くまばち［動］蜂の一種 [季]春

18熊蟬　くまぜみ［動］蟬の一種 [季]夏

24熊鷹　くまたか［動］やや大型の鷹の一種 [季]冬

【熇】

7熇尾蛇　ひばかり［動］蛇の一種 [季]夏

【獐】

獐　のろ［動］ユーラシア大陸のシカ科の獣で、冬には尻に白斑が現れる。名前にそぐわず動作は軽快で速く走る [季]冬

0獐の袋角　のろのふくろづの［動］シカの一種ノロの袋角 [季]冬

9獐茸　のろたけ［動］シカの一種ノロの袋角 [季]冬

獐虻　のろあぶ［動］ノロという朝鮮産の小型の鹿などにたかる虻の総称 [季]春

【瑠】

15瑠璃　るり［動］大瑠璃の別称 [季]夏

瑠璃星天牛　るりぼしかみきり［動］天牛の一種 [季]夏

瑠璃草　るりそう［植］ユキノシタの別称 [季]夏

瑠璃草　るりそう［植］山地の日陰に生える多年草。晩春から初夏にかけ鮮やかな緑

色の花をつける [季]春, 夏
瑠璃菊 るりぎく ［植］ ストケシアの別称 [季]夏
瑠璃鳥 るりちょう ［動］ 大瑠璃の別称 [季]秋, 夏
瑠璃蛺蝶 るりたては ［動］ 蝶の一種 [季]春
瑠璃蜥蜴 るりとかげ ［動］ 蜥蜴の一種 [季]夏
瑠璃蝶々 るりちょうちょう ［植］ ロベリアの別称 [季]春
瑠璃鶲 るりびたき ［動］ ツグミ科の鳥。初夏に飛来して高冷地で営巣・繁殖し、冬には南方へ帰っていく [季]夏

【皸】

皸 あかぎれ ［人］ 冬の寒さによる胼が進行して手足の皮膚の裂けが大きく赤くなったもの [季]冬
16皸薬 あかぎれぐすり ［人］ あかぎれをなおすためにぬる薬 [季]冬

【磁】

8磁枕 じちん ［人］ 磁器で作った涼しい夏用の枕 [季]夏

【碧】

11碧梧桐忌 へきごどうき ［宗］ 二月一日、明治・大正・昭和初期の俳人河東碧梧桐の忌日 [季]冬
18碧蟬花 へきせんか ［植］ 露草の別称。初秋に真っ青の花が咲く [季]秋

【禊】

禊 みそぎ ［宗］ 夏越の祓の別称 [季]夏

【稲】

稲 いね ［植］ イネ科の一年草で、秋に収穫して日本の主要農産物の米となる。以前は農業といえば米だった。当然古来より歌にも俳句にも多く詠まれ、歳時記にも農作業に関する言葉が羅列される [季]秋
0稲の虫 いねのむし ［動］ 稲の害虫の総称 [季]秋
稲の秀 いねのほ ［植］ 秋、稲穂が熟して重そうに頭を垂れ、稲田一面に金色の稲穂の波がたつ様子 [季]秋
稲の花 いねのはな ［植］ 秋に一瞬のように開く稲の綿毛のような花のこと [季]秋
稲の花どき いねのはなどき ［植］ 秋、稲が穂孕み期に入って、花穂がのぞく頃のこと [季]秋
稲の波 いねのなみ ［植］ 秋、稲穂が熟して重そうに頭を垂れ、稲田一面に金色の稲穂の波がたつ様子 [季]秋
稲の秋 いねのあき ［植］ 稲の実りが秋であること [季]秋
稲の殿 いねのとの ［天］ 稲妻の別称 [季]秋
3稲子 いなご ［動］ バッタの仲間で、稲を食べる害虫。長野県下や東北地方では佃煮など食用とされる [季]秋
稲子麿 いなごまろ ［動］ 稲虫の別称 [季]秋
稲小屋 いねごや ［人］ 稲が実ってきた頃、田守をするための番小屋のこと [季]秋
稲干す いねほす ［人］ 秋に刈り取った稲を稲扱きをできるように干しておくこと [季]秋
4稲刈 いねかり ［人］ 秋の田に稔った稲を刈ること [季]秋
稲刈る いねかる ［人］ 秋の田に稔った稲を刈ること [季]秋
稲刈月 いねかりづき ［時］ 陰暦九月の別称 [季]秋
稲刈時 いねかりどき ［時］ 秋の稲刈りの頃 [季]秋
稲刈頃 いねかりごろ ［時］ 秋の稲刈りの頃 [季]秋
稲刈鎌 いねかりがま ［人］ 秋の稲刈りに使う鎌 [季]秋
稲木 いなき ［人］ 秋、刈り取った稲を束にしてかけて干すため横木を渡したもの。田のなかや畦に設ける [季]秋
稲爪神社牛乗 いなつめじんじゃうしのり ［宗］ 九月九日の明石市・稲爪神社の祭り [季]秋
5稲打 いねうち ［人］ 秋、稲刈り・刈干しの後に行う、穂から籾を分け取る農作業 [季]秋
稲田 いなだ ［地］ 稲のうえてある田。稲は秋に収穫する [季]秋

6**稲光　いなびかり**　［天］　稲妻の別称　[季]秋

稲扱　いねこき　［人］　秋、稲刈り・刈干しの後に行う、穂から籾を分け取る農作業　[季]秋

稲扱き　いねこき　［人］　秋、稲刈り・刈干しの後に行う、穂から籾を分け取る農作業　[季]秋

稲扱筵　いねこきむしろ　［人］　稲扱をするための筵　[季]秋

稲扱機　いねこきき　［人］　秋の稲扱をする機械　[季]秋

稲舟　いなふね, いなぶね　［人］　秋、刈りとった稲を積む船　[季]秋

稲虫　いなむし　［動］　稲の害虫の総称　[季]秋

稲虫送　いねむしおくり, いなむしおくり　［人］　虫送りの別称　[季]夏, 秋

7**稲束　いねたば**　［人］　稲の束　[季]秋

稲車　いなぐるま, いねぐるま　［人］　秋、刈りとった稲を積む車　[季]秋

8**稲取　いねとり**　［人］　田に本植えをするため、苗代の苗をとること　[季]夏

稲妻　いなずま　［天］　雷の放電の光。稲を実らす光との俗信から秋の季語とされた　[季]秋

9**稲負鳥　いなおおせどり, いなおせどり**　［動］　古今和歌集に歌われているが、具体的にどの鳥を指していたのかは不明　[季]秋

稲垣　いながき　［人］　干稲がまるで稲でできた垣根のように見える秋の情景　[季]秋

稲架　はさ, いなか　［人］　秋、刈り取った稲を束にしてかけて干すため横木を渡したもの。田のなかや畦に設ける　[季]秋

10**稲埃　いなほこり**　［人］　秋の稲扱の際に出る埃　[季]秋

稲孫　ひつじ　［植］　晩秋、稲を刈った後の切り株から伸びた稲の新芽のこと　[季]秋

稲核菜　いねこきな　［植］　冬菜の一つで、野沢菜の別称　[季]冬

稲荷のお出　いなりのおいで　［宗］　四月第二の午の日、京都市・稲荷大社で行われる神幸祭のこと　[季]春

稲荷の大山祭　いなりのおおやまさい　［宗］　正月五日、京都市・稲荷大社で行なわれる祭り　[季]新年

稲荷の奉射祭　いなりのぶしゃさい　［宗］　正月十二日に京都・伏見稲荷大社で行われる、五穀豊穣と厄除けを祈願する奉射神事　[季]新年

稲荷の御火焚　いなりのおほたき　［宗］　鞴祭の別称　[季]冬

稲荷大山祭　いなりおおやまさい　［宗］　正月五日、京都伏見稲荷大社で行われる行事。群衆が耳土器を奪い合う勇壮なものだったが、現在それは行われない　[季]新年

稲荷山の白狐　いなりやまのしろぎつね　［人］　狐舞の別称　[季]新年

稲荷注連張　いなりしめはり　［宗］　稲荷の大山祭で行なわれる神事　[季]新年

稲荷神幸祭　いなりしんこうさい　［宗］　四月第二の午の日、京都市・稲荷大社で行われる神幸祭のこと　[季]春

稲荷祭　いなりまつり　［宗］　四月第二の午の日、京都市・稲荷大社で行われる神幸祭のこと　[季]春

稲荷祭御出　いなりまつりおいで　［宗］　四月第二の午の日、京都市・稲荷大社で行われる神幸祭のこと　[季]春

稲荷鮓　いなりずし　［人］　鮓の一種　[季]夏

稲荷講　いなりこう　［人］　初午の別称　[季]春

稲馬　いなうま　［人］　稲をのせた馬　[季]秋

11**稲堆　いなにお**　［人］　秋、稲扱きをするために稲をつみあげたもの　[季]秋

稲掛　いねかけ　［人］　秋に刈り取った稲を稲扱きをできるように干しておくこと　[季]秋

稲舂虫　いねつきむし　［動］　古くから親しまれた呼称だが、どの昆虫を指すのかは不明　[季]秋

稲雀　いなすずめ　［動］　稲が熟してから稲刈りまでの間、稲田に群れて稲を食い荒らす雀のこと　[季]秋

12**稲塚　いねづか, いなづか**　［人］　秋、稲扱きをするために稲をつみあげたもの　[季]秋

稲棒　まつち, ぼっち　［人］　秋、刈り取った稲を束にしてかけて干すため横木を渡したもの。田のなかや畦に設ける　[季]秋

稲番　いねばん, いなばん　［人］　稲が実ってきた頃、鳥獣に田を荒らされぬように番をすること、またその人　[季]秋

稲葉　いなば　［植］　稲の葉のこと。稲は秋に収穫する　[季]秋

14画（穀，種）

稲葉の衣　いなばのころも　［人］　秋の衣類
の一つ　㋟秋

稲葉の雲　いなばのくも　［植］　稲葉の穂波
が雲がなびくのに似ているさま　㋟秋

稲葉の露　いなばのつゆ　［植］　稲の葉につ
いた露　㋟秋

¹³稲筵　いなむしろ　［植］　稲葉の筵をひらい
たように茂ったさま　㋟秋

¹⁵稲熱田　いもちだ　［地］　稲熱病の発生した
田　㋟秋

¹⁶稲積　にお　［人］　秋、刈り取った稲を束に
してかけて干すため横木を渡したもの。田
のなかや畦に設ける　㋟秋

稲積む　いねつむ　［人］　正月の忌み詞で、
寝ることをめでたくいったもの。元日寝る
ことをいうのだとも、三が日の間使うとも
いわれる　㋟新年

稲積む　いねつむ　［人］　秋、刈りとった稲
を積むこと　㋟秋

¹⁸稲叢　いなむら　［人］　秋、稲扱きをするた
めに稲をつみあげたもの　㋟秋

【穀】

⁸穀雨　こくう　［時］　二十四節気の一つ。陽
暦四月二十日、二十一日頃　㋟春

¹⁴穀精草　みずたまそう　［植］　星草の別称。
秋に何本もつく灰色の花序が、水滴のよう
に見えることからの名　㋟秋

【種】

⁰種おろし　たねおろし　［人］　春、籾種を苗
代に蒔くこと　㋟春

種かけ　たねかけ　［動］　春、動物が発情し
て交尾すること　㋟春

種かし　たねかし　［人］　春の彼岸の頃、籾
を蒔く前に籾種を種井や種池に浸し、発芽
をうながすこと　㋟春

種つけ　たねつけ　［動］　春、動物が発情し
て交尾すること　㋟春

種つける　たねつける　［人］　春の彼岸の
頃、籾を蒔く前に籾種を種井や種池に浸し、
発芽をうながすこと　㋟春

種ふせる　たねふせる　［人］　春の彼岸の
頃、籾を蒔く前に籾種を種井や種池に浸し、
発芽をうながすこと　㋟春

種ふて　たねふて　［人］　春の彼岸の頃、籾
を蒔く前に籾種を種井や種池に浸し、発芽
をうながすこと　㋟春

³種子無　たねなし　［植］　萍（うきくさ）の
別称。夏に繁茂・開花する　㋟夏

⁴種井　たねい，たない　［人］　春、籾を蒔く
前に種籾を浸しておく井戸　㋟春

種井ばらい　たないばらい　［人］　籾種の種
浸しの前に、種井の水を全部かき出して掃
除すること　㋟春

種井戸　たないど　［人］　春、籾を蒔く前に
種籾を浸しておく井戸　㋟春

種井替　たないがえ　［人］　籾種の種浸しの
前に、種井の水を全部かき出して掃除する
こと　㋟春

種牛　たねうし　［動］　交尾をする雄牛
㋟春

⁶種池　たないけ　［人］　春に籾を蒔く前に種
籾を浸しておく池　㋟春

種池ばらい　たないけばらい　［人］　籾種の
種浸しの前に、種池の水を全部かき出して
掃除すること　㋟春

種池浚い　たないけさらい　［人］　籾種の種
浸しの前に、種池の水を全部かき出して掃
除すること　㋟春

種芋　たねいも　［植］　春の植付のため、冬
の間貯蔵しておいた芋類のこと　㋟春

⁷種売　たねうり　［人］　種（春蒔き）を売る
人　㋟春

種床　たねどこ　［人］　春に、直播きをしな
い植物の種を蒔き、苗を育てる仮床　㋟春

⁸種物　たねもの　［人］　春蒔きの野菜・草
花・穀類などの種のこと　㋟春

種物屋　たねものや　［人］　種（春蒔き）を
うる店　㋟春

種茄子　たねなす　［植］　種をとるため、収
穫せずに晩秋の頃まで残しておいた茄子
㋟秋

¹⁰種俵　たねだわら　［人］　籾を蒔く前に、発
芽をうながすため籾種を種井や種池に浸し
ておくのに使う俵　㋟春

種時　たねどき　［人］　種浸しを行なう時
期。春の彼岸の頃　㋟春

種案山子　たねかかし，たねかがし　［人］
籾種を蒔いた苗代に立てる案山子　㋟春

種浸　たねひたし　［人］　春の彼岸の頃、籾
を蒔く前に籾種を種井や種池に浸し、発芽
をうながすこと　㋟春

種浸け　たねつけ　［人］　春の彼岸の頃、籾を蒔く前に籾種を種井や種池に浸し、発芽をうながすこと　[季]春

種浸し　たねひたし　［人］　春の彼岸の頃、籾を蒔く前に籾種を種井や種池に浸し、発芽をうながすこと　[季]春

種紙　たねがみ　［人］　蚕の卵を付着させた紙　[季]春

種降し　たねおろし　［人］　春、籾種を苗代に蒔くこと　[季]春

種馬　たねうま　［動］　交尾をする雄馬　[季]春

11種採　たねとり　［人］　花壇やかき根に咲いていた草花の種を、秋の晴れた日に採り、乾燥させて一種ずつ袋に納めて保存する　[季]秋

種桶　たねおけ　［人］　春に籾を蒔く前に種籾を浸しておく桶　[季]春

種祭　たねまつり　［宗］　水口祭の別称　[季]春

種袋　たねぶくろ　［人］　種（春蒔き）の入った袋　[季]春

12種朝顔　たねあさがお　［植］　実から種をとる朝顔　[季]秋

種痘　しゅとう　［人］　伝染病である痘瘡の予防接種のこと。春に行う　[季]春

13種蒔　たねまき　［人］　春、籾種を苗代に蒔くこと。種蒔といえば他の何物でもなく籾蒔きを指す　[季]春

種蒔おっこ　たねまきおっこ　［人］　八甲田山で消え残った雪が、老爺が種を蒔く姿に似ていること　[季]春

種蒔おつこ　たねまきおっこ　［人］　八甲田山で消え残った雪が、老爺が種を蒔く姿に似ていること　[季]春

種蒔桜　たねまきざくら　［人］　辛夷の花のこと。種蒔きの時期に咲くことから　[季]春

14種漬花　たねつけばな　［植］　アブラナ科の二年草で、三月頃から枝の端に白い四弁の小花が咲き始める　[季]春

15種選　たねえらび, たねより　［人］　春、稲の種籾を苗代にまく前に、不良のものを選り分ける作業　[季]春

16種瓢　たねふくべ　［植］　晩秋、種を採るため、たった一つだけ収穫せずに残しておかれた瓢のこと　[季]秋

種薯　たねいも　［植］　春の植付のため、冬の間貯蔵しておいた芋類のこと　[季]春

【稗】

稗　ひえ　［植］　イネ科の一年草。秋に丸い実が黄色または褐色に熟する。古来、救荒作物として栽培された　[季]秋

4稗刈　ひえかり　［植］　秋、稗を収穫すること　[季]秋

稗引く　ひえひく　［植］　秋、稗を収穫すること　[季]秋

12稗植う　ひえうう　［人］　五、六月頃、稗を蒔くこと　[季]夏

13稗蒔　ひえまき　［人］　五、六月頃、稗を蒔くこと　[季]夏

稗蒔　ひえまき　［人］　盆栽の一種。夏に稗で田畑のミニチュアをつくるもの　[季]夏

稗蒔く　ひえまく　［人］　五、六月頃、稗を蒔くこと　[季]夏

稗蒔売　ひえまきうり　［人］　夏、室内観賞用の稗の種を売る人　[季]夏

【端】

4端午　たんご　［人］　五月五日、菖蒲を飾り、柏餅を食べる節句。江戸時代以降は男子の節句とされた　[季]夏

端午の節句　たんごのせっく　［人］　五月五日、菖蒲を飾り、柏餅を食べる節句。江戸時代以降は男子の節句とされた　[季]夏

端月　たんげつ　［時］　正月の別称　[季]新年

5端正の月　たんしょうのつき　［天］　陰暦八月十五日、中秋の満月　[季]秋

端正月　たんしょうがつ　［時］　正月の別称　[季]新年

8端居　はしい　［人］　日陰の縁先に出て涼むこと　[季]夏

12端陽　たんよう　［人］　端午の別称　[季]夏

【管】

8管弦祭　かんげんさい　［宗］　三船祭の別称　[季]夏

10管流し　くだながし　［人］　木流しの別称　[季]春

11管絃講　かんげんこう　［宗］　仏前で音楽を奏して法要を営むこと　[季]新年

12管粥　くだがゆ　［宗］　粥占の別称　[季]新年

管粥祭　くだかゆまつり　［宗］　粥占の別称

[季]新年

19**管簾**　かんすだれ ［人］ 簾の一種 [季]夏

管襦袢　くだじゅばん ［人］ 汗取用の肌着の一種 [季]夏

【算】

4**算木牛蒡**　さんぎごぼう ［人］ 開牛蒡の別称 [季]新年

算木茶菓　さんぎちゃか ［人］ 地方の特殊名称。新年の年木たきの左義長に関連したことば [季]新年

【箸】

5**箸包**　はしづつみ ［人］ 太箸を包むもの [季]新年

10**箸紙**　はしがみ ［人］ 太箸を包むもの [季]新年

24**箸鷹**　はしたか ［動］ 秋、盆の精霊の箸を火に焼いてから鷹を鳥屋より出したこと [季]秋

【篦】

5**篦打**　へらうち ［人］ 根木打の一つでヘラを使うもの [季]冬

8**篦岳白山祭**　ののたけはくさんまつり ［宗］ 篦宮祭の別称 [季]新年

10**篦宮祭**　ののみやまつり ［宗］ 陰暦正月二十四、二十五日、宮城・篦岳山の白山社で行われた祭。豊作を願う春の予祝行事 [季]新年

16**篦鴫**　へらしぎ ［動］ 鴫の一種だが、田鴫とは異なる [季]秋

【箕】

9**箕面の富**　みのおのとみ ［宗］ 正月七日夜に箕面市・滝安寺で行なわれた富籤興行と法要。現在は正月三が日に行われる [季]新年

箕面山弁才天参　みのおさんべんざいてんまいり ［宗］ 箕面市・滝安寺での御富法会の別称 [季]新年

箕面山弁財天参　みのおさんべんざいてんまいり ［宗］ 箕面市・滝安寺での御富法会の別称 [季]新年

箕面富突　みのおとみつき ［宗］ 箕面市・滝安寺での御富法会の別称 [季]新年

10**箕納**　みおさめ ［人］ 刈り取った稲を扱き、臼で摺る仕事を終えた時の行事 [季]冬

11**箕祭**　みまつり ［人］ 刈り取った稲を扱き、臼で摺る仕事を終えた時の行事 [季]冬

15**箕輪田の鯉取**　みのわだのこいとり ［人］ 茨城・箕輪田での鯉取りで、鯉の活動がにぶる寒中に、水中に漁人が入り、大きな鯉を抱きとるもの [季]冬

【箒】

19**箒鶏頭**　ほうきけいとう ［植］ 鶏頭の一種 [季]秋

【箙】

0**箙の梅**　えびらのうめ ［植］ 生田の森での源平の合戦で、梶原源太景季が箙に梅の枝をさして戦ったという故事 [季]春

【精】

11**精進固**　しょうじんかため ［宗］ 報恩講の始まる前に、魚肉などの馳走を食べること [季]冬

精進落　しょうじんおち, しょうじんおとし ［宗］ 報恩講の済んだ日の夕食に魚肉などの馳走を食べること [季]冬

15**精霊とんぼ**　しょうりょうとんぼ ［動］ 胡黎（きやんま）の別称。盆の頃に飛ぶため [季]秋

精霊ばつた　しょうりょうばった ［動］ バッタの一種 [季]秋

精霊火　しょうりょうび ［宗］ 盆行事の一つ。各戸の迎火とは別に、村全体で行う火祭による悪霊の追放 [季]秋

精霊舟　しょうりょうぶね ［宗］ 盂蘭盆会の終る日、盆の供物などをのせて流す真菰や麦藁で作った舟 [季]秋

精霊花　しょうりょうばな ［人］ 盆花の別称 [季]秋

精霊迎　しょうりょうむかえ ［宗］ 陰暦七月九日、十日に、京都市民が珍皇寺に詣て盆の精霊をむかえたこと [季]秋

精霊迎え　しょうりょうむかえ ［宗］ 七月十三日の盆入りの夕方、門前や戸口で苧殻を焚いて先祖の霊を迎えること [季]秋

精霊送火　しょうりょうおくりび ［宗］ 八月十六日、京都の盂蘭盆会での霊を送る行事。大文字焼きとして有名 [季]秋

14画（粽, 綾, 維, 綱, 綬, 総, 綴, 緋）

精霊流　しょうりょうながし　[宗]　盂蘭盆
　会の終る日、精霊送りと送火とを兼ねた盆
　行事。灯りを点した灯籠を川や海に流す
　㉖秋

精霊流し　しょうりょうながし　[宗]　盂蘭
　盆会の終る日、精霊送りと送火とを兼ねた
　盆行事。灯りを点した灯籠を川や海に流す
　㉖秋

精霊祭　しょうりょうまつり　[宗]　盆の別
　称　㉖秋

精霊飯　しょうりょうめし　[人]　盆に戸外
　に竈を築き、煮炊きして食事をする習俗
　㉖秋

精霊路　しょうりょうみち　[人]　盆の精霊
　の通路を作るため、あらかじめ山や墓地か
　らの草を刈って掃除しておくこと　㉖秋

精霊蜻蛉　しょうろうとんぼ　[動]　胡黎
　（きやんま）の別称。盆の頃に飛ぶため
　㉖秋

精霊踊　しょうりょうおどり　[宗]　盆踊の
　一つ　㉖秋

【粽】

粽　ちまき　[人]　端午の節句に食べる餅の
　一種　㉖夏

⁰粽とく　ちまきとく　[人]　端午の節句の粽
　を食べるため包みを解くこと　㉖夏

⁹粽草　ちまきぐさ　[植]　真菰の別称　㉖夏

¹¹粽笹　ちまきざさ　[人]　端午の節句の粽を
　つくる笹　㉖夏

¹²粽結う　ちまきゆう　[人]　端午の節句の粽
　を作ること　㉖夏

粽結ふ　ちまきゆう　[人]　端午の節句の粽
　を作ること　㉖夏

¹³粽解く　ちまきとく　[人]　端午の節句の粽
　を食べるため包みを解くこと　㉖夏

【綾】

⁸綾取　あやとり　[人]　女の子の冬の遊びの
　一つ　㉖冬

⁹綾巻　あやまき　[人]　砧打ちのときのその
　打った布を巻きつける棒　㉖秋

¹³綾筵　あやむしろ　[人]　絵筵の別称　㉖夏

¹⁹綾羅　りょうら　[人]　絹の細い繊維で織っ
　た単衣　㉖夏

【維】

¹⁵維摩会　ゆいまえ　[宗]　陰暦十月十六日、
　藤原鎌足の忌日のため、奈良・興福寺で七
　日間維摩経を講義した法会。現在は行われ
　ない　㉖冬

【綱】

⁴綱引　つなひき　[人]　本来は小正月の年占
　行事の一つ。村落対抗で行なわれ、勝った
　ほうは豊作になるというもの。現在は競技
　としても行われる　㉖新年

⁶綱曳　つなひき　[人]　本来は小正月の年占
　行事の一つ。村落対抗で行なわれ、勝った
　ほうは豊作になるというもの。現在は競技
　としても行われる　㉖新年

⁹綱飛　つなとび　[人]　縄飛のこと。縄飛は
　冬の季語　㉖冬

¹¹綱貫　つなぬき　[人]　昔の雪沓の一種。皮
　で作り、底に鉄を打ちつけて雪道に用いた
　㉖冬

【綬】

⁹綬草　じゅそう　[植]　捩花の別称。六、七
　月頃、茎上に紅色の小花を螺旋形の穂状に
　つける　㉖夏

¹¹綬魚　じゅぎょ　[動]　鮟鱇の別称　㉖冬

【総】

¹総一　そういち　[人]　大矢数の時、先人を
　越える記録がでると堂内に額を掲げたこと
　㉖夏

【綴】

¹⁴綴暦　つづりごよみ　[人]　三百六十五日を
　一枚ずつ綴じた暦。日めくりともいう　㉖
　新年

【緋】

⁰緋の菜　ひのな　[植]　冬菜の一つで、根も
　葉も食用にする　㉖冬

⁴緋木瓜　ひぼけ　[植]　紅色の花をつける木
　瓜　㉖春

緋水鶏　ひくいな　[動]　水鶏の一種　㉖夏

⁵緋目高　ひめだか　[動]　赤い色のメダカ
　㉖夏

⁶緋衣草　ひごろもそう　[植]　シソ科の一年

俳句季語よみかた辞典　487

14画（綿，網）

草で、晩夏長い花穂を側生し、多数の花を
つけるが、花は数個集まって輪状に咲く
　㊦秋

10緋桜　ひざくら　［植］　桜の一種　㊦春

緋桃　ひもも　［植］　花の色が濃紅色の桃
　㊦春

緋秧鶏　ひくいな　［動］　水鶏の一種　㊦夏

緋連雀　ひれんじゃく　［動］　尾の先端が鮮
やかな紅色の連雀　㊦秋

11緋鳥鴨　ひどりがも　［動］　鴨の一種　㊦冬

12緋寒桜　ひかんざくら　［植］　寒中に緋色の
花が咲く彼岸桜の変種　㊦冬

15緋縅蝶　ひおどしちょう　［動］　蝶の一種
　㊦春

緋蕪　ひかぶ　［植］　赤色の蕪のこと　㊦冬

18緋鯉　ひごい　［動］　元来は鯉が突然変異で
赤くなったもの。池を泳ぐ姿の涼しげなこ
とから夏の季語とされる　㊦夏

【綿】

ビニロン綿　びにろんわた　［人］　ビニロン
の綿　㊦冬

綿　わた　［人］　真綿と木綿綿の総称。冬の
衣類に多く使う　㊦冬

0綿ざね　わたざね　［人］　秋に取った綿のさ
ね　㊦秋

綿の花　わたのはな　［植］　アオイ科ワタ属
の一年草。七、八月頃、薄黄色の五弁花を
つける　㊦夏

綿の桃　わたのもも　［人］　綿の実が桃に似
た形をしていること　㊦秋

2綿入　わたいれ　［人］　中に綿を入れてした
ててある冬の着物　㊦冬

綿入羽織　わたいればおり　［人］　防寒用に
綿の入った冬羽織　㊦冬

3綿子　わたこ　［人］　真綿でつくった防寒用
の衣類　㊦冬

綿干す　わたほす　［人］　秋に取った綿を干
すこと　㊦秋

綿弓　わたゆみ　［人］　打綿にする弓状の道
具。綿打は秋の農作業　㊦秋

4綿日和　わたびより　［天］　秋、綿花の盛り
の頃のよく晴れた日　㊦秋

5綿打　わたうち　［人］　秋に取った綿を打つ
農作業　㊦冬，秋

綿打弓　わたうちゆみ　［人］　打綿にする弓

状の道具。綿打は秋の農作業　㊦秋

綿打初　わたうちぞめ　［人］　新年はじめて
綿打ちをすること　㊦新年

綿打唄　わたうちうた　［人］　綿打の仕事に
歌う労働歌　㊦冬

綿氷　わたごおり　［地］　小川の底などにつ
いて綿のようにできる氷　㊦冬

6綿虫　わたむし　［動］　晩秋から初冬の頃飛
んでいる、体から綿のような白い物質を吹
き出すアリマキの一種　㊦冬

7綿初穂　わたはつほ　［人］　秋に出る綿の初
穂　㊦秋

綿抜　わたぬき　［人］　布を二枚合わせて仕
立てた衣服で、綿の入らないもの　㊦夏

8綿取　わたとり　［人］　秋、綿の果実が成熟
して裂け、吹き出した繊維を摘み取ること
　㊦秋

綿取る　わたとる　［人］　秋、綿の果実が成
熟して裂け、吹き出した繊維を摘み取るこ
と　㊦秋

11綿菅　わたすげ　［植］　高原の湿地に群生す
るカヤツリグサ科の多年草。七月頃、茎の
先につく小穂が綿帽子を冠ったように見え
る　㊦夏

綿雪　わたゆき　［天］　淡雪の別称　㊦冬

12綿帽子　わたぼうし　［人］　真綿を広げて
作った帽子。中世から江戸後期まで、主に
女性が防寒用にかぶった　㊦冬

綿買　わたかい　［人］　秋に取った綿を買い
にくる人　㊦秋

14綿摘　わたつみ　［人］　秋、綿の果実が成熟
して裂け、吹き出した繊維を摘み取ること
　㊦冬

綿摘む　わたつむ　［人］　秋、綿の果実が成
熟して裂け、吹き出した繊維を摘み取るこ
と　㊦冬，秋

19綿繰　わたくり　［人］　秋に取った綿から糸
を引き出すこと　㊦秋

綿繰り　わたくり　［人］　秋に取った綿から
糸を引き出すこと　㊦秋

【網】

0網シャツ　あみしゃつ　［人］　夏シャツの一
種　㊦夏

4網戸　あみど　［人］　夏、通風と虫除けのた
めに取りつけた網を入れた戸や窓　㊦夏

網手袋　あみてぶくろ　[人]　黒または白のレースの網目のものが多い夏用の手袋　[季]夏

5**網代　あじろ**　[人]　冬に氷魚をとるために設ける漁獲の仕掛け　[季]冬

網代木　あじろぎ　[人]　網代をささえるために川瀬に打つ杙。網代は冬の季語　[季]冬

網代木打つ　あじろぎうつ　[人]　晩秋から冬にかけて、魚を誘い込む網代の骨組をつくるため、川の瀬に杭を打ちこむ作業　[季]秋

網代打　あじろうち　[人]　晩秋から冬にかけて、魚を誘い込む網代の骨組をつくるため、川の瀬に杭を打ちこむ作業　[季]秋

網代守　あじろもり　[人]　網代の番人。網代は冬の季語　[季]冬

網代床　あじろのとこ　[人]　網代をかける所、また網代その物　[季]冬

網代杙　あじろぐい　[人]　網代をささえるために川瀬に打つ杙。網代は冬の季語　[季]冬

網代笠　あじろがさ　[人]　竹を網代に編んだ笠。僧侶などが日除けに用いた　[季]夏

網代簀　あじろす　[人]　網代杙に張りわたす簀　[季]冬

6**網舟　あみぶね**　[人]　海、川、湖沼などに投網を持って出る舟。納涼をかねる　[季]夏

11**網掛　あがけ**　[人]　陰暦七、八月頃、鷹狩に用いる鷹を生け捕るため、網の罠を仕掛けること。待網掛に同じ　[季]秋

網掛の鷹　あがけのたか, あみがけのたか　[動]　荒鷹の別称　[季]秋

網窓　あみまど　[人]　夏、通風と虫除けのために取りつけた網を入れた窓　[季]夏

網鳥　あみどり　[動]　時鳥の別称　[季]夏

12**網場　あば**　[人]　木流しで流れて来た材木を止める所　[季]春

14**網障子　あみしょうじ**　[人]　風を通し、虫を防ぐために用いた障子の一種　[季]夏

19**網襦袢　あみじゅばん**　[人]　あらく網目に作った夏用の涼しげな襦袢　[季]夏

【緑】

緑　みどり　[植]　初夏の頃のみずみずしい若葉の緑をいう言葉　[季]夏

0**緑さす　みどりさす**　[植]　初夏の頃のみずみずしい若葉の緑をいう言葉　[季]夏

緑の羽根　みどりのはね　[人]　緑の週間に行なわれる募金　[季]春

緑の週間　みどりのしゅうかん　[人]　四月一日から一週間（地方によっては月が違う）、国土緑化を目的として昭和二十五年から始まった行事　[季]春

4**緑化週間　りょっかしゅうかん**　[宗]　緑の週間のこと　[季]春

5**緑立つ　みどりたつ**　[植]　松の新芽が勢いよく芽吹くさま　[季]春

7**緑豆　ぶんどう**　[植]　花の後、秋に莢ができて、中に小粒の豆が生長する　[季]秋

緑豆引く　ぶんどうひく　[人]　秋、熟した緑豆を収穫すること　[季]秋

8**緑肥　りょくひ**　[人]　草肥の別称　[季]夏

緑雨　りょくう　[植]　新樹の若葉にふる雨のこと　[季]夏

14**緑摘む　みどりつむ**　[人]　松の緑摘むに同じ　[季]春

緑蔭　りょくいん　[植]　夏の青葉の生い茂った木立の陰のこと　[季]夏

【練】

0**練りこがし　ねりこがし**　[人]　はったいを冷水で溶いたもの　[季]夏

8**練供養　ねりくよう**　[宗]　五月十四日、奈良・当麻寺で行われる法会。極楽に導く菩薩に仮装してねり歩く　[季]夏

10**練馬大根　ねりまだいこん**　[植]　大根の一種で、東京都練馬産のもの　[季]冬

12**練雲雀　ねりひばり**　[動]　夏の換羽期の雲雀のこと　[季]夏

【綵】

11**綵雀　つくりすずめ**　[人]　色糸で雀の形に作ったもので、八朔（陰暦八月朔日）の贈答品の一つ　[季]秋

【綯】

7**綯初　ないぞめ**　[人]　正月の仕事始めの儀式の一つ。縄を一把だけ綯う農事の正月行事　[季]新年

【翠】

11**翠菊　えぞぎく**　[植]　キク科の一年草。ア

スターと呼ぶ人が多い。晩夏に菊に似た花をつける　[季]夏

14翠蔭　すいいん　［植］　緑陰の別称　[季]夏

19翠簾　すいれん　［人］　緑色の簾　[季]夏

【翡】

14翡翠　かわせみ, ひすい　［動］　翡翠（かわせみ）の別称　[季]夏

【聞】

0聞きすへ鳥　ききすえどり　［人］　鳴鳥狩の別称　[季]春

聞すえ鳥　ききすえどり　［人］　鳴鳥狩の別称　[季]春

9聞茶　ききちゃ　［人］　今年新しく製造した茶を、晩春売り出す前、風味を鑑別し等級付けをすること　[季]春

10聞酒　もんしゅ　［人］　秋の新酒の善し悪しを、舌で味わい確かめること　[季]秋

【肇】

9肇秋　ちょうしゅう　［時］　初秋の別称　[季]秋

13肇歳　とうさい　［時］　年始の別称　[季]新年

【膏】

8膏雨　こうう　［天］　農作物をうるおし育む春の雨　[季]春

16膏薬　とうやく　［人］　正月の宮中行事の一つ。正月三日の昼、天皇があらゆる瘡病に特効があるという膏薬をつけたこと　[季]新年

膏薬奉る　とうやくたてまつる　［人］　正月の宮中行事の一つ。正月三日の昼、天皇があらゆる瘡病に特効があるという膏薬をつけたこと　[季]新年

【腐】

9腐草化して蛍となる　ふそうかしてほたるとなる　［動］「腐草蛍と為る」に同じ　[季]夏

腐草蛍となる　ふそうほたるとなる　［時］　七十二候の一つで、大暑の第一候。陽暦七月二十三日から二十八日頃　[季]夏

腐草蛍と為る　ふそうほたるとなる　［動］　七十二候の一つ、大暑の候。草がかれたところから蛍の成虫がでてくることをいう　[季]夏

【蔚】

8蔚林　うつりん　［植］　夏になって、木々が枝を伸ばし青葉を茂らせているさま　[季]夏

【蔦】

蔦　つた　［植］　ブドウ科の落葉つる植物で、秋に紅葉する　[季]秋

0蔦かづら　つたかずら　［植］　蔦の古称　[季]秋

蔦の正月　つたのしょうがつ　［時］　初三十日の岩手県・宮城県での別称　[季]新年

蔦の色　つたのいろ　［植］　秋に紅葉した蔦の葉のこと　[季]秋

蔦の芽　つたのめ　［植］　ブドウ科のツル植物。春に葉を落とした蔓から萌え出る赤や白の芽　[季]春

蔦の若葉　つたのわかば　［植］　蔦若葉のこと　[季]春, 夏

蔦の葉　つたのは　［植］　秋に紅葉した蔦の葉のこと　[季]秋

8蔦若葉　つたわかば　［植］　蔦の赤い芽が、晩春に若葉となったもの　[季]春, 夏

蔦茂る　つたしげる　［植］　夏、蔦が青々と茂っていること　[季]夏

蔦青し　つたあおし　［植］　夏、蔦が青々と茂っていること　[季]夏

蔦青葉　つたあおば　［植］　夏、蔦が青々と茂っていること　[季]夏

9蔦枯る　つたかる　［植］　冬、蔦の葉がすべて散ること　[季]冬

蔦紅葉　つたもみじ　［植］　秋に紅葉した蔦の葉のこと　[季]秋

【蔓】

0蔓たぐり　つるたぐり　［人］　秋に収穫した瓜や豆類の枯れ蔓を取り払うこと。あるいはその際、蔓にぶら下がっている晩成の小さな瓜などを採ることもいう　[季]秋

4蔓切　つるきり　［人］　秋に収穫した瓜や豆類の枯れ蔓を取り払うこと　[季]秋

蔓引　つるひき　［人］　秋に収穫した瓜や豆類の枯れ蔓を取り払うこと　[季]秋

蔓手毬　つるでまり　［植］　山地の落葉蔓低

木。六、七月頃に額紫陽花に似た白い集散花をつける　[季]夏

5**蔓正木　つるまさき**　［植］　山地に多い常緑纏繞性の木本で、葉は対生し通常卵状楕円形。初夏白色の花を開く　[季]秋

蔓白藻　つるしらも　［植］　白藻の別称　[季]春

7**蔓忍　つるしのぶ**　［植］　蟹草の別称　[季]夏

9**蔓柑子　つるこうじ**　［植］　藪柑子の別称　[季]冬

蔓枯るる　つるかるる　［植］　蔓植物がそのまま枯れついているさま　[季]冬

蔓柾　つるまさき　［植］　山地に多い常緑纏繞性の木本で、葉は対生し通常卵状楕円形。初夏白色の花を開く　[季]秋

蔓珊瑚　つるさんご　［植］　鴨上戸の別称。晩秋、実が赤く熟する　[季]秋

蔓茘枝　つるれいし　［植］　茘枝に同じ　[季]秋

10**蔓梅擬　つるうめもどき**　［植］　山野に自生するニシキギ科の落葉低木。果実は晩秋に熟して三裂し、黄赤色の種が見える　[季]秋

蔓梅擬の花　つるうめもどきのはな　［植］　ニシキギ科の蔓性落葉木。初夏五月頃、葉の根元に黄緑色の小花が集まり咲く　[季]夏

11**蔓猫眼草　つるねこめそう, つるねこのめそう**　［植］　猫の眼草の一種　[季]春

蔓細千成　つるぼそせんなり　［植］　茄子の一種。茄子は夏の季語　[季]夏

蔓菜　つるな　［植］　ツルナ科の多年草。夏に、お浸しや和え物にして食べる　[季]夏

蔓菁　あおな　［植］　葉菜の一種　[季]冬

12**蔓落霜紅　つるうめもどき**　［植］　山野に自生するニシキギ科の落葉低木。果実は晩秋に熟して三裂し、黄赤色の種が見える　[季]秋

16**蔓龍胆　つるりんどう**　［植］　龍胆の一種　[季]秋

24**蔓鷺苔　つるさぎごけ**　［植］　鷺苔の一種　[季]春

【蓴】

蓴　ぬなわ　［植］　蓴菜の古称　[季]夏

0**蓴の花　ぬなわのはな**　［植］　夏の日中、暗紅色三弁の小花を開く蓴菜の花のこと　[季]夏

5**蓴生う　ぬなわおう**　［植］　春になり、池や湖沼に蓴菜が生えてくること　[季]春

蓴生ふ　ぬなわおう　［植］　春になり、池や湖沼に蓴菜が生えてくること　[季]春

6**蓴舟　ぬなわぶね**　［植］　蓴採りに使う沼に浮かべる舟や盥のこと　[季]夏

11**蓴採る　ぬなわとる**　［植］　蓴菜を採取すること。梅雨の頃から舟で採る　[季]夏

蓴菜　じゅんさい　［植］　ヒツジグサ科の多年生水草。夏に繁茂・開花する　[季]夏

蓴菜生う　じゅんさいおう　［植］　春になり、池や湖沼に蓴菜が生えてくること　[季]春

蓴菜生ふ　じゅんさいおう　［植］　春になり、池や湖沼に蓴菜が生えてくること　[季]春

【蔕】

11**蔕紫　へたむらさき**　［植］　茄子の一種。茄子は夏の季語　[季]夏

【蓼】

あぶさ蓼　あぶさたで　［植］　蓼の一種。蓼は夏の季語　[季]夏

蓼　たで　［植］　タデ科の野菜。刺身や焼き魚のつまに使う夏の味覚　[季]夏

0**蓼の花　たでのはな**　［植］　タデ属の花の総称。多くは秋に開花する　[季]秋

蓼の芽　たでのめ　［植］　蓼の発芽した双葉　[季]春

蓼の雨　たでのあめ　［植］　蓼の茂った葉に雨がふりかかること。蓼は夏の季語　[季]夏

蓼の葉　たでのは　［植］　青々と茂る蓼の葉のこと。蓼は夏の季語　[季]夏

蓼の穂　たでのほ　［植］　蓼の穂状の花のこと　[季]秋

4**蓼太忌　りょうたき**　［宗］　陰暦九月七日、江戸時代中期の俳人大島蓼太の忌日　[季]秋

7**蓼売　たでうり**　［植］　蓼を売る人。蓼は夏の季語　[季]夏

9**蓼紅葉　たでもみじ**　［植］　秋になって蓼の葉が紅葉すること　[季]秋

蓼食う虫　たでくうむし　［動］　蓼を食害する昆虫のこと　[季]夏

12**蓼酢　たでず**　［植］　蓼の葉をすりつぶし、酢とだしでのばしたもの。蓼は夏の季語

14画（蜘, 蜜, 蜷, 蜻, 蜥）

㋁夏

¹⁴蓼摘む　たでつむ　［植］　蓼を摘むこと。蓼
は夏の季語　㋁夏

¹⁷蓼藍の花　たであいのはな　［植］　茎葉から
染料藍をとるために栽培される植物で、秋
に白い小花が穂状になって集まり咲く。藍
の花　㋁秋

【蜘】

¹²蜘蛛　くも　［動］　クモ目の節足動物をい
う。夏に腹部の突起から糸を出して巣を張
り、昆虫を捕食する　㋁夏

蜘蛛の子　くものこ　［動］　その年に孵化し
た蜘蛛の子　㋁夏

蜘蛛の太鼓　くものたいこ　［動］　袋蜘蛛の
卵嚢のこと　㋁夏

蜘蛛の糸　くものいと　［動］　蜘蛛が巣を張
るために出す糸　㋁夏

蜘蛛の囲　くものい　［動］　蜘蛛が餌を獲る
ためにかける網　㋁夏

蜘蛛の巣　くものす　［動］　蜘蛛が餌を獲る
ためにかける網　㋁夏

蜘蛛の袋　くものふくろ　［動］　袋蜘蛛の卵
嚢のこと　㋁夏

蜘蛛の網　くものあみ　［動］　蜘蛛が餌を獲
るためにかける網　㋁夏

【蜜】

フルーツ蜜豆　ふるーつみつまめ　［人］　果
物の入った蜜豆　㋁夏

⁷蜜豆　みつまめ　［人］　ゆでた豌豆と寒天・
果物・求肥などを蜜をかけて食べる夏の菓
子。涼味から夏の季語となる　㋁夏

⁹蜜柑　みかん　［植］　晩秋から冬に出回る日
本の代表的な柑橘類　㋁冬

蜜柑の花　みかんのはな　［植］　広く蜜柑類
の花の総称。どの種類でも初夏、白色の小
花をつける　㋁夏

蜜柑山　みかんやま　［植］　蜜柑の木が群集
する山　㋁冬

蜜柑水　みかんすい　［人］　ミカンの香料を
加えた清涼飲料水　㋁夏

蜜柑畑　みかんばたけ　［植］　蜜柑の栽培さ
れている畑　㋁冬

蜜柑納　みかんおさめ　［宗］　京都東本願寺
では正月七日、修正会結願の日に行なわれ

る宗務所の仕事始めの総称　㋁新年

蜜柑飾る　みかんかざる　［人］　正月に橙の
代わりに蜜柑を注連縄・蓬莱などに添えて
飾ること　㋁新年

蜜柑撒　みかんまき　［宗］　輀祭の別称
㋁冬

¹³蜜蜂　みつばち　［動］　蜂の一種　㋁春

【蜷】

蜷　にな　［動］　細長い巻き貝の総称。川蜷
は春になると水辺を這い回る　㋁春

⁰蜷の道　になのみち　［動］　春に蜷が這い
回った跡の道すじ　㋁春

【蜻】

かねつけ蜻蛉　かねつけとんぼ　［動］　川蜻
蛉の一種。体色の黒いことによる　㋁夏

こしあき蜻蛉　こしあきとんぼ　［動］　蜻蛉
の一種で、中型のもの　㋁秋

とうしみ蜻蛉　とうしみとんぼ　［動］　糸蜻
蛉の別称　㋁夏

とうすみ蜻蛉　とうすみとんぼ　［動］　糸蜻
蛉の別称　㋁夏

のしめ蜻蛉　のしめとんぼ　［動］　赤蜻蛉の
一種　㋁秋

¹¹蜻蛉　とんぼ　［動］　蜻蛉目の昆虫の総称
㋁秋

蜻蛉の子　とんぼのこ　［動］　蜻蛉の幼虫の
こと　㋁夏

蜻蛉生る　とんぼうまる　［動］　六、七月
頃、蜻蛉が羽化すること　㋁夏

蜻蛉草　とんぼぐさ　［植］　ヒメヅの別称
㋁春

蜻蛉朔日　とんぼついたち　［宗］　陰暦七月
一日を、赤蜻蛉が現れる日として、これを
とることを禁じること　㋁秋

蜻蛉釣　とんぼつり　［動］　蜻蛉を糸につ
け、別の蜻蛉をおびきよせる子供の遊び
㋁秋

¹³蜻蜒　とんぼ, やんま　［動］　蜻蛉の大型種
㋁秋

【蜥】

¹⁴蜥蜴　とかげ　［動］　草原や庭などでみられ
る爬虫類。春から夏にかけて出始め、七、
八月頃産卵する　㋁夏

蜥蜴出づ　とかげいず ［動］ 冬眠していた蜥蜴が、春の訪れとともに穴からはい出ること [季]春

蜥蜴穴に入る　とかげあなにいる ［動］ 秋になって寒くなり、蜥蜴が穴に入って冬眠すること [季]秋

蜥蜴穴を出づ　とかげあなをいず ［動］ 冬眠していた蜥蜴が、春の訪れとともに穴からはい出ること [季]春

蜥蜴穴を出る　とかげあなをでる ［動］ 冬眠していた蜥蜴が、春の訪れとともに穴からはい出ること [季]春

【蜩】

蜩　ひぐらし ［動］ 初秋の夕方頃にカナカナ、カナカナと鳴く中型の蟬 [季]秋

7蜩初めて鳴く　ひぐらしはじめてなく ［動］ その年初めて聞く蜩の声 [季]夏

【蜚】

19蜚蠊　ごきぶり ［動］ 油虫の別称 [季]夏

【蜱】

蜱　だに ［動］ ダニ目の節足動物。人や動物についてその血を吸ったりする [季]夏

【製】

9製茶　せいちゃ ［人］ 晩春摘んだ茶の葉を蒸し、揉んで飲料用のものとすること [季]春

13製鉄所起業祭　せいてつじょきぎょうさい ［人］ 十一月八日前後、明治三十四年創業の北九州市八幡製鉄所の記念日 [季]冬

【語】

7語初　かたりぞめ ［人］ 落語家・講談師などが、新年になって初めて高座にのぼって口演すること [季]新年

【誓】

4誓文払　せいもんばらい ［宗］ 陰暦十月二十日恵比須講の日に、一年についた嘘の穢れを祓うため商家の人々が京都四条・冠者殿に参詣した風習 [季]冬

誓文祓　せいもんばらい ［宗］ 陰暦十月二十日恵比須講の日に、一年についた嘘の穢れを祓うため商家の人々が京都四条・冠者殿に参詣した風習 [季]冬

【読】

5読札　よみふだ ［人］ 歌ガルタで、読みあげるのに用いる札 [季]新年

7読初　よみぞめ ［人］ 新年になって初めて書物を読むこと [季]新年

10読書の秋　どくしょのあき ［人］ 涼しい日が続く秋には、読書欲が湧くということの言い回し [季]秋

読書始　どくしょはじめ ［人］ 新年になって初めて書物を読むこと [季]新年

【誘】

13誘蛾灯　ゆうがとう ［人］ 夏の夜、害虫を集めて水や石油に落としたり、焼き殺したりする装置 [季]夏

【豨】

17豨薟　めなもみ ［植］ 山野に多いキク科の多年草。秋に黄色い小花をつける [季]秋

【貌】

0貌よ鳥　かおよどり ［動］ 貌鳥の別称 [季]春

8貌佳草　かおよぐさ ［植］ 芍薬の別称 [季]夏

11貌鳥　かおどり ［動］ 一般に美しい春の鳥のことと言われるが、カッコウではないかとの説もある [季]春

【賑】

12賑給　しんごう, しんきゅう ［人］ 中古の年中行事で、毎年五月に京中の窮民に米塩を与え救済した公事 [季]夏

【趙】

3趙子忌　ちょうしき ［宗］ 陰暦五月十二日、蕉門の俳人立花北枝の忌日 [季]夏

【踊】

あしべ踊　あしべおどり ［人］ 戦前、四月に行なわれた大阪の花街での春の踊 [季]春

おさけ踊　おけさおどり ［人］ 盆踊の一つ [季]秋

かけ踊　かけおどり ［人］ 近世初期、京で

14画（辣, 適, 酷, 酸）

七夕の日に少女たちが踊った盆踊の一種
㋫秋

さんさ踊　さんさおどり　［宗］　盆踊の一つ
㋫秋

つんつく踊　つんつくおどり　［人］　盆踊の
一つ　㋫秋

びんざさら踊　びんざさらおどり　［宗］　三
社祭に奉納される踊り　㋫夏

踊　おどり　［人］　俳句では単に「踊」とい
うと盆踊をさす　㋫秋

⁰踊の輪　おどりのわ　［宗］　盆踊を踊る人の
つくる輪　㋫秋

³踊子　おどりこ　［人］　盆踊をする少女
㋫秋

踊子草　おどりこそう　［植］　シソ科の多年
草。春から初夏にかけ、淡紅または白色の
花を輪状につける　㋫夏

⁴踊太鼓　おどりだいこ　［人］　盆踊に合わせ
て打つ太鼓　㋫秋

踊手　おどりて　［人］　盆踊りを踊る人
㋫秋

⁷踊初　おどりぞめ　［人］　新年になって初め
て歌舞伎舞踊を踊ること　㋫新年

踊花　おどりばな　［植］　シソ科の多年草。
春から初夏にかけ、淡紅または白色の花を
輪状につける　㋫夏

踊見　おどりみ　［人］　盆踊りをみること、
また見る人　㋫秋

⁸踊念仏　おどりねんぶつ　［宗］　佐久市・西
方寺で観音の縁日に行なわれる踊念仏
㋫春

⁹踊草　おどりそう　［植］　シソ科の多年草。
春から初夏にかけ、淡紅または白色の花を
輪状につける　㋫夏

¹⁰踊唄　おどりうた　［宗］　盆踊にうたわれる
歌　㋫秋

踊振　おどりぶり　［人］　盆踊りの振り付け
㋫秋

踊浴衣　おどりゆかた　［人］　盆踊の時に着
る浴衣　㋫秋

¹¹踊帷子　おどりかたびら　［人］　盆踊りのと
きに着る帷子　㋫秋

踊笠　おどりがさ　［人］　盆踊の時につける
笠　㋫秋

¹²踊場　おどりば　［人］　盆踊を踊る場所
㋫秋

²¹踊躍念仏　ゆやくねんぶつ　［宗］　踊念仏の
こと　㋫春

【辣】

¹²辣韮　らっきょう　［植］　ユリ科の野菜。
夏、地下にある鱗茎を掘り、酢漬けにして
食べる　㋫夏

辣韮の花　らっきょうのはな　［植］　晩秋、
葉の間から花茎をのばし、紫色の小花を半
球状につけるもの　㋫秋

【適】

¹⁷適齢　てきれい　［人］　徴兵検査の別称
㋫夏

【酷】

¹²酷寒　こくかん, こっかん　［時］　冬の厳し
い寒さのこと　㋫冬

酷暑　こくしょ　［時］　陽暦七月末〜八月上
旬にかけてのきびしい暑さ　㋫夏

【酸】

⁰酸い物草　すいものぐさ　［植］　酢漿の花の
別称。初夏に黄色い五弁の小花をつける
㋫夏

酸の木　すのき　［植］　ツツジ科の植物で、
高さ一メートル前後の小低木。亜高山帯に
はえる　㋫秋

¹²酸葉　すいば　［植］　タデ科の多年草。四、
五月ごろ、紅色を帯びた小花を穂状につけ
る　㋫春

¹⁴酸模　すいば　［植］　タデ科の多年草。四、
五月ごろ、紅色を帯びた小花を穂状につけ
る　㋫春

¹⁵酸漿　ほおずき　［植］　日本原産の植物で、
通常観賞用に栽培される。秋に萼と実が赤
く熟する　㋫秋

酸漿の花　ほおずきのはな　［植］　ナス科の
多年草。六、七月頃、葉の根元に黄白色の
小花をつける　㋫夏

酸漿市　ほおずきいち　［宗］　七月九日と十
日、東京・浅草観音境内にたつ鬼灯を売る
市　㋫夏

¹⁶酸橘　すだち　［植］　徳島県の特産で柚子の
近縁種。初秋から収穫され、成熟を待って
晩秋出回る　㋫秋

14画（酘, 銀, 銃）

【酘】

26酘醿漉　どびろく　［人］　糟を漉さずに作った白濁している酒。秋に新米で作ったものをさす　㋑秋

【銀】

0銀やんま　ぎんやんま　［動］　トンボの一種　㋑秋

3銀山猿子　ぎんざんましこ　［動］　猿子鳥の一種。アジア、北米の北極圏で繁殖するアトリ科の鳥　㋑秋

4銀化粧　ぎんけしょう　［植］　白粉花の別称　㋑秋

銀木犀　ぎんもくせい　［植］　晩秋、白色の小花を開く木犀　㋑秋

6銀竹　ぎんちく　［地］　氷柱の古称　㋑冬

7銀忌　しろがねき　［宗］　一月二十九日、大正・昭和期の俳人日野草城の忌日　㋑冬

銀杏　ぎんなん　［植］　銀杏の葉が落ちる晩秋の頃に、銀杏の実も落果する。外皮は黄色で多肉、内皮は白色で二、三の稜線があり、なかにある胚乳は焼いて料理に用いる　㋑秋

銀杏の花　いちょうのはな　［植］　イチョウ科の落葉高木。春に黄緑色の花がつく。実と黄葉は秋の季語　㋑春

銀杏の実　いちょうのみ　［植］　銀杏の葉が落ちる晩秋の頃に、銀杏の実も落果する。外皮は黄色で多肉、内皮は白色で二、三の稜線があり、なかにある胚乳は焼いて料理に用いる　㋑秋

銀杏の芽　いちょうのめ　［植］　春の木の芽の一種　㋑春

銀杏羽　いちょうばね, いちょうば　［動］　オシドリの飾り羽の別称　㋑冬

銀杏枯る　いちょうかる　［植］　冬、銀杏の木が枯れること　㋑冬

銀杏黄葉　いちょうもみじ　［植］　晩秋、銀杏の葉が黄葉したもの。扇形の葉が互生し、秋の黄葉の最も美しいもの　㋑秋

銀杏散る　いちょうちる　［植］　晩秋、黄葉した銀杏の葉が、やがて秋風に吹かれて早くも散っていくさま　㋑秋

銀杏落葉　いちょうおちば　［植］　初冬に散る銀杏の葉　㋑冬

銀花　ぎんか　［天］　雪の美称　㋑冬

8銀兎　ぎんと　［天］　月にいるという兎のこと　㋑秋

銀杯　ぎんさかずき　［植］　銀盃草の正式名称。晩夏の頃、桔梗に似た白い花をつける　㋑夏

銀河　ぎんが　［天］　天の川の別称　㋑秋

銀河豚　ぎんふぐ　［動］　河豚の一種　㋑冬

銀狐　ぎんぎつね　［動］　毛色が銀の狐　㋑冬

9銀盃草　ぎんばいそう　［植］　南アメリカ産の宿根草。晩夏の頃、桔梗に似た白い花をつける　㋑夏

10銀浪　ぎんろう　［天］　天の川の別称　㋑秋

11銀屏　ぎんびょう　［人］　屏風の一種。銀地の屏風　㋑冬

銀屏風　ぎんびょうぶ　［人］　屏風の一種。地紙全体に銀箔を置いた屏風　㋑冬

銀魚　ぎんぎょ　［動］　金魚の一種　㋑夏

銀魚　しらうお　［動］　シラウオ科の体長十センチほどの小魚で干し魚として美味　㋑春

12銀湾　ぎんわん　［天］　天の川の別称　㋑秋

13銀漢　ぎんかん　［天］　天の川の別称　㋑秋

銀盞花　ぎんせんか　［植］　アフリカ原産のアオイ科観賞用植物。晩夏に黄色い花をつける　㋑夏

16銀龍草　ぎんりょうそう　［植］　イチヤクソウ科の菌根植物。六、七月頃に白い花をつける　㋑夏

17銀縷梅　ぎんろばい　［植］　マンサクの一種の落葉木で、淡い色の花をつけるもの　㋑春

19銀蘭　ぎんらん　［植］　ラン科の多年草で、五月頃に白い小花をつける　㋑春

銀蠅　ぎんばえ　［動］　蠅の一種　㋑夏

【銃】

11銃猟はじまる　じゅうりょうはじまる　［人］　銃猟解禁日のこと。現行狩猟規則では、狩猟期間は十一月十五日から翌年二月十五日までとなっている　㋑秋

銃猟停止　じゅうりょうていし　［人］　鳥獣保護のため、春に狩猟停止となること　㋑春

銃猟期に入る　じゅうりょうきにいる, じゅうりょうきにはいる　［人］　銃猟解禁日の

俳句季語よみかた辞典　495

こと。現行狩猟規則では、狩猟期間は十一月十五日から翌年二月十五日までとなっている　[季]秋

【銭】

5銭打　ぜにうち　[人]　江戸時代の正月の子どもの遊戯の一つ。地面に線を引いて向こう側に銭をまき、適当な距離から銭を投げ、相手の指定した銭に打ち当てたものを勝ちとするもの　[季]新年

6銭虫　ぜにむし　[動]　馬陸の別称　[季]夏

9銭独楽　ぜにごま　[人]　穴あき銭に短い心棒をはめて回すコマ　[季]新年

10銭荷　せんか　[植]　中国での蓮の新葉の呼称　[季]夏

11銭亀　ぜにがめ　[動]　石亀の子の別称　[季]夏

12銭葵　ぜにあおい　[植]　葵の一種　[季]夏

銭葉　ぜにば　[植]　初夏の蓮の浮葉の別称　[季]夏

【鉾】

0鉾の稚児　ほこのちご　[宗]　祇園会の稚児　[季]夏

鉾の粽　ほこのちまき　[宗]　祇園会に用られるもの　[季]夏

5鉾立　ほこだて　[宗]　祇園会の鉾を山車の屋根に組立て、二階囃をここに移すこと　[季]夏

7鉾町　ほこまち　[宗]　祇園会のとき、二階囃の稽古の行われる会所のあるところ　[季]夏

10鉾流しの神事　ほこながしのしんじ　[宗]　天満祭の前夜の宵宮祭の際に行なわれる神事　[季]夏

11鉾祭　ほこまつり　[宗]　祇園会の祭りの一つ　[季]夏

【関】

3関山忌　かんざんき　[宗]　陰暦十二月十二日、鎌倉・南北朝時代の僧で妙心寺開山関山慧玄の忌日　[季]冬

5関白賀茂詣　かんぱくかももうで　[宗]　昔、陰暦四月中の申の日に、時の関白が賀茂両社に参詣した行事　[季]夏

関白殿賀茂詣　かんぱくどのかももうで　[宗]　関白賀茂詣のこと　[季]夏

8関取　せきとり　[人]　大関の別称、転じて一般力士を尊敬していう語　[季]秋

関明神祭　せきのみょうじんさい　[宗]　陰暦五月二十四日、平安時代前期の歌人・琵琶の名手蟬丸の忌日　[季]夏

関明神祭　せきのみょうじんまつり　[宗]　陰暦九月二十四日に、大津市の関蟬丸社で行なわれた秋の祭礼で、蟬丸の姉逆髪の忌日とされる　[季]秋

関東だき　かんとうだき　[人]　関西でのおでんの呼称　[季]冬

関東煮　かんとうだき　[人]　関西でのおでんの呼称　[季]冬

9関帝祭　かんていさい　[宗]　五月十三日、三国志の英雄関羽の誕生日にこれを祭る行事。日本でも華僑を中心に行われている　[季]夏

11関祭　せきまつり　[宗]　陰暦九月二十四日に、大津市の関蟬丸社で行なわれた秋の祭礼で、蟬丸の姉逆髪の忌日とされる　[季]秋

【隠】

よまき隠元豆　よまきいんげん　[植]　夏に種を蒔き、秋に収穫する隠元豆のこと　[季]秋

4隠元忌　いんげんき　[宗]　陰暦四月三日、江戸時代前期の僧で日本黄檗宗の開祖隠元の忌日　[季]夏

隠元豆　いんげんまめ　[植]　つる性の一年草で、初秋、花の後に莢ができて垂れ下がるのを収穫する　[季]秋

隠元豆の花　いんげんまめのはな　[植]　白色または赤紫色の蝶形花で、夏、葉の根元から出た花梗に多数の花を穂状につける　[季]夏

隠元豇　いんげんささげ　[植]　隠元豆の別称。初秋、花の後に莢ができて垂れ下がるのを収穫する　[季]秋

7隠君子　いんくんし　[植]　菊の別称。菊は秋の季語　[季]秋

10隠座頭　かくれざとう　[動]　茶立虫の別称　[季]秋

19隠蟹　かくれがに　[動]　蟹の一種　[季]夏

【障】

あづま障子　あずましょうじ　[人]　障子の一種　[季]冬

3障子　しょうじ　［人］　冬、防寒のため室内の仕切りとして立てる木と紙でできた日本の建具　[季]冬

障子の貼替　しょうじのはりかえ　［人］　秋が深まる頃、夏の間仕舞ってあった障子を洗い、新しいまっ白な紙をはること　[季]秋

障子入るる　しょうじいるる　［人］　秋が深まる頃、夏の間はずしておいた障子をたてること　[季]秋

障子洗ふ　しょうじあらう　［人］　秋が深まる頃、夏の間仕舞ってあった障子を出してきて洗うこと　[季]秋

障子貼る　しょうじはる　［人］　秋が深まる頃、夏の間仕舞ってあった障子を洗い、新しいまっ白な紙をはること　[季]秋

障子襖を入れる　しょうじふすまをいれる　［人］　秋が深まる頃、夏の間はずしておいた障子襖をたてること　[季]秋

【雑】

かき雑炊　かきぞうすい　［人］　雑炊の一つで、牡蠣鍋の後で作るもの　[季]冬

にら雑炊　にらぞうすい　［人］　雑炊の一つで、韮を入れたもの　[季]冬

4雑木の芽　ぞうきのめ　［植］　雑木が芽吹くこと　[季]春

雑木紅葉　ぞうきもみじ　［植］　個々の名の木の紅葉以外の紅葉の総称。晩秋の山に銅色や褐色の紅葉が入り交じる様子　[季]秋

5雑司ケ谷鬼子母神堂奉射　ぞうしがやきしもじんどうぶしゃ　［宗］　正月十六日、江戸雑司ケ谷の鬼子母神堂で行なわれた式　[季]新年

8雑炊　ぞうすい　［人］　残り汁にご飯を入れてさっと煮たもの。体が温まる冬の庶民の料理　[季]冬

11雑魚寝　ざこね　［人］　大原雑魚寝のこと　[季]冬

12雑煮　ぞうに　［人］　三が日の朝の料理。餅を主にして野菜・魚介・肉などを取り合わせた汁もの　[季]新年

雑煮祝う　ぞうにいわう　［人］　雑煮を食べて正月を祝うこと　[季]新年

雑煮祝ふ　ぞうにいわう　［人］　雑煮を食べて正月を祝うこと　[季]新年

雑煮椀　ぞうにわん　［人］　雑煮を入れる椀　[季]新年

雑煮腹　ぞうにばら　［人］　雑煮を食べすぎた腹　[季]新年

雑煮箸　ぞうにばし　［人］　正月の太箸の別称　[季]新年

雑煮餅　ぞうにもち　［人］　雑煮に入れる餅　[季]新年

雑煮膳　ぞうにぜん　［人］　雑煮のある膳　[季]新年

雑賀祭　さいがまつり　［宗］　和歌祭の別称　[季]夏

雑賀踊　さいがおどり　［宗］　天正五年、織田の軍勢に勝利した雑賀衆が狂喜して踊ったのに由来し、和歌祭に奉納する　[季]夏

【静】

12静順　せいじゅん　［時］　冬の別称　[季]冬

【鞆】

2鞆八幡の御弓神事　ともはちまんのおゆみしんじ　［宗］　正月七日、福山市・沼名前神社の境内社である鞆八幡宮で行われた歩射神事。現在は日曜日を選んで行われる　[季]新年

12鞆絵草　ともえそう　［植］　オトギリソウ科の多年草で、初秋のころ茎頂ならびに各枝端に大型の黄色い五弁の花を開き、花びらが巴形に回っているのが特徴　[季]秋

【餅】

すわり餅　すわりもち　［人］　鏡餅の別称　[季]新年

たんぽ餅　たんぽもち　［人］　晩秋から冬、秋田地方の名物料理。炊いた新米をすりつぶし、竹輪状にして焼いたもの　[季]秋

やま餅　やまもち　［人］　晩秋から冬、秋田地方の名物料理。炊いた新米をすりつぶし、団子状にしたものを煮込む　[季]秋

餅　もち　［人］　餅飯の省略された語　[季]冬

0餅あわい　もちあわい　［時］　松が取れてから、正月十四日にもう一度餅を搗くまでの期間　[季]新年

餅の札　もちのふだ　［人］　正月の餅をついた家へ乞食が回って来て、餅をもらったしるしに門の柱に紙へ判をおして張っていった江戸の風習　[季]冬

餅の花　もちのはな　［人］　餅花の別称　[季]新年

餅の音　もちのおと ［人］ 餅搗の音。餅搗は冬の季語 [季]冬

餅ほこらす　もちほこらす ［人］ 正月ことばで、餅を焼くこと [季]新年

4餅中　もちなか ［時］ 松が取れてから、正月十四日にもう一度餅を搗くまでの期間 [季]新年

餅切る　もちきる ［人］ のし餅を方形に切ること [季]冬

餅手鞠　もちでまり ［人］ 餅花の別称 [季]新年

餅木　もちき ［人］ 餅花の別称 [季]新年

6餅米洗ふ　もちごめあらう ［人］ 餅搗きのための糯を洗うこと [季]冬

7餅花　もちばな ［人］ 正月十四日、木の枝に紅白の細かく刻んだ餅切れをつけて飾る小正月の飾り木 [季]新年, 冬

餅花煎　もちばないり ［宗］ 陰暦二月十五日、涅槃会に供物とする霰のように切った煎り餅花 [季]春

餅花煎る　もちばないる ［宗］ 陰暦二月十五日、涅槃会に供物とする霰のように切った煎り餅花 [季]春

9餅草　もちぐさ ［植］ 蓬の別称 [季]春

10餅配　もちくばり ［人］ 年末、搗きたての餅を親類や近所などへ配ること [季]冬

餅配り　もちくばり ［宗］ 吉野花会式で、千本搗きの餅を配ること [季]春

12餅焼く　もちやく ［人］ 正月用の餅を焼いて食べること [季]冬

餅間　もちあい ［時］ 松が取れてから、正月十四日にもう一度餅を搗くまでの期間 [季]新年

餅間　もちあい ［時］ 松が取れてから、正月十四日にもう一度餅を搗くまでの期間 [季]新年

13餅搗　もちつき ［人］ 年末に正月餅を搗くこと [季]冬

餅搗芝居　もちつきしばい ［人］ 江戸時代、歌舞伎の中流以下の役者が、年末に、座元とは関係なく、茶屋や劇場の表方から資金を得て行なった小規模な興行 [季]冬

餅搗唄　もちつきうた ［人］ 年末の餅搗のときにうたわれる唄 [季]冬

餅搗機　もちつきき ［人］ 餅を搗く機械。餅搗は冬の季語 [季]冬

餅筵　もちむしろ ［人］ 年末に搗いた正月用ののし餅や鏡餅を厚板の台から移しておく筵 [季]冬

14餅箸　もちばし ［人］ 正月の太箸の別称 [季]新年

餅雑炊　もちぞうすい ［人］ 雑炊の一つで、餅を入れたもの [季]冬

15餅穂　もちほ ［人］ 餅花の別称 [季]新年

19餅鏡　もちいかがみ ［人］ 鏡餅の古称 [季]新年

【駆】

19駆鶉　かけうずら ［動］ 鷹狩の用語 [季]秋

【髪】

4髪切虫　かみきりむし ［動］ カミキリムシ科に属する夏の甲虫。口先が鋭く、髪の毛を噛み切ってしまう [季]夏

9髪洗う　かみあらう ［人］ 夏、汗や埃で汚れた髪を洗って清涼感を楽しむこと [季]夏

髪洗ふ　かみあらう ［人］ 夏、汗や埃で汚れた髪を洗って清涼感を楽しむこと [季]夏

13髪置　かみおき ［人］ 陰暦十一月十五日、三歳になった子供が髪をのばし始めた式 [季]冬

【魂】

7魂迎　たまむかえ ［宗］ 七月十三日の盆入りの夕方、門前や戸口で苧殻を焚いて先祖の霊を迎えること [季]秋

魂迎え　たまむかえ ［宗］ 七月十三日の盆入りの夕方、門前や戸口で苧殻を焚いて先祖の霊を迎えること [季]秋

9魂待つ　たままつ ［宗］ 七月十三日の盆入りの夕方、門前や戸口で苧殻を焚いて先祖の霊を迎えること [季]秋

魂送　たまおくり ［宗］ 盆の終わりに、送り火を焚いて霊を送ること [季]秋

魂香花　こんこうか ［植］ 茴香の別称 [季]夏

11魂祭　たままつり ［宗］ 盆の別称 [季]秋

12魂棚　たまだな ［宗］ 盆の魂祭に設ける祭壇の棚 [季]秋

【鳶】

鳶　とび ［動］ 全国の農地・市街地にも見

られる鷹の一種 [季]冬

0鳶だこ とびだこ ［人］ 凧の一種 [季]新年, 春

鳶の巣 とびのす ［動］ 大木の枝上に直径五十センチほどの細枝を組み合わせて作った巣 [季]春

5鳶凧 とびだこ ［人］ 凧の一種 [季]新年, 春

7鳶尾草 いちはつ ［植］ 中国原産のアヤメ科の多年草。五、六月頃に薄紫色の花が咲く [季]夏

10鳶馬陸 とびやすで ［動］ 馬陸の一種 [季]夏

16鳶頭蜈蚣 とびずむかで ［動］ 蜈蚣の一種 [季]夏

【鳳】

5鳳仙花 ほうせんか ［植］ ホウセンカ科の一年草。初秋さまざまな色の花をつける [季]秋

7鳳作忌 ほうさくき ［宗］ 九月十七日、昭和初期の俳人篠原鳳作の忌日 [季]秋

鳳尾草 ほうびそう ［植］ 裏白の別称 [季]新年

11鳳梨 あななす, ほうり ［植］ パイナップルの別称 [季]夏

15鳳蝶 あげはちょう ［動］ アゲハチョウ科に属する大型の蝶の総称 [季]夏, 春

【鳴】

いとど鳴く いとどなく ［動］ 古来、鳴くとされているが、本当は鳴かない虫である [季]秋

おけら鳴く おけらなく ［動］ 螻蛄鳴くに同じ [季]秋

ひひ鳴 ひひなき ［動］ 鶉の雌がヒヒと鳴くこと [季]春

ひひ鳴き ひひなき ［動］ 鶉の雌がヒヒと鳴くこと [季]春

0鳴く虫 なくむし ［動］ 秋に叢で鳴くコオロギ科とキリギリス科の虫のこと [季]秋

鳴く蚊 なくか ［動］ 羽音をたてて飛ぶ蚊 [季]夏

鳴く蛙 なくかわず ［動］ 蛙が鳴くこと [季]春

3鳴子 なるこ ［人］ 稲が実ってきた田を荒らしにくる鳥・獣をおどかして追うために、縄を引くと音を出す仕掛け [季]秋

鳴子引 なるこひき ［人］ 稲が実ってきた田を荒らしにくる鳥・獣をおどかして追うために、鳴子につなげた縄を遠くから引く番人 [季]秋

鳴子田 なるこだ ［人］ 鳴子が張り渡された田 [季]秋

鳴子守 なるこもり ［人］ 稲が実ってきた田を荒らしにくる鳥・獣をおどかして追うために、鳴子につなげた縄を遠くから引く番人 [季]秋

鳴子番 なるこばん ［人］ 稲が実ってきた田を荒らしにくる鳥・獣をおどかして追うために、鳴子につなげた縄を遠くから引く番人 [季]秋

鳴子綱 なるこづな ［人］ 鳴子につけた綱 [季]秋

鳴子縄 なるこなわ ［人］ 鳴子につけた縄 [季]秋

6鳴合 なきあわせ ［宗］ 鶯合の別称 [季]春

8鳴門若布 なるとわかめ ［植］ 鳴門地方に産する和布。茎が短く、ひだが少ない [季]春

鳴門柑 なるとかん ［植］ 兵庫県淡路島の原産の蜜柑。夏蜜柑より小型で酸味が強い梅雨時の果物 [季]夏

鳴門蜜柑 なるとみかん ［植］ 兵庫県淡路島の原産の蜜柑。夏蜜柑より小型で酸味が強い梅雨時の果物 [季]夏

9鳴神 なるかみ ［天］ 雷のこと [季]夏

鳴竿 なるさお ［人］ 稲が実ってきた田を荒らしにくる鳥・獣をおどかして追うために、竿の先に鳴子をつけたもの [季]秋

11鳴雪忌 めいせつき ［宗］ 二月二十日、明治・大正期の俳人内藤鳴雪の忌日 [季]春

鳴鳥狩 ないとがり ［人］ 春に暖かくなってからの鷹狩りの一種で、前日の夕方に鳥鳴いている場所を覚えておき、早期にそこで鷹狩をすること [季]春

13鳴滝の大根焚 なるたきのだいこたき ［宗］ 十二月九日、京都市・了徳寺でおこなわれる行事 [季]冬

鳴滝大根 なるたきだいこん ［植］ 大根の一種で、京都近辺のもの [季]冬

鳴滝祭 なるたきまつり ［宗］ 十月十八日、京都市・福王子神社の祭礼 [季]秋

14画（墨，鼻）　15画（儀，凜，噴，墜，嬌，賓，履，幣，幟）

【墨】

⁰墨つけ　すみつけ　［人］　正月遊びで負けた
ほうの顔に墨を塗る風習　㉘新年

墨とんぼ　すみとんぼ　［動］　からだの黒い
コシアキ蜻蛉　㉘秋

⁵墨付正月　すみつけしょうがつ　［宗］　正月
遊びで負けたほうの顔に墨を塗る風習　㉘
新年

⁹墨染桜　すみぞめざくら　［植］　桜の一種
㉘春

¹³墨塗　すみぬり　［宗］　正月遊びで負けたほ
うの顔に墨を塗る風習　㉘新年

【鼻】

⁰鼻ひり　はなひり　［人］　くしゃみの古語
㉘冬

⁶鼻曲り鮭　はなまがりさけ　［動］　繁殖期に
顎骨が曲った雄の鮭　㉘秋

⁹鼻風邪　はなかぜ　［人］　鼻水の多く出る感
冒。風邪は冬の季語　㉘冬

15 画

【儀】

⁴儀方を書く　ぎほうをかく　［人］　五月五
日、家の四方にお札を張って虫除けをする
中国の古い俗信　㉘夏

儀方を書す　ぎほうをしょす　［人］　五月五
日、家の四方にお札を張って虫除けをする
中国の古い俗信　㉘夏

【凜】

⁹凜秋　りんしゅう　［時］　秋の別称　㉘秋

【噴】

⁴噴井　ふけい，ふきい　［地］　水のたえずふ
き出ている井戸のこと。その涼味により夏
の季語とされる　㉘夏

噴水　ふんすい　［人］　庭園や公園などにあ
る、池から水を高く吹き上げる装置。夏の
涼を求める心情に相応しい　㉘夏

⁹噴泉　ふんせん　［人］　庭園や公園などにあ
る、池から水を高く吹き上げる装置。夏の
涼を求める心情に相応しい　㉘夏

¹¹噴雪花　ふんせつか　［植］　雪柳の別称
㉘春

【墜】

¹⁰墜栗花穴　ついりあな　［地］　梅雨穴の別称
㉘夏

墜栗花雨　ついりあめ　［天］　梅雨の別称
㉘夏

【嬌】

⁹嬌柳　たおやぎ，たおやなぎ　［植］　たおや
かに吹きゆれる柳　㉘春

【賓】

¹⁶賓頭盧廻　びんずるまわし　［宗］　正月六
日、長野市・善光寺で行われる行事。賓頭
盧尊者の像を荒縄で引き回す　㉘新年

【履】

¹³履新之慶　りしんのけい　［人］　新年の御慶
㉘新年

¹⁴履端　りたん　［時］　年始の別称　㉘新年

履端之慶　りたんのけい　［人］　元日の御慶
㉘新年

¹⁹履襪を献る　くつしとうずをたてまつる
［人］　冬至の日に、嫁が舅姑に履襪を献る
中国古代の行事　㉘冬

【幣】

⁷幣辛夷　しでこぶし　［植］　コブシの一種
㉘春

【幟】

幟　のぼり　［人］　端午の節句に男子の出
生、健康を祝って立てるもの　㉘夏

⁵幟市　のぼりいち　［人］　五月五日の端午の
節句の飾りものを売る市　㉘夏

⁷幟売　のぼりうり　［人］　幟市の別称　㉘夏

⁸幟店　のぼりだな　［宗］　端午の節句の幟を
売る店　㉘夏

幟杭　のぼりぐい　［人］　端午の節句の幟を
立てる竿　㉘夏

⁹幟竿　のぼりざお　［人］　端午の節句の幟を
立てる竿　㉘夏

¹³幟飾る　のぼりかざる　［人］　幟を立てて飾
ること　㉘夏

【幮】

幮　かや　［人］　夜寝るとき、蚊を防ぐために部屋に吊るもの　[季]夏

[0]幮の名残　かやのなごり　［人］　秋になってもまだ吊っている蚊帳　[季]秋

幮の別れ　かやのわかれ　［人］　秋になってもまだ吊っている蚊帳　[季]秋

幮の果　かやのはて　［人］　秋になってもまだ吊っている蚊帳　[季]秋

[5]幮仕舞ふ　かやしまう　［人］　秋も深まってから、ようやく蚊帳を片づけること　[季]秋

【廚】

[3]廚下　ちゅうげ　［宗］　明治以前、正月二日の夜に京都・知恩院で行なわれた酒宴　[季]新年

【影】

[5]影氷る　かげこおる　［地］　寒さのため影も凍るように感じられること　[季]冬

[6]影灯籠　かげどうろう　［人］　走馬灯のこと　[季]秋

[11]影涼し　かげすずし　［時］　暑い夏に影だけが涼しいこと　[季]夏

【憂】

[8]憂国忌　ゆうこくき　［宗］　十一月二十五日、昭和期の小説家三島由紀夫の忌日　[季]冬

【戯】

[0]戯れ猫　たわむれねこ, たわれねこ　［動］　春先、さかりのついた猫のこと　[季]春

【撤】

[4]撤水車　さっすいしゃ, さんすいしゃ　［人］　街路や公園などに水を撒く車　[季]夏

【撞】

[4]撞木鮫　しゅもくざめ　［動］　鮫の一種　[季]冬

【撫】

お撫で物　おなでもの　［人］　箒の忌みことば　[季]新年

[3]撫子　なでしこ　［植］　ナデシコ科の多年草。晩夏から薄紅色の花が咲き続ける。秋の七草の一つで、秋の季語とすることもある　[季]秋, 夏

撫子衣　なでしこごろも　［人］　夏衣のかさね色目の一つで、表は紅梅、裏は青色　[季]夏

撫子襲　なでしこがさね　［人］　夏衣のかさね色目の一つで、表は紅梅、裏は青色　[季]夏

[8]撫物　なでもの　［宗］　夏越の祓で、体をなでて、穢れを祓い捨てるもの　[季]夏

【摩】

[6]摩多羅神　まだらしん　［宗］　慈覚大師が唐から帰朝の際に順風を祈り、帰山後赤山にまつった神　[季]秋

[7]摩利支天詣　まりしてんまいり　［宗］　初亥の日に摩利支天に参詣すること　[季]新年

[9]摩耶参　まやまいり　［宗］　昔、二月の初午の日に神戸市・忉利天上寺に参詣したこと　[季]春

摩耶昆布　まやこんぶ　［宗］　摩耶詣で売られる昆布　[季]春

摩耶詣　まやもうで　［宗］　昔、二月の初午の日に神戸市・忉利天上寺に参詣したこと　[季]春

[14]摩睺羅　まごら　［人］　中国、西域の古俗。七夕に婦女子が水に浮かべて遊び、子を得るまじないとした赤子の形をした蠟人形のこと　[季]秋

【敷】

[8]敷松葉　しきまつば　［人］　霜雪よけのため、冬の庭園に敷かれた枯れ松葉　[季]冬

[9]敷炬燵　しきごたつ　［人］　切り炬燵の上へ組み格子を畳や床と同じ高さにはめこみ、火加減をほどよくし、その上に蒲団をかけ、四方から足を入れて用いるもの　[季]冬

[10]敷紙　しきがみ　［人］　紙を厚く貼り合わせ、渋を塗った夏の敷物　[季]夏

敷衾　しきぶすま　［人］　敷布団のこと　[季]冬

[13]敷蒲団　しきぶとん　［人］　体の下に敷く布団　[季]冬

【暴】

[8]暴雨津波　ぼううつなみ　［地］　台風のため

15画（横, 樫, 樺, 権, 樟, 樗, 槻, 樅）

潮が高くなり、堤防を越えて陸上にあふれ
ること　㊥秋

【横】

³横山炭　よこやますみ　［人］　白炭の一つ。
炭は冬の季語　㊥冬

⁶横光忌　よこみつき　［宗］　十二月三十日、
大正・昭和期の小説家横光利一の忌日
㊥冬

¹⁰横時雨　よこしぐれ　［天］　時雨の一種
㊥冬

横這　よこばい　［動］　浮塵子（うんか）に
似た稲の害虫　㊥秋

¹⁷横霞　よこがすみ　［天］　霞のたなびいた風
情をいう　㊥春

【樫】

かなめ樫　かなめがし　［植］　扇骨木（かな
めのき）の別称。初夏、白い小花が笠状に
集まり咲く　㊥夏

⁰樫の花　かしのはな　［植］　雌雄同株で、晩
春、雄花は黄褐色で穂状に垂れる。実は秋
の季語　㊥春

樫の実　かしのみ　［植］　ブナ科の常緑樹の
樫類の木に晩秋できる固い実の総称。俗に
ドングリと言うこともある　㊥秋

⁸樫若葉　かしわかば　［植］　初夏の樫の木の
みずみずしい若葉のこと　㊥夏

樫茂る　かししげる　［植］　初夏、樫の木の
みずみずしい若葉が茂っていること　㊥夏

¹¹樫鳥　かしどり　［動］　懸巣の別称　㊥秋

¹²樫落葉　かしおちば　［植］　初夏の新葉が茂
る頃に、樫の古葉が落葉すること　㊥夏

【樺】

⁰樺ざくら　かばざくら　［動］　桜貝の別称
㊥春

樺の花　かばのはな　［植］　白樺の花の別称
㊥春

⁴樺太河原鶸　からふとかわらひわ　［動］　カ
ワラヒワ属の鶸の一種　㊥秋

樺太鱒　からふとます　［動］　鱒の一種
㊥春

樺火　かばび　［宗］　迎火の別称。苧殻の代
わりに樺の皮を焚く地方での言い方　㊥秋

⁹樺海苔　かばのり　［植］　紅藻類のオゴノリ

科に属する海藻で、黄紅色を呈す　㊥春

¹⁰樺桜　かばざくら　［植］　桜の一種　㊥春

【権】

¹¹権現様　ごんげんさま　［人］　権現舞の獅子
の尊称　㊥新年

権現舞　ごんげんまい　［人］　正月に獅子舞
の一団が各戸をめぐり歩いて祈禱する東北
地方の風習　㊥新年

【樟】

⁰樟の実　くすのみ　［植］　晩秋初冬のころに
大豆粒ほどの丸い実がなり、黒く熟する
㊥秋

⁸樟若葉　くすわかば　［植］　初夏の樟の木の
みずみずしい若葉のこと　㊥夏

¹⁰樟蚕　くすさん　［動］　ヤママユ科に属する
蛾の一種　㊥夏

¹¹樟脳舟　しょうのうぶね　［人］　夏の玩具の
一つ。樟脳を使って走らせる船　㊥夏

¹²樟落葉　くすおちば　［植］　初夏の新葉が茂
る頃に、樟の古葉が落葉すること　㊥夏

【樗】

⁰樗の花　おうちのはな　［植］　一般には栴檀
（せんだん）といわれている。初夏、淡紫色
の小花が穂状に咲く　㊥夏

樗の佩　おうちのおびもの　［人］　五月五
日、樗を腰につけておくと悪疫を避けると
いう中国の古俗　㊥夏

樗を佩ぶ　おうちをおぶ　［人］　五月五日、
樗を腰につけておくと悪疫を避けるという
中国の古俗　㊥夏

¹²樗葺く　おうちふく　［人］　端午の節句の前
夜、地方によっては菖蒲の代わりに樗を軒
に葺いた邪気払いの風習　㊥夏

【槻】

⁰槻の芽　つきのめ　［植］　春の木の芽の一種
㊥春

【樅】

⁰樅の芽　もみのめ　［植］　春の木の芽の一種
㊥春

¹²樅落葉　もみおちば　［植］　初夏の新葉が茂
る頃に、樅の古葉が落葉すること　㊥夏

15画（槭, 樊, 樒, 橸, 樝, 歓, 潤, 澄, 潜, 潮, 熟）

【槭】

¹⁶槭樹　かえでのき　［植］　楓の別称。蛙の手の形に似ている葉は、晩秋になると鮮やかな赤に染まる　㋒秋

【樊】

¹⁶樊噲草　はんかいそう　［植］　キク科の多年草で、大きくなれば高さ一メートルを越す　㋒夏

樊噲塩竈　はんかいしおがま　［植］　塩竈菊の一種　㋒夏

【樒】

⁰樒の花　しきみのはな　［植］　モクレン科の常緑小高木。三、四月頃、クリーム色の花が咲く　㋒春

【橸】

橸　かんじき　［人］　雪上などを歩くためにはき物に装着して用いられる輪状のもの。蔓・竹・木の板などを曲げて作った　㋒冬

【樝】

³樝子　しどみ　［植］　草木瓜の実のこと、食べるとはなはだすっぱいことから　㋒秋

樝子の花　しどみのはな　［植］　バラ科の落葉低木。晩春に花をつけ、秋に実を結ぶ　㋒春

樝子の実　しどみのみ　［植］　花が終わった後の草木瓜の実。秋になると黄色く熟すが、堅く酸味が強い　㋒秋

【歓】

¹²歓喜日　かんぎび　［宗］　陰暦七月十五日に、四月から始まった九十日間の夏安居が満了すること　㋒秋

¹³歓楽　かんらく　［人］　病気(所労)の忌み詞。新年に不吉な物言いを避けるため使われた　㋒新年

【潤】

¹潤一郎忌　じゅんいちろうき　［宗］　七月三十日、大正・昭和期の小説家谷崎潤一郎の忌日　㋒夏

⁵潤目鰯　うるめいわし　［動］　鰯の一種で、冬場が美味しいウルメイワシ科の魚。目の

上に膜があり、目が潤んで見える　㋒冬

【澄】

⁰澄む山　すむやま　［地］　秋の訪れとともに、紅葉に彩られてはなやぐ山々　㋒秋

⁶澄江堂忌　ちょうこうどうき　［宗］　七月二十四日、大正期の小説家芥川龍之介の忌日　㋒夏

【潜】

⁰潜り鳥　むぐりどり　［動］　カイツブリの別称　㋒冬

【潮】

くされ潮　くされじお　［地］　赤潮のこと　㋒夏

⁰潮の水　しおのみず　［宗］　正月初辰の日に屋根に水、または海水を打って火災を防ぐ風習　㋒新年

³潮干　しおひ　［人］　汐干狩の別称　㋒春

潮干貝　しおひがい　［人］　汐干狩でとれる貝　㋒春

潮干船　しおひぶね　［人］　潮干狩に使われる船　㋒春

潮干潟　しおひがた　［地］　潮が引いて干潟となった所。あるいは汐干狩をする潟　㋒春

潮干籠　しおひかご　［人］　汐干狩でとれる貝などを入れる籠　㋒春

⁷潮吹　しおふき　［動］　バカガイ科の二枚貝。晩春に産卵する　㋒春

潮吹貝　しおふきがい　［動］　バカガイ科の二枚貝。晩春に産卵する　㋒春

潮見草　しおみぐさ　［植］　卯の花の別称　㋒夏

⁸潮招　しおまねき　［動］　望潮(しおまねき)の別称　㋒春

¹⁰潮浴び　しおあび　［人］　夏、海で泳ぐ行楽　㋒夏

¹²潮焼　しおやけ　［人］　海辺での日焼　㋒夏

¹⁴潮酸漿　しおほおずき　［植］　イヌホオズキの別称　㋒秋

【熟】

⁹熟柿　じゅくし　［植］　晩秋、完熟して、内部が透きとおるようになった柿の実　㋒秋

俳句季語よみかた辞典　503

15画（熱, 熨, 瘧, 瘤, 瘦, 皺, 盤, 稼, 稽, 穂）

【熱】

⁰熱き日　あつきひ　［時］　夏の暑い一日
　圉夏

⁵熱田歩射神事　あつたほしゃしんじ　［宗］
　正月十五日、名古屋市・熱田神宮の祭り
　圉新年

熱田的射　あつたまとい　［宗］　正月十五
　日、名古屋市・熱田神宮の祭り　圉新年

熱田鬼祭　あつたのおにまつり　［宗］　名古
　屋市熱田東町の不動院で、陰暦正月八日に
　執り行なわれる祭　圉新年

熱田祭　あつたまつり　［宗］　六月五日、名
　古屋市・熱田神宮で行われる祭礼　圉夏

熱田踏歌神事　あつたとうかしんじ　［宗］
　正月十一日、名古屋市・熱田神宮で行われ
　た踏歌神事　圉新年

⁹熱界雷　ねつかいらい　［天］　熱雷と界雷の
　原因が合わさっておこる雷　圉夏

熱砂　ねっさ　［地］　真夏の太陽の直射に
　よってあたためられた砂のこと　圉夏

熱砂　ねっさ　［時］　裸足で歩くと火傷する
　ように熱い日盛りの砂浜をいう　圉夏

熱風　ねっぷう　［天］　夏に吹くかわいた高
　温の風　圉夏

¹⁰熱帯魚　ねったいぎょ　［動］　熱帯地方に産
　する観賞用の魚の総称。泳ぐ涼しげな姿か
　ら夏の季語とされる　圉夏

¹³熱雷　ねつらい　［天］　夏、日中の日射によ
　り起こる上昇気流によってできた雷　圉夏

¹⁶熱燗　あつかん　［人］　冬に暖を採るため、
　酒の燗を熱くしたもの　圉冬

【熨】

⁴熨斗　のし　［人］　正月の祝儀にもちいた、
　鮑（あわび）の肉の薄切りを干して肴とした
　もの　圉新年

熨斗羽子　のしばね　［人］　羽子板市などで
　羽子板を売るときに竹串の先に羽根を一枚
　添えたもの　圉新年

熨斗鮑　のしあわび　［人］　正月の祝儀にも
　ちいた、鮑（あわび）の肉の薄切りを干して
　肴としたもの　圉新年

【瘧】

瘧　ぎゃく，おこり　［人］　マラリヤの別称
　圉夏

【瘤】

⁹瘤柳　こぶやなぎ　［植］　柳の一種　圉春

【瘦】

⁰瘦せ馬　やせうま　［宗］　陰暦二月十五日、
　涅槃会に供える物。団子を手で握ったもの
　で形が馬に似ている　圉春

⁷瘦麦　やせむぎ　［植］　でき高のよくない麦
　のこと　圉夏

¹²瘦葱　やせねぎ　［植］　瘦せた葱　圉冬

【皺】

¹³皺搗布　しわかじめ　［植］　荒布の別称
　圉春

【盤】

⁴盤双六　ばんすごろく　［人］　双六の一種。
　遣唐使がもたらした本来の形のもの。江戸
　時代には廃れた　圉新年

¹¹盤渉調　はんしきちょう　［時］　本来雅楽の
　調子の一つだが、源氏物語の箒木巻に引用
　されてから冬の季語となった　圉冬

【稼】

⁷稼初　かせぎぞめ　［人］　東北地方での仕事
　始めの別称　圉新年

【稽】

⁵稽古始　けいこはじめ　［人］　新年になって
　初めての稽古のこと。武道・芸能などでい
　う　圉新年

【穂】

⁴穂木　ほぎ　［人］　年木の別称　圉新年

⁶穂芒　ほすすき　［植］　秋、芒の穂に出る花
　のこと　圉秋

⁷穂麦　ほむぎ　［植］　穂が伸びてきた麦のこ
　と　圉夏

⁸穂垂れ　ほだれ　［人］　削掛の別称　圉新年

穂長　ほなが　［人］　大阪府北部での樵初の
　別称。初山入りの日、五月の田植えの日の
　飯をたく薪の木を切ること　圉新年

穂長　ほなが　［植］　裏白の別称　圉新年

⁹穂屋　ほや　［宗］　諏訪神社の御射山祭の際
　に芒の穂でつくった仮小屋　圉秋

穂屋の芒　ほやのすすき　［宗］　諏訪神社の

15画（窯, 箱, 筬, 糊, 䉤, 縁）

御射山祭の際に芒の穂でつくった仮小屋
㋒秋

穂屋の祭　ほやのまつり　［宗］　諏訪神社の
御射山祭の別称　㋒秋

穂屋祭　ほやまつり　［宗］　諏訪神社の御射
山祭の別称　㋒秋

穂草　ほぐさ　［植］　ホモノ科やカヤツリグ
サ科の草などに、秋が深まる頃に現れる穂
花のこと　㋒秋

[10]**穂俵　ほだわら**　［植］　褐色の海藻で乾かす
と緑色になり、また実は米俵に似る。名が
吉字を当てるため、縁起物として正月の飾
りに用いられる　㋒新年

穂俵飾る　ほだわらかざる　［人］　新年のお
祝いの具として蓬莱台に飾ること　㋒新年

[11]**穂紫蘇　ほじそ**　［植］　花が終わった秋、実
が縦に並んで穂状に実るもの。なかに芥子
粒のような黒い種がある　㋒秋

[14]**穂蓼　ほたで**　［植］　蓼の穂状の花のこと
㋒秋

[16]**穂薄　ほすすき**　［植］　秋、芒の穂に出る花
のこと　㋒秋

[20]**穂懸　ほかけ**　［宗］　稲の初穂を神に供える
こと。本来は八朔（陰暦八月朔日）の行事
だったが、地方により日は様々である
㋒秋

【窯】

[8]**窯始　かまはじめ**　［人］　製陶工場や陶芸家
が、新年になって初めて窯に火を入れて焼
成する仕事始め　㋒新年

【箱】

[4]**箱火鉢　はこひばち**　［人］　箱型の火鉢
㋒冬

[8]**箱河豚　はこふぐ**　［動］　ハコフグ科の海魚
で河豚の近縁種。堅い箱形の鱗を持つ
㋒冬

[10]**箱庭　はこにわ**　［人］　夏の遊びの一つ。箱
に土を盛り、自然の山水の趣を作り観賞す
るもの　㋒夏

箱根うつぎ　はこねうつぎ　［植］　空木とは
別種　㋒夏

箱根山椒魚　はこねさんしょううお　［動］
山椒魚の一種　㋒夏

箱根卯の花　はこねうのはな　［植］　箱根空
木の別称　㋒夏

箱根空木の花　はこねうつぎのはな　［植］
スイカズラ科の落葉低木の花。初夏にラッ
パ形の花をつける。咲き始めは白い花だ
が、次第に紅紫色に変化する　㋒夏

[11]**箱眼鏡　はこめがね**　［人］　底をガラス張り
にして、水中を覗いて魚などの動きを見る
漁具　㋒夏

箱釣　はこつり　［人］　水槽に泳がせた金魚
を薄い紙を張った杓子などですくわせる遊
び。いわゆる夜店の金魚すくい　㋒夏

[13]**箱楊　はこやなぎ**　［植］　柳の一種　㋒春

[16]**箱橇　はこぞり**　［人］　箱のついている橇
㋒冬

箱鮓　はこずし　［植］　鮓の一種　㋒夏

【筬】

[9]**筬海苔　ひびのり**　［植］　海苔の一種　㋒春

[11]**筬菜　のり**　［植］　水中の岩石などに付いて
いる苔のような海藻の総称。ただし一般に
は甘海苔をさす。早春、採取し加工する
㋒春

【糊】

[0]**糊うつぎの花　のりうつぎのはな**　［植］　さ
びたの花の別称。夏、枝端に円錐状に密集
した白い小花が咲く　㋒夏

[10]**糊浴衣　のりゆかた**　［人］　糊がけされた浴
衣　㋒夏

【䉤】

[6]**䉤米　ひらいごめ**　［人］　焼米の別称　㋒秋

[16]**䉤糯始　ひめはじめ**　［人］　正月二日。新年
になって初めて姫飯（柔らかい普通の飯）を
食べること　㋒新年

【縁】

[0]**縁の下の舞　えんのしたのまい**　［宗］　大
阪・四天王寺で、夢殿の聖徳太子の像に経
供養を行ない、その前の聖霊院で楽人が舞
楽を奏したことをいう　㋒春

[11]**縁涼み　えんすずみ**　［人］　縁側で行う納涼
㋒夏

[12]**縁結の神事　えんむすびのしんじ**　［宗］
昔、茨城・鹿島神社で正月十一日の祭礼に
行なわれた帯占　㋒新年

縁結び神事　えんむすびしんじ　［宗］　常陸
帯の神事の別称　㋒新年

俳句季語よみかた辞典　505

【線】

6線虫　せんちゅう　［動］　寄生虫の一種　[季]秋

9線香花火　せんこうはなび　［人］　発光剤を練って、こよりに巻きこんだ小さな花火。手花火の一種　[季]夏, 秋

11線麻　せんま　［植］　カラムシの別称　[季]夏

【縄】

ゴム縄飛　ごむなわとび　［人］　ゴムを使った縄飛。縄飛は冬の季語　[季]冬

4縄引　なわひき　［人］　本来は小正月の年占行事の一つ。村落対抗で行なわれ、勝ったほうは豊作になるというもの。現在は競技としても行われる　[季]新年

9縄祝　なわいわい　［人］　熊本県地方で行なう農事の仕事始め行事。新年になって初めて農耕用、牛馬用などの縄を綯い、その祝いをすること　[季]新年

縄飛　なわとび　［人］　子供（特に女の子）の冬の遊び　[季]冬

縄飛唄　なわとびうた　［人］　縄飛びの際、縄を回しながらうたう歌。縄飛は冬の季語　[季]冬

13縄煙草　なわたばこ　［人］　煙草の葉を縄に編んで干したもの　[季]秋

縄飾り　なわかざり　［人］　注連縄の別称　[季]新年

14縄綯う　なわなう　［人］　冬の農閑期の藁仕事の一つ　[季]冬

縄綯ふ　なわなう　［人］　冬の農閑期の藁仕事の一つ　[季]冬

【編】

レース編む　れーすあむ　［人］　レースを編むこと　[季]夏

11編笠　あみがさ　［人］　草などを編んで作った日除け用の笠　[季]夏

編笠百合　あみがさゆり　［植］　貝母の別称　[季]春

【緞】

3緞子反　どんすがえし　［植］　萍（うきくさ）の別称。夏に繁茂・開花する　[季]夏

10緞通　だんつう　［人］　廊下や洋室に用いている敷き物。冬は足もとが寒いため絨毯が恋しく、冬の季語とされる　[季]冬

【膝】

4膝毛布　ひざもうふ　［人］　冬に防寒、保温のため膝に掛けて暖を採る布　[季]冬

11膝掛　ひざかけ　［人］　冬に防寒、保温のため膝に掛けて暖を採る布　[季]冬

膝掛毛布　ひざかけもうふ　［人］　冬に防寒、保温のため膝に掛けて暖を採る布　[季]冬

膝袋　ひざぶくろ　［人］　冬に防寒、保温のため膝に掛けて暖を採る布　[季]冬

13膝蒲団　ひざぶとん　［人］　腰の冷える女性や妊婦などが使う小蒲団　[季]冬

【舞】

0舞う蝶　まうちょう　［動］　舞いをしているように飛んでいる蝶　[季]春

5舞台始　ぶたいはじめ　［人］　新年になって初めて能を演ずること　[季]新年

6舞灯籠　まいどうろう　［人］　走馬灯のこと　[季]秋

7舞初　まいぞめ　［人］　新年になって初めて舞を舞うこと　[季]新年

9舞茸　まいたけ　［植］　サルノコシカケ科の茸の一種で、九月頃、深山の大木の根元に生える秋の珍味　[季]秋

12舞御覧　まいごらん　［人］　正月十七日、または十九日に、宮中で左方・右方の舞楽を演奏して、天皇に御覧にいれた行事　[季]新年

舞雲雀　まいひばり　［動］　春の空を舞う雲雀のこと　[季]春

13舞猿　まいざる　［人］　猿廻しのこと　[季]新年

15舞舞　まいまい　［人］　正月、各戸を歴訪して当年の繁栄を予祝する門付け芸の一つ　[季]新年

19舞鯛　ぶだい, まいだい　［動］　ブダイ科の海魚で、一メートル近い大型の魚。冬釣りに向く　[季]冬

【蕎】

つごもり蕎麦　つごもりそば　［人］　晦日蕎麦の別称　[季]冬

7蕎麦とろ　そばとろ　［人］　蕎麦にとろろを

15画（蔵, 蕃, 蕪, 蕗）

かけたもの。新芋の出回る秋の季語　㉄秋

蕎麦の花　そばのはな　［植］　秋蕎麦のこと。葉の根元から出た枝先に白や薄紅色の五弁の小花が集まり咲く　㉄秋

蕎麦干す　そばほす　［人］　初冬、刈りとった蕎麦を干すこと　㉄冬

蕎麦刈　そばかり　［人］　秋蕎麦を晩秋から初冬にかけて刈り取ること　㉄冬

蕎麦湯　そばゆ　［人］　蕎麦粉を熱湯に溶かし、砂糖をいれて飲む。体の暖まる冬の飲料　㉄冬

蕎麦掻　そばがき　［人］　蕎麦粉に熱湯を注ぎ、よくこねて、煮汁につけて食べる。体の暖まる冬の食べ物　㉄冬

蕎麦掻餅　そばかいもち　［人］　蕎麦掻の中に餅を入れて練ったもの　㉄冬

【蔵】

4蔵王堂蛙飛　ざおうどうかわずとび　［宗］　吉野の蛙飛のこと　㉄夏

蔵王権現角力　ざおうごんげんすもう　［宗］　東京・善福寺で、江戸時代、七月十五日に行なわれた子ども相撲　㉄秋

11蔵著　くらつけ　［人］　年末までに年貢米を領主の蔵に納めること　㉄冬

12蔵開　くらびらき　［人］　正月十一日に、新年になって初めて蔵を開く儀式　㉄新年

【蕃】

3蕃山忌　ばんざんき　［宗］　陰暦八月十七日、江戸時代前期の陽明学者熊沢蕃山の忌日　㉄秋

7蕃杏　つるな　［植］　ツルナ科の多年草。夏に、お浸しや和え物にして食べる　㉄夏

8蕃茄　とまと, ばんか　［植］　トマトの別称。晩夏に収穫する　㉄夏

9蕃海芋　ばんかいう　［植］　カラーの別称。初夏に純白の花をつける　㉄夏

12蕃椒　とうがらし　［植］　花が終わると青い実がなり、秋に熟して赤くなる。実の形、大小などは種類によりさまざま　㉄秋

蕃椒の花　とうがらしのはな　［植］　ナス科の一年草で、夏に白い合弁花をつける　㉄夏

16蕃薯　ばんしょ　［植］　薩摩薯の別称。秋に収穫して出回る　㉄秋

18蕃藷　ばんしょ　［植］　薩摩薯の別称。秋に収穫して出回る　㉄秋

【蕪】

スウェーデン蕪　すうぇーでんかぶ　［植］　蕪の一種で、北日本で栽培されるもの　㉄冬

蕪　かぶ　［植］　十一月から二月頃に収穫する、肥大した丸根や葉を食用とする野菜　㉄冬

3蕪干す　かぶらほす　［人］　初冬、何段にも作りつけられた丸太や竹竿などに、収穫した蕪を干すこと　㉄冬

4蕪引　かぶらひき　［人］　初冬、蕪を畑から引き抜いて収穫すること　㉄冬

5蕪汁　かぶらじる　［人］　冬野菜の蕪を実にした味噌汁　㉄冬

7蕪村忌　ぶそんき　［宗］　陰暦十二月二十五日、江戸時代中期の俳人与謝蕪村の忌日　㉄冬

11蕪菁　かぶら　［植］　蕪の別称　㉄冬

蕪菁干す　かぶらほす　［人］　初冬、何段にも作りつけられた丸太や竹竿などに、収穫した蕪を干すこと　㉄冬

蕪菁引く　かぶらひく　［人］　初冬、蕪を畑から引き抜いて収穫すること　㉄冬

13蕪蒔く　かぶまく　［人］　秋に蕪の種を蒔くこと　㉄秋

蕪蒸　かぶらむし　［人］　蕪の皮をむいて蒸し、葛あんをかけて食べるもの。体の温まる冬の料理　㉄冬

16蕪鮓　かぶらずし　［人］　冬の金沢の漬け物。塩漬けした蕪の薄い輪切りに、寒鰤の薄切りをはさみ、麹に漬けたもの　㉄冬

【蕗】

蕗　ふき　［植］　蕗の薹が伸びた葉柄を、初夏に採って食用にする　㉄夏

0蕗のしうとめ　ふきのしゅうとめ　［植］　蕗の薹のこと　㉄春

蕗のしゅうとめ　ふきのしゅうとめ　［植］　蕗の薹のこと　㉄春

蕗の広葉　ふきのひろば　［植］　蕗の長い柄をもった大型の葉のこと。蕗は夏の季語　㉄夏

蕗の花　ふきのはな　［植］　蕗の薹から咲く花　㉄春

俳句季語よみかた辞典　507

蕗の芽　ふきのめ　[植]　蕗の薹の別称　[季]春

蕗の雨　ふきのあめ　[植]　蕗の葉に降る雨。蕗は夏の季語　[季]夏

蕗の葉　ふきのは　[植]　蕗の長い柄をもった大型の葉のこと。蕗は夏の季語　[季]夏

蕗の薹　ふきのとう　[植]　キク科の多年草で、早春、蕗の新葉が出る前に根茎から出る卵形の緑色の花茎のこと　[季]春

蕗の薹味噌　ふきのとうみそ　[人]　蕗の薹を入れたなめみそ　[季]春

4蕗刈る　ふきかる　[人]　初夏に蕗を取ること　[季]夏

6蕗伐　ふきききり　[人]　初夏に蕗を取ること　[季]夏

8蕗味噌　ふきみそ　[人]　蕗の薹を入れたなめみそ　[季]春

10蕗桜　ふきざくら　[植]　シネラリヤの別称　[季]春

11蕗菊　ふきぎく　[植]　シネラリヤの別称　[季]春

【蕨】

いぬ蕨　いぬわらび　[植]　蕨の一種　[季]春

おに蕨　おにわらび　[植]　蕨の一種　[季]春

ぜんまい蕨　ぜんまいわらび　[植]　蕨の一種　[季]春

蕨　わらび　[植]　シダの仲間で、古来食用にしてきた。春に先端が拳のような形の新芽がのびる　[季]春

4蕨手　わらびて　[植]　蕨の別称で、先端がこぶしのように巻いたもの　[季]春

5蕨汁　わらびじる　[植]　蕨を具にした汁物　[季]春

8蕨長く　わらびたく　[植]　蕨が成長すること　[季]春

9蕨狩　わらびがり　[人]　蕨を採りに出かけること。春の行楽の一つ　[季]春

11蕨採り　わらびとり　[人]　蕨を採りに出かけること。春の行楽の一つ　[季]春

12蕨飯　わらびめし　[植]　蕨を炊き込んだ御飯　[季]春

14蕨摘　わらびつみ　[人]　蕨を採りに出かけること。春の行楽の一つ　[季]春

蕨餅　わらびもち　[人]　蕨の粉で作った餅にきな粉をまぶした餅菓子　[季]春

【蔆】

15蔆蔆　りょうりょう　[植]　菱の別称　[季]夏

【蕙】

蕙　けい　[植]　紫蘭の別称　[季]夏

19蕙蘭　けいらん　[植]　紫蘭の別称　[季]夏

【蝦】

ひかり蝦　ひかりえび　[動]　桜蝦の別称　[季]春

4蝦水母　えびくらげ　[動]　水母の一種　[季]夏

6蝦夷三趾げら　えぞみゆびげら　[動]　近年発見された新種の留鳥。趾が三本しかない　[季]秋

蝦夷仙入　えぞせんにゅう　[動]　仙入の一種。北海道に繁殖し、河川沿いの叢林、低地の草原や藪に棲む　[季]秋

蝦夷虫喰　えぞむしくい　[動]　ウグイス科の鳥　[季]夏

蝦夷牡蠣　えぞがき　[動]　牡蠣の一種　[季]冬

蝦夷狼　えぞおおかみ　[動]　狼の一種。明治頃に絶滅した　[季]冬

蝦夷菊　えぞぎく　[植]　キク科の一年草。アスターと呼ぶ人が多い。晩夏に菊に似た花をつける　[季]夏

蝦夷塩竈　えぞしおがま　[植]　塩竈菊の一種　[季]夏

蝦夷龍胆　えぞりんどう　[植]　龍胆の一種　[季]秋

蝦夷蟬　えぞぜみ　[動]　蟬の一種　[季]夏

蝦夷鼬　えぞいたち　[動]　鼬の一種　[季]冬

蝦芋　えびいも　[植]　里芋の一種。形が蝦に似て、肉質は白く柔らかで甘味がある。冬が旬　[季]冬

11蝦蛄　しゃこ　[動]　蝦や蟹に似て平べったい。六、七月の産卵期のものを天ぷらや酢の物などにする　[季]夏

蝦蛄仙人掌　しゃこさぼてん　[植]　鉢植えとして花を観賞するサボテンの一種で、十二月から一月に開花する　[季]冬

蝦蛄葉仙人掌　しゃこばさぼてん　[植]　ブラジル原産の多年生多肉植物で、クリスマスの頃に花をつける　[季]冬

14蝦蔓　えびづる　[植]　ブドウ科の落葉つる

植物。葡萄と同じように房状に果実をつけ、初秋に熟して食べられるようになる (季)秋

16蝦蟇　がま ［動］ 蟇（ひきがえる）の別称 (季)夏

【蝶】

だんだら蝶　だんだらちょう ［動］ 蝶の一種 (季)春

ぬる蝶　ぬるちょう ［動］ 色とりどりの鱗粉におおわれた蝶のこと (季)春

蝶　ちょう ［動］ 鱗翅目の昆虫で、春から夏にかけて花々の間を飛び回る (季)春

0蝶々　ちょうちょう, ちょうちょ ［動］ 蝶の別称 (季)春

蝶々雲　ちょうちょうぐも ［天］ 冬、強風の時にできる小さな綿のような白雲 (季)冬

蝶の昼　ちょうのひる ［動］ 草花にとまって休む蝶蝶の昼寝 (季)春

5蝶生まる　ちょううまる ［動］ 早春に羽化した蝶のこと (季)春

10蝶凍つる　ちょういつる ［動］ 凍えているように見える冬の蝶 (季)冬

14蝶蜻蛉　ちょうとんぼ ［動］ 蜻蛉の一種で、翅が広いもの (季)秋

【蝸】

4蝸牛　かたつむり ［動］ 夏に発生する陸産の巻き貝。二、三センチの螺旋形の殻を背負い、湿った土地を好み、樹や草の若葉を食べる (季)夏

蝸牛忌　かぎゅうき ［宗］ 七月三十日、明治・大正・昭和初期の小説家幸田露伴の忌日 (季)夏

【蝌】

10蝌蚪　かと, かえるこ ［動］ オタマジャクシの別称 (季)春

蝌蚪の水　かとのみず ［動］ オタマジャクシの泳ぐ水たまり (季)春

蝌蚪の紐　かとのひも ［動］ 寒天状のものに包まれた、蛙の卵。蝌蚪はオタマジャクシのこと (季)春

【蝎】

蝎　かつ ［動］ サソリの別称 (季)夏

10蝎座　さそりざ ［天］ 夏の南の中空の星座 (季)夏

【蝗】

蝗　いなご ［動］ バッタの仲間で、稲を食べる害虫。長野県下や東北地方では佃煮など食用とされる (季)秋

7蝗串　いなごぐし ［動］ 蝗を串ざしにして食べるもの (季)秋

10蝗捕り　いなごとり ［動］ 稲の害虫である蝗を捕ること (季)秋

11蝗採　いなごとり ［動］ 稲の害虫である蝗を捕ること (季)秋

【蝨】

蝨　だに ［動］ シラミ目、ハジラミ目の昆虫の総称。夏、人の体に寄生して血を吸ったり、伝染病を媒介することもある (季)夏

【蝮】

蝮　まむし ［動］ 日本内地にすむ唯一の毒蛇で、晩夏に出産する (季)夏

10蝮捕　まむしとり ［動］ 蝮を捕獲すること (季)夏

蝮酒　まむしざけ ［動］ 蝮を焼酎に漬けた薬酒 (季)夏

11蝮蛇　まむし ［動］ 日本内地にすむ唯一の毒蛇で、晩夏に出産する (季)夏

蝮蛇草　まむしぐさ ［植］ サイトモ科の多年草で、四、五月頃の花は、紫褐色を帯びた仏炎苞に包まれている (季)春

【蝙】

15蝙蝠　こうもり ［動］ 翼をもつ哺乳類。夜行性で、夏から秋にかけての夕方から活動する (季)夏

蝙蝠凧　こうもりだこ ［人］ 凧の一種 (季)新年

蝙蝠蛾　こうもりが ［動］ 蛾の一種 (季)夏

【蝶】

9蝶草　うわばみそう ［植］ イラクサ科の多年草。四、五月頃、黄白色の小さい花が咲く。葉は食用にする (季)春

【蝤】

12蝤蛑　がざみ ［動］ ワタリガニ科の浅海の

蟹。初夏の産卵期が美味　[季]春

【衝】

4**衝心脚気**　**しょうしんかっけ**　［人］　心臓を冒し、心悸亢進を起こす脚気　[季]夏

5**衝立**　**ついたて**　［人］　座敷などに立て仕切り、隔てとする家具　[季]冬

6**衝羽子**　**つくばね**　［人］　正月の羽子つき遊びに用いる羽子のこと。ムクロジの実に色をつけた鳥の羽毛をつけたもの　[季]新年

衝羽根　**つくばね**　［植］　ビャクダン科落葉低木の衝羽根の実のこと。秋に結実し、実の先端には四枚の葉状の苞が正月につく羽根のように付いている　[季]秋

衝羽根草の花　**つくばねそうのはな**　［植］　ユリ科の多年草で、初夏、淡黄緑色の花が咲く　[季]夏

衝羽根朝顔　**つくばねあさがお**　［植］　ペチュニアの別称。初夏から秋までラッパ状の花をつける　[季]夏

8**衝突入**　**つといり**　［人］　昔、陰暦七月十六日、他人の家の什器・妻・妾・嫁・娘などを勝手に見ても許されるとした伊勢地方の習俗　[季]秋

【褞】

10**褞袍**　**どてら**　［人］　綿を入れた広袖の防寒用の着物　[季]冬

【諸】

3**諸子**　**もろこ**　［動］　コイ科のモロコ属に属する淡水魚　[季]春

諸子魚　**もろこ, もろこうお**　［動］　コイ科のモロコ属に属する淡水魚　[季]春

諸子鮠　**もろこはえ**　［動］　コイ科のモロコ属に属する淡水魚　[季]春

4**諸手船**　**もろたぶね**　［宗］　諸手船神事で使う古代の丸太船　[季]冬

諸手船神事　**もろたぶねしんじ, もろたぶねのしんじ**　［宗］　十二月一日から三日まで、出雲・美穂神社で行われる祭礼。国ゆずり神話に基づく神事　[季]冬

5**諸司奏**　**しょしのそう**　［人］　元日節会における諸司からの進奏儀式　[季]新年

6**諸向**　**もろむき**　［植］　裏白の別称　[季]新年

諸肌脱　**もろはだぬぎ**　［人］　上半身の衣類を脱ぎ、そのままの姿でくつろぐこと　[季]夏

8**諸味**　**もろみ**　［人］　糟を漉さずに作った白濁している酒。秋に新米で作ったものをさす　[季]秋

11**諸堂詣**　**しょどうまいり**　［宗］　正月元日午前四時ごろ、大僧正をはじめ、従者や寺務所役僧ならびに山内寺院の住職一同が、仏殿・大殿・法廟などの諸堂を順次に参拝、読経すること　[季]新年

諸葛菜　**しょかつさい**　［植］　アブラナ科の二年草。五月頃まで大根の花に似た紫色の花が続く　[季]春

諸鳥毛を替ふる　**しょちょうけをかうる**　［動］　羽毛の抜けかわる頃の鳥　[季]夏

12**諸雲雀**　**もろひばり**　［動］　雌雄そろっているヒバリ　[季]春

13**諸聖人の祝日**　**しょせいじんのしゅくじつ**　［宗］　十一月一日、諸聖人をまとめて祝うカトリックの祝日。万聖節のこと　[季]秋

諸聖人祭　**しょせいじんさい**　［宗］　聖人祭（万聖節）の別称　[季]秋

諸聖徒日　**しょせいとび**　［宗］　十一月一日、諸聖人をまとめて祝うカトリックの祝日。万聖節のこと　[季]秋

15**諸霊祭**　**しょれいさい**　［宗］　十一月二日（二日が日曜日のときは三日）、すべての死者を祈るカトリックの記念日　[季]秋

16**諸燕**　**もろつばめ**　［動］　雌雄そろっている燕　[季]春

18**諸醪**　**もろみ**　［人］　糟を漉さずに作った白濁している酒。秋に新米で作ったものをさす　[季]秋

19**諸鶉**　**もろうずら**　［動］　つがいの鶉　[季]秋

21**諸鬘**　**もろかずら**　［宗］　葵祭で使われる髪飾りの桂と葵の両方をさすこと　[季]夏

【諏】

11**諏訪の御柱祭**　**すわのおんばしらまつり**　［宗］　長野・諏訪神社の式年祭のこと。七年に一度行われる　[季]夏

諏訪祭　**すわまつり**　［宗］　諏訪の御柱祭のこと　[季]夏

【誰】

9**誰首鶏**　**ばんしゅけい**　［動］　鷭の別称　[季]夏

10**誰袖**　**たがそで**　［人］　夏、室内の臭気をの

15画（誕、豌、賜、賭、賤、踏、輪、遺）

ぞくための袋入りの香　㊥夏

【誕】

5誕生仏　たんじょうぶつ　［宗］　四月八日の仏生会で香湯や甘茶が注がれる釈迦の誕生像のこと　㊥春

誕生会　たんじょうえ　［宗］　四月八日の仏生会の別称　㊥春

【豌】

におい豌豆　においえんどう　［植］　スイートピーの別称　㊥春

7豌豆　えんどう　［植］　マメ科の作物。初夏、莢ごと食べる　㊥夏

豌豆の花　えんどうのはな　［植］　晩春、蔓先に咲く赤や白の花　㊥春

豌豆引　えんどうひき　［人］　春に開花した豌豆を夏に収穫すること　㊥夏

豌豆引く　えんどうひく　［人］　春に開花した豌豆を夏に収穫すること　㊥夏

豌豆植う　えんどうう　［人］　十月中旬頃に豌豆の種を蒔くこと　㊥秋

【賜】

5賜氷の節　しひょうのせつ　［人］　陰暦六月一日、天皇が献上された氷を臣下に下賜する儀式　㊥夏

【賭】

3賭弓　のりゆみ　［人］　正月十八日に内裏の弓場殿で近衛府の射手が射技を競った行事　㊥新年

4賭双六　かけすごろく　［人］　双六でする賭事　㊥新年

10賭射　のりゆみ　［人］　正月十八日に内裏の弓場殿で近衛府の射手が射技を競った行事　㊥新年

19賭鶏　かけどり　［宗］　雄鶏同士を闘わせて勝負を争う遊び。近世まで三月三日の節句で宮中行事として行われた　㊥春

【賤】

11賤鳥　しずどり　［動］　時鳥の別称　㊥夏

【踏】

4踏水車　ふみすいしゃ　［人］　板を踏んで水車を回転させ、低い位置の川から高い土地の田へ揚水する作業　㊥夏

8踏青　とうせい　［人］　中国の古俗で、春先に野に出て青草を踏んで遊ぶ行事　㊥春

10踏俵　ふみだわら　［人］　雪踏をするための俵のような沓　㊥冬

12踏絵　ふみえ　［人］　江戸時代、陰暦一月四日以降に九州で行われたもの。住民がキリシタン信者でない証にマリアとキリストの絵を踏む　㊥春

14踏歌　とうか　［宗］　足で地を踏み、拍子をとりながら歌い回る集団舞踏。平安時代、正月の踏歌節会では宮中で行われた　㊥新年

19踏鞴祭　たたらまつり　［宗］　鞴祭の別称　㊥冬

【輪】

4輪王寺強飯式　りんのうじごうはんしき　［宗］　五月二日、日光市・輪王寺三仏堂で行なわれる修験道の行事　㊥春

8輪注連　わじめ　［人］　注連縄の一種で、藁を輪の形に編んで、その下に数本の藁を垂れ下げたもの　㊥新年

12輪越の祓　わごえのはらえ　［宗］　茅の輪の別称　㊥夏

輪越祭　わごしまつり　［宗］　夏越の祓の茅の輪をくぐる行事の岡山での呼称　㊥夏

13輪飾　わかざり　［人］　注連縄の一種で、藁を輪の形に編んで、その下に数本の藁を垂れ下げたもの　㊥新年

15輪樏　わかん、わかんじき　［人］　雪上などを歩くためにはき物に装着して用いられる輪状のもの。蔓・竹・木の板などを曲げて作った　㊥冬

輪鋒菊　りんぼうぎく　［植］　松虫草の別称。初秋、紫紺の大きな花が開く　㊥秋

【遺】

11遺教会　ゆいきょうえ　［宗］　陰暦二月十五日、京都市・大報恩寺での涅槃会の別称　㊥春

遺教経会　ゆいきょうぎょうえ　［宗］　陰暦二月十五日、京都市・大報恩寺での涅槃会の別称　㊥春

俳句季語よみかた辞典　511

15画（醋, 酖, 鋤, 鋳, 銷, 震, 霊, 鞍, 餓, 養, 駕）

【醋】

[12]醋蛤　すはまぐり　［人］　蛤の酢和え　㋉春

【酖】

酖　もろみ　［人］　糟を漉さずに作った白濁
している酒。秋に新米で作ったものをさす
㋉秋

【鋤】

[12]鋤焼　すきやき　［人］　明治以降にできた牛
肉を使った冬の鍋料理の一つ　㋉冬

【鋳】

[7]鋳初　いぞめ　［人］　新年になって初めて鋳
物師が仕事をする仕事始め。正月二日が多
い　㋉新年

[8]鋳始　いはじめ　［人］　新年になって初めて
鋳物師が仕事をする仕事始め。正月二日が
多い　㋉新年

鋳物始　いものはじめ　［人］　新年になって
初めて鋳物師が仕事をする仕事始め。正月
二日が多い　㋉新年

【銷】

[10]銷夏　しょうか　［人］　夏、暑さを避けて海
や山に行くこと　㋉夏

【震】

[7]震災忌　しんさいき　［人］　九月一日、大正
十二年におこった関東大震災を記念した日
㋉秋

震災記念日　しんさいきねんび　［人］　九月
一日、大正十二年におこった関東大震災を
記念した日　㋉秋

【霊】

[7]霊辰　れいしん　［時］　人日（正月七日）の
別称　㋉新年

[11]霊祭　たままつり　［宗］　盆の別称　㋉秋

[12]霊棚　たまだな　［宗］　盆の魂祭に設ける祭
壇の棚　㋉秋

【鞍】

[10]鞍馬の火祭　くらまのひまつり　［宗］　十月
二十二日、京都市・由岐（鞍）神社で行われ
る火祭　㋉秋

鞍馬の竹伐　くらまのたけきり　［宗］　六月
二十日、京都・鞍馬寺の蓮華会における行
事　㋉夏

鞍馬の竹伐会式　くらまのたけきりえしき
［宗］　六月二十日、京都・鞍馬寺の蓮華会
における行事　㋉夏

鞍馬の花供養　くらまのはなくよう　［宗］
四月十八日から二十二日、京都市・鞍馬寺
で行なわれる花供懺法会　㋉春

鞍馬の蓮華会　くらまのれんげえ　［宗］　六
月二十日、京都・鞍馬寺の蓮華会における
行事　㋉夏

鞍馬口大根　くらまぐちだいこん　［植］　大
根の一種で、京都市鞍馬の円形のもの
㋉冬

鞍馬小判　くらまこばん　［宗］　初寅参に売
られる縁起物　㋉新年

鞍馬初寅詣　くらまはつとらまいり　［宗］
鞍馬寺の初寅参り　㋉新年

鞍馬炭　くらますみ　［人］　炭の種類の一
つ。炭は冬の季語　㋉冬

鞍馬祭　くらままつり　［宗］　京都市・由岐
（鞍）神社で行われる鞍馬の火祭の別称
㋉秋

鞍馬蓮華会　くらまのれんげえ　［宗］　六月
二十日、京都・鞍馬寺の蓮華会における行
事　㋉夏

鞍馬詣　くらままいり　［宗］　鞍馬初寅詣の
こと　㋉新年

【餓】

[10]餓鬼幡　がきばた　［宗］　施餓鬼に設けられ
る幡　㋉秋

【養】

[4]養父入　やぶいり　［人］　一月十六日、奉公
人が一日休みを貰い、実家に帰ること　㋉
新年

[7]養花天　ようかてん　［天］　桜の咲くころの
曇り空のこと　㋉春

[10]養蚕　ようさん　［人］　春、蚕を飼うこと
㋉春

【駕】

[9]駕乗初　かごのりぞめ　［人］　江戸時代の風
俗で、新年になって初めて駕籠に乗ること
㋉新年

15画（駈、駒、駘、髭、魴、鮊、鯲、鴇、鴉、鴈、麨）

【駈】

¹⁹駈鶉　かけうずら　［人］　鷹狩の用語　㊱秋

【駒】

⁵駒込富士詣　こまごめふじもうで　［宗］　六月三十日、七月一日に行われる東京・駒込の富士権現山開きの祭礼　㊱夏

⁷駒迎　こまむかえ　［人］　昔、陰暦八月十六日、天皇が諸国から献上された駿馬を御覧になった宮中行事　㊱秋

駒迎え　こまむかえ　［宗］　昔、陰暦八月十六日、天皇が諸国から献上された駿馬を御覧になった宮中行事　㊱秋

駒返る草　こまかえるくさ　［植］　冬枯れていた草が、春になってまた萌え出るようす　㊱春

⁹駒草　こまくさ　［植］　ケシ科の多年草で、代表的な夏の高山植物。晩夏に咲く花の形からの名　㊱夏

¹¹駒牽　こまびき　［人］　陰暦四月二十八日に宮中で行われた行事で、騎射に使う馬を天皇に御覧に入れたもの　㊱夏

駒鳥　こまどり　［動］　ツグミ科の小鳥で、鳴き声の美しさが印象的　㊱春, 夏

駒鳥笛　こまぶえ　［人］　駒鳥を鳴かせるために、駒鳥の声に似せて作った笛　㊱春

¹⁵駒舞　こままい　［宗］　秋田・八幡平の大日詣で、付近の住民が演じる舞　㊱新年

¹⁹駒繋　こまつなぎ　［植］　マメ科の小低木。晩夏から秋にかけて赤紫の小花を穂状につける　㊱夏

【駘】

¹⁵駘蕩　たいとう　［時］　のんびりとした春の日の落ち着いたようす　㊱春

【髭】

¹¹髭袋　ひげぶくろ　［人］　あごひげを寒さから守るための袋　㊱冬

【魴】

¹⁶魴鮄　ほうぼう　［動］　中部以南の海にすむホウボウ科の魚。冬が旬で、刺身や鍋物にする　㊱冬

【鮊】

鮊　わかさぎ　［動］　ワカサギ科の魚。冬の穴釣りが有名だが、本来の網漁の漁期は春。からあげなどにして美味　㊱春

【鯲】

鯲　いさざ　［動］　琵琶湖に生息するハゼ科の小魚で、冬の琵琶湖の特産　㊱冬

⁶鯲舟　いさざぶね　［動］　イサザをとる舟　㊱冬

¹¹鯲船　いさざぶね　［動］　イサザをとる舟　㊱冬

¹³鯲魞　いさざえり　［動］　イサザを獲るための漁具　㊱冬

¹⁴鯲漁　いさざりょう　［動］　イサザを獲ること　㊱冬

鯲網　いさざあみ　［動］　イサザをとる網　㊱冬

【鴇】

鴇　とき　［動］　トキ科の鳥。日本産のものは絶滅が確定した。かつては秋になると越冬のため渡ってきたという　㊱秋

鴇　のがん　［動］　俗に山七面鳥といわれる鳥で、元来雁とは別種　㊱秋

⁹鴇草　ときそう　［植］　野生蘭の一種で、五、六月頃、朱鷺の羽の色に似た薄桃色の花をつける　㊱夏

【鴉】

⁰鴉の子別れ　からすのこわかれ　［動］　別烏の別称　㊱秋

鴉の巣　からすのす　［動］　森の木の高い所に、木の小枝を椀のような形に組み合わせた、直径五十センチほどの巣　㊱春

⁴鴉片花　あへんか　［植］　罌粟の花の別称　㊱夏

¹⁴鴉銜草　あかんそう　［植］　紫の別称　㊱夏

【鴈】

鴈　かり　［動］　ガンカモ科の鳥。晩秋に飛来して越冬し、翌春北へ帰る　㊱秋

【麨】

麨　はったい　［人］　新麦や新米を炒り臼でひいて粉にしたもの。砂糖をまぜたり、冷

俳句季語よみかた辞典　513

水で練ったりして食べる　[季]夏

16 画

【凝】

16凝鮒　こごりぶな　［人］　寒鮒の煮凝のこと　[季]冬

【叡】

3叡山すみれ　えいざんすみれ　［植］　菫の一種　[季]春

【壁】

5壁打　かべうち　［人］　江戸時代に行なわれた穴一に似た正月遊び　[季]新年

8壁炉　へきろ　［人］　冬の寒い日に、火をたいて部屋をあたためる炉　[季]冬

壁虎　やもり　［動］　体長五センチほどの蜥蜴に似た爬虫類。夏、人家の周りで見かける　[季]夏

15壁蝨　だに　［動］　ダニ目の節足動物。人や動物についてその血を吸ったりする　[季]夏

【懐】

4懐中湯婆　かいちゅうたんぽ　［人］　小型の湯たんぽ　[季]冬

懐手　ふところで　［人］　寒い時、手をふところに入れて暖めているさま　[季]冬

8懐炉　かいろ　［人］　冬の寒い日にふところに入れて体を暖める携帯用の道具　[季]冬

懐炉灰　かいろばい　［人］　カイロの燃料　[季]冬

懐炉焼　かいろやけ　［人］　懐炉の常用者が体の局部に火傷の跡をつくること　[季]冬

【憲】

8憲法記念日　けんぽうきねんび　［人］　五月三日、国民の祝日の一つ。昭和二十二年の日本国憲法施行を記念したもの　[季]春

【憑】

0憑の節供　たのむのせっく　［人］　八朔（陰暦八月朔日）の祝に稲の実りを祈願したり、日頃頼みとしている人に贈答をしたこと　[季]秋

【擂】

13擂鉢虫　すりばちむし　［動］　蟻地獄の別称　[季]夏

【曇】

ついり曇　ついりぐもり　［天］　五月雲におおわれて、どんよりしている空の状態　[季]夏

0曇りざくら　くもりざくら　［動］　桜貝の別称　[季]春

曇る名月　くもるめいげつ　［天］　陰暦八月十五日の夜、曇りのため名月が見えないこと　[季]秋

10曇華　どんか　［植］　タンドクの漢名　[季]秋

【機】

8機始　はたはじめ　［人］　正月二日、新年になって初めて機織りをする仕事始め　[季]新年

9機屋始　はたやはじめ　［人］　正月二日、新年になって初めて機織りをする仕事始め　[季]新年

12機場始　はたばはじめ　［人］　正月二日、新年になって初めて機織りをする仕事始め　[季]新年

18機織　はたおり　［動］　キリギリスの別称　[季]秋

機織虫　はたおりむし　［動］　古語で、今はほとんど使われていない。キリギリスをさしていたと一般に考えられている　[季]秋

機織姫　はたおりひめ　［人］　七夕伝説の織女。琴座の首星であるヴェガのこと　[季]秋

【橘】

橘　たちばな　［植］　日本古来の野生柑橘類。果実は扁球形で、秋に熟すると黄色となり、果面はなめらかだがしわがある。酸味が強く食べられない　[季]秋, 新年

0橘の衣　たちばなのころも　［人］　夏衣のかさねの色目の一つで、表は白、裏は青　[季]夏

橘の花　たちばなのはな　［植］　暖地に自生する日本古来の橘の花で、もともとは蜜柑の古称。六月頃に白い五弁の花をつける　[季]夏

[4]**橘月　たちばなづき**　［時］　陰暦五月の別称　[季]夏

[9]**橘祝ふ　たちばないわう**　［人］　正月に橙の代わりに橘の実を注連縄・蓬萊などに添えて飾ること　[季]新年

[11]**橘鳥　たちばなどり**　［動］　時鳥の別称　[季]夏

[13]**橘飾る　たちばなかざる**　［人］　正月に橙の代わりに橘の実を注連縄・蓬萊などに添えて飾ること　[季]新年

【橋】

[5]**橋弁慶山　はしべんけいやま**　［宗］　祇園会の鉾山の一つ　[季]夏

橋立祭　はしだてまつり　［宗］　七月二十四日、宮津市・智恩寺で行われた火祭　[季]夏

[11]**橋涼み　はしすずみ**　［人］　橋で行う納涼　[季]夏

【樹】

あんらん樹　あんらんじゅ　［植］　カリンの別称。主に実を指し、季語としては秋　[季]秋

[5]**樹氷　じゅひょう**　［天］　霧氷の一種。氷点下の霧粒が樹木に吹きつけられてできるもの　[季]冬

樹氷林　じゅひょうりん　［天］　樹氷のできた林　[季]冬

樹氷原　じゅひょうげん　［天］　樹氷のできた原野　[季]冬

[8]**樹雨　きさめ**　［天］　青葉の頃、霧粒が枝や葉について、それが大粒の水滴となってしたたり落ちるもの　[季]夏

[10]**樹梅　じゅばい**　［植］　楊梅（やまもも）の別称　[季]夏

[17]**樹霜　じゅそう**　［天］　空気中の水蒸気が樹枝などに直接凍りついたもの　[季]冬

【樵】

[4]**樵木虫　きこりむし**　［動］　蓑虫の別称　[季]秋

[6]**樵虫　きこりむし**　［動］　蓑虫の別称　[季]秋

[7]**樵初　きこりぞめ**　［人］　新年になって初めて山に入り、木を伐り出す仕事始め行事　[季]新年

【樽】

[9]**樽柿　たるがき**　［植］　酒樽に入れ渋を抜いた柿　[季]秋

樽神輿　たるみこし　［宗］　祭の際、酒のあき樽で作った神輿。祭は夏祭のこと　[季]夏

【橡】

橡　つるばみ　［植］　ブナ科の落葉高木。初夏、新枝から無数の黄褐色の雄花が穂のように長く垂れ下がる　[季]夏

[0]**橡の花　とちのはな**　［植］　トチノキ科の落葉高木。五月頃、白色に紅色がかった大きな直立している花を集めつける　[季]夏

橡の実　とちのみ　［植］　ほぼ球形の実。晩秋、黄褐色に熟し斑点がある。苦みを除いて、橡餅、橡団子などに用いる　[季]秋

橡の餅　とちのもち　［人］　橡餅の同じ　[季]秋

[6]**橡団子　とちだんご**　［人］　秋の橡の実をアク抜きして混ぜた団子　[季]秋

[12]**橡粥　とちがゆ**　［人］　秋の橡の実をアク抜きして混ぜた粥　[季]秋

[14]**橡餅　とちもち**　［人］　秋の橡の実をアク抜きして混ぜた餅　[季]秋

[20]**橡麺　とちめん**　［人］　秋の橡の実をアク抜きして混ぜて練った麺　[季]秋

【橇】

橇　そり　［人］　冬、雪や氷の上をすべらせて人や荷物を運搬する道具　[季]冬

[0]**橇しまふ　そりしまう**　［人］　雪国で、雪解けを迎え、冬の間使った橇を物置や納屋などに蔵いこむこと　[季]春

橇の宿　そりのやど　［人］　橇のある宿。橇は冬の季語　[季]冬

橇の鈴　そりのすず　［人］　橇につけた鈴。橇は冬の季語　[季]冬

[9]**橇乗初　そりのりぞめ**　［人］　新年になって初めて橇へ乗ること　[季]新年

橇乗始　そりのりはじめ　［人］　新年になって初めて橇へ乗ること　[季]新年

[11]**橇酔　そりよい**　［人］　橇にのることによっておこる乗物酔。橇は冬の季語　[季]冬

[14]**橇歌　そりうた**　［人］　橇にのりながらうたう歌　[季]冬

[15]**橇蔵う　そりしまう**　［人］　雪国で、雪解け

を迎え、冬の間使った橇を物置や納屋などに蔵いこむこと　[季]春

【橙】

橙　だいだい　［植］　ミカン科の常緑小高木。晩秋から初冬の頃に熟し、正月の飾りの他、マーマレードや料理に使用する　[季]秋, 冬, 新年

0橙の花　だいだいのはな　［植］　インド原産の日本に最も古く輸入された柑橘類で、夏、葉の付け根に白色の五弁の花をつける　[季]夏

13橙飾る　だいだいかざる　［人］　正月に橙を注連縄や蓬萊に添えたり、鏡餅の上に乗せて飾ること　[季]新年

【激】

13激雷　げきらい　［天］　激しい雷　[季]夏

【濁】

0濁りを掬う　にごりをすくう　［動］　産卵のために梅雨季の水嵩が増えた川を上っていく鮒を網で獲ること　[季]夏

濁り井　にごりい　［地］　長梅雨のために井戸水が増し、濁りを帯びて見えること　[季]夏

濁り酒　にごりざけ　［人］　糟を漉さずに作った白濁している酒。秋に新米で作ったものをさす　[季]秋

濁り鮒　にごりぶな　［動］　増水して濁った川を遡上して産卵を行なう鮒　[季]夏

10濁酒　にごりざけ　［人］　糟を漉さずに作った白濁している酒。秋に新米で作ったものをさす　[季]秋

【濃】

3濃山吹　こやまぶき　［植］　山吹の一種　[季]春

9濃染月　こぞめづき　［時］　陰暦八月の別称　[季]秋

11濃萍　こうきくさ　［植］　萍（うきくさ）の一種。夏に繁茂・開花する　[季]夏

14濃餅汁　のっぺいじる　［人］　里芋、大根、人参など秋から冬の野菜に、蒟蒻、油揚げなどを煮込みとろみをつけた島根県津和野の冬の郷土料理　[季]冬

17濃霜　こしも　［天］　多くおりた霜　[季]冬

19濃霧　のうむ　［天］　濃い霧　[季]秋

【燕】

しやうどう燕　しょうどうつばめ　［動］　燕の一種　[季]春

燕　つばめ　［動］　ツバメ科の鳥の総称。三、四月頃、南より飛来する　[季]春

0燕の子　つばめのこ　［動］　春に飛来した燕が営巣して産んだ雛鳥。五月、七月に孵る　[季]夏

燕の巣　つばめのす　［動］　春に飛来した燕が、軒下や梁の上などに泥土に藁を混ぜて椀形に作った巣　[季]春

3燕子花　かきつばた　［植］　アヤメ科の多年草で、夏に紫色の花が咲く　[季]夏

5燕去月　つばめさりづき　［時］　陰暦八月の別称　[季]秋

7燕来る　つばめきたる, つばめくる　［動］　三、四月頃、燕が飛来すること　[季]春

燕麦　えんばく　［植］　烏麦の別称。麦は収穫時期から初夏の季語とされる　[季]夏

10燕帰る　つばめかえる　［動］　春に日本に渡ってきた燕が、秋になって海を越えて南方に帰っていくこと　[季]秋

燕脂花　えんしか　［植］　白粉花の別称　[季]秋

12燕渡る　つばめわたる　［動］　燕が南方へ去ること　[季]春

18燕覆子　あけび　［植］　各地に自生するつる性植物。春、新芽とともに開花し、秋に漿果が実る　[季]秋

【燃】

9燃草　とぼしぐさ　［植］　小髭の別称　[季]夏

【燗】

10燗酒　かんざけ　［人］　冬に暖を採るため、酒の燗を熱くしたもの　[季]冬

【燋】

17燋糟を食ふ　しょうそうをくろう　［人］　中国で荊楚の人が十一月一日に燋糟を食べたこと　[季]冬

【獣】

6獣交む　けものつるむ　［動］　春、動物が発

情して交尾すること [季]春

獣交る けものさかる ［動］ 春、動物が発情して交尾すること [季]春

9獣炭 けだものずみ, じゅうたん ［人］ 獣の形に炭をして、客に酒をあたためた古事 [季]冬

獣狩 けものがり ［人］ 昔の鹿狩りの方法。夏の闇夜に篝火を焚き、鹿の目が反射して光るのをめがけて矢を射るもの [季]夏

【獦】

3獦子鳥 あとり ［動］ 燕雀目アトリ科の小鳥。十月頃、大群で北方から渡来する [季]秋

【瓢】

瓢 ふくべ ［植］ 夕顔の変種で、初秋、瓢箪形の青い実がたくさん生る。果肉をくりぬいて乾燥するといわゆる瓢箪になる [季]秋

0瓢の花 ひさごのはな ［植］ ウリ科の一年生つる草で、晩夏に白い花をつける [季]夏

瓢の実 ひょんのみ ［植］ 晩秋に実るマンサク科のイスノキの実のこと。巣くっている虫がでてしまうと空洞ができており、口をあてて吹くとよく鳴る [季]秋

4瓢木の花 ひょんのきのはな ［植］ イスノキの花の別称 [季]春

6瓢虫 てんとうむし ［動］ テントウムシ科に属する夏の甲虫。多くは害虫を食べてくれる益虫 [季]夏

8瓢苗 ひさごなえ ［植］ 苗床で育てられた瓢箪の苗。初夏、畑に定植する [季]夏

13瓢蒔く ふくべまく ［人］ 春、瓢箪の種を蒔くこと [季]春

18瓢箪 ひょうたん ［植］ 匏の別称。初秋、瓢箪形の青い実がたくさん生る [季]秋

瓢箪の花 ひょうたんのはな ［植］ 瓢の花の別称。晩夏に白い花をつける [季]夏

瓢箪草 ひょうたんそう ［植］ フクシアの別称。晩夏に葉元から白・桃・紅紫などの花を下垂する [季]夏

瓢箪蒔く ひょうたんまく ［人］ 春、瓢箪の種を蒔くこと [季]春

【磨】

0磨き盆 みがきぼん ［人］ 七日盆の別称 [季]秋

【積】

いねを積む いねをつむ ［人］ 稲積むに同じ [季]新年

5積石 つみいし ［人］ ケルンの別称 [季]夏

7積乱雲 せきらんうん ［天］ 夏によく見られる垂直に発達した積雲のこと。雷雨を伴うことが多い [季]夏

8積夜具 つみやぐ ［人］ 江戸時代、新年に吉原などの遊郭で遊女が馴染み客に贈られた夜具を店先に積んで飾ったこと [季]新年

11積雪 せきせつ ［天］ 降り積もった雪 [季]冬

12積塔会 しゃくとうえ ［宗］ 昔、陰暦二月十六日に京都綾小路の清聚庵で盲人たちが開いた雨夜皇子を祭る法会 [季]春

【穇】

穇 ひえ ［植］ イネ科の一年草。秋に丸い実が黄色または褐色に熟する。古来、救荒作物として栽培された [季]秋

【篝】

4篝火草 かがりびそう ［植］ シクラメンの別称 [季]春

【糒】

糒 ほしいい ［人］ 天日で乾燥させた携帯用の飯のこと [季]夏

【縞】

8縞泥鰌 しまどじょう ［動］ 体に黒の縞の入った観賞用の泥鰌 [季]夏

10縞蚊 しまか ［動］ 蚊の一種 [季]夏

11縞蛇 しまへび ［動］ 蛇の一種 [季]夏

14縞蜥蜴 しまとかげ ［動］ 蜥蜴の一種 [季]夏

17縞縮 しまちぢみ ［人］ 縮の一種 [季]夏

19縞蠅 しまばえ ［動］ 蠅の一種 [季]夏

縞鯛 しまだい ［動］ 石鯛の幼魚の別称 [季]夏

【繁】

0繁り しげり ［植］ 夏、木の枝葉が密生して生い出て、鬱蒼としているようす [季]夏

16画（縫, 縒, 縑, 膳, 興, 薫, 薯, 薪, 薙）

⁸繁昌祭　はんじょうまつり　［宗］　婆利女祭
（はりじょまつり）の別称　㉚秋, 夏

繁茂　はんも　［植］　夏、木の枝葉が密生し
て生い出て、鬱蒼としているようす　㉚夏

【縫】

⁷縫初　ぬいぞめ　［人］　新年になって初めて
裁縫をする仕事始め。昔は正月二日が多
かった　㉚新年

⁸縫始　ぬいはじめ　［人］　新年になって初め
て裁縫をする仕事始め。昔は正月二日が多
かった　㉚新年

【縒】

⁷縒初　よりぞめ　［人］　正月の仕事始めの儀
式の一つ。縄を一把だけ綯う農事の正月行
事　㉚新年

【縑】

⁶縑瓜　へちま　［植］　ウリ科の蔓性植物で、
秋に数十センチもある果実がぶら下がる。
食用にもなるが、多くは垢こすり、束子な
どに加工されるか、へちま水を採ったりす
る　㉚秋

【膳】

ご膳蒸　ごぜんむし　［人］　冬、冷たくなっ
た御飯を蒸して食べること　㉚冬

⁰膳に露打つ　ぜんにつゆうつ　［人］　涼味を
誘うため、会席料理の塗り膳に霧水を打っ
ておくこと　㉚夏

【興】

⁹興津海苔　おきつのり　［植］　紅藻類ムカデ
ノリ科の海藻で、海苔の材料に利用　㉚春

興津鯛　おきつだい　［動］　甘鯛を塩干しに
したもの。静岡の名物　㉚冬

¹³興福寺心経会　こうふくじしんきょうえ
［宗］　正月十五日、奈良・興福寺で般若心
経を読むならわし　㉚新年

興福寺文殊会　こうふくじもんじゅえ　［宗］
陰暦三月二十五日に、奈良・興福寺東金堂
で行なわれる文殊会　㉚春

興福寺法華会　こうふくじほっけえ　［宗］
陰暦十月六日、奈良・興福寺南円堂で行な
われた法華会。現在は行われない　㉚冬

興福寺維摩会　こうふくじゆいまえ　［宗］

維摩会のこと　㉚冬

【薫】

⁰薫る風　かおるかぜ　［天］　青葉の香りを吹
きおくるような初夏の風　㉚夏

⁶薫衣香　くのえこう, くんえこう　［人］　夏
に衣を香らせるために使った香　㉚夏

⁹薫風　くんぷう　［天］　青葉の香りを吹きお
くるような初夏の風　㉚夏

¹⁰薫姫　たきものひめ　［人］　棚機姫の異名七
種の一つ　㉚秋

【薯】

⁵薯汁　いもじる　［人］　とろろ汁の別称
㉚秋

¹²薯粥　いもがゆ　［人］　山芋の薄切りを汁に
混ぜて煮た粥。新芋の出回る秋の季語
㉚秋

¹⁴薯雑炊　いもぞうすい　［人］　雑炊の一つ
で、芋を入れたもの　㉚冬

¹⁶薯蕷　ながいも　［植］　ヤマノイモの栽培
種。秋、地下に棒状の根薯ができる。山芋
に比べてやや水分が多く、粘りけには乏し
い　㉚秋

薯蕷汁　とろろじる　［人］　大和薯や山芋、
長薯などをすり鉢ですった「とろろ」に煮
出汁を加えたもの。新芋の出回る秋の季語
㉚秋

薯蕷掘る　やまのいもほる　［人］　秋、山の
芋を掘ること　㉚秋

【薪】

⁶薪寺の虫干　たきぎでらのむしぼし　［宗］
京都・酬恩庵で行われる虫干し　㉚秋

¹⁰薪納豆　たきぎなっとう　［人］　夏に作る納
豆の一種　㉚夏

薪能　たきぎのう　［人］　神事能の一つ
㉚春

薪能　たきぎのう　［宗］　五月十一日頃、奈
良・興福寺で行なわれる神事能。昔は陰暦
二月や陽暦三月に行なわれた　㉚夏

¹³薪猿楽　たきぎさるがく　［宗］　薪能の一つ
㉚夏

【薙】

²薙刀香薷　なぎなたこうじゅ　［植］　中国原

518　俳句季語よみかた辞典

産の薬草 [季]夏

【薄】

しの薄 **しのすすき** ［植］ まだ穂の出ない薄 [季]秋

はた薄 **はたすすき** ［植］ 薄の穂のこと [季]秋

ひめ薄 **ひめすすき** ［植］ 薄の一種 [季]秋

ますほの薄 **ますおのすすき** ［植］ 穂のつやつやと赤味を帯びた大きな芒 [季]秋

むら薄 **むらすすき** ［植］ 群生しているススキ [季]秋

薄 **すすき** ［植］ イネ科の多年草。生い茂った秋の芒のこと。月見には団子とともに欠かせない草 [季]秋

0**薄ごろも** **うすごろも** ［人］ 絹の細い繊維で織った単衣 [季]夏

薄ざくら **うすざくら** ［動］ 桜貝の別称 [季]春

薄の穂 **すすきのほ** ［植］ 秋、芒の穂に出る花のこと [季]秋

4**薄刈る** **すすきかる** ［人］ 晩秋、薄を刈り取ること [季]秋

薄月 **うすづき** ［天］ 薄ぼんやりとした感じの月 [季]秋

5**薄孕む** **すすきはらむ** ［植］ 薄に尾花のできること [季]秋

薄氷 **うすらい, うすごおり** ［地］ 寒の戻りで薄くはる氷のこと [季]春

薄皮みかん **うすかわみかん** ［植］ 柑子の果実で、ミカンよりやや小型。熟すると黄色くなり酸味が強い。晩秋に出回る [季]秋

薄皮蜜柑 **うすかわみかん** ［植］ 橘の変種ともいわれる日本在来のミカン [季]新年

6**薄羽織** **うすばおり** ［人］ 夏羽織の一種 [季]夏

薄衣 **うすぎぬ** ［人］ 絹の細い繊維で織った単衣 [季]夏

7**薄売** **すすきうり** ［人］ 八月十五夜に月に供えるため、薄や萩などを売りにくるもの [季]秋

8**薄念仏** **すすきねんぶつ** ［宗］ 薄名号を施遶行道しながら踊るもの [季]春

9**薄枯る** **すすきかる** ［植］ 冬、芒が葉も穂も枯れるさま [季]冬

薄枯葉 **すすきかれは** ［植］ 枯尾花の別称 [季]冬

薄紅梅 **うすこうばい** ［植］ 紅梅の花の色がやや薄いもの [季]春

薄紅葉 **うすもみじ** ［植］ 仲秋の頃、紅葉する木の葉が、完全には紅くなり切らなくて、まだ薄く色を染めた程度の状態のこと [季]秋

薄紅葉 **すすきもみじ** ［植］ 薄が紅葉すること [季]秋

10**薄原** **すすきはら** ［植］ 秋、芒の生い茂る野原 [季]秋

薄翅蜉蝣 **うすばかげろう** ［動］ 夏の夕方に飛ぶウスバカゲロウ科の昆虫。蟻地獄の成虫で、一夏で死ぬ [季]夏

薄荷の花 **はっかのはな** ［植］ 薄荷油を採ったり、香料にしたりするために栽培する植物で、初秋、葉腋から花梗が出て薄紫色の小花が集まり咲く [季]秋

薄荷刈る **はっかかる** ［人］ 夏、薄荷を刈り取ること [季]夏

薄荷水 **はっかすい** ［人］ 砂糖水に薄荷油を二、三滴加えた清涼飲料水 [季]夏

薄蚊 **うすか** ［動］ 蚊の一種 [季]夏

11**薄野** **すすきの** ［植］ 秋、芒の生い茂る野原 [季]秋

薄雪草 **うすゆきそう** ［植］ 低山に生えるキク科の多年草。夏から秋にかけて白い花が咲く [季]夏

薄黄木犀 **うすぎもくせい** ［植］ 仲秋、淡黄色の小花を開く木犀 [季]秋

12**薄寒** **うすさむ** ［時］ うそ寒に同じ [季]秋

薄散る **すすきちる** ［植］ 芒の穂が飛び散ること [季]秋

薄暑 **はくしょ** ［時］ 少し暑さを覚えるくらいになった気候 [季]夏

薄粥 **すすきがゆ** ［人］ 八朔の尾花の粥の別称 [季]秋

薄葉あおのり **うすばあおのり, うすはあおのり** ［植］ 日本全国の沿岸の、浅海の比較的波の当らない所に産する緑藻類の一つ [季]春

薄葉あをのり **うすはあおのり** ［植］ 青海苔の一種 [季]春

14**薄墨鶺鴒** **うすずみせきれい** ［動］ 白鶺鴒の別称 [季]秋

16**薄鮑** **うすあわび** ［人］ 熨斗鮑のこと [季]

16画（薬, 薤, 薑, 薊, 薔）

新年

薄霞　うすがすみ　［天］　薄い霞　㋪春

¹⁹薄霧　うすぎり　［天］　うっすらとした霧
　　㋩秋

【薬】

⁰薬の日　くすりのひ　［人］　上代五月五日に
　　薬草を取り集めたことで、この日取った薬
　　草は特に効験があるとされた　㋫夏

³薬子　くすりこ　［人］　正月三が日の朝、天
　　皇が飲む薬を試飲する少女　㋛新年

⁵薬玉　くすだま　［人］　五月五日の端午の節
　　句に邪気を払うものとして家具や身体につ
　　けたもの　㋫夏

⁹薬狩　くすりがり　［人］　上代五月五日に薬
　　草を取り集めたことで、この日取った薬草
　　は特に効験があるとされた　㋫夏

　薬草刈る　やくそうかる　［人］　上代五月五
　　日に薬草を取り集めたことで、この日取っ
　　た薬草は特に効験があるとされた　㋫夏

　薬草掘る　やくそうほる　［人］　薬用とする
　　茜や苦参などの山野草を、根の成熟した晩
　　秋に採集すること　㋩秋

　薬草摘　やくそうつみ　［人］　上代五月五日
　　に薬草を取り集めたことで、この日取った
　　薬草は特に効験があるとされた　㋫夏

　薬草闘ず　やくそうとうず　［人］　五月五日
　　の端午の節句に、摘み草を比べ合って遊ん
　　だ風俗　㋫夏

¹⁰薬師寺花会式　やくしじはなえしき　［宗］
　　三月三十日から四月五日、奈良市・薬師寺
　　で行われる造華法会　㋛春

　薬師寺造華会　やくしじぞうかえ　［宗］　薬
　　師寺花会式のこと　㋛春

　薬師寺最勝会　やくしじさいしょうえ　［宗］
　　薬師寺で行なわれたもので、天皇が金光明
　　最勝王経十巻を講ぜられた儀式　㋛春

　薬師草　やくしそう　［植］　弟切草の別称。
　　初秋に黄色い小花を集め咲かせる　㋩秋

　薬酒　やくしゅ　［人］　椒酒や屠蘇など薬と
　　なる酒。漢方薬などの薬を加えた酒で、元
　　日に飲む習俗が残る　㋛新年

　薬降る　くすりふる　［天］　陰暦五月五日の
　　「薬日」に雨の降ること　㋫夏

¹¹薬掘る　くすりほる　［人］　薬用とする茜や
　　苦参などの山野草を、根の成熟した晩秋に
　　採集すること　㋩秋

　薬採る　くすりとる　［人］　薬用とする茜や
　　苦参などの山野草を、根の成熟した晩秋に
　　採集すること　㋩秋

　薬猟　くすりりょう　［人］　上代五月五日に
　　薬草を取り集めたことで、この日取った薬
　　草は特に効験があるとされた　㋫夏

¹²薬喰　くすりぐい　［人］　昔、獣肉食を嫌っ
　　た頃、冬に栄養になる鹿や猪を食べる場合、
　　薬と称して食べたこと　㋓冬

【薤】

　薤　らっきょう　［植］　ユリ科の野菜。夏、
　　地下にある鱗茎を掘り、酢漬けにして食べ
　　る　㋫夏

⁰薤の花　らっきょうのはな　［植］　晩秋、葉
　　の間から花茎をのばし、紫色の小花を半球
　　状につけるもの　㋩秋

【薑】

　薑　はじかみ　［植］　生姜の古称　㋩秋

【薊】

　きせる薊　きせるあざみ　［植］　薊の一種
　　㋫夏

　薊　あざみ　［植］　キク科アザミ属の多年草
　　の総称。刺が多く、花は紅紫色で晩春以降
　　に開花する　㋛春, 夏

⁰薊の花　あざみのはな　［植］　キク科アザミ
　　属の多年草の総称。刺が多く、花は紅紫色
　　で晩春以降に開花する　㋛春

⁴薊牛蒡　あざみごぼう　［植］　富士薊の別称
　　㋩秋

²⁰薊罌粟　あざみげし　［植］　罌粟の一種
　　㋫夏

【薔】

¹⁶薔薇　ばら, そうび　［植］　バラ科の落葉低
　　木。世界中で色も形もさまざまに品種改良
　　されてきた。晩春から初秋まで咲き続ける
　　が、花の盛りは初夏の頃　㋫夏

　薔薇の日曜　ばらのにちよう　［宗］　花の日
　　のアメリカでの呼称　㋫夏

　薔薇の芽　ばらのめ　［植］　三月頃、芽吹く
　　薔薇の芽のこと　㋛春

　薔薇香る　ばらかおる　［植］　薔薇の花の香
　　のすること。薔薇は夏の季語　㋫夏

16画（薇, 菝, 融, 螟, 蟇, 蟆, 蟋, 衛, 親, 謡, 諷）

薔薇散る　ばらちる　［植］　薔薇の花が散る
　こと。薔薇は夏の季語　㉄夏

薔薇園　ばらえん　［植］　薔薇の栽培された
　花園。薔薇は夏の季語　㉄夏

【薇】

薇　ぜんまい　［植］　シダの仲間で蕨ととも
　に古来食用にされてきた。春、渦巻型の白
　い綿毛でおおわれた若茎を出す　㉄春

【菝】

14菝薺　ずいひん　［時］　陰暦の五月　㉄夏

【融】

11融雪溝　ゆうせつこう　［人］　道路の側溝に
　温水を流し、路上の雪を側溝に投入して融
　かす装置　㉄冬

【螟】

13螟蛾　めいが　［動］　蛾の一種　㉄夏

【蟇】

蟇　ひきがえる　［動］　日本原産の蛙として
　は最大のもの。冬眠し、初夏になると這い
　出してくる　㉄夏

5蟇出づ　ひきいず　［動］　冬眠していたヒキ
　ガエルが、春の訪れとともに穴からはい出
　ること　㉄春

蟇穴を出づ　ひきあなをいづ　［動］　冬眠し
　ていたヒキガエルが、春の訪れとともに穴
　からはい出ること　㉄春

蟇穴を出る　ひきあなをでる　［動］　冬眠し
　ていたヒキガエルが、春の訪れとともに穴
　からはい出ること　㉄春

【蟆】

3蟆子　ぶと　［動］　ハエ目ブユ科の夏の昆
　虫。蠅を小さくしたような形だが、蚊と同
　様に人畜の血を吸う　㉄夏

【蟋】

11蟋蟀　ばった, けいれき　［動］　直翅類バッ
　タ科に属する秋の昆虫の総称。人の背ほど
　も跳び上がる　㉄秋

【衛】

3衛士　えじ　［人］　雛人形の中の一つ　㉄春

【親】

3親子月　おやこづき　［時］　陰暦十二月の別
　称　㉄冬

親子草　おやこぐさ　［植］　楪（ゆずりは）
　の別称　㉄新年

4親月　しんげつ　［時］　陰暦七月の別称
　㉄秋

親王雛　しんのうびな　［人］　雛人形の中の
　一つ　㉄春

5親田　おやだ　［地］　苗代の別称　㉄春

6親芋　おやいも　［植］　里芋の一種　㉄秋

7親見参　おやげんぞ　［人］　鹿児島県での藪
　入の別称　㉄新年

11親猫　おやねこ　［動］　春に子を産んだ親猫
　のこと　㉄春

親雀　おやすずめ　［動］　春に子を持った雀
　の親鳥のこと　㉄春

親鳥　おやどり　［動］　春に生まれた子鳥の
　親　㉄夏

親鹿　おやじか　［動］　初夏に子を持った親
　鹿　㉄夏

12親無子　おやなしご　［動］　養虫の別称
　㉄秋

15親鴉　おやがらす　［動］　夏の子鴉の親
　㉄夏

16親燕　おやつばめ　［動］　子燕を育てている
　親の燕　㉄夏

30親鸞忌　しんらんき　［宗］　陰暦十一月二十
　八日、鎌倉時代の僧で浄土真宗の開祖親鸞
　上人の忌日　㉄冬

【謡】

7謡初　うたいぞめ　［人］　新年になって初め
　て謡曲をうたうこと　㉄新年

9謡草　かんぞう　［植］　萱草の別称。晩夏、
　百合に似た黄橙色の花をつける　㉄夏

【諷】

14諷誦文十夜　ふじゅもんじゅうや　［宗］　八
　王子市の大善寺で行なわれる、諷誦文で祈
　る十夜法要　㉄冬

俳句季語よみかた辞典　521

【貒】

貒　まみ［動］アナグマの別称　[季]冬

【賢】

4賢木　さかき［植］ツバキ科の常緑小高木　[季]夏

【還】

20還饗　かえりあるじ［人］正月十八日の賭弓の後、近衛大将が自邸で射手を饗応すること　[季]新年

【避】

12避寒　ひかん［人］冬、寒さを避け気候の暖かい地方におもむくこと　[季]冬

避寒地　ひかんち［人］避寒をするための地　[季]冬

避寒旅行　ひかんりょこう［人］避寒をするための旅行　[季]冬

避寒宿　ひかんやど［人］冬の避寒をするための宿　[季]冬

避暑　ひしょ［人］夏、暑さを避けて海や山に行くこと　[季]夏

避暑の客　ひしょのきゃく［人］夏、避暑地に遊びに来た客　[季]夏

避暑の旅　ひしょのたび［人］夏、避暑地に行くこと　[季]夏

避暑の宿　ひしょのやど［人］夏の避暑地の宿　[季]夏

避暑名残　ひしょなごり［人］夏の避暑が終りに近づく名残り惜しさのこと　[季]夏

避暑地　ひしょち［人］夏、暑さを避けに行く所　[季]夏

避暑便り　ひしょだより［人］夏、避暑地から送られる便り　[季]夏

避暑客　ひしょきゃく［人］夏、避暑地に遊びに来た客　[季]夏

避暑旅行　ひしょりょこう［人］夏、避暑地にいくこと　[季]夏

避暑散歩　ひしょさんぽ［人］夏の避暑地を散歩すること　[季]夏

避暑期　ひしょき［人］夏の避暑の期間　[季]夏

13避債虫　ひさいちゅう［動］蓑虫の別称　[季]秋

【醍】

16醍醐祭　だいごまつり［宗］もと陰暦九月九日の祭り。京都・醍醐寺と醍醐村の三鎮守の祭礼　[季]秋

【鋸】

9鋸草　のこぎりそう［植］キク科の多年草で、葉が鋸の刃のようになっている。五、六月頃、菊に似た白い小花が集まり咲く　[季]夏

17鋸鮫　のこぎりざめ［動］鮫の一種　[季]冬

【錦】

0錦うつぎ　にしきうつぎ［植］空木の一種　[季]夏

4錦木　にしきぎ［植］ニシシギ科の落葉低木。夏に咲く花は地味だが、実と紅葉は色鮮やかで、単に錦木というと秋の季語とされる　[季]秋

錦木の花　にしきぎのはな［植］ニシキギ科の落葉低木。初夏五月頃、葉の根元に淡黄緑色の小花が集まり咲く　[季]夏

錦木の実　にしきぎのみ［植］秋に熟して真っ赤になり、二つに割れて黄赤色のつややかな種が出る　[季]秋

錦木紅葉　にしきぎもみじ［植］晩秋、錦木の葉が紅葉したもの。紅葉は美しく、古くから賞美された　[季]秋

5錦玉糖　きんぎょくとう［人］寒天と砂糖を煮つめ、型に入れて冷やしてから砂糖をまぶした菓子。涼味から夏の季語となる　[季]夏

6錦百合　にしきゆり［植］ヒヤシンスの別称　[季]春

錦芋　にしきいも［植］カラジュームの別称　[季]夏

錦衣　にしきごろも［植］シソ科の多年草。初夏、紫色の花を穂状につける　[季]夏

9錦草　にしきぐさ［植］楓の別称。蛙の手の形に似ている葉は、晩秋になると鮮やかな赤に染まる　[季]秋

錦草　にしきぐさ［植］トウダイグサ科の小さい一年草。茎はいくつにも枝分かれして赤く染まり、地面にはりついたようになっている　[季]秋

10錦帯花　きんたいか［植］箱根空木の別称　[季]夏

16画（錆, 錫, 錐, 錨, 閻, 霍, 霖, 霙, 頭）

錦馬　にしきうま　［動］　鹿の別称　㋑秋

11錦都草　にしきみやこぐさ　［植］　都草の別称　㋟夏

12錦葵　こあおい, にしきあおい　［植］　葵の一種　㋟夏

14錦蔦　にしきつた　［植］　秋に紅葉した蔦の葉のこと　㋑秋

18錦鯉　にしきごい　［動］　鯉の改良種で、さまざまの体色に変化させたもの　㋟夏

19錦繡の林　きんしゅうのはやし　［地］　秋の野山が紅葉で彩られた美しさを比喩的に言ったもの　㋑秋

錦蘭子　きんらんし　［動］　金魚の一種　㋟夏

錦鯛　にしきだい　［動］　金目鯛の別称　㋠冬

錦鶏児　きんけいじ　［植］　ムレスズメの別称　㋐春

錦鶏菊　きんけいぎく　［植］　北米テキサス州原産のキク科の一年草。晩夏から秋にかけて、一重の菊に似た花をつける　㋟夏

【錆】

16錆鮎　さびあゆ　［動］　落鮎の別称。秋の産卵期に消耗して体色が鉄錆のようになることから　㋑秋

【錫】

0錫の皿　すずのさら　［人］　錫で作った涼しげな皿のこと　㋟夏

錫の鉢　すずのはち　［人］　錫で作った涼しげな鉢のこと　㋟夏

【錐】

10錐栗　ひよひよぐり　［植］　山栗の一種で、先の尖った小さな栗　㋑秋

【錨】

9錨草　いかりそう　［植］　メギ科の多年草。四月頃、淡紫色や淡紅色の花が咲く。薬草として知られる　㋐春

【閻】

4閻王　えんおう　［宗］　閻魔王のこと。七月に閻魔の大斎日がある　㋟夏

21閻魔の斎日　えんまのさいじつ　［宗］　正月

と七月の十六日の閻魔王の縁日で、特に七月十六日をいう　㋟夏

閻魔参　えんままいり　［宗］　七月十六日、七月の閻魔王の縁日に参詣すること　㋟夏

閻魔堂大念仏　えんまどうだいねんぶつ　［宗］　五月に京都市・引接寺（閻魔堂）で行われる狂言　㋟夏

閻魔堂狂言　えんまどうきょうげん　［宗］　五月に京都市・引接寺（閻魔堂）で行われる狂言　㋟夏

閻魔祭　えんままつり　［宗］　閻魔の賽日　㋑秋

閻魔詣　えんまもうで　［宗］　七月十六日、七月の閻魔王の縁日に参詣すること　㋟夏

閻魔詣　えんままいり　［宗］　正月の閻魔王の縁日に参詣すること。正月のものは特に「初閻魔」ともいう　㋞新年

【霍】

7霍乱　かくらん　［人］　江戸時代によくあった病気。夏に、飲食物が原因で激しく吐いたり下痢したりするもの　㋟夏

【霖】

8霖雨斎み　ながめいみ　［宗］　五月忌の別称　㋟夏

【霙】

霙　みぞれ　［天］　地表付近の暖気に、雪が一部途中で融けて雨のようになり、雨雪が混じって降ること　㋠冬

10霙酒　みぞれざけ　［人］　霰酒の別称　㋠冬

【頭】

ともこも頭巾　ともこもずきん　［人］　袖頭巾の一種　㋠冬

0頭の芋　かしらのいも, とうのいも　［宗］　酉の市に売られた八つ頭を蒸しておかめ笹に通したもの　㋠冬

3頭巾　ずきん　［人］　冬の防寒用に、布類を袋形につくり頭にかぶるもの　㋠冬

頭巾脱ぐ　ずきんぬぐ　［人］　暖かくなり、冬の間使った防寒用の頭巾を片づけること　㋐春

5頭正月　あたましょうがつ, かしらしょうがつ　［時］　二十日正月の別称　㋞新年

俳句季語よみかた辞典　523

6頭芋　かしらいも ［人］ 正月の雑煮やお煮しめにいれる里芋の親芋 [季]新年

8頭陀巡行出初　ずだじゅんぎょうでぞめ ［宗］ 空也堂鉢叩出初の別称 [季]新年

10頭高　かしらだか ［動］ 頰白の雌に似た燕雀目アトリ科の小鳥。秋、大群で北方から渡来する [季]秋

12頭痛粥　ずつうがゆ ［宗］ 三十三間堂の楊枝浄水加持のときに供える粥、頭痛の悩みをなくするという [季]新年

【頼】

6頼合　たのみあい ［人］ 八朔（陰暦八月朔日）行事で行なわれる贈答のこと [季]秋

9頼政忌　よりまさき ［宗］ 陰暦五月二十六日、平安時代末期の武将源頼政の忌日 [季]夏

12頼朝忌　よりともき ［宗］ 陰暦一月十三日、鎌倉幕府初代将軍源頼朝の忌日 [季]新年

【頸】

9頸風邪　くびかぜ ［人］ 症状としておもに頸が冒される風邪。風邪は冬の季語 [季]冬

【頰】

0頰かむり　ほおかむり ［人］ 寒風を防ぐために、頭から両頰を手ぬぐいでおおうこと [季]冬

5頰白　ほおじろ ［動］ アトリ科の小鳥。目の上下に二条の白斑が目だって見えることからの名。春の営巣期に「一筆啓上つかまつる」と聞こえるように囀る [季]春, 秋

頰白鴨　ほおじろがも ［動］ 海鴨の一種 [季]冬

7頰赤　ほおあか ［動］ 頰白に似たアトリ科の鳥で、耳羽は栗色。夏に高冷地で繁殖する [季]夏, 秋

8頰刺　ほおざし ［人］ 鰯の目を五、六尾ずつ竹串や藁に通して干したもの [季]春

10頰凍つる　ほおいつる ［時］ 頰が凍りつくような寒さ [季]冬

頰被　ほおかむり, ほおかぶり ［人］ 寒風を防ぐために、頭から両頰を手ぬぐいでおおうこと [季]冬

【頳】

10頳桐　ひぎり ［植］ クマツヅラ科の落葉低木。夏から秋にかけ、多数の真っ赤な小花を円錐花序に開く [季]夏

頳桐の花　ひぎりのはな ［植］ クマツヅラ科の落葉低木。夏から秋にかけ、多数の真っ赤な小花を円錐花序に開く [季]夏, 秋

頳桐咲く　ひぎりさく ［植］ 頳桐の花が咲くこと [季]夏

【駱】

15駱駝薯　らくだいも ［植］ ヤマノイモの栽培種。秋、地下に棒状の根薯ができる。山芋に比べてやや水分が多く、粘りけには乏しい [季]秋

駱駝鱒　らくだます ［動］ 鱒の一種 [季]春

【鮎】

とまり鮎　とまりあゆ ［動］ 通し鮎の別称 [季]秋, 夏

鮎　あゆ ［動］ アユ科に属する一年魚で、夏の代表的な川魚 [季]夏

0鮎の子　あゆのこ ［動］ 春先に川にのぼり始める小型の鮎 [季]春

鮎の里　あゆのさと ［動］ 鮎のいる里 [季]夏

鮎の姿鮓　あゆのすがたずし ［人］ 鮓の一種 [季]夏

鮎の宿　あゆのやど ［動］ 鮎のいる宿 [季]夏

鮎もどき　あゆもどき ［動］ ドジョウ科の淡水魚で、形が鮎に似ている [季]夏

5鮎生簀　あゆいけす ［動］ 鮎の泳ぐ生簀 [季]夏

6鮎汲　あゆくみ ［人］ 春先、稚鮎が堰堤を遡ることができずにいるところをすくいとること [季]春

8鮎並　あいなめ ［動］ アイナメ科の海魚。四、五月頃が旬 [季]夏

鮎刺　あゆさし ［動］ 小鰺刺の別称 [季]夏

9鮎狩　あゆがり ［人］ 主に夏に川で鮎をとることを指す [季]夏

10鮎時　あゆどき ［動］ 鮎の漁期 [季]夏

11鮎掛　あゆかけ ［人］ 主に夏に川で鮎をとることを指す [季]夏

鮎釣　あゆつり ［人］ 主に夏に川で鮎をと

16画（鮒, 鮓, 鮃, 鮑, 鮊, 鮭）

ることを指す　㋝夏

鮎釣開禁　あゆつりかいきん　［人］　六月一
　日、鮎漁が解禁される日　㋝夏

鮎魚田　あゆぎょでん　［動］　鮎を使った魚
　の田楽　㋝夏

[12]鮎落つ　あゆおつ　［動］　秋、産卵のため鮎
　が川を下り、やがて死んでゆくこと　㋝秋

[14]鮎漁　あゆりょう　［人］　主に夏に川で鮎を
　とることを指す　㋝夏

鮎漁解禁　あゆりょうかいきん　［動］　六月
　一日、鮎漁が解禁される日　㋝夏

[16]鮎鮓　あゆずし　［人］　鮎を使った鮓　㋝夏

[17]鮎擬　あゆもどき　［動］　ドジョウ科の淡水
　魚で、形が鮎に似ている　㋝夏

鮎膾　あゆなます　［動］　夏鮎を使った膾
　㋝夏

鮎鮨　あゆずし　［動］　鮎を使った鮓　㋝夏

[22]鮎籠　あゆかご　［動］　鮎を入れる籠　㋝夏

[24]鮎鷹　あゆたか　［動］　小鯵刺の別称　㋝夏

【鮒】

こごり鮒　こごりぶな　［動］　寒鯉の別称
　㋝冬

[0]鮒の子まぶし　ふなのこまぶし　［人］　春の
　産卵期の鮒の刺し身と、ばらばらにした卵
　を混ぜ合わせ、それに白味噌と薬味で作っ
　た酢味噌を和えるもの　㋝春

鮒の巣立　ふなのすだち　［動］　冬眠してい
　た鮒が、春に泳ぎ出した様子　㋝春

鮒の巣離れ　ふなのすばなれ　［動］　冬眠し
　ていた鮒が、春に泳ぎ出した様子　㋝春

[12]鮒落つ　ふなおつ　［動］　晩秋、鮒が冬眠の
　ため深みに向かうこと　㋝秋

[16]鮒鮓　ふなずし　［人］　鮓の一種　㋝夏

[17]鮒膾　ふななます　［人］　春の産卵期の鮒の
　皮をはいで三枚におろして、そぎ身をつけ
　酢で食べるもの　㋝春

【鮓】

あられ鮓　あられずし　［人］　鮓の一種
　㋝夏

なれ鮓　なれずし　［人］　鮓の一種　㋝夏

ぬくめ鮓　めくめずし　［人］　蒸鮓の別称
　㋝冬

ぬく鮓　ぬくずし　［人］　蒸鮓の別称　㋝冬

はたはた鮓　はたはたずし　［人］　鮓の一種
　㋝夏

ばら鮓　ばらずし　［人］　鮓の一種　㋝夏

鮓　すし　［人］　酢と調味料を混ぜた飯に
　魚・野菜などを加えたもの。もとは魚の塩
　づけ、粕づけをさす　㋝夏

[0]鮓の石　すしのいし　［人］　鮓を作る道具。
　鮓自体が夏の季語　㋝夏

[5]鮓圧す　すしおす　［人］　鮓を作ること
　㋝夏

[7]鮓売　すしうり　［人］　鮓を売るもの　㋝夏

[11]鮓桶　すしおけ　［人］　鮓を作る道具。鮓自
　体が夏の季語　㋝夏

[14]鮓漬ける　すしつける　［人］　鮓を作ること
　㋝夏

[15]鮓熟るる　すしなるる　［人］　鮓がなじんで
　熟成すること　㋝夏

【鮃】

鮃　ひらめ　［動］　ヒラメ科の海魚で、冬が
　旬　㋝冬

【鮑】

鮑　あわび　［動］　耳貝科に属する巻貝。海
　女が潜って獲ることが多かった　㋝夏

[8]鮑取　あわびとり　［動］　鮑を漁獲するこ
　と。海女が潜って獲ることが多かった
　㋝夏

【鮊】

しわ鮊子　しわいかなご　［動］　イカナゴの
　一種　㋝春

たいわん鮊子　たいわんいかなご　［動］　イ
　カナゴの一種　㋝春

[3]鮊子　いかなご　［動］　イカナゴ科の体長二
　十センチほどの細長い魚。晩春の産卵期に
　浅海に寄せる　㋝春

鮊子干す　いかなごほす　［動］　イカナゴを
　干すこと　㋝春

鮊子醬油　いかなごじょうゆ　［動］　イカナ
　ゴを塩漬けした後、汁を布でこした魚醬。
　讃岐の名産　㋝春

【鮭】

鮭　さけ　［動］　サケ科の海魚で、鱒よりも
　大型。秋の産卵期に海から自分の故郷の川

俳句季語よみかた辞典　525

に戻って、上流まで遡上する [季]秋

【鴛】

16**鴛鴦　おしどり**［動］オシドリのこと [季]冬

鴛鴦の妻　おしのつま［動］鴛鴦の妻、仲のよい妻にいう [季]冬

鴛鴦の沓　おしのくつ［動］鴛鴦のような形の沓 [季]冬

鴛鴦の契　おしのちぎり［動］鴛鴦のつがいの契りが深いこと [季]冬

鴛鴦の独寝　おしのひとりね［動］ことさら侘しいことのたとえ [季]冬

鴛鴦の浮寝　おしのうきね［動］鴛鴦が水面に浮んでねむること [季]冬

鴛鴦の衾　おしのふすま［動］夫婦の蒲団を、鴛鴦の夫婦仲の良さに例えた言い回し [季]冬

鴛鴦の巣　おしのす［動］水鳥の巣の一つ [季]夏

鴛鴦涼し　おしすずし［動］池や沼で泳ぐ夏の鴛鴦が見るからに涼しげなこと [季]夏

【鴨】

しのり鴨　しのりがも［動］海鴨の一種 [季]冬

鴨　かも［動］ガンカモ科の小型水鳥の総称。晩秋から冬に渡来し、冬を過ごす [季]冬

0**鴨の子　かものこ**［動］春、北に帰らずに夏中留まって営巣した通し鴨から生まれた雛のこと。または四季を通じて日本に住む軽鳧などの子をさす [季]夏

鴨の共立　かものともだち［動］鴨が共に飛び立つこと [季]冬

鴨の浮寝　かものうきね［動］鴨が水上に浮かびながら寝ること [季]冬

3**鴨川踊　かもがわおどり**［人］五月一日から京都・先斗町の芸妓によって行なわれる踊 [季]夏

5**鴨打　かもうち**［動］鴨狩のこと [季]冬

鴨汁　かもじる［人］鴨の汁 [季]冬

6**鴨池　かもいけ**［動］鴨猟をするための池 [季]冬

鴨舟　かもぶね［動］鴨打ちをする舟 [季]冬

7**鴨来る　かもくる, かもきたる**［動］秋、鴨が北方から渡って来ること [季]秋

鴨足草　ゆきのした［植］ユキノシタ科の常緑多年草。夏の間、白い花をつける [季]夏

10**鴨帰る　かもかえる**［動］春、北方へと飛び去っていく鴨のこと [季]春

11**鴨涼し　かもすずし**［動］夏の池で泳ぐ鴨の涼しげなようす [季]夏

12**鴨渡る　かもわたる**［動］秋、鴨が北方から渡って来ること [季]秋

鴨跖草　おうせきそう［植］露草の別称。初秋に真っ青の花が咲く [季]秋

鴨道　かもみち［動］鴨の渡る一定した道 [季]冬

14**鴨雑炊　かもぞうすい**［人］雑炊の一つで、鴨鍋の後で作るもの [季]冬

16**鴨頭草　おうとうそう**［植］露草の別称。初秋に真っ青の花が咲く [季]秋

24**鴨鷹　かもだか**［人］鴨をとる鷹狩 [季]冬

【鴫】

ぼと鴫　ぼとしぎ［動］山鴫の別称 [季]秋

鴫　しぎ［動］シギ科の鳥の総称。秋の渡りの時に日本を通過するが、田鴫などは日本で越冬する [季]秋

0**鴫の羽盛　しぎのはもり**［人］鴫料理のこったもの。焼いた鴫の肉を生きている姿に似せて翼などをそえて出すもの [季]秋

鴫の羽掻　しぎのはがき［動］羽虫をとるため、鴫が嘴で羽をしごくこと [季]秋

鴫の看経　しぎのかんきん［動］田川のなかに鴫が静かに身をひそめているさま [季]秋

8**鴫突　しぎつき**［人］鴫を捕える方法の一つ [季]秋

鴫突網　しぎつきあみ［人］秋、鴫を捕らえる網 [季]秋

11**鴫野　しぎの**［動］鴫のいる野 [季]秋

12**鴫焼　しぎやき**［人］夏に収穫した新茄子の鴫焼 [季]夏

【鴝】

18**鴝鵒の舌を去る　ぬえのしたをさる, くこくのしたをさる**［人］五月五日にヌエの舌の尖りを切ると、声があざやかになるとい

われたこと [季]夏

【龍】

0龍の玉 りゅうのたま ［植］ 山野の林中に自生するユリ科の常緑多年草の、晩秋から冬に熟する碧色の実 [季]冬

龍の髭 りゅうのひげ ［植］ 蛇の髭の別称。初夏の頃、花茎に薄紫色の小花をつける [季]夏

龍の髯の実 りゅうのひげのみ ［植］ 龍の玉の別称 [季]冬

3龍口法難会 たつのくちほうなんえ ［宗］ 九月十二日、日蓮宗の各寺院や宗徒が仏前に胡麻の牡丹餅を供える行事。日蓮の危難を見た一老婆が餅を差し上げた故事に由来する [季]秋

4龍之介忌 りゅうのすけき ［宗］ 七月二十四日、大正期の小説家芥川龍之介の忌日 [季]夏

龍天に登る りゅうてんにのぼる ［時］ 春分に関連した故事。龍は春分に天に登るといわれた [季]春

龍爪花 りゅうそうか ［植］ スイカズラ科の蔓植物。初夏、葉の根元に二個ずつ並んだ花をつける [季]夏

龍王祭 りゅうおうまつり ［宗］ 龍王、龍神を祀る行事。各地で夏に多く行われる [季]夏

5龍牙 りょうげ ［植］ 女郎花の別称。初秋、黄色い小花が集まり咲く [季]秋

龍田草 たつたぐさ ［植］ 紅葉の雅名 [季]秋

龍田風の神祭 たつたかぜのかみまつり ［宗］ 四月四日、奈良・龍田神社の例大祭 [季]春

龍田姫 たつたひめ ［天］ 秋の山野の美しさをつかさどる女神。春は佐保姫 [季]秋

龍田祭 たつたまつり ［宗］ 四月四日、奈良・龍田神社の例大祭 [季]春

6龍灯 りゅうとう ［地］ 不知火（しらぬい）のこと [季]秋

龍灯会 りゅうどうえ ［宗］ 七月十六日の夕、川や湖に火をともした紙灯籠を流すこと。盂蘭盆会の川施餓鬼の行事の一種 [季]秋

龍舌蘭 りゅうぜつらん ［植］ メキシコ原産の常緑多年草。株分けして何年かすると夏に開花する [季]夏

9龍神祭 りゅうじんまつり ［宗］ 龍王、龍神を祀る行事。各地で夏に多く行われる [季]夏

龍胆 りんどう ［植］ リンドウ科の多年草で、秋の代表的な花の一つ。九月頃の晴れた日、青紫の花が咲く [季]秋

龍胆草 たつのいぐさ ［植］ 龍胆の別称。九月頃の晴れた日、青紫の花が咲く [季]秋

10龍華会 りゅうげえ ［宗］ 四月八日の仏生会の別称 [季]春

龍骨車 りゅうこつしゃ ［人］ 低地の水を高地の田畑に引き上げる揚水ポンプの一種 [季]夏

11龍淵に潜む りょうふちにひそむ ［時］ 秋分の頃のこと [季]秋

龍眼木 りゅうがんぼく ［植］ 榊の別称 [季]夏

龍脳菊 りゅうのうぎく ［植］ 日当たりのよい低い山などに自生しているキク科の多年草 [季]秋

龍蛇の神事 りゅうだのしんじ ［宗］ 海神が龍蛇をささげることによる神在祭の別称 [季]冬

12龍葵 りゅうあおい ［植］ イヌホオズキの別称 [季]秋

15龍蝨 げんごろう ［動］ ゲンゴロウ科の夏の水生昆虫で、三センチほどの黒光りする虫。池や沼に住み、歩くのは苦手 [季]夏

22龍鬚 たつのひげ ［植］ 小髭の別称 [季]夏

17 画

【優】

16優曇華 うどんげ ［動］ 草蜉蝣の卵のこと。季語としては植物のことではない [季]夏

【厳】

5厳冬 げんとう ［時］ 冬の厳しい寒さのこと [季]冬

10厳島の御弓始 いつくしまのおんゆみはじめ ［宗］ 昔は陰暦正月七日に厳島神社で行なわれた弓矢神事。現在は一月二十日に行わ

れる [季]新年

厳島延年祭 いつくしまえんねんさい ［宗］ 広島・厳島神社の玉取祭の別称 [季]秋

厳島神社の年越祭 いつくしまじんじゃのとしこしまつり, いつくしまじんじゃのとしこしさい ［宗］ 正月六日に広島・厳島神社で行なわれる六日年越の祭 [季]新年

厳島祭 いつくしままつり ［宗］ 陰暦六月十七日、広島・厳島神社で行われる祭礼で、船祭りとして著名 [季]夏

厳島祭 いつくしままつり ［宗］ 古く、広島・厳島神社で正月下亥日に行なった祭典 [季]新年

厳島御衣献上式 いつくしまぎょいけんじょうしき ［宗］ 元日の朝、厳島神社で行なわれる神事。現在は元旦午前零時、宮司以下が列を整え、道楽を奏しつつ客人神社と本殿に参向し、宮司および御衣捧持者が内殿にはいり、旧衣を撤し、新衣を奉納する [季]新年

厳島詣 いつくしままいり ［宗］ 古く、広島・厳島神社で正月下亥日に行なった祭典 [季]新年

厳島管絃祭 いつくしまかんげんさい ［宗］ 陰暦六月十七日、広島・厳島神社で行われる祭礼で、船祭りとして著名 [季]夏

厳島鎮座祭 いつくしまちんざさい ［宗］ 十月末の亥の日から十一月初めの申の日までの十日間、広島・厳島神社で行われた祭礼。現在では十一月初めの申の日だけになった [季]冬

厳祥 げんしょう ［人］ 内蔵寮より亥の子餅を奉られることをいう [季]冬

[12]**厳寒** げんかん ［時］ 冬の厳しい寒さのこと [季]冬

【噎】

噎 くさめ ［人］ くしゃみのこと [季]冬

【嶺】

[0]**嶺かえで** みねかえで ［植］ 楓の一種 [季]秋

嶺の雪 みねのゆき ［植］ 北米原産の一年草。七、八月頃、表面の葉が白く変色する [季]夏

[10]**嶺桜** みねざくら ［植］ 山の嶺に咲く桜 [季]春

【擬】

[8]**擬宝珠** ぎぼうし ［植］ ユリ科ギボウシ属の総称。初夏五、六月頃、薄紫で漏斗状の花をつける [季]夏

擬宝珠の花 ぎぼうしのはな ［植］ 初夏五、六月頃咲く擬宝珠の花のこと。花は薄紫で漏斗状 [季]夏

[12]**擬階の奏** ぎかいのそう ［人］ 平安時代、四月七日に行われた行事で、下級官僚が初叙・昇叙をうけた [季]夏

【擣】

[6]**擣衣** とうい ［人］ 布をやわらかくするために砧打ちをすること。砧打ちは秋の夜なべ仕事とされた [季]秋

【曙】

[9]**曙草** あけぼのぐさ ［植］ 桜の別称 [季]春

[10]**曙桜** あけぼのざくら ［植］ 桜の一種 [季]春

[22]**曙躑躅** あけぼのつつじ ［植］ 躑躅の一種 [季]春

【橿】

[0]**橿の実** かしのみ ［植］ ブナ科の常緑樹の樫類の木に晩秋できる固い実の総称。俗にドングリと言うこともある [季]秋

[10]**橿原祭** かしはらまつり ［宗］ 二月十一日、橿原市・畝傍山麓の橿原神宮で行われる祭り [季]春

[11]**橿鳥** かしどり ［動］ 懸巣の別称 [季]秋

橿鳥を食ふ かしどりをくう ［人］ 質屋や金貸し業で、大晦日に橿鳥を食べ縁起を祝う風習 [季]冬

【櫛】

[13]**櫛置** くしおき ［人］ 陰暦十一月十五日の髪置の別称 [季]冬

【檀】

[0]**檀の花** まゆみのはな ［植］ ニシキギ科の落葉木。五、六月頃、葉の根元から淡緑色の小花をつける [季]夏

檀の実 まゆみのみ ［植］ 秋に実を結び、晩秋熟すると四つに裂け、赤い果肉におおわれた種子が現れる [季]秋

17画（檜, 氈, 濯, 濡, 燭, 癇, 磯）

¹⁰檀特　だんどく　［植］　カンナ科の多年草
　㋒秋

　檀特の花　だんとくのはな　［植］　カンナの
　花のこと。秋いっぱい咲き続ける　㋒秋

【檜】

¹⁰檜扇　ひおうぎ　［植］　アヤメ科の多年草
　で、葉の形からの名。晩夏に黄橙色の花を
　つける　㋒夏

¹¹檜笠　ひのきがさ　［人］　編笠の一種　㋒夏

¹²檜落葉　ひのきおちば　［植］　初夏の新葉が
　茂る頃に、檜の古葉が落葉すること　㋒夏

【氈】

¹¹氈鹿　かもしか　［動］　本州・四国・九州の
　山地に住む山羊に似た動物　㋒冬

【濯】

⁸濯枝雨　たくしう　［天］　六月に降る大雨の
　こと　㋒夏

【濡】

⁰濡れ燕　ぬれつばめ　［動］　雨に濡れそぼる
　燕　㋒春

【燭】

¹³燭蛾　しょくが　［動］　夏、灯火に集まって
　くる蛾　㋒夏

【癇】

²¹癇癪花火　かんしゃくはなび　［人］　花火の
　一種　㋒秋

【磯】

⁰磯なげき　いそなげき　［人］　海面に浮き上
　がった海女が口を細めて吐き出す息が、口
　笛となって響くこと。海女が春の季語なの
　で、これも季節は春となる　㋒春

　磯の口明　いそのくちあけ　［人］　磯開の別
　称　㋒春

²磯人　いそど　［人］　陸からすぐ海に入る海
　女。海女が春の季語なので、これも季節は
　春となる　㋒春

³磯千鳥　いそちどり　［動］　磯にいる千鳥
　㋒冬

　磯巾着　いそぎんちゃく　［動］　浅海の岩礁
　に触手を開いている腔腸動物。春が繁殖期
　㋒春

　磯巾着　いそぎんちゃく　［動］　浅海の岩礁
　に触手を開いている腔腸動物。春が繁殖期
　㋒春

⁸磯若菜　いそわかな　［植］　七草粥に入れる
　春の七草の総称　㋒新年

⁹磯海女　いそあま　［人］　陸からすぐ海に入
　る海女　㋒春

¹⁰磯桜　いそざくら　［植］　海辺に生える桜
　㋒春

¹¹磯桶　いそおけ　［人］　磯海女が腰綱を結わ
　え、また採った貝などを入れるため海に浮
　かべる桶。海女が春の季語なので、これも
　季節は春となる　㋒春

　磯清水　いそしみず　［地］　海辺に湧き出て
　いる清水　㋒夏

　磯涼み　いそすずみ　［人］　磯で行う納涼
　㋒夏

　磯祭　いそまつり　［人］　磯遊びの牡鹿半島
　での別称　㋒春

　磯菊　いそぎく　［植］　関東・東海地方の海
　浜に自生しているキク科の多年草。秋、黄
　色い小花が咲く　㋒秋

　磯菜　いそな　［植］　七草粥に入れる春の七
　草の総称　㋒新年

　磯菜摘　いそなつみ　［人］　野の若菜摘みに
　対して磯辺の海藻を摘むこと　㋒新年, 春

　磯菜摘む　いそなつむ　［人］　野の若菜摘み
　に対して磯辺の海藻を摘むこと　㋒新年,
　春

¹²磯焚火　いそたきび　［人］　磯での焚火
　㋒冬

　磯焚火　いそたきび　［人］　春寒の時期、志
　摩の海女がつくる囲いのある焚火　㋒春

　磯遊　いそあそび　［人］　陰暦三月三日ご
　ろ、砂浜で貝を掘ったりして自然に親しむ
　こと　㋒春

　磯遊び　いそあそび　［人］　陰暦三月三日ご
　ろ、砂浜で貝を掘ったりして自然に親しむ
　こと　㋒春

　磯開　いそびらき　［人］　海藻や貝類などの
　採取の解禁日　㋒春

¹³磯嘆き　いそなげき　［人］　海面に浮き上
　がった海女が口を細めて吐き出す息が、口
　笛となって響くこと。海女が春の季語なの
　で、これも季節は春となる　㋒春

俳句季語よみかた辞典　**529**

[14]磯鳴鳥　いそなどり　［動］　千鳥の別称　[季]冬

[16]磯鴫　いそしぎ　［動］　鴫の一種だが、田鴫とは異なる　[季]秋

[19]磯蟹　いそがに　［動］　蟹の一種　[季]夏

磯鵯　いそひよどり　［動］　ツグミ科の留鳥で、全国の岩浜に繁殖している　[季]夏

[21]磯竈　いそかまど　［人］　春寒の時期、志摩の海女がつくる囲いのある焚火　[季]春

[22]磯鱈　いそだら　［動］　鱈の一種　[季]冬

[23]磯鷲　いそわし　［動］　鷲の一種　[季]冬

【篠】

[0]篠の子　すずのこ　［植］　梅雨頃に生えてくる小竹の筍のこと　[季]夏

[3]篠小屋　しのごや　［宗］　富士詣で利用する坊のこと　[季]夏

[9]篠茸　しのたけ　［植］　茸の一種　[季]秋

【簀】

[4]簀戸　すど　［人］　細い蘆の茎で編んだ簀をはめた夏の涼しげな戸　[季]夏

簀戸しまふ　すどしまう　［人］　秋が深まる頃、夏の間使った簀戸を片づけること　[季]秋

簀戸蔵う　すどしまう　［人］　秋が深まる頃、夏の間使った簀戸を片づけること　[季]秋

【簗】

[0]簗さす　やなさす　［人］　簗をかけること　[季]夏

[5]簗打つ　やなうつ　［人］　簗をかけること　[季]夏

[6]簗守　やなもり　［人］　簗を守る見張り番のこと　[季]夏

[10]簗捕　やなどり　［人］　簗で魚をとること　[季]夏

[12]簗番　やなばん　［人］　簗を守る見張り番のこと　[季]夏

[17]簗簀　やなす　［人］　川瀬で鮎などの川魚を獲るための仕掛け　[季]夏

[19]簗瀬　やなせ　［人］　簗をかける瀬をいう　[季]夏

【篶】

[0]篶の子　すずのこ　［植］　梅雨頃に生えてくる小竹の筍のこと　[季]夏

【糠】

[10]糠蚊　ぬかが　［動］　マクナギの別称。ヌカカやユスリカの類。夏の夕暮など、野や畑でうるさくつきまとう小虫のこと　[季]夏

[19]糠蠅　ぬかばえ　［動］　浮塵子（うんか）の別称　[季]秋

【糟】

[12]糟湯酒　かすゆざけ　［人］　酒糟を湯に溶かした昔の庶民の酒　[季]冬

【糞】

[12]糞蛙　くそがえる　［動］　蛙の一種　[季]春

[19]糞蠅　くそばえ　［動］　蠅の一種　[季]夏

【糝】

[9]糝祝ふ　こながきいわう　［人］　昔、正月七日に羹と米粉を煮て若菜を加えたものを食べた古俗　[季]新年

【縮】

縮　ちぢみ　［人］　緯糸に撚糸を用いて織り、練って皺を寄せて縮ませた布　[季]夏

[4]縮木綿　ちぢみもめん　［人］　縮の一種　[季]夏

[5]縮布　ちぢみふ　［人］　緯糸に撚糸を用いて織り、練って皺を寄せて縮ませた布　[季]夏

[7]縮足袋　ちぢみたび　［人］　夏足袋の一種　[季]夏

[11]縮帷子　ちぢみかたびら　［人］　縮の一種　[季]夏

[15]縮緬かえで　ちりめんかえで　［植］　高尾紅葉の一変種　[季]秋

縮緬鰯　ちりめんいわし　［動］　片口鰯の俗称　[季]秋

【繊】

[4]繊月　せんげつ　［天］　三日月の別称　[季]秋

【縷】

[9]縷紅　るこう　［植］　ヒルガオ科の一年生つる草　[季]秋

17画（聴, 膾, 薩, 藍, 藁）

縷紅草　るこうそう　［植］　南米原産のヒル
ガオ科一年生蔓草。六、七月頃、漏斗状の
赤い花をつける　㊦夏

縷紅朝顔　るこうあさがお　［植］　縷紅草の
別称　㊦夏

【聴】

8聴雨窓忌　ちょううそうき　［宗］　三月二十
日、明治・大正期の政治家・俳人角田竹冷
の忌日　㊦春

【膾】

10膾残魚　しらうお　［動］　シラウオ科の体長
十センチほどの小魚で、早春に干し魚とし
て美味　㊦春

【薩】

15薩摩上布　さつまじょうふ　［人］　上布の一
種　㊦夏

薩摩汁　さつまじる　［人］　薩摩芋、鶏肉、
大根、人参、蒟蒻などを煮込んだ鹿児島か
らでた冬の料理　㊦冬

薩摩芋の花　さつまいものはな　［植］　ヒル
ガオ科蔓性の多年草で、夏に紅紫色の小花
をつける　㊦夏

薩摩薯　さつまいも　［植］　石焼きいもでお
馴染みの藷のこと。他にも煮物、菓子、蒸
かしなど用途は広い。秋に収穫して出回る
㊦秋

【藍】

インド藍　いんどあい　［人］　藍の一種
㊦夏

0藍の花　あいのはな　［植］　茎葉から染料藍
をとるために栽培される植物で、秋に白い
小花が穂状になって集まり咲く　㊦秋

4藍刈　あいかり　［人］　六月頃に藍を刈りと
ること　㊦夏

藍刈る　あいかる　［人］　六月頃に藍を刈り
とること　㊦夏

5藍玉　あいだま　［人］　夏に刈った藍を発酵
させたもの。藍染めの原料　㊦夏

10藍浴衣　あいゆかた　［人］　藍色に染めた浴
衣　㊦夏

11藍鳥花　らんちょうか　［植］　水葵の別称
㊦夏

12藍植う　あいうう　［人］　少し伸びた藍の苗

を畑に移植すること　㊦春

13藍微塵　あいみじん　［植］　勿忘草の別称
㊦春

藍搗　あいつき　［人］　夏に刈った藍を搗く
こと　㊦夏

藍蒔く　あいまく　［人］　春、二月頃、苗床
に藍の種を蒔くこと　㊦春

14藍蓼　あいたで　［植］　蓼の一種。蓼は夏の
季語　㊦夏

【藁】

ふくさ藁　ふくさわら　［人］　正月、門口や
庭に敷く新しい藁。不浄を除くためとも年
賀の客を迎えるためともいう　㊦新年

0藁ぐろ　わらぐろ　［人］　秋の新藁を貯蔵の
ために円筒形に積みあげたもの　㊦秋

藁こづみ　わらこづみ　［人］　秋の新藁を貯
蔵のために円筒形に積みあげたもの　㊦秋

藁にほ　わらにお　［人］　秋の新藁を貯蔵の
ために円筒形に積みあげたもの　㊦秋

5藁仕事　わらしごと　［人］　秋に収穫した新
藁を用いて、冬の農閑期にいろいろの藁製
品をこしらえること　㊦冬

藁打つ　わらうつ　［人］　冬の農閑期の藁仕
事の一つ　㊦冬

藁打石　わらうちいし　［人］　藁打ちをする
石　㊦秋

8藁沓　わらぐつ　［人］　雪沓の別称。雪の中
で履く藁などでできた沓のこと　㊦冬

藁沓編む　わらぐつあむ　［人］　冬の農閑期
の藁仕事の一つ　㊦冬

10藁砧　わらきぬた　［人］　秋、藁を打つ砧
㊦秋

藁衾　わらぶすま　［人］　紺布などを外被と
して、なかに藁を打って柔らかにした物や
藁の屑などを詰めた敷き布団　㊦冬

藁馬曳き　わらうまひき　［宗］　二月八日、
長野県真田町戸沢で行なわれる道祖神祭
㊦春

11藁盒子　わらごうし　［人］　正月の間、供物
を入れるのに用いる藁で編んだ籠。供物を
入れて門松にくくりつけておく　㊦新年

12藁塚　わらづか　［人］　秋の新藁を貯蔵のた
めに円筒形に積みあげたもの　㊦秋

13藁蒲団　わらぶとん　［人］　紺布などを外被
として、なかに藁を打って柔らかにした物

俳句季語よみかた辞典　*531*

や藁の屑などを詰めた敷き布団　[季]冬

【薺】

薺　なずな　［植］　春の七種の一つ。正月七日の七草粥に入れる　[季]新年

0薺の花　なずなのはな　［植］　アブラナ科の二年草。早春から三月の頃に咲く白い小さい花　[季]春

薺の拍子　なずなのひょうし　［宗］　正月六日の夜、七種の菜をまな板の上に置き、庖丁の背・擂粉木などで叩きながら囃す風習　[季]新年

薺はやす　なずなはやす　［宗］　正月六日の夜、七種の菜をまな板の上に置き、庖丁の背・擂粉木などで叩きながら囃す風習　[季]新年

4薺爪　なずなづめ　［人］　七種爪の別称　[季]新年

5薺打　なずなうち　［人］　正月六日の夜、七種の菜をまな板の上に置き、庖丁の背・擂粉木などで叩きながら囃す風習　[季]新年

薺打つ　なずなうつ　［人］　正月六日の夜、七種の菜をまな板の上に置き、庖丁の背・擂粉木などで叩きながら囃す風習　[季]新年

7薺売　なずなうり　［人］　正月七日の七草粥の菜を、その前日に売りあるくこと　[季]新年

12薺粥　なずながゆ　［人］　七日粥のひとつ　[季]新年

薺粥　なずながゆ　［植］　春の七種の一つである薺を入れた粥　[季]新年

13薺蒿　おはぎ　［植］　嫁菜の別称　[季]春

薺蒿摘　おはぎつみ　［人］　嫁菜の若芽を摘むこと　[季]新年

14薺摘　なずなつみ　［人］　正月の七草粥のため、春の七種の一つである薺を採ること　[季]新年

薺摘む　なずなつむ　［植］　正月の七草粥のため、春の七種の一つである薺を採ること　[季]新年

【蓫】

蓫　すい　［植］　羊蹄（ぎしぎし）の別称。五、六月頃に薄緑色の小花を群生させる　[季]夏

【蕅】

14蕅蔬菜　ぐうそさい　［植］　浅沙の別称　[季]夏

【蕺】

6蕺耳根　しゅうじこん　［植］　ドクダミの別称。薬草として重宝され、梅雨時に白い十字形の花をつける　[季]夏

11蕺菜　どくだみ　［植］　ドクダミ科の多年草で、独特の悪臭があるが、薬草として重宝する。梅雨時に白い十字形の花をつける　[季]夏

蕺菜の花　どくだみのはな　［植］　梅雨時に咲く白い十字形の花のこと　[季]夏

【藎】

9藎草　こぶなぐさ　［植］　秋の山野に普通に自生しているイネ科の一年草で、刈安とは別種　[季]秋

【螺】

螺　つぶ　［人］　正月料理用の巻き貝類の俗称　[季]新年

7螺貝草　らばいそう　［植］　釣船草の別称。初秋の頃、淡紅紫色の花を釣り下げる　[季]秋

8螺肴　にしざかな　［人］　正月の祝儀食物で、田螺の身を甘辛く煮たもの。海螺に似ているため正月の肴として用いられる　[季]新年

【蟋】

えび蟋蟀　えびこおろぎ　［動］　竈馬の別称　[季]秋

えんま蟋蟀　えんまこおろぎ　［動］　蟋蟀の一種で、コロコロコロと鳴く最も大型のもの　[季]秋

おかま蟋蟀　おかまこおろぎ　［動］　竈馬の別称　[季]秋

おかめ蟋蟀　おかめこおろぎ　［動］　蟋蟀の一種で、リリリリと鳴く小型で声も小さいもの　[季]秋

おさる蟋蟀　おさるこおろぎ　［動］　竈馬の別称　[季]秋

つづれさせ蟋蟀　つづれさせこおろぎ　［動］　蟋蟀の一種で、リーリーと鳴く一番普通に見られるもの　[季]秋

17蟋蟀　こおろぎ　［動］　コオロギ科の昆虫の総称。日陰に住み秋の夜に草の間で鳴く　[季]秋

【螽】

螽　いなご　［動］　バッタの仲間で、稲を食べる害虫。長野県下や東北地方では佃煮など食用とされる　[季]秋

18螽蟖　きりぎりす　［動］　キリギリス科の秋の虫。緑色か褐色で、昼間にチョン、ギーと鳴く。声はさほど美しくない。昔は蟋蟀の声と混同された　[季]秋

【螫】

19螫蠅　さしばえ　［動］　蠅の一種　[季]夏

【蟄】

6蟄虫戸を坏ぐ　ちっちゅうとをふさぐ　［時］　七十二候の一つで、秋分の第二候。陽暦九月二十八日から十月二日頃　[季]秋

蟄虫咸俯す　ちっちゅうみなふす　［時］　七十二候の一つで、霜降の第三候。陽暦十一月三日から七日頃　[季]秋

【螻】

11螻蛄　けら　［動］　ケラの別称　[季]夏

螻蛄鳴く　けらなく　［動］　螻蛄が地中でジージーと低い音で鳴くこと。晩春から声が聞かれるが、秋の哀愁に相応しいため秋の季語とされる　[季]秋

【螬】

螬　すくも　［動］　甲虫の幼虫。地虫のことをいうらしい　[季]夏

【蟚】

蟚　はあり　［動］　夏に羽化した蟻の成虫　[季]夏

【襖】

襖　ふすま　［人］　もともとは障子の一種。木で組んだ骨に紙などを貼ったもの。障子よりはしっかりしたもの　[季]冬

0襖はずす　ふすまはずす　［人］　盛夏に襖を外して風通しをよくし、室内をしのぎやすくすること　[季]夏

2襖入るる　ふすまいるる　［人］　秋が深まる頃、夏の間はずしておいた襖をたてること　[季]秋

10襖紙　ふすまがみ　［人］　襖に張る紙。襖は元来防寒用で冬の季語　[季]冬

14襖障子　ふすましょうじ　［人］　襖の別称。襖は元来防寒用で冬の季語　[季]冬

【謹】

4謹月　きんげつ　［時］　正月の別称。身を慎むべき月の意　[季]新年

【講】

お講日和　おこうびより　［天］　十一月の親鸞忌（御講）の行なわれる頃に、穏やかな日が続くこと　[季]冬

10講書始　こうしょはじめ　［人］　一月の中・下旬の吉日に行なわれる宮中の新年行事の一つ。各分野の学者による進講が行われる　[季]新年

【謝】

6謝肉祭　しゃにくさい　［宗］　四旬節にはいる灰の水曜日の直前三日間で、最後に肉食をしてもよい日　[季]春

10謝豹　しゃひょう　［動］　中国における伝説的な動物　[季]夏

【谿】

9谿紅葉　たにもみじ　［植］　紅葉で色どられた谿　[季]秋

【貘】

8貘枕　ばくまくら　［人］　初夢が悪夢であることを避けるため、その夜に悪い夢を食べてくれる貘の絵を枕の下に敷く風習　[季]新年

【蹈】

14蹈歌　とうか　［人］　足で地を踏み、拍子をとりながら歌い回る集団舞踏。平安時代、正月の踏歌節会では宮中で行われた　[季]新年

蹈歌節会　とうかのせちえ　［人］　平安時代、正月十五日、十六日に宮中で行われた行事で、男女の舞人を召して踏歌を奏せしめるもの　[季]新年

【鍬】

お鍬立　おくわたて ［人］ 鍬始の別称。内容はその地方によって異なる [季]新年

2鍬入　くわいれ ［人］ 鍬始の別称。内容はその地方によって異なる [季]新年

5鍬収　くわおさめ ［人］ 刈り取った稲を扱き、臼で摺る仕事を終えた時の行事 [季]冬

7鍬初　くわぞめ ［人］ 鍬始の別称。内容はその地方によって異なる [季]新年

鍬形虫　くわがたむし ［動］ クワガタムシ科に属する甲虫で、頭にハサミ型の角がある。夏の昆虫採集で子供に人気がある [季]夏

8鍬始　くわはじめ ［人］ 新年になって初めて農事を行うこと [季]新年

【鍵】

4鍵引　かぎひき ［宗］ 正月に三重・奈良・滋賀にまたがる山地で行われる山の神を祀る行事。富貴を鉤で引き寄せようとする神事 [季]新年

15鍵蕨　かぎわらび ［植］ 蕨の別称 [季]春

【鍾】

11鍾馗水仙　しょうきずいせん ［植］ 暖地に自生するヒガンバナ科の多年草。九月頃、毒々しい黄色の花が咲く [季]秋

鍾馗幟　しょうきのぼり ［人］ 魔除けになるといわれた鍾馗を描いた幟 [季]夏

鍾馗蘭　しょうきらん ［植］ 暖地に自生するヒガンバナ科の多年草。九月頃、毒々しい黄色の花が咲く [季]秋

【鍛】

7鍛冶始　かじはじめ ［人］ 新年になって初めて鍛冶屋が仕事をする仕事始め。正月二日が多い [季]新年

鍛冶祭　かじまつり ［宗］ 鞴祭の別称 [季]冬

【鎚】

8鎚始　つちはじめ ［人］ 新年になって初めて鍛冶屋が仕事をする仕事始め。正月二日が多い [季]新年

【鍋】

あなご鍋　あなごなべ ［動］ 穴子の鍋物 [季]夏

いのしし鍋　いのししなべ ［人］ 牡丹鍋の別称。猪肉を味噌で煮る冬の鍋料理 [季]冬

しよつつる鍋　しょっつるなべ ［人］ 塩汁（しょっつる）を用いた秋田地方の冬の郷土料理 [季]冬

じぶ鍋　じぶなべ ［人］ じぶの別称。金沢市の郷土料理。鴨など冬の渡り鳥の肉を煮るもの [季]冬

だまつこ鍋　だまっこなべ ［人］ きりたんぽのこと [季]冬

ちり鍋　ちりなべ ［人］ 冬の鍋料理。新鮮な魚介類を、葱・豆腐・白菜・春菊・三つ葉などの野菜と鍋で湯煮しつつ食べる [季]冬

どぜう鍋　どじょうなべ ［人］ 泥鰌を煮る鍋料理。夏、汗を拭きつつ食べるのが粋だとして、夏の季語とされている [季]夏

ほっき鍋　ほっきなべ ［動］ ほっき貝を使った鍋物 [季]春

まる鍋　まるなべ ［人］ 鼈鍋の別称。鼈の肉を白菜や菊菜や豆腐といっしょに煮る冬の鍋料理 [季]冬

ジンギスカン鍋　じんぎすかんなべ ［人］ 羊肉を独特の鍋に野菜といっしょにのせて焼き、たれに浸けて食べる。鍋物ということで季語としては冬に分類されるが、現実には夏の料理になりつつある [季]冬

1鍋乙女　なべおとめ ［宗］ 筑摩祭に参列する乙女をいう [季]夏

9鍋冠　なべかむり ［宗］ 筑摩祭の別称 [季]夏

10鍋破　なべこわし ［動］ カジカ科ナベコワシ属の海産魚で、厳冬期に北海道で食べられている [季]冬

鍋被　なべかむり ［宗］ 筑摩祭の別称 [季]夏

鍋被り　なべかぶり ［宗］ 筑摩祭の別称 [季]夏

鍋釜　なべかま ［宗］ 筑摩祭の別称 [季]夏

11鍋祭　なべまつり ［宗］ 筑摩祭の別称 [季]夏

12鍋焼　なべやき ［人］ 土鍋に鳥肉や魚類、野菜を入れ、醬油で味つけして煮ながら食べる料理。ただ現在では鍋焼饂飩をさすことが多い [季]冬

鍋焼饂飩　なべやきうどん［人］　土鍋にうどん、かまぼこ、葱など加えて煮込んだ冬の食べ物　[季]冬

21 鍋鶴　なべづる［動］　鶴の一種。丹頂より小型で、体は灰色　[季]秋

【闇】

0 闇の梅　やみのうめ［植］　闇夜でも梅のまぎれもない香をいう　[季]春

5 闇汁　やみじる［人］　電灯を消した暗闇で、親しい者同士が、他の人に教えずに持ち寄った材料を鍋に入れて汁をつくり食べる座興の一つ　[季]冬

闇汁会　やみじるえ［人］　闇汁を行なう会　[季]冬

8 闇夜汁　やみよじる［人］　闇汁の別称　[季]冬

【霞】

霞　かすみ［天］　小さな水滴が空中に煙のように浮遊し、ぼんやりとかすむこと。一般に秋なら霧、春なら霞、また夜ならば朧という　[季]春

0 霞の山　かすみのやま［天］　霞のかかった山　[季]春

霞の衣　かすみのころも［天］　霞のうすいのを衣に見なしたこと　[季]春

霞の沖　かすみのおき［天］　霞を比喩していったもの　[季]春

霞の谷　かすみのたに［天］　霞のかかった谷　[季]春

霞の里　かすみのさと［天］　霞のかかった里　[季]春

霞の底　かすみのそこ［天］　霞のたちこめた奥の方　[季]春

霞の波　かすみのなみ［天］　霞を比喩していったもの　[季]春

霞の空　かすみのそら［天］　霞がかった空　[季]春

霞の海　かすみのうみ［天］　霞が一面に広がっていること　[季]春

霞の洞　かすみのほら［天］　仙境、院の御所の比喩的な呼称　[季]春

霞の袂　かすみのたもと［天］　霞を比喩していったもの　[季]春

霞の帯　かすみのおび［天］　霞が帯状になっているようす　[季]春

霞の浪　かすみのなみ［天］　霞を比喩していったもの　[季]春

霞の袖　かすみのそで［天］　霞を衣の袖にたとえた言い回し　[季]春

霞の奥　かすみのおく［天］　春霞が立ちこめた山奥　[季]春

霞の棚　かすみのたな［天］　霞が折り重なるようにたなびいているさま　[季]春

霞の網　かすみのあみ［天］　霞の、網に似ているさま　[季]春

霞の麓　かすみのふもと［天］　霞のたちこめる麓　[季]春

霞の籬　かすみのまがき［天］　霞が深いことを籬にみたてた言い回し　[季]春

3 霞山椒魚　かすみさんしょううお［動］　山椒魚の一種　[季]夏

5 霞立つ　かすみたつ［天］　霞がはっきりと眼にみえること　[季]春

7 霞初月　かすみそめづき［時］　陰暦一月の別称。新年の季語とすることもある　[季]新年

8 霞宝　かすみだから［動］　子安貝の別称　[季]春

9 霞草　かすみそう［植］　ナデシコ科の一年草。晩春から初夏に白い花を多数つける　[季]春

10 霞流る　かすみながる［天］　霞が流れていくこと　[季]春

12 霞棚引く　かすみたなびく［天］　春霞がまるで雲のようにたなびくこと。柔らかい印象を残す　[季]春

霞渡る　かすみわたる［天］　霞が一面にたなびいていること　[季]春

14 霞網　かすみあみ［人］　ごく細い糸で作り、高く張って小鳥を捕らえる網。かつては秋にこれを使った小鳥狩が行われたが、現在は霞網の使用は禁止されている　[季]秋

霞隠れ　かすみがくれ［天］　霞におおわれること　[季]春

15 霞敷く　かすみしく［天］　春霞が大地に一面に敷きつめられたように立ちこめていること　[季]春

【霜】

お霜月　おしもつき［宗］　御正忌の前の七

昼夜、浄土真宗の本山で報恩謝徳のために行なう法会　[季]冬

はだれ霜　はだれじも　［天］　まだらに置いた霜　[季]冬

霜　しも　［天］　晴れた冬の寒い夜に、地面からの水蒸気が地物に結晶したもの　[季]冬

0霜くすべ　しもくすべ　［人］　霜害を防ぐために、寒さがぶり返しそうな春の夜、青柴に火をかけ煙を出すこと　[季]春

霜くずれ　しもくずれ　［地］　霜が冬の日に照らされてくずれた姿　[季]冬

霜くづれ　しもくずれ　［地］　霜が冬の日に照らされてくずれた姿　[季]冬

霜だたみ　しもだたみ　［天］　一面に置いた霜　[季]冬

霜の名残　しものなごり　［天］　晩春、急に気温が下がっておりる霜のこと　[季]春

霜の別れ　しものわかれ　［天］　晩春、急に気温が下がっておりる霜のこと　[季]春

霜の声　しものこえ　［天］　霜を踏んだときに出る音　[季]冬

霜の花　しものはな　［天］　霜の別称　[季]冬

霜の果　しものはて　［天］　晩春、急に気温が下がっておりる霜のこと　[季]春

霜の菊　しものきく　［植］　冬菊の別称　[季]冬

霜の鶴　しものつる　［動］　凍鶴の別称　[季]冬

4霜日和　しもびより　［天］　霜のおりた日の天候が晴れていること　[季]冬

霜月　しもつき　［時］　陰暦十一月の別称　[季]冬

霜月会　しもつきえ　［宗］　十一月二十四日、天台大師の忌日に天台宗の各寺院で行われる法要　[季]冬

霜月神楽　しもつきかぐら　［宗］　湯立神楽のこと　[季]冬

霜月祭　しもつきまつり　［宗］　湯立神楽の一種で、遠山の霜月祭の別称　[季]冬

霜月鰈　しもつきがれい　［動］　十一月頃からとれだす冬の鰈　[季]冬

6霜凪　しもなぎ　［天］　霜のおりるほどに寒い、しかし全く風のない状態　[季]冬

7霜冴ゆる　しもさゆる　［時］　寒さで澄みきった感じの霜　[季]冬

霜囲　しもがこい　［人］　冬、庭木や草花などを霜から守るために被せる防寒用の覆い　[季]冬

霜囲とる　しもがこいとる　［人］　春になり、樹木や畑を霜害から防ぐための藁や筵の覆いを取り払うこと　[季]春

霜見草　しもみぐさ　［植］　冬菊の別称　[季]冬

8霜夜　しもよ　［時］　霜の降りる寒い夜　[季]冬

霜夜の鶴　しもよのつる　［動］　凍鶴の別称　[季]冬

9霜枯　しもがれ　［植］　霜が降りるとともに草木が枯れてゆくさま　[季]冬

霜枯薄　しもがれすすき　［植］　枯尾花の別称　[季]冬

霜柱　しもばしら　［地］　冬の寒い夜、地中の水分が凍結して地表面をおしあげたもの　[季]冬

霜茱萸　しもぐみ　［植］　茱萸の実が霜が降りるたびに赤さと甘みを増すこと　[季]秋

10霜害　そうがい　［天］　忘れ霜による農作物などの被害　[季]春

霜酒　しもざけ　［人］　霰酒の別称　[季]冬

霜降　そうこう　［時］　二十四節気の一つ。陽暦十月二十三日、二十四日頃　[季]秋

霜降かます　しもふりかます　［動］　初冬の十一月頃のかます。塩水に浸け、干したものを塩焼きにして食べる　[季]冬

霜降の節　そうこうのせつ　［時］　二十四節気の一つ。陽暦十月二十三日、二十四日頃　[季]秋

霜降月　しもふりづき　［時］　陰暦十一月の別称　[季]冬

霜降番楽　しもふりばんがく　［宗］　山伏神楽の別称　[季]冬

霜降撫子　しもふりなでしこ　［植］　撫子の一種。高嶺撫子のうち、白馬連峰に咲く白いもの　[季]夏

霜除　しもよけ　［人］　冬、庭木や草花などを霜から守るために被せる防寒用の覆い　[季]冬

霜除とる　しもよけとる　［人］　春になり、樹木や畑を霜害から防ぐための藁や筵の覆いを取り払うこと　[季]春

霜除解く　しもよけとく　［人］　春になり、樹木や畑を霜害から防ぐための藁や筵の覆いを取り払うこと　[季]春

11霜菊　しもぎく　［植］　冬菊の別称　[季]冬

霜雫　しもしずく　［天］　霜が雫となったもの　[季]冬

12霜晴　しもばれ　［天］　霜のおりた日の天候が晴れていること　[季]冬

霜焼　しもやけ　［人］　強い寒さに皮膚が晒されたために起こる軽い凍傷で、血行障害をおこして赤く腫れ、ひどく痒い　[季]冬

霜焼薬　しもやけぐすり　［人］　霜焼をなおすための薬　[季]冬

13霜腫　しもばれ　［人］　霜焼のこと　[季]冬

霜解　しもどけ　［天］　冬の日差しに霜が融けること　[季]冬

15霜踏む鹿　しもふむしか　［動］　秋の鹿の言い回し　[季]秋

18霜覆　しもおおい　［人］　冬、庭木や草花などを霜から守るために被せる防寒用の覆い　[季]冬

【鞠】

7鞠花　まりばな　［植］　菊の別称。菊は秋の季語　[季]秋

8鞠始　まりはじめ　［宗］　江戸時代は、正月申の日に行った蹴鞠の儀式。現在は一月四日に行われている　[季]新年

【韓】

9韓神祭　からかみまつり　［宗］　園韓神祭のうち韓神の祭　[季]春

17韓藍の花　からあいのはな　［植］　鶏頭の古称　[季]秋

【頻】

10頻浪草　しきなみぐさ　［植］　薄の別称　[季]秋

【颶】

9颶風　ぐふう　［天］　台風の別称　[季]秋

颶風病　はやて　［人］　赤痢の別称　[季]夏

【餡】

フルーツ餡蜜　ふるーつあんみつ　［人］　果物の入った餡蜜　[季]夏

14餡蜜　あんみつ　［人］　蜜豆に餡を入れたもの。涼味から夏の季語となる　[季]夏

【餞】

4餞月　せんげつ　［時］　陰暦七月の別称　[季]秋

12餞暑　せんしょ　［時］　暑さの去るのを送る意。陰暦七月の別称でもある　[季]秋

【鮭】

鮭　さけ　［動］　サケ科の海魚で、鱒よりも大型。秋の産卵期に海から自分の故郷の川に戻って、上流まで遡上する　[季]秋

0鮭の子　さけのこ　［人］　鮭の卵巣を塩漬けにした食品　[季]秋

鮭の秋　さけのあき　［動］　秋に川を遡上する鮭　[季]秋

3鮭小屋　さけごや　［動］　秋の鮭漁のための小屋　[季]秋

5鮭打　さけうち　［人］　晩秋に産卵のための川を遡上する鮭を、竿や棒などで打ち殺して獲ったこと　[季]秋

12鮭場　さけば　［動］　鮭漁の行なわれる場所　[季]秋

鮭番屋　さけばんや　［動］　秋の鮭漁のための小屋　[季]秋

鮭颪　さけおろし　［天］　鮭が産卵のために川へ上ってくる仲秋の頃に吹く野分の、東北地方での呼称　[季]秋

14鮭漁　さけりょう　［動］　鮭をとる漁　[季]秋

鮭網　さけあみ　［動］　晩秋に産卵のための川を遡上する鮭を、網で獲ったこと　[季]秋

鮭雑炊　さけぞうすい　［人］　雑炊の一つで、鮭を入れたもの　[季]冬

17鮭簗　さけやな　［人］　昔、晩秋に産卵のための川を遡上する鮭を、簗で獲ったこと　[季]秋

鮭鍋　さけなべ　［人］　石狩鍋の別称。鮭を使った北海道の冬の鍋料理　[季]冬

【鮫】

鮫　さめ　［動］　横口目の軟骨魚で、エイ類以外のもの　[季]冬

21鮫鶲　さめびたき　［動］　ヒタキ科の夏鳥。体色は暗褐色で地味。五月頃高地に飛来して営巣・繁殖し、冬には南方へ帰っていく　[季]夏

【鮪】

鮪　まぐろ　［動］　大型の回游魚で、本州近海での漁期は晩秋～初春で、刺身や寿司として美味。冬が旬　[季]冬

11鮪船　まぐろぶね　［動］　鮪漁をする船　[季]冬

鮪釣　まぐろつり　［動］　一本釣などで鮪を釣ること　[季]冬

14鮪網　まぐろあみ　［動］　鮪をとる網　[季]冬

17鮪鍋　まぐろなべ　［人］　葱鮪の別称。醬油に漬けた葱と鮪の脂肪の多いところを豆腐などといっしょに鍋で煮る冬の料理　[季]冬

【鮟】

22鮟鱇　あんこう　［動］　アンコウ科に属する海産の底魚。冬が旬で「吊し切り」が有名　[季]冬

鮟鱇の吊し切り　あんこうのつるしぎり　［動］　鮟鱇の口に鉤をかけて吊し切る冬場の料理　[季]冬

鮟鱇汁　あんこうじる　［人］　鮟鱇の肉や肝を豆腐・葱などとともに煮ながら食べる冬の鍋料理　[季]冬

鮟鱇雑炊　あんこうぞうすい　［人］　雑炊の一つで、鮟鱇鍋の後で作るもの　[季]冬

鮟鱇鍋　あんこうなべ　［人］　鮟鱇の肉や肝を豆腐・葱などとともに煮ながら食べる冬の鍋料理　[季]冬

【鮠】

鮠　はえ　［動］　柳鮠（やなぎはえ）のこと　[季]夏, 春

【鮨】

ちらし鮨　ちらしずし　［人］　鮓の一種　[季]夏

鮨　すし　［人］　酢と調味料を混ぜた飯に魚・野菜などを加えたもの。もとは魚の塩づけ、粕づけをさす　[季]夏

【鮴】

鮴　ごり　［動］　ハゼ類の魚の総称　[季]夏

【鰛】

鰛　ごり　［動］　ハゼ類の魚の総称　[季]夏

5鰛汁　ごりじる　［人］　白焼きにしたゴリを加えた味噌汁　[季]夏

【鮞】

鮞　はららご　［人］　産卵前の魚類、特に鮭の卵巣を塩漬けにした食品　[季]秋

5鮞汁　はららじる　［人］　はららごを吸物や味噌汁にしたもの　[季]秋

12鮞飯　はららごめし　［人］　はららごをのせた飯　[季]秋

【鮧】

鮧　えそ　［動］　エソ科の夏魚の総称。練り製品の材料に利用する　[季]夏

【鴻】

12鴻雁来る　こうがんきたる　［時］　七十二候の一つで、白露の第一候。陽暦九月八日から十二日頃　[季]秋

鴻雁来賓す　こうがんらいひんす　［時］　七十二候の一つで、寒露の第一候。陽暦十月九日から十三日頃　[季]秋

【鵆】

鵆　ちどり　［動］　チドリ科の冬の水鳥の総称　[季]冬

【鴲】

鴲　しめ　［動］　アトリ科の小鳥で、北海道で繁殖し、秋に本州に渡来する　[季]秋

【鵁】

鵁　ちどり　［動］　チドリ科の冬の水鳥の総称　[季]冬

【麋】

7麋角解　おおしかのつのおつ　［動］　十二月から四月に鹿の角が落ちること　[季]冬

麋角解つ　しかのつのおつ　［時］　七十二候の一つで、冬至の第二候。陽暦十二月二十七日から三十一日頃　[季]冬

【齢】

9齢草　よわいぐさ　［植］　菊の別称。菊は秋の季語　[季]秋

18 画

【叢】

17叢霞　むらがすみ ［天］ 霞の深いさま [季]春

【櫃】

2櫃入　ひついれ ［人］ 飯櫃入の別称。冬季、飯の冷えるのを防ぐために、飯櫃ごと入れる藁でぶ厚く編みあげた容器 [季]冬

櫃入れ　ひついれ ［人］ 飯櫃入の別称。冬季、飯の冷えるのを防ぐために、飯櫃ごと入れる藁でぶ厚く編みあげた容器 [季]冬

【檸】

17檸檬　れもん ［植］ 代表的な柑橘類の一種。初夏に花が咲き、秋に実がみのる。果実はいわゆるレモン色の楕円形で酸味が強い。最近では輸入物が多く、ほとんど季節感がなくなった [季]秋

【瀑】

瀑　たき ［地］ 山中の岩の絶壁から垂直に落ちる水。その涼味から夏の季語となった [季]夏

5瀑布　ばくふ ［地］ 滝の別称。滝自体が夏の季語なので、これも季語としては夏 [季]夏

10瀑浴　たきあび ［人］ 夏の暑い時に滝を浴びて涼をとること [季]夏

【燻】

9燻炭　いぶりずみ ［人］ 火つきが悪くいぶる炭。炭は冬の季語 [季]冬

【簡】

9簡単服　かんたんふく ［人］ 夏の女性用の家庭着で、簡単に仕立てた夏のワンピース [季]夏

【簟】

簟　たかむしろ ［人］ 竹を細く割って、筵のように編んだ夏の敷物 [季]夏

0簟の別れ　たかむしろのわかれ ［人］ 秋が深まる頃、簟(竹を細く割って編んだ敷き物)を片づけること [季]秋

6簟名残　たかむしろなごり ［人］ 秋が深まる頃、簟(竹を細く割って編んだ敷き物)を片づけること [季]秋

【織】

3織女　しょくじょ ［人］ 七夕伝説で有名な星で、牽牛の恋人とされる琴座の主星ヴェガのこと。白色の一等星 [季]秋

織女星　しょくじょせい ［宗］ 七夕伝説の織女。琴座の首星であるヴェガのこと [季]秋

7織初　おりぞめ ［人］ 正月二日、新年になって初めて機織りをする仕事始め [季]新年

10織姫　おりひめ ［人］ 七夕伝説の織女。琴座の首星であるヴェガのこと [季]秋

【繭】

繭　まゆ ［人］ 五月末頃、蚕のさなぎが作った保護膜の一種。生糸の原料 [季]夏

0繭の蛾　まゆのが ［動］ 蚕蛾の別称 [季]夏

繭の蝶　まゆのちょう ［動］ 蚕蛾の別称 [季]夏

3繭干す　まゆほす ［人］ さなぎが蛾にならないよう乾燥させて殺すこと [季]夏

5繭市　まゆいち ［人］ 繭の取り引きをする市 [季]夏

繭玉　まゆだま ［人］ 本来は繭や団子の形に作った餅を木の枝につけて飾る小正月の飾り木。現在では正月用の飾りとして売られている [季]新年

繭玉祝う　まゆだまいわう ［人］ 繭玉を飾り祝うこと [季]新年

繭玉祝ふ　まゆだまいわう ［人］ 繭玉を飾り祝うこと [季]新年

6繭団子　まゆだんご ［人］ 繭玉のこと [季]新年

7繭売る　まゆうる ［人］ 繭を出荷すること [季]夏

9繭相場　まゆそうば ［人］ その年の繭の取引額 [季]夏

11繭問屋　まゆどんや ［人］ 繭を扱う問屋 [季]夏

12繭煮る　まゆにる　[人]　糸引きのために繭を煮ること　[季]夏

繭買　まゆかい　[人]　繭を扱う仲買人　[季]夏

13繭掻　まゆかき　[人]　繭を蚕簿からとること　[季]夏

14繭餅　まゆもち　[人]　繭玉のこと　[季]新年

15繭蝶　まゆちょう　[動]　蚕蛾の別称　[季]夏

22繭籠　まゆかご　[人]　繭を取るときに使う籠　[季]夏

【繞】

12繞道祭　にょうどうさい　[宗]　元日に奈良・大神神社で行われる祭　[季]新年

【臍】

14臍蜜柑　へそみかん　[植]　ネーブルの別称　[季]春

【臨】

9臨海学校　りんかいがっこう　[人]　暑中休暇に、小・中学校の生徒を海浜に移して特別授業をしたり、自然に親しませたりすること　[季]夏

臨海学園　りんかいがくえん　[人]　暑中休暇に、小・中学校の生徒を高原に移して特別授業をしたり、自然に親しませたりすること　[季]夏

10臨時客　りんじきゃく　[人]　平安時代、正月二日に摂政・関白が自邸で親王・公卿を饗応した行事　[季]新年

【藷】

藷　いも　[植]　薩摩薯の別称。秋に収穫して出回る　[季]秋

8藷苗　いもなえ　[植]　親芋から子芋を切りとったもの　[季]春

10藷挿す　いもさす　[人]　初夏、苗床に植えて生長させた苗を、畑に挿すようにして植えること　[季]夏

12藷粥　いもがゆ　[人]　サツマイモを小さく切って入れた粥　[季]冬

14藷蔓　いもづる　[植]　甘藷の蔓。甘藷は秋の季語　[季]秋

【藤】

藤　ふじ　[植]　マメ科のつる性落葉木本。晩春に房状になった紫色の花が咲く　[季]春

0藤かづら　ふじかずら　[植]　藤の蔓のこと　[季]春

藤がさね　ふじがさね　[人]　春衣のかさね色目の一つで、表は薄紫、裏は青　[季]春

藤すみれ　ふじすみれ　[植]　菫の一種　[季]春

藤の山　ふじのやま　[植]　藤の咲く山　[季]春

藤の花　ふじのはな　[植]　晩春に四弁薄紫の蝶形の花を総状花序に垂れてひらく　[季]春

藤の実　ふじのみ　[植]　晩秋、灰緑色に完熟する。放っておくと冬に扁平な種が飛散する　[季]秋

5藤布　ふじぬの, ふじふ　[人]　木布の一種で、藤を材料としたもの　[季]夏

6藤衣　ふじごろも　[人]　夏衣のかさね色目の一つで、表は薄紫、裏は萌黄　[季]夏

7藤牡丹　ふじぼたん　[植]　けまん草の別称　[季]春

藤見　ふじみ　[植]　藤の花見のこと　[季]春

藤豆　ふじまめ　[植]　隠元豆の一種で、初秋、まだ若い莢を取って煮て食べる　[季]秋

8藤房　ふじふさ　[植]　房のように垂れ咲く藤の花のこと　[季]春

藤波　ふじなみ　[植]　藤房が風にゆれているさま　[季]春

藤若葉　ふじわかば　[植]　藤の若葉　[季]夏

9藤咲く　ふじさく　[植]　藤の花が咲くこと　[季]春

10藤浪　ふじなみ　[植]　藤房が風にゆれているさま　[季]春

11藤菜　ふじな　[植]　たんぽぽの別称　[季]春

藤袴　ふじばかま　[植]　キク科の多年草で、秋の七草の一つ。花が藤色で、弁の形が袴をはいたようなのでついた名。昔はこの藤袴のことを蘭の花といっていた　[季]秋

12藤森祭　ふじもりまつり, ふじのもりまつり　[宗]　五月五日、京都市・藤森神社で行われる祭礼　[季]夏

藤棚　ふじだな　[植]　藤づるをのぼらせ、下に垂れ咲くよう作った棚　[季]春

14藤綱　ふじつな　[植]　藤の綱　[季]春

15藤撫子　ふじなでしこ　［植］　撫子の一種。海浜に咲くもの　[季]夏

16藤樹忌　とうじゅき　［宗］　陰暦八月二十五日、江戸時代前期の陽明学者中江藤樹の忌日　[季]秋

22藤襲　ふじがさね　［人］　藤衣のこと　[季]夏

【藪】

0藪うつぎ　やぶうつぎ　［植］　空木の一種　[季]夏

藪えびね　やぶえびね　［植］　化偸草の一種　[季]春

藪からし　やぶからし　［植］　ブドウ科の蔓性多年草。初秋丸い実ができ、熟すると黒くなる。この草が茂ると藪も樹木も枯れてしまうという　[季]秋

藪きり　やぶきり　［動］　キリギリスの別称　[季]秋

藪たちばな　やぶたちばな　［植］　藪柑子の別称　[季]冬

2藪入　やぶいり　［人］　一月十六日、奉公人が一日休みを貰い、実家に帰ること　[季]新年

5藪出　やぶだし　［人］　冬に伐採した丸太を橇にひかせて運搬すること　[季]冬

8藪虱　やぶじらみ　［植］　山野・路傍のいたるところに生えるセリ科の二年草。果実は楕円形で、晩秋に熟すると衣服にくっついてなかなか離れない　[季]秋

藪虱の花　やぶじらみのはな　［植］　セリ科の二年草。晩夏、枝先に白い小花が笠状に集まり咲く　[季]夏

藪雨　やぶさめ　［動］　鶯の近縁種だが体長の小さい夏鳥。四月から五月頃に飛来して営巣し、秋に南方へ帰っていく　[季]夏

9藪巻　やぶまき　［人］　雪の重みで折れるのを防ぐために、竹や樹木を筵や縄でぐるぐる巻きにして補強すること　[季]冬

藪柑子　やぶこうじ　［植］　山林の陰地などに生える常緑小低木で、冬に実が赤く熟する　[季]冬

藪柑子飾る　やぶこうじかざる　［人］　正月に橙の代わりに藪柑子を注連縄・蓬萊などに添えて飾ること　[季]新年

藪枯らし　やぶからし　［植］　ブドウ科の蔓性多年草。初秋丸い実ができ、熟すると黒くなる。この草が茂ると藪も樹木も枯れてしまうという　[季]秋

10藪蚊　やぶか　［動］　蚊の一種　[季]夏

11藪菖蒲　やぶしょうぶ　［植］　著莪の別称。初夏に小花をつける　[季]夏

13藪椿　やぶつばき　［植］　椿の一種　[季]春

21藪鶯　やぶうぐいす　［動］　山野に育ち、まだ人慣れしていない鶯　[季]冬, 春

【藜】

藜　あかざ　［植］　アカザ科の一年草。七、八月頃、黄緑色の花が穂状につく　[季]夏

0藜の杖　あかざのつえ　［植］　藜の茎で作った杖　[季]夏

藜の実　あかざのみ　［植］　藜が秋に枝先につける小さな実で、黒い種子が一つ入っている　[季]秋

【藋】

7藋芄蘭　てつがんらん　［植］　ガガイモの別称　[季]夏

【蟬】

ちっち蟬　ちっちぜみ　［動］　二センチほどの黒褐色の小型の蟬で、晩秋までチッチ、チッチと鳴く　[季]秋

にいにい蟬　にいにいぜみ　［動］　蟬の一種　[季]夏

みんみん蟬　みんみんぜみ　［動］　蟬の一種　[季]夏

蟬　せみ　［動］　夏の代表的昆虫でセミ科の昆虫の総称。雄は腹面に発音器をもち、種類によってさまざまな鳴き方をする　[季]夏

0蟬のぬけがら　せみのぬけがら　［動］　空蟬の別称　[季]夏

蟬のもぬけ　せみのもぬけ　［動］　空蟬の別称　[季]夏

蟬の初声　せみのはつごえ　［動］　夏になって初めて聞く蟬の声　[季]夏

蟬の殻　せみのから　［動］　空蟬の別称　[季]夏

蟬の脱殻　せみのぬけがら　［動］　空蟬の別称　[季]夏

蟬の蛻　せみのもぬけ　［動］　空蟬の別称　[季]夏

3蟬丸忌　せみまるき　［宗］　陰暦五月二十四日、平安時代前期の歌人・琵琶の名手蟬丸

の忌日　[季]夏

蟬丸祭　せみまるまつり　［宗］　陰暦五月二十四日、平安時代前期の歌人・琵琶の名手蟬丸の忌日　[季]夏

5**蟬凧**　せみだこ　［人］　凧の一種　[季]新年

蟬氷　せみごおり　［地］　蟬の羽根のように薄い氷　[季]冬

蟬生る　せみうまる　［動］　夏、地中で成長した蟬の幼虫が地上に出、脱皮して成虫になること　[季]春, 夏

7**蟬花**　せみばな　［植］　蟬茸の別称　[季]夏

9**蟬茸**　せみたけ　［植］　中国で冬虫夏草といわれる茸の一種。蟬のさなぎに寄生する茸　[季]夏

10**蟬捕り**　せみとり　［動］　蟬を捕ること　[季]夏

蟬時雨　せみしぐれ　［動］　たくさんの蟬が一時一斉に鳴くさまを時雨に例えた言い回し　[季]夏

11**蟬涼し**　せみすずし　［動］　蟬の声の涼しげなこと　[季]夏

【蟪】

16**蟪螟**　しょうめい　［動］　架空の虫で、蚊の睫毛に巣くってそこで子を生むという。非常に小さいことの例え　[季]夏

【襟】

9**襟巻**　えりまき　［人］　冬に、防寒のために首に巻くもの　[季]冬

【覆】

9**覆盆子**　いちご　［植］　春に花が咲いた苺が、初夏につける赤い実のこと。夏の果物として馴染み深い　[季]夏

覆面　ふくめん　［人］　外出の際に布で顔をおおった江戸時代の風俗　[季]冬

【観】

4**観月**　かんげつ　［人］　陰暦八月十五日の月を賞すること。中秋の名月として今も引き継がれている風習　[季]秋

9**観音草**　かんおんそう　［植］　吉祥草の別称。晩秋、薄紫の小花をつける　[季]秋

10**観桜**　かんおう　［人］　桜花をたずねて村里や野山を逍遥しつつながめ歩くこと　[季]春

観桜御会　かんおうぎょかい　［人］　戦前、毎年四月中旬に行われた宮内省の行事　[季]春

観桜御宴　かんおうぎょえん　［人］　戦前、毎年四月中旬に行われた宮内省の行事　[季]春

観梅　かんばい　［人］　梅の花を見に出かけること。春の行楽の一つ　[季]春

11**観菊御宴**　かんぎくぎょえん　［人］　宮中における観菊会　[季]秋

13**観楓**　かんぷう　［人］　秋の紅葉を観賞するために、山々を逍遙すること　[季]秋

15**観潮**　かんちょう　［人］　春、潮の干満の差が最も大きい頃、渦潮を遠近から見物に集まること　[季]春

観潮船　かんちょうせん　［人］　春、潮の干満の差が最も大きい頃、渦潮を観る船　[季]春

【贄】

0**贄の熊**　にえのくま　［人］　熊祭に生贄にされる熊　[季]冬

【醪】

醪　もろみ　［人］　糟を漉さずに作った白濁している酒。秋に新米で作ったものをさす　[季]秋

8**醪取焼酎**　もろみとりしょうちゅう　［人］　焼酎の一種　[季]夏

【醬】

7**醬作る**　ひしおつくる　［人］　夏、豆を主材料とした一種の味噌をつくる　[季]夏

8**醬油作る**　しょうゆつくる　［人］　夏に醬油を仕込むことをいう　[季]夏

醬油造る　しょうゆつくる　［人］　夏に醬油を仕込むことをいう　[季]夏

10**醬造る**　ひしおつくる　［人］　夏、豆を主材料とした一種の味噌をつくる　[季]夏

【鎧】

14**鎧餅**　よろいもち　［人］　武家が正月に飾った紅白の鏡餅　[季]新年

【鎌】

0**鎌あげ**　かまあげ　［人］　秋の刈上の祝いの

後で、稲刈りをした鎌を神棚に供えたこと ㊕秋

鎌しめ　かましめ ［人］ 稲が実ってきた田を荒らしにくる鳥・獣をおどかして追うために、鎌と鍬に菅笠を着せて立たせるもの ㊕秋

鎌はじめ　かまはじめ ［人］ 田を刈りはじめること ㊕秋

4鎌切　かまきり ［動］ 直翅類に属する昆虫。交尾の後、雌が雄を食べてしまうことで有名で、秋深くなってから産卵する ㊕秋

5鎌払ひ　かまはらい ［人］ 秋の刈上の祝いの後で、稲刈りをした鎌を神棚に供えたこと ㊕秋

8鎌帛　かましめ ［人］ 稲が実ってきた田を荒らしにくる鳥・獣をおどかして追うために、鎌と鍬に菅笠を着せて立たせるもの ㊕秋

9鎌祝　かまいわい ［人］ 秋の刈上の祝いの後で、稲刈りをした鎌を神棚に供えたこと ㊕秋

鎌祝ひ　かまいわい ［人］ 秋の刈上の祝いの後で、稲刈りをした鎌を神棚に供えたこと ㊕秋

鎌風　かまかぜ ［天］ 冬の突風で空気中に真空の部分ができ、触れると皮膚が裂ける現象 ㊕冬

10鎌倉カーニバル　かまくらかーにばる ［人］ 八月上旬の日曜日に鎌倉・由比ケ浜で行なわれる海浜祭 ㊕夏

鎌倉八幡祭　かまくらはちまんまつり ［宗］ 鎌倉市・鶴岡八幡宮の鶴岡祭の別称 ㊕秋

鎌倉右大臣忌　かまくらうだいじんき ［宗］ 陰暦一月二十七日、鎌倉三代将軍源実朝の忌日 ㊕春

鎌倉海老　かまくらえび ［動］ 正月の蓬莱飾りやお祝い料理の材料に使われる海老のうち、鎌倉で獲れたもの ㊕新年

鎌倉海老飾る　かまくらえびかざる ［人］ 正月の飾り物に海老を添えること ㊕新年

鎌倉祭　かまくらまつり ［人］ 横手市の小正月の名物行事。子供が雪室を作り、中の祭壇に供物を供え、餅や酒を食べて楽しむ。現在では実際は二月に行われている ㊕新年

鎌納め　かまおさめ ［人］ 秋の刈上の祝いの後で、稲刈りをした鎌を神棚に供えたこと ㊕秋

18鎌鼬　かまいたち ［天］ 冬の突風で空気中に真空の部分ができ、触れると皮膚が裂ける現象 ㊕冬

【鎮】

4鎮火祭　ひしずめのまつり ［人］ 火炎を防ぐための火神の祭り ㊕夏

7鎮花祭　はなしずめまつり, ちんかさい ［宗］ 昔、サクラの花の散るのを疫神跳梁のきざしとみる信仰があり、そのため、花の飛散を防ぎ、疫神をしずめる祭りを行なったこと ㊕春

鎮花祭　はなしずめまつり ［宗］ 四月十八日、桜井市・大神神社で行われる祭礼 ㊕春

14鎮魂祭　たましずめまつり, ちんこんさい ［宗］ 新嘗祭の前日、天皇・皇后の魂を鎮めるために行なわれる宮中祭事 ㊕冬

【雛】

きめこみ雛　きめこみびな ［人］ 雛人形の一種 ㊕春

こけし雛　こけしびな ［人］ 雛人形の一種 ㊕春

雛　ひな ［人］ 雛人形のこと ㊕春

0雛あられ　ひなあられ ［人］ 雛壇に供える、いり豆を砂糖でまぶして霰餅も加えた菓子 ㊕春

雛すみれ　ひなすみれ ［植］ 菫の一種 ㊕春

雛の日　ひなのひ ［人］ 雛祭りの日のこと ㊕春

雛の灯　ひなのひ ［人］ 雛飾りの一つ ㊕春

雛の貝　ひなのかい ［宗］ 雛祭に蛤・浅蜊・貽貝などを調理して供えるもの ㊕春

雛の使　ひなのつかい ［宗］ 江戸時代の中頃、三月三日の節句の頃、雛人形を小さな駕籠にのせ、親類へ送った習慣 ㊕春

雛の夜　ひなのよる ［人］ 雛祭りの夜のこと ㊕春

雛の店　ひなのみせ ［宗］ 雛見世に同じ ㊕春

雛の客　ひなのきゃく ［人］ 雛祭にきた客 ㊕春

18画（難）

雛の盃　ひなのさかずき　［人］　雛飾の一つ
㊧春

雛の宴　ひなのえん　［人］　雛祭に行なわれ
る宴会　㊧春

雛の家　ひなのいえ　［人］　雛祭の行なわれ
る家　㊧春

雛の酒　ひなのさけ　［人］　雛飾の一つで、
通常白酒を供える　㊧春

雛の宿　ひなのやど　［人］　雛祭の行なわれ
る家　㊧春

雛の絵　ひなのえ　［人］　雛人形の一種
㊧春

雛の間　ひなのま　［人］　雛人形の飾ってあ
る部屋　㊧春

雛の節句　ひなのせっく　［人］　三月三日の
桃の節句の別称　㊧春

雛の餅　ひなのもち　［人］　雛壇に供える菱
餅の別称　㊧春

雛の箱　ひなのはこ　［人］　雛人形などをし
まっておく箱　㊧春

雛の調度　ひなのちょうど　［人］　雛段に並
べる調度　㊧春

雛の駕籠　ひなのかご　［宗］　江戸時代の中
頃、三月三日の節句の頃、雛人形を小さな
駕籠にのせ、親類へ送った習慣　㊧春

雛の膳　ひなのぜん　［人］　雛飾の一つ
㊧春

雛の燭　ひなのしょく　［宗］　雛壇の燭・雪
洞　㊧春

雛の櫃　ひなのひつ　［宗］　雛人形をいれる
箱　㊧春

雛ぼんぼり　ひなぼんぼり　［人］　雛飾りの
一つ　㊧春

²雛人形　ひなにんぎょう　［人］　三月三日の
節句に飾る人形の総称　㊧春

⁵雛市　ひないち　［人］　三月三日の雛祭りの
前に雛人形や調度を売る市　㊧春

⁶雛合　ひなあわせ　［人］　貴族の暮らしをま
ねる遊びで、雛人形を比べ合うこと　㊧春

⁷雛売場　ひなうりば　［人］　三月三日の雛祭
りの前に雛人形や調度を売る市　㊧春

雛見世　ひなみせ　［人］　三月三日の雛祭り
の前に雛人形や調度を売る市　㊧春

⁸雛事　ひなごと　［人］　雛祭のこと　㊧春

⁹雛段　ひなだん　［人］　雛祭りに雛人形やそ
の調度をならべる壇　㊧春

雛荒し　ひなあらし　［宗］　岡山や徳島で、
雛祭りに男女の子供が群をなして炒り豆な
どをもらい歩くこと　㊧春

雛草　ひなくさ　［植］　髢草の別称　㊧春

雛送り　ひなおくり　［人］　雛流しの別称
㊧春

¹⁰雛料理　ひなりょうり　［人］　雛飾の一つ
㊧春

雛桜　ひなざくら　［植］　桜草の品種の一つ
㊧春

雛流し　ひなながし　［人］　雛を川に流して
一家の災厄を払う行事　㊧春

雛納め　ひなおさめ　［人］　三月三日の雛祭
が終わり雛をしまうこと　㊧春

¹¹雛屏風　ひなびょうぶ　［人］　雛人形のうし
ろに置く屏風　㊧春

雛祭　ひなまつり　［人］　三月三日の上巳の
節句（桃の節供）に、女児のある家で雛人形
を飾る行事　㊧春

雛菓子　ひながし　［宗］　雛壇に供える菓子
㊧春

雛葛籠　ひなつづら　［宗］　雛人形をいれる
箱　㊧春

雛菊　ひなぎく　［植］　キク科の多年草で、
早春から初夏まで小さな菊のような花をつ
ける　㊧春

¹²雛椀　ひなわん　［宗］　雛祭に使う椀　㊧春

雛道具　ひなどうぐ　［人］　雛段に並べる調
度　㊧春

雛遊　ひなあそび　［人］　ままごとのように
雛人形で遊ぶこと　㊧春

¹³雛飾り　ひなかざり　［人］　雛人形と調度の
こと　㊧春

雛飾る　ひなかざる　［人］　雛人形を飾るこ
と　㊧春

¹⁵雛箱　ひなばこ　［宗］　雛人形をいれる箱
㊧春

²⁰雛罌粟　ひなげし　［植］　ケシ科の一年草。
初夏に赤、白、紫色などの四弁花をつける
㊧夏

【難】

⁴難月　なんげつ　［時］　陰暦八月の別称
㊧秋

544　俳句季語よみかた辞典

【雞】

0**雞を画く　にわとりをかく**［人］元日に、鶏の画を戸の前に張って邪鬼を払うという中国の厄払い行事 [季]新年

6**雞瓜蘭　けいからん**［植］金粟蘭の別称 [季]夏

9**雞冠木　かえで**［植］楓は紅葉が美しく、すべて秋の季語とされる。蛙の手の形に似ている葉は、晩秋になると鮮やかな赤に染まる [季]秋

11**雞脚蘭　けいきゃくらん**［植］金粟蘭の別称 [季]夏

13**雞雍　おにばす**［植］スイレン科の一年草で、直径一メートル前後の円形の葉を水面に浮かべる。夏、水中から柄を出して一花を開く [季]夏

【鞦】

24**鞦韆　しゅうせん**［人］ぶらんこの別称 [季]春

【額】

0**額の花　がくのはな**［植］額紫陽花の花のこと。六月頃から、中心に碧紫色の花が密生し、周囲を白色の胡蝶花が額縁のように彩る花をつける [季]夏

7**額花　がくばな**［植］額の花の別称 [季]夏

9**額草　がくそう**［植］額の花の別称 [季]夏

11**額紫陽花　がくあじさい**［植］額紫陽花の花のこと。六月頃から、中心に碧紫色の花が密生し、周囲を白色の胡蝶花が額縁のように彩る花をつける [季]夏

額鳥　ぬかどり［動］ベニヒワのこと [季]秋

【顔】

7**顔見世　かおみせ**［人］江戸時代、京・大阪・江戸の各劇場で、十一月に盛大な歌舞伎興行を催したこと。現在は京都・南座の十二月興行が顔見世として有名 [季]冬

顔見世茎　かおみせぐき［人］芝居顔見世前に客に配った冬用の漬物 [季]冬

9**顔荒る　かおある**［人］冬、顔の皮膚から脂気が抜けてかさかさになること [季]冬

【題】

5**題目踊　だいもくおどり**［人］盆踊の一つ [季]秋

【顓】

13**顓頊　せんぎょく**［時］冬の別称 [季]冬

【騎】

7**騎初　のりぞめ**［人］馬騎初のこと [季]新年

8**騎始　のりはじめ**［宗］馬騎初のこと [季]新年

10**騎射　うまゆみ, きしゃ**［人］陰暦五月五日に宮中で行われた騎射の儀式 [季]夏

騎馬始　きばはじめ［宗］江戸時代に武家の年中行事として行われた、新年に初めて馬に乗る儀式。現在でも新年になって初めて乗馬する意味で残っている [季]新年

【験】

0**験の杉　しるしのすぎ**［宗］初午の日に稲荷神社で参詣人にもたせた稲荷山の神杉の枝 [季]春

【闘】

4**闘牛　とうぎゅう**［宗］牛同士を角突き合わせて互いに押し合わせ、勝負を争うもの。夏の季語ともみなされる [季]春, 夏

6**闘羊花　とうようか**［植］朝鮮朝顔の別称 [季]夏

9**闘草　とうそう**［人］五月五日の端午の節句に、摘み草を比べ合って遊んだ風俗 [季]夏

11**闘菊　きくをたたかわす**［人］菊を使った作り物に和歌を添え、風流さを競うもの。または、花のできを争う品評会のような催し [季]秋

闘魚　とうぎょ［動］熱帯魚の一種で、雄が闘争性をもつ。泳ぐ涼しげな姿から夏の季語とされる [季]夏

12**闘陽花　とうようか**［植］朝鮮朝顔の別称 [季]夏

19**闘鶏　とうけい**［人］鶏を闘わせて見物すること [季]春

闘鶏師　とうけいし［人］鶏合用の鶏を調教する人 [季]春

【鯉】

3鯉山　こいやま ［宗］ 祇園会の鉾山の一つ [季]夏

9鯉屋忌　こいやき ［宗］ 陰暦六月十三日、蕉門の俳人杉山杉風の忌日 [季]夏

11鯉魚風　りぎょふう ［天］ 秋の風のこと [季]秋

15鯉幟　こいのぼり ［人］ 鯉の形に作った幟で、五月五日の端午の節句に男の子の健康と出世を願って立てるもの [季]夏

【鯊】

だぼ鯊　だぼはぜ ［動］ 十センチほどの小魚で、夏に子供がたやすく捕まえることができた [季]夏

鯊　はぜ ［動］ ハゼ科の海魚。秋の彼岸頃が漁期 [季]秋

0鯊の秋　はぜのあき ［動］ 秋の鯊釣りシーズン [季]秋

鯊の竿　はぜのさお ［動］ 秋の彼岸頃によく見られる鯊の竿釣り [季]秋

3鯊干す　はぜほす ［動］ 秋、釣った鯊を干すこと [季]秋

4鯊日和　はぜびより ［動］ 鯊釣りに適した秋晴の日 [季]秋

6鯊舟　はぜぶね ［人］ 秋の鯊釣をする人をのせた舟 [季]秋

11鯊船　はぜぶね ［人］ 秋の鯊釣をする人をのせた舟 [季]秋

鯊釣　はぜつり ［人］ 秋の彼岸頃によく見られる鯊の竿釣り [季]秋

【鮹】

鮹　たこ ［動］ 軟体動物の頭足類に属する海産動物。日本ではよく食べるが、欧米では嫌われている [季]夏

【鯒】

鯒　こち ［動］ コチ科の魚。五月から七月にかけて漁期 [季]夏

【鯇】

11鯇魚　あめのうお ［動］ 秋、琵琶湖から川を遡上する琵琶鱒の成魚のこと [季]秋

【鵜】

鵜　う ［動］ ウ科の鳥。魚を常食とし、遊泳潜水が巧み。夏、長良川をはじめ各地で鵜飼が行われる [季]夏

0鵜の鳥　うのとり ［人］ 鵜の別称 [季]夏

鵜の群れ　うのむれ ［動］ 鵜の群れて採餌する習性 [季]夏

3鵜川　うかわ ［人］ 鵜飼を行う川 [季]夏

6鵜匠　うしょう ［人］ 鵜飼の鵜を操つる人 [季]夏

鵜舟　うぶね ［人］ 鵜飼で使う船 [季]夏

7鵜坂の杖　うさかのつえ ［宗］ 鵜坂祭に使われる道具 [季]夏

鵜坂祭　うさかまつり ［宗］ 陰暦五月十六日、富山県婦中町・鵜坂神社で行われた奇祭。現在は行われていない [季]夏

8鵜松明　うたいまつ ［人］ 鵜飼の際、魚を集めるために焚く火 [季]夏

11鵜船　うぶね ［人］ 鵜飼で使う船 [季]夏

13鵜遣　うづかい ［人］ 鵜飼の際の方法をいう [季]夏

鵜遣　うつかい ［人］ 鵜匠のこと [季]夏

鵜飼　うかい ［人］ 鵜を飼いならして、魚を獲らせる漁法。長良川のものが有名で、五月頃から十月頃まで行われる [季]夏

鵜飼火　うかいび ［人］ 鵜飼の際、魚を集めるために焚く火 [季]夏

鵜飼船　うかいぶね ［人］ 鵜飼で使う船 [季]夏

15鵜縄　うなわ ［人］ 鵜飼の鵜を操るための縄 [季]夏

16鵜篝　うかがり ［人］ 鵜飼の際、魚を集めるために焚く火 [季]夏

22鵜籠　うかご ［人］ 鵜飼の鵜を入れておく籠 [季]夏

【鵠】

鵠　くぐい ［動］ 白鳥の別称 [季]冬

【鵝】

12鵝掌草　がしょうそう ［植］ 二輪草の別称 [季]春

【鵞】

4鵞毛玉鳳花　がもうぎょくほうか ［植］ 鷺

草の別称。晩夏に純白の花をつける ㊁夏

る鷹の一種 ㊂冬

【鵤】

鵤　いかる　［動］　アトリ科で翼長十センチ
位の鳥。夏、北海道や本州で営巣・繁殖し、
秋に四国や九州に渡る ㊁夏

³鵤千鳥　いかるちどり　［動］　千鳥の一種
㊂冬

【鵐】

鵐　しとど　［動］　アオジ、ノジコ、ホオジ
ロ、ホオアカなどの総称 ㊁秋

【鵙】

鵙　もず　［動］　燕雀目モズ科。秋に人里に
やってきて、生餌を捕食する猛禽 ㊁秋

⁰鵙の早贄　もずのはやにえ　［動］　鵙の贄の
別称 ㊁秋

鵙の声　もずのこえ　［動］　秋に人家近くで
鳴く鋭い声 ㊁秋

鵙の草茎　もずのくさぐき　［動］　秋、鵙が
草をくぐって餌をあさること ㊁秋

鵙の高音　もずのたかね　［動］　秋になると
鵙が木の頂きで鳴く高い鋭い声 ㊁秋

鵙の晴　もずのはれ　［動］　鵙の鳴声が秋晴
れの澄んだ空気に響きわたること ㊁秋

鵙の磔　もずのはりつけ　［動］　鵙の贄の別
称 ㊁秋

鵙の磔刑餌　もずのはりつけえ　［動］　鵙の
贄の別称 ㊁秋

鵙の贄　もずのにえ　［動］　秋、鵙が捕えた
餌を鋭くとがった枝などに刺し貫いて蓄え
ておくこと ㊁秋

鵙の贄刺　もずのにえさし　［動］　鵙の贄の
別称 ㊁秋

⁴鵙日和　もずびより　［動］　鵙の鳴声が秋晴
れの澄んだ空気に響きわたること ㊁秋

¹¹鵙猛る　もずたける　［動］　鵙が秋に生餌を
捕食すること ㊁秋

¹²鵙啼く　もずなく　［動］　秋に人家近くで鳴
く鋭い声 ㊁秋

鵙落し　もずおとし　［人］　鵙を捕獲するた
め行なわれた方法 ㊁秋

【鵟】

鵟　のすり　［動］　本州に住み、冬は南へ渡

【鼬】

鼬　いたち　［動］　人里近くに住む気性の荒
い小型の食肉獣。餌の少なくなる冬には人
家に被害が及ぶことがある ㊂冬

¹⁰鼬罠　いたちわな　［人］　冬に鼬を捕えるた
めの罠 ㊂冬

19 画

【孄】

¹²孄葉　わくらば　［植］　夏の青葉の季節に、
紅葉でもないのに色づいて落葉するもの
㊁夏

【曝】

¹⁰曝書　ばくしょ　［人］　書物の虫干 ㊁夏

¹¹曝涼　ばくりょう　［人］　土用の頃、衣類や
本を虫害や黴から防ぐために風を入れたり
陰干しにすること ㊁夏

【櫓】

⁴櫓太鼓　やぐらだいこ　［人］　盆踊り会場の
やぐらの上で打つ太鼓 ㊁秋

【櫟】

⁰櫟の花　くぬぎのはな　［植］　ブナ科の落葉
高木。初夏、新枝から無数の黄褐色の雄花
が穂のように長く垂れ下がる ㊁夏

櫟の実　くぬぎのみ　［植］　俗にいう団栗の
こと。団栗は秋の季語 ㊁秋

櫟の芽　くぬぎのめ　［植］　春の木の芽の一
種 ㊁春

³櫟子　いちび　［植］　ブナ科の樫の一種。晩
春から初夏、小花を密生した穂をつける
㊁夏

⁹櫟枯る　くぬぎかる　［植］　冬、櫟の木が枯
れること ㊂冬

櫟紅葉　くぬぎもみじ　［植］　褐色に近い紅
葉で渋みとおちつきがある ㊁秋

【瀬】

³瀬干し　せぼし　［人］　川狩の一種。川をせ

俳句季語よみかた辞典　547

19画（爆, 獺, 瓊, 簾, 繍, 羅）

きとめ水を干して、魚を獲るもの ㊤夏

⁴瀬戸貝　せとがい　［動］　貽貝の別称　㊤春

瀬戸海苔　せとのり　［植］　海苔の一種
㊤春

⁵瀬田嵐　せたあらし　［天］　琵琶湖から流れ
でる、瀬田川をさかのぼり吹く冷たい風。
夏に多い　㊤夏

瀬田蜆　せたしじみ　［動］　蜆の一種　㊤春

⁹瀬廻し　せまわし　［人］　夏、河川・沼・池
などの魚を一気に大量に獲ること　㊤夏

【爆】

⁶爆竹　とんど, ばくちく　［人］　小正月の左
義長（火祭行事）の別称　㊤新年

【獺】

⁰獺の祭　おそのまつり　［時］　七十二候の一
つで、雨水の第一候。陽暦二月二十日から
二十四日頃　㊤春

¹¹獺祭　だつさい　［時］　七十二候の一つで、
雨水の第一候。陽暦二月二十日から二十四
日頃　㊤春

獺祭忌　だつさいき　［宗］　九月十九日、明
治期の俳人・歌人正岡子規の忌日　㊤秋

獺祭魚　だつさいぎょ　［時］　七十二候の一
つで、雨水の第一候。陽暦二月二十日から
二十四日頃　㊤春

獺魚を祭る　かわおそうおをまつる, かわう
そうおをまつる　［時］　七十二候の一つ
で、雨水の第一候。陽暦二月二十日から二
十四日頃　㊤春

【瓊】

⁷瓊花　けいか, たまばな　［植］　紫陽花の別
称　㊤夏

【簾】

簾　すだれ　［人］　竹・蘆などを糸で編んで
垂らすもの。夏、日除けなどに利用する
㊤夏

⁰簾の名残　すだれのなごり　［人］　夏中、日
除に用いた簾が、秋に入っても吊ったまま
になっていること　㊤秋

簾の別れ　すだれのわかれ　［人］　秋が深ま
り、夏に使った簾をはずして片づけること
㊤秋

簾はづす　すだれはずす　［人］　秋が深ま
り、夏に使った簾をはずして片づけること
㊤秋

⁴簾戸　すだれと　［人］　日除けや通風のため
の簾の一種　㊤夏

⁵簾外す　すだれはずす　［人］　秋が深まり、
夏に使った簾をはずして片づけること
㊤秋

⁶簾名残　すだれなごり　［人］　夏中、日除に
用いた簾が、秋に入っても吊ったままに
なっていること　㊤秋

⁷簾売　すだれうり　［人］　簾を売り歩くもの
㊤夏

簾貝　すだれがい　［動］　蛤に似た長楕円形
の二枚貝　㊤春

¹⁰簾納む　すだれおさむ　［人］　秋が深まり、
夏に使った簾をはずして片づけること
㊤秋

¹⁵簾衝立　すだれついたて　［人］　日除けや通
風のための簾の一種　㊤夏

【繍】

¹¹繍毬花　てまりばな　［植］　スイカズラ科の
落葉低木でヤブデマリの変種。六月頃、紫
陽花に似て白みを帯びた青い小花を枝の両
側に毬状につける　㊤夏

繍眼児　しゅうがんじ　［動］　眼白の別称
㊤夏

¹⁵繍線花の花　しもつけのはな　［植］　バラ科
の落葉小低木。晩春から初夏にかけ、梢上
に淡紅色の小花が密生して咲く　㊤夏

繍線菊　しもつけ　［植］　バラ科の落葉小低
木。晩春から初夏にかけ、梢上に淡紅色の
小花が密生して咲く　㊤夏

【羅】

ほめ羅　ほめら　［人］　四国で、正月の祝言
を唱えて来る穢多のこと　㊤新年

羅　うすもの　［人］　絹の細い繊維で織った
単衣　㊤夏

³羅山忌　らざんき　［宗］　陰暦一月二十三
日、江戸時代前期の儒学者林羅山の忌日
㊤新年

⁵羅生門蔓　らしょうもんかずら　［植］　シソ
科の多年草。四、五月ごろ紫色の大きな花
をつける　㊤春

548　俳句季語よみかた辞典

19画（羆, 羹, 臓, 臘, 蘇, 藻）

【羆】

羆　ひぐま　［動］　北海道に生息する大型で気性の荒い熊　㊕冬

【羹】

羹　かん　［人］　雑煮の別称　㊕新年

⁰羹を祝う　かんをいわう　［人］　雑煮を食べて正月を祝うこと　㊕新年

羹を祝ふ　かんをいわう　［人］　雑煮を食べて正月を祝うこと　㊕新年

¹⁴羹箸　かんばし　［人］　正月の太箸の別称　㊕新年

【臓】

⁰臓うるか　わたうるか　［人］　鮎の内臓だけのうるか　㊕秋

【臘】

²臘八　ろうはつ, ろうはち　［宗］　臘八会（ろうはちえ）の別称　㊕冬

臘八会　ろうはつえ, ろうはちえ　［宗］　十二月一日から十二月八日まで、禅宗の各寺院で行われる坐禅修道。釈迦が十二月八日に悟りを開いたのを記念したもの　㊕冬

臘八接心　ろうはつせっしん, ろうはちせっしん　［宗］　臘八会（ろうはちえ）の別称　㊕冬

臘八粥　ろうはつがゆ, ろうはちがゆ　［宗］　臘八会で出される粥　㊕冬

⁴臘日　ろうじつ　［人］　大晦日のこと、本来は臘祭という感謝の宴をする日という意味　㊕冬

臘月　ろうげつ　［時］　陰暦十二月の別称　㊕冬

¹⁰臘梅　ろうばい　［植］　花が蝋細工のような中国原産の落葉低木で、一、二月頃に開花する　㊕冬

¹¹臘祭　ろうさい　［人］　大晦日に行う感謝の宴　㊕冬

【蘇】

⁵蘇民曳　そみんひき　［宗］　黒石裸祭の別称　㊕新年

蘇民将来　そみんしょうらい　［宗］　厄神詣で授かる疫病除けの護符　㊕新年

蘇民祭　そみんさい　［宗］　黒石裸祭の別称　㊕新年

⁷蘇我菊　そがぎく　［植］　黄菊の雅称　㊕秋

⁸蘇枋の花　すおうのはな　［植］　中国産のマメ科の落葉低木で、四月頃、葉よりも前に紅紫色の小花が咲く　㊕春

蘇枋の実　すおうのみ　［植］　もと中国産、マメ科の低木で春に紅紫色の美しい花をつけ、花が終わると、莢実をつける。莢実は扁平で、線状長楕円形、外縫線に狭い翼がある　㊕秋

¹³蘇鉄の花　そてつのはな　［植］　ソテツ科の常緑低木で、夏に薄黄色の花穂が出る　㊕夏

【藻】

たはら藻　たわらも　［植］　穂俵の別称　㊕新年

ひじき藻　ひじきも　［植］　全国の岩礁に付着する褐藻類の一種で、ホンダワラ科に属する。冬から春にかけ発芽、夏になる前に採取する　㊕春

⁰藻に住む虫　もにすむむし　［動］　ワレカラのことといわれる　㊕秋

藻に住む虫の音に泣く　もにすむむしのねになく　［動］　ワレカラのことといわれる　㊕秋

藻に住む虫の音に鳴く　もにすむむしのねになく　［動］　ワレカラのことといわれる　㊕秋

藻に鳴く虫　もになくむし　［動］　ワレカラのことといわれる　㊕秋

藻の虫　ものむし　［動］　ワレカラのことといわれる　㊕秋

藻の花　ものはな　［植］　藻類の花の総称。特定の花を指すのではない　㊕夏

⁴藻刈　もかり　［人］　夏、湖沼や池などに繁茂した藻を刈り取ること　㊕夏

藻刈る　もかる　［人］　夏、湖沼や池などに繁茂した藻を刈り取ること　㊕夏

藻刈衣　もかりごろも　［人］　夏の藻刈に着る衣　㊕夏

藻刈船　もかりぶね　［人］　夏の藻を刈るのに使う船　㊕夏

藻刈棹　もかりざお　［人］　夏の藻刈をする棹　㊕夏

藻刈鎌　もかりがま　［人］　夏に藻刈をするための鎌　㊕夏

19画（蘭, 藺, 蘆）

藻切　もきり　［人］　夏、湖沼や池などに繁
　茂した藻を刈り取ること　㋥夏

⁵藻玉の実　もだまのみ　［植］　花がすむと六
　十センチほどの莢がたれ、そのなかに直径
　五、六センチもある大きな堅い種ができる。
　この種はかなり重いが、内部に空洞がある
　㋥秋

⁹藻草生う　もぐさおう　［植］　三月頃から、
　池や沢や湖沼に各種の水草が生えてくるこ
　と　㋥春

藻草生ふ　もぐさおう　［植］　三月頃から、
　池や沢や湖沼に各種の水草が生えてくるこ
　と　㋥春

¹¹藻船　もぶね　［人］　夏の藻を刈るのに使う
　船　㋥夏

【蘭】

うてふ蘭　うちょうらん　［植］　胡蝶蘭の別
　称　㋥夏

蘭　らん　［植］　ここでは秋蘭のこと。秋に
　咲く蘭の総称で、実際にはシナ蘭を指す。
　多くは一茎に一花、蝶形の香り高い花を咲
　かせる　㋥秋

⁰蘭の花　らんのはな　［植］　ここでは秋蘭の
　こと。秋に咲く蘭の総称で、実際にはシナ
　蘭を指す。多くは一茎に一花、蝶形の香り
　高い花を咲かせる　㋥秋

蘭の秋　らんのあき　［植］　秋に咲く蘭の香
　りが、秋風に漂うこと　㋥秋

蘭の香　らんのか　［植］　秋に咲く蘭の香り
　が、秋風に漂うこと　㋥秋

⁴蘭月　らんげつ　［時］　陰暦七月の別称
　㋥秋

⁹蘭盆　らんぼん　［宗］　陰暦七月二十六日か
　ら二十八日まで、長崎市・崇福寺で行われ
　る中国風の盆行事　㋥秋

蘭盆勝会　らんぼんしょうえ　［宗］　陰暦七
　月二十六日から二十八日まで、長崎市・崇
　福寺で行われる中国風の盆行事　㋥秋

蘭秋　らんしゅう　［時］　初秋の別称　㋥秋

蘭草　らんそう　［植］　藤袴の別称。秋の七
　草の一つ　㋥秋

¹²蘭湯　らんとう　［人］　五月五日の端午の節
　句に、邪気を払うため蘭の葉を入れた湯に
　入ること　㋥夏

¹⁵蘭蕉　らんしょう　［植］　カンナ科の多年草
　㋥秋

蘭鋳　らんちゅう　［動］　金魚の一種　㋥夏

【藺】

藺　い　［植］　湿地に自生するイグサ科の多
　年草。夏から秋にかけ緑茶色の小花をつけ
　る。夏に伸びた茎を刈って畳や莫蓙などの
　材料に使う　㋥夏

⁰藺の花　いのはな　［植］　湿地に自生するイ
　グサ科の多年草。夏から秋にかけ緑茶色の
　小花をつける　㋥夏

³藺干す　いほす　［人］　晩夏に刈った藺草を
　干すこと　㋥夏

⁴藺刈　いかり　［人］　七月中旬から下旬頃、
　藺草を刈り取ること　㋥夏

藺刈り　いかり　［人］　七月中旬から下旬
　頃、藺草を刈り取ること　㋥夏

藺刈る　いかる　［人］　七月中旬から下旬
　頃、藺草を刈り取ること　㋥夏

⁵藺田　いだ　［植］　藺の植えてある田。夏に
　伸びた茎を刈って畳や莫蓙などの材料に使
　う　㋥夏

⁹藺草　いぐさ　［植］　藺の別称。夏に伸びた
　茎を刈って畳や莫蓙などの材料に使う
　㋥夏

¹⁰藺座布団　いざぶとん　［人］　藺でできた夏
　座布団の一種　㋥夏

¹¹藺笠　いがさ　［人］　編笠の一種　㋥夏

¹²藺植う　いうう　［人］　十二月から一月にか
　けて、藺草の苗を水田に移植すること
　㋥冬

【蘆】

蘆　あし　［植］　水辺に生ずるイネ科の多年
　草　㋥秋

⁰蘆の花　あしのはな　［植］　秋、蘆から大き
　な穂がでて、その先につく紫色の小花のこ
　と　㋥秋

蘆の角　あしのつの　［植］　水辺の蘆の芽の
　こと。春、水が温むと蘆根から角のような
　芽が出る　㋥春

蘆の芽　あしのめ　［植］　水辺の蘆の芽のこ
　と。春、水が温むと蘆根から角のような芽
　が出る　㋥春

蘆の若葉　あしのわかば　［植］　蘆若葉のこ
　と　㋥春

蘆の枯葉　あしのかれは　［植］　冬、水辺の
　蘆の下の方から葉が枯れ落ちてゆくさま

550　俳句季語よみかた辞典

[季]冬

蘆の秋　あしのあき　［植］　蘆の葉ずれの寂しい音に風情を感じる秋のこと　[季]秋

蘆の御輿　あしのみこし　［宗］　津島祭で行われる厄送りの行事に使われる輿　[季]夏

蘆の穂　あしのほ　［植］　晩秋、蘆の花穂が熟して、白色の絮を吹き、風に吹かれて飛び散るもの　[季]秋

蘆の穂絮　あしのほわた　［植］　晩秋、蘆の花穂が熟して、白色の絮を吹き、風に吹かれて飛び散るもの　[季]秋

蘆の錐　あしのきり　［植］　水辺の蘆の芽のこと。春、水が温むと蘆根から角のような芽が出る　[季]春

4**蘆刈女**　あしかりめ　［人］　晩秋から冬へかけ、枯れてきた蘆を刈る女　[季]秋

5**蘆辺踊**　あしべおどり　［人］　戦前、四月に行なわれた大阪の花街での春の踊　[季]春

8**蘆芽**　あしかび　［植］　水辺の蘆の芽のこと。春、水が温むと蘆根から角のような芽が出る　[季]春

蘆茂る　あししげる　［植］　夏、蘆が青々と茂っていること　[季]夏

10**蘆原**　あしはら　［植］　蘆の生えた秋の原っぱ　[季]秋

11**蘆庵忌**　ろあんき　［宗］　陰暦七月十一日、江戸時代前期の歌人小沢蘆庵の忌日　[季]秋

【蟹】

こうばく蟹　こうばくがに　［動］　ズワイガニの雌の別称　[季]冬

ざり蟹　ざりがに　［動］　アメリカざりがにのこと。夏、子供が川で捕まえていた　[季]夏

ずわい蟹　ずわいがに　［動］　クモガニ科の大型の蟹で、冬が旬　[季]冬

せいこ蟹　せいこがに　［動］　ズワイガニの雌の別称　[季]冬

てんぼ蟹　てんぼがに　［動］　望潮（しおまねき）の別称　[季]春

わたり蟹　わたりがに　［動］　ガザミの別称。ワタリガニ科の浅海の蟹　[季]夏

蟹　かに　［動］　甲殻類の十脚目の短尾亜目の総称。ただ単に夏に蟹と言う場合は食用ではなく、子供が捕まえて遊ぶ小さい蟹のこと　[季]夏

0**蟹の子**　かにのこ　［動］　蟹の子ども　[季]夏

蟹の穴　かにのあな　［動］　蟹のつくる穴　[季]夏

蟹の泡　かにのあわ　［動］　蟹の出す泡　[季]夏

3**蟹工船**　かにこうせん　［動］　タラバガニを底刺網で捕獲する船　[季]冬

9**蟹胥**　かにびしこ　［人］　蟹の塩辛のこと　[季]夏

蟹草　かにくさ　［植］　フサシダ科の夏の植物　[季]夏

14**蟹漬**　かにづけ　［人］　蟹の塩辛のこと　[季]夏

蟹蔓　かにづる　［植］　蟹草の別称　[季]夏

17**蟹醢**　かにびしお　［人］　蟹の塩辛のこと　[季]夏

18**蟹醬**　かにびしお　［人］　蟹の塩辛のこと　[季]夏

【蟻】

蟻　あり　［動］　ハエ目アリ科の昆虫の総称。活動が一番盛んな夏の季語としている　[季]夏

0**蟻の列**　ありのれつ　［動］　一匹が餌を見つけると他の仲間を連れてきたりする列　[季]夏

蟻の国　ありのくに　［動］　蟻の社会をいう　[季]夏

蟻の門渡り　ありのとわたり　［動］　蟻の行列のこと　[季]夏

蟻の俵　ありのたわら　［動］　蟻の巣の中にある、白い米粒のような繭　[季]夏

蟻の塔　ありのとう　［動］　蟻が巣作りのため土を運んで盛り上げたもの　[季]夏

蟻の道　ありのみち　［動］　蟻の行列のこと　[季]夏

5**蟻出づ**　ありいず　［動］　冬籠もりしていた蟻が、春になって活動をはじめること　[季]春

蟻穴に入る　ありあなにいる　［動］　秋になって寒くなり、蟻が穴に籠もること　[季]秋

蟻穴を出づ　ありあなをいず　［動］　冬籠もりしていた蟻が、春になって活動をはじめること　[季]春

蟻穴を出る　ありあなをでる　［動］　冬籠も

りしていた蟻が、春になって活動をはじめること [季]春

6蟻吸　ありすい　［動］　北海道で夏鳥として繁殖。秋、本州に渡来し、主として山麓・丘陵などにすむ [季]秋

蟻地獄　ありじごく　［動］　薄翅蜉蝣の幼虫。小さなすり鉢状の巣を作り、落ちた蟻などの虫を捕食する [季]夏

9蟻巻　ありまき　［動］　アブラムシ科の昆虫で、植物の茎や葉について樹液を吸う害虫 [季]夏

10蟻蚕　ぎさん　［人］　孵化直後の蚕の幼虫。アリのようにみえるためこの名がある [季]春

12蟻塚　ありづか　［動］　蟻が巣作りのため土を運んで盛り上げたもの [季]夏

【蠅】

蠅　はえ　［動］　夏に発生するハエ目の昆虫のこと。病菌などを運び、忌み嫌われる [季]夏

0蠅とり　はえとり　［人］　蠅を打ち殺す道具 [季]夏

蠅の子　はえのこ　［動］　春になり生まれ出た蠅の子ども [季]春

蠅の声　はえのこえ　［動］　蠅の羽音のこと [季]夏

蠅を打つ　はえをうつ　［動］　蠅を叩いて殺すこと [季]夏

蠅を追ふ　はえをおう　［動］　蠅を追い払うこと [季]夏

2蠅入らず　はえいらず　［人］　夏、蠅がたからないように食品を入れておく台所用具 [季]夏

5蠅叩　はえたたき　［人］　蠅を打ち殺す道具 [季]夏

蠅打　はえうち　［人］　蠅を打ち殺す道具 [季]夏

蠅生る　はえうまる　［動］　春、最初に成虫になって飛び出すこと [季]春

8蠅取テープ　はえとりてーぷ　［動］　蠅を捕える器具 [季]夏

蠅取デー　はえとりでー　［動］　蠅駆除の日 [季]夏

蠅取リボン　はえとりりぼん　［人］　蠅を捕える器具 [季]夏

蠅取草　はえとりぐさ　［植］　ハエドクソウ科の多年草。六月頃、薄紫色の小花をつける [季]夏

蠅取茸　はえとりたけ　［植］　天狗茸（毒茸）の別称 [季]秋

蠅取紙　はえとりがみ　［動］　蠅を捕える器具 [季]夏

蠅取蜘蛛　はえとりぐも　［動］　網の巣を作らず蠅を主にたべる蜘蛛 [季]夏

蠅取撫子　はえとりなでしこ　［植］　虫取撫子の別称。夏に薄紅色の花が集まり咲く [季]夏

蠅毒草　はえどくそう　［植］　蠅取草の別称。六月頃、薄紫色の小花をつける [季]夏

蠅虎　はえとりぐも　［動］　網の巣を作らず蠅を主にたべる蜘蛛 [季]夏

10蠅捕りリボン　はえとりりぼん　［人］　蠅を捕える器具 [季]夏

蠅捕紙　はえとりがみ　［人］　蠅を捕える器具 [季]夏

蠅捕瓶　はえとりびん　［人］　蠅取りに用いられる道具 [季]夏

蠅捕管　はえとりかん　［人］　蠅取りに用いられる道具 [季]夏

蠅捕器　はえとりき　［人］　蠅取りに用いられる道具 [季]夏

蠅除　はえよけ　［人］　夏、蠅がたからないように食卓で食品を入れておく用具 [季]夏

11蠅帳　はえちょう　［人］　夏、蠅がたからないように食品を入れておく台所用具 [季]夏

14蠅蝗　はさみむし　［動］　ハサミムシ科の夏の昆虫。尻の先端がハサミ形で、外敵と戦う [季]夏

18蠅覆　はえおおい　［人］　夏、蠅がたからないように食卓で食品を入れておく用具 [季]夏

【蠍】

蠍　さそり　［動］　サソリ目の節足動物。熱帯地方に棲息し、毒をもつクモの仲間 [季]夏

【蟾】

蟾　ひき　［動］　蟇（ひきがえる）の別称 [季]夏

13蟾蜍　ひきがえる　［動］　日本原産の蛙とし

ては最大のもの。冬眠し、初夏になると這い出してくる　㋥夏

【蟷】

16蟷螂　かまきり,とうろう　［動］　直翅類に属する昆虫。交尾の後、雌が雄を食べてしまうことで有名で、秋深くなってから産卵する　㋥秋

蟷螂の子　とうろうのこ　［動］　五、六月頃、孵化したばかりのカマキリの子ども　㋥夏

蟷螂生る　とうろううまる,かまきりうまる　［動］　五、六月頃、カマキリが孵化すること　㋥夏

蟷螂枯る　とうろうかる　［動］　雌の蟷螂の体が保護色で枯葉色に変ること　㋥冬

【蟿】

17蟿螽　はたはた　［動］　バッタの俗称　㋥秋

【蠁】

3蠁子　さし　［動］　猩猩蠅の別称　㋥夏

【襦】

ガーゼ襦袢　がーぜじゅばん　［人］　汗取用の肌着の一種　㋥夏

【覇】

4覇王樹　さぼてん　［植］　メキシコ原産の多年生多肉植物。夏に菊に似た赤みをおびた黄色の花が咲く　㋥夏

【蹴】

17蹴鞠始　けまりはじめ　［宗］　江戸時代は、正月申の日に行った蹴鞠の儀式。現在は一月四日に行われている　㋥新年

【鏡】

0鏡の祝　かがみのいわい　［宗］　二十日祝いに、女性が鏡に拝礼して鏡台に供えた鏡餅を食べたこと　㋥新年

5鏡台祝　きょうだいいわい　［宗］　二十日祝いに、女性が鏡に拝礼して鏡台に供えた鏡餅を食べたこと　㋥新年

鏡台祝う　きょうだいいわう　［宗］　二十日祝いに、女性が鏡に拝礼して鏡台に供えた

鏡餅を食べたこと　㋥新年

9鏡草　かがみくさ,かがみぐさ　［植］　萍（うきくさ）の古称　㋥夏

鏡草　かがみぐさ　［植］　大根の異名。昔、鏡餅の上に飾った場合の言い方　㋥新年

12鏡割　かがみわり　［人］　正月十一日、鏡餅を割って食べること　㋥新年

鏡開　かがみびらき　［人］　正月十一日、鏡餅を割って食べること　㋥新年

14鏡餅　かがみもち　［人］　新年の飾り物。三方に大きい丸餅を重ね飾り、神供・床飾りとして用いるもの　㋥新年

鏡餅搗く　かがみもちつく　［人］　年末に正月餅を搗くこと　㋥冬

【離】

0離れ鴛鴦　はなれおし　［動］　つがいでない鴛鴦　㋥冬

離れ鵜　はなれう　［人］　鵜飼で離れてしまった鵜　㋥夏

10離宮祭　りきゅうまつり　［宗］　宇治祭の別称　㋥夏

16離鴛鴦　はなれおし　［動］　つがいでない鴛鴦　㋥冬

【霧】

霧　きり　［天］　秋、小さな水滴が大気中を煙のように浮遊する現象。春の場合は霞と言う　㋥秋

0霧の下道　きりのしたみち　［天］　霧の立った下の道を行くこと　㋥秋

霧の花　きりのはな　［天］　樹氷の別称　㋥冬

霧の谷　きりのたに　［天］　霧を谷にみたてていった語　㋥秋

霧の海　きりのうみ　［天］　霧が海のように広がっていること　㋥秋

霧の香　きりのか　［天］　霧の立ちこめたさまを香があるようにいったもの　㋥秋

霧の帳　きりのとばり　［天］　霧を帳にみたてていった語　㋥秋

霧の雫　きりのしずく　［天］　霧雫のこと　㋥秋

霧の籬　きりのまがき　［天］　霧をまがきに見たてたさま　㋥秋

5霧氷　むひょう　［天］　寒地や冬山で、樹木

俳句季語よみかた辞典　553

についた霧の水滴が凍り、白い花のように見える現象 [季]冬

霧氷林　むひょうりん ［天］ 寒地や冬山で、樹木についた霧の水滴が凍り、白い花のように見える現象 [季]冬

霧立人　きりたちひと ［天］ 秋の霧の中立ち尽くす人で、なんとなくうちとけられない感じ [季]秋

8霧雨　きりさめ ［天］ 小雨のように降る霧 [季]秋

10霧原の駒　きりはらのこま ［人］ 駒牽の代表的な貢馬 [季]秋

霧島祭　きりしままつり ［宗］ 鹿児島・霧島神宮の豊穣祭の別称 [季]秋

霧島躑躅　きりしま, きりしまつつじ ［植］ 躑躅の園芸種で、庭園、盆栽に人気がある [季]春

霧時雨　きりしぐれ ［天］ 小雨のように降る霧 [季]秋

11霧雫　きりしずく ［天］ 秋の霧に濡れてできる雫 [季]秋

霧雪　むせつ ［天］ 厳冬期の北海道や山岳地帯で見られるいわゆるダイヤモンドダスト。日光があたって美しく輝く [季]冬

17霧襖　きりぶすま ［天］ 霧が濃く襖のようにみえるさま [季]秋

【韛】

8韛始　ふいごはじめ ［人］ 新年になって初めて鍛冶・鋳物などで韛を使う仕事始め [季]新年

11韛祭　ふいごまつり ［宗］ 陰暦十一月八日、鍛冶屋・鋳物師・飾り師など韛を使う職人の祭。現在は陽暦で行われる [季]冬

【願】

0願の糸　ねがいのいと ［人］ 七夕祭のとき、自分の願いを星に祈るために竹竿にかける糸のこと [季]秋

6願糸　がんし ［人］ 七夕祭のとき、自分の願いを星に祈るために竹竿にかける糸のこと [季]秋

13願解祭　がんげさい ［宗］ 四月十四日の万願祭の別称 [季]春

願解踊　がんげおどり ［宗］ 四月十四日の万願祭の別称 [季]春

【饂】

13饂飩すき　うどんすき ［人］ 鍋料理の一つ [季]冬

【鯨】

ごんどう鯨　ごんどうくじら ［動］ イルカの一種 [季]冬

鯨　くじら ［動］ 海生の大型哺乳類。冬に日本近海に回遊していた [季]冬

5鯨汁　くじらじる ［人］ 鯨の肉の薄切りを野菜と水から煮込んだ冬の鍋物 [季]冬

6鯨舟　くじらぶね ［人］ 捕鯨をする舟。沿岸捕鯨は冬が漁期だった [季]冬

7鯨見　くじらみ ［人］ 捕鯨の際、鯨を見張る者。沿岸捕鯨は冬が漁期だった [季]冬

8鯨突　くじらつき ［人］ 捕鯨のこと。沿岸捕鯨は冬が漁期だった [季]冬

鯨突く　くじらつく ［人］ 捕鯨のこと。沿岸捕鯨は冬が漁期だった [季]冬

12鯨番　くじらばん ［人］ 捕鯨の際、鯨を見張る者。沿岸捕鯨は冬が漁期だった [季]冬

17鯨鍋　くじらなべ ［人］ 鯨の肉の薄切りをすき焼きにした冬の鍋物 [季]冬

【鯖】

ごま鯖　ごまさば ［動］ 鯖の一種 [季]夏

ひら鯖　ひらさば ［動］ 胡麻鯖の別称 [季]夏

ほん鯖　ほんさば ［動］ 鯖の一種 [季]夏

まる鯖　まるさば ［動］ 真鯖の別称 [季]夏

鯖　さば ［動］ サバ科サバ属の海魚。五月から七月が産卵期で、この後のものが美味 [季]夏

0鯖の馴鮓　さばのなれずし ［人］ 鮓の一種 [季]夏

4鯖火　さばび ［動］ 鯖漁の船の火をいう [季]夏

6鯖舟　さばぶね ［動］ 鯖火を焚いた鯖を釣る舟 [季]夏

8鯖河豚　さばふぐ ［動］ 河豚の一種 [季]冬

11鯖船　さばぶね ［動］ 鯖火を焚いた鯖を釣る舟 [季]夏

鯖釣　さばつり ［動］ 鯖は火光に集まる習性があるので、夜、火を焚いて漁をする [季]夏

12鯖雲　さばぐも ［天］ 鯖の背の斑紋のよう

な形状の秋の雲　[季]秋

16鯖鮓　さばずし　［人］　鮓の一種　[季]夏

鯖鴫　さばしぎ　［動］　青鴫の別称　[季]秋

【鯛】

にらみ鯛　にらみだい　［人］　正月の掛鯛のこと　[季]新年

0鯛ちり　たいちり　［人］　鯛を使ったちり鍋　[季]冬

6鯛地漕網　たいじこぎあみ　［人］　鯛網の一種　[季]春

8鯛味噌　たいみそ　［人］　タイの身をゆでてそぼろをつくり、みそと砂糖を加えて煮ながらねり合わせたもの　[季]冬

11鯛葛網　たいかつらあみ　［人］　鯛網の一種　[季]春

鯛釣り星　たいつりぼし　［天］　蠍座の別称　[季]夏

鯛釣草　たいつりそう　［植］　けまん草の別称　[季]春

12鯛焼　たいやき　［人］　鯛の形をした鉄板の金型の中にうどん粉を流し込み、餡を包み込んで焼いた菓子。焼きたての温かさが心地よいのは、冬ならではのもの　[季]冬

鯛焼屋　たいやきや　［人］　鯛焼を売る屋台　[季]冬

14鯛網　たいあみ　［人］　鯛をとる網　[季]春

16鯛縛網　たいしばりあみ　［人］　鯛網の一種　[季]春

【鯡】

鯡　にしん　［動］　イワシ科に属する寒海魚で、四、五月頃、産卵のため南下してくる　[季]春

【鯰】

ごみ鯰　ごみなまず　［動］　鯰の一種　[季]夏

鯰　なまず　［動］　ナマズ科の淡水魚。初夏に繁殖する　[季]夏

17鯰鍋　なまずなべ　［動］　鯰の鍋料理　[季]夏

【⿰魚朋】

11⿰魚朋魚　しょうさいふぐ　［動］　河豚の一種　[季]冬

【鯥】

鯥　むつ　［動］　やや深海にすむムツ科の魚。冬が旬で、鯛に似た淡白な身や卵巣が美味　[季]冬

0鯥の子　むつのこ　［動］　ムツの幼魚　[季]冬

4鯥五郎　むつごろう　［動］　ハゼ科の泥魚で、九州の有明海のみに産する　[季]春

6鯥曳網　むつひきあみ　［動］　ムツゴロウをとる引網のこと　[季]春

11鯥掛け　むつかけ　［動］　ムツゴロウを竿先のかぎ釣でひっかけてとる漁　[季]春

鯥掘る　むつほる　［動］　干潟の泥の中にいるムツゴロウを掘り出すこと　[季]春

鯥袋網　むつぶくろあみ　［動］　ムツゴロウをとる袋網のこと　[季]春

【鯧】

鯧　まながつお　［動］　マナガツオ科の外洋性の海水魚。冬場が旬　[季]冬

【鯳】

鯳　すけとうだら　［動］　助宗鱈の別称　[季]冬

【鶏】

ちゃぼ鶏頭　ちゃぼけいとう　［植］　鶏頭の一種　[季]秋

0鶏すき　とりすき　［人］　鍋料理の一つ　[季]冬

鶏つるみす　にわとりつるみす　［時］　七十二候の一つで、大寒の第一候。陽暦一月二十一日から二十五日頃　[季]冬

鶏の蹴合　とりのけりあい　［人］　鶏の蹴合（とりのけあい）に同じ　[季]春

鶏の蹴合　とりのけあい　［宗］　雄鶏同士を闘わせて勝負を争う遊び。近世まで三月三日の節句で宮中行事として行われた　[季]春

4鶏日　けいじつ　［時］　正月一日。元日の別称　[季]新年

5鶏旦　けいたん　［時］　元旦の別称　[季]新年

6鶏交みす　とりつるみす　［時］　七十二候の一つで、大寒の第一候。陽暦一月二十一日から二十五日頃　[季]冬

鶏交み初む　にわとりつるみはじむ, とりつるみそむ　［時］　七十二候の一つで、大寒の第一候。陽暦一月二十一日から二十五日

頃　[季]冬

鶏合　とりあわせ　［人］　雄鶏同士を闘わせて勝負を争う遊び。近世まで三月三日の節句で宮中行事として行われた　[季]春

7鶏初めて交む　にわとりはじめてつるむ　［時］　七十二候の一つで、大寒の第一候。陽暦一月二十一日から二十五日頃　[季]冬

鶏尿藤　けいにょうとう　［植］　灸花の別称。晩夏から初秋の頃、小花が集まり咲く　[季]夏

8鶏舎温む　とやあたたむ　［人］　寒気のため鶏の産卵量が低下するのを防ぐため、鶏舎を暖かくすること　[季]冬

9鶏冠　けいかん　［植］　鶏頭の別称　[季]秋

鶏冠菜　とさかのり　［植］　紅藻類ミリン科の海藻。不規則な叉状または掌状に分かれ、色はとさかに似たあざやかな紅色　[季]春

10鶏栖子　けいせいし　［植］　皀角子の別称。秋に、長さ三十センチくらいの豆莢が垂れる　[季]秋

13鶏腸　はこべ　［植］　ナデシコ科の二年草。春の七草の一つ　[季]春

14鶏鉾　とりほこ　［宗］　祇園会の鉾山の一つ　[季]夏

鶏雑炊　とりぞうすい　［人］　雑炊の一つで、鶏の水炊きの後で作るもの　[季]冬

16鶏頭　けいとう　［植］　庭に植え、また切り花として観賞する一年草。初秋から霜の降りる頃まで咲き続く　[季]秋

鶏頭花　けいとうか　［植］　庭に植え、また切り花として観賞する一年草。初秋から霜の降りる頃まで咲き続く　[季]秋

鶏頭蒔く　けいとうまく　［人］　春の彼岸前後、ケイトウの種を蒔くこと　[季]春

鶏頭踊　けいとうおどり　［宗］　四月十四日の万願祭の別称　[季]春

【鵲】

鵲　かささぎ　［動］　燕雀目カラス科の鳥　[季]秋

0鵲の巣　かささぎのす　［動］　二、三月頃、人家付近の高い木の上に小枝を積み重ねて作った巣　[季]春

鵲の橋　かささぎのはし　［人］　牽牛と織女が相会するとき、カササギが天の川をうずめて橋を成し、織女を渡すという中国の古伝説　[季]秋

7鵲初めて巣くう　かささぎはじめてすくう　［時］　七十二候の一つで、小寒の第二候。陽暦一月十日から十四日頃　[季]冬

鵲初めて巣くふ　かささぎはじめてすくう　［時］　七十二候の一つで、小寒の第二候。陽暦一月十日から十四日頃　[季]冬

鵲豆　ふじまめ　［植］　隠元豆の一種で、初秋、まだ若い莢を取って煮て食べる　[季]秋

11鵲巣をくいそむる　かささぎすをくいそむる　［時］　七十二候の一つで、小寒の第二候。陽暦一月十日から十四日頃　[季]冬

鵲巣をくう　かささぎすをくう　［時］　七十二候の一つで、小寒の第二候。陽暦一月十日から十四日頃　[季]冬

鵲巣をくひそむる　かささぎすをくいそむる　［時］　七十二候の一つで、小寒の第二候。陽暦一月十日から十四日頃　[季]冬

鵲巣をくふ　かささぎすをくう　［時］　七十二候の一つで、小寒の第二候。陽暦一月十日から十四日頃　[季]冬

【鶉】

鶉　うずら　［動］　鶉鶏目キジ科ウズラ属の鳥で、ずんぐりしている。東北・北海道で繁殖し、秋に本州中部以西の暖地に渡って越冬する　[季]秋

0鶉の衣　うずらのころも　［人］　褐色の衣のこと　[季]秋

鶉の床　うずらのとこ　［動］　鶉の伏す草　[季]秋

鶉の巣　うずらのす　［動］　夏、鶉が繁殖のため作った巣　[季]夏

6鶉合　うずらあわせ　［人］　鶉の鳴き声を競ったもの　[季]秋

鶉合せ　うずらあわせ　［動］　鶉の鳴き声を競ったもの　[季]秋

鶉衣　うずらごろも　［人］　褐色の衣のこと　[季]秋

7鶉豆　うずらまめ　［植］　隠元豆の別称。初秋、花の後に莢ができて垂れ下がるのを収穫する　[季]秋

9鶉草　うずらそう　［植］　粟の別称　[季]秋

11鶉野　うずらの　［動］　鶉のいる野　[季]秋

12鶉斑　うずらふ　［動］　鶉の体にある茶色に黒の斑　[季]秋

14鶉網　うずらあみ　［人］　鶉をとる網　[季]秋

22鶉籠　うずらかご　［人］　鶉の飼育籠　[季]秋

24鶉鷹　うずらたか　［人］　鷹狩りの一種　[季]秋

鶉鷹野　うずらたかの　［人］　駈鶉を行なう野　[季]秋

【鶫】

鶫　つぐみ　［動］　ツグミ科の小鳥。晩秋、北方から群をなして飛来する　[季]秋

0鶫を食ふ　つぐみをくう　［人］　大晦日に鶫を焼いて食べ、縁起を祝う風習　[季]冬

【鵯】

鵯　ひよどり, ひよ　［動］　ヒヨドリの別称　[季]秋

3鵯上戸　ひよどりじょうご　［植］　山野に自生しているナス科の蔓性多年草で。果実は小さい球状で、晩秋に赤く熟して鵯がついばむ　[季]秋

鵯上戸の花　ひよどりじょうごのはな　［植］　ナス科の多年草。夏から秋にかけて白い合弁花が咲く　[季]夏

7鵯花　ひよどりばな　［植］　山野の林下にはえているキク科の多年草。初秋に白、まれに淡紅色の小花が咲き、藤袴に似る　[季]秋

14鵯踊　ひよどりおどり　［人］　正月八日、静岡県引佐町の薬師堂で行なわれる祭礼　[季]新年

【鵺】

鵺　ぬえ　［動］　虎鶫の別称　[季]夏

【鶍】

鶍　いすか　［動］　アトリ科の小鳥で、嘴の上下が食い違っているのが特徴　[季]秋

【麗】

0麗か　うららか　［時］　春の陽光が柔らかな様子　[季]春

4麗日　れいじつ　［時］　春のうららかな日のこと　[季]春

9麗春花　れいしゅんか　［植］　雛罌粟の別称。初夏に赤、白、紫色などの四弁花をつける　[季]夏

【麒】

24麒麟草　きりんそう　［植］　ベンケイソウ科の多年草。六月頃に黄色い五弁花を集める　[季]夏

麒麟菊　きりんぎく　［植］　リアトリスの別称　[季]夏

【麴】

23麴黴　こうじかび　［植］　黴の一種　[季]夏

20 画

【孀】

10孀娥　そうが　［天］　もとは仙女の名、月の別称　[季]秋

【巌】

3巌千鳥　いわちどり　［植］　岩壁に自生するラン科の多年草。初夏、千鳥に似た形をした薄紫色の花をつける　[季]夏

4巌木賊　いわとくさ　［植］　セッコクの別称　[季]夏

5巌石蘭　がんせきらん　［植］　胡蝶蘭の別称。岩場に自生することからの名　[季]夏

8巌松　いわまつ　［植］　巌檜葉の別称　[季]夏

巌苔　いわごけ　［植］　巌檜葉の別称　[季]夏

9巌茱萸　いわぐみ　［植］　一つ葉の別称　[季]夏

11巌菲仙翁　がんひせんおう　［植］　岩菲の別称　[季]夏

巌魚　いわな　［動］　冷たい清冽な渓流でも上流の方に棲息する川魚。夏が岩魚釣りシーズン　[季]夏

14巌滴り　いわしたたり　［地］　山の岩壁などから滴り落ちる水滴　[季]夏

16巌薬　いわぐすり　［植］　セッコクの別称　[季]夏

17巌檜葉　いわひば　［植］　イワヒバ科の常緑多年草。夏に葉を楽しむ　[季]夏

18巌藤　いわふじ　［植］　マメ科の多年草。五、六月頃に赤い花をつける　[季]夏

20画（懸, 櫨, 櫪, 灌, 穭, 競）

【懸】

⁰懸けの魚　かけのうお　［人］　幸木に魚や海藻・野菜などを掛け、正月の間それを少しずつ食べた風習　㉒新年

懸り凧　かかりだこ, かかりたこ　［人］　どこかに引っかかった凧　㉒新年

懸り羽子　かかりはね　［人］　正月の羽子つき遊びの時に、逸れてどこかに引っかかった羽根　㉒新年

³懸大根　かけだいこん, かけだいこ　［人］　初冬、何段にも作りつけられた丸太や竹竿などに、葉の部分をわらで括って振り分けにして干された大根　㉒冬

¹¹懸崖菊　けんがいぎく　［植］　あたかも崖から垂れ下がっているようにした盆栽仕立ての菊　㉒秋

懸巣　かけす　［動］　カラス科の鳥で鳩よりやや小さいもの。秋には餌を求めて人家のそばまでやってくる　㉒秋

懸巣鳥　かけす　［動］　カラス科の鳥で鳩よりやや小さいもの。秋には餌を求めて人家のそばまでやってくる　㉒秋

懸菜　かけな　［人］　初冬、大根や蕪の葉を採って縄で編み、軒下・壁ぎわ・落葉した枝などにかけて干すもの　㉒冬

¹²懸葵　かけあおい　［宗］　葵祭で社殿や御簾に葵を懸けること　㉒夏

¹³懸想文　けそうぶみ　［人］　男女の良縁を得る正月の縁起物。艶書の体裁をしていた　㉒新年

懸想文売　けそうぶみうり　［人］　江戸時代、元日の朝から十五日まで京の町で懸想文を売り歩いた祇園の犬神人のこと　㉒新年

懸煙草　かけたばこ　［人］　秋に取り入れた煙草の葉を、一枚一枚干したもの　㉒秋

懸蓬莱　かけほうらい　［人］　床の間の壁などにつり下げる蓬莱　㉒新年

¹⁴懸踊　かけおどり　［人］　近世初期、京で七夕の日に少女たちが踊った盆踊の一種　㉒秋

【櫨】

櫨　はじ　［植］　ハゼノキの別称　㉒秋

⁰櫨ちぎり　はぜちぎり　［人］　晩秋、櫨の実を採ること　㉒秋

櫨の花　はぜのはな　［植］　ウルシ科の落葉小高木。初夏、葉の根元に円錐状の黄緑色の小花が集まり咲く　㉒夏

櫨の実　はぜのみ　［植］　大豆ほどの卵形で平べったい実。晩秋に淀んだような黄色に熟する　㉒秋

⁸櫨若葉　はじわかば　［植］　櫨の若葉　㉒夏

⁹櫨紅葉　はぜもみじ　［植］　晩秋、櫨の葉が紅葉したもの　㉒秋

¹¹櫨採　はぜとり　［人］　晩秋、櫨の実を採ること　㉒秋

¹²櫨買　はぜかい　［人］　採った櫨を買う人　㉒秋

【櫪】

櫪　くぬぎ　［植］　ブナ科の落葉高木。初夏、新枝から無数の黄褐色の雄花が穂のように長く垂れ下がる　㉒夏

【灌】

お灌仏　おかんぶつ　［宗］　四月八日の仏生会で釈迦の誕生像に香湯や甘茶をそそぐこと　㉒春

⁴灌仏　かんぶつ　［宗］　四月八日の仏生会で釈迦の誕生像に香湯や甘茶をそそぐこと　㉒春

灌仏会　かんぶつえ　［宗］　四月八日の仏生会の別称　㉒春

【穭】

穭　ひつじ　［植］　晩秋、稲を刈った後の切り株から伸びた稲の新芽のこと　㉒秋

⁵穭田　ひつじだ　［地］　稲刈りのすんだ後の切り株から新しい茎が一面に生じた田　㉒秋

¹⁴穭稲　ひつじいね　［植］　晩秋、稲を刈った後の切り株から伸びた稲の新芽のこと　㉒秋

¹⁵穭穂　ひつじほ　［植］　晩秋、稲を刈った後の切り株から伸びた稲の新芽のこと　㉒秋

【競】

⁰競べ馬　くらべうま　［宗］　五月五日、京都・上賀茂神社社前の馬場で行なわれる競馬　㉒夏

⁸競泳　きょうえい　［人］　泳ぐ速さを競う夏の水上競技の一つ　㉒夏

20画（糯, 罌, 朧, 蘖, 蘩, 蠑, 蟒, 蠓, 蠛, 護, 讓, 醴）

¹²競渡　けいと　［人］　五月五日の端午の節句
の行事として行われる競漕。長崎のものが
有名　㋑夏

競渡船　けいとせん　［人］　競渡に使われる
船　㋑夏

¹⁴競漕　きょうそう　［人］　ボートレースのこ
と　㋑春

競漕会　きょうそうかい　［人］　ボートレー
スのこと　㋑春

【糯】
糯　もち　［植］　稲の一種で、餅やおこわを
つくるためのもの。稲は秋に収穫する
㋑秋

⁵糯打　もちうち　［人］　仙台市で正月十四日
の夜、この一年間に結婚した家々に若者た
ちが変装して訪れ祝うこと　㋑新年

【罌】
³罌子桐の実　とゆのみ　［植］　花が終わると
雌花が実ってできる果実。十月頃熟して、
なかに三個の丸くなめらかな種ができる。
種からは油を絞る　㋑秋

¹²罌粟の花　けしのはな　［植］　ケシ科の越年
草の花の総称。初夏、四弁の大きな花が咲
く。麻薬をとるのは白果種で、栽培は禁じ
られている　㋑夏

罌粟の実　けしのみ　［植］　夏、罌粟の花の
散ったあとの球形の実のこと　㋑夏

罌粟の若葉　けしのわかば　［植］　草の若葉
の一つ　㋑春

罌粟坊主　けしぼうず　［植］　夏、罌粟の花
の散ったあとの球形の実のこと　㋑夏

罌粟蒔く　けしまく　［人］　九月下旬頃、罌
粟の種を蒔くこと　㋑秋

【朧】
朧　おぼろ　［天］　春の夜、もうろうとかす
んだように見えること。昼間なら霞　㋑春

⁰朧めく　おぼろめく　［天］　春の夜、ものみ
なすべてが霞んだようになるさま　㋑春

⁴朧月　おぼろづき　［天］　朧にかすんだ春の
月のこと　㋑春

朧月夜　おぼろづきよ　［時］　ぼんやり朧に
かすんだ春の月夜のこと　㋑春

⁸朧夜　おぼろよ　［時］　朧にぼんやりかすん
だ春の夜　㋑春

¹⁵朧影　おぼろかげ　［天］　春の夜に影がおぼ
ろに霞んで見えるさま　㋑春

【蘖】
蘖　ひこばえ　［植］　春、樹木の切り株や根
元から、新しい芽が萌えでること　㋑春

⁰蘖ゆ　ひこばゆ　［植］　春、樹木の切り株や
根元から、新しい芽が萌えでること　㋑春

【蘩】
¹⁴蘩蔞　はこべ　［植］　ナデシコ科の二年草。
春の七草の一つ　㋑新年, 春

【蠑】
¹⁶蠑螈　いもり　［動］　守宮（やもり）に似た、
池や沼にすむ夏によく見る両生類　㋑夏

【蟒】
¹⁷蟒蛣　すくもむし　［動］　甲虫の幼虫。地虫
のことをいうらしい　㋑夏

【蠓】
蠓　なまぐさ　［動］　マクナギの別称。ヌカ
カやユスリカの類。夏の夕暮など、野や畑
でうるさくつきまとう小虫のこと　㋑夏

【蠛】
²⁰蠛蠓　まくなぎ　［動］　ヌカカやユスリカの
類。夏の夕暮など、野や畑でうるさくつき
まとう小虫のこと　㋑夏

【護】
⁷護花鈴　ごかれい　［人］　鈴をたくさん結び
つけた縄を花の梢に引き渡して、花に集ま
る小鳥を追うように仕掛けたもの　㋑春

【讓】
⁰讓り葉　ゆずりは　［植］　常緑植物で、古い
葉が新しい葉に讓るような形になる。名の
音が縁起が良いため、正月の飾りに用いら
れる　㋑新年

讓り雛　ゆずりびな　［宗］　讓りうける雛人
形　㋑春

【醴】
醴　こざけ, あまざけ　［人］　糯米の粥に麹

俳句季語よみかた辞典　559

20画（鐘, 露, 霰）

を加え醸酵させた酒。昔は暑気払いによく
飲まれた　㊥夏

¹⁰醴酒　れいしゅ　［人］　甘酒の別称　㊥夏

醴酒を供ず　ひとよざけをくうず　［人］　甘
酒を献じること　㊥夏

【鐘】

⁶鐘冰る　かねこおる　［時］　鐘の音も凍りつ
くような寒さ　㊥冬

⁷鐘冴ゆる　かねさゆる　［時］　寒さで澄み
きったように聞こえる鐘の音　㊥冬

⁸鐘供養　かねくよう　［宗］　晩春の頃、各地
の寺院で行なわれる梵鐘供養の行事　㊥春

¹⁰鐘凍つる　かねいつる　［時］　鐘の音も凍り
つくような寒さ　㊥冬

¹¹鐘涼し　かねすずし　［時］　暑い夏に鐘の音
だけが涼しいさま　㊥夏

¹⁷鐘霞む　かねかすむ　［天］　春、遠くから鐘
の音がのどやかに聞こえてくるさま　㊥春

²⁰鐘朧　かねおぼろ　［天］　鐘の音がおぼろに
聞こえるさま　㊥春

【露】

露　つゆ　［天］　秋の夜の冷気で地表の水蒸
気が凝結し、草木の葉や地物の表面に多数
の水滴をつけること　㊥秋

⁰露けし　つゆけし　［天］　露が多いこと
㊥秋

露こおる　つゆこおる　［天］　冬に草木の葉
に付いた露が凍りつくこと　㊥冬

露こほる　つゆこおる　［天］　冬に草木の葉
に付いた露が凍りつくこと　㊥冬

露こもり月　つゆこもりづき　［時］　陰暦十
一月の別称　㊥冬

露の世　つゆのよ　［天］　露のようにはかな
い世　㊥秋

露の玉　つゆのたま　［天］　玉の形をしてい
る露のこと　㊥秋

露の身　つゆのみ　［天］　露のようにはかな
い命　㊥秋

露の秋　つゆのあき　［天］　露の多い秋
㊥秋

露の袖　つゆのそで　［天］　涙のことの比喩
的な言い回し　㊥秋

露の宿　つゆのやど　［天］　露の多い野末の
宿　㊥秋

⁴露月忌　ろげつき　［宗］　九月十八日、明
治・大正期の俳人石井露月の忌日　㊥秋

⁵露台　ろだい　［人］　バルコニーやベランダ
やテラスなど。涼しさの点で夏の季語とさ
れる　㊥夏

⁷露伴忌　ろはんき　［宗］　七月三十日、明
治・大正・昭和初期の小説家幸田露伴の忌
日　㊥夏

露冴ゆる　つゆさゆる　［天］　秋の露の降り
る頃の寒さ　㊥秋

⁹露草　つゆくさ　［植］　人家の側から森林ま
でいたるところに生えるツユクサ科の一年
草で、初秋に真っ青の花が咲く　㊥秋

¹⁰露時雨　つゆしぐれ　［天］　秋、露が一面に
降りて時雨た後のような状態。または叢に
分け入ると、草木の葉についた露が時雨の
ように降ること　㊥秋

¹¹露涼し　つゆすずし　［天］　夏の朝霧がおり
て涼しげなこと　㊥夏

¹²露寒　つゆさむ　［天］　秋の露の降りる頃の
寒さ　㊥秋

露寒し　つゆさむし　［天］　秋の露の降りる
頃の寒さ　㊥秋

露曾草　つゆそぐさ　［植］　薄の別称　㊥秋

露葎　つゆむぐら　［天］　露がのこっている
ムグラ　㊥秋

¹⁶露凝る　つゆこる　［天］　冬に草木の葉に付
いた露が凍りつくこと　㊥冬

¹⁷露霜　つゆじも　［天］　晩秋の露が凍って霜
になったもの。または淡くて消えやすい秋
の霜のこと　㊥秋

露霜寒し　つゆしもさむし　［天］　晩秋、露
が霜になろうとする頃の寒さ　㊥秋

【霰】

霰　あられ　［天］　寒気が厳しいため雨滴が
凍って降ること　㊥冬

霰　あられ　［人］　寒についた餅を細かく賽
の目に切り乾燥させたもの　㊥冬

⁰霰ばしり　あらればしり　［宗］　正月の踏歌
節会で歌われた万春楽の囃し言葉　㊥新年

⁴霰天神山　あられてんじんやま　［宗］　祇園
会の鉾山の一つ　㊥夏

¹⁰霰酒　あられざけ　［人］　味醂に餅あられを
加えた奈良の名産品。本来四季に関係ない
が、霰の名から冬の季語とされる　㊥冬

11霰魚　あられうお　［動］　杜父魚（かくぶつ）の別称。霰が降ると腹を上にして泳ぎ、腹を霰にうたせるとの言い伝えに由来　[季]冬

霰魚　あられうお　［動］　鰍（かじか）の別称　[季]秋

14霰餅　あられもち　［人］　寒についた餅を細かく賽の目に切り乾燥させたもの　[季]冬

霰餅造る　あられもちつくる　［人］　寒についた餅を細かく賽の目に切り乾燥させたもの　[季]冬

【響】

12響葫蘆　ほんぴん　［人］　江戸時代からの玩具。ガラス罎の底を薄くして、息を吹きこむと震動によってポコポコと鳴るようにしたもの　[季]新年

【饅】

ふくれ饅頭の祝日　ふくれまんじゅうのいわいび　［宗］　八月十五日、聖母マリアの被昇天祭の別称　[季]秋

16饅頭笠　まんじゅうがさ　［人］　頂が丸く浅く、ちょうど饅頭を平たくした形の菅笠　[季]夏

【鰍】

鰍　かじか　［動］　カジカ科の淡水魚。文字通りに秋の季語　[季]秋, 夏

8鰍突く　かじかつく　［動］　鰍を捕ること　[季]秋

【鰉】

鰉　ひがい　［動］　コイ科の体長十五センチほどの淡水魚。琵琶湖産のものが有名で四、五月頃産卵する　[季]春

【鰌】

12鰌蝆の子　がざみのこ　［動］　ワタリガニ科のカニの子ども。夏に卵からかえる　[季]夏

【鰆】

鰆　さわら　［動］　マグロ科の魚。晩春、産卵のため沿岸に来る　[季]春

0鰆ごち　さわらごち　［天］　東風の一つ　[季]春

8鰆東風　さわらごち　［天］　東風の一つ　[季]春

11鰆船　さわらぶね　［動］　鰆漁に使う船　[季]春

14鰆網　さわらあみ　［動］　鰆漁に使う網　[季]春

【鰒】

鰒　あわび　［動］　耳貝科に属する巻貝。海女が潜って獲ることが多かった　[季]夏

鰒　ふぐ, ふく　［動］　フグ科の魚の総称。美味だが、肝臓と卵巣に猛毒を含む　[季]冬

13鰒節　とこぶし　［動］　アワビに似た小型の貝。春が美味　[季]春

【鰊】

鰊　にしん　［動］　イワシ科に属する寒海魚で、四、五月頃、産卵のため南下してくる　[季]春

3鰊干す　にしんほす　［動］　春鰊を干して乾燥させること　[季]春

6鰊汲む　にしんくむ　［動］　春とれた鰊を船から陸へ汲みあげること　[季]春

8鰊空　にしんぞら　［天］　三月から五月にかけて鰊漁の頃の曇り空のこと　[季]春

10鰊釜　にしんがま　［動］　鰊を煮る釜　[季]春

11鰊船　にしんぶね　［動］　春の鰊漁に使う船　[季]春

12鰊割き　にしんさき　［動］　春鰊を割いて開くこと　[季]春

鰊場　にしんば　［動］　鰊のとれる漁場　[季]春

鰊焚く　にしんたく　［動］　鰊を煮ること　[季]春

13鰊群来　にしんくき　［動］　産卵期の鰊の大群集　[季]春

14鰊漁　にしんりょう　［動］　春、鰊をとること　[季]春

16鰊曇　にしんぐもり　［天］　三月から五月にかけて鰊漁の頃の曇り空のこと　[季]春

17鰊簗　にしんやな　［動］　春、鰊をとる簗のこと　[季]春

【鰕】

鰕　ひしこ　［動］　片口鰯の俗称　[季]秋

3鰕干す　ひしこほす　［人］　秋にとれた小型

のヒシコを塩漬けにするため干すこと　[季]秋

[14]鯷漬　ひしこづけ　［人］　秋にとれた小型のヒシコを塩漬けにした食品　[季]秋

[21]鯷鰯　ひしこいわし　［動］　片口鰯の俗称　[季]秋

【鰙】

鰙　わかさぎ　［動］　ワカサギ科の魚。冬の穴釣りが有名だが、本来の網漁の漁期は春。からあげなどにして美味　[季]春

【鶚】

鶚　みさご　［動］　北海道・本州などの海辺にすみ、魚をとる小型の鷹の一種　[季]冬

【鵖】

鵖　しない　［動］　ツグミよりやや大きく、渡来が少し早い　[季]秋

【鶙】

[19]鶙鶣　のせ　［動］　本州に住み、冬は南へ渡る鷹の一種　[季]冬

【鹹】

[13]鹹蓬　しおよもぎ　［植］　アカザ科の一年草で、暖い海岸の砂地に自生する。緑色をした細長い葉が密生している　[季]春

【鼯】

[13]鼯鼠　むささび　［動］　リス科の夜行性小動物で、肢間の皮膜を広げて木の間を滑空する　[季]冬

21 画

【儺】

[0]儺を追ふ　だをおう　［人］　追儺（ついな）の別称　[季]冬

[9]儺追神事　なおいのしんじ　［宗］　陰暦正月十三日、稲沢市・尾張大国霊神社で行われる祭　[季]新年

儺追風　なおいかぜ　［天］　陰暦正月十三日、稲沢市・尾張大国霊神社で行なわれる儺追神事の日に吹く風のこと　[季]新年

儺追祭　なおいまつり　［宗］　陰暦正月十三日、稲沢市・尾張大国霊神社で行われる祭　[季]新年

【囃】

どんたく囃子　どんたくばやし　［宗］　どんたくで囃される松囃子の別称　[季]春

[5]囃田　はやしだ　［人］　花田植で、田植え歌にあわせて田植をする田　[季]夏

【囀】

囀　さえずり　［動］　春の鳥類の鳴き声の総称　[季]春

[0]囀る　さえずる　［動］　春の鳥類の鳴き声の総称　[季]春

【欅】

[0]欅の芽　けやきのめ　［植］　春の木の芽の一種　[季]春

[9]欅枯る　けやきかる　［植］　冬、欅の木が枯れること　[季]冬

【瓔】

[10]瓔珞牡丹　ようらくぼたん　［植］　けまん草の別称　[季]春

【竈】

[0]竈の神の昇天　かまのかみのしょうてん　［宗］　陰暦十二月二十四日に竈の神が昇天するという沖縄の俗信、願ほどきをしたり、甘いものを供えたりする　[季]冬

竈の神祭　かまのかみまつり　［宗］　竈祓の別称　[季]冬

[3]竈山祭　かまやままつり　［宗］　九月十三日、和歌山市・竈山神社の祭礼　[季]秋

[8]竈注連　かましめ　［宗］　竈祓の別称　[季]冬

[10]竈祓　かまばらい　［宗］　年末に竈を祓い清める、竈にやどる荒神の祭り　[季]冬

竈祓　かまどばらい　［人］　獅子舞の獅子が各戸で家内安全、火伏せの祈禱を行なうこと　[季]新年

竈馬　いとど　［動］　夜台所などに出てきて残肴を食べる鳴かない虫。カマドウマの古称　[季]秋

[11]竈猫　かまどねこ　［動］　冬の寒さが苦手

21画（籐, 纒, 纐, 薉, 蘡, 蠟, 饐, 鬘, 魔, 鰯）

で、竈の側を離れない猫　㉞冬

竈祭　かままつり　［宗］　竈祓の別称　㉞冬

【籐】

[8]籐枕　とうまくら　［人］　竹や籐で編んだ涼しい夏用の枕　㉞夏

[12]籐椅子　とういす　［人］　籐の皮で編んで作った見た目涼しい夏の椅子　㉞夏

[13]籐寝椅子　とうねいす　［人］　籐の皮で編んで作った見た目涼しい夏の椅子　㉞夏

籐筵　とうむしろ　［人］　籐を細く割り、編んだ筵。夏の敷物　㉞夏

【纒】

[8]纒枝牡丹　てんしぼたん　［植］　風車の花の別称。初夏に白や薄紫の風車に似た大きな八弁花をつける　㉞夏

【纐】

[9]纐草　かのこそう　［植］　オミナエシ科の多年草で、四、五月頃、淡紅色の小さい花がさく　㉞春

【薉】

[6]薉芋　えぐいも　［植］　里芋の一種　㉞秋

【蘡】

[17]蘡薁　えびづる　［植］　ブドウ科の落葉つる植物。葡萄と同じように房状に果実をつけ、初秋に熟して食べられるようになる　㉞秋

【蠟】

ねぶた蠟　ねぶたろう　［人］　ねぶたに使う蠟　㉞秋

[0]蠟の木　ろうのき　［植］　ウルシ科の落葉小高木。初夏、葉の根元に円錐状の黄緑色の小花が集まり咲く　㉞夏

[5]蠟弁花　とさみずき　［植］　高知県の山地に自生する落葉低木。三、四月頃、葉に先立ち淡黄色の花を穂状につける　㉞春

[10]蠟梅　ろうばい　［植］　花が蠟細工のような中国原産の落葉低木で、一、二月頃に開花する　㉞冬

[15]蠟嘴鳥　しめ　［動］　アトリ科の小鳥で、北海道で繁殖し、秋に本州に渡来する　㉞秋

[17]蠟燭替　ろうそくかえ　［宗］　長崎の崇福寺の元宵祭で、病気平癒のため、持参した日本蠟燭と各御堂一杯に林立する唐蠟燭とを取り替えて、唐蠟燭を持ち帰ること　㉞新年

蠟燭焼　ろうそくやき　［人］　魚や鳥類などのすり身をつくねて串にさして炭火で焼き、たれをつけて食べる冬の味覚。形が蠟燭に似ていることからの名　㉞冬

【饐】

[12]饐飯　すえめし　［人］　腐ってしまった飯　㉞夏

【鬘】

[9]鬘草　かつらぐさ　［植］　髢草の別称　㉞春

【魔】

[6]魔多羅神祭　まだらじんまつり　［宗］　毛越寺延年の別称　㉞新年

【鰯】

しこ鰯　しこいわし　［人］　片口鰯の俗称　㉞秋

鰯　いわし　［動］　日本近海の最も馴染みのある海魚で、普通は真鰯をさす。四季を通じて獲れるが、なかでも秋が旬　㉞秋

[0]鰯の黒漬　いわしのくろづけ　［人］　愛媛県宇和島の秋の特産品。片口鰯の漬物　㉞秋

鰯の頭挿す　いわしのかしらさす　［人］　節分の豆撒の夜、鰯の頭を刺した柊の小枝を門口に掲げて鬼を払う風習　㉞冬

[3]鰯干す　いわしほす　［動］　獲れた鰯を干すこと　㉞秋

[4]鰯引　いわしひき　［動］　鰯漁のこと　㉞秋

鰯引く　いわしひく　［人］　晩秋の漁期に、主に地引網で鰯を獲ること　㉞秋

[7]鰯売　いわしうり　［動］　鰯を売る人　㉞秋

[11]鰯船　いわしぶね　［動］　鰯をとる船　㉞秋

[12]鰯雲　いわしぐも　［天］　鰯の群のように、小さい雲片が集まっている秋の雲　㉞秋

[14]鰯網　いわしあみ　［人］　晩秋の漁期に鰯を獲る網。地引網での漁が多い　㉞秋

[19]鰯鯨　いわしくじら　［動］　髭鯨の一種。体長二十メートル内外で背ビレが大きい　㉞冬

俳句季語よみかた辞典　563

【鰭】

鰭　はた　［動］　ハタ科の沿海魚の総称。刺身などが美味で、夏が旬　[季]夏

[8]**鰭長　びんなが**　［動］　胸ビレの長い鮪の一種　[季]冬

[10]**鰭酒　ひれざけ**　［人］　河豚の鰭を強くあぶって熱燗に入れた酒の飲み方　[季]冬

[16]**鰭薊　ひれあざみ**　［植］　薊の一種　[季]夏

【鰮】

鰮　いわし　［動］　日本近海の最も馴染みのある海魚で、普通は真鰯をさす。四季を通じて獲れるが、なかでも秋が旬　[季]秋

【鰤】

鰤　ぶり　［動］　ブリ科の回游魚で、出世魚の一つ。寒鰤が最も味がよい　[季]冬

[10]**鰤起し　ぶりおこし**　［天］　初冬の鰤の獲れるころ鳴る雷　[季]冬

[11]**鰤船　ぶりぶね**　［人］　鰤釣りのための船。鰤は冬が旬　[季]冬

鰤釣る　ぶりつる　［人］　鰤を釣ること。鰤は冬が旬　[季]冬

[12]**鰤場　ぶりば**　［動］　鰤の漁場　[季]冬

[14]**鰤網　ぶりあみ**　［人］　鰤を捕えるのに使う大きな網。鰤は冬が旬　[季]冬

【鰡】

からすみ鰡　からすみぼら　［動］　鰡の一種で、大型のもの　[季]秋

鰡　ぼら, いな　［動］　浅海にいるボラ科の海魚。成長とともに名の変わる出世魚の一つで、三十センチを越える三歳以上のものが鰡。九月頃からが旬　[季]秋

[11]**鰡釣　ぼらつり**　［動］　鰡を釣ること。秋の彼岸頃以降、いなの体長が大きくなって鰡と呼ばれるようになってからの言葉　[季]秋

【鰰】

鰰　はたはた　［動］　東北地方近海に多いハタハタ科の魚。初冬が漁期　[季]冬

【鯱】

鯱　あら　［動］　ハタ科の褐青色の魚。冬場が旬　[季]冬

[14]**鯱網　あらあみ**　［動］　アラを獲る網　[季]冬

【鰣】

鰣　はす　［動］　コイ科の淡水魚で、琵琶湖と三方湖の諸川に棲息する。六月から八月の産卵期が味も旬　[季]夏

【鶴】

鶴　つる　［動］　代表的な冬鳥の一つ。冬を日本で過ごす　[季]冬

[0]**鶴の子　つるのこ**　［植］　柿の品種の一つ。柿は晩秋の季語　[季]秋

鶴の庖丁　つるのほうちょう　［人］　正月十七日、または十九日に、御厨子所の預が鶴を儀式的な作法で調理して、天皇に御覧にいれた行事　[季]新年

鶴の林　つるのはやし　［宗］　陰暦二月十五日の釈迦入滅の際、沙羅双樹の葉の色が白鶴のようになったことを指す　[季]春

鶴の巣　つるのす　［動］　四、五月頃、湿地の上にハンノキの枝やアシでつくる、直径一メートル半ほどの巣　[季]春

鶴の巣ごもり　つるのすごもり　［動］　鶴が巣にこもること　[季]春

鶴の舞　つるのまい　［動］　春の繁殖期になり、鶴の雄がが雌の前で舞踊すること　[季]春

[4]**鶴太夫　つるだゆう**　［人］　万歳太夫の別称　[季]新年

[5]**鶴去る　つるさる**　［動］　春、北方へと飛び去る鶴のこと　[季]春

[7]**鶴来る　つるくる**　［動］　晩秋になって鶴が北方から渡って来ること　[季]冬

鶴来る　つるきたる　［動］　晩秋になって鶴が北方から渡って来ること　[季]秋

[8]**鶴岡八幡宮の御璽頂き　つるがおかはちまんぐうのごはんいただき**　［宗］　正月三日から五日まで、鎌倉の鶴岡八幡宮で行なう神事　[季]新年

鶴岡八幡宮御璽頂き　つるがおかはちまんぐうのごはんいただき　［宗］　正月三日から五日まで、鎌倉の鶴岡八幡宮で行なう神事　[季]新年

鶴岡八幡祭　つるがおかはちまんまつり　［宗］　鎌倉市・鶴岡八幡宮の鶴岡祭の別称　[季]秋

鶴岡天満宮祭　つるおかてんまんぐうさい　［宗］　五月二十五日、鶴岡市・太宰府天満宮で行われる祭礼　[季]夏

21画（鶯, 鶲, 鶻, 鶸）

鶴岡祭　つるがおかまつり　［宗］　九月十四
　日から十六日まで、鎌倉市・鶴岡八幡宮で
　行われる祭礼　㋩秋

鶴林　かくりん　［宗］　陰暦二月十五日の釈
　迦入滅の際、沙羅双樹の葉の色が白鶴のよ
　うになったことを指す　㋩春

鶴林の夜半　かくりんのよわ　［宗］　陰暦二
　月十五日の釈迦入滅の際、沙羅双樹の葉の
　色が白鶴のようになったことを指す　㋩春

10鶴凍つ　つるいつ　［動］　鶴が片脚で立ち、
　首を翼の間にはさんで、立ち尽くすこと
　㋩冬

鶴唳忌　かくるいき　［宗］　一月二十九日、
　大正・昭和期の俳人日野草城の忌日　㋩冬

鶴帰る　つるかえる　［動］　春、北方へと飛
　び去る鶴のこと　㋩春

12鶴渡る　つるわたる　［動］　晩秋になって鶴
　が北方から渡って来ること　㋩秋

16鶴鴫　つるしぎ　［動］　鴫の一種だが、田鴫
　とは異なる　㋩秋

【鶯】

鶯　うぐいす　［動］　ウグイス科の小鳥。
　春、「ホーホケキョ」と美しい声で鳴くこと
　で知られる　㋩春

⁰鶯の子　うぐいすのこ　［動］　鶯の幼鳥
　㋩冬

鶯の子鳴く　うぐいすのこなく　［動］　その
　年生まれた鶯の幼鳥が舌打ちするように鳴
　くこと　㋩冬

鶯の木の実　うぐいすのきのみ　［植］　臼の
　実の別称　㋩夏

鶯の初音　うぐいすのはつね　［動］　春に
　なって初めて聞く鶯の声　㋩春

鶯の谷渡り　うぐいすのたにわたり　［動］
　鶯がやかましく鳴き立てながら谷間から谷
　間へ渡ること　㋩春

鶯の押親　うぐいすのおしおや　［動］　鶯の
　雛の側で美声の鶯を鳴かせ、鳴き方を覚え
　させること。鳴き方を教える成鳥の方を押
　親という　㋩夏

鶯の附子　うぐいすのつけこ　［動］　鶯の雛
　の側で美声の鶯を鳴かせ、鳴き方を覚えさ
　せること。雛の方を付子という　㋩夏

鶯の袖　うぐいすのそで　［人］　袖の脇を縫
　わない春の小袖　㋩春

鶯の巣　うぐいすのす　［動］　竹やぶや笹の

茂みなどに草茎などで作った、直径十セン
　チほどの球形の巣　㋩春

鶯の落し文　うぐいすのおとしぶみ　［動］
　落し文を鳥のしわざに見たてたもの　㋩夏

⁶鶯合　うぐいすあわせ　［人］　手飼いの鶯の
　鳴き声を競う競技　㋩春

鶯老を啼く　うぐいすおいをなく　［動］　老
　鶯が夏になっても囀ること　㋩夏

鶯衣　うぐいすごろも　［人］　袖のわきを縫
　わない春の小袖　㋩春

⁹鶯神楽　うぐいすかぐら　［植］　山野に自生
　する落葉低木で、四、五月頃、淡紅色の
　ラッパ状の花が咲く　㋩春

鶯神楽の実　うぐいすかぐらのみ　［植］　臼
　の実の別称　㋩夏

鶯音を入る　うぐいすねをいる　［動］　繁殖
　期を終えた晩夏に、鶯が囀りをやめ地鳴き
　だけになること　㋩夏

11鶯宿梅　おうしゅくばい　［植］　紀貫之の娘
　が村上天皇に庭の紅梅を献上させられた
　が、そこにつけた歌をみて天皇が梅を返し
　たという故事　㋩春

鶯笛　うぐいすぶえ　［人］　鶯の囀りに似た
　音を出すことができる笛。春めいた感じの
　玩具　㋩春

鶯菜　うぐいすな　［植］　小松菜のまだ生育
　しきっていないもの。鶯が鳴く頃に出、色
　も似ている　㋩春

14鶯餅　うぐいすもち　［人］　青いきな粉をま
　ぶした餅菓子　㋩春

鶯鳴きやむ　うぐいすなきやむ　［動］　繁殖
　期を終えた晩夏に、鶯が囀りをやめ地鳴き
　だけになること　㋩夏

【鶲】

鶲　ひたき　［動］　ヒタキ科の大部分の鳥と
　ツグミ科の数種の総称。ただし一般には、
　秋にシベリア方面から渡ってくる尉鶲をさ
　す　㋩秋

【鶻】

鶻　こつ　［動］　隼のこと　㋩秋, 冬

鶻　はいたか　［動］　隼のこと　㋩秋, 冬

【鶸】

鶸　ひわ　［動］　アトリ科の小鳥。北海道や

俳句季語よみかた辞典　565

21画（鶺, 鶺, 麝）　22画（攤, 籠, 籟, 籜, 聾, 蘿, 蠹, 讃, 贖, 躑）

サハリンで繁殖し、秋になると本州の平地に渡る　㋒秋

【鶺】

つめなが鶺鴒　つめながせきれい　［動］　鶺鴒の一種。稀にしか見ることのない迷鳥　㋒秋

16鶺鴒　せきれい　［動］　燕雀目セキレイ科の鳥の総称。総じて古来秋の小鳥とされる　㋒秋

【鷂】

鷂　はしたか　［動］　小鷹の一種で、冬の季語とすることもある　㋒秋, 冬

鷂　はいたか　［動］　小鷹の一種で、冬の季語とすることもある　㋒秋, 冬

【麝】

9麝香あげは　じゃこうあげは　［動］　鳳蝶の一種　㋒春

麝香米　じゃこうまい　［植］　かばしこの別称。香の強い古い稲の品種、広島県の山間でつくられる。稲は秋に収穫する　㋒秋

麝香草　じゃこうそう　［植］　山中の木陰に生えるシソ科の多年草。茎や葉をゆさぶると芳香が漂う。秋に赤紫色の小花が咲く　㋒秋

麝香連理草　じゃこうれんりそう　［植］　スイートピーの別称　㋒夏

麝香豌豆　じゃこうえんどう　［植］　スイートピーの別称　㋒春

22 画

【攤】

14攤銭　ぜにうち　［人］　江戸時代の正月の子どもの遊戯の一つ。地面に線を引いて向こう側に銭をまき、適当な距離から銭を投げ、相手の指定した銭に打ち当てたものを勝ちとするもの　㋒新年

【籠】

8籠枕　かごまくら　［人］　竹や籐、時には鯨の鬚で編んだ涼しい夏用の枕　㋒夏

【籟】

7籟初　ふきぞめ　［人］　新年になって初めて管楽器を演奏すること　㋒新年

【籜】

籜　たけのかわ　［植］　筍の皮。生長に従い、下の方から皮は落ちていく　㋒夏

11籜笠　たけのこがさ　［人］　編笠の一種　㋒夏

【聾】

6聾戎　つんぼえびす　［宗］　十日恵比寿が聾の神であること　㋒新年

【蘿】

14蘿蔔　だいこん　［植］　白く肥大した根の部分や葉を食用にする野菜で、冬の初めに収穫する　㋒冬

蘿蔔　すずしろ　［植］　新年の七草粥に用いる大根の別称　㋒新年

15蘿摩　ががいも　［植］　ガガイモ科の多年草　㋒夏

【蠹】

蠹　しみ　［動］　シミ目シミ科の羽根がない昆虫で、体長一センチ足らず。糊や和紙を食い荒らす　㋒夏

11蠹魚　しみ　［動］　シミ目シミ科の羽根がない昆虫で、体長一センチ足らず。糊や和紙を食い荒らす　㋒夏

【讃】

4讃仏会　さんぶつえ　［宗］　彼岸会の別称　㋒春

【贖】

8贖物　あがもの　［宗］　罪をつぐなうため夏越の祓に供えるもの　㋒夏

【躑】

もち躑躅　もちつつじ　［人］　春衣のかさねの色目の一つ。表が薄紫、裏が濃蘇芳　㋒春

オランダ躑躅　おらんだつつじ　［植］　シャクナゲ科の常緑灌木で躑躅の一種　㋒春

20躑躅　つつじ　［植］　ツツジ科の植物の総

22画（轡、霽、霾、驚、鰻、鰹、鱈、鯵）

称。春から初夏にかけて咲く。種類が多
く、花色も様々　㋺春

躑躅の衣　つつじのころも　［人］　春衣のか
さね色目の一つ。表が蘇芳色、裏は青
　㋺春

【轡】

6轡虫　くつわむし　［動］　キリギリスの仲間
で、体は大きい。秋にガチャガチャと鳴く
　㋺秋

【霽】

4霽月忌　せいげつき　［宗］　二月十五日、明
治・大正・昭和初期の俳人村上霽月の忌日
　㋺春

【霾】

霾　つちふる, ばい　［天］　黄沙の別称
　㋺春

4霾天　ばいてん　［天］　黄沙で曇った空
　㋺春

9霾風　ばいふう　［天］　黄沙を運んでくる風
　㋺春

10霾晦　よなぐもり　［天］　黄沙で曇った空
　㋺春

【驚】

17驚蟄　けいちつ　［時］　二十四節気の一つ。
陽暦三月五日、六日頃　㋺春

【鰻】

鰻　うなぎ　［動］　ウナギ科の魚。かば焼な
どにして美味で、夏の土用などに多く食さ
れる　㋺夏

0鰻の日　うなぎのひ　［人］　土用の丑の日、
夏バテ防止のために鰻のかば焼きを食べる
習慣　㋺夏

11鰻釣　うなぎつり　［人］　夏の鰻採りの方法
の一つ。泥底を鉤で掻いて、出てきた鰻を
捕らえるもの　㋺夏

12鰻筒　うなぎづつ　［動］　鰻を捕えるための
竹筒　㋺夏

13鰻掻　うなぎかき　［人］　夏の鰻採りの方法
の一つ。泥底を鉤で掻いて、出てきた鰻を
捕らえるもの　㋺夏

17鰻簗　うなぎやな　［人］　秋の生殖期に河川

を下る落鰻を簗をかけてとること　㋺秋

【鰹】

すぢ鰹　すじがつお　［動］　鰹の一種　㋺夏

鰹　かつお　［動］　古来親しまれている海
魚。日本の代表的な夏魚　㋺夏

0鰹の烏帽子　かつおのえぼし　［動］　管水母
類カツオノエボシ科の海産水母。初秋、日
本近海まで北上してくる　㋺秋, 夏

10鰹時　かつおどき　［動］　鰹の漁期のこと
　㋺夏

11鰹船　かつおぶね　［人］　夏の鰹漁に使う船
　㋺夏

鰹菜　かつおな　［植］　冬菜の一つで、九州
産のもの　㋺冬

鰹釣　かつおつり　［人］　青葉の頃から、鰹
を釣ること　㋺夏

13鰹節製す　かつおぶしせいす　［人］　鰹節を
つくること　㋺夏

15鰹潮　かつおじお　［地］　青葉潮の別称。鰹
がとれるようになるので、鰹潮ともいう
　㋺夏

【鱈】

鱈　たら　［動］　北日本の海にすむ魚で、さ
まざまな料理に利用する。漁期は十一月か
ら三月頃　㋺冬

0鱈ちり　たらちり　［人］　鱈を使ったちり鍋
　㋺冬

3鱈子　たらこ　［動］　鱈の卵　㋺冬

5鱈汁　たらじる　［動］　鱈の入った汁　㋺冬

鱈田夫　たらでんぶ　［人］　鱈でつくったで
んぶ　㋺春

11鱈船　たらぶね　［動］　鱈漁をする船　㋺冬

12鱈場　たらば　［動］　鱈のとれる漁場　㋺冬

鱈場蟹　たらばがに　［動］　甲殻類。冬、鱈
の漁期に獲れる蟹　㋺冬

14鱈網　たらあみ　［動］　鱈をとる網　㋺冬

鱈雑炊　たらぞうすい　［人］　雑炊の一つ
で、鱈を入れたもの　㋺冬

【鯵】

鯵　あじ　［動］　アジ科の魚の総称で、夏か
ら秋が漁期。刺身、塩焼き、煮つけ、フラ
イのほか干物にしても美味　㋺夏

0鯵の背越　あじのせごし　［人］　沖膾の一種

俳句季語よみかた辞典　567

22画（鰶、鰄、鷓、鷗、麠）　23画（蘹、鑑、鱒、鱚、鱝、鷲）

㋖夏

7鰺売　あじうり　［動］　鰺を売る人のこと　㋖夏

8鰺刺　あじさし　［動］　カモメ科アジサシ属の鳥で、よく見るのは小鰺刺。川に小魚が群れる時期に、急降下して鮎などを捕食する　㋖夏

11鰺釣　あじつり　［動］　鰺を釣ること　㋖夏

14鰺網　あじあみ　［動］　鰺をとる巻き網漁　㋖夏

【鰶】
鰶　このしろ　［動］　コノシロ科の秋の海魚　㋖秋

【鰄】
鰄　うるか　［人］　鮎と鮎の腸と鮎の卵とを混ぜて、麹と塩を加えて漬けた一種の塩辛のこと。秋の味覚の一つ　㋖秋

【鷓】
16鷓鴣　しゃこ　［動］　鶉鶏目に属する中国南部の鳥　㋖秋

【鷗】
5鷗外忌　おうがいき　［宗］　七月九日、明治・大正期の小説家森鷗外の忌日　㋖夏

7鷗忌　かもめき　［宗］　四月五日、昭和期の詩人三好達治の忌日　㋖春

【麠】
麠　のろ　［動］　ユーラシア大陸のシカ科の獣で、冬には尻に白斑が現れる。名前にそぐわず動作は軽快で速く走る　㋖冬

23画

【蘹】
9蘹香　かいきょう　［植］　茴香の別称　㋖夏

【鑑】
3鑑三忌　かんぞうき　［宗］　三月二十八日、明治・大正・昭和初期の宗教家内村鑑三の忌日　㋖春

10鑑真忌　がんじんき　［宗］　陰暦五月六日、奈良時代の来日僧鑑真和上の忌日　㋖夏

【鱒】
あめ鱒　あめます　［動］　江鮭（あめのうお）の別称　㋖春

鱒　ます　［動］　サケ科の各種の鱒の総称　㋖春

3鱒上る　ますのぼる　［動］　鱒が春の産卵のため、川にのぼってくること　㋖春

11鱒釣　ますつり　［動］　鱒を釣ること　㋖春

鱒釣り　ますつり　［動］　鱒を釣ること　㋖春

16鱒鮓　ますずし　［人］　鮓の一種　㋖夏

17鱒鍋　どじょうなべ　［人］　泥鰌を煮る鍋料理。夏、汗を拭きつつ食べるのが粋だとして、夏の季語とされている　㋖夏

【鱚】
だぼ鱚　だぼぎす　［動］　北・中部日本の太平洋側の深海魚で、練り製品などに利用する。冬場が旬　㋖冬

鱚　きす　［動］　キス科の魚で、浅海で獲れる。晩春から夏にかけて美味　㋖夏

3鱚子釣　きすつり　［人］　五月から七月頃、産卵のため浅瀬に集まってきた鱚を釣ること　㋖夏

6鱚舟　きすぶね　［人］　鱚釣りの舟　㋖夏

11鱚釣　きすつり　［人］　五月から七月頃、産卵のため浅瀬に集まってきた鱚を釣ること　㋖夏

【鱝】
鱝　えい　［動］　アカエイ科に属する底魚。夏が旬　㋖夏

【鷲】
鷲　わし　［動］　ワシタカ目の鳥のうち、大型のもの　㋖冬

0鷲の巣　わしのす　［動］　三、四月頃、高山の岩壁の岩棚などにつくられる巣　㋖春、夏

4鷲木菟　わしみみずく　［動］　木菟の一種　㋖冬

【鷸】

鷸　しぎ［動］シギ科の鳥の総称。秋の渡りの時に日本を通過するが、田鴫などは日本で越冬する　㊢秋

3鷸子　つぶり［動］本州に住み、冬は南へ渡る鷹の一種　㊢冬

【鷦】

23鷦鷯　みそさざい［動］冬から早春に鳴き始めるミソサザイ科の鳥　㊢冬

【鷭】

鷭　ばん［動］クイナ科の夏鳥で、湿地や水辺を好む　㊢夏

0鷭の浮巣　ばんのうきす［動］水鳥の巣の一つ　㊢夏

鷭の笑い　ばんのわらい［動］鷭の低い鳴き声を笑い声に例えた言い回し　㊢夏

【黐】

0黐の花　もちのはな［植］モチノキ科の常緑小高木。五月頃、葉の根元に黄緑色の小花が咲く　㊢夏

黐の実　もちのみ［植］小さい球形をした黐の実のこと。通常秋に赤く熟するが、黄色く熟する種類もある　㊢秋

10黐流し　もちながし［人］冬、鴨を捕獲するのに用いる黐縄のこと　㊢冬

14黐稲　もちいね［植］稲の一種で、餅やおこわをつくるためのもの。稲は秋に収穫する　㊢秋

【黴】

黴　かび［植］微細で下等なキノコ類の総称。梅雨時は黴が生えやすい　㊢夏

0黴の花　かびのはな［植］黴の胞子のこと。黴は仲夏の季語　㊢夏

黴の香　かびのか［植］黴臭いこと。黴は仲夏の季語　㊢夏

黴の宿　かびのやど［植］黴がはえている宿。黴は仲夏の季語　㊢夏

黴びる　かびる［植］黴が生えること。黴は仲夏の季語　㊢夏

8黴雨　ばいう［天］六月上旬の入梅の日から約三十日間、じめじめと降る霖雨の季節　㊢夏

9黴拭う　かびぬぐう［植］黴を拭きとること。黴は仲夏の季語　㊢夏

13黴煙　かびけむり［植］黴の胞子が舞い、黴臭いこと。黴は仲夏の季語　㊢夏

14黴餅　かびもち［人］黴の生えた餅　㊢冬

24 画

【蠨】

蠨　うりばえ［動］ハムシ科の小型の甲虫で、瓜類を食い荒らす夏の害虫　㊢夏

【驟】

8驟雨　しゅうう［天］夕立の別称　㊢夏

【鱗】

12鱗雲　うろこぐも［天］鰯の群のように、小さい雲片が集まっている秋の雲　㊢秋

【鱧】

鱧　はも［動］関西で珍重される夏の魚　㊢夏

0鱧の皮　はものかわ［人］刻んだ鱧の皮を三杯酢にしたり、揉胡瓜に入れたりする関西料理。鱧は夏から初秋までが旬といわれる　㊢夏

5鱧皮　はもかわ［人］鱧の皮に同じ　㊢夏

16鱧鮓　はもずし［人］鮓の一種　㊢夏

【鱝】

鱝　えい［動］アカエイ科に属する底魚。夏が旬　㊢夏

【鱩】

鱩　はたはた［動］東北地方近海に多いハタハタ科の魚。初冬が漁期　㊢冬

11鱩魚鮓　はたはたずし［人］鮓の一種　㊢夏

【鰤】

鰤　しいら［動］シイラ科の沖魚。夏が旬で、塩乾品などに利用　㊢夏, 秋

【鷺】

こぼれ鷺　**こぼれさぎ**　［動］　秋になっても南方に渡らず冬も残る鷺　[季]夏

0 **鷺の巣**　**さぎのす**　［動］　高い木の枝や竹やぶの中などに、一度にたくさん集まって作られた巣　[季]春

5 **鷺尻刺**　**さぎのしりさし**　［植］　藺の別称。夏に伸びた茎を刈って畳や茣蓙などの材料に使う　[季]夏

7 **鷺芝**　**さぎしば**　［植］　鷺苔の別称　[季]春

鷺足　**さぎあし**　［人］　竹馬のこと　[季]冬

8 **鷺苔**　**さぎごけ**　［植］　ゴマノハグサ科の多年草で、四月頃、純白の花を開く　[季]春

9 **鷺草**　**さぎそう**　［植］　ラン科の多年草。晩夏に純白の花をつける　[季]夏

【鷹】

さほ鷹　**さおたか**　［動］　一度も羽換えをしない鷹　[季]春

とがへる鷹　**とがえるたか**　［動］　羽換えの時期に鷹部屋へ鷹を放し飼いにすること　[季]夏

はし鷹　**はしたか**　［動］　盆の精霊の箸を火に焼いてから鷹を鳥屋より出したこと　[季]夏

鷹　**たか**　［動］　ワシタカ目の鳥のうち、中型以下のもの（大型のものは鷲）。古来冬の鷹狩りに使われた　[季]冬

0 **鷹の山別**　**たかのやまわかれ**　［動］　初秋、鷹の雛が親鳥と別れて巣立ちをすること　[季]秋

鷹の爪　**たかのつめ**　［植］　唐辛子の一種。秋に熟する　[季]秋

鷹の羽薄　**たかのはすすき**　［植］　葉に淡黄色の矢羽形の斑点があるもの　[季]秋

鷹の巣　**たかのす**　［動］　四月から六月ごろ山地の高い樹上や断崖などに枯れ草、枯れ枝で作られた巣　[季]春

鷹の巣おろす　**たかのすおろす**　［動］　鷹の巣をおろすこと　[季]夏

鷹の塒入　**たかのとやいり**　［動］　羽換えの時期に鷹部屋へ鷹を放し飼いにすること　[季]夏

鷹の塒出　**たかのとやで**　［動］　夏から秋、鳥屋の中で羽を替えさせた鷹を、鷹狩りの訓練のため鳥屋から出すこと　[季]秋

鷹の塒籠　**たかのとやごもり**　［動］　羽換えの時期に鷹部屋へ鷹を放し飼いにすること　[季]夏

鷹の鈴　**たかのすず**　［人］　鷹につける鈴　[季]冬

4 **鷹化して鳩と為る**　**たかかしてはととなる**　［時］　七十二候の一つで、仲春の第三候。陽暦三月十六日から二十日頃　[季]春

鷹爪の花　**れだまのはな**　［植］　マメ科の落葉低木で、夏に黄色い花をつける　[季]夏

5 **鷹打**　**たかうち**　［人］　陰暦七、八月頃、鷹狩用の鷹を生け捕ったこと　[季]秋

鷹打所　**たかうちどころ**　［人］　陰暦七、八月頃、鷹狩用の鷹を生け捕る場所のこと　[季]秋

6 **鷹匠**　**たかじょう**　［人］　鷹を飼育訓練し、鷹狩りに従事する人　[季]冬

鷹羽を習ふ　**たかはねをならう**　［動］　塒を出て飛行の訓練をする鷹のこと　[季]夏

鷹羽遣ひを学ぶ　**たかはづかいをまなぶ**　［動］　塒を出て飛行の訓練をする鷹のこと　[季]夏

鷹羽遣ひを習ふ　**たかはねづかいをならう**　［動］　塒を出て飛行の訓練をする鷹のこと　[季]夏

9 **鷹狩**　**たかがり**　［人］　冬、飼いならした鷹を放って、野鳥を捕えさせる狩。昔は武家で多く行われた　[季]冬

10 **鷹師**　**たかし**　［人］　明治時代、宮内省に属した鷹匠の呼称　[季]冬

11 **鷹猟**　**たかりょう**　［人］　冬、飼いならした鷹を放って、野鳥を捕えさせる狩。昔は武家で多く行われた　[季]冬

鷹野　**たかの**　［人］　冬、飼いならした鷹を放って、野鳥を捕えさせる狩。昔は武家で多く行われた　[季]冬

鷹鳥を祭る　**たかとりをまつる**　［時］　七十二候の一つで、処暑の第一候。陽暦八月二十三日から二十七日頃　[季]秋

12 **鷹渡る**　**たかわたる**　［動］　秋、北方から鷹が日本へ渡って来ること　[季]秋, 冬

13 **鷹塒に入る**　**たかとやにいる**　［動］　羽換えの時期に鷹部屋へ鷹を放し飼いにすること　[季]夏

14 **鷹槊**　**たかほこ**　［人］　鷹のとまる槊　[季]冬

鷹網　**たかあみ**　［人］　陰暦七、八月頃に鷹狩用の鷹を生け捕るための網　[季]秋

24画（鶯）　25画（籬，貛，鼈）　26画（鱶，鰡，鱵）　27画（鱸）　28画（鸚）

¹⁹鷹韝　たかたすき　［人］　くぶしを動かさず
に、足を踏み直すためのゆごて　㋒冬
²²鷹攤　たかなぶり　［人］　夜、鷹を寝させな
い道具のこと　㋒冬

【鶯】

鶯　うそ　［動］　アトリ科の小鳥。早春の鳴
き声がよいため、籠鳥としても飼われる
㋒春
⁰鶯の琴　うそのこと　［動］　鶯の鳴く時の仕
草が琴をつまびくように見えるため　㋒春
¹⁰鶯姫　うそひめ　［動］　鶯のこと。形が優美
で声も美しいことから　㋒春
¹¹鶯鳥　うそどり　［動］　アトリ科の小鳥。早
春の鳴き声がよいため、籠鳥としても飼わ
れる　㋒春
¹²鶯替　うそかえ　［宗］　正月七日、太宰府天
満宮で行われる金でできた鶯を当てる神
事。東京亀戸などの天満宮でも日を替えて
行われる　㋒新年

25 画

【籬】

⁰籬の菊　まがきのきく　［植］　籬にある菊
㋒秋
⁷籬豆　かきまめ　［植］　蔓が非常に長いのが
特徴の豆。初秋、花の後に莢ができ、中に
は数個の豆が入っている　㋒秋

【貛】

貛　あなぐま　［動］　本州・四国・九州の山
林で、土中の深い穴に住むイタチ科の動物
㋒冬

【鼈】

⁵鼈甲蜂　べっこうばち　［動］　蜂の一種
㋒春
鼈甲蠅　べっこうばえ　［動］　蠅の一種
㋒夏
¹⁴鼈雑炊　すっぽんぞうすい　［人］　雑炊の一
つで、鼈鍋の後に作るもの　㋒冬
¹⁷鼈鍋　すっぽんなべ　［人］　鼈の肉を白菜や
菊菜や豆腐といっしょに煮る冬の鍋料理

㋒冬

26 画

【鱶】

鱶　ふか　［動］　大型の鮫の別称　㋒冬

【鰡】

³鰡子　からすみ　［人］　鰡・鯛・鰆などの卵
を塩漬けにし、身を堅くしめて乾燥した食
品、酒肴。鰡など旬の秋の季語　㋒秋

【鱵】

鱵　さより　［動］　サヨリ科に属する海魚。
吸い物やさしみとして美味　㋒春
⁶鱵舟　さよりぶね　［動］　サヨリを取る舟
㋒春

27 画

【鱸】

鱸　すずき　［動］　スズキ科の海魚。成長と
ともに名の変わる出世魚の一つで、三十セ
ンチ以上のものが鱸。初秋の頃が旬　㋒秋
¹¹鱸釣　すずきつり　［動］　鱸を釣ること
㋒秋
鱸釣る　すずきつる　［人］　九月終わりごろ
川を下りはじめる鱸を川や川口で釣ること
㋒秋
¹⁴鱸網　すずきあみ　［動］　鱸を捕える網
㋒秋
¹⁷鱸膾　すずきなます　［人］　鱸を使った膾。
古来、秋の季語とされている　㋒秋

28 画

【鸚】

⁸鸚実　うすのみ　［植］　スイカズラ科の落葉
低木の実で、形が臼のごとく上がくぼんで

俳句季語よみかた辞典　571

いる　[季]夏

29 画

【鬱】

8鬱金の花　うこんのはな　［植］　熱帯アジア原産のミョウガ科多年草。初秋に花穂が出て、三、四個ずつ淡黄色の花がつく　[季]秋

鬱金香　うっこんこう, うこんこう　［植］　チューリップの別称　[季]春

12鬱塁　うつるい　［人］　桃符に描かれた門を守る中国の神の名　[季]新年

俳句季語よみかた辞典

2015 年 8 月 25 日　第 1 刷発行

発 行 者／大高利夫
編集・発行／日外アソシエーツ株式会社
　　　　　　〒143-8550 東京都大田区大森北 1-23-8 第 3 下川ビル
　　　　　　電話 (03)3763-5241(代表)　FAX(03)3764-0845
　　　　　　URL　http://www.nichigai.co.jp/
発 売 元／株式会社紀伊國屋書店
　　　　　　〒163-8636 東京都新宿区新宿 3-17-7
　　　　　　電話 (03)3354-0131(代表)
　　　　　　ホールセール部(営業)　電話 (03)6910-0519

　　　　電算漢字処理／日外アソシエーツ株式会社
　　　　印刷・製本／株式会社平河工業社

　　　　不許複製・禁無断転載　　　　　　《中性紙三菱クリームエレガ使用》
　　　　〈落丁・乱丁本はお取り替えいたします〉
　　　　ISBN978-4-8169-2557-3　　　**Printed in Japan,2015**

本書はディジタルデータでご利用いただくことが
できます。詳細はお問い合わせください。

難読 誤読 鳥の名前 漢字よみかた辞典

四六判・120頁　定価 (本体2,300円+税)　2015.8刊

難読・誤読のおそれのある鳥の名前のよみかたを確認できる小辞典。植物名見出し500件と、その下に関連する逆引き鳥名など、合計1,839件を収録。部首や総画数、音・訓から引くことができる。五十音順索引付き。

難読 誤読 植物名 漢字よみかた辞典

四六判・110頁　定価 (本体2,300円+税)　2015.2刊

難読・誤読のおそれのある植物名のよみかたを確認できる小辞典。植物名見出し791件と、その下に関連する逆引き植物名など、合計1,646件を収録。部首や総画数、音・訓いずれの読みからでも引くことができる。

姓名よみかた辞典 姓の部

A5・830頁　定価 (本体7,250円+税)　2014.8刊

姓名よみかた辞典 名の部

A5・810頁　定価 (本体7,250円+税)　2014.8刊

難読や誤読のおそれのある姓・名、幾通りにも読める姓・名を徹底採録し、そのよみを実在の人物例で確認できる辞典。「姓の部」では4万人を、「名の部」では3.6万人を収録。各人名には典拠、職業・肩書などを記載。

新・アルファベットから引く 外国人名よみ方字典

A5・820頁　定価 (本体3,800円+税)　2013.1刊

外国人の姓や名のアルファベット表記から、よみ方を確認できる字典。古今の実在する外国人名に基づき、12.7万のアルファベット見出しに、のべ19.4万のカナ表記を収載。

新・カタカナから引く 外国人名綴り方字典

A5・800頁　定価 (本体7,400円+税)　2014.12刊

外国人の姓や名のカタカナ表記から、アルファベット表記を確認できる字典。古今の実在する外国人名に基づき、15万のカタカナ見出しに、19万のアルファベット表記を収録。

データベースカンパニー

日外アソシエーツ

〒143-8550　東京都大田区大森北1-23-8
TEL.(03)3763-5241　FAX.(03)3764-0845　http://www.nichigai.co.jp/